साहित्य अकादमी पुरस्कार प्राप्त : 1984

अशुभ वेला

समरेश माजूमदार

हिन्दी रूपान्तरण

आशा गुप्त

लिटिल बुक्स

ISBN : 81-88714-60-7

लिटिल बुक्स
4695, दरियागंज,
नयी दिल्ली-110002
द्वारा प्रकाशित
संस्करण : 2017

शुभम् ऑफसेट, शाहदरा, दिल्ली-110032
द्वारा मुद्रित

मूल्य : 625.00

लिटिल बुक्स, वाणी प्रकाशन की सहयोगी संस्था

काल वेला (अशुभ वेला)

अनिमेष ने जब पहली बार कलकत्ता में पाँव रखे, सड़क पर ट्राम चल रही थी, गोली चल रही थी। उत्तर बंगाल से आया युवक दुर्घटना का शिकार हो जाता है। अन्य लोगों की तरह बहता हुआ अचानक जीवन का रास्ता बदल लेता है। छात्र-राजनीति उसे जटिल आवर्त में ले जाती है। इस देश और देशवासियों के साथ खड़े होने की दुर्वा वासना में विभक्त कम्युनिस्ट पार्टी की पताका के नीचे जा खड़ा होता है। किन्तु मनुष्यत्व एवं मानसिक मूल्यबोध उसे उग्र राजनीति में बहा ले जाते हैं। सत्तर की उस आग में कूदने के बाद अनुभव करता है कि दग्ध वस्तु में सृष्टिशील क्षमता नहीं रहती। पुलिस के निर्मम अत्याचार से जब विकलांग हो जाता है तब भी विप्लव के शरीक के रूप में निःशेष नहीं होता। आखिर में खुद को संयत कर लेता है।

अनिमेष अवाक् होकर माधवीलता को देखता है जिसने कभी राजनीति में हिस्सा नहीं लिया था। केवल इससे प्रेम करके आलोक स्तम्भ की तरह सिर ऊँचा किए अकेली खड़ी रहती है। खरतप्त मध्याह्न में वह मात्र शीतल जल से अधिक कुछ नहीं होना चाहती। बंगाल की यह लड़की धूप की तरह खुद को दग्ध करके भविष्य को सुन्दर करना चाहती है। देश के निर्माण करने के लिए विप्लव में निष्फ़ल, हताशा में डूबे हुए अनिमेष को अहसास होता है कि विप्लव का दूसरा नाम माधवीलता है।

समरेश मजूमदार

एक

अपराह्न अन्धकार से भरता जा रहा था। दोपहर बाद से ही आकाश में बादल छा गए थे। बीच-बीच में जल भरे बादल ऊँची-ऊँची इमारतों को भिगो जाते। हवा में नमी थी, पर बारिश नहीं हो रही थी।

खिड़की खोलते ही दूर तक दिखाई पड़ जाता। अनिमेष खामोश बैठा था। ऐसे मेघ-संकुल अपराह्न या सन्ध्या के समय मन कैसा उदास-सा हो जाता है। बड़ा आलस्य आता है। आँखें बन्द करते ही वे मेघ याद आ जाते हैं जो भूटान के पहाड़ों से दल बाँधकर स्वर्गछेंड़ा के चाय बागान पर बरस पड़ते थे। तब ऊँचे-ऊँचे वृक्ष उल्लास से कैसे आकाश को छूते। कान लगाते ही वही शब्द।

आज वर्ष की पहली-पहली बादल-भरी सन्ध्या थी। बादलों का चेहरा पृथ्वी पर सर्वत्र एक जैसा होता है। तब फिर स्वर्गछेंड़ा या जलपाइगुड़ी के मेघों का नक्शा, चाल-ढाल यहाँ वाले बादलों से भिन्न क्यों है! ये बड़े मटियाले और झीने लगते हैं। जैसे बड़ा कष्ट उठाकर आए हैं। रुकना पड़ जाता तभी ठहरते हैं।

बादल देखते ही अनिमेष को पास और दूर की छतें दिखाई पड़ीं, तीन तला के कमरे से दूर तक देखा जा सकता है। कलकत्ते की लड़कियाँ सन्ध्या समय छतों पर काट देती हैं। शायद कहीं और जाने की जगह नहीं होती या इस विराट नगर में घूमने-फिरने की अनुमति नहीं मिलती। अन्ततः इस पाड़े की लड़कियों को देखने की इच्छा हो रही है। किन्तु बादलों से भरी इस सन्ध्या के समय सारी छतें खाली पड़ी हैं। फिर वह लड़की गरदन उठाकर आकाश में क्या देख रही है? बहुत विषण्ण मनःस्थिति में ही व्यक्ति इस भंगिमा में खड़ा होता है। यह लड़की पहले कभी दिखाई नहीं पड़ी। इस पीले मकान की छत पर बड़े से चेहरेवाली गोरी महिला अकसर घूमती-फिरती दिखाई देती है। लड़की ने सिर झुकाकर कुछ सोचा फिर इस तरफ़ देखा। नजरें मिलते ही जाने क्यों वह चट से भाग गयी। फिर दिखाई नहीं पड़ी। अनिमेष को हँसी आ गयी। तपन होता तो कहता—'लड़की को मालूम नहीं कि तू उस पर मर मिटा है।'

तभी ज़ोर की बारिश होने लगी। अनिमेष ने खिड़की बन्द करके लाइट जला ली।

कमरे में दूसरे पलँग पर त्रिदिव है—त्रिदिव सेन गुप्त। जमशेदपुर का लड़का। इंगलिश मीडियम से पढ़ा है, पर कविता बांग्ला में लिखता है। इसका बैडकवर बहुत कीमती है। नीलवर्ण के पक्षियों के झुंड छपे हैं उस पर। खूँटी पर त्रिदिव के जो कपड़े लटके हैं वे भी उसकी पारिवारिक हैसियत के बढ़िया विज्ञापन हैं। उसकी मेज के कोने पर प्रसाधन की जो चीजें रखी हैं, कलकत्ता आने से पहले अनिमेष ने कभी नहीं देखी थीं। वह उठकर त्रिदिव वाले आईने के सामने खड़ा हो गया। कलकत्ते का पानी पेट में पड़ते ही मुफ़स्सल के लोग गोरे हो जाते हैं। इसे अपनी शक्ल बड़ी ख़ूबसूरत लग रही थी। मामूली लंबे बाल, थोड़ी सी मूँछ-दाढ़ी ने इसके चेहरे का नक्शा ही बदल दिया है। आँखों और नाक पर रोशनी पड़ते ही कई दिन पहले देखे उस चित्र का ध्यान आ गया। युवक रवीन्द्रनाथ ठाकुर का चेहरा क्या ऐसा ही था? सोचते ही शर्म आयी। धत्त! रवीन्द्रनाथ का गौरवर्ण तो भगवान जैसा था।

देखते-देखते कलकत्ते में कितने वर्ष बीत गए। कॉलेज की चौहद्दी छोड़कर अब वह विश्वविद्यालय में है। वक्त तो कम नहीं बिताया, किन्तु अकेलेपन के कारण कलकत्ता से विच्छिन्न-सा हो गया है। कॉलेज के दिनों में पूरी तरह बाबा के आदेशानुसार चलता था। जलपाइगुड़ी से हर सप्ताह दो चिट्ठियाँ विभिन्न निर्देशों सहित मिलती थीं। एक ठाकुर दा, सरित्‌शेखर की, दूसरी बाबा महीतोष की। पहली बार कलकत्ता आते ही जिस घटना ने इसके शरीर-मन को प्रभावित किया था उस छल-कपट से पूरी तरह छुटकारा पाने में बहुत दिन लग गए थे। इसलिए चिट्ठियों के निर्देश मानने के अतिरिक्त कोई दूसरा उपाय नहीं था। इसलिए कलकत्ता में कॉलेज का समय निःसंग ही काटा था।

होस्टल मूलतः कॉलेज के छात्रों के लिए था। जो विश्वविद्यालय में पढ़ना चाहें, वहाँ रह सकते थे। इसलिए अनिमेष यहाँ रहता था। त्रिदिव नया-नया आया था। कलकत्ते से बाहर जिस कॉलेज से उसने पास किया था, वह कॉलेज और अनिमेष का कॉलेज एक ही मिशनरी संस्था के अन्तर्गत थे। इसलिए पुराना छात्र न होने पर भी इसे यहाँ रहने में कोई असुविधा नहीं हुई थी। होस्टल मिशनरी होने के कारण हर वर्ष बहुत से छात्र जो पढ़ने आते, यहीं रहते। अफ्रीका के छात्रों की भाव-भंगिमा में कोई संकोच नहीं होता था। विदेश में हैं, कभी ध्यान नहीं आता था। बड़े-बड़े चेहरोंवाले ये छात्र हर समय हल्ला-गुल्ला करते। शुरू में अनिमेष ताज्जुब से उनकी तरफ़ ताकता। किसी भी अफ्रीकी को देखते ही अंकल टॉम का ध्यान आ जाता। गौरवर्णवाले मनुष्यों ने अभी उस दिन तक उन्हें क्रीतदास बना रखा था। किन्तु इनके हाव-भाव में उस कष्ट का कोई चिह्न नहीं था।

अनिमेष के मन में एक बात और उभर आयी थी। आसाम रोड पर दौड़ती हुई मिलिटरी कन्वेर्यस के नीग्रो अफसर का चेहरा स्पष्ट हो रहा था। न जाने वह अब कहाँ हैं? हम चिरकाल तक व्यर्थ ही किसी को याद रखते हैं, जिसे याद रखने की कोई जरूरत नहीं होती।

लगातार जोर की बारिश हो रही थी। दरवाजा खोलकर अनिमेष बरामदे में आ गया। होस्टल के कई कमरे बन्द थे। खुले दरवाजों से रोशनी बाहर की बारिश से मिलकर गडमड हो रही थी। यू पैटर्न के इस होस्टल के बीच में बास्केट बॉल कोर्ट अन्धकार में डूबा पड़ा है। उस तरफ़ के किसी कमरे से माउथ ऑर्गन का स्वर बहता आ रहा है। रुदन का-सा स्वर खींचता हुआ। आन्तरिक न हो तो इस तरह बजाया नहीं जा सकता। कोई परिचित गाना नहीं, स्वर में परिचित भंगी भी नहीं। उन अफ्रीकियों में से ही जरूर कोई बजा रहा है। हजारों मील दूर से आकर जिसे अपने देश के लिए बड़ा कष्ट हो रहा है या वहाँ छोड़ आए किसी व्यक्ति के बारे में सोच रहा है। अनिमेष का मन हो रहा था कि एक बार उस लड़के को देखकर आए। मुश्किल यह थी कि उन्हें देखकर चट से पहचान नहीं पाएगा। कोई बहुत लम्बा-मोटा या दुबला⋯बस इसी तरह जान पाएगा। तीन-तला के बरामदे से काफी आगे जाकर, अनिमेष उस कमरे के सामने आ गया। संकोच भी था कि बेकार पीछे पड़नेवाली बात होगी!

लड़का कमरे में खाट पर चित लेटा, आँखें बन्द करके माउथ ऑर्गन बजा रहा था। सपाट चेहरा, जूतों समेत दोनों पाँव खाट से बाहर झूलते हुए। कमरा बेतरतीब। सजाने की कोई चेष्टा नहीं। कुछेक सैकंड खड़े रहकर वह लौटने को हुआ कि लड़का ऑर्गन बजाना बन्द करके, बैठकर बोला, "हे ऽ ऽ ह!" सुनकर, अर्थ न समझने पर भी अनिमेष ने अनुमान कर लिया कि इसी से बात कर रहा है। अगले ही क्षण एक छलाँग में खड़ा होकर दोनों हाथ फैलाकर वह बोला, "गैट इन प्लीज़।"

अब समझ सकने पर भी अनिमेष ने लक्ष्य किया कि उसकी भारी आवाज में उच्चारण ऐसे चिपका हुआ था कि बाकी शब्द स्पष्ट नहीं हो सके। कमरे में घुसते ही लड़के की हँसी में श्वेत दन्त पंक्ति झलकी, बोला, "इस्स।"

अपने आने का कारण बताने में अनिमेष संकट में पड़ गया। जल्दी से सोचकर भी अंग्रेजी में कुछ कह नहीं पाया। संकोच हो रहा था कि अंग्रेजी कहीं गलत बोल जाए। अन्ततः सीधा तरीका ढूँढ़ लिया। अँगुली से माउथ ऑर्गन दिखाया। लड़का बहुत खुश हो गया है इस भंगिमा से माउथ ऑर्गन फेंक दिया। कूदकर बोला, "यू लाइक इट!" "येस⋯" अनिमेष को तसल्ली हुई, फिर कहा, "वेरी स्वीट!" "थैंक यू⋯इट्स माई फ्रैंड⋯मदर गेव इट⋯सिट डाउन⋯सिट हियर प्लीज़।" टेबल के पासवाली चेयर लाकर खाट के पास रखी और अनिमेष से बैठने

का इशारा किया।

पहले कभी अनिमेष ने अंग्रेजी में बात नहीं की थी। जब जलपाइगुड़ी में था तब तो प्रश्न ही नहीं उठता था। त्रिदिव बांग्ला-हिन्दी में बात करते-करते अनजाने ही अनर्गल अंग्रेजी बोल पड़ता। यह भी अनिमेष ने लक्ष्य किया था। बहुत से शब्दों का जिनका अर्थ कुछ और होता व्यवहार में रूप बदल जाता। यही जैसे लड़के ने भीतर आने के लिए कह था, "गैट इन।" अनिमेष गैट कह ही नहीं पाता। वह कहता 'कम इन' हाँ बाहर जाने के समय 'गैट आउट' सहज ही ध्यान आ जाता। जलपाइगुड़ी के बंगाली स्कूल में जो अंग्रेजी सीखी थी, उसमें अपनी इच्छा नहीं जोड़ी जा सकती थी। अनिमेष फीका-सा पड़ गया।

चारों तरफ़ लड़के के रंग-बिरंगे कपड़े लटक रहे थे। उसका रूममेट शायद अभी लौटा नहीं था। अनिमेष को मालूम नहीं था कि कोई रंगीन जाँघिया भी पहन सकता है। चेयर पर बैठकर लड़के को अच्छी तरह देखा। रंग काला था नीली-सी चमक निकल रही थी। आँखें छोटी-छोटी, सिर के बालों में कंघी करना असम्भव। इतने घुँघराले और टेढ़े-मेढ़े थे कि कंघी की जरूरत ही नहीं थी। शरीर बेंत की तरह दुबला। कहीं जरा सी भी चर्बी नहीं।

"आइ एम थम्बोटा रियल ग्लैड टु मीट एन इंडियन इन माइ रूम।"

सफेद चमकदार दाँतों की एक झलक चेहरे पर खेल गयी। अनिमेष इंडियन है यह पहली बार किसी ने कहा है। ध्यान आया थम्बोटा की मातृभाषा अंग्रेजी नहीं है। थोड़ी बहुत भूल-चूक होने पर उसे पता नहीं चलेगा। अनिमेष ने अपना नाम बताया। अब वह जरा स्वस्थचित्त था।

इसने पूछा, "तुम तो स्कॉटिश में पढ़ते हो ना?"

"हाँ...बी.एस-सी. फर्स्ट ईयर...तुम?"

"मैंने एम.ए. में एडमिशन लिया है...अभी क्लासें शुरू नहीं हुई हैं... आर्ट्स!"

"ओ गॉड!...तो तुम मुझसे सीनियर हो...बट यू लुक सो यंग," थम्बोटा आश्चर्य से उसे देख रहा था।

अनिमेष क्या सचमुच एम.ए. का छात्र नहीं लगता? मालूम नहीं।

"यहाँ कैसा लग रहा है...?"

"ठीक ही, पर यह मसालेवाला खाना अगर न होता...देट्स हास्टिल...मेरा स्टमक अकसर खराब हो जाता है...ए मैन कैन नॉट लिव ऑन मेडिसिन...तुम होस्टल में क्यों रहते हो...तुम्हारा घर नहीं है यहाँ?"

"नहीं...यहाँ से कई सौ मील दूर डूयार्स नामक जगह से आया हूँ।"

"वह भारतवर्ष नहीं है?"

"है क्यों नहीं...पशिचम बंगाल का ही अंश है।"

थम्बोटा झट से टेबल से भारतवर्ष का एक नक्शा लाकर टेबल पर बिछाकर बोला, "शो मी व्हेयर इट इज"।"

अनिमेष ने झुककर पश्चिम बंगाल के सिरे पर जलपाइगुड़ी के अंचल पर अँगुली रख दी। इसने देखा कि नक्शे में अलीपुर द्वार तथा फालाकाटा तो लिखा था किन्तु स्वर्गछेंड़ा का कोई उल्लेख नहीं था। थम्बोटा बोला, "यह"जगह तो हिमालय पर्वत माला के नीचे है"तुम पहाड़ी हो"?"

"नहीं"नही"मैं बंगाली हूँ"" कहकर अनिमेष हँस दिया।

"स्ट्रैंज! तुम लोगों के भारतवर्ष में स्नो रेंज है, समुद्र है, मरुभूमि है, और डिफरेंट टाइप ऑफ पीपल विद डिफरेंट लैंग्वेजेज़"एक साथ रहते हैं। कोई बंगाली, कोई पंजाबी, पर सब इंडियन! तुम लोगों को कोई परेशानी नहीं होती? तुम लोग कैसे यूनाइटेड हुए?" जानने का आग्रह थम्बोटा के चेहरे पर झलक रहा था।

अनिमेष जरा सोचकर बोला, "हम लोगों की शक्ल और भाषा भिन्न सही किन्तु कहीं-न-कहीं कल्चर और धर्म में समानता है। और फिर इतिहास"विदेशियों का बार-बार हम पर आक्रमण हुआ शायद आक्रान्त होने के कारण यूनिटी हो गयी।"

सुनकर थम्बोटा बोला, "बट देयर आर हिन्दूज़ एंड मुस्लिम्स"क्रिश्चियन भी कम नहीं हैं"वे तो कम्प्लीटली अलग धर्मवाले हैं"उनकी मानसिकता भी भिन्न है"है ना?"

अनिमेष जरा घबराकर बोला, "हाँ"किन्तु धर्म तो घर की-सी बात है"बाहर आग लगी हो तो मनुष्य उसे बुझाने के लिए बाहर निकल आता है"।"

थम्बोटा हँस पड़ा, "अगर ऐसा है तो तुम लोगों ने ब्रिटिश को इतने वर्ष को क्यों रहने दिया? बहुत दिन पहले ही उन्हें भगा सकते थे और मेरे खयाल में देश के अन्धकाराच्छन्न होने का यही कारण है।"

जरा चुप रहकर अनिमेष बोला, "हाँ"अन्ततः वे हमारे हाथ में स्वाधीनता पकड़ा गए।"

थम्बोटा को आश्चर्य हुआ। बोला, "कोई भी फ्रीडम किसी को देता नहीं"फ्रीडम अर्न करनी पड़ती है"कहना क्या चाहते हो"तुमने फ्रीडम अर्न नहीं की?"

अनिमेष अचानक उत्तेजित हो उठा। स्कूल में सुनील दा ने भारतवर्ष के सम्बन्ध में जो नई व्याख्या की थी, कलकत्ता आने के बाद जेब खर्च से पैसे बचाकर पत्र-पत्रिकाओं में वही व्याख्या पढ़कर इसकी धारणा और भी सुदृढ़ हो गयी थी। बोला, "हमने विभिन्न पथों से चेष्टा की थी किन्तु अन्त में वे लोग स्वाधीनता सौंप गए। रक्त दिए बिना स्वाधीनता नहीं मिलती, यदि वह मिल भी जाए तो देशवालों को उस स्वाधीनता से ममता नहीं होती।" इसने पहली बार यह

बात कही थी! इतने दिन तक यह भावना मन में घुमड़ती रही थी। अब कहते हुए प्रतीत हुआ कि अपने देश की दुर्बलता के सम्बन्ध में किसी विदेशी से बात करना ठीक नहीं। थम्बोटा ने तो अपने देश की किसी समस्या का उल्लेख नहीं किया। बताने पर शायद वह गलती समझ बैठे और इसके देशवासियों को मालूम हो जाए, यह भी तो ठीक नहीं। इसने बात बदल दी, बोला, "इस बीच बहुत अरसा बीत गया है। अब वह पुरानी गलतियों को सुधार लेंगे। तुम अपनी बात सुनाओ। हम एक ही संसार में रहते हैं किन्तु तुम्हारे देश के बारे में भारतवासी बिलकुल नहीं जानते।"

"वैल"हमारा देश बड़ा गरीब है और बड़े लोग जिसे कहते हैं अनडवलप्ड हैं। हम अफ्रीकी प्रैक्टिकली इतनी छोटी-छोटी स्टेट्स में डिवाइडेड हैं।"

तभी एक असभ्य-सा व्यक्ति दरवाजे में आ खड़ा हुआ। पूरा भीगा हुआ। कपड़ों से पानी टपक रहा था। चेहरे और आँखों में विरक्ति। अनिमेष इसे कई बार पहले भी देख चुका था। बड़ा नाटा और दुर्बल-सा। इस होस्टल का अफ्रीकी नहीं था। इसका रंग भी बिलकुल काला नहीं था। तम्बाकू जैसा कहा जा सकता है। मोटी-सी नाक और मोटे होंठों के बावजूद अलग तरह की रौनक थी। सिर के बालों में अधिक स्प्रिंग लगे थे इसलिए बारिश से बिखरे नहीं थे। कमरे में घुसते ही उत्तेजना से हाथ-पाँव नचाकर थम्बोटा से अपनी भाषा में जाने क्या कुछ कह रहा था। थम्बोटा हँस रहा था उत्तर कोई नहीं दे रहा था। पागल की तरह दो-तीन बार चक्कर लगाकर भी बात ख़त्म नहीं कर पा रहा था। अनिमेष भाषा नहीं समझता था, पर लगा कि इसे कमरे में देखकर क्रोध में भर उठा है। अफ्रीकी लड़कों के कमरे में किसी भारतीय को अड्डा जमाते नहीं देखा गया था। ये भी किसी के कमरे में नहीं जाते थे। अचानक अनिमेष की तरफ़ से भागकर खाट के दूसरी तरफ़ बैठकर जो कह रहा था वह अंग्रेजी भाषा थी। यह समझने में भी देर लगी। अनिमेष ने फिर सुना, "यू मस्त प्रोतेस्त"। किसके विरुद्ध कह रहा था, यह न समझकर अनिमेष को थम्बोटा की तरफ़ देखते ही लड़के ने अँगुली उठाकर पूछा, "यू लिव दिस होस्तल?"

अनिमेष ने स्वीकृति में सिर हिला दिया। तसल्ली हुई कि वह ख़ुद उसके क्रोध का कारण नहीं है। यदि होता तो प्रतिवाद की बात न करता। थम्बोटा ने बताया कि लड़का उसका रूममेट है। आज शाम किसी परिचित महिला के साथ घूमने जाने की बात है। बारिश के कारण होस्टल में अड्डा जमाना चाहता था। गेट के दरबान ने विरोध किया कि होस्टल में लड़कियों का प्रवेश निषिद्ध है। आठ बज चुके थे। विज़िटर्स रूम भी बन्द था। लड़का बड़ा अपमानित महसूस कर रहा है कि यह कोई बच्चा तो है नहीं। भला-बुरा समझता है। इस तरह के नियम लड़कियों के होस्टल में चाहे लागू हों, पर यहाँ लागू करना अपमानजनक है।

थम्बोटा हँसकर बोला, "महिला कह गयी है कि वह अब मेरे दोस्त का मुँह तक नहीं देखेगी।"

लड़का अब तक चुपचाप बात सुन रहा था। चीखकर बोला, "शी टोल्ड मी किड।"

उसके कहने के तरीके पर अनिमेष हँस पड़ा। लड़का जल्दी से खड़ा होकर दोनों हाथों से कपड़े उतारने लगा। गंजी-वंजी तो पहने नहीं था। तम्बाकू के रंग वाली निर्लोम छाती देखकर कोई उसे नीग्रो नहीं सोच सकता था। उसने निस्संकोच पैंट के बटन खोलकर कमरे के कोने में डाल दी। अनिमेष ने इतना सब नहीं सोचा था। परिचित या अपरिचित किसी भी व्यक्ति के सामने इस तरह कुरता-पाजामा उतारकर केवल जाँघिए में खड़े होने की बात तो वह सोच ही नहीं सकता था। इनमें कोई संकोच नहीं होता क्या? इसे तो यह भी डर था कि जाँघिया भी शरीर पर नहीं रहेगा। कमरे से जाने के लिए उठा तो लड़का बड़ी नफरत से बोला, "यू इंडियंस आर विदाउट बैकबोन....कावर्ड!"

अब बात समझने में कठिनाई नहीं रही। अनिमेष के दिमाग में ख़ून चढ़ गया। चट से घूमकर लड़के के सामने जा खड़ा हुआ। वह उत्तेजना से काँप रहा था। मुट्ठी बन्द नहीं कर पा रहा था। अनिमेष की आँखों और चेहरे का भाव देखकर लड़का डर से दो कदम पीछे हट गया था। बात समझते ही थम्बोटा ने भागकर अनिमेष को पकड़ लिया। थम्बोटा के लम्बे-चौड़े शरीर के सामने अनिमेष एक क्षण को असहाय-सा हो गया। प्राणपण से ख़ुद को छुड़ाने की कोशिश करने लगा। जबरदस्ती न करके थम्बोटा बोला, "मेरे दोस्त की बात पर ध्यान मत दो। उसे मालूम नहीं किससे क्या कहना चाहिए।" फिर हँसकर कहा, "तुम्हें क्रोध में देखकर मुझे ख़ुशी हो रही है।"

अनिमेष ने बड़ी मुश्किल से ख़ुद पर काबू पाया। सारा शरीर काँप रहा था। थम्बोटा न रोकता तो वह लड़के को ख़ूब पीटता। वह लड़कियों के साथ अड्डा जमाए और समर्थन न मिलने पर गालियाँ बके? थम्बोटा के चंगुल से ख़ुद को किसी तरह छुड़ाकर अनिमेष बाहर आ गया। आज तक किसी के शरीर पर इसने हाथ नहीं उठाया था। लड़के को पीटता तो वह निश्चय ही प्रतिरोध न कर पाता। ऐसा दुर्बल शरीर लेकर इस तरह की बात करने का उसने दुस्साहस ही कैसे किया। अनिमेष को अफ़सोस हो रहा था कि उसकी पिटाई नहीं कर सका।

बारिश अब भी लगातार हो रही थी। मिजाज़ चिड़चिड़ा हो गया था। अफ्रीकी लड़कों की मानसिकता ऐसी ही होती है या नहीं कौन जाने! पर थम्बोटा से बात करना अच्छा लग रहा था। कुछ क़दम आगे बढ़ते ही पीछे से आवाज़ आयी, "हेइ...हनिमेस...।"

पलटकर देखा, थम्बोटा आ रहा था। अपने नाम का ऐसा उच्चारण सुनकर

विरक्ति दूर हो गयी। थम्बोटा पास आकर बोला, "मुझे बहुत बुरा लग रहा है···पर मेरा दोस्त बड़ा निरीह है···केवल लड़कियों के मामले में सेंसिटिव है। खैर···तुमसे बात करके बड़ा अच्छा लगा। फिर आओगे ना?"

उसकी बात में ऐसी आन्तरिकता थी कि अनिमेष क्रोध नहीं कर पाया। बोला, "आज रहने दो किसी और दिन···।" उसी समय थम्बोटा के कमरे से उद्दाम स्वर बहता हुआ आया। माउथ ऑर्गन में मानो आँधी आ गयी थी। पराजय निश्चित जान मनुष्य जब पस्त हो जाता है सुर वैसा ही तेजस् और उद्दाम था। कुछ क्षण दोनों चुपचाप सुनते रहे। रात थी। बारिश की आवाज़ में सारा होस्टल सो रहा था। इस तरह की रिमझिम उसे अवश कर देती थी। थम्बोटा ने धीरे से कहा, "मेरी अपेक्षा ज़्यादा अच्छा बजाता है ना···वह!"

अनिमेष फ़ैसला नहीं कर पा रहा था कि क्या उत्तर दे। गरदन टेढ़ी करके बरामदे में टहलने लगा। स्वर पीछे-पीछे बहता आ रहा था। चौंककर रुकते ही इसे लगा कि एक तरह का सूनापन चारों ओर से जकड़े है। कमरे की कुंडी खोलकर कुछ देर अँधेरे में देखता रहा। बड़ा अकेलापन लग रहा था। इतने बड़े कलकत्ता शहर में कोई बन्धु नहीं आत्मीय नहीं···! बत्ती बिना जलाए, कमरे मे जाकर चुपचाप खाट पर लेट गया।

परेशानी फिर भी दूर नहीं हो रही थी। उस लड़के ने कैसे आराम से इसे गालियाँ दे डालीं। थम्बोटा न होता तो जाने क्या होता! उत्तेजना के कारण सिर में ख़ून चढ़ने से सारा शरीर काँप रहा था। उस वक्त न जाने कितनी मार-पीट कर बैठता। अगर कर पाता तो शायद अच्छा ही होता। एक लड़का इतनी दूर से पढ़ने के लिए कलकत्ता आया। सामान्य-सी बात पर देश के व्यक्ति के चरित्र को लेकर इस तरह का इंगित किस युक्ति से कर सका!

अनिमेष निस्तेज-सा पड़ा दरवाजे से बाहर की वर्षा देखता रहा। बरामदे की रोशनी बारिश में मिल रही थी। उत्तेजना कम होने लगी तो अवसाद ने घेर लिया। बात को लेकर जोड़-तोड़ करता रहा—'यू इंडियंस आर विदाउट बैकबोन···कावर्ड!' बात बिलकुल बेदम हो गयी थी। जरा तटस्थता से शब्दों का ध्यान कर रहा था। कलकत्ते में इसने जीवन के तीन वर्ष काट दिए हैं। प्रतिदिन समाचार-पत्रों में या चारों तरफ़ के व्यक्तियों को देखता आ रहा था। वे किस तरह के हैं? जलपाइगुड़ी से ट्रेन में पहली बार आते समय भारत की मिट्टी में कुछ नया तैयार करने की जो जोड़-तोड़ करता रहा था, उस उत्तेजना के कारण वह विचलित हो उठा था। इधर कई वर्ष जाने कहाँ खो गए। अब, इस शहर के लोगों को देखकर लगता नहीं कि उन्होंने या किसी और ने इसके सम्बन्ध में चिन्ता की हो। वह गडुलिया प्रवाह में बहता जा रहा है। वह क्या है, यहाँ के लोगों का जीवन-यापन देखे बिना समझ नहीं आता। मेरुदंडहीन (निराधार) बात क्या बिलकुल प्रयोजनीय नहीं है?

देश के नब्बे फीसदी वासी अब भी नहीं जानते कि वे स्वाधीन हो गए हैं। जो जानते हैं उनमें से बहुतों की मानसिकता में, ब्रिटिश शासन और स्वाधीन भारत में पार्थक्य या अन्तर नहीं लगता।

कॉलेज में पढ़ने को लेकर महीतोष (बाबा) के साथ थोड़ी कड़वाहट हो गयी थी। महीतोष इसे स्कॉटिश चर्च कॉलेज में दाखिल नहीं कराना चाहते थे। लड़के-लड़कियों का साथ पढ़ना उन्हें पसन्द नहीं था। और फिर होस्टल जब कॉलेज-कम्पाउंड में नहीं था तो! कलकत्ते की सड़कों पर लड़के को घूमने-फिरने देना इन्हें बिलकुल पसन्द नहीं था।

प्रायः आठ महीने तक बिस्तर पर पड़े-पड़े अनिमेष बड़ा काहिल और कमज़ोर हो गया था। अब जल्दी चलना उसके वश की बात नहीं रही थी। एक ही नज़र में पता चल जाता था कि वह लँगड़ा कर चलता है। वस्तुतः महीतोष तो इसे पढ़ने के लिए कलकत्ता भेजना ही नहीं चाहते थे। किराए की रिक्शा का इन्तज़ाम करके जलपाइगुड़ीवाले मकान से आनन्दचन्द्र कॉलेज में पढ़ने पर ज़ोर दे रहे थे। किन्तु मनुष्य को यों ही तो अक्ल आती नहीं। बिछौने पर पड़े-पड़े अनिमेष जो और भी जिद्दी हो गया था इसका प्रमाण उसका कलकत्ते जाकर पढ़ने का हठ थीं। फिर सरित्शेखर (ठाकुर दा) ने भी इसका समर्थन किया। दुर्घटना बार-बार तो होती नहीं। लाचार हो महीतोष लड़के को लेकर कलकत्ता आए। अकेला नहीं छोड़ा। हिन्दू होस्टल प्रेजिडेंसी के पास ही था। वहाँ प्रवेश की कोशिश विफल हो गयी। प्रथम डिवीजन में पास करके भी किसी-किसी कॉलेज में दाखिला नहीं मिलता, जानकर महीतोष हत्-वाक्य रह गए। उनका ध्यान अब कलकत्ता के तीन मिशनरी-कॉलेजों की तरफ़ गया। सेंट जेवियर में दाखिल करने को मन नहीं माना। सब तरफ़ से देख-सुनकर सेंट पॉल्स अच्छा लगा। कॉलेज की सीमाओं में ही होस्टल था। सड़क पर बिलकुल नहीं चलना पड़ेगा। किन्तु अनिमेष तीसरे कॉलेज के प्रति आकृष्ट हुआ। स्कॉटिश चर्च कॉलेज में विवेकानन्द, सुभाषचन्द्र बसु पढ़े थे। किसने कब घी खाया था, अब उसकी गन्ध सूँघने के क्या मायने! महीतोष यह समझ नहीं पा रहे थे। मातृहीन लड़के शायद हमेशा ही ज़िद्दी हो जाते हैं। लड़के को साथ लेकर कॉलेज गए। मन-ही-मन बड़ा असहाय अनुभव कर रहे थे। झुंड-की-झुंड लड़कियाँ रंग-बिरंगी पोशाकों में कॉलेज में चारों तरफ़ इकट्ठी थीं। उनमें से किसी-किसी की भंगिमा में लापरवाही! यहाँ लड़के की पढ़ाई-लिखाई ठीक से हो सकेगी इसमें उन्हें सन्देह था। एक और चिन्ता उन्हें परेशान कर रही थी कि अनिमेष ने साइंस की जगह आर्ट्स में एडमिशन ली थी। पिता को लड़के को डॉक्टर बनाने की इच्छा को जलांजलि देनी पड़ी। उन्होंने अनुभव किया कि यहाँ भी अनिमेष के दादा की इच्छा ही सर्वोपरि रही। वापस जाने से पहले बार-बार पुत्र को उपदेश देते रहे थे। अच्छी तरह पढ़ाई करके अच्छा रिज़ल्ट लाना है।

कलकत्ता शहर में नए लड़कों को बरबाद करने के लिए बड़ा उत्पात होता है कि अनिमेष कभी असतर्क न रहे। किसी बन्धु-बान्धव का विश्वास नहीं करना है क्योंकि मुसीबत के वक्त कोई पास नहीं फटकेगा। कॉलेज-यूनियन से सात हाथ दूर रहना है क्योंकि मध्यवित्त परिवार के लड़के को यह विलासिता शोभा नहीं देती। जिसे राजनीति का नशा हो जाता है उसका इहकाल और परकाल बिलकुल नष्ट हो जाते हैं। जिनके पिता के पास बहुत-सा रुपया हो वही यह सब करें जैसे जवाहरलाल, चित्तरंजन, सुभाष बसु।

बाबा के सारे उपदेश अनिमेष को ध्यान से सुनने पड़े। इसने नोट किया कि जब वे बात करते तो भूल जाते कि भारतवर्ष अब स्वाधीन है। हाँ, अनिमेष उनकी एक बात से सहमत था। इधर इसका एक वर्ष बरबाद हो चुका है। मंटू, तपन, अर्क आदि अब सैकंड इयर में पढ़ रहे हैं। मनुष्य का जीवन बड़ा छोटा होता है। उसमें से एक वर्ष यदि बिना काम-काज नष्ट हो जाए तो हानि कुछ कम तो नहीं। इसने बाबा से वायदा किया था कि समय बरबाद नहीं करेगा। इसलिए बी.ए. पास करने तक केवल चारों तरफ़ देखता रहा। स्कॉटिश चर्च की छात्र-यूनियन बेशक छात्र-फैडरेशन के अन्तर्गत थी। कभी-कभी उपस्थित होने के अलावा इसकी कोई और सक्रिय भूमिका नहीं थी। संसार के किस प्रान्त में क्या हुआ उसे लेकर वे मीटिंग करते थे। हाँ, कॉलेज का नल तीन दिन से खराब पड़ा है उस तरफ़ ध्यान नहीं था। अनिमेष इन कुछ वर्षों तक केवल देखता रहा। उसने सोचा न था कि जल्दी चलने अथवा शारीरिक श्रम करने की क्षमता पुनः प्राप्त करने में इतना वक्त लगेगा। मन-ही-मन चिन्ता करने के अलावा कोई और चारा नहीं था। आश्चर्य! किसी ने पूछा नहीं कि तुम्हारे पाँव में क्या हुआ है?

त्रिदिव कब आया, अनिमेष को पता नहीं चला। कमरे की बत्ती जलते ही आँखों में लगी। हाथों से ओट कर लिया। त्रिदिव अकेला नहीं था, साथ में दो व्यक्ति और भी थे। खाने के कमरे में उन्हें देखा तो था, पर बातचीत नहीं हुई थी। इस होस्टल में खाने के दो कमरे हैं—एक विदेशियों के लिए, दूसरा इनके लिए। यह नियम किसने शुरू किया था यह तो नहीं मालूम, पर अब चल रहा है। उठकर बैठते ही अनिमेष को जोर की दुर्गन्ध आयी। त्रिदिव आदि खड़े थे। उनके शरीर से पानी टपककर ज़मीन पर बह रहा था। तीनों भीगे हुए! कौओं जैसे!! अनिमेष ने त्रिदिव से पूछा, "क्या हुआ...बारिश में भीग गए हो...बीमार पड़ सकते हो।"

त्रिदिव हँस दिया। बारिश में भीगकर सिर के बाल आदि इतने बेतरतीब हो जाते हैं कि शक्ल तक बदल जाती है। त्रिदिव में भी फरक लग रहा था।

"अरे! ऐसी फ़ाइन बारिश में सड़क पर चलने में कितना आनन्द मिलता है तुम नहीं समझ सकते...अपन को दीवाना समझते हो।"

"निमोनिया हो गया तो…?"

अनिमेष को भी बात में आनन्द आ रहा था।

"कवियों को निमोनिया नहीं होता। ईश्वर ने उनके सीने में इतना प्रेम भर दिया है कि निमोनिया के लिए जगह ही नहीं मिलती"। कहते-कहते त्रिदिव अपनी अस्थिरता छिपा नहीं पाया।

अब अनिमेष ने नोट किया कि तीनों ही स्वाभाविक हालत में नहीं थे। स्थिर खड़े नहीं हो पा रहे थे। त्रिदिव की आवाज भी दूसरी तरह की लगी।

"अनिमेष माई रूममेट…इनसे परिचय है तुम्हारा? नहीं…हम इसी होस्टल में रहते हैं, किन्तु एक-दूसरे को कोई नहीं पहचानता। एक ही पृथ्वी पर रहते हैं किन्तु मनुष्य को आज तक जाना पहचाना नहीं। यह है दुर्गा…दुर्गापद…गोविन्द!" त्रिदिव ने दोनों को अंगुली से दिखाया।

गोविन्द नाम के लड़के ने जब बात की तो अनिमेष को रहस्य समझ में आया। "तुम ठहरे गुडी बॉय…अब भी मुफ़स्सल वाली अलवान शरीर से चिपका रखी है…।"

बातें होती रहीं। हर शब्द में शराब की महक। यानी त्रिदिव और दुर्गापद शराब पीकर आए हैं! गोविन्द की बातों में विद्रूप थी किन्तु अनिमेष ने उत्तर नहीं दिया। सबको मालूम है कि शराबी की चिन्ता-भावना में कोई तालमेल नहीं रहता…युक्ति भी नहीं।

इसने त्रिदिव से पूछा, "तुमने शराब पी है…?"

कलकत्ता के इस प्रवासकाल में त्रिदिव को रूममेट के रूप में पाकर अनिमेष प्रसन्न था। लड़का कविता लिखता है…दूसरी किस्म की कविता! मन का अच्छा है। अवस्थापन्न परिवार का लड़का है। आचरण में कोई चालूपन नहीं। बस…यह कि अनिमेष की इच्छा हो अथवा न हो, त्रिदिव कविता ज़रूर सुनाएगा। अनिमेष ने आज तक उसे नशे में नहीं देखा था। किसी को नशे में देख अनिमेष के समक्ष कई वर्ष पूर्ववाले बाबा (महीतोष) का चेहरा उभर आता। शराब में धुत्! बाबा और छोटी माँ का दुर्बल गोरा चेहरा…अब भूल गया था अनिमेष…फिर भी…!

दुखी होने पर मनुष्य शराब पीता है। बड़े लोगों का-सा मिजाज़ होते ही ड्रिंक करने लगते हैं। पर त्रिदिव में दोनों में से कोई भी बात हो इसे नहीं मालूम। इसके अतिरिक्त होस्टल की नियमावली दरवाजे पर लगी है कि इस प्रकार के आचरण के लिए कठोर दंड की व्यवस्था है।

इसकी बात का उत्तर न दे, त्रिदिव खिड़की के पास जा खड़ा हुआ। दोनों पल्ले खोलते हुए बोला, "क्यों…मेरा शराब पीना तुम्हें बुरा लगा? पेट में शराब और

सिर पर बारिश! सृष्टि की गड़बड़ हो जाएगी? तुम पियोगे?"

"नहीं..." अनजाने ही अनिमेष ऊँची आवाज में बोल पड़ा।

"क्यों...गुडी बॉय...शराब पीने से मनुष्य खराब हो जाता है?" गोविन्द ने फँसी हुई-सी आवाज में टिप्पणी जोड़ी।

अनिमेष ने देखा, दुर्गापद पॉकेट से चपटी-सी बोतल निकाल रहा था। अनिमेष नाक चढ़ाकर बोला, "शराब पीने से मनुष्य की जो हालत होती है जानता हूँ...देख चुका हूँ...।"

दुर्गापद 'खीं-खीं' करके हँसा। "बहुत-सों के यहाँ जमाई षष्ठी नहीं होती, बहन-भाई के टीके की रसम नहीं होती...शायद तुम्हारी भी ऐसी ही रीति है...शराब नहीं पीते।"

त्रिदिव के खिड़की खोलते ही बारिश का पानी तेजी से अन्दर आने लगा। अनिमेष ने देखा कि पढ़ने की टेबिल पानी से भीग रही है। जल्दी से उतरकर खिड़की बन्द करने जा रहा था कि त्रिदिव दोनों हाथ फैलाकर बोला, "नियम न तोड़ो तो नियम समझ में नहीं आता। भई! रूममेट!!"

"मेरी किताबें भीग रही हैं।"

"कल सुखा दूँगा...।"

त्रिदिव भावुकता के क्षणों में हिन्दी शब्द बिलकुल नहीं बोलता था, जैसे कविता लिखते समय भी होता। वह लौट रहा था कि गोविन्द इसके सामने आ खड़ा हुआ।

"इनडायरेक्ट या डायरेक्ट?" बोतल सामने रखते ही अनिमेष ने सिर हिलाया, "मैं नहीं पियूँगा।"

"यह क्या बात हुई...यात्रा एक और फल पृथक्...!!"

"क्यों...नहीं पियूँगा तो जबरदस्ती पिलाओगे...?"

त्रिदिव ने आगे बढ़कर अनिमेष के कन्धे पर हाथ रखा, बोला, "संस्कार तोड़ने की बात नहीं हो रही थी उस दिन? तुम तो ख़ुद संस्कारग्रस्त हो। लो...पियो...विवेक के सिर पर मारो लाठी...।"

"यह इतना आसान नहीं है...मर जाऊँगा, पर शराब नहीं पियूँगा।" अनिमेष फुँफकार उठा।

न जाने त्रिदिव को क्या हुआ। उसकी आँखें और चेहरा हिंस्र हो उठे।

बारिश से भीगे कमरे में ज़ोर-जबरदस्ती होने लगी। अनिमेष ने चिल्लाना चाहा। 'सुपर'(वाइज़र) भागता हुआ आ जाए तो इनके चंगुल से बचेगा। किन्तु फिर जो होगा सोचकर, चिल्लाया नहीं। बाकी तीनों खामोश थे। अनिमेष इन मद -मस्त व्यक्तियों से मुकाबला नहीं कर पाया। उन्होंने प्रचंड शक्ति से अनिमेष को ज़मीन पर चित्त फेंक दिया और शराब की बोतल मुँह में ठूँस दी। वह तरल पदार्थ

गलगल करके उसके गले में उतरने लगा। जिह्वा से रोकने में भी अनिमेष सफल नहीं हुआ। थूकने पर भी पेट में कुछ चला गया। गला जलने लगा था। कैसी दुर्गन्ध थी! अन्ततः दाँत भींचकर प्रतिरोध किया।

गोविन्द खीजकर बोला, "स्साला⋯! पीता नहीं⋯ठीक है⋯इसकी सजा होगी पूरा नंगा करना⋯।"

"नग्नता कविता नहीं⋯बल्कि कुछ और⋯।" त्रिदिव बुड़बुड़ाया। उनके हाथ क्रियाशील हो गए। दो ने पकड़ लिया और सक्रिय हो गए। दोनों पाँवों से प्रतिरोध करने पर भी अनिमेष का निचला भाग नंगा कर दिया।

अब कौन-सा आक्रमण होगा⋯सोचने से पहले ही अनिमेष को अस्फुट आर्त स्वर सुनाई पड़ा।

गोविन्द कह रहा था, "अरे⋯ब्बस! इस साले की थाइ पर इतना बड़ा दाग किसका है⋯?" अनिमेष की बन्द आँखों में भी शरीर की वह यन्त्रणा फैल गयी। मानो शून्य से छलाँग लगाकर धरती पर आ गिरा हो।

त्रिदिव उसे छोड़कर आपरेशनवाली जगह पर हाथ रखकर, दूसरे ही स्वर में बोला, "यहाँ क्या हुआ था?⋯किसका दाग है⋯?"

मुँह में विश्री स्वाद! गला जल रहा था। सारे शरीर में अवसाद!!

अनिमेष थूकने की चेष्टा करते हुए बोला, "बुलेट का⋯।"

दो

घुटने से जरा ऊपर ताँबे के-से रंगवाला दाग⋯आस्ट्रेलिया के नक्शे के आकार का। अचानक दिखाई पड़ जाए तो परेशानी होती ही है। सुन्दर निर्लोम थाइ के ठीक बीच में कुत्सित चिह्न! सारा जीवन रहेगा। फुल पैंट पहनने पर निशान किसी को दिखाई नहीं पड़ता। अनिमेष ने भी इसे मन के किसी कोने में डाल दिया था। जरा पाँव घसीटकर चलने के अलावा यह निशान कोई तकलीफ नहीं देता था। नजर की ओट में रहने से हर चीज़ की धार कम हो जाती है। किन्तु जैसे ही प्रसंग उठे अथवा अखबार में पुलिस के गोली चलाने की सूचना हो तभी अनिमेष को थाइ में टीसें महसूस होने लगती हैं। सारे शरीर में व्यथा फैला जाती है।

अनिमेष को मालूम नहीं कब होश आया था। पानी में डूबकर इनसान क्या देखता है यह भी पता नहीं। नज़रों के सामने अजस्र मटियाली लहरें टूट-टूटकर गिर रही

थीं···बस! उसे इतना ही मालूम था। पहली बार जब अपने अस्तित्व का ज्ञान हुआ वह बिस्तर पर पड़ा था। सिर पर छत थी और नाक में ओषधि की तीखी गन्ध! जरा सिर हिलाते ही समझ गया कि अस्पताल है और सवेरा हो गया है।

कलकत्ते में पढ़ने की गरज से जब सियालदह पर उतरा था सन्ध्या बीत रही थी। किन्तु भोर वेला में अस्पताल में क्यों पड़ा है? सोचने में बड़ा कष्ट हो रहा था। आँखें मूँदकर कोई परिचित चेहरा देखना चाहता था। सरित्शेखर (ठाकुर दा) को पलक झपकते लाठी हाथ में लिये आगे आते देखा। इसके बाबा महीतोष गम्भीर चेहरा लिये फैक्टरी से लौटकर आए हैं। छोटी माँ मैदान के बीच से जल्दी-जल्दी आ रही हैं···सिर का पल्लू जरा नीचा है। नहीं···इसे सब याद है। सबके चेहरे अलग करके देख पा रहा है। और फिर आँखों के परदे पर चलचित्र की तरह जलती हुई ट्राम उभर आयी। जिस लड़के ने आग लगाई थी, पहले ही भाग चुका था। ट्राम के रुकने का शब्द हो रहा था। ट्राम की लपलपाती लपटें इसे छू रही थीं। वातावरण में बारूद की गन्ध फैली थी। अनिमेष ट्रेन के किसी परिचित वृद्ध के साथ पैदल चल रहा था। कर्फ्यू की कार्यकारिता की क्षमता पहली बार देखी थी। इसी निःस्तब्ध मृत शहर का नाम कलकत्ता है! देखकर अवाक् रह गया था। उस वृद्ध की शक्ल अब याद नहीं आ रही···वे भी क्या···! अनिमेष को साथ-साथ आवाज़ सुनाई दी। ट्राम के पास खड़ी पुलिस को तेजी से आते देख वह किसी गली में घुस गया था और लम्बी-लम्बी साँसें लेने लगा था। जलपाइगुड़ी में इतना अँधेरा कभी नहीं देखा था। तभी उसकी थाइ के बीच गरम छुरी घुसाकर शून्य में किसी ने ठेल दिया। यन्त्रणा से छटपटाता वह ज़मीन पर गिर पड़ा था।···फिर कुछ याद नहीं।

नहीं···वही नहीं···कितने धुँधले चेहरे! समझ में न आनेवाली बातचीत सुनाई कानों में आ रही थी। माँ का चेहरा चौखटे में जड़ा!! मृत माँ इसे देखकर क्या हँस रही थी? कोई गाना गा रहा था। उसका स्वर या बातें ध्यान नहीं। फिर न जाने किसने आकर गलत नाम लेकर इसे पुकारा था···वह कौन था?

"होश आ गया है" स्वर धीमा था, किन्तु अनिमेष को अच्छा लग रहा था। आँखें खोलकर देखा। नर्स थी। सारी नर्सें एक जैसी लगती हैं। इस नर्स का चेहरा सुन्दर नहीं है इतना पता चल रहा था। इसने बोलने की चेष्टा की। बड़ी कमजोरी लग रही है। मैं कहाँ हूँ।

"यह मेडिकल कॉलेज हॉस्पिटल है। दो दिन हुए आप यहाँ लाए गए हैं···अब आराम से सो जाइए।" नर्स हँसी। काले रंगवाली नर्स को देखकर इसे बुरा नहीं लग रहा। हठात् लगा कि कमर के नीचे पाँव के अस्तित्व का पता नहीं चल रहा। पाँव का तला सुन्न है। बात क्या है?···समझने से पहले ही शरीर में सनसनाहट होने लगी। पाँव के ऊपर तनी हुई चादर सिर तक खिंची हुई थी।

नीम बेहोशी ने इसे ढँक लिया।

जब नींद खुली तो सन्ध्या हो चुकी थी। कुछेक क्षण के लिए धुँधला-सा और फिर सब कुछ साफ़ दिखाई पड़ने लगा। पास में कोई नहीं था। वह नर्स भी दिखाई नहीं पड़ रही थी। किन्तु उस तरफ़ बातें हो रही हैं। गरदन मोड़कर देखा, उधर के बैड पर कुछ और लोग भी लेटे हैं। उनके पास कुछ लोग आए हुए हैं। सहसा ध्यान आया। वह जो अस्पताल के बिस्तर पर लेटा है, घरवालों को मालूम है? उठकर बैठने की चेष्टा करने पर कष्ट का अहसास हुआ। हाथों की अंगुलियाँ और सिर तो इच्छा के अनुसार हिला-डुला सकता है किन्तु कमर के नीचे इच्छा नहीं पहुँच रही।

तकलीफ़ गोली लगने से हो रही है अब स्पष्ट हो गया। पर गोली किसने चलाई थी? वह तो गली में भाग गया था। लड़के पीछा कर रहे थे अथवा पीछे से पुलिस आयी थी? समझ आ रहा है आघात पीछे से हुआ था। धक्का खाकर भी मुड़कर नहीं देख सका था। पर···हाथ में सूटकेस और बैडिंग देखकर भी वे समझ नहीं पाए? पुलिस ने व्यर्थ ही उस पर गोली क्यों चलाई? गोली ज़रा और ऊपर लग जाती जो अस्वाभाविक भी नहीं था···फिर?

"नींद टूट गयी?" अनिमेष ने देखा काले रंगवाली मोटी-सी नर्स इसकी तरफ़ देखकर पूछ रही है। सब नर्सें 'नन' जैसी लगती हैं। सबकी पोशाक एक-सी। पर इस नर्स के बात करने का अन्दाज़ और देखने की भंगिमा कुछ ऐसी थी कि घबराहट होने लगी। "मुँह खोले क्या खा रहे हो भई! तुम्हारे सामने अभी और बहुत-सी परीक्षाएँ हैं।"

"परीक्षा—कैसी परीक्षा" अपनी आवाज़ अनिमेष को अपरिचित लग रही थी। वह तो इस स्वर में बात नहीं करता!

नर्स बोली, "तुम तो आकाश से गिरे हो···नाम भी नहीं लिखा गया है···पाँव में जो माल घुसा था वह किसी शान्त, शिष्ट लड़के को शोभा नहीं देता। एक बाबाजी रोज़, दोनों टाइम, तुम्हारा हाल पूछने आते हैं। अब बात करने की इच्छा न हो तो आँखें मटकाकर पड़े रहो···जाकर कह दूँगी···होश नहीं आया है···। खबरदार! आँखें खोलने से चलेगा नहीं।"

वह अबाध बोलती रही, किन्तु चेहरे का भाव ज़रा भी नहीं बदला।

"बाबाजी···?" अनिमेष को सबकुछ पहेली जैसा लग रहा था।

"पुलिस! घरेर खेये बनेर मोष ताड़ाते गेले आर बाबाजी देर चिनले ना···? पाँव फँसाया है तो अब बिस्तर में पड़े रहो। पुलिस कुछ और टंटा खड़ा करके खींचातानी करेगी! क्या सोओगे नहीं···खबर दे दूँ।" नर्स की बात में मज़ाक़ की ऐसी भंगिमा थी कि अनिमेष असहाय-सा हो गया। कातर स्वर में बोला, "विश्वास कीजिए···मैंने पुलिस के साथ कुछ नहीं किया···मैं कलकत्ता का कुछ नहीं

पहचानता। यह गल्प मुझसे कहने का कोई लाभ नहीं।''

बातचीत बिलकुल अस्वाभाविक थी। जलपाइगुड़ी में किसी स्त्री को इस तरह बात कटते नहीं सुना था। कलकत्ते की सब लड़कियाँ क्या इसी भंगिमा में बातें करती हैं? बचपन से सुनता आया है कि कलकत्ते के लोगों के मन में दया-माया कम होती है! कोई भी किसी और के बारे में नहीं सोचता। सब स्वार्थी होते हैं···किन्तु नर्स ऐसी क्यों है···? जलपाइगुड़ी में इसकी ख़बर नहीं पहुँची होगी। पॉकेट में ऐसा कुछ नहीं था जिससे किसी को इसका पता-ठिकाना मिलता। सूटकेस खोलने पर अवश्य सबकुछ मिल जाता। बाबा के दोस्त की चिट्ठी भी उसमें पड़ी है। तो क्या सूटकेस, बैडिंग आदि किसी को नहीं मिले? दोनों खो गए होंगे तो क्या करेगा? इसकी शर्ट-पैंट तो सब उसमें हैं। बड़ी कमजोरी लग रही है।

''होश आ गया···?''

अनिमेष ने देखा डॉक्टर है···डॉक्टर ही है गरदन में स्टैथस्कोप झूल रहा है। वही पूछ रहे थे। ज़रा पास टिककर दाएँ हाथ की कलाई थामकर पल्स देखी, बोले, ''पाँच मिनट से ज़्यादा बात नहीं करनी है।'' 'बाँध दिया गया···' भारी-सी आवाज़ में दबी हुई हँसी कानों में पड़ी।

''जैसा कहें···पर इस केस में जरा-सी ब्लीडिंग और हो जाती तो बचना मुश्किल होता।''

अनिमेष ने डॉक्टर को जाते हुए देखा। क्या इसके शरीर से बहुत ख़ून निकल गया था! मन हो रहा था डॉक्टर से पूछे कि इसका पाँव साबुत है या नहीं। इसमें इतनी शक्ति नहीं थी कि ख़ुद बैठकर देख ले। अगर पाँव काट दिया गया है···तो वह क्या करेगा ? हमेशा के लिए लँगड़ाकर चलना!

ज़मीन पर कुछ घसीटने की आवाज़ हुई। अनिमेष ने गरदन मोड़कर देखा। एक दुबला-पतला आदमी! कातला मछली जैसा चेहरा! हरी हवाई शर्ट और पैंट पहने इसके पलँग के पास स्टूल खींचकर लाया था। अनिमेष को उसकी आँख ठीक से दिखाई नहीं पड़ी, क्योंकि नाक के पास भौंह के नीचे, मांस ने ढँक रख था।

''विप्लव हुआ था!'' मुँह की मुँह में बात···मानो चबाकर फोंक थूक रहा हो···इस तरह बात की। ''तुम्हारे चौदह पुरखों का भाग्य कि अस्पताल में लेटे हो।'' कहकर निःशब्द हँसा।

अनिमेष ने देखा उसके दाँत बहुत छोटे-छोटे थे आँखों की तरह। हैं भी या नहीं पता नहीं चल रहा था। बड़ी हिम्मत करके पूछा। ''आप कौन हैं?'' ''तुम्हारा परित्राता···ईश्वर! ईश्वर को जानते हो···जिसका डाक नाम (पुकारने का नाम) भगवान है।'' कहकर शक्ल बनाने लगा। ''नवाब साहेब मुझसे ही उल्टे पूछ रहे

हैं कि आप कौन हैं···! बिलकुल नहीं···जो कुछ पूछना है मैं पूछूँगा।''

हाथ की डायरी खोलकर पहला प्रश्न किया—''माँ-बाप का दिया हुआ नाम क्या है···?''

''अनिमेष···'' होंठ सूखे जा रहे थे, पर जिह्वा से खींचे जा रहा था।

''पूरा नाम बोलने का अभ्यास नहीं है···? अच्छा जैसे रवीन्द्रनाथ, हिटलर···कहते ही पहचान में आ जाते हैं···पूरा नाम-पता-ठिकाना बताओ।''

लाचार हो अनिमेष ने उसके हुक्म की तामील की। उसकी 'खीं-खीं' की आवाज़ सुनाई पड़ी। ''फिर नज़रबाजी? बम छोड़ा सियालदह में और ठिकाना बताते हो जलपाइगुड़ी का···वहीं से विप्लव करते आए थे?''

अनिमेष एक क्षण के लिए विप्लव शब्द का अभिप्राय ही नहीं समझा। उस दिन जो ट्राम जली थी, बम गिरा था···! यह आदमी क्या व्यंग्य कर रहा है? नर्स जिन बाबाजी के बारे में कह रही थी वह सुयोग के लिए नहीं था, इतना समझ पा रहा है। अब जरा भी डर नहीं लग रहा था। स्वाभाविक स्वर में पूछा, ''आपको कोई सच बात नहीं बताता···हैं ना?''

''नो···नेवर। पुलिस का वास्ता ही मिथ्याचारियों से पड़ता है···अब असली ठिकाना बता डालो···। अरे बाबा! माँ-बाप होंगे तो इतने दिन चिन्ता से मर रहे होंगे···पता मिल जाए तो उन्हें खबर कर दूँगा।''

चेहरे पर स्नेह प्रकट करने की चेष्टा करते ही उसकी आँख के नीचे का मांस का गोला नाच उठा।

''सच बता रहा हूँ···जलपाइगुड़ी शहर के हाकिमपाड़ा में रहता था। पिताजी स्वर्गछिंड़ा के चाय बागान में काम करते हैं।'' कहते-कहते थकान होने लगी। यह आदमी अगर सचमुच ही दादाजी को सूचना दे दे।

पता लिखकर उसने फिर पूछा, ''तुम्हारे साथ जो दूसरे लोग थे···उनका नाम बताओ।''

''एक वृद्ध सज्जन थे···वे फुटपाथ पर गिर पड़े थे···उनका नाम नहीं मालूम।''

''वृद्ध···मज़ाक़?''

''मैं नॉर्थ बंगाल एक्सप्रेस से आया था। स्टेशन पर उतरा तो देखा ख़ूब गड़बड़ हो रही है···बहुत देर तक इन्तजार करने के बाद वे मुझे लेकर चले गए।''

''ख़ूब···ख़ूब! कहते जाओ।'' जेब से चारमीनार का पैकेट निकाला न जाने फिर क्या सोचकर छातीवाली पॉकेट में वापस रख लिया।

''इससे पहले कलकत्ता कभी नहीं आया हूँ।''

''वाह···! गुड! आगे चलो।''

''मैं जब सड़क पर आया···चारों तरफ़ सन्नाटा था। एक ट्राम धूँ-धूँ जल

रही थी।"

"धूँ-धूँ करके जल रही थी? हँय...देखने में कैसा लगा?" भौंहें चढ़ाकर कुछ क्षण इसकी तरफ़ देखते हुए बोला, "बातें बनाना सबको नहीं आता...समझा छोकरे!! ट्राम जलाने के लिए जो एक पकड़ा गया है वह तुम हो। और तुम कह रहे हो उस सन्ध्या को तुमने पहली बार कलकत्ता देखा...?"

बात करने की हिम्मत नहीं रही थी। अनिमेष ने खामोशी से सिर हिला दिया।

"पर चाँद! उस जली हुई बाड़ी के अखाड़े में...जहाँ से विप्लव शुरू हुआ था...वहाँ तुम कैसे मिले? उस समय सब तरफ़ भाँ-भाँ ओनली। तुम्हारा हाफ डैड बॉडी मिला था ना!" जैसे असली मुद्दे पर आ गया था, भंगिमा कुछ ऐसी थी उसकी।

अनिमेष ने आँखें बन्द कर लीं। चेतन में अस्पष्ट होने पर भी प्रतीत हो रहा था कि इसे कोई उठाकर भागता जा रहा था। फिर किसी ने गलत नाम से इसे पुकारा था। आँखें खोले बिना बोला, "मुझे नहीं मालूम...मुझे कुछ याद नहीं।" बराबर एक ही बात कहता रहा। निश्चित नहीं कर पा रहा था वहाँ था भी या नहीं। अचानक जैसे इसके पाँव तले की ज़मीन खिसकती जा रही थी और वह अतल में गिर रहा था। कुछ पकड़ने की कोशिश की, किन्तु सबकुछ उसकी पहुँच से बाहर होता जा रहा था। न जाने कौन उसे खींचकर नीचे ले गया और फिर सब अन्धकार।

न जाने कितने घंटे सोया रहा। स्वाभाविक रूप में आँखें खोलीं, मानो नींद से उठा हो। अब बहुत अच्छा लग रहा है। पहले दिन होश आने के बाद जो अवसाद इसके सारे शरीर को जकड़े हुए था, अब नहीं है। दोनों हाथ सिर तक ले जाकर देखा, काफी ताकत आ गयी है। पर उठकर बैठने लगा तो कमर में झटका लगते ही थाइ में जोर की तकलीफ हुई। कुछ क्षण मुँह ढँककर लेटा रहा। यन्त्रणा कम होने लगी। जितना हो सका हाथों से टटोलकर देखा। समझ गया दोनों पाँव अपनी जगह हैं। पाँव की अंगुलियाँ भी हिला पा रहा है। मन को बड़ी राहत मिली! कैसा आराम था। ब्लीडिंग बहुत हुई थी क्या? जो इसे गली में से उठाकर ले गए थे उन्होंने कोई यत्न नहीं किया? या पुलिस ने ही अस्पताल में दाखिल करने में देर कर दी!

अनिमेष ने देखा, परले बैड पर एक बूढ़ा आदमी उकड़ूँ बैठा था। बहुत दुबला—चेहरा कंकाल-सा। नजरें मिलते ही उसने बड़ी सहज मुसकान के साथ पूछा, "तो नींद खुल गयी? अब कैसा लग रहा है...बाबा!"

गरदन हिलाकर अनिमेष बोला, "अच्छा...।"

"कल शाम उस आदमी ने तुम्हें ख़ूब तंग किया। मैंने नर्स से कहा, इन

लोगों को घुसने ही क्यों देती हो? वह बुढ़िया बोली, पुलिस का आदमी था···तो बाबा! क्या किया था···डकैती या छीना झपटी।''

अनिमेष हँसकर बोला, ''वह सबकुछ नहीं...''

अनिमेष ने देखा हाल बहुत बड़ा था। इसका बैड दीवार से सटा हुआ। एक तरफ़ सफ़ेद दीवार, दूसरी तरफ़ सटे हुए पलँगों की लाइन। अनिमेष को लगा कि उस बूढ़े के बैठने का तरीका स्वाभाविक नहीं है, पूछा, ''आप इस तरह क्यों बैठे हैं।''

''लेट नहीं सकता···इसलिए लेटते ही सारी हड्डियाँ चटखने लगती हैं। मांस न खा सकने पर तो कोई बात नहीं। लोग जिस तरह बैठते हैं उस तरह बैठने पर जोर का दर्द उठने लगता है। उकड़ूँ बैठा हूँ···वही मुझे आराम देता है।'' सिर हिलाते हुए फीकी हँसी के साथ बोला, ''सब मिलकर जो नियम बनाते हैं हम उसे ही स्वाभाविक मानते हैं। अगर कोई उसके अनुरूप नहीं करता तो समझ लो उसे उसी तरह आराम मिलता है।''

पाँवों की चाप सुनकर अनिमेष ने देखा। कलवाली वही असुन्दर पर अच्छी-सी नर्स खड़ी थी।

वह खुद ही बोला, ''अब अच्छा हूँ।''

''ख़ूब सोए हो···'' फिर पलँग के सिरहाने टँगा चार्ट देखते हुए पूछा, ''रात को बुखार हुआ था?'' झुककर अनिमेष का माथा छुआ, ''नहीं अब टैम्परेचर नहीं है।''

अनिमेष हत् वाक् रह गया। सोते हुए कब ज्वर हुआ और कब उतर गया, इसे पता ही नहीं चला। नर्स ने सतर्क करते हुए इससे कहा, ''अब हिलना-डुलना बिलकुल बन्द···फिर से चलना-फिरना चाहते हो तो···। हड्डी ऐसी जगह से टूटी है कि जुड़ेगी नहीं। किस्मत अच्छी थी जो बच गए।''

अनिमेष ने नर्स की तरफ़ देखा। छोटा-सा शान्त चेहरा। स्वर में कोई परायापन नहीं। छोटे-मोटे काम करके नर्स ने पूछा, ''आपके पास क़ोई भी ऐसी चीज़ नहीं है कि सफ़ाई की जा सके। हॉस्पिटल में वह सब मिलता नहीं। घर सूचना भेजी।''

''मालूम नहीं···कल एक पुलिसवाला आया था···वह अगर खबर भेज दे तो···।''

कहते-कहते देखा, पास में बहुत से पलँगों के चारों तरफ़ कपड़े का स्क्रीन लगा था। शायद प्राकृतिक आवश्यकता के लिए परदे की व्यवस्था थी। आश्चर्य! अनिमेष को उस तरह की कोई जरूरत महसूस नहीं हो रही थी। अगर होती भी तो किसी स्त्री के सामने तो मरकर भी···।

''पता बताइए···चेष्टा करके देखूँ···अस्पताल से अगर खबर भिजवाई जा

सके...।" स्टूल खींचकर नर्स पास बैठ गयी। अनिमेष को अब लग रहा था कि बहुत सोने से उसकी पलकें भारी हो गयी हैं। आँखों की कोरों में शायद ढीठें जम गयी हैं। किसी स्त्री की तरफ़ ऐसी आँखों से देखने में परेशानी होती है। मुँह फेरकर बोला, "जलपाइगुड़ी के हाकिमपाड़ा में मेरा घर है।"

"जलपाइगुड़ी!! अरे...। वह हो बहुत दूर है। कलकत्ते में कहाँ रहते थे?"

"जिस दिन गोली लगी थी उसी दिन आया था कलकत्ता पहली बार। यह बात किसी को समझा नहीं पाता। कलकत्ते का कुछ भी नहीं जानता। पिताजी के एक दोस्त यहीं रहते हैं वहीं जा रहा था।...अरे! पुलिसवाले को उनका पता देना ही भूल गया।" अनिमेष को सचमुच अफ़सोस हुआ।

"पता क्या है?"

"सात नम्बर हरेन मल्लिक लेन, कलकत्ता...शायद कलकत्ता बारह था। बाबा के मित्र का नाम है देवव्रत बाबू। उन्हें भी अभी तक नहीं देखा है।" वह लाचार-सा दिखाई दिया।

"कलकत्ता बारह...फिर तो यही इलाका हुआ। आप निश्चिन्त रहिए खबर दे दूँगी।"

"आप खुद देंगी...?"

"दूँगी ही...आप पहले कभी कलकत्ता नहीं आए?" फिर हँसकर बोली, "आपको आप कहने में ख़राब लगता है। बिलकुल बच्चे से तो हो...मुझसे बहुत छोटे!"

"ठीक है मुझे 'तुम' ही कहिए...मेरा नाम अनिमेष है।"

"यहाँ किसलिए आना हुआ?"

"पढ़ने...मैंने अभी स्कूल फाइनल पास किया है।"

"देखो...क्या भाग्य है! यह वर्ष तो नष्ट हो गया...।"

"नष्ट मायने...? क्या चल-फिर नहीं सकूँगा?"

"क्यों नहीं चल सकोगे...हाँ बहुत दिन तक बिस्तर में रहना पड़ेगा। घुटने से ऊपर हड्डी का फ्रैक्चर है। छोटी उम्र है इसलिए जल्दी जुड़ जाएगी...तुम तो मर भी सकते थे...।"

नर्स की बात ख़त्म करते ही, पासवाला रोगी चिल्लाकर कुछ बोला। वह उठकर उसके पास चली गयी। अनिमेष शिथिल भाव से लेट गया। मन बड़ा दुखी हो गया था।

दोपहर को उनींदा-सा हो गया था। गरमी से कुरता भीग रहा था। पसीने की गन्ध बिस्तर तक में आ रही थी। घृणा का-सा भाव सोने नहीं दे रहा था। बराबर वाले बेड पर वह वृद्ध बैठे-बैठे ही सो गया था।

वार्ड में अब कोई चल-फिर नहीं रहा था। कभी-कभी धड़धड़ की-सी आवाज़

बाहर से आ जाती। खाने के टाइम उस वृद्ध से सुनकर पता चला कि ट्राम की आवाज आ रही है। भोजन! अनिमेष ने किसी दिन सोचा तक नहीं था कि लेटे-लेटे भी कोई खा सकता है। और तो और प्राकृतिक नियम भी पूरे किए जा सकते हैं। क़िस्मत से उस समय कोई नर्स नहीं थी। जमादार टाइप के एक आदमी ने मदद की।

ट्राम की आवाज़ सुनकर इसे समझ में आया कि कलकत्ता शहर के ठीक बीच में लेटा है। किन्तु चलती हुई ट्राम नहीं देख सकता। कलकत्ता अब बिलकुल नॉर्मल है। हाथ में बन्दूक लिये पुलिस सड़क पर नहीं है। बम कोई नहीं फेंक रहा, ट्राम नहीं जला रहा। कलकत्ता शहर जैसे अचानक फुँफकार उठता है, जल्दी ही शान्त भी हो जाता है। वृद्ध से यह खबर सुनकर इसे आश्चर्य हुआ था। जिस कारण आन्दोलन हुआ था वह ज्यों का त्यों है। भालू के ज्वर की तरह ऐसे आन्दोलन करने का क्या फायदा! यह भी तो मुमकिन है कि बिस्तर पर पड़े-पड़े वास्तविक कारण इसे ज्ञात ही न हो पाया हो।

कलकत्ते को जानने के लिए शहर में मेल-जोल बढ़ाना होगा। इसने लाचारी से पाँव की तरफ़ देखा। जाने कहाँ, ट्रेन जाने का घंटा बजा। साथ-ही-साथ पासवाले पलँग के लोग हिलने-डुलने लगे। तो यह विज़िटिंग टाइम है। विज़िटर्स की आवाज़ें हैं। रोगियों के आत्मीय, बन्धु आदि आ रहे हैं। इस बूढ़े के पास कोई नहीं आया था। वह उसी तरह उकड़ूँ बैठा सब देख रहा था। अनिमेष ने आँखें बन्द कर लीं।

कुछेक मिनट बाद ही किसी अपरिचित स्वर में अपना नाम सुनकर आँखें खोलीं। एक मध्यवयस्क सज्जन इसके सामने खड़े थे। गोरा माथा, बाल कम, धोती-कुरता पहने। आँखें खुली देखकर पूछा था, "तुम्हारा ही नाम अनिमेष है?"

इसने चुपचाप स्वीकृति में सिर हिलाया।

"घर कहाँ है?"

"जलपाइगुड़ी"

ये कौन हैं देखने में तो पुलिसवाले नहीं लगते।

"बाबा का नाम?" सज्जन खोद-खोदकर पूछ रहे थे।

"महीतोष···" बात पूरी नहीं होने दी उन्होंने। जैसे जवाब मिल गया था। अब जरूरत नहीं···ऐसी भंगिमा में हाथ उठाकर हँसे, "मेरे घर आने की बात थी···उसकी जगह चले आए इस अस्पताल में! आश्चर्य की बात है···।"

अब अनिमेष ने अनुमान कर लिया कि वे कौन हैं।

"आप···"

"तुम्हारे बाबा का बन्धु···देवव्रत मुखर्जी! सात नम्बर हरेन मल्लिक लेन··· यहाँ से दो क़दम का रास्ता है। अगर वह नर्स न जाती तो पता ही न चलता।

उससे ही सारी बात सुनी। कैसे-कैसे ग्रह थे...देखो। विधि का विधान...कौन मिटा सकता है। तुम्हारे बाबा का टेलिग्राम मिला था जिस दिन तुम्हारे आने की बात थी उसके अगले रोज़। सोचो–जरा...क्या डाक-व्यवस्था है–तार मिलने के बाद से चिन्ता में अस्थिर था कि इतने बड़े शहर में जाने तुम कहाँ हो! तो आज खबर मिलते ही मही को टेलीग्राम दे दिया है आने के लिए। अब कैसे हो...?"

उन सज्जन की बात में ऐसी आत्मियता थी कि अनिमेष को बड़ा अच्छा लग रहा था। बोला, "केवल यह पाँव..."

"ठीक है...मैं डॉक्टर से बात करता हूँ...तुम चिन्ता मत करो।" कहकर देवव्रत बाबू ने मुड़कर देखा, "तुम्हारे साथ अपनी लड़की का परिचय करा देता हूँ...नीला! इधर आ...।"

अब अनिमेष ने देखा कि देवव्रत बाबू अकेले नहीं थे। लम्बी-सी स्वस्थ लड़की को आगे आते देखा। रंग जरा दबता हुआ, किन्तु देखते ही उर्वशी का ध्यान आ गया। जलपाइगुड़ीवाली मँझली लड़की उर्वशी! अब कलकत्ता में है।

"आपके एक्सिडेंट की खबर सुनते ही बाबा तो छटपटाने लगे। हो सकता तो भरी दोपहर को ही चले आते।"

रेडियो अनाउंसर जिस तरह बात करती हैं ठीक वैसे ही कह रही थी।

"अनिमेष बड़ा अच्छा लड़का है...फर्स्ट डिवीजन में पास हुआ है...नीला भी इस बार पास हुई है...समझे...विद्यासागर मॉर्निंग में दाखिल हुई है।...अच्छा नीला! तू जरा इसके पास बैठ...मैं जरा डॉक्टर के पास चक्कर लगाकर आता हूँ।"

देवव्रत बाबू सचमुच बड़े फ़िक्रमन्द दिखाई दे रहे थे। वे चले गए। क्या बात करे, अनिमेष समझ नहीं पा रहा था। जरा चुप रहा। नीला भी उसी तरह खड़ी रही। अब अनिमेष ही बोला, "लगता है, कॉलेज में मेरा एडमिशन नहीं हो सकेगा।"

"पहले ठीक तो हो जाइए...जैसे चटपट पुलिस की गोली के सामने जा खड़े हुए थे...। मुफ़स्सिल के हैं ना...।" कहकर हँस पड़ी नीला।

"कलकत्ता के लोग बड़े बुद्धिमान होते हैं क्या...?"

"सो तो हैं...छोड़िए...बाबा चाहते हैं आपको आज ही घर ले जाएँ। पर नर्स जो कह रही थी...पता नहीं क्या होगा...?"

"इस हालत में आप लोगों के घर जाकर परेशान करूँगा।"

"बाब्बा...! बड़े बुद्धिमान हैं...आप।"

"अभी तो यह कह रही हैं बाद में असह्य हो जाएगा।"

"अच्छा...इतना कुछ जान गए हैं...! बल्कि शायद उल्टी ही बात हो जाए।"

"यानी..."

"मेरा नाम सुन लिया है ना...?"

"नील"।"

"जानते हैं न."वह किसी-किसी को सहन नहीं होता।"

तीन

देवव्रत बाबू बड़े कामकाजी व्यक्ति थे। अन्यथा पुलिस इतनी आसानी से हाथ नहीं खींचती। अनिमेष ने सुना, लाल बाजार में देवव्रत बाबू बहुत जाने-माने व्यक्ति हैं। किस तरह, क्या हुआ यह तो अनिमेष को मालूम नहीं, किन्तु उस दिन के बाद से पुलिस का कोई आदमी इससे बात करने नहीं आया। यह ज्ञात होने पर उनके प्रति श्रद्धा और भी बढ़ गयी थी।

अब वह अस्पताल में ख़ूब स्वच्छन्द था। देवव्रत बाबू उसी दिन दो शर्ट और दो पाजामे खरीदकर दे गए थे। अगले रोज नीला छोटी-सी टोकरी में तौलिया, साबुन और पाउडर दे गयी थी। एक ही तरह बहुत दिन तक लेटे रहने से पीठ में घाव हो सकते थे, इसलिए पाउडर की व्यवस्था थी। शरीर स्पंज कर दिया गया था। अनिमेष का मिजाज़ अच्छा हो गया था। एक ही करवट लेटे रहना बड़ा कष्टकर था। नींद आती नहीं थी। व्यर्थ की चिन्ताओं की भीड़ रहती। नीला की माँ कभी नहीं आयीं। नीला से बात करते हुए अनिमेष को डर लगता। हॉ, देवव्रत बाबू सामने होते तो नीला की बातचीत बड़ी साधारण हो जाती। लगता दब-ढँक कर बात करती है। पर अकेली होते ही ऐसी भंगिमा रहती मानो कलकत्ते की लड़की होने के नाते अनिमेष की अपेक्षा कहीं ज़्यादा जानकारी है उसे। यह अहसास दिलाने में जरा भी चूकती नहीं थी। अनिमेष को अन्दाज़ा हो गया था कि इन लोगों का परिवार काफ़ी समृद्ध है। नीला रोज़ पोशाक बदलकर आती। देवव्रत बाबू को भी रोज आयरन किए कपड़ों में देखता। बाबा तो बहुत दिन से स्वर्गछेंड़ा में रह रहे थे। इन लोगों से कैसे परिचय हुआ मालूम नहीं। उनके परिवार की कोई भी लड़की रोज़-रोज़ किसी अपरिचित लड़के को देखने के लिए अस्पताल नहीं आती थी।

महीतोष जिस दिन शाम को आए उसी दिन अनिमेष ने मृत्यु देखी थी। वह अपनी माँ को भी तिल-तिलकर मरते देख चुका था। इसके लिए मौत कोई नई बात नहीं थी। किन्तु इस घटना ने एकदम अवाक् कर दिया था। सवेरे नर्स सबकी देखभाल कर रही थी तभी अनिमेष की नजर बराबरवाले बैड पर गयी। वह बूढ़ा सीधा लेटा था। नर्सों की ड्यूटी रोज़ एक ही जगह नहीं होती। आज जो नर्स आयी थी उसका चेहरा बड़ा गम्भीर था। अनिमेष ने उसे हँसते हुए नहीं देखा था। बूढ़े के पास जाकर उसने झुककर उसका बदन छुआ। नाड़ी देखी, फिर पाँव की

तरफ़ से चादर खींचकर मुँह तक ढँक दिया। फिर जूतों की ठक-ठक करती हुई चली गयी। एक मनुष्य को अचानक सिर से पाँव तक ढँक दिया गया था—देखकर अनिमेष सशरीर काँप उठा। इसकी आँखों के सामने वह सफेद कपड़ा निष्ठुर हाथों से जीवन को ले गया। इसे याद आया बूढ़े ने बताया था कि स्वाभाविक रूप में लेटने पर उसकी हड्डियाँ फटने लगती हैं। इसलिए वह उकड़ूँ बैठा रहता था उसी तरह सो जाता। इच्छानुसार उसी तरह आराम भी कर लेता। अब क्या सारे अंग छोड़कर निश्चिन्त सो गया है! वह निःशब्द ही कब चला गया, दो हाथ दूर लेटे हुए भी पता नहीं चला!! अचानक ध्यान आया कि नर्स के जाने के बाद इस कमरे में कोई शब्द तक नहीं हो रहा था। सब मरीज पलँग पर बैठे खामोशी से उसी तरफ़ देख रहे थे। इसमें से हर एक जीवन के स्वाभाविक प्रवाह में हिचकोले खाकर अस्पताल आए हैं—ठीक होने के लिए। मुश्किल यह थी कि मृत्यु का दरवाज़ा इतना पास था! किसी ने 'हे हरि हे नारायण' बोलकर दीर्घ श्वास लिया। अनिमेष को लग रहा था कि बूढ़े के शरीर से निर्गत आत्मा अभी भी इस कमरे में चक्कर लगा रही है। उसे सन्तुष्ट करने के लिए ये तीन शब्द अंजलि की तरह छोड़ दिए गए हैं। इन दो दिनों में इसने उसके किसी आत्मीय को नहीं देखा था। संसार में जन्म लेकर उम्र भोगकर चुपचाप चले जाने से संसार का कोई हानि-लाभ नहीं हुआ। इतनी तकलीफ़ पाने या किसी को तकलीफ़ देने की क्या जरूरत थी इसे। अगर मृत्यु के प्रति इस तरह चुपचाप आत्मसमर्पण करना था। उस दिन, उस अँधेरी गली में पुलिस की गोली कुछ इंच ऊपर लग जाती तो इसका भी यही अंजाम होता। अनिमेष ने बड़ी विरक्ति से सिर हिलाया। नहीं⋯ वह इस तरह चुपचाप नहीं मरेगा।

उस दिन एक घटना और हुई। ग्यारह बजे के आस-पास अनिमेष ने देखा इसके बैड के पास किसी लड़के को पहुँचा दिया गया है। नज़र पड़ते ही वह चौंक उठा। सारे शरीर में काँटे से उग आए। लगा, सुनील दा आ रहे हैं। जिन्हें वह उठाकर जलपाइगुड़ी के श्मशान में दाह कर आया था वे यहाँ कैसे आ गए? पचीस से कम उम्र। पाजामा और हैंडलूम का गेरुआ कुरता पहने कमरे में आया था। दूसरे बैड आदि देखकर फिर इसकी तरफ़ आ रहा था।

कलकत्ते के किसी भी लड़के को अनिमेष नहीं पहचानता। लड़का इसके बैड के पास आकर चुपचाप खड़ा हो गया, फिर बोला, "अब तो आप ठीक हैं। बात करने में असुविधा तो नहीं होगी—क्यों?"

अनिमेष ने सिर हिलाया। वह कुछ समझ नहीं पा रहा था।

"अगर आप ज़रा स्वस्थ न हो जाते तो मैं न आ पाता। उनकी बुलेट ज़रा नीचे आयी थी बस इतनी तसल्ली है। आपकी सारी खबरें जानता हूँ। दो दिन होश नहीं आया था। ब्लीडिंग बहुत हुई थी।" उसकी बात में कोई जड़ता नहीं

थी। अपरिचित के बात करने की भंगिमा भी नहीं।

"मैं आपको पहचान नहीं पा रहा हूँ।" अनिमेष के मुँह से निकल गया।

"कैसे पहचानते"? उस समय तो आपको होश ही नहीं था। सिर्फ़ 'माँ माँ' बोल रहे थे।" फिर वह हँस पड़ा। "छोड़िए! आपको होश न आता तो मैं आ नहीं पाता। फिर सुनने में आया कि पुलिस ने आपका दिमाग़ इस तरह चाटा था कि फिर बेहोश हो गए थे।"

अनिमेष का विस्मय बढ़ता जा रहा था। क्या यह उन लड़कों में से है जिन्होंने ट्राम जलाई थी? अगर मुमकिन होता तो अनिमेष एकदम उठ बैठता। उसकी आँखों और चेहरे पर एक तरह की उत्तेजना फूट पड़ी।

"आप लोग आन्दोलन कर रहे थे?"

अनिमेष के उत्तेजित-भाव को लक्ष्य करके लड़का स्वाभाविक स्वर में बोला—"हाँ।"

"पुलिस आप लोगों को पकड़ नहीं पाई?"

"नहीं" कहकर वह हँस दिया। "फिर यहाँ कैसे आ गया? आपसे परिचय हुआ। मेरा नाम सुवास सेन है। नौकरी अभी तक मिली नहीं है। बस ट्यूशनें करता हूँ कुछेक। आपका नाम तो अनिमेष है। स्कूल फाइनल पास करके कॉलेज में भरती होने आए हो?"

अनिमेष को फिर ताज़्ज़ुब हुआ। सुवास को ये सब बातें कैसे पता चलीं? इसने यह भी लक्ष्य किया कि सुवास वाक्य शुरू करता था 'आप' से और अन्त में कहता 'तुम'।

स्टूल लाकर सुवास बोला, "तुम्हारा सूटकेस खोला तो सब मालूम हुआ। शुरू में सोचा था तुम हमारे दल के हो। खैर! यहाँ से घर खबर पहुँचा दी।"

अनिमेष बेचैन था। ज़रा रुककर बोला, "हाँ ऽ ऽ बाबा के एक मित्र ने भेज दी है। पुलिस ने भी दी हो शायद!" फिर एक प्रश्न दाग़ दिया, "आप लोगों का आन्दोलन अब भी चल रहा है?"

प्रश्न सुनते ही सुवास ने भौंह चढ़ाकर अनिमेष को देखा। न जाने अनिमेष ने क्या समझा। सन्देह था नज़रों में फिर भी।

"जब तक आन्दोलन हम सबका नहीं होगा, तब तक इसकी मीयाद रहेगी कुछ दिन या कुछ घंटे। हम सरकार को केवल तंग कर सकते हैं, किन्तु बड़ा मसला नहीं बना सकते। इसलिए उस दिन गोली चली थी। ट्राम जलाई, अखबार का हैडिंग था, किन्तु मनुष्य की दशा वहीं-की-वहीं रही। तुम सड़क पर जाओ तो देखोगे कि जीवन स्वाभाविक रूप में चल रहा है। उस दिनवाली घटना किसी को याद नहीं।"

अनिमेष ध्यान से बात सुन रहा था। इसकी बड़ी इच्छा थी कि उस दिन

किस तरह का आन्दोलन हुआ था उसका विस्तृत विवरण सुवास के मुँह से सुने! किन्तु संकोच हुआ। वह क्या सोचेगा पता नहीं। अतः जो सवाल इसके लिए अस्पष्ट था वही पूछा, "आप लोग आन्दोलन किसलिए कर रहे हैं?"

सुवास ने उसकी तरफ़ देखकर कुछ सोचा फिर बोला, "जलपाइगुड़ी में तुम वामपंथी दल के साथ जुड़े हुए थे?"

अनिमेष ने 'नहीं' में गरदन हिलायी।

"आज रहने दो। किसी और दिन बात होगी। तुम्हारे लिए अफ़सोस है। कलकत्ते आए पढ़ने...और क्या हो गया। कितने दिन लगेंगे...बताया कुछ!"

"अभी तो नहीं बताया पर बाबा के मित्र ने बताया कि ज़्यादा दिन नहीं लगेंगे।"

सुवास को उठते देखते अनिमेष को बुरा लगा। उससे बात करके अच्छा लग रहा था।

सुवास बोला, "तुम्हारा सूटकेस और बैडिंग नीचे इन्क्वायरी में जमाकर दिए हैं। लगता है, कुछ निकालेंगे नहीं। देख लेना...सब ठीक है।"

मानो सीपी खोलते ही मोती मिल गया हो अनिमेष को। खोई हुई दोनों चीज़ें सुवास ने जमाकर दी हैं जानकर वह बेचैन हो उठा। कलकत्ता शहर का कोई व्यक्ति खुद ही दायित्व लेकर यह सब करे इसकी वह कल्पना भी नहीं कर सकता था। यहाँ के लोगों में दिल नहीं है। 'विश्वास' जैसा शब्द शहर में ढूँढ़ने पर भी नहीं मिलेगा। ये बातें वह सुनकर आया था। इसके आहत शरीर को वे केवल उठाकर ही नहीं लाए, गली में बिखरी हुई चीज़ें भी इकट्ठी करके अस्पताल लाकर जमा कर दी हैं। अनिमेष का दिल कृतज्ञता से भर गया।

उसने पूछा, "आप फिर आएँगे ना?"

"तुम्हें कब छुट्टी देंगे कुछ मालूम है?"

"नहीं।"

"यदि कोई उपाय हो तो अस्पताल से चले जाना ही अच्छा है। भारतवर्ष के अस्पताल और मोरिटोरियम में कोई पार्थक्य नहीं। शाम को तो समय नहीं मिलेगा। आया तो इसी वक्त आऊँगा।"

"इस वक्त वे आने देते हैं?"

"आया तो हूँ...मैं सब जगह जा सकता हूँ। ब्रिटिश राज्य होता तो लाट साहेब के सोने के कमरे में भी घुस जाता।...अच्छा चलता हूँ।"

दो क़दम जाकर सुवास लौट आया, बोला, "एक बात कहनी तो भूल ही गया। अख़बार में निकला है कि पुलिस ने दावा किया है कि उन्होंने प्रथम श्रेणी के किसी नेता को आहत अवस्था में पकड़ा है। उन्हें न भी मिले तो पुतले को भी मनुष्य कहकर चला देते हैं। फिर पूछताछ करें तो जवाब मत देना।"

अनिमेष सीधे-सादे मन से बोला, "पुलिस ने तो अभियोग ढूँढ़ ही लिया है। उस दिन के बाद वह फिर नहीं आया। बाबा के मित्र देवव्रत बाबू उसे मैनेज कर रहे हैं।"

सुवास ने अवाक् होकर अनिमेष को देखा फिर पूछा, "देवव्रत बाबू क्या करते हैं?" बात में ज़रा भी स्वाभाविकता नहीं थी।

अनिमेष घबरा गया, बोला, "पता नहीं, किन्तु यहाँ की पुलिस के साथ उनका अच्छा परिचय है।"

"ओ ऽ ऽ ऽ फिर चिन्ता क्या है।" कहते ही सुवास तेज़ी से निकल गया।

अनिमेष का मन खराब हो गया। जो उपमा अभी-अभी सुवास दे गया था। इसकी ख़ुशी को पूरी तरह नष्ट करने के लिए काफ़ी थी। कोई किसी सक्रिय आन्दोलन में हिस्सा नहीं लेता तो वह पुतला हो गया? और देवव्रत बाबू की मेहरबानी से पुलिस ने जो हाथ खींच लिया उसमें इसका अपराध है? किन्तु सुवास के चेहरे का भाव स्पष्ट बता रहा था कि इस बात से वह ज़रा भी खुश नहीं था। परली खिड़की से उसने बाहर देखा। बड़ी ज़ोर की धूप थी। सुवास खुद न आए तो उससे मिलना सम्भव नहीं होगा। बराबरवाले पलँग पर बूढ़ा अभी भी लिपटा पड़ा था। सुवास को क्या मृत देह के अस्तित्व का पता चल गया था?

दोपहर को नींद नहीं आयी। आजकल बेशक यह नियम रहता है। पासवाला पलँग खाली पड़ा था। बैडकवर नहीं था। मैला तकिया मानो विश्री दाँत निकालकर हँस रहा था। उधर नज़र नहीं डाल सकते। सुवास से बात करने के बाद अनिमेष का मन बोझिल हो गया था। सुवास उम्र में इससे ज़्यादा बड़ा नहीं था, पर उससे बात करके खुद को बच्चा समझने की इच्छा होती। वह ज़बरदस्ती अपने मन को दूसरी तरफ़ ले जाना चाहता था। देवव्रत बाबू ने कहा था कि स्कॉटिश चर्च में उनका कोई दोस्त पढ़ाता है। अनिमेष वहाँ दाखिल हो जाए और पढ़ाई-लिखाई घर पर कर सकता है। फ़र्स्ट इयर में ज़्यादा नहीं पढ़ना होता। अटैंडेंस ठीक-ठाक रहे तो प्रमोशन मिल जाता है। वह भी मैनेज हो जाएगा। सुनकर अनिमेष ज़रा निश्चिन्त हो गया था, किन्तु जब तक इन्तज़ाम पक्का न हो जाए बेफ़िक्री नहीं हो सकती। फ़र्स्ट इयर क्या लेटे-लेटे ही बिताना होगा?

सन्ध्या को महीतोष आए। साथ में देवव्रत बाबू थे। नीला नहीं आयी थी। दूर से बाबा को देखते ही ज़रा संकोच और न जाने क्यों इसे अपराधबोध हो रहा था। महीतोष सीधे-सादे आदमी हैं। चाय बागान की निर्जनता में रहकर सरल, किन्तु आत्मकेन्द्रित जीवन व्यतीत करने के अभ्यस्त हो गए थे। अनिमेष जानता है कि बाबा को इससे बहुत उम्मीदें हैं। इसे डॉक्टर बनाना है, ख़ूब नाम होगा—प्रचुर रुपए आएँगे। इस लक्ष्य तक पहुँचने के लिए, जो फार्मूला उससे बाहर हो, वे लड़के को उसमें किसी तरह देखना नहीं चाहते। कलकत्ता वह पढ़ने

जाएगा उन्हें उस बारे में भी दुविधा थी। या सोचा हो कि जलपाइगुड़ी में रहकर आई.एस.सी. पास करके कलकत्ता पढ़ने जाए तो दायित्वबोध ज़्यादा हो जाएगा। उम्र भी बढ़ जाएगी इसलिए चिन्ता की कोई बात नहीं रहेगी। वही लड़का कलकत्ता पहुँचते ही पुलिस की गोली से ज़ख्मी होकर अस्पताल में पड़ा है। खबर पाते ही वह पागल-से हो उठे थे। ख़बर आयी थी लोकल थाने से। सब-इंस्पेक्टर ने लड़के के बारे में जिरह शुरू कर दी थी। मानो अनिमेष कलकत्ते में बहुत बड़ी डकैती करते हुए ज़ख्मी हुआ हो। एक बात उनके दिमाग में नहीं आ रही थी कि बिलकुल अनाड़ी लड़का कलकत्ते जाकर ऐसा क्या कर बैठा कि पुलिस को गोली चलानी पड़ी? समाचार पत्र में उन्होंने जली हुई ट्रामबस-आन्दोलन की तस्वीर देखी थी। सब गोलियाँ महीतोष के मन को लग रही थीं। लगा कि अपने लड़के को कभी पहचान नहीं पाए। ट्रेन में गए तो बहुत दिन हो गए। किसी तरह तेलिपाड़ा से जो बेसरकारी (प्राइवेट) माल लेकर प्लेन जाता था उसमें सीट ले ली। अनिमेष के बारे में जलपाइगुड़ी से सरितूशेखर को सूचना देने का समय नहीं मिला। अपराह्न को दमदम पर उतरकर सीधे देवव्रत बाबू के पास चले गए। जीवन में पहली बार प्लेन में चढ़ने की उत्तेजना तक नहीं थी। दमदम से हरेन मल्लिक लेन आते हुए कलकत्ता का जो हिस्सा बीच में पड़ा वह शान्त था। कहीं कोई विक्षोभ नहीं था। कल्पना तक नहीं कर पा रहे थे कि यहाँ आकर अनिमेष को किस कारण गोली लगी थी।

देवव्रत बाबू घर में ही थे। बहुत समय के बाद मिलना हुआ था। महीतोष ने अस्पताल जाना चाहा। किन्तु उस समय दोपहर थी। जाना सम्भव नहीं हुआ। देवव्रत बाबू ने सारी घटना सुना दी—कुछ अनिमेष से सुनी हुई। कुछ पुलिस सूत्रों से, बाकी अनुमान से। अनिमेष अब काफ़ी स्वस्थ है। प्राणों को कोई ख़तरा नहीं सुनकर महीतोष को ज़रा तसल्ली हो गयी। चिन्ता दूर होते ही क्लान्त हो गए। देवव्रत बाबू ने इन्हें समझाया कि अब कुछ करना नहीं है। सिर्फ़ इन्तज़ार थाइ की हड्डी में गोली लगी है। फ्रैक्चर हो गया है। ऑपरेशन हो गया है। डॉक्टर का कहना है लगभग छह महीने बिस्तर में रहेगा फिर चल सकेगा। दुर्घटना तो होती ही रहती है, किन्तु मुश्किल यह है कि घटना के बारे में कुछ पता नहीं चला। महीतोष ने कहा, "असल में मेरा भाग्य ही ऐसा है। उसकी माँ भी मामूली सी दुर्घटना में चली गयी। वज़ह कोई नहीं थी। लड़का अपने दादा के पास पलकर बड़ा हुआ है—सोचकर मैं निश्चिन्त था। स्कूल फ़ाइनल में जब फ़र्स्ट क्लास मिला मुझे ताज्जुब हुआ था। पढ़ने में अच्छा है, पर बड़ा ही जिद्दी और अबाध्य है। रिज़ल्ट अच्छा आया तो उसे लेकर ढेर सारी कल्पना कर डाली। पर देखिए''' साथ-साथ एक और दुर्घटना।

देवव्रत बाबू बोले, "पर मुझे तो अबाध्य नहीं लगता।"

महीतोष हँस पड़े, "बाहर से कुछ पता नहीं चलता। उसे जो ठीक लगता है वह करके रहता है। पहले कांग्रेस का काम करने लगा था हालाँकि मुझे बिलकुल पसन्द नहीं था।"

"अनिमेष कांग्रेस में काम करता था?"

"मुझे ठीक से पता नहीं। यही सुना था बड़ा व्यर्थ का प्रोग्राम है। चपलता तो इस उम्र में होती है।" महीतोष ने खुद ही बात उड़ा दी।

"ठीक है आप कोई चिन्ता मत कीजिए…कॉलेज में दाखिले का सारा इन्तज़ाम हो जाएगा। स्कॉटिश में एप्लिकेशन दे दी है। ठीक होते ही जाने लगेगा।"

"स्कॉटिश में क्यों प्रेज़िडेंसी में जगह नहीं मिलेगी?"

"नहीं, सही मायने आपाधापी की बात है ना। क्लास में नहीं जाएगा तो प्रेज़िडेंसी के रजिस्टर से नाम कट जाएगा। बड़ा कम्पटीशन है वहाँ।"

"स्कॉटिश क्या पहले जैसा है? ऊपर से को-एजुकेशनल कॉलेज…।"

"छोड़ो भई! अब उन सबकी चिन्ता नहीं करनी है। प्रेज़िडेंसी में भी लड़कियाँ पढ़ती हैं। पढ़ाई ही असली चीज़ है। स्कॉटिश का आर्ट्स डिपार्टमेंट अच्छा है।"

"आर्ट्स?" महीतोष मानो आकाश से गिर पड़े। "अनिमेष आर्ट्स लेना चाहता है?"

"हाँ, कह रहा था। और फिर साइंस लेकर क्लास में न जाए यह भी नहीं हो सकता।"

महीतोष का चेहरा सख़्त हो गया। केवल सिर हिलाया। देखकर देवव्रत बाबू ने पूछा, "आप कुछ और सोच रहे थे?"

महीतोष ने तुरन्त सिद्धान्त की बात की, "डॉक्टर अगर कहते हैं कि छह महीने तक वह उठ नहीं सकेगा तो यहाँ रखने से क्या लाभ। और उसके बाद भी चलने-फिरने में समय लगेगा। मैं उसे ले जाना चाहता हूँ…अगले वर्ष देखा जाएगा।"

"ले जाएँगे…मायने?" हँस पड़े देवव्रत बाबू, "आपने उसे देखा तक नहीं है। हिलना-डुलना भी नुकसानदेह है और आप जलपाइगुड़ी ले जाने की बात कर रहे हैं?" फिर बात के स्पष्टीकरण के लिए पूछा, "आप नहीं चाहते कि अनिमेष आर्ट्स में भरती हो?"

महीतोष ने गरदन हिलायी, "नहीं…उसका जीवन लक्ष्यहीन हो जाए, वह भी नहीं चाहता। उसकी माँ की इच्छा थी कि लड़का डॉक्टर बने…मैं भी यही चाहता हूँ।" सुनकर देवव्रत बाबू हँस पड़े, "तो कहिए ना…फिर तो यह वर्ष नष्ट करना होगा। छोड़िए…हाथ-मुँह धोकर ज़रा आराम कर लीजिए। चार बजे से पहले हम

निकल पड़ेंगे।''

महीतोष ने खड़े होकर घड़ी देखी, ''मैं ज़रा होटल तक घूम आता हूँ।''

''होटल? आप होटल में रहेंगे···?''

''कितने दिन रुकना पड़ेगा मालूम नहीं ना···आपकी कृतज्ञता का वैसे ही अन्त नहीं है। और फिर पैराडाइस होटल तो नज़दीक ही है। हमारे जलपाइगुड़ी के होटल जैसा है···चिन्ता मत कीजिए।''

देवव्रत बाबू ने बहुत आपत्ति की किन्तु महीतोष ने एक न सुनी। ज़रूरत हो तो पुत्र को वे अपने मित्र के यहाँ कुछ दिन के लिए भेज सकते थे, किन्तु स्वयं रहने का कोई कारण नहीं खोज पाए।

कई दिन तक जाने-आने के कारण देवव्रत बाबू अस्पताल से ख़ूब परिचित हो गए थे। इन्क्वायरी काउंटर से एक व्यक्ति ने हाथ हिलाकर इन्हें बुलाया, ''आप जनरल वार्ड के एक सौ अड़तीस नम्बर के पास आते हैं ना?''

देवव्रत बाबू ने गरदन हिलाकर पूछा, ''वह कैसा है?''

''रिपोर्ट खराब नहीं है। आपके पेशंट का नाम अनिमेष है ना?''

''हाँ···क्या हुआ?''

''आज सवेरे आपके पेशंट के नाम से कोई दो लगेज दे गया है। दिखाने से तो कोई फ़ायदा नहीं···चाहें तो ले जा सकते हैं।''

देवव्रत बाबू अवाक् होकर महीतोष की तरफ़ देखने लगे। महीतोष ज़रा आगे बढ़कर बोले, ''ज़रा देख सकता हूँ।''

देवव्रत बाबू ने परिचय कराने की नीयत से कहा ये पेशंट के बाबा हैं। महीतोष सामान पहचान गए। बैडिंग तो था ही, अनिमेष सूटकेस भी लाया था। रास्ते से उठाकर शायद कोई दे गया है। किन्तु इतने दिन बाद···खोजते-खोजते यहाँ तक कैसे पहुँचाया यह उन्हें समझ नहीं आ रहा था। चीज़ों का मिलान करके देखने का कोई लाभ नहीं था। एक तो यह कि उसमें क्या कुछ था महीतोष को पता नहीं था! और अगर कुछ खो गया है तो मिलेगा नहीं। यह भी कोई दे गया यही गनीमत थी।

कलकत्ते के अस्पताल के बारे में महीतोष की कोई धारणा नहीं थी। पलँगों की कमी के कारण ज़मीन पर ही रोगियों को लेटे देखकर जो चिन्ता हो रही थी, हाल में पहुँचकर दूर हो गयी। दीवार से सटे पलँग पर वह लेटा था। कमर तक चादर से ढँका सूखा चेहरा। बड़ा कमज़ोर लग रहा था। उसका चेहरा देखते ही महीतोष उत्तेजित हो उठे। जिस लड़के की खातिर साँस रोके वे दौड़े आए थे, उसके लिए ही मन कड़वा हो गया। लगा, यह तो हमेशा से ही अबाध्य था। एक बार सामने खड़े होकर ज़िद करता रहा था। उसी ज़िद के कारण आज यह हालत थी। वीरत्व दिखाने पहुँचा था—उचित शिक्षा मिल गयी। वरना इतने बड़े कलकत्ता

शहर में और किसी के तो गोली लगी नहीं और ट्रेन से उतरते ही इसे गोली लग गयी। असल में यह भी महीतोष को जलाने का एक रास्ता था। जिस पर इसकी माँ चली गयी थी।

अनिमेष ने गरदन झुका ली। बाबा की तरफ़ देखने का साहस नहीं हुआ। देवव्रत बाबू कह रहे थे, "खैर! अब कोई चिन्ता नहीं तुम्हारे बाबा आ गए हैं।"

अनिमेष स्वयं को स्वाभाविक रखने की कोशिश कर रहा था। इसे बड़ी तकलीफ़ हो रही थी। बाबा के सामने जाहिर नहीं करना चाहता था। देवव्रत बाबू ने पलंग के नीचे से स्टूल बाहर खींचकर महीतोष से कहा, "बैठिए।" पर वे बैठे नहीं। पलंग के पास खड़े होकर लड़के के शरीर की तरफ़ देखा। उसका एक पाँव ज़रा ऊँचाई पर था। पलँग के पाए की तुलना में सिरहानेवाला हिस्सा काफी ढालू था। चादर से ढँका होने पर भी समझ आ गया था कि ऊँचे रखे पाँव में गोली लगी थी। कुछ बात करनी चाहिए। किन्तु क्या बात करें उन्हें समझ नहीं आ रहा था।

देवव्रत बाबू बोले, "तुम्हारे बाबा से कितना अनुरोध किया मेरे यहाँ रहने को पर उन्होंने सुना ही नहीं। शायद पैराडाइस होटल में खाना बहुत बढ़िया मिलता है। मैं कभी जलपाइगुड़ी गया तो देख लेना होटल में ही टिकूँगा।" कहकर उन्होंने महीतोष की तरफ़ देखा।

"जलपाइगुड़ी में होटल ही कहाँ हैं?" महीतोष यह कहकर कुछ सहज हो गए। फिर हॉल में चारों तरफ़ नज़र दौड़ाकर पूछा, "एक कमरे में इतने लोग! अलग कमरा नहीं मिल सकता?"

"अलहदा मायने केबिन कह रहे हैं? कोशिश करने पर शायद मिल जाए। किन्तु इसकी ज़रूरत क्या है? केबिन में रहेगा तो किसी का चेहरा तक नज़र नहीं आएगा। दो दिन में ही हाँफ उठेगा। और इलाज की बात अगर कह रहे हैं तो सब जगह एक-सा है।" देवव्रत बाबू ने मुड़कर अनिमेष से पूछा, "आज पाखाना हुआ?"

अनिमेष ने सिर हिलाया। कल भी यह सवाल किया था इन्होंने—वह भी—लड़की के सामने। पुरुषों को इन नैसर्गिक कार्यों के बारे में लड़कियों के सामने कहने में शर्म आती है। यह इस भलेमानस के दिमाग़ में नहीं आया? देवव्रत बाबू बोले, "गुड, वह क्लियर हो जाए तो आधा रोग दूर हो जाता है। हालाँकि तुम्हारी उस पोजीशन में बड़ा डिफिकल्ट है।"

टूटे हुए पाँव से पाखाना होने का क्या सम्पर्क है अनिमेष को समझ नहीं आया।

महीतोष ने पूछा, "यहाँ खाना-वाना कैसा देते हैं?"

प्रश्न किसी को निर्दिष्ट करके नहीं पूछा था। देवव्रत बाबू ने अनिमेष की

तरफ़ देखा। अब तक उसने कोई गरिष्ट भोजन नहीं किया था। दोपहरवाली नर्स बता गयी थी कि कल से उसे भात दिया जाएगा। जवाब देवव्रत बाबू ने ही दिया, "अस्पताल में क्या राजभोग खिलाएँगे? डॉक्टर अनुमति दे तो उसे घर ले जाएँ, क्या ख़याल है? आराम से रहेगा। यहाँ तो बात करने को भी कोई नहीं मिलेगा।"

तभी दो आदमी एक लड़के को पकड़कर बराबरवाले पलँग पर, तकिए पर ही लिटा गए। चादर बिछाने का सुयोग नहीं मिला। लड़का पलँग पर लेटकर 'ओह-आह' करने लगा। उसके साथी जो देखभाल कर रहे थे—कोई लाभ नहीं हो रहा था।

देवव्रत बाबू ने उधर देखकर पूछा, "यहाँ एक बूढ़ा था ना?"

"वे मर गए" अनिमेष ने जवाब दिया।

"अरे! अभी कल ही तो देखा था?"

"आज सवेरे पता चला", अनिमेष बोला।

महीतोष बोले, "पता नहीं चला···मायने? एक आदमी मर गया इसकी खबर नहीं रखी किसी ने? अजीब बात है। तूने देखा।" महीतोष ने पुत्र से पहली बार पूछा था।

अनिमेष ने उनकी तरफ़ देखा। बड़े विचलित लग रहे थे। बाबा को देखकर जो संकोच हो रहा था अब काफ़ी कम हो गया था। बल्कि बाबा के व्यवहार पर वह अवाक् हो गया था। इसके घायल होते ही वे जलपाइगुड़ी से भागते हुए आए थे। आने के बाद एक बात तक नहीं की थी। घटना कैसे हुई यह तक नहीं पूछा था। गम्भीर चेहरे से अनिमेष ने उन्हें जवाब दिया, "हाँ।"

महीतोष बोले, "बहुत बुरा हुआ। अच्छा डॉक्टर से बात की जा सकती है?"

देवव्रत बाबू बोले, "चलो···देखते हैं। पर आप जो चाहते हैं वह नहीं होगा।"

महीतोष अनमने भाव से बोले, "मायने?"

"तब जो कह रहे थे कि लड़के को लेकर चले जाएँगे, वह असम्भव है। मिलते ही समझ जाएँगे। ऊपर से आप लोगों को विख्यात मजिहारी घाट के पार जाना···कुछ हो गया तो सारा जीवन अफसोस रहेगा।"

"किन्तु यहाँ छोड़ने का मतलब है आप पर अत्याचार करना और फिर···यह वर्ष जब नष्ट होगा ही···चलिए! पहले डॉक्टर से बात की जाए···" अनिमेष से बात किए बिना वे चले गए।

सुनते ही अनिमेष के माथे पर बल पड़ गए। महीतोष इसे ले जाने आए हैं? ठीक है···अस्पताल में पलँग पर लेटे रहना अच्छा नहीं लगता। किन्तु जलपाइगुड़ी वापस जाने पर यहाँ के कॉलेज में फिर दाखिला नहीं हो सकता।

महीतोष ने साफ़ कह दिया है कि यह साल खराब हो गया। इसका मतलब है कि अब कॉलेज में भर्ती नहीं होगा। एक वर्ष यों ही बीत जाएगा यह उन्होंने समझ लिया है। इसे लग रहा था कि एक बार अगर जलपाइगुड़ी लौट गया तो फिर कभी कलकत्ता के कॉलेज में पढ़ना नहीं होगा। पर अनिमेष और क्या कर सकता है। बिस्तर से एक इंच भी उठकर बैठने की जिसमें क्षमता नहीं है। उसकी बात कोई सुनेगा ही क्यों? अगर दादू यहाँ होते!···अनिमेष सरित्शेखर की कमी को शिद्दत से महसूस कर रहा था। बाबा दादू की बात का उल्लंघन नहीं कर पाते और दादू को राज़ी करना खुद को राज़ी करने के समान था। अच्छी तरह कलकत्ते की सड़कों पर अभी तक घूमा भी नहीं है। कलकत्ता का कुछ देखा नहीं है। बिछौने पर पड़े-पड़े ट्राम के पहियों की घर्र-घर्र के अलावा कलकत्ता उसके लिए अजनबी है। इसे लग रहा था कलकत्ता छोड़कर चला गया तो सबकुछ ख़त्म हो जाएगा।

अनिमेष ने आँखें बन्द कर लीं। अचानक लगा कि पलँग के पास के स्टूल पर कोई आकर बैठ गया है। उसने आँखें खोल दीं। महीतोष की आवाज़ सुनाई दी। आवाज में बड़ा दुख था और टूटी-टूटी भी। इसने बाबा को कभी इस स्वर में बोलते नहीं सुना था। महीतोष बोले, "बहुत तकलीफ़ हो रही है खोका।"

अनिमेष ने आँखें नहीं खोलीं। अब तक, पता नहीं, कहाँ था। अभिमान का सूत्र खिंचता जा रहा था। लग रहा था, आँखें खोलते ही रो पड़ेगा। कुछ क्षण कोई बात नहीं की। फिर से पाँव पर किसी ने धीरे से हाथ रखा। ऑपरेशनवाली जगह हाथ रखकर महीतोष पूछ रहे थे, "खोका! बहुत तकलीफ़ हो रही है···रे?"

स्पर्श बड़ा सामान्य था किन्तु अनिमेष को लग रहा था कि कोई आरी से उसके पाँव काट रहा है। कोई और समय होता तो शायद रो पड़ता, लेकिन इस समय शारीरिक यन्त्रणा को दाँतों में दबा लिया। प्राणपण से स्वाभाविक स्वर में बोलने की चेष्टा की, "नहीं···बाबा।"

चार

बात इतनी तेज़ी से फैल जाएगी, अनिमेष कल्पना तक नहीं कर पाया था। अगले दिन जब धूप निकली। त्रिदिव के साथ डाइनिंग रूम में घुसते ही समझ गया कि होस्टल के बंगालियों की नज़रें बदल गयी हैं। पहले ज़रा अस्पष्टता थी। लड़के खाते हुए दूसरी तरफ़ बारी-बारी देखते। आपस में बातें करते इसको केन्द्रित करके। अनिमेष ने त्रिदिव से कारण पूछा। इनमें से ज़्यादा कॉलेज के छात्र थे। जूनियर छात्रों के साथ मिलकर बैठने का प्रश्न ही नहीं उठता था। किन्तु उनका ऐसा आचरण इतने दिन नहीं देखा था। त्रिदिव ने चौंका देनेवाला प्रश्न कर डाला,

"क्या"समथिंग गोलमाल लग रहा है?"

उनमें से जो लड़का सबसे ज़्यादा सप्रतिभ था। खाना छोड़कर हँसकर बोला, "नहीं"नहीं"गोलमाल क्यों होगा? मैंने अनिमेष दा' के बारे में एक ख़बर सुनी थी उसकी आलोचना कर रहा था।"

"क्या ख़बर?" त्रिदिव को भी मज़ा आ रहा था।

"वे बड़े एक्टिव कम्युनिस्ट हैं, पर यहाँ ऐसे रहते हैं कि किसी को पता ही नहीं चलता।"

अनिमेष हँस दिया। प्रतिवाद करने को था, किन्तु जाने क्या सोचकर चुप रहा। उसने सोचा फ़ालतू बात करने से कोई लाभ नहीं। जो अपनी इच्छा से धारणा बना लेता है, मालूम होने पर भी वह धारणा तोड़ना सम्भव नहीं है। फिर भी किस घटना सें इनका अमत हो गया यह अवश्य जानना चाहता था। त्रिदिव ने ही पूछा, "यह खबर तुम्हें कहाँ से मिली?"

"वाह! खाद्य आन्दोलन के समय अनिमेष दा' पुलिस की गोली से हेवी इंज्योर्ड हो गए थे"सुनने में आया था। एक्टिव न होते तो ऐसा हो सकता था?" लड़के ने ज़रा रुककर सोचते हुए पूछा, "किन्तु अनिमेष दा' आपने कॉलेज यूनियन क्यों नहीं ज्वॉयन की?"मैंने सुना है, आप एस.एफ.ए. के मैम्बर भी नहीं हैं?"

अनिमेष को भोजन रुचिकर नहीं लग रहा था। त्रिदिव बहुत जल्दी-जल्दी खाता है। वह खाना खा चुका था! अनिमेष भी उठ खड़ा हुआ, बोला, "तुमने ग़लत खबर सुनी है। कम्युनिस्ट पार्टी से मेरा कोई वास्ता नहीं है।"

बेसिन में हाथ धोते हुए इसके कानों में किसी की दबी आवाज़ में बात सुनाई पड़ी, "कम्युनिस्ट पार्टी की मैम्बरशिप मिलना इतना आसान नहीं है। और जो रियल मैम्बर हैं वे कभी ज़ाहिर नहीं करते।"

बात यहीं तक ख़त्म हो जाती तो एक बात थी। यूनिवर्सिटी से ख़ूब बढ़ा-चढ़ाकर ख़बर आयी। मई में रिज़ल्ट निकला था। जुलाई के मध्य में सारी क्लासें शुरू हो गयी थीं। कोई भी एक-दूसरे को जानता नहीं था। यहाँ तक कि नए छात्रों को 'वरण करने' का व्यापार भी अभी नहीं उठा था। स्कॉटिश का जो बैच यूनिवर्सिटी में भरती हुआ था अनिमेष उनके साथ समय गुजारता। इस बैच के सब छात्र बड़े शान्त, शिष्ट थे। पढ़ाई-लिखई में रुचि थी। बी.ए. ऑनर्स में जिस लड़के को फर्स्ट क्लास मिला था वह उन्हीं के बैच का था। दोनों बड़ी सीरियसली साहित्य के बारे में विचार करते। इस दौरान विदेशी साहित्य की बहुत-सी ख़बरें उन्हें मालूम हो गयी थीं। यूनिवर्सिटी में आने के बाद विदेशी रैफरेंस से बात करने की झोंक और

भी बढ़ गई थी।

स्कॉटिश के होस्टल से विश्वविद्यालय में क्लास अटेंड करने के लिए पैदल कोई नहीं आता था। रास्ता इतना दूर भी नहीं था कि चलना असम्भव होता। किन्तु कलकत्ते में आँखों के सामने इतने वाहन थे कि पैदल जाने का प्रयोजन ही नहीं होता था। अनिमेष ने सैकंड क्लास ट्राम का मंथली-टिकट बनवा लिया था। उससे धर्मतला से श्याम बाजार तक सारा दिन घूमा जा सकता था। खर्च मामूली होता।

उस दिन त्रिदिव ने एक बात कही। चीज़ों के दाम और लोगों की खरीदने की क्षमता पर बात हो रही थी। किसी समाचारपत्र में लिखा था कि मनुष्य रोजगार में 'परहैड' के हिसाब से बीस पैसे रोज़ कमाता है। बीस पैसे में कोई इनसान कैसे जीवित रह सकता है? त्रिदिव का कहना था कि फिर भी मनुष्य जिन्दा रहता है और इनसान ही कहा जा सकता है। भारतवर्ष के लोग कहीं भी इस विषय को लेकर शोर नहीं मचाते। चीज़ों के दाम कम करने के लिए आन्दोलन नहीं हुए तो कलकत्ता में एक दिन या दो दिन के लिए होने पर विक्षोभ फटा पड़ रहा है। त्रिदिव को वही अस्वाभाविक लग रहा था। वह कह रहा था, यहाँ दस पैसे देने पर एक कुल्हड़ चाय मिलती है। ट्राम में कुछ मील तक बेफ़िक्री से जा सकते हैं। बारह आने में एक आदमी दाल, भात, तरकारी खा सकता है। यह पश्चिमी बंगाल रो बाहर कहीं मुमकिन नहीं है। दिल्ली में यह है स्वप्न-कुसुम। इसीलिए यहाँ लोगों की इतनी भीड़ है। कम पैसा होने के कारण कलकत्ता दौड़े आते हैं। किन्तु यहीं खाद्य आन्दोलन होता है, एक पैसा किराया बढ़ाते ही ट्राम जला देते हैं। क्यों? क्या इसका अर्थ यह है कि पश्चिम बंगाल के लोग बहुत सचेत हैं? उन्हें कोई भी भ्रम में नहीं रख सकता! अनिमेष इस बात को लेकर त्रिदिव से एकमत नहीं था। यहाँ जितनी तेज़ी से आग लगायी जाती है, उतनी ही तेज़ी से बुझ भी जाती है। आग बुझने के बाद ध्यान ही नहीं आता कि कभी आग लगी थी। और इस आग के जलने को लेकर एक मज़ेदार पहलू भी है। क्योंकि अधिकांश लोग हाथ-पाँव सेंकने की तरह, दूर से अपने को गरम रखना चाहते हैं। मुट्ठी-भर लोग जो कूद पड़ते हैं, उनका आचरण नाटक की तरह दिखाई देता है। अधिकांश बंगालियों का यही चरित्र है। कलकत्ते में अ-बंगालियों की संख्या पचास फ़ीसदी है। उनका इन सब आन्दोलनों से मानो कोई सरोकार ही नहीं। देखकर लगता है कि वे किसी दूसरी दुनिया में रहते हैं।

कॉलेज में पढ़ते हुए जो दो-चार छोटे-मोटे आन्दोलन अनिमेष ने देखे हैं सबका चेहरा बहुत कुछ एक-सा है। किसी इश्यू को लेकर विक्षोभ, इकट्ठे होकर छात्र विश्वविद्यालय पहुँचे, वहाँ कुछ देर तक जोश से भाषण हुआ बस! सब कर्तव्य समाप्त। अथवा बहुत ज़ोरदार कुछ घट गया तो एक दिन के लिए

हड़ताल। यह अनिमेष के दिमाग में नहीं घुसता कि हड़ताल करने से किसी का क्या फ़ायदा होगा? अपनी नाक कटाकर किसी और की यात्रा भंग की जा सकती है? तुम्हारे आचरण के प्रतिवाद में मैं कोई काम नहीं करता। जो अन्याय करता है, आजकल इतनी आसानी से भीत नहीं होता, शायद यह बात हड़ताल के नेता भूल जाते हैं। वस्तुतः कुछ करने की क्षमता नहीं होती इसलिए हड़ताल करके स्वयं को सुप्रतिष्ठित करना चाहते हैं। यह धारणा धीरे-धीरे बद्धमूल हो रही है कि साधारण व्यक्ति किसी भी आन्दोलन के साथ स्वयं को संयुक्त करना नहीं चाहता। किन्तु आन्दोलन तो साधारण मनुष्य के लिए ही होता है।

आने-जाने के लिए दूसरे दर्जे का मंथली-टिकट लेकर एक बात और लक्ष्य की अनिमेष ने। पहले दर्जे में तिल-भर जगह न भी हो तो भद्र बंगाली दूसरे दर्जे में जाना नहीं चाहते। उसमें कुछ अ-बंगाली और बीस पैसा रोज़ी कमानेवालों की भीड़ होती है। किन्तु दोनों दर्जे एक साथ गन्तव्य तक तो पहुँचाते हैं ना। लड़कियों में तो यह भावना और भी प्रबल होती है। अनिमेष ने कभी भी किसी महिला को दूसरे दर्जे में यात्रा करते नहीं देखा है। चाहने और पाने में इन दोनों श्रेणी के लोग ही साधारण—जनसाधारण हैं।

जलपाइगुड़ी में, उसके मस्तिष्क को यही सब चिन्ता-भावना परेशान करती थीं। इन चार वर्षों में उन्होंने दूसरा रूप धारण कर लिया है। कभी-कभी सोचता कि उस दिन पुलिस की गोली ने एक तरह से उपकार ही किया है। इतने दिन तक बिस्तर पर पड़े-पड़े शरीर काहिल होने के कारण चलने-फिरने में सतर्क हो गया है। इसके जोशीले स्वभाव को काफी संयत कर दिया है। अन्यथा जो जोश पहली दफा कलकत्ता आते समय दिल को उकसाता रहता था वह न जाने इसे कहाँ ले जाता। खुली आँखों में बहुत बार देखने की क्षमता नहीं होती...समय कुछ ऐसा ही था।

विश्वविद्यालय की पुरानी बिल्डिंग में क्लासें शुरू हो गयीं। किताबें आदि अभी खरीदी नहीं गयी हैं। महीतोष ने अभी तक रुपए नहीं भेजे हैं। रिज़ल्ट निकलने के बाद जब वह जलपाइगुड़ी से इस बार आया तो दाखिले के रुपयों के अलावा महीतोष कुछ नहीं दे पाए थे। एम.ए. क्लास के लिए किस तरह की किताबें खरीदनी होंगी, उन्हें मालूम नहीं था। अनिमेष भी बता नहीं पाया था। रिज़ल्ट निकलते ही महीतोष ज़रा बदल गए थे। उनको लग रहा था कि यदि अनिमेष को एम.ए. में फर्स्ट क्लास मिल जाए तो किसी कॉलेज में लैक्चरर हो सकता है। वेतन चाहे कम हो, नौकरी सम्मानजनक है। इस सम्बन्ध में देवव्रत बाबू पूरी सूचना चिट्ठी द्वारा भेजते रहते थे।

देवव्रत बाबू के घर कई दिनों से जाना नहीं हुआ। ध्यान आता है कि अस्पताल से निकलकर लगभग तीन महीने तक अनिमेष को उनके यहाँ रहना

पड़ा था। ज़रा भी तकलीफ़ नहीं हुई थी। देवव्रत बाबू व्यवसाय करते हैं। किस तरह का व्यवसाय यह इसे नहीं मालूम। उन दिनों, इसने दिन-रात में बहुत कम समय के लिए उन्हें जाते देखा था। किन्तु चारों तरफ़ समृद्धि के लक्षण थे। उनसे पूछने में संकोच होता। नीला कॉलेज में पढ़ती है। कॉलेज—मायने सज-बनकर सवेरे निकल जाती है और बारह बजे ख़ूब थककर लौट आती। सारी दोपहर उसके साथ गप्प मारने में कट जाती। गप्प मायने संसार का कोई विषय छूटता नहीं था। कुछ ही दिन में नीला ने 'तू' तड़ाक का सम्पर्क स्थापित कर लिया था। इतनी बड़ी लड़की को 'तू' कहने में शर्म आती, किन्तु उसका व्यवहार इतना सहज था कि शर्म करना ही शर्मनाक बात होती। हाँ एक बात वह समझ गया था कि नीला जैसी लड़की जलपाइगुड़ी में कभी नहीं देखी थी। सीता, उर्वशी, रम्भा से नीला मानो हजारों मील दूर अलहदा जात की लड़की है। मंटू कहता यौवन आने पर लड़के-लड़की में बन्धुत्व नहीं होता। अनिमेष को लगता कि मंटू ने नीला जैसी लड़की नहीं देखी है। किसी तरह की बनावटी शर्म या क्रोध छोड़कर लड़की जब बात करती है तो मित्र के अतिरिक्त और कुछ नहीं सोचा जा सकता। कॉलेज जाते-आते रास्ते में लड़के खड़े होकर जो सब रिमार्क्स पास करते हैं, नीला बेहिचक बता सकती है। 'गुडी' (अच्छे) लड़के बिलकुल कायर जैसे लगते हैं और ज़रा ज़्यादा स्मार्ट को देखकर दिल जलता है, यह अनिमेष को मालूम हो गया है। उनके घर रहते हुए बाद में—कि उसकी सहपाठिनी के भाई उसे अच्छे लगने लगे थे—अनिमेष को यह भी बताने में संकोच नहीं किया। एक ही घर में साथ-साथ रहते हुए एक क्षण को भी किसी और तरह का आचरण करते नहीं देखा गया था। पर अस्पताल में पहली बार बात करने के बाद अनिमेष ने नीला को दागदार मान लिया था।

अगले साल होस्टल में आने के बाद कभी-कभी देवव्रत बाबू के घर चला जाता। देवव्रत बाबू भी खोज-ख़बर ले जाते, किन्तु नीला के साथ अड्डा फिर नहीं जमा। एक वर्ष बरबाद होने से नीला इससे आगे निकल गयी थी। बी. ए. में पढ़ते समय छोटी-सी घटना हो गयी जिस वजह से उसके बाद अनिमेष उनके घर नहीं गया। 'गया नहीं' मतलब सम्पर्क ख़त्म होना नहीं था। बस जाने की इच्छा नहीं होती थी। घटना से वह इतना चौंक उठा था कि सोचने पर अभी तक कोई कूल-किनार नहीं मिला। देवव्रत बाबू बीच-बीच में शिकायत करते कि अनिमेष उनके यहाँ क्यों नहीं आता। वजह उन्हें बता नहीं सकता अनिमेष। जिसे बताया जा सकता था उसने कभी पूछा नहीं। नीला इसके होस्टल में कभी नहीं आयी। जब घर जाता, हँसकर बात करती, ख़बर आदि लेती बस! कभी-कभी अनिमेष का मन होता सीधे जाकर नीला को बता दे। उसे क्या कहना है यह भी मालूम कर ले। वह जितनी सहज है ज़रूर सच-सच बता देगी। किन्तु पूछना

ही तो मुश्किल है।

सरदी का अपराह्न था। सन्ध्या होने से पहले ही कलकत्ते में कुहासा हो जाता है। अनिमेष नीला आदि के घर आया था। आते ही सुना कि वह देवव्रत बाबू के साथ सिनेमा देखने गयी है। उसके आने की बात नहीं थी। वे जानते भी नहीं। मासी माँ ने बड़े यत्न से इसे खिलाया-पिलाया। उन्हें कभी चिन्तित नहीं देखा था अनिमेष ने। उनका घर सुखी-संसार का उदाहरण था। महीतोष इसके साथ कभी सिनेमा देखने गए हों यह सोचा भी नहीं जा सकता था। उन लोगों को लौटने में देर होगी सोचकर वापस आ रहा था। घर से निकलकर गली में जा रहा था कि कोई व्यक्ति इसके सामने आ खड़ा हुआ। लड़का उससे ज़रा बड़ा होगा। घुँघराले बाल। इतनी सरदी में भी बदन पर कोई गरम कपड़ा तक नहीं। अनिमेष के रुकते ही लड़का गम्भीर स्वर में बोला, "तुमसे ज़रूरी बात करनी है।"

अनिमेष को ताज़्जुब हो रहा था। किसी तरह बोला, "आप कौन हैं?"

"मैं जो भी हूँ उससे तुम्हारा क्या वास्ता! बात कहनी है, वह सुननी होगी।"

"वाह! आपको मैं पहचानता तक नहीं…।"

अनिमेष की बात काटकर लड़का बोला, "ठीक है, मेरे साथ चलो। उस तरफ़ पार्क है, वहाँ बैठेंगे।" कहते-कहते वह चारों तरफ़ देखता जाता। उसके चेहरे पर ऐसी उत्तेजना कि खड़ा नहीं हुआ जा रहा था। अनिमेष को लगा कि लड़का किसी को गोली मारने के इल्ज़ाम में इसे फँसा सकता है। यह अँधेरे में नामुमकिन भी नहीं। इसने पूछा, "आप मुझे पहचानते हैं?"

"तुम अनिमेष हो। आओ…मैं आगे चलता हूँ।" लड़का आगे चल रहा था और अनिमेष उसके पीछे। डर भी नहीं था। अनिमेष को लगा कि कुछ ऐसी मारात्मक घटना हुई है जिसके कारण लड़के को इसकी ज़रूरत है। किन्तु वह इतना अस्पष्ट था कि जानने के लिए पार्क तक ले आया। पार्क में घुसकर देखा लड़का एक खाली बेंच पर बैठ गया है। छोटा-सा पार्क था। लोगों की भीड़ भी कम। अनिमेष को एक पाँव घसीटकर चलते देख उसने पूछा, "तुम्हारे पाँव में अभी भी तकलीफ़ है?" अवाक् होकर देखा अनिमेष ने। 'नहीं' में गरदन हिलाकर सोचा कि यह लड़का इसके बारे में बहुत कुछ जानता है। किस्सा क्या है?

बेंच पर बैठते ही लड़का ज़रा नरम पड़ गया। जिस उत्तेजनावश अनिमेष को यहाँ तक खींच लाया था उसका कहीं नामोनिशान भी नहीं था। अनिमेष ने पूछा, "बताइए…क्या बात है?"

लड़का कातर कंठ से बोल पड़ा, "तुम मुझे नहीं पहचानते…मेरा नाम श्यामल है। मैं नीला को प्राणों से भी अधिक चाहता हूँ।"

ऐसी बात सुनेगा, अनिमेष ने कल्पना तक नहीं की थी। वह ताज़्जुब से उसे देखता रहा। अब उसे ख़याल आया कि शुरू से ही उसे 'तुम तुम' कह रहा

था। उसकी उम्र ज़्यादा नहीं लग रही थी। नीला से प्रेम करने के कारण अनिमेष को 'तुम' कहने का अधिकार मिल गया क्या? विरक्ति से उसने दूसरी तरफ़ देखा! लड़का उसी स्वर में कह रहा था, "मैं तुमसे···क्या कहूँ···लगता है, पागल हो जाऊँगा।"

अनिमेष किसी तरह सिर्फ़ इतना कह सका, "यह सब मुझे क्यों बता रहे हैं?"

"क्योंकि तुम मेरी मदद कर सकते हो।"

"मैं···?" अनिमेष ने ताज़्जुब से देखा।

"तुम ऐसे कह रहे हो जैसे कुछ समझ ही नहीं पा रहे!" श्यामल ने तिरछी नज़र से देखा।

"विश्वास करो···मेरी समझ में कुछ नहीं आ रहा।"

"शायद तुम झूठ नहीं···नहीं···नीला झूठ नहीं बोलेगी कभी···सुनो। तुम्हें एक बात साफ़-साफ़ बता देना चाहता हूँ। मैं नीला से प्रेम करता हूँ। सोचता था, मुझे छोड़कर उसे और कुछ नहीं चाहिए। पर इधर उसका व्यवहार ज़रा बदलता जा रहा है। अन्त में उसने स्वीकार कर लिया कि मुझसे प्रेम नहीं कर सकती। जानता हूँ···इसकी वज़ह तुम हो···तुम उनके घर इतने दिन रहे थे···साथ रहते-रहते बहुत बार ममता हो जाती है। नीला ने तुम्हारी वज़ह से रिफ़्यूज़ कर दिया है।" श्यामल ने आँखें फैलाकर ताका।

अनिमेष हँस पड़ा। श्यामल की तरफ़ देखकर पूछा, "यह बात आपको कहाँ से मालूम हुई? नीला ने बताया है?"

उसने सिर हिलाया, "नीला क्यों बताएगी! मैं समझ गया हूँ। तुम्हारे अलावा उनके घर में दूसरा कोई लड़का नहीं जाता।"

"बस···उससे ही आपने धारणा बना ली?"

श्यामल गुस्से से बोला, "मज़ाक़ करने का समय नहीं है यह। नीला जिस तरह मुझे चाहती थी उससे विमुख होने का एक मात्र कारण यह है कि कोई दूसरा उसके मन में है। लड़कियाँ बीमार व्यक्ति के प्रति चट से माया दिखाने लगती हैं।"

"आप भूल कर रहे हैं। नीला के साथ मेरा कोई सम्बन्ध नहीं है। नीला ऐसा क्यों कर रही है, उसी से जाकर पूछ लीजिए।"

"मुझे वह अवॉयड करती है। मुझे तुम्हारी बात पर विश्वास नहीं। जब कभी मुझसे तुम्हारी बात करती है तो ऐसे दिखाती है मानो तुम 'हीरो' हो। पुलिस की गोली खाकर भी बच गए। नीला को मालूम नहीं मैं इससे भी ज़्यादा कुछ कर सकता हूँ।"

अनिमेष सोच नहीं पा रहा था कि श्यामल के साथ नीला इस तरह का

व्यवहार क्यों कर रही है। शायद यह वही लड़का है जिसके बारे में नीला ने बताया था। सहपाठिनी का भाई। एकदम प्रेम समाप्त कैसे हो जाता है। अनिमेष ने दोस्त की तरह श्यामल को सलाह दी, "अगर वह तुम्हें नहीं चाहती तो भूल जाओ। जबरदस्ती किसी से प्रेम प्राप्त नहीं किया जा सकता..."

श्यामल फुँफकार उठा, "भूल जाऊँ...? नामुमकिन...इससे पहले उसे मार डालूँगा...।"

अब अनिमेष सचमुच घबरा गया। उसकी भंगिमा देखकर लग रहा था कि ऐसा कुछ कर गुज़रना उसके लिए नामुमकिन नहीं होगा। जल्दी से बोल पड़ा, "ठीक है, बताइए आप मुझे क्या करने को कहते हैं?" श्यामल ने गम्भीर स्वर में कहा, "अगर तुम नीला के साथ मिलना-जुलना बन्द कर दो तो निश्चय ही उसका मन मेरी तरफ़ लौट आएगा। आउट ऑफ़ साइट आउट ऑफ़ माइंड। तुम तो कह ही रहे हो कि तुम्हारा उसके साथ कोई सम्बन्ध नहीं है, फिर न मिलने में कोई हानि नहीं होगी।"

अनिमेष को श्यामल के लिए पहली बार ममता हुई। प्रेम में व्यक्ति अन्धा हो जाता है। कोई युक्ति काम नहीं करती। अगर नीला उससे बचना चाहती है तो श्यामल जाकर कितने लोगों से इस तरह का अनुरोध करेगा? और फिर नीला जैसी सहज लड़की इस तरह का व्यवहार करेगी ही क्यों? नीला ने चाहे श्यामल से नहीं कहा है कि वह अनिमेष से प्रेम करती है...किन्तु यह सोचकर ही अनिमेष सिहर उठा था। वह जल्दी से बोल पड़ा, "ठीक है...आप निश्चिन्त रहिए...मैं खुद नीला के पास जाऊँगा।"

श्यामल बहुत खुश हुआ। हँसी उसके मुँह पर फूट पड़ी।

अनिमेष उठ खड़ा हुआ। कुछ बोलने को था कि इरादा बदल दिया। श्यामल को पार्क के बेंच पर बैठाकर वह तेज़ी से सड़क की तरफ़ बढ़ गया। शीघ्र चलने में असुविधा हो रही थी किन्तु इसने परवाह नहीं की।

अनिमेष ने अपनी बात निभायी। यह भी सोचा कि श्यामल के बालसुलभ हृदयावेग को बेकार प्रश्रय दे रहा है। फिर नीला के घर जाने में कैसा अटपटा अनुभव करेगा उसके बाद। ये बातें देवव्रत बाबू से तो कही नहीं जा सकतीं। नीला-श्यामल का सम्पर्क अब कैसा है यह भी पता नहीं चला। एक अजीब बात यह हुई कि नीला अब उससे मिलने नहीं आती थी। विद्यासागर कॉलेज से स्कॉटिश केवल दस मिनट का रास्ता था!

कॉलेज स्ट्रीट के मोड़ पर जाने क्या गोलमाल हो गया था। ट्रामें बन्द होने से अनिमेष वहीं उतर पड़ा। आज पहला पीरियड बारह बजे है। हाथ में समय है।

किताबों की दूकानों के सामने से गुज़रते हुए बड़ा अच्छा लग रहा था। दूकानों में कई तरह की पुस्तकें लगी थीं। किन्तु दो घड़ी देख सके इतना वक़्त नहीं था। दरवाज़े पर खड़ा कर्मचारी चिल्ला-चिल्लाकर दूकान में आने को कह रहा था। जो इस फुटपाथ पर चलते हैं उन्हें खरीददार समझते हैं। किसी-किसी दिन तो हाथ खींचकर अन्दर ले जाते हैं चाहे किताब खरीदने का प्रयोजन हो या न हो। उनके चंगुल से बचने के लिए किताब देखने में लुकाचोरी के खेल से भी खास मज़ा मिलता है। हैरिसन रोड पार करके दूसरी तरफ़ आते ही अनिमेष चौंक पड़ा। लगभग पाँच वर्ष बाद देखने पर शक्ल में थोड़ा परिवर्तन ज़रूर लगा, किन्तु पहचानने में ज़रा भी दिक्कत नहीं हुई। गेरुआ कुरता और पायजामा कन्धे पर, शान्ति निकेतनी बैग, सिर के बाल बिखरे हुए, हाथ में सिगरेट पकड़े वह कुछ सोच रहा था। अनिमेष एकदम सामने जा खड़ा हुआ, 'पहचान रहे हैं?' प्रश्न के साथ-साथ हल्की सी मुसकान। किन्तु बहुत थोड़े समय के लिए फिर अनिमेष का हाथ पकड़कर जोर से हिलाया, "अरे तुम!"

"ख़ैर! पहचान तो गए।"

सुवास सेन ने कहा, "आश्चर्य क्या है···पहचानता कैसे नहीं? तुम बहुत बड़े हो गए हो···मूँछ-दाढ़ी से मुँह ढँका होने पर भी पहचानने में असुविधा क्यों होगी? कैसे हो?"

"अच्छा हूँ!" जवाब देते हुए अनिमेष को लग रहा था कि इतने दिन बाद सुवास सेन से मिलकर बड़ा अच्छा लग रहा है।

"तुम्हारा पाँव? ठीक हो गया अब?" सुवास के उसके पाँव की तरफ़ देखते ही अनिमेष ने कहा, "प्रायः ठीक है···असुविधा कोई नहीं है, हाँ दौड़ने में होती है।"

"दौड़ने की ज़रूरत ही क्या है। पैदल चलकर अगर पहुँचा जा सके तो अच्छा ही है···अब बताओ···कहाँ हो···क्या कर रहे हो!" सुवास ने हँसते हुए पूछा।

एक वक़्त था जब इसे सुवास पर नाराज़गी होती। इधर इतने वर्षों से कलकत्ते में जब वह पैदल आता-जाता था तो सोचता शायद एक दिन सुवास से मुलाक़ात हो जाए। किन्तु ऐसा कभी नहीं हुआ। अस्पताल में एक दिन आकर जब सुवास चला गया था फिर भेंट नहीं हुई थी! सुवास ने कहा भी था कि फिर किसी दिन आएगा। किन्तु वायदा निभाया नहीं। इच्छा होती तो अस्पताल से इसका पता-ठिकाना मालूम करके देवव्रत बाबू के घर आ सकता था!! यह सोच जितनी पुरानी हो रही थी उतना ही मन में आता कि इसके पास सुवास के आने का कारण क्या हो सकता था? वह सुवास आदि के आन्दोलन से जुड़ा हुआ नहीं है। एक दिन अस्पताल में मिलकर चीज़ें पकड़ा गया था। बस! किन्तु सुवास जो फिर आने का वायदा करके गया था और नहीं आया उससे बड़ा कष्ट होता था।

अब वही सब नाराज़गी इसके मन में चक्कर लगा रही थी। सुवास बोला, "लो···इतने दिन बाद मिलना हुआ है एक सिगरेट पियो।" चारमीनार सिगरेट का पैकेट पकड़ते ही अनिमेष ने सिर हिलाया 'नहीं'। सिगरेट नहीं पीता ऐसा भी नहीं है, किन्तु इतने अरसे बाद जो बिस्तर पर पड़े रहने के बाद से सिगरेट पीने की झोंक बिलकुल ख़त्म हो गयी है। और···अब महीतोष जो रुपए भेजते हैं उनसे सिगरेट पीने में असुविधा होती है।

अनिमेष आजकल क्या कर रहा है, सब जानने के बाद सुवास ने कहा, "वाह! देख रहा हूँ तुम बड़े गुडी ब्वॉय हो। छोड़ो। तुम लोगों की क्लासें शुरू हो गयीं···वहाँ हमारे लड़कों के साथ बातचीत हुई···?"

"आप लोगों के लड़के···मायने?" अनिमेष को ताज़्जुब हो रहा था।

सुवास ने उसकी तरफ़ सीधे देखा। फिर पूछा, "तुम स्कॉटिश-छात्र-फैडरेशन में नहीं हो···होते तो मुझे ज़रूर पता चल जाता।"

अनिमेष ने सिर हिलाया, "नहीं···यूनियन के साथ मेरा बिलकुल ताल्लुक नहीं रहा।"

सुवास को आश्चर्य हुआ, "क्यों? जहाँ तक मुझे याद है अस्पताल में बिस्तर पर पड़े-पड़े तुम वामपंथी बातें किया करते थे।"

अनिमेष को समझ नहीं आ रहा था कि बात कैसे समझाए। अगर एकदम कह डाले कि आन्दोलन के बारे में स्पष्ट जानकारी न होने से सक्रिय नहीं हो सका अथवा स्कॉटिश फैडरेशन के छात्र कितने विलासी हैं, जो उसे वक़्त गुजारने का माध्यम समझते हैं तो सुवास निश्चय ही इसे आसानी से हज़म नहीं कर पाएगा। इसे यह भी डर था कि सुनकर सुवास ही उसे ग़लत कहेगा।

अनिमेष बोला, "असल में अपने इस पाँव की वज़ह से इतना परेशान रहा कि कुछ करने का साहस नहीं जुटा पाया।" कहते ही उसे लगा कि जवाब में झूठ था। वह फिर बोला, "इसके अलावा कोई बात अस्पष्ट हो तो उसमें पड़ने को मेरा मन नहीं होता।"

"किन्तु अस्पष्टता किसलिए···इस बारे में कभी किसी से बात की है?" सुवास ने उसके कन्धे पर हाथ रख लिया। अनिमेष ने उत्तर दिया, "नहीं असल में कुछ बातें ऐसी होती हैं जिन्हें खुद सोचकर ठीक-ठाक करना पड़ता है।"

सुवास की अंगुलियाँ उसके कन्धे पर सख़्त हो गयीं, "नहीं···बातचीत से ही रास्ता साफ़ होता है। ठीक है···एक दिन मैं और तुम बैठेंगे···अकेले-अकेले लड़ाई नहीं की जा सकती।"

"कभी-कभी आपके बारे में सोचता था···पता मालूम नहीं था जो मिल पाता···क्या टाइम है?"

सुवास ने घड़ी देखकर बताया, "बारह बजने में तीन मिनट हैं। तुम

यूनिवर्सिटी जा रहे हो"चलो तुम्हें एक व्यक्ति से मिलवा दूँ।"

अनिमेष परेशान होकर बोला, "पर बारह बजे मेरी क्लास है।"

"सब्जेक्ट क्या है?"

"वैष्णव साहित्य।"

सुवास हँस पड़ा। "इसके बारे में जानकर तुम्हारा क्या फायदा होगा? परीक्षा से तीन दिन पहले नज़र से गुजारने पर नम्बर मिल जाएँगे। विभान से बात करो देखना भविष्य में काम करने की सुविधा होगी।"

क्लास छोड़कर जाना अनिमेष को बुरा लग रहा था। फिर भी पूछा, "विभान कौन?"

"कैलकटा यूनिवर्सिटी के स्टूडैंट्स फ़ैडरेशन का जनरल सेक्रेटरी।"

पांच

एकतला के कैंटीन रूम में सुवास के साथ अनिमेष घुसा। यहाँ पहली बार आया था। बारह बजे कैंटीन में भीड़ कम रहती है। कई लड़के भात खा रहे थे। उस तरफ़ तीन-चार लड़के बेंच पर पाँव रखे बैठे शोर मचा रहे थे। सुवास ने एक बार चारों तरफ़ देखकर कैंटीन-मैनेजर से विभान के बारे में पूछा। उसने गरदन मोड़कर पीठ पीछे की घड़ी देखकर कहा, "दसेक मिनट इन्तज़ार करना होगा।"

एक बेंच पर बैठकर सुवास ने दो चाय का ऑर्डर दिया। अनिमेष अभी एक घंटे पहले भात खाकर आया था। तुरत चाय पीने का अभ्यास नहीं था। किंतु आपत्ति नहीं की। कलकत्ते के लोगों के लिए एवरी टाइम इज टी-टाइम। देवव्रत बाबू के यहाँ तो रात को दस बजे भी चाय का दौर चलता। किन्तु स्वर्गछेंड़ा चाय बागान में इतनी बार चाय नहीं चलती थी। ज़्यादा पीने पर शरीर अकड़ जाता है—चाय बागान के लोगों की यही धारणा थी। कलकत्ते के लोग हार्ट के स्वास्थ्य के लिए ख़ूब चाय पीते हैं। यह ख़बर एक दिन समाचारपत्र में पढ़ी थी।

सुवास चाय पीते हुए बोला, "विभान बड़ा सीरियस टाइप का लड़का है। पोलिटिकल विचार परिष्कृत हैं। मुश्किल यह है कि अवसर के अनुसार कठोर नहीं हो पाता। परिणामतः बीच-बीच में गोलमाल कर बैठता है। पर मुझे ताज़्जुब है तुम चार वर्ष कॉलेज में रहकर भी एस.एफ. के साथ सम्पर्क रखे बिना कैसे रह सके!"

अनिमेष ने उत्तर नहीं दिया। यह बात सुवास पहले भी पूछ चुका था। शायद कोई सन्देह था मन में। सुवास ने फिर पूछा, "चुप क्यों हो?"

अनिमेष बोला, "कारण कोई नहीं। असल में पाँव की वजह से मेरा एक

वर्ष नष्ट हो चुका था। कोई और रिस्क नहीं लेना चाहता।"

"रिस्क मायने…?"

"अगर फेल हो जाता तो पढ़ाई बन्द हो जाती। एक बार बी.ए. पास करना ज़रूरी है।"

सुवास उसकी तरफ़ देर तक देखता रहा, फिर उदासीनता से पूछा, "अब तुम ग्रेजुएट हो…कितना फ़ायदा हुआ है तुम्हें…?"

"भायने…" अवाक् होकर पूछा अनिमेष ने।

"बी.ए. पास करके तुम्हारे कितने हाथ बढ़ गए हैं? कहीं दरख्वास्त देने पर तुम्हें कोई नौकरी देगा? अच्छी तरह रहने के लिए बी.ए. की डिग्री तुम्हारी क्या सहायता करेगी? तुम जो बांग्ला (भाषा) लेकर एम.ए. में भरती हुए हो…मान लेता हूँ कि बहुत अच्छी तरह पास हो जाओगे…उसके बाद?" तीखी दृष्टि से देखा सुवास ने।

"एम.ए. करके नौकरी ज़रूर मिल जाएगी।"

"ख़ाक मिल जाएगी…लगता है, तुम कुछ ख़बर नहीं रखते। स्टैटिटिक्स के अनुसार अठारह लाख बेकार ग्रेजुएट और तीन लाख बेकार एम.ए. अंगुलियाँ चटका रहे हैं। संख्या हर वर्ष बढ़ती जाएगी। तुम्हारा कोई मामा हो तो बेशक अलग बात है। तब एम.ए. में पढ़ने की जरूरत ही नहीं।" सुवास ने सिगरेट जला ली।

बात सुनते हुए अनिमेष लाचार-सा अनुभव करने लगा।

सुवास कुछ देर चुप रहा। फिर बोला, "एक बात का ध्यान करते ही तुम्हारे समक्ष सारी बात स्पष्ट हो जाएगी। बांग्ला (भाषा) में एम.ए. करने के बाद नौकरी का सुयोग कहाँ-कहाँ है? पहले कॉलेजों में फिर स्कूलों में। इन दो जगहों के अतिरिक्त समाचार पत्र और बस! हर वर्ष स्कूल-कॉलेजों में बांग्ला के लिए कितनी जगह खाली होती हैं। ज़्यादा-से-ज़्यादा पचास। किन्तु दोनों यूनिवर्सिटी से पास करके निकलते हैं प्रायः सौ-दो सौ लड़के-लड़कियाँ। यह जो हर वर्ष डेढ़ सौ लड़के-लड़कियाँ बेकार रहते हैं वे कहाँ जाएँ? नौकरी के लिए वे ऐसे प्रोफेशन में घुस जाते हैं जिससे बांग्ला में एम.ए. का कोई सम्बन्ध नहीं है। कर्तृपक्ष (भाषिक) क्या यह जानते नहीं? निश्चय जानते हैं। असल में हमारी शिक्षा व्यवस्था इस तरह तैयार हुई है जिससे देश का मेरुदंड टूट जाता है।" कहते-कहते सुवास ने दरवाज़े की तरफ़ नज़र दौड़ाई। बात ख़त्म करते ही बोल पड़ा, "देखो विभान आ गया।"

अनिमेष ने देखा गोरा सुन्दर लड़का कैंटीन में घुस रहा था। शर्ट-पैंट पहने, आँखें चमकती हुईं। पीछे दो जन और थे। कमरे में घुसते ही सुवास को देखकर वह आगे बढ़ा। "अरे…सुवास दा'! तुम कितनी देर से…!"

"दसेक मिनट से···" सुवास ने उसका बढ़ा हुआ हाथ छूकर कहा, "कैसे हो?"

"चल रहा है···तुमसे मिलने की उम्मीद नहीं कर रहा था।"

विभान ने अपने साथियों से कुछ कहा वे चले गए। वह इनके पास आकर बैठ गया।

"क्यों···?"

"सुना था, तुम वीरभूम चले जा रहे हो···वहाँ का काम देखोगे···।"

"ठीक ही सुना है। मैं पिछले दिनों कलकत्ता आया हूँ। तुम्हारे पास आने का कोई प्रोग्राम नहीं था। अचानक इससे मुलाक़ात हो गयी। सोचा, तुमसे मुलाक़ात करा दूँ···" सुवास ने अनिमेष की तरफ़ इशारा किया।

परिचय के बाद विभान ने अनिमेष से पूछा, "आप किस कॉलेज से आए हैं?"

"वह स्कॉटिश में पढ़ता था। असल में जलपाइगुड़ी के लड़के यहाँ होस्टल में रहते हैं। उसके साथ एक घटना हो गयी। मैं भी थोड़ा-बहुत उससे सम्बद्ध हूँ।" कहकर सुवास हँस पड़ा।

"कैसी घटना···?" विभान ने पूछा।

अनिमेष तुरत कह उठा, "नहीं···नहीं···ऐसी कोई घटना नहीं···।"

सुवास हँस रहा था। विभान उनकी तरफ़ एक बार देखकर बोला, "स्कॉटिश से जो इस बार निकले हैं, उनकी सहायता नहीं मिलेगी लगता है।"

सुवास ने पूछा, "क्यों···वे सब क्या दक्षिणपंथी हैं?"

विभान बोला, "स्कॉटिश में अतीन बाबू मामला देखते हैं। वे हम सबको चीन का दलाल कहते फिरते हैं। नैचुरली स्कॉटिश का यूनिट तो उनके मत का ही समर्थन करेगा। पूरी तरह जब तक क्लासें शुरू न हो जाएँ पता नहीं चलेगा कि हमारी तरफ़ कौन-कौन हैं। इस बारे में आपने कोई फैसला कर लिया है।"

अनिमेष ने देखा विभान इसकी तरफ़ देखकर पूछ रहा था। अख़बार के ज़रिए आज किसी को जानना बाकी नहीं था कि विभान किस विषय पर बात कर रहा था। चीन-भारत युद्ध के समय से मामला चल रहा था। अनिमेष को आश्चर्य था विदेशी राष्ट्र के आक्रमण के सन्दर्भ में इस देश का एक बड़ा दल बँट गया था। पार्टी (दल) बाँटने की ऑफ़िशियली घोषणा हो गयी थी, किन्तु उसकी प्रस्तुति कई दिनों से चल रही थी। स्कॉटिश के जो छात्र फ़ैडरेशन में थे वे पार्टी का समर्थन करते थे और विभान तथा सुवास दा' की पार्टी से निकला हुआ बड़ा अंश निकलकर इनके साथ हो गए थे। एक ही पार्टी में बहुत दिनों तक रहकर पार्टी के नेता लोग चीन-युद्ध के बाद द्विमत हो गए। एक दल ने कहा चीन आक्रामक है, दूसरा दल कहता वह तो सीमान्त का संघर्ष है। बस, दल

बँट गया। साथ ही अख़बार में जो लिखा था वह अनिमेष को परेशान कर रहा था। दक्षिणपंथी कम्युनिस्ट रूस के समर्थक थे और वामपंथी चीन के। हम विदेशी राष्ट्र द्वारा क्यों परिचालित हों इसे समझ में नहीं आ रहा था। विभान की तरफ़ देखकर अनिमेष ने कहा, "इन मसलों के बारे में मैंने सीरियसली कभी सोचा ही नहीं था।"

"सोचा नहीं"? मायने"? शहर में आग लग जाए तो देवालय क्या सुरक्षित रहते हैं? देश के लिए अगर सोचेंगे तो आपको सही रास्ते पर चलना होगा। वह रास्ता क्या हो वह आपको निश्चित करना होगा। निश्चय करने पर वही रास्ता सही होगा। आज की इस बदलती हुई परिस्थिति में प्रत्येक छात्र का अपना दायित्व भी है।"

सुवास इतनी देर से सुन रहा था, अब बोला, "मैं इतना कह सकता हूँ कि अनिमेष ने कम्युनिस्ट आन्दोलन के समर्थन में मेरे साथ कभी बात नहीं की थी। असल में पोलिटिकल कांशसनैस उसमें अभी आयी नहीं है, इसलिए मन स्थिर नहीं कर पा रहा।"

विभान सीधा बैठ गया। "आप सोचिए अनिमेष! अगर कोई बात अस्पष्ट हो तो सीधे मेरे साथ बात कीजिए।"

उसी समय कुछ और लड़के कैंटीन में घुसे। उन्हें देखकर विभान ज़रा सीरियस हो गया। सुवास भी ज़रा अधीर हो रहा था। दल का एक लड़का आकर बोला, "विभान! तुमसे कुछ बात करनी है।"

"क्या"!" विभान ने उसकी तरफ़ देखा।

"हमारे लड़कों को काम नहीं करने दिया जा रहा।"

अनिमेष ने देखा जो लड़का कह रहा था उसमें कोई जड़ता नहीं थी। खद्दर का कुरता-धोती पहने था।

"कौन रोक रहा है?"

"हमें तो यही खबर मिली है।"

"कैसी खबर!"

"नवागत छात्रों की अभ्यर्थना में जो पोस्टर लगाए गए थे, उन्हें फाड़ डाला गया है। छात्र परिषद का एक भी पोस्टर नज़र नहीं आ रहा!"

"कहना क्या चाहते हो कि हमने फाड़े हैं"? क्यों फाड़ेंगे? पोस्टर पढ़कर नवागत लड़के-लड़कियाँ हमारे विरोधी हो जाएँगे? देखो मुकुलेश! किसी के पीछे पड़कर विरोध करना नहीं चाहता मैं। अगर सचमुच तुम्हें कोई शिकायत है तो वी.सी. के पास जाओ। मेरे पास क्यों आए हो?"

"हमें क्या करना है यही सोचना है। तुम जी.एस. हो और वामपंथी छात्र फ़ैडरेशन यही काम करता है"इसलिए बताने आए हैं। यदि यही रवैया रहा तो

बाद में हम कुछ और व्यवस्था करने को बाध्य होंगे।''

कहकर लड़का जा रहा था कि विभान ने बुला लिया। मुकुलेश ने पलटकर देखा। विभान ने कहा, ''तुम मुझे जानते हो। इस तरह डरा-धमकाकर कुछ नहीं होगा। तुम लोगों के पोस्टर किसने फाड़े हैं मुझे नहीं मालूम। फिर भी पोस्टर लिखने से पहले सोचना चाहिए था। नए लड़के-लड़कियों को वैलकम करते हुए हमें गाली-गलौज करनी हो यह कहाँ की भद्रता है? हमारे किसी भी पोस्टर में तुम्हारे बारे में तो कोई बात नहीं है। राजनीति में क्या अभद्रता ही होती है?''

मुकुलेश हँस पड़ा, ''राजनीति की शिक्षा तुमसे लेने की अपेक्षा मेरा आत्महत्या करना उचित होगा। जो नयी मुर्गियाँ आयी हैं उनका ब्रेन-वाश कर सकते हो। मुझे ज्ञान मत दो। तुम कितने भद्र हो उसकी लम्बी लिस्ट मेरे पास है। उचित समय पर लड़के-लड़कियों के सामने रखूँगा।''

विभान ने ज़रा चिल्लाकर पूछा, ''तुम क्या मुझे आँखें दिखाने आए हो?''

मुकुलेश दरवाज़े में खड़ा होकर बोला, ''तुम जनरल सेक्रेटरी हो। तुम्हें आँख दिखाने की किसमें हिम्मत है। पर ध्यान रहे, यह भारतवर्ष है। चीन के दलालों को मैं क्षमा नहीं करूँगा।''

वे जैसे आए थे वैसे ही चले गए।

अनिमेष ने देखा सारी कैंटीन खामोश थी। जो उस तरफ़ भात खा रहे थे वे तो थे ही, कैंटीन के बैरा तक काम छोड़कर विभान आदि की तरफ़ देख रहे थे। एक निःस्तब्धता-सी खानेवालों के मुँह में अटकी रह गयी। अभी तक सुवास सेन खामोशी से सुन रहा था। अब धीरे से पूछा, ''माजरा क्या है?''

कौन जाने वह ख़ुद होता तो क्या होता। किन्तु अनिमेष ने ताज्जुब से विभान की तरफ़ देखा। वह बिलकुल सहज स्वाभाविक हो गया था। सिर हिलाते हुए हँसकर बोला, ''वही पुरानी चाल···पाँव से पाँव लगे नहीं कि झगड़ा शुरू। दिन-रात गालियाँ देते हैं, ज़रा प्रतिवाद करते ही छात्र फ़ैडरेशन पर आक्रमण के पोस्टर पढ़ेंगे।''

सुवास ने पूछा, ''पोस्टर फाड़ने का क्या किस्सा है?''

विभान ने कन्धे झटके, ''अरे! जिसकी जो मर्ज़ी हो लिखता है। नए छात्र चीन के दलालों को चीन में रखें। एक देशद्रोही तो आपके बराबर ही है जिनकी गंजी (कुरता) चीन से आती है। ये पोस्टर देखकर कोई लड़का अपना मिज़ाज गरम कर बैठे, एकाध फाड़ डाले तो मैं क्या कर सकता हूँ। उनका चरित्र टिपिकल गाँव के झगड़ालू बुढ़ियोंवाला हो गया है।''

सुवास बोला, ''दक्षिणी···आदि।''

विभान हँस पड़ा, ''ठीक कहते हो···उनकी मति-गति समझी नहीं जा सकती। पर विश्वविद्यालय में उनकी संख्या मामूली है। सुना है, छात्र-परिषद के

साथ उनका समझौता हो रहा है। कभी-न-कभी सबका चरित्र प्रकाश में आएगा ही।''

इन्होंने देखा, चार-पाँच लड़के बड़े जोश से बातें करते उधर ही आ रहे थे। सब अनिमेष की उम्र के। दो-एक का चेहरा गुस्से में भरा हुआ। कैंटीन में घुसते ही वे सीधे पास आ गए, ''क्या माजरा है सुना, मुकुलेश तुम्हें मारने आया था?'' उनमें से एक बड़ा उत्तेजित होकर पूछ रहा था।

''किसने कहा?'' निरासक्त स्वर में विभान ने पूछा। अनिमेष को बड़ा ताज़्जुब हुआ।

''बताओ सच है या नहीं। साले की आज ही लाश बिछा दूँगा। इतनी हेकड़ी कि तुम्हारे शरीर पर हाथ छोड़ने आया था…फैक्ट?''

विभान उनके उत्तेजित चेहरे की तरफ़ देख एक मुहूर्त सोचकर बोला, ''मारा-मारी करने का कोई फ़ायदा नहीं। एस.एफ. गुंडों की पार्टी नहीं है। उनका जो कर्तव्य है, करें। तुम्हारे इतना उत्तेजित होने पर वे मौके का फ़ायदा उठाएँगे।''

कोई दूसरा बोल पड़ा, ''किन्तु गुरु! तुम्हारी इंसल्ट करने पर मैं मुँह बन्द करके तो बैठूँगा नहीं। मुकुलेश को इसकी क़ीमत चुकानी होगी। साले ने तुम पर हाथ उठाया था।''

विभान हँस पड़ा, ''तुम इतने चिढ़ क्यों गए? कह तो रहा हूँ…मुझ पर छोड़ दो। मुझे मालूम है उन्हें कैसे 'टैकल' करना है।''

अनिमेष चुपचाप सुन रहा था। एक बात लक्ष्य करके चकित हो रहा था कि लड़कों के पूछने पर विभान ने एक बार भी नहीं कहा था कि छात्र-परिषद के लड़कों ने इसे मारा नहीं था।

दल का कोई और लड़का बोला, ''किन्तु उन्हें प्रश्रय देकर अन्ततः निभा नहीं पाएँगे। खामखा जी.एस. पर हाथ उठाएँगे तो हम सहन नहीं कर पाएँगे। सालों की बकवास से हाड़ जलने लगते हैं।''

विभान दो पल सोचकर बोला, ''सुदीप आया है?''

''नहीं…देखा नहीं?'' एक ने जवाब दिया।

''ज़रा देखो…तुम हर क्लास में बता आओ कि आज तीन बजे लॉन में आना है। जो कहना है साधारण छात्रों के सामने सीधे-सीधे कहूँगा।''

''गेट मीटिंग में?''

''नहीं गेट मीटिंग नहीं…जस्ट गैट टुगैदर।''

''माइक के लिए कहूँ?''

''ज़रूरत नहीं…मेरी आवाज़ उन तक पहुँच जाएगी। इसके लिए तुम कोई गोलमाल मत करो। सबसे तीन बजे इन्तज़ार करने को कहना।''

उनके जाने के बाद सुवास बोला, ''देख रहा हूँ बड़ी टेंशन है।''

"होगी ही···सरकार उनके हाथ में है···जो तबीयत हो करेंगे। वाइस चांसलर चुप हैं। यही उनके लिए मौका है। यह हमारे लड़के सह नहीं पाते। खैर! वीरभूम में तुम्हारा काम कैसा चल रहा है, बताओ।"

सुवास ने सिगरेट जला ली, "वहाँ न जाता तो सचमुच कुछ पता न चलता। यहाँ इस कलकत्ता शहर में जो प्रॉब्लम है, जो पोलिटिकल झमेला है, गाँव जाने पर कुछ भी मिटा नहीं पाओगे। कम्पलीटली डिफ़रेंट मामला। कोई-कोई गाँव तो ऐसा है जहाँ स्वाधीनता शब्द का अर्थ तक नहीं जानते। ऐसे मनुष्यों की कमी नहीं है। जवाहरलाल, गाँधी उनके लिए शिव-नारायण की तरह भगवान का एक रूप हैं। जिन्हें वे कम्युनिस्ट के रूप में जानते हैं वे किसी दूसरे देश के रहनेवाले हैं। मानो वर्गी या राक्षसों की तरह भयानक शत्रु कुछ समय पहले इस देश को जीतने आए थे। भाग्य से गाँधी देवता के शिष्य थे इसलिए देश की रक्षा हो गयी। इस परिस्थिति में काम करना कितना मुश्किल है तुम समझ नहीं सकोगे। पर वास्तविकता उन्हें जितनी आसानी से समझायी जा सकती है शिक्षितों को समझाना मुमकिन नहीं है।"

"तुम हमेशा के लिए कलकत्ता कब लौटोगे?" विभान ने फुसफुसाकर पूछा।

"जब पार्टी कहेगी···मुझे वहाँ रहना अच्छा लगता है। चलो, उठो, बातें करते-करते बहुत देर हो गयी।"

सुवास के उठते ही विभान भी उठ खड़ा हुआ। अनिमेष ने सोचा कि विभान की बुड़बुड़ाहट ज़रूर सुवास दा' ने देख ली थी। विभान की पोलिटिकल धारणा सुवास दा' की बात की तरह शायद बहुत अच्छी हो। किन्तु उनकी दृष्टिभंगी विभान की अपेक्षा ज़्यादा उन्नत है इसमें कोई शक सन्देह नहीं है।

सुवास कैंटीन के दरवाजे पर खड़ा हो गया, "अरे वाह! चाय का बिल तो दिया ही नहीं। ठहरो···दे आता हूँ।"

विभान ने बाधा दी, "देना नहीं है···मेरे नाम में लिख देंगे।" सुवास माना नहीं। दाम चुकाकर वापस आया बोला, "यह लिख रखने का सिस्टम बहुत खराब है। खर्च बढ़ जाता है। ख़याल ही नहीं रहता।"

"तुम तो बड़े हिसाबी हो सुवास दा'।"

"मुझे बहुत कम खर्च में महीना गुज़ारना होता है विभान।···अनिमेष तुम अब क्लास में जाओगे?" अनिमेष को ध्यान आया कि इतनी देर में दो पीरियड हो चुके थे। सैशन शुरू हुआ था। पढ़ाई अभी सीरियसली शुरू नहीं हुई थी। पर यों ही क्लास मिस करने में कोई तुक नहीं थी। इसलिए सिर हिलाया, "हाँ···।"

सुवास ने कहा, "तो मैं चलता हूँ, फिर कलकत्ता कब आना होगा मालूम नहीं···आया तो मिलूँगा। विभान से तुम्हारा परिचय हो गया है। अब काम शुरू

करने में कोई दिक़्क़त नहीं।"

"आप आज ही जा रहे हैं...?" अनिमेष ने पूछा।

"नहीं कल सवेरे...क्यों?"

"यों ही पूछ रहा था।"

सुवास ने अनिमेष को गहरी नज़रों से देखा, फिर पूछा, "तुम स्कॉटिश के किस होस्टल में रहते हो।" अनिमेष के पता बताते ही सुवास ने सिर हिलाकर कहा, "ठीक है, समय मिला तो शाम को तुम्हारे पास आऊँगा।" अनिमेष यही चाहता था। सुवास दा' के साथ अलग से बात करना ज़रूरी था। क्या बात है...इस क्षण उसके दिमाग़ में नहीं आ रही थी। सारी बात कैसी अस्पष्ट-सी हो रही थी।

वे कैंटीन के सामनेवाले पैसेज से बाहर आ रहे थे कि विभान ने ऊँची आवाज़ में पुकारा, "सु-दी-प!" बाएँ हाथ में मोटा-सा सिगार जल रहा था। अनिमेष ने उसे आगे आते देखा। बराबर की उम्रवाले किसी लड़के को चुरुट पीते देखना बेमायने लगता है। सिगरेट तो सबके हाथ में ठीक-ठाक लगती है, किन्तु लड़का जिस तरह चुरुट से धुआँ उगल रहा था वह अच्छा नहीं लगा। सुदीप के बोलने का ढंग (जिह्वा) भी बड़ी विचित्र थी। कैसे चबा-चबाकर ज़ोर देकर शब्दों को बीच में ही छोड़ देता। सुदीप पास आकर बोला, "मुकुलेश का किस्सा सुना! चल...यूनियन रूम में बैठा जाए।"

विभान चलते-चलते बोला, "सुवास दा' तुम सुदीप को नहीं पहचानते!"

"वाह...मैं क्या नया आया हूँ यहाँ?" सुवास बोला।

सुदीप हँसा! कुछ कहा। अनिमेष की समझ में नहीं आया।

विभान बोला, "सुदीप! इसका नाम अनिमेष है फ्रैशर...स्कॉटिश से आया है।"

सुदीप भौंहें चढ़ाकर बोला, "स्कॉटिश चर्च? ओ हो...वहाँ के एक लड़के के बारे में ख़बर सुनी...ज़रा पहले। ख़ूब इंटरस्टिंग केस।"

वे लॉन में आकर खड़े हो गए। विभान ने पूछा, "किस तरह की?"

"एक लड़का...नाम जाने क्या था...जाने क्या...हाँ...लड़का एक्टिवली पार्टी का काम करता है, किन्तु स्टूडेंट्स फ़ैडरेशन से कोई वास्ता नहीं है। सबसे बड़ी ख़बर यह कि लास्ट मूवमेंट में पुलिस ने गोली मारकर उसकी हत्या करनी चाही थी। लकली बच गया...बहुतों ने बुलेट के निशान देखे थे।"

विभान ने कहा, "बड़ी अद्‌भुत घटना है। इस तरह का केस किसी कॉलेज में हो और हमें पता भी न हो? इम्पॉसिबल! सुवास दा' आपको मालूम है?"

सुवास हँस पड़ा। अनिमेष को भी बड़ा ताज़्जुब हुआ। गल्प बढ़ते-बढ़ते इतनी तेज़ी से यहाँ तक पहुँच गयी। अगर इसी तरह बढ़ती रही तो अन्त में यह ज़बरदस्त विप्लवी कहला सकता है।

अचानक विभान अनिमेष की तरफ़ घूम कर खड़ा हो गया, "आप तो स्कॉटिश से आए हैं, लड़के को जानते हैं? क्या पढ़ रहा है?"

अनिमेष ज़रा झिझका फिर बोला, "बात सच नहीं है।"

सुवास हँस रहा था, अब बोला, "तुम लोग जिसकी बात कर रहे हो तुम्हारे सामने खड़ा है। पुलिस की गोली इनके पाँव में लगी थी। यह ठीक है एक वर्ष नष्ट हो गया। मर भी सकता था किन्तु कम्युनिस्ट पार्टी के साथ उसका कभी कोई वास्ता नहीं रहा। बाकी सब मनगढ़न्त बात है।"

विभान अनिमेष को बराबर घूर रहा था। फिर पूछा, "पुलिस ने आपको गोली क्यों मारी।"

अनिमेष हँसकर बोला, "गलती से...मैं भाग रहा था उन्होंने सोचा मैंने ही बम फेंका था।"

सुदीप बुझते हुए सिगार को ठीक करते-करते बोला, "फिर भी आप अभिर्नंदन के योग्य हैं...मेरा आन्तरिक अभिनन्दन ग्रहण कीजिए...कॉमरेड!!"

पहली बार किसी ने इसे 'कॉमरेड' कहा था। परेशानी और एक तरह की खुशी का मिला-जुला भाव। अनिमेष टाल गया। कौन-सा पलड़ा भारी था समझ नहीं पा रहा था। सिर झुकाकर बोला, "आप तिल का ताड़ बना रहे हैं...मैं उसके योग्य नहीं।"

विभान ने एक हाथ से उसकी कमर पकड़कर पूछा, "चोट कैसी थी?"

अनिमेष ने उसके ऐसे सहृदय व्यवहार से अप्रतिभ होकर कहा, "लगभग आठ महीने तक बिस्तर में पड़ा रहा। एक वर्ष नष्ट हो गया।"

"अच्छा...! तब तो हम साथ-साथ पास होंगे! अनिमेष! आपके पॉव में अब भी बुलेट का दाग़ है?" विभान ने आन्तरिकता से पूछा।

"हाँ...वह तो जीवन-पर्यन्त रहेगा...मेरी थाइ बीभत्स हो गयी है।"

"अच्छा ही हुआ...आप हमारे हाथों को बल दीजिए।" उसने अनिमेष से हाथ मिलाया।

सुवास को ज़रा आगे तक पहुँचाकर अनिमेष दोतला पर चला गया। क्लास शुरू हुए देर हो चुकी थी। 'बी' सैक्शन में जाने के लिए तीन दरवाजे थे। अध्यापक अगर ज़्यादा मनोयोग से पढ़ा रहे हों तो उसके लिए देखना मुमकिन नहीं था कि कोई आया या नहीं। उस तरफ़ दीवार के पास लड़कियाँ और दरवाज़े की तरफ़ लड़के बैठे थे। अनिमेष सोच रहा था कि अन्दर जाए या नहीं। किन्तु इस तरह कॉरिडोर में खड़े रहना भी अच्छा नहीं लगता था।

अब जो शिक्षक बांग्ला भाषा की छोटी कहानियाँ पढ़ा रहे थे उनके ख़याल से जो बांग्ला भाषा पढ़ते हैं उनमें बड़ी दुर्बलता आ जाती है। पिछले चार वर्ष में अनिमेष ने उनकी लिखी सारी कहानियाँ-उपन्यास गौ-ग्रास की तरह पढ़ डाले थे।

एक अद्‌भुत जीवन मानो दूसरी तरह का आदर्श पाठक को स्तम्भित कर देता था। छोटी कहानियाँ पढ़ाते तो चट से मन पेरिस की सड़कों पर पहुँच जाता। मोपासां का हाथ पकड़कर या एडगर ऐलन पो के साथ चाय पी आता। पढ़ाते इतने आन्तरिक भाव से कान बन्द करने की इच्छा न होती।

दरवाज़े के किनारे बैठे दो-तीन लड़कों ने अनिमेष को परेशान देखकर अन्दर आने का इशारा किया। वे स्कॉटिश से नहीं आए थे। बातचीत भी नहीं हुई थी। कुछ दिन क्लास में देखा-भर था। सिर झुकाकर अनिमेष चट से दरवाज़े से कूदकर सामने बेंच पर बैठ गया। दो-एक ने उसकी तरफ़ देखा, पर बोले कुछ नहीं। जिन्होंने अनिमेष को बुलाया था, उनमें से एक ने, जो अब इसके पास बैठा था, दबी आवाज में पूछा, ''किस कॉलेज में?''

''स्कॉटिश चर्च।''

''चर्च?'' लड़का आँखें फाड़कर बोला, ''चर्च या सर्च? लड़कियाँ खोजने की जगह। हाय रे! तुम्हारे सिर पर सोना बाँधना चाहिए? हमारे कॉलेज के आसपास तक लड़कियाँ नहीं थीं।'' फिर दाँत निपोरकर हँस दिया। अनिमेष ने उसे अच्छी तरह देखा। नीले रंग की पूरी बाँहोंवाली शर्ट और धोती पहने। साधारण व्यक्ति की तुलना में काफी नाटा। ऊपर वाले दाँत ज़रा ऊँचे, मुँह खोलते ही लगता हँस रहा है। लड़के के बात करने की भंगिमा इतनी सहज थी कि अनिमेष क्रोध नहीं कर सका। उसने पूछा, ''आप किस कॉलेज में?''

''सिटी! किन्तु नो आपनि-टापनि···मैं साली लड़कियों को भी सीधे 'तुम' कहता हूँ।''

इस बीच पढ़ाना कब बन्द कर दिया गया था अनिमेष को पता नहीं चला। अचानक लड़के को पाँव से ठोकर मारते देख सारी क्लास उनकी तरफ़ देखने लगी। नज़रें उठाकर देखते ही टीचर से नज़रें मिल गयीं। लम्बा मनुष्य! निचला होंठ दाँतों तले दबाए। टेबल के सहारे खड़ा इसकी तरफ़ घूर रहा था। कमरे में दबी-दबी हँसी उठी। अनिमेष समझ गया कि इसका मुँह लाल हो गया है। अध्यापक ने इस बार हाथ की किताब टेबल पर उलटकर रखी और बड़े गम्भीर स्वर में अनिमेष की तरफ़ देखते हुए पूछा, ''बहुत ज़रूरी बात हो रही थी क्या?'' उत्तर देने के लिए उठना पड़ रहा था। अनिमेष को लगा इससे अधिक लज्जास्पद स्थिति का इसने पहले कभी सामना नहीं किया था। वह लड़का अगर झूठ-मूठ इसे बातों में न उलझाता तो ऐसी परिस्थिति का सामना न करना पड़ता। अनिमेष ने खड़े होकर किसी तरह गरदन हिलाकर 'ना' कहा।

''मैं ज़रूरी बात बता रहा था। छोटी गल्प के सम्बन्ध में रवीन्द्रनाथ ने जो परिभाषा दी है अब मानी नहीं जाती। इस सम्बन्ध में शायद तुम हमारी मदद कर सको।'' अध्यापक की बारीक आवाज़ से अनिमेष काँप उठा। उसे लग रहा था

कि बहुत बड़ा फन्दा इसके लिए डाला गया है जिसमें पाँव आगे बढ़ाने के सिवाय कोई चारा नहीं है।

अध्यापक ने कहा, "अच्छा, आजकल की एक कहानी को ही लेते हैं। तुमने इधर पत्र-पत्रिकाओं में जो गल्प पढ़ी हों, उनमें से जो सबसे अच्छी लगी हो उसी की चर्चा करते हैं।" अध्यापक ने अनिमेष की तरफ़ सहानुभूति से देखा। सब लड़के-लड़कियों ने मुँह उसकी तरफ़ कर लिया। अनिमेष समझ गया। वह पसीना-पसीना हो रहा था। उसने आँखें बन्द करके मन-ही-मन 'देश' (पत्रिका) के पूजा अंक की सब कहानियों का ध्यान किया। तब वह स्तब्ध रह गया था। गल्प का स्मरण करके वह बहुत देर तक कुछ नहीं कह सका। जिसकी कहानी थी उसी अध्यापक की क्लास में, उसी कहानी की तुलना करने की कोशिश की थी, पर वह मिली नहीं। लेखक के साथ लिखित को मिलाना शायद सम्भव नहीं होता। अनिमेष का मानसिक तनाव समाप्त हो गया। फिर परिष्कृत स्वर में पूछा, "मैं सचमुच कहानी पर बात कर सकता हूँ?"

"आश्चर्य! व्यर्थ में मिथ्या क्यों कहोगे?" अध्यापक ने कहा।

अब अनिमेष के मन में कोई दुविधा नहीं थी। उसने गल्प का नाम बता दिया। साथ-ही-साथ अध्यापक के माथे पर त्यौरियाँ पड़ गयीं। घुँघराले बालों में अंगुलियाँ फँसाकर होंठ दबाकर निःशब्द मुस्कराया। पॉकेट से रूमाल निकालकर ऐनक के शीशे साफ़ करने लगे। कुछ क्षण इन्तज़ार के बाद शायद अध्यापक की प्रतिक्रिया जानने के लिए फिर क्लास तालियों की गड़गड़ाहट से गूँज उठी। सब गल्प के बारे में आलोचना करने का अनुरोध करने लगे। अध्यापक ने अनिमेष की तरफ़ देखकर टेबल से पुस्तक उठा ली। हाथ उठाकर सबको चुप कराया। फिर बोले, "तुम बुद्धिमान हो इसमें सन्देह नहीं, किन्तु बुद्धिमान को मनोयोगी भी होना पड़ता है। अच्छा...हम जहाँ रुक गए थे...।"

नये सिरे से पढ़ाना शुरू हो गया। अनिमेष के धीरे से बेंच पर बैठते ही बराबरवाला लड़का दबी जबान में बोला, "गुरु ज़रा लैग दूँ।"

अब बात करने में डर लगा वह स्थिर होकर सामने देखने लगा। अध्यापक ने जिन शब्दों में इसका तिरस्कार किया था, किसी अन्य ने किसी दिन नहीं किया था। क्रोध किए बिना, शासन को ठीक जगह तक पहुँचना इसका पहला अनुभव था। कुछ देर देखकर इसने गरदन झुका ली। अध्यापक की बारीक आवाज़ में इतना रस था, शब्द ऐसे कहानी की तरह हो जाते कि कहीं और इसका ध्यान सचमुच नहीं जा रहा था। सामने सिरों की पंक्ति थी। अनिमेष छोटी गल्प की व्याख्या सुनते-सुनते काँप उठा।

सामने वाले सिरों की सामान्य दूरी की लाइन आगे बढ़ती जा रही थी। उस लाइन के आखिर में जो बैठा था, इसकी आँखें उसके चेहरे पर जम गयीं। नज़र

झुकी हुई थी। लगा सारा हृदय उन आँखों में उतर आया हो। अनिमेष को हृदय में चंचलता के अजस्र झरनों की अनुभूति हो रही थी।

नज़रें हटाते ही सीधी लाइन टूट गयी। सिर इधर-उधर हिलते ही दोनों आँखें कहीं खो गयीं। दिल थम गया। साँस लेने में कष्ट हो रहा था। इसका कारण नहीं समझ पाया अनिमेष। ऐसा क्या हो गया? अध्यापक का लेक्चर अब इसके कानों तक नहीं पहुँच रहा था। सारी इंद्रियाँ मानो बेकार हो गयी थीं। कमल के फूल जैसी दो आँखें चेहरे से होती हुई इसके रक्त से क्रीड़ा कर रही हों...मानो। इस बीच घंटा बज गया। अध्यापक क्लास रूम से निकलकर कॉरिडोर में कब खड़े हो गए थे, अनिमेष को पता ही नहीं चला। किसी ने आकर कहा, "सर! आपको प्रोफ़ेसर्स रूम में मिलने के लिए बुला रहे हैं।"

अनिमेष निकल रहा था कि पीछे से सुनाई पड़ा, "लैग (अड़ंगी) नहीं दिया गुरु!" घूमकर देखा। सिटी कॉलेज का वही लड़का था।

"तुम्हें प्रणाम करता हूँ...टी.जी. को जिस तरह वाटर स्नेल से बोल्ड कर दिया...भाइरी! तुम साधारण माल नहीं हो...!" लड़का सचमुच हँस पड़ा।

अनिमेष ने कहा, "मेरा नाम अनिमेष है...तुम्हारा?"

"परमहंस राय...परम पुकारना ठीक रहेगा। बाकी सुनने में खराब लगता है।"

"परमहंस...?" अनिमेष का मुँह खुला रह गया। ऐसा नाम किसी मनुष्य का हो सकता है?

लड़के ने गरदन हिलायी, "हाँ...शुद्ध चित्त, संयत आत्मा, निर्विकार ब्रह्मानन्द, मग्न योगी पुरुष! मेरे ठाकुर दा' की मुझे इसी भूमिका में देखने की इच्छा थी।"

तीन-चार लड़के इन्हें घेरे बात सुन रहे थे। वे ज़ोर से हँस पड़े। जब वे बातें कर रहे थे बाकी लड़के-लड़कियाँ क्लास रूम से निकलकर कॉरिडोर में आ-जा रहे थे। बांग्ला भाषा की क्लास में लड़कियों की संख्या ज़्यादा होती थी। अनिमेष नज़र बचाकर उन्हें देख रहा था। अब वह कम्पन बहुत कुछ कम हो गयी थी। उत्तेजना कम होने से जैसा होता ही है पेट में चिनचिनाहट होने लगी। नहीं, वे दोनों आँखें दिखाई नहीं पड़ीं। शायद क्लास से निकली नहीं हैं। अब मुट्ठी-भर लड़कियाँ उस कमरे में हैं। अगर जाए तो भेंट हो जाएगी। पर अनिमेष को अन्दर जाने का साहस नहीं हो रहा था। परमहंस ने चाय पीने को कहा। अनिमेष की कहीं जाने की इच्छा नहीं थी। समझ नहीं पा रहा था कि ऐसा क्यों हो रहा था। स्कॉटिश में इसके साथ बहुत-सी लड़कियाँ पढ़ती हैं। उनमें से कोई-कोई बहुत सुन्दर भी है। उन्हें देखकर इसका मन कभी चंचल नहीं हुआ था। नीपा नामक की एक लड़की इसके साथ बांग्ला ऑनर्स में थी। पहले दिन से ही 'तू-तड़ाक' करके बात

करती। किसी लड़के से कोई दूरी नहीं रखती थी। बड़ी अजीब बात थी। सहपाठियों में से किसी ने उससे प्रेम निवेदन नहीं किया था। किन्तु वे दोनों आँखें देखकर इसे क्या हो रहा है!

अगली क्लास शुरू होने के समय अनिमेष ने देखा सुदीप कॉरिडोर में चलता हुआ आ रहा है। हाथ में वही अधजला सिगरेट। इसे देखकर सुदीप ने हाथ के इशारे से रुकने को कहा। अनिमेष के पास इस समय भी परमहंस खड़ा था। वह दबी ज़बान में बोला, "लीडर आ रहा है तुम पहचानते हो ना!" अनिमेष ने सिर हिलाया। एक क़दम आगे बढ़ाते ही सुदीप पास आकर बोला, "तुम्हें ही खोज रहा था...तुम्हारी क्लास यहीं है।"

"हाँ...।"

"तुमसे बहुत ज़रूरी काम है, कॉमरेड।"

अनिमेष ताज्जुब से बोला, "क्या..."

"सुनो तुम तीन बजे लॉन की मीटिंग में जाओगे और बाईं तरफ़ खम्भे के नीचे खड़े होओगे जिससे प्लेटफॉर्म से तुम स्पष्ट दिखाई पड़ो।" बुझे हुए सिगार का फिर से कश लगाया सुदीप ने।

छह

तीन बजे क्लास ख़त्म करके अनिमेष ने परमहंस से कहा, "चलो, एक बार लॉन में नीचे जाएँ।"

परमहंस बोला, "धत्! वहाँ जाकर क्या होगा...रोज़ वही एक बात एस.एफ. कहेगा उसके दल जैसा अच्छा और कोई नहीं है...छात्र-परिषद कहेगा वे ही तुलसी के धुले हुए पत्ते हैं। यह सब सुनकर हमारा क्या लाभ होगा? उन सब छेड़छाड़, खाने-खिलाने में मैं नहीं हूँ...।"

अनिमेष हँस पड़ा, बोला, "तुम देश के बारे में नहीं सोचते?"

"देश की बात?" मुँह खोलकर देखा परमहंस ने "तुम तो ज़्यादा ही ख़ब्ती हो। देश की बात भी कोई सोचता है? सब अपना धन्धा हासिल करने के लिए देश का नाम इस्तेमाल करते हैं। देश के बारे में जो जितनी बात करेगा वह उतना ही माल समेटेगा।"

"ठीक है...फिर भी पाँचेक मिनट के लिए खड़े हो जाएँगे...चलो। इसके अलावा स्टूडेंट्स लीडर हमारी समस्याओं पर ज़रूर बात करेंगे। देश की समस्या तो इससे जुड़ी नहीं है।"

अनिमेष को अकेले जाना अच्छा नहीं लग रहा था। स्कॉटिश में बहुत-सों

को भाषण देते सुन चुका था। किन्तु वे बड़े बचकाने होते थे। सुनने की इच्छा ही नहीं होती थी। आज विभान से बातचीत के बाद मन में कुतूहल पैदा हो गया था। उसके जैसा धीर स्थिर और सुवास दा' के अनुसार पोलिटिकली कांशस लड़का एक बार भी दल के लड़कों से बोला नहीं। किसी ने उसके शरीर पर हाथ नहीं उठाया। अचानक बुलायी गयी आज की मीटिंग में ज़रूर इस बारे में पता चलेगा।

परमहंस बोला, "अच्छा···पहला दिन है तुम्हारी बात अमान्य नहीं करूँगा। किन्तु मैक्सिमम पाँच मिनट···उसके बाद हट जाऊँगा।"

"तुम घर जाकर पढ़ाई करोगे···?" अनिमेष ने पूछा।

परमहंस ने गरदन टेढ़ी करके आँखें झपकाकर उसकी तरफ़ देखा, "अरे भई! तुम हो डुप्लिकेट···नहीं···मेड इन मुफ़स्सल। कौन?"

अनिमेष हँसकर बोला, "पहला क्या है···समझ नहीं आया···मेरा घर डुयार्स में है।"

"वही कहो ना···अन्यथा यह सब बातें मुँह से निकलतीं? ज़्यादातर लड़के बांग्ला क्यों पढ़ते हैं···नहीं मालूम? इसलिए पढ़ते हैं कि क्लास के बाद, बाकी समय अड्डा जमा सकें। जो फ़र्स्ट क्लास चाहते हैं उनकी बात अलग है। सैकंड क्लास एम.ए. के लिए परीक्षा के दिनों को छोड़कर बांग्ला नहीं पढ़नी पड़ती। मैं यहाँ से कॉफी हाउस जाऊँगा। फिर पैदल चितपुर जाकर ट्यूशन करके घर जाऊँगा।" परमहंस की आवाज़ में तिक्तता थी।

इस बीच सारे लड़के-लड़कियाँ क्लासों से निकल गए थे। आज यह आखिरी पीरियड था। अनिमेष ने देखा तीन लड़कियाँ नीची-आवाज़ में बातें करती हुईं निकलकर कॉरिडोर से चली गयीं। उनमें से एक ने सिर झुकाया हुआ था। अनिमेष को समझने में ज़रा भी असुविधा नहीं हुई कि यह वही लड़की थी। उन तीनों ने एक बार भी इधर नहीं देखा था। शक्ल न देख पाने पर भी अनिमेष ने उसकी पीठ देखकर चेहरे का अनुमान कर लिया था। इतनी ख़ूबसूरत लड़की इस तरह इसको क्यों देख रही थी? मात्र कुतूहल? इसका जवाब सुनकर जिस तरह बाकी लड़के-लड़कियाँ खुश हुए थे, उसी तरह अब वह अवाक् देख रही है। पर उन दो आँखों में इतनी सारी बातें कैसे इकट्ठी हैं।

परमहंस यह सब देख रहा था। नीची आवाज़ में बोला, "पिच बड़ा खराब है गुरु! डिफ़ेन्सिव न खेला तो आउट हो जाओगे।"

अप्रतिभ हो अनिमेष ने पूछा, "मायने···?"

परमहंस ने परिचय देने की नीयत से कहा, "वे लोग बेथुन की चीज़ हैं। तीन दिन में ही समझ गया हूँ कि नाक आकाश में चढ़ाकर आयी हैं।"

इन्होंने लॉन में आकर देखा, अभी भीड़ ज़्यादा नहीं हुई थी। ज़्यादा-से-ज़्यादा सौ-एक लड़के और कुछ लड़कियाँ एक ऊँचे से प्लेटफॉर्म के सामने जमा हो गए

थे। माइक के लिए मना कर दिया था विभान ने। अब देखा एक पोर्टेबल माइक आ गया था। उस पर एक व्यक्ति छात्र-भाइयों से निवेदन कर रहा था कि सभा में हर दल का योगदान होना चाहिए। पीछे की तरफ़ लाल कपड़े पर छात्र फ़ैडरेशन का फेस्टून टँगा था। अनिमेष और परमहंस सीढ़ी के पास खड़े होकर देखने लगे। अचानक परमहंस ने इसे याद दिलाया, "एइ!"लीडर तुम्हें बाएँ खम्भे के पास खड़े रहने का आदेश दे गया है। यहाँ क्यों खड़े हो गए? चलो उस तरफ़ जाकर खड़े होते हैं।"

उस समय तो ख़याल नहीं आया, पर अब अनिमेष दुविधा में पड़ गया। सुदीप ने उस स्थल पर खड़े होने को कहा था, मंच से जहाँ वह साफ़ दिखाई पड़ सके। मंच अगर यह प्लेटफॉर्म है तो वहाँ से इसे दिखाई पड़ने की क्या ज़रूरत है। या यह देखना चाहता हो कि इसने सभा में हाज़िरी दी या नहीं। ध्यान से भाषण सुन रहा है या नहीं! इसे क्रोध आ गया। कोई वायदा तो करके आया नहीं था कि विभान आदि इस पर अधिकार जमाए। मीटिंग में लेक्चर सुनना चाहता है, कोई देखे या न देखे वे जानें। इसने परमहंस से कहा, "यहाँ से साफ़ दिखाई देता है, उधर जाने की ज़रूरत नहीं है।"

ज़रा देर बाद ही प्लेटफॉर्म के सामने के लड़के-लड़कियों के समवेत स्लोगन के बाद विभान बीच में आ खड़ा हुआ। उसके हाथ में माइक नहीं था। सबके ख़ामोश होते ही विभान की आवाज़ सुनाई दी, "बन्धुगण! आप सब मेरा संग्रामी अभिनन्दन ग्रहण करें। आज की इस सभा के बाद कोई प्रस्तुति नहीं है। विशेष कारणवश हम यहाँ इकट्ठे हुए हैं।" विभान ज़रा रुका। अनिमेष ने देखा कि विभान के बोलने का ढंग बड़ा उन्मुक्त था—मानो किसी टेबल पर बैठकर बात कर रहा हो। इसके अतिरिक्त उसकी आवाज़ वैसे ही दूर तक पहुँच रही थी। सुने बिना अनुमान नहीं किया जा सकता था। वह इतनी दूर था फिर भी सुनने में ज़रा भी असुविधा नहीं हो रही थी। विभान ने माइक के लिए जो मना कर दिया था उसकी वजह अब समझ में आ रही थी।

"बन्धुगण! आप जानते हैं कि छात्र फैडरेशन ने हिंसा में कभी विश्वास नहीं किया। हम गणतान्त्रिक उपाय से देश और छात्र बन्धुओं का काम करना चाहते हैं। व्यर्थ की कुत्सा और कपट से मैं नफरत करता हूँ। किन्तु हम पर इसका आरोप लगाने का षड्यन्त्र चल रहा है। हमारे कॉमरेड्स को दिन-रात उत्तेजित किया जा रहा है। यदि हमारे साथ काम करनेवालों को भड़का दिया गया तो जो भूल वे करेंगे उसका परिणाम नेताओं को भुगतना पड़ेगा। मैं अपने बन्धुओं से निवेदन करता हूँ कि किसी भी परिस्थिति में आप उत्तेजित न हों। हम पर आरोप लगाया जा रहा है कि हमने उनके पोस्टर फाड़े हैं और नवागत छात्र-बन्धु उन मूल्यवान पोस्टरों के दर्शन से वंचित हो गए हैं। अच्छी बात है। किन्तु किसने

कौन से पोस्टर फाड़े इसका कोई सबूत मुझे नहीं दिया है। हम हवा में नहीं रहते हैं। और उनके पोस्टरों में क्या लिखा था? नहीं उनके उद्देश्य या कर्मपंथ की सूचना उनमें नहीं मिलेगी। नवागत छात्रों का अभिनन्दन कर रहे हैं हमें गालियाँ देकर? एक पोस्टर में अगर अस्सी फ़ीसदी बात हमें लेकर लिखी गयी हैं तो वह पोस्टर उनका कैसे हुआ? मैंने उनसे सामान्य भद्रता की आशा की थी, किन्तु वे हमें लाल आँखें दिखा गए।

"नये छात्र अवश्य सोचते होंगे कि मैं किसकी बात कर रहा हूँ। नहीं, दक्षिणपंथी छात्र फैडरेशन के सम्बन्ध में मुझे कुछ नहीं कहना। मनुष्य जब धर्मच्युत हो जाता है, उसका दिमाग़ ठिकाने नहीं रहता। वरना आज वे प्रतिक्रियाशील लोगों से हाथ क्यों मिलाते? मैं छात्र-परिषद की बात कर रहा हूँ। उनका कहना है कि इस देश में स्वाधीनता वे लाए हैं। इस देश को सोने में सज्जित करने के लिए वे संग्राम कर रहे हैं कि हम चीन के दलाल हैं, देश के शत्रु। इस पर मैंने बहुत बार सभा में कहा है। मेरा वक्तव्य आप जानते हैं। चीन या अमरीका के प्रश्न में मैं पड़ना नहीं चाहता। किन्तु सोने से मढ़ने की बात किस क्षेत्र में है! दस परिवारों को सोने से सज्जित करने के लिए इस देश के मनुष्य को चबा डाला है, यह कोई अस्वीकार कर सकता है? उनके हाथ में सरकार है, पुलिस है। केवल शारीरिक बल और झूठे वायदों से साधारण मनुष्य का कितने दिन दमन किया जा सकता है।"

विभान ज़रा रुका, श्रोताओं की तरफ़ देखकर शायद परिस्थिति का जायज़ा लेना चाहता था। परमहंस दबी ज़बान में बोला, "इस बार ज़ोर की तालियाँ बजेंगी।" किन्तु उसकी बात सच नहीं निकली। विभान के लेक्चर की श्रोताओं के मन पर क्या प्रतिक्रिया हुई पता नहीं चला क्योंकि सब खामोश थे। कुछ क्षण बाद विभान फिर कहने लगा, "जो हमें चीन का दलाल कहते हैं, वे जनता को धोखा देते हैं। उन्हें जान लेना चाहिए कि मैं जनता के सुख-दुख में उनके साथ हूँ। क्योंकि मैं उनका आदमी हूँ, शिल्पपतियों का दलाल नहीं। बन्धुगण! वर्तमान कांग्रेस सरकार देश की अर्थनीति से शिक्षा-व्यवस्था और अन्य सब जगह अराजकता फैलाना चाहती है जिससे मनुष्य का मेरुदंड टूट जाए। छात्र परिषद के बन्धु भी वही कर रहे हैं। मैं आपके सामने इस जघन्य कर्म का नमूना पेश करना चाहता हूँ। इस सरकार की पुलिस—छात्र परिषद की पुलिस कितनी बेरहम है जिसका शिकार हमारा एक छात्र बन्धु ही था। जिसने जीवन का एक अमूल्य वर्ष गँवा दिया है।

"कॉमरेड अनिमेष! आपसे अनुरोध है…कृपया आगे आ जाइए।"

अनिमेष के सारे शरीर में बिजली-सी दौड़ गयी। लगा हाथ-पाँव ठंडे हो गए हैं। परमहंस ने उसकी बाँह पकड़कर कहा, "तुम्हारा नाम पुकार रहे हैं।" जिन्होंने

सुना वे आश्चर्य से अनिमेष को देखने लगे। विभान की मंशा समझ नहीं पाया अनिमेष। सब कुछ चक्रव्यूह जैसा लग रहा था। छात्र परिषद के लड़कों ने उसे मारा था या नहीं, इसका उत्तर देने के लिए सभा में विभान ने बुलाया था। वह प्रसंग उठाए बिना अचानक इसका नाम क्यों पुकारा गया। इसका जो एक वर्ष नष्ट हुआ वह इसका निजी मामला था, विभान को इस सम्बन्ध में क्या कहना हो सकता है? पुलिस ने इसे छात्र समझकर तो गोली नहीं मारी थी!!

विभान ने फिर पुकारा, "अनिमेष कॉमरेड! आप सामने आइए। यह दुविधा का समय नहीं है। सब छात्रों को बताना ज़रूरी है।" विभान की नज़रें बायीं तरफ़ वाले खम्भे पर थीं। देखा, सुदीप परेशान-सा किसी को खोजने गया था। अब अनिमेष को स्पष्ट हो गया कि सुदीप उसकी क्लास में आकर वहाँ खड़े होने के लिए क्यों कह गया था। किन्तु विभान ने तो मीटिंग में आने को कहा था, यह बात जानने से पहले ही। फिर मूल प्रसंग न छेड़ इसके पीछे क्यों पड़ गया है।

उपस्थित छात्र आपस में फुसफुसा रहे थे मानो बड़ी मज़ेदार बात है कि जनरल सेक्रेटरी ने जिसका नाम लिया है वह कहीं दिखाई नहीं दे रहा। इधर विभान का चेहरा लाल हो रहा था, जेब से रूमाल निकालकर पसीना पोंछते हुए चारों तरफ़ देख रहा था। अचानक एक छात्र ने अनिमेष से पूछा, "आपका नाम अनिमेष है?" उसकी जगह परमहंस सिर हिलाकर बोला, "आपको विभान बुला रहे हैं...सुन रहे हैं ना।"

अनिमेष का पारा चढ़ गया। बुलाने पर इस जाना ही होगा? और यह परमहंस! अगर इसका नाम न लेता तो अनिमेष चुपके से खिसक जाता। किन्तु अब तो कई नज़रें इस पर पड़ रही थीं। अब क्या किया जाए? परमहंस धीमी आवाज में बोला, "ओपनिंग बैट्समैन कैसे भीत होकर नहीं हो सकेगा। सीधे क्रीज़ पर खड़े होकर ब्लॉक शुरू कर दो।"

इस बीच सुदीप वहाँ आ गया। अनिमेष का हाथ पकड़कर खींचता हुआ वहाँ ले जाने लगा। अनिमेष ने प्रतिवाद करने की कोशिश की, "मैं क्या बोलूँ...मुझे क्यों बुला रहे हैं...?" सुदीप ने जवाब नहीं दिया। इन्हें देखकर विभान की आवाज़ और ऊँची हो गयी।" ये लीजिए हमारे बन्धु कॉमरेड अनिमेष आ गए हैं। कोई-कोई व्यक्ति प्रचार नहीं चाहता, चुपचाप काम करना पसन्द करता है। अनिमेष भी उसी किसम का है। लड़का बड़ा शर्मीला है। मेरे पुकारने से इसलिए विकृत हो गया है। जो भी हो, मैंने झूठ नहीं कहा यह अभी आपको ज्ञात हो जाएगा।"

अनिमेष वहाँ पहुँच गया था। विभान उसका हाथ पकड़कर प्लेटफॉर्म पर ले गया। अनिमेष इतना नर्वस हो रहा था कि आवाज़ नहीं निकल रही थी। विभान ने धीरे से कहा, "डोंट गैट नर्वस यह बड़ा इम्पॉर्टेंट समय है।" अनिमेष

बस इतना कह सका, "मैं क्या करूँ विभान दा'?" विभान जवाब दिए बिना श्रोताओं की तरफ़ देख माथे तक हाथ ले जाकर चुप कराने लगा। गोलमाल ज़रा शान्त होते ही विभान कहने लगा, "बन्धुगण! कामरेड अनिमेष अब आपके सामने आ गए हैं। इस वर्ष बांग्ला भाषा में एम.ए. में पढ़ने लगे हैं। इस वर्ष उन्हें सिक्स्थ इयर में होना चाहिए था। किसने उनका वर्ष नष्ट किया था...हमारी उपकारी बन्धु पुलिस ने। पुरोचना बिना बिलकुल अकारण गोली मारकर इनकी हत्या करनी चाही थी। जब अनिमेष ज़मीन पर गिरकर साँस लेने के लिए छटपटा रहे थे तब भी उन बेरहमों का अत्याचार बन्द नहीं हुआ। यह हमारा सौभाग्य है कि वे बच गए। आप देखिए...अपनी आँखों से उस बीभत्स अत्याचार का नमूना देखिए। गंगा में कितना ही जल बह गया, समय नहीं रुका किन्तु वह ख़ून-खराबा इनके शरीर पर हमेशा के लिए छाप छोड़ गया। कोई भँवर इसे मिटा नहीं सकेगा। अनिमेष! आप संकोच मत कीजिए...हमारे छात्रों को वह दाग़ दिखाइए।"

अनिमेष पसीना-पसीना हो रहा था। मस्तिष्क में और कुछ नहीं घुस रहा था। दाग़ को दिखाना पड़ेगा? यह करने की इसकी इच्छा है भी या नहीं यह बात इसे परेशान नहीं कर रही थी। अब किसी तरह नीचे उतर जाए तो जान बच जाए। सामने की लाइन में चेहरों की पंक्ति गरदन उठाए उसकी तरफ़ देख रही थी। बराबर में विभान के अतिरिक्त सुदीप तथा कुछ अन्य व्यक्ति खड़े थे। विभान ने फिर से दबी आवाज़ में कुछ कहा, लेकिन अनिमेष के कानों में नहीं पड़ा। इसने पैंट पहनी हुई थी और दाग़ घुटने से ऊपर था। आसानी से कैसे इतने लोगों को दिखाया जा सकता था।

सुदीप ने कहा, "बारिश में जिस तरह पैंट(का पाँयचा) मोड़कर सड़क के पानी में जाते हैं, उसी तरह तुम भी मोड़ लो कॉमरेड!"

वक्तृता नहीं, मानो कोई नाटक देख रहा है। छात्रों में उत्साह हजार गुना ज़्यादा बढ़ गया था। एक-दूसरे को ठेलते हुए सब आगे आने की चेष्टा कर रहे थे। मानो नज़दीक से ज़्यादा अच्छी तरह देख सकेंगे और यह मौका कोई खोना नहीं चाहता था। शुरू में जितने श्रोता थे अब कहीं ज़्यादा हो गए थे। सम्मोहित-सा झुककर पैंट के पाँयचे पर हाथ रखा। एक-एक करके मोड़ने से पैंट ऊपर तक उठ गयी। तब तक वह बहुत मोटी हो गयी थी। अगली तह पर सामनेवाले छात्रों के मुँह से अस्फुट आर्तनाद निकला। 'तेलेतेले' बीभत्स चमड़े को अगले ही क्षण ओट में करके अनिमेष ने पैंट नीचे कर ली।

विभान ने एकदम बात का सूत्र फिर पकड़ लिया, "बन्धुगण! आपने अपनी आँखों से देख लिया। जिन्होंने गोली चलायी थी, उन्हें मालूम नहीं कि इस बीभत्स चिह्न ने भविष्य के लिए एक सैनिक तैयार कर दिया है।"

सारा लॉन तालियों की गड़गड़ाहट से गूँज उठा। विभान ने ऊँची आवाज

में कहा, "छात्र-एकता ज़िन्दाबाद!" साथ ही गूँज उठा, "जिन्दाबाद! जिन्दाबाद! साम्राज्यवाद का पतन हो, पतन हो। दलालों को पहचान लीजिए, इसी धरती पर कर दूँगा दिन।"

अनिमेष के शरीर में बूँद-बूँद करके रक्त लौट रहा था। क्रमशः अन्धराग तथा उससे उत्पन्न रुदन ने उसकी आँखों को धुँधला कर दिया। आज रोशनी में जो किया था, उसके लिए मानसिक रूप से तैयार नहीं था। कभी-कभार नहाते हुए, चुपके से वह दाग़ देख लेता था। अंगुली से छूकर तकलीफ़ महसूस करता। किन्तु वह इसका व्यक्तिगत मामला था। सबके सामने उसे दिखाकर दया अर्जित करने में जो अपमान हुआ था, उसे इतनी देर से अन्दर-बाहर जला रहा था। स्वयं को क्लाउन (जोकर) महसूस कर रहा था। छात्र फ़ैडरेशन की जयध्वनि के साथ मीटिंग ख़त्म हो गयी।

अनिमेष के प्लेटफॉर्म से नीचे उतरते ही कुछ उत्सुक छात्रों ने घेर लिया। सब जानना चाहते थे कि किस अवस्था में पुलिस ने गोली चलायी थी, अनिमेष उस समय क्या कर रहा था और यह घटना कितने दिन पहले हुई—यही सब। परेशान अनिमेष को सुदीप ले आया। उसने लड़कों से कहा, "आप लोगों का आग्रह स्वाभाविक है, किन्तु अनिमेष ज़रा अपसेट हो गया है...प्लीज इस बारे में बात मत कीजिए।" सुदीप के साथ जब अनिमेष जा रहा था, लड़के भी उनके पीछे-पीछे हो लिये। देखकर उराने अनिमेष से कहा, "विनि विडी विसी! एक ही दिन में हीरो हो गए तुम! बंगाल के फिल्म स्टार्स को भी इसी तरह क्राउड फॉलो करता है।...कांग्रेच्युलेशंस...।" सचमुच अनिमेष को अब अकेले चलने में घबराहट हो रही थी। इतने लोग अगर इससे सवाल करते रहे तो वह पागल हो जाएगा। विभान से भी बात करना ज़रूरी है। इस तरह का कार्यक्रम बनाने से पहले विभान ने इससे परामर्श क्यों नहीं लिया। सुवास दा' ने इसका विभान से परिचय करवा दिया था इसका मतलब यह तो नहीं था कि वह जो इच्छा हो करे। सुदीप उसे जहाँ ले गया वह यूनियन रूम था—यह समझने में देर नहीं लगी। चारों तरफ़ तरह-तरह के फेस्टून, पोस्टर आदि का ढेर लगा था। काफ़ी लड़के बेंच पर बैठे सर्वे की बातें कर रहे थे। बातचीत से ज़ाहिर था कि वे बहुत खुश हैं। उस तरफ़ की टेबल पर विभान कई लोगों से बातें कर रहा था। इनको देखकर हँस दिया। आओ अनिमेष...पहली बार यूनियन ऑफिस में आना ज़रा सेलिब्रेट किया जाए। एई! कैंटीन में ज़रा चाय के लिए कह आओ। पास में बैठे किसी लड़के से कहते ही वह जल्दी से चला गया।

इन्हें देखकर दो चेयर खाली कर दी गयी थीं। एक पर बैठकर सुदीप माचिस की तीली से सिगार ठीक करने लगा। अनिमेष के बैठते ही विभान ने कहा, "तुम्हें एडवांस कांग्रेच्युलेशन दे रहा हूँ...नैक्स्ट यूनियन इलैक्शन में तुम्हें

पराजित करे ऐसा कोई कैंडिडेट नहीं है।"

अनिमेष मुँह बाए देखता रहा गया। इलैक्शन? यानी यूनियन के निर्वाचन की बात कर रहा है विभान? यानी यह इलैक्शन में खड़ा हो? लड़के इसे वोट देंगे! एकदम बाबा का चेहरा ध्यान आया। किसी प्रकार की राजनीति या यूनियन में जाने के लिए उन्होंने बार-बार मना किया था। स्कॉटिश में पढ़ते हुए इसने उनके आदेश को अमान्य नहीं किया था। नहीं किया, इसका कारण केवल बाबा ही नहीं, बल्कि खुद भी वह इस सम्बन्ध में कुछ समझ नहीं पा रहा था! बचपन में देश का काम करने की जो इच्छा इसके मन में पैदा हुई थी, पन्द्रह अगस्त की सुबह को निशीथ बाबू के कांग्रेस के झंडे के नीचे तक उस इच्छा को आगे तक ले जाने पर भी सुनील दा' ने वामपंथी दल में खींच लिया था। कलकत्ता में इधर कई वर्ष से राजनीति जीवन से कटकर वह मन-ही-मन बहुत कुछ सोचता रहा है। इसके विचार कांग्रेस के समर्थन से पुष्ट नहीं थे। कम्युनिस्ट पार्टी का काम करे या नहीं...यह भी स्पष्ट नहीं था। छात्र फैडरेशन का मतलब कम्युनिस्ट पार्टी से जुड़ना नहीं था। वह यह भी जान गया था कि हर छात्र संगठन की कर्म-पद्धति किसी-न-किसी राजनीतिक दल के आदर्श से नियंत्रित होती है। अनिमेष ने विभान से साफ़ कह दिया था, "आपने आज जो किया, पहले मालूम हो जाता तो मैं कभी न आता।"

चाय आ गयी थी। प्याला आगे बढ़ाते हुए भृकुटि चढ़ाकर विभान बोला, "मायने...?"

"इस तरह अपने को एक्सपोज़ करके सिम्पथी लेना बड़ा शर्मनाक है...और बुलेट का वह दाग़...पुलिस ने छात्र समझकर गोली नहीं चलायी थी, ट्राम जलायी गयी और उन्होंने फायर किया। बीच में आ जाने से मैं ज़ख्मी हो गया था। इससे आन्दोलन का कोई सम्बन्ध नहीं था।"

अनिमेष ने उसे सीधे देखा।

विभान हँस पड़ा, "तुम बहुत सीधे हो। ठीक है, तुम बच्चे तो हो नहीं...जब मैंने दाग़ दिखाने के लिए तुम्हें पुकारा था, तब प्रतिवाद क्यों नहीं किया।"

अनिमेष ने गरदन झुका ली, "तब जाने कैसा-सा हो गया था। यदि न आता तो आपका अपमान...।"

सुनते ही विभान ज़ोर से हँसा। कमरे के सब लोग उसकी तरफ़ देखने लगे। विभान बोला, "यानी तुम्हारी कोई मानसिक सुस्थिति नहीं है? देखो, महाभारत के अनुसार प्रेम और युद्ध में कोई मानसिकता नहीं है। शठता विजय का कौशल मात्र है। मैं चाहता हूँ कि सारे लड़के-लड़कियाँ इस संगठन में आ जाएँ जिससे हम और भी अच्छी तरह काम कर सकें। अगर सब कम्युनिस्ट पार्टी के साथ खड़े हो जाएँ तो रातोंरात देश का चेहरा बदल जाएगा। किन्तु प्रतिक्रियाशील

शक्ति तथा बुर्जुआ यह नहीं होने देंगे। वे बाधा देंगे, स्वार्थ का दुर्ग सामने रखकर। इसलिए यह लड़ाई शुरू हो गयी है। युद्ध में अनफ़ियरनैस हमेशा होती है। और पुलिस ने तुम पर गोली चलायी थी, यह झूठ भी तो नहीं है क्यों?"

ठंडी चाय पीने की इच्छा नहीं हो रही थी। विभान की बात का प्रतिवाद कैसे किया जाए, समझ नहीं आया। इसलिए चुप रहा। विभान ने भाव बदलकर पूछा, "इलैक्शन में खड़े होने की इच्छा नहीं है, तुम्हारी।"

"समझ नहीं आ रहा⋯।"

"क्यों⋯सुवास दा' कह गए हैं कि तुम हमारे मत और आदर्श का समर्थन करो⋯और फिर यही तो रास्ता है।"

अनिमेष अवाक् रह गया, "देश के काम के साथ यूनियन का क्या सरोकार?"

"वाह! बच्चा क्या एक ही दिन में चलना सीख जाता है? वह क़ायदे से बड़ा होता है। फैडरेशन में सक्रिय काम करते हुए छात्रों की प्रॉब्लम सुलझाने की कोशिश करेंगे।⋯इसे एक मिनी देश क्यों नहीं सोचते? उसी के साथ साधारण छात्रों को देश की राजनीतिक समस्या का हल बता सको; अखिल विश्व के पीड़ितों के प्रति सहानुभूति जगाने में सहायता कर सको तो जब ये परवर्तीकाल में देश के नागरिक होंगे तो लक्ष्य तक पहुँचना हमारे लिए बहुत आसान हो जाएगा, क्यों?"

उसी समय कुछ और लड़के आकर विभान के पास खड़े हो गए। उन्हें देखकर विभान ने अनिमेष से कहा, "कॉमरेड! बस आज यहीं तक किसी और दिन फिर बैठेंगे। तुम निश्चय कर लो। दुर्बलता से कभी कोई अच्छा काम नहीं हो सकता।"

बाहर आकर अनिमेष ने देखा दिन ढल रहा था। सामनेवाला लॉन खाली पड़ा था। आसपास एक भी छात्र नहीं था। वह अकसर कॉलेज स्ट्रीट के दरवाज़े से आता-जाता था। आज हेयर स्कूल के बराबर वाली सड़क से निकला। दरवाज़े के सामने बहुत बड़ा पोस्टर लगा था 'साम्राज्यवादी अमरीका! वियतनाम से हाथ हटाओ⋯।' बराबर वाले पोस्टर में एक अमरीकी बॉयोनट की नली से वियतनाम शिशु को बींधकर पाश्विक अट्टहास कर रहा था। अनिमेष इन्हें बहुत देर तक देखता रहा। इस बीच वियतनाम की घटना के बारे में वह जान चुका था। हो चिह मिन के नेतृत्व में निरक्षर असहाय वियतनामी आज एक होकर अमरीकी मिलिटरी के विरुद्ध सिर ऊँचा किए खड़े हैं। कहाँ अमरीका और कहाँ वियतनाम!! फिर भी वहाँ साम्राज्य क़ायम रखने के लिए अमरीका पाशविक शक्ति द्वारा स्वाधीनता के इच्छुक देश के लोगों को दबाए रखना चाहता है। क्यों? क्षमता का अहंकार इनसान को कितना उन्मत्त कर सकता है यह उसका ज्वलन्त

उदाहरण था। दिमाग़ में वह चित्र लिये चलता हुआ वह प्रेजिडेंसी कॉलेज के सामने आ गया। इसे परमहंस का ध्यान आया। सुदीप इसे पकड़कर प्लेटफॉर्म की तरफ़ ले गया था। उसके बाद उससे मुलाक़ात नहीं हुई थी। उस वक्त परमहंस पर बहुत क्रोध आ गया था। अब नहीं है। इसका नाम लेकर परमहंस ने जान-बूझकर तो मुसीबत में डाला नहीं था। उससे आज पहली बार मुलाकात हुई थी, बड़ा अच्छा लगा था। बड़े सहज रूप में फटाफट बात करता। ध्यान आया कि उसने कहा था मीटिंग से निकलकर कॉफी हाउस जाएगा। वहाँ से ट्यूशन के लिए। कपड़ों से उसकी पोजीशन खराब नहीं लगी थी। फिर ट्यूशन क्यों करता है?

अनिमेष सोचने लगा कि बाबा के भेजे हुए रुपयों से बड़ी मुश्किल से गुज़ारा होता है। यह भी तो ट्यूशन कर सकता है। पर ट्यूशन इसे देगा कौन? कलकत्ता आने के बाद देवव्रत बाबू आदि को छोड़ किसी और परिवार से मित्रता नहीं हुई है। परमहंस से कहना होगा। अब तक कभी किसी छात्र को बेशक नहीं पढ़ाया है, किन्तु खोजने पर स्कूल के किसी छात्र को न पढ़ा सके, ऐसा कोई कारण नहीं है।

प्रेजिडेंसी कॉलेज के फुटपाथ पर खड़े होकर अनिमेष ने देखा, ट्राम में बड़ी भीड़ थी। ऑफ़िसों में छुट्टी हो गयी थी। सामान्यतया जब लौटता है तो भीड़ नहीं होती थी। अब यहाँ से ट्राम पर चढ़ना असम्भव था। दूसरी ओर इंडिया कॉफी हाउस का बोर्ड दिखाई पड़ा। परमहंस शायद वहाँ मिल जाए। किन्तु उसने जब देखा होगा कि अनिमेष संकट में फँस गया है, उसे पकड़कर ले जा रहे हैं तो मीटिंग ख़त्म होने की प्रतीक्षा नहीं की थी? कलकत्ते में कोई किसी का बन्धु नहीं होता शायद! परमहंस पर क्रोध आते-न-आते वह हँस पड़ा। उससे आज दोपहर को ही तो पहली बार मुलाकात हुई है…और इसने कितना कुछ सोच लिया! अपनी पसन्द के अनुसार सोचने का यह स्वभाव कब छोड़ेगा।

ट्रामवाली सड़क पार करके वह गली में आ गया। कॉफी हाउस के दरवाज़े के पास अधेड़ उम्र का एक आदमी सिगरेट बेच रहा था। अनिमेष को देखकर परिचित-सा हँसा। अनिमेष को आश्चर्य हुआ। वह इसे जानता है—ऐसी भंगिमा है। मानो मिल चुका हो। अनिमेष सिर नीचा किए सीढ़ियाँ चढ़ने लगा। दीवार की तरफ़ देखा अवाक् रह गया। अनेक छोटे-छोटे मैगज़ीनों के विज्ञापन! हर एक में विस्फोटक संख्या के प्रचार का दावा। दोतला पर चढ़ते हुए लगा आसपास कोई बाज़ार है। चिल्ला-चिल्लाकर ख़रीद-फरोख़्त हो रही थी। दरवाज़े पर पहुँचकर ज़रा हिचकिचाया। बहुत बड़ा-सा हॉल, आपस में सटी हुई टेबल-चेयर्स। लोगों से भरा हुआ। सब आपस में बातें कर रहे थे जो हॉल की ऊँची छत तक गूँजकर विचित्र स्वर पैदा कर रहा था।

अनिमेष को परमहंस कहीं दिखाई नहीं पड़ा। इतनी भीड़ में तुरत किसी को ढूँढ़ पाना असम्भव था। मूर्खों की तरह कुछ देर खड़ा रहा। वापस जाने की सोच ही रहा था कि देखा, कई लड़के इसे देखकर आपस में बातें कर रहे थे। इसके मुँह फेरते ही एक लड़के ने आकर पूछा, "बैठेंगे...?" उसने अपनी टेबल की तरफ़ इशारा किया। अनिमेष घबराकर बोला, "नहीं।"

"आपको आज मीटिंग में देखा था" कहकर लड़का फिर हँसा। "आपको कोई असुविधा तो नहीं हुई...।" अनिमेष के पाँव की तरफ़ संकेत किया। इस सम्बन्ध में अनिमेष बिलकुल बात नहीं करना चाहता था। सिर हिलाकर तुरत दरवाज़े की तरफ़ बढ़ गया। बड़ी विरक्ति हो रही थी। अब से कितनों को इस बात का जवाब देना पड़ेगा! अपना गोपन कष्ट या यन्त्रणा जब तक अपनी रहती, एक तरह की होती है, किन्तु जब सबको ज्ञात हो जाए तो कष्ट कम हो जाता है।

दरवाज़े से बाहर आकर अनिमेष ने देखा ऊपर की सीढ़ी से कुछ लड़के-लड़कियाँ 'हो-हो' करते नीचे उतर रहे थे। यानी तीनतला पर भी बैठने की जगह है? कुतूहलवश ऊपर चढ़ गया। दोनों तरफ़ दो दरवाज़े थे। दायीं ओर घुसने पर लॉबी टाइप में लड़कियों की संख्या ज़्यादा थी। हर टेबल पर साड़ियाँ ज़्यादा दिखाई पड़ रही थीं। तभी अपना नाम कानों में पड़ा। चिल्लाकर जो बुला रहा था परमहंस है इसमें कोई सन्देह नहीं था। बायीं तरफ़वाली बाल्कनी के कोने में बड़े से फैन के सामने की टेबल पर बैठा था। परमहंस और तीन लड़कियाँ! इधर-उधर देखता हुआ सिर हिलाकर आने को कहा। परमहंस वहीं से बोला, "यहाँ एक चेयर है...चले आओ।"

अपरिचित लड़कियों के बीच बैठने में इसे संकोच हुआ। पर अब खड़े रहना भी उचित न था। तीनों लड़कियाँ देख रही थीं। अनिमेष उनकी टेबल के पास जा खड़ा हुआ। एक खाली चेयर पर कुछ किताबें रखी थीं। लड़कियों ने उन्हें उठा लिया। परमहंस बोला, "तुम तो गुरु वर्ण चोर आम हो...। पहली भेंट में मुझे देखकर ऐसे पोज़ किया...कि मैंने सोचा...ख़ैर छोड़ो...। मैदान में उतरने ही सैंचुरी बना डाली!! बैठो...बैठो...।"

परमहंस हर समय हँसता है या नहीं पता नहीं चलता क्योंकि उसके दाँत ज़रा ऊँचे हैं। अनिमेष समझ गया कि उसने मज़ाक़ में बात कही थी। अनिमेष चेयर पर बैठकर बोला, "बिना बताए क्यों चले आए?"

"तुम्हें वी.आई.पी. रिसेप्शन दिया जा रहा था...मैं मूर्खों की तरह खड़ा रहता। भई! मैं तो जनता का आदमी हूँ राजनीति समझता नहीं। अचानक यहाँ...?"

"तुम्हें ढूँढ़ता हुआ आया हूँ...।"

"सचमुच...?"

"वाह! झूठ क्यों बोलूँगा···? उस समय तुमने कहा था कॉफी हाउस में आने के लिए···।"

"नहीं···तुमसे राजनीति नहीं हो सकेगी। आज वाली उस घटना के बाद तो तुम्हारा मेरे बारे में सोचना ही ठीक नहीं था। ख़ैर! उसके बारे में फिर बात करेंगे। तुम तो इनमें से किसी को पहचानते नहीं हो···" परमहंस ने लड़कियों की तरफ़ इशारा किया।

एक क्षण उनको देखकर अनिमेष ने नहीं में सिर हिलाया।

परमहंस बोला, "मैं भी नहीं जानता था। ये सब बांग्ला भाषा में एम.ए. कर रही हैं, दूसरे सैक्शन में।"

उनमें से एक ने जिसका चेहरा बड़ा दुबला था, पूछा, "आप भी बांग्ला में···?"

अनिमेष ने स्वीकृति में सिर हिलाया।

लड़की बोली, "जो लड़के बांग्ला में एम.ए. करते हैं उनके बारे में बड़ी-बड़ी बातें हैं।"

परमहंस बोला, "वही चिड़ियाघर के बाघ की गल्प ना! वह पुरानी हो गयी।"

परमहंस के कहने के तरीके पर बाकी दोनों एक साथ हँस पड़ीं।

अनिमेष ने गल्प तो सुनी है, किन्तु उसने परमहंस की तरफ़ प्रशंसा की दृष्टि से देखा। गल्प सुनते ही इसके अपने भविष्य को लेकर अन्धकार और गहरा हो गया था। किन्तु उसके बोलने की भंगिमा ऐसी मज़ेदार थी कि मन के उदास होने का मौका ही नहीं हुआ।

दुबली लड़की ने परमहंस से कहा, "आपने इनसे परिचय नहीं कराया।"

परमहंस ने हाथ उठाकर कहा, "मेरा किसने परिचय कराया था? मैं खुद ही आप लोगों की टेबल पर आकर बैठ गया।"

इस बार एक दूसरी लड़की ने जवाब दिया, "आप ठहरे परमहंस! आँख-कान बन्द रखते हैं और सब तो ऐसे नहीं हैं ना।"

"आ···ये हैं—नवनीता, आत्रेयी एवं अनन्या। और इसका नाम है, अनिमेष··· स्कॉटिश से पास किया है। ख़ूब बड़ा नेता होने का सुयोग उसके सामने प्रतीक्षा कर रहा है।"

दुबली लड़की, जिसका नाम आत्रेयी था, बोली, "समझी नहीं।"

परमहंस ने कहा, "जिन्होंने ब्रिटिश राज्य में एक दिन की भी जेल काटी थी उनको मंत्री होने का मौका स्वतंत्रता के बाद मिल गया। अब जो पुलिस के हाथों गोली खाकर आए हैं, वे भविष्य में भी बनेंगे···। अनिमेष की टाँग में पुलिस की गोली का बहुत बड़ा निशान है। उसको कौन मारे।"

तीनों ने ताज़्जुब से अनिमेष की तरफ़ देखा। अनिमेष परमहंस पर क्रोध नहीं कर सका। कुछ कह भी नहीं सका।

आत्रेयी ने पूछा, "पुलिस ने आप पर गोली क्यों चलायी? आपने क्या कोई एक्शन किया था कभी?"

"एक्शन...!" अनिमेष गरदन हिलाकर बोल पड़ा, "नहीं नहीं...वह एकदम दुर्घटना थी। परमहंस बढ़ा-चढ़ाकर कह रहा है।" फिर प्रसंग बदलने की गरज़ से पूछा, "आप लोग किस कॉलेज में...?"

अनन्या बोली, "बेथुन...।"

सुनते ही अनिमेष को वे दोनों आँखें याद आ गयीं। परमहंस ने बताया था कि वह भी बेथुन से आयी है। अनिमेष ने नीची आवाज़ में पूछा, "आप लोगों के कॉलेज में बांग्ला भाषा की छात्राएँ बहुत हैं।"

आत्रेयी ने उत्तर दिया, "नहीं...हम पाँच एक सैक्शन में हैं। दूसरे सैक्शन में नौ कुल मिलाकर चौदह...क्यों?"

प्रश्न ने अनिमेष को चक्कर में डाल दिया। वह टालते हुए बोला, "नहीं...मायने...और कुछ भी बेथुन से आयी हैं? सुनकर सोचा कि वहाँ बांग्ला पढ़नेवाली छात्राएँ ज़्यादा हैं।"

आत्रेयी बोली, "क्या पागलों की-सी बात कर रहे हैं। चौदह लड़कियाँ ज़्यादा नहीं।"

नवनीता बोली, "किससे सुना?"

अनिमेष ने परमहंस की तरफ़ देखा। वह आँख दबाकर बोला, "बेकार की बातें छोड़ो अनिमेष। लड़कियों के सामने दूसरी लड़कियों के प्रति कुतूहल नहीं दिखाना चाहिए।"

आत्रेयी बोली, "लगता है, आपको बहुत जानकारी है।"

परमहंस ने सिर हिलाकर कहा, "शरत्‌चन्द्र से लेकर विमल मित्र तक घोलकर पी गया हूँ।"

सुनते ही सब हँस पड़े। अनिमेष ने राहत की साँस ली।

अचानक परमहंस अनिमेष से कह उठा, "एइ...आँखें बंद कर...।"

"क्यों...?"

"कर ना...एक मज़े की बात बताऊँगा। इस कॉफ़ी हाउस में किसी ज़माने में भाषण होते थे। बड़े-बड़े नेता भाषण देते। तब इसका नाम था एल्बर्ट हॉल। वे भाषण पूरे देश में समुद्र की लहरें उठा देते। इतने दिन बाद भी कॉफी हाउस में बैठकर समुद्र की गर्जना सुनी जा सकती है।"

सब अविश्वास से बोल पड़े, "कैसे?"

परमहंस मैजीशियन की मानिन्द बोला, "दोनों कान हाथों से बन्द करो...कर

लिये···हाँ···अब आँखें मूँदो···एक मिनट बाद, आँखें खोले बिना कानों पर से हाथ हटा लो।''

उसके कहे के मुताबिक उन्होंने किया। चार व्यक्ति एक ही तरह कर रहे हैं···सोचकर अनिमेष को हँसी आ गयी। किन्तु इसने जैसे ही हाथ हटाए चारों तरफ़ गुमगुम की आवाज़ हुई। मानो कुछ लुढ़क रहा हो। टेबल से उठने की आवाज़ें थीं···जानकर उसे बड़ा मज़ा आ रहा था। आश्चर्यजनक कुछ नहीं था।

परमहंस पूछ रहा था, ''क्यों···समुद्र की गर्जना सुनाई पड़ रही है न?''

आँखें खोलकर अनिमेष हँसकर बोला, ''मैंने कभी समुद्र नहीं देखा इसलिए ठीक से···।''

अनिमेष की बात वहीं रह गयी। उसने नीला को एक लड़के के साथ दरवाज़े में घुसते देखा। इन कुछ वर्षों में उसकी सेहत अच्छी हो गयी थी। शक्ल भी बदल गयी है। इसने साथवाले लड़के को पहले कभी नहीं देखा था।

कोई टेबल खाली नहीं थी। नीला चारों तरफ़ नज़र दौड़ाने लगी कि अनिमेष दिखाई पड़ गया। नीला के चेहरे-मोहरे पर ऐसा भाव था मानो अपनी आँखों पर विश्वास नहीं हो रहा।

सात

अनिमेष खड़ा हो गया। नीला को बहुत दिन बाद देखा था। उसके प्रेमी के अनुरोध के बाद देवव्रत बाबू के घर जाना नहीं हुआ। उसके साथ अब जो लड़का खड़ा है वह कौन है? अनिमेष ने उसके प्रेमी का नाम याद करने की कोशिश की। हाँ-हाँ श्यामल···। श्यामल अब कहाँ है? उसके साथ नीला का सम्बन्ध जुड़ा या नहीं। श्यामल तो आत्महत्या या दोनों का ख़ून करना चाहता था। ऐसा कुछ हुआ होता तो अनिमेष अख़बार में ज़रूर पढ़ता।

''इस तरह खड़े रहना अभद्रता है।'' अनिमेष परमहंस से बोला, "मैं ज़रा जा रहा हूँ।" चेयर आदि से बचता-बचाता नीला के पास पहुँचते ही नीला का उपहास इसके कानों में पड़ा।

"अरे···ब्बस···आँखों पर विश्वास नहीं हो रहा···ठीक देख रही हूँ ना!"

अनिमेष हँसकर बोला, "इतने आश्चर्य की क्या बात है। यहाँ तो सब ही आ सकते हैं···अब।"

"पहले तो कभी दिखाई नहीं पड़े यहाँ?" नीला का आश्चर्य दूर नहीं हो रहा था।

"आज पहली बार आया हूँ। आकर बेशक सिर में दर्द होने लगा है। कैसी

चीख-चिल्लाहट··· क्या करते रहते हैं लोग।"

नीला का साथी बोला, "आप आज पहली बार आए हैं? पहले दिन बेशक ऐसा ही लगता है, बाद में ऐसा नशा-सा हो जाता है कि यहाँ आए बिना अच्छा नहीं लगता। बांग्ला-साहित्य शिल्प का गर्भस्थान यही कॉफी हाउस है। यहाँ लिटल मैगज़ीन का आन्दोलन करके कोई-कोई बड़े साहित्यकार हुए हैं। रोज़ आने लगेंगे तो पता चलेगा, यह नशा ही अलग तरह का है।"

नीला बराबर अनिमेष को देखे जा रही थी। यह अनिमेष बोला, "बाबा कैसे हैं?"

"मुझसे कभी मिलते तो पूछते कि कितने दिन तक इन्तज़ार किया। इच्छा होती तो आ सकते थे।"

नीला नज़रें नहीं हटा पा रही थी।

"असल में 'जाऊँगा' 'जाऊँगा' सोचता रहा, पर आ नहीं सका।" अमिनेष ने बात टालनी चाही।

तभी एक टेबल खाली हो गयी। नीला का साथी जल्दी से वहाँ जाकर खड़ा होकर पुकारने लगा, "आ जाओ···वैकेंसी हो गई है।"

नीला हिलती-हिलाती वहाँ एक चेयर पर बैठ गई। अनिमेष को लगा कि वह पूर्ण युवती दिखाई देने लगी है। बालिका के शरीर में जो बचपन रहता है अब ज़रा भी बाकी नहीं था। लावण्य-भरी नदी की तरह शान्त भंगिमा से नीला वहाँ गयी थी। उस टेबल पर जो लड़कियाँ बैठी थीं, उनमें से कोई भी नीला के स्तर की नहीं। नीला बिलकुल फ़िल्म स्टार या सम्भ्रान्त कुल की बहू-सी लग रही थी।

अनिमेष दुविधा में था कि नीला आदि की टेबल पर बैठे या परमहंस के पास जाए। इतने दिन बाद नीला से मिलकर अच्छा लग रहा था। बात करने का मन हो रहा था। परमहंस की टेबल पर जाए तो उससे ट्यूशन के इन्तज़ाम के बारे में बात कर सकता है। मामूली नौकरी से अच्छी तरह गुज़ारा हो सकता है। नीला अब भी इसे देखकर हँसकर रही थी। अनिमेष ने सोचा नौकरी की ज़रूरत बाद में सोचेगा, इस समय नीला से मिलने की इच्छा को दबाना मूर्खता होगी। वह नीला आदि की टेबल पर जा बैठा।

नीला बराबर हँसे जा रही थी। चमकदार आँखें कैसे कुतूहल से हँस उठतीं। ज़रा अप्रतिभ हो अनिमेष ने पूछा, "हँसी की क्या बात है?"

गरदन टेढ़ी करके नीला ने फिर देखा, बोली, "कलकत्ते का पानी पेट में पड़ते ही कैसे परिवर्तन हो जाता है वही देख रही हूँ।"

नीला का साथी बोला, "अरे भई, यह पीछे पड़ने की तेरी हैबिट गयी नहीं···।"

नीला ने उसकी बात पर ध्यान नहीं दिया। "चेहरा बड़ा चमकदार हो गया

है। देखने की भंगिमा, बातचीत और सिर के बाल मार्जित हो गए हैं। यानी कलकत्ता शहर ने तुम्हें प्रेमिक का स्थान दे दिया है।"

अनिमेष के मुँह से निकल पड़ा, "बड़ा बढ़िया आविष्कार है।"

नीला गम्भीर होकर बोली, "पहले दिन कॉफी हाउस में आते ही उन लड़कियों के साथ अड्डा जमाने लगे? लड़कियों के मामले में तुम्हारा भाग्य बड़ा अच्छा है।"

अनिमेष स्तब्ध रह गया। कोई लड़की इस तरह की बातें लड़कों से कर सकती है। यों बात बड़ी मामूली थी, पर अश्लीलता का संकेत तो नज़रअन्दाज़ नहीं किया जा सकता।

नीला ने फिर उसकी तरफ़ देखते हुए व्याख्या की। "कलकत्ता आकर पहले अज्ञात कुल-शील की तरह अस्पताल में पड़े थे। अब तक किसी ने सुना है कि कोई नर्स पीछे पड़कर किसी पेशेंट की खबर उसके परिचितों तक पहुँचा देती है। होश आते ही मुझे देखा। उस समय तुम्हारी दृष्टि भलेमानसों की थी। फिर इतने सारे कॉलेजों में होते हुए चुनकर दाख़िल हुए स्कॉटिश में।...कॉफ़ी पियोगे ना।" एक ही टॉन में बराबर बात करने के कारण अनिमेष तुरन्त उत्तर नहीं दे पाया। तभी वर्दी पहने एक बेयरा आकर खड़ा हो गया।

उत्तर का इन्तज़ार किए बिना नीला ने तीन कॉफ़ी का आर्डर दे दिया। फिर अनिमेष से बोली, "इतना ज्ञान दे डाला विप्लवी को...इच्छा हो तो प्रमीला राज्य में वापस लौट सकते हो।"

नीला का साथी बोला, "वाह! कॉफ़ी के लिए कहकर अब जाने को क्यों कह रही हो?"

नीला ने कहा, "मैं जाने के लिए तो कह नहीं रही। कह रही हूँ चाहे तो जा सकते है...क्यों यही नहीं कहा मैंने अनिमेष? यह क्या...उनींदे-से क्यों हो रहे हो...।"

नीला के इस वाक्‌चातुर्य पर अनिमेष मुग्ध हो गया! जो लड़कियाँ स्मार्टली बात करती हैं उसमें भी एक ख़ूबसूरती होती है। इसलिए वह बहुत सुन्दर लग रही थी। कोई चालाकी नहीं। जो भी बात कह रही थी उसका पूरा दायित्व था उस पर। अनिमेष ने धीरे-धीरे किन्तु साफ शब्दों में कह डाला, "बड़ी सुन्दर लग रही हो तुम।"

नीला की भौंहें चढ़ गयीं। और उसका साथी 'हो-हो' करके हँसते हुए बोला, "राइटली सर्व्ड! नीला! इस तरह किसी को रिटर्न देते कभी नहीं देखा था।"

नीला ज़रा सीरियस हो रही थी कि हँस पड़ी। "ख़ैर! जो सोच रही थी वह तो नहीं है। कलकत्ते का पानी ऐसी भीगी बिल्ली बना देता है कि यह नहीं मालूम था। अच्छा मुझे सुन्दर देखकर क्या करने को मन हो रहा है।"

अनिमेष ने बिना सोचे कह डाला था। सचमुच नीला बड़ी सुन्दर लगती है। मामूली-सी स्थूलता ने शरीर के दबते हुए रंग पर बढ़िया पॉलिश कर दी है। मुँह पर कोई दाग़ नहीं, वक्षस्थल देखकर आस्वस्ति होती है। बात वह मज़ाक़ में लेगी--अनिमेष अगर जानता तो सतर्क हो जाता। देखकर समझ गया कि नीला को मौका न देने के लिए स्मार्टली बात करनी होगी। आक्रमण ही सबसे बड़ा प्रतिरोध होता है। उसने सामने देखकर कहा, "अगर बिडाल के शरीर पर जल न डाला जाए तो हमेशा भीगा नहीं रह सकता। मैंने कभी किसी बिडाल को जान-बूझकर भीगते तो देखा नहीं। पर अगर तुम इस तरह का चेहरा रखना चाहो तो मैं लाचार हूँ।..."

"कैसा चेहरा!" नीला ने होंठ बिचकाया।

"दिल की धड़कन तेज़ करनेवाला चेहरा।" अनिमेष हिम्मत करके बोला।

"प्रेम में पड़ गए हो?"

अनिमेष सतर्क हो गया, बोला, "पड़ गया तो हाथ-पाँव टूटेंगे...तब उपभोग किया जा सकेगा? उसकी अपेक्षा खड़े-खड़े देखते रहना अच्छा है।" नीला ने आँखें बन्द कर लीं, फिर बोली, "एक दिन श्यामल से भेंट हुई थी।"

अनिमेष ने नाटक किया, "श्यामल? कौन श्यामल?"

नीला ने विरक्त दबाते हुए कहा, "मेरे एक बन्धु का 'दादा' (बड़ा भाई) जिसके बारे में बताया था।"

अनिमेष ने उसके मित्र की तरफ़ देखा। लड़के की शक्ल-सूरत भड़की थी। दोनों अंगुलियों में सिगरेट दबाए इनकी बातें सुन रहा था। इसके साथ नीला का सम्पर्क किस तरह का है? लड़के का चश्मा काफी मोटा था, पर मुँह पर अभी कैशोर्य की छाप है। श्यामल का प्रसंग उसके सामने छेड़ने में नीला बिलकुल संकोच नहीं कर रही तो अनिमेष भी खुलकर बात कर सकता है। बोला, "हाँ,...एक लड़का जिसने अपना नाम श्यामल बताया था, मेरे पास आया था।"

"क्या कह रहा था।"

"ठीक से याद नहीं...काफी दिन हो गए। क्यों?"

"बताने में आपत्ति है...?"

"नहीं नहीं...ख़ूब पागलपन कर रहा था...। तुम नहीं मिलोगी तो आत्महत्या या ख़ून दोनों में से कुछ भी कर सकता है कह रहा था।"

"दोनों में से कुछ भी नहीं किया और मुझे मालूम था कि करेगा भी नहीं।" नीला हँस पड़ी।

"कैसे...।"

"जो 'प्रेम' 'प्रेम' कहता-फिरता है। वह अतल तक ठगा जाता है।" अनिमेष ने आँखें फाड़कर उसे देखा। कैसी निरासक्ति से बात कर रही थी। नज़रें

हटाए बिना अनिमेष ने पूछा, "श्यामल से तुम्हारा कोई सम्पर्क नहीं?"

"आश्चर्य! इतनी बातों के बाद भी वही प्रश्न तुम्हारे मस्तिष्क में आया?" शिकायतवाली दृष्टि से एक बार देखकर बेयरा को कॉफी कप रखने के लिए जगह दे दी। अनिमेष जानना चाहता था कि नीला ने श्यामल को क्यों छोड़ दिया। जिस प्रेम में श्यामल मरा जा रहा था उसमें क्या स्थायित्व नहीं था? सच न हो तो मनुष्य दिल से बात नहीं कर सकता। या कि नीला ही श्यामल से खेल रही थी। इच्छा समाप्त होते ही सम्पर्क भी तोड़ दिया। याद आया श्यामल ने उस दिन यह भी बताया था कि नीला इस पर अनुरक्त है। यह नीला ने ही श्यामल से कहा था। यह बात कितनी हास्यकर थी यह भी इसने श्यामल से कह दिया था। नीला कॉफी बनाने लगी। हाव-भाव में उस बातचीत की छाया तक नहीं थी। वह बड़ी सहज है मानो एक बस में कुछ दूर तक साथ जाकर दूसरी बस पकड़ने के प्रसंग पर लौटने में कोई परेशानी न हुई हो। अनिमेष ने सोचा कि नीला से सीधे पूछे कि इसका नाम लेकर श्यामल से क्यों बहाना किया। नीला के साथ इस प्रकार का सम्बन्ध तो कभी रहा नहीं।

वह कॉफी का कप बढ़ाते हुए बोली, "छोड़ो⋯जाने दो⋯बताओ तुम कैसे हो?"

"अच्छा हूँ।" काफी का घूँट लेते हुए अनिमेष को ध्यान आया कि पॉकेट में पैसे बहुत कम है। नीला ने उसे पेमेंट करने को कहा तो बड़ी दुविधा में पड़ जाएगा। काफी के कप की कीमत तक उसे नहीं मालूम।

नीला ने पूछा, "चीनी ठीक है? घर पर तो दो चम्मच डालती थी।"

अनिमेष ने स्वीकृति में सिर हिलाया।

नीला के मित्र ने पूछा, "आप स्कूल से ही छात्र फैडरेशन में रहे हैं।"

अनिमेष आश्चर्य से बोला, "छात्र फेडरेशन? नहीं तो⋯हमारे स्कूल में वह सब था ही नहीं।"

नीला ने कहा, "ये जलपाइगुड़ी के जिले में पढ़ते थे। मुफस्सल के लड़के इतनी जल्दी 'कलर चेंज' नहीं करते। कलकत्ते आकर इन्होंने कोई सिद्धान्त भी नहीं अपनाया है।"

"बेकार गालियाँ दे रही हो⋯मैंने कभी कोई पार्टी नहीं बनाई।" लड़का हँस पड़ा, "अच्छा⋯किन्तु आपका झूठ बड़ा है।"

"झूठ⋯?" अनिमेष उत्तेजित हो गया। "मेरी अपेक्षा आप मुझे ज़्यादा जानते हैं⋯?"

"वह कैसे सम्भव है⋯किन्तु पहले भी मैंने आपको देखा है किसी साधारण लड़के के प्रति विभान कभी आकृष्ट नहीं होता।" अनिमेष को ध्यान आया कि यूनिवर्सिटी लॉन की घटना यह लड़का देख चुका है। क्या नीला भी उसके साथ

थी तो उसने अब तक चर्चा क्यों नहीं की!

नीला ने कहा, "तुमसे इसका परिचय तो कराया ही नहीं।" लड़का उसे रोककर बोला, "बातचीत तो हो ही गई। मेरा नाम शचीन है। आपसे एक वर्ष सीनियर हूँ आपका नाम तो यूनिवर्सिटी में सब जान गए हैं। ठीक से नहीं कह सकता कि आपकी भूमिका क्या थी हीरो या क्लाउन।"

"सीनियर हो···इसलिए फालतू बातों का दावा मत करो···अनिमेष एक्सिडेंट के कारण एक वर्ष नष्ट कर चुका है। असल में वह हमारे बैच का है।"

शचीन बोला, "एक्सिडेंट! यानी विभान ने जिस घटना का कैपिटल किया था?"

नीला ने सिर हिलाया।

वह शचीन को बड़ा शान्त और शर्मीला समझ रहा था। अब उसकी बातों से धारणा बदलने लगी। प्रसंग हाथ में आते ही वह बड़े एग्रेस्सिव रूप में बोलता है। तब उसकी बात शूल की तरह बींधती है। विभान के बारे में जो वक्रोक्ति शचीन ने की थी, ज़ाहिर था कि वह छात्र फैडरेशन का समर्थक नहीं है। किन्तु निरासक्त रहकर कोई आक्रमण भी तो नहीं करता। फिर वह अवश्य किसी दूसरे दल का समर्थक है।

अनिमेष ने अब नीला से सीधे पूछा, "तुम वहाँ थीं क्या?"

नीला ने सिर हिलाते हुए कहा, "हाँ।"

"तुम्हारा क्या रिएक्शन था···?"

"कोई रिएक्शन नहीं क्योंकि संसार में एक चीज़ के प्रति मेरा कोई आग्रह नहीं है···पॉलिटिक्स।"

अनिमेष हठधर्मिता से फिर बोला, "पॉलिटिक्स को छोड़ो···छात्र फैडरेशन की मीटिंग में विभान ने मुझे मंच पर बुलाकर सबके सामने बुलेट का निशान दिखाया था···तुमने देखा···उस पर तुम्हारी कोई प्रतिक्रिया नहीं हुई···?"

नीला हँसकर बोली, "ऐसा प्रश्न मत करो जिसका सिर-पैर न हो···किसी यंग लड़के की पुष्ट थाइ देखकर किसी लड़की को बुरा लग सकता है?"

अनिमेष वज्राहत-सा बैठा रहा। ऐसी सीरियस बात को लेकर बात हो रही थी और नीला अकपट भाव से कैसे दूसरी बात ले बैठी। उस समय सबके समक्ष जो खड़े होने पर नहीं हुआ था अब हुआ। अनिमेष के कान गरम हो गए थे।

नीला की उक्ति पर शचीन हँस पड़ा। ज़ाहिर था कि नीला के मुँह से इस तरह की बातें सुनने का वह अभ्यस्त है। स्कॉटिश चर्च की लड़कियों के मुँह से अनिमेष 'साला' शब्द भी सुन चुका है।

त्रिदिव कहता है कि कोई-कोई लड़कियाँ आपस में ऐसी ख़राब-ख़राब बातें करती हैं कि लड़के सुन लें तो मुँह खुला रह जाए। शायद ठीक ही है। पर नीला

जिस तटस्थ भाव से कह रही थी उसमें आपत्तिजनक कुछ नहीं था। फिर भी लड़कियों के मुँह से सुनने में अजीब लगता है।

शचीन ने पूछा, "आपका क्या रिएक्शन था?"

अनिमेष बोला, "देखिए, मैं पढ़ने के लिए कलकत्ता आया था। जिस दिन पहुँचा उस दिन बड़ी गड़बड़ थी। आन्दोलन करनेवालों का पुलिस से संघर्ष हो रहा था। मेरे एक हाथ में बैडिंग और दूसरे में सूटकेस था कि मैं बम फेंकने नहीं जा रहा हूँ कोई बच्चा भी समझ सकता है। फिर भी पुलिस ने गोली चला दी। गोली ज़रा और ऊपर लग जाती तो यहाँ बातें करने का सुयोग न पाता। मेरा क्या दोष था? पुलिस अरैस्ट करके पूछताछ करती तो उसे सच का पता चल जाता। मेरे जीवन, मेरे कैरियर को लेकर उन्होंने खिलवाड़ किया। यहाँ तक कि अस्पताल में भी पुलिस ने जो प्रश्न किए, सन्देह प्रकट किया मैं कभी क्षमा नहीं कर पाऊँगा। आपने कहा 'हीरो' या 'क्लाउन'। आप समझे नहीं। बुलेट का यह दाग़ अगर किसी लड़के के मन को तैयार करने में सहायक हो तो 'क्लाउन' कहलाने में मुझे कोई आपत्ति नहीं।"

अनिमेष ने बात इतनी सहज रूप में कही कि ख़ुद ही अवाक् रह गया। इससे पहले उस घटना के बारे में इसने कभी नहीं सोचा था। विभान के रवैए पर वह परेशान भी हुआ था, क्रोध भी आया था। किन्तु जब शचीन ने व्यंग्य किया तो अनजाने ही मन में प्रतिरोध तैयार हो गया। और कुछ चाहे न हुआ हो इसके जीवन का एक वर्ष तो व्यर्थ हो गया इस गोली की वजह से। यह बात तो ठीक थी ना!

शचीन सारी बात ध्यान से सुनता रहा। बोला, "आपकी बात से मेरा इतिफ़ाक नहीं है।"

अनिमेष ने भौंहें चढ़ाकर पूछा, "यानी...?"

"आग में हाथ डालेंगे तो जलेगा ही, यह तथ्य भूलकर यदि हाथ जलने पर आग को गाली दें तो हास्यकर होगा ही। जब आपने देखा कि पुलिस के साथ लोगों का संघर्ष हो रहा है, बम फट रहा है तब आपका उस स्पॉट पर जाना ही ग़लत था। गोलमाल के वक्त पुलिस के लिए यह जानना कैसे सम्भव था कि कौन निर्दोष था, कौन दोषी!"

"मैं उसी दिन कलकत्ता आया था। यहाँ की परिस्थिति के बारे में कुछ नहीं जानता था...और फिर...।"

नीला बोली, "सुना था, उस दिन कर्फ़्यू था और तुम भाग रहे थे।"

"उस परिस्थिति में भागने के सिवाय कोई चारा नहीं था।"

शचीन ने कहा, "फिर समझिए ना...! कर्फ़्यू में बाहर निकलकर आपने पहली ग़लती की। पुलिस ने उस समय कानून तोड़ने के अपराध में स्वच्छन्द गोली

चला दी। मुश्किल यह है कि हम अपनी ग़लती की तरफ़ कभी ध्यान नहीं देते।''

अनिमेष परेशान हो गया। हाँ, बात उस पक्ष से सोची जाए तो शचीन की युक्ति को अस्वीकार नहीं किया जा सकता। पर इसका मन किसी तरह नहीं मान रहा था। देशवासियों का अनाज के लिए अनुरोध जब सरकार के कानों में नहीं पड़ता तब फुँफकार उठते हैं। सरकार उनको अनाज देकर, कर्फ़्यू लगाकर पीछे पुलिस छोड़ देती है यह बात ध्यान में नहीं आती!

अनिमेष ने कहा, ''यानी आप पुलिस का समर्थन कर रहे हैं।''

''हाँ, इस प्रसंग में तो करता हूँ। किन्तु पुलिस हमेशा गंगाजल की तरह रहती है, यह विश्वास नहीं करता। इस प्रकार की घटना के बहुत से उदाहरण हैं। एक सरकार—जो जातीय सरकार है—का कोई भी काम अच्छा नहीं है यह नहीं हो सकता। हमारे देश के स्वाधीनता आन्दोलन में कम्युनिस्टों की क्या भूमिका थी? आज यदि वे क्षमता में आ जाएँ, तो सब देशवासियों के अभाव एक दिन में दूर हो सकते हैं? हर व्यक्ति सत् और विवेकवान नागरिक हो सकता है? पुलिस अपना रवैया बदल सकती है? नैवर! पुलिस हमेशा पुलिस ही रहेगी। दो सौ वर्ष तक अंग्रेजों ने इस देश की जो चीज़ यत्नपूर्वक नष्ट कर दी, वह थी प्रशासन यन्त्र की मॉरिलिटी। उसे वापस पाना इतना आसान नहीं...अनिमेष।'' शचीन बड़ी शान्ति से बात कर रहा था।

अमिनेष बोला, ''तो इसलिए देश के लोगों पर गोली चलानी होगी?''

शचीन हँस पड़ा, ''ज़रूरत हो तो वह भी करना पड़ेगा। संसार के सब लोग लेनिन पर श्रद्धा करते हैं। लेनिन का व्यक्तित्व महान था। अपने हाथों से देश का निर्माण किया था। कम्युनिस्ट उन्हें गुरु मानते हैं। वैल...विप्लव के बाद उसी लेनिन ने क्या कहा था? रूस में उस समय खाद्य सामग्री की ज़बरदस्त कमी थी। इधर, जहाँ से खाद्य सामग्री मिलनी थी वहाँ गोलमाल शुरू हो गया। तरह-तरह के दावे करके रेलवे मैन ने हड़ताल शुरू कर दी। हड़ताल हर श्रमिक का हथियार है—यह लेनिन ने कभी कहा था। इसलिए कुछ नहीं किया जा सका। वह समय ऐसा नहीं था कि उनके साथ बातचीत करके उनकी सब शर्तें मंजूर कर ली जातीं। लेनिन को सूचना दी गयी। वे बोले कि उनसे हड़ताल बन्द करने को कहा जाए। अगर वे न मानें तो फोर्स एप्लाई करो। देश की आम जनता जब अनाहार से पीड़ित हो तो उनकी चिन्ता पहले करनी होगी। इसके लिए ज़रूरत पड़े तो पुलिस गोली चलाने में दुविधा न करे। याद रहे कि यह बात लेनिन ने कही थी। खाद्य समस्या को लेकर उन्होंने कम्युनिस्ट थियोरी पर विश्वास नहीं किया। यह भूमिका अगर इस देश की सरकार अंगीकार कर ले तो फ़ासिस्ट 'फ़ासिस्ट' कहना शुरू कर देंगे। मैं जानना चाहता हूँ आप क्या चाहते हैं? एक सुखी भारतवर्ष या अपने खिचड़ी मतवाद की प्रतिष्ठा और उससे मुनाफ़ा।''

शचीन की बातें अनिमेष ध्यान से सुन रहा था। लेनिन के इस काम का वह सचमुच समर्थक है। उसे यह अच्छा लगता था। खास-खास क्षेत्रों में 'इज़्म' की अपेक्षा मानवता अधिक महत्त्वपूर्ण है। यह सत्य लेनिन मानते थे। इससे उसे खुशी हुई। आँखें बन्द न करके भी वह देख पाया कि खाद्य सामग्री ले जानेवाली एक गाड़ी स्टेशन से निकली ही थी कि हड़ताल पर बैठे श्रमिकों ने बाधा दी। फलस्वरूप उनका उद्देश्य था कि इसके परिणामस्वरूप नयी सरकार ज़रूर इनकी शर्तें मान लेगी। लेनिन के निर्देश पर पुलिस ने समझा-बुझाकर निरस्त करने की कोशिश की, पर कर नहीं पाए। हड़ताल श्रमिकों का हथियार था इसलिए वे निर्भय थे। किन्तु तभी पुलिस ने गोली चला दी। अवाक् श्रमिकों की आँखों के सामने से स्टेशन से ट्रेन निकल गयी। देश के भूखे वासियों के दरवाज़े पर खाद्य पहुँचाने के लिए ट्रेन गर्जना करती हुई भाग रही थी। भागती हुई ट्रेन का नाम था 'मानवता'।

शचीन और नीला अनिमेष पर नज़रें गाड़े हुए थे। चेतन होते ही अनिमेष अप्रतिभ-सा हो गया। इस बीच बात आगे बढ़ती रही। बात करते-करते या अचानक कोई प्रसंग या घटना मन को अनजाने ही छू जाए तो अन्यमनस्क हो जाता। तब कुछ मुहूर्त के लिए वास्तविकता से बहुत दूर चला जाता। कॉफी पीते हुए अनिमेष ने पूछा, "आप शायद कुछ कह रहे थे?"

शचीन ने फिर कहा, "आप राजनीति में क्यों पड़ेंगे? एक सुखी भारतवर्ष बनाने के लिए कितने ही फ़ार्मूलों को पीछे छोड़ना पड़ेगा। मार्क्स, माओ त्से तुंग या लेनिन जो कह गए हैं, उस निर्दिष्ट पथ पर इस देश के मनुष्य को ले जाना चाहते हैं?"

अनिमेष बोला, "क्यों नहीं? उन्होंने भी तो इसी तरह अपने देश का निर्माण किया था?"

इतनी देर तक नीला ने एक भी बात नहीं की थी। अचानक बेयरा को बुलाकर बिल देकर खड़ी हो गयी। तुम लोग बातें करो मैं जा रही हूँ। अनिमेष अवाक् हो गया, "मायने?"

"सिर में दर्द हो रहा है। इन यूज़लैस बातों में तुम्हें क्या मज़ा आता है मालूम नहीं, पर मैं बरदाश्त नहीं कर पा रही। बेकार समय नष्ट करने से कोई फ़ायदा नहीं।" नीला ने बैग उठा लिया।

शचीन बोला, "पर तू चली कहाँ? यह बात तो हुई नहीं थी।"

नीला ने कहा, "पहले कोई बात हुई थी?"

शचीन बोला, "नहीं...मैंने सोचा था तू मेरे साथ वहाँ जाएगी।"

"नहीं आज अब अच्छा नहीं लग रहा। अब ज़रा सड़क पर पैदल जाऊँगी।"

"मैं साथ चलूँ?" शचीन खड़ा हो गया।

"नहीं···अकेले जाना अच्छा लगेगा···" नीला ने पलटकर देखा, "अनिमेष···!"

अनिमेष खड़ा हो गया। नीला को ठीक से समझ नहीं सका! इतनी देर तक बातें करने के नशे में नीला को सचमुच भूल ही गया था। लड़कियाँ ज़्यादा देर उपेक्षा नहीं सह सकतीं। इतनी देर तक चुप रहने के बाद नीला अपनी उकताहट प्रकट करने के लिए उठकर जा रही थी। उसे देखकर हँसा, "बोलो।"

"तुमसे एक बात कहनी थी," वह आहिस्ता से बोली।

"कहो···।"

"अब नहीं···।"

"ओह! तुम तो अकेली पैदल जाओगी!" उसकी तरफ़ देखते हुए वह हँसता रहा।

नीला आँखें फाड़कर उसे देखते हुए बोली, "···कल चार बजे यूनिवर्सिटी के सामनेवाले बस-स्टॉप पर आ जाना।"

फिर वह रुकी नहीं। शचीन बड़ा अन्यमनस्क लग रहा था। अनिमेष ने पूछा, "बताइए क्या बात है।"

शचीन कन्धे उचकाकर बोला, "वह ऐसी ही है। कभी असेसमैंट नहीं किया जा सकता। मैं इतना घनिष्ठ हूँ, फिर भी समझ नहीं पाता···बरफ़ की तरह! मुट्ठी में पकड़कर अनुभव करते-न करते जल की तरह बह जाती है। ख़ैर, छोड़िए यह बात। यानी इससे पहले आप किसी पार्टी के साथ एक्टिवली एसोसियेटेड नही थे?"

प्रसंग बदलने पर अनिमेष चकित रह गया था, बोला, "नहीं।"

"मेरी युक्ति आपको कैसी लगी?"

"सब युक्तियों का दूसरा पक्ष भी है।"

"अच्छा···एक दिन आइए ना खुलकर बातचीत की जाए।"

"अच्छा···" उसे बातचीत करने में कोई असुविधा नहीं है। शचीन को सीढ़ियों की तरफ़ जाते देख अनिमेष ने पलटकर कॉफ़ी हाउस की तरफ़ निगाह दौड़ाई। चारों तरफ़ हलचल थी। हर टेबल पर बात हो रही थी उसकी आवाज़ हॉल में चारों ओर फैल नही थी। अनिमेष ने देखा परमहंस हाथ हिलाकर उसे बुला रहा था। अभी तक लक्ष्य नहीं किया था—अब देखा कि उसकी टेबल पर लोग कम हो गए थे। नवनीता नाम की लड़की न जाने कब उठकर चली गयी थी। हॉल में खड़े होकर बाहर का पता नहीं लगता, किन्तु बहुत देर पहले सन्ध्या हो गयी थी यह ठीक है। इस वक्त भी लड़कियाँ बराबर अड्डा जमाए हुए थीं। उनके घरवाले शायद कुछ कहते नहीं हैं। आठ बजे तक होस्टल लौटना होगा। यह बेशक पोस्टग्रेजुएट लड़कों के लिए जरूरी नहीं। पर अनिमेष ने यह नियम कभी नहीं

तोड़ा है।

परमहंस बोला, ''चोट खा आए गुरु?''

अनिमेष तो हतवाक्! परमहंस की बातचीत कहाँ से शुरू हो जाती थी अन्दाज़ा लगाना मुश्किल होता।

इसने पूछा, ''मायने···?''

''महारानी तुम लोगों को धरती पर छोड़कर हवा हो गई।''

उसकी बात पूरी होते-न होते लड़कियाँ एक साथ हँस पड़ीं मानो बड़ी मज़ेदार बात हो।

अनिमेष को कुछ समझ नहीं आया। वह कभी परमहंस की तरफ़ देखता, कभी लड़कियों की तरफ़।

यह देखकर आत्रेयी बोल पड़ी, ''आपके मस्तिष्क में शायद कुछ नहीं घुस रहा···।''

''सचमुच कुछ समझ नहीं पा रहा।''

आत्रेयी ने आँखें मिचकाकर पूछा, ''उस लड़की को आप कब से जानते हैं?''

''क्यों···?''

''नीला मुखर्जी तो विद्यासागर से आयी है, स्कॉटिश से नहीं···। इसके अलावा वह हमसे एक साल सीनियर है। अब बताइए···उससे परिचय कैसे हुआ?''

''पारिवारिक सूत्र से···।'' अनिमेष ने विस्तार नहीं किया।

तीनों के चेहरे अचानक फीके पड़ गए। आत्रेयी की स्वाभाविक होने की कोशिश भी अनिमेष को अस्वाभाविक लगी। परमहंस बोल पड़ा, ''सचमुच गुरु! सेमसाइड हो गए।''

अनिमेष हँस पड़ा। वे कुछ छिपा रही हैं समझने पर उसने स्वाभाविक होने का अभिनय किया। ''क्यों बात क्या है? कई वर्ष बाद उससे मिलना हुआ है।''

''तुम्हारी रिलेटिव···?''

''नहीं···नहीं···जस्ट परिचित।''

अब आत्रेयी बोली, ''फिर एक बात कहूँ···नीला मुखर्जी से दूर ही रहिए।''

''क्यों···?'' अनिमेष को बड़ा आनन्द आ रहा था।

परमहंस सारी बात समझ गया, ''अरे गुरु! यूनिवर्सिटी में पाँव रखते ही जिसकी बातें सुनी थीं, वह थी नीला मुखर्जी। युवा हृदय की स्पेशलिस्ट! अध्यापक से लेकर बेयरे तक उसके सामने नत। उसकी अपेक्षा और बहुत सी सुन्दर लड़कियाँ हैं, नीला मुखर्जी तो पूरी तरह श्यामल की है। पर भई लड़की में ऐसा नमक है कि चुम्बक की तरह सबको खींच लेती है। उसके साथ किसी लड़के

को सात दिन से ज्यादा नहीं देखा। वह उस राक्षस की तरह है जिसे प्रतिदिन एक मनुष्य की ज़रूरत होती थी। नीला मुखर्जी के बारे में यह धारणा बनी हुई है।"

सुनकर अनिमेष के मन में कोई प्रतिक्रिया नहीं हो रही थी। बोला, "अच्छा...?"

आत्रेयी बोली, "उस मक्खीरानी के साथ इतनी देर तक बैठे देखकर कॉफ़ी हाउस के बहुतों के मन में संवेदना पैदा हो गयी है। कई मेज़ों पर बहुत से ऐसे बैठे हैं जो कभी आपकी भूमिका में थे।"

"किन्तु साथ में इसका कोई मित्र भी था।"

आत्रेयी ने कहा, "कोई लेटेस्ट होगा...शायद।"

अनिमेष हँसकर बोला, "आपको बहुत ख़बर रहती है। पर मेरे साथ नीला का सम्पर्क ऐसा है कि कभी उस भूमिका में मुझे नहीं देखेंगी।"

अनन्या ने कहा, "मुफ़स्सल के लड़के बड़े चालाक होते हैं।"

अचानक हाथघड़ी देखकर परमहंस कूदकर खड़ा हो गया ! "अरे-ब्बस! मेरी नौकरी चली जाएगी।"

आत्रेयी ताज़्जुब से बोली, "नौकरी...! इस समय नौकरी?"

दाँत थोड़े ऊँचे होने के कारण परमहंस हमेशा हँसता हुआ लगता। "तुम लोगों की तरह 'आलालेर घरेर दुलाली' नहीं है खूकी! हमें कमाकर खाना होता है। डेढ़ सौ रुपए की ट्यूशन–नहीं गया तो बूढ़ा निकाल देगा।"

अनन्या फुँफकार उठी, "आलालेर घरेर दुलाली...मायने?"

परमहंस ने गरदन मोड़ जवाब दिया, "बाप के पैसे से एम.ए. पढ़ने आयी हो। ख़ूब मोटी कातला (मछली) विवाह के बाज़ार में फँसा लोगी। तुम लोगों को और क्या चिन्ता है!"

अनन्या ने कहा, "क्या बढ़िया ज्ञान है। उस दिन दस बजे बस में चढ़ रही थी, अधेड़ उम्र का एक व्यक्ति चिल्ला उठा, ऑफिस टाइम में लड़कियाँ क्यों चढ़ती हैं। जैसे हम नौकरी करके माँ-बाप-भाई को खिलाती नहीं हैं। एटीन्थ सैंचुरी की मानसिकता लेकर प्रगति के नारे लगाने में बंगाल के पुरुष थकते नहीं।"

परमहंस का चेहरा पहली बार निष्प्रभ दिखाई दिया। इतनी देर से अनिमेष ने अनन्या को अच्छी तरह नहीं देखा था। अब उसकी बात सुनकर निमिष मात्र में धारणा बदल गयी।

आत्रेयी बोली, "ठीक कह रही है। छोड़ो...सब उठते हैं अब। बेयरा को बुलाओ बिल चुका दें।"

परमहंस ने जल्दी से ख़ुद को सँभाला और बोल पड़ा, "मुझे छोड़कर।"

आत्रेयी बोली, "मायने...?"

परमहंस आत्मसमर्पण की भंगिमा से बोला, "अरे भई तुम ठहरीं अन्नपूर्णा की जात की और मैं सदा का भिखारी शिव! तुम लोगों की भिक्षा पर ही तो मेरा गुज़ारा चलता है।"

अनन्या फुँफकार उठी, "हिश्...अन्नपूर्णा और शिव की रिलेशनशिप मालूम है? इतनी सस्ती नहीं है—ठीक है मैं ही दिए देती हूँ।"

परमहंस बोला, "क्यों...अनिमेष शेयर करेगा।"

अनन्या ने गरदन हिलायी, "क्यों...? उन्होंने तो यहाँ कुछ खाया भी नहीं।"

बिल अदा होने के बाद नीचे उतरते हुए अनिमेष को लगा कि बड़ी शान्त जगह पर पाँव रखा है। सामने ट्रामें और रिक्शा चल रही थीं, किन्तु कॉफ़ी हाउस के शोर की तुलना में इतना निर्जन लग रहा था कि कान 'साँय-साँय' कर रहे थे! लड़कियों के जाने के बाद परमहंस के साथ ट्राम पकड़ने के लिए सड़क पार करके अनिमेष ने ट्यूशन की बात कह डाली।

परमहंस बोला, "ट्यूशन? तुम्हारी भी अवस्था टाइट है क्या?"

अनिमेष स्वीकार करते हुए बोला, "मिल जाए तो बड़ा उपकार होगा। बेशक पहले किसी को पढ़ाया नहीं है।"

परमहंस बोला, "हटो...उसके लिए विद्वत्ता नहीं चाहिए। जो जितना अच्छा मैनेज कर सके उतना ही अच्छा ट्यूटर होगा। अच्छा देखूँगा...।"

रनिंग ट्राम में चढ़ने के लिए उसने दौड़ लगायी। अनिमेष ने भी वैसी ही कोशिश की। पर रुक गया। पाँव में ज़ोर से तकलीफ हुई। आँखें बन्द करके कष्ट सह लिया।

आठ

परमहंस के जाने के बाद अनिमेष असहाय-सा हो गया। चमगादड़ की तरह ट्राम में चढ़ना इसके लिए मुमकिन नहीं था। ऑपरेशनवाली जगह में तकलीफ़ हो रही थी। इतने दिन तक ठीक-ठाक था। कभी तकलीफ़ नहीं हुई। आज ट्राम में चढ़ने की कोशिश में एकदम तकलीफ़ शुरू हो गयी। चुपचाप खड़े रहने पर फिर भी सहा जा रहा था। पाँव आगे बढ़ाते ही लगता आँखों के सामने लाखों चिंगारियाँ नाच रही हैं। हड्डी का जोड़ क्या सरक गया है?...अरे नहीं। ऐसा होता तो इतनी देर तक होश में न रहता। सीधे रहने पर कष्ट नहीं होता। कभी-कभी थाइ से दर्द चक्कर काटकर फैल जाता है। डॉक्टर तो कहता था साठ वर्ष की आयु तक कोई कष्ट नहीं होगा? शायद 'वात' की तकलीफ़ हो? पाँच वर्ष बाद यह क्यों हो रहा है? शायद पाँव ग़लत पड़ गया। अनिमेष ने आँखें बन्द कर लीं। अगर शरीर

की यही हालत रही तो कभी कुछ नहीं कर सकेगा। किसी अक्षम पंगु मनुष्य के लिए स्वप्न देखना बड़ी ग़लती है।

बिस्तर पर लेटते ही अनिमेष व्याकुल हो उठा। यहाँ से होस्टल तक पैदल जाना मुमकिन नहीं। दूर एक रिक्शा दिखाई पड़ा। दो बूढ़ी औरतें रिक्शावाले के साथ किराए को लेकर झगड़ा कर रही थीं। रिक्शा से होस्टल जाने के अलावा कोई चारा नहीं था। वह इन्तज़ार में था कि वे विफल होकर रिक्शा छोड़ दें। पर इसकी नाक के सामने से रिक्शावाला उन्हें लेकर बंकिम चटर्जी स्ट्रीट में घुस गया।

अनिमेष अभी असमंजस में था कि हवा चलने लगी। इसने ध्यान नहीं दिया कि आकाश में बादल इकट्ठे होने लगे हैं। बादलों के साथ-साथ बिजली भी चमकने लगी। अभी कुछ ही देर में बारिश हो जाएगी इस आशंका में सड़क का रूप तेज़ी से बदलता दिखाई पड़ा। जो बस-स्टॉप पर खड़े थे, लाचार हो किसी भी बस में चढ़ने की कोशिश कर रहे थे। बारिश शुरू होने से पहले ही घर पहुँचना चाहते थे। अनिमेष ने उम्मीद छोड़ दी। कुछ कर सकना असम्भव है तो व्यर्थ की चिन्ता से क्या लाभ! आने दो बारिश! रात ज़्यादा हो जाएगी तो ट्रामें खाली हो जाएँगी तब किसी तरह चढ़ना मुमकिन हो जाएगा। होस्टल का गेट बन्द हो गया तो 'सुपर' को सारी बात सच-सच बता देगा। फिर भी अगर वे असन्तुष्ट हों तो होने दो। पीछे फुटपाथ पर किताबों की दूकानों में से एक पर अच्छा शेड था। इसने वहीं जाने की चेष्टा की। बारिश शुरू होते ही हड़बड़ी शुरू हो जाएगी।

अब दर्द ज़्यादा नहीं है। पर चला नहीं जा रहा था। मुड़ते ही देखा एक गाड़ी तेजी से भागती हुई सामने आकर अचानक रुक गयी है। किसी की चिल्लाहट सुनकर गाड़ी की तरफ़ देखा। अवाक् रह गया। थम्बोटा का रूममेट टैक्सी की खिड़की से मुँह निकालकर हाथ हिला-हिलाकर बुला रहा था। पिछली सीट देखकर पता चल रहा था कि वह अकेला नहीं था। अनिमेष इतना भौचक्का था कि समझ नहीं पाया कि क्या करे। बस स्टॉप पर खड़े कुछ व्यक्ति टैक्सी की तरफ़ भागे। थम्बोटा के रूममेट ने हाथ हिलाकर उन्हें मना किया। वह ज़रूर होस्टल ही जा रहा है। अनिमेष को लगा आकाश से देवदूत थम्बोटा के दोस्त के रूप में आ गया है। पाँव आगे बढ़ाते ही थाइ से कमर तक आग का गोला-सा छूटने लगा। ज़बरदस्त तकलीफ़ से चेहरा तक बिगड़ रहा था। आँसू आने को थे। थम्बोटा का बन्धु टैक्सी का दरवाज़ा खोलकर दौड़ता हुआ इसके पास आकर बोला, "व्हाट हैपन्ड?"

एक हाथ से पाँव दिखाकर इसने कहा, "आइ कैन नॉट वॉक···ऑफुल पेन।"

थम्बोटा का दोस्त दाहिने बाजू का सहारा देकर बोला, "सपोर्ट···सपोर्ट···।"

तकलीफ़वाला पाँव ज़मीन से ज़रा ऊपर रखकर अनिमेष उसके कन्धे पर

भार देकर लँगड़ाते-लँगड़ाते टैक्सी की तरफ़ बढ़ गया। अनिमेष को लगा कि इस तरह तकलीफ़ कम हो रही थी। सिर्फ़ थाइ के पास टीसें उठ रही थीं। याद आया पिछली रात इसी लड़के के साथ थम्बोटा के कमरे में मारा-मारी होनेवाली थी। भारतीयों के प्रति हीन शब्द उसके मुँह से निकला था। उस समय इसने इन्हें बेकार टाइप के लड़का सोच लिया था। अब, इस परिस्थिति में जिस तरह टैक्सी से उतरकर सहायता करने आ पहुँचा था, रातवाली घटना के बाद भला उम्मीद की जा सकती थी? मनुष्य का चरित्र एकदम समझ पाना बड़ा कठिन होता है—यह एक बार फिर प्रमाणित हो गया था। साथ चलते हुए थम्बोटा के दोस्त के बदन से विचित्र नशे की-सी गन्ध आयी। किसी परिचित व्यक्ति के बदन से कभी ऐसी गन्ध नहीं आयी। टैक्सी में बैठते ही झमाझम बारिश होने लगी। अचानक गोलियाँ चलने से जैसे विशृंखलता हो जाती है बस स्टॉप पर खड़े लोग भी इधर-उधर दौड़कर शेड तलाश कर रहे थे। थम्बोटा का दोस्त अगली सीट पर जा बैठा। अनिमेष ने टैक्सी में बैठे हुए दूसरे व्यक्ति को देखा। पिछली सीट पर खिड़की के सहारे एक भद्र महिला बैठी थी। आधुनिक वेशभूषा-वाली ऐसी महिला उत्तरी कलकत्ता में दिखाई नहीं पड़ती। काफ़ी समय खर्च करके प्रसाधन किया होगा। केश कमर से ज़रा नीचे तक—फूलकर बादलों की तरह लग रहे थे। स्लीवलैस ब्लाउज़ ने शंख-रंग की बाँहों को ऐसा सुठाम सौन्दर्य दिया था कि नज़रें हटाना मुश्किल हो रहा था। नज़रें मिलते ही उनके लाल होंठों की झिरी से चमकदार दाँतों का हिस्सा दिखाई पड़ा। शायद वे हँस रही थीं।

थम्बोटा के दोस्त ने पीछे मुड़कर पूछा, "एनी एक्सीडेंट?" हर बात हर जगह कहने को मन नहीं होता। अनिमेष ने गरदन हिलायी, "हाँ।"

"नो ब्लीडिंग...?" उसने फिर पूछा। उत्तर सुनकर वह निश्चिन्त हो गया।

बारिश हो रही थी। टैक्सी ज़रा आगे जाकर रुक गयी। सामने ट्रैफिक जाम था। गाड़ियाँ ठसी खड़ी थीं। बारिश की बूँदों से रिहाई पाने के लिए शीशा चढ़ाते हुए अनिमेष को ध्यान आया कि थम्बोटा के दोस्त का नाम तो मालूम ही नहीं—टैक्सी में लिफ़्ट बेशक ले ली।

थम्बोटा का दोस्त विरक्ति से कह रहा था, "वेरी बैड ट्रैफ़िक सिस्टम...वेरी बैड।" अनिमेष भी इस वक्त यही सोच रहा था। बारिश जिस तरह से हो रही है, कुछ देर बाद कालीबाड़ी के सामने कमर तक पानी चढ़ जाएगा। तब बड़ी मुश्किल होगी। ट्रैक्सी ड्राइवर काफ़ी बूढ़ा था...शायद उत्तर प्रदेश का। इतने पानी में अगर टैक्सी ले जाने को तैयार न हुआ तो सोने में सुहागा।

तभी कहीं बिजली गिरने की आवाज़ आयी। वह महिला डर से काँपने लग गयी। "ओ गॉड! मुझे डर लग रहा है।" दोनों हाथ कानों पर रखे थे, आँखें अधखुली थीं। अति सुन्दर लड़की का भीत चेहरा सुन्दर नहीं लगता यह पहले

नहीं मालूम था।

थम्बोटा के बन्धु ने पीछे मुड़कर पूछा, "हाउ इज़ योर पेन।"

"नहीं अब दर्द नहीं है। सहारा लेकर बैठने से आराम मिल रहा है।" अनिमेष को हँसते देख लड़का बोला, "दैन...मीट माइ फ्रैंड शीला सेन...वेरी होमली...रिसल स्वीट।"

इस तरह पहले कभी किसी से परिचय नहीं हुआ था अनिमेष का। इसने महिला की तरफ़ देखकर हाथ जोड़ दिए, "मेरा नाम अनिमेष है।"

सामान्य-सा सिर हिलाकर उसने अभिवादन स्वीकार किया। फिर माथे पर बल डालकर पूछा, "आप अस्वस्थ हैं?"

वह 'नहीं है' कहना चाहकर भी कह नहीं पाया, "पाँव में चोट लगी है।"

"पाँव में...कहाँ?" शीला सेन अब सीरियस थी।

अनिमेष ने पैंट के ऊपर से जगह दिखा दी।

"वहाँ, वहाँ कैसे लगी? वहाँ तो कोई ज्वाएंटभी नहीं है।"

"बस...लग गयी" कहकर वह हँसा।

थम्बोटा का दोस्त बोल पड़ा, "आइ कांट फॉलो यू...इंगलिश...इंगलिश प्लीज...।"

साथ ही महिला भी बोल पड़ी, "हिशू मानो सबकुछ समझता हो! भई! हम तो बांग्ला में बोलेंगे...क्यों काले भूत अंग्रेजी भी ठीक से नहीं जानते...।"

अनिमेष चौंक पड़ा। यह स्त्री कैसी भाषा में बात कर रही है। शायद इन्हीं के लिए कल रात थम्बोटा का दोस्त इतना हो-हल्ला कर रहा था। शायद इन्हें ही दरबान ने आठ बजे के बाद रोक दिया था। जिस महिला को लेकर थम्बोटा का मित्र आन्तरिकता से चिढ़ गया था, उनके मुँह से इस तरह की बात की कल्पना भी नहीं जा सकती थी। तो क्या...ये स्वार्थवश इस अफ्रीकी लड़के से मिलती-जुलती हैं? पर इनका क्या स्वार्थ है? सोचा कलकत्ता शहर भी बड़ी विचित्र जगह है। कई दिन पहले अखबार में पढ़ा था कि यहाँ कई हजार 'कॉल गर्ल्स' रहती हैं जिनकी शक्ल-सूरत, बातचीत बड़ी अभिजात होती है। उन्हें देखकर कुछ अन्दाज़ा नहीं होता। क्या ये भी उसी श्रेणी की है? नहीं, यह नहीं हो सकता। बचपन से ही जलपाइगुड़ी के बेगुन टोला के पास की गली में जाकर अनिमेष की धारणा बद्धमूल हो गयी थी कि लड़कियाँ अभाव के कारण वेश्यावृत्ति ग्रहण करती हैं। स्वस्थ, स्वाभाविक अवस्था में कोई भी लड़की इस तरह का जीवन क्यों बिताना चाहेगी। महिला ने जो वस्त्राभूषण, प्रसाधन आदि का व्यवहार किया है उसमें दरिद्रता की कोई छाप नहीं है। अगर ये उस तरह की होतीं तो सुदूर अफ़्रीका से आए थम्बोटा के मित्र ने इनका परिचय मित्र के रूप में क्यों दिया होता।

वह हँस पड़ी, "क्या सोच रहे हैं?"

"नहीं...कुछ खास नहीं...।"

"कुछ तो है...आप भी उसी होस्टल में रहते हैं? यानी जिस होस्टल में सब बच्चे रहते हैं?"

थम्बोटा का बन्धु इस बार अधीर होकर चिल्लाया, "इंगलिश...इंगलिश...।"

"शट अप!" महिला ने धमकाया। आवाज़ ऊँची होने पर ज़रा भी कोमलता नहीं रहती, अनिमेष देख रहा था।

"डोंट बिहेव लाइक ए किड" उच्चारण में ज़रा भी जड़ता नहीं थी। आश्चर्य यह था कि डाँट सुनकर, साँप के फन पर धूल पड़ने की तरह, लड़का कैसा-सा निरीह हो गया था। वह फटी-फटी आँखों से उन्हें देखता हुआ कुछ समझने की कोशिश कर रहा था। वह तसल्ली देने के-से अन्दाज़ में ज़रा हँसी, "यू नॉटी ब्वॉय...।" अनिमेष ने देखा वह निश्चिन्त होकर सीधा बैठ गया और सामने की गाड़ियाँ देखने लगा।

वह कह रही थी, "ये बड़े रफ़ टाइप होते हैं। पर टैकल करने पर इनके समान सीधा-सादा शिशु संसार में कोई नहीं है। हाँ, मैं यह कह रही थी कि आपके होस्टल में ऐसा नियम क्यों है?"

"वह कॉलेज स्टूडेंट्स के रहने की जगह है। इसलिए कुछ नियम तो होते ही हैं। हम कॉलेज छोड़ चुके हैं, पर ये नियम मानते हैं।"

"आप कॉलेज में पढ़ते थे...?"

"यह भी एक तरह का कॉलेज है...मैं एम.ए. में पढ़ रहा हूँ।"

"अरे...ऐसा...कितने अच्छे लड़के हो...। होस्टल में रहते हो...क्यों भई तुम्हारा घर कहाँ है...?"

"जलपाइगुड़ी के पास एक चाय बागान में।"

"चाय बागान!...अपना चाय बागान है...? वह जल्दी से अनिमेष से सटकर बैठ गयी" बोली, "चाय बागान बड़ी ख़ूबसूरत जगह है ना! दार्जिलिंग जाते हुए मैंने देखे हैं...। कैसे स्वप्न जैसे लगते हैं। मेरी भी जाने की बड़ी इच्छा होती है।"

अनिमेष इसकी भाव-भंगिमा पर अवाक् रह गया था। फिर ज़रा तटस्थ होकर बताने लगा कि इनका अपना चाय बागान नहीं है। चाय बागान के मालिक बड़े पैसेवाले होते हैं कि इसके बाबा किसी यूरोपीय महिला द्वारा परिचालित चाय बागान में काम करते हैं। बात पूरी होने से पहले ही थम्बोटा का दोस्त आगेवाली सीट से चीख़ पड़ा। चीख़ने के साथ एक नया नज़ारा भी दिखाई पड़ा। जूतों समेत गाड़ी की सीट पर उछलकर बैठ गया था और अपनी मातृभाषा में कुछ अनर्गल बोल रहा था जिसका एक अक्षर भी अनिमेष के पल्ले नहीं पड़ रहा था। वह बड़ा उत्तेजित और भीत-सा पाँव रखनेवाली जगह पर दो अंगुल उचका था। बूढ़ा टैक्सी ड्राइवर पहले तो इस काले साहब की चाल-ढाल देखकर घबराया। सीट पर जूतों

समेत बैठने पर वह विरक्त भी हो रहा था। कारण जानने के लिए उसने नीचे झुककर देखा। अनिमेष भी जानने के लिए उठने लगा पर बैठ गया कि हिलने-डुलने से फिर तकलीफ़ न होने लगे। भद्र महिला भी टैक्सी में जितना ऊँचे उठ सकीं, देखने की कोशिश कर रही थीं किन्तु कुछ पता नहीं लगा। इतनी-सी जगह में खड़े होने की चेष्टा में इन्होंने अनिमेष को दबा-सा दिया। वह किसी रमणी का शरीर नहीं था—भारी बोझ के कारण अनिमेष के तो प्राण ही निकलने को थे। इस बीच ड्राइवर ने कारण खोज लिया था। एक मोटा-सा काला भुजंग काक्रोच था। उसने सबके देखते-न देखते हाथ की लाठी से बाहर फेंक दिया। जैसे सोडे की बोतल अचानक खुल गयी हो, वह महिला उन्मत्त हो खिल-खिल करके हँसते हुए सीट पर लोट-पोट होने लगीं। अनिमेष देख रहा था कि उनकी साड़ी का आँचल नीचे गिर पड़ा था। बड़े गलेवाली काली सिल्क का ब्लाउज़ उनके वक्ष को आबद्ध नहीं कर पा रहा था। वह अनजाने ही उधर देखने लगा था। इसने यह भी लक्ष्य किया कि हँसते-हँसते विचित्र भंगिमा से अनिमेष का सहारा लेकर आँचल ठीक करते हुए बोल पड़ी, "अरे बाबा! कैसे वीर पुरुष हैं...एक काक्रोच देखते ही चक्कर खाने लगा। और मुँह से बड़ी-बड़ी बात—कि मैं सिंहों के देश का रहनेवाला हूँ कि गुरिल्ला के देश का वासी हूँ।"

फुटपाथ पर पड़े काक्रोच को थम्बोटा का बन्धु अब भी फटी-फटी आँखों से देख रहा था। उत्तेजना अब कम हो गयी थी। अब उसने पाँव सीट से नीचे उतार लिये। अच्छी तरह नीचे देख लिया। फिर पिछली सीट की तरफ़ चेहरा घुमाकर मोतियों जैसे दाँत निकालकर हँसने लगा, "आइ कांट स्टैंड...।"

"बड़े गर्व की बात है...फिर चिल्लाकर बात कर रहे हो...।" महिला ने टिप्पणी की। इस बीच टैक्सी फिर से चलने लगी थी। सामने का ट्रैफिक जाम खुलते ही गाड़ियाँ स्नेल स्पीड से बढ़ रही थीं। लग रहा था कि वे लोग किसी बड़ी नदी में आ गए हैं। फुटपाथ तक दिखाई नहीं पड़ रहा था। पानी की लहरें पास की दूकानों में घुस रही थीं। थम्बोटा का दोस्त उत्साहित हो कह रहा था, "हाउ फनी...वी आर सेलिंग..."

अनिमेष को भी आनन्द आ रहा था। साथ ही डर भी था कि इंजन में अगर पानी चला गया तो गाड़ी चित (बन्द) हो जाएगी। फिर पानी से घिरकर कितनी देर तक टैक्सी में बैठे रहना पड़ेगा, कौन जाने। ड्राइवर भी मन में गालियाँ दे रहा था। थोड़ा-थोड़ा पानी काटती हुई टैक्सी आगे बढ़ रही थी जैसे बहुत-सा रास्ता तय कर लिया हो। इतनी उत्तेजना के बीच किसी तरह विद्यासागर कॉलेज से गुज़र कर सबने राहत की साँस ली। अब पानी या ट्रैफिक जाम नहीं था। भीगी हुई सड़क पर आगे बढ़ते हुए देखा ट्रामें जमी खड़ी थीं। अनिमेष बोला, "मैं तो बच गया।"

महिला आँखें नचाकर बोली, ''गाड़ी अटक जाती तो बुरा लगता ना। अच्छा होता हम देर तक गप्प मार सकते थे।''

क्या उत्तर दे समझ न पा, अनिमेष हँस दिया। हँसी बहुत-सी बातों का जवाब हो सकती है—जो जैसा समझना चाहे।

विवेकानन्द रोड के नजदीक पहुँचते ही महिला बोली, ''सोच रही हूँ पाँव में जब इतनी तकलीफ है कि चला नहीं जा रहा तो होस्टल में अकेले कैसे रहते हो। वह कोई घर तो है नहीं जो सेवा-शुश्रूषा हो सके।''

अनिमेष ने कहा, ''नहीं···ज़रा लेटते ही सब ठीक हो जाएगा।''

महिला बोली, ''अगर न हो···मेरा मन है तुम्हें अपना घर ले जाऊँ। किसी को तकलीफ़ है, सोचकर इतना बुरा लगता है। मन जाने कैसा-सा हो जाता है।''

''आप चिन्ता न कीजिए।''

''चिन्ता न करूँ···यह क्या बात हुई···परिचय हो गया और चिन्ता न करूँ? अच्छा ठीक है···पर कैसे रह सकती हूँ···हाँ अगर मालूम हो जाए तो निश्चिन्त हो जाऊँ। मेरा नम्बर है पैंतीस और चार शून्य···याद रहेगा ना···? बहुत आसान है। अगर एक्सचेंज नम्बर ध्यान रहे फिर सब शून्य। अंग्रेजी में नहीं बताया। आगे की तरफ़ दोनों कान इस तरफ़ खड़े हैं।'' बात करते-करते गले की आवाज़ नीची हो गयी थी। फुसफुसा रही थी।

इतने कम परिचय में—कहा जाए तो मात्र कुछ मिनट में कोई महिला इस तरह आत्मीयता से आमन्त्रित कर सकती है? अनिमेष का सिर चकराने लगा। उसे लगा कि इसके अपने मन में खोट है। ये महिला इसके आहत होने की सूचना सुनकर स्नेह प्रवण हो इसकी खोज-खबर लेना चाहती है—उसमें अस्वाभाविक क्या है? शायद व्यर्थ की सन्देह ही दृष्टि से देख रहा है।

महिला ने टैंक के आगेवाली गली में टैक्सी मोड़ने को कहा। स्कॉटिश के पास से आगे बढ़कर लाल रंग के मकान के सामने टैक्सी के रुकते ही महिला ने अप्रसन्नता से बारिश की तरफ़ देखा। इस समय बारिश में इतनी तेज़ी तो नहीं थी, पर जिस तरह बारिश पड़ रही थी, चलने पर भीग जाना भी नामुमकिन नहीं था।

उसी बारिश में थम्बोटा का दोस्त टैक्सी से बाहर कूद पड़ा। फिर टैक्सी का चक्कर लगाकर पास का दरवाज़ा खोलकर बोला, ''मे आइ गो विद यू···?'' महिला ने गुड़िया की तरह सिर हिलाया, ''नॉट टु नाइट डार्लिंग!'' फिर अनिमेष की तरफ़ देखकर बोलीं, ''अच्छा भई जाती हूँ···याद रखना।'' बात पूरी करते ही वह दौड़कर खुली जगह पार करके लाल मकान में घुस गयी। अनिमेष ने देखा कि उसने उतरने से पहले उन्होंने जल्दी से आँचल का घूँघट-सा कर लिया था और जाते हुए एक बार भी मुड़कर नहीं देखा था। बारिश के कारण सड़क सुनसान

थी। बरामदे में भी कोई नहीं था।

थम्बोटा का दोस्त उनको जाता हुआ देखता रहा। बारिश में पूरी तरह भीग गया था उस तरफ़ ख़याल ही नहीं था। फिर ज़ोर से लम्बी साँस लेकर अनिमेष के पास जा बैठा। सीट भीग रही है ड्राइवर के विरक्ति प्रकट करते ही गरदन घुमाकर अपनी भाषा में कुछ कहा और सीधा बैठ गया। अनिमेष ने ड्राइवर को समझाया कि वह परेशान न हो और होस्टल का पता बता दिया और टैक्सी चलने लगी।

थम्बोटा के बन्धु ने अनिमेष के हाथ-पर-हाथ रखकर पूछा, "शी टॉक्ड अबाउट मी?"

अनिमेष समझ गया कि वह महिला के मन की थाह लेने की कोशिश कर रहा है। इसने गरदन मोड़कर कहा, "हाँ।"

"टेल मी व्हाट शी टोल्ड यू।"

अनिमेष ने घबराकर उसे देखा। महिला की बातचीत बहुत स्वच्छन्द नहीं थी। ज़ाहिर था कि थम्बोटा के बन्धु को लेकर महिला में ज़रा भी आत्मीयता नहीं थी। किन्तु यह बात उसे कैसे बतायी जा सकती थी। महिला के सम्बन्ध में इसके हाव-भाव में ज़बरदस्त आग्रह था। इसी तरह चलता रहा तो अन्ततः लड़के को ज़बरदस्त आघात पहुँचेगा। अनिमेष ने सोचा कि यह बात थम्बोटा को साफ़-साफ़ बतानी होगा। अगर उसे सावधान करना है तो थम्बोटा के मुँह से सुनना ही अच्छा होगा। किन्तु इस समय इससे क्या कहे। गहरी नज़रों से देखकर उसने मुँह फेर लिया। बोला, "शी टोल्ड मी दैट यू आर वेरी गुड ब्वॉय"एंड ऑल दीज़ प्रेजिंग वर्ड्स।"

थम्बोटा के बन्धु ने आँखें बन्द कर लीं। फिर बड़े इमोशन के साथ बोला, "आइ नैवर लव्ड वुमैन बिफ़ोर हर"शी इज़ समथिंग।"

होस्टल के सामने टैक्सी खड़ी करके थम्बोटा के दोस्त ने किराया दिया। मीटर में करीब पन्द्रह रुपए आए थे। अनिमेष ने देखा उसके पर्स में नोटों की गड्डी थी। मालूम नहीं कितने नोट थे। इतने नोट एक साथ हाथ में लेकर कभी नहीं देखे थे। उसने पर्स हिप-पॉकेट में रख दिया था। उसमें ज़रा भी सतर्कता नहीं थी। टैक्सी से उतरते ही अनिमेष काँपने लगा। अब तक जो बैठा रहा तकलीफ़ बिलकुल नहीं हो रही थी। अब ज़मीन पर पाँव रखते ही लगा थाइ से आग का-सा गोला चक्कर काटता हुआ कमर तक चला गया है। दाँत भींचकर उसने तकलीफ़ सहने की कोशिश की। पलकों में आँसू थे। थम्बोटा का दोस्त चुपचाप देखता रहा। बूँदें अब भी पड़ रही थीं। आगे बढ़कर चुपचाप बड़े कायदे से अनिमेष को कन्धे पर उठा लिया। यह इसने इतनी अच्छी तरह किया था कि अनिमेष हतबुद्धि रह गया। उठाए-उठाए सीढ़ियों तक इसे ले आया। वह इतना मोटा नहीं था, पर

शरीर में इतनी ताकत है अनुमान नहीं किया जा सकता था। सावधानी से सीढ़ी पर उसे उतारकर पूछा, "व्हाट इज योर रूम नम्बर?"

अनिमेष के बताते ही वह तेज़ी से ऊपर चला गया। अनिमेष रेलिंग के सहारे एक पाँव पर खड़ा था। होस्टल का गेट उढ़का हुआ था। थम्बोटा का बन्धु उसे ठेलकर घुस गया। बायीं तरफ़ दरबान के कमरे से तुलसीदासी रामायण का स्वर बहता हुआ आ रहा था। शायद नौ बज चुके थे। अब तक ध्यान नहीं आया। अनिमेष ने सोचा कि क्या फिर से इसे अस्पताल जाकर एक वर्ष बिस्तर पर पड़े रहना होगा? इस आशंका के काँटे सहित वह खड़ा था। पंगु की तरह सारा जीवन काटने से तो मर जाना ज़्यादा अच्छा है। सारा जीवन पल-पल तकलीफ़ सहते हुए जीवित रहने का क्या फ़ायदा!

ऊपर से तरह-तरह की आवाज़ें आ रही थीं। अनिमेष ने देखा त्रिदिव कुछ लोगों को लेकर नीचे आ रहा है। भागता हुआ आया, अनिमेष से पूछा, "क्या हुआ...सुना, बहुत वूंडेड हो गए हो?" अनिमेष ने देखा कुछ और व्यक्ति भी इसे घेरे खड़े थे। हर एक की आँखों और चेहरे पर परेशानी झलक रही थी। अनिमेष भी परेशान हो गया। सोचा नहीं था कि यह सब हो जाएगा। सीढ़ी के ऊपर थम्बोटा का बन्धु तटस्थ खड़ा था। नज़र मिलते ही हाथ हिलाकर कमरे में चला गया था। जैसे उसका कर्तव्य समाप्त हो गया हो।

अनिमेष बोला, "ट्राम में चढ़ते हुए पाँव के ज़ख्म में तक़लीफ़ होने लगी फिर चला नहीं गया। अब भी चल नहीं पा रहा।"

त्रिदिव धमकाते हुए बोला, "रनिंग ट्राम में चढ़ना चाहता होगा।"

अनिमेष ने अस्वीकार नहीं किया, "हाँ...समझ में नहीं आ रहा...हड्डी का जोड़ खुल न गया हो।"

भीड़ में दुर्गापद और गोविन्द भी दिखाई पड़े। गोविन्द ने त्रिदिव से पूछा, "सिकरूम में ले जाएँ।"

अनिमेष बोला, "नहीं-नहीं सिकरूम में ले जाने की ज़रूरत नहीं। तुम लोग ज़रा हैल्प करो...अपने कमरे में जाकर लेट जाऊँगा।"

उन्होंने एक न सुनी। अनिमेष को उठाकर जल्दी से उसके कमरे में ले आए। बिस्तर पर लिटाकर त्रिदिव ने बाकी सबको कमरे से बाहर भेज दिया। अब वहाँ सिर्फ़ दुर्गापद और गोविन्द थे। त्रिदिव के गोविन्द से फुसफुसाकर कुछ कहते ही वह भी चला गया।

दुर्गापद ने पूछा, "तकलीफ़ किस जगह हो रही है?"

अनिमेष ने जैसे ही हाथ से थाइ दिखाई, त्रिदिव और दुर्गापद दोनों ने एक दूसरे की तरफ़ देखा। अनिमेष को लग रहा था कि ये बहुत घबरा गए हैं।

त्रिदिव ने पूछा, "वह जगह देखी...?"

अनिमेष ने गरदन हिलायी। इसके लिए पैंट समेटकर थाइ देखना मुमकिन नहीं था। और उस जगह के बाहर कुछ नहीं हुआ था। ख़ून निकलने का तो सवाल ही नहीं था।

त्रिदिव बोला, "इज़ी होकर लेट जाओ। चिन्ता मत करो मैं देखता हूँ।"

दुर्गापद ने उसकी शर्ट उतार दी पसीने में भीग गयी थी। उसे उतारते ही अनिमेष को काफी आराम मिला। त्रिदिव ने पैंट के बटन पर हाथ रखकर पूछा, "अंडर पैंट पहनी है?"

सुनकर अनिमेष हँस पड़ा। कल रात शराब पीकर त्रिदिव आदि ने जो इस पर जुल्म किया था, जबरदस्ती नंगा कर दिया था उस समय एक बार भी नहीं सोचा था!! किन्तु इस समय बड़ी भद्रता से जानना चाहते थे जिससे अनिमेष को शर्म न आए। इसे हँसते देख त्रिदिव ने पूछा, "हँस क्यों रहे हो।"

"कुछ नहीं...अंडर पैंट पहनी हुई है तुम जरा मुझे पकड़ो, मैं खुद पैंट चेंज कर लेता हूँ।"

इसकी बात पर कान दिये बिना उन्होंने पैंट इस तरह जल्दी से उतार दी कि उसे ज़रा भी तकलीफ़ न हो। दुर्गापद ने झुककर उसकी थाइ को अच्छी तरह देखा, बोला, "कहीं सूजन तो है नहीं, पर बुलेट मार्क के नीचे की जगह काफी लाल हो गयी है। लगता है, वहीं कुछ हुआ है।"

त्रिदिव उस लाल स्थल पर हाथ रखकर बोला, "अरे ब्रदर! बिलकुल फ़र्नेस हो रही है। हिलो-डुलो नहीं बिलकुल चुपचाप लेटे रहो।" अपने बिस्तर से पतली-सी चादर लाकर उसे कमर तक उढ़ा दी।

ज़रा देर बाद गोविन्द आ गया। साथ में होस्टल का डॉक्टर और सुपर मिस्टर दत्त थे। होस्टल के उस डॉक्टर को पीठ पीछे घोड़ों का डॉक्टर कहते थे। उनके इलाज से कभी किसी का रोग दूर नहीं होता था। हर तरह की बीमारी के लिए वे एक ही मिक्स्चर और टेबलेट घूम-फिरकर दे देते। एक बार लड़के इसे लेकर नाराज़ भी हुए थे, किन्तु लाभ कोई नहीं हुआ। वे लड़कों से फ़ीस नहीं लेते थे। होस्टल से उन्हें हर महीने अलाउंस मिलता है। होस्टल में किसी को कोई भी बीमारी हो बाहर का डॉक्टर नहीं बुलाया जा सकता जब तक कि ये सिफ़ारिश न करें।

"लग गयी...मायने क्या? ट्राम से गिर पड़े थे।" चेयर बिछौने के पास लाकर बैठते हुए डॉक्टर सेन ने पूछा।

त्रिदिव बोला, "नहीं...चढ़ते समय...।"

"पेशेंट कौन है...पेशेंट कौन है...? उसे बोलने दीजिए।" डॉक्टर बोले।

जहाँ तक सम्भव हो सका अनिमेष के संक्षेप में आज की घटना बताते ही डॉक्टर 'हूँ' कहते हुए मिस्टर दत्त की तरफ़ देखकर हँसे, "मच्छर मारते हुए कमान

को लगाया जनाब! इसके लिए मुझे बुलाने की ज़रूरत नहीं थी। कोई ज़रूरत नहीं थी···। सिम्पल व्यापार शिरायें टान लगेछे···। बचपना!'' कहकर डॉक्टर सेन उठ खड़े हुए। अनिमेष ने मित्रों के चेहरे-मोहरे पर प्रतिक्रिया देखकर तुरत कहा, ''मेरे पाँव के ठीक इसी स्थल पर पाँच वर्ष पहले हड्डी के दो टुकड़े हो गए थे।''

''अँयऽऽ'' चौंक पड़े डॉक्टर सेन ''वहाँ की हड्डी···हाउ···?''

''एक्सिडेंट।'' वह डॉक्टर सेन को बुलेट की बात नहीं बताना चाहता था। धप् से फिर चेयर पर बैठकर उन्होंने अनिमेष के पाँव से चादर उतार फेंकी। पुराने ऑपरेशन की जगह पर नज़र पड़ते ही बुड़बुड़ाकर बोले, ''मेजर ऑपरेशन हुआ है···!'' फिर धीरे से दोनों हाथों से अनिमेष का पाँव पकड़कर मोड़ते हुए पूछा, ''तकलीफ़ होती है···फीलिंग पेन?''

''नहीं···घुटने के पास कोई तकलीफ़ नहीं।''

फिर वे थाइ का मांस दबाकर देखने लगे, वही एक प्रश्न करते रहे। किन्तु अनिमेष को कोई कष्ट नहीं था। पॉकेट से रूमाल निकालकर उन्होंने अपनी नाक पोंछी फिर दूसरी पॉकेट से पैड निकाला। प्रिस्क्रिप्शन लिखकर अनिमेष के हाथों में थमाकर खड़े हो गए। ''आज रात बहुत दर्द हो तो ऍनासिन टाइप की टेबलेट ले लेना···अच्छा चलता हूँ।''

वे रुके नहीं। मिस्टर दत्त भी उनके साथ चले गए।

अनिमेष से प्रिस्क्रिप्शन लेकर त्रिदिव पढ़कर सबको सुनाने लगा। एडवांस कंसल्ट ऍनी ऑर्थोपीडिक इमिजियेटली! ''जा स्साले! इसके लिए तुझे क्यों बुलाएँगे···घोड़ा डॉक्टर।''

गोविन्द खीजकर बोला, ''घोड़ा डॉक्टर होता तब भी एक बात थी यह बेटा तो जरूर कौओं का इलाज़ करता है···क्योंकि कौए कभी बीमार नहीं होते।''

दुर्गापद आगे बढ़कर बिछौने पर बैठ गया। ''तुम्हें कुछ बे-आरामी लग रही है···अनिमेष!''

''उठकर पता चलेगा।''

दुर्गापद ने कहा, ''फिर उठने की ज़रूरत नहीं। स्वाभाविक रूप से अगर कहा जाए···अगर किसी की हड्डी टूट गयी हो तो जब तक सैट न कर दी जाए तकलीफ़ होगी ही। लगता है, तुम्हारी टाँग का कोई लिगमैंट फट गया है। मेरे बड़े भाई का एक बार हुआ था। लिगमैंट फटने पर मालिश नहीं करनी चाहिए। क्रेप बैंडेज से बाँधना काफ़ी होता है।''

त्रिदिव बोला, ''पर बैंडेज बाँधेंगे कहाँ···?''

दुर्गापद ने अनिमेष का पाँव पकड़ा। थाइ के नीचे घुटना से जरा ऊपर देखा। छूते ही अनिमेष चीख पड़ा था। जगह का कोई सिरा नहीं था। चीखते हुए अनिमेष का मुँह नीला पड़ रहा था। सब नोट कर रहे थे। त्रिदिव धीरे से बोला,

"भला घोड़ा डॉक्टर के बस की बात थी। खाली बातें"।"

गोविन्द ने कहा, "सेंकने से नहीं चलेगा?"

"सेंकने से ख़राब तो नहीं हो जाएगा?" दुर्गापद पूछ रहा था।

गोविन्द बोला, "घर पर तो सिंकाई करते ही देखा है।"

जल्दी से इन्तज़ाम हो गया। किचन से छोटा-सा कोयला जलाकर लाया गया।

दुर्गापद जब सेंक रहा था अनिमेष को बड़ा आराम मिल रहा था। काफी देर बाद, आराम मिलते ही दोनों आँखें बन्द होने लगीं।

दुर्गापद ने पूछा, "अनिमेष"खाएगा नहीं?"

अब सोने के अलावा इसे कुछ भी इच्छा नहीं थी। आँखें बन्द किए हुए सिर हिलाया। "नहीं"खाऊँगा नहीं।"

दुर्गापद ने भी ज़बरदस्ती नहीं की।

शायद आधी रात थी जब अनिमेष की नींद खुली। इसे लगा पेट में बिच्छू डंक मार रहे हैं। धीरे-धीरे उठकर बैठते ही सामने बड़ा विचित्र दृश्य देखा। त्रिदिव के बिछौने पर गोविन्द और दुर्गापद बैठे ताश खेल रहे थे। पास में ज़मीन पर रखा हुआ कोयला कभी का बुझ गया था। त्रिदिव उससे ही तहाए हुए कपड़े को गरम करके इसके पाँव पर सेंक देने की कोशिश कर रहा था। वह ऐसा स्तब्ध हो गया था कि मुँह से बात नहीं निकल रही थी। ये लड़के इसकी सेवा के लिए सारी रात जागते रहे हैं। किन्तु पिछली रात इनका चेहरा दूसरी तरह का था। शराब में मत्त तीन युवक चरम सीमा पर अश्लीलता कर रहे थे!

इसे जागा हुआ देखकर त्रिदिव ने पूछा, "क्यों"कुछ आराम मिला?"

अनिमेष ने थाइ के नीचेवाले हिस्से पर हाथ रखा देखा वह तीखा दर्द अब बिलकुल नहीं था। वह जगह सुन्न हो गयी थी। लज्जित-सा होकर बोला, "मैं ठीक हूँ"अब तुम्हें रात में जागना नहीं होगा"अब सो जाओ।"

ताश खेलना रोककर गोविन्द बोला, "अरे गुरु! अब रात है कहाँ। ज़्यादा-से-ज़्यादा एक घंटा। उसके बाद फर्र से आकाश उज्ज्वल हो जाएगा। बट तुम फिट हो ना?"

बिछौने पर दोनों हाथों का सहारा लेकर अनिमेष ने कहा, "एक बार खड़े होने पर पता चलेगा।"

त्रिदिव साथ-साथ 'हें-हें' कर उठा, "नहीं-नहीं आज रात उठना नहीं है।"

दुर्गापद बोला, "क्यों"उठकर खड़ा हो देखने दो कि कोई गड़बड़ है या नहीं।"

"कल सवेरे देखेगा। खड़े होने पर तकलीफ़ लगी तो हमारा मन अभी से ख़राब हो जाएगा। जब उसे तकलीफ़ नहीं हो रही तो लगेगा कि वह स्वस्थ हो

गया है।" त्रिदिव हँस पड़ा।

दुर्गापद दबी ज़बान में बोला, "कवि लोग भई! एक नम्बर के एस्केपिस्ट होते हैं।"

भूख ज़ोरों की लगी थी, किन्तु कमरे में खाने को कुछ नहीं था। त्रिदिव के स्टॉक में बेशक बिस्किट रहते हैं—क्रीमवाले बिस्किट। होस्टल के कुक को बुलाने गए तो मारने को आएगा।

अनिमेष ने त्रिदिव से कहा, "कुछ बिस्किट ही खाने को दो।"

"बिस्किट?" त्रिदिव ने ताज़्जुब से देखा, "इतनी रात में बिस्किट क्यों? ओह···तुमने तो रात को भी कुछ नहीं खाया था। हट साले!" एक छलाँग में उठकर त्रिदिव ने अपनी शैल्फ से चौकोर टिन का डिब्बा खोला। फिर हताश-सा होकर सिर हिलाया, "हिश् शाम को सोचा था कि खरीदूँगा···बिलकुल भूल गया। माफ़ कर दो गुरु! एकदम याद नहीं रहा। दो-तीन टूटे हुए पड़े हैं।"

खाने के लिए कुछ नहीं मिला तो अनिमेष ने सोचा, आँखें बन्द करके लेट जाए। नींद आ गयी तो भूख नहीं लगेगी। पर भूख जब ज़ोर की लगी हो तो नींद कहाँ आती है। उसने एक गिलास पानी माँगा, कि पानी पीकर पेट भरा जाए।

दुर्गापद बोला, "खाली पेट पानी पीएगा? इससे तो पानी में माल (शराब) मिलाकर पी लो। उसमें प्रोटीन है, पेट भी भर जाएगा। नर्व ठीक रहेगी और यन्त्रणा दूर रहेगी।"

त्रिदिव ने स्वीकृति में गरदन हिलायी और छिपायी हुई कलवाली बोतल निकालकर जल्दी से गिलास में थोड़ी-सी डालकर पानी मिलाकर उसकी तरफ़ बढ़ा दी, "आह! क्या बढ़िया फ़्लेवर है···पी लो···अमृत।"

अनिमेष ने बेयक़ीनी से कहा, "जा···खामख्वाह शराब क्यों पियूँ?"

त्रिदिव बोला, "शराब ख़राब चीज़ है···टेक इट एज़ मेडिसिन एज़ हैल्थ टॉनिक। शरीर स्वस्थ करने के लिए पीना। लो···मुँह खोलो···सेवा करने दो···।"

नौ

लगभग पाँच वर्ष से अनिमेष कलकत्ता शहर को देख रहा है। यद्यपि आने-जाने की चौहद्दी बहुत सीमित थी, पर एक धारणा मन में जम गयी है कि यहाँ के निवासी बड़े आत्मकेन्द्रित हैं। व्यक्तिगत प्रयोजन से हटकर उनका किसी के प्रति आग्रह नहीं रहता। आग्रह मन में हो और उसके लिए कुछ मूल्य देना पड़े तो उसमें पड़ते ही नहीं। बड़े मामूली से कारण पर रास्ते में भीड़ जमा हो जाती है। अगर जनता को लगे कि वे इसमें फँस जाएँगे तो खिसकने लगते हैं।

निर्जन दोपहर के समय त्रिदिव की लायी हुई पत्रिका पढ़ रहा था अनिमेष। कलकत्ता शहर की आयु ज़्यादा-से-ज़्यादा डेढ़ सौ वर्ष है। इससे पहले मनुष्यों की छिटकी हुई आबादी थी। कलकत्ता का ओरिजिनलवासी होने का कोई भी दावा नहीं कर सकता। चौबीस परगना, हावड़ा, हुगली और वर्तमान के कुछ सम्पन्न परिवार जो अर्थकुलीनता, कृषि आदि से परिचित थे उन्होंने अंग्रेजों के साथ कर्म-सूत्र स्थापित करने के लिए कलकत्ता आकर बस्ती स्थापित की। प्रथम महायुद्ध के बाद कलकत्ते का रूप खुला। तब श्याम बाज़ार से बड़ बाज़ार के अंचल के मातव्वर बाशिन्दे ही शहर के निवासी थे। तब तक ब्राह्मणों का कलकत्ता में अधिक मात्रा में आगमन नहीं हुआ था। असल में बंगाल के विभिन्न ग्रामों में जो तर्कालंकार या न्यायरत्न धर्म की दुहाई देकर आधिपत्य जमाते उनके वंशधर विपत्ति में फँस जाते। उनका अहंकार सन्तान की अंग्रेजी शिक्षा ग्रहण करने में बाधा बनकर खड़ा था और अ-ब्राह्मणों ने जीविका के लिए वही शिक्षा ग्रहण की थी। राजाओं की कृपा जब तक न हो कोई भी धर्म आधिपत्य नहीं जमा सकता। परिणामतः तर्कालंकार आदि की सन्तति जब तक अंग्रेजी शिक्षा की तरफ़ झुकी तब तक दूसरे बहुत आगे निकल गए थे। बंगालियों के चरित्र में नौकरी करने की इच्छा ने जो जन्म लिया वह उनके रक्त में रच-बस गयी। जब धर्म की दुहाई देकर भी जीवित नहीं रह पाए तो बंगाल के सुदूर प्रान्तों से कलकत्ते की तरफ़ अभियान शुरू हुआ। ईश्वरचन्द्र के पिता उन्हें लेकर कलकत्ता केवल पैसे के अभाव के कारण आए थे।

कलकत्ता में जान पड़ गयी। श्याम बाज़ार से लेकर बड़ बाज़ार तक का इलाका कहलाने लगा घाट इलाका। पूर्व बंगाल के लोग कलकत्ता में तब भी विदेशी कहलाए और कालीघाट तथा बेहाला के निवासी यद्यपि बहुत पहले आ बसे थे, पर बराबरी नहीं कर सके। द्वितीय महायुद्ध के बाद से कलकत्ते की शक्ल रातोरात बदल गयी थी। पूर्व बंगाल के वासी धड़ल्ले से आते रहे। कलकत्ता बैलून की तरह फूलकर उनके लिए जगह बनाता रहा। यह सिलसिला अभी तक ख़त्म नहीं हुआ है। उत्तर कलकत्ता के मनुष्य जिन्हें आभिजात्य पर बड़ा गर्व था, आकाश में लटका उनका कलश धीरे-धीरे अतल तक आ गया। दक्षिण कलकत्ता में नए सम्प्रदाय ने जन्म लिया। पूर्वी बंगाल के धनी शिक्षित वर्ग ने आकर देश के ऊपर तले की कुर्सियाँ सँभाल लीं और स्वयं को अलग गोत्र द्वारा चिह्नित कर लिया। नए प्रकार के अभिजात सम्प्रदाय का निर्माण हो गया। जिनके साथ देश के साधारण मनुष्यों का कोई योगायोग नहीं था। स्वाधीनता के बाद कलकत्ते ने नया चेहरा ग्रहण किया। बेलघटिया से शुरू होकर कलकत्ता गड़िया तक रुक गया। किन्तु यह कलकत्ता कितने टुकड़ों में बँट गया यह बाहर से देखने पर समझ नहीं आता। बेलघटिया दमदम इलाके के साथ टालिगंज-जादवपुर-गड़िया के मनुष्यों में

चरित्रगत साम्य अधिक है क्योंकि इस इलाके के लोग पूर्व बंगाल से प्रायः निःस्व होकर आए थे और कालोनी बनायी थी। देश छोड़ने की निष्ठुर अभिज्ञता ने इनकी जीवन यात्रा की पद्धति पश्चिम बंगालवासियों की अपेक्षा तीव्रतर कर दी थी। बहुत परिश्रमी और हठी होने के कारण इन्होंने कलकत्ते पर अधिकार जमाया था। स्वाधीनता के बाद कलकत्ता में भाव-प्रवणता नहीं रही। उत्तर में चितपुर से लेकर काशीपुर तक का विस्तृत इलाका अ-बंगाली इलाका कहलाने लगा। बड़ बाज़ार और उत्तर भारत के शहरों में विशेष अन्तर नहीं है। वास्तव में कलकत्ता के बंगाली बड़ बाज़ार के किसी-किसी इलाके को विदेशी सोचते हैं। वहाँ मारवाड़ी सम्प्रदाय का एकच्छत्र आधिपत्य है। पहले बड़ बाज़ार इलाके में कई हजार अ-बंगाली मुसलमान रहते थे। टयांगरा चीन के पहाड़ की तरह चिह्नित है। धर्मतला इलाके में बंगाली परिवार गिनती के हैं। पास में पार्क सर्कस तक के विस्तृत इलाके में अंग्रेजी शासन की एक और फसल एंग्लो-इंडियन है। यह उनका अपना इलाका है। खिदिरपुर-मोमिनपुर इलाके में अ-बंगाली मुसलमानों का एकच्छत्र अधिकार है। क्रमशः रासबिहारी एवेन्यू और उससे जुड़ा इलाका दक्षिणी भारतीयों के लिए निर्दिष्ट हो चला है। यानी मूल कलकत्ता का जो इलाका है वहाँ बंगालियों की संख्या बहुत कम है। प्रबन्ध के अन्त में लेखक यह कहकर समाप्त करता है कि यह कॉस्मोपॉलिटन शहर विक्षिप्त भाव से किसी भी घटना को लेकर उत्तेजित हो उठता है, किन्तु एक भाव प्रवणता से कभी आलोड़ित नहीं होता।

कमरे में इस समय कोई नहीं था। त्रिदिव कॉलेज जा चुका है। कल रात से ख़ूब सोता रहा है अनिमेष। नींद खुली तब ग्यारह बजे थे। इसे कोई परेशानी न हो इसलिए त्रिदिव कमरे की खिड़की बन्द कर गया था। सिरहाने कुछ पत्रिकाएँ और एक नोट रखा था कि ठाकुर से कह दिया है भोजन कमरे में दे जाएगा। आज चलने-फिरने की कोशिश मत करना।

चलने की बात पर चिन्ता होने लगी। पिछले दिन उसके पाँव में बड़ा ज़ख्म हो गया था। चलने पर यन्त्रणा से अस्थिर हो रहा था। सारी रात सोए रहने के कारण भूल ही गया था। लेटे-लेटे हाथ से उसे दबाकर देखा इसने। नहीं, तकलीफ़ कहीं नहीं है। पर ज़मीन पर पाँव टिकाने से पता चलेगा। मानो बात भूलने के लिए ही वह बिस्तर से नहीं उठ रहा था। दो-तीन पत्रिकाएँ उलट-पलटने में वक़्त बिताता रहा। पर कितनी देर यह किया जा सकता था। हाथ-मुँह धोना है, इसके अलावा बाथरूम जाना ज़रूरी हो रहा है। उम्मीद कर रहा था कि अभी ठाकुर खाने-पीने की चीज़ें लाएगा। आने पर, उसके कन्धे का सहारा लेकर वह सब कुछ कर लेगा। पर बाथरूम नहीं जा सकता किन्तु उसके आने का इन्तज़ार नहीं किया जा सकता।

अनिमेष ने कमरे में चारों तरफ़ निगाह दौड़ाई। नहीं, लाठी टाइप का कुछ

नहीं है, जिसके सहारे चल सके। किस्मत में जो होता है वही होकर रहता है, सोचकर अनिमेष ने अच्छावाला पाँव ज़मीन पर रखा। फिर जल्दी से दूसरा पाँव टिकाकर धीरे-धीरे बिछौने से उठकर खड़ा हो गया। नहीं···अब भी कोई तकलीफ़ नहीं हो रही। पर न जाने कब फिर होने लगे। अनिमेष कुछ देर झुका खड़ा रहा। इस बीच, जैसा हो ही जाता है, सीधा खड़ा होने की हिम्मत आ गयी। बाथरूम जाना ज़रूरी है। मुसीबत बुलायी तो जाती नहीं। थोड़ी देर और पड़ा रहता अगर ठाकुर का इन्तजार कर सकता। दुविधा के साथ, डरते-डरते ज़ख्मवाला पाँव आगे को बढ़ाकर ज़रा-ज़रा शरीर का भार डालने लगा। नहीं, व्यथा नहीं हो रही। धीरे-धीरे सारा भार डालने पर थाइ के पास मामूली-सी चिनचिनाहट हुई। अनिमेष इतना चकित हो रहा था कि प्राकृतिक प्रयोजन की बात भूलकर दोनों पाँव देखने लगा। आश्चर्य! कलवाली तकलीफ़ अब बेमालूम हो गयी थी। धड़कते दिल के साथ पाँव पर फिर ज़ोर डाला। शायद खड़ा है, इसलिए पता नहीं चल रहा। चलेगा तो मालूम पड़ेगा। उसी समय ठाकुर भागते हुए आकर दरवाज़ा खोलकर कमरे में घुसा। एक हाथ में खाने की थाली दूसरे में पानी का गिलास। अनिमेष को खड़े देखकर अवाक् हो गया, बोला, "त्रिदिव बाबू ने कहा आप चल नहीं सकते। टाँग टूट गयी है।"

त्रिदिव जो समझा गया था अनुमान करके अनिमेष बोला, "सारी नहीं टूटी है···तुम खाने का सामान टेबल पर रखकर ज़रा मुझे पकड़ोगे।"

ठाकुर चलता था तेज़–तुरत उसका कन्धा थाम लिया। अनिमेष हाँफता हुआ बोला, "अरे···! इस तरह नहीं तुम चुपचाप खड़े हो जाओ मैं तुम्हें पकड़कर चलूँगा।"

ठाकुर को यह पसन्द नहीं आया। पूछा, "चलने की क्या ज़रूरत है?"

"बाथरूम जाऊँगा।"

"आपकी चारपाई के नीचे एक बरतन रख गया है जमादार। उसमें ही कर दीजिए···।"

अनिमेष को मालूम नहीं था। किन्तु यह व्यवस्था इसे जँची नहीं। ज़रा ज़ोर से आदेश दिया, "जो कह रहा हूँ···वही सुनो···तुम बाथरूम की तरफ़ चलो।" ठाकुर पर भार डालकर कुछ क़दम बढ़ा तो अनिमेष को लगा कि कलवाली मारात्मक व्यथा बिलकुल नहीं थी। यह सब कैसे हो गया समझ नहीं पा रहा था। अद्‌भुत स्वस्ति से मन शान्त हो गया था। ख़ुशी जब ज़्यादा हो जाती है चुपचाप अनुभव करने से पूर्णता मिलती है। अनिमेष ठाकुर का सहारा छोड़कर धीरे-धीरे बरामदा पार कर गया। चारों तरफ़ तेज़ धूप थी। आँखें मूँदकर रोशनी सह ली।

भरी दोपहर में स्नान और भोजन के बाद बड़ा आराम मिला। सिगरेट मिल जाती तो और भी अच्छा होता। खिड़की के पास चेयर रखकर आनन्द का उपभोग

करने लगा। कल जो इतना डर गया था वह मिथ्या था इसलिए बड़ा हल्का महसूस कर रहा था। ट्राम में चढ़ते हुए ऐसा बेक़ायदा पाँव भी नहीं पड़ा था कि हड्डी फिर से टूट जाती। किन्तु व्यथा के कारण दिमाग़ में यही बात जम गयी थी और होस्टल के डॉक्टर ने तो स्पेशलिस्ट को दिखाने के लिए कह दिया था। शायद इसीलिए उसे घोड़ा डॉक्टर कहते हैं सब। यह ज़रूर मसल पेन था। शिराओं में खिंचाव महसूस हो रहा था। इनसान कितनी जल्दी डर जाता है।

आज बहुत कम क्लासें हुईं। इतनी देर तक सोए रहने से आलस्य आ रहा था। कल का ध्यान करके वह चीज़ें इधर-उधर रखता रहा। विभान ने तो मान लिया है कि वह छात्र-फैडरेशन में रहेगा। यह तो ठीक है कि वह छात्र-फैडरेशन का समर्थक है; कांग्रेस का समर्थन करने के लिए कोई दलील इसके पास नहीं है। किन्तु विभान ने जिस रूप में प्रेजेंट किया था वह कोई शोभन बात नहीं थी। यह नहीं कि इसे आगे करके विभान वगैरह लड़ाई बढ़ाना चाहते थे। सुवास दा' से अगर कल भेंट न हुई होती तो यह घटना कभी न होती। अनिमेष को ध्यान आया सुवास दा' ने कहा था कि जाने से पहले होस्टल में मिलकर जाएँगे। वे आए नहीं। शायद बारिश के कारण न आ सके हों! विभान आदि की अपेक्षा सुवास दा' अधिक गम्भीर और अपने-से लगते हैं। किन्तु दोनों एक ही दल के सक्रिय कर्मी हैं। छात्र-यूनियन का ध्यान करते ही शचीन की याद आ गयी। कांग्रेस के समर्थन में तथा कम्युनिस्ट पार्टी के विरोध में शचीन चाहे जो कहे उसके विपरीत वक्तव्य पेश किया जा सकता है। शचीन की बात और अच्छी तरह सुननी होगी। शचीन का ध्यान आते ही नीला का चेहरा उभर आया। नीला उन्हें छोड़कर अकेले पायचारी करने चली गयी थी। सोचते ही अनिमेष सीधा हो गया। आज नीला ने इसे बस स्टॉप पर प्रतीक्षा करने को कहा था। याद ही नहीं था। वहाँ जाने के लिए अभी काफ़ी समय हाथ में है। किन्तु लगा कि बाहर निकलने को ज़रा भी मन नहीं हो रहा। आलस्य ने ऐसा घेर लिया था कि फिर से सो सकता था। नीला ज़रूर बस स्टॉप पर देर तक इन्तज़ार करेगी और इसके न पहुँचने पर विरक्त होना स्वाभाविक है। किसी को आना हो और न आए तो मिजाज़ ठीक नहीं रहता। आज तक किसी लड़की ने कहीं उसका इन्तज़ार नहीं किया था। और जो लड़की सीधे कह दे कि वे खड़ी रहेगी सोचकर दिल में एक तरह आनन्द मिलता है। फिर भी अनिमेष टाल-मटोल कर रहा है। ठीक है, अपने पाँव की दुहाई देकर वह नीला का क्रोध कम कर सकता है। कमरे में चलने-फिरने पर बेशक तकलीफ़ नहीं हो रही, किन्तु सड़क पर निकलकर ट्राम पर चढ़ने से अगर फिर से कल की तरह यन्त्रणा शुरू हो जाए! सब कहते हैं आज इसे रैस्ट करना चाहिए। वह यही तो कर रहा है। इतनी सब युक्तियों के बावजूद अनिमेष को चैन नहीं आ रहा था।

कुछ देर और बैठकर वह सो जाएगा सोचकर जैसे ही अनिमेष खड़ा हुआ तभी दरवाज़े पर दस्तक हुई। धीरे से जाकर दरवाज़ा खोला तो दरबान को खड़े देखा। ऊपर से नीचे तक नज़र भरकर देख दरबान ने पूछा, "शरीर ठीक है बाबू···?"

इसको तकलीफ़ हो गयी थी इसलिए सब खबर लेने आ रहे हैं, देखकर अनिमेष को अच्छा लग रहा था। "अब ठीक ही हूँ···कल की अपेक्षा अच्छा हूँ।"

"गेट तक जा सकेंगे?"

"क्यों···?"

"कोई लड़की आपका हाल पूछने आयी है।"

"लड़की?" अनिमेष चौंक पड़ा। लड़की जरूर नीला होगी। किन्तु उसे ख़बर कैसे मिली। तीन बजने में अभी देर है। इस होस्टल के परिचित किसी भी लड़के को नीला नहीं जानती जो उससे सुनकर देखने आयी हो। न ही लड़कियों में इतनी सेंसिटिवनैस होती है कि मन-ही-मन मालूम हो जाए कि क्या हुआ। जिनसे वे प्रेम करती हैं उनको लेकर ऐसा अनुभव हो सकता है पर नीला के साथ तो इसका वैसा सम्पर्क नहीं है।

अनिमेष ने दरबान से कहा, "तुम मेरे साथ-साथ चलो···सीढ़ियाँ उतरने में तुम्हारी सहायता की ज़रूरत पड़ेगी।"

वह धीरे-धीरे नीचे उतर आया।

दरबान की मदद नहीं लेनी पड़ी। किन्तु नीचे आकर थाइ में फिर दर्द होने लगा। सीढ़ियों के पास वह ज़रा रुका। ऊपर से नीचे उतरने की अपेक्षा चढ़ने में ज़्यादा तकलीफ़ होती है। होस्टल में बड़ा सख्त नियम है कि कोई लड़की किसी के कमरे में मिलने नहीं आ सकती। नियम बेशक अच्छा है···किन्तु विशेष-विशेष परिस्थिति में ढील देना उचित होता है—इस क्षण अनिमेष यही अनुभव कर रहा था। अगले ही लम्हे थम्बोटा के दोस्त का ध्यान आ गया। फिर धीरे-धीरे दरवाज़े की तरफ़ बढ़ा। अधखुले दरवाज़े के सामने कोई नहीं था। बादलों की छाया धूप पर उतर रही थी। इस भरी-दोपहर का कलकत्ता बड़ा निर्जन होता है। चारों तरफ़ कैसा गुम होता है। अनिमेष के दरबान की तरफ़ प्रश्नसूचक दृष्टि से देखते ही उसने गेस्ट रूम दिखा दिया। कुछ क़दम चलकर दायीं तरफ़ घूमते ही गेस्ट रूम के खुले दरवाज़े से इसने जिसे देखा क्षीणतम कल्पना में भी आशा नहीं की थी। स्तब्ध हो गया; न जाने की इच्छा छिपा नहीं पाया। फिर जल्दी से गेस्ट रूम के दरवाज़े में खड़ा होकर पूछा, "आप···?"

महिला उठ खड़ी हुई, "देखने आयी थी···पाँव कैसा है?"

अनिमेष का तो सबकुछ गड़बड़ा गया। शीला सेन को कुछ देर तक घूरता रहा। कल शाम टैक्सी में सामान्य-सी बातचीत और वे भागती आयी हैं इसकी

ख़बर लेने? कलकत्ते के सारे मनुष्य स्वार्थपरक नहीं होते ये इसका प्रमाण है। उनके जैसी सुन्दर स्त्री जो अपने सौन्दर्य को लेकर सचेत है। इतनी मेहरबानी करेगी सोचा भी नहीं जा सकता था। स्लीवलेस ब्लाउज़ में से मक्खन जैसे दो पंखों की तरफ़ देखा। अन्दर-ही-अन्दर जब आलोड़न होता है मुँह से बात नहीं निकलती। कोशिश करने पर भी शब्द नहीं निकलते। आवेग कम होने में समय लगा।

महिला ज़रा विस्मित हुई, "मैंने आकर कुछ अन्याय किया⋯क्या?"

जल्दी से गरदन हिलाई इसने, "नहीं⋯नहीं यह क्यों सोच रही हैं⋯बैठिए ना।"

गेस्ट रूम सजा हुआ नहीं था। कुछ टेबल-चेयर इधर-उधर पड़ी थीं। अनिमेष चौकोर टेबल का सहारा लेकर एक चेयर दिखाकर दूसरी पर ख़ुद बैठ गया। बैठ कर बोला, "आपने सचमुच मुझे विस्मय में डाल दिया।"

शीला सेन के दोनों भौंहों के बीच चट से कई बल पड़ गए, "क्यों? क्योंकि मैं आयी हूँ⋯? आश्चर्य! कल जिसे इतना अस्वस्थ देखा था उसकी खोज-ख़बर लेने न आती।"

अनिमेष आप्लुत स्वर में बोला, "कभी देखा तो नहीं।"

शीला सेन खुली केश राशि को सामान्य-सा बल देते हुए बोली, "मैं दूसरी तरह की हूँ। मुझे अपने प्रश्न का उत्तर नहीं मिला?"

"अब अच्छा हूँ। अभी तो ऊपर से नीचे उतर आया हूँ।" अपनी शरीर की कमजोरी के बारे में किसी दूसरे से बात करना इसे अच्छा नहीं लगता था।

"कल क्या हुआ था⋯देख रही थी अकेले चल नहीं पा रहे थे।" शीला सेन के चेहरे की प्रत्येक रेखा में आत्मीयता की छाप थी।

"शिराएँ खिंच गयी थीं। पहले पता नहीं चला। ऐसा कुछ नहीं हुआ⋯।"

"निश्चय ही मामूली नहीं था। वरना आज कॉलेज जाते।" शीला सेन ने तेवर की भंगी से सन्देह प्रकट किया। "छोड़ो बाबा⋯निश्चिन्त हो गयी। कल घर लौटने के बाद से बराबर सोच रही थी कि परदेश में रहते हो जानकर भी मैंने कुछ नहीं किया। किसी को कष्ट हो तो इतना बुरा लगता है⋯मन कैसा-सा हो जाता है।"

इस भरी दोपहर में अनिमेष ने शीला सेन को अच्छी तरह देखा। कलकत्ता शहर की मध्यवित्त बंगाली महिला का किसी नीग्रो युवक के साथ इतने मेल-जोल की सम्भावना नहीं होती कि लड़का आसक्त हो जाए। इस केस में तो वही हो गया। तो क्या शीला सेन मध्यवित्त नहीं हैं? वे जिस पाड़े के मकान में रहती है किसी भी तरह आधुनिक नहीं कहा जा सकता। वे जिस भाषा में बात कर रही हैं सोसायटी की महिलाएँ उसका व्यवहार करती हैं या नहीं, अनिमेष को मालूम नहीं। फिर भी एक ही टैक्सी पकड़कर थम्बोटा के बन्धु के साथ आने का साहस

कर सकीं! थम्बोटा का दोस्त उनके घर जाने का प्रस्ताव करने का दुस्साहस कर सका? तब ये कौन हैं? कल क्षण मात्र के लिए अनिमेष ने सोचा था कि शीला सेन लड़कों को फँसाने का काम करती हैं। कल रात टैक्सी में ये बड़ी रहस्यमयी और मोहिनी लग रही थीं। आज दोपहर के समय आमने-सामने बैठकर कोई रहस्य नहीं दिखाई पड़ रहा। ये दोनों हाथों से सौन्दर्य की लगाम खींचे रखती हैं। आयु में दसेक वर्ष बड़ी होंगी। किन्तु सौन्दर्य ऐसी चीज़ है जो सहज ही दस वर्ष घटा देता है।

अनिमेष ने कहा, ''आप आयी हैं जानकर थम्बोटा का दोस्त अवाक् रह जाएगा।''

शीला सेन बोलीं, ''थम्बोटा का दोस्त...! ओहऽऽ मोसाम्बा की बात कर रहे हैं...? वह भी होस्टल में है?''

''मुझे ठीक से मालूम नहीं...सवेरे से दिखाई नहीं पड़ा...मालूम करूँ?''

शीला सेन हँस पड़ीं...जल्दी से सिर हिलाया, ''नहीं...नहीं...ज़रूरत नहीं है...मैं आयी थी यह भी बताने की आवश्यकता नहीं है। ये लड़के इतने पैशनेट होते हैं कि रीज़न समझना नहीं चाहते।''

अनिमेष पूछने में हिचकिचा रहा था, अन्ततः पूछ ही डाला, ''एक बात पूछूँ...अगर अन्यथा न समझें...।''

उनकी भृकुटि चढ़ गयीं, ''बुरा लगने पर अवश्य।''

''फिर रहने दीजिए...।''

''हूँ...अच्छा बताइए...क्या?''

अनिमेष ने बात को ज़रा ठीक से कहने में समय लिया कि शीला सेन हँस पड़ीं।

''निश्चय ही पूछा जा सकता है कि उसके साथ बातचीत कैसे हुई...मैं क्या करती...यही सब अच्छा मैं ही बता देती हूँ—पूछना नहीं पड़ेगा। मैं एक ट्रैवल एजेंसी में हूँ जिसके अफ्रीका आदि देशों के साथ अच्छे रिलेशंस हैं। वहाँ से जो लड़के पढ़ने आते हैं मैं उनका इन्तज़ाम करती हूँ। इसलिए बिलकुल तटस्थ रहना नहीं हो सकता। समझ में आया कुछ!!''

अनिमेष को इतनी-सी बात से सबकुछ स्पष्ट नहीं हुआ। सिर्फ़ नौकरी करने पर किसी अपरिचित को इतना प्रश्रय देती हैं। इसके अलावा वे मोसाम्बा से यहाँ आने की बात छिपाना चाहती हैं। क्या यह स्वाभाविक है? अनिमेष ने उन्हें सिर से पैर तक देखा! माँग से कुछ पता नहीं चला कि वे विवाहित हैं या नहीं। स्वर्गछेंड़ा या जलपाइगुड़ी की स्त्रियाँ सिन्दूर चौड़ा लगाती हैं। किन्तु यहाँ बालों में सिन्दूर का बिन्दु मात्र हो भी तो प्रायः दिखाई नहीं पड़ता। इनसे पूछना क्या अशोभन होगा कि वे विवाहित हैं या नहीं। फिर सोचा इतना उत्सुक क्यों

हो रहा है। उनके साथ क्या सम्पर्क है इसका! कुछ नहीं···केवल एक दिन की बातचीत। इस जैसे साधारण लड़के का उस तरह की महिला से सम्पर्क रखने में कोई युक्ति नहीं है। बात को घुमाकर अनिमेष बोला, "किन्तु आप आयी हैं यह जानकर मोसाम्बा को चोट पहुँचेगी। इससे तो···?"

आँखें मूँदकर सिर हिलाया शीला सेन ने, "आइ एम फैड अप···जोंक की तरह मेरे पीछे लगा है। वे सब बातें जाने दीजिए। बल्कि चाय बागान के बारे में बात करें। एक चाय बागान के लिए बहुत सारी जगह लेनी पड़ती है···नहीं?"

अनिमेष समझने की कोशिश कर रहा था। अन्यमनस्क-सा बोला, "हाँ···आठ-दस मील की जगह हो तो चाय बागान हो सकता है।"

"बाब्बा! फिर तो बहुत रुपयों की ज़रूरत होगी···क्यों?"

"हाँ···पहले कई विदेशी कम्पनी एक-एक चाय बागान की मालिक थीं। स्वाधीनता के बाद उन्होंने देशी कम्पनियों को बागान बेच दिए। कुछ चाय बागान व्यक्तिगत भी हैं।" अनिमेष ने वास्तविकता बतायी।

शीला सेन बोलीं, "सचमुच, मैं कोई ख़बर नहीं रखती। रोज़ सवेरे एक कप चाय बिना चलता नहीं। वह कैसे तैयार होती है इसकी ख़बर रखने का प्रयोजन नहीं रखती। जहाँ वे होते हैं चारों तरफ़ पहाड़-ही-पहाड़ होते हैं ना!"

अनिमेष हँस पड़ा।

साथ ही उधर भृकुटि चढ़ गयीं, "हँसे क्यों?"

"आप मुझे 'तुम' कहिए। उस तरह बात करने में अ-स्वस्ति होती है।"

"ओ···मा ऐसा है···मैंने सोचा 'तुम' कहने पर नाराज़ हो जाओगे। आजकल के लड़के बड़े अभिमानी हो गए हैं। आत्मसम्मान आत्मसम्मान करके मरे जाते हैं। तुम्हें 'तुम' कहकर बात करने से मैं तो बच गयी।" उनकी आँखों में तृप्ति झलक रही थी।

अनिमेष बोला, "हमारी तरफ़ उधर आसपास कोई पहाड़ नहीं है, पर पहाड़ी आब-हवा बीच-बीच में हो जाती है। और फिर सारा दिन हम कितनी ही ऐसी चीजें इस्तेमाल करते हैं जिनके सम्बन्ध में खोज-ख़बर का ज्यादा प्रयोजन नहीं होता। यही···जैसे मुझे अब तक नहीं मालूम कि टेलीफोन का सिस्टम ठीक है या नहीं। ऐसा तो बहुत कुछ है। चाय तैयार करने का सिस्टम न जानकर भी बहुत लोग बढ़िया चाय तैयार कर सकते हैं···क्यों?"

दाँत में दाहिना गाल दबाकर फिर छोड़ते हुए शीला सेन बोलीं, "तुम तो बात बड़े अच्छे ढंग से करते हो।···अभी कुछ काम है तुम्हें?"

अनिमेष ने सिर हिलाकर 'नहीं' कहा।

"फिर चलो मेरे साथ···घूमने चलो।" शीला सेन उठ खड़ी हुईं।

"किन्तु चलने में मुझे कष्ट होता है। कल इसी तरह हुआ था आज

निकलना नहीं चाहता।" अनिमेष ने आपत्ति जतलाई।

शीला सेन को बात बिलकुल पसन्द नहीं आयी। "हिश! जवान लड़के को इतना डर शोभा देता है? और कुछ हो ही जाए तो मैं हूँ ना। अच्छा बाबा अच्छा⋯तुम्हें एक क़दम भी नहीं चलना पड़ेगा। बाहर टैक्सी खड़ी है।"

अनिमेष चौंक पड़ा। वे इतनी देर से यहाँ बैठी हैं⋯बाहर टैक्सी खड़ी करके। ताज़्जुब की बात है। इतनी देर में तो मीटर बहुत बढ़ गया होगा। जाने की बिलकुल इच्छा नहीं थी। हँसकर बोला, "आज मुझे बड़ा आलस्य आ रहा है⋯आज रहने दीजिए।"

शीला सेन ने ऊपर से नीचे तक उसे देखा। फिर धीरे से बोलीं, "जानते हो⋯आज तक किसी ने मेरे आमन्त्रण की उपेक्षा नहीं की। सोच-समझकर सब मुझे आमन्त्रित करते हैं। यदि मैं राजी हो जाऊँ तो कृतार्थ होते हैं। और मैं ख़ुद किसी से कहूँ तो मानो आकाश उसके हाथ में आ जाता है। तुम मेरी बात पर जो एकदम तैयार नहीं हुए तुम्हें लेकर मेरी धारणा कुछ और हो गयी है। अच्छा भई! तो मैं चलती हूँ। तुम्हारी जब कभी इच्छा हो मुझे फ़ोन कर देना। सवेरे के समय मैं घर पर ही रहती हूँ।"

वह शीला सेन के पीछे-पीछे गेट तक आया। टैक्सी ड्राइवर सीट पर पड़ा सो रहा था। इन्हें देखकर सीधा बैठ गया।

टैक्सी में चढ़ते हुए शीला सेन ने गरदन मोड़कर कहा, "फ़ोन नम्बर याद है ना! थ्री फाइव और चार शून्य।"

सुनसान गली से टैक्सी जाते हुए देखी अनिमेष ने। इतनी देर बातें करने पर भी वह इस महिला को ज़रा भी जान नहीं पाया। वे यहाँ क्यों आयी थीं? बार-बार टेलीफ़ोन नम्बर क्यों बता रही थीं? क्या उद्देश्य हो सकता है? केवल भद्रतावश तो कोई इतना कुछ नहीं करता। अनिमेष को सन्देह हुआ कि वे इसे किसी ऐसी चीज़ में फँसाना चाहती हैं जिसमें उनकी स्वार्थ-सिद्धि होती हो। वह क्या हो सकता है यह तो मालूम नहीं, किन्तु इसके जैसे व्यापारी जहाज से सम्पर्क रखने का कोई कारण नहीं हो सकता।

महीतोष या सरित्‌शेखर ऐसी स्त्री की बिना प्रयोजन बातचीत सुनकर आतंकित हो उठेंगे। इतनी देर तक सोचने के बाद भी अनिमेष को लगा कि शीला सेन के बारे कुतूहल किसी तरह कम नहीं हुआ है।

वापस जाने के लिए अनिमेष पलटा तो दरबान से नज़र मिली। वह चुपके-चुपके मुस्करा रहा है। समझने में देर नहीं लगी। चार-पाँच वर्ष तक इसे देखता रहा है, किन्तु उसके चेहरे का ऐसा भाव कभी नहीं देखा था। अनिमेष ने पूछा, "कुछ कहना है?"

वह लड़की आपकी कौन लगती है बाबू?"

"जान-पहचान है···क्यों?"

पहले ज़रा टाल-मटोल किया, फिर बोल पड़ा, "वह अच्छी औरत नहीं है।"

"क्यों···?"

"वह नीग्रो साहेब के साथ ख़ूब बेशर्मी करती है। एक दिन आठ बजे के बाद नीग्रो साहब उसे लेकर ज़बरदस्ती कमरे में घुसना चाहते थे। अच्छी औरत होती तो राज़ी कैसे हो जाती। इसके अलावा एक दिन शराब पीकर आयी थी।"

"शराब पीकर···? नशा किया था···?" अनिमेष अवाक् रह गया।

"हाँ बाबू नीग्रो साहब ने भी पी रखी थी। उस दिन बेशक वह टैक्सी से नहीं उतरी, पर मेरी नज़रों से तो बच नहीं सका।"

"तुम्हें कैसे पता चला कि उन्होंने शराब पी थी?"

"आप क्या कह रहे हैं बाबू! मैं सूखा नशा करता हूँ तो गीले नशे की गन्ध पता नहीं चलेगी? हें ऽ ऽ हें ऽ ऽ हें ऽ ऽ!"

शीला सेन शराब पीती है या नहीं पीती, अच्छी औरत है या ख़राब, इसका क्या आता-जाता है। एक बात ज़रूर महसूस की कि अब वह इससे मिलने कभी होस्टल नहीं आएगी। हाँ, इसके फ़ोन का इन्तज़ार ज़रूर करेगी। फन्दा हो या न हो अनिमेष उधर पाँव नहीं बढ़ाएगा।

सीढ़ियाँ चढ़ने में अब कोई तकलीफ़ नहीं हो रही। इस बीच कलवाली निराशा ने फिर घेर लिया था। अलसाए हुए शरीर में जो सोने की इच्छा अभी कुछ देर पहले तक थी, अब नहीं है। खिड़की के पास आकर खड़े होते ही सूनी छत और सुरमई आकाश दिखाई पड़ा। इस सुनसान दोपहर में कलकत्ता कैसे खाली-खाली लगता है। नीला ज़रूर बस स्टॉप पर इसका इन्तज़ार कर रही होगी! कुछ देर तक खामोश बैठे-बैठे इसे परेशानी-सी होने लगी। शीला सेन के आने से पहले ऐसा नहीं था। धुला हुआ पायजामा और कुरता पहनकर वह बाहर गया। दरवाज़े पर ताला लगाकर, उतरते हुए ध्यान आया त्रिदिव वगैरह इसे यहाँ न देखकर ज़रूर चकित रह जाएँगे। किन्तु कोई लड़की बस स्टॉप पर उसका इन्तज़ार कर रही हो और वह कमरे में बैठा रहे! इसका पाँव अब काफ़ी ठीक है। शीला सेन से मिलने के लिए अगर इतनी सीढ़ियाँ उतर सकता है तो नीला ने क्या दोष किया है!

ट्राम में चढ़ने के बाद अनिमेष को लगा कि शायद बड़ा दुस्साहस कर डाला है। क्योंकि अब पाँव पर काफी भार दिया जा सकता है। इसने अपने मन को समझाया कि यह केवल मानसिक है। स्कूल में मंटू ने एक थियोरी बतायी थी। एक हाथ में बहुत तकलीफ़ हो तो उसे कम करने के लिए दूसरे हाथ में ज़ोर से चुटकी भरनी चाहिए। किसी नयी जगह में व्यथा हो तो पुराने घाव की व्यथा कम हो जाती है। इस तरह करना कैसा रहेगा? किन्तु अनिमेष को साहस नहीं

हुआ।

यूनिवर्सिटी के सामनेवाले स्टॉप पर वह उतर पड़ा। चारों तरफ़ नज़रें दौड़ाकर नीला को खोजने लगा। नहीं···नीला नहीं है। इसे आने का कहकर नीला चली जाएगी? अनिमेष का दिल अभिमान से भरने लगा कि किसी की कलाई की घड़ी पर नज़र पड़ी। चार बजकर थोड़ी ही देर हुई थी। फिर···इतनी देर इन्तज़ार करके नीला अवश्य चली गयी होगी! अभिमान की जगह अब आश्चर्य हुआ। खुद को बड़ा असहाय और हत् सर्वस्व सोचने लगा। अगर वह इन्तज़ार करते-करते चली गयी है तो ज़्यादा देर पहले नहीं। अब वह कहाँ हो सकती है? मन-ही-मन इन सब स्थलों का ध्यान करने लगा—कॉफी हाउस, लायब्रेरी या अपने घर। यह भी हो सकता है कि यह देखने के लिए फिर लौट आए कि अनिमेष आया या नहीं। बेकार की चिन्ता! नीला जैसी लड़की यह नहीं कर सकती। अनिमेष के टाइम पर पहुँचने पर वह उम्मीद भी नहीं करेगी।

अजीब से निःसंगता के भाव के साथ अनिमेष खड़ा रहा। चारों तरफ़ व्यस्त मनुष्यों की रेलपेल। ट्रामों की आवाज़ें। लड़के-लड़कियाँ पैदल जा रहे हैं। अनिमेष चुपचाप अकेला खड़ा रहा। आधे घंटे पहले नीला से मिलने की बेचैनी अब नहीं थी। किन्तु उसी नीला से न मिल सकने पर सब सूना भी लग रहा है। अब इसे लग रहा था कि संसार में सब कोई इसकी प्रतीक्षा करेंगे। वह अपेक्षित समय पर नहीं पहुँच पाएगा। यह बात किसी को बतायी नहीं जा सकती। दिल में सँजोकर चलाना होगा।

दस

अनिमेष अन्यमनस्क हो हाथ की अँगूठी घुमाता रहा। घुमाते हुए सचेतन होते ही अँगूठी पर नज़र पड़ी। अंगुली के जिस हिस्से पर अँगूठी थी वह सफ़ेद हो गया था। जैसे घास पर कोई चीज रखी रहे तब जैसे रंग फीका हो जाता है। एकदम देखो तो वह हिस्सा अपना-सा नहीं लगता। चिरकाल तक कुछ साथ रहे तो उसमें अपनापन नहीं रहता? हाथ के बाकी हिस्से की बनिस्बत यह हिस्सा गोरा लग रहा था। यह भी मानना होगा वह आँखों को बुरा लगता है। जीवन के सब क्षेत्रों में शायद इसी तरह की अनुभूति क्रियाशील रहती है। जो सहज होता है वह हमेशा श्रेय है और जो दबा देता है उसकी प्राप्ति की अनुभूति चाहे जितनी भी मनोरम हो वह अच्छी नहीं लगती। अँगूठी में छोटा-सा गोल अक्षर दिखाई पड़ा। इतने दिन से अँगूठी पहने हुए है, पर ध्यान से कभी नहीं देखा था। 'अ' अक्षर बड़ी ख़ूबसूरती से लिखा था। 'अ' का अर्थ है 'ना'। हर चीज़ में 'ना'? 'ना' मायने विद्रोह? तो

क्या सबकुछ स्वीकार करना पड़ेगा? छोटी माँ ने पहना दी थी। इतना अरसा गुज़रने पर उस दिनवाली अनुभूति आज भी हो रही है। बड़े संकोच और प्यार से छोटी माँ ने अँगूठी इसकी अंगुली में पहना दी थी। अपनी माँ का चेहरा अब धुँधला पड़ गया है। हृदय की वह धड़कन न जाने कब विलीन हो गयी। जब छोटी माँ आयी थी वह दिन इसे अच्छी तरह ध्यान है। सौतेली माँ या उसी तरह के मनोभाव को याद करके हँसी आती है। धीरे-धीरे जाने छोटी माँ कब इसकी मित्र बन गयी थीं। छुट्टियों में जलपाइगुड़ी जाता तो देखते ही छोटी माँ हँसकर कहतीं, "हिस्...माछ बाबू कैसा दुबला हो गया है।" अनिमेष के लिए 'मछली'। इसलिए हो गया माछबाबू। वे इसे चिढ़ातीं "तुम हुए मछेरे की तरह...तुम्हें कोई स्पर्श नहीं करता...गन्दी मछली।"

बाद में अनिमेष ने सोचा था कि बात झूठ नहीं थी। अब इसके मन में वह सम्पर्क बहुत महत्त्वपूर्ण नहीं रहा। जैसे दादू सरित्‌शेखर इससे इतना प्रेम करते हैं या हेमलता के पास रहकर वह बच्चे से बड़ा हुआ है। कलकत्ते में रहते हुए अब कई-कई महीनों तक उनकी बातों का ध्यान तक नहीं आता। दादू इसे नियम से चिट्ठी लिखते रहते हैं और अनिमेष 'लिखूँगा-लिखूँगा' सोचते-सोचते इतने दिन बीत जाते कि आवेग कम हो जाता है। इसका यह मतलब नहीं कि उन पर श्रद्धा कम हो गयी हो या उनसे स्नेह न करता हो। बस पत्र नहीं लिख पाता। सबसे विच्छिन्न होता जा रहा है धीरे-धीरे। मछली की तरह। अँगूठी की तरफ़ देखते ही स्वर्गछेड़ा का मैदान, छोटी माँ के साथ मैदान में पैदल आना और फिर सीता के ब्याह का ध्यान आते ही अनिमेष हँस पड़ा। सीता का उसे बिलकुल ध्यान नहीं था। कैसी है...कहाँ है? इसका पहला प्रेम! किन्तु दोनों में से किसी ने मुँह से कभी नहीं कहा था। उस बाल्यावस्था में पहली बार 'ना' हुआ था 'ना' मायने 'अ'...'अ' से अनिमेष।

लेटे रहो तो दुनिया-जहान की बातें मन में आती हैं। विशेषकर खिड़की से अगर आकाश दिखाई पड़े और कमरे में कोई न हो! चारपाई से उठकर वह चेयर पर जा बैठा। किताबें आदि अभी तक खास खरीदी नहीं हैं। अब लायब्रेरी जाने की आदत डालनी होगी। आज रविवार है। त्रिदिव भात खाकर प्रिया में मैटिनी शो देखने गया है। यानी उत्तर से दक्षिण की तरफ़। इस समय त्रिदिव का मन दक्षिणमुखी है। उत्तरी कलकत्ता उसे रहने लायक नहीं लगता। अकसर कहता है : दक्षिण के लड़के-लड़कियों के मन में बहुत डैप्थ होती है। बातचीत करने में अच्छा लगता है। और कुछ न हो तो गड़ियाहाट के मोड़ पर खड़े हो जाओ तो समय कैसे टप-से निकल जाता है, पता ही नहीं चलता। इसके अलावा वहाँ के माँ-बाप बड़े उदारचेता होते हैं।

इसलिए यह दोपहर अनिमेष अकेले ही काट रहा है। अकेला होने की वज़ह

से सारे जहान की बातें मन में भीड़ कर रही हैं। समझदारी आने के बाद से अगर अपनी स्मृति में वे सब बातें सहेजकर रख पाता! सोचते ही इसे हँसी आ गयी। भरते-भरते तो घड़ा भी फट जाता है। इसलिए प्रकृति ने विस्मृति का नियम बनाया है; वह बचा देती है।

धूप देखकर अनिमेष को ध्यान आया। आज ठीक चार बजे वी.के. पाल एवेन्यू पर पहुँचना था। पर अड्डा जमाने के कारण ध्यान ही नहीं रहा। जल्दी से कपड़े बदलकर वह होस्टल से निकल पड़ा। नीचे बास्केट बॉल लॉन में कुछ लड़के बॉल पकड़ने के लिए भाग-दौड़ कर रहे थे। गेट पर मोसाम्बा से भेंट हुई। छोटी-सी शर्ट पहने नंगे बदन दरबान को पैसे देकर कुछ लाने को कह रहा है। ऐसे काले शरीर पर सफेद कपड़ा कैसा अश्लील लगता है। इस रूप में अनिमेष तो कभी बाहर नहीं निकल सकता। किन्तु मोसाम्बा में कोई प्रतिक्रिया नहीं। इसे देखकर उसने चिल्लाकर कहा, ''हाइ⋯''

अनिमेष हँसा, ''हैलो।'' भाग्य से सामनेवाला गेट पूरा खुला हुआ नहीं था। इसलिए सड़क से इस बढ़िया शरीर के किसी को दर्शन नहीं होंगे।

हाथ उठाकर इसे ठहरने का इशारा करके दरबान को कुछ समझाकर पास आया। आकर सफ़ेद दाँत निकालकर हँसा, ''आजकल तुम नज़र नहीं आते। उस दिन की घटना के बाद से तुम मेरे कमरे में नहीं आए।''

''तुम आए कभी मेरे कमरे में⋯।''

''अँ ऽ य!'' थम्बोटा का बन्धु 'हो-हो' करके हँस पड़ा, ''तुम बंगाली लोग हर समय कम्पेयर किए बिना बात नहीं कर सकते। यू नो शीला⋯उसकी भी यही हैबिट है।''

''मिसेज़ सेन से भेंट होती है?'' अनिमेष को कुतूहल हो रहा था।

''वे न होंती तो कलकत्ते में रह पाता?'' लड़का आँख दबाकर बोला, ''शी इज़ माइ हैवन ऑर हैल ऑर एनिथिंग⋯एनिथिंग ऑर एवरीथिंग।'' वह सुर में गाने लगा। ''बट व्हेयर आर यू गोइंग⋯?''

ज़रा सोचकर अनिमेष ने सच-सच बता दिया, ''कोई ट्यूशन मिल जाए⋯इस सम्बन्ध में बात करने जा रहा हूँ।''

''ट्यूशन⋯? व्हॉट फॉर?''

''रुपयों की ज़रूरत है⋯अच्छा चलता हूँ।''

अनिमेष ने देखा मोसाम्बा स्तब्ध रह गया था।

वी.के. पाल एवेन्यू तक पैदल जाना मुश्किल नहीं है। किन्तु वक़्त बचाने के लिए सैकंड क्लास ट्राम में चढ़ आया। हाति बागान से बाक़ी रास्ता पैदल चलकर जब निर्दिष्ट जगह पहुँचकर देखा। परमहंस विरक्ति से उसे देख रहा था।

''साला! जिसका ब्याह है, उसे होश नहीं और पड़ोसियों को नींद नहीं आ

रही? चार बजे से खड़ा हूँ। विद्यासागर ने कहा भी था कि कभी किसी का उपकार मत करो।'' परमहंस खीझ रहा था।

अनिमेष हँस पड़ा, ''सचमुच देर करके आया हूँ। किन्तु तुम ऐसे अंट-संट कोटेशन मत दो। रिकार्डेड होने पर मुश्किल हो जाएगी।''

''मायने⋯?''

''विद्यासागर ने यह नहीं कहा था। किसी ने उनकी निन्दा की थी, तब अपना मन्तव्य प्रकट किया था⋯खोजकर देखो, शायद किसी दिन मैंने उसका उपकार किया हो।''

''तुममें यही दोष है। मुँह की बात सुनते हो, हृदय की व्यथा नहीं समझते। मुँह से विद्यासागर ने चाहे कुछ न कहा हो, किन्तु उन्होंने यही 'मीन' किया था। ठीक है⋯अब जो कह रहा हूँ ध्यान से सुनो। जिस परिवार में हम जा रहे हैं वह बड़ा कंज़रवेटिव है। बाहर के लोग बैठक पार करके किसी भी दिन अन्दर नहीं गए। बूढ़ा सोचाता है कि पृथ्वी रसातल में जा रही है इसलिए अपने परिवार को सँभालकर रखना चाहता है। लड़कियाँ सिनेमा जाती हैं नौकरानी को साथ लेकर, और मैटिनी में। और बहुत से नियम-क़ायदे हैं। वहाँ जाने पर जान जाओगे। बात का मुद्दा यह है कि बिलकुल उत्तर कलकत्ता के ख़ालिस चौकीदारों की बाड़ी है।''

''तुम्हें उनके बारे में कैसे पता चला।'' अनिमेष को अब परेशानी हो रही थी।

''मेरी मौसी की ननद का वहाँ ब्याह हुआ है। पहले एक अस्सी बरस का बूढ़ा पढ़ाता था। वह बेटा तीन महीने से खाली है। इधर क्लास आगे बढ़ गयी है। लड़की का नुकसान हो रहा है।''

''लड़की⋯? मुझे छात्रा को पढ़ाना होगा⋯?''

''आपत्ति हो तो मत जाओ। फिर लड़की सोचकर पिघल मत जाना। लड़की के चारों तरफ़ बिच्छू बिछे हैं। ग़लत काम करने पर थाना-पुलिस बुलाकर छोड़ेगा। प्राइवेट ट्यूटर-छात्रा मार्का प्रेम का धन्धा बिलकुल मत करना। वरना मैं मुसीबत में फँस जाऊँगा।'' परमहंस ने समझाया।

परमहंस के साथ क़दम मिलाकर चलने में अनिमेष को परेशानी हो रही थी। छोटा-सा स्थूल शरीर पर हरिन की तरह कूदता-फाँदता जा रहा था। पहले बात दूसरी थी, अब कुछ भी अस्वाभाविक करता तो पाँव में तकलीफ़ होती, थाइ में थ्रॉबिंग शुरू हो जाती। फिर भी वह क़दम मिलाने की चेष्टा कर रहा था।

शोभा बाज़ार। चितपुर के इस अंचल में पहले कभी आना नहीं हुआ था। सन्ध्या तो नहीं हुई है, किन्तु शाम ढल रही थी। मानिकतला श्याम बाज़ार की तुलना में दोनों तरफ़ दूकानें कम हैं। अजीब-सा आलस्य चारों तरफ़ फैला हुआ है। अनिमेष ने देखा कि मक़ानों के चबूतरों पर दोनों तरफ़ जो लेटे हैं, उम्र में

काफ़ी बड़े हैं। उनमें से ज़्यादा धोती और फतुही-टाइप का कुरता पहने हैं। धोती बाँधने का तरीका भी अलग है। एक पटरी पर जो अड्डा मारे बैठे हैं उनकी उम्र अस्सी के आसपास होगी। यह नज़ारा कलकत्ता के किसी और इलाके में दिखाई नहीं पड़ता। यह है खास घटिपाड़ा।

परमहंस बोला, "पहुँच गए हैं। ख़ूब विनीत भाव रखना। मकान को देखकर अन्दाज़ा लगाना मुश्किल है कि वह कितना पुराना है। ज़्यादा हिस्से में ईंटें बाहर को निकल आयी हैं। और इस मकान की विशेषता यह है कि बाहर अड्डा ज़माने की कोई ज़गह नहीं है। दरवाज़े पर धक्का देते ही अन्दर से डाँटने की-सी आवाज़ आयी।

अब ज़रा नरम-सी आवाज़ हुई तो दरवाज़ा खुल गया। कमज़ोर-से, और भोंड़े-से चेहरेवाले लड़के ने पूछा, "क्या चाहते हैं? दरवाज़ा मत तोड़िए।" कहकर फिर अनिमेष को देख टपकती राल चाट गया।

परमहंस ने बड़े प्यार से पूछा, "तालुइ मशाइ हैं? मुझे नहीं पहचानते तुम? ऊँ···।" साथ ही लड़का घूमकर खड़ा हो गया, "बाब्बा···बाब्बा! तुम्हें बुला रहे हैं···बाहर के लोग···क्या करूँ? बैठने को कहूँ या खड़ा रखूँ?"

तुरत पुकार नहीं पड़ी। अनिमेष ने सामने की तरफ़ लम्बा पैसेज देखा··· बड़ा साफ़-सुथरा! शायद अभी धोया गया था। उसके बाद ऊपर से करख़्त-सी आवाज़ सुनाई दी, "कौन···?"

सुनकर ऊपर देखा एक भद्र व्यक्ति दो-तले की रेलिंग पर झुका हुआ इन्हें देख रहा था। जितना दिखाई पड़ा ज़ाहिर था कि पचास के लगभग उम्र का एक आदमी नंगे बदन, गमछा पहने खड़ा है।

परमहंस ने ऊपर देखकर कहा, "मैं···झुनू।"

"अ···तुम आए हो। साथ में वह कौन है?"

"मेरा सहपाठी—वही जिसके बारे में बताया था मैंने।"

"अ···ठीक है। झुनू इन्हें बाहर के कमरे में बिठा।" वे अन्तर्हित हो गए।

"जूते उतारकर इस तरफ़ आ जाइए।"

परमहंस की देखा-देखी अनिमेष बाहर के दरवाज़े के पास जूता उतारकर गीले पैसेज से दालान् में आ गया! दाहिनी तरफ़वाला कमरा खोलकर भुलू नाम के लड़के ने कहा, "आप लोग काफ़ी देर ठहरेंगे?"

परमहंस के कुछ कहने से पहले ही अनिमेष ने पूछा, "क्यों?" प्रश्न करने के तरीके से इसका ब्रह्म तालू जल उठा। बड़ा अभद्र है···।

"जल्दी चले जाएँगे तो बाहर का दरवाज़ा बन्द नहीं करूँगा।" लड़के ने फिर राल चाट ली।

"बातचीत करने में शायद देर लगे···बल्कि तुम बन्द कर आओ भुलू।"

लड़का बड़े अजीब तरीके से शरीर हिलाता हुआ दरवाज़ा बन्द करने चला गया।

अनिमेष की तरफ़ देकर परमहंस बोला, "देख रहे हो ना? लड़के का हाव-भाव! क्या बात किस तरह करे, उसे मालूम नहीं।"

कमरे की खिड़कियाँ बन्द थीं। और अगर यह बैठक है तो कहना होगा कि बहुत दिनों से यहाँ कोई नहीं आया है। नीचे धूल-वूल तो नहीं है, पर पायदान फट-फटा गया है। कमरे की चीज़ों की तरफ़ कोई ध्यान देता हो यह भी नहीं लगता। चार-एक पुराने ज़माने की लकड़ी की लम्बी कुर्सियाँ और रंग की हुई पुरानी गोल मेज। एक तरफ़ तख़्तपोश पर काली चटाई। कमरे की दीवारों का रंग फीका पड़ चुका है। रंग का पता नहीं चलता।

चेयर पर बैठे कुछ ही मिनट हुए थे कि खटमल काटने लगे। वह चुप रहा। हज़ार सही यह घर परमहंस के आत्मीय लोगों का है। दरवाज़े के ठीक सामने चेयर लाकर बैठने पर भी कोई फ़ायदा नहीं हुआ।

परमहंस बोला, "परिवार ज़रा कंज़रवेटिव है…तो क्या हुआ! तुम्हें तो पढ़ाना है, पढ़ाकर रुपए मिल जाएँ बस! क्या कहते हो?"

अनिमेष को लगा कि परमहंस परिस्थिति को स्वाभाविक करना चाहता है। वह हँस पड़ा, "तुम्हारा पुकारने का नाम आज पता चला।"

"और क्या? ऐसा तो सबका होता है। मेरा तो फिर भी अच्छा है…इस परिवार के मालिक का डाकनाम (पुकार का) नाम सुनोगे तो चौंक पड़ोगे।"

"क्या…?"

"मेरी मौसी की ननद के बड़े ससुर का नाम था बाघ, मँझले ससुर का सिंही और छोटे का नाम है शियाल। लगता है, उनके पिताजी को जीव-जन्तु बहुत पसन्द थे। ज़रा दूर ही तो राजेन मल्लिक का चिड़ियाखाना है।"

अनिमेष का मुँह खुला रह गया। ऐसे नाम भी कोई रखता है! पाड़े के लड़के चिढ़ाते नहीं? पेट में खलबली हो रही थी! किसी तरह संयत होकर पूछा, "जो बात कर रहे थे वे कौन हैं?"

"शियाल…बाघ और सिंही का-सा शरीर है। पीठ पीछे हम उन्हें शियाल तालू कहते हैं। उनकी माँ शायद अब भी शियाल पुकारती होंगी।"

बात ख़त्म होते ही आवाज़ हुई। पास आते ही पता चला कि जूतों की चाप नहीं थी…शियाल तालू खड़ाऊँ पहने आ रहे हैं। लम्बे, रस्से-जैसा परिपक्व चेहरा, गाल और गरदन का मांस लटका हुआ, बहुत लम्बी नाक। अनिमेष ने देखा कि इस समय वे ढीली फतुही और धुली हुई धोती पहने थे। काफ़ी सज-सँवरकर आए हैं। पास आते ही अम्बूरी तम्बाकू की गन्ध आयी।

परमहंस की देखा-देखी उठकर प्रणाम करने को हुआ कि रुक गया। व्यक्ति

वयस्क था, पर जान-पहचान नहीं है कि फट से प्रणाम करे। हाथ जोड़कर इसके नमस्कार करते ही उनके माथे पर त्यौरी पड़ गयीं। गम्भीर स्वर में बोले, "बैठो"।" उस दुबले-पतले आदमी की ऐसी भारी आवाज़ निकल सकती है"बिना सुने विश्वास न होता।

अनिमेषवाली कुर्सी पर शियाल तालू बैठ गए, बोले, "इतनी शाम को बात करने आए हो? खैर, जब आ ही गए हो तो क्या किया जा सकता है। तो झुनू! तुम्हारे बाबा (पिता) कैसे हैं?"

परमहंस ने सिर हिलाया, "अच्छे हैं तालुई मशाई!"

"माँ"।"

"अच्छी है।"

"ठाकुर माँ (दादी), भाई-बहन?"

प्रश्न के तरीके पर अनिमेष ने किसी तरह अपनी हँसी रोकी। वे बड़ी सीरियसली प्रश्न पूछते जाते और बेचारे परमहंस की दशा पिंजरे में बन्द चूहे जैसी! शियाल तालू ने ही बात ख़त्म की, "आजकल जो हालत है, कोई अच्छा है, विश्वास करने की इच्छा नहीं होती! पर तुम जो कह रहे हो कि ठीक हैं तो वे ज़रूर ठीक होंगे। मेरे लिए पूछें तो कह देना मैं ठीक नहीं हूँ।" बात पूरी करके उन्होंने लम्बा साँस लिया।

"क्यों"क्या हुआ तालुई मशाई!" परमहंस उद्ग्रीव था।

"मामला (केस) समझे"मामले से ही ख़त्म हुआ जा रहा हूँ। आजकल किराए-विराए तो नवाबजादे देते नहीं"ऊपर से आँख दिखाते हैं। अरे! तू किराया नहीं देगा तो भूखा रहूँगा? जीवन में दूसरे की गुलामी नहीं की, किराए की आमदनी से गुजारा करता हूँ"दस केस एक साथ चल रहे हैं। अगर जीत गया तो आमदनी दस गुना हो जाएगी। बेने टोला (बनिए का पाड़ा) की तरह दस कमरों का किराया देता है तीस रुपए"सोच सकते हो? वह भी देते नहीं बनता। घर-द्वार, मकान से कोई सुख नहीं, समझे।" बात करते हुए बायीं पॉकेट से एक टीन का डिब्बा निकालकर उसमें से एक चुटकी नसवार दोनों नथुनों में रखकर आँखें बन्द कर लीं उन्होंने। फिर गन्दे से नसवार लगे रूमाल से जल्दी से नाक पोंछी। अनिमेष जानता है कि जो नसवार लेते हैं वे नाक से बोलने लगते हैं। पर इनके साथ ऐसा नहीं है। ज़रा गम्भीर होकर शियाल तालू ने पूछा–

"हाँ"अब काम की बात करें"क्यों आए हो?"

"वही"आपने कहा था अच्छा सा मास्टर चाहिए।"

"अ"यह तो बिलकुल छोकरा-सा है"यह पढ़ाएगा?"

"हाँ तालुई मशाई! बड़ा अच्छा लड़का है, मेंटिटोरियस"।"

"अ"ऐसा छोकरा-सा मास्टर रखूँगा यह तो सोचा नहीं था। पहले जो पढ़ाते

थे उनकी उम्र अस्सी से ऊपर थी। ज़माना अच्छा नहीं है समझे।''

''नहीं···नहीं इस बारे में बिलकुल चिन्ता न करें। जैसे मुझ पर विश्वास करते हैं, उस पर भी विश्वास कर सकते हैं।'' परमहंस ने समझाने की कोशिश की।

''तुम्हारा सहपाठी है?''

''हाँ···।''

''उम्र क्या है?''

''इक्कीस-बाईस, क्यों अनिमेष?'' उत्तर में अनिमेष ने गरदन हिलाई।

शियाल तालुई टकटकी बाँध इसे देख रहे थे। मानो अनिमेष को अन्दर तक पढ़ डाला हो। ऐसी बेचैनी इसने शायद पहले कभी महसूस नहीं की थी।

''तुम्हारा नाम क्या है?'' इतनी देर में प्रश्न यों ही कर डाला था।

''अनिमेष।''

''आह···नाम पूछने पर पदवी भी बतानी होती है।''

परमहंस बोला, ''मित्तिर है तालु मशाई।''

''अ···मित्तिर? किनके घर के लड़के हो? श्यामपुकुर या झामापुकुर?''

''मेरा घर जलपाइगुड़ी में है।'' उसने बताया।

''जलपाइगुड़ी···। वहाँ के···यानी तुम क्या बंगाली हो? नहीं-नहीं···बंगाली मास्टर नहीं रखूँगा।'' शियाल तालुई सीधे बैठ गए।

परमहंस बोल पड़ा, ''वह बंगाली नहीं है तालुई मशाई। और जलपाइगुड़ी तो पश्चिमी बंगाल में है।''

''मुझे सिखाओ मत! राजशाही रंगपुर जलपाइगुड़ी सब एक गोत्र के हैं। हमारा पश्चिम बंगीय चाल-चलन के साथ कोई साम्य नहीं। सब खाट पर थाली रखकर खाते हैं।''

इच्छा नहीं थी, फिर भी अनिमेष ने कहा, ''मेरे ठाकुर दा' नदिया जिले से वहाँ जाकर सैट्ल हो गए थे।''

''अ···यह कहो···तुम लोग नदे ज़िले के लोग हो। यहाँ कहाँ रहते हो?''

''होस्टल में।''

''रुपए-पैसे का अभाव है शायद?''

''हाँ···।''

''कहाँ तक पढ़े हो? ओहो···तुम तो झुनू के सहपाठी हो। तो अंक-वंक (गणित) पढ़ा सकोगे।''

''किस क्लास का?''

''सैवन का। जादव चक्कोती (चक्रवर्ती) अच्छी तरह न आता हो तो पढ़ाना मुश्किल है।''

"पढ़ा सकूँगा।"

"अ···क्या महीना लोगे।"

अनिमेष ने परमहंस की तरफ़ देखा। पहले से कुछ निश्चय करके नहीं आए थे। गलती हो गयी। परमहंस को तटस्थ देखकर अनिमेष बोला, "आपने क्या निश्चय किया है?"

शियाल तालुई बोले, "देखो! आजकल पढ़ाई-लिखाई तो कुछ होती नहीं। केवल रुपए का श्राद्ध। पहलेवाले मास्टर के साथ फैसला हुआ था कि वे पन्द्रह दिन का लेंगे बाकी आधा रिज़ल्ट निकलने के बाद मिल जाएगा। तुम भी ऐसा कर सकते हो।"

फँसे-फँसे स्वर में अनिमेष बोला, "मुझे हर महीने मिल जाए तो अच्छा है।"

'अ···चाय-पानी के साथ पढ़ाओगे तो पन्द्रह रुपए मिलेंगे, उसके बिना बीस। कौन सा करोगे? चाय-पानी में किसी दिन बिस्कुट किसी दिन मुड़ी···मायने घर में जो कुछ होता है···वही सब।"

"मुझे चाय नहीं चाहिए।"

"यानी बीस रुपए···ठीक है, ठीक है···अच्छी तरह पढ़ाना, मन लगाकर पढ़ाना···अच्छा रिजल्ट देना···देखना चटपट महीना बढ़ा दूँगा। जानते हो···हाति बागान के चार कमरोंवाले पर से मुझे बीस रुपया किराया मिलता है, कैसी दुरवस्था है। आज हो गयी सोलह तारीख···ठीक-ठीक···तुम आज से ही पढ़ाना शुरू कर दो। इस महीने आधा मिलेगा। एक बात और! छोटी उम्र के लड़के हो देखो! मेरी लड़की को लेकर कोई गोलमाल मत करना···समझे।"

परमहंस बोला, "इस बारे में आप निश्चिन्त रहिए···।"

"तुम लोग बातें करो···मैं ज़रा तुम्हारी मौसी से सलाह-मशविरा कर आऊँ। हज़ार कहो···लड़की का मामला है ना!"

शियाल तालुई के खड़ाऊँ की आवाज़ करते हुए जाने के बाद अनिमेष उठ खड़ा हुआ।

परमहंस ने पूछा, "क्या हुआ?"

"इम्पॉसिबल! मैं यहाँ नहीं पढ़ा सकता। चलो छोड़ो।"

"यह क्या? जब सब निश्चित हो गया···?"

"कुछ ठीक नहीं हुआ। इस तरह के चश्मखोर (ढीठ) व्यवसायों के साथ मेरी बनेगी नहीं, यह समझ गया हूँ। जाने कब मार-पीट शुरू कर दें। उनका मिजाज़ सँभाल नहीं पाऊँगा। तुम भी बदनाम हो जाओगे।"

"धत्!" परमहंस ने उसका हाथ पकड़कर बैठा लिया, "तुमसे कुछ नहीं होगा। युद्ध या प्रेम···दिमाग़ ठंडा करके इन दोनों पर सोचो—आखिर में लाभ होगा।

अरे! यह क्यों नहीं सोचते कि इस घर में तुम्हारा कुछ एक्सपीरियेंस हो जाएगा जिसकी कल्पना भी नहीं कर सकोगे। अब देखते जाओ···।''

तभी खड़ाऊँ की आवाज़ फिर आयी। शिया लतालुई आकर दरवाज़े में खड़े हो गए, ''स मझ गए झुनू! तुम्हारी मौसी को आपत्ति थी। तुम्हारा दोस्त है, सुनकर अन्त में राज़ी हो गयीं। किन्तु इस कमरे में नहीं पढ़ाया जा सकेगा। हमारे आत्मीय स्वजन आदि को तो जानते ही हो। बदनामी फैल जाएगी। तुम बल्कि खड़े हो जाओ···भुलू। उन्हें अन्दर के कमरे में ले जाओ। नहीं-नहीं तुम कहाँ जा रहे हो झुनू? बैठो···तुमसे बहुत-सी बातें करनी हैं।''

ग्यारह

भुलू नामधारी वह अजीब-सा लड़का अनिमेष को बरामदा पार करके, कमरे में पहुँचाकर जो भागा फिर नज़र नहीं आया। आते समय इसने देखा था दोनों तरफ़ के दरवाज़े और खिड़की बन्द थे। एक बूढ़ी के अलावा कोई और मनुष्य इस घर में हो, लगता नहीं था। इस घर में इज्ज़त-आबरू ज़रा ज़्यादा सख़्त थी ऐसा कि वह सिहर उठता। परमहंस के आत्मीय हैं वे। किन्तु उसे भी अन्दर आने देते हैं इसमें सन्देह था। कमरे में काग़ज़पत्र की बहुतायत है। शायद सब क्लाइव के ज़माने में खरीदे गए थे। भारी-भारी चीजों में कोई सुन्दरता नहीं। इसे एक तख़्तपोश पर बैठा दिया गया था और इस कमरे के सब दरवाज़े-खिड़कियाँ खुले थे। कुछ क्षण बाद अनिमेष को लगा कि इसे कोई देख रहा है। दरवाज़े या खिड़की के बाहर से चोरी-चोरी देखने पर चूड़ियों की आवाज़ आ रही थी। बड़ी घुटन हो रही थी, किन्तु कुछ कर नहीं सकता था। जल्दी से उठकर बाहर खड़े होकर देखनेवालों को देख सकता है···किन्तु क्या फ़ायदा!

बैठना जब मुमकिन नहीं रहा तभी बाहर से किसी नारी की आवाज़ सुनाई पड़ी, ''जा ना···अन्दर जा···मास्टर से पढ़ना है तो शर्म की क्या बात है। मास्टर होंगे बाबा जैसे।'' शायद ठेला-ठेली चल रही थी। छात्रा अन्दर आना नहीं चाहती थी। अनिमेष ख़ुद को चोर अनुभव कर रहा था। मौक़ा होता तो उसी समय सड़क पर चला जाता।

भुलू के पीछे-पीछे खड़ाऊँ की आवाज़ करते हुए शिया लतालुई कमरे में आए। आकर भारी आवाज़ में बोले, ''इस तरफ़ आ।'' कहने के साथ-साथ सुड़-सुड़ करता जो आया उसे देखकर अनिमेष सीधा बैठ गया।

शियाल तालुई बोले, ''मन लगाकर पढ़ना···यही आखिरी मौक़ा है। अब फेल नहीं होना है। मास्टर! फाँकी देने की कोशिश मत करना। जिसे पढ़ाना आता

है। वह गधे को भी घोड़ा बना सकता है।"

अनिमेष तख़्तपोश से उठ खड़ा हुआ, "मैं शाम को आऊँगा।"

"छह बजे···छह बजे से साढ़े आठ बजे तक। ढाई घंटे पढ़ाना काफ़ी होगा।"

"रोज़···?"

"रोज़ नहीं पढ़ाओगे तो छात्रा को पास करा सकोगे? फिर मास्टर क्यों रखूँ? अच्छा···पढ़ाई-लिखाई करो।" शियाल तालुई कमरे से निकल गए। अनिमेष ने छात्रा की तरफ़ फिर से देखा। शरीर में कोई खोट हो ऐसा नहीं लगता था। शरीर बेहद गोरा! चेहरे पर मधुरता की छाप। ठोड़ी छाती तक झुकाए। आँचल की ओट में रखे हुए हाथ से वह विवृत हो गयी। इतनी मोटी लड़की सचराच में दिखाई नहीं पड़ी थी।

अनिमेष के कुछ कहने से पहले ही भुलू बोला, "माँ ने प्रणाम करने को कहा था। प्रणाम करो।"

बात पूरी होते ही, पुतुल की तरह अनिमेष की तरफ़ आते ही वह आतंकित हो उठा, "नहीं-नहीं···प्रणाम करने की ज़रूरत नहीं।"

भुलू बोला, "छीः छीः मास्टर साहब···माँ कह रही थी कि आप बाबा की तरह हैं प्रणाम नहीं करेगी तो खुकू (लड़की) को पाप चढ़ेगा। प्रणाम कर खुकू!"

इसलिए प्रणाम स्वीकार करना पड़ा।

शायद झुककर प्रणाम करके उठने में लड़की को कष्ट हो रहा था। अनिमेष बोला, "बैठो···।"

टेबल-चेयर नहीं थी। इसी तख़्तपोश पर बैठकर पढ़ाना होगा। लड़की किताबें-कापियाँ नहीं लायी थी। अनिमेष ने सोचा पहला दिन है उसका कोर्स जान ले। काफ़ी दूरी रखकर वह बैठ गयी। बैठने के समय तख़्तपोश पर 'मचमच' का शब्द अनिमेष के कानों से बचा नहीं। इस लड़की को पढ़ाना होगा सोचते ही उसका दिल शिथिल हो गया। अपनी जगह पर बैठकर अनिमेष ने देखा भुलू कमरे के कोने में चेयर पर बाबू की तरह बैठा इस तरफ़ देख रहा था। लड़के पर नज़र पड़ते ही दूसरी तरह की परेशानी शुरू हो गयी। क्या पहरा देने के लिए इसे बिठाया गया है? लड़के की उपस्थिति की इसने उपेक्षा कर दी। फिर गम्भीर स्वर में पूछा, "क्लास सैवेन में पढ़ती हो?"

'तुम' कहने में संकोच हो रहा था। कोई और समय होता तो इतनी बड़ी लड़की को 'तुम' कहना असम्भव होता। अब कह डाला। अपना चेहरा-मोहरा ख़ूब भारी रखने की कोशिश करते ही ध्यान आया कि इसे भारी-भरकम लड़की के बाबा की तरह कहा गया था। शरीर देखकर आयु का अन्दाज़ा नहीं लगाया जा सका। हो सकता है, इसी की उम्र की हो। प्रश्न का जवाब अभी तक मिला नहीं था। अनिमेष ने खीझकर फिर पूछा, "क्या हुआ।"

साथ-ही-साथ भुलू की आवाज़ आयी, "बाबा ने तो बता ही दिया है किस क्लास में पढ़ती है फिर पूछने की क्या ज़रूरत है?"

"वह मैं समझता हूँ...तुम चुप करो।" दबी ज़बान में अनिमेष ने उसे धमकाया। और भुलू के माथे पर तीन-चार तेवर पड़ गए। अनिमेष ने देखा लड़की ज़ोर-ज़ोर से आगे-पीछे गरदन हिला रही थी। ताज़्ज़ुब हो रहा था। सँभल गया। गरदन हिलाने का अर्थ था सैवेन में पढ़ती है।

"क्या-क्या पढ़ाना होगा?"

उसने कोई उत्तर नहीं दिया। इसे सन्देह हुआ—लड़की बोल नहीं सकती क्या? गूँगी लड़कियाँ भी तो पढ़ती हैं! शक दूर करने के लिए पूछा, "तुम बोल नहीं सकतीं...?"

साथ-साथ उसने सिर हिला दिया, "हाँ।"

"फिर मैं जो कुछ पूछूँ उसका जवाब दो।"

होंठ ज़रा काँपे, फिर बड़ी धीमी पतली आवाज में उत्तर दिया, "अंग्रेजी, बांग्ला, भूगोल, इतिहास, गणित, विज्ञान, ड्राइंग।"

अनिमेष हँस पड़ा, "नहीं-नहीं यह नहीं पूछ रहा...तुम्हें कौन-कौन-सी किताबें पढ़ानी होंगी? कोई किताब तो लायी नहीं।"

साथ-साथ भुलू उठ खड़ा हुआ, "मैं ले आता हूँ।" दरवाज़े तक जाकर ठहर गया। एक सैकंड न जाने क्या सोचकर बहन की तरफ़ पलटकर बोला, "मैं नहीं जा सकता! मुझे यहीं ठहरने को कहा है।"

अनिमेष का दिमाग़ गरम हो गया। ऐसी घटिया मानसिकता में कोई भला आदमी नहीं पढ़ा सकता। इस बीच खुकू खड़ी होकर उसी स्वर में बोली, "पुस्तक मैं ले आती हूँ, आप बैठिए।"

छात्रा के कमरे से जाने के बाद अनिमेष ने भुलू की तरफ़ देखा। वह उसी भंगिमा से इसकी तरफ़ देख रहा था। माथे की त्यौरियाँ हटी नहीं थीं।

अनिमेष ने बुलाया, "एइ! इधर आओ।"

भुलू करख्त आवाज़ में बोला, "क्यों?"

"मैं बुला रहा हूँ इसलिए आ?"

"हिश्। बुलाते हो तो हो लिया। पास जाऊँगा तो पिटाई होगी जानता नहीं क्या? मास्टर ख़ूब मार-पीट करते हैं...जानता हूँ।" वह जल्दी-जल्दी गरदन हिलाने लगा।

"तुम्हें खामख्वाह क्यों मारूँगा। कुछ बातें पूछनी हैं, इसलिए बुला रहा हूँ।" अनिमेष ने अपनी आवाज़ नरम करने की चेष्टा की।

देखा, भुलू कुछ सोच रहा है। अन्यमनस्क होते ही थूक निगलने लगा। उसे निगलकर कुछ कदम आगे आकर पूछा, "क्या बात?"

"यहाँ बैठने के लिए तुमसे किसने कहा?"

"बाबा"।"

"तुम्हारे बाबा ने कहा है"क्यों?"

"आप बाहर के लोग हैं खूकी लड़की है इसलिए।"

किसी तरह थूक निगलकर अनिमेष बोला, "पहले वाले मास्टरों के समय यहीं रहते थे? मायने"इसी तरह पहरा देते थे?"

गरदन हिलायी भुलू ने "हाँ, तब माँ ने कहा था रहने दो। वे कहती हैं, बूढ़े-बड़े गधे होते हैं।"

सुनकर अनिमेष जम-सा गया। इसने ऐसे परिवार की कल्पना तक नहीं की थी। पहले वाले मास्टर की आयु अस्सी से ऊपर थी यह गृहस्वामी ने बताया था। तब भी पहरा रहता था इसने गम्भीर स्वर में कहा, "किन्तु जब मैं पढ़ाऊँगा, तुम्हारा यहाँ रहना नहीं चलेगा।"

"हिश्! उस बीच अगर हँसी-मज़ाक़ करने लगे! हम लोगों के घर में इसलिए नौकर तक भी नहीं रखे जाते–।" बात पूरी होते-न होते छात्रा दोनों हाथों में किताब-कापियों के साथ कमरे में घुसी।

अनिमेष की पढ़ाने की इच्छा ख़त्म हो गयी थी। उसे खाट से उतरते देखकर भुलू ने प्रस्ताव पेश किया, "अगर मुझे एक रुपया महीना दें"तब।"

"तुम कमरे से चले जाओ।" हाथ उठाकर अनिमेष ने दरवाज़ा दिखाया।

अनिमेष की आवाज़ ऐसे काँप रही थी कि भुलू एक छलाँग में दरवाज़े के बाहर जाकर खड़ा हो गया। फिर निरापद हो दूर से बोल पड़ा, "हिश्! बड़ा नख़रेबाज़ है।"

बात का मर्म समझ नहीं आया। तभी छात्रा ने कहा, "पुस्तक ले आयी हूँ"देखिए।"

अनिमेष खड़ा हो गया, "खूकी! आज पढ़ाने का मन नहीं है। अगर फिर आया तो पढ़ाऊँगा। आज जा रहा हूँ।" फिर जल्दी से बाहर निकल गया। इधर-उधर न देख सीधा बाहरवाले दरवाज़े पर जा खड़ा हुआ।

परमहंस नहीं था, किन्तु शिया लतालुई नंगे बदन बैठे उसे देख रहे थे। नज़रें मिलते ही नाक सिकोड़कर बोल पड़े, "यह क्या! पढ़ा चुके। मास्टर अगर फाँक-फाँकी दे तो छात्र क्या सीखेगा। नहीं-नहीं दो घंटे से कम पढ़ाना मुझे पसन्द नहीं।"

अनिमेष हँस पड़ा, "चिन्ता मत कीजिए"मैंने यहाँ नहीं पढ़ाने का निश्चय किया है। एक अनुरोध और है पढ़ाने की चेष्टा न करके उसके ब्याह की व्यवस्था कर दीजिए। नमस्कार।" किसी तरह पैसेज से निकलकर पाँव में जूते डाल, दरवाज़ा खोलकर अनिमेष सड़क पर आ गया।

परमहंस आसपास कहीं नहीं था। इस तरह बिना बताए उसके चले जाने की उम्मीद नहीं थी अनिमेष को। ठहरना होता तो घर में ही होता। किन्तु सारा किस्सा जानकर भी वह परमहंस पर क्रोध नहीं कर पाया। इतना बढ़ा-चढ़ाकर कहेगा इसका शायद अन्दाज़ा नहीं हुआ था अनिमेष को। कलकत्ते में इस तरह के परिवार भी अब हो सकते हैं विश्वास करना मुश्किल है। ये भी बंगाल के मनुष्य हैं जहाँ स्टूडेंट्स यूनियन छात्र फैडरेशन के नेतृत्व द्वारा परिचालित होता है। इतनी जो सभाएँ होती हैं, आन्दोलनों में आग जलती है, उसकी सामान्य-सी आँच भी इस परिवार को लगी हो ठीक से मालूम नहीं, पर ऐसे परिवारों की संख्या कम नहीं है।

कुछेक क़दम चलने के बाद अनिमेष को काफ़ी राहत महसूस होने लगी। जैसे कोई भारी पत्थर उसके कन्धे पर रख दिया गया था अचानक हट गया हो। इतनी देर तक धैर्यपूर्वक वहाँ रहा, वही आश्चर्य की बात थी। अभद्र व्यक्ति से बात करने के समय वह वापस आ सकता था। तो रुपए का लोभ था या छात्रा को देखने का आग्रह? छात्रा कूड़मग़ज होगी यह तो अनुमान कर लिया था, पर धैर्य न होने से ऐसे परिवार का पूरा चित्र तो मिलता नहीं। रुपए मिलते तो अवश्य उपकार होता। किन्तु आत्म-मर्यादा बेचकर नहीं। अनिमेष हँस पड़ा। पहला रोज़गार करने में इसे ऐसा धक्का लगा था। वी.के. पाल एवेन्यू पर पहुँचते ही किसी ने इसे पुकारा। परमहंस की आवाज़ थी। चाय की दूकान से जल्दी-जल्दी चलता हुआ आ रहा था। पास आकर परमहंस ने पूछा, "हो गया?"

"क्या?" अनिमेष ने भौंहें चढ़ाईं।

"दोनों ही।"

परमहंस की तरफ़ देखकर वह क्रोध नहीं कर पाया। मुँह पर ऐसा मज़ाकिया भाव था कि गुस्सा नहीं आ सकता था। बोला, "हाँ...पढ़-पढ़ाकर आया हूँ। छात्रा बड़ी अच्छी है।"

"अच्छी मायने...?" परमहंस की आँखें फैल गयीं।

"अच्छी मायने अच्छी! इंटैलिजैंट। तुम तो खालिस दूध पीते हो और इतनी-सी बात नहीं समझ सकते।" अनिमेष ने बनावटी विरक्ति दिखाई। साथ-ही-साथ परमहंस हताश होकर बोला, "दुर...स्साला! जो सोचा था, वही हुआ। तो छोड़ आए भभकी देकर?"

"मैने छोड़ दिया किसने कहा तुमसे?"

"क्यों छल करते हो गुरु! तालुई मशाई ने मुझे भगा दिया उसके बाद से चाय की दूकान पर बैठा वॉच कर रहा हूँ। देर होते देख सोचा, कैलेंडर की तरह भूल गए हो। पर उस गोबर लड़की को जब इंटैलिजैंट कह रहे हो तो तुम अवश्य फँस गए हो।" परमहंस निश्चिन्त स्वर में कह रहा था।

अनिमेष हँस पड़ा, "हाँ"उस लड़की को मैं पढ़ा नहीं सकूँगा। असम्भव है। और जान-बूझकर उस बाड़ी में ले गए यह अच्छा नहीं किया। समय बेकार नष्ट हुआ।"

"कुछ फ़ालतू नहीं है बन्धु! जिसकी उपेक्षा कर रहे हो वह किसी दिन तुम्हारा उपकार कर सकती है। किनके लिए देश का उद्धार करोगे उसे अपनी आँखों से नहीं देखोगे? तालुई से क्या कहा?"

"कहा मैं नहीं पढ़ाऊँगा, हो सके तो लड़की का ब्याह कर दें।"

"फिर तो हो गया"उस घर का दरवाज़ा मेरे लिए फ़ॉर एवर बन्द हो गया। पढ़ाओगे नहीं कहना तो ठीक था, किन्तु लड़की के बारे में नसीहत देने की क्या ज़रूरत थी। चलो"'

"अब कहाँ जाऊँ।"

"मेरे साथ आओ न! ऑल्टरनेटिव इन्तज़ाम किया हुआ है—इसके फेल होने पर एक और फ़िट करके रखा है। दलाल जैसे एक साथ दो-तीन मकान दिखाता है। हरिघोष स्ट्रीट पर है, ज़्यादा दूर नहीं।"

अनिमेष ने अवाक् होकर पूछा, "यह क्या! तुम्हारी खोज़ में कितनी ट्यूशन हैं? एजेंसी ले रखी है? उस तरह का घर हो तो मुझे नहीं जाना है, पहले से कह दे रहा हूँ।"

"इतनी गारंटी तो मैं नहीं दे सकता। इसके अलावा किसी ने तुमसे शपथ तो ली नहीं है कि पढ़ाना पड़ेगा। अच्छा लगे तो पढ़ाना वरना मत पढ़ाना। अरे! हर एक लड़का कॉलेज-यूनिवर्सिटी आदि में पढ़ते-पढ़ते कितने रुपयों की ट्यूशन का रोज़गार करता है, सोच भी नहीं सकते। हमारे पाड़े के शुबल दा' ने ट्यूशन करते-करते एम.ए. कर लिया है। नौकरी न मिलने पर ट्यूशनें बढ़ा दी हैं। रोज़ सवेरे छह से आठ तक बाग़बाजार, सवा आठ से पौने दस तक श्याम बाज़ार, दोपहर को दो जगह लड़की को पढ़ाता है। मॉर्निंग स्कूल होने से यही तो सुविधा है रात को फिर दो ट्यूशन। सप्ताह में तीन दिन करना मायने सिक्स इन्टु टू मास में बारह ट्यूशन। एक सौ पच्चीस हर एक में! सब हाईक्लास के स्टूडेंट हैं। नैट डेढ़ हजार रुपए मंथली इनकम। नौकरी करने पर इतना न मिलता बोलो?"

अनिमेष ने गरदन हिलाई"ठीक है। पर उसकी पर्सनल लाइफ़ जैसी कोई चीज़ नहीं रही। किसी चीज़ के बारे में सीरियसली सोच नहीं सकता। पैसा चाहे मिल जाए इस तरह की चेन में बँधे हुए जीवित रहने के कोई मायने नहीं। अनिमेष तो मरकर भी नहीं कर सकता। हाँ, एक एकस्ट्रा इनकम की उसे बहुत ज़रूरत है यह बात ठीक है। बाबा स्वर्गछेड़ा से जो रुपए भेजते हैं इतने वर्षों में भी उनका अंक नहीं बढ़ाया है। बढ़ाना बाबा के लिए सम्भव नहीं यह भी उसे मालूम है। कभी-कभी सोचता है कि हो सकता, तो वह बाबा को निष्कृति दे

देता—रुपए भेजने के कर्तव्य से। यूरोप-अमरीका के लड़के-लड़कियाँ तो रेस्तराँ-होटलों में नौकरी करते हैं अपने पढ़ने का खर्च पूरा करने के लिए—वैसा ही कुछ किया जा सकता तो!

सेंट्रल एवेन्यू से ज़रा आगे जाने के बाद परमहंस बोला, "हमारे दायीं तरफ़ क्या है बताओ?"

लम्बी-चौड़ी सड़क के दायीं तरफ़ पुराने ढाँचे के कुछ मकान और दूकानों के अलावा अनिमेष को और कुछ नज़र नहीं आया।

परमहंस को उसके चेहरे का भाव देखकर बड़ा मज़ा आ रहा था! "नहीं जानते? जाओ...तुम बिलकुल बच्चे हो। यह इलाका तो विश्वविख्यात है। जाने कहाँ पढ़ा था कि पेरिस की वारवनिताओं की बंगाली सन्तानें इस जगह को बेकार जानकर किसी को ठगने की कोशिश नहीं करतीं। उन्हें प्यार से कहते हैं गोल्डी।"

"गोल्डी।"

"सोनागाछी! कलकत्ते में हो और सोनागाछी कहाँ है नहीं जानते? यही जनचेतना लेकर राजनीति करना चाहते हो? हिश्!"

चौंककर अनिमेष ने पूछा, "आजकल तुम अकसर राजनीति का प्रसंग क्यों उठाते हो...बताओ! यह तो मेरा काम है...क्यों?"

परमहंस उससे कुछ कहने को था, पर चुप कर गया। चुपचाप चलते हुए अनिमेष को लगा कि इस तरह न कहता तो अच्छा था। इतने दिन तक उसको हँसमुख ही देखता रहा था! किन्तु राजनीति को लेकर इस तरह का श्लेष अच्छा नहीं लगता था। विशेषकर जब वह राजनीति में सक्रिय नहीं है।

एक पार्क के बराबर से निकलते हुए बड़े-बड़े मकानों के दरवाज़ों पर सजी-सजाई लड़कियाँ दिखाई पड़ीं। कलकत्ता में पहली बार आने के बाद बड़बाज़ार या जलपाइगुड़ी की बेगुनटोलिया गली में इस तरह की लड़कियाँ देख चुका था इसलिए पहचानने में असुविधा नहीं हुई थी। उसके बाद का पाड़ा शायद शरीफ़ों का मोहल्ला था। इस तरह का साथ-साथ निवास शायद कलकत्ते में सम्भव है।

हरिघोष स्ट्रीट के बीच में मकान था। रात हो गई थी। साढ़े सात तो जरूर बज चुके होंगे। परमहंस बोला, "सन्ध्या है।"

जिन्होंने दरवाज़ा खोला था उन्हें सुन्दरी कहना कम है। अहंकार और गम्भीरता का मिश्रण। आँखों की भंगिमा और शारीरिक गठन के मिश्रण ने ऐसा व्यक्तित्व उभार दिया था कि आँख नहीं ठहरती थी और नज़रें हटाने की इच्छा भी नहीं होती थी। परमहंस को देखकर महिला बोली, "अरे...रास्ता भूल गए...? कैसा सौभाग्य है, आओ...आओ।"

"साथ में मेरा मित्र भी है—अनिमेष मित्र, होस्टल में रहता है, जलपाइगुड़ी

का लड़का है।" महिला की दोनों भौंहें ऊपर उठ गयीं, "जलपाइगुड़ी ओ मा··· सचमुच। बैठो···बैठो।"

बाहर का कमरा ख़ूब सजा हुआ। ज़्यादा सामान नहीं। उन्हें सोफ़े पर बिठाकर महिला सामने गद्दीवाले स्टूल पर बैठ गयी। "जलपाइगुड़ी में कहाँ रहते थे?"

"हाकिमपाड़ा!" अनिमेष ने कहा। सचमुच···महिला के चारों तरफ़ ऐसे मधुर आकर्षण की माया जुड़ी थी कि हो नहीं सकता था कि अच्छी न लगे। बड़ी हो गयी है; अवश्य चालीस की चौहद्दी पर होगी। किन्तु उन पर आक्रमण नहीं कर पायी थी आयु! विज्ञापनों के अतिरिक्त ऐसा देखने में नहीं आता।

"ओ मा···! हाकिमपाड़ा में तो मेरे पिता का घर था। कैसे मजे की बात है।"

"आप हाकिमपाड़ा में रहती थीं?"

"हाँ···वही जो झूलना पुल है उसके ठीक दायीं तरफ़। बारिशों में करेला का जल घर में घुस जाता था। उन दिनों की याद करके मन ख़राब हो जाता है। कैसे आनन्द से थी वहाँ। आप लोगों का घर किधर था?"

"मुझे 'तुम' कहिए। मैं इसका सहपाठी हूँ।"

"अच्छा अच्छा इतने से लड़के को 'आप' कहने की इच्छा नहीं होती, पर न कहने से···।"

अनिमेष हँस पड़ा। "मैं तो मुफ़स्सल का लड़का हूँ। हमें इतनी वैनिटी नहीं है।···ओ हाँ! हमारा घर है टाउन क्लब से परे तिक्ता नदी के किनारे।"

"कौन सा मकान? विरामकर के मकान के पास?"

"नहीं···आप विरामकर को जानती हैं।"

"अच्छी तरह जानती हूँ। वे लोग तो अब रिचि रोड पर हैं। दो लड़कियों का विवाह हो चुका है। बड़ी अमरीका में हैं, मँझली बम्बई में। छोटी बीमार हो गयी थी; काफी कमज़ोर हो गयी है। विरामबाबू को उसकी चिन्ता है। तुम उन लोगों को जानते हो?" भद्र महिला की नज़रें बराबर बोल रही थीं।

"जानता था। कलकत्ता आने के बाद से मिला नहीं हूँ।"

"वही तो थर्टी फोर-बी रिचि रोड पर रहते हैं, चले जाना किसी दिन।"

"देखूँगा।"

"अरे···तब से बातें किए जा रही हूँ···क्या खाओगे···बताओ।"

परमहंस अब तक बातें सुन रहा था, अब बोला, "अपने देश के लोगों से मिलकर इतनी मगन हो गयीं कि मेरा ख़याल ही नहीं रहा।···खाऊँगा, किन्तु इस समय यहाँ काम से आया हूँ।"

"वह तो जानती हूँ। बिना ज़रूरत कोई मेरे पास नहीं आता। पहले चाय

पियो···फिर सुनूँगी। तुम लोग बैठो।"

उनके जाने की भंगिमा में भी अद्‌भुत मादकता थी।

अनिमेष ने परमहंस से धीरे से पूछा, "वे कौन हैं?"

"तुम्हारे देश की हैं भई! नॉर्थ बंगाल के लोगों में आपस में बड़ा आकर्षण होता है। उसका ध्यान आते ही यहाँ ले आया!"

"किन्तु यहाँ किसे पढ़ाना है?"

"उनका लड़का! वे इंडियन टोबैको में बड़े अफ़सर हैं।"

"उनके स्वामी?"

"थे···अब ··· ···यवोर्सी।"

"···यह क्या···।"

"हट···घबरा गया। इसी मन से तुम पॉलिटिक्स···सॉरी मुँह से फिसलकर निकल गया है। ये भी मेरी आत्मीय है···यानी इनके हज़बैंड।"

"बाब्बा तुम्हारे तो आत्मीय स्वजनों की वरायटी है।"

"बहुत से बहुतों से सम्पर्क नहीं रखते···मैं सेतु की तरह हूँ। यहाँ बहुत दिन बाद आया हूँ।"

दीवार पर कई क्यूरियो थे। एक बच्चे की बड़ी सुन्दर तस्वीर आकर्षित करती थी। अचानक अनिमेष को ध्यान आया कि वे विरामकर की बात कर रही थीं। जलपाइगुड़ी में विरामबाबू कभी कांग्रेस की राजनीति के नेता थे। अब नहीं हैं। होते तो नाम सुनने में आता। वे अब कलकत्ता में हैं, किन्तु उनसे मिलने की कभी इच्छा नहीं हुई। मूविंग कैसल क्या इन महिला के दोस्त हैं? उनकी उम्र बेशक ज़्यादा है। मेनका दी और उर्वशी का ब्याह हो चुका है। वक्त कैसे गुज़रता रहता है। अनिमेष को लगा कि उर्वशी नहीं, बल्कि रत्ना को लेकर इसका मन बेचैन होता था। इसके जीवन में रत्ना ही पहली थी जिसने वयस्क होने से पहले ही इसका चुम्बन लिया था। कैसी विरक्ति और क्रोध उस समय लड़की से घृणा करने में सहायक हुआ था। सोचकर अब हँसी आती है। भद्र महिला ने जो कहा था अगर सच है तो रत्ना ही बीमार है अब। वही तन्दुरुस्त लड़की!

उस दिन दोपहर को ज्वर से पीड़ित सोती हुई उस लड़की का सारा अहंकार इसने कैसे चूर-चूर कर दिया था। अब कैसी ममता-सी होती है, सोचकर। अनिमेष को ख़याल आया कि इनका अवश्य वहाँ आना-जाना होगा। रत्ना को जब पता चलेगा कि अनिमेष ट्यूशन की उम्मीद में यहाँ आया है तो ज़रूर होंठ बिचकाएगी। लड़कियाँ पुरुषों को भूल जाती हैं? अगर नहीं तो रत्ना ज़रूर, इतने दिन बाद, दिल खोलकर हँसेगी।

अनिमेष घूमकर बैठ गया, "एई! तुम यहाँ ट्यूशन की बात मत करना।"

"क्यों···?"

"नहीं"मैंने फैसला कर लिया है कि जलपाइगुड़ी के लोगों के घर ट्यूशन नहीं करूँगा? यह ठीक नहीं होगा।"

"बेकार का सैंटिमेंट! जानते हो काफ़ी पैसे देंगे।"

"देने दो"फिर भी नहीं"प्लीज़! यह बात उठाओ ही नहीं।"

"किन्तु मैंने जो कहा कि प्रयोजन से आया हूँ"।"

"बात को घुमा देना"वह तुम कर सकते हो।"

"तुम्हें रुपयों की जरूरत नहीं है?"

"है…"

"फिर…"

"मेरी इतनी यादें उससे जुड़ी हैं कि उन्हें नष्ट करके रुपए नहीं चाहता। तुम नहीं समझ सकोगे।"

बारह

होस्टल का वातावरण बड़ा बोझिल-सा था। चाहे बहुत हो-हल्ला न भी हो, पर स्वाभाविक रूप नहीं था। सब छोटे-छोटे दलों में खड़े फुसफुसा रहे थे मानो कुछ मारात्मक-सा केस हो गया है। इसे देखकर गोविन्द आकर बोला, "आज यहाँ एक केस हो गया है।"

"केस"कैसा केस।" अनिमेष ने घूरा।

"एसिस्टेंट सुपर के कमरे में एक स्त्री आयी है।"

"अच्छा!" अनिमेष हँस पड़ा, "कब?"

"शाम के समय"स्टिल वहीं है।" गोविन्द की आवाज़ में गर्मी थी।

"तो फिर क्या हुआ?" अनिमेष को मज़ा आने लगा।

"क्या हुआ मायने? होस्टल के रूल्स एंड रेगुलेशंस में साफ़-साफ़ लिखा है किसी के कमरे में लड़कियों का आना नहीं होगा"माँ, बहन या चाहे जो कोई भी हो। हम सबके लिए तो नियम का सख़्ती से पालन होता है। ए.एस. बैचलर हैं, उनके लिए ढील क्यों दी जाए?"

बात ठीक थी। इस मसले पर कुछ दिन पहले थम्बोटा के दोस्त के साथ इसकी बात हुई थी। लड़के ने नियम को गाली दी थी। नियम जो भी हो वह सब पर समान रूप से लागू होता है। हर नियम का सफ़ेद और काला पक्ष तो होता ही है। उसे लेकर असन्तोष होने पर सब उसे मानते हैं; जब देखें कि सब नियम द्वारा नियन्त्रित हैं। ए.एस. ने नियम तोड़कर अन्याय किया है। फिर भी किसी ने कहा था, "जो आयी हैं उनकी माँ या बहन तो नहीं हैं?"

तभी गोविन्द के साथ और भी बहुत से खड़े हो गए। इस घटना को लेकर अब तक वे एकत्रित हुए थे, फुँफकार रहे थे, किन्तु उपाय कोई नहीं खोज पाया था। अब अनिमेष को देखकर बहुत-सों को देखा या सुना हुआ दृश्य याद आ गया। यूनिवर्सिटी के जी.एस. के साथ अनिमेष का मिलना-जुलना और पुलिस की गोली से आहत होने का किस्सा!

गोविन्द बोला, "तुम खीझ रहे हो। ऐसा होने पर मैं कुछ न कहता। शीला आयी है।"

"वह कौन है?"

"स्कॉटिश की मक्खीरानी। फ़ोर्थ इयर पास कैंडिडेट। बढ़िया अभिनय करती है।"

अनिमेष को अच्छा नहीं लगा। इन लोगों की उत्तेजना का ऐसा क्या कारण है, समझ में नहीं आया। उसने ठहरी हुई आवाज़ में कहा, "सुपर को सूचना दो···बताया?"

"सुपर है नहीं। और सुपर भला आर.ए.एस. के अगेंस्ट स्टैप लेंगे। वे सब एक थैली के चट्टे-बट्टे हैं।" भीड़ में से कोई चिल्ला उठा।

अनिमेष ने पूछा, "ठीक है, तुम क्या करना चाहते हो।"

"लड़की को यहाँ से जाने नहीं देंगे!" एक ने दृढ़ता से बोला।

"वह तो अन्याय होगा। सुपर को एक रिटिन कम्प्लेंट देने से नहीं चलेगा? सब दस्तखत करें।" कोई और भुनभुनाया।

"चिथड़े कर देंगे, कोई काम नहीं होगा। अँगूठा दिखाकर स्साला हर महीने हज़ारों रुपए मार लेता है। वह करेगा फ़ैसला?"

"अरे भई! मार्बेल पैलस में भिखारियों को इससे अच्छा खाना दिया जाता है। दाल नहीं, आमाशाय का पाखाना है। मछली ब्लेड से काटकर लाता है।"

अनिमेष ने हाथ उठाकर सबको चुप कराया। गड़बड़ शुरू हो जाए तो उसका अन्त कहाँ होगा, इसका कोई ठिकाना नहीं। बोला, "सारी बात अगर मुझ पर छोड़ दो तो मैं कोशिश करके देखता हूँ। पहले ए.एस. से बात करूँगा। मेरे साथ चलोगे?"

देखा, सबके सब साथ जाना चाहते थे। इतने लोग होंगे तो बात नहीं हो सकेगी। फ़ैसला हुआ कि गोविन्द तथा एक अ-बंगाली लड़के को लेकर अनिमेष बात करने जाएगा। बाकी सब सीढ़ियों पर इन्तज़ार करेंगे। इस भीड़ में त्रिदिव कहीं दिखाई नहीं पड़ा। शायद होस्टल में नहीं है या भीड़ के साथ जाना न चाहता हो। होस्टल के सारे लड़कों ने जमघट कर रखा था, किन्तु न तो थम्बोटा आया न उसका दोस्त, यद्यपि अ-बंगाली छात्रों की संख्या कम नहीं थी। इस बार थम्बोटा के दोस्त का अभियोग सबसे ज़्यादा हो सकता था।

दो-तले पर आते ही थम्बोटा दिखाई पड़ा। रेलिंग के सहारे खड़ा उनकी तरफ़ देख रहा था।

अनिमेष ने हँसकर पूछा, "हैलो! व्हेयर इज़ योर फ्रैंड?"

जवाब में दोनों कन्धे उचकाकर गरदन हिलाकर बता दिया कि उसे नहीं मालूम। अनिमेष ने एक बार सोचा कि थम्बोटा से इस बारे में बात करे, पर नहीं। फ़ैसला कर डाला शायद थम्बोटा विदेशी है अथवा घटना को इतना महत्त्व देना ठीक न समझता हो।

एसिस्टेंट सुपर का कमरा बिलकुल कोने में था। बड़ा-सा कमरा, साथ में बाथरूम। इस कोने से होस्टल का आधा भाग दिखाई दे जाता है। सुपरिंटेंडेंट उसके बिलकुल विपरीत दो-तला पर रहता है। उसकी खिड़की से होस्टल का बाकी भाग दिखाई पड़ता है। व्यवस्था इस प्रकार की गयी है कि लड़कों पर दोनों की नज़र रहे। इस समय एसिस्टेंट सुपर के कमरे का एक दरवाज़ा भिड़ा हुआ था। परदे की झिरी से रोशनी बाहर आ रही थी।

अनिमेष के आकर दरवाज़े के बाहर खड़े होते ही गोविन्द बोला, "चलो अचानक घुसकर हाथोंहाथ पकड़ लें।"

"क्या पकड़ोगे? लड़की तो है ही।"

गोविन्द ने गरदन हिलाई, "अरे! वह तो है। मैं तो शराब-कट करने की बात कर रहा हूँ। गड़बड़ हालत में होगा तो सब को बुला लूँगा।"

अनिमेष को लगा कि बड़ी ज़्यादती हो रही है। इस घटना को लेकर वे इतने उत्तेजित हो उठे हैं, जबकि अनिमेष को ज़रा भी जोश नहीं आया था। वह शान्ति से बोला, "नहीं...हम शराफ़त से बात करेंगे। अगर कुछ और करना चाहते हो तो मैं उसमें नहीं पड़ूँगा।"

गोविन्द हताशा से एक बार इसे और फिर नीचे खड़े लड़कों को देखकर बोला, "अच्छा...ठीक है।"

अनिमेष ने उढ़के हुए दरवाज़े की कुंडी खड़काई। ये लोग फुसफुसाकर बातें कर रहे थे। कमरे में से कोई आवाज़ नहीं आ रही थी। दूसरी बार कुंडी खड़काते हुए ए.एस. की आवाज़ सुनाई दी, "आ जाओ।" आवाज़ में बड़ी स्वाभाविक थी, ज़रा भी नर्वसनैस नहीं थी। ये लोग अवाक् रह गए। अनिमेष ने सोचा शायद वे समझे नहीं कि ये लोग आए हैं।

दरवाज़ा खोलकर सबसे पहले अनिमेष घुसा। खिड़की के पास टेबल पर झुके बैठे कुछ लिख रहे थे। टेबल लैम्प की रोशनी उनके चेहरे, शरीर और कमरे के एक कोने में फैली हुई थी। कमरे में एक तरफ़ किताबों की अलमारी, कपड़ों का रैक और स्प्रिंगवाला बैड था। उस पर एक लड़की औंधी पड़ी थी। सोने के तरीक़े से पता चल रहा था कि गहरी नींद में है। ऐसे दृश्य देखेंगे इसके लिए

विन्द आदि बिलकुल तैयार नहीं थे। वे चौंक गए।

ए.एस. ने लिखते-लिखते ही पूछा, "क्या चाहते हो?"

"आपसे बात करनी है।" अनिमेष ने बड़ी शान्ति से कहा।

ए.एस. ने चौंककर गरदन मोड़ी। मध्यवयसी ए.एस. इतने अवाक् हो गए कि कुछ क्षण तक मुँह से बात तक नहीं निकली। शायद सोचा हो कि ठाकुर नौकर आया है। इसलिए ध्यान नहीं दिया था। इन सबको देखकर बिस्तर पर बस नज़र चली गयी। वहाँ कोई हलचल नहीं थी। सोया हुआ व्यक्ति शिशु-सा जाता है।

"बात"? कैसी बात?" उन्होंने चश्मा उतार दिया।

"आप ज़रा बाहर आइए।" अनिमेष ज़रा भी उत्तेजित नहीं था।

"बाहर क्यों चलूँ? व्हाट डू यू मीन?"

"मुझे जिस विषय पर बात करनी है"उनके सामने सुनने पर आपको अच्छा लगे।" बात पूरी करके बिछौने की तरफ़ इशारा किया।

ए.एस. ने सीधे पूछा, "क्या कहना चाहते हो?"

"आपको लेकर हमारा अभियोग है।"

"मुझे लेकर"हाउ फनी"? क्या बात है?"

"आप यहीं सुनना चाहते हैं?"

"ओह यस।"

"आप होस्टल का नियम तोड़ रहे हैं। होस्टल के लड़के इसे अच्छी नज़र नहीं देखते। नियम सबके लिए एक-सा होता है।"

बात करते समय अनिमेष ने देखा कि लड़की धीरे-से आँखें खोलकर बात ा रही थी। हालाँकि वह औंधी लेटी थी, पर करवट लेकर मुँह तकिए पर रखा और आँखों की पुतलियाँ हिल रही थीं।

"क्या कहना चाहते हो समझा नहीं।"

"विज़िटर्स के लिए बाहर एक कमरा है। उसका इस्तेमाल न करके महिला अपने कमरे में ले आए हैं। अगर कोई लड़का ऐसा करता तो उसके खिलाफ़ सेप्लिनरी ऐक्शन लिया जाता।"

"ऑफकोर्स! किन्तु यह नियम मुझे भी मानना होगा किसने कहा है?"

"क्योंकि आप इसी होस्टल में रहते हैं।"

"देखो लड़के इतनी देर से बहुत बढ़ा-चढ़ाकर बातें कर रहे हो अब मैं यह ाउ नहीं करूँगा। तुम भूल रहे हो कि मैं एसिस्टेंट सुपरिंटेंडेंट हूँ। इसलिए फ्री ार्टर और फूड मिलता है। बट यू आर टु पे फॉर ऑल। तुम छात्र हो और मैं लेज में पढ़ाता हूँ। समझ नहीं आता किस साहस से तुम लोग मुझसे ख़ुद को पेयर कर रहे हो।" वे उत्तेजित हो उठे थे।

"ठीक है···आपने ठीक कहा। पर नियम सबके लिए एक-सा होता है यह भूल रहे हैं। आपने महिला को कमरे में आने दिया। वह दूसरों के चित्त को चंचल करता है। अनेक छात्र यही चाहेंगे। क्योंकि आपका आदर्श सामने होगा। इसके अलावा होस्टेल के रूल्स एंड रैगुलेशंस में कहीं नहीं लिखा है कि छात्रों के लिए वह एक तरह का होगा और अविवाहित ए.एस.आर. को सात ख़ून माफ़ होंगे। यह क्या ठीक किया है आपने?"

"दूसरों के काम में नाक घुसाना–बंगालियों की बुरी आदत है।" हिले-डुले बिना महिला ने कहा। कहकर उन्होंने आँखें बन्द कर लीं।

ए.एस. बोले, "गैट आउट फ्रॉम हियर। मैं तुम लोगों से बात नहीं करना चाहता।" अनिमेष के पेट में दर्द होने लगा था। फिर भी स्वाभाविक स्वर में बोलने की कोशिश की, "बात आपको करनी होगी।"

"मायने?"

"हम जो चाहते हैं, सुनना होगा।"

"मुझे हुकुम दे रहे हो? हाउ फ़नी।"

"हाँ···क्योंकि नियम आपने तोड़ा है।"

"मुझे क्या करना होगा?"

"इस महिला को अभी बाहर पहुँचाकर वापस आकर लड़कों से क्षमा माँगिए। क्योंकि वे बहुत उत्तेजित हैं।"

"व्हाट···।" उनके जबड़े कस गए।

लड़की भी फटाक से उठ बैठी। उठते हुए कपड़ा खिंच जाने से उसके अंगों का कुछ हिस्सा उन्मुक्त हो गया था। उसने तुरत ठीक कर लिये। अनिमेष ने देखा लड़की काफ़ी सुन्दर है। ऐसा सौन्दर्य जिसमें धार तो होती है, पर आधार नहीं होता। अनिमेष ने इसे कभी नहीं देखा था। शायद इसके कॉलेज छोड़ने के बाद दाखिल हुई हो। लड़की बोली, "हू इज़ ही?"

"मेरा नाम अनिमेष मित्र है। इस होस्टल का वार्डर हूँ। सुनिए, मेरा अनुरोध है कि आप अभी यहाँ से चली जाइए। रात काफ़ी हो गयी है और लड़के बड़े क्रोध में हैं।"

ए.एस. ने खड़े होकर कहा, "तुम···तुम मेरे सामने उसका अपमान कर रहे हो? आइ विल टीच यू। तुम्हें अभी होस्टल से निकाल दूँगा। तुम लोगों का हौसला बहुत बढ़ गया है। गैट आउट···गैट आउट फ्रॉम माई रूम।"

इस बीच पेट का दर्द सारे शरीर में फैल गया था। अनिमेष पहले तो निश्चय नहीं कर पाया कि क्या करे। इस उत्तेजना में भी वह स्वस्थचित्त से सोच सका कि हूट करने से कोई फ़ायदा नहीं। गोविन्द आदि की तरफ़ देखकर बोला, "जब वे अच्छी बात सुनते ही नहीं तो हमें बाध्य होकर उन्हें शिक्षा देने की

व्यवस्था करनी होगी। चलो।''

उसकी बात सुनते ही लड़की खिलखिलाकर हँस पड़ी। मानो विद्रूप का गन्दा जल उन पर डालकर उसे आनन्द आया हो।

बरामदा पार करके अनिमेष ने देखा कि सीढ़ियों के सामने भीड़ जमी खड़ी है। साथियों को साथ लेकर आगे बढ़ते ही लड़के चुप हो गए। सब बड़ी उत्कंठा से इसकी तरफ़ देख रहे थे। अनिमेष बोला, ''ए.एस. कोई बात नहीं सुनना चाहते। कहते हैं, नियम उन पर लागू नहीं होता। मुझे डराया है कि होस्टल से निकाल देंगे। क्रोध में अनाप-शनाप बोल रहे थे।''

साथ-ही-साथ हलचल होने लगी। लड़कों ने चीख-चीखकर गालियाँ देनी शुरू कर दीं--ए.एस. का नाम लेकर। गालियाँ अनिमेष को भी हज़म करनी मुश्किल हो रही थीं क्योंकि सब रसात्मक और लड़की को लांछित करनेवाली भाषा में थीं। कुछ तो यह भी चाहते थे कि ए.एस. को बाहर लाकर ज़रा शिक्षा दी जाए। किन्तु अनिमेष ने रोक दिया। वह हाथ उठाकर चुप रहने का अनुरोध करने लगा। अन्ततः उसने प्रस्ताव पेश किया, ''ख़ामख़्वाह हम ऐसा कुछ नहीं करेंगे, जिससे ए.एस. को मौका मिल जाए। हमारा अभियोग यह है कि नियम सबके लिये है और ए.एस. उसे नहीं मानते। तुम सबसे अनुरोध है कि कोई भी मिजाज़ गरम न करे। ए.एस. को बाहर जाना होगा तो इस बरामदे से ही जाएँगे। हम सब यहाँ बैठे रहेंगे। हमें कुचलकर तो वे जा नहीं सकते। जब तक भलमनसाहत से क्षमा नहीं माँग लेंगे, उनको जाने नहीं देंगे। क्यों···सहमत हैं आप।''

लहर की तरह आवाज़ उभरी कि सब सहमत हैं।

गोविन्द ने प्रश्न उठाया, ''किन्तु वह लड़की? वह जाना चाहे तब?''

अनिमेष हँस पड़ा, ''नहीं, उन्हें भी नहीं जाने देंगे। क्योंकि उनसे जाने का मैंने अनुरोध किया था। उन्होंने मज़ाक़ उड़ाया था।''

भीड़ में से एक बोल पड़ा, '' 'आप' कहकर उसे सम्मान मत दो अनिमेष दा'। कॉलेज के कितने ही लड़कों के बारह बजाए हैं।''

दूसरा बोला, ''तेरे तो नहीं बजे?''

''प्रायः बजाए हैं। तीन महीने से हमारा पैसा खाकर अन्त में नहीं कहा कि तुम सब लड़के एक-से हो। ज़रा सहारा देते ही ख़ुद को ज़मींदार सोचने लगते हो।''

सब हें-हें-हें-हें कर उठे।

थोड़ी ही देर में सारा बरामदा भर गया। सब फुर्ती के साथ शोर मचाने लगे। अब उन्हें वहाँ से हटाना किसी के बस की बात नहीं थी। इस बीच एक लड़का थम्बोटा को पकड़कर ले आया। सबके अनुरोध पर रेलिंग का सहारा लेकर उसने होंठों पर माउथ ऑर्गन रखा। धीरे-धीरे पूरे होस्टल में झम-झम का सुर फैलता

गया। सुर में ऐसी मादकता थी कि लड़कों ने ताल देना शुरू कर दिया। दीवार के सहारे ज़मीन पर बैठे-बैठे अनिमेष कुछ और बात सोचने लगा। पेट का दर्द अब कम हो गया था, पर सारा शरीर अवसन्न हो गया था! दर्द क्यों हुआ था यह तो नहीं मालूम, किन्तु उत्तेजित होने पर शरीर की दशा ऐसी होती रही तो...?

बातचीत, माउथ ऑर्गन आदि अचानक रुक गए। ए.एस. कमरे के बाहर आ गए थे। सब उनके मुँह की तरफ़ देखने लगे। इतने सारे लड़कों को रास्ते में बैठा देखकर ए.एस. चिन्तित हो गए थे, समझने में कोई दिक्कत नहीं हुई। दो क़दम आगे बढ़ाकर वे गम्भीर आवाज़ में बोले, "यह तुम लोग ठीक नहीं कर रहे। तुम लोगों को सज़ा मिलेगी।"

पीछे से किसी ने सीटी बजायी, कोई सियार की आवाज़ निकालने लगा।

ए.एस. चीख पड़े, "स्टॉप इट...हट जाओ यहाँ से रात के दस बजे हैं। अपने-अपने कमरे में चले जाओ...इमिजियेटली।"

"रासलीला ख़त्म हो गयी।" आवाज आयी।

"रासलीला? किसने कहा है...कोई छात्रा अध्यापक के पास पढ़ने आए तो तुम लोग इस तरह व्यवहार करोगे—छी छी।"

साथ-ही-साथ बहुत-सी आवाज़ें आयीं, "छी छी छी छी।"

ए.एस. अनिमेष की तरफ़ देखकर बोले, "तुम इनके नेता हो। इनसे हटने के लिए कहो।"

अनिमेष ने बैठे-बैठे ही सिर हिलाया, "यह नहीं होगा सर! आपको पहले क्षमा माँगनी होगी।"

अब लड़की भी नज़र आयी। कमरे से निकलकर जिस तरह चलती आ रही थी उससे ज़ाहिर था कि बेचारी के मन का ज़ोर कम हो गया था। सीधे अनिमेष के सामने आकर बोली, "मुझे जाने दीजिए।"

आवाज़ में ऐसी खुशामद थी कि अनिमेष उसकी तरफ़ देखे बिना नहीं रह सका। लड़कियाँ कितनी जल्दी अपना चेहरा बदल लेती हैं। उसने गरदन हिलाकर कहा, "उनसे क्षमा माँगने के लिए कहिए।"

ए.एस. आकर बोले, "आह! तुम उनसे बात क्यों करती हो?"

लड़की ने हाथ से उन्हें हटाकर कहा, "अच्छा बताइए मेरा क्या दोष है? मैं तो सर के पास पढ़ने आयी थी। होस्टल के कायदे-कानून मुझे मालूम नहीं था। अगर उन्होंने अन्याय किया है तो उनका दायित्व मुझे वहन करना होगा?"

"नेकू रे नेकू...खाओ टुकू टुकू" छन्द बोल पड़ा कोई।

ए.एस. बोले, "चली आओ...इन स्काउंड्रल्स...!"

लड़की फुँफकार उठी, "आह चुप करो। बहुत बहादुरी दिखा चुके। उनकी इच्छा हो तो आपको नीचे पटक सकते हैं, जानते हैं? सुनिए...आप ज़रा शान्ति

से सोचिए। किसी लड़की को इस तरह अटकाए रखना सम्भव है? मैं घर पर क्या सफ़ाई दूँगी।'' लड़की फिर अनिमेष की शरणापन्न हो गयी।

''नेकू रे नेकू···खाओ टुकू टुकू'' छन्द फिर गूँजा। अनिमेष धीरे से खड़ा हुआ। फिर लड़की के चेहरे को देखकर जवाब दिया, ''ज़रा देर पहले आप और मैं क्या एक थे? अगर नहीं तो उनसे कहिए क्षमा माँगें।''

''ठीक है, मैं उनकी तरफ़ से क्षमा माँगती हूँ।'' लड़की ने छाती पर हाथ रखा।

''अरे···किसके लिए क्या हो रहा है, देख!'' किसी ने टिप्पणी की।

''मुझे देर हो रही है!'' लड़की रुआँसी हो गयी।

''वाह! ज़रा देर पहले देखा था कि बड़े आराम से सो रही थीं। पढ़ने के लिए आए तो सोता है कोई?'' गोविन्द ने कहा।

उसी समय नीचे से कोई चिल्लाकर बोला, ''सुपर आ रहा है।''

सुनकर अनिमेष ने लड़कों की तरफ़ घूमकर कहा, ''तुममें से कोई भी यहाँ से नहीं हिलेगा। मैं उन्हें बुलाता हूँ।''

भीड़ से बचते हुए रेलिंग के किनारे जाकर अनिमेष ने नीचे देखा। बास्केट बॉल ग्राउंड के बीच में सुपर खड़े थे। नाटा और मोटा व्यक्ति ऊपर से और भी नाटा दिखाई पड़ रहा था। अनिमेष ने चिल्लाकर कहा, ''सर! ज़रा ऊपर आइए।''

ऊपर आते हुए जितना समय मिला मालूम करके आए थे कि क्या हुआ था। आख़िरी सीढ़ी पर चढ़कर खड़े होते ही अनिमेष उनके सामने जा खड़ा हुआ, ''सर! होस्टल का कानून तोड़ा है ए.एस. ने···कहने गया था। उन्होंने खामख्वाह मेरा अपमान किया। इसलिए लड़कों ने उनका घिराव किया है जब तक वे क्षमा नहीं माँग लेते···?''

''कौन सा कानून?'' उनकी आवाज बड़ी पतली थी।

''लड़कियों को कमरे में ले जाना बहुत बड़ा अपराध है।'' अनिमेष ने बताया।

''वह कानून क्या मुझे भी मानना होगा?'' ए.एस. की आवाज़ आयी।

सुपर बोले, ''ऐसी घटना इस होस्टल में पहली बार हुई है। जो भी हो अब क्या चाहते हो?''

''उन्हें क्षमा माँगनी होगी।''

सुपर ने पूछा, ''तभी तुम्हें ख़ुशी होगी?''

''इस तरह की घटना फिर न हो इसका वायदा करना होगा। यहाँ बहुत से लड़के ऐसे हैं जो इसका फ़ायदा उठा सकते हैं।''

''अच्छा! आप अपॉलोजी लेकर बात ख़त्म कीजिए।'' सुपर ने लड़कों के सिर फाँदकर अपने एसिस्टेंट से कहा।

"स्ट्रेंज! यह आप कह रहे हैं।" ए.एस. ने ताज़्जुब से सुपर की तर देखा।

अब लड़की बोल पड़ी, "ठीक तो है। अन्याय करने पर दोष स्वीकार कर में लज्जा कैसी।"

"यू स्टॉप!" ए.एस. चीख पड़े, "आप इन लड़कों से मुझे क्षमा माँगने क कह रहे हैं?"

"हाँ! कोई लड़की यहाँ सारी रात रहे इससे सम्मान नहीं बढ़ता।" सुप कहकर सीढ़ियों से नीचे उतर गए। उनके क्वार्टर में जाने का रास्ता यहाँ नहीं था।

इधर सब ए.एस. के मुँह की तरफ़ एकटक देख रहे थे। ए.एस. ने हा नचाकर कहा, "वैल! अगर यह अन्याय हुआ है तो क्षमा माँगता हूँ।"

साथ-साथ बम की तरह खुशी की आवाज़ हुई। अनिमेष ने कहा, "तब य नियम सबके लिए मानते हैं ना?"

वे सिर हिलाकर अपने कमरे में चले गए। प्रसन्न होकर लड़के अपने-अप कमरों की तरफ़ जाते हुए लड़की को देखने के लिए खड़े हो गए।

लड़की ने अनिमेष से कहा, "ज़रा तकलीफ़ करेंगे?"

"कहिए।"

"समझ गए होंगे कि मैं सबकी नज़रों में कितनी हीन पड़ गयी हूँ। नीचे अकेले जाने में डर लगता है। आप ज़रा आगे तक ले जाएँगे?" लड़की ने भीत का-सा चेहरा बना लिया।

अनिमेष के दिमाग़ में तुरत इसका मतलब आ गया। उसने निरीह-सी शक्ल बनाकर कहा, "डरने का कोई कारण नहीं था। फिर भी कह रही हो तो साथ में एक लड़का कर देता हूँ।"

सब लड़के चले गए थे, पर छोटे-छोटे ग्रुप इधर-उधर दिखाई पड़ रहे थे। बहुत से उसे दूर से देखकर आनन्द उठा रहे थे। जिस लड़के ने लड़की को 'आप' कहने का निषेध किया था और बारह बजाने की बात कही थी अनिमेष उसे ढूँढ़ रहा था। लड़के से खास बातचीत नहीं थी, पर शक्ल पहचानता था। इसने गोविन्द से कहा कि लड़के को बुला लाए। लड़की से इसने बड़े स्वाभाविक स्वर में पूछा, "आप कहाँ रहती हैं?"

लड़की के होंठों पर हँसी की लहर दौड़ गयी, "बताइए...क्यों?"

"इतनी रात में जाने में असुविधा तो नहीं होगी। जानना चाहता हूँ।"

"इसलिए कि मैं सारी रात यहाँ नहीं रह सकती।"

अनिमेष ने मन-ही-मन कहा, अब तक तो थीं, प्रकट में गरदन हिलाई, "वह तो नहीं हो सकता। बहुत दूर हो तो पहुँचाने का इन्तज़ाम कर दूँ।"

“आप जाएँगे?”

“नहीं, मैं बहुत थका हुआ हूँ।”

लड़की ने अजीब नज़रों से उसे देखा। लड़की का रूप इतना प्रखर था उसमें इतना तेज़ था कि कोमलता की छाया तक नहीं थी। इसलिए उसकी देखने की भंगिमा में केवल कटाक्ष था। लड़की हँसकर बोली, “आप इतनी जल्दी थक जाते हैं! नहीं, मैं अकेली जा सकती हूँ।”

अनिमेष मज़ाक़ करने का लोभ रोक नहीं पाया, “हाँ, आप जिनके पास आयी थीं, उचित होता कि वे ही आपको पहुँचा आते।”

“उचित? लड़के जब देखते हैं बदनामी की गन्दगी उनको स्पर्श नहीं करेगी तब वे आकाश को भी छू सकते हैं। पर ऐसी स्थिति में चुपचाप किनारे हो जाते हैं। मैं फाइन देने आयी थी। बहुत ज़्यादा हो गया था!” कहते-कहते वह बहुत उत्तेजित हो गयी थी। ठीक उसी समय गोविन्द लड़के को लेकर साथ आ गया।

अनिमेष ने आगे बढ़कर लड़के से कहा, “सुनो भई! तुम्हें एक काम करना है ये तुम्हारी क्लासमेट हैं, उन्हें बस स्टॉप तक पहुँचा आओ। रात हो गयी है उनका अकेले जाना ठीक नहीं।”

लड़का उस तरह के प्रस्ताव के लिए तैयार नहीं था, बोला, “पर होस्टल का गेट बन्द हो गया है...अब जाना नामुमकिन है।”

अनिमेष हँसा, “मैं सुपर की परमिशन ले लूँगा। स्पेशल केस की तरह जा सकोगे। तुम साथ पढ़ते हो इसलिए कह रहा हूँ।”

लड़के को परेशान देख अनिमेष को आनन्द आ रहा था। बोला, “लड़कियों की मर्यादा सुरक्षित रखना हमारा कर्तव्य है। जाइए...आप उनके साथ चले जाइए।”

“धन्यवाद।” कहकर लड़की जल्दी-जल्दी उतरने लगी। लड़का भी बड़े बेमन से साथ हो लिया।

उनके जाते ही गोविन्द ने दबी आवाज़ में कहा, “रास्ते में ज़रूर प्रेम हो जाएगा।”

अनिमेष ने कहा, “तुम ज़रा सुपर को बताओ भई! मेरी तबीयत ठीक नहीं लग रही। मैं कमरे में जा रहा हूँ।”

कमरे में ताला नहीं था। मायने त्रिदिव आ गया है। अब अनिमेष को ध्यान आया कि भीड़ में त्रिदिव कहीं नज़र नहीं आया था। सब गए थे और वह कमरे में बैठा रहा। कमरे में आकर लाइट जलाने को था कि त्रिदिव ने फँसी-फँसी आवाज में कहा, “नो लाइट प्लीज़!”

अनिमेष ने हँसकर कहा, “आज ही खा लिया?”

त्रिदिव पहले तो कुछ नहीं बोला। अनिमेष को खाट पर बैठे देख विरक्ति

से पूछा, "तुम्हारा विप्लव हो गया।"

"विप्लव…?"

अनिमेष को ताज़्जुब हुआ।

"काम घर से ही शुरू होता है। तुमने अपना विप्लव होस्टल से शुरू कर दिया। ब्रेवो ब्रदर। जब लौटा तो सुना कि तुम लेक्चर दे रहे थे। पहले नेता हो गए…गुड। सामने खुला मैदान है, आगे बढ़ो…फॉरवर्ड मार्च! तुममें सम्भावना की लहर उठ रही है…।" नाटकीय स्वर में त्रिदिव बोला।

"क्या ऊटपटाँग बक रहे हो।" अनिमेष ने खीझकर कहा।

"ऊटपटाँग नहीं बन्धु! यह घटना कल दूसरे लड़कों को पता चलेगी। तुम ऑटोमैटिकली हीरो हो जाओगे। नैक्स्ट स्टैप यूनिवर्सिटी के इलैक्शन जीतना, फिर यूनियन के सेक्रेटरी, फिर एम.एल.ए…मन्त्री। स्वर्ग की सीढ़ी चढ़ते जाओ।"

"तुम पागल हो गए हो।" अनिमेष ने उसे शान्त करने की कोशिश की।

"एक लड़की के लिए तुमने जो किया उसकी बनिस्बत पागल हो जाना कहीं ज़्यादा अच्छा है।"

तेरह

यूनिवर्सिटी में घुसते ही विभान से भेंट हो गयी। देखते ही हाथ हिलाकर बुलाया।

विभान बोला, "तुम्हारा कहीं पता ही नहीं…क्यों? यह बड़ी ज़्यादती है।"

अनिमेष ने पूछा, "मुझे खोज रहे थे?"

"खोज रहा था…मायने? तीन दिन तुम्हारी क्लास में लड़के को भेजा। वह आकर बोला, तुम नहीं हो। कल रात तुम्हारे होस्टल गया, वहाँ भी नहीं मिले। ख़ैर! तुम ज़रा ऑफ़िस में आओ…काम है।"

अब क्लास मिस करने में कोई परेशानी नहीं लगती। बांग्ला क्लास में जाए बिना भी छात्र अच्छा रिज़ल्ट ला सकता है। कुछ रटे-पिटे सवाल और उनके रटे हुए जवाबों से परीक्षा में सैकंड क्लास आना मुश्किल नहीं है। अनिमेष जान चुका है। उस दिन कहीं पढ़ा था कि एक समय था जब मैट्रिक पास करने की अपेक्षा डॉक्टरेट करना आसान था। लोक साहित्य या जयदेव के बारे में चालू पुस्तकों से लेकर थीसिस का विषय हो जाता है। और जिसके अधीन यह काम होता उनका स्नेह पाते ही नाम के आगे डॉक्टर लग जाती है। अब इसकी असारता इतनी स्पष्ट हो चुकी है कि कोई डॉक्टर कहकर परिचय नहीं देता। खासकर बांग्ला में। अनिमेष ने विभान से कहा, "चलिए।"

लड़के-लड़कियाँ या तो अपनी क्लास में जाते हैं या अड्डे पर। अब

यूनिवर्सिटी में लड़कियों की संख्या लड़कों की अपेक्षा शायद ज़्यादा है। इतनी तरह की साज-सज्जा एक साथ देखकर दिमाग़ ठीक रखना, बीच-बीच में मुश्किल हो जाता है। कुछ दिन हुए अनिमेष को पता चला कि जब वह उनके करीब से गुजरता है उसे लेकर फुसफुसाहट होती है। शायद उस दिनवाली मीटिंग की बात हर एक में फैल गयी है।

चलते हुए विभान बोला, "सुना कल तुम्हारे होस्टल में बड़ा कांड हुआ।"

अनिमेष ने ताज़्ज़ुब से देखा, "आपको कैसे मालूम हुआ ''विभान दा'।"

"सारी ख़बर हम लोगों के पास आती है। तुम लीड कर रहे थे।"

"लीड मायने मैंने ही बात की थी ए.एस. के साथ। उनकी भाव-भंगिमा अच्छी नहीं थी। सुपर न आते तो न मालूम क्या होता! उनके कहने पर ए.एस. ने माफ़ी माँगी थी। वह सोच रहा था, सुपर न आते तो हाथापाई होना भी असम्भव नहीं था।"

विभान बोला, "जो भी हो''नेतृत्व तुम्हारे हाथ में था, जानकर ख़ुशी हुई।"

टालते हुए अनिमेष बोला, "बात बड़ी बेकार थी। ऐसा इश्यू लेकर चीख़ने-चिल्लाने की पहले मेरी तबीयत नहीं थी। अन्त में फँस गया। घटना इतनी मामूली थी'''।"

हाथ उठाकर अनिमेष को रोकते हुए विभान बोला, "एक बात हमेशा ध्यान रखना। लाइम लाइट में आने पर सुयोग का सद्व्यवहार करना चाहिए। मामूली बात को अगर तोड़-मोड़कर देखो तो ग़ैर-मामूली हो जाती है। मान लो, कल अगर तुम उस इश्यू के साथ और बहुत से प्वाइंट जोड़ देते तो सारा कलकत्ता तुमसे परिचित हो जाता।"

"वह कैसे?" अनिमेष को कौतुक हो रहा था।

"बहुत ख़राब खाना, होस्टल के कर्तृपक्ष का तुम्हारे रुपए से बैंक बैलेंस बढ़ाना और होस्टल के क्वार्टर का नाजायज़ इस्तेमाल सिर्फ़ यही तीन इश्यू कलकत्ता के सब होस्टलों के वार्डरों पर लागू हो जाते। क्योंकि पहला अभियोग इतना कॉमन था कि सब एकमत हो जाते। आज अगर सारे होस्टलों में प्रतिवाद स्वरूप घेराव शुरू हो जाए तो सबसे सम्पर्क कायम रखने के लिए एक कमेटी ज़रूरी हो जाती। और तुम पहले जिसे ढील दे रहे थे तुम्हारे परिश्रम से जो कमेटी बनती उसका नेतृत्व भी तुम करते। इतने सारे होस्टलों और उनके वार्डरों की इतनी बड़ी संख्या समाचार-पत्रों में गुरुत्व पाती और नेता की तरह तुम्हारी जगह बन जाती।'''नहीं-नहीं अनिमेष! तुम अवसर का फ़ायदा न उठाकर ग़लती कर रहे हो। कल अगर इस बारे में मुझसे बात कर ली होती तो'''।" अफ़सोस की भंगिमा में उसने हाथ उठाए।

'आँखों के सामने विभान नाटकीय अन्दाज़ में जो चित्र खींच रहा था वह

अनिमेष की आँखों में स्पष्ट हो गया। विस्मय से अभिभूत वह एक शब्द भी नहीं बोल सका। इस जटिलता को सुलझाकर सामने लाने का नाम राजनीति है। उसने आहिस्ता से जवाब दिया, ''विभान दा' घटना इतनी अचानक हुई कि सोचने का वक़्त ही नहीं मिला।''

''जानता हूँ''इसीलिए मुझे आपत्ति है। तुम्हें एक सीधा-सादा सच बता दूँ। सोचो, ज़रा रामकृष्ण मिशन में जिन्होंने दीक्षा ली है वे कितने उपदेश जानते हैं और उसी तरह जीवन बिताते हैं ? उनको अगर किसी समस्या का सामना करना पड़े तो उसका समाधान वे उपदेशों के अनुरूप करेंगे? ये लोग कलकत्ता में रहते हैं। अब उस व्यक्ति का ध्यान करो जो कानपुर में रहता है। अगर वे दीक्षित तथा एकनिष्ठ होंगे तो उनका कार्यकलाप कलकत्तावालों की कार्बन कापी होगा। क्यों होगा—भला बताओ?'' विभान प्रश्न करके उत्तर जानने के लिए बात करते-करते यूनियन ऑफ़िस के सामने जा खड़ा हुआ।

''क्योंकि उनके आदर्श एक हैं।''

''मैं होता (तुम्हारी जगह) तो कहता कि एक तो नहीं हो सकते। धार्मिक विश्वास और बोध अन्ध आत्मसमर्पण पर रहता है, इसलिए उसकी भित्ति टेढ़ी होना आश्चर्यजनक नहीं—हमेशा वही होगा इसकी गारंटी नहीं दी जा सकती। मनुष्य की असहाय अवस्था का सुयोग लेकर धर्म उसे जकड़ लेता है। हवा और जल की तरह मार्क्सवाद मनुष्य के लिए प्रयोजनीय होता है। उसकी तरह-तरह से व्याख्या और प्रयोग होते हैं। किन्तु मूलसत्य अविकृत रहता है। अगर तुम मार्क्सवादी दृष्टि रो बोध और बुद्धि का उपयोग करते तो कल किसी की अपेक्षा न करनी पड़ती। अपनी कर्म-पद्धति और उसके परिणाम से तुम समझ जाते कि मेरे विचारों से कोई पार्थक्य नहीं है तुम्हारा।''

विभान ने कहा, ''कामरेड। हताश मत होओ। पहले क़दम के हिसाब से तुमने जितना किया वह भी बहुत है। इससे भविष्य के लिए शिक्षा ग्रहण करना बहुत उपादेय होगा।''

सवेरे सात बजे यूनियन ऑफ़िस में भीड़ हो गयी। इलैक्शन होने को था। काम-काज बहुत था। अनिमेष ने देखा बहुत बड़ा दल काग़ज़-पत्र लिये सुदीप दा' को घेरे बैठा था। उनके मुँह में अधजली चुरुट थी। कुछ ही सैकंड में वह समझ गया कि विभिन्न क्लासों के कैंडिडेटों का सिलेक्शन चल रहा है जो छात्र फैडरेशन का बैनर लेकर खड़े होंगे।

उसे देखकर सुदीप ने चिल्लाकर कहा, ''वह आ गया। अब बताओ तुम्हारा क्या मतलब है।''

सब उसे घूर रहे थे। अनिमेष को घुटन होने लगी। प्रश्न का मतलब वह समझ नहीं पा रहा था।

सुदीप बोला, "बिलकुल गूँगे हो गए हो? इधर सुन रहा हूँ नेता बन गए हो। चारों तरफ़ नाम हो रहा है और हमें नज़रअन्दाज़ किया जा रहा है।"

अनिमेष का मुँह लाल हो गया, "कैसी बेकार की बातें कह रहे हैं?"

सुदीप दा' बोले, '[illegible] ए.एस. को तुम लोगों ने ख़ूब टाइट कर दिया ख़बर मिली है। अच्छा किया। साला कभी कम्युनिस्ट्स को गाली दिया करता था।"

यह बात अनिमेष ने पहली बार सुनी। ए.एस. के बारे में जो लोग सूचना रखते हैं वे होस्टल में रहकर भी नहीं जानते। इसे लगा कि जो राजनीति करते हैं उनके बहुत सी गोपन आँखें और कान होते हैं। इसलिए कुछ भी अज्ञात नहीं रहता। मुश्किल यह थी कि उसे ये दोनों ही नहीं मिले थे। इसने देखा कि कमरे में घुसते ही विभान अपने काम में लग गया था। सब जगह काम की व्यस्तता थी। इस तरह अकेले खड़ा रहना इसे अच्छा नहीं लगा। ख़ुद आगे बढ़कर कुछ करने में संकोच भी हो रहा था। बायीं तरफ़ दीवार का सहारा लिये दो लड़के पोस्टर लिखे रहे थे। इसने सुना कि जिसे लिखना था वह आया नहीं था--ये दोनों ताव खा रहे थे। सुदीप लिस्ट लेकर लड़कों से बात कर रहा था। अनिमेष दोनों लड़कों के पास जाकर बोला, "मैं कुछ मदद करूँ।" एक लड़के ने पलटकर उसे देखा, हँसकर उठ खड़ा हुआ, "आपको अभ्यास नहीं है!"

"नहीं···अभ्यास तो नहीं है। किन्तु अक्षर तो बांग्ला के हैं--कोशिश करके देखता हूँ।"

लड़का बोला, "इतना आसान नहीं है। हर्फ़ बड़े होने चाहिए। उसके साथ छोटे-छोटे जुड़े हुए···उनमें इतनी स्पीड होगी मानो संग्रामी हों। लीजिए···देखिए, कर सकते हैं या नहीं।"

लड़के ने काग़ज़ उसके हाथ में पकड़ा दिया। उसमें तीन लाइन लिखनी थीं। 'हमारा संग्राम चल रहा है···चलेगा'। 'वामपंथी छात्र एकता जिन्दाबाद।' 'निर्वाचन अधिकार एकमात्र हथियार'।

पहली लाइन लिखी जा चुकी थी। इसे उसके बाद की लाइन लिखनी थी। लिखते हुए इसे ध्यान आया कि बचपन में कांग्रेस की नौका में रिलीफ़ के काम, के लिए जाने पर पहली बार किसी राजनीतिक मतवाद में विश्वास करनेवालों का सहयोगी हुआ था।

छोटा अक्षर बड़ा हो रहा था, अनिमेष बड़ी सावधानी से लिखने की कोशिश करने लगा। इसे लिखाई न कहकर अंकन कहना बेहतर था। लड़का ठीक कह रहा था कि लिखते समय संग्रामी चरित्र प्रकट होना ज़रूरी है। वह अंकन के कायदे पर निर्भर करता है। लिखते हुए जोश का भाव हृदय में अनुभव कर रहा था। इन शब्दों में ऐसा फ़ोर्स था जो बन्देमातरम् में भी नहीं था। लिखना ख़त्म किया ही था कि सुदीप की आवाज़ सुनाई दी, "शाबाश! हाथ की खड़ि बुरी नहीं

रही!" वह काम में इतना मगन हो गया था कि किसी और तरफ़ ध्यान नहीं था। अब देखा इसकी पीठ पीछे छोटी-सी भीड़ जमा हो गयी थी। सब पोस्टर देख रहे थे। सचेतन होकर वह अपना लिखा हुआ देखने लगा। नहीं, बुरा नहीं लिखा गया। बल्कि ये इसने लिखे हैं विश्वास करना भी मुश्किल हो रहा था। इसने कभी यह काम नहीं किया था। फिर इतना अच्छा कैसे हो गया। इसने सुदीप से कहा, "पहली कोशिश तो–"

उसने एक चुरुट बढ़ा दी, "लो, यह लो।"

विभान चेयर पर काम करते-करते बोल पड़ा, "यह क्या बात हुई···कोई दूसरा माँगता तो चुरुट नहीं छोड़ते···आज अचानक इतनी उदारता···लक्षण अच्छे नहीं हैं।"

सुदीप ने मज़ाक़ किया, "यह चुरुट सबको सहन नहीं होती।"

"तो यह कहते हो कि अनिमेष को सहन हो जाएगी।"

"मन हो रहा है।"

अनिमेष हँस पड़ा, "मैं तो पीता नहीं सुदीप दा'।"

विभान बनावटी भंगिमा में बोल पड़ा, "नहीं मत कहो अनिमेष। पीकर देखो···खुद को बड़ा बुद्धिजीवी अनुभव करोगे। इसके अतिरिक्त तुम भाग्यवान हो इसलिए मिल रही है। चटपट ले लो।"

अनिमेष ने चुरुट ले ली। छोटी-सी पर बडी सख्त चुरुट। इससे पहले वह देख चुका था कि कोई-कोई चुरुट पीने से पहले दियासलाई की तीली से उसका मुँह चौड़ा कर देते थे। पर इसमें शायद इसकी जरूरत नहीं हैं। सुदीप के तीली जलाकर सामने रखते ही उसने जला ली। ज़बरदस्त गन्धवाला धुआँ नाक में जाते ही इसे लगा कि दम घुट जाएगा। तभी सुदीप अपनी जगह पर जा बैठा और गम्भीर स्वर में बोला, "अनिमेष! इधर आओ।"

सारा बदन हिल रहा था। किसी तरह खाँसी रोकी। लगा, उसका सिर झिमझिम कर रहा है। किसी तरह सुदीप के सामने जा खड़ा हुआ। सुदीप कई काग़ज़ों में से एक निकालकर बोला, "पूरा नाम हस्ताक्षरित करो।"

अनिमेष ने जल्दी-जल्दी काग़ज़ पर निगाह दौड़ाई, समझ गया कि वह नॉमिनेशन फॉर्म था। फ़िफ्थ इयर बांग्ला के कैंडिडेट के हिसाब से निर्वाचन में छात्र-फैडरेशन की तरफ़ से खड़ा होना था। एतराज किए बिना सुदीप के क़लम से हस्ताक्षर कर दिए। अनिमेष की लिखाई बड़ी सुन्दरी थी, काग़ज़ पर अक्षर चमक रहे थे।

सुदीप बोला, "तुम्हारी क्लास के दो लड़के चाहिए एक प्रपोज़ करने के लिए दूसरा सैकैंड करने को। तुम्हारी पसन्द का कोई है?"

अनिमेष को परमहंस को छोड़कर किसी और का ध्यान नहीं आया।

उधर से कोई बोल पड़ा, "मैं कर सकता हूँ।"

सुदीप बोला, "हाँ तुम तो हो ही। किसी और को बुलाकर दस्तखत करवा लो।" अनिमेष ने लड़के को देखा। ध्यान नहीं कि बांग्ला क्लास में उसे कभी देखा हो। या शायद नोट न किया हो।

अब विभान ने उसे पुकारा। सामने जाकर बैठते ही विभान बोला, "बाकी कैंडिडेट्स के साथ मीटिंग हो गयी है, तुम रह गए थे। इस इलैक्शन में हमारे दो प्रतिपक्षी हैं–छात्र परिषद और एस.एफ. (राइट)। बाकी दलों की तरफ़ से कोई चिन्ता नहीं क्योंकि उनकी शक्ति इतनी कम है कि वे कुछ नहीं कर सकेंगे। छात्र-परिषद के पास बहुत रुपए हैं। उनके पोस्टर देखते ही पता चल जाता है। यह तो सबको मालूम है कि छात्र परिषद–कांग्रेस का संगठन है। इस समय देश की जो हालत है उसमें कांग्रेसी सरकार बहुत सुख से नहीं है। लोग धीरे-धीरे उससे विरक्त होते जा रहे हैं। छात्र परिषद के विरोध में जब हम प्रचार करेंगे तब वही सैंटिमेंट काम आएगा। शायद वे हमें चीन का दलाल कहकर हम पर हावी हों। किन्तु लोग दूर की चीज़ की अपेक्षा पास की समस्या को ज़्यादा प्रयोजनीय सोचते हैं। समझ रहे हो ना?"

अनिमेष पूछ बैठा, "चीन का दलाल मायने छात्र फैडरेशन चीन का समर्थक है?"

विभान गम्भीर होकर में बोला, "वह प्रश्न अलग है? भारत-चीन युद्ध के बारे में पार्टी ने जो वक्तव्य रखा है उसे पढ़कर देखना। कांग्रेसी उस वक्त की बुराई करते हैं। अगर तुमसे कोई पूछे कि तुम चीन के दलाल हो या नहीं। तो तुम जवाब देना किसी दल के समर्थन के मायने दलाली करना तो नहीं है। माओ त्से तुंग ने जिस तरह कृषक श्रमिकों को संगठित करके लांग मार्च किया था उसे विश्व में मानवता की ज्वलन्त मशाल चिह्नित किया गया है। हम अगर उसी मशाल की आग से अपने को शुद्ध करें, तो यह दलाली हुई? हमारा वक्तव्य यही होगा।"

अनिमेष ने कहा, "मैं तो इसे सीमान्त संघर्ष कहूँगा।"

"हाँ...परन्तु घटना क्या है, यह मैं नहीं जानता। जो देश कम्युनिज़्म के आदर्श लेकर बुर्जुआ के विरुद्ध लड़ाई करता है वह सिर उठाकर चलता है। जिस देश का नेता महान् माओ त्से तुंग हो वह देश आक्रमणकारी हो सकता है यह सपने में भी नहीं सोचा जा सकता। अच्छा...तुम्हारा काम होगा क्लासों के सब लड़के-लड़कियों से जान-पहचान करना। एकाध काम जो नज़र आ जाए, उसे कर सको तो सबकी दृष्टि में आएगा। उस मीटिंग के बाद अब उसकी बेशक ज़रूरत नहीं रही। पर मैन-टु-मैन कम्पेन का महत्त्व है। वह शुरू करना होगा। किसी भी परिस्थिति में, कभी क्रोध नहीं करना है, हर समय हँसमुख रहना होगा। कोई

प्रॉब्लम सँभाल न पाओ तो ऑफ़िस से सम्पर्क करो। ऑल राइट?" विभान ने समझा दिया।

उस दिन से कम्पेन शुरू हो गयी। अनिमेष ने सुदीप के साथ कुछ क्लासों का चक्कर लगाया। क्लासों में कैंडिडेटों का परिचय देते हुए सुदीप ने भाषण दिया। बड़ा अच्छा बोलता था सुदीप। बोलने के तरीके में ऐसी तेजस्विता होती कि चुप करके सुनना पड़ता।

चक्कर लगाते हुए अनिमेष की क्लास के सामने पहुँचकर उसने देखा कि टी.एन. जी क्लास लेने आ रहे थे। सुदीप जल्दी से उनके सामने जाकर बोला, "सर! आप पाँच मिनट दे दीजिए।"

टी.एन. जी ने एक हाथ से अपना चश्मा ठीक करके हँसते हुए पूछा, "क्या बात है?"

"लड़के-लड़कियों को दो-तीन बातें बतानी हैं। इलैक्शन का मामला है।"

"बस पाँच मिनट में हो जाए।" फिर वे प्रोफेसर्स रूम में चले गए।

सुदीप अनिमेष को लेकर क्लास में घुसा। उनके दल के लड़के दरवाज़े पर खड़े थे। क्लास टी.एन. जी की थी इसलिए क्लास रूम भरा हुआ था। लड़के-लड़कियाँ उत्सुकता से इन्हें देख रहे थे। सुदीप डायस पर चढ़कर बोला, "बन्धुगण! निश्वविद्यालय के छात्र-संसद का निर्वाचन समीप है। गणतांत्रिक अधिकारों की रक्षा के लिए छात्र फैडरेशन (लैफ्ट) आपका राह्योग चाहता है। इस निर्वाचन में हम लोगों की तरफ़ से इस क्लास का प्रार्थी अनिमेष मित्र है। शायद आप में से बहुत-सों का मालूग हो कि अनिमेष कांग्रेस सरकार की उग्र दमन नीति का शिकार हुआ था। इस सरकार के अंतर्गत पुलिस ने अकारण ही इस पर आक्रमण किया और इस तरह गोली मारी कि आजीवन से शरीर पर बुलेट का निशान लेकर जीवित रहेंगे। अनिमेष को वोट देने का अर्थ है उस नृशंसता का प्रतिवाद करना। हमारे हाथ में समय ज़्यादा नहीं है, फिर भी अनिमेष से अनुरोध करता हूँ कि वह कुछ बोलें। अनिमेष...!"

सुदीप सिर हिलाकर अनिमेष को डायस पर आने के लिए कहकर अपने साथियों के पास दरवाज़े पर जा खड़ा हुआ। सुदीप के भाषण के समय अनिमेष लड़के-लड़कियों की प्रतिक्रिया देखता रहा। सब बड़ी उत्सुकता से इसे देख रहे थे। परेशान-सा होकर भी, अनिमेष स्मार्ट होने की चेष्टा कर रहा था। इसने सोचा तक नहीं था कि सुदीप उसे इस तरह बुला लेगा क्योंकि दूसरी क्लासों में कैंडिडेट से बोलने को नहीं कहा गया था। समय कम तथा सबको अपनी तरफ़ उत्सुकता से देखकर अनिमेष के पेट में खलबली-सी मचने लगी। वह जानता था कि ग़लत कदम का मतलब होगा हमेशा के लिए मज़ाक़ का पात्र बनना। क़दम ठीक से रखता हुआ वह इस तरह डायस की तरफ़ बढ़ा मानो बड़ी साधारण-सी बात हो।

बोलते हुए किसी भी क्षण पसीने में नहा सकता था। यह जानते हुए भी उसने कहना शुरू किया, "बन्धुगण! मैं अनिमेष मित्र, आपका साथी, आगामी निर्वाचन में आपका समर्थन चाहता हूँ। कब, क्यों, पुलिस ने मुझ पर गोली चलाई थी अथवा मेरा एक अमूल्य वर्ष किस तरह अस्पताल में पड़े-पड़े नष्ट हुआ बताकर आपके मन को द्रवित करना नहीं चाहता। मैं अब स्वस्थ हूँ, यद्यपि बुलेट का निशान है और रहेगा। मैं मुफ़स्सल का लड़का हूँ। जलपाइगुड़ी में कांग्रेस का समर्थक था। वहाँ देखा कि क्षमता का कैसा जघन्य उपयोग होता था, देखा था स्वार्थ का कैसा घटिया इस्तेमाल होता था। एक मकान बनाने में जिस तरह निर्दिष्ट प्लान की ज़रूरत होती है उसी तरह देश के गठन के लिए परिकल्पना प्रयोजनीय होती है। वह है निर्दिष्ट मतवाद! जो ग़रीब को भोजन दे और श्रेणीहीन समाज व्यवस्था की बात करे। छात्र फैडरेशन (लैफ्ट) का विचार है कि वह कम्युनिज़्म द्वारा ही सम्भव है। इसका परिणाम संसार के दूसरे देशों में देख चुका हूँ। कोई-कोई कह सकता है कि हम छात्र हैं, राजनीति की जटिलता में हम क्यों पड़ें? घर में आग लग जाए तो छोटे भी बाल्टी लेकर भागते हैं···क्यों? हम प्रतिवाद कर सकते हैं, अराजकता के विरुद्ध। ये छोटे-मोटे प्रतिवाद एकमत होकर जो शक्ति सम्पन्न होंगे वह हमारे काम आएँगे। बन्धुगण! मैं आपका समर्थन चाहता हूँ जिससे प्रतिवाद कर सकूँ—धन्यवाद!"

बोलते-बोलते तो ध्यान नहीं आया पर अब अनिमेष को लगा कि उसमें नर्वसनैस बिलकुल नहीं थी। बड़े सहज रूप में वह सबकुछ कह गया था। कुछ देर खामोशी रही फिर तालियों से सारा कमरा गूँज उठा। लड़कियाँ ही ज़्यादा तालियाँ बजा रही थीं।

शान्त चेहरा लिये जब अनिमेष दरवाज़े के पास आया, सुदीप बोला, "एक और चुरुट पियोगे?"

अनिमेष ने जल्दी से सिर हिलाया, "नहीं···नहीं···बाबा।"

"मायने···?" सुदीप ने आँखें फाड़ीं।

"एक भाषण देना ही बहुत कष्टकर था। और फिर मैं तो मुफ़स्सल का लड़का ठहरा···बुद्धिजीवी नहीं हो सकता।" अनिमेष ने हाथ जोड़ दिए।

सुदीप के मुँह से पहले तो आवाज़ ही नहीं निकली फिर साथियों से कहा, "श्रीमान अनिमेष मित्र की दीक्षा हो गयी है···अब वे साबालक हैं।"

शाम को होस्टल लौटते हुए अनिमेष के साथ परमहंस था। परमहंस ने कहा, "तुमने शोभना दी' के लड़के को कल पढ़ाने से मना कर दिया, अच्छा हुआ···अब लग रहा है।"

"क्यों ?"

"ये सब ट्यूशन-फ्यूशन क्या तुम्हारे साथ जँचेंगे? तुम ठहरे वर्णचोर आम।

ऊपर से नाज़ुक अन्दर से आग। स्साला! क्या भाषण दिया है आज! पहले सोचा रटकर आया है फिर देखा नहीं। सब लड़कियों को 'बोल्ड आउट' कर दिया। मिडल स्टम्प छिटक गया! कि तुम गरदन झुकाए पढ़ाओ—सोचा ही नहीं जा सकता।"

अनिमेष 'हो हो' करके हँस पड़ा, "जो बॉक्सिग करता है वह दब्बू की परवाह नहीं करता। बड़े ताज़्ज़ुब की बात है···यह कहकर बच नहीं पाओगे। मेरे लिए ट्यूशन देखो।"

"साले! हाथ की मिठाई तो है नहीं कि चाहते ही मिल जाए···क्यों। बार-बार कहने से कुछ नहीं होगा···देखूँगा अगर मिल जाए। तुम्हें उसकी क्या चिन्ता-फ़िक्र है। यूनियन से गैम्बलिंग नहीं होगा?"

"गैम्बलिंग?" अनिमेष तो हतवाक्।

"फालतू रुपए मिलना मायने गैम्बलिंग।"

"वह कांग्रेस के यूनियन में होता है।"

"गुड!···अब से बढ़िया स्पिन बॉलिंग की प्रैक्टिस करो। तुम कर सकोगे। देखो अनिमेष! सब साले पेड़ पर चढ़ते हैं कुछ हाथ में पाने के लिए। जो आदर्श-फादर्श का कपट करते हैं, वे रन आउट हो जाते हैं।"

ये बातें होस्टल लौटते हुए अनिमेष को ध्यान आ रही थीं। इस देश के लोग अपने स्वार्थ के अलावा कुछ और नहीं सोचते। साधारण मनुष्य की मानसिकता इसी तरह तैयार की गई है।

त्रिदिव नहीं था। कमरे में लेटा हुआ अनिमेष आकाश की तरफ़ देख रहा था। बहुत दिनों से जलपाइगुड़ी से कोई चिट्ठी नहीं मिली है। दादू हर सप्ताह चिट्ठी लिखते थे, वह भी अनियमित हो गया है। छोटी माँ तो लिखती ही नहीं। रुपए भेजने के बाद बाबा ख़बर मालूम करना चाहते थे। पर चिट्ठी लिखने में इतना आलस आता है।

बाबा को आज की ख़बर मिल जाती तो ज़रूर नाराज़ हो जाते। उनकी भाषा में 'घरेर खेये बनेर भोष ताड़ियो निजेर बारोरा बाजानो'। अनिमेष फर्स्ट क्लास लेकर कहीं अध्यापक हो जाए, उनकी यही इच्छा है। यूनियन का काम करता है जानते ही रुपए भेजना बन्द कर देंगे। हाँ, दादू इतने ख़िलाफ़ नहीं होंगे। उन्हें विश्वास है कि अमिनेष जो कुछ करता है, बुरा नहीं करता।

दरवाज़े पर दस्तक होते ही अनिमेष बोला, "खुला है।"

दरबान ने झाँका। "आपको बड़े साहब बुला रहे हैं।" बड़े साहब मायने सुपरिंटेंडेंट। रुपया बाकी न हो तो वे खोज नहीं करते। अनिमेष दरवाज़ा बन्द करके बास्केट बॉल लॉन पार करके उस तरफ़ आ गया। सुपर अपनी टेबल पर बैठे थे। अनिमेष के पहुँचते ही सामने की चेयर दिखाई।

"आपने बुलाया था।"

"हाँ! आज कॉलेज के कर्तृपक्ष ने मीटिंग बुलायी थी। देर तक बातचीत के बाद फ़ैसला हुआ कि पोस्ट ग्रेजुएट और अंडर ग्रेजुएट को होस्टल में इकट्ठे नहीं रखा जा सकता। कॉलेज स्टूडेंट्स के लिए बिलकुल अलग होस्टल होगा। यह महीने की पहली तारीख से लागू हो जाएगा।"

अनिमेष ने पूछा, "आप मुझे होस्टल छोड़ने के लिए कह रहे हैं?"

"बात कुछ ऐसी ही है।"

कलकत्ता कॉलेज में भरती होने के बाद से इसी होस्टल में वर्ष काटे हैं। अब वह कहाँ जाए?

अनिमेष ने पूछा, "कारण केवल यही है या कल रातवाली घटना इसके पीछे है?"

"ठीक से बता नहीं सकता।"

"आप बताएँगे नहीं।"

"अप्रिय बात नहीं कहना चाहता।"

"आप लोगों के इस अन्याय के विरुद्ध मैं लड़ सकता हूँ। आप मुझे यह करने के लिए बाध्य कर रहे हैं।"

अनिमेष के खड़े होते ही सुपर बोल पड़ा, "मेरी बात सुनो अनिमेष! इसे लेकर हल्ला-गुल्ला मत करना। अगर स्ट्राइक करोगे तो उन लड़कों का नुकसान होगा जो अभी स्कॉटिश कॉलेज में पढ़ रहे हैं। तुम्हारे तो केवल रहने का प्रश्न है। मैंने सेंट जॉन होस्टल के सुपरिंटेंडेंट से बात की है। वहाँ बहुत से एम.ए. के स्टूडेंट्स रहते हैं। वे तुम्हें एक सीट देने को तैयार हैं। आफ्टर ऑल...तुम्हारे बाबा ने मुझसे पर्सनली रिक्वेस्ट किया था तुम्हारी देखभाल के लिए। मेरी बात मान लो।"

अनिमेष ने सिर हिलाया। फिर धीरे-धीरे बाहर निकल गया। सामनेवाले लॉन में दो लड़के बॉल मार रहे थे। इस समय परिवेश बड़ा शान्त था। ऊपर थम्बोटा शायद माउथ ऑर्गन बजा रहा था। पिछली रात की घटना को लेकर इतनी जल्दी आघात होगा, कल्पना भी नहीं की थी। अगर इतनी-सी बात को लेकर इसे होस्टल छोड़कर जाना पड़े तो किसी बड़ी बात पर न जाने क्या हो! एक बार विभान आदि से बात करनी होगी। देखा त्रिदिव आ रहा था। उसके पास जाकर कहा, "एक घटना हो गयी है।"

"क्या...?"

"सुपर ने मुझे होस्टल छोड़ देने को कहा है।"

"मालूम है।"

"मालूम मायने...?"

"अवाक् संसार को तुमने अवाक् कर दिया। जन्म लेते ही देख रहा हूँ स्वदेश भूमि दुखी है।" दोनों हाथ नचाकर त्रिदिव ने बात दोहराई। फिर गम्भीर होकर बोला, "वे तुम्हारा नुकसान करें तो तुम उसे पूरा कर दो। यह बात बाद में समझोगे।"

चौदह

विश्वविद्यालय के छात्र-संसद के निर्वाचन का परिणाम एकतरफ़ा हो गया। छात्र परिषद को जो सीटें मिलीं इतनी मामूली थीं कि उनके कैम्प में अब कोई नहीं था–कहा जा सकता है। अचानक उत्तेजना ख़त्म हो गयी। जो लड़के छात्र परिषद की तरफ़ से काम कर रहे थे अब वे इतनी उदासीनता से घूम रहे थे मानो उससे उनका कोई ताल्लुक ही न हो। कोई दल हारने पर इस तरह पीछे हट जाता है यह अनिमेष नहीं जानता था। अब पता चला। वामपंथी छात्र फैडरेशन अब चढ़ा हुआ था और दक्षिणपंथियों को काम करनेवाले नहीं मिलें। अनिमेष को अपनी क्लास से अस्सी प्रतिशत वोट मिले थे। वह चुनाव में जीत गया था। विभान ने कहा था, "यह तो जानी हुई बात थी। विधान राय की सीट की तरह तुम्हारी जीत भी निश्चित थी।"

विधान राय कभी हारे नहीं थे। चौरंगी इलाके में एक बार हार गए, हार गए वाली दशा हो गयी थी। अन्त तक आते आते जीत गए थे। मनुष्य की व्यक्तिगत प्रिय पार्टी ऊपर तक जाकर जिता देती है। अनिमेष जानता है कि क्लास के लड़के इससे बात करते हैं बड़े आदरपूर्वक। शायद इसका नाज़ुक से चेहरे और बुलेट के निशान ने लड़के-लड़कियों की मानसिकता में दुर्बलता उत्पन्न कर दी थी! ताज़्जुब!! आज जो चरम आघात लगता है, वह कल ताश का तुरुफ़ बन जाता है–पहले मालूम नहीं था–अब जाना है।

यूनियन के काम में अनिमेष अब सक्रिय हो गया है, किन्तु बहुत-सी बातें अभी भी अस्पष्ट थीं। किसी इश्यू को लेकर जो सिद्धान्त ग्रहण करना हो पहले से निश्चित करना होता है। निर्वाचित सदस्यों से बातचीत की ज़रूरत नहीं पड़ती। देख रहा था कि इसे लेकर किसी को कोई क्षोभ नहीं था। केन्द्रीय नेतृत्व ने निर्दिष्ट नीति कहाँ तक निश्चित कर ली है। यह इश्यू सामने आते ही उसकी नीति के परिप्रेक्ष्य में पथ-निर्धारित करना होगा। एक ही तरह के विश्वास के साथ सबको चलना होगा।

ऑफिस-बेयरर चुनने के समय जिन नामों के बारे में कानाफूसी हो रही थी उनमें से एक अनिमेष था। उसमें जो सम्भावना-सम्भाव्य थी उसे दल स्वीकार कर

रहा था। फ़िफ्थ इयर का छात्र होने के कारण इसे दो वर्ष विश्वविद्यालय में अभी रहना है। इसलिए अगर दायित्व के बारे में जानकारी हासिल कर ले तो अगले वर्ष जब सीनियर्स नहीं होंगे तब उनकी जगह ले सकता है। सुदीप का प्रस्ताव था कि सह-सम्पादक के दोनों पदों पर अनिमेष को लिया जाए। किन्तु उस सम्बन्ध में कितनी ही अन्य असुविधाओं के अलावा सबसे बड़ी यह थी कि कॉलेज जीवन में अनिमेष ने छात्र फैडरेशन की कोई मदद नहीं की थी। उस समय विभिन्न कॉलेजों के जिन छात्रों ने सचमुच फैडरेशन के लिए बहुत काम किया था और इस निर्वाचन में चुने गए थे, उनका दावा सबसे पहले होगा।

इस बारे में जब विचार-विमर्श हो रहा था अनिमेष एक ग़लती कर बैठा। वियतनाम में अमरीका के नृशंस अत्याचार के विरोध में छात्र-संसद से कार्यक्रम मालूम करना था। विभान ने कहा था, "बांग्ला भाषा के सारे छात्रों द्वारा हड़ताल की जो कार्य सूची ली गई है उसका पहला क़दम होगा कि एक दिन के लिए यूनिवर्सिटी स्टूडेंट्स क्लासों को बायकॉट करना होगा जैसे मंगलवार।"

सारी बात जब तय हो रही थी तब अनिमेष बोल पड़ा, "अच्छा···! इस बारे में बातचीत करना क्या ठीक नहीं होगा?"

सुदीप चौंककर उसकी तरफ़ देखने लगा था और विभान ने बड़ी शान्ति से पूछा था, "क्यों···पार्टी का निर्देश मानने में तुम्हें आपत्ति है?"

सिर हिलाकर अनिमेष ने कहा था, "नहीं···नहीं···मैं यह नहीं कह रहा। बातचीत करने पर सबको समझने में असुविधा नहीं रहेगी इसलिए।"

"वियतनाम में जो संघर्ष हो रहा है, वह तो तुम स्वीकार करते हो?"

"निश्चय ही।"

"बस···फिर ठीक है।"

फिर प्रसंग बदल गया।

बाद में ऑफ़िस बेयरर्स के नामों की घोषणा करने के समय अनिमेष को हटा दिया गया। अनिमेष के लिए सुविधा यह थी कि इसने कोई उम्मीद नहीं की थी, इसलिए क्षोभ भी नहीं हुआ। फिर भी सुदीप ने अलग ले जाकर उससे कहा था, "अनावश्यक कुतूहल न दिखाओ तो तुम बहुत ऊँचे उठ सकोगे अनिमेष! पार्टी का विश्वास प्राप्त करने के लिए काम करते रहो।"

परमहंस अकेला नहीं था। विश्वविद्यालय के छात्रों से बात करते हुए अनिमेष को खटका-सा था। छात्र किसी भी विषय को लेकर आग्रही नहीं थे। बांग्ला में एम.ए. करने आए थे डिग्री लेने के लिए। जो आशावादी थे उन्हें उम्मीद थी कि बाद में डॉक्टरेट करके किसी कॉलेज में लेक्चरर हो जाएँगे। बाकी सब या तो स्कूलों में अथवा क्या करेंगे जानते नहीं थे। मज़े की बात यह थी कि किसी को फ़िक्र नहीं थी। अपने भविष्य को लेकर जो बिलकुल निर्लिप्त थे उनके लिए

वियतनाम अथवा क्यूबा की बात तो दूर, भारतवर्ष की भी कोई चिन्ता नहीं थी। पर वियतनाम को लेकर जो आन्दोलन अनिमेष आदि सोच रहे थे, उसे छात्रों पर ज़बरदस्ती लाद दिया गया था। यह सच बात थी जिसे अस्वीकार नहीं किया जा सकता था। इस बारे में विभान आदि के साथ बातचीत करने में डरता था। विभान की बातें सुनकर लगता मानो सारे छात्र उनसे एकमत होकर वियतनाम की घटना का विरोध करेंगे और इस सम्बन्ध में किसी भी छात्र को दुविधा नहीं है।

अनिमेष को कभी-कभी सन्देह होता कि विभान आदि साधारण छात्रों के साथ मिलते-जुलते नहीं क्या? उनकी इच्छा के बारे में नहीं जानता? या कि अपनी धारणा के अनुरूप सबको मानने पर मजबूर करने की व्यवस्था चाहता है।

अनिमेष जानता है, जब तक कुछ विशेष आदर्श सामने रखकर आगे नहीं बढ़ेगा कोई काम सम्भव नहीं होगा। या तो कोई ऐसा फ़ार्मूला ले या छोटी-मोटी असंगति बृहत्तर स्वार्थ के लिए माने। माओ त्से तुंग, चेग्वारा, लेनिन या हो चिह मिन जो कर गए हैं वह क्या बिलकुल त्रुटिहीन था? कम्युनिज़्म आदर्श के स्वनिर्धारित मनोभाव को मानता है जिसके बिना कोई काम नहीं हो सकता। गढ़ते-गढ़ते शायद किसी दिन गर्त में जा पड़े। हर क़दम पर बातचीत के नाम पर दुविधा करने का अर्थ है इनकी गति में ह्रास।

विरोध दिवस पर विश्वविद्यालय के लॉन में विराट जमघट बुलाया गया था। विभान ने जोश-भरा लेक्चर दिया और घोषणा की कि दोनों पक्षों के छात्रों का एक जुलूस निकलेगा। उससे पहले ऑफ़िस बेयरर्स और मेम्बर्स के साथ गुप्त मीटिंग हो चुकी थी। उसमें फैसला किया गया था कि पुलिस अगर बाधा देती है तो गिरफ़्तारी से बचकर विरोध करना होगा। यानी गोलमाल करके प्रतिवाद को लाइम लाइट में लाना होगा जिससे देश के लोगों को मालूम हो जाए। गिरफ़्तारी से बचना होगा इसलिए चुपचाप आगे बढ़कर पुलिस वैन में चढ़ने से कोई काम नहीं हो सकता। विशेषकर सारी कॉलेज स्ट्रीट के इलाके में जब एक सौ चवालीस धारा लागू हो चुकी है।

अनिमेष को तैयारी की गंध मिल रही थी। सारी बात किसी को नहीं बतायी गयी थी, किन्तु विभान आदि आसानी से पुलिस का सामना नहीं करेंगे यह निश्चित था। अचानक इसको अभिमान हुआ। इलैक्शन के बाद से वह नियम से दो टाइम यूनियन का काम करता रहा है। कई दिन पार्टी के ऑफिस में सुदीप से मिलता रहा है, फिर भी विभान आदि का विश्वास प्राप्त नहीं कर सका! एक दिन विभान ने कहा था कि कम्युनिस्ट पार्टी की मेम्बरशिप तो चार आने देकर हासिल नहीं की जा सकती। बहुत दिनों तक काम करने के बाद आती है जो इसका विश्वास प्रमाणित करे। अभिमान के साथ यह बात भी ध्यान आयी थी। क्या मालूम इसका भी यही दौर चल रहा हो। क्लास बायकॉट करने की योजना

ज़्यादा लाभदायक नहीं हुई। अधिकांश लड़के-लड़कियाँ बचकर निकलने की नीयत दिखाते मानो सब दर्शक की तरह रहना चाहते हों। मंच पर कोई नहीं जाना चाहता था। अनिमेष आदि कॉरिडोरों में घूम-घूमकर लड़के-लड़कियों से ऊँची आवाज़ में कहने लगे, "बन्धुगण! हमने क्लास का एक दिन का बायकॉट किया है साम्राज्यवादियों के जघन्य कार्य-कलाप के विरोध में। विरोध न करें तो हम कैसे मनुष्य हैं? आप सब नीचे लॉन में आ जाइए। लॉन से जुलूस लेकर मार्किन दूतावास जाएँगे और वहाँ अपना विरोध प्रकट करेंगे।"

किसी को ज़बरदस्ती बाहर आने का निर्देश नहीं था। देखने में आया कि विभिन्न कॉलेजों से आए हुए छात्र-यूनियन के सदस्यों को छोड़कर विश्वविद्यालय के कुल एक-तिहाई छात्र उसमें थे। हाँ लॉन अवश्य भर गया था।

जब वह लड़के-लड़कियों से आवेदन कर रहा था उनके चेहरे सपाट लग रहे थे। उन पर कोई प्रतिक्रिया नहीं थी। अपनी क्लास के सामने से जब उतर रहा था तो एक घटना घटी।

सीढ़ी पर कुछ लड़कियाँ खड़ी थीं। अनिमेष उनकी तरफ़ देखे बिना, उनकी तटस्थता के बारे में सोचता जा रहा था कि एक लड़की की आवाज़ कान में आयी, "सुनिए···।"

अनिमेष ने देखा उनमें से एक इसके सामने आ रही थी। दिल धड़कने लगा। वे आँखें जो इतने दिन से क्लास के लड़कों के सिरों की झिरी से दृष्टि की सरल रेखा उसे छूती रही थीं वह इसके सामने थीं। अनिमेष का गला सूख गया था और साँसें बोझिल हो गयी थीं।

"आपसे हमें बात करनी है।" लड़की की आवाज़ स्पष्ट थी।

"कहिए···।" अनिमेष अपने को काबू में रखने की कोशिश कर रहा था।

"आप लोग क्या चाहते हैं?"

"मायने···?"

"हम यहाँ पढ़ने आए हैं। इतने दिन तक जो मेहनत की है, उसे पानी में बहाने का राइट आप लोगों को किसने दिया है?"

"आप यह सब क्यों कह रही हैं समझा नहीं···" अनिमेष ने अन्दाज़ से बात समझ तो ली थी, किन्तु न समझने की अदाकारी की। वह क्या कहना चाहती है, सुनना चाहता था।

"आपने आज क्लास का बायकॉट करने को कहा है कल हड़ताल हो जाएगी। इस तरह वर्ष निकल जाएगा। आप अगर परीक्षा में पास न भी हों तो दल आप लोगों को बहुत दिनों तक खिलाएगा···किन्तु हम क्यों बलि हो रही हैं?"

"किसी के साथ ज़बरदस्ती नहीं की जा रही है। जिन्हें लगता है, विरोध करना उचित है वे ही आएँ—यही हमारा आवेदन है।" अनिमेष ने धैर्यपूर्वक कहा।

"आश्चर्य! आप लोग क्या साइकलोजिकल प्रैशर क्रिएट नहीं कर रहे?" वह जब बात कर रही थी बाकी सब भी समर्थन कर रही थीं यह स्पष्ट था।

"आप एम.ए. में पढ़ती हैं। आपकी समझ, आपकी बुद्धि साधारण मनुष्य की अपेक्षा ज़्यादा है। आपको ध्यान नहीं आता कि वियतनाम में अमरीका कैसा बर्बर अत्याचार करता है। विवेकवान मनुष्य के हिसाब से हमारा विरोध करना उचित है।" अनिमेष ने लड़की की आँखों की तरफ़ सीधे देखा।

"संसार में जहाँ-जहाँ अत्याचार हो रहा है उसके विरुद्ध प्रतिवाद का दायित्व आप लोगों को किसने दिया? और आज अपनी नाक कटाकर क्या वियतनाम में अत्याचार को बन्द कर सकेंगे? आपके यहाँ चिल्लाने से तो अमरीका उसे सुनकर क्या मान लेगा?"

"वाह! आप विश्व में जनमत को मूल्यहीन समझती हैं?"

"बढ़िया। आप लोगों के कुछ सिलेक्टेड शब्द हैं, उनसे हटकर न तो आप कुछ कहना चाहते हैं, न कह सकते हैं। आज भारतवर्ष में लाखों मनुष्य भाँति-भाँति के अत्याचार के शिकार हैं, उनके बारे में न कहकर, उनका उपकार न करके, आप लोग वियतनाम को लेकर पागल हो रहे हैं। वहाँ जो लड़ाई कर रहे हैं, वे आप लोगों का मुँह नहीं देखते। ऐसा होता तो आज लड़ न पाते। अच्छा नमस्कार।"

बात पूरी करके वह अपनी साथियों के साथ क्लास रूम में घुस गयी। ऐसे आक्रमण के लिए अनिमेष तैयार नहीं था। सुनते-सुनते उसने सोच लिया था कि लड़की को किस तरह समझाएगा। पर उसके इस तरह चले जाने से सम्भव नहीं रहा। वह लड़की इतना कुछ सोचती है! अनिमेष का सबकुछ गड्डमड्ड होने लगा था। जिस चेहरे को वह सपाट सोच रहा था, सच नहीं था? वही प्रसिद्ध बात कि आइडैंटिफ़िकिशन न हो तो रिस्पांस नहीं मिलता। क्या इस केस में सार्थक है? अर्थात् भारतवासी के लिए सिंहल जितना दूर है वियतनाम, कम्बोडिया तो पहुँच से बिलकुल ही बाहर हैं। उनके लिए आन्दोलन करने को जनमत तैयार करना सत्यता की दृष्टि से चाहे युक्तियुक्त हो, किन्तु जनसाधारण को सक्रिय करने की सोच बढ़ी-चढ़ी होगी। ऐसा कोई इश्यू होता जैसे हर वर्ष एम.ए. पास लड़के बेकार होते हैं, जानकर भी सरकार जो सिस्टम चालू रखती है उसे तोड़ देना चाहिए। हर लड़के की पूर्ण शिक्षा के अन्त में उचित जगह का प्रबन्ध सरकार को करना चाहिए—इस शिक्षा व्यवस्था में परिवर्तन करना होगा। अगर दावा पेश किया जाए तो सब आवाज़ उठाएँगे? अनिमेष को लगा हाँ आवाज़ उठाएँगे।

जुलूस में खड़ा अनिमेष यही सब बातें सोच रहा था। किसी के बारे में पहली नज़र में फैसला करना बड़ा बचपना है, आज यह प्रमाणित हो गया था। किसी दिन बात नहीं हुई थी...सिर्फ़ देखकर लड़की के बारे में जो कल्पना कर ली

थी उसका तथ्य से कोई मेल नहीं था। लड़की इतनी सीरियस ऐसे स्पष्ट रूप में बात कर सकती है और निर्लिप्त भाव से अपने को आड़ में रखा था—वे दोनों आँखें देखकर अन्दाज़ा हो सकता था?

अनिमेष अनुभव कर रहा था कि आज बात करते समय लड़की की तरफ़ देखकर उसके दिल की धड़कन जो तेज़ हो गयी थी। अब बिलकुल नहीं थी। एक प्रकार की रोमांटिक धारणा के बदले उस लड़की के बारे में अब दूसरी तरह का कुतूहल पैदा हो गया था।

मीटिंग का आख़िरी स्लोगन उठा 'वियतनाम युग-युग जिए। अमरीका का काला हाथ चूर-चूर कर दो…तोड़ दो'। सारा विश्वविद्यालय गूँज रहा था। बात यह हुई थी कि विभान के भाषण के बाद वे सब एक जगह आ जाएँगे। उसने जाकर देखा कि विभान निर्देश दे रहा था कि आगे क्या करना है। जुलूस एक तरफ़ से कॉलेज स्ट्रीट में नहीं जाएगा। हेमर स्कूल के गेट से जुलूस का एक हिस्सा बढ़ेगा दूसरा कॉलेज स्क्वायर की तरफ़ से। पुलिस हैरिसन रोड और मेडिकल कॉलेज के सामने रहेगी। इस तरह अगर इन्हें रोका गया तो दूसरा जुलूस होस्टल के पास से कलुटोला चला जाएगा। अनिमेष से कहा गया था कि वह कॉलेज स्ट्रीट की तरफ़ जुलूस के साथ जाएगा।

वह ये सारी बातें इतनी जल्दी समझ गया कि ताज़्जुब हुआ। मानो शिक्षित सैन्यवाहिनी की तरह जुलूस दो-मुखी होकर आगे बढ़ रहा हो। सुदीप ने कॉलेज स्ट्रीटवाले जुलूस का आकार छोटा कर दिया था क्योंकि उनका काम पुलिस को व्यस्त रखना-भर था।

सुदीप, अनिमेष तथा कुछ दूसरे लोगों ने लीड करने के लिए स्लोगन दिया 'इन्कलाब ज़िन्दाबाद, छात्र ऐक्य ज़िन्दाबाद, मार्किन सरकार का पतन हो…पतन हो। तुम्हारा नाम, मेरा नाम वियतनाम-वियतनाम'। लहर की तरह स्लोगन चारों तरफ़ सुनाई पड़ रहा था। अब बड़ा जोश था। अनिमेष ने मुँह उठाकर देखा कि ऊपर के बरामदे से लड़के-लड़कियों की भीड़ झुककर इन्हें देख रही थी।

सुदीप ने भी लक्ष्य किया, बोला, ''एक दिन वे भी आएँगे…अनिमेष। रातोरात सब सैनिक हो जाएँगे इसकी उम्मीद न करो। व्यवधान तो रहेगा ही।''

जुलूस ट्राम की लाइन तक जाकर खड़ा हो गया। स्लोगन बेशक चलता रहा। जोश से सब अस्थिर हो रहे थे। अनिमेष ने दाएँ-बाएँ देखा, पुलिस कहीं दिखाई नहीं दी। सुदीप जुलूस को लेकर प्रेजिडेंसी कॉलेज तक पहुँचा। कॉफ़ी हाउस की गली से वैन आगे आयी। सामने जीप थी। उसमें कई अफ़सर बैठे थे।

पुलिस को देखते ही स्लोगन और ज़ोर से होने लगा। अनिमेष लाइन से बाहर निकलकर खड़ा हो गया और हाथ उठाकर स्लोगन दिया, 'साम्राज्यवादियों के दलालों के काले हाथ तोड़ दो…तोड़ दो।' हर आवाज़ में उसका समर्थन बज

रहा था, 'मार्किन दलाल, कांग्रेस सरकार का पतन हो···पतन हो। पुलिस द्वारा आन्दोलन नहीं टूटेगा···नहीं टूटेगा। वियतनाम को लाल सलाम···लाल सलाम। तुम्हारा नाम···मेरा नाम···वियतनाम···वियतनाम।'

चारों तरफ़ की दूकानें तेज़ी से बन्द हो रही थीं। फुटपाथ पर सैकंड हैंड पुस्तकोंवाले भाग-भागकर सुरक्षित जगह अपनी पुस्तकें रख रहे थे। बारिश आने से पहले जैसे हवा में बिजली चमकती है, कुछ ऐसी ही हालत थी यहाँ।

सुदीप बोला, ''मेन जुलूस अब तक सेंट्रल एवेन्यू चला गया होगा। हम फिर से कॉलेज स्क्वायर के सामने लौट जाएँ। चलो।''

जुलूस के मुड़ते ही कलुटोला मिर्ज़ापुर स्ट्रीट के शुरू में संख्यातीत पुलिस हाथों में लाठी लिये खड़ी दिखाई दी। अब छात्रों को विश्वविद्यालय वापस जाना होगा क्योंकि दोनों तरफ़ से रास्ता बन्द कर दिया गया था। ट्राम-बसें चल नहीं रही थीं। एक ट्राम हिन्दू स्कूल के सामने अटकी खड़ी थी। कुछ बदमाश टाइप के लड़कों के अलावा ट्राम खाली थी।

विश्वविद्यालय के सामने पहुँचते ही सब और मुखर हो गए। अनिमेष ने स्लोगन दिया, 'छात्र एकता जिन्दाबाद।' हर आवाज़ ने समर्थन किया, 'ज़िन्दाबाद···ज़िन्दाबाद।'

उसी समय जीप उनके पास आ गयी। जीप के सामने पोर्टेबल माइक पकड़े एक अफ़सर ने घोषणा की, ''इस इलाके भ एक सौ चवालीस धारा लागू है। आपको हुकुम दिया जाता है कि सड़क से चले जाइए। एक सौ चवालीस धारा का उल्लंघन कानूनी अपराध है।''

'पुलिस तुम्हारा हुकुम हम नहीं मानेंगे···नहीं मानेंगे।''

'जुल्मी पुलिस को पहचान लीजिए···इसी ज़मीन पर कर देंगे दिन।'

'वियतनाम लाल सलाम···लाल सलाम।'

ज़ोश इतना ज़्यादा था कि वापस आना मुश्किल था। सुदीप चिल्लाया, ''कॉमरेड! कांग्रेस सरकार की दलाल यह पुलिस हम पर जुल्म करना चाहती है। हम ऐसा कुछ नहीं करेंगे जिससे उन्हें मौका मिल जाए। ध्यान रहे—रक्त में लाल वियतनाम···बांग्ला देश का दूसरा नाम है।''

तभी ज़ोर की आवाज़ आयी। पाँव के नीचे की ज़मीन काँप उठी। कलुटोला की तरफ़ दो बम फटे थे। अनिमेष ने देखा कि एक पुलिसवाला ज़मीन पर पड़ा छटपटा रहा था। दो-तीन दूसरी तरफ़ जा पड़े थे। क्षण-भर में उधर का हिस्सा खाली हो गया; पुलिस गिरते-पड़ते मिर्ज़ापुर रोड पर खड़ी वैनों की तरफ़ दौड़ पड़ी।

अनिमेष इस हादसे के लिए बिलकुल तैयार नहीं था। दुर्घटना के कारण जुलूसवाले चकित रह गए थे। साथ ही, सुदीप ने सबको चेतन किया कि 'इन्कलाब ज़िन्दाबाद···ज़िन्दाबाद···ज़िन्दाबाद।'

तभी प्रेज़िडेंसी कॉलेज के तरफ़ से पुलिस वैन के सामने दो बम आ पड़े। चारों तरफ़ धुआँ-ही-धुआँ था। उधर पुलिस पीछे हट रही थी। सारा इलाका जनशून्य था। सुदीप फिर चिल्लाया, "कामरेड्स! आप सब गेट के सामने चले आइए। यदि वे हमला करें तो अन्दर घुस जाइए। बिना इजाज़त किसी शिक्षा-केंद्र में पुलिस नहीं घुस सकती।"

जुलूसवाले तुरत गेट के पास पहुँच गए। उस समय अनिमेष सड़क के ठीक बीच में खड़ा था। वह दोनों तरफ़ नज़रें दौड़ाकर बम को ढूँढ़ रहा था। पहले जो दो बम फटे थे उनका उसे ध्यान नहीं आया था, परन्तु बाकी दोनों बम प्रेजिडेंसी कॉलेज से आए थे, इसमें सन्देह नहीं था। इस तरह के प्रोग्राम के बारे में वह नहीं जानता था। नज़रें उठाकर देखा विश्वविद्यालय की बाल्कनी पर लड़कियों की भीड़ थी और उनकी नज़रें उस पर थीं। सुदीप के अनिमेष को पुकारते ही पुलिस ने टियर गैस छोड़ी। अनिमेष के बिलकुल सामने एक तीर गिरकर धुआँ उगलने लगा था। इसने देखा कि तीर अविकृत था। धुआँ एक तरफ़ से निकल रहा थीं? उसकी आँखें जल रही थी फिर भी पॉकेट से रूमाल निकालकर तीर उठाकर कुछ क़दम आगे बढ़ा और पुलिस की तरफ़ फेंक दिया। साथ ही ऊपर से कबूतरों के ढेरों पंख की तरह ज़ोर-ज़ोर से तालियाँ बज उठीं। उसके बाद टियर गैस की बारिश होने लगी।

अनिमेष सुदीप के पास सरक आया। सुदीप बोला, "इस तरह हीरो बनने के लिए बीच सड़क पर खड़े होने की ज़रूरत नहीं। वे किसी भी समय फ़ायरिंग शुरू कर सकते हैं।"

उसकी बात पर कान न दे, अनिमेष ने पूछा, "बम किसने मारा था? मालूम नहीं था कि यह सब होगा।"

सुदीप खीझ उठा, "मुझे ही क्या मालूम था? पुलिस ने अपने लोगों द्वारा बम फिंकवाकर पैनिक क्रिएट किया है। एक्शन लेने के लिए यह बहाना ज़रूरी था।...तुम इतना भी नहीं समझते?"

आँखों में आँसू आ गए। आँखें जल रही थीं। रगड़ने पर जलन ज़्यादा होने लगी। कितने ही लड़के अन्दर से पानी की बाल्टियाँ ले आए। देखते-देखते अनिमेष ने रूमाल भिगोकर आँखों पर लगाया। उसने देखा एक लड़का, जो विश्वविद्यालय का छात्र नहीं लग रहा था। बीच-बीच में दौड़कर सड़क पर से बड़ी दक्षता के साथ तीर इकट्ठे करके बाल्टी में डाल रहा था। उसी समय ऊपर के बरामदे से लड़कियों की चीखें आने लगीं। पुलिस अब बरामदे को निशाना बनाकर तीर छोड़ रही थी।

सुदीप बोला, "सालों का कांड देख रहे हो? लड़कियों ने तो उनका कोई नुकसान नहीं किया फिर भी तीर छोड़ रहे हैं वहाँ। कुछ इन्तज़ाम करना होगा।"

"क्या किया जाए।" अनिमेष ने पूछा।

"हम अटैक करेंगे।" सुदीप का चेहरा सख़्त हो गया। कहते ही वह दौड़कर उस तरफ़ गया। अनिमेष समझा नहीं कि 'अटैक करेंगे' कहने का उसका क्या मतलब था? राइफलधारी पुलिस के साथ लड़ाई करने की क्षमता क्या लड़कों में है? तभी उसके दिमाग़ में एक विचार आया। अब जो हो रहा है वह क्या उचित है? जो इश्यू लेकर वे अपना विक्षोभ प्रकट करना चाहते थे वह तो कूड़े में दबा पड़ा है। और यह ऐसी बात थी जिसे लेकर इतना बड़ा कांड किया जाता। यह तो मच्छर मारने के लिए कमान खींचना हुआ। इसे ध्यान आया कि विभान इस बीच असली जुलूस लेकर बहुत आगे जा चुका होगा। यानी विभान के रास्ते को निरापद करने के लिए ये लोग पुलिस को यहाँ अटकाए हुए हैं। एक चीख़ के साथ हैंऽ हैंऽ एँयँऽ एँयँऽ करते हुए लड़के को भागते देख अनिमेष घबरा गया। इस तरह की आवाज़ मनुष्य के गले से कब निकलती है कौन जाने। किन्तु लड़के अप्रकृतिस्थ दिखाई पड़े। साथ ही प्रेजिडेंसी कॉलेज के सामने लगातार बम गिरने शुरू हो गए। समझने से पहले ही अनिमेष ने देखा उस तरफ़ खड़ी ट्राम जल रही थी। अचानक इसे उसी दृश्य का ध्यान आ गया। पहली बार जिस रात उसने कलकत्ता में पाँव रखा था, एक ट्राम को इसी तरह जलते देखा था।

पूरी ट्राम ज़ोर-ज़ोर की आवाज़ करती हुई फट रही थी। जो लड़के भागकर गए थे उन्होंने पलक झपकते उसे ढँक दिया। उसी समय जो शब्द हुआ वह राइफ़ल का था। यह अनिमेष को बताने की ज़रूरत नहीं थी। प्राची सिनेमा के पासवाली गली से ऐसी ही एक आवाज़ उसके शरीर में छिद्र का चिह्न हमेशा के लिए छोड़ गयी। उस दिन मूर्खों की तरह गली में से बैग उठाकर भागा था। आज तड़ित वेग से गेट की ओट में खड़ा हो गया। फ़ायरिंग हो रही है, यह खबर विश्वविद्यालय में ज़ोर-शोर से फैलते ही ऊपर के बरामदेवाली भीड़ हवा हो गयी—अचानक।

अनिमेष ने आड़ में से देखा पुलिसवैन राइफल ताने आगे आ रही थी। वहाँ खड़े रहना विपद्जनक सोच वह विश्वविद्यालय में घुस गया। देखा शेल्टर की ओट में लड़कों ने तीर ले लिये हैं। दूर से दमकल की आवाज़ आ रही थी। आँखों पर रखा हुआ गीला रूमाल सूख गया था। जलन बढ़ गयी थी। अब क्या किया जाए? विभान ने कोई विशेष निर्देश नहीं दिया था। सुदीप दिखाई नहीं पड़ रहा था। बार-बार बम फट रहे थे। साथ में पुलिस की फायरिंग भी सुनाई पड़ रही थी। अनिमेष भागकर दो-तला पर आ गया। यहाँ बरामदा खाली था। सड़क के किनारे होने की वजह से यहाँ कोई दर्शक नहीं था। इसने झाँककर देखा, दमकलवाले काम में व्यस्त हो गए थे। ट्राम पर पानी की बौछार कर रहे थे। तभी ईंटें बरसने लगीं। ढेरों ईंटों के टुकड़े दमकलवालों पर पड़ने लगे कि उनके लिए काम करना

नामुमकिन हो गया। बादलों की ओट से युद्ध करने की मानिन्द विश्वविद्यालय की ओर से ईंटें पड़ रही थीं। पुलिस के लिए इस समय कुछ भी करना सम्भव नहीं रहा था।

जो भी हो, जो चाहा था वह सफल हुआ। आज की घटना कल के अख़बार में ज़रूर आएगी। इस बात का जितना प्रचार होगा; वियतनाम को लेकर छात्र जो उद्विग्न थे वह प्रकाश में आएगा। विभान क्या अन्ततः जुलूस लेकर मार्किन दूतावास तक पहुँच सका? जब तक कोई वापस नहीं आएगा, पता नहीं चलेगा। अचानक नीचे नज़र पड़ते ही अनिमेष ने देखा पुलिस के तीन आदमी हेमर स्कूल की तरफ़ से विश्वविद्यालय के लॉन में घुस गए हैं। बात क्या है? सुदीप तो कह रहा था कि अनुमति बिना पुलिस अन्दर नहीं आ सकेगी। तो क्या अनुमति मिल गयी?

अब ख़याल आया कि इतनी गड़बड़ हुई। लड़के-लड़कियाँ टियर गैस के कारण ग़ायब हो गए, किन्तु वाइस चांसलर की बात तो दूर कोई अफ़सर तक आगे आता दिखाई नहीं पड़ा। उन्हें शायद मालूम है कि लड़कों को किसी भी तरह से समझाया नहीं जा सकेगा। इसलिए मोर्चा छोड़कर बैठे हैं। पुलिस के किसी बहुत बड़े अफ़सर को वाइस चांसलर के कमरे में जाते हुए देखा। कुछ ही मिनट बाद अफ़सर ने नीचे आकर अपने सहकर्मियों से कुछ कहा। उसके बाद विश्वविद्यालय के चारों तरफ़ (इर्द-गिर्द) पुलिस-ही-पुलिस दिखाई पड़ने लगी।

अनिमेष को सुदीप कहीं दिखाई नहीं पड़ा। छात्रों की तरफ़ से अब क्या करना चाहिए? हुक्म मिलते ही पुलिस उस हिस्से में दौड़कर गयी जहाँ से छिपकर ईंटें फेंकी गयी थीं। कोई किसी को सतर्क कर सकता उससे पहले ही एक कांस्टेबल दो लड़कों को घसीटते हुए वैन की तरफ़ ले आया। अनिमेष लड़कों को पहचानता नहीं था। देखकर यह भी नहीं लगा कि वे विश्वविद्यालय के छात्र हैं! वे कैसे आ गए कौन जाने? छात्र-आक्रमण को तितर-बितर करने में समय नहीं लगा। चारों तरफ़ धुआँ-ही-धुआँ ईंटों के टुकड़े बिखरे पड़े थे। पुलिस ने विश्वविद्यालय पर कब्ज़ा कर लिया था। अगर यही अंजाम होना है तो इतना सब करने की क्या ज़रूरत थी? और यह अंजाम होगा, मालूम ही था। कुछेक छात्र किसी राष्ट्र के विरुद्ध इस तरह की लड़ाई नहीं कर सकते। और लड़ाई किसलिए हो रही थी कि हज़ारों मील दूर एक विदेशी राष्ट्र दूसरे राष्ट्र पर अत्याचार करता है इसलिए विरोध!! अनिमेष ने मन-ही-मन सिर हिलाया। नहीं, इस तरह नहीं चल सकता। शायद इस तरह टुकड़ों में कुछ विशृंखलता की सृष्टि करके पैनिक क्रिएट किया जा सकता है, किन्तु क्या वह फल प्रसू होगा?

बड़े से चबूतरे पर पुलिस लोगों से घिरी बैठी है। अनिमेष ने दो-तला के खाली बरामदे से अपनी क्लास के सामने आकर देखा, बीस-पच्चीस लड़कियाँ आँखों पर रूमाल रखे बैठी हैं।

पन्द्रह

एक के बाद एक युद्ध होता है और शत्रु की शक्ति ध्वंस की जाती है क्रम से। कल-कारखाने तैयार होते हैं एक के बाद एक। किसान खेती करते हैं दिन-पर-दिन। हम जो खाना खाते हैं, मुट्ठी-भर ही तो खाते हैं। सारा अन्न एक साथ खाना असम्भव होता है। एक ही पीस मील सॉल्यूशन है। माओ त्से तुंग की इस प्रसिद्ध उक्ति का प्रयोग कर रहा था सुदीप। एक साथ कोई भी काम करना मुमकिन नहीं। पीस मील सॉल्यूशन ही मात्र उपाय है। यह जो पुलिस और छात्रों का संघर्ष हुआ, शायद छोटी-सी घटना थी। किन्तु इस घटना से एक और घटना जन्म लेगी। अगर देश का हर व्यक्ति इस तरह करता रहा तो कोई सरकार उनका मुकाबला नहीं कर सकेगी। भारतवर्ष तब वियतनाम हो जाएगा।

शाम हो गयी थी। साहसी लड़के विश्वविद्यालय से चले गए थे। पुलिसवैन अब विश्वविद्यालय के गेट और कॉलेज स्ट्रीट में दूर-दूर खड़ी थी। चारों तरफ़ सन्नाटा था। पर दूकानें नहीं खुली थीं। थोड़े-बहुत लोग जो आ-जा रहे थे, वे भी डरे हुए थे। जली हुई ट्राम अभी तक हटायी नहीं गयी थी। लगता नहीं कि उसका कुछ भी बचा था। अब गड़बड़ की आशंका नहीं थी। सारे कलकत्ते को कॉलेज स्ट्रीट के संघर्ष का पता लग चुका था। ख़बर मिली थी कि विभान का जुलूस एयर लाइंस के पास पुलिस ने रोक लिया था। जुलूस बड़ी शान्ति से गया था इसलिए वहाँ कोई दुर्घटना नहीं हुई। चार व्यक्तियों का प्रतिनिधि दल लेकर विभान मार्किन दूतावास में विरोध पत्र पहुँचा आया था। वह विश्वविद्यालय तक बेशक नहीं आ सका। एक लड़का आकर सूचना दे गया था।

सुदीप चार-पाँच व्यक्तियों के साथ बात कर रहा था।

अनिमेष बोला, "आप जो कह रहे थे इसका इश्यू लेकर कुछ करना सम्भव नहीं है। और फिर–।"

चुरुट जलाकर, एक हाथ से इसे रोकते हुए सुदीप कुछ देर उसे चुपचाप देखता रहा। फिर बोला, "मैं जानता हूँ। किन्तु इसी तरह मनुष्य को चेतन करना होगा। अगर किसी लक्ष्य तक पहुँचना सम्भव नहीं तब कपट का सहारा लेना पड़ता है। आज की घटना न होती तो विभान मार्किन दूतावास तक न पहुँच पाता।"

"मार्किन दूतावास पहुँचकर फ़ायदा क्या हुआ? वे हमारी बात सुनेंगे? यह भी तो एक तरह की चाटुकारिता हुई।" एक लड़का बोल पड़ा।

अनिमेष ने चौंककर उसे देखा। गोरा सुन्दर! इससे पहले उसे कभी बोलते नहीं देखा था।

सुदीप बोला, "आप लोग याद रखिए, हम गणतंत्र में विश्वास करते हैं।

चीन का दलाल कहकर गुलज़ारी लाल नन्दा ने जब हमें वर्गीकृत किया था, तब हमारी पार्टी के सेक्रेटरी ने जो स्टेटमेंट दिया था, उसे पढ़ना।"

अनिमेष बोला, "वह क्या है?"

"उन्होंने कहा था कि हम सशस्त्र युद्ध की बात नहीं सोचते। हमारा दल आइन सम्मत (कानून माननेवाला) है और खुलकर काम करना चाहता है। एक बार फिर साफ़-साफ़ कह दूँ कि तेलंगाना-मार्का सशस्त्र संघर्ष के लिए अंडर ग्राउंड रहने की हमारी योजना नहीं है।"

लड़का बोला, "फिर हममें और सी.पी.आई. में क्या अन्तर हुआ।"

सुदीप बोला, "वे सुविधावादी हैं, रूस के ताबेदार।"

अनिमेष ने पूछा, "अगर पार्टी का यही सिद्धान्त है तो हम संघर्ष में क्यों उतरे।"

सुदीप के चेहरे पर आश्चर्य खेल गया, "किसने कहा हम संघर्ष में पड़े। बिना उकसाए पुलिस ने हम पर टियर गैस छोड़ी, गोली चलायी। छात्र आन्दोलन को नीचा दिखाने के लिए अपने गुंडों से ट्राम जलवायी। जिन्होंने ट्राम जलायी थीं तुमने उन्हें देखा? क्या वे छात्र जैसे लग रहे थे? फिर···दो-एक ईंटे जो यहाँ से फेंकी गयी थीं, वे भी उकसाने पर। सारी बात प्लैंड थी यह समझने में कठिनाई क्यों है?"

एक लड़का दौड़ता हुआ आया, बोला, "सुदीप रिपोर्टर्स आए हैं, वे बात करना चाहते हैं। क्या करोगे?"

"क्या करूँगा मायने?"

"विभान तो है नहीं।"

"मैं तो हूँ। उन्हें कैंटीन में बिठाओ और राखाल दा' से चाय तैयार करने को कहो। मैं आता हूँ।" लड़के के जाने के बाद वह बोला, "लगता है, कुछ लड़कियाँ अभी भी रुकी हुई हैं। उनको समझा दो कि डरने की कोई बात नहीं···वे घर चली जाएँ। रिपोर्टर्स को मैं सँभालता हूँ।"

सुदीप बड़ी गम्भीरता से यूनियन ऑफ़िस की तरफ़ चल दिया। अनिमेष ने गोरे लड़के को अपने आप बातें करते सुना। पता चल रहा था कि आज की घटना को लेकर ज़रा भी सन्तुष्ट नहीं था। खुद अनिमेष को भी चैन नहीं आ रहा था।

साथियों से विदा लेकर अनिमेष अपने क्लास रूम की तरफ़ चल पड़ा। इससे पहले जब लड़कियों को देखा था उनसे बात नहीं की थी। दरवाज़े से चुपचाप निकलकर सुदीप को ढूँढ़ने नीचे उतर आया था। अब सीढ़ियों के बीच उनसे सामना हो गया। वे उतर रही थीं।

"आप लोगों का संघर्ष समाप्त हो गया?"

अनिमेष ने उन्हीं आँखों को देखा। इस समय जवाकुसुम की तरह लाल हो रही थीं। इसकी अपनी हालत भी यही थी, पर काफ़ी सँभाल लिया था ख़ुद को। एक और लड़की रुआँसी-सी होकर बोल पड़ी, "ट्रामें चल नहीं रहीं? मैं घर कैसे जाऊँ...बताइए।"

"कहाँ रहती हैं आप?" कमज़ोर-सी डरी लड़की को अनिमेष ने देखा।

"ठाकुरिया।"

"ट्रेन से जाएँगी?"

"नहीं...नहीं ट्रेन से जाने पर बहुत चलना पड़ेगा।"

"फिर सेंट्रल एवेन्यू चली जाइए...वहाँ से सब बसें मिलेंगी।"

"यह क्या? एक व्यक्ति तो कह रहा था कि सब बस-ट्राम बन्द हैं।"

"सिर्फ़ कॉलेज स्ट्रीट में। आप इडेन होस्टल के बराबर से चली जाइए। उत्तर या दक्षिण—दोनों तरफ़ की गाड़ियाँ मिल जाएँगी।"

अनिमेष के बताने पर उनके चेहरे खिल उठे। मानो कुएँ से निकाला हो उन्हें। नीचे उतरकर दुर्बल-सी लड़की ने पूछा, "पुलिस गोली तो नहीं चलाएगी?"

अनिमेष हँस पड़ा, "कैसी ताज़्जुब की बात है। ख़ामख़्वाह पुलिस गोली क्यों चलाएगी?"

एक और लड़की बोली, "क्यों...चलायी नहीं है उसने...? कोई भरोसा नहीं।"

"नहीं अब सब ख़त्म हो गया है।" अनिमेष ने दिलासा देने की कोशिश की।

उसने देखा सब कुछ-न-कुछ बोल रही थीं, किन्तु जिसने पहला प्रश्न किया था वह चुप थी। जैसे जवाब मिले बिना वह बात नहीं करेगी। अनिमेष श्लेषपूर्ण प्रश्न को नज़रअन्दाज़ करके दूसरी लड़कियों से बात करता रहा।

उस बीच क्लास के बाकी लड़के-लड़कियाँ ईडन होस्टल के रास्ते से जाना शुरू हो गए। सब चुपचाप जा रहे थे। एक लड़की को चुपचाप खड़े देखकर अनिमेष को ताज़्जुब हुआ।

ज़रा परेशान-सा होकर उसने पूछा, "आप नहीं जाएँगी?"

"सब बीमारियों के लिए आप एक ही ओषधि खाते हैं?"

"मायने...।"

"परोपकार करने में इतनी जल्दबाज़ी क्यों करते हैं? सेंट्रल एवेन्यू पर मेरा रास्ता है, आपसे किसने कहा?"

"आप इतना घुमा-फिराकर क्यों कह रही हैं? हर समय किसी को चोट पहुँचाने में आपको आनन्द मिलता है? कहाँ रहती हैं आप?"

"क्यों...आप पर क्या दायित्व है मेरी देखभाल करने का?"

"अगर कहूँ है। हाँ, अगर आपको आपत्ति हो तो बात अलग है।"

"यह भी क्या संग्रामी क़दम है?"

"और कुछ कहना है? तो एक ही बार में कह डालिए।"

"आप लोगों का कांड देखकर दिमाग़ ठीक रखना मुश्किल है।"

"ज़रा आराम से बताइए किस तरफ़ जाना है?"

लड़की अनिमेष की तरफ़ देखकर बोली, "उस दिन आपने कहा नहीं था कि आप मुफ़स्सल के लड़के हैं? वह सहानुभूति प्राप्त करने का बहाना था, किन्तु इस बीच···।" बात पूरी किए बिना वह हँस पड़ी।

अनिमेष ने देखा बराबर-बराबर दाँतों की पंक्ति में एक तरफ़ का दाँत हाथी के दाँत की तरह आगे को था जिससे हँसी और भी सुन्दर लग रही थी। नज़र पड़ते ही वह क्रोध भी नहीं कर सका। बोला, "आप लगातार झगड़ा किए जा रही हैं।"

लड़की ने सीरियस होने की कोशिश की। कॉलेज स्ट्रीट की तरफ़ मुँह करके उसने पूछा, "यहाँ से नहीं जा सकते?"

"कहाँ जाएँगी अभी तक बताया नहीं। अगर आपत्ति है तो···।"

"आपत्ति क्या होगी! हमारा घर बेलघटिया में है। सियालदह जाने में आसान पड़ेगा···आप उस तरफ़ गए हैं?"

"नहीं···अगर मैं सियालदह तक चलूँ···।"

"चलिए···।"

कॉलेज स्ट्रीट से जाने में अनिमेष ज़रा घबरा रहा था क्योंकि अभी तक काफ़ी पुलिस वैन वहाँ खड़ी थीं। उनमें से अगर किसी ने गड़बड़ के समय इसे बीच सड़क से टियर गैस के सेल बटोरते देखा हो! इसलिए आमना-सामना होने पर उसे पकड़ लेना कोई ताज़्जुब की बात नहीं थी। पर लड़की को ये बातें बताने में संकोच हो रहा था। सच ही तो है सियालदह जाने के लिए सेंट्रल एवेन्यू की तरफ़ से जाने में कोई तुक नहीं थी। दो-एक व्यक्ति जल्दी-जल्दी फुटपाथ पर चल रहे थे। उस समय जली हुई ट्राम को हटाने का इन्तज़ाम किया जा रहा था।

अनिमेष बोला, "चलिए···कॉलेज स्क्वायर के रास्ते से निकल जाएँ।"

वे लोग जब रास्ता पार करके फुटपाथ पर आए तो एक व्यक्ति ने बड़ी अवहेलना से हाथ नचाकर उन्हें आगे बढ़ जाने को कहा। लड़की दबी आवाज़ में बोली, "वे हमारी केयर नहीं करते।"

कॉलेज स्क्वायर के अन्दर घुसकर अनिमेष ज़रा सहज हो गया। सामने विद्यासागर का स्टैच्यू जड़ की तरह देख रहा था। ये मूर्तियाँ देखकर आजकल बेचैनी होने लगती है। उस समय के लोगों को हमने धीरे-धीरे लिलिपुट बना डाला है।

मिर्ज़ापुर की कुछ दूकानें खुली थीं। हर मोड़ पर लोगों की भीड़ थी। शायद आज दोपहर की घटना को लेकर बातें कर रहे थे। यानी विभान की परिकल्पना सार्थक हो गयी है। इसे एक तरह की जीत ही माननी होगी। टुकड़ों में अगर सफलता मिले तो उन्हें जोड़कर पूर्णता मिलेगी।

लड़की ने अचानक पूछा, "अच्छा···आज जो कुछ किया उससे किसका क्या लाभ हुआ···बता सकते हैं?"

अनिमेष बोला, "हम बिलकुल मेरुदंडहीन नहीं हैं, यह प्रमाणित हो गया।"

"अच्छा···?" लड़की ने टेढ़ी नज़रों से देखा, "पाड़े के गुंडे जब पुलिस के साथ बम लेकर लड़ाई करते हैं, तब उन्हें भी मेरुदंडहीन कहने का मन नहीं होता।"

"आश्चर्य! दोनों बातें क्या एक हैं? वे लड़ते हैं बिना कारण—जस्ट गुंडागिरी करते हैं।" अनिमेष विरक्त हो गया।

"आप लोगों के पास क्या कारण था? कि वियतनाम पर अमरीका अत्याचार करता है इसलिए कलकत्ता की ट्राम जलाओ, पुलिस को मारो, साधारण मनुष्य की असुविधा को नज़रअन्दाज़ करके···कैसा महान कार्य है!"

अनिमेष की भौंहें चढ़ गयीं, "आप कहना क्या चाहती हैं?"

"देखिए···मैं साधारण लोगों के दल की हूँ। दिमाग़ में कोई और चिन्ता न हो तो जो समझ सकता है···ये है स्टंट करने की कोशिश। अपना अस्तित्व प्रमाणित करने का सहज रास्ता। अच्छा···क्या आप सचमुच स्वयं को कम्युनिस्ट सोचते हैं?"

"कम्युनिस्ट? मुझे ठीक से नहीं मालूम। पर मैं ऐसी समाज व्यवस्था चाहता हूँ, जहाँ कोई वैषम्य न हो। वह आकाश से तो नीचे उतरेगा नहीं। इसलिए कई आदर्श रखकर आगे बढ़ना होगा। उस क्षेत्र में कम्युनिज़्म का कोई विकल्प नहीं है।"

"अच्छा···आपका दल जो कर रहा है वह साम्यवाद का लक्षण है?···मालूम नहीं क्यों···पर मुझे लगता है कि आप लोग ग़लती कर रहे हैं।"

"आप कांग्रेस सरकार का समर्थन करती हैं?"

"बिलकुल नहीं, पर मुझे लगता है, आपके दल की सरकार आएगी···वह भी कांग्रेस सरकार हो जाएगी। रुपए की यह चीठ और वह पीठ।"

अनिमेष को एकदम निशीथ बाबू का चेहरा ध्यान आया। जलपाइगुड़ी के जिला स्कूल में जिन मास्टर साहब ने पहली बार देश के बारे में इसे चेतन किया था। उनका भी तो एक ही वक्तव्य था। वह अब भी याद है इस देश में कम्युनिस्ट सरकार बननी मुश्किल है। अगर कभी बन गयी तो देखना हम जो-जो कर रहे हैं वे उसकी नकल करेंगे और जो नहीं किया वे नहीं करेंगे। ऊपर से उनकी एक

समस्या और है कि जिस फ्रैंकस्टाइन को उन्होंने जन्म दिया है उसे सँभालना मुश्किल हो जाएगा। किसी एक की क्षमता से मुक्ति पाने के लिए तुम दस तरह के भँवर में पड़ोगे। किन्तु अपनी क्षमता होने पर देखोगे कि वे भँवर सैकड़ों तरह के हो गए।

कम्युनिस्ट पार्टी का दिमाग़ या मध्यम प्रकार के नेताओं को अनिमेष नहीं पहचानता। किन्तु विभान आदि की बातचीत उसे पहले दिन से ही पसन्द नहीं आयी थी। हर समय एक ही तरह का मनोभाव कि एक व्यक्ति को दल की तरफ़ से निश्चय नहीं करना चाहिए। यह सच है कि मार्क्सवाद को छोड़कर इस देश की मुक्ति नहीं हो सकती तो किसी अन्य दल के विकल्प की बात नहीं सोचनी चाहिए? छात्र परिषद का शचीन उस दिन मतवाद की बात बता रहा था अथवा मुकुलेश जो करना चाहता था वह मात्र मन की झोंक है। वास्तव में मनुष्य की सहजात प्रकृति यह है कि वह एकदम हताश हो जाता है। काम प्रारम्भ करने से पहले जो व्यर्थ ही उसके परिणाम की चिन्ता करते हैं वे कुछ नहीं कर सकेंगे।

लड़की ने पूछा, "इतनी देर से क्या सोच रहे हैं?"

अनिमेष को ध्यान आया कि वे सियालदह स्टेशन के पास पहुँच गए हैं। यहाँ हमेशा की तरह सब शान्त था। एक मील दूर ऐसा कांड हो गया है, इस इलाके को देखकर पता नहीं चलेगा?

अनिमेष बोला, "कुछ नहीं⋯किसी और दिन इस बारे में आपसे बात करूँगा। आपकी ट्रेन किस टाइम है?"

"अब तो बहुत-सी ट्रेनें हैं। आपको इतनी दूर लाकर तकलीफ़ दी।"

"तकलीफ़ कैसी! सियालदह आकर मेरा मन ख़ुश हो जाता है।"

"यह क्या?⋯क्यों?"

"स्टेशन में घुसते ही रेलगाड़ी देखता हूँ और बैलगाड़ी देखकर जलपाइगुड़ी याद आ जाता है। बचपन ऐसी चीज़ है कि सब घाव मन्दमित कर देता है⋯कुछ क्षणों के लिए।"

"आपके घाव है?" लड़की ने गरदन मोड़कर देखा।

सुनकर अनिमेष चौंक पड़ा। फिर हँसा, "आप ऐसा प्रश्न करती हैं जिसका उत्तर नहीं दिया जा सकता।"

"फिर आपको ऐसी बात नहीं करनी चाहिए जिसका मतलब आप न जानते हों।" नॉर्थ स्टेशन के गेट पर आकर लड़की रुककर बोली, "अब मैं चली जाऊँगी, इतना सब करने के लिए आपका धन्यवाद।"

"कुछ नहीं किया⋯।"

"ठीक है⋯असल में हम लड़कियाँ पहले से भय की कल्पना करके परेशान हो जाती हैं। पुरुष जो कर सकता है मैं भी कर सकती हूँ। किन्तु कुछ हो जाए

तब 'यदि-यदि' करके नर्वस होना हमारी आदत बन गयी है। क्या करूँ बताइए। वरना रोज़ की तरह क्लास से निकलकर आज भी चली आती जैसे अब आयी हूँ।" हाथी के-से दाँत निकालकर वह हँसी।

"आपको अफ़सोस है कि मैं साथ आया?"

"यह भी हम लड़कियों की आदत है, सिर पड़ जाती हैं। यह मैंने एक बार भी नहीं कहा। अरे देखिए तो कितनी अभद्र हूँ मैं। आप कहाँ रहते हैं पूछा ही नहीं।" होंठ बिचकाकर हँसते हुए नज़रें अब भी बोल रही थीं।

"हाति बागान के एक होस्टल में।"

"आप होस्टल में रहते हैं? अच्छा…।"

"मायने? इस सम्बन्ध में अब कोई और थियोरी है।"

"होस्टल के लड़के ज़रा डैस्परेट और स्वार्थी होते हैं।"

"अच्छा…! वाह यह तो ज़बरदस्त सूचना है।"

"अकेले रहकर सोचना कि आप जो कुछ करते हैं, वही ठीक है कि नहीं।"

"वाह…गुड!" जानकारी हासिल करने की भंगिमा से उसने सिर हिलाया। अचानक यात्रियों की भीड़ बढ़ गयी। ऑफ़िस से लौटे हुए लोग गिरते-पड़ते ट्रेन पकड़ने को भाग रहे थे। गेट पर जो टिकट क्लर्क खड़ा था उसकी भंगिमा जगन्नाथ जैसी थी। उसके हाथ हैं या नहीं पता नहीं चलता था। लड़की को जाते देख अनिमेष ने पूछा, "टिकिट लेंगी ना?"

"मेरे पारा मंथली टिकट है।"

अनिमेष का मन हो रहा था कि ट्रेन में चढ़ जाए। बहुत दिनों से नहीं चढ़ा है। जलपाइगुड़ी जाने-आने के अलावा ट्रेन में जाने का सवाल ही नहीं था। बोला, "ज़रा ठहरिए, मैं टिकट लेकर आता हूँ।"

"क्यों? आप कहाँ जाएँगे?" लड़की की आँखों में ताज़्जुब था।

"ट्रेन में जाने की बहुत इच्छा हो रही है।" कहकर जल्दी से काउंटर के सामने जा खड़ा हुआ। ऑफ़िस टाइम की वजह से काउंटर पर भीड़ कम थी। यहाँ के यात्रियों के पास मंथली टिकट रहता है। इसने बेलघटिया का टिकट ले लिया। हातिबागान से बेलघटिया तक बस आती-जाती है। लौटते समय उसमें आ जाएगा।

अनिमेष को आते देख लड़की प्लेटफ़ॉर्म पर आ गयी। आसपास कितनी ही गाड़ियाँ खड़ी थीं, लेकिन उनमें बहुत भीड़ थी।

अनिमेष बोला, "अरे ब्बस! इनमें चढ़ेंगे कैसे?"

लड़की बोली, "आप लोगों के लिए एडवेंचर का आनन्द है और हमारे लिए जान बचाने का। खुद सुख से रहो तो यह सब किया जा सकता है।"

"चोट पहुँचाने में आपको आनन्द मिलता है क्यों?"

लड़की ने उस बात का कोई उत्तर नहीं दिया, बोली, "आप मेरे साथ चल रहे थे कोई देख ले तो क्या कैफ़ियत दूँगी?"

"कैफ़ियत क्यों? मेरे साथ चलने में कोई दोष था?"

"शाम के समय किसी लड़के के साथ घूम रही हूँ। समाज को तो आप लोग ही निमन्त्रण देते हैं।"

"समाज जैसा कुछ नहीं है अब।"

"अच्छा···तो फिर अच्छी सामाजिक-व्यवस्था क्यों चाहते हैं?"

अनिमेष ला-जवाब हो गया। यह लड़की बात को कहाँ-से-कहाँ ले आयी। अब इसके मन में हीनता का भाव शुरू हो गया। हर बात में इससे हार जाता है।

"क्यों? मुँह क्यों फीका पड़ गया। डरिए मत···कोई पूछेगा तो मिलवा दूँगी कि ये महान कर्मी हैं। आज यूनिवर्सिटी में दंगा-फसाद करके आए हैं। सुनकर कोई दूसरी बात नहीं सोचेगा।"

वह अनिमेष के साथ प्लेटफ़ॉर्म के आखिर तक आ गयी। इस तरफ़ लाइन पर कोई गाड़ी नहीं थी। यात्रियों, हॉकर, कुलियों की गहमागहमी थी। उसे पहली रात का ध्यान आ रहा था जब वह अकेला जलपाइगुड़ी से आकर सियालदह उतरा था। यहाँ आकर पहले तो समझ ही नहीं आया कि कलकत्ते को एलर्जी हो गयी है। यह बात त्रिदिव से सुनी थी। बीच-बीच में विक्षोभ, ट्राम-बसें जलाना, एलर्जी ही तो है। जिस तरह चिंड़ी खाकर कई दिन तक बदन में एलर्जी हो जाती है फिर दब जाती है।

लड़की ने पूछा, "कहाँ तक का टिकट लिया है?"

"बेलघटिया।"

"आपका मतलब क्या है···बताइए?"

"पता नहीं।"

"बनिए मत···। मेरे घर जाना चाहते हैं?"

"आपको एतराज़ हो तो नहीं जाऊँगा।"

"बिलकुल एतराज़ है। मैं किसी अनजान को घर नहीं ले जा सकती। घरवाले जब पूछेंगे कि क्यों आए हैं तो क्या जवाब दूँगी। एडवेंचर के लिए आए हैं।"

"नहीं···कहिएगा घूमने आया है।"

"आप मुझे क्या समझते हैं?"

"एक शिक्षित महिला।"

"कोई शिक्षिता एक दिन के परिचय में किसी लड़के को घर ले जाकर आव-भगत करे···बिना किसी प्रयोजन के। आप भी कैसे आदमी हैं कि बिन बुलाए

हमारे घर जाना चाहते हैं?"

"कहा तो आपत्ति हो तो नहीं जाऊँगा।"

"सुन तो रहे हैं"मुझे आपत्ति है।"

"अच्छा नहीं जाऊँगा।"

"फिर मेरे पास क्यों खड़े हैं?"

"जब टिकट ले लिया है तो ट्रेन में जाऊँगा ही। उसमें आपको आपत्ति करने का अधिकार नहीं है।"

"वह तो नहीं है, पर कम्पार्टमेंट में मत बैठिए। आपने मेरी सहायता की है मैंने धन्यवाद दे दिया। इससे अधिक मत माँगिए।"

"अच्छा।"

पर अनिमेष हटा नहीं। लड़की की तरफ़ उद्विग्न मुँह के साथ ट्रेन का इन्तज़ार करने लगा। अब प्लेटफ़ॉर्म भर गया था। यों ही टिकट कटाकर अब अस्वस्ति हो रही थी। लड़की तो सहज व्यवहार कर रही थी। जैसे शरीफ़ लड़कियाँ बात करती हैं। उसके घर जाने की इसे तनिक भी इच्छा नहीं थी, किन्तु चिढ़ाने में मज़ा आ रहा था। लड़की नाराज़ हो जाए तो रुकना नहीं जानती। इसका मुँह देखकर साफ़ लग रहा था। अनिमेष ने जल्दी से आसपास देखा कोई इनकी बातें तो नहीं सुन रहा। दो-एक आदमी दूर से अचार खाने की तरह लड़की को देख ज़रूर रहे थे, पर बातें सुन सकें इतने पास नहीं थे। अगर इसके साथ बेलघटिया स्टेशन पर उतरकर इसके घर तक जाए तो यह क्या कर लेगी? सोचते ही हँसी आने लगी।

"पास खड़े होकर पागलों की तरह मत हँसिए।" लड़की फुँफकार उठी।

अनिमेष ने चकित होने का अभिनय किया, "अरे! मैं हँस भी नहीं सकता?"

"दूर जाकर हँसिए।"

"आप तो बहुत नाराज़ हो गयीं। अगर ऐसी आदत हो गयी है तो तुरत डॉक्टर को दिखाइए। क्योंकि यह भी एक तरह की बीमारी है।"

उसी समय ट्रेन प्लेटफ़ॉर्म पर आ गयी। यात्रियों के उतरने से पहले ही उसमें चढ़ने के लिए धक्का-पेली शुरू हो गयी। अनिमेष ज़रा दूर खड़ा आतंक से देखता रहा। कुछ ही सेकंड में ट्रेन भर गयी। अभी भी बहुत से लोग प्लेटफ़ॉर्म पर भाग-दौड़ रहे थे कि जगह मिल जाए। चीख़-चिल्लाहट में कुछ सुनाई नहीं पड़ रहा था। ये लोग रोज़ इसी तरह गिरते-पड़ते जाते हैं। उन्हें देखकर पता नहीं चलता कि वे असन्तुष्ट हैं या नहीं। अभ्यास शायद सब कुछ सहज कर देता है। इसके लिए कोई विक्षोभ नहीं है इन्हें। इतना भी न मिले तो बीच-बीच में अग्निकांड हो जाता है। कितना भी कम चाहे इनसान, उसे भी दूर करने में सरकार

अक्षम होती है। अच्छी कम्युनिस्ट पार्टी तो इस बारे में बातचीत कर सकती है।

साथ ही लड़की का ध्यान आते ही पलटकर देखा वहाँ कोई नहीं था। वह कैसे गायब हो गयी? अनिमेष चारों तरफ़ देखने लगा। तो क्या भीड़ ठेल कर वह ट्रेन में चढ़ गयी थी? इस तरह का असम्भव काम? किसी लड़की के लिए? अब इसे असम्भव नहीं लग रहा था। इसने लड़कियों को धक्का-पेली करते देखा है।

बड़ा अकेलापन लग रहा था अब। इतनी देर से बातों की काटा-पीटी करके भी जो बुरा नहीं लगा, अब उसे न देख बुरा लग रहा था। जल्दी-जल्दी कम्पार्टमेंट पर नज़र डालने लगा। कोई अन्दर हो भी तो बाहर से, इस भीड़ में पता नहीं चल सकता! इस तरह किसी को खोज पाना असम्भव था। अनिमेष सोच रहा था कि इस स्थिति में भी अगर वह दिखाई पड़ जाए तो बहुत-सी बातें सच हो सकती हैं। मानो अपने भाग्य को परखने के लिए उसने कम्पार्टमेंट्स देखने शुरू कर दिए।

भाग्य आसपास ही इसकी प्रतीक्षा कर रहा था। देखकर ताज़्जुब हुआ। इस कम्पार्टमेंट में भी लोग थे किन्तु दूसरों से अपेक्षाकृत कम। क्योंकि बड़े-बड़े हरफ़ों में महिला एवं फर्स्ट क्लास का निशान था। उसी की एक खिड़की में वह लड़की बैठी बहुत देर से इसे देख रही थी। मानो कुछ हुआ ही नहीं, इस तरह अनिमेष खिड़की के पास खड़ा होकर बोला, "आप फ़र्स्ट क्लास की पैसेंजर हैं?"

"लाचार होकर आप भी चढ़ सकते हैं क्योंकि यहाँ बहुत से दूसरे दर्जे वाले लोग भी चढ़ गए हैं। आपका एडवेंचर हो गया?"

"हाँ…।"

"यह क्या…जाएँगे नहीं?"

"अब मन नहीं है।"

"इतनी जल्दी मन नहीं रहा?"

"जिसके साथ जाना था वही जब इस तरह की भद्रता कर सका…।"

"यह बात आपको शोभा नहीं देती।"

"क्या बात…।"

"भद्रता…।"

"क्यों? मैंने कोई अभद्रता की है?"

"इतनी देर जिसके साथ आए, बातें कीं, घर जाना चाहा, एक बार नाम जानने को मन नहीं हुआ? मैं लड़की हूँ, यही आपके लिए सबकुछ है।"

अनिमेष ने उसे सीधे देखा। ट्रेन चलने को थी। लड़की हँसी, "अपने को कभी छोटा नहीं समझा, आज हो गयी। मेरा नाम माधवीलता मुखर्जी है।"

"माधवी…?"

"उँ-हूँऽ फूल नहीं, मैं केवल लता हूँ...माधवीलता।"

अनिमेष ट्रेन को जात्ते हुए नहीं देख रहा था।

सोलह

ऐसे विषैले साँप होते हैं जो काट लें तो क्षणमात्र में शरीर नीला पड़ जाता है। कोई वैज्ञानिक उसका उपचार नहीं कर पाता। अनिमेष ने सुना था कि विष जब शरीर में फैलता है तब ज़हर का नशा मनुष्य को आच्छन्न कर देता है; उसे नींद आने लगती है। और वही नींद कब चिरनिद्रा हो जाती है, पता नहीं चलता।

नए होस्टल के कमरे में कल रात अनिमेष ने उनींदे ही काट दी थी। नज़रों के सामने आकाश का रूप बदल गया। ट्राम की आवाज़ डूब गयी, कलकत्ता शीतल हो गया और पहली ट्राम नए दिन को कब ले आयी इसे पता नहीं चला।

आँखों की पुतलियों में जुगनू की तरह आग की चिंगारियाँ नाचती रहीं। वह कैसे सोता। आँखें खोलते ही जो चेहरा उभरता--माधवीलता का।

भोर की पहली किरण इतनी आन्तरिक होती है, ऐसी कोमल अनुभूति दिल में फैल जाती है इसे मालूम नहीं था। यही आलोक अब पृथ्वी के अनेक स्थलों पर फैलकर कैसा प्रिय हो गया है। अनिमेष को लग रहा था कि इसके दिल का अपनापन किसी और तरफ़ नहीं जा रहा था। जीवन में कभी नशा नहीं किया अथवा मौक़ा नहीं मिला। किन्तु कल से खुद को नशाग्रस्त अनुभव कर रहा है। जैसेकि उसे मारात्मक (विषैले) साँप ने अचानक काट लिया था। अब वह कुछ नहीं कर सकता था।

कल दोपहर से पहले माधवीलता को अच्छी तरह पहचानता तक नहीं था। क्लास में कभी-कभी नज़रें मिल जातीं, किन्तु उन नज़रों की भाषा पढ़ने की इसने कोशिश नहीं की थी। कोई संस्कार इसे विरत करता था। इस बारे में वह बिलकुल निःस्पृह था। और इधर राजनीतिक मामले में वह इतना डूब गया था कि जीवन के इस पक्ष की तरफ़ ध्यान नहीं गया। परन्तु कल इस प्रकार की उत्तेजनापूर्ण घटना से इसकी नर्व्ज़ खिंच रही थी। वह इस तरह निहत हो जाएगा किसे मालूम था! खिड़की के पास खड़े होकर अनिमेष हँस पड़ा। बहुत दिन पहले की सुनी-सुनाई बात का ध्यान आ गया। मालूम नहीं कब भूल गया था।

माधवीलता को वह पहचानता नहीं। उसके पारिवारिक परिचय इसे मालूम नहीं। केवल इतना मालूम था कि लड़की नरम दिल की है, मूर्ख नहीं। कोई-कोई लड़की शायद सहज ही आत्मसमर्पण करने को जन्म नहीं लेती। माधवीलता उसी तरह की लड़की है। कल विश्वविद्यालय से स्टेशन तक पैदल जाते समय अनिमेष

ने देखा था कि माधवीलता में निजी विचारधाराएँ हैं। उन्हें सँवारकर स्पष्ट भाषा में कहने की क्षमता है। ऐसे सतेज़, खरे आत्मविश्वास के साथ किसी लड़की को बात करते नहीं देखा था। कलकत्ता आकर नीला से बातचीत होती थी। वह बड़ी डैस्टपरेट लड़की है किसी तरह की कोमलता नहीं है उसमें। किन्तु उसने कभी आकर्षित नहीं किया; दिल की धड़कनें कभी तेज़ नहीं हुईं। नीला के साथ कोई भी पुरुष समय काट सकता है। इसके अलावा कुछ बातों में नीला की मानसिकता सीमित है, माधवीलता की तरह प्रकाश नहीं फैलाती।

किन्तु कल माधवीलता ने ऐसा कोई संकेत नहीं दिया कि अनिमेष की यह दशा होती। बल्कि कहा जा सकता है कि वह पूरी तटस्थता से बात करते समय चोट पहुँचाती थी। स्टेशन से ट्रेन चले जाने के बाद अनिमेष को मानो अचानक किसी असीम में छोड़ दिया था। जहाँ केवल बहते जाना था, बहते जाना था। इसे ख़याल आया कि माधवीलता को लेकर जो कुछ सोच रहा है माधवीलता उसका समर्थन नहीं भी कर सकती है। हो सकता है, वह किसी और से प्रेम करती हो।

सोचते ही वह परेशान-सा हो उठा। कल से जो ज्वार उस पर हावी हो गया था, धीरे-धीरे स्थिर होने लगा। वह माधवीलता को नहीं जानता। इस स्थिति में स्वयं को प्रकाशित करने पर शायद मज़ाक़ बन जाएगा। इसके अलावा उसकी सामाजिक और पारिवारिक स्थिति भी नहीं जानता। किसी को पाने के लिए उसके योग्य होना चाहिए। इसे पहली बार ध्यान आया कि मनुष्य के हिसाब से इसकी अपनी योग्यता क्या है कभी सोचकर नहीं देखा। विश्वविद्यालय का छात्र है। ऐसा विषय लेकर पढ़ रहा है, जिसका बाज़ारी मूल्य शून्य है। बाबा के पास प्रचुर धन नहीं है। पाँव के कारण शारीरिक स्वास्थ्य को भी हमेशा स्वीकार नहीं कर सकता। इसे योग्यता कह सकता है? और अब विश्वविद्यालय की राजनीति में प्रवेश के बाद से पढ़ने-लिखने में मन नहीं लगता। पर अब तक उसमें आत्मविश्वास क़ायम है। क्लास में जो पढ़ता है ज़रा-सी चेष्टा करने पर याद कर लेता है।

किन्तु यह योग्यता की दृष्टि से प्रतिकूल मत की सृष्टि करेगा। इस आयु में किसी और तरह से अपने को योग्य नहीं बना सकता। यदि आर्थिक सफलता या सामाजिक पद को योग्यता का मापदंड माना जाए तो माधवीलता की बराबरी करना मुश्किल होगा। बाईस वर्ष की आयु तक सफलता के बारे में कभी सोचा ही नहीं। आज माधवीलता के कारण यह मुमकिन नहीं। अपनी पसन्द या कहा जाए मन के अनुसार पढ़ने-लिखने पर निर्भर रहा है। बाबा के निर्देश के अनुसार अगर बांग्ला के बदले इकॉनॉमिक्स पढ़ता तो चिन्ता न करनी पड़ती।

अनिमेष हँस पड़ा। नहीं, इसका कोई अफ़सोस नहीं है। देश के लिए कभी जिस तरह के सैंटिमेंट मन में थे, अब नहीं हैं। किन्तु दूसरी तरह नज़रों से देश को समाज-व्यवस्था को देखने लगा है। अब वह जान गया है कि साधारण मनुष्य

स्वयं को भारतीय नहीं समझता। इसी भारतवर्ष में जन्म लेकर बड़ा होकर भी स्वदेशी की कोई चिन्ता नहीं करता। मनुष्य की चिन्ता भावना अब व्यक्तिगत स्वार्थ-सिद्धि के साथ जुड़ी हुई है। जब उसे देश को लेकर कोई अनुभूति नहीं है तो सामाजिक-व्यवस्था में परिवर्तन की क्या आशा की जा सकती है! राजनीतिक दल अपने-अपने चश्मे से समस्या को देखते हैं। फिर भी इसे लगता है कि केवल कम्युनिस्ट पार्टी ऐसी है जिसके साथ काम करके परिवर्तन लाया जा सकेगा। विख्यात इंजीनियर या डॉक्टर होने की अपेक्षा आन्तरिक दृष्टि से कर्मशील होना अधिक काम्य है।

किन्तु ये सब बातें माधवीलता को समझायी जा सकती हैं? अगर नहीं और माधवीलता उसे स्वीकार न करें तो अनिमेष के मन में उसके लिए जो अनुभूति पैदा हो गयी है वह मिथ्या हो जाएगी? स्लेट साफ़ करने की तरह उसे पोंछा जा सकेगा? बचपन में सीता ने इसके बालक मन में जो ज्वार उठाया था, जिसको कभी प्रकट नहीं था वह बचपने के अलावा कुछ नहीं था। केवल धुआँ था। किन्तु जो अनुभूति जल के दाग़ की तरह, अस्पष्ट होते हुए भी विद्यमान है उसे नकारा जा सकता है? वास्तव में प्रेम कभी कोई शर्त लगाकर नहीं होता। हम उस पर बाधा और निषेध आरोपित कर लेते हैं। ऐसा क्यों होता है?

अनिमेष ने जीवन में अब तक कभी समय का तकाज़ा महसूस नहीं किया था। आज पहली क्लास बारह बजे है। हाथ में पाँच घंटे का वक्त है। एक मिनट एक प्रहर की तरह लग रहा था। बारह बजे माधवीलता से मिल सकेगा। आँखें मूँदते ही गोरा मुँह, ज़रा नीचे झुका हुआ, लम्बी आँखों की चितवन दिल की गहराई में उतरनेवाली।

दरवाज़े पर दस्तक होते ही अनिमेष ने खोल दिया। होस्टल का छोटा-सा छोकरा चाय लिये खड़ा था। दरवाज़ा खुलते ही आँधी की तरह टेबल पर चाय रखकर भाग गया। आजकल बासी मुँह चाय पीने की आदत हो गयी है। उम्र के साथ मनुष्य की आदत बदल जाती है। जैसे हमेशा से अपना कुरता-पायजामा धो लेता था। जलपाइगुड़ी में यही आदत थी। पिछले होस्टल में भी कोई व्यतिक्रम नहीं हुआ था। किन्तु यहाँ आकर इस छोकरे ने कहा कि पाँच रुपए महीने पर सारा महीना यह काम कर देगा तो अनिमेष राजी हो गया। पाँच रुपए इसके लिए बड़े कीमती थे। फिर भी समय बचाकर अलसाने की विलासिता अब अच्छी लगती है।

इस होस्टल का रंग-ढंग सब तरह से अलग है। यहाँ नियम-कानून का अनुपालन शिथिल है। इसकी वजह केवल कॉलेज नहीं, विश्वविद्यालय के छात्र भी यहाँ रहते हैं। कोई-कोई केवल शाम को विधि कॉलेज में पढ़ते हैं और दिन में नौकरी करते हैं, इसलिए इस होस्टल में रहते हैं। स्कॉटिश चर्च कॉलेज बेशक

इसे कंट्रोल करता है। सुपरिंटेंडेंट अध्यापक हैं। किन्तु इसे अच्छे मैस के अलावा कुछ नहीं कहा जा सकता।

चाय का कप ख़त्म करते-न करते दरवाज़े पर दस्तक हुई। कमरे में वह अकेला रहता है। किस्मत ही कहिए कि छत के ऊपर एकान्त कमरा मिल गया हैं। कभी-कभी अनिमेष को लगता है कि भाग्यदेवी उस पर कृपालु हैं। सोचकर आत्मविश्वास बढ़ जाता है। दरवाज़ा खोलकर देखा, दरबान खड़ा था। इसे देखकर बोला, ''एक बुड्ढा आपको ढूँढ़ता है।''

''कहाँ...।''

''गेट पर बैठा है।''

अनिमेष को समझ नहीं आया कि कोई वृद्ध इसे ढूँढ़ता हुआ क्यों आया है। कलकत्ता में किसी ऐसे वृद्ध से इसका परिचय नहीं कि वह यहाँ आए। दरबान से वृद्ध को ऊपर भेजने के लिए कहते-कहते विचार बदलकर उसे वापस भेज दिया। फिर धैर्यपूर्वक खुद को सँवारकर नीचे एक-तला पर चला आया। इस समय एक-तला पर बड़ी गहमागहमी थी। बहुत बड़े से चबूतरे पर बर्तन साफ़ किए जा रहे थे। सवेरे से बाथरूम के लिए लाइन लगी थी। अनिमेष बाहर के गेट की तरफ़ बढ़ा। वहाँ कोई दिखाई नहीं पड़ा। दरबान स्टूल पर बैठा खैनी फाँक रहा था। पूछने पर अंगुली से दिखा दिया।

अनिमेष को लगा छाती पर लोहे की छड़ उछलकर लगने से साँस रुक गया हो। आँखों पर विश्वास नहीं हो रहा था। ख़ुद को घसीटता हुआ कोने की तरफ़ गया। वृद्ध खम्भे का सहारा लिये आँखें बन्द किए सिकुड़े बैठे थे। पास में दो बड़े झोले थे, मैली धोती पर सूती कोट जिसकी हालत भी खराब थी। सिर घुटा हुआ। चेहरा एकदम बदला हुआ। अनिमेष किसी तरह पहचान नहीं पाया। इतना ही कहा, ''आप...?''

वृद्ध ने आँखें खोलीं...नशीली आँखें। जाहिर था, दृष्टि स्वाभाविक नहीं थी और शरीर का कम्पन स्पष्ट था। अनिमेष के चेतन होकर प्रणाम करने के लिए झुकते ही हाथ के इशारे से रोक दिया, ''नहीं...बीमार मनुष्य को प्रणाम नहीं करते।''

सीधे खड़े होते ही अनिमेष सिहर उठा। जैसे अकस्मात् इसके सामने सारा बचपन ला खड़ा किया हो। इस शरीर से उसका कोई साम्य नहीं था। किन्तु यह बात केवल सरित्शेखर इशारे से कह सके। किन्तु दादू का चेहरा कैसा हो गया है? पिछले दो-तीन सप्ताह से जलपाइगुड़ी या स्वर्गछेंड़ा से कोई चिट्ठी नहीं आयी थी। पर सरित्शेखर जैसे व्यक्ति दो झोले लिये घुटे हुए सिर और मैले कपड़ों में घूमते फिरें—कल्पना भी नहीं की जा सकती थी। जबान पर कई प्रश्न थे, किन्तु अनिमेष ने ख़ुद को सँभाल लिया। गम्भीर स्वर में बोला, ''आप चल सकते हैं?''

"मैं तो चलकर ही आया हूँ।" सरित्‌शेखर ने बताया।

अनिमेष को मालूम है चाहे जितने भी बीमार हों दादू, पर खोलकर कहनेवाले इनसान नहीं हैं। दोनों झोले कन्धे पर डालकर दादू का हाथ पकड़ा, "उठिए।"

सरित्‌शेखर ने थकी-थकी नज़रों से देखा, "तुम्हारा कमरा कितनी दूर है?" अनिमेष को लगा सरित्‌शेखर काँप रहे हैं। इस हालत में उन्हें तीन तला पर ले जाना सम्भव होगा? इस होस्टल के अलावा कोई और व्यवस्था भी नहीं है।

उसने कहा, "तीन तला पर। आप धीरे-धीरे चढ़िए।"

मुट्ठियों में उत्ताप लग रहा था। ज़रूर इन्हें बुखार है। इस हालत में होस्टल खोजते हुए आ गए यही ताज़्जुब था। वे आएँगे किसी ने सूचना तक नहीं दी। अनिमेष को लगा कि कुछ ऐसी बात ज़रूर हुई है जिस कारण सरित्‌शेखर चुपचाप घर से निकल गए हैं। किन्तु सिर क्यों घुटा लिया? जो व्यक्ति बहुत दिनों से कलकत्ता नहीं आया। उसके लिए अस्वस्थ शरीर से रास्ता पहचानकर आना कैसे सम्भव हुआ?

सरित्‌शेखर टल नहीं रहे थे। चबूतरे के पास आकर इसे महसूस हुआ कि वे अब चल नहीं सकेंगे। इतना लम्बा-चौड़ा शरीर कैसे छोटा-सा हो गया था। एक दिन जो लम्बे लगते थे, अब अनिमेष के कन्धे के नीचे चेहरा झुकाए हुए हैं। अनिमेष को बड़ा कष्ट हो रहा था। कारणवश जो लड़के नीचे आ गए थे वे ताज़्जुब से इन्हें देख रहे थे।

एक लड़का आगे बढ़कर बोला, "अनिमेष बाबू! आप इन्हें कमरे में ले जाना चाहते हैं?"

अनिमेष ने देखा बराबर वाले कमरे का लड़का तमाल लुंगी पहने नंगे बदन खड़ा था।

इसने कहा, "हाँ।"

"वे ऊपर चढ़ सकेंगे?"

अनिमेष ने तुरत निश्चय कर लिया। दोनों झोले तमाल की तरफ़ बढ़ाते हुए बोला, "ये पकड़ो—प्लीज़।"

तमाल के झोले पकड़ते ही इसने सरित्‌शेखर को दोनों हाथों में उठा लिया। काम इतनी तेजी से हुआ कि सरित्‌शेखर चौंक उठे। प्रतिवाद करते हुए बोले, "अरे···तुमने क्या सोचा···मैं ऊपर जा सकता हूँ।"

चलते-चलते अनिमेष बोला, "हाँ जा सकते हैं, पर इस तरह जाना और भी आसान हो जाएगा। आप चुपचाप लेटे रहिए।"

इतने बड़े आदमी को गोद में उठाने से अनिमेष का साँस फूल रहा था। जो चेहरा कभी लम्बा-चौड़ा था अब उतना ही छोटा हो गया है। पर वज़न कम

नहीं हुआ है। सीढ़ियों पर चढ़ते हुए अनिमेष को उसी पाँव में तकलीफ़ महसूस होने लगी। बीच-बीच में आराम करने को मन होता। पर तब दादू को पता चल जाने की आशंका थी। यह वह कदापि नहीं चाहता था।

सरित्‌शेखर ने ख़ुद को उसके भरोसे छोड़ दिया। उनकी चेतना धीरे-धीरे धूमिल पड़ रही थी। यह रोगी शरीर लेकर जो चलते रहे थे इसलिए सोचने की शक्ति शिथिल हो रही थी। अनिमेष के हाथों में वे निरापद हैं इस भावना ने उन्हें और भी निश्चिन्त कर दिया था। बोले, ''एक वक़्त था जब तुम मेरी गोद में चढ़ जाते थे। मेरे कन्धे पर घूमते। और अब यह समय आ गया कि मैं तुम्हारी गोद में चढ़कर ऊपर जा रहा हूँ। विधाता का भी कैसा नियम है। सब शोध हो गया।''

अपने बिस्तर पर दादू को जब तक लिटा नहीं दिया, अनिमेष के लिए बात करना सम्भव नहीं था। अब लगा कि वह हाँफ रहा है। जल्दी-जल्दी साँस ले रहा है। देखा, कमरा अस्तव्यस्त पड़ा है। मैली-कमीज़ें, पैंट से लेकर सारे काग़ज़-पत्र बिखरे पड़े थे। ऐसे कमरे में सरित्‌शेखर कभी नहीं रहे थे। होश आते ही वे इसका ज़रूर तिरस्कार करेंगे। अनिमेष ने जल्दी-जल्दी कमरा ठीक किया। सरित्‌शेखर शायद बहुत दिन बाद बिस्तर पर आराम से लेटे थे क्योंकि तकिए पर सिर रखते ही आँखें बन्द कर ली थीं। शायद नींद आ रही थी। उनके माथे पर हाथ रखते ही वह नर्वस हो गया। थर्मामीटर था नहीं, पर ज्वर बहुत है। समझने में देर नहीं लगी।

झोले टेबल पर रखकर तमाल चुपचाप देखता रहा। पूछा, ''बुखार है?''

''हाँ...दो या तीन होगा।''

''आपके कुछ लगते हैं...?''

''हाँ...मेरे ठाकुर दा' (दादाजी)।''

तमाल परेशान होकर बोला, ''तो ज़्यादा देर करना ठीक नहीं! आप डॉक्टर को बुलवा लीजिए।''

इस होस्टल में भी एक डॉक्टर नियुक्त है। उसके अमनोयोगी होने की बड़ी शिकायत है लड़कों को। देखता है बिना फ़ीस के। इसलिए इस व्यवस्था को सबने स्वीकार कर लिया है। ख़बर देने पर वह किस समय आएगा वही जाने। इससे तो होस्टल के क़रीब ग्रे स्ट्रीट के मोड़ पर जिस डॉक्टर को अकसर देखता रहा है, उसे ही बुलाना अच्छा है। उसके चेम्बर में बड़ी भीड़ होती है। इसलिए वह अच्छा ही होगा। किन्तु दादू को अकेले छोड़कर जाने को मन नहीं हो रहा था।

समझकर तमाल बोला, ''मैं हूँ ना...आप जल्दी कीजिए।''

अनिमेष कृतज्ञ हो गया। किसी व्यक्ति को एक ही पैमाने पर आँकना ठीक नहीं होता। मनुष्य के बहुत से रूप होते हैं और हर रूप स्वतन्त्र होता है। उसके एक रूप से, दूसरे की धारणा से ठगे जाते हैं। तमाल डिगबॉय का लड़का है।

अवस्थापन्न! पाउडर-सेंट बिना किसी दिन उसको बाहर जाते नहीं देखा था अनिमेष ने। होस्टल के नौकर-चाकरों के हाथों में रुपए पकड़ाता रहता है। ऐसे बड़े लोगों के दुलारों को अनिमेष शुरू से ही पसन्द नहीं करता। जहाँ तक हो सकता है, उनसे बचकर रहता है। प्रायः हमउम्र होने पर भी तमाल उसे 'बाबू' कहता है जो इसके कानों को बुरी लगता है। शायद सामीप्य से बचने के लिए यह कोशिश है। पर आज दादू को लेकर वह परेशान था तो तमाल ने ही दूसरे लड़कों की अपेक्षा हाथ बढ़ाकर सहायता करनी चाही है।

डॉक्टर सेन के चेम्बर में इतनी सवेरे तीन-चार व्यक्ति प्रतीक्षा कर रहे थे। डॉक्टर अभी तक नहीं आए थे। अनिमेष बेचैन हो रहा था। अचानक ध्यान आया कि दादू को नए होस्टल के बारे में कैसे मालूम हो गया। महीतोष को भी इधर हाल में ही मालूम हुआ है। उन्होंने सरित्शेखर को बताया हो यह सम्भव नहीं। आजकल दादू को वह कभी-कभार ही चिट्ठी लिखता है। पिछला होस्टल क्यों छोड़ना पड़ा इस बारे में विचार से बताने के लिए चिट्ठी लिखने की सोचता रहा था, किन्तु चिट्ठी भेजी नहीं। महीतोष का भेजा हुआ पिछले महीनेवाला रुपया पुराने होस्टल के पते पर आया है। तो फिर? दादू क्या पहले वहाँ गए थे? वहाँ से इसका पता लेकर यहाँ आए हैं? अनिमेष बहुत परेशान हो गया।

इस बीच चेम्बर में रोगियों की भीड़ बढ़ने लगी थी। समाचारपत्र और विभिन्न जर्नल बहुतों के हाथों में थे। फिर एक प्रौढ़ व्यक्ति को घुसते देखकर सब विचलित हो उठे। इधर-उधर न देख वे अन्दर कमरे में चले गए।

अनिमेष के उनसे बात करने के लिए कदम बढ़ाते ही एक आदमी बोला, "इन्तज़ार कीजिए वे स्लिप के अनुसार बुलाएँगे।"

स्लिप! अनिमेष को ध्यान आया कि रोगी आते ही काग़ज़ पर अपना नाम लिखकर इस आदमी को पकड़ा देते हैं। ख़याल नहीं आया कि वह आवश्यक होता है। तीन-चार लोगों के बाद ही वह आ गया था। नए सिरे से स्लिप देगा तो बहुत पीछे चला जाएगा।

उस आदमी से कहते ही वह बोला, "बताइए मैं क्या करूँ? कोई नाराज़ न हो जाए इसलिए डॉक्टर बाबू ने यह नियम बना रखा है।"

"पर आपने तो देखा था, मैं बहुत पहले आ गया था।"

"यह बाकी लोग क्यों मानना चाहेंगे?"

"ठीक है...पर मैं रोग दिखाने तो आया नहीं हूँ। उनसे कहिए मैं सिर्फ़ एक बात कहना चाहता हूँ।" अनिमेष ने खुशामद की।

"नहीं साहेब! ये बहाने बनाकर बहुत से लोग अपनी बीमारी बताने लगते हैं।" वह सामने से हटकर स्लिप सजाने लगा।

अनिमेष के दिमाग़ में ख़ून चढ़ने लगा। क़दम बढ़ाकर छोटे कमरे में घुस

गया। वह आदमी पहले तो चौंक पड़ा फिर सँभलकर 'हैं-हैं' करता हुआ भागा। अनिमेष ने सामने देखा बूढ़े डॉक्टर अगरबत्ती जलाकर आँखें बन्द किए कुछ बुड़ाबुड़ा रहे थे। काम शुरू करने से पहले शायद ठाकुर को प्रणाम कर रहे थे।

अनिमेष ज़रा ठहरकर बोला, "माफ़ कीजिए"मैं तीन लोगों के बाद ही आ गया था, किन्तु स्लिप देने का सिस्टम नहीं जानता था। इस समय डॉक्टर की बहुत जरूरत है इसलिए नियम तोड़ना पड़ा है।"

डॉक्टर ने उसे ताज्जुब से देखा फिर सिर हिलाकर उस आदमी से पूछा, "बात क्या है?" उसके कुछ कहने से पहले ही अनिमेष बोल पड़ा, "मेरे दादाजी बहुत बीमार हैं, मेरे पास हैं, आपको एक बार चलना होगा।"

"इम्पॉसिबल।" डॉक्टर बड़ा विरक्त हुआ, "सवेरे-सवेरे इतने रोगियों को छोड़कर मैं साथ नहीं जा सकता। यू फ़ाइन्ड सम अदर डॉक्टर।"

"आपके दस मिनट भी ख़र्च नहीं होंगे। मेहरबानी से चलिए। यहाँ कोई और डॉक्टर है भी या नहीं, मुझे मालूम नहीं।"

"वक़्त क्यों बरबाद कर रहे हैं। दस मिनट में तीन पेशंट देख सकता हूँ। प्लीज़ गो आउट।" हाथ के इशारे से दरवाज़ा दिखा दिया।

अनिमेष को भी ज़िद हो गयी। टेबल के किनारे दोनों हाथ रखकर बोला, "मेरे दादा बहुत बीमार हैं"आपको चलना पड़ेगा।"

"जाना पड़ेगा"शरीर का ज़ोर दिखा रहे हैं?" डॉक्टर के माथे पर त्यौरियाँ पड़ गयीं।

"अगर आपको यही लग रहा है तो मैं लाचार हूँ।" अनिमेष के जबड़े कस गए।

"इज़ इट सो"? मैं आपको पुलिस को हैंड ओवर कर सकता हूँ"मालूम है?"आप मेरे काम में बाधा डाल रहे हैं और डरा रहे हैं।"

"आप जो भी सोचें"बाद में सोचिएगा। दस मिनट ख़र्च करने में महाभारत अशुद्ध नहीं हो जाएगी। आप चाहें तो बाहरवालों से समय माँग लूँ।"

"नो"नैवर। एक बार चला जाऊँगा तो वह उदाहरण बन जाएगा। दोपहर के समय जा सकता हूँ।"

"तब तक पेशंट मर जाए तो"।"

"कांट हैल्प"।"

"आप मुझे क्रोध दिला रहे हैं"। होस्टल के लड़कों को पता चल गया तो मुसीबत में पड़ जाएँगे।" अनिमेष का मुँह लाल हो गया था।

"होस्टल! इसमें होस्टल कहाँ से आ गया।"

"मैं होस्टल में रहता हूँ। आपको वहीं जाना है। हमेशा से रुपयों के लिए काम करते रहे हैं उसमें व्यतिक्रम करना होगा।"

"समाज संस्कारक लगते हो…कम्युनिस्ट हो?"

"आप बेकार बात बढ़ा रहे हैं।"

"ताज़ुब है। इतने डॉक्टरों के होते हुए मुझे ही…क्या हुआ है आपके पेशंट को? सीरियस हो तो अस्पताल ले जाइए।"

"यह उन्हें देखकर आप बताएँगे। उम्र हो गयी है…बुखार बहुत तेज़ है और बड़े कमज़ोर हैं। रोग मालूम होता तो आपके पास क्यों आता? चलिए उठिए।" आवाज़ में डाँट थी डॉक्टर नर्वस हो गया। अनिमेष तब तक, चेम्बर से निकलकर विज़िटर्स रूम में आ गया था। इन दोनों की उत्तेजनापूर्ण बातचीत उन्होंने जरूर सुन ली थी, इसलिए अवाक् होकर अनिमेष को देख रहे थे। अनिमेष हाथ जोड़कर बोला, "देखिए…मैं डॉक्टर साहेब को केवल दस मिनट के लिए ले जा रहा हूँ। मेरे दादू बहुत बीमार हैं। आपको थोड़ी असुविधा तो होगी…कृपया क्षमा कर दीजिए।"

कुछ लोग बुड़बुड़ा रहे थे, किन्तु आपत्ति ज़ाहिर नहीं थी।

दो-एक मिनट में ही अनिमेष डॉक्टर को लेकर होस्टल पहुँच गया। अन्त में चेम्बर से निकलेंगे भी या नहीं—सन्देह था, किन्तु होस्टल का नाम लेते ही आसानी से काम हो जाएगा, मालूम नहीं था।

चलते-चलते डॉक्टर बोला, "होस्टल में रहते हो, पहले ही बता देते।"

"क्यों?"

"माइंड मत करना, होस्टल के लड़के दल बाँधकर ख़ूब क्रोध दिखाते हैं। और आपके यहाँ तो एक डॉक्टर हैं…?"

"वे इतनी जल्दी नहीं आ सकते।"

कमरे में घुसते ही अनिमेष को ताज़्जुब हुआ। तमाल सरित्शेखर के पास बैठा माथे पर जल-पट्टी रखकर पंखा डुला रहा था। इनको देखकर खड़ा हो गया, बोला, "लगता है, ज्वर बढ़ गया है।"

देर न करके डॉक्टर पास बैठकर परीक्षा करने लगा। ये दोनों कुछ देर ख़ामोश खड़े रहे। अनिमेष को लगा कि तमाल को वापस भेज देना चाहिए। पर कहने में संकोच हुआ। कोई बहुत आन्तरिक हो जाए तो उसके साथ शिष्टाचार निभाना बड़ा बेमायने लगता है।

डॉक्टर ने मुआयना करने के बाद बैग खोलकर सिरिंज निकालकर इंजेक्शन दे दिया। ज़रा तकलीफ़ हुई तो दादू ने आँखें खोलीं, फिर बन्द कर लीं।

अनिमेष समझ गया कि वे होश में नहीं हैं। अनिमेष को डर लगा। अगर कुछ हो गया? दादू नहीं रहे सोचते ही दिल धक्-धक् करने लगा। उनका इस पर इतना ऋण है कि इनके बिना रह नहीं पाएगा। सारा बचपन इसने उनकी इच्छानुसार बिताया है। इसकी सोच, मानसिक प्रकाश कभी इनके द्वारा नियन्त्रित

था। अब वह चाहे अपनी इच्छानुसार चलना भी चाहे, मूल बातों में वे अब भी हावी रहते हैं। बहुत दिनों बाद लड़कपन की यादें चली आ रही थीं। कोई आशंका सामने आ खड़ी हो जाती तो एक लाइन स्मरण करके माथे पर तीन बार 'माँ' लिखकर आँखें बन्द करके प्रणाम करता था। बचपन में यह बहुत काम आता था। अनजाने ही अनिमेष ने इतने दिन बाद उसकी पुनरावृत्ति की। ओउम् भगवते श्रीराम कृष्णाय नमः। रामकृष्ण देव को लेकर उसका आग्रह या भक्ति इतने दिन तक कलकत्ते में प्रकट नहीं हुई थी। दक्षिणेश्वर जाने की ज़रूरत भी नहीं पड़ी थी। मार्क्स या लेनिन पढ़ते समय बड़ी निर्ममता से इन संस्कारों को हटा दिया था। माओ त्से तुंग या होचिह मिन पर अन्ध-धर्म-विश्वास का कोई प्रयोजन नहीं था। किन्तु धमनियों में बसा हुआ संस्कार, अनजाने ही उसके दिमाग़ में आ गया। कन्धे पर स्पर्श से वह चेतन हो गया। तमाल कह रहा था, "डरने की ज़रूरत नहीं...उन्हें निमोनिया नहीं है।"

डॉक्टर कुछ नहीं बोल रहा था। इस बीच पन्द्रह मिनट बीत गए। फ़िर पल्स देखकर सहज होकर अनिमेष से बोला, "लगता है, बड़ा टॉर्चर किया है। इंजेक्शन से फ़ायदा हुआ है। अब अच्छी तरह सोएँगे। जो दवाई लिखी है उसे खिला देना और कल सवेरे रिपोर्ट देना।"

उनके प्रिस्क्रिप्शन लिखने के समय अनिमेष ने पूछा, "कोई डर तो नहीं।"

डॉक्टर ने लिखकर कहा, "हॉर्लिक्स, बिस्कुट और मीठे फलों के अलावा और कुछ मत देना। लगता है, तीन-चार दिन से कुछ खाया नहीं है और मेहनत ख़ूब की है। अच्छा चलता हूँ।"

प्रिस्क्रिप्शन लेकर अनिमेष ने दराज़ से रुपए निकालकर पूछा, "आपकी फ़ीस कितनी है, मुझे मालूम नहीं।"

डॉक्टर ने ज़रा देखकर पूछा, "पढ़ते हो या नौकरी करते हो?"

"पढ़ता हूँ।"

"चेम्बर में बत्तीस रुपए लेता हूँ। साथ जाता हूँ तो डबल। मुझे रुपए मत दिखा छोकरे! दस रुपए दे दे।" विस्मित अनिमेष के हाथ से दस का नोट लेकर वे बोले, "क्लास में जाया करो। अन्ततः एक दिन चौबीस घंटे इन पर ध्यान रखना जरूरी है।" कमरे से निकलते हुए बोले, "और हाँ...यह तरीका सबको मत सिखाना।"

तमाल उन्हें नीचे तक पहुँचाने गया। अनिमेष कुछ देर खड़ा रहा। एक बार फिर मनुष्य का दूसरा रूप देखा था।

दवाई की पर्ची लाकर अनिमेष दादू के पास बैठकर पंखा झलने लगा। सवेरे जो वक्त काटे नहीं कट रहा था अब भाग रहा था। दोपहर हो गयी थी। होस्टल खाली था। बारह बजे की क्लास में नहीं जा सका। आज सवेरे जो इच्छा दिल

में छटपटा रही थी, अब ख़त्म हो गयी थी। माधवीलता से मिलने की इच्छा की अपेक्षा इस वृद्ध के पास बैठने में बड़ा आराम मिल रहा था। दादू की बातें याद आ रही थीं कि "सब शोध हो गया।" सिर हिलाया अनिमेष ने "नहीं शोध कभी नहीं होगा।"

दोपहर को सरित्‌शेखर ने आँखें खोलीं। नाती को देखकर आहिस्ता से बोले, "अनि तुझे बड़ी तकलीफ़ दी है ना?"

बहुत दिनों बाद अनिमेष रो पड़ा।

सत्रह

शाम को सरित्‌शेखर ज़रा स्वस्थ दिखाई पड़े। सारा दिन पानी और बिस्कुट के अलावा कुछ नहीं खाया था। अनिमेष ने ज़बरदस्ती एक सन्देश खिला दिया। वृद्ध का स्वर ज़रा स्वाभाविक हो गया। सरित्‌शेखर ने कहा, "ज़रा बाथरूम जाना है।"

सारा दिन सोकर काटा था। उठने का कोई कारण नहीं था। ऐसा ज्वरग्रस्त रोगी पैदल चलकर नहीं जा सकता था। अनिमेष को ध्यान आया कि वे एक बार भी बाथरूम नहीं गए हैं। सुनते ही वह अधीर हो उठा। इनके होस्टल में बाथरूम और पाखाना अच्छा नहीं था। इतने लोगों के इस्तेमाल से कुछ अच्छा इन्तज़ाम हो सकता था, पर उसकी सुरक्षा सम्भव नहीं थी। हर तले पर छोटी सी घिरी हुई जगह छोटी-मोटी ज़रूरत के लिए है। बड़े काम के लिए नीचे इन्तज़ाम है। वहाँ अँधेरा भी है और दुर्गन्ध भी। पहलेवाले होस्टल में अच्छा इन्तज़ाम था। किन्तु यह मकान इतना पुराना और रहस्यमय रूप में बना है कि इसको सुधारना सम्भव नहीं। जलपाइगुड़ी में जो मानसिक गठन और अभ्यास इसे था, कलकत्ता के होस्टल में रहकर गड़बड़ हो गया था। यह ऐसी उम्र है कि सबकुछ सहन हो जाता है। इसका महत्त्व पूरे दिन में इतना कम होता है कि इसे बेकार दिमाग़ ख़राब करने की ज़रूरत महसूस नहीं होती थी। ध्यान आया पहले दिन एक कमरे में किसी अपरिचित लड़के के साथ रहना होगा सोचकर ही आँखों में पानी आ गया था। अब तक किसी के साथ रहा नहीं था। बाद में इसकी भी आदत पड़ गयी थी।

पर सरित्‌शेखर इस इन्तज़ाम को कैसे बरदाश्त करेंगे? जिस इनसान ने सारा जीवन साहबों के साथ बिताया हो, अपनी पसन्द के मुताबिक रहे हों; ऐसे बाथरूम का व्यवहार उनके लिए असम्भव है। शायद अन्दर घुसकर बाहर आ जाएँगे। अनिमेष को समझ नहीं आ रहा था कि क्या करे।

सरित्‌शेखर बोले, "तुम मेरी बात सुन नहीं रहे हो?"

अनिमेष परेशान हो गया। उन्हें पकड़कर सामने की छत पर ले गया।

किसी तरह दोनों तरफ़ से घिरी दीवारवाली जगह पर पहुँचाकर बोला, ''यहीं कर लीजिए।'' अन्दर सीमेंट के दो कदमचों के अलावा कुछ नहीं था।

अनिमेष को जो डर था वही हुआ। वे बाहर आकर बोले, ''यहाँ पानी का नल नहीं है?''

''नहीं···मायने यह बहुत ज़रूरी होने पर इस्तेमाल होता है। ज़मादार आकर रोज़ धो जाता है।'' उसने दादू की तरफ़ देखा।

''पानी नहीं होगा तो हाथ कैसे धोऊँगा।'' सरित्‌शेखर तो अवाक्।

अनिमेष भागकर कमरे में गया। मटके से एक गिलास पानी सरित्‌शेखर के पास ले आया। देखकर सरित्‌शेखर स्तब्ध रह गए, ''तुम पीने का पानी शौचादि के लिए इस्तेमाल करते हो? छी···छी···।''

''इस समय तो इससे काम चला लीजिए···फिर अच्छी तरह धो दूँगा।''

कमरे में आकर बोले, ''शिक्षा मनुष्य को इतना गन्दा बना देती है, सोच भी नहीं सकता था। इतने दिन तक तुम्हें क्या सिखा पाया।''

''यहाँ मैं अकेला क्या कर सकता हूँ? जैसा परिवेश हो उसी तरह चलना पड़ता है।''

''होस्टल के मालिक से क्यों नहीं कहते?''

''इसे लेकर कोई दिमाग़ नहीं ख़राब करता दादू।''

''वाह···बढ़िया! सभ्य समाज की आवश्यकताओं के प्रति भी तुम इतने उदासीन हो? आधी रात को किसी का पेट ख़राब नहीं हो सकता?'' कहकर तीखी नज़रों से उसे देखा।

''आप ऐसे परिवेश में तो कभी रहे नहीं इसलिए आँखों को गड़ता है। कलकत्ता शहर के लोग इसके अभ्यस्त हैं।'' अनिमेष जवाबदेही करने की भंगिमा से बात कर रहा था। पर कहते समय भी उसे लग रहा था कि दादू इसकी बातों को मानेंगे नहीं। बाथरूम में पाखाने के लिए घुसते ही दादू क्या कांड कर बैठेंगे सोचकर ही परेशान हो गया था। असल में इन सब ख़ामियों को या तो इसने नोट ही नहीं किया या परवाह नहीं की।

सरित्‌शेखर ने पूछा, ''तुम इस कमरे में रहते हो?''

अनिमेष को ताज़्जुब हुआ। वे क्या कह रहे हैं? किसी दूसरे के कमरे में इन्हें रहने को कह सकता है? पर स्वाभाविक रूप में गरदन हिलायी।

''इस तरह रहने की तुम्हारी इच्छा होती है?''

अनिमेष ने कमरे में नज़र दौड़ाई। रोज़ देखने की आदत थी। ''यह कमरा सबसे ज़्यादा एकान्त है।''

''मैं यह नहीं कह रहा! बिस्तर की चादर कितने महीने से धुलवाई नहीं है! तकिए का गिलाफ़ देखा है? उस पर मुँह रखने की इच्छा होती है? काग़ज़-

किताबों के ढेर पड़े हैं। इधर-उधर कुरते लटके हैं...दीवार पर। मनुष्य की रुचि उसके सोने के कमरे से पता चलती है।...क्यों?'' सरित्‌शेखर ने अपना झोला पकड़ाकर कहा, ''इसमें एक चादर है वही बिछा दे।''

अनिमेष बड़ा लाचार-सा हो रहा था।

इसने यथाशक्ति सब ठीक-ठाक कर दिया था, फिर भी दादू ने इतना सब देख लिया। इसके पास दो ही चादरें थीं और तकिए के गिलाफ़ का एक सैट। धोऊँगा, धोऊँगा सोचकर भी धो नहीं पाया था। इसे इतना मैला भी नहीं लग रहा था। इस होस्टल में बहुत से लड़के ऐसे भी हैं जो ख़ूब सज़ा-सँवारकर रखते हैं। यहाँ तक कि धूपदानी और अगरबत्ती जलाने का शौक भी है। उस तरह की आदत अनिमेष ने डाली ही नहीं।

थोड़ी-बहुत व्यवस्था करके दादू को लिटाकर बोला, ''आप ज़रा आराम कर लीजिए। मैं घूमकर आता हूँ।''

''आज तुम्हें क्लास में जाने नहीं दिया...शाम को पढ़ने बैठोगे ना?''

सुनकर अनिमेष को बड़ा मज़ा आया। कलकत्ता आने के बाद किसी ने कभी इससे पढ़ने को नहीं कहा था। इस एक ही बात से उन्होंने बचपन की सारी यादें ताज़ा कर दीं। शाम को चिल्लाकर न पढ़ता तो वे इतना अनुशासन करते थे कि अनिमेष डर जाता। दादू को कैसे समझाए कि पढ़ाई-लिखाई के निश्चित समय का अब अभ्यास नहीं रहा। ज़रूर आवश्यकता के अनुसार पढ़ने की आदत हो गयी है।

अनिगेष कुछ नहीं बोला। उनका माथा छूकर बोला, ''नाइनटी नाइन से ज़्यादा नहीं होगा। अब चुप करके सो जाइए। बहुत बात कर चुके। मैं डॉक्टर को रिपोर्ट दे आऊँ।''

सरित्‌शेखर बोले, ''बड़ी स्ट्रांग दवाई दी है, सिर में दर्द हो रहा है।''

''डॉक्टर को बता दूँगा।''

कमरे का दरवाज़ा उढ़काकर सोचा एक बार तमाल की खोज-ख़बर ले या नहीं। बूढ़े आदमी को बिलकुल अकेला छोड़कर जाने को मन नहीं हो रहा था। फिर अपना मन बदल लिया। शाम के इस समय कोई भी जवान लड़का होस्टल में नहीं पड़ा रहता। और हो भी तो किसी बीमार बूढ़े के पास ज़बरदस्ती बैठाना भी अन्याय होगा। तमाल ने अपने आप सवेरे जो इतना कुछ किया वह काफ़ी है।

गेट पर नीचे सुपरिंटेंडेंट से मुलाकात हो गयी। इस प्रवीण अध्यापक पर यद्यपि होस्टल का दायित्व है, किन्तु वे किसी झमेले में नाक नहीं घुसाते। यहाँ तक कि खाने-पीने का इन्तज़ाम भी लड़कों पर छोड़ दिया है। हर महीने किसी एक को मैनेजर बना देते हैं। वही चलाता है। दादू इसके कमरे में हैं, यह सूचना

उसे दे देनी चाहिए। हालाँकि ऐसे चालू नियम को कोई मानता नहीं। अनिमेष को खड़ा देखकर उन्होंने पूछा, "क्या कहना है? ओह हाँ"सुना, तुम्हारे कमरे में कोई रोगी वृद्ध आए हैं। तुम्हारे क्या लगते हैं?"

"मेरे ठाकुर दा।"

"अब कैसे हैं?"

"अच्छे हैं।"

"उन्हें यहाँ रहने में असुविधा होगी। कलकत्ता शहर में तुम्हारा कोई और आत्मीय नहीं है?"

"नहीं"स्वस्थ होते ही वे चले जाएँगे। आपको कोई आपत्ति तो नहीं?"

"ठीक है।"

उनके जाने के बाद अनिमेष को ध्यान आया कि सारे दिन में दादू से पूछा नहीं कि उन्होंने अपना सिर क्यों मुँड़ाया और अकेले कलकत्ता क्यों आ गए? आश्चर्य! आज तक भी वह प्रैक्टिकल क्यों नहीं हो पाया।

डॉक्टर चेम्बर में ही था। ख़ूब पैसा कमा रहा है। कलकत्ते के लोगों को रोग की अनुभूति होती ही रहती है। डॉक्टर इससे खुश ही होते हैं। इन्तज़ार करनेवालों को देखकर अनिमेष ने सोचा, अच्छा"आज अगर सब स्वस्थ हों तो डॉक्टर को कैसा लगे। पैसे को लेकर मनुष्य का मन निम्नगामी रहता है हमेशा।

सवेरे जिस आदमी ने इसे रोक लिया था। इसे देखकर आगे आया। बड़ी नरमाई से बोला, "डॉक्टर बाबू से मिलना है?"

ऐसी बेकार की बातें आजकल अनिमेष को सहन नहीं होतीं। यहाँ घूमने तो आया नहीं है, यह जानकर भी इस प्रश्न के कोई मायने हैं? बाज़ार की तरफ़ जाते देखकर कोई अगर पूछे कुछ खरीदने आए हैं क्या, उसे फ़िजूल की बात के अलावा और क्या कहा जाएगा। मुँह से कुछ न कहकर अनिमेष ने गरदन हिलायी।

"पाँच मिनट रुकिए। डॉक्टर साहब किसी का मुआयना कर रहे हैं लड़की है ना। बैठिए ना"यहाँ बैठ जाइए।" उसने व्यस्तता की चिन्ता प्रकट की।

"ठीक है"" अनिमेष ने उससे बचने के लिए सामनेवाली टेबल से मैगज़ीन उठाकर आँखों के सामने कर ली। आज सवेरे यह आदमी लिफ़्ट देना नहीं चाहता था और अब खुशामद क्यों कर रहा था? कमरे में कम-से-कम बारह लोग थे। सीरियल से जाने पर दो घंटे इन्तज़ार करना होगा, पर वह कह रहा था कि पाँच मिनट रुकिए। इसके मायने हैं कि वह नियम तोड़ देगा। फिर"अगर सब प्रतिवाद करने लगे। इसने फैसला किया कि कोई कुछ भी कहे वह अन्दर नहीं जाएगा। दो घंटे बाद फिर आ जाएगा। किन्तु उस महिला के चेम्बर से निकलते ही उस आदमी ने जब हाथ हिलाकर उससे अन्दर जाने को कहा तो किसी ने

आपत्ति नहीं की। इतने दिन से सुनता रहा था कि बीमारी मनुष्य को अधीर कर देती है, पर वे सब चुप थे।

डॉक्टर ज़रा आराम कर रहा था। सिगरेट जलाकर, अनिमेष को देखते ही भौंहें चढ़ायीं, "ओह"तुम! कब आए?"

"अभी।" अनिमेष बैठा नहीं। क्योंकि बैठकर वक़्त लेने के कोई मायने नहीं होते।

डॉक्टर ने पूछा, "वे कैसे हैं?"

"अब ज़रा बेहतर हैं। ज्वर तो कम है, पर कमज़ोरी बहुत महसूस कर रहे हैं। कह रहे थे दवाई बड़ी स्ट्रांग थी।"

"पेशाब हुआ?"

"एक बार"शाम को।"

"सुनो, उनकी उम्र हो गयी है। आज बुखार न रहे तो अच्छा है, किन्तु फिर हो जाए तो मैनेज नहीं कर पाओगे। विटेमिन डैफ़िशियेंसी तो है ही—लगता है, कई दिन से कुछ खाया भी नहीं है। ज्वर फिर हो जाए तो ब्लड और यूरिन टैस्ट करवा लेना। प्रिस्क्रिप्शन दो।" उन्होंने हाथ बढ़ाया।

अनिमेष ने पॉकेट से कागज़ निकालकर दे दिया। उन्होंने कुछ शब्द लिखकर वापस देते हुए कहा, "दो दवाइयाँ बदल दी हैं। आज रात हॉर्लिक्स और सन्देश देना। दूध शायद सहन न हो। कल अगर ज्वर न हो यही फूड देना। ठीक है"।" सिर हिलाकर उसे विदा करना चाहा।

अनिमेष ने दवाइयों पर नज़र दौड़ाकर सोचा जो सवेरे खरीदी थीं उनका क्या किया जाए। पूछना ठीक होगा या नहीं। बात न बढ़ाकर दरवाज़े की तरफ़ घूमते ही सुना, "होस्टल में किसी वृद्ध रोगी की देखभाल नहीं हो सकती। उन्हें कहीं और शिफ़्ट कर दो। मेरे चेम्बर में फ़ोन है। इस तरह भाग-भागकर आने की अपेक्षा टेलीफोन पर बात करना अच्छा है।"

अनिमेष ने चुपचाप सुन लिया। डॉक्टर ने कुछ ग़लत नहीं कहा था। किसी और समय वह क्या करता कहा नहीं जा सकता। किन्तु इस समय दूसरी चिन्ता थी। आज सवेरे दवाइयाँ खरीदने में काफ़ी ख़र्चा हो गया था। बाबा ने जो रुपए भेजे थे सारा ख़र्च पूरा करके अपने लायक ही बचा था। यहाँ आने के बाद से कोई बड़ी बीमारी भी नहीं हुई थी इसलिए ज़्यादा खर्च का सवाल नहीं था। बहुत से तो घर से आए रुपयों में से हर महीने कुछ-न-कुछ बचा लेते हैं। अनिमेष के केस में यह बात थी ही नहीं।

चेम्बर से निकलकर सामने की दूकान से प्रिस्क्रिप्शन दिखाकर दवाइयाँ लेने से कुछ और रुपए चले गए। ज़्यादा-से-ज़्यादा अब बीस रुपए थे। महीने के अंत में दो रुपए भी नहीं बचते थे। अनिमेष ने सोचा कि दादू ज़्यादा दिन तो रहेंगे

नहीं। पर बाक़ी महीना किस तरह चलाएगा। बाबा से और रुपयों के लिए चिट्ठी भेजना असम्भव था।

सोचते-सोचते अनिमेष एक और बात का आविष्कार करके परेशान हो गया। संसार में अगर सबसे अधिक अपना कोई है तो सरित्‌शेखर। बचपन में इन्हें लेकर वह कितनी तरह के सपने सँजोया करता था। बाबा, छोटी माँ या पिसिमाँ (बुआ) हेमलता उस स्वप्न के आसपास भी कभी नहीं आ सकी थीं। और आज! बीमार सरित्‌शेखर सिर्फ़ एक दिन इसके पास रहे हैं और वह दिशाहारा हो गया। अनिमेष ने खुद को लानत भेजी। इतने ठिकाने होते हुए भी दादू इसके पास आए हैं, यह भाग्य ही तो है। उनके लिए अगर ख़र्च होता है तो होने दो। अपने पास रुपए न रहें तो होस्टल के लड़कों से उधार लेकर गुज़ारा चल जाएगा। और कोई न भी हो तो परमहंस तो है ही। ट्यूशन के रुपए जमा नहीं करता वह। ज़रूरत पड़ी तो अवश्य दे देगा। पर इस घटना से एक बात ज़रूर स्पष्ट हो गयी। नहीं, अब टालना नहीं है कुछ रोज़गार करना ही होगा। ट्यूशन करना सबके भाग्य में नहीं होता। इसके अलावा दूसरों के घर उनकी मर्ज़ी से पढ़ाना इसके लिए सम्भव नहीं है।

हातिबागान के मोड़ पर खड़ा वह यही सब सोच रहा था। शाम के समय यहाँ बड़ी भीड़ रहती है। लड़कियाँ खरीददारी करती या दूकानों के चक्कर लगाती फिरती हैं। अनिमेष का उस तरफ़ ध्यान नहीं था। चिन्ताग्रस्त होने पर ऐसा ही होता है। आसपास का सब धूमिल हो जाता है। तभी इसे लगा कोई इसे पुकार रहा है। हाथ हिलाने पर चौंककर सचेत हुआ। सँभलकर पलटा सचमुच अवाक् हो गया।

"तुम होश में थे क्या? इतना क्या सोच रहे थे?"

"कैसा सरप्राइज़ है सुवास दा'...कहाँ से आ रहे हो?"

"बेलगाछिया गया था। ट्राम में से तुम्हें देखकर उतर पड़ा। तब से नाम लेकर पुकार रहा हूँ, कोई ज़वाब ही नहीं। कुछ तकलीफ़ है?"

अनिमेष लज्जित हो गया, "नहीं...नहीं...असल में ज़रा अन्यमनस्क हो गया था बस! आह! बहुत दिन बाद तुमसे मिला हूँ। मालूम नहीं था कि तुम कलकत्ता में हो। विभान दा' या सुदीप ने भी नहीं बताया।"

"नहीं बताया। शायद मन नहीं हुआ होगा या भूल गए होंगे।" सुवास हँस पड़ा।

बात कानों में इतनी बेसुरी लगी। अनिमेष बोला, "मैं समझा नहीं।"

"सब बातें न समझना ही अच्छा है। बहुत बार न समझने से उपकार ही होता है। चलो कहीं चाय पीते हैं। शाम से घूम रहा हूँ, गला सूख रहा है। वह रही चाय की दूकान...चलो।"

सुवास अनिमेष का हाथ पकड़कर सड़क पार करने के लिए आगे बढ़ा।

सुवास दा' की बातचीत कुछ दूसरी किस्म की होती है। अनिमेष को लगा कि कुछ हुआ है। उसे सुवास दा' अच्छे लगते हैं। कलकत्ता में पाँव रखते ही सुवास दा' से इसका परिचय हुआ था। शायद सचमुच मौत के हाथों से उन्होंने उस दिन बचाया था। वे बड़े गहरे हैं, किसी की बात में नाक नहीं गड़ाते।

पर अब चाय की दूकान में बैठ गया तो होस्टल लौटने में देर हो जाएगी। इसके बाद दादू को दवाई भी देनी होगी—ठीक दस बजे। इतनी देर तक अकेले पड़े रहने में उन्हें असुविधा होगी। किसी से कहकर भी नहीं आया है। देर से लौटने में दादू भी नाराज़ हो जाएँगे। सोचेंगे इसी तरह देर से लौटने का अभ्यास होगा उसे।

सड़क पार करते हुए अनिमेष मन-ही-मन हँस पड़ा। स्कूल में जब पढ़ता था दादू के डर से शाम को दीयाबाती होने से पहले ही खेल के मैदान से दौड़ना शुरू कर देता घर पहुँचने के लिए। प्रकाश होने पर दिल धक्-धक् करने लगता कि सज़ा मिलेगी। वही समय मानो इतने दिन बाद कलकत्ता में लौट आया है। पर सुवास दा' को छोड़ने की भी इच्छा नहीं हो रही थी। अच्छा यह तो हो सकता था कि डॉक्टर से मिलने के लिए दो घंटे प्रतीक्षा करता। फिर तो देरी होती ही जिसके लिए वह कुछ नहीं कर सकता था। मन-ही-मन स्वच्छन्दता की अनुभूति करने लगा। अन्ततः एकाध घंटे देर करके लौटने पर मैनेज हो सकता है।

रेस्टोरेंट में बड़ी भीड़ थी। ज़रा देर खड़े रहने के बाद दोनों को बैठने की जगह मिल गयी। उस टेबल पर और लोग भी थे। वे जो बातें कर रहे थे, ज़ोर से बोलने की ज़रूरत नहीं थी। फिर भी बेकार बोले जा रहे थे। यह अकसर देखा है अनिमेष ने। ट्राम-बस आदि में लोग इतनी स्वच्छन्दता से पारिवारिक बातें करते हैं मानो उनके अलावा वहाँ कोई नहीं है। ट्राम-बस की ठसाठस भीड़ मानो निर्जन वृक्ष हो।

दो चाय का ऑर्डर देकर सुवास दा' ने धीरे से पूछा, "आजकल क्या कर रहे हो?"

अनिमेष को समझ नहीं आया क्या उत्तर दे। छात्र के हिसाब से पढ़ाई करने की बात है। पर यह प्रश्न निश्चय ही अकारण नहीं था। अनुमान करने पर भी अनिमेष टाल गया। कुछ कहा नहीं, बस हँस दिया।

सिगरेट जलाकर सुवास दा' बोले, "तुम लोगों के यूनियन का काम कैसा चल रहा है?"

"अच्छा"। असल में छात्रों की माँगें लेकर कभी-कभी वी.सी. के पास जाने और स्लोगनों के अलावा यूनियन का और क्या काम है, बताइए।"

चाय आ गयी थी। एक घूँट भरी अनिमेष ने। ख़याल आया आज शाम चाय

पीने का ध्यान ही नहीं आया।

"तुम पार्टी के ऑफ़िस नहीं जाते?"

"दो-तीन दिन गया था। वहाँ जाकर चुपचाप बैठे रहना अच्छा नहीं लगता। मैं किसी के गले पड़कर बात नहीं कर सकता—इसलिए।"

"कुछ दिन पहले पुलिस की गोली से दो कॉमरेडों का ख़ून हो गया। इसके विरोध में तुम छात्रों ने हड़ताल की थी···कैसी रही?"

"सकसेसफुल! असल में इन बहानों से छात्र क्लास में जाने के दायित्व से बचते हैं। चाहे वे कुछ भी कहें।" अनिमेष ने कहा।

"हड़ताल क्यों की?"

"मायने···?"

"हर दिन कितने ही लोगों का ख़ून होता है उनके लिए तो तुम लोग हड़ताल नहीं करते। अभी उस दिन पुराने विप्लवी का ख़ून हुआ तुमने कोई विरोध नहीं किया। अब क्यों किया?"

अनिमेष ने सुवास दा' का चेहरा देखकर मतलब का अन्दाज़ा लगाना चाहा, पर विफल रहा। बोला, "यह तो सीधी-सी बात है। दोनों जो मारे गए वे पार्टी के लोग थे और हमारा छात्र संगठन उसी पार्टी के मत में विश्वास करता है इसलिए विरोध ज़रूरी था।"

"ठीक है, ठीक है···मैं यही बात सुनना चाहता था। छात्र अब देश की सबसे बड़ी शक्ति क्यों न माने जाएँ। इसमें किसी को सन्देह नहीं रहेगा। देखा जाए तो हर छात्र किसी-न-किसी संस्था-विशेष के राजनीतिक दल का अनुसरण करता है। दूसरी तरह कहा जाए तो छात्रों की संस्था राजनीतिक दल की एक शाखा है। है ना।"

"यह तो सब जानते हैं सुवास दा। तुम क्या कहना चाहते हो?"

"पार्टी अगर कोई ग़लती करे और वह ग़लती छात्रों पर लाद दी जाए तो तुम उसका समर्थन करोगे?" सुवास दा' ने उसकी तरफ़ देखा।

अनिमेष ने धीरे से सिर हिलाया, "वह क्यों? पार्टी अगर ग़लती करती है तो उसका संशोधन करना ठीक है।"

"किन्तु नेता यदि जान-बूझकर गलती करें फिर?"

"वे क्यों करेंगे?"

"करेंगे और कर रहे हैं। यह भी एक तरह की राजनीति है।"

"यह कैसे हो सकता है सुवास दा'। हर राजनीतिक दल के निर्दिष्ट आदर्श हैं। वरना एक के साथ दूसरे का कोई पार्थक्य नहीं होगा। जो काम करते हैं, वे चुप क्यों बैठेंगे।"

"चुप करके बैठेंगे स्वार्थ के लिए।"

"नहीं"मैं यह नहीं मानता।"

"मैं मानता हूँ।"

"कारण"?"

"कारण यह है कि विरोध करने के लिए मुझे दल से निकाल दिया गया है। हममें से कुछ को बाहर निकलने के लिए बाध्य किया गया। बाक़ी किसी ने एक शब्द भी नहीं कहा। यहाँ तक कि हमारे साथ जो व्यवहार किया गया उसकी समालोचना का साहस तक कोई नहीं कर सका।"

अनिमेष हतवाक् हो गया। सुवास दा' को दल से निकाल दिया गया। सुवास दा' को। जिन्होंने इतने वर्ष तक दल के लिए प्राणपण से काम किया"अपने भविष्य की चिन्ता किए बिना। वीरभूम के गाँवों के दल में शामिल होकर काम करते रहे—इन्हें? विश्वास करने में कष्ट हो रहा था अनिमेष को। किसी तरह फिर पूछा, "यह कब हुआ?"

"एकाध महीने पहले। तुम्हें मालूम नहीं, देखकर ताज़ुब हो रहा है।"

"मुझे नहीं मालूम। विभान दा' आदि जानते हैं?"

"ज़रूर! उन्होंने ही तो सक्रिय भूमिका निभायी थी मुझे निकालने में। देखो! विधान राय के मरने के बाद से हमारे नेताओं को मानो गन्ध मिली कि दल के हाथ में एक दिन मंत्रित्व आ जाएगा। उसके बाद सबका चाल-चलन मतामत शीघ्रता से बदल गया। यही सबसे बड़े दुख की बात है। अब कोई भी किसी को नाराज़ नहीं करना चाहता। आँखें बन्द करके अन्याय को सब नज़रअन्दाज़ करते हैं।"

"तुम्हें क्यों एक्स्पैल किया?"

"पार्टी की वर्तमान कार्य-पद्धति की आलोचना की थी। जो मुँह से कहा जाता है कार्य में चरितार्थ तो होता नहीं। बहुत दिन हुए गाँव के लोगों द्वारा छला जाता रहा था। कम्युनिज़्म की पहली शर्त यह थी कि मनुष्य को समान भाव से जीवित रहने का अधिकार देना होगा। पर दल में छोटे-मोटे हिटलर फैले हुए हैं। निःस्व मनुष्य की पार्टी किसानों के आश्रित नहीं चल सकती। पिछले बीस वर्ष से पार्टी के नेता लोग कितनी थोथी बातें करते रहे हैं जिनको अमल में लाने की कोई कोशिश इस देश में नहीं होती। इसलिए इस देश का कम्युनिज़्म हवा के बैलून की तरह है जिसे पकड़ा नहीं जा सकता। मैंने कहा था कि नेतृत्व के लिए नया ख़ून चाहिए। जो लोग इतने वर्ष तक दल को सुनिर्दिष्ट रास्ते पर नहीं चला सके, उन्हें हट जाना चाहिए। इसका एक ही नतीजा हुआ, जो मैं जानता भी था। मुझे ही हटा दिया गया।"

"किन्तु इस तरह तो दल धीरे-धीरे कमज़ोर पड़ता जाएगा। जितना टूटेगा शत्रुपक्ष उतना ही उत्साहित हो जाएगा।"

"शत्रु पक्ष? हम ही तो अपने सबसे बड़े शत्रु हैं।"

"किन्तु…।"

"सुनो! कम्युनिस्ट पार्टी के दो भाग क्यों हुए? चीन की समस्या? बिलकुल नहीं। तुम्हें क्या पता, होम मिनिस्टर ने जब रेडियो पर घोषणा की थी कि कम्युनिस्ट पार्टी की एक शाखा इस देश में सशस्त्र विप्लव लाना चाहती है तो चीन के स्वार्थ के लिए हमारे प्रधान नेता ने क्या कहा था? उसी दिन सवेरे मंत्री के साथ बातचीत के बाद बोले थे कि हम कम्युनिस्ट कानूनी कार्य-प्रणाली में विश्वास करते हैं। सशस्त्र विप्लव के आसपास भी हम नहीं हैं। उन्होंने वायदा भी किया था। फिर पार्टी विभाजित क्यों हुई? कम्युनिस्ट पार्टी के दक्षिण-वामपंथी एक ही रास्ते पर अगर चलेंगे तो अलग हँडिया पकाने से क्या लाभ? वह नेतृत्व का झगड़ा है या आदर्शों का संघात, वह समझने में कोई दिक्कत नहीं रही।"

सुवास दा' बात करते-करते उत्तेजित हो गए थे। रेस्टोरेंट में बैठे बहुत से लोग इनकी तरफ़ देख रहे थे। सामनेवाले दोनों व्यक्ति भी। यह समझते ही सुवास दा' खड़े हो गए। पेमेंट करके आए। पूछा, "तुम तो अब भी मानिकतला में ही हो ना।"

"नहीं…मैं यहीं ग्रे स्ट्रीट, हरिघोष स्ट्रीट के मोड़ के होस्टल में आ गया हूँ। आएँगे?"

"आज रहने दो। मुझे तुम्हारी ज़रूरत है। सोच-विचार करना। ये बातें अभी किसी और को नहीं बतानी हैं। मैं जल्द ही मिलने आऊँगा।"

"क्या कर रहे हैं सुवास दा'।" अमिनेष ने पूछा।

"अब हमें क्या करना चाहिए यही सोच रहा हूँ अनिमेष।"

अठारह

होस्टल लौटकर देखा इसके कमरे में बड़ी भीड़ है। तमाल और बराबरवाले कमरे के दो लड़के बड़े आराम से दादू के साथ अड्डा जमाए बैठे थे। सरित्‌शेखर डुयार्स के पुराने किस्से सुना रहे थे। तमाल चेयर पर बैठा था और दो लड़के खिड़की का सहारा लिये खड़े थे।

अनिमेष के दरवाज़े पर खड़े होते ही बिस्तर पर बैठे सरित्‌शेखर की नज़र पहले पड़ी। बातें रोककर बोले, "यहाँ डॉक्टर शायद आसानी से नहीं मिलता!"

अनिमेष ने हँसकर गरदन हिलायी। दादू बहुत बदल गए हैं। पहला वक़्त होता तो पूछते ही नहीं। देर होने पर बक-झक कर घर में घुस जाते। इसे ध्यान आया कि इनके डर से स्वर्गछेंड़ा में शेर और बकरी भी एक घाट पर पानी पीते

थे। उसने टेबल पर दवाइयाँ रख दीं, "अब कैसे हैं?"

"अच्छा हूँ...बहुत अच्छा। तुम्हारे इस दोस्त ने मुझे सन्देश खिलाया। बढ़िया लगा।" पोपले मुँह से हँस दिए।

तमाल ने अनिमेष से कहा, "दादू से तुम लोगों के यहाँ की बातें सुन रहा था। बड़ी इंटेरस्टिंग हैं। चाय बागान कैसे शुरू हुआ इसके जीवन्त साक्षी हैं दादू। मैं तो सिर्फ़ दो पत्ते की एक कूंडि से जान सका हूँ।"

अनिमेष को इतनी भीड़ अच्छी नहीं लग रही थी। एक तो छोटा कमरा ऊपर से इतने लोग! अच्छी तरह खड़े भी नहीं हुआ जा रहा था। बोला, "बाबा को चिट्ठी नहीं भेज सका। सोचता हूँ, कल सवेरे टेलीग्राम कर दूँगा।"

"व्हाई...?" सरित्शेखर की भृकुटि चढ़ गयीं।

अनिमेष ने उनकी तरफ़ देखा। इस तरह का प्रश्न क्यों? इस हालत में बीमार होकर कलकत्ता आए हैं यह सूचना देने में अन्याय क्या है? बाबा ज़रूर चिन्ता कर रहे होंगे?

"मुझे लगता है, तुम्हें ही ज़्यादा फ़िक्र हो रही है। इसके अलावा तुम्हारा टेलीग्राम जाने से पहले ही मैं पहुँच जाऊँगा। इसकी ज़रूरत नहीं है।" सरित्शेखर ने गरदन हिलायी।

"आप पहुँच जाएँगे...मायने?"

"मैंने फ़ैसला किया है कि कल नॉर्थ बंगाल एक्सप्रेस से चला जाऊँगा।"

"यह क्या? ऐसी हालत में आप जाएँगे कैसे! रास्ते में कुछ हो गया तो मिलना नहीं होगा। पहले ठीक हो जाइए फिर जाइए।" अनिमेष नाराज़गी से कह रहा था। जो सवेरे इस हालत में घुसे थे उसी शाम को ऐसी बात कर रहे हैं?

सरित्शेखर हँस रहे थे, "मेरे शरीर को मुझसे ज़्यादा कोई नहीं समझ सकता। जो थोड़ी-बहुत कमज़ोरी है भी तो उम्र के कारण। जलपाइगुड़ी पहुँचकर वह भी दूर हो जाएगी।"

इतनी देर से वे लोग चुपचाप सुन रहे थे। अब तमाल ने कहा, "किन्तु दादू! दो दिन और रुक जाएँगे तो क्या बुराई है। ठीक हो जाएँ तब कालीघाट दक्षिणेश्वर में पूजा-वूजा देकर जाइए। जब हमारे पास आ ही गए हैं तो जाने की इतनी जल्दी ही क्या है?"

सरित्शेखर बोले, "जीवित रहा तो फिर आऊँगा भई! अनिमेष नौकरी-चाकरी करके घर बसा ले तब आकर रहूँगा। इस समय मेरा इस पिंजरे में रहना असम्भव है।"

"पिंजरा...?" अनिमेष अवाक् हो गया।

"पिंजरा नहीं है? स्वर्ग में रहता हूँ, पाताल में पाखाने जाना होता है। अगर एक ही समय में कई लोगों को ज़रूरत हो तो लाइन में खड़े होना पड़ता है। मैं

सोचता हूँ कि मनुष्य के सोने का कमरा और पाखाना दोनों ही आरामदायक होने चाहिए। ऊपर से दिन-रात कानों में ट्राम की टनटन की आवाज़ भी असह्य है।" सरित्‌शेखर ने मुँह बिचकाया।

अनिमेष हँसकर बोला, "फिर आप ही समझिए मैं—हम लोग किस तरह के आराम में रहते हैं।"

सरित्‌शेखर उत्तेजित हो गए। यह तुम्हारा ही दुर्भाग्य है, तुम समझते नहीं। किसी छात्र को अगर ठीक-ठीक पैसा देने पर भी नरक में रहना पड़े तो उससे देश क्या आशा कर सकता है। इस तरह तुम्हारे बीच विश्रृंखलता आने लगी है।"

पास के कमरे का दूसरा लड़का बोला, "विश्रृंखलता मायने?"

सरित्‌शेखर सख़्ती से बोले, "अब रात कितनी है? इस समय हर छात्र को क्या करना चाहिए! और तुम लोग मुझसे बातें कर रहे हो। यह विश्रृंखलता नहीं है क्या?"

उनकी बात सुनकर लड़कों के मुँह फ़ीके पड़ गए। अनिमेष परेशान हो गया। वह सोच भी नहीं सकता था कि दादू उनके मुँह पर यह सब कहेंगे। वास्तव में यही सरित्‌शेखर का वास्तविक रूप था। रख-ढँककर बात नहीं कर सकते थे।

तमाल खड़ा हो गया, "मैं आपकी बात नहीं मानता। हम लोग जो होस्टल में रहकर पढ़ते हैं, जानते हैं कि हमें पास होना ही होगा। यह दायित्व है हम पर। पढ़ाई-लिखाई के लिए समय निकाल लेते हैं। आपके विचार से जो हमारा पढ़ने-लिखने का समय है वह हमारे लिए विश्राम का समय हो सकता है। सोचिए, सारा दिन की थकावट के बाद ट्राम में लटकते हुए होस्टल आने पर पढ़ने बैठ जाएँ तो ब्रेन एक्सैप्ट नहीं करेगा। दस बजे के बाद पढ़ने बैठें तो समझने में कोई दिक्कत नहीं होगी। कौन-सी विश्रृंखलता...बताइए।"

सरित्‌शेखर कुछ देर तमाल को देखते रहे। शायद बहुत ताज़्जुब हो रहा था। फिर अनमने होकर बोले, "मैं तुम लोगों को ठीक से समझ नहीं पा रहा। छात्रों को अकसर ट्रामें जलाने की बातें पढ़ता रहा हूँ। तब लगता है कि तुम पढ़ाई-लिखाई छोड़कर यह सब जो करते हो इसमें भी प्लान है। शायद तुम अच्छे लड़के हो, इस तरह रहकर रास्ता निकाल लिया है। किन्तु जो बुद्धिमान नहीं हैं, वे तो अतल में जाएँगे।"

उसके बाद बात जमी नहीं। अनिमेष समझ गया था कि दादू की बातें उनको खटकी हैं। कोई-न-कोई बहाना बनाकर एक-एक करके सब चले गए। कमरा खाली होते ही अनिमेष बोल पड़ा, "आप इस तरह न कहते तो अच्छा था।"

"किस तरह?"

"यही...सीधे मुँह पर कहना।"

"मैंने कोई अन्याय किया नहीं। तुम्हें अन्याय लगा?"

"मैं अप्रिय सत्य बोलना नहीं चाहता।"

"अप्रिय सत्य?" सरित्‌शेखर हँस पड़े, "तो तुम इसे सत्य कहना चाहते हो।"

"शायद...पर नहीं भी हो सकता है। दादू! जलपाइगुड़ी में मैं जो सब कुछ जिस तरीके से देखता और सोचता था, कलकत्ता आकर मालूम हुआ कि उसे दूसरी तरह देखा या सोचा जा सकता है। इसलिए कि यहाँ सब कुछ दूसरी तरह का है। असल में जलपाइगुड़ी और कलकत्ता का परिवेश बिलकुल अलहदा है। परिवेश के हिसाब से सब अपने को तैयार कर लेते हैं।"

सरित्‌शेखर ने नाती को गहरी नज़रों से देखा। फिर बोले, "लंदन में दोपहर के समय बर्फ़ पड़ती है, सहारा में आग जलती है और कलकत्ता में गरमी होती है। किन्तु एक ही समय में तीन स्थलों के लोगों के विचार में परिवर्तन नहीं होता। छोड़ों ये बातें। तुम्हारे डॉक्टर ने क्या कहा?"

अनिमेष ने डॉक्टर की बात बतायी। सुनकर वे बोले, "उनकी अब ज़रूरत नहीं है। रात को नींद आ जाए वह काफ़ी है। इस उम्र में दवाइयाँ शरीर को काहिल बना देती हैं। कल सवेरे मेरे लिए टैक्सी बुलवा देना।"

"आप कल ही चले जाएँगे।"

"हाँ...।"

"पर क्यों?"

"मेरा वापस जाना ज़रूरी है।"

"टैक्सी के लिए क्यों कह रहे हैं? मैं स्टेशन जाकर सीट रिज़र्व करवाकर आपके बैठने की व्यवस्था कर सकता हूँ। मेरे लिए यह करना उचित है।"

"ज़रूरत क्या है। मैं तो इतना रास्ता अकेले घूमता रहा। तुम तो साथ नहीं थे। यहाँ आकर मैं अकर्मण्य हो गया था। तुम्हें विरक्त किया। ठीक हो जाऊँगा तो खुद चला जाऊँगा। तुम्हारा एक दिन वैसे ही बर्बाद हो गया है। कल स्टेशन जाओगे तो एक दिन का कॉलेज और बेकार हो जाएगा। मैं नहीं चाहता।" सरित्‌शेखर की आवाज़ रूखी लग रही थी।

अनिमेष को लग रहा था कि दादू बहुत पराए हैं। सवेरे दादू को देखकर दिल में जो आवेग का ज्वार उठा था, अब नहीं था। इस आदमी की छाती पर घुटनों के बल चलकर इसने बचपन काटा है। रिटायर होने के बाद स्वर्गछेंड़ा से जब वे सम्पर्क तोड़कर जलपाइगुड़ी आ गए थे, तब वह सात-आठ वर्ष का बालक था। बाबा-माँ को छोड़कर उनका साथ पकड़ लिया था। इस आदमी के कठोर अनुशासन में रहकर एक-एक क्लास पास की थी। अब लग रहा था कि सरित्‌शेखर को यह कभी पहचान नहीं पाया। यह तो ठीक है कि ऐसे कमरे में

रहने की उन्हें आदत नहीं है। होस्टल की भीड़भाड़ में दादू को असुविधा होगी। फिर भी उनका इतनी जल्दी चले जाना अनिमेष को अच्छा नहीं लग रहा। ख़याल आया कि यह तो पूछा ही नहीं कि दादू कहाँ गए थे, क्यों गए थे।

सरित्शेखर ने पूछा, "तुम्हें कुछ कहना है?"

वह आहिस्ता से बोला, "आप कहाँ गए थे?"

"गया···।"

"गया···? गया क्यों?"

"श्राद्ध करने···।"

"किसका श्राद्ध···?"

"अपना···ख़ुद का।"

अनिमेष स्तब्ध रह गया। सरित्शेखर के सिर पर छोटे-छोटे सफ़ेद बाल इसकी आँखों को कैसे चुभ रहे थे। कोई व्यक्ति जीते जी अपना श्राद्ध करे यह तो कल्पना भी नहीं की जा सकती थी। विशेषकर दादू जो वृद्धावस्था में भी धर्म-कर्म नहीं मानते। दीक्षा आदि नहीं ली है। जो ठीक लगता है, वही करते हैं। अफ़सोस करने की दुर्बलता को कभी प्रश्रय नहीं देते। अनिमेष बस इतना कह सका, "आपने ऐसा क्यों किया?"

"तुम्हें बुरा लग रहा है?"

"हाँ···।"

"क्यों?"

"मैं आपको···।" अनिमेष की आवाज़ में आवेग था। किसी तरह बस इतना कहा, "श्राद्ध के बाद सांसारिक सुख-दुख।"

"राइट।" सरित्शेखर ने बड़े उत्साह से गरदन हिलायी, "ठीक कहते हो। अब मैं एक मायने में मृत हूँ। कुछ दिनों से सोच रहा था। सारा जीवन मैंने बहुत कुछ किया—किसी साधारण मनुष्य के लिए जो-जो करना उचित होता है। अब मेरी कोई इच्छा-आकांक्षा नहीं थी। भोजन बहुत अच्छा लगता था। आजकल शरीर को वह सह्य नहीं होता। तुम्हारी पिशिमाँ (बुआ) दाल-चावल का गोला-सा बना देती हैं उसे भी आधे घंटे तक हल्क में चलाता हूँ। सरकने में तकलीफ़ होती है। जब तक शक्ति थी तब तक किसी की परवाह नहीं की। किन्तु लाचार होने के बाद दूसरे की दया की उम्मीद के अलावा और कुछ नहीं। पैसे का अभाव बड़ा कष्टकर होता है अनिमेष। मेरे जैसा व्यक्ति जितने दिन जीवित रहेगा अभिशाप की तरह लगेगा। तुम्हारे बाबा मुझे रुपए देते हैं। दो-तीन दिन की भी देर हो जाए तो लगता है, वह मेरी अवहेलना करता है। इस विचार से मेरा कौन उद्धार करेगा। जब तक संसार में हूँ पैसा पास न होने पर लोभ, मोह, क्रोध कोई छुटकारा दिलाएगा। ये भाव जब तक रहेंगे मैं जर्जरित होता जाऊँगा। कुछ दिन पहले

तुम्हारे तायाजी पत्नी सहित मेरे पास आ गए। उनकी दशा बड़ी जीर्ण थी। खाने को नहीं मिलता था। आकर ऐसे दिखाया मानो मेरी सेवा न की तो उनका इहकाल-परकाल ही नष्ट हो जाएगा। जिस लड़के को मैंने कभी त्याज्य पुत्र मान लिया था, बार-बार जिसकी परछाईं से भी बचकर चलता था, उसे मैंने स्वीकार कर लिया। मैं समझ गया कि मेरी सेवा करने के बहाने वह मेरा ही अन्न ध्वंस करना चाहता है। मेरे मरने के बाद घर-बार स्वायत्त करना चाहता है। पर पहलेवाला सख़्त मिजाज़ मेरा न जाने कहाँ चला गया। वह मेरी मालिश कर देता है, हाथ पकड़कर कालीबाड़ी ले जाता है। इस वृद्धावस्था में अकेले नहीं रहा जाता। वह मेरे लिए इतनी बड़ी समस्या थी कि उसके पिछले सब अन्याय भूल गया। तुम्हारे बाबा को यह अच्छा नहीं लगा। जिसने कभी मुझे झोझंरा कर दिया था, लोगों के सामने मेरी बेइज़्ज़ती की थी। मैंने उसे सहारा दिया है यह वह मानना नहीं चाहता था। अनिमेष! मैंने अनुभव किया है जब ख़ून का ज़ोर नहीं रहता तो मनुष्य लोभी हो जाता है। कभी अपने को जितना कठोर सोचता था अब देखा मैं शुरू से हूँ ही नहीं। केवल ज़िद के कारण दूसरी तरह चलने की कोशिश करता रहा। तब तुम्हारी पिशि माँ ने बताया कि इन्होंने सुना है कि वे आपस में बातें कर रहे थे कि मैं चला जाऊँगा तो उन्हें घर मिल जाएगा। कब जाओगे यही फ़िक्र है। मुहूर्त मात्र में मेरा मन बदल गया। उसी दिन उन्हें घर से बाहर निकाल दिया। जाते हुए मुझे गालियाँ दे गए। बाद में सोचा, मैंने ऐसा क्यों किया! उस घर को मैं प्राणों से अधिक चाहता हूँ। इसलिए किसी दूसरे का उस पर लोभ सहन नहीं कर पाया। प्यार भी तो एक तरह का लोभ ही होता है। अचानक मन में आया कि संसार में जितने दिन एक मनुष्य को जीवित रहना ज़रूरी है, उससे कहीं ज़्यादा दिन मैं जीवित रह चुका हूँ। लम्बी आयु बड़ा अभिशाप है।"

एक ही साँस में लगातार बोलकर वे हाँफ गए थे। ज़रा चुप रहकर फिर धीरे से बोले, "यह आकर्षण धो-पोंछकर फेंक दूँगा, निश्चय किया। एक रात किसी को बिना बताए गया चला गया। मेरी मृत्यु पर लोग घट श्राद्ध करें और लोगों को बुलाकर खिलाएँ यह भी सहन नहीं होगा। इसलिए अपना राजपाट ख़ुद ही उठा दिया। अब मन कुछ और तरह का हो गया है। जैसे आकाश से ज़मीन की तरफ़ देखकर सबकुछ मनोरंजक लगता है। तुम्हारे मित्रों ने मुझे दक्षिणेश्वर, कालीघाट जाने को कहा था। उन सब स्थानों पर जो जाते हैं मैं उनके दल में नहीं हूँ। मेरा प्रयोजन तो समाप्त हो गया है। अब जितने दिन ज़िन्दा रहूँगा, आँखों से देखूँगा और कानों से सुनूँगा। किन्तु यह देखना-सुनना मेरे मन में किसी तरह का असर नहीं छोड़ेगा। मनुष्य जीवित रहता है आशा लेकर। मैं वह इच्छा भी गया में छोड़ आया हूँ। जलपाइगुड़ी इसलिए जा रहा हूँ क्योंकि कुछ दिन तक इस शरीर को घसीटना है। तुम्हारी पिशि माँ बाल विधवा होने के बाद से मेरे गले

में पड़ी है। वे मुझे समझती हैं।"

अनिमेष उन्हें अपलक देख रहा था। सरित्‌शेखर की भंगिमा में उनके कंठ स्वर में दूसरी तरह का चेहरा झलक रहा था। इसने ख़ुद को संयत करने में समय लिया। सरित्‌शेखर मुँह ऊपर किए बैठे थे। कमरे में कोई आवाज़ नहीं थी। अन्ततः अनिमेष ही बोला, "रात को क्या खाएँगे?"

"कुछ नहीं। सन्देश खाने से पेट भारी हो गया है। एक गिलास पानी दे दो।"

सरित्‌शेखर उठे। अब क़दम ठीक पड़ रहे थे। अनिमेष ने देखा वे छत के कोने तक अकेले चले गए। टेबल पर गिलास रखकर इसने जल्दी से बिस्तर ठीक किया। चाहे तो आज रात वह किसी दूसरे कमरे में सो सकता है। पर दादू को अकेले छोड़ने का मन नहीं था। सोचा ज़मीन पर चादर बिछाकर सो जाएगा।

रात का खाना वह नीचे खाकर आ गया। आकर देखा वे आँखें बन्द किए पड़े हैं। सो गए हैं, सोचकर उसने ज़मीन पर बिस्तर बिछाया कि सरित्‌शेखर बोले, "किसी कमरे में खाली खाट नहीं है?"

"क्यों···?"

"ज़मीन पर सोने से बीमार पड़ सकते हो। अगर कोई खाट खाली हो तो वहीं सो जाना।"

"नहीं, मुझे कोई असुविधा नहीं होगी।"

"तुम क्या सोचते हो अकेला रहूँगा तो रात में मर जाऊँगा?"

"यह क्यों कह रहे हैं।"

"तुमने सुन तो लिया कि मेरे लिए चिन्ता करना व्यर्थ है। तुम्हें असुविधा होगी इस तरह। किन्तु जो लड़का पुलिस से लड़ाई कर सकता है उसका मन ऐसा नहीं होना चाहिए।"

अनिमेष को लगा मानो इलैक्ट्रिक शॉक लगा हो। वह मुँह नहीं उठा पाया। दादू ने यह बात इतनी देर में क्यों की। पुलिस के साथ तो वह कभी लड़ा ही नहीं। लड़ने की कोई परिस्थिति ही नहीं थी। हाँ, कुछ दिन पहले यूनिवर्सिटी के सामने जो घटना हुई थी उसमें उसका सक्रिय अंश था। किन्तु उसे क्या पुलिस के साथ लड़ाई कहा जा सकता है? सवाल यह है कि उन्हें यह कैसे मालूम हुआ? वह कलकत्ता आया है पढ़ाई करने। वह राजनीति से संयुत हो गया है, वामपंथी राजनीति में इसका विश्वास है। यूनियन के लिए बहुत समय खर्च करता है—ये बातें सरित्‌शेखर के जानने की हैं नहीं। परीक्षा में फेल नहीं हुआ यानी बाबा के भेजे हुए रुपयों का अपव्यय नहीं हुआ है। छुट्टियों में जब जलपाइगुड़ी गया था तब चुपचाप घर पर ही रहता था। उसका आचरण देखकर किसी को यह सोचने का मौका नहीं मिला था कि कलकत्ता में यह सब काम करता है। वह समझ गया

था कि सरितृशेखर की आँखें इसके चेहरे पर गड़ी हैं। इसलिए अभी जवाब देना होगा। दादू से झूठ बोलने पर बचपन में इसका दिल काँप जाता था। कभी झूठ नहीं बोल पाया। उनकी तरफ़ बिना देखे अनिमेष ने हँसने की कोशिश की। यह ख़बर आपको कहाँ से मिली? पुलिस से लड़ाई क्यों करूँगा? और अगर ऐसा होता तो वे मुझे छोड़ देते क्या?

"तुमने कम्युनिस्ट पार्टी में नाम लिखवाया है यह झूठ है क्या?"

"आपको कहाँ से पता चला?"

"पहले बताओ झूठ है या नहीं।"

"कम्युनिस्ट पार्टी का समर्थन करता हूँ इसका मतलब यह तो नहीं कि पुलिस के साथ झगड़ा करता हूँ।"

"आज नहीं करते, कल करोगे, परसो करोगे।" सरितृशेखर दृढ़तापूर्वक बोले, "तुम अभी छात्र हो। तुम्हारा कर्तव्य है, भविष्य के लिए ख़ुद को तैयार करना, योग्य करना। वह नहीं करते, कम्युनिस्ट हो गए। देश में विप्लव लाना चाहते हो? मैंने कभी सोचा भी नहीं था कि ऐसा नशा तुम्हें जकड़ लेगा। जिस दिन तुम जलपाइगुड़ी से पहली बार आए थे, मैंने तुमसे कहा था विद्वान होकर लौटना। मैं तुम्हारा इन्तज़ार करूँगा। तुम्हारे स्कूल के एक मास्टर ने जब मुझसे कहा कि तुम यूनियन में हो, दिन-रात पार्टी को लेकर मस्त हो, तब किसी प्रकार की आशा करना अब ज़रूरी नहीं रहा था। कह सकते हो कि यह भी तो सांसारिक इच्छा है। तुम्हें लेकर जो स्वप्न देखा था वह टूट गया…तब बड़ी तकलीफ़ हुई थी। गया से लौटने के बाद अब वह तकलीफ़ नहीं रही। अब तुम्हारे भविष्य को लेकर अपना दिमाग़ ख़राब करने की ज़रूरत नहीं समझता।"

"आपको शायद बढ़ा-चढ़ाकर बातें बतायी गयी हैं। इसके अलावा कम्युनिस्ट पार्टी में शामिल होकर काम करने में किसी लड़के के भविष्य में बारह भी बजे सकते हैं—यह धारणा अचल है।"

वह दादू की बाक़ी बात को कोई अहमियत नहीं देना चाहता था। वह चाहता था कि उन्हें कम्युनिज़्म पर विचार-विमर्श करने की तरफ़ ले आए जिससे उनकी बँधी-बँधाई धारण ज़रा बदले। पर सरितृशेखर ने ध्यान ही नहीं दिया। अनिमेष की बात सुनकर चुपचाप लेट गए।

रात गहरी हो जाती है तो ट्राम की आवाज़ और भी विकट हो जाती है। बातचीत शुरू भी हुई, पर रुक गयी। अनिमेष परेशान हो रहा था। दादू से पहले कभी खुलकर बात नहीं कर पाता था। आजकल मन तो होता है किन्तु उसमें स्वाभाविक सरलता कब की ख़त्म हो चुकी है। इसलिए तर्क-वितर्क द्वारा अपनी बात समझाना चाहता है।

सरितृशेखर बोले, "तुम अब पढ़ोगे?"

"आज अच्छा नहीं लग रहा दादू!"

"तो बत्ती बुझा दो।" कहकर उन्होंने करवट ले ली।

सवेरे वे कुछ दूसरे ही मनुष्य हो गए। एक दिन के आराम से ही वे पुराने रूप में लौट आए थे। अब ज्वर भी नहीं था। जब सब सोए हुए थे उन्होंने अनिमेष को उठा दिया।

उनींदी आँखों से अनिमेष ने पूछा, "अभी क्यों उठ रहे हैं? बाहर अँधेरा है।"

"सवेरा होने में देर नहीं है। प्राकृतिक कार्यक्रम पूरे कर लूँ। उम्मीद है, अभी लाइन नहीं बनी होगी।"

उनकी बात सुनकर अनिमेष हँस पड़ा। दादू के दिमाग़ में वही एक चिन्ता चक्कर लगा रही है।

नौकर-चाकर, ठाकुर वगैरह भी नहीं उठे थे। सब कामों से निर्विघ्न निबट कर वे ऊपर आकर बोले, "तुम लोगों के बाथरूम-पाखाने में चौबीस घंटे लाइट जलती है?"

"पुराना मकान है ना इसलिए रोशनी नहीं जाती।"

"तुम कलकत्ता में रहने लायक हो गए हो।"

बात शायद अन्यमनस्क होकर कही थी उन्होंने, पर अनिमेष को लगा कि इससे बड़ा सच और कोई नहीं है। कलकत्ता में रहने के लिए कितनी तरह की योग्यता की ज़रूरत होती है। विवेक, भद्रता, स्नेह या सौजन्य यहाँ ज़रूरत के मुताबिक बदल लिये जाते हैं। जो इसे नहीं समझता, हर क़दम पर ठोकर खाता है। अनिमेष ने कलकत्ते में इन कुछ वर्षों में इन सबकी अच्छी जानकारी प्राप्त कर ली है।

आकाश में अभी काफ़ी तारे थे। चारों तरफ़ ऐसा सन्नाटा था कि लगता, यह कलकत्ता है ही नहीं। नींद के दौरान आख़िरी ट्राम जा चुकी थी और पहली ट्राम अभी चली नहीं थी। आकाश बड़ा करुण और विषण्ण लग रहा था। सारी रात जलने के बाद इस समय सड़कों की रोशनी ऐसी फ़ीकी क्यों पड़ जाती है? अनिमेष छत पर खड़ा था कि सरित्शेखर हाथ में लाठी पकड़े कमरे से बाहर आ गए। जो मैले कपड़े कल रात उतारकर रख दिए थे; उन्हें फिर से पहन लिये थे।

अनिमेष ने आगे बढ़कर पूछा, "अब कहाँ जा रहे हैं ?"

"ज़रा घूम आऊँ। तुम मॉर्निंग वॉक के लिए नहीं जाते?"

अनिमेष ने होंठ बिचकाए। जलपाइगुड़ी के वे दिन! वर्ष-पर-वर्ष यह मनुष्य रोज़ सवेरे इसे लेकर तिस्ता के किनारे तक घूमने जाता था। यह अभ्यास की बात होती है। कहते हैं, बचपन का अभ्यास मृत्युपर्यन्त रहता है। पर कलकत्ता आने के बाद इसे कभी ध्यान भी नहीं आया। बल्कि सवेरे के वक्त नींद और गहरी हो जाती है। कलकत्ते में जो जितनी देर से उठता है, वह उतना ही प्रतिभावान

होता है।

अनिमेष बोला, "वह आदत तो चली गयी। पर यहाँ नदी या मैदान इतने नज़दीक नहीं हैं। घूमेंगे कहाँ?"

"क्यों···इतनी बड़ी सड़क है। घोड़ागाड़ी न रहे तो चलने में कोई असुविधा नहीं होगी। मेन गेट खुला है?"

अनिमेष सोच भी नहीं सकता था कि कल जो हाँफते-हाँफते आए थे अब ताज़ा होकर कैसे जा रहे थे। बोला, "नहीं, गेट बन्द है। आप चलिए, मैं दरबान को बुलाकर कहता हूँ।"

एक छोटी-सी गली से नीचे उतरकर दरबान को उठाने में झमेला करना पड़ा। इतनी सवेरे कोई बाहर नहीं जाता है।

उनके जाते ही दरबान ने दरवाज़ा फिर बन्द कर लिया। सरित्‌शेखर बोले, "तुम क्यों आए?"

बहुत दिन बाद सवेरे उठकर अनिमेष को अब अच्छा लग रहा था। एक बार नींद टूट जाए तो इतनी सवेरे बड़ा अच्छा लगता है। कोई जवाब न देकर वह उनके साथ सड़क पर चलने लगा।

सड़क अभी सुनसान थी। सड़क की फ़ीकी रोशनी के अलावा आकाश में अभी कुछ नहीं था। फुटपाथ पर सोए हुए लोगों के अलावा कोई आदमी दिखाई नहीं पड़ रहा था। सरित्‌शेखर लाठी टिकाकर चल रहे थे—बहुत धीरे-धीरे। एक समय ऐसा भी था कि वह उनसे क़दम मिलाकर नहीं चल पाता था। अब उनसे क़दम मिलाकर चल रहा था। सरित्‌शेखर को चलने में जो तकलीफ़ हो रही थी अनिमेष समझ नहीं सका। वे मानसिक-आग्रह के वशीभूत चल रहे थे। अनिमेष को समझ नहीं आ रहा था कि क्या करे। सेंट्रल एवेन्यू छोड़कर दाएँ हाथ के एक पार्क के सामने वे जा खड़े हुए। अनिमेष बोला, "ज़रा बैठेंगे···यहाँ।"

"हाँ···बैठ जाता तो अच्छा था।"

पार्क में घुसते ही अनिमेष परेशान हो गया। पार्क में बहुत से बेंच थे किन्तु उनमें से एक पर भी सीट नहीं थी। किसी ने यत्नपूर्वक पार्क को बूचा कर दिया था। उन्हें लेकर वह एक बेंच के पास पहुँचा तो यह देखकर बड़ा संकुचित हुआ। इसके लिए इसका कोई दायित्व तो नहीं था, किन्तु कलकत्ता-निवासी होने के हिसाब से लज्जा का सामना करना पड़ रहा था। सरित्‌शेखर बोले, "अब कोशिश मत करो···बल्कि लौट चलो।"

सरित्‌शेखर बहुत धीरे-धीरे चल रहे थे। अब थकावट ज़ाहिर थी। किसी पटरी पर ही बैठ जाएँ। पर कहने का साहस नहीं हुआ।

सरित्‌शेखर बोले, "इस उजाड़ मैदान को तुम पार्क कहते हो? फूल नहीं, पत्ते नहीं, यहाँ तक कि ज़मीन पर घास भी नहीं है। बैठने का इरादा छोड़ दिया।

किस हिसाब से इसे पार्क कहा जाए? हाँ तुम कहते हो। आदत है, कहने की। वास्तविक वस्तु कब की खो बैठे उसकी जगह नकल को कब पकड़ लिया तुम्हें पता भी नहीं चला? ताज़ुब है?"

अनिमेष ने जवाब नहीं दिया। सोचा, दादू की बात का विरोध इस समय नहीं करेगा। तर्क द्वारा इस वृद्ध को चोट पहुँचाकर क्या होगा? धीरे-धीरे एक अनुभूति उस पर हावी होती जा रही थी—दादू को फिर कभी नहीं देख पाएगा। भविष्य के बारे में वह नहीं जानता। शायद भविष्य उसे बहुत कुछ दे। किन्तु जिनसे इसने दोनों हाथ भरकर पाया है वे अतीत हो जाएँगे। इतने दिन बाद जिस सरित्शेखर को देखा है उनसे अतीत के चेहरे का कोई मेल नहीं है। जो अपना श्राद्ध खुद कर आए हैं वे किसी भी क्षण चले जा सकते हैं। अनिमेष को साँस लेने में भी कष्ट हो रहा था।

अचानक सरित्शेखर बोले, "अनिमेष! तुम्हारी कुंडली में राजद्रोह के अपराध में जेल-वास अनिवार्य लिखा है। तुम राजनीति करोगे ही। जो भी करो अच्छी तरह सोच-समझकर करना। पता नहीं, सवेरे से रात तक एक बार भी तुम खुद को भारतवासी सोचते भी हो या नहीं। चारों तरफ़ जो दिखाई पड़ रहा है लगता नहीं कि इस बारे में कोई चिन्ता करता हो। साधारण मनुष्य (आम आदमी) अपने भविष्य को सँवारने में लगा है। नेता राजनीति के सहारे क्षमता सम्पन्न हो रहे हैं। इस देश में रहकर भी देश की चिन्ता कोई नहीं करता। एक भी युवक अपने को भारतवासी नहीं सोचता या उसे लेकर गर्व नहीं करता। तो तुम किसलिए राजनीति का काम करोगे। क्यों करोगे? मैं तुम लोगों को ठीक से समझ नहीं पाया। लगता है, तुम तरह-तरह की चीज़ों से प्रतिमा बनाते हो केवल प्रतिमा के लिए। तुममें ज़रा-सी भी भक्ति नहीं है।"

उसी समय दूर से अँधेरे के फ़ीके आलोक में पहली ट्राम चलने की आवाज़ आयी। प्रकाश का एक पिंड थरथर काँपता हुआ इनकी तरफ़ आ रहा था। ड्राइवर घंटा बजा रहा था कानों को फाड़नेवाला। दादू का हाथ पकड़कर अनिमेष फुटपाथ पर आ गया। जैसे छाती में सपाक्-सपाक् चाबुक मारने का शब्द ट्राम के शब्द में मिल गया हो।

सरित्शेखर बोले, "चलो...तुम्हारा कलकत्ता जाग गया है।"

अनिमेष अपने अतीत में खोया हुआ चल पड़ा। नहीं, दादू की बात नहीं मानेगा। कर्तव्य या ऋण स्वीकार नहीं। यह भी एक और तरह की दीक्षा है जिसको समझाया नहीं जा सकता। जो समझता है वह जान लेता है।

उन्नीस

अनिमेष ने सरित्‌शेखर को खिड़की के पास बैठा दिया। रिज़र्वेशन मिल नहीं सका। कुली को एक रुपया देकर सीट ले ली। प्लेटफ़ॉर्म पर खड़े होकर सरित्‌शेखर की तरफ़ देखते ही उसका दिल धड़का उठा। शाम की बात ध्यान आ गयी। पहली बार कलकत्ता आनेवाली शाम। उस दिन वह डिब्बे में था और सरित्‌शेखर प्लेटफ़ॉर्म पर। सरित्‌शेखर से इस बार मिलने पर इसका दिल बार-बार यही कह रहा था, 'बस यही आखिरी बार है।' इसके बाद इस वृद्ध से मिल नहीं पाएगा। एक विराट वृक्ष धीरे-धीरे सूखकर छोटे से शेकड़ की तरह खड़ा है। जैसे मानो हवा तेज़ होते ही गिर पड़ेगा। कुछ नहीं किया जा सकता। सिर्फ़ देखते रहो। जो वह स्टेशन आ गया था वह भी दादू को पसन्द नहीं आया था। उनकी ख़ातिर बहुत समय बरबाद किया है अनिमेष ने...अब नहीं। पर इसने सुना ही नहीं। रास्ते में कुछ नहीं खाएँगे इसलिए मिठाई दे दी साथ में। पिशि माँ को दादू की वर्तमान हालत के बारे में चिट्ठी भेजनी होगी।

सरित्‌शेखर निर्विकार भाव से बैठे थे। अचानक इशारे से पास बुलाया। चारों तरफ़ यात्रियों की व्यस्तता, कुलियों की पुकार, इंजन की आवाज़—अनिमेष खिड़की के सहारे खड़ा हो गया। दादू का चेहरा बिलकुल अपरिचित लग रहा था इस समय। अनिमेष बोला, "कुछ कहना है?"

वृद्ध ने गरदन हिलायी। फिर बोले, "तुम्हारी माँ की कोई निशानी तुम्हारे पास है?"

चौंककर अनिमेष ने कहा, "माँ?"

"हूँ...। तुम्हारी स्वर्गवासी माँ की बात कर रहा हूँ।"

उनका चित्र याद आ गया। चित्र कहाँ है? माँ की डबडबायी आँखों का चित्र जो बाबा के कमरे में टँगा है।

सरित्‌शेखर उसका चेहरा देखते रहे फिर बोले, "जब वे गयीं तुम बहुत छोटे थे। उनका ध्यान है कुछ?"

आँखें बन्द करते ही जलती हुई लाल चिता। जब तक आग ने शरीर को ख़त्म नहीं किया था। दोनों पाँव, घुटनों तक लम्बे बाल चिता के बाहर थे। सूख कर रक्त के दाग काले हुए दोनों हाथ जो आँखों के सामने रखे थे—साफ़ दिखाई दे रहे थे। पर इस क्षण से पहले तो माँ का ध्यान नहीं आया था। माधवीलता को देखकर लगता था कि माँ देखने में ऐसी ही थीं। वह चित्र तो आँखों के सामने आया नहीं था। वह अब ध्यान आ रही थी। मृत्यु की रात माँ ने कहा था—"जब मैं न रहूँ तो अकेले आकाश की तरफ़ देखकर मेरे साथ बातें करना। मैं सुन लूँगी। अनि मैं तुझे छोड़कर कहीं नहीं जा सकूँगी रे।"

दोनों आँखें धुँधला रही थीं। उसने कोशिश करके अपने को संयत किया। कलकत्ता आने के बाद से वे बातें ध्यान नहीं आयी थीं। माँ धीरे-धीरे राख होकर कब खो गयीं, मालूम नहीं। आज अगर दादू खोद-खोदकर न पूछते तो शायद—वह बोला, "हाँ ध्यान आती है। पर यह क्यों पूछ रहे हैं?"

"अचानक तुम्हारा चेहरा देखकर वह याद आ गयी। अनिमेष! जीवन बड़ा जटिल है। ख़ुद को ठीक-ठाक रखना बड़ा मुश्किल है। आगे बढ़ने के लिए एक सहारा चाहिए। तुम्हारी माँ ने तुम्हें लेकर कितने सपने सँजोए थे। आज वे नहीं हैं। उनके बारे में सोचकर आँसू बहाने से कोई लाभ नहीं। दो दिन तक तुम्हें देखता रहा हूँ। जो भी करो याद रखो, कोई तुम्हें देख रहा है। कभी असत् मत होना।"

अमिनेष ने खिड़की पर हाथ रखा हुआ था। इसने देखा कि हथेली के नीचे से खिड़की सरकने लगी है। फिर धीरे-धीरे आगे बढ़ गयी। एक के बाद एक करके डिब्बे आगे बढ़ रहे थे। स्टेशन छोड़ते हुए सब सतृष्ण आँखों से प्लेटफ़ॉर्म की तरफ़ क्यों देखने लगते हैं। जब तक ट्रेन आँखों से ओझल नहीं हो गयी अनिमेष खड़ा रहा।

ऑफ़िस का समय था। सियालदह स्टेशन से निकलकर अनिमेष चुपचाप खड़ा रहा। लोग सर्कुलर रोड की तरफ़ भाग रहे थे। ढेरों लोकल ट्रेनें शहर से लाकर लोगों को लेकर कलकत्ता पहुँचा रही हैं। हर आदमी इतना व्यस्त है कि पलटकर देखने का समय नहीं है। अनिमेष ने देखा मनुष्य का चेहरा लगभग एक-सा ही होता है। उन सबका प्रयोजन एक-सा है इसलिए उनकी भंगिमा में कोई अन्तर नहीं होता। देखते ही उस चित्र की याद आ गयी। आँधी का आभास होते ही जैसे चौपाए पागलों की तरह धूल में से आश्रय खोजने के लिए दौड़ पड़ते हैं, ठीक वैसे ही। इतना शोरगुल था, कोई एक-दूसरे को शिष्टाचार भी नहीं दिखाता था। फिर यही लोग अलग होते ही बड़े भद्र एवं शिष्टाचार सम्पन्न हो जाते है। मनुष्य के इतने चेहरे कैसे होते हैं। उनकी तरफ़ देखते-देखते सरित्‌शेखर को ध्यान आ गया। ये लोग जागते हैं, भात खाकर ट्रेन पकड़ते हैं, सियालदह उतरकर हाँफते हुए ऑफ़िस जाते हैं। सारा दिन समाचार-पत्र पढ़ते हैं, दूसरों की बातें करके और कुछ काम करके वक़्त बिताते हैं। शाम को फिर सियालदह से ट्रेन में चमगादड़ों की तरह लटकते हुए रात को दस बजे घर लौटते हैं—कैसे लोग हैं ये? जीवित रहने के लिए हर एक गृहस्थी के लिए धन कमाता है। रात को बच्चे पैदा करना और दिन में दूसरों के बारे में बातें अब उनके रक्त में मिल गया है। इनमें से कोई भी—अपने को भारतवासी—समझता है क्या? देश हमारे इस अहसास को कभी अपना समझता है? आलोचना के अतिरिक्त ये राजनीति के आसपास भी नहीं जाते, जो इन्हें पकड़ा देते हैं उसी राजनीतिक दल का ये समर्थन

करते हैं। आदर्श कहीं नहीं है। तब फिर इन लोगों का भारतवर्ष कितनी उन्नति कर सकता है? हाथ-पाँव-सिर बिना पशु की तरह मुँह लटकाए पड़ा है देश। उसके लिए किसी को चिन्ता नहीं। कम्युनिस्ट पार्टी इनके बारे में क्या सोचती है अनिमेष को नहीं मालूम। पार्टी के सर्वोच्च नेताओं से इसकी बातचीत नहीं हुई है। कम्युनिस्ट पार्टी सर्वहारा पार्टी है। पर ये लोग कुछ भी खोने को तैयार नहीं हैं। इसने सोचा कि ऐसे भूखे-नंगे लोगों को कम्युनिज़्म कभी विश्वास नहीं प्राप्त करा सकेगा। एक बड़ा आघात चाहे युद्ध का हो या शासन का दुर्वार उत्पीड़न जो भी व्यक्ति पर छा जाए! जब तक नहीं होगा मनुष्य एक-दूसरे को पहचानेगा नहीं। स्टेशन से निकलकर ध्यान आया कि कल का अख़बार पढ़ा ही नहीं। सरित्शेखर को लेकर वह इतना व्यस्त रहा कि किसी तरफ़ देखने तक समय नहीं मिला। हैरिसन रोड की दीवार पर चिपके वामपंथी इश्तिहार के सामने जा खड़ा हुआ। नेताओं ने विश्वविद्यालय पर पुलिस के हमले की निन्दा की थी। वियतनाम में अमरीका जहरीले बम का इस्तेमाल कर रहा है। रूस पहुँचकर भारतीय डैलिगेट्स ने लेनिन की समाधि पर माला अर्पित की। कैसी रटी-पिटी बात। अनिमेष सन्तुष्ट नहीं हुआ। आज तक किसी भी कम्युनिस्ट नेता ने यह नहीं कहा कि भारतवर्ष हमारा देश है। इस देश के लिए कम्युनिज़्म की ज़रूरत है। व्यक्ति को देशप्रेम के लिए योद्धा होना होगा। हर समय विदेश की बात करके आब-हवा में वैप्लविक धुआँ-सा तैयार कर देते हैं। न जाने इसका क्या लाभ है। और इतने वर्षों तक नेताओं ने काम किया किन्तु कितने क़दम आगे बढ़े, यह नहीं जानें। किसी भी नागरिक के मन में अब तक कम्युनिज़्म के प्रति आग्रह उत्पन्न नहीं किया जा सका। गाँव तो बहुत दूर की बात है। भारतवर्ष के बहुत से प्रदेश कम्युनिज़्म को विदेशी समझते हैं तब फिर? इधर कांग्रेस तिल-तिल करके ख़त्म हो रही है। इस सुअवसर का लाभ उठाने के लिए वामपंथियों की कोई अभिलाषा नहीं है। कांग्रेस की दशा यदुवंश की मूसलधारा की तरह है। यही तो सही समय था। अनिमेष को कभी-कभी बड़ा क्रोध आता। सबसे महत्त्वपूर्ण बात यह है कि सीमाबद्ध क्षमता में तुम्हें काम करना होगा। मन न भी करे तो भी स्वीकार करना होगा।

इसने सोचा कि होस्टल जाकर स्नान करके कुछ खाकर कॉलेज जाएगा। पर मिर्ज़ापुर के पास आकर सोचा एक बार यूनिवर्सिटी का चक्कर लगा ले। अभी साढ़े दस बजे थे। बारह बजे से पहले क्लास नहीं है। होस्टल में आराम से तैयार होकर आ सकता है। एक कप चाय की तीव्र इच्छा थी। राखाल दा' की कैंटीन में अब भी आठ पैसे में चाय मिलती है। लॉन में जाते ही चारों तरफ़ पोस्टर दिखाई पड़े। छात्रों की हड़ताल थी। पुलिस के अत्याचार के विरोध में विश्वविद्यालय बन्द था। कल का अख़बार इसने पढ़ा नहीं था। किसी ने ज़िक्र

भी नहीं किया था। कम-से-कम तमाल आदि तो बता ही देते।

लड़के-लड़कियों में से कोई नहीं आया था। कैंटीन में जाकर देखा कुछ लोग भात खा रहे थे। कहीं-कहीं छोटा-सा ग्रुप खड़ा था। समझने में असुविधा नहीं हुई कि वे सब छात्र परिषद के छात्र थे। इसे देखते ही उनकी आवाज़ें धीमी हो गयीं। एक को अनिमेष पहचान गया—शचीन था नीला का दोस्त। एक दिन कॉफ़ी हाउस में इसी के साथ बहुत बातें हुई थीं। बड़ा अच्छा लड़का है। राखाल दा' को एक चाय का कहकर शचीन की तरफ़ देखकर हँसा। शचीन को ताज़्जुब हुआ कि अनिमेष इसे पहचान गया। अनिमेष ने ऊँची आवाज़ में कहा, ''अच्छे हैं...?''

किसी के सिर पड़कर बात करने की आदत नहीं थी, पर इसे लगा कि लड़का किसी कारणवश स्तब्ध हो गया था। वज़ह जानने की इच्छा थी।

शचीन उठकर आ गया। आकर पूछा, ''कुछ कह रहे हैं?''

अनिमेष ने देखा शचीन की बात में फ़ीकापन था। फिर भी दुबारा पूछा, ''बहुत दिनों से मिला नहीं...क्या ख़बर है?''

''क्या ख़बर चाहते हैं?''

''बहुत दिनों से नीला से नहीं मिला। वह कैसी है?'' अनिमेष ने सोचा कि नीला की बात करने से शचीन सहज हो जाएगा।

शचीन के माथे पर बल पड़ गए । अभिलेश को गहरी नज़रों से देखकर बोला, ''आपको कुछ नहीं मालूम।''

''क्या बात है...क्या हुआ?''

''इस बीच उनके घर नहीं गए?''

''नहीं...काफ़ी दिन से मेरा मिलना नहीं हुआ।''

''तब फिर ख़ुद जाकर मालूम कर लीजिए। आज तो आप लोगों ने हड़ताल के लिए कहा है। आज ही चले जाइए। पास ही तो है।'' उसने ऐसा भान किया जैसे बात कर चुका है। अब वापस जा सकता है।

''मेरी समझ में कुछ नहीं आ रहा। आपको सारी बात बताने में परेशानी है?''

तभी लड़का चाय देकर जाने लगा तो उसने इशारे से शचीन को भी एक कप देने को कहा।

शचीन ने एतराज उठाकर कहा, ''कल शाम आपको मालूम हो गया था कि आज हड़ताल होगी। आप भी तो छात्र-प्रतिनिधि हैं।''

अनिमेष को ऐसे प्रश्न की उम्मीद नहीं थी। समझ गया कि हड़ताल के हवाले से इसके बारे में ग़लत धारणा द्वारा बात कर रहा है।

अनिमेष ने जवाब दिया, ''कल मैं ग़ैर-हाज़िर था। होता तो ज़रूर मालूम होता। फ़ैसला सर्वसम्मत ही रहा होगा।''

"झूठ"'हमें ख़बर मिली है कि कल तक आपने हड़ताल करने का नहीं सोचा था। पुलिस ने जिन्हें अरेस्ट किया है वे छात्र नहीं हैं। पर कल रात पार्टी के निर्देश पर खुद विभान ने हड़ताल करने को कहा।"

सुनकर अनिमेष चौंक पड़ा। यह भी हो सकता है ? साधारण संपादक को अगर पार्टी निर्देश दे तो वह अवश्य मान्य होगा। इसमें अन्याय क्या है। बोला, "यह तो हमारी अन्दरूनी बात है। आप क्यों दिमाग़ ख़राब कर रहे हैं।"

"दिमाग़ इसलिए ख़राब हो रहा है कि आप लोग अपनी इच्छानुसार सब छात्रों को कुछ करने के लिए ज़बरदस्ती नहीं कर सकते। पुलिस से एन्काउंटर आप लोगों ने ही किया था। उनको उकसाकर यूनिवर्सिटी में आकर छिप गए जिससे हम लोग भी जुड़ जाएँ। बाहर के गुंडों द्वारा ट्राम जलवाकर अपनी बहादुरी का सबूत दिया। इतना कांड किए इश्यू को लेकर हुआ? साधारण छात्रों से इसका क्या वास्ता? कल केरल में तीन कम्युनिस्ट पुलिस की गोली से मारे गए इसलिए यहाँ हड़ताल करो। पर हड़ताल की वजह का यह कारण नहीं बताते। लड़के-लड़कियाँ पैसा खर्च करके दूर-दूर से आकर देखेंगे कि क्लास नहीं हो रही। यह आपने क्यों किया? आखिर में एक बात और। अपनी नाक कटाकर दूसरे की यात्रा भंग की जा सकती है? एक दिन की हड़ताल का मतलब है एक दिन की पढ़ाई बरबाद। इससे आप लोगों का कौन-सा राजनीतिक उद्देश्य पूरा होगा?"

"इस बारे में आपसे कोई बात नहीं करना चाहता। अगर आपको आपत्ति है तो हड़ताल में शामिल मत होइए। बस"।" अनिमेष ने चाय के पैसे दे दिए।

"वह तो सौ बार। आपका जो मन हो वह करें और हम मुँह बन्द करके सहते रहेंगे? यह मत सोचिए। हम हड़ताल का विरोध करेंगे। मैं छात्रों से क्लास में जाने को कहूँगा।"

शचीन की बात पूरी करते ही अनिमेष कैंटीन से निकल गया। मालूम नहीं किन हालात में विभान दा' ने आज हड़ताल करवा दी, पर उस दिन पुलिस ने जो ज़्यादती की थी वह तो सच था।

यूनियन रूम में बड़ी भीड़ थी। कार्यकारिणी के सब सदस्य आ गए थे। अनिमेष को दरवाज़े पर देखकर सुदीप ने सिगार हटा दिया। "अरे! अनिमेष बाबू! आइए।"

बात में व्यंग्य था। अनिमेष को ताज़ुब हुआ। इस तरह बात करने का कारण समझ में नहीं आया।

चेयर खींचकर बैठते ही विभान बोला, "कल तुम्हें क्या हुआ।"

"एक पारिवारिक काम में फँस गया था।"

विभान बोला, "जो भी था"एक बार चक्कर लगाना ज़रूरी था। पार्टी के काम के साथ व्यक्तिगत बातों को इतना महत्त्व देना चलता नहीं अनिमेष! इसके

अतिरिक्त तुमने कोई काम भी नहीं किया अब तक।''

सुदीप तीखे स्वर में बोला, ''देखकर तो लगता है, नहाना-खाना भी नहीं हुआ है। फिर यहाँ आने की सलाह किसने दी?''

इस बार अनिमेष अपनी विरक्ति दबा नहीं पाया। ''मैंने यहाँ आकर कोई गलती की?''

विभान बोला, ''सवेरे तुम होस्टल में नहीं थे। तुम्हें कैसे ख़बर दी जाती?''

अनिमेष बोला, ''मुझे ख़बर भेजी थी?''

''हाँ...पर तुम मिले नहीं।''

''मैं स्टेशन गया था...लौटते हुए यों ही यहाँ चला आया।''

''और आते ही सीधे छात्र परिषद के साथ बातें करने बैठ गए।'' सुदीप बोला।

अनिमेष उठ खड़ा हुआ, ''आप जो कहना चाहते हैं खुलकर कहिए।''

विभान ने हाथ उठाकर कहा, ''उत्तेजित होने लायक कुछ नहीं हुआ...बैठो।'' फिर सबकी तरफ़ देखकर बोला, ''कॉमरेड्स! हमें बिलकुल विरोधी परिस्थितियों से गुज़रना पड़ रहा है। आपसे मेरा अनुरोध है कि इस समय ऐसा कुछ न कीजिए जिससे पार्टी को नुकसान पहुँचे। हमारे बीच विभेद करने के लिए एक सक्रिय षड्यन्त्र शुरू हो गया है। हममें से कोई भी उसके फन्दे में पाँव न डाले। हमारा छात्र-संगठन पार्टी का एक-एक हाथ की तरह है। इसलिए इस संगठन का बड़ा महत्त्व है। पुलिस, कांग्रेस सरकार की पुलिस खुलकर अत्याचार करके हमारे छात्रों को कलुषित करती है। मैंने इसका तीव्र विरोध किया है। इसी विरोध में आज छात्रों की हड़ताल है। मुझे मालूम है, साधारण छात्र हमारे साथ हैं। कोई विरोध करना चाहेगा तो हम रोकेंगे। केरल में कल पुलिस ने तीन लोगों की हत्या की थी, इसलिए हम उसका प्रतिवाद करेंगे। आपमें से किसी को कुछ कहना है?'' विभान की नज़रें सब पर होती हुई अनिमेष पर ठहर गयीं। उत्तेजित होने पर मनुष्य की नर्व्स घायल हो जाती है।

विभान का वक्तव्य अनिमेष के कान में बीच-बीच में अस्पष्ट हो रहा था। इसे लेकर उसके मन में जो अविश्वास पैदा हो गया है इस अहसास ने उसे अकेला कर दिया था।

विभान ने फिर पूछा, ''अनिमेष! कुछ कहोगे?''

अनिमेष चेतन हो गया। 'नहीं' में गरदन हिलाकर बैठ गया। विभान ने कहा, ''किसी-किसी बात में सब एकमत न भी हों, किन्तु हर मसले पर हम बात करने लगें तो कोई काम पूरा नहीं होगा। युद्धभूमि में सब सैनिकों का कर्तव्य हुक्म मानना होता है। मृत्यु भी हो जाए तो भी उचित है। क्योंकि आज की मृत्यु आगामी काल में आशीर्वाद बनकर खड़ी होगी। आपसे मेरा निवेदन है कि हमारे

आन्दोलन को सफल करने के लिए हर एक सक्रिय कार्य करे।''

विभान के बैठते ही सुदीप खड़ा हो गया। पहले सब पर एक नज़र डाली। फिर बड़ी गम्भीरता से बोला, ''कॉमरेड्स! मुझे ख़बर मिली है कि आज की हड़ताल को असफल करने के लिए बुर्जुआ शासन व्यवस्था वचनबद्ध है। उनके द्वारा लालित छात्र-संस्था मदद करेगी। दुख की बात यह है कि कुछ विरोधी विप्लवी बंधुओं ने इनसे हाथ मिला लिया है। हम उनका मुकाबला करेंगे। आप दूसरे कॉमरेड्स को साथ लेकर यूनिवर्सिटी के हर गेट पर अपना आक्रोश प्रकट कीजिए। कोई जबरदस्ती अन्दर जाना चाहे तो हम भी चुप नहीं बैठेंगे।''

कई दल बँटकर एक-एक गेट पर चले गए। यूनिवर्सिटी का ऑफ़िस खुला था। अध्यापकों को अन्दर आने में परेशानी नहीं हुई।

विभान ने अनिमेष को बुलाया, ''ज़रा मेरे साथ आओ।''

खाली स्थल पर विभान ने खड़े होकर पूछा, ''तुम्हें क्या हुआ है?''

''कुछ नहीं…।''

''तुम्हें पार्टी में विश्वास नहीं रहा?''

''किसने कहा है यह।''

''हमारे कानों में आया है कि तुम इस तरह की बात कर रहे हो।''

''मैंने कभी नहीं कहा।'' वह सोच भी नहीं सका कि इसके मन की बात उन्हें कैसे पता चली। इसने तो किसी से बात नहीं की थी।

''कल रात तुम क्या कर रहे थे?''

''मायने…?''

''अनिमेष! बी इज़ी…कल रात तुम हातिबागान में क्या कर रहे थे?''

अब अनिमेष सख़्त हो गया। क्या सुवास दा' से इसके मिलने को लेकर ये ऐसा कह रहे हैं! पर वे तो इसके परिचित हैं, मुलाकात तो हो ही सकती है।

बोला, ''डॉक्टर के यहाँ गया था। वहाँ से निकला तो सुवास दा' से भेंट हो गयी। चाय पी, बातें कीं।''

''क्या बातें?''

'यह क्या एकदम व्यक्तिगत प्रश्न नहीं है?''

''गुड! तुम सहज नहीं हो पा रहे अनिमेष! मन में गाँठ पड़ जाए तो मनुष्य सिमट जाता है। फिर भी पूछ रहा हूँ क्या बात हुई थी?''

''बहुत दिनों की बात! बहुत समय के बाद मिलना हुआ था। उस स्थिति में जो बात हो सकती है वही हुई और क्या? आपसे मुलाक़ात नहीं हुई उनकी?''

''नहीं…वह मिलेगा भी नहीं। सुवास को पार्टी से निकाल दिया गया है, यह ख़बर तो तुमने उससे ही सुनी होगी। किसी को सज़ा मिलती है तो बहुत-सी बातें गढ़ लेता है। सुवास ने तुमसे रेस्टोरेंट में जो बातें की थीं बहुतों ने सुनी हैं। ये

सब बातें उससे करके तुमने अच्छा नहीं किया। उसकी व्यक्तिगत स्वार्थसिद्धि के कारण उसे निकाला गया है। ऐसे व्यक्ति से किसी तरह का सम्पर्क न रखना ही बुद्धिमानी है। मेरी बात समझ रहे हो ना?"

विभान की बाक़ी बात में जो दलील थी उसे समझने में अनिमेष को कठिनाई नहीं हुई। इस मसले को लेकर बहुत कुछ तर्क पेश किए जा सकते थे पर अनिमेष तटस्थ रहा। उसे सुवास पसन्द है। वह जो बात करता है वह युक्तिहीन नहीं लगती। वह समझ गया था कि इस बारे में भी फ़ैसला इसे खुद करना होगा। और जब तक फ़ैसला न कर ले खुलकर बात करना मूर्खता होगी।

मेन गेट पर पहुँचते-पहुँचते अनिमेष इसी बारे में सोचता रहा। रेस्टोरेंट में कल कोई ऐसा परिचित नहीं दिखाई पड़ा जो सुवास के साथवाली बात बता पाए। विभान को कैसे पता चला? सुवास अगर पार्टी से निकाल दिया गया है तो इन्हें नहीं बताएगा। बात बड़ी पेचीदा थी। इसे कोई सूत्र नहीं मिला। वह समझ गया कि राजनीति में इसे सतर्कता से पाँव बढ़ाने होंगे।

अनिमेष आदि स्लोगन बोल रहे थे। दो-एक लड़के-लड़कियाँ आने शुरू हो गए थे। जो यूनियन के समर्थक थे वे साथ मिलकर दल को बड़ा दिखा रहे थे। जो किसी भी दल में नहीं थे वे इधर-उधर दूर खड़े मामला समझने की कोशिश कर रहे थे। यूनिवर्सिटी के सब गेटों पर विक्षोभ प्रकट किया जा रहा था। इसलिए इन्हें हटाकर कोई अन्दर नहीं जा सका। बराबरवाली दीवार पर पोस्टर चिपका था–'पुलिस के अत्याचार के विरोध में आज हड़ताल'। यह बात तरह-तरह के स्लोगनों द्वारा अनिमेष आदि बोल रहे थे। कॉलेज स्ट्रीट में इस समय ऑफ़िस वालों की भीड़ थी। ट्राम में से लोग मुँह निकाल-निकालकर इन्हें देख रहे थे। स्लोगन रोककर ज़रा आगे स्टूल पर खड़े होकर विभान लेक्चर दे रहा था। भाषण जोशीला था। छात्र समाज के अपमान की दृष्टि से वह उस घटना की अवमानना कर रहा था।

कॉलेज स्ट्रीट में धीरे-धीरे भीड़ बढ़ती जा रही थी। लड़के-लड़कियाँ बीच सड़क में उतरकर उन्हें देख रहे थे। भीड़ के कारण ट्राम खड़ी हो गयी थी। किसी ने अन्दर घुसने की अभी तक कोशिश नहीं की थी। यहाँ तक कि किसी टीचर या ऑफ़िस कर्मचारी को भी अनिमेष ने घुसते नहीं देखा। इसे लगा कि हड़ताल करने से छात्र-छात्राएँ बहुत खुश हैं। मुफ़्त में एक छुट्टी मिल गयी। अड्डा जमाया जा सकता है–इस समय छुट्टीवाला मिजाज़ हो गया था। हड़ताल किसलिए, क्यों की जा रही है यह जानने के लिए कोई अपना दिमाग़ नहीं ख़राब कर रहा था। स्लोगन उठता लहर की तरह। शब्द अलग करके कोई नहीं समझेगा। इसे लग रहा था कि सबकुछ बँधी-बँधायी बात है। किसी के मन के साथ इसका कोई सम्पर्क नहीं था। यानी एक फार्मूले का अनुसरण करते जाना। वह कब का पुराना

और निरर्थक हो चुका है किसी ने जानने की कोशिश नहीं की।

अनिमेष को भूख लगी थी। होस्टल में भात ढँका रखा है। पर हातिबागान जाकर खाना खा आए तो सबकी आँखों में गड़ेगा। नहाए बिना एक दिन भी नहीं रहा था। पर आज स्नान नहीं किया था। पॉकेट में इतने रुपए नहीं थे कि चट से राखाल दा' की कैंटीन जाकर खा आए। दादू के कारण अचानक खर्चा हो गया था। अब इस महीने बाकी दिन सँभालकर कैसे ख़र्च करेगा अनिमेष समझ नहीं पा रहा था। भूख की सोचकर यह फ़िक्र होने लगी।

ठीक उसी समय प्रेज़िडेंसी कॉलेज से स्लोगन आया। 'चीन के दलाल का नाश हो। ग़ैर-क़ानूनी हड़ताल नहीं मानेंगे···नहीं मानेंगे। गुंडों के आन्दोलन में छात्र नहीं हैं···नहीं रहेंगे।' एक लड़का आगे बढ़कर बोला, ''ज़्यादा-से-ज़्यादा बीसेक होंगे उनके दल में। फ़िक्र की कोई बात नहीं।''

उस तरफ़ से स्लोगन कान में पड़ते ही इस तरफ़ से आवाज़ ऊँची उठी। उधर की आवाज़ जितनी ऊँची उठती गयी टेंशन उतनी ही बढ़ती गयी। अनिमेष को अब वे दिखाई पड़े। सामने मुकुलेश था। शचीन भी था। हर एक के हाथ में कापियाँ थीं जैसेकि क्लास अटैंड करने आए हो। दोनों तरफ़ की चीख़-चिल्लाहट कानों को फाड़े डाल रही थी। यूनिवर्सिटी की कॉर्निश पर बैठी हुई चील डरकर उड़ गयी।

वे गेट तक नहीं पहुँच पाए। अनिमेष आदि ने बहुत सारी जगह घेर रखी थी। मुकुलेश अपने दल को चुप कराके उनकी तरफ़ देखकर चिल्लाकर बोला, ''हम यह हड़ताल नहीं मानते। हमें अन्दर जाने दो।''

शायद इस तरह के अनुरोध के लिए वे तैयार नहीं थे। स्लोगन अचानक रुक गया। सब चुप थे। किसी ने जवाब नहीं दिया।

मुकुलेश ने फिर कहा, ''जो हड़ताल पर हैं, वे न जाएँ। पर सब पर ज़बरदस्ती करने का अधिकार आपको नहीं है।''

विभान या सुदीप कोई भी गेट पर नहीं था। अनिमेष तुरत स्टूल पर चढ़कर ऊँची आवाज़ में चिल्लाया, ''यह यूनियन का फैसला है। छात्रों को मानना होगा।''

मुकुलेश बोला, ''यूनियन का नहीं आपकी पार्टी का फ़ैसला है उसे मानने को हम बाध्य नहीं हैं। आप हट जाइए। हम अन्दर जाएँगे।''

उसी समय हल्ला मच गया। मुकुलेश के दल के दो तन्दुरुस्त लड़के इन्हें हटाकर अन्दर घुस गए। वे लोग उन्हें रोकने के लिए हाथापाई पर उतर आए। कुछ ही देर में कॉलेज स्ट्रीट युद्धभूमि बन गया। जो लड़के-लड़कियाँ अब तक यह नाटक देख रहे थे उन्होंने भागना शुरू कर दिया। देखा गया कि वही दोनों लड़के चोट खाकर मिर्ज़ापुर के अन्दर चले गए। मुकुलेश आदि भी भाग लिये।

एक भी लड़का अन्दर नहीं घुस पाया। सब गेट से अनिमेष आदि को देख रहे थे। फुटपाथ पर बैठे दूकानदार सामान उठाकर भाग खड़े हुए थे। परिस्थिति काबू में करने के लिए अनिमेष आदि ऊँची आवाज में स्लोगन दे रहे थे। सूचना मिलते ही विभान, सुदीप भागते हुए आए। जोश से काँप रहे थे सब। उसी समय गेट के सामने बम गिरा। ज़मीन पर गिरते ही जो आवाज़ हुई तो सब अचकचा गए। चारों तरफ़ का वातावरण धुएँ से ढँक गया। उसके बाद कई बम कॉलेज स्क्वेयर की तरफ़ से आ रहे थे। आत्मरक्षा के लिए गेट छोड़कर सब अन्दर घुस गए।

बम छूटते ही अनिमेष का दिमाग़ जल उठा। जल्दी से जाकर देखने लगा कि बम कहाँ से आ रहे हैं। अब कॉलेज स्ट्रीट में सन्नाटा था। ट्रामें पीछे हट रही थीं। पुलिस वैन की आवाज़ सुनाई दी। अनिमेष को लगा कि कॉलेज स्क्वेयर के गेट के पीछे कोई छिपा हुआ है। उस लड़के को पकड़ने के लिए अनिमेष के सड़क पार करते ही कई और बम उसके सिर पर से होते हुए दूसरी तरफ़ फुटपाथ पर ज़ोर की आवाज़ के साथ फटे। लड़का इसे पास आते देख, गेट छोड़कर प्राणपण से अन्दर दौड़ गया। अनिमेष ने उसका पीछा करते हुए सोचा कि उससे पकड़ना सम्भव नहीं है। तेज़ भागने से उसकी थाइ में चीसें उठने लगी थीं।

गेट के परली तरफ़ फिर स्लोगन हुआ। विभान ने चिल्लाकर उससे वापस आने को कहा। फुटपाथ से जब उसने सड़क पर पाँव रखे ठीक उसी समय अचानक एक काली वैन ने इसके पास आकर ब्रेक लगाया। अनिमेष के कुछ समझने से पहले ही दो-तीन पुलिसमैन ने पकड़कर घसीटते-घसीटते उसे वैन में पीछे से चढ़ा दिया। यह सब इतना अचानक हुआ कि अनिमेष स्तब्ध रह गया। इससे कुछ बोला ही नहीं गया। उसने सार्जेंट की आवाज़ सुनी, "और कोई है?"

"नहीं सर! सब अन्दर हैं।"

"वायरलैस से ख़बर दो एक हूलिगन अरेस्टेड।"

फिर कुछ यांत्रिक बातचीत के बीच अनिमेष ने चिल्लाकर पूछा, "आप मुझे क्यों अरेस्ट कर रहे हैं? मैंने क्या किया है?" किसी ने जवाब नहीं दिया। पुलिस वैन वैसी ही अचल खड़ी रही, पर अनिमेष के लिए बाहर निकलने का रास्ता बन्द था।

उसी समय अनिमेष को गेट से एक नया स्लोगन सुनाई पड़ा 'पुलिस तुम्हारा सत्यानाश हो। कॉमरेड अनिमेष लाल सलाम···लाल सलाम।"

सार्जेंट तीली से दाँत खोदते हुए बोला, "सलाम लाल कैसे हो गया जनाब?"

अनिमेष दाँत किचकिचाते हुए बोला, "स्सांला···।"

फिर पुलिसवैन चल पड़ी।

बीस

अनिमेष ज़िन्दगी में पहली बार थाने आया। कॉलेज स्ट्रीट से निकलने के बाद वह ख़ामोश हो गया था। वैन के अन्दर छह कांस्टेबल और एक सार्जेंट था। वे भी इसका नोटिस नहीं ले रहे थे क्योंकि आपस में बातचीत कर रहे थे। वैन के अन्दर से अनिमेष सड़क पर नज़र जमाए था। कलकत्ता हर रोज़ की तरह स्वाभाविक रूप में चल रहा था। दूकानें खुली थीं, लोग आ-जा रहे थे। यही एक दृश्य अनिमेष सड़क पर रोज चलते हुए देखता था, पर आज वैन की तारवाली छोटी खिड़की से देखकर बड़ा अच्छा लगा। छोटी-सी चीज़ से बड़ी चीज़ को पकड़ने में वेदना मिश्रित आनन्द होता है। अब तक इसके मन में कोई आतंक पैदा नहीं हुआ था। वह बन्दी है–किसी ख़ास मतलब से उसे थाने ले जाया जा रहा है और वहाँ इसके भाग्य का फ़ैसला होगा। यह चिन्ता इसके दिमाग़ में आ ही नहीं रही थी। वह जानता है कि उन्होंने इसे बेकार पकड़ा है। जब इसने कोई अन्याय किया ही नहीं है तो अपनी ग़लती जानते ही छोड़ देंगे।

पर विभान आदि बहुत फ़िक्रमंद थे। उसे वैन में चढ़ाते ही बहुत से छात्र इसका नाम लेकर एक साथ स्लोगन बोल रहे थे। दिल में आत्मियता न हो तो स्वतःस्फूर्त प्रतिक्रिया अच्छी होती है? पहले जो बातें विभान ने कही थीं उन्हें अच्छी तरह सोचना ज़रूरी है। हर दल ग़लती कर सकता है। काम करने लगे तो गलती स्वाभाविक होती है। सी.पी.आई. को लेकर इसको कोई ग़लतफ़हमी नहीं है। कम्युनिज़्म के प्रति जो आकर्षण है इसलिए विभान आदि के साथ काम करना ठीक होगा। सुवास दा' ने जो कहा था वह शायद झूठ नहीं था। दल का नेतृत्व कोई नया रास्ता नहीं दिखा रहा। बहुत दिनों से नेता लोग एक ही चेयर पर बैठे हैं। केडर के सामने कोई निश्चित कार्यक्रम नहीं है। फिर भी चाहे कितना भी कम हो कम्युनिज़्म की प्रतिष्ठा के लिए जो जंगी मनोभाव आवश्यक होता है वह विभान आदि में है। अकेले या अलग होकर जो काम मुश्किल होगा और शुरू में सम्भव न हो, उनके साथ रहने पर सफल हो सकता है। मत विरोध तो हो ही सकता है, किन्तु बृहत्तर स्वार्थ के लिए सर्वमान्य नीति का अनुसरण करना उचित है।

सार्जेंट के पीछे-पीछे घुसते ही अफ़सर ने पूछा, "क्या बात है?"

"कॉलेज स्ट्रीट से उठाकर लाया हूँ।"

"हालात क्या थे।"

"एक दल अन्दर जाना चाहता था, दूसरा जाने नहीं दे रहा था।"

"कुछ सीरियस?"

"नहीं...दो-एक छोटे बम फटे थे...बस।"

"फिर ख़ामख़्वाह इसे क्यों ले आए? फ़ॉर नथिंग ट्रबल इनवाइट करना। शायद अभी फ़ोन आ जाए...चुपचाप छोड़ना पड़ेगा। स्टूडेंट्स का प्रोब्लम बड़ा डैलिकेट होता है। यह आज तक तुम्हें समझा नहीं पाया।" सार्जेंट बड़ी रुखाई से कह रहा था। अनिमेष ने देखा उसका चेहरा-मोहरा पुलिसवालों जैसा नहीं था। सिर गंजा था; बहुत कुछ विद्यासागर की तरह लग रहा था। पुलिस यूनिफार्म भी नहीं पहने था।

"बिलकुल ख़ाली हाथ लौटना होगा।" सार्जेंट बोला।

अफ़सर ने कोई जवाब नहीं दिया मुँह ऐसा बनाया कि अनिमेष को हँसी आ गयी। देखकर सार्जेंट ने उसे धमकाया।

अनिमेष बोला, "बेकार क्यों चिल्ला रहे हैं?"

"यू शट अप। ऐसी पिटाई करूँगा कि जन्म-भर के लिए बम फेंकना निकल जाएगा।" सार्जेंट ने चेयर खींचकर बैठते हुए मुँह बनाया।

"बम...बम किसने छोड़ा था?" अफ़सर ने तुरत पूछा।

"इन श्रीमान ने सर! वैन ज़रा ही बच गयी।"

"आइ सी...चेहरे से तो भोला-भाला लगता है। पुलिस वैन पर बम मारने के लिए भाग्य में क्या होगा...जानते हो?"

"मैंने बम नहीं छोड़ा। वे झूठ बोल रहे हैं?" अनिमेष ने कहा।

"झूठ बोल रहा हूँ? दूर से देखा था यूनिवर्सिटी के गेट से बम फेंका गया था। सड़क खाली थी। पास आते ही देखा तुम फुटपाथ से उतर रहे हो। झूठ है यह?" धमकाने का स्वर सार्जेंट की आवाज़ से जा नहीं रहा था।

इस बीच अफ़सर के चेहरे की भंगिमा बदल गयी थी।

अनिमेष बोला, "मैंने बम नहीं फेंका। जिसने बम फेंका था उसे पकड़ने जा रहा था।"

बात पूरी होते ही सार्जेंट एक छलाँग में उसके सामने जा खड़ा हुआ। अनिमेष कुछ समझे इससे पहले ही सार्जेंट के हाथ उसके सर्वांग को टटोलने लगे। पॉकेट से लेकर कमर तक सब।

अफ़सर हताश होकर वापस चेयर पर जा बैठा। फिर कुछेक सेकंड तक उसे देखकर बोला, "सर! इसको दो नम्बर देना चाहिए। मिस्टीरियस केस। खाली हाथ बम फेंकनेवाले को पकड़ने की बात कर रहा है। दावा न किया तो सच नहीं बोलेगा।"

"तुम खाली हाथ गए थे। अगर बम फेंकता तो क्या होता?" अफ़सर ने पूछा।

"यह तो मैंने सोचा ही नहीं। और फिर देखते ही वह आदमी भाग गया।" अनिमेष ने सच बताया।

"आदमी···कौन आदमी? तुम पहचानते हो?"

"ताज्जुब है···भला मैं उसे कैसे पहचानता? उसी कभी देखा नहीं था।"

"किस पार्टी का था।"

"मुझे नहीं मालूम।"

"कह रहे हो बम फेंका था···किसकी तरफ़ फेंका था।"

"हम लोग जो गेट पर थे, उनकी तरफ़।"

"तुम लोग यानी जिन्होंने बन्ध की कॉल दी थी?"

"हाँ···।"

"इसके मायने है, वह तुम लोगों की एंटी पार्टी का था? हैं ना? यानी छात्र-परिषद करता है···क्या कहते हो?"

अनिमेष समझ गया कि अफ़सर उसे बातों के जाल में फँसाकर इसके मुँह से कुछ उगलवाना चाहता है। वह सतर्क हो गया, "मैंने यह सब नहीं कहा। एक व्यक्ति बम फेंक रहा था। वह नहीं चाहता था कि मैं गेट पर खड़े होकर स्ट्राइक कंडक्ट करूँ। वह किस दल का था, यह बताना मुमकिन नहीं क्योंकि मैं उसे पहचानता नहीं।"

अफ़सर ने सादा कागज़ और कलम आगे करके कहा, "आज जो-जो घटा यहाँ लिखकर, दस्तख़त करके पता लिख दो। मैं रिकॉर्ड रखना चाहता हूँ।"

ज़रा सोचकर अनिमेष ने कागज़ ले लिया। अगर नहीं लिखेगा तो अकेला कुछ नहीं कर सकेगा। इस कमरे में घुसने से पहले सलाखोंवाला कमरा देख लिया था। कई अपराधी टाइप के लोग उसमें पड़े थे। शायद उसे ही 'लॉकअप' कहते हैं। थाने में लाने के बाद लॉकअप में रखा जाता है। पुलिस के लॉकअप के बारे में इसने तरह-तरह की बातें सुन रखी थीं। आज कैसी जानकारी होगी, कौन जाने। न लिखने का कोई बहाना भी नहीं मिल रहा था। सच-सच लिखने में क्या दोष है।

किसी ने उसे चेयर पर बैठने तक के लिए नहीं कहा था। ज़ोर से चेयर खींचकर कागज़ पर झुक गया। सार्जेंट बोला, "मेरा मन कह रहा है कि यह बॉम्बिंग में इन्वाल्वड है। ज़रा धुनाई करते ही···।"

"लैट हिम राइट।"

लिखकर अनिमेष ने कागज़ अफ़सर की तरफ़ बढ़ा दिया। हाथ में पकड़कर वह बोला, "अनिमेष मित्र?"

"हाँ···।"

"होस्टल में रहते हो?"

"हाँ···।"

सार्जेंट सीधा होकर बैठ गया, "किस होस्टल में? सारे होस्टल क्रिमिनल्स

के अड्डे हैं सर।''

''स्कॉटिश चर्च।''

''घर कहाँ है?'' अफ़सर कागज़ पर से नज़रें नहीं हटा रहा था।

''जलपाइगुड़ी में।''

''इससे पहले कभी अरैस्ट हुए हो?''

''नहीं…।''

''एनी पुलिस इन्क्वायरी?''

अचानक इसका दिल धक् से रह गया।

पुलिस के रजिस्टर में ज़रूर इसका नाम है। अस्पताल में जो पुलिस अफ़सर उससे जिरह करने आया था उसने ज़रूर रिकॉर्ड रखा होगा। अब कुछ कहना-सुनना नहीं है। सार्जेंट उसे बमबाज़ साबित करने पर तुला हुआ था। इसके पाँव में बुलेट लगी थी। तब तो नीला के बाबा के वजह से…। इसने नहीं में सिर हिलाया।

''इतनी देर तक क्या सोचा?'' सार्जेंट ने पूछा।

अनिमेष ने ज़वाब नहीं दिया। ख़ामोश रहकर बहुत-सी अप्रिय बातों से बचा जा सकता है।

सार्जेंट बोला, ''आइ एम श्योर सर…।''

अफ़सर ने कहा, ''ये बातें छोड़ो। अनिमेष बाबू! मैं नहीं चाहता कि कोई फॉर नथिंग हैरेस हो। आपका स्टेटमेंट हमारे पास रहे। इसके बाद अगर कभी भी आपके बारे में सामान्य-सा भी अभियोग मिला तो बड़ी विपद में पड़ जाएँगे…? आप निश्चय ही मध्यवित्त परविार के लड़के हैं। कलकत्ता में पढ़ने आए हैं, मन लगाकर वही कीजिए। यूनियनबाजी करके अपने बारह क्यों बजाते हैं?''

अनिमेष हँस पड़ा, ''उपदेश के लिए धन्यवाद। फिर भी हर बमबाज़ का धरण-धारण अलग होता है, इसका ध्यान रखना अच्छा है।''

उसके कहते ही अफ़सर का मुँह बुलडॉग की तरह हो गया, ''गैट आउट गैट आउट।''

अनिमेष ने मौका नहीं खोया। जल्दी से थाने से निकल गया। उसे डर था कि किसी भी क्षण अफ़सर उसकी ग़लती पकड़कर उसे अटकाए रखने का हुक्म दे देगा। इतनी आसानी से रिहाई मिल जाएगी। वह सोच भी नहीं सका।

सड़क पर आकर अनिमेष परेशान होने लगा। जिस नाटकीयता से उसे लाया गया था, पर कुछ भी घटित नहीं होगा यह सोच भी नहीं सकता था।

सचमुच बे-मायने था कुछ देर बाद समझ में आया। यूनिवर्सिटी के रास्ते पर ज़रा आगे बढ़ते ही वे लोग दिखाई पड़ गए। बीसेक लड़के नारे लगाते हुए आगे बढ़ रहे थे। उनके आगे सुदीप था—चेहरा गम्भीर। अनिमेष अनुमान भी नहीं

कर पाया कि छात्रों का जुलूस उसके कहने पर थाने की तरफ़ बढ़ रहा था। अपने नाम का स्लोगन सुनकर वह चौंक पड़ा। इसके लिए दल इतनी चिन्ता कर रहा था। खुद को बड़ा कीमती समझने लगा वह। फुटपाथ से वह उन लोगों के सामने जा खड़ा हुआ।

सब ऐसे चौंके जैसे भूत देख लिया हो। अनिमेष के यहाँ आने की किसी को उम्मीद नहीं थी। सुदीप ने ताज़्ज़ुब से पूछा, "क्या हुआ?"

अनिमेष को लगा मानो इसने कोई अन्याय किया हो और यह अन्याय मामूली क़िस्म का न हो। उसने धीरे से कहा, "छोड़ दिया उन्होंने।"

"वह तो देख ही रहा हूँ। पर छोड़ क्यों दिया?" सुदीप की आवाज़ में असहिष्णुता थी।

"उन्होंने सोचा था कि मैंने बम फेंका इसलिए पकड़ा था। पर ओ.सी. शायद समझ गया कि यह सच नहीं है या साबित नहीं किया जा सकता इसलिए।"

"नामुमकिन! पुलिस को रातोरात होश नहीं आ सकता। ग़लती जानकर भी वे दो दिन तक लॉकअप में रखते हैं। मिस्टीरियस किस्सा है।"

अनिमेष को लगा कि इसके छूट जाने से सुदीप निराश हुआ है। इसकी ताईद हुई एक और बात से। सुदीप के पास खड़ा हुआ एक लड़का कह उठा, "अब क्या होगा सुदीप दा'! उसकी गिरफ्तारी के विरोध में हमने जो हड़ताल बुलायी है। इसका कोई महत्त्व नहीं रहेगा।"

सुदीप बोला, "देट्स द प्वॉइंट। तुम्हें रिलीज़ करने के पीछे कुछ बात है। छोड़ो यह बात। अब शायद तुम्हें दो दिन तक छिपकर रहना पड़ेगा...नहीं...नहीं। अब यह मुमकिन नहीं।" अपनी बात खुद की बदलकर बोला, "जब इतने लड़के तुम्हें देख चुके हैं तो ख़बर छिपायी नहीं जा सकती।"

साथवाला लड़का बोला, "सुदीप दा'! मेरे दिमाग़ में एक बात आयी है। मैं अनिमेष को लेकर यूनिवर्सिटी चला जाता हूँ। मानो थाने में क्रोध दिखाकर उसे छुड़ा लाया हूँ...।"

सुदीप बोला, "गुड! इट्स ए गुड प्रपोजल...यही करो।" फिर दबी ज़बान में अनिमेष से कहा, "यू आर बिकमिंग ए हीरो आउट ऑफ नथिंग।"

अनिमेष को कुछ नहीं करना पड़ा। जुलूस पूरे जोश के साथ विश्वविद्यालय वापस आ गया। अनिमेष को ख़ामोश रहना पड़ा और वह उसके लिए बड़ा तकलीफ़देह था। छोटी-सी सभा में सुदीप ने प्रस्तावित अगली हड़ताल की बात की थी। पर बात ज़ोरदार और आन्तरिकतापूर्ण नहीं हो सकी अनिमेष ने स्पष्ट अनुभव किया।

अनिमेष ने विभान को पूरी बात खोलकर बतायी कि पुलिस ने इससे

स्टेटमेंट लिखित लिया था, पर शरीर को हाथ नहीं लगाया।

सुनकर विभान बोला, "अपने हाथ से लिखकर न दिया होता। उसे वे लोग हलफ़नामा कहकर प्रचार करेंगे—तो हमारा बड़ा नुक़सान हो सकता है। इसके अलावा इस तरह सड़क पार करके तुम्हारा जाना भी ठीक नहीं था। बम सीधे तुम्हारे शरीर पर पड़ सकता था। जल्दबाज़ी का नतीजा अच्छा नहीं होता। ख़ैर...आज मैं जीत गया। क्लास में कोई लड़का नहीं जा सका।"

अनिमेष बोला, "पुलिस के हाथों से इतनी आसानी से छुटकारा पाने की कोई वज़ह नहीं। यानी सुदीप की बातें सुनकर लग रहा था कि उसे खुद यकीन नहीं है। पर...मैं कुछ नहीं जानता।"

विभान हँस पड़ा, "होता है...ऐसी परिस्थिति हो ही सकती है। छोड़ो तुम बहुत दिन से पार्टी के ऑफ़िस नहीं गए हो...आज जाना।"

अनिमेष अब थक गया था। नहाना-खाना सारा दिन हुआ नहीं था, ऊपर से ऐसी टेंशन। अब बड़ा आलस लग रहा था। विभान ने उसकी शक्ल देखकर शायद अनुमान कर लिया था, "नहीं...ठीक है। तुम होस्टल ही लौट जाओ। खा-पीकर रैस्ट करो। कल मेरे साथ चलना। ज़रूरी काम का दायित्व लेना होगा।"

"क्या काम?"

"चुनाव आ रहा है। बाई इलैक्शन। तुम्हें प्रचार करना होगा। हाथ में कलम लेकर पन्द्रह दिन काम करो। थियोरी और प्रैक्टिकल में किस तरह ब्रिज तैयार करना चाहिए। वही सीखो...अच्छा जाओ।"

अनिमेष जा ही रहा था कि विभान की आवाज़ से रुक गया। "अनिमेष! सुवास आदि के सम्पर्क से सतर्क रहना। जो पथ-भ्रष्ट होता है वह कभी भी आगे नहीं बढ़ सकता। वह कौन है?"

अब तक सब ठीक चल रहा था। अचानक आकाश से गिर पड़ा हो इस तरह, जाने के समय, विभान ने सुवास दा' का प्रसंग उठा दिया। चुनाव का काम करने की जो लगन अनिमेष को पूरी तरह निमज्जित किए थी, सुवास द्रा' का प्रसंग उठते ही सारा जोश ख़त्म होने लगा। क्या विभान ने पहले से सोचकर इसी समय सुवास का नाम लेकर इसे सतर्क किया था।

अनिमेष को अनुभव हुआ कि अविश्वास ऐसी चीज़ है जो एक बार दिमाग़ में घर कर जाए तो लाख हटाने की कोशिश करो तो दूर नहीं होता। फिर भी वह ख़ुद को प्रसन्न रखने की कोशिश करता रहा। इतने दिन बाद काग़ज़ कलम से कम्युनिज़्म के लिए काम करने का इसे सुयोग मिल रहा है। अगले महीने पश्चिम बंगाल में दो स्थानों पर उपनिर्वाचन होनेवाला है। पता नहीं, इसे कहाँ भेजा जाएगा। वह अभी से बेचैन हो रहा था।

ट्राम पकड़ने के लिए आगे बढ़ते ही इसे अपना नाम सुनाई दिया। जो

ज़ोर-ज़ोर से इसे पुकार रहा था, सड़क के उस पार था। इधर काफ़ी दिनों से परमहंस से मिलना नहीं हुआ था। अब उसे सामने देखकर अच्छा लग रहा था। दुबले-पतले शरीर में भी वह चेहरा कैसा चमक रहा था। नज़दीक आकर परमहंस ने पूछा, ''विप्लव हो गया?''

कहने में ऐसा स्नेह मिश्रित अधिकार था कि अनिमेष हँसे बिना नहीं रह सका, ''अभी कहाँ हुआ?''

परमहंस उसका हाथ 'खप' से पकड़कर खींचता हुआ पान की दूकान पर ले आया। फिर बड़ी गम्भीरता से बोला, ''अपना मुँह देख ज़रा।'' अनिमेष को दूकान के आईने में अपनी शक्ल दिखाई दी। अपना लुटा-पिटा चेहरा इसने पहले कभी नहीं देखा था। जलपाइगुड़ी से ट्रेन में आने के बाद भी नहीं। सिर के बाल बिखरे हुए, मुँह मैल से काला, आँखों के नीचे जैसे किसी ने स्याही पोत दी हो। परमहंस कह रहा था, ''एक दिन में ही जब यह हाल हो गया तो देश-भर में क्या विप्लव करोगे—मक्खन का पुतला!''

काली कच्ची दाढ़ी पर हाथ फेरते हुए अनिमेष बोला, ''ठीक तो है।''

परमहंस बोला, ''ठीक कहाँ है···मैंने तो सारा जीवन हैंडल पकड़े या पोस्ट ऑफ़िस में काट दिया। तुम्हारी तरह लड़कियोंवाला भाग्य लेकर पैदा होना मेरे भाग्य में नहीं था।''

''हैंडल मायने?''

''चेयर पर बैठकर। न बैठता तो भी नुकसान नहीं था। बैठता था एक्स्ट्रा आराम के लिए। छोड़···पुलिस ने पीटा तो नहीं।''

''नहीं···'' अनिमेष हँस पड़ा।

''खुशामद! हीरो बनते-बनते पुलिस ने तंग तो नहीं किया। दो कारण से तेरा इन्तज़ार कर रहा हूँ—ट्यूशन करना चाहता है?''

''हाँ···पर फ़िलहाल समय नहीं है। पार्टी के काम से बाहर जाना है।''

''बच गया! पढ़ाई-लिखाई की इति हो गयी?''

''वह क्यों? हारी-बीमारी के लिए ही तो बहुत से कमाते हैं।''

''अच्छा! अब मैं चलता हूँ···ज़रूरत पड़े तो ख़बर देना।''

''कहाँ जा रहे हो?''

''मुफ़्त में छुट्टी मिल गयी। पिच छोड़कर दो-एक स्ट्रोक लगा आऊँ। ट्यूशन कर आऊँ।'' परमहंस जाते-जाते फिर पलटा। रसगुल्ले जैसा मुँह बनाकर बोला, ''दूसरी बात तो तुम्हें बतायी ही नहीं।''

''क्या बात।''

''दाहिनी तरफ़ के दरवाजे से अन्दर ज़रा आगे सीधे दो-तला पर चले जाओ क्विक!'' कहकर परमहंस तेजी से चला गया।

बात पहेली-सी लगी। उसकी बात मानकर बसन्त केबिन के दरवाज़े पर पहुँचते ही भोजन की महक आयी। अभी तक जिस भूख का अहसास नहीं था अब वह अस्थिर हो गया। अन्दर जाकर सीढ़ियों से ऊपर आते ही उसे लगा कि बदन का सारा ख़ून बह रहा है। किसी तरह शान्त होने की कोशिश की।

दो-तला के हॉल में कोने की एक टेबल पर माधवीलता के सामने जो लड़की बैठी थी अनिमेष को देखते ही बोली, "जाती हूँ भई।"

माधवीलता के गरदन हिलाते ही लड़की तिरछी नज़र से अनिमेष को एक बार देखकर पास से निकल गयी।

रेस्टोरेंट में और भी बहुत से लोग थे। मुफ़्त की छुट्टी मिलने पर लड़के-लड़कियाँ टेबलों पर अड्डा जमाए बैठे थे। इनमें से दो-एक जोड़े अब भी बहुत प्रसिद्ध हैं। उन्होंने भी अनिमेष को देख लिया था। बड़ी शान्ति से माधवीलता के सामने जाकर पूछा, "बैठ सकता हूँ।"

होंठों पर छोटी-सी रेखा उभरी कि नहीं...पर आँखों ने बहुत कुछ कह दिया। माधवीलता ने सहमति में सिर हिलाया।

अनिमेष मेज़ के दूसरी तरफ़ बैठकर टेबल से पानी का गिलास उठाकर पूरा पी गया।

माधवीलता उसे देखती रही। इसने एक बार भी नज़र नहीं हटायी। अनिमेष को अस्वस्ति हो रही थी, बोला, "कैसी हैं?"

"बढ़िया।" माधवीलता ने कहा। उसके शब्द से अनिमेष को लगा कि इसके मायने हैं बुरा हाल है...बहुत बुरा।

"यहाँ कब आयीं?"

"आ गयी?"

बात जैसे कील ठोंक दी हो। निश्चित पर अवहेलना सहित। वह माधवीलता की तरफ़ देख नहीं पा रहा था। इन दो दिनों में इसके बारे में सक्रिय रूप से चिन्ता नहीं की थी। पर हर पल माधवीलता इससे जुड़ी रही है। इसे पता नहीं चला। छाती में रिमरिम की आवाज़। आँखें खोलते ही खुद को सम्राट सोचता।

माधवीलता ने पूछा, "दो दिन क्या हुआ था?"

अनिमेष अब बात कर सका, मानो बच गया।

"अचानक मेरे ठाकुर दा' आ गए थे। वे बहुत अस्वस्थ थे इसलिए बाहर नहीं निकल पाया। होस्टल में उन्हें अकेला छोड़कर नहीं आ सकता था। पर ज़रा ठीक होते ही फिर वे ठहरे नहीं। आज ही लौट गए।"

"यह क्या? फिर आए क्यों थे?"

"मुझसे मिलने...मैं उनके हाथों से पला-बढ़ा था। बहुत लम्बी बात है।"

"मैं सुनना चाहती हूँ।"

"क्यों···?"

"मुझे लगता है, सुनना ज़रूरी है।"

"क्या···?"

"आपके बारे में !"

"अच्छा···फिर आज रहने दो किसी और दिन···।"

"आज ही बताने को तो नहीं कहती। जब समय हो तो बताना।"

अनिमेष ज़रा चुप रहा फिर बोला, "आज सब अद्‌भुत घटनाएँ हुईं।"

माधवीलता बोली, "जानती हूँ।"

"आप यहाँ कब आयीं?"

"जैसे रोज़ क्लास के लिए आती हूँ।"

"तो···जब मुझे वैन में ले गए थे तब देखा था?"

"देखा था।"

"ओऽ।"

"पर मुझे मालूम था आप वापस आ जाएँगे।"

"मायने···?" अनिमेष चौंक पड़ा। सुदीप ने जो सन्देह जाहिर किया था माधवीलता के मन में भी संचरित हो गया?

"मैंने प्रार्थना की थी इसलिए जानती थी।"

अनिगेष हँस पड़ा। "यह कहिए ना। पर किसी की प्रार्थना पूरी हो जाती तो संसार में कोई कष्ट ही न होता।"

"यह तो ठीक है। पर मैं जब उत्कट भाव से कुछ चाहती हूँ तो विफल नहीं होती। क्योंकि मैंने अपने लिए कुछ नहीं चाहा···कभी भी। अब पहली बार चाहा था। शायद इच्छाएँ शुरू हो गयीं।"

अनिमेष ने लम्बी साँस ली। उसका कष्ट अब सबकुछ पाने पर नत जानू था। "मैंने भरोसा करना सीख लिया है।"

माधवीलता हँस दी, "हममें से कोई किसी को नहीं जानता।"

"जान जाएँगी।"

"जानने पर अगर अफ़सोस हो?"

"अफ़सोस नहीं भय हो सकता है।"

"भय···भय क्यों?"

"खुद में योग्यता न हो तो···।"

"जिस दिन अवहेलना करना सीख जाएँगे, योग्यता नहीं रहेगी। शक्ल ऐसी क्यों हो रही है। स्नान नहीं किया है।"

"समय ही कहाँ मिला?"

"यह क्या? खाया नहीं।"

"सोचा था, होस्टल लौट जाऊँगा। पर हो नहीं सका।"

माधवीलता सीधी बैठ गयी। ब्वॉय को हाथ के इशारे से बुलाया। देखकर अनिमेष ने आपत्ति की, "अरे···यह क्या कर रही हैं।"

"आपके खाने का इन्तज़ाम कर रही हूँ।"

"पर मेरे पास पैसे नहीं हैं।"

आकाश में बादल इतनी जल्दी नहीं आते···दोनों आँखों से पानी बहने लगा। माधवीलता का मुँह लाल हो गया था। होंठ थरथर काँप रहे थे। अनिमेष ने तो सहज रूप में कहा था। अब समझा कि बात क्या हो गयी। सिर झुकाकर बोला, "मैं समझा नहीं।"

"भरोसे की बात कही थी ना?"

"माफ़ कीजिए।"

"आपका कोई दोष नहीं। दे सकने में एक तरह का अहंकार होता है इसलिए बहुत से दे सकते हैं। किन्तु लेना भी जानना चाहिए···वह बड़ा मुश्किल है।"

"लता···।"

माधवीलता हँस दी। आँखों के कोने में मोती, किन्तु चेहरा शरत् का प्रथम प्रातः। निचला होंठ दाँतों में दबाकर अनिमेष को ज़रा देखा, फिर बोली, "फिर ध्यान रहे। लता वटवृक्ष से लिपटी रहती है। कभी अलग नहीं होती।"

अनिमेष जवाब देने को था कि सामने ब्वॉय को खड़े देखा।

माधवीलता ने आँसू पोंछने की कोशिश नहीं की। शान्ता स्वर में बोली। "खाने को क्या है जिससे पेट भर जाए।"

लड़के ने झट से जवाब दिया, "कबाब, मांस और मुग़लई पराँठा।"

माधवीलता बोली, "जल्दी से ले आओ। एक के लिए। मेरे लिए सिर्फ़ एक कप चाय।"

सुनकर अनिमेष आपत्ति करने को था कि माधवीलता हाथ फैलाकर बोली, "शर्म बिलकुल नहीं करनी है।"

इक्कीस

सरित्शेखर की चिट्ठी आयी है। ट्रेन में कोई दिक्कत तो नहीं हुई इस बारे में कुछ नहीं लिखा है। तबीयत अभी तक ठीक नहीं हुई है। घर पर इनके और हेमलता के अलावा तीसरा कोई नहीं है, इसलिए सांसारिक कार्यक्रम इन्हें ही करने पड़ रहे हैं। अब वे जाने के लिए तैयार बैठे हैं। अपना श्राद्ध करके आनन्द में डूबे हुए

हैं। उन्हें एक ही फ़िक्र है हेमलता। इनके जाने से पहले अगर हेमलता चली जाएँ तो वे निश्चिन्त हो जाएँगे।

यह लिखने के बाद उन्होंने जानना चाहा है कि अनिमेष पूजा की छुट्टियों में जलपाइगुड़ी आएगा या नहीं। और सरित्शेखर के कलकत्ता में इसके पास रहने पर जो रुपए खर्च हुए थे, उन्हें मालूम हो जाए तो वे वापस लौटाने की व्यवस्था कर देंगे।

चिट्ठी पढ़कर अनिमेष कुछ देर चुप बैठा रहा। लिखाई वही न होती तो इसे दादू की चिट्ठी मानना मुश्किल होता। दादू की चिट्ठी के मायने होते थे कुछ उपदेश और उसके साथ सख़्त टीका-टिप्पणी। पर इस चिट्ठी में एक ठंडापन था। स्वर्गछेंड़ा से बाबा की चिट्ठी नियम से नहीं आती। महीने के शुरू में जो मनीऑर्डर भेजते, उसके नीचे जितनी जगह होती बस उतना ही। सरित्शेखर के जाने के बाद तमाल से पता चला कि वे बहुत कुछ जान गए हैं। उस दिन जब शाम को डॉक्टर के चेम्बर में वह गया था तब उन्होंने तमाल वगैरह से खोद-खोदकर अनिमेष के राजनीतिक क्रियाकलाप के बारे में जानकारी हासिल की थी। पर चिट्ठी में इसका कोई ज़िक्र नहीं था। पहली बार इन्होंने जानना चाहता था कि वह छुट्टी में जलपाइगुड़ी आएगा या नहीं।

अनिमेष को लग रहा था कि घर से जो दूरत्व हो गया था, वह धीरे-धीरे बढ़ता जा रहा है। नहीं…इस छुट्टी में वह घर जाकर नहीं बैठ सकता। विभान से बात हो चुकी है। पार्टी ऑफ़िस में जाकर दिन वगैरह फाइनल कर आया है। आगामी उपचुनाव में दल की तरफ़ से प्रार्थी के रूप में प्रचार के लिए, जो दल कलकत्ता से जा रहा है उसके साथ जाना है। छुट्टियों में पढ़ेगा। इसलिए क्लास का नुकसान नहीं होगा। इसने फ़ैसला कर लिया कि सरित्शेखर को ये बातें खोलकर लिख देगा। इन लोगों के उपचुनाव का स्थान जलपाइगुड़ी से बहुत दूर तो नहीं है, किन्तु इसे समय मिलेगा या नहीं पहले से कहा नहीं जा सकता। माधवीलता को सारी बातें इसने बता दी हैं। आजकल किसी-न-किसी को जब तक बता न ले इसे चैन नहीं पड़ता। आजकल प्रत्येक दिन शुरू होता है धड़कते दिल से। वह धड़कन तब तक नहीं रुकती जब तक माधवीलता से मिल नहीं लेता। धीरे-धीरे माधवीलता इसके रक्त में मिश्रित होती जा रही है। अब इनका मिलना या बातचीत होती लाइब्रेरी या बसन्त केबिन या कॉफ़ी हाउस के तीन तले पर। कॉफ़ी हाउस सबसे ज़्यादा पसन्द है क्योंकि देर तक एक कप कॉफ़ी लेकर बैठा जा सकता है। चारों तरफ़ इतनी बातें होती रहती हैं कि स्वच्छन्द होकर बात की जा सकती थी।

इसने अपने बारे में सबकुछ माधवीलता को बता दिया है। जिस रात माँ की मृत्यु हुई थी वह भी। सुनते हुए झरझर आँसुओं से रो पड़ी थी। छोटी माँ के

बारे में सुनकर अवाक् हो गयी थी। अनिमेष ने उनसे कोई सम्पर्क नहीं रखा था, जानकर अनुयोग भी किया था। कहा था, "तुम्हारी छोटी माँ से मिलने का बड़ा मन होता है।"

"क्यों...?" अनिमेष को आजकल बड़ा मज़ा आता है। माधवीलता इसके परिवार के किसी सम्बन्धी को लेकर जब बात करती है तो लगता है, वह इसे अच्छी तरह जानती है। असल में अनिमेष के मुँह से सुनते-सुनते दादू, पिशि माँ (बुआ) आदि का चित्र इसके मन में स्पष्ट हो गया है। कभी-कभी इस तरह बात करती कि अनिमेष सोचता कि उन्हें कौन ज़्यादा अच्छी तरह जानता है ख़ुद वह या माधवीलता।

माधवीलता बोली, "बहुत बड़ा दिल हो तभी इस तरह तुम्हें अपना समझा जा सकता है। यह तुम नहीं समझ सकोगे। तुम्हारी छोटी माँ का (अपना) दुख तुम कभी समझ नहीं सके...समझ सके थे?"

"क्या दुख...अपनी सन्तान न होने का दुख...?"

"वह तो था ही। पर वह कष्ट भुलाया जा सकता है, अगर पति का प्रेम पूरी तरह मिल जाए। वह छोटी माँ को नहीं मिला। तुम्हारे बाबा ने उनसे कभी प्रेम नहीं किया।" माधवीलता के स्वर में आत्मविश्वास था।

"क्या कह रही हो! वे इतने दिन से साथ रह रहे हैं।"

माधवीलता ने अनिमेष को रोक दिया। "बहुत दिन तक साथ रहने से क्या प्रेम हो जाता है। इस शहर में इतने लोग मुद्दत से साथ रहते हैं तो उनका आपस में प्रेम क्यों नहीं हुआ?"

"ताज़्जुब है...ये दोनों बातें एक हो गयीं? दो व्यक्ति साथ रहने पर एक-दूसरे को भलीभाँति जान सकते हैं, अपनी ग़लतियाँ सुधार सकते हैं। आपस में जब आकर्षण पैदा होता है। हज़ारों लोग चाहे जितना भी साथ क्यों न रहें यह सामीप्य कभी गहरा नहीं होता। दोनों को एक क्यों करती हो?"

"अच्छा...साथ रहते-रहते तुम जिसे आकर्षण कहते हो वह हो जाए तो प्रेम हो गया...क्यों?" माधवीलता के चेहरे पर दुष्टता थी।

"ग़लत क्या कह रहा हूँ?" अनिमेष लज्जित-सा हो गया।

"बिलकुल! दो व्यक्ति सारा जीवन केवल प्रयोजन के लिए एक-दूसरे पर निर्भर रहकर काट सकते हैं। दोनों में से कोई भी शायद ज़रा-सा भी प्रेम नहीं करता। केवल प्रयोजन ही उन्हें पास रखता है। और दो व्यक्ति विपरीत कोनों में रहकर भी आजीवन एक-दूसरे से प्रेम कर सकते हैं। समझे जनाब?" बात पूरी करके टेबल पर अनिमेष के पड़े हुए हाथ पर चुटकी काटी माधवीलता ने।

"समझ गया।" अनिमेष ने गम्भीर होने की कोशिश की, "अब बताओ, प्रेम क्या चीज़ है? मनुष्य दूसरे से क्यों प्रेम करता है?"

सुनते ही माधवीलता की आँखें फैल गयीं। फिर बड़ी ज़ोर से हँस पड़ी। हँसी के मारे सारा बदन काँप रहा था। हथेलियों से मुँह ढँककर भी सँभाल नहीं पा रही थी। आसपास की बहुत सी टेबलों से यह दृश्य और हँसी से सचकित लोग बड़े मज़े से उधर देख रहे थे। अनिमेष दबी ज़बान में बोला, "यह क्या हो रहा है।" इस तरह हँसी से बेहाल होने की वजह वह समझ नहीं पा रहा था।

किसी तरह खुद को सँभालकर माधवीलता बोली, "बहुत दिनों से खुलकर नहीं हँसी थी। तुम्हारी वजह से हँस पायी हूँ।" कहते ही फिर हँसने लगी--पर निःशब्द।

"तुमसे कोई भी बात सरल भाव से पूछी नहीं जा सकती।" अनिमेष गम्भीर था।

"अब मैं तुम्हें प्रेम करना सिखाऊँगी?"

"सिखाने को किसने कहा। मैं तो सिर्फ़ बात कर रहा था...।"

"अच्छा...तो फिर सीधे बात करो। तुम हर रोज़ मुझसे मिलने के लिए इतने बेचैन क्यों रहते हो?" उसने अनिमेष के चेहरे पर नज़रें गाड़ दीं। उसकी नज़रों से अनिमेष अन्दर-ही-अन्दर काँप-सा उठा। किसी तरह बस इतना कहा, "तुम जानती हो।"

"बात से बच रहे हो।"

"अच्छा...तुमसे न मिलने पर अच्छा नहीं लगता। बड़ी तकलीफ़ होती है। जागते ही तुम्हारा चेहरा देखता हूँ। और जब तक सो नहीं जाता चेहरा नज़रों के सामने से हटता नहीं।"

"बड़ी मारात्मक स्थिति है...।"

"क्यों...?"

"किसी भी समय एक्सिडेंट हो सकता है। हाँ...होता नहीं।"

"मायने...।"

"आँखों के सामने मेरे अलावा कुछ नहीं हो तो चलना-फिरना, पढ़ना-लिखना कैसे करते हो?" वह सब्र करते हो...पर...।"

"ताज़्जुब है, इतनी मोटी-सी बात क्यों नहीं समझती। आँखें क्या सिर्फ़ रक्त-मांस की होती हैं? मन की आँखें हैं, कान हैं ये अस्वीकार कर सकती हो?"

"अब सीधी बात पर आए हो। हर मनुष्य में द्वैत सत्ता होती है। मुश्किल यह है कि बहुत से लोग उस दूसरी सत्ता का उपयोग करना नहीं जानते। वे पहली को लेकर सारा जीवन बिता देते हैं। अब मुझे डर लग रहा है कि तुम्हारा ऐसा मन कितने दिन रहेगा।"

"आमरण...।"

"मरण सिर्फ़ शरीर का होता है क्या? मन का नहीं होता क्या?"

"मुझे यह सब समझ नहीं आता। मैं तो सिर्फ़ यह जानता हूँ कि तुम्हारे बिना मैं सम्पूर्ण नहीं हूँ।"

"किन्तु यह अनुभूति ग़लत···।"

"नहीं···मैं अपने रक्त में अनुभव करता हूँ।"

"पर मैं तो साधारण बंगाली लड़की हूँ। तुम्हारे सामने विराट विश्व है। राजनीति में तुम घुस रहे हो···नयी सामाजिक-व्यवस्था का स्वप्न देखते हो। एक बार अगर आँधी (तूफान) आ जाए तो तुम ऊँचे उठ जाओगे। तब मैं क्या करूँगी?"

"तुम मेरे साथ रहोगी।"

"अगर मुझमें वह क्षमता न हो।"

अनिमेष ने माधवीलता पर गहरी नज़रें डालीं। फिर नीची आवाज़ में बोला, "लता···मेरा राजनीति से जुड़ना तुम्हें पसन्द नहीं?"

माधवीलता हँस पड़ी, "पागल!"

"फिर···?"

"मुझे डर लगता है···बहुत डर लगता है।"

यह थी माधवीलता! अनिमेष जब छाया चाहता वह छाया देती। जैसे ही खाली होता तो क्रोध से जला डालती। इसलिए अनिमेष कभी-कभी उसे समझ नहीं पाता। यूनियन के काम की वज़ह से बहुत बार क्लास में नहीं जाता। बीच-बीच में लगता कि एम.ए. का लम्बा-चौड़ा कोर्स जाने बिना चल रहा है। परीक्षा कैसे देगा। सोचकर शरीर बर्फ़ हो जाता। एम.ए. न किया तो हमेशा बाबा के सामने चोर की तरह रहना पड़ेगा। माधवीलता इसे रोज़ के क्लास नोट्स देने लगी। टीचर जब नोट्स लिखवाते वह कार्बन नीचे रख लेती। कभी दिन में या रात को होस्टल में लेटे-लेटे वह नोट्स पर नज़रें दौड़ाता तो लगता माधवीलता को देख पाता। कल्पना में माधवीलता के हाथ की गन्ध नाक में महसूस करता। पर अपने दिल की छटपट इसने माधवीलता में कभी नहीं देखी। इसे कष्ट होता। माधवीलता इसकी तरह क्यों नहीं हो पाती। कभी नहीं पूछती कि कल कब मिलोगे। समझ नहीं पाता अनिमेष। माधवीलता के इस निर्लिप्त व्यवहार से इसे कभी-कभी सन्देह होता कि वह सचमुच इससे प्रेम करती भी है या नहीं। फिर अगले ही क्षण वह कुछ ऐसा कर बैठती कि अनिमेष इस चिन्ता के लिए ख़ुद को अपराधी समझने लगता।

हाँ, इसने माधवीलता को सबकुछ बता दिया है। यहाँ तक कि ज्वर से पीड़ित उर्वशी ने जलपाइगुड़ी में इसके कैशोर्य में चुम्बन ले लिया था, यह भी। किन्तु वह माधवीलता के बारे में कुछ नहीं जानता। कोई उन्मत्तता न होने पर भी अनिमेष को समझने में कोई असुविधा नहीं कि माधवीलता आदि सम्पन्न हैं।

पर उसने कभी अपने घर अनिमेष को निमन्त्रित नहीं किया है। इसलिए अनिमेष बहुत परेशान होता है। कई बार सोचा कि मुँह फाड़कर कह डाले, पर संकोचवश सम्भव नहीं हुआ। इस बीच दो-एक बार वह बेलघटिया भी हो आया है। स्टेशन से जो सड़क निमता की तरफ़ जाती है वहाँ माधवीलता का घर है। इधर-उधर घूम कर आ गया था, कभी भेंट नहीं हुई।

उसे बताते ही वह गम्भीर हो गयी थी। बोली थी, "एक दिन अगर न मिलो तो रह क्यों नहीं सकते? इसके बाद शायद महीनों मिलना न हो सके। अनि! मेरी वजह से तुम्हारा सब काम नष्ट हो यह मुझे पसन्द नहीं। खुद को संयत करो। तुम्हारा इस तरह भावुक होना शोभा नहीं देता।"

अनिमेष खुद नहीं समझ पा रहा था कि इसे क्या हो गया है। जिस तरह अब तक रहता रहा अब क्यों नहीं रह सकता? बचपन में माँ-बाबा को छोड़कर जलपाइगुड़ी से आने के बाद से वह एक तरह से अकेला ही तो था। अच्छा लगा या बुरा लगा बताने के लिए कोई पास नहीं था। दादू या पिसि माँ से उम्र में अन्तर होने के कारण उनसे भी अलग हो गया था। आत्मकेन्द्रियता मनुष्य को बहुतों से निवृत्त कर देती है। आनन्द या दुख उसने खुद में सीमित कर लिया था। किसी दूसरे को तो पता ही नहीं चलता था। शायद इसी तरह संयम जन्म लेता है और वह संयत हो गया था। माधवीलता से मिलने के बाद बहुत दिनों में तैयार किया हुआ दुर्ग एक क्षण में धूलिसात् हो गया। अनिमेष खुद पर क़ाबू नहीं पा सका और माधवीलता का इस तरह सतर्क करना कानों को बड़ा अखर रहा था।

पर संयम तो बहुत ज़रूरी होता है। उससे न मिलने पर सूनापन हो गया था, इसे दबाना ज़रूरी है। कुछ ही दिनों बाद पूजा की छुट्टियाँ हैं। एकाध महीने के लिए कलकत्ता से जाना होगा। यह माधवीलता को भी मालूम है। एक महीने तक अगर वह नहीं मिलेगी तो क्या उसे कष्ट नहीं होगा? नहीं...अनिमेष ने फ़ैसला कर लिया कि खुद को बदल डालेगा। इस तरह जकड़ा हुआ नहीं रहेगा।

शाम को माधवीलता ने कहा, "रोज़ ट्रेन से जाती हूँ, आज बस से जाऊँगी।" अब छुट्टी का समय था। ट्राम-बसें आदि चमगादड़ों की तरह भर जाती हैं।" देखकर अनिमेष बोला, "तुम्हारा दिमाग़ ख़राब हो गया है।"

माधवीलता ने सड़क पार न करके धर्मतला जानेवाली एक प्राइवेट बस पकड़ ली। बस विपरीत दिशा में जा रही थी इसलिए खाली थी। धर्मतला में भरकर बेलघटिया जाएगी। खिड़की के पास खाली सीट पर बैठकर माधवीलता बोली, "सब समस्याओं का समाधान होता है, केवल रास्ता खोजना पड़ता है।"

अनिमेष बोला, "डबल किराया देना होगा।"

"ज़रूरत हो तो देना ही पड़ता है।"

अनिमेष ज़रा गुस्से से बोला, "तुम सारी बातें दो अर्थों में कहती हो। क्यों सीधी-सादी बात सीधी तरह कहने में इज़्ज़त जाती है?"

माधवीलता ने धीरे-से खिड़की की तरफ़ मुँह कर लिया।

अनिमेष ने ध्यान नहीं दिया, अन्यमनस्क होकर सड़क देखता रहा। वैलिंग्टन का मोड़ पार करते ही बस तेज़ी से भर गयी। लेडीज़ सीट भरी हुई थीं, लड़कियाँ खड़ी थीं। जो लड़के रॉड पकड़े खड़े थे वे माधवीलता को विरक्ति से देख रहे थे। लड़की को साधारण सीट पर बैठे देखकर पुरुषों को अच्छा नहीं लगता। पर वे सीटें सिर्फ़ पुरुषों के लिए रिज़र्व तो नहीं होतीं! फिर!!

अनिमेष ने कुछ कहने की नीयत से आवाज़ दी, "एइ···।" आवाज़ सुनाई न पड़े ऐसा नहीं था, फिर भी माधवीलता ने मुँह नहीं फेरा। अनिमेष अवाक् हो गया। फिर से पुकारते ही सामने खड़े हुए लोग उसकी तरफ़ देखने लगे। इस बार भी माधवीलता में कोई परिवर्तन दिखाई नहीं पड़ा। अनिमेष बड़ा परेशान हो गया। उसे डर भी लगा। पास से जितना देख सका, समझ गया कि माधवीलता के मुँह की प्रत्येक रेखा में विरक्ति झलक रही थी। शायद दाँतों तले होंठ दबा रखे थे। वह बुला रहा है, पर लड़की ज़वाब नहीं दे रही। अगर आसपास के लोगों को पता चल जाए तो उनकी उत्सुकता और भी बढ़ जाती है। माधवीलता के इस चेहरे से अनिमेष अपरिचित था। अगर कोई कड़वी बात कह बैठे तो अपमानित होगा इसलिए पुकारने में डर लगा। उसने निर्लिप्त भाव से बैठे रहने की कोशिश की। पर इसे समझ नहीं आ रहा था कि माधवीलता ऐसा व्यवहार क्यों कर रही है। उनका कोई झगड़ा नहीं हुआ है। उसे चोट पहुँचे इसने ऐसा भी कुछ नहीं किया है। फिर? उसका मुँह देखकर इसे बड़ा कष्ट हो रहा था—अब बात करने की हिम्मत नहीं हो रही थी।

बस अब स्टैंड पर खड़ी थी। ईडन गार्डन के बराबर बाबू घाट पर स्टीमर की आवाज़ सुनाई पड़ रही थी। चारों तरफ़ किस्म-किस्म के हॉकर और घूमने के लिए आए हुए लोगों की भीड़! बिलकुल मेले जैसा लग रहा था। अनिमेष ने देखा कि लड़के-लड़कियों के जोड़े ईडन गार्डन में घुस रहे थे, निकल रहे थे। बहुतों के भंगिमा में चोर-चोर का-सा भाव था। ईडन गार्डन या विक्टोरिया मैमोरियल आदि स्थानों पर लोग प्रेम करने जाते हैं। माधवीलता को वह कभी नहीं ले गया। यूनिवर्सिटी के चारों तरफ़ जो खुले रेस्टोरेंट हैं, वहीं बातें करते हैं वे। प्रेम करने के लिए शायद सब निर्जनता खोजते हैं। चाय के स्टाल के केबिन में घुस जाते हैं। ताज़्जुब है इन लोगों के दिमाग़ में यह बात क्यों नहीं आयी? इसे ध्यान आया कि इसने माधवीलता का हाथ तक कभी नहीं पकड़ा था। अब जो वह पास बैठा है, स्वभावतः शरीर का स्पर्श हो रहा है। उसी क्षण अनिमेष चेतन हो गया। फिर और भी संकुचित हो गया।

अचानक माधवीलता बोली। बाहर की तरफ़ से पूरा मुँह न घुमाकर दबी आवाज़ में बोली, "इस तरह आप खुश होते हैं"सिर्फ़ मेरे लिए क्यों"कोई और भी पकड़ सकते हैं।"

बात समझने में अनिमेष को ज़रा समय लगा। उसने गरदन मोड़कर देखा एक जोड़ा ईडन गार्डन में घुस रहा था। लड़की खिल-खिलाकर हँस रही थी। उसका एक हाथ लड़के की कमर में और लड़के का हाथ लड़की के कन्धे पर था। पता नहीं वे क्यों हँस रहे थे, पर आसपास के लोगों की कुतूहलपूर्ण दृष्टि की उन्हें कोई परवाह नहीं है, साफ़ लग रहा था। उनके व्यवहार से किसी व्यक्ति की नज़रों में बदमाशी दिखाई पड़े यह अनिमेष को बुरा लगता। किन्तु माधवीलता का इशारा समझते ही चेहरा लाल हो गया। इसे वह इतना नीच समझती है? केवल शारीरिक प्रयोजन के लिए वह माधवीलता को चाहता है? तो इसके बारे में उसकी यही धारणा है? अनिमेष का मन हो रहा था कि अभी इस सीट से उठ जाए। इस अपमान के बाद पास नहीं बैठा जा रहा था। पर उसी क्षण एक और अनुभूति ने इसे घेर लिया। माधवीलता को खोकर वह रहेगा कैसे! क्रोध इनसान को अन्धा कर देता है। शायद किसी कारणवश खुद को सँभाल न पाने के कारण माधवीलता ने इस तरह की दायित्वहीन बात कही है। मन शान्त होते ही ज़रूर लज्जित होगी।

यह सोचकर अनिमेष सीट से उठा नहीं। किन्तु हीनता की भावना में आच्छन्न रहा। छाती कठोर हो गयी। बस चलने लगी, किन्तु परिस्थिति में कोई बदलाव नहीं आया। धक्का-पेली में आसपास के लोग अब इन्हें नहीं देख रहे थे। अनिमेष ने कहा, "तुम इस तरह बात कर सकती हो?"

माधवीलता ने जवाब नहीं दिया। अपरिचित सहयात्री की तरह ख़ामोश बैठी रही।

कुछ देर इन्तज़ार के बाद अनिमेष ने फिर कहा, "सुन रही हो?" माधवीलता निर्विकार रही–पर ज़रा मुँह उठाकर बोल पड़ी, "कुछ कह रहे हैं?"

अनिमेष स्तब्ध रह गया। नज़रें उठाकर देखा कि तोते जैसी नाकवाला चेहरा उस पर झुक रहा था। वह तुरत कह उठा–"नहीं"नहीं"कुछ नहीं कहा।"

"कुछ कह नहीं रहे हैं तो तब से बुड़बुड़ क्यों कर रहे हैं?"

उसके इस रवैए से अनिमेष को क्रोध आ गया। बोला, "क्या बेकार बोल रही हो?"

"बेकार बोल रही हूँ। अरे बाबा!" आसपास झूलते हुए लोगों के बीच में से मुँह निकालकर एक आदमी बोला, "तब से देख रहा हूँ लड़की को तंग कर रहे हो–बराबर बोले जा रहे हो"फिर आँखें दिखा रहे हो।"बसों, ट्रामों में आजकल यही होता है। लड़की अकेली निश्चिन्त जाए इसका उपाय नहीं। कान पकड़कर

बस से उतार देना चाहिए।" फिर बहसबाज़ी होने लगी। अनिमेष बड़ी मुसीबत में फँस गया। आसपास वाले तो थे ही। उस तरफ़ की महिलाएँ तक झुक-झुक कर इसे देखने लगीं। इसने जल्दी से माधवीलता की तरफ़ देखा। वह उसी तटस्थता से बाहर देखती रही। जैसे भागते हुए फुटपाथ संसार की सबसे दर्शनीय चीज़ हों। बस में जो बातें हो रही थीं, उसके कानों में बिलकुल नहीं पड़ रही हों। वह उठने को था कि सँभल गया। अब चले जाने के मायने थे कि इन लोगों के इशारे-किनारे को सच प्रमाणित करना।

एक भारी-सा स्वर उठा, "शराफ़त से नहीं बैठते तो गरदन पकड़कर बस से निकाल दूँगा।"

अनिमेष का दिमाग़ गरम हो गया। चिल्लाकर बोल पड़ा, "मुँह सँभालकर बात कीजिए।

धक्का-मुक्की शुरू होते ही कंडक्टर की आवाज़ आयी, "अन्दर नहीं बाहर कीजिए। ये दादा लोग॰॰॰।"

कलकत्ता के लोग दर्शक की तरह दूर रहना पसन्द करते हैं। कोई दूसरा शुरू कर दे तो नदीदों की तरह देखने लगते हैं। सब एक स्वर से कंडक्टर के साथ-साथ कह उठे, "उतार दीजिए जनाब! लड़कियों को तंग करे और कुछ कहो तो आँखें दिखाए। इन जैसों के कारण लड़के बदनाम होते हैं।"

भीड़ को ठेलकर कंडक्टर अनिमेष के सामने आ खड़ा हुआ, अनिमेष बैठ गया। उत्तेजना से वह थरथर काँप रहा था। और उत्तेजना से पेट में भी अचानक चिनचिनाहट होने लगी। कंडक्टर ने कठोर स्वर में पूछा, "जनाब! कहाँ जाएँगे?"

वह हातिबागान कहने को था कि उससे पहले ही एक हाथ कंडक्टर की तरफ़ उठा। गन्दूमी रंग की कलाई में एक मकरमुखी कड़ा। हाथ की अंगुलियों में दबा हुआ एक रुपए का नोट। माधवीलता की आवाज़ आयी, "दो बेलघटिया के दीजिए।"

"दो कौन?" कंडक्टर रुपए की बाक़ी रेज़गारी निकाल रहा था। माधवीलता ने हाथ के इशारे से अनिमेष को दिखाया।

कंडक्टर जोर से हँसा, बोला, "आप साथ हैं। ओ॰॰॰हाँ॰॰॰कॉलेज स्ट्रीट से ही चढ़े थे।" कहकर आसपास की जनता की तरफ़ बंकिम स्वर में बताया, "आप लोग॰॰॰माइ री! सब जगह सिनेमा करते हैं।"

अनिमेष ने देखा कि पलक झपकते आसपास वाले लोगों के चेहरे हवा निकल जाने की तरह लटक गए थे। पर किसी की तरफ़ देखने की उसकी इच्छा नहीं थी। इस समय वह उन लोगों पर एक हाथ जमा सकता था, पर मन नहीं हुआ। वह अपनी हीनमन्यता काट नहीं पा रहा था। क्योंकि माधवीलता टिकट लेने के बाद फिर से उसी भंगिमा में बाहर देखने लगी थी। बस के अंदर जो

नाटक हो गया मानो उस बारे में इसे कुछ पता ही नहीं।

अनिमेष को ध्यान आया कि बेलघटिया के दो टिकट कटाए थे। क्यों? यह रहस्य न समझ सकने पर इसने पूछा। इस बार बड़ी स्वाभाविकता से, पर दूसरा कोई सुन न पाए, धीमी आवाज़ में माधवीलता ने उसकी तरफ़ गरदन मोड़े बिना ज़वाब दिया "मन हो तो हातिबागान उतर सकते हो।"

अब अनिमेष को भी ज़िद आ गयी। हातिबागान, श्याम बाज़ार पार करके बस ने जब वी.टी. रोड पकड़ी तो दोनों चुपचाप बैठे रहे। बस स्टॉप पर उतरकर माधवीलता से फ़ैसला करेगा। तब इधर-उधर झूलते हुए मुँह नहीं होंगे। जब तक दो-दो बात नहीं कर लेगा होस्टल जाकर भी चैन नहीं पड़ेगा।

अपराह्न भागता हुआ अन्धकार में समा गया। सन्ध्या हो चली थी। चारों तरफ़ बत्तियाँ जल रही थीं। माधवीलता इतनी देर करके कभी घर नहीं लौटी थी। आज उस बस में चढ़कर ज़िद में (बचपने में) यह कर बैठी। घर लौटकर ज़रूर गालियाँ खाएगी। अनिमेष अस्थिर हो रहा था।

बेलघटिया स्टेशन के सामने जब बस रुकी बहुत कम यात्री थे। माधवीलता के पीछे-पीछे नीचे उतरकर अनिमेष बोला, "ठहरो।"

माधवीलता खड़ी हो गयी। फिर नीची आवाज़ में बोली, "यहाँ नाटक नहीं करना है।"

"पर मुझे कुछ कहना है। इस तरह मेरा अपमान क्यों किया?"

"यहाँ खड़े होकर मैं बात नहीं कर सकती। चलते-चलते बात करो।"

"तुम्हारे घर जाऊँगा?"

"हमारे पाड़े में बहुत से तुम्हें देख चुके हैं। यहाँ से चले जाने पर मेरी बदनामी फैल जाएगी। इससे घर जाना ज़्यादा अच्छा है। आओ...।" माधवीलता ने कदम बढ़ाए।

इससे पहले माधवीलता ने अनिमेष को घर जाने के लिए नहीं कहा था। आज उस तरह के आचरण के बाद यह निमन्त्रण बड़ा बेमायने लग रहा था। और फिर परिस्थिति के दबाव में पड़कर इसे जाने को कह रही है वह। पर यहाँ खड़े रहना और भी ख़राब लगेगा। आसपास की चाय की दूकानों से बहुत-सी नज़रें इधर जमी हुई थीं। अनिमेष माधवीलता के पीछे-पीछे चल पड़ा।

लैवल क्रॉसिंग पार करके माधवीलता ज़रा झिझकी। अनिमेष बराबर चल रहा था, पूछा "क्या हुआ?"

"हमारा घर तुम्हें अच्छा नहीं लगेगा।"

"क्यों...?" अनिमेष के पूछते ही एक साइकिल-रिक्शा आगे आ गया, "आइए दीदी मणि!"

माधवीलता रिक्शावाले की तरफ़ देखकर ज़रा हँसी। अनिमेष को मालूम हो

गया कि माधवीलता को सब जानते हैं। वह रिक्शा में चढ़ते हुए बोली, "जो किस्मत में हो, चढ़ आइए···अपनी आँखों से देखकर अगर मति-गति बदल जाए!!"

पास बैठने में कोई असुविधा नहीं हुई। रिक्शावाला जिस तेज़ी से चला रहा था अनिमेष डर रहा था कि किसी भी क्षण दुर्घटना हो सकती है। लगातार हॉर्न की आवाज़ में बहुत आबादीवाला इलाका पार करके अनिमेष ने पूछा, "मुझे अपने घर ले जाने में तुम्हें इतनी कुंठा क्यों हो रही है?"

माधवीलता कुछ नहीं बोली। टिपिकल हँसी हँस दी, बस। जिसका स्पष्ट मतलब पकड़ा नहीं जा सकता था। अनिमेष को इस तरह की हँसी पर बड़ा क्रोध आता है, किन्तु बस में जो कुछ हुआ हो चुका था, अब बात बढ़ायी नहीं। सिर्फ़ इतना बोला, "तुम्हें मुझसे विरक्ति होती है तो सीधे-सीधे कह दो। फिर मैं क्या करूँगा वह मेरा मसला है। वह मुझे ही समझने दो।"

अँधेरे में माधवीलता के होंठ जरा टेढ़े हो गए। अनिमेष को लगा यह तो हँसी से भी ज़्यादा मारात्मक है।

खाली सड़क देखकर रिक्शावाला जोर से पैडल घुमा रहा था। यानी माधवीलता को काफ़ी दूर आकर ट्रेन पकड़नी होती है। कुछ देर चुप रहने के बाद अनिमेष ने पूछा, "यह भी बेलघटिया है?"

"नहीं···निमता। बिलकुल मुफ़स्सल लगता है ना?"

"हाँ···पर अच्छा लग रहा है।"

"एकाध दिन लगता है। पुराना होने पर कुछ आकर्षण नहीं रहता।" कहने का तरीका ऐसा था कि दूसरा अर्थ समझने में भी क़ठिनाई नहीं हुई।

लगभग डेढ़ मील जाने के बाद एक गली में घुसकर माधवीलता ने किराया चुकाकर रिक्शा छोड़ दिया। अँधेरे में भी दायीं तरफ़ वाला बड़ा तालाब दिखाई पड़ रहा था। बायीं तरफ़ बगीचे समेत मकान था, पर पुराना होने की वजह से टूटा-फूटा। माधवीलता ने कहा, "आप मुझसे एक किताब लेने आए हैं।"

अनिमेष के बात हृदयंगम करने से पहले ही गेट खोलकर अन्दर जाकर उसने आवाज़ दी, "आइए।"

गेट की उस तरफ़ माधवीलता के बगीचे की झाड़ियों से फूलों की महक आ रही थी। सामने टूटा-फूटा पुराने टाइप का दो-तला मकान था। केवल दो-एक कमरों में रोशनी हो रही थी। पिछली तरफ़ तालाब था शायद। माधवीलता बरामदे में चढ़कर बहुत देर तक कुंडी खड़काती रही। दरवाज़ा खुला। एक कुबड़ी-सी बुढ़िया ने खा जानेवाले अन्दाज़ में कहा, "लड़की का इतनी देर में आना हुआ! इधर तेरे माँ-बाप अब तक बैठे थे। अब खिदिरपुर चले गए।"

"खिदिरपुर क्यों?"

"अंजलि का ममेरा भाई आया है ना! तुझे ले जाना चाहते थे।"

"अ···आइए···" माधवीलता गरदन मोड़कर बोली।

"वहाँ कौन है?" वृद्धा का स्वर सुनकर अनिमेष आगे बढ़ने में हिचकिचाने लगा।

"मेरे साथ पढ़ते हैं। तुम चाय का पानी रखो···जाओ। आइए···खड़े क्यों हैं?"

अनिमेष जल्दी से बरामदे में चढ़ गया। वृद्धा उसे परख रही थीं। अनिमेष समझ नहीं पाया कि उसे प्रणाम करे या नहीं। पता नहीं वे माधवीलता की कौन हैं। पीछे-पीछे कमरे में घुसते ही माधवीलता बोली, "बैठिए···मैं अभी आती हूँ।"

अनिमेष ने कमरे में नज़र दौड़ाई। दो-तीन चेयर, एक तख़्तपोश। खिड़कियाँ बन्द। बाहर बुढ़िया की आवाज़ सुनाई पड़ी, "एक ग़ैर लड़के को ज़बरदस्ती घर में घुसा लिया। माँ-बाप सुनेंगे तो क्या कहेंगे।"

"वह मैं देख लूँगी···तुम चाय रखो।"

"आज के बाद कल जिसका बियाह···।"

"किसने कहा?"

"अंजलि का ममेरा भाई और किसलिए आया है।"

"बेकार की बातें न करो···अब जाओ।"

कुछ सेकंड बाद ही माधवीलता कमरे में आयी। आकर बोली, "यही हमारा घर है। माँ-बाबा इस समय हैं नहीं···मिलवा नहीं सकी।"

"ये कौन हैं?"

"कदू गौसी। अच्छा नाम कादम्बिनी। मुझे पाला है।"

"मेरे आने से शायद—।"

"वैसे ही मेरा दिमाग़ गरम हो रहा है। इस घर में इस तरह बात मत करो। और कितने दिन रह सकूँगी कौन जाने?"

"क्यों?"

"सुना नहीं···ब्याह के लिए सब भाग-दौड़ कर रहे हैं।"

अनिमेष कुछ नहीं बोला। ज़रा सोचकर बोला, "अच्छा तो है···" पर कह नहीं सका।

अचानक माधवीलता ने शान्त, किन्तु दृढ़ स्वर में पूछा, "मुझे कुछ हो जाए तो मेरा भार ले सकोगे?"

सारा ख़ून छाती में आ गया। और इस समय अनिमेष को सारा संसार अपनी मुट्ठी में लगा। उसने स्पष्ट कहा, "हाँ।"

दोनों में से किसी ने कुछ क्षण तक बात नहीं की। इस बीच बुढ़िया आकर चाय दे गयी। एक घूँट में चाय ख़त्म करके अनिमेष खड़ा हो गया, "अब चलता हूँ।"

माधवीलता ने मुँह से कुछ न कहकर सिर्फ़ गरदन हिलाई। फिर अकस्मात् उठकर सामने खड़ी होकर उसी मायामय चितवन से अनिमेष को भर दिया। एक हाथ अनिमेष की छाती पर रख दिया, बोली, "मुझे माफ़ कर दो।"

"क्यों?" जैसे अनिमेष का अपना दिल मानो माधवीलता की हथेली के नीचे हो। माधवीलता ने तो कोई अन्याय नहीं किया। फिर क्षमा किस बात की! माधवीलता ने हाथ हटाए बिना कहा, "लोग चाहे कुछ भी कहें मुझे इसकी कोई परवाह नहीं। पर तुम कोई सख़्त बात कहो तो मुझसे बरदाश्त नहीं होगी।"

अनिमेष आर्द्र स्वर में बोला, "मैंने कुछ कह दिया क्या?"

"अब मैं बात सहज रूप में कहूँगी।"

अनिमेष को ध्यान आया कि बस में चढ़कर इसी बात पर उसने बड़े भौंडेपन से झिड़क दिया था। पर इसका अब उसे ध्यान भी नहीं था। आदत की वज़ह से कह दिया। वह इस लड़की के मन को इतनी चुभ जाएगी उसे मालूम नहीं था।

उसने माधवीलता की तरफ़ देखा। ख़ूब दुलार करने को मन हो रहा था, पर हाथ ऊपर नहीं उठा सका। मुँह झुकाकर उसके बालों को सूँघकर बोला, "मैं अब तुम्हें कभी चोट नहीं पहुँचाऊँगा।"

माधवीलता का चेहरा हँसी से चमक उठा। हाथ हटाकर बोली, "देखो, मैं बिलकुल तुम जैसी हो जाऊँगी। किसी तरह परीक्षा देने से बच सकी तो फिर कोई चिन्ता नहीं।"

जाने की तबीयत बिलकुल नहीं थी। फिर भी अनिमेष ने कहा, "जाता हूँ।"

माधवीलता ने कहा, "नहीं...कहो आता हूँ।"

अनिमेष हँस पड़ा, बोला, "अच्छा तो फिर आता हूँ।"

माधवीलता उसे गेट तक छोड़ आयी। मन बड़ा हल्का हो गया था। अनिमेष ने गली पार करके पलटकर देखा। झुटपुटे अँधेरे में माधवी के शरीर का अक्स दिखाई पड़ रहा था। ख़ुद को सम्राट अनुभव कर रहा था। दिमाग़ में चिन्ता के लिए कोई जगह नहीं रही थी। सब चिन्ताएँ इस समय नगण्य थीं कि बाबा के भेजे हुए रुपयों से पूरा महीना निकालना है कि अनिश्चित राजनीतिक जीवन में वह ख़ुद को संयुत कर रहा है, व्यक्तिगत आमदनी का कोई साधन नहीं है। माधवीलता का दायित्व लेने पर कलकत्ता में मकान का एक कमरा ज़रूरी है उसके लिए रुपयों की ज़रूरत होगी। इन समस्याओं के लेकर आकाश-पाताल की सोचने का कोई लाभ नहीं। माधवीलता अगर इसके पास आ खड़ी हो तो सारी समस्याएँ समाधान का रास्ता ढूँढ़ लेंगी। वह दृढ़ आत्मविश्वास के साथ स्टेशन की तरफ़ चल पड़ा।

बाईस

घटनाएँ तेज़ी से होती रहीं। क्या यही जीवन है? जब कुछ नहीं घटता तो गरमी की दोपहर की तरह दम घुटने लगता है। और जब घटनाओं का दौर शुरू होता है तो ऊँची-ऊँची लहरों की तरह किसी की परवाह किए बिना सबकुछ बहा ले जाती है। दिन भी इसी तरह तेज़ी से बीतते रहे। अनिमेष को पलटकर पीछे देखने का मौक़ा नहीं मिला।

बहुत दिनों से सुवास दा' से भेंट नहीं हुई थी। पता लगाने की कोशिश की थी, पर ठीक-ठीक समाचार नहीं मिला। सुवास दा' ने ख़ुद आने को दो बार सन्देश भेजा था, पर आए नहीं। अब अनिमेष का काम बहुत बढ़ गया था। पार्टी-ऑफ़िस और यूनिवर्सिटी में बहुत समय खर्च हो जाता। रोज़ नए-नए व्यक्तियों से परिचय होता। जो राजनीति से जुड़े हुए नहीं थे, उन पुरानों के साथ सम्पर्क टूट चुका था–जैसे परमहंस। जिस दिन क्लास में जाता भेंट हो जाती। वह वैसा ही है। जैसे आज भेंट होने पर बोला, "रुपयों का शेयर मिल रहा है, शायद गुरु! जितना हो सके कमा लो।"

अनिमेष ने ताज़्जुब से कहा, "शेयर मिलता है...मायने?"

परमहंस बोला, "अगर तुम भूत हो जाओ तो घर में खाकर वन के चोर भगाओगे। अन्यथा यहाँ से लाभ उठाओगे।"

अनिमेष हँसकर बोला, "मुझे देखकर तुम्हें क्या लगता है?"

"ख़ूब माल जगा कर रहे हो।"

अनिमेष प्रतिवाद करते-करते रुक गया। कोई लाभ नहीं, जो नियम चालू हो गया है, उससे बाहर की चिन्ता करने की मेरी आदत नहीं। इस समय पॉकेट में कुल दो रुपए हैं। महीना पूरा होने में अभी काफ़ी दिन हैं। और कलकत्ता जैसे बड़े शहर में इसे इन्हीं दो रुपयों से गुज़ारा करना है। परमहंस ने उसके चेहरे का परिवर्तन देखकर कहा, "एक बार तुम ट्यूशन के लिए बहुत उत्सुक थे। अब नहीं कहते। इसका मतलब है तुम्हें रुपयों की ज़रूरत नहीं है...ठीक है ना?"

अनिमेष बोला, "यह बान नहीं है। दरअसल मैं बहुत परिश्रमी लड़का नहीं हूँ। दिमाग़ में जो आता है, करने को तैयार हो जाता हूँ। और फिर पार्टी के काम में इतना समय देना पड़ता है कि बँधा-बँधाया काम करना मेरे लिए मुमकिन नहीं है। यह काम करने के लिए भी किसी ने शपथ तो दिलायी नहीं है, पर यह सम्भव नहीं कि यह काम न करूँ। इसलिए आर्थिक कष्ट में मुझे जीवन बिताना होगा। विश्वास करो, राजनीति द्वारा जो पैसा कमाते हैं उनसे मेरी अब तक जान-पहचान नहीं हुई है और उस रूप में खुद को देखने की मेरी कोई इच्छा भी नहीं।"

परमहंस बोला, "इस तरह के नशे के क्या मायने हैं, समझ नहीं पा रहा

हूँ। जब वक़्त बीत जाएगा तब पता चलेगा कि तुम्हारे स्कोर में एक भी 'रन' जमा नहीं हुआ है। तुम क्या सोचते हो यह करके तुम देश का चेहरा बदल सकोगे? फ़िजूल अपने को बरबाद करने के कोई मायने नहीं।''

अनिमेष ने कहा, ''अगर सब इसी तरह सोचने लगें तो अगले दस वर्षों में देश की क्या हालत होगी फिर···कभी सोचा है?''

परमहंस बोला, ''इस समय बात नहीं मान रहे, बाद में पता चलेगा। तुम जो कुछ समझाना चाहते हो, साधारण मनुष्य तो समझेगा नहीं। वे तो केवल एक बात जानते हैं कि जो उनकी अपनी ज़रूरतें पूरी करे वही उनका दोस्त है। यह सब समझने-बूझने से उनका कुछ बनता-बिगड़ता नहीं। सब साले दारोगा बाबू बने बैठे हैं। हंस का अंडा मैं हाफ़बॉयल खाऊँगा···तो परीक्षा-वरीक्षा देने का मन है तुम्हारा?''

''कोई फ़ायदा नहीं, फिर भी दूँगा।''

''मालूम था कि फ़ायदा नहीं तब भी बांग्ला में एम.ए. करने आ गए। दो वर्ष तक अच्छी-अच्छी लड़कियों के साथ दोस्ती करने का सुयोग भला कोई छोड़ता है? भाग्य में कोई बैंक या सरकारी ऑफ़िस की नौकरी इन्तज़ार करती, तब जानता। पर परीक्षा नहीं दोगे तो प्रैस्टिज नहीं रहेगा। क्लास में तो जाते नहीं, पढ़ते-लिखते हैं क्या?''

अनिमेष बोला, ''लास्ट दो महीने मैनेज नहीं होंगे? तुम क्या कहते हो?''

हाथ की अँगुली से परमहंस ने रामकृष्ण की मुद्रा की फिर बोला, ''ओ···हाँ··· ध्यान आ रहा है···तुम्हें शोभना दी' ढूँढ़ रही थीं···किसी दिन मिल आना।''

''क्यों क्या बात है?''

''ट्यूशन के लिए गए थे ना! शायद इसीलिए।''

''बड़ी अच्छी हैं वे।'' अनिमेश अनमना-सा बोला।

''अच्छा···? स्पिन पकड़ लिया···शायद।''

''मज़ाक़ मत करो। उस औरत के चेहरे पर व्यथा की परछाईं घूमती है।''

''मेहरबानी करके व्यथा की छाया को हटाने की कोशिश मत करना। उन्हें और भी व्यथा होगी। तुम्हारी दोस्त आ रही है···मैं जाता हूँ।'' परमहंस के घूमकर खड़े होने पर अनिमेष ने देखा माधवीलता आ रही थी। बेलघटिया से लौटने के बाद से उससे मिलना नहीं हुआ था। सफ़ेद साड़ी और कुरती पहने बड़ी सुन्दर लग रही थी। इसने परमहंस का हाथ पकड़कर कहा, ''एई! भाग मत।''

माधवीलता सामने आकर खड़ी हो गयी, बोली, ''क्या ख़बर है?''

अनिमेष ने पूछा, ''कहाँ थीं?''

''लायब्रेरी में···हमें तो पास होना है ना।''

''इसे जानती हो?''

साथ ही परमहंस ज़रा झुककर नमस्कार करके बोला, "हे ईश्वर! यह भी सुनना पड़ेगा"अनिमेष मेरा परिचय दे रहा है।"

अनिमेष ने देखा माधवीलता अब भी हँस रही थी। वह बोला, "तुम पहले से ही"।"

परमहंस हाथ हिलाकर बोला, "ऑफकोर्स! मैं तो सबसे पहले उसके पीछे लाइन में खड़ा हुआ था। तुम पीछे से ओवरटेक करके चेयर पर आ बैठे। मेरे भाग्य में यही है दोस्त ही दुश्मन हो जाते हैं।" उसके बोलने की भंगिमा ऐसी थी कि माधवीलता हँसी-हँसी में हाथ की कॉपी से उसके सिर पर मारे बिना नहीं रह सकी। वह सिर नीचा करके एक तरफ़ सरक गया और ज़ोर से हँसने लगा। अनिमेष को याद आया जिस शाम वह अरेस्ट हुआ था परमहंस ने ही सूचना दी थी कि वसन्त केबिन में ऊपर माधवीलता बैठी है। उसका उल्लेख करके परमहंस बोला था, "उस दिन बड़ी मज़ेदार बात हुई थी। मैंने यूनिवर्सिटी से लौटते हुए देखा तुम बेकार में शहीद हो गए"।"

अनिमेष ने पूछा, "बेकार मायने?"

"हरिण के भोले-भाले शावक की तरह तुम सड़क पार कर रहे थे और पुलिसवैन को एक केस दिखाना ज़रूरी लगा इसलिए तुम्हें पकड़कर ले गए। कोई झगड़ा-विद्रोह किए बिना तुम ठाकुर-घर में घुसने की तरह वैन में जा बैठे।"

अनिमेष हँस पड़ा, "फिर"?"

"फिर क्या? पुलिस चली गयी और छात्रों की दृष्टि में तुम विप्लवी बन गए। कॉमरेड अनिमेष को मुक्त करो"वापस। लड़कियाँ तरह-तरह की बातें फैलाने लगीं"कि ख़ूब संघर्ष करने के बाद तुम पकड़े गए हो"यही सब। तब इन्हीं महिला ने शायद सुनकर बसन्त केबिन में आश्रय लिया था। मैं क्या खाक़ जानता था। देखा, अकेला हरिण कच्ची घास खा रहा है। देखकर उनके पास जाकर बैठ गया। अपना परिचय देकर लाइन बनाने की कोशिश की।"

माधवीलता ने होंठ सिकोड़कर पूछा, "कैसी लाइन?"

"एक मुग़लई पराँठा और चाय की।"

"ओ मा!" माधवीलता तो हतवाक्।

अनिमेष बोला, "खिलाया नहीं"?"

"खिलाती क्या! एक दर्जन अमावस्या मुँह में लिये किसी को खिलाने की बात ध्यान आ सकती है। और साला मैं! बातचीत जमाने के लिए करैंट टॉपिक पर बात करने लगा और फँस ही गया।" परमहंस ने अफ़सोसवाला मुँह बनाया।

"डीटेल्स प्लीज़।"

"यही कहा"अनिमेष बड़ा बढ़िया लड़का है। ज़रूर जानती होंगी? हमारे

साथ पढ़ता है⋯माई फ्रैंड! आज पुलिस को भूल-भालकर वैन से घर चला गया। तभी ये महिला रो पड़ीं।''

''बिलकुल नहीं⋯मज़ाक़ मत कीजिए।'' माधवीलता फुँफकार उठी।

''अच्छा⋯फिर बसन्त केबिन में अकेली क्या कर रही थीं?''

''आश्चर्य! मैं वहाँ चाय पीने नहीं जा सकती।''

''अकेले⋯?''

''हाँ! आप जो कर सकते हैं, लड़कियों के करने में अन्याय है?''

परमहंस ने हाथ जोड़ दिए, ''क्षमा कीजिए⋯मुझसे अन्याय हो गया। किन्तु इतना सुनने के बाद दिल को न लगे तो अफ़सोस की बात है।''

''हृदय क्यों पसीज़ गया?''

''वाह⋯मैं ख़बर न देता तो अनिमेष आपके पास जाता? इस तुफ़ैल में मेरा बस एक मटन आमलेट और कॉफ़ी का हक हो गया।''

''ठीक है, जब इतना सब कह रहे हैं किसी दिन खिला दूँगी। आज मेरे पास ज़्यादा रुपए नहीं हैं।''

''नहीं हैं, तो क्या हुआ⋯उधार दे दूँगा।''

''मायने⋯। आपसे से उधार लेकर आपको ही खिलाना होगा? कैसे डेंजर्स व्यक्ति हैं?'' माधवीलता ने आँखें चढ़ाईं।

ये लोग बरामदे में खड़े बातें कर रहे थे। अनिमेष को ध्यान आया टी.एन. जी ने क्लास में उस दिन मिलने को कहा था। पर गया नहीं था। वे अगर अभी टीचर्स रूम में हों तो उनसे मिल आएगा। सुनकर परमहंस बोला, ''उसके बारे में आप कुछ सोच रही हैं?''

''क्या बात?'' माधवीलता ने पूछा।

''यही कि श्रीमान क्लास में नहीं जाते। देश के उद्धार के लिए पार्टी बना रहे हैं। यह करके भविष्य में मुसीबत में पड़ सकते हैं, यह नहीं समझना चाहते।'' परमहंस ने फटाफट कह डाला।

''मैं⋯क्यों?''

''दुहाई है! अब मत खेलिए⋯माइ री! मैं तो किसी भी तरह यह खेल सह नहीं सकूँगा। कैसी नर्व ब्रेकिंग दशा हो जाती है।''

माधवीलता हँस दी, ''देखिए⋯इन्हें मैं बहुत कम जानती हूँ। फिर भी अगर कोई सोचता है कि जो कुछ कर रहा है, ठीक करता है⋯उसमें बाधा देने में विश्वास नहीं करती।''

''किन्तु यदि सफ़रिंग आए।''

''वह तो जानते-बूझते बुलाना होता है⋯फिर उसके लिए अफ़सोस करने से क्या फ़ायदा। बच्चों की-सी बातें मत कीजिए।''

अनिमेष को लगा कि अब बात का रुख बदल देना चाहिए। परमहंस बात को धीरे से व्यक्तिगत मोड़कर ला रहा है। ज़रा और आगे बढ़ने पर निश्चय ही माधवीलता फुँफकार उठेगी फिर उसे सँभालना (शान्त करना) मुश्किल हो जाएगा। उसने मौक़ा देखकर कहा, "तुम अब क्या करोगे?"

परमहंस बोला, "कॉफ़ी हाउस जाऊँगा।"

माधवीलता ने छेड़ा, "क्यों...कॉफ़ी का शिकार करने?"

परमहंस ने कहा, "बताइए क्या करूँ...कुछ और इल्म जो नहीं।"

अनिमेष उन्हें रुकने का कहकर टीचर्स रूम में चला आया। जो सोचा था वही हुआ। कमरा खाली था। वापस आकर बोला, "टी.एन. जी से मिलने गया था, वे नहीं हैं। चलो...निकल चलते हैं।"

माधवीलता ने चलते-चलते पूछा, "अचानक टी.एन. जी क्यों?"

"क्लास में एक दिन मुझे मिलने को कहा था...जाना नहीं हुआ।"

सुनते ही दोनों ने चकित हो उसकी तरफ़ देखा। परमहंस बोला, "माइ री! गुरुदेव हैं। छह महीने पहली बात आज ध्यान आयी? फिर शायद दस वर्ष बाद एक दिन आकर पूछोगे माधवीलता! उस दिन तुमने क्या कहा था–।" बात पूरी किए बिना उसने क़दम तेज़ी से बढ़ाए। चिल्लाकर बोला, "कॉफ़ी हाउस में हूँ। मन हो तो आ जाओ...वरना चलते बनो।"

माधवीलता आँखें मुँह लाल करके बोली, "बड़े फ़ाज़िल हैं?"

अनिमेष बोला, "पर बड़ा हँसमुख है।"

"वह तो है...मन में खोट हो तो इस तरह कोई बात नहीं कर सकता। और जिसके मन में खोट वह उतना ही गम्भीर। इतने दिन बाद मिले हो, पर हँसी नहीं दिखाई पड़ी।"

"मेरे मन में खोट है?" अनिमेष ने तीखी नज़रों से देखा।

"है तो...।" माधवीलता ने मुँह दूसरी तरफ़ फेर लिया।

"कैसा?"

"इतने दिन से मिलना नहीं हुआ पता लगाने की इच्छा हुई?"

"तुम क्लास में आती नहीं।"

"मैं कुछ नहीं कहूँगी।" माधवीलता गम्भीर चेहरा लिये चल पड़ी।

इस अचानक परिवर्तन का कारण न समझ अनिमेष बेचैन होने लगा। उस दिन बस में जो कुछ हुआ उसकी अगर पुनरावृत्ति हुई तो सर्वनाश! उसका चेहरा गम्भीर हो जाता है तो दिल काँप उठता है। जल्दी-जल्दी क़दम बढ़ाकर माधवीलता के बराबर जाकर पूछा, "एई...क्या हुआ?"

माधवीलता मुँह फेरे चल रही थी फिर अनिमेष ने उसके गाल के नीचे कम्पन देखी। फिर कुछ पूछने का साहस नहीं हुआ। खामोशी से वे देर तक

चलते रहे।

बहू-बाज़ार से आगे अनिमेष ने पास में ही एक रेस्टोरेंट देखकर कहा, "चाय पियोगी?"

"मन नहीं है।" माधवीलता का मुँह अब भी सूजा हुआ था।

"फिर रहने दो।"

ज़रा टालमटोल करके उसने कहा, "मैं बैठती हूँ।"

"नहीं अकेले चाय नहीं पी जा सकती।"

माथे पर त्यौरियाँ डाल माधवीलता ने अनिमेष को एक क्षण देखा और रेस्टोरेंट में घुस गयी। बड़ी भीड़ थी। एक टेबल पर दो जन बैठे थे। अनिमेष के उस तरफ़ बढ़ते ही ब्वॉय ने एक केबिन का परदा ऊँचा करके इन्हें बुलाया। अनिमेष हाथ हिलाकर उसे मना करने को था कि माधवीलता को केबिन में घुसते देख अवाक् रह गया। ऐसा कभी हुआ नहीं था जैसेकि उनमें अनुच्चारित शर्त रही हो कि किसी अकेली केबिन में नहीं बैठेंगे। माधवीलता का ख़याल था कि लोग बदमाशी करने के लिए केबिन का परदा गिराकर बैठते हैं। आज वह बिना किसी दुविधा के क्यों चली गयी?

अनिमेष केबिन में जाकर दूसरी तरफ़ वाली चेयर पर बैठ गया। ब्वॉय ने पूछा, "मुग़लई फ़िश फ्राई, ब्रेस कटलेट, कविराजी⋯क्या दूँ⋯?"

अनिमेष बोला, "कुछ नहीं सिर्फ़ चाय।"

'ओनली चाय?" लड़के ने तिरस्कार-भरे स्वर में पूछा। अनिमेष को उसकी बात सुनकर क्रोध आ गया। मानो रेस्टोरेंट में जाकर पूरा भोजन करना होगा वरना इज़्ज़त नहीं रहेगी। साथ-ही-साथ माधवीलता बोल पड़ी, "फ़िश फ्राई हैं? तो दो दीजिए।"

लड़का हँसा, परदा गिराकर चला गया।

अनिमेष ने पूछा, "यह क्या⋯?"

"तुम्हें भूख लगी है।" माधवीलता के चेहरे का भाव ज़रा भी नहीं बदला था।

"तुम्हें कैसे पता?"

"मुँह देखकर पता चल रहा है।"

"पर मेरी पॉकेट में कुल दो रुपए हैं। पूरा पड़ जाएगा?"

अब माधवीलता विचलित हो गयी। आज बैग नहीं लायी थी। हाथ में सिर्फ़ कॉपियाँ थीं। कमर से रूमाल निकालकर उसकी गाँठ खोलकर एक रुपया और कुछ रेज़गारी निकाली। परेशान-सी होकर बोली, "इससे नहीं होगा?"

अनिमेष हँस पड़ा, "छोड़ो⋯उसे सिर्फ़ चाय लाने को कह देता हूँ।"

"नहीं⋯।" सख़्ती से सिर हिलाया माधवीलता ने, "फ़िश फ्राई ज़रूर

खाऊँगी। मेरे हाथ में सोने का कंगन है।"

"सोने के कंगन से क्या करना है?"

"जमा कर दूँगी...बाद में कीमत चुकाकर छुड़वा लूँगी।"

अनिमेष उसे एकटक देखता रहा। बड़ी ज़िद्दी है, पर बच्चे जैसी लगती है। बात कितनी हास्यकर है उसके दिमाग़ में आ ही नहीं रही। इसे लग रहा था कि ऐसी शर्मनाक स्थिति का सामना करने में इससे अन्याय हुआ है। सिर झुकाकर टेबल के शीशे (काँच) के नीचे रखे मीनू कार्ड पर नज़रें जमा लीं। फ़िश फ्राई का दाम एक रुपया चालीस पैसे और चाय का दाम तीस पैसे। यानी तीन रुपए चालीस पैसे खर्च करके इससे रिहाई मिलेगी। दोनों के रुपए मिलाकर वह पूरा हो जाएगा, किन्तु घर लौटने के लिए?

इसने पूछा, "तुम्हारा रेल का टिकट है?"

गरदन हिलाई माधवीलता ने। फिर कॉपी खोलकर मंथली टिकट दिखाया।

अनिमेष बेफिक्र होकर बोला, "चलो प्राब्लम सॉल्व्ड। सोने का कड़ा तुम्हारे हाथों में रहे। हमारे पास जितना रुपया है उससे आराम से दाम पूरे हो जाएँगे।"

परेशानी कम होते सोच माधवीलता हँस पड़ी। उसकी हँसी सुन्दर मुँह पर सरल बालक की-सी हँसी थी। ज़रा देर पहले, पैदल आते समय जो काले बादल छा गए थे अब उड़ गए थे। भाग्य से रुपयों की समस्या नहीं रही थी। अनिमेष ने मन-ही-मन ब्वॉय को धन्यवाद दिया। फिर स्वाभाविक स्वर में पूछा, "अब बताओ...तुम्हें क्या हुआ है?"

"जो भी हुआ है तुम्हें कोई परवाह है? तुम्हारा कुछ आता-जाता है?"

"जाता...कहने पर तो तुम्हारा चेहरा गम्भीर हो गया था कि मर जाने की इच्छा हो रही थी।" अनिमेष ने सच बात बता दी।

"जाओ...बातें बनाते हो। मैं क्लास में छह दिन तक नहीं आयी...मर गयी थी, जी रही हूँ मालूम करने की ज़रूरत नहीं थी...क्यों? मैंने सोच लिया था कि तुम्हारे होस्टल पहुँच जाऊँगी।" माधवीलता ने बच्चों की तरह इठलाकर बात ख़त्म की।

"पार्टी ऑफ़िस से निकलने में रोज़ देर हो जाती थी।...अरे जाओ! मैं सोच रहा था तुम मेरे लिए नोट्स ले रही हो...मुश्किल में पड़ जाऊँगा। ख़ैर...क्या हुआ है बताओ?"

"इस उम्र में लड़कियों की तो एक ही समस्या होती है। मेरे ब्याह के लिए सब इतने परेशान हो उठे हैं कि कभी-कभी मुझे लगता है, उन पर बोझ बन गयी हूँ। इस देश में लड़की होकर जन्म लेना ही पाप है।"

"तुम यह कह रही हो, पर सोचो ज़रा यूनिवर्सिटी में आने का मौक़ा भी तो तुम्हें मिला है। कितनी लड़कियों के भाग्य में यह होता है?"

"वाह"उससे लज्जा की बात ढककर रखी जाएगी?"

"लज्जा क्यों? लड़की बड़ी हो जाए तो माँ-बाप सुपात्र के हाथों में सौंपकर निश्चित नहीं होना चाहेंगे? स्नेह से ही तो यह होता है।"

"तो फिर सुपात्र की बात मान लूँ। क्या कहते हो तुम—बताओ।"

"तुम्हारी इच्छा हो तो"।"

"देखो"मैंने तुम्हें पकड़कर तो रखा नहीं। अगर तुम्हें लगता है कि तुम्हें मेरी ज़रूरत नहीं है तो निश्चिन्त होकर जा सकते हो? किसी की दया के सहारे मैं ज़िन्दा नहीं रहना चाहती। मैं खुद अपने पिता से समझ लूँगी।"

माधवीलता का मुँह फिर लाल होने लगा था, देखकर, अनिमेष बोला, "तब से सिर्फ़ मुझे ही बुरा-भला कह रही हो, असली बात कह डालो।"

"इस तरह जलाओ मत।" माधवीलता के अनमनेपन से कहते ही ब्वॉय ने खाने की चीज़ें देकर पूछा, "कुछ कह रहे थे?"

"नहीं-नहीं, तुमसे नहीं।"

ब्वॉय के जाते ही अनिमेष बोला, "जलाया तो है, पर बोलीं क्यों नहीं?"

माधवीलता की सबसे कीमती अलंकार सम्मोहक चितवन देखते ही अनिमेष ने आँखें बन्द कर लीं। उसकी चितवन से अनिमेष के दिल में लाखों जल-तरंगें बज उठती थीं। इसने देखा की माधवीलता ने अपनी प्लेट से फ्राई के दो टुकड़े करके एक इसकी प्लेट में रखकर कहा, "मुश्किल से रोका है।"

"क्या"?" अनिमेष समझा नहीं था।

"ब्याह! घर में बड़ा झमेला हुआ। माँ ने बात करना ही बन्द क़र दिया। समझ में नहीं आता ऐसे कब तक चलेगा। किसी तरह एम.ए. पास कर सकूँ कोई और परेशानी न हो।" वह बड़ी गम्भीर लग रही थी।

इसने देखा माधवीलता कुछ नहीं खा रही थी। बस छुरी से खाना इधर-उधर छिटका रही थी। अनिमेष को दिल में दबाव-सा महसूस हुआ। अचानक हाथ बढ़ाकर माधवीलता को पकड़ लिया, "तुम रोओ मत लता"।"

बात न करके उसने नहीं में सिर हिलाया। फिर रुआँसी आवाज़ में बोली, "सुनो! तुम कभी मेरी अवहेलना मत करना।"

"मैं वायदा करता हूँ। वह तो मैं सपने में भी नहीं सोच सकता।"

माधवीलता ने धीरे से हाथ छोड़ दिया।

ज़रा देर बाद अनिमेष ने पूछा, "उस दिन तुम्हारे घर मेरे जाने पर कोई परेशानी तो नहीं हुई।"

"बात हुई थी। तुम कौन हो, कहाँ रहते हो, यही सब। जानती हूँ, मेरे से वे खुश नहीं हुए थे। अच्छा! एक बात बताओ जिस लड़की को माँ-बाबा लाड़-प्यार से पाल-पोसकर बड़ा करते हैं; उस पर वे हर समय सन्देह क्यों करते

हैं? उन्हें क्यों लगता है कि वह अन्याय कर रही है।''

''इसका कारण स्नेह का अधिकार है।''

''क्या मालूम मनुष्य को अधिकारबोध इतना अन्धा बना देता है।'' खाने का बिल चुकाकर बाकी पैसे लड़के को टिप देने से वह खुश होकर नमस्कार करके चला गया।

सड़क पर आते ही माधवीलता बोली, ''हम दोनों के पास पैसे नहीं हैं···है ना?''

''हूँ···।'' अनिमेष खाली पॉकेट की बात सोचना नहीं चाहता था। अभी तो बाक़ी महीना गुज़ारना होगा। ईश्वर जाने कैसे चलेगा। बोला, ''लगता है, मुक्त पुरुष हूँ।''

माधवीलता ने होंठ बिचकाए, ''इतने स्वार्थी हो···मेरे पास भी पैसे नहीं हैं कहते हुए मेरी बात भूल गए?''

वह हँस पड़ा। मुक्त पुरुष कहने से जो छवि मन में उभरती है, मुक्त नारी कहने से समझ नहीं आता।

वह बोला, ''घर पहुँचते ही तुम्हें तो बाबा से पैसे मिल जाएँगे, पर दो रुपए मेरा शेष सम्बल था—कलकत्ते में। अब मेरे पास एक भी पैसा नहीं है।''

''कितने की ज़रूरत है?''

''मायने···?''

''कल तुम्हें दे सकती हूँ। मेरे पास कुछ रुपए जमा हैं।''

''रहने दो। किसी तरह मैनेज कर लूँगा।''

''देखा तुमने···तुम्हारे मन में कैसी गाँठ है। मुझसे लेने में तुम्हारे अहंकार को ठेस पहुँचेगी। जो लड़की···।''

''अच्छा···अच्छा ठीक है। कल तीस रुपए ले आना। उसे कब लौटा पाऊँगा पहले से नहीं बता सकता।''

''मैं जिसे देती हूँ, लौटाने के लिए नहीं देती।''

''ठीक है। पर महारानी! तुमने अच्छी तरह से सोच-समझ लिया है? इसके बाद मेरा जीवन अनिश्चय से भर जाएगा। राजनीति के काम में मैं कब कहाँ रहूँगा यह भी ठीक नहीं। नौकरी करके स्थायी रूप में कहीं रहूँगा इसकी भी सम्भावना नहीं है। तब?''

''तब मैं तुम्हारे साथ-साथ रहूँगी। यह क्यों नहीं समझते कि मैं तुम पर कभी बोझ नहीं बनूँगी।''

सियालदह स्टेशन पर पहुँचकर माधवीलता बोली, ''तुम बाहर कब जा रहे हो?''

''अगले महीने···चुनाव का काम करने से बहुत जानकारी मिलेगी। और

फिर जगह से भी अपरिचित नहीं हूँ।"

"लौटोगे कब?"

"सोच रहा हूँ निर्वाचन पूरा होने के बाद घर का चक्कर भी लगा लूँगा।"

"मुझे साथ ले जाओगे?"

"तुम चलोगी?"

"हाँ···।"

"फिर तुम्हारा घर···।"

"उसके बारे में अब नहीं सोचती। पर नहीं···अब नहीं जाऊँगी। जिस दिन तुम्हारा 'परिचय' लेकर जा सकूँगी···उस दिन चलूँगी। अब तुम काम कर आओ।"

पॉकेट में पैसे नहीं थे। अनिमेष पैदल ही होस्टल जा रहा था। रास्ता इतना लम्बा नहीं था फिर भी लग रहा था कि उड़ता हुआ जा रहा है। इतना आनन्द किसे मिलता है।

तेईस

उप-निर्वाचन को लेकर उत्तर बंगाल सरगर्म नहीं था। शासन से जुड़ा होने के कारण कांग्रेस की मर्यादा जुड़ी हुई है। मंत्री बार-बार आकर जनता को समझा जाते। पिछले निर्वाचन में इसकी जरूरत नहीं थी। शासन से जो जुड़े हुए थे उनका नाम ही मन्त्र था। एक शरीफ़ आदमी की मृत्यु पर उसका लड़का इस बार खड़ा हुआ था। पारिवारिक अधिकार से सीट उन्हें मिलेगी ही सोचकर वे झुकने को तैयार नहीं थे इसलिए मन्त्रियों का जाना-आना था। विरोधी अपने मुखालिफ़ों की दूरी कम नहीं कर सकते थे। इस अंचल में सुभाष बोस के कारण सब फारवर्ड ब्लाक को जानते हैं। गाँव के किसान अब भी उन्हें नेताजी की पार्टी सोचते हैं। सी.पी.आई. समाजतन्त्र दल आदि भी काम कर रहे हैं। पार्टी खंडित होने के बाद से सी.पी.आई. (एम.) ज़्यादा सक्रिय है। कांग्रेस के विरुद्ध लड़ने का अधिकार कोई नहीं छोड़ना चाहता। निर्वाचन में हिस्सा लेने पर जनता से पार्टी का नाम बचाया नहीं जा सकता—हर एक को इसकी जानकारी है। विरोधी दल की वोटें बँट जाने के कारण कांग्रेस के लिए चाय के कप से घूँट भरने की तरह चुनाव जीतना सहज हो जाता है।

किन्तु इस बार उप-निर्वाचन के कारण हो या विरोधियों का समझौता होने से, प्रार्थियों की संख्या कम हो गयी है। जिन्हें नॉमिनेशन नहीं मिला, वे दल छोड़कर निर्दलीय उम्मीदवारों में खड़े हो गए थे। इससे बचा नहीं जा सका। स्थूलतः द्विमुखी लड़ाई थी। उप-निर्वाचन के कारण कार्यकर्ताओं में बड़ा जोश है।

कलकत्ता से आकर पहले दिन ही अनिमेष को पता चल गया। पर जो चुनाव लड़ रहे थे उनमें कोई जोश नहीं था।

दासपाड़ा के पार्टी ऑफ़िस में बैठे वे प्रोग्राम बना रहे थे। कलकत्ता से जो अनिमेष के साथ आए थे वे निर्वाचन कार्य के बारे में अच्छी तरह जानते थे। लोकल कमेटी के साथ दायित्व लेकर प्रचार का काम करना होगा। तरह-तरह के प्रोग्राम कर रहे थे। सौमेन सेन अनिमेष आदि का प्रौढ़ नेता था। उन्होंने कहा, "डोर टु डोर कम्पेन करने से रिज़ल्ट अच्छा आता है। जितना समय हो सारे इलाके को छान मारना होगा। कई ग्रुपों में बँटकर हम काम कर सकते हैं। ध्यान रखो, इस इलाके के ज़्यादातर लोगों की जीविका खेती-बाड़ी है। अतः हमारी बातचीत ज़मीन और खेती को लेकर शुरू करना अच्छा होगा। मैं यह कहना चाहता हूँ कि उनके साथ बातचीत इस तरह करनी होगी जिससे वे हमें अपना समझकर सोचें।"

सुनकर लोकल कमेटी का एक सदस्य हँस पड़ा, "आपने जो कहा वह सुनने में बहुत अच्छा लगा, किन्तु वास्तव में वह बिलकुल काम नहीं करेगा। क्योंकि हर दरवाज़े पर जाने से कोई आदमी आपसे बात ही नहीं करेगा। गाँव का मुखिया जिसे कहेगा उसे ही वोट देंगे। मुखिया देखेगा कि उसे कौन-सा दल किस तरह की सुविधा देगा। उसके अनुसार वह निर्देश देगा। सबसे बड़ी मुश्किल यह है कि ज़्यादातर मुखिया कांग्रेसी हैं।"

सौमेन बाबू बोले, "बात शायद ठीक हो, पर पूरी नहीं है। पिछले निर्वाचन का परिणाम देखकर पता चलता है कि वोट का अड़तालीस प्रतिशत कांग्रेस को मिला था। तो बावन प्रतिशत विरोधी वोट पिछली बार बँट गए थे। जिन्होंने वोट दी थी सबसे पहले उनसे सम्पर्क करना होगा।"

लोकल कमेटी के सज्जन बोले, "जिन अंकों का हिसाब यहाँ नहीं मिले वह काम पूरा होने के बाद जान लीजिए।"

अनिमेष ने ज़ाहिरी तौर पर देखा। निर्वाचन के बारे में वह कुछ नहीं जानता था। इसने अभी तक वोट भी नहीं दी थी। स्कॉटिश होस्टल निवास के दौरान वोटरों की लिस्ट में इसका नाम नहीं था। वोटवाले दिन लड़कों का बड़ा मज़ेदार खेल था। जो सबसे ज़्यादा जाली वोट देगा उस पर बाज़ी रखी गयी थी। अनिमेष अब तक पोलिंग बूथ में नहीं गया था। कलकत्ता से यहाँ चुनाव के काम के लिए आते समय जिस उत्साह से जोश में आ गया था, वह था साधारण ग्रामवासियों से मिलना, उन्हें जानना। कलकत्ता में निर्वाचन का प्रचार वह देख चुका था। हर पार्क में जोशीले भाषण। बीच-बीच में दलों के साथ प्रार्थियों का गली-गली में हाथ जोड़े हुए जाना। मनुष्य पहले से फ़ैसला कर लेते है कि किसे वोट देगा और वोट

देने चला आता है। गाँव में बेशक यह नहीं होगा। यहाँ लोगों से मिलकर अगर भारतवर्ष की वर्तमान आर्थिक दुरवस्था, मनुष्य के जीवित रहने का अधिकार कैसे मिलेगा—उसका एक चित्र हल से हाथ हटाकर, किसानों को समझाया जाए तो वास्तव में काम होगा—अनिमेष यह विश्वास लेकर आया था। शहर से गाँव नहीं, गाँव द्वारा शहर को घेरना होगा। इसके लिए गाँववालों को जागरूक करना ज़रूरी है। इन सब थियोरियों को चरितार्थ करने का अवसर देखकर वह बहुत खुश था। सौमेन बाबू ने बता दिया था कि क्या-क्या बात करने पर कम्युनिस्ट पार्टी को समर्थन का वोट मिलेगा। सबसे पहले मनुष्य के कंकाल का चित्र सब रास्तों पर चिपकाना होगा। चित्र में नीचे मोटे हरफ़ों में लिखा जाएगा—आज का भारतवर्ष कौन ज़िम्मेदार!! पर दो दिन बाद ही वे पोस्टर उड़कर गाँधी, नेहरू, रवीन्द्रनाथ के चित्रों से जाकर कलेंडर की तरह चिपक गए। पास में बैलों की जोड़ी। कलकत्ता में प्रतिद्वन्द्वी दल पोस्टर सौजन्यवश रख लेते हैं, पर इन्हें वह पसन्द नहीं। आपस में होड़ शुरू हो जाए तो किसी तरह रुक नहीं सकती। ख़ून-ख़राबा मामूली बात हो जाती है।

पाकिस्तान का सीमान्त बहुत पास था और सिलीगुड़ी से ज़्यादा दूरी नहीं थी। दासपाड़ा-सिलीगुड़ी के बीच बस आती-जाती है। पश्चिम बंगाल में, कलकत्ता के बाद आधुनिक शहर सिलीगुड़ी ही माना जाता है। व्यवसाय केन्द्र तथा स्मगलिंग की सुविधा के कारण शहर ने कॉस्मोपॉलिटन रूप अख़्तियार कर लिया है। सौ वर्ष पहले जिस तरह ज़मीन जोती जाती थी। अनाज का अभाव दूर होता और सन्तान पैदा होती उसमें आज तक हेर-फेर नहीं हुआ था। इन लोगों के पास सिलीगुड़ी और न्यूयार्क में कोई अन्तर नहीं है। उत्तर बंगाल के पाँच जिलों के पाँच सदर शहरों में जो कुछ राजनीतिक क्रियाकलाप होता है—इस गाँव पर उसका कोई प्रभाव नहीं पड़ा है। यहाँ के लोगों की शक्ल कूचबिहार, जलपाइगुड़ीवालों जैसी ही है। राजवंशी सम्प्रदाय ज़मीन में फ़सल उगाते हैं, चिरकाल से वे तिरस्कृत पड़े हैं। शहरी लोग इसका फ़ायदा उठाकर अपने लाभ के लिए उनको इस्तेमाल करते हैं। सीधेपन के कारण मनुष्य का विश्वास करते हैं और इस तरह अपने अंधकार को और भी गाढ़ा कर लेते हैं। इसके अलावा और कोई रास्ता भी नहीं है। राजवंशी ही यहाँ की ज़मीन पर पल-बढ़कर मनुष्य हुए हैं। इनकी वोट पर जीत या हार निर्भर होती है। बैलों की जोड़ी के लिए इनका आन्तरिक खिंचाव है। मुखिया के निर्देश से उस खिंचाव को और भी बल मिलता है।

सिलीगुड़ी से इसलामपुर आकर दोनों तरफ़ गाँव हैं, पर उनका चरित्र भिन्न है। पाकिस्तान से आए रिफ़्यूजी जंजीर गाड़ते हैं ज़मीन पर। किन्तु जिनकी संख्या ज़्यादा है और खेती कब्ज़े में है उनका मिजाज़ हर समय ऊँचा रहता है। मुसलमान सम्प्रदाय की अधिक संख्या ने गाँवों का चरित्र अलग किस्म का कर दिया है।

जो कुछ भी उन्हें मालूम है, उससे ज़्यादा जानना नहीं चाहते। कांग्रेस का विकल्प उनके दिमाग में नहीं आता। पास में सीमान्त से हटकर पाकिस्तान है। पर उस बारे में उनमें कोई भाव-प्रवणता नहीं है। अनिमेष को इन्हीं के साथ काम करना है। इस इलाके के लोगों को कांग्रेस के ख़िलाफ़ वोट देने के लिए तैयार करना होगा।

अनिमेष की पार्टी की तरफ़ से जो सज्जन खड़े हुए थे वे मुसलमान थे। जनसंख्या के हिसाब से तीस प्रतिशत हिन्दू थे, पर दोनों पक्षों से हिन्दू प्रार्थी खड़े करने का साहस नहीं किया। कांग्रेस में तो यह सवाल ही नहीं उठता था। पश्चिमी दीनाजपुर के एक सम्भ्रान्त कुल के धनवान अमीर मुसलमान बहुत समय तक इस प्रान्त में रहे और सम्मान के साथ निर्वाचित हो गए थे। इस बार उनका लड़का खड़ा हुआ है। पिछली बार कम्युनिस्ट पार्टी की तरफ़ से एक हिन्दू खड़ा हुआ था। उसे बहुत कम वोट मिले थे—यह सुनने में आया था। यह सोचकर अनिमेष को धक्का-सा लगा। इसका मतलब है कि कोई मतवाद या आदर्श यहाँ काम नहीं देगा। लोगों की धर्मान्धता के परिप्रेक्ष्य में प्रार्थी का चुनाव होता है। तो कांग्रेस और कम्युनिस्ट पार्टी में कोई अन्तर है? सौमेन बाबू कुछ देर तक अनिमेष को देखते रहे फिर बोले, ''माओ त्से तुंग की थियोरी थी कि दो क़दम आगे बढ़कर एक कदम पीछे जाना होता है।''

अब वर्षा ख़त्म होने का समय था। पर उत्तर बंगाल से बारिश क्या सहज ही जाना नहीं चाहती है! कुछ देर तेज़ बारिश होने के बाद आकाश कुछ समय तक साफ़ रहता है। भोर होते ही दासपाड़ा से वे गाँवों की तरफ़ चल पड़े। उन दिनों खेती का कोई काम नहीं था। गाँवों में सवेरा देर से होता है। बड़ी धीमी चाल से वे दिन शुरू करते हैं। इस तरह गाँववालों के बारे में प्रत्यक्ष जानकारी प्राप्त करके अनिमेष को नशा-सा हो गया है। एक गाँव मानों एक घर को केन्द्रित करके बना है। बांग्लादेश में अब ज़मींदार नहीं हैं, यह कलकत्ता से सुनकर आया था। किन्तु यहाँ आकर लगा कि बिलकुल झूठ बात है। ज़मींदारों की शक्लें बदल गयी हैं, पर चरित्र वैसा ही है। जोतदारों से कोई मौलिक अन्तर नहीं है। उसी जोतदार के मकान के सामने इन्हें जाना है।

पक्का मकान, टीन का चाल। इन्हें देखकर जोतदार जल्दी से बाहर आ गया। ''आइए'''आइए बाबू साहेब! सौभाग्य है'''इस गाँव का सौभाग्य है कि आप लोगों की पगधूलि पड़ी'''बैठने की इजाज़त हो'''बैठने की इजाज़त हो।''

तीन-चार चटाइयाँ पड़ी थीं शायद हर समय ज़रूरत होती। अनिमेष वगैरह के बैठते ही वे सज्जन बोले, ''बताइए क्या सेवा कर सकता हूँ।''

अनिमेष आदि तीन थे। सौमेन आदि दूसरे गाँव गए थे। उन सज्जन की भाव-भंगिमा अनिमेष को अच्छी नहीं लगी। इसका एक कारण तो यह था कि राह

में जो घर आदि दिखाई दिए थे उनकी जरा-जीर्ण दशा की तुलना में यह मकान महल-सा लग रहा था। शोषक और शोषित में पार्थक्य बड़ा स्पष्ट था। गाँव में आकर भाषण देने से पहले इन सज्जन के साथ दोस्ती करने पर काम हो जाएगा कहा गया था।

अनिमेष ने कहा, "आपको तो मालूम ही है, निर्वाचन का समय आ गया है। मैं निर्वाचन के काम से इस गाँव में आया हूँ।"

वे बोले, "शहर जाकर सुना ज़रूर था। आप किस पार्टी के हैं। पहले तो कभी देखा नहीं।"

अनिमेष बोला, "मैं मुहम्मद चौधुरी की तरफ़ से प्रचार करने आया हूँ।"

"चौधुरी…? अ…तो आप कम्युनिस्ट हो गए हैं। हूँ…ऽऽ। इस बार कम्युनिस्टों ने ख़ूब चालाकी की है अच्छी-अच्छी। चौधुरी को खड़ा करके नवाब साहब के लड़के को ज़बरदस्त मुसीबत में डाल दिया है। आप लोगों के बारे में तो मालूम नहीं! शहर में भी शायद नहीं देखा।"

अनिमेष का साथी बोला, "मैं कलकत्ता से चुनाव के काम के लिए यहाँ आया हूँ। अगर आप साथ दें तो बड़ी ख़ुशी होगी।"

सज्जन का मुँह खुला रह गया, "कलकत्ता से आए हैं! इतनी दूर से इस गाँव में! फिर तो बड़ा जब्बर काम होगा। सीधे राजधानी से ही पुकार आ गयी हमारे लिए। ताज़्ज़ुब की बात है?"

अनिमेष ने कहा, "इतने दिन से आपके इलाके से कांग्रेस का उम्मीदवार निर्वाचित हो रहा था। व्यक्तिगत रूप में उनके विरुद्ध कुछ नहीं कहना चाहता, किन्तु कांग्रेस का शासन इतने दिन से हमें कहाँ ले जा रहा है, सोचने का समय आ गया है। और सोच-समझकर गाँव के हमारे भाई वोट दें।"

सज्जन ने आँखें मिचकाकर देखा। फिर सिर हिलाकर बोले, "समझा नहीं…गाँववाले वोट देंगे उसमें मुझे क्या करना है। आप मेरे बारे में बात कर सकते हैं, किसी दूसरे के बारे में बात करने का क्या फ़ायदा?"

अनिमेष बोला, "सुना है, आपकी अनुमति बिना…।"

"झूठ बात…अपप्रचार! आपकी जो इच्छा हो वैसा समझ लें…मैं बीच में कैसे आ सकता हूँ।" उन्होंने प्रतिवाद किया।

उनका धन्यावाद करके ये लोग निकल आए। खेती पर निर्भर गाँव! लोग इतने गरीब कि बहुत से सीधा खड़ा होने तक भूल चुके हैं। इन्हीं लोगों को सचेत करना होगा!! श्रेणीगत संघर्ष के लिए उद्‌बुद्ध करना होगा। महदूल शेख के बरामदे में बैठा अनिमेष बात कर रहा था। कमज़ोर! मुँह की हड्डियाँ निकली हुईं। छितरी हुई दाढ़ी। पहने हुए लुंगी जिसमें सैकड़ों छेद। महदूल उकड़ूँ बैठा अनिमेष की बात सुन रहा था। ज़मीन के फ़र्श पर अनिमेष बैठा था। सिर के ऊपर जल

भरे बादल नीचे तक आ गए थे। बरामदे में कितने ही नंगे बच्चे। महदूल की बहू दीवार की खूँटी पकड़े घूँघट में मुँह ढाँपे खड़ी थी। मांस-चर्बी-विहीन लिकलिके शरीर पर बहुत से पैबन्द लगा कपड़ा!

अनिमेष ने पूछा, "अच्छा महदूल भाई! तुम्हारी ज़मीन पर वर्ष में कितनी फ़सल हो जाती है?"

"ज़मीन"? ज़मीन मेरी नहीं है बाबू।"

"जिस ज़मीन पर खेती करते हो, वह तुम्हारी नहीं है? फिर किसकी है?"

"बड़े मालिक की।"

"वे कौन हैं?"

"जिनके कमरे में बैठे अब तक बात कर रहे थे उनकी।"

अनिमेष को उसका चेहरा याद आया। कैसा तेल से चमकता चेहरा था। इस गाँव में उनके साथ बात करना आसान होगा, यह सुनकर आया था अनिमेष। मानो इस गाँव के सब लोग उनके ताबेदार हैं। दो पाँव आगे बढ़ाकर एक पाँव पीछे करना—शायद इस व्यक्ति के साथ समझौता करना होगा।

"इसका मतलब है खेती में तुम्हारी साझेदारी है।"

महदूल ने सिर हिलाया, "फ़सल होती है तीन बार। ज़मीन तो उनकी है, मेहनत हमारी—दो भाग वे लेंगे, एक भाग मैं।"

"उसमें सारा वर्ष निकल जाता है?"

महदूल ने भावहीन दृष्टि से अनिमेष की तरफ़ देखा। ऐसी बेनूर आँखें इससे पहले कभी नहीं देखी थीं। यह दृष्टि दिल को अन्दर तक हिला डालती है। शायद किसी शब्द द्वारा समझाया नहीं जा सकता।

अनिमेष ने अधीर होकर पूछा, "पहले कभी वोट दी है?"

गरदन हिला दी महदूल ने, "क्यों नहीं देता, न देने पर कहीं चलता है।"

"किसे वोट दी है?"

"बड़े मालिक की पार्टी को।"

"वह कौन-सी पार्टी है।"

"वही बाबू! एक जोड़ा बैल"उस पर छाप दी थी।"

"उसे क्यों दी?"

"बड़ी मज़ेदार बात है। देता क्यों नहीं। बड़े मालिक ने जो कहा, दे दी।"

"जिन्हें दी वे अच्छे हैं या बुरे यह बिना जाने वोट दे दी।"

"यह जानने की हमें क्या ज़रूरत है! बाकी सब जो चित्र थे जैसे काश्त धान की बाली, सिंह, उन्हें वोट देकर क्या लाभ होता! यह तो फिर भी परिचित चित्र पर छाप लगाना था। बड़े मालिक ने उस दिन बोंदे खिलाए वही लाभ हुआ।" महदूल हँस पड़ा और बहू की तरफ़ देखा। पर वहाँ कोई प्रतिक्रिया नहीं थी।

अनिमेष ने अन्तरंग होने की कोशिश की। "सुनो भाई महदूल! तुम ऐसे आदमी हो जो देश के लिए अन्न पैदा करते हैं पसीना बहाकर..." इतना कहकर अनिमेष रुक गया। उसे लगा कि ठीक भाषा में बात नहीं कर रहा था। इस तरह कहने पर महदूल तक बात पहुँचेगी ही नहीं। उसने फिर से कहना शुरू किया, "सुनो भाई महदूल! तुम ज़रूर चाहते होंगे कि तुम्हारी अपनी ज़मीन हो, लड़के-लड़कियाँ भर-पेट खा सकें, अच्छे कपड़े पहनें...जो फ़सल तुम तैयार करो उसका उचित दाम मिले...ठीक है ना?" महदूल कुछ न कहकर उसकी तरफ़ भावहीन नज़रों से ताकता रहा। अनिमेष फिर समझाने लगा, "इतने दिन तक तुम्हें क्या मिला? ज़मीन अपनी नहीं है। दूसरे के रहम पर किसी तरह ज़िन्दा हो। यह हालत क्यों है? कभी सोचा है?"

अंगुली से अपना माथा ठोंका महदूल ने। ठोंककर हँसा।

अनिमेष ने कहा, "झूठ बात। भाग्य में कुछ लिखा नहीं होता। मनुष्य खुद अपना भाग्य बनाता है। देशवासियों को स्वस्थ और सबल रखने का दायित्व सरकार पर है। हमारा देश कभी अंग्रेजों के अधीन था। वे थे विदेशी। यहाँ से शोषण करके ले जाना उनका मात्र उद्देश्य था। स्वाधीनता के बाद जिन्होंने क्षमता हाथ में ली उन्होंने इतने वर्षों तक क्या किया? उन्होंने गरीबों का ख़ून चूसकर अपनी सम्पदा और बढ़ा ली है। उन्होंने देश के बारे में नहीं सोचा। देशवासियों की चिन्ता नहीं की। इस कारण आज तुम्हारी अपनी ज़मीन नहीं है, खाने को नहीं है। तुम अकेले इनसे नहीं लड़ सकते। इनके पास बड़ी शक्ति है। और इनकी मदद तुम्हारे बड़े मालिक जैसे दुष्ट कीड़े करते हैं। इनको सज़ा देने का एक और तरीका है। वह है अवसर। तुम ख़ुद इच्छा हो तो इन्हें उठाकर सड़क पर फेंक सकते हो। किस तरह? अगर आगामी निर्वाचन में वोट न दो तो वे निर्वाचित नहीं होंगे। मंत्री नहीं रहेंगे। तो देखना सब केंचुए रह जाएँगे।"

अनिमेष रुककर महदूल को नज़रों से आँकता रहा। उसकी नज़रों में कोई परिवर्तन नहीं था। उसी तरह उकडूँ बैठा था। अनिमेष फिर कहने लगा, "बैलों पर नहीं, उचित होगा कि तुम 'हाथ में हँसिए' पर निशान लगाओ। मैं चाहता हूँ समाज-व्यवस्था में आमूल परिवर्तन। मैं चाहता हूँ कि जिनके पास ज़मीन नहीं है, उन्हें खेती के लिए उनकी अपनी ज़मीन हो। जो फ़सल वह पैदा करें उसका उचित दाम मिले कि हर किसान के बच्चों को शिक्षा का सुअवसर मिले। देश का मनुष्य भूखा न मरे। यह तभी हो सकता है जब तुम हमें निर्वाचित करो।"

"बात सुनने में बड़ी अच्छी लगती है बाबू!" महदूल हिल रहा था।

"फिर समझने की कोशिश करो...तुम अपना जीवन इस तरह स्वच्छन्द कर सकते हो?"

"किन्तु उस बार उन्होंने भी तो यही सब कहा था...किन्तु।"

अनिमेष की भृकुटि चढ़ गयी, "किन्होंने?"

बड़े मालिक के दल ने, 'बैलों की जोड़ी' पर मैंने छाप दी थी। आपने जो बात कही है उन्होंने भी वही ख़्वाब हमें दिखाए थे। वही कहकर बड़े मालिक ने हमें कितना उत्साहित किया था। किन्तु हुआ क्या? हमारी कोई उन्नति हुई?" महदूल ने गरदन हिलायी।

अनिमेष को समझ नहीं आया कि कांग्रेस ने ये बातें इन्हें कैसे समझायीं। वे भी समाज-व्यवस्था का आमूल परिवर्तन चाहते हैं क्या? इस आदमी ने अगर वही बात उनसे भी सुनी है, तो अनिमेष की बात पर विश्वास नहीं कर सकता। ज़रा सोचकर उसने फिर समझाना चाहा, "तुम समझ गए होंगे कि वे झूठ बोले थे। तुम्हारे बड़े मालिक तुम्हारा शोषण करके अपनी सम्पत्ति बढ़ाते जा रहे हैं।"

महदूल हँस पड़ा मानो अनिमेष ने बड़ी मज़ेदार बात कही है। वह बोला, "यह क्या कहा आपने···सभी चाहते हैं कि उनकी हालत अच्छी हो···नयी बात क्या है?"

अनिमेष बोला, "किन्तु दस जनों की सम्पत्ति एक के घर में क्यों जाए। मैं चाहता हूँ कि सब समान अवस्था में रहें। ज़मीन उसकी हो जो जोते। तुम हमारे साथ हाथ मिलाओ···देखना दिन पलट जाएँगे।"

महदूल बोला, "यह सब बासी बातें हैं। वोट से पहले आपने गाँव में आकर हमसे यह सब कहा और पाँच बरस तक आपकी शक्ल भी नहीं देख सकूँगा। तब मुझ कौन बचाएगा? बड़े मालिक ही ना! इसलिए उन्हें चिढ़ाने से कोई लाभ नहीं है।"

अनिमेष हताश हो गया। इस आदमी को कैसे समझाया जाए। इसमें अपने स्थायी परिवेश से मुक्त होने की आकांक्षा ही मर गयी है। अच्छा···इसे चोट पहुँचाना कैसा रहेगा? पर अगर वह हिल-डुलकर बैठ जाए?

अनिमेष बोला, "देखो भई! कोई किसी को बचा नहीं सकता जब तक कि वह खुद बचना न चाहे। तुम···इस गाँव के लोग एक होकर शोषण के विरुद्ध खड़े नहीं होंगे तब तक हमेशा इसी तरह पड़े-पड़े मर जाओगे। बड़े लोगों की सेवा करने से तुम्हें क्या फ़ायदा हो रहा है? तुम इतने डरपोक क्यों हो?"

महदूल बड़े धीरे से बोला, "क्या करने को कहते हैं?"

अनिमेष ने उत्साहित होकर बताया, "तुम अपनी शक्ति का इस्तेमाल करो। गणतान्त्रिक राष्ट्र के लिए तुम लोगों का एकमात्र अस्त्र है···निर्वाचन। वोट द्वारा हम एक सरकार को हटाकर जनता के दर्द को समझनेवाली सरकार को प्रतिष्ठित कर सकते हैं जो साधारण मनुष्य की बात सोचे। उनसे लड़ाई करने का प्रधान हथियार होगा···वोट।"

महदूल खीझ उठा। माथे पर त्यौरी पड़ गयी, आवाज़ ऊँची हो गयी, "तब

से एक ही बात घुमा-फिराकर कह रहे हो। वोट-ओट सब बुज़ुर्गी है। वह दो या न दो। जिसे जीतना है, वह जीतेगा ही। और जीतने पर नीचे की तरफ़ नहीं देखेगा। जब तक सबके पाँव नंगे हैं कीचड़ लगी कोई नहीं देखेगा। पर जैसे ही पाँव में जूता पहना दिया, चलना-फिरना टपाटप शुरू हो गया⋯होगा ही। क्या कह रहे थे कि सब बराबर हो जाएँगे। पेट भरकर खा सकोगे⋯कहा था ना! खाक होगा सब बकवास। वोट-फोट नहीं, अगर सब एकजुट होकर छीन-झपट ले सके तभी लौटेंगे। फ़ालतू ख़्वाब मत दिखाइए।''

अनिमेष सख़्त हो गया। कल्पना भी नहीं की थी कि इस जीर्ण शरीर में से ऐसी बात निकल सकेगी। किसी तरह कहा, ''फिर वही क्यों नहीं करते?''

सिर हिलाया महदूल ने, ''करता तो आपको इतनी बात कहने देता? वह सिर्फ़ कहने की बात है⋯जिसमें साहस नहीं है, शक्ति नहीं है⋯अल्लाह ही क्यों सुनेगा?''

महदूल ने मुँह फाड़कर इतनी बात तो की। गाँव के दूसरे लोगों के साथ दूसरे तरह का अनुभव हुआ। किसी ने जुबान नहीं खोली। सब मरी-हुई मछली की तरह देखते रहे। सारा दिन गाँव का चक्कर लगाने के बाद उन्होंने एक बैठक की। कम्युनिस्ट पार्टी के प्रार्थी की तरफ़ से जोरदार भाषण देकर वोट देने की प्रार्थना की। अनिमेष को लग रहा था कि वे सब बातें किसी को प्रभावित नहीं कर रही थीं। यात्रा देखने की मानिन्द वे इन्हें देख रहे थे। हर क्षण लग रहा था कि इनके कहने के ढंग और विषय के साथ कांग्रेस के वक्तव्य में शायद कोई जोश नहीं था। कम्युनिज़्म बाहर से लाकर क्या इस तरह थोपा जा सकता है?

मीटिंग के बाद जब वह लौट रहा था तो गाँव के बड़े मालिक ने उसे जलपान के लिए बुलाया। सारा दिन चक्कर लगाने के कारण खाना-पीना हुआ नहीं था। भूख ज़ोर की लगी थी। फिर भी इच्छा नहीं थी, पर उसका अनुरोध मानना पड़ा।

मुड़ि, नारियल और बताशे खाते-खाते अनिमेष आदि उन सज्जन की बातें सुनते रहे।

''आज सारा दिन तो आप घूमते ही रहे। कैसा लगा?''

अनिमेष बोला, ''आदमी इस तरह भी ज़िन्दा रहता है, कल्पना भी नहीं की जा सकती थी।''

''मनुष्य इसी तरह जीवित हैं। शहर में रहनेवाले हैं आप। इन्हें पहचानते भी नहीं। इस गाँव को ही लीजिए। आठ सौ वोट हैं। हर बार 'बैलों की जोड़ी' को वोट मिलती है। पहले जो खड़े होते थे मुझसे बहुत स्नेह करते थे। सुना है, उनका लड़का भी बड़ा भलामानस है। फिर भी हमें पसन्द नहीं करता। अब क्या करेंगे आप⋯निश्चय कर लीजिए।''

अनिमेष ने पूछा, "बात समझा नहीं।"

"सीधी बात है। जो आठ सौ वोटों की ठीक-ठीक क़ीमत देगा उसे ही वोट मिलेगी। जो एम.एल.ए. बनेंगे पाँच बरस तक कितना मिल जाएगा। सोचकर देखिए। हज़ार रास्तों में रुपया उनकी पॉकेट में जाएँगे। इसलिए पहले से हमें उसकी कीमत देने में क्या बुराई है, बल्कि ठीक है। रुपए के सैकड़ों गुण उनके घर से आने में हो जाएँगे।" बड़े मालिक हँस पड़े।

"नामुमकिन! क्या व्यर्थ की बातें कर रहे हैं, गणतान्त्रिक राष्ट्र में आप वोट बेचने का प्रस्ताव कर रहे हैं। आपको तो जेल भेज देना चाहिए।" अनिमेष चिल्ला पड़ा।

"गणतन्त्र?" बड़े मालिक 'हा हा' करके हँस पड़े। "वह सब तो पुस्तकों में होता है। अरे जनाब! कांग्रेस और कम्युनिस्ट जो वोट के लिए खड़े होते हैं वे एक ही सिक्का होते हैं। इधर भी पीठ उधर भी पीठ। सक्षम होंगे, पार्टी का फंड बढ़ेगा, केडरवाली नौकरी देंगे और अपनी पॉकेट भारी करेंगे--यही मतलब है ना। और जिन्होंने वोट दी है वे सब खुलकर मदद करेंगे और अँगूठा चूसेंगे?"

अनिमेष बात बढ़ाए बिना बाहर आ गया। मैदान पार करके दासपाड़ा लौटने तक अनिमेष बहुत थक गया था। लग रहा था कि सारा दिन परिश्रम किया, पर काम कोई नहीं बना। स्वाधीनता के बाद से हमारे देश में जिस तरह निर्वाचन होता है उससे देशवासियों की मानसिकता का प्रतिफलन कितना बढ़ गया है इस बारे में भी सन्देह है। इसलिए महदूल जैसे लोगों को वोट में कोई आस्था नहीं है। छीन लेने की बात करते हैं। वह तो सिर्फ़ डकैती हुई--अराजकता।

रात को लेटे-लेटे अनिमेष एक और बात सोच रहा था। निर्वाचन के प्रचार में उन्होंने जनता को समझाया था कि हमें वोट दो, हम आपको सुख के राज्य में ले जाएँगे। कांग्रेस भी ज़रूर यही कहती होगी। जैसेकि साबुन की तीन-चार कम्पनियाँ अपने प्रोडेक्ट की बिक्री बढ़ाने के लिए हर दरवाज़े पर तारीफ़ें करते हैं। जो प्रार्थी दल की तरफ़ से खड़े होते हैं उनके साथ जनता का कोई सम्पर्क नहीं होता। वे कुछेक दिन के लिए केवल मध्यस्थता करते हैं। वे विश्वास-सहित वोट नहीं देते। और देते भी हैं तो सबकुछ भूलकर या कुछ प्राप्ति की उम्मीद में। देश में नयी सरकार बन जाए तो महदूल आदि का उससे क्या सम्पर्क रहेगा? और कम्युनिस्ट पार्टी अगर किसी एक आदर्श को लेकिर संगठित होती है तब निर्वाचन की व्यवस्था में कांग्रेस से इसका क्या अन्तर रहेगा? देशवासियों को जिस विषाक्त रास्ते पर चलाया गया है इतने दिन तक कुछ न पाने या पाने पर न देने पर उनका समर्थन नहीं मिलेगा। इस लेन-देन से कम्युनिज़्म की प्रतिष्ठा हो सकती है?

इस प्रचार ने अनिमेष को एक और चीज़ सिखायी। कम्युनिस्ट नेताओं की प्रसिद्ध उक्ति को मनुष्य अपने स्वार्थ के लिए उपयोग कर सकता है। संसदीय गणतन्त्र में निर्वाचन एकमात्र अस्त्र होता है और उसका उपयोग करने में कुंठा मूर्खता है। श्रीकृष्ण ने कहा था 'युद्ध में कोई काम असम्भव नहीं होता'। चुनाव जीतने के बाद थियोरी को पकड़े रखना बेकार है। किसी बड़े दुश्मन से लड़ाई करने पर किसी छोटे दुश्मन से मित्रता करने में कोई बाधा नहीं। चुनाव जीतने के लिए अगर गृहीत पथ कांग्रेस से भिन्न न भी हो तो क्या हानि है। क्योंकि दो क़दम आगे जाकर एक क़दम पीछे हटने में आपत्ति नहीं है। परेशान हो वह एक दिन सवेरे दासपाड़ा से जलपाइगुड़ी के लिए चल पड़ा। किसी को नहीं बताया।

चौबीस

बस से क़दमतला उतरते ही रिक्शा के हॉर्न और लोगों की चीत्कार से कान के परदे फटने लगे। कन्धे पर एक झोला लिये चलता हुआ वह रूपमाया सिनेमा के सामने जा खड़ा हुआ। हर वर्ष इस शहर का रूप बदल जाता है। नयी-नयी दूकानें और उन्हें सजाने में नयापन दिखाई पड़ता है। 'रूपमाया' का नाम पहले 'आलोछाया' था। जीवन में पहला सिनेमा इसने यहीं देखा था। नाम था 'दस्यू मोहन'। अनिमेष ने हॉल को अच्छी तरह देखा। इतने वर्षों बाद भी वैसा ही है। पहले हिन्दी की फ़िल्म नहीं दिखाते थे, अब वही चलती हैं।

बहुत दिनों बाद जाने-पहचाने रास्ते पर चलने में अजीब तरह की अनुभूति होती है। खुश होकर चारों तरफ़ देखा। चौधुरी मेडिकल के काउंटर पर राम दा' बैठे थे। अनिमेष को देखकर हाथ उठाकर पुकारा। उनकी हँसी बड़ी सुन्दर है। बालों में कभी तेल नहीं डालते इसलिए हमेशा फूले-फूले रहते हैं। उनकी दूकान के सामने आते ही विचित्र-सी अनुभूति हुई इसे। तरह-तरह की टेब्लेट, कैपसूल, दवाइयों की शीशियाँ देखते-देखते सिक्योरिटी का भाव आ जाता है। यहाँ बैठे रहो तो कोई बीमारी नहीं आएगी। दूकान में जाकर दवाइयों की महक नाक में आती है तो बड़ी आरामदायक लगती है।

राम दा' हँसकर बोला, "कब आना हुआ?"

"अभी···" अनिमेष ने कन्धे का झोला दिखाया।

"ऐसे···सिर्फ़ एक बैग लेकर?" राम दा' को ताज़्जुब हुआ।

"इस तरफ़ काम से आया था···अचानक चला आया। आप लोगों की क्या ख़बर?"

"मैं तो हमेशा ठीक रहता हूँ। ओ...हाँ, पता नहीं कौन कह रहा था, तुमने कोई पार्टी बनायी है?"

"वाह...यहाँ भी ख़बर पहुँच गयी। पार्टी बहुत नहीं ज़रा-ज़रा।"

"बस यही बुरा लगता है। जब कुछ करो तो पूरा दम लगाकर...किनारे रहने तक मत रहो। बीच में रहना मारात्मक होता है। मालूम है, ना...अखिल दा' मारे गए।"

"अखिल दा' यानी कांग्रेस के।"

"हाँ...पर तुम्हारा उनको दूसरी तरह जानना ठीक था। जिस व्यक्ति के बिना जलपाइगुड़ी शहर के खेलकूद की उन्नति न होती।"

अनिमेष को उनका ध्यान आ गया। उनके बिना कोई स्पोर्ट्स या खेल आदि नहीं होते थे। धनी आदमी थे, खेलकूद के लिए दोनों हाथों से धन दिया था। वृद्धावस्था में भी फुटबाल खेलने पहुँच जाते। हाफ़ पैंट, उज्ज्वल हास्य वह आदमी लैफ्ट आउट से उस उम्र में भी ऐसा किक मारता कि इन्द्रधनुषाकार होकर बॉल गोल में जा पड़ती।

अनिमेष ने पूछा, "क्या हुआ था?"

"मर्डर! रात को खेल के मैदान से लौटते समय...।" राम दा' गम्भीर हो गए थे।

"क्यों?"

"वही तो समझ नहीं आता। ऐसे हँसमुख आदमी को कोई सही दिमाग़ रहते मार सकता है? पुलिस को कोई सुराग़ नहीं मिल रहा। सारा शहर बदल गया है। अब कोई किसी को पसन्द नहीं करता। सब आराम से जानें देते हैं।"

अनिमेष ने राम दा' की तरफ़ देखा। उसके ख़ूबसूरत चेहरे पर दुख था। जहाँ तक मालूम था राम दा' किसी राजनीतिक दल में नहीं था। बाबूपाड़ा के पाठागार से कहानी, उपन्यास, पत्रिका आदि में डूबा रहता है। तो अन्दर-ही-अन्दर शहर बदल रहा है? राजनीति का प्रभाव है? प्रसंग से बचने के लिए राम दा' ने खाँसीवाली मीठी गोली निकालकर देते हुए कहा, "कितने दिन रहोगे?"

"ठीक नहीं।" कहकर रैपर से गोली निकालकर मुँह में डाल ली तभी राम दा' को किसी ख़रीददार को दवाई देने में व्यस्त देख अनिमेष बोला, "चलता हूँ...।" गरदन हिलाकर 'हाँ' का इशारा करते ही उसने हाथ उठाकर रुकने को कहा। अनिमेष को गले में झाँझ-सी लग रही थी। याद आया जब कभी यहाँ अड्डा जमाने आता तो लॉजेंजेस इसके लिए निकाली जाती। यह बात अनिमेष को याद नहीं थी, पर राम दा' को ध्यान था। इसके अपने मन में भी कहीं यह बात पड़ी थी इसलिए लेते समय बड़े आराम से ले ली थी। राम दा' आज नए सिरे से अच्छा लगा इसे।

काम पूरा करके राम दा' काउंटर पर दोनों हाथ रखकर अनिमेष के सामने खड़ा हो गया, बोला, "तुम्हारे दादू आए थे।"

"दादू···?"

"हूँ···अब तुम लोगों को उन्हें अकेला नहीं छोड़ना चाहिए।"

"क्यों···क्या हुआ है?"

"तुम्हें कुछ नहीं मालूम···?"

"नहीं···।"

"सच···।"

"यकीन कीजिए।" अनिमेष बड़ा नर्वस हो गया था। अभी उस दिन ही तो गया से वापसी पर वे इसके पास आए थे। चिट्ठी में कुछ नहीं लिखा था।

"कुछ दिन हुए उनके कान में घाव जैसा हो गया था।"

"कान के अन्दर?"

"नहीं···लौब पर किसी तरह ठीक नहीं हुआ तो डॉक्टर सेन के पास गए। वे सस्पेक्ट करते हैं···।" राम दा' ने अनिमेष की तरफ़ देखा, फिर मुँह फेरकर कुछ सोचा। अनिमेष समझ गया कि राम दा' कोई अप्रिय बात कहने में संकोच कर रहा था। उसने हाथ बढ़ाकर राम दा' के हाथ पर रखा। "बताइए···मैं अब बच्चा नहीं हूँ।"

"डॉक्टर सेन को एक तरह की लैप्रसी का सन्देह है। पर सुनो···सुनो···अपसैट मत होओ। सिर्फ़ शक है। उनसे जो-जो टैस्ट कराने को कहा था एक भी नहीं कराना चाहते। कुछ मामूली टैस्ट्स के बाद वह पकड़ में आ सकता है। और आजकल तो बहुत-सी दवाइयाँ भी हैं। कोई समस्या नहीं है। कुछ दवाइयाँ खरीदने और इंजेक्शन लेने आए थे मेरे पास। उन्हें बहुत समझाया, पर उन्होंने सुना ही नहीं। मैंने कहा हो सकता है, उनसे गलती हो गयी हो किसी और को भी दिखा लीजिए। स्किन टैस्ट करवा लीजिए। बट ही इज़ टोटली ए चेंजड मैन। अब तुम आ ही गए हो तो उन्हें समझाओ।"

अनिमेष के दिमाग़ में कुछ और आ ही नहीं रहा था। दादू को कुष्ठ हो गया है? खड़े-खड़े काँपने लगा। काउंटर का सहारा लेकर ख़ुद को सँभाला। फिर धीरे से बोला, "पर राम दा! बात ठीक है क्या?"

राम दा' ने जल्दी से हाथ हिलाया, "यह तो सिर्फ़ अनुमान है। बहुत बार सिर्फ़ विटामिन डेफिशिएंसी के कारण घाव सूखता नहीं। डायबिटीज भी हो सकती है। बात क्या है जाँच करवाए बिना कैसे पता चलेगा। बहुत पहले ही उन्होंने निश्चय कर लिया है। सुना है, आजकल घर से बाहर नहीं निकलते। तुम समझाओ उन्हें।"

राम दा' की दूकान से निकलकर अनिमेष सोच रहा था कि रिक्शा ले या

नहीं। ख़बर सुनते ही उसका सारा शरीर अवसन्न-सा हो गया था। दादू को सचमुच कुष्ठ हो गया है तब…। अनिमेष कुछ समझ नहीं पा रहा था। अपने पर क़ाबू पाने के लिए वह जल्दी-जल्दी चलने लगा। रूपश्री सिनेमा के सामने से थाने का चक्कर लगाकर करला नदी के किनारे जल्दी-जल्दी चलते हुए एक भी जानी-पहचानी शक्ल दिखाई नहीं दी। अनिमेष इस समय किसी परिचित से मिलना नहीं चाहता था। किसी से मीठी-मीठी बात करनेवाला मिज़ाज़ ही भी नहीं था।

मकान में बहुत दिन पहले रंग करा दिया गया था, पर अब सफ़ेद दिखाई पड़ रहा था। पतली-सी गली में चलकर सामने गेट पर हाथ रखा अनिमेष ने। कहीं कोई आवाज़ नहीं। चारों तरफ़ सन्नाटा था। दोपहर का समय था। बाहर के सारे दरवाज़े-खिड़कियाँ बन्द थे। गेट के सामने खड़ा सोच रहा था कि इतने बड़े इलाके को घेरकर बाग बनाया गया है और मकान में कोई नहीं। सामनेवाले हिस्से में किराएदार रहते थे। अब वह भी खाली है शायद। अनिमेष ने अन्दर घुसकर दरवाज़े पर दस्तक दी। काफ़ी देर तक कोई नहीं आया। फिर बड़ी महीन-सी आवाज़ सुनाई पड़ी, "अब कौन आ गया…ओ हेम! ज़रा देखो ना।" बड़ी मुश्किल से आवाज़ पहचानी—सरित्शेखर का स्वर था। अनिमेष की रीढ़ की हड्डी में मानो किसी ने बरफ़ लगा दी हो। उनकी आवाज़ को क्या हो गया? नज़ले से अटा हुआ पर खाँसी-जैसी विरक्ति पूर्ण आवाज़ सरित्शेखर के गले से निकल सकती है, सोचा भी नहीं जा सकता था।

अनिमेष को पिशि माँ की आवाज़ सुनाई दी, "आप देखिए ना मेरे पास अभी समय नहीं है।"

"क्यों…कौन सा राजकार्य कर रही हो…हँय?"

"मैं पिंडी गूँध रही हूँ…पकाऊँगी नहीं तो सटकेंगे कैसे।"

"जो पकाता है, वह बाल नहीं बाँधता क्या? मुझे पकाना सिखा रही है?"

"सवेरे से रात तक आपकी नौकरानी होकर सारा जीवन गया है मेरा। वहाँ से ज़रा उठकर खुद नहीं देख सकते?"

अनिमेष चुपचाप बातचीत सुनता रहा। दादू और पिशि माँ का सम्पर्क पहले जैसा ही है, पर कहीं कोई सुर कट गया है। इसने फिर से दरवाज़े पर धक्का दिया। धधकती हुई आग को मिज़ाज़ लिये कोई आ रहा था। धप्-धप् पाँवों की आवाज़ आ रही थी। ज़ोर से दरवाज़ा खोलते हुए हेमलता बुड़बुड़ा रही थीं, "आने के लिए कोई और समय नहीं मिला भरी दोपहर को…।"

दरवाज़ा खुलते ही अनिमेष ने हँसने की कोशिश की। पिशि माँ के चेहरे को क्या हुआ? शरीर सूखकर रस्सी जैसा हो गया था। बदन पर शमीज़ नहीं थी। सफ़ेद पाड की धोती घुटनों से नीचे नहीं आ रही थी। गाल पिचक गए थे। बाहर

की धूप आँखों को धुँधला रही थी। अगले ही क्षण चिल्ला उठी, "बाबा...देखिए, कौन आया है!"

अनिमेष के झुककर प्रणाम करते ही दोनों हाथों से उन्होंने जकड़ लिया। हेमलता का मुँह अनिमेष की छाती पर था और वे फफकने लगीं। हेमलता रुदन रोक नहीं पा रही थीं। घुटी हुई आवाज़ में बस यही कहती रहीं..."अनि बाबा! अनि बाबा!"

अनिमेष अचल खड़ा रहा। स्वर्गछेंड़ा से बचपन में इसी महिला के साथ आने के बाद से बड़े मान-अभिमान और सुख का स्पर्श पाकर वह युवा हुआ था। पर हेमलता ने कभी ओट से निकलकर इसकी छाती पर सिर नहीं रखा था। इसे अपनी माँ ठीक से याद नहीं। माँ का प्यार-दुलार थोड़ा-बहुत सुख और दुख की स्मृति में छिपा है। पर एक तरफ़ सरितृशेखर का व्यक्तित्व और दूसरी तरफ़ हेमलता का सहारा–इन दोनों के प्रश्रय में इसका बाल्यकाल और किशोरावस्था फैली हुई है। आज वही हेमलता इसकी छाती पर गिरकर ऐसे रोयी कि अनिमेष के लिए खुद को सँभालना मुश्किल हो गया।

कुछ देर इसी हालत में थे कि अन्दर से आर्त्त स्वर आया, "कौन आया है...हेम! अब कौन आया है?"

हेमलता ने फुसफुसाकर अनिमेष से कहा, "बहुत-सी बातें हैं अनि बाबा! बाद में बताऊँगी।" फिर अलग होकर ऊँची आवाज में बोलीं, "आपका नाती आया है...अनि बाबा! कैसा काला हो गया है...देखिए ज़रा।" कहते-कहते हेमलता अन्दर चली गई। इस क्षण वे कुछ और दिखाई पड़ रही थीं। जैसे विश्व को जीतकर आयी हों इस तरह हिलती-डुलती जा रही थीं। रोना-धोना अब कहीं नहीं था। जैसेकि अनिमेष के आते ही उनकी सारी समस्या का समाधान हो गया हो। किसी बात को लेकर अब उन्हें फ़िक्र नहीं करनी है।

अनिमेष ने अन्दर जाकर दरवाज़ा बन्द कर दिया। इस कमरे का सामान, इसका रूप यहाँ तक कि गन्ध भी वैसी ही है। स्वर्गछेंड़ा से जलपाइगुड़ी आकर सरितृशेखर ने सिर छिपाने के लिए छह कमरों का मकान सबसे पहले तैयार करवा लिया था। फिर बड़ा मकान बना, उसे भी बड़ी मेहनत से बनवाया। आश्चर्य यह कि वहाँ जाकर रहने की इच्छा नहीं हुई। अब भी पुराने मकान में रहते हैं। घर में घुसते ही अनिमेष चौंक पड़ा। अन्दर आँगन में कटहल का पेड़ था अब नहीं है। बहुत सारी जगह खाली लगती है। उसके ठीक बीच में बेंत की रंगीन चेयर पर सिर से पाँव तक ढँके सरितृशेखर धूप में बैठे थे। सिर्फ़ आँखें और नाक बाहर हैं। बरामदे के कोने में खड़े होते ही नज़रें मिलीं। इसे लगा मानो ठंडी हवा का झोंका इसके शरीर को शीतल कर रहा है। कुछ ही दिनों के व्यवधान में किसी व्यक्ति का चेहरा इतना बदल सकता है। आँखों से न देखे तो विश्वास न हो।

कन्धे का बैग बरामदे में स्टूल पर रखकर अनिमेष आँगन में उतरा, "आपको क्या हुआ?"

सरितृशेखर चीख़ पड़े। स्वर गम्भीर नहीं रहा था, बात के तरीके से जो व्यक्तित्व बहुतों का साहस हर लेता था, वह भी चला गया था। चिनचिनाहटवाले गले से जो शब्द निकले, "पास मत आना···पास मत आना···दूर से बात करो।"

इसने दादू को अच्छी तरह देखा। आँख-नाक ठीक-ठाक थे फिर शान्त स्वर में पूछा, "क्यों···क्या हुआ?"

"क्यों···सुना नहीं कुछ? यहाँ आते हुए रास्ते में किसी ने नहीं बताया?"

"नहीं···।"

"यह क्या? लोग तो मुझे देखते ही हट जाते हैं आजकल। पाड़े में कोई कम्पाउंडर तक नहीं है जो आकर इंजेक्शन लगा जाए और तुमसे किसी ने कुछ नहीं कहा? क्यों···तुम्हारी पिशि माँ तो दरवाजा खोलकर बहुत समय तक थी। उन्होंने भी कुछ नहीं बताया?"

साथ-साथ हेमलता रसोईघर के बरामदे से चिल्ला पड़ीं, "मैं क्यों बताऊँ? अपनी दुर्गति की बात आप खुद बताइए। आपकी तरह मुझे भीमरति तो है नहीं।"

"अ···" चादर में लिपाट हुआ सिर ज़रा हिला। फिर अनिमेष को स्वाभाविक रूप में बता दिया, "सुनो···मुझे कुष्ठ रोग हो गया है। जानता हूँ, कुष्ठ संक्रामक नहीं होता। पर मैं रिस्क नहीं लेना चाहता। इसलिए मुझे पसन्द नहीं कि कोई यहाँ आए। तुम्हारे बाबा को मैंने बता दिया है, पर वह सुनना ही नहीं चाहता। सप्ताह में एक दिन आकर तुम्हारी पिशि माँ से ख़बर ले जाता है।"

हेमलता चीख़ उठीं, "सुन लिया अनि बाबा! सुन लिया! किसी और को रोग नहीं पकड़ने देना चाहते, पर मुझे लेकर एक बार भी ध्यान नहीं आया!! कैसे ख़ुदगर्ज हैं तू ही देख। लड़कपन से परेशान करते रहे। उससे अब छुटकारा नहीं।"

सरितृशेखर ने सिर हिलाया, "अपना शरीर तो आईने में देखती नहीं···या तुम या मैं–जो भी पहले चला जाए। मेरे अलावा तुम्हारा और कोई नहीं है। इस उम्र में अगर तुम्हें मेरे वाला रोग हो गया तो क्या ज़्यादती होगी। इस शरीर पर मेरी तो कोई माया नहीं है। गया जाकर मुक्त पुरुष हो चुका हूँ। किन्तु मुझ पर तो तुम्हारा बड़ा मोह है। इसलिए दूर जाने को नहीं कहता। और कह दूँ तो जितने दिन जीवित हूँ खाऊँगा क्या?"

हेमलता की आवाज़ बदल गयी, "अरे, नयकापना हो रहा है···बाबा···अपना श्राद्ध ख़ुद कर आए हैं। इसलिए इस संसार, अपने शरीर का कोई मोह नहीं रहा। अगर रोग हो गया है तो लोगों के सामने जाते क्यों नहीं? भात ज़रा कम पका हो तो खाने के समय मेरी पिंडी क्यों चटकाते हैं। इसे मुक्तपुरुष कहते हैं?

आपकी दोनों बहुएँ जो पहले से मर गयीं, अपना भाग्य लेकर आयी थीं।''

अनिमेष ज़रा सख़्ती से बोला, ''पिशि माँ! ज़रा चुप हो जाइए।''

फिर उनके पास जाकर खड़े होते ही सरित्शेखर ने आँखें बन्द कर लीं। उनके मुँह की खाल सिकुड़ गयी थी। समय बड़ा निर्मम होता है। अनिमेष आदेश के स्वर में बोला, ''चादर हटाइए...मैं देखूँगा।''

''कुष्ठ...कुष्ठ...सारे जीवन बहुत पाप किए उसी का फल है।'' सरित्शेखर चादर हटाने की कोशिश न करके बुड़बुड़ाए।

''आप अशिक्षितों की तरह बात कर रहे हैं। कुछ ही दिन पहले तक इस तरह बात नहीं करते थे। चादर हटाइए।'' सरित्शेखर समझ गए प्रतिवाद का कोई लाभ नहीं। बड़ी बेदिली से सिर से चादर हटायी। सफेद दाग़ दिखायी दिया। आध इंच लम्बे सफ़ेद बाल सिर पर बड़े अज़ीब लग रहे थे। अचानक देख लो तो वे पहचान में न आते। अनिमेष ने सावधानी से कान देखा। बायाँ कान ज़रा सूजा हुआ था। कान की लौ के पीछे बड़ा सा घाव था। लाल-सा स्राव बह रहा था। शायद कोई लाल दवाई लगायी गयी थी सवेरे! दूसरा कान बिलकुल ठीक था। गला, माथे के ऊपर का चमड़ा उम्र के कारण जितना ख़राब हो गया था उससे ज़्यादा नहीं। इस छोटी-सी उम्र में अनिमेष ने बहुत से कुष्ठ रोगी देखे थे। पहली बार तिस्ता पर नौका में बैठकर कांग्रेस के दिनों में बाढ़ पीड़ितों की सहायता के समय तक उन्हें नज़दीक से देख चुका था। उस मामूली जानकारी से इतना तो समझ गया कि कुष्ठ नहीं है। किन्तु डॉक्टर का सन्देह और दादू का यह व्यवहार केवल अनुमान कैसे हो सकता है! उसने पूछा, ''आपके ख़ून में चीनी तो नहीं है?''

''चीनी?''

''ब्लड शुगर!'' अनिमेष ने मज़ाक़-सा किया।

''मालूम नहीं...। हो सकता है।''

''जाँच करवाएँगे?''

''बेकार पैसा बरबाद करना?''

''अगर बीमारी उसी वजह से बढ़ जाए तो आराम मिलेगा। चिकित्सा ठीक होगी।''

''फ़ायदा...?''

''मायने...?''

''इस शरीर को लेकर मैं ज़रा भी चिन्ता नहीं करता।''

''पर दूसरों को परेशान करते हैं?''

''परेशान न हों।''

''कान के पास जो बीमारी है उसे लेकर चिल्लाएँगे तो लोग सुनेंगे नहीं?

सुना था कि इंजेक्शन लेने गए थे।"

"किसने कहा?"

"ज़रा देर पहले आपने ही तो कम्पाउंडर की बात बताई थी।"

"अ···हाँ डॉक्टर सेन का अनुमान है। यदि हो तो लैप्रसी की दवाई और इंजेक्शन लिखने को कहा था।"

"बस···। खुद बेफ़िक्र न होकर इस तरह व्यवहार करने लगे। दादू! आप तो ऐसी अवैज्ञानिक चिन्ता कभी नहीं करते थे।"

सरित्‌शेखर ने दोनों हाथों से अपना मुँह ढाँप लिया। कुछ देर वे निश्चल रहे। जलपाइगुड़ी में भरी दोपहर को तेज़ धूप में भी हवा चलती थी। उसी हवा में खड़े अनिमेष ने दादू की तरफ़ देखा। ये वही सरित्‌शेखर हैं जो इतने समय तक इसके सामने विशाल वृक्ष की तरह तने खड़े रहे थे। अब उन्हें इस दशा में देखने की तबीयत नहीं हो रही थी।

अनिमेष ने पुकारा, "दादू!"

सरित्‌शेखर ने मुँह उठाया। एक बार चारों तरफ़ सतर्क दृष्टि डाली। हेमलता को आसपास न देख बोले, "बरामदे से स्टूल उठा लाओ।" फिर अनिमेष को सामने देखकर ज़रा सँभल गए, "अब मुझसे सहा नहीं जाता। यही सोचकर मैं जीवित नहीं रहना चाहता।"

अनिमेष विचलित हो उठा, "मुझे बताइए ना···हुआ क्या है?"

सरित्‌शेखर काले पत्थर की मूर्ति की तरह बैठे थे। सिर्फ़ होंठ हिल रहे थे, "सारा जीवन कुछ नहीं पाया। दो बार विवाह किया, पर दुर्भाग्य से वे रही नहीं। बड़ी बेटी बाल्यकाल में विधवा होकर गले में पड़ गयी। बड़ा लड़का कु-ग्रह की तरह सारा जीवन चारों तरफ़ से मुझे नोंच-नोंचकर खाता है। तुम्हारा बाबा रुपए देता है, पर लगता है, बाध्य होकर देता है क्योंकि उसके दिल में मेरे प्रति ममता दया है। पर मेरी समस्या को लेकर अपना दिमाग़ ख़राब नहीं करना चाहता। अपने भाइयों की बात लेकर नाक घुसाना नहीं चाहता। छोटेवाले के बारे में मुझे चिन्ता नहीं है। सुना है, वह मॉस्को में है।"

वे अबाध बोलने के बाद ज़रा दम लेने के लिए ठहरे। अनिमेष भी सीधा बैठ गया। छोटे काका (चाचा) इस समय मॉस्को में हैं? इसे नहीं मालूम था। कम्युनिज़्म शब्द जिनके कारण सबसे पहले सुना था वे बाद में विपरीत पथ पर चल पड़े हैं—यह बात कान में पड़ी थी। इतने दिन कलकत्ता में रहकर भी उनसे भेंट नहीं हुई थी। कभी-कभी मन होता कि खोज़-ख़बर लें पर उत्साह नहीं होता था। फिर यह भी सुनने में आया था कि वे दिल्ली में हैं। अब दादू के मुँह से सुनकर कि वे रूस में रहते हैं सारा हिसाब गड़बड़ा गया है।

सरित्‌शेखर बोले, "प्रिय इज़ डैड टु मी। जो लड़का उस हालत में जाकर

अपने बाबा को याद तक नहीं करता उसका अस्तित्व भी मैं स्वीकार नहीं करता। छोटी बेटी का ब्याह किया वह भी सारा जीवन बेइज़्ज़ती का कारण बनी रही। तुम्हारी माँ को खुद पसन्द करके लाया था, वह भी जाती रही। सारा जीवन आदर्श के सहारे कठोर मनुष्य होकर काटने पर यही मिला। धर्म-कर्म कभी माना नहीं था। दंड के तौर पर वहाँ जाना भी कापुरुषता सोचता। पिछले कुछ वर्षों में मैं पूरी तरह टूट गया हूँ। तुम्हारे बाबा के भेजे हुए रुपयों से गुज़र नहीं होती। उसके सामने हाथ फैलाता हूँ। अपने को भिखारी की तरह सोचता हूँ। घूमने निकलता हूँ तो कोई-न-कोई आश्चर्य से कहता है 'बूढ़ा अभी तक जीवित है?' इतने दिन तक जिस तरह काटता रहा हूँ अब मुझे केंचुए की तरह जीने की इच्छा नहीं होती। मेरी रीढ़ की हड्डी टूट गयी है। तुम्हारे जेठे (तायाजी) जब आकर सिर पर बैठ गए तब भी मैं प्रतिवाद नहीं कर पाया। सोचा, अपना श्राद्ध करके शरीर और संसार के प्रति कोई माया नहीं रहेगी। पर सब भूल···भूल। अनिमेष! आत्महत्या नहीं कर सकता, पर दीर्घ आयु लेकर जीने से बड़ा पाप कोई नहीं है।"

अनिमेष कठोर हो गया। अनजाने ही अपने होंठ काट रहा था। दादू की तरफ़ देखकर बोला, "कोढ़ सिर्फ़ बहाना है।"

गरदन हिलायी सरित्शेखर ने "पर काम बहुत आया है। जैसे ही कोई सुनता है कि मुझे कोढ़ है वह भाग जाता है। तुम्हारे तायाजी भी अब पास नहीं फटकते। छोटी बुआ भी नहीं आएगी मेरे ज़िन्दा रहने तक। लगता है, सिर्फ़ तुम्हारा बाबा थोड़ा-बहुत सच जानता है। हर हफ़्ते आता है। मेरे एतराज़ करने पर पास नहीं आता। शहरवालों ने मुझे एक कमरे तक सीमित कर दिया है। चाहे जितना भी आधुनिक हो मनुष्य को जब लगता है कि उसके अपने शरीर का मांस टूट-टूटकर गिर रहा है तो सारी आधुनिकता फूस की तरह उड़ जाती है। अब कोई तंग भी नहीं करता। जो भी अभाव है उसे लेकर अकेला ख़ामोश बैठा हूँ। सिर्फ़ तुम्हारी पिशि माँ को ठगना बुरा लगता है। जो भी हो, वह मुझे छोड़कर कभी नहीं जाएगी। कुष्ठ रोग को तो वह गिनती में ही नहीं लाती।"

अनिमेष को आश्चर्य हो रहा था। कोई व्यक्ति अपने को इस तरह सबसे विच्छिन्न करता है? क्यों? तभी हेमलता घबराई हुई बरामदे में आकर बोलीं, "बिलकुल भूल गयी। क्यों रे? तू खाना खाकर आया है?"

"क्यों···बताइए।"

"नहीं तो खाना पकाती हूँ। सेद्ध भात (पानी में मसला हुआ चावल) के अलावा मैं कुछ नहीं खाती। ग्वाला जो कुछ खरीद लाता है।"

ध्यान था कि एक बज चुका है। अब बहुत वक़्त बीत गया था। सोचने में समय नहीं लगा। पिशि माँ अगर अब पकाना शुरू करेंगी तो खाना ख़त्म करने तक शाम हो जाएगी। उसने कहा, "सिर्फ़ नहाऊँगा। आते समय खाकर आया

था।"

"सच बोल रहा है ना अनि बाबा।"

"हाँ...सच कह रहा हूँ...आप चिन्ता मत कीजिए।"

"ठीक है, स्नान करके पंखा झलते हुए पानी पी। बल्कि पहले स्नान कर ले। बातों में बाबा का भी ध्यान नहीं रहा...आइए खा लें।"

अनिमेष चौंक पड़ा, "अभी तक भोजन नहीं हुआ?"

"कैसे होता। सवेरे सूजी डालकर दूध दिया था। खाकर पेट फूल गया। सारे दिन में एक बार ही तो भात खाते हैं वह भी इस समय।...आइए...मुझे देर हो रही है।" हेमलता ने आवाज़ दी।

सरित्‌शेखर किसी तरह खड़े हुए। इस बीच काफ़ी झुक गए हैं। चलते हुए गिर पड़े। अनिमेष तुरत उन्हें पकड़कर धीरे-धीरे रसोईघर की तरफ़ चलाकर ले आया। सरित्‌शेखर फुसफुसाकर बोले, "ध्यान रखना मुझे कुष्ठ है।" अनिमेष हँस दिया।

बरामदे में कोनेवाले टेबल पर खाने का इन्तजाम था। वहाँ तक पहुँचाने के बाद वे बोले, "कभी-कभी दोपहर को उपवास करना अच्छा होता है। शरीर स्वस्थ रहता है।"

इस बार वह हँस नहीं सका।

स्नान करके बाहर आते ही लगा कि भूख लगी है। पर अब खाने की बात नहीं की जा सकती थी। अंगुलियों से बाल सँवारता हुआ रसोईघर के सामने आकर देखा दादू चम्मच से भात मुँह में डाल रहे थे और पिशि माँ हाथ का पंखा लेकर हवा करते-करते इनकी पीठ सहला रही थी। एक ग्रास सटकते ही उन्हें खाँसी आ गयी। सारा शरीर ऐंठने लगा, आँखें पलट गईं। पिशि माँ उनकी छाती सहलाती हुई बुड़बुड़ाती रहीं। अनिमेष डरकर एक छलाँग में दादू के सामने जा पहुँचा। सरित्‌शेखर के सामने बड़ी बाटी में दाल-भात, तरकारी जैसी कुछ चीज़ गोल बनाकर रखी थी। शायद कुछ सख़्त चीज़ खाने में परेशानी न हो इसलिए उनके लिए यह व्यवस्था की गयी थी। पर वह भी तो उनके गले में अटक गयी थी।

ज़रा सँभलकर दादू उठ खड़े हुए। पिशि माँ जो पानी डाल रही थीं, बेसिन पर झुककर उससे मुँह धोने लगे। अनिमेष निश्चित हो बाहर आया कि अन्दर से वमन की आवाज़ सुनाई दी। सरित्‌शेखर ने उलटी कर दी थी। बहुत सा बलगम निकल गया था इसलिए आराम आ गया था। पिशि माँ की आवाज़ सुनाई दी, "आह जो खाया सब बाहर निकाल दिया। छीः छीः छीः ऐसे करोगे तो शरीर टिकेगा? देखा, अनि बाबा! कोढ़ देखा?"

तौलिए से मुँह पोंछते हुए सरित्‌शेखर बाहर आ गए। वे अब भी हाँफ रहे थे। अनिमेष के पास जाकर बैठे तो हँसने की कोशिश की। अनिमेष ने पूछा,

"अब कैसा लग रहा है?" इसकी तरह दादू का पेट भी खाली हो गया था।

"अच्छा लग रहा है। खाना पेट में जाते ही गड़बड़ हो जाती है।"

एक प्लेट में बताशे और जल लेकर पिशि माँ आयीं। अनिमेष ने खा लिये। बहुत थोड़े से पर उससे भूख मर गयी। पिशि माँ ने पूछा, "तेरी कितने दिन की छुट्टी है?"

"पूजा के दिनों तक रहूँगा।"

"पूजा के तो दो दिन बाकी हैं। यहाँ रहेगा या स्वर्गछेंड़ा जाएगा।"

"आज वहीं घूम आऊँगा।"

"वही ठीक है। आजकल मछली, अंडा वगैरह नहीं पका सकती...यह निरामिष तुझे अच्छा नहीं लगेगा।"

उनके जाते ही दादू बोले, "मनुष्य हर समय अपने प्रियजनों को पकड़े रखना चाहता है। पर अकेले रहते-रहते एक समय आता है जब किसी दूसरे की छाया तक बरदाश्त नहीं होती।"

अनिमेष समझ गया। पिशि माँ दादू का जीवन अब अपनी-अपनी सुविधा के अनुसार चल रहा है। यहाँ एक दिन के लिए आने पर भी उनके नियम में बाधा पड़ती है। और इसके जाने के बाद जब वे अकेले रह जाएँगे तो इसे याद करके दुख होगा। इससे तो स्वर्गछेंड़ा चले जाना ही बेहतर है।

अनिमेष ने देखा दादू शान्त मुँह से इसे देख रहे थे। अचानक इसे कुछ ख़याल आ गया। बोला, "बीच-बीच में दोपहर को उपवास करना अच्छा होता है। शरीर स्वस्थ रहता है।"

सुनकर सरित्‌शेखर चौंक पड़े। फिर हो-हो करके हँस पड़े। बहुत दिनों बाद उनके हँसने की आवाज़ सुनकर हेमलता दौड़ती हुई आयीं, पूछा, "क्या हुआ...हँस क्यों रहे हो?"

हँसी रोके बिना गरदन हिलाकर सरित्‌शेखर बोले, "वह तुम नहीं समझोगी।"

पच्चीस

तिस्ता पर सुन्दर पुल तैयार होने से जलपाइगुड़ी से स्वर्गछेंड़ा अब सिर्फ़ एक घंटे में पहुँचा जा सकता है। आसाम रोड का नाम अब नेशनल हाईवे हो गया है। बासठवें वर्ष के बाद से दुर्घटनाहीन व्यवस्था को बेहतर करने के लिए सड़क साफ़-सुथरी चौड़ी होकर सीमान्त तक चली गयी है। स्कूल के दिनों में अनिमेष ने देखा था कि बैठने की जगह न मिले तो कोई बस में नहीं चढ़ता था। अब

लोग छतों पर बैठे थे। शहर से चढ़ा था इसलिए किसी तरह बैठने की जगह मिल गयी थी। अब मनुष्य के दम घुटनेवाली स्थिति हो गयी थी। बस बेशक बड़ी तेज़ चलती थी, यही कलकत्ता से फ़र्क़ था।

डूयार्स में लोग भी ज़्यादा हो गए हैं। भदेशिया, नेपाली या राजवंशी नहीं। बोली से पता चल जाता है कि पूर्व बंगाल के लोग यहाँ स्थायी रूप से बस गए हैं। उनकी संख्या बढ़ती जा रही है। उनकी बातचीत, आचार, व्यवहार में बहुत बदलाव आ गया था। एक समय ऐसा आएगा जब उत्तर बंगाल की संकर-संस्कृति जन्म लेगी, जिसके साथ पूर्व या पश्चिम बंगाल का कोई मेल नहीं होगा।

आबादी बढ़ रही है, किन्तु जलपाइगुड़ी शहर तिस्ता ब्रिज छोड़कर दोनों तरफ़ मैदान और जंगल है। कभी-कभार खड़ के, चाल के, कमरे या दूर छोटे से गाँव का इशारा मिलता। मयनगुड़ी, धूपगुड़ी का आधा इलाका छोड़कर भी यह नज़ारा बदलता नहीं। धूपगुड़ी के बाद पहाड़ी इलाके की गन्ध नाक में आती है। पेड़ों की पंक्तियों का रूप बदल जाता है। डुडुया नदी छोड़ते ही दोनों तरफ़ घने जंगल अन्धकार में डूब जाते हैं। बीच में चौड़े हाईवे से जब बस चलती है तो कानों में चमगादड़ों का शब्द आने लगता है। देखकर अनिमेष सोचने लगा कि जगह बड़ी निर्जन है, पर बहुत जल्दी मनुष्य नष्ट कर देगा। जिस तरह डूयार्स में आबादी बढ़ती जा रही है ये भी जनहीन नहीं रहेंगे। अपनी आवश्यकता पूरी करने के लिए मनुष्य बड़ा निर्मम हो सकता है। अगर मालूम होता कि गुलाब की कली स्वादिष्ट होती है तो हम खिला हुआ गुलाब कभी न देख पाते।

ये मैदान, जंगल, झरने हमेशा से इसी रूप में हैं। भारतवर्ष के स्वाधीन होने के बाद से इतनी सरकारें आयीं और गयीं, पर इस जगह को देश के लिए उपयोग में लाने की बात किसी को ध्यान नहीं आयी। इसलिए यहाँ के गाँव के ग़रीब राजवंशियों का जीवन उसी अन्धकूप में पड़ा है। जिस तरह पिछली दफा वोट माँगने गया था, इनके पास भी वोटवाले बाबू पाँच वर्ष में एक बार आते हैं, सपने दिखाते हैं फिर चले जाते हैं। कलकत्ता और उसके आसपास के ग्रामगंज पश्चिम बंगाल को जो दे सकते हैं डूयार्स के तिरस्कृत इलाके में उससे कहीं ज़्यादा देने की क्षमता है। किन्तु सरकार इस बात को लेकर जितनी उदासीन है, यहाँ के लोग अपने देश और खुद के बारे में उतने ही निःस्पृह हैं। हाँ, एक वक़्त आएगा जब ये निःस्व लोग चेतन हो उठेंगे, तब अवस्था अवश्य बदलेगी।

आंगशेमासा नदी पार करके बायीं तरफ़ घूमते ही दिल अन्दर तक हल्का हो गया। शान्ति और आराम का अहसास सारे शरीर में फैल गया। अनिमेष ने बायीं तरफ़ दिगन्त को छूनेवाले चाय के पौधों को देखा। शाम हो गयी थी। रंग-भरे अन्तिम आलोक में एक तरह की माया है। दूर खूँटियारी जंगल के सिर पर चमकते सूर्य की तरफ़ देखकर उस माया (जादू) का स्पर्श किया जा सकता है।

स्वर्गछेंड़ा चाय बागान की फैक्टरी की छत चाय के पौधों के बीच सिर उठाए उसी आलोक में डूबी हुई है। सड़क पर अब घर लौटनेवालों की भीड़ है। अनिमेष भीड़ से बचकर किसी तरह खड़ा हुआ।

दिल की एलबम से निकाले हुए चित्र की तरह क्वार्टर खड़े थे। कहीं कोई परिवर्तन नहीं। शाम का समय है, पर लगता है, चारों तरफ़ तन्द्रा-सी फैली है। सामनेवाले खाली मैदान में चम्पा फूल के दोनों पेड़ों पर एक भी पत्ता नहीं है। लड़के-लड़कियाँ अब उस मैदान में खेलने नहीं आते? सड़क पर उतरते ही उनके घर के सामने क्रोटन का पेड़ जो कभी गार्ड ऑफ ऑनर की तरह खड़ा रहता था वह बहुत पहले ही सूख गया था। चारों तरफ़ अब कैसा उजड़ा-उजड़ा लगता है।

बरामदे में आकर दरवाज़ा बन्द देख उसका मन बदल गया। घूमकर बाग के टीनवाला दरवाज़ा खोलकर आँगन में घुसा। कोई दिखाई नहीं पड़ा। इस तरफ़ का लीची का पेड़ झाड़ी-सा हो गया है। आँगन साफ़ है, तुलसी के नीचे सब लिपा-पुता है। कुछ कदम आगे बढ़कर अनिमेष खड़ा हो गया। पुराना कटहल का पेड़ अब नहीं है। काकू के मुँह से सुनी हुई, पर अदेखी ठाकुर माँ की यादों से जुड़ा रसीले फलवाला पेड़ न देख दिल हू-हू कर उठा। बचपन में वह पेड़ स्वप्न की तरह लगता था। ज़मीन पर कटहल पकता तो उसे फोड़कर निकालने में कितना मजा आता था। मानो पेड़ इसके साथ आँखमिचौनी खेलता हो। इसे लगा कि इस घर से प्रेम की यादगार धीरे-धीरे इसी तरह निकल जाएगी। मन ख़राब हो गया।

आँगन से आगे रसोईघर नज़र आया। खुला दरवाज़ा। एक भदेशिया बच्चा पाँव फैलाए लकड़ी के टुकड़े कर रहा था। इसे पहले नहीं देखा था। उसे घूरते देख बच्चे ने ताज़्जुब से पुकारा, "माइजी।"

छोटी माँ की आवाज़ आयी, "क्या है रे।"

लड़का आँखें फाड़े अनिमेष को देख रहा था। शायद समझ नहीं पा रहा था कि क्या कहे। अनिमेष ने मौक़ा ही नहीं दिया, ज़रा गम्भीर आवाज़ में बोला, "ज़रा बाहर आइए।"

कुछेक मिनट ख़ामोशी रही। फिर रसोईघर के दरवाज़े की ओट से छोटी माँ का आधा शरीर दिखाई दिया। इस बीच घूँघट कर लिया था। आवाज़ आयी, "कौन?"

अनिमेष के हँसते ही छोटी माँ घूँघट हटाकर बरामदे में आ गयीं, "ओ मा तुम? ताज़्जुब की बात है। कहाँ से आया है। आवाज़ से तो बिलकुल नहीं पहचान पायी। भला इस तरह भी बात की जाती है! मैंने सोचा, जाने कौन एकदम घुस आया है।" छोटी माँ अबाध बोलती गयीं। अनिमेष उन्हें देख रहा था। किसी की

शक्ल इतनी तेजी से बदल जाती है। गोल मुँह, बदन काफ़ी भारी, सिर पर सामने की तरफ़वाले बाल काफ़ी कम। अब गिन्नी का-सा भाव आ गया था। वह दुबला-पतला छोटी उम्रवाला शरीर कहीं खो गया था।

छोटी माँ अनिमेष को इस तरह घूरते देखकर बोलीं, "ऐसे क्या देख रहे हो?"

"माँ क्या थी और क्या हो गयी, यही।"

"एई···माँ से मज़ाक़? बहुत मोटी हो गयी हूँ ना? भद्दी लगती हूँ?"

"उहूँ···अब माँ-सी लगती हैं।" कहते हुए अनिमेष को ध्यान आया कि उनके कोई बच्चा नहीं हुआ।

"छोड़···बच गयी। अब ज़रा सम्मान देगा।···अपना चेहरा आईने में देखा है? क्या हालत हो गयी है!"

"क्यों? देखने में बहुत बुरा लगता है?"

"रोगी···सिर पर बया पक्षी का घोंसला, चेहरे पर जंगल। खाने को नहीं मिलता क्या? इस शक्ल के साथ देश का काम करेगा?"

"देश का काम?" अनिमेष चौंक पड़ा। "तुम्हें किसने बताया।"

"बताती हूँ···पहले बरामदे में आकर आराम से बैठो, हाथ-मुँह धोओ। तुम्हारे बाबा ने कहा कि अब तुम नहीं आओगे। पर मेरा मन कहता था, ज़रूर आओगे। देखो, कैसी सही निकली बात! आह···खड़े क्यों हो?" हाथ-मुँह धोकर अन्दर बरामदे में बैठा अनिमेष मुड़ी वगैरह के साथ चाय पीते हुए छोटी माँ की तरफ़ देखता हुआ बातें सुनता रहा। इसके काम-काज की बात यहाँ तक पहुँच गयी है! यहाँ तक कि अरेस्ट होकर थाने जाने की बात तक। नीला के बाबा ने ही सब बताया है। उनकी चिट्ठी मिलने के बाद से महीतोष बड़े गम्भीर हो गए हैं। छोटी माँ बोलीं, "मुझसे कभी मन की बात कही नहीं, पर तुम्हें लेकर वे टूट से गए हैं यह समझ गयी हूँ। पढ़ने-लिखने को मन नहीं है क्या?"

अनिमेष उस समय कुछ और सोच रहा था। देवव्रत बाबू से बहुत दिनों से मिलना नहीं हुआ है। वह नीला आदि के घर अब नहीं जाता और वे भी इसकी खोज़-ख़बर लेने नहीं आते। फिर छोटी माँ को ये ख़बरें कैसे मिलीं। नीला ने यूनिवर्सिटी आना भी छोड़ दिया है। फ़ाइनल परीक्षा से पहले ही छोड़ने से उसकी गुजर हो रही है। फिर? उसे देवव्रत बाबू आदि पर बड़ा क्रोध आ रहा था।

छोटी माँ ने फिर पूछा, "तुम पढ़ाई नहीं करोगे?"

"एम.ए. की परीक्षा दूँगा तुम लोगों को चिन्ता करने की ज़रूरत नहीं है।"

"फिर तुम्हारे बाबा इतनी फ़िक्र क्यों करते हैं? एम.ए. करते ही तुम्हें अच्छी नौकरी मिल जाएगी। क्यों?"

"न भी मिले···।"

"क्यों⋯?"

"इस देश में एम.ए. पासवालों की संख्या की अपेक्षा नौकरियाँ कम हैं इसलिए⋯।"

"मुझे इतना सब समझ नहीं आता।"

"तुमसे समझने को कहा किसने है। अब बताओ, तुम सब कैसे हो?" पूछते ही छोटी माँ का चेहरा बुझ-सा गया। बड़े दुख से पूछा, "तुम जलपाइगुड़ी होकर आए हो?"

"क्यों⋯?"

"तुम्हारे दादू का⋯।" ज़रा टालकर फिर कहा, "बहुत बुरी बीमारी हो गयी है। किसी से मिलते-जुलते नहीं⋯। दीदी लोगों को पकड़कर खरीददारी करवाती हैं। तुम्हारे बाबा प्रति रविवार मिलने जाते हैं। वे इनसे भी बात नहीं करते। तुम्हारे बाबा का दिल टूट गया है। सोच रहे थे कि चिट्ठी लिखकर तुम्हें बता दें⋯फिर⋯।"

तभी बाहर के दरवाज़े पर आवाज़ आयी। छोटी माँ उठ गयीं, "वे आ गए हैं। सुनो। वे डाँटे तो चुप रहना। उन्हें बहुत उम्मीदें हैं।" दूसरी आवाज पर वे भागकर गयीं। चाय ख़त्म हो गयी थी। अनिमेष खड़ा हो गया। बाबा (महितोष) से आमना-सामना होगा, पर किसी तरह की घबराहट नहीं हो रही थी।

कमरे में जूतों की चाप और छोटी माँ की दबी आवाज़ सुनाई दी। बाबा की आवाज़ नहीं सुन पाया। कुछेक मिनट बाद महीतोष नंगे पाँव बरामदा पार करके अनिमेष के पास पहुँच गए थे। देखकर उन्होंने पूछा, "कब आया?"

"बीस एक मिनट हुए।"

"इस वक़्त कोई ट्रेन तो थी नहीं⋯जलपाइगुड़ी होकर आया है?"

"हूँ⋯।"

"सुना⋯?"

"हूँ⋯।"

"मैं जाता हूँ तो मुझसे नहीं मिलते। बड़ी दी के अलावा किसी से बात नहीं होती। शुरू में अपने आप इलाज कराने गए, अब वह भी छोड़ दिया। हमारी आँखों के सामने आत्महत्या कर रहे हैं⋯मैं पागल हो जाऊँगा।" एक मूढ़ा लेकर वे बैठ गए। अनिमेष दोनों हाथ छाती पर रखे दरवाज़े के पास खड़ा था। छोटी माँ भंडार घर में बैठी लालटेन जलाने लगीं। कुछ समय ख़ामोशी रही। स्वर्गछेंड़ा में शाम उतर रही थी। हल्के अँधेरे में बैठे हुए महीतोष की तरफ़ देखकर अनिमेष छटपटाने लगा। वे आँधी से टूटे हुए पेड़ लग रहे थे। भाव-भंगिमा में वह तेज़ अब नहीं रहा था। सिर झुकाए कैसे निष्प्राण से बैठे थे। छोटी माँ की आशंका के अनुसार देवव्रत बाबू की चिट्ठी से अनिमेष पर खीझ दिखाई नहीं दे रही थी। बाबा के इस

तरह टूटने पर अनिमेष को बुरा लग रहा था। महीतोष इस बीच काफ़ी दुबले हो गए थे, सिर के बाल सफ़ेद।

"मिले नहीं होंगे ना…।"

महीतोष के कहने के तरीके से अनिमेष कुछ समझ नहीं पाया। पूछा, "कौन?"

"तेरे दादू की बात कर रहा हूँ।"

"ओह…हाँ मिले थे।" उसके कहते ही महीतोष ने घूरकर देखा।

इस बीच छोटी माँ हाथ में लालटेन पकड़े भंडारघर के दरवाज़े पर आकर खड़ी हो गयी थीं। अनिमेष ने एक क्षण सोचा कि सच बात कहे या नहीं। कि दादू सबकी आँखों से परे रहते हैं इसमें कोई तुक नहीं है। पर हर एक को अपने तरीके से जीवित रहने का अधिकार होता है। अगर अपने को सबसे विच्छिन्न करके रहने पर उन्हें शान्ति मिलती है तो…। साथ ही सोचा कि इस तरह क्या शान्ति मिल सकती है? क्या एक तरह की आत्महत्या नहीं है यह? उन्होंने इसे मना ज़रूर कर दिया था कि किसी से ज़ाहिर न करे, पर इसे मान लेने का अर्थ होगा आत्महनन में सहायक होना। फिर यह भी सोचने लगा कि बाबा जिस तरह टूट गए हैं, उनकी मदद करना भी इसका फ़र्ज़ है।

महीतोष एकटक देख रहे थे। उनके चेहरे पर छोटी माँ की पकड़ी हुई लालटेन का प्रकाश काँप रहा था। अनिमेष बड़े धीरे-धीरे बोला, "दादू बड़े कष्ट में हैं।"

"शरीर कैसा लग रहा था? लैप्रसी का निशान…।" बात पूरी नहीं कर पाए महीतोष! उनको रोना आ रहा था, अनिमेष समझ गया।

कुछ क़दम आगे बढ़कर वह उनके सामने मूढ़े पर जा बैठा। फिर बोला, "दादू का कष्ट मूलतः रुपए को लेकर है। आप जो भेजते हैं, पूरा नहीं पड़ता। तायाजी, छोटी बुआ भी तो हैं, मैं भी शायद उन्हें शान्ति से नहीं रहने देता।"

"मालूम नहीं…मैं तो पुत्र के हिसाब से कर्तव्यच्युत कभी नहीं हुआ। तुझे रुपए भेजकर, जितना हो सकता है, उनको भी देता हूँ। ज़रूरत हो तो मुझसे क्यों नहीं लेते। चेहरे-वेहरे पर घाव दिखाई पड़े?"

"नहीं…उन्हें लैप्रसी है ही नहीं।"

अनिमेष के बात पूरी करते ही महीतोष अस्फुट आर्तनाद कर उठे। लड़के की बात पर शायद विश्वास नहीं हो रहा था। उनकी आँखें फैल गयी थीं, मुँह खुला था। छोटी माँ ने लालटेन ज़मीन पर रखकर पूछा, "क्या कह रहे हो?"

अब अनिमेष ने पूरी बात खोलकर बता दी। दादू के घर जाने पर जो कुछ हुआ सब। सोच रहा था कि छोटी माँ और बाबा को यह सुनकर शान्ति मिलेगी। किन्तु बिलकुल दूसरी बात हो गयी। महीतोष बच्चों की तरह रोने लगे। दोनों

हाथों से मुँह ढँककर फफक रहे थे। छोटी माँ बरामदे से धीरे से रसोईघर में चली गयीं। काफ़ी देर बाद महीतोष शान्त हुए। अनिमेष समझ गया कि अभी बात करने लायक मन शान्त नहीं हुआ है। बात घुमाकर वह बोला, "देवव्रत बाबू की चिट्ठी मिली थी?"

"किसकी…?" महीतोष ने अन्यमनस्क होकर पूछा।

"देवव्रत बाबू की।"

"ओ…हाँ।"

उसके बाद कोई बात नहीं। अनिमेष ने सोचा था कि यह ध्यान आते ही महीतोष इस पर गुस्सा करेंगे पर ऐसे निरुत्ताप व्यवहार का कोई कारण नहीं खोज पा रहा था। दोनों चुपचाप बैठे रहे, अनिमेष को कोई बात नहीं सूझ रही थी। परेशानी हो रही थी। अचानक महीतोष बोले, "उनकी लड़की से मिलता है…?"

"बहुत दिनों से नहीं मिला…क्यों?"

"तू उनके घर नहीं जाता?"

"समय नहीं मिलता…।"

"लड़की घर से भाग गयी है। किसी ऐसे लड़के से ब्याह किया है जो उसके लायक नहीं है। देवव्रत बाबू के साथ उसका ख़ूब झगड़ा हुआ। उन्होंने कह दिया है कि अब वे उसका मुँह भी नहीं देखेंगे।"

"नीला घर छोड़कर निकल गयी?" अनिमेष मानो आकाश से गिरा। नीला जैसी प्रैक्टिकल लड़की ने यह किया? तो नीला क्या बिलकुल प्रैक्टिकल नहीं थी…सिर्फ़ दिखावा करती थी? कुछ दिन पहले उसके बारे में शचीन बात करना चाहता था तो…इसी बारे में? नीला ने किससे ब्याह किया है? अनिमेष हतवाक् हो गया।

महीतोष ख़ुद ही बोले, "बेटे-बेटियों पर अगर भरोसा न रख सकें तो किस लिए ज़िन्दा रहें। देवव्रत बाबू ने लड़की को अपने मन के मुताबिक बनाना चाहा था जिससे समय के अनुकूल वह चल सके, पर बदले में मिला क्या? वयस्क होने के बाद हर एक को अपनी इच्छानुसार रहने की स्वाधीनता होती है, पर साथ में यह भी ध्यान रखना चाहिए कि जिन्होंने इसको लेकर जो स्वप्न इतने दिन तक देखे थे उनके प्रति भी दायित्व है। तेरे तायाजी या चाचाजी ने तो ध्यान नहीं रखा पर, मेरे लिए उनकी उपेक्षा सम्भव नहीं।"

अनिमेष समझ गया कि यह बात इसे लक्ष्य करके कही गयी है। किसी कारणवश वे सीधे नहीं पूछ पाए हैं। कारण तो समझ नहीं आया, पर साफ़ लफ़्ज़ों में सतर्क कर दिया है उन्होंने। नीला के क़िस्से से इतना अवाक् हो गया था कि कुछ सोच ही नहीं पा रहा था। चुपचाप अँधेरे में देखता रहा था। इस बीच महीतोष बाथरूम हो आए थे। अँधेरे में नज़रें जमाए अनिमेष समझ गया था कि वयस्क

होने पर निजी सम्बन्धियों में छोटी-बड़ी दीवार खड़ी हो जाती है। एक-दूसरे को स्पर्श करना मुश्किल हो जाता है। दादू, पिशि माँ जो विच्छिन्न जगत् में रहते हैं उनसे बाबा और छोटी माँ में कोई फ़र्क़ नहीं रहा। और अब यह भी सच है कि उनके साथ इसका व्यवधान बहुत बढ़ गया है। शायद बाबा या दादू तो वहीं-के-वहीं हैं, पर वह खुद इतनी दूर चला गया है कि उस व्यवधान को कम करना सम्भव नहीं रहा है। इसको लेकर इसे कोई दुख भी नहीं है। पर निष्कृति पाने का आनन्द भी नहीं मिल रहा।

रुटीन के अनुसार महीतोष ताश खेलने चले गए। अनिमेष ने सोचा छोटी माँ के साथ बात करेगा। पर छोटी माँ में अब किशोरी लड़की को खोज नहीं पा रहा था। अब ये महिला बहुत गिन्नी-विन्नी (गृहस्थिन) टाइप, स्नेह प्रवण और बाबा के साथ अच्छे सम्पर्क वाली हो गयी हैं। बात बेशक बहुत बढ़िया है, पर उनके साथ अड्डा जमानेवाला मिजाज़ ढूँढ़ नहीं पा रहा था। ज़्यादा रात नहीं हुई थी, देखकर, स्वर्गछेंड़ा में घूमने निकल पड़ा।

मैदान पार करके बड़ी सड़क पर आते ही टॉर्च की रोशनी दिखाई पड़ी। सड़क के दोनों तरफ़ घने वृक्षों के नीचे से टॉर्च की लाइट फेंकी जा रही थी जिससे चमगादड़ का शिकार किया जा सके। भदेशिया लड़कों को यह करते हुए वह बचपन से देखता आया है। अब भी बदला नहीं है। अँधेरे में खड़ा अनिमेष सोच रहा था कि पश्चिम बंगाल में इधर-उधर विप्लव की चाहे जो बातें हों, कम्युनिज़्म की कितनी ही तरह की व्याख्या और प्रचार हों, पर साधारण मनुष्य के जीवन और अन्धी आर्थिक दीनता से प्रसूत आदिम जीवन में ज़रा भी परिवर्तन नहीं आया है। बीच-बीच में दौड़ती गाड़ी की हैडलाइट में वे लड़के दिखाई पड़ जाते। हाथ में गोली लिये मुँह ऊपर किए।

इस तरफ़ बिजली नहीं थी, पर उस तरफ़ का भाग स्वर्गछेंड़ा के प्रकाश से रोशन रहता। चाय बागान के क्वार्टरों से आगे वह बाज़ार के इलाके में आया। वहाँ इतना परिवर्तन देखकर ताज़्जुब हुआ। साफ़-सुथरी दूकानें, माइक पर गाना बज रहा था। सोचा नहीं था कि स्वर्गछेंड़ा में अब इतनी दूकानें हो गयी होंगी। चलते-चलते चौराहे पर आ गया। चारों तरफ़ दिन का-सा उजाला। स्वर्गछेंड़ा का वह रहस्यमय चेहरा अब खो गया था। अब किसी छोटे शहर से इसमें कोई फ़र्क़ नहीं रहा है। यह अच्छा था या बुरा बाद की बात है। पर व्यक्ति का चेहरा दल में कहीं खो जाता है…तब एक तरह की निःस्वता का बोध होता है।

पुराने दोस्तों को खोजने का मन हो रहा था। वे लोग अब सड़क पर अड्डा नहीं मारते क्या? अभी तो इतनी ज़्यादा रात भी नहीं हुई है। कुछ क़दम आगे बढ़ते ही वह ठहर गया। इनकी पार्टी का ऑफ़िस भी स्वर्गछेंड़ा में हो गया है। ऊपर झंडा भी लगा है। इसे ध्यान आया कि बिना बताए वह निर्वाचन प्रचार का

काम छोड़कर चला आया है। इसके लिए इसे कैफ़ियत देनी होगी। शायद पार्टी-विरोधी काम के लिए इसका बहिष्कार ही कर दिया जाए। निकाले जाने का ध्यान आते ही सुवास दा' याद आ गए। उन्हें तो अन्दर जाने तक की इजाज़त नहीं मिली थी, इसलिए निकाले जाने का प्रश्न नहीं उठा था। केवल पार्टी की तरफ़ से काम करने के कारण निकाला नहीं जा सकता। हाँ, इस तरह बिना कहे चले आना अन्याय हुआ है। नियमानुसार चलना उचित होता है। इसलिए सज़ा हो सकती है। कल रात लग रहा था कि निर्वाचन का प्रचार पूरा-का-पूरा धोखा है। कम्युनिज़्म में जिनका विश्वास हो वे जनता से वोट माँगने क्यों जाएँ? किसी लड़की को प्रसव वेदना की बात याद दिलानी पड़ती है? कम्युनिस्ट अगर अपने आचरण काम द्वारा मतवाद को जनसाधारण के सामने विश्वसनीय तरीके से सामने लाते तो निर्वाचन के समय विरोधी चाहे कितना प्रचार करते लोग अपनी भलाई के लिए कम्युनिस्ट पार्टी को वोट देने आते। वह सम्भव नहीं है, क्योंकि इस देश में कम्युनिस्ट आम जनता का विश्वास प्राप्त नहीं कर सके।

पार्टी ऑफ़िस के सामने कई लोगों ने इसे खड़े देखा। उसी समय अन्दर से इसका नाम सुनाई पड़ा। और तभी दरवाज़े में विशु दिखाई पड़ा। उसकी शक्ल बड़ी ख़राब हो गयी थी। पायजामा, हैंडलूम का कुरता हैंगर पर लटका हुआ लग रहा था। अनिमेष ने आगे बढ़कर पूछा, "कब आया?"

"आज ही...।"

"आ...अन्दर आ।"

छोटा-सा कमरा, कालीन बिछा हुआ। एक तरफ़ पोस्टरों का ढेर। दो-तीन व्यक्ति लिस्ट लेकर काम कर रहे थे। दीवार पर लेनिन की तस्वीर।

अनिमेष बोला, "यहाँ पार्टी का ऑफ़िस है, मालूम नहीं था।"

विशु बोला, "तू जानता ही क्या है! शहर से गाँव की ख़बर रखता है?"

कुछ और लोग आकर इन्हें घेरकर बैठ गए। अनिमेष ने विशु की बात का बुरा नहीं माना। हँसकर बोला, "तू पार्टी का काम करता है यह भी तो नहीं मालूम था।"

विशु बोला, "फिर कह सकता हूँ कि तू जानता ही क्या है...।" कहकर हँसा। "कुछ नहीं हो पाया...न पढ़ाई, न नौकरी...पार्टी का काम करता हूँ। एक को तो पकड़े रखना होगा ना। हाँ, यह करने से एक फ़ायदा ज़रूर हुआ है। सुनील पाल के साथ अगले महीने ज्वॉयन कर लूँगा।"

सुनील पाल इस तरफ़ का लकड़ी का मशहूर व्यवसायी है। पर पार्टी का काम करनेवाले को वह नौकरी क्यों देने लगा। विशु ने बताया, "उसके मिल में जबरदस्त श्रम-विरोध हो रहा था। हमारी लोकल कमेटी के सेक्रेटरी शिवु दा ने ख़त्म कर दिया। आज ही हलफ़नामा मिल जाएगा।"

"पर यह तो प्रतिक्रियाशीलों का घूस देना हुआ।"

विशु बोला, "प्रतिक्रियाशील? बड़ा आदमी होते ही प्रतिक्रियाशील होगे। इसकी क्या चिन्ता? और फिर हम समाज में चारों तरफ़ फैलना चाहते हैं। उसके लिए थोड़ा-बहुत एडजस्ट तो करना ही होगा। सुना है, बिड़ला, टाटा, के.पी.आर. ओ. आदि भी किसी ज़माने में पक्के कम्युनिस्ट थे।"

अनिमेष ने दबी आवाज़ में कहा, "तो फिर तुम भी अपने स्वार्थ के लिए पार्टी का काम करते हो?"

"कौन नहीं करता? सब करते हैं। हम कीचड़ उठाएँ और वे चटनी खाएँ? यहाँ के देशवासी कभी कम्युनिस्ट नहीं होंगे। उनके स्वार्थ को जहाँ ठेस पहुँचेगी तभी कम्युनिज़्म छोड़ देंगे। इसी तरह ठोंक-पीटकर जितना आगे बढ़ सकें अच्छा है।"

बाढ़ का पानी चारों तरफ़ फैला था। अनिमेष उठ जाना चाहता था। पर विशु उसे इतनी जल्दी जाने नहीं देना चाहता था। दरवाज़े पर खड़े होकर अनिमेष ने बापी के बारे में पूछा। विशु बोला, "बापी अब बड़ा बिज़नेसमैन है। दस टैक्सी और चार लॉरियाँ हैं। दो नम्बर का कमाकर लाल हो गया है। साला अब कांग्रेस को बैक कर रहा है। मुझे ज़रूरत होती है तभी पैसे देता है। तू कलकत्ता से आया है या जलपाइगुड़ी होकर?"

"मैं दासपाड़ा आया था इलेक्शन के काम से।"

"इलेक्शन?"

"तुम लोगों की पार्टी का होकर प्रचार के लिए।"

"गुरु! तुम हमारी तरफ़ के हो? साला! इतनी देर से नाटक कर रहा था?" उसने दोनों हाथों से अनिमेष को जकड़ लिया, "पर वहाँ कांग्रेस को हराना मुश्किल है। क्या समझा?" बड़ी अन्तरंगता से विशु बोला।

"मैं बिना कहे-सुने चला आया हूँ।"

"यह क्या"क्यों?"

"मुझे लगा जो पार्टी का काम करते हैं, उनकी कोई भित्ति नहीं है।"

"सबकुछ मन में ही है क्या? अगर किसी दिन क्षमता मिल जाए तो सूद सहित असल मिल जाएगा।"

"उससे देश का क्या फ़ायदा होगा।"

"थोड़ा-थोड़ा करके बदलेगा। इस राष्ट्रनीति के पंजर में से इससे अधिक आशा करना ही अन्याय है। तू चला आया—ठीक नहीं किया। आख़िर में अपना ही नुकसान किया।" विशु गम्भीर हो गया।

उस रात घर आने के लिए अँधेरे में चलते-चलते, और कुछ दिन बाद कलकत्ता लौटनेवाली ट्रेन में बैठकर अनिमेष ने फ़ैसला कर लिया। सोचा, मैं चाहे

जितने डिज़ाइन के कपड़े पहनूँ शरीर में कोई हेर-फेर नहीं हो सकता। पोशाक की चमक और उज्ज्वलता आँखों को चाहे अच्छी लगे, पर जब तक शरीर स्वस्थ न हो जाए अवस्था बदलेगी नहीं। हमारे राजनीतिक दल सिर्फ़ पोशाक के बारे में सोचते हैं। कुछ और करने का रास्ता कहाँ है? कलकत्ता जाकर पार्टी के नेताओं से खुलकर बात करना कैसा रहेगा। अगले ही क्षण सोचा कि क्या दो क़दम आगे जाकर एक क़दम पीछे लौटनेवाली नीति का इसे अनुसरण नहीं करना चाहिए? अब चुपचाप देखते रहने की ज़रूरत है। जिस तरह वह पार्टी का एक ही रास्ता स्वीकार नहीं कर पा रहा उसी तरह और भी बहुत से होंगे। समय आने पर सबकुछ साफ़ हो जाएगा। फोड़ा अगर पक जाए तो पीव लाज़मी तौर पर निकलती ही है। इसलिए इन्तज़ार करना होगा। इस बीच इसे परीक्षा दे देनी चाहिए। महीतोष ने इसे ज़रा भी बुरा-भला नहीं कहा है। जाहिर है कि इसे पकड़कर रखनेवाला अब कोई नहीं है। इस देश में एम.ए. पास करना बिलकुल बेकार है। फिर भी दूसरे को खुश करने के लिए हमें बहुत से बेकार काम करने पड़ते ही हैं। यही जैसे पार्टी का काम करना अहंकार की बात है।

छब्बीस

अनिमेष के मुँह की तरफ़ काफ़ी देर तक विभान चुपचाप देखता रहा। कमरे में सुदीप के अलावा कोई नहीं था। इतनी देर तक लगातार झूठ बोलने के बाद अनिमेष अब अन्दर-ही-अन्दर नर्वस हो रहा था। मन-ही-मन कारण बताने की बहुत-सी रिहर्सल करके भी यह समझ गया था कि उसमें ज़्यादा ज़ोर नहीं है।

विभान ने सुदीप की तरफ़ देखकर कहा, "क्या लगता है?"

बुझा हुआ सिगार दियासलाई की तीली से ठीक करते हुए सुदीप बोला, "लगता है, वह झूठ बोल रहा है। पर मुफ़स्सल के लड़कों की मानसिकता बड़ी गड़बड़ होती है। अपने वतन पहुँचते ही सारे दायित्व भूलने में देर नहीं लगती।"

विभान ने कहा, "अनिमेष! तुम्हारी बात में मैं कोई लॉजिक नहीं ढूँढ़ पा रहा। दासपाड़ा में बैठे तुम्हें पता चला कि तुम्हारे दादू बीमार हैं। और किसी को बताए बिना जलपाइगुड़ी चले गए। वहाँ इतने दिन तक रहे, पर हममें से किसी को चिट्ठी लिखकर बताया तक नहीं। पहली बात तो यह है कि दासपाड़ा में ख़बर देने के लिए कौन बैठा था? दूसरे, ख़बर मिलने पर टीम को बताने का समय नहीं मिला यह अविश्वसनीय है। तीसरे, जलपाइगुड़ी से तुम दासपाड़ा वापस आ सकते थे या मुझे चिट्ठी भेज सकते थे।"

अनिमेष ने दबी ज़बान में कहा, "आपको बताया तो कि ख़बर सुनते

ही मैं इतना अपसैट हो गया था कि किसी से मिलने के लिए इन्तज़ार नहीं कर सका। चिट्ठी भेजने की बात सोची थी, किन्तु किस पते पर भेजूँ समझ नहीं पाया।"

सुदीप बोला, "तुम इतने निर्बोध तो लगते नहीं। साफ़ क्यों नहीं बताते कि इतने नज़दीक पहुँचकर तुम्हारा मन देश जाने को करने लगा। तुम जानते थे कि परमिशन मिलेगी नहीं इसलिए चुपचाप निकल गए।"

अनिमेष ने सिर हिलाया, "नहीं, यह बात ठीक नहीं है।"

विभान बोला, "तुम्हारे व्यवहार से मेरे दिल को चोट पहुँची है। तुम्हारे इस दायित्व-ज्ञानहीन काम के लिए मुझे बहुत-सी कैफ़ियतें देनी पड़ेंगी। तुम भाग गए...तुम्हारा ख़ून भी हो सकता था। तब पार्टी क्या जवाब देती? असली मुद्दा यह है कि तुमने पार्टी के सामने मुझे अपदस्थ किया है।"

अचानक सुदीप ने पूछा, "तुम्हारे दादू की ख़बर के बारे में हम तहक़ीकात करें।"

"स्वच्छन्दता से...।" अनिमेष हिल-डुलकर बैठ गया, "शहर में बहुतों को मालूम है।"

"उन्हें क्या हुआ था?"

"लैप्रसी।"

अनिमेष ने देखा दोनों ऐसे चौंके जैसे कोई भूत देखा हो। दोनों का चेहरा देखकर इसने बड़ी मुश्किल से हँसी रोकी। हम चाहे जितनी भी प्रगति की बातें करें, अकारण आतंक को दूर नहीं फेंक सकते। पर यह बात काम कर गयी, "यह ख़बर सुनने के बाद मेरा दिमाग़ भला ठीक रह सकता था? मेरे बचपन में दादू की भूमिका सबसे ज़्यादा रही थी।"

विभान का स्वर बदल गया, "दुख हुआ...यह बात अगर यूनियन के पते पर पहुँचा देते तो यह कहा-सुनी न होती। ख़ैर...कैसे हैं अब?"

"इलाज़ चल रहा है। आप समझ सकते हैं कि यह बात हमारे लिए बड़ी शॉकिंग थी।"

"बिलकुल...बिलकुल! कोशिश करूँगा कि तुम्हें लेकर पार्टी कोई ग़लत फ़ैसला न करे। पर यही आख़िरी मौक़ा है। हमें ध्यान रखना चाहिए कि संसार में किसी भी व्यक्तिगत समस्या की अपेक्षा पार्टी का काम कहीं अधिक गुरुत्वपूर्ण होता है।" विभान ने बड़ी दृढ़तापूर्वक कहा।

अनिमेष ने सिर हिलाया, "याद रखूँगा।"

बात इतनी जल्दी ख़त्म हो जाएगी अनिमेष ने सोचा तक नहीं था। उसे यक़ीन था कि छात्र फैडरेशन उसे निकाल देगा। ऐसा होगा तो वह कुछ नहीं करेगा। देश के लिए अगर कुछ करना चाहो तो किसी-न-किसी राजनीतिक दल

से जुड़ना ही होगा। पश्चिम बंगाल में कांग्रेस के विकल्प में सिर्फ़ एक दल था। यद्यपि ठहरे हुए जल की तरह एक ही जगह चक्कर लगाता रहता है फिर भी हिलना-डुलना इसी दल को है। वामपंथी कम्युनिस्ट दल का कार्य-कर्म, मतवाद और नेतृत्व को लेकर चाहे कोई उम्मीद न हो तो भी मामूली काम भी इस दल में रहकर हो सकता है। वही दो क़दम आगे जाकर एक कदम पीछे हटनेवाली बात! और क्या!

कलकत्ता आकर वह सोचने लगा कि किसी ने इसे सिर की क़सम देकर तो कहा नहीं है कि राजनीति में पड़े। इसके सहपाठी, कलकत्ता के लाखों लोग इसके बिना भी तो अच्छी तरह रहते हैं। एम.ए. करके कोई नौकरी मिलने पर हज़ारों समस्याओं के बीच भी इसी तरह रहा जा सकता है। आज भारतवर्ष में कोई देश की चिन्ता करके राजनीति में पड़ता है? ब्रिटिश राज्य में जो देश की चिन्ता करते थे उन्हें 'स्वदेशी' कहा जाता था। अब क्यों नहीं कहा जाता। ब्रिटिश के विकल्प में अगर प्रतिक्रियाशील भी शोषक हों तो उनके विरुद्ध लड़ाई करने में भी तो 'स्वदेशी' हो सकते हैं। मुश्किल यह है कि स्वादेशिकता अब संकीर्ण मनोभाव प्रकट करती है। किन्तु वृहत्तर बात का कोई सिर-पैर नहीं है, यह जानकर भी कोई मानना नहीं चाहता।

क्यों लगता है कि हमारे देशवासी स्वाधीन नहीं हैं? क्यों लगता है कि लाखों संस्कार और आर्थिक दुर्दशा इन पर लादी जा रही है जिसका लाभ केवल एक श्रेणी उठाती है। अगर इस देश के लोगों का आर्थिक स्ट्रक्चर एक किया जा सकता तो देश का चेहरा ही बदल जाता। ठीक है कि हमारी वर्तमान व्यवस्था को कोई एक दल नहीं बदल सकता। सुदीप आदि कहेंगे कि सीमाबद्ध अवसर में जितना काम हो सके वही उचित है। अनिमेष को लगता है कि यह एक तरह की प्रवंचना है। विरोधी दल की दृष्टि से कांग्रेस की नुक्ताचीनी करना या विक्षोभ प्रकट करने में बहादुरी है, किन्तु गठनमूलक काम-काज करना, जिससे देश के सब मनुष्यों में सामाजिक-आर्थिक विषमता टूट जाए वह बिलकुल अलग बात है। कम्युनिज़्म की थियोरी सब देशों में अलग-अलग तरह से प्रयोग में लायी जाती है। क्योंकि हर देश की मिट्टी और मनुष्य का मन एक जैसा नहीं होता। पर ये चिन्ता इसको क्यों हो रही है? बहुत सोचा है अनिमेष ने। पर निष्क्रिय होने का कोई कारण नहीं खोज पा रहा। चारों तरफ़ इतनी तरह का छल-कपट है कि मन में अपने को ही दोषी ठहराने लगता है।

इस बार भी जलपाइगुड़ी से लौटते हुए नज़रों के सामने टिकट चेकर को घूस देने के लिए लोगों को आपा-धापी करते देखा है। जो दे रहा है या जो ले रहा है उनमें से कोई भी तथाकथित प्रतिक्रियाशीलता की श्रेणी में नहीं आता। यह सब देखकर इसे छटपट क्यों होने लगती है। शैशव में 'वन्देमातरम्' का

उच्चारण करने पर सारे शरीर में आवेग का काँटा-सा उठता था। वह क्यों होता था? उन दिनों ख़ून में बसी स्वदेश की चिन्ता, इतने समय तक, तरह-तरह से जोश में बदलकर अब छटपटाहट बन गयी है? अगर ऐसा है तो सुदीप-विभान आदि का साथ देना ठीक है। वे चाहे कुछ करें या न करें, बातचीत में बहुत कुछ कर गुज़रने का परिमंडल बना लेते हैं। बस यही लाभ है। अनिमेष को ख़याल आया कि आज विभान आदि की आस्था फिर से प्राप्त करने में परोक्ष रूप से दादू ने सहायता की है। इस एक व्यक्ति का ऋण धीरे-धीरे बढ़ता ही जा रहा है और संसार में कोई इसका शोध नहीं कर सकता। कांग्रेस की स्थिति धीरे-धीरे स्पष्ट होती जा रही है। इसका नेतृत्व चिरकाल से वृद्धों के हाथ में है। पश्चिम बंगाल में कांग्रेस के विधान राय के बाद अब कौन स्वयं को स्थायित्व देना प्रमाणित कर सकेगा। गांधीजी का नाम जनता के लिए जादू-मन्त्र है, देशवासियों को जिसके द्वारा सुलाए रखा जा सकता है। इस देश के मन्त्रियों के पास व्यक्तिगत सम्पत्ति के अलावा कुछ नहीं है। विरोधी केवल चीख़-चिल्लाकर अपना अस्तित्व सुरक्षित रखते हैं। इसलिए उनसे कोई डर नहीं है। कभी-कभी रोटी के दो-एक टुकड़े देना काफ़ी होता है। इन्होंने मेहनत करके देशवासियों को स्वाधीनता दी है इसलिए उनका दावा है कि उन्हें गद्दी पर बैठाए रखना अब देशवासियों का कर्तव्य है। इन्हीं धारणाओं के साथ भारतवर्ष में गणतन्त्र की सृष्टि हुई है। इस गणतन्त्र को धनिकों का गणतन्त्र कहा जाता है। बुर्जुआ डेमोक्रेसी से समाजतन्त्र नहीं होता। कांग्रेस न इसे बाहर से लाई है। वामपंथी दल अगर निर्वाचन में जीत जाए तो बूर्जुआ डेमोक्रेसी द्वारा जीतना होगा।

वामपंथी दल निर्वाचन द्वारा कांग्रेस को हटाना चाहते हैं। यदि धनवानों की बैकिंग न रहे तो जीतना मुश्किल होगा। वास्तव में यदि फल लाभ हो जाए तो समझना होगा कि इतने समय से देशवासियों के उत्पीड़न के विरुद्ध खड़े रहे। इस व्यवस्था को बदलने के लिए वे वामपंथियों को वोट दे रहे हैं। साइकिल पर पैडल मारने से सामने की तरफ़ जा सकते हैं पीछे की तरफ़ नहीं चलाया जा सकता। निर्वाचन जीतने पर उन्हीं वामपंथियों के प्रति जनता बाध्य हो मोहमुक्त हो जाएगी।

अनिमेष ने यह भी देखा कि भारत की मार्क्सवादी कम्युनिस्ट पार्टी ने आगामी निर्वाचन के लिए कृषक सभा के माध्यम से व्यापक आन्दोलन की कर्मसूची तैयार कर ली है। ज़मीन का बँटवारा, वर्ग का अधिकार, खाद्य, मज़दूरी हल की सूची सहित। एक-एक करके आर्थिक दावों द्वारा निम्न वित्त श्रेणी गणतान्त्रिक अधिकार और क्षमता प्राप्ति के सम्बन्ध में सोचने लगी है। मूल्य में वृद्धि, बड़े पैमाने पर राजनीतिक निर्यातन ने जनता के जीवन को तहस-नहस कर दिया है। जनता का एकांश इससे छुटकारा पाने के लिए राजनीति में परिवर्तन

लाना चाहता है और वामपंथी इसका लाभ उठाना चाहते हैं। उनका रास्ता बुर्जुआ डेमोक्रेसी के बँधे हुए रास्ते पर ख़त्म होगा क्योंकि व्यवस्था वही है। अतः काम करनेवालों का साथ रहना उचित होगा। अनिमेष विभान और सुदीप से मिलने लगा।

आजकल अनिमेष के पास रुपए-पैसे नहीं होते। बाबा से ज़्यादा रुपए माँग नहीं सका। दादू की हालत देखकर सम्भव भी नहीं हुआ। यह भी जान गया है कि परमहंस की तरह ट्यूशन करना इसके लिए मुमकिन नहीं है। थोड़े से रुपयों के लिए बन्धन में नहीं पड़ सकता। तुरत-फुरत का कोई समाधान भी नहीं है।

दूसरे, जलपाइगुड़ी से आकर अनिमेष ने पढ़ाई शुरू कर दी। इतने दिन तक कमरे की टेबल पर कम्युनिज़्म पर लिखी कई पुस्तकें, पत्र-पत्रिकाएँ फैली रहती थीं। काम ख़त्म करके रात के भोजन के बाद अनिमेष किताब लेकर बैठ जाता। पढ़ने लगा तो शुरू में इसने सोचा अथाह समुद्र में गिर पड़ेगा। बहुत दिनों तक कुछ न पढ़ने पर नर्वस हो रहा था। पर बांग्ला भाषा ऐसा विषय है कि मस्तिष्क सामान्य भी हो तो पढ़ाई मुश्किल नहीं होती। पालि-प्राकृत भी शुरू में ऐसी ही लगी थी। पर बहुत दिनों तक पढ़ने के बाद सब मेड इज़ी हो गया। अनिमेष ने इरादा कर लिया कि जैसे भी हो एम.ए. में अच्छे नम्बर लेकर पास होना है क्योंकि खुद को अयोग्य सोचने को तैयार नहीं था। जिस इच्छा के साथ देशवासी राजनीति का काम करते हैं, उसी तरह इसे पास करना होगा।

माधवीलता अब बिलकुल चुप रहती। दासपाड़ा और उसके बाद की सारी घटनाएँ अनिमेष ने उसे खोलकर बता दी थीं। माधवीलता सुनती रही, पर कोई प्रतिक्रिया नहीं दिखाई। मानो अनिमेष जो कुछ भी करेगा, सोच-समझकर करेगा। माधवीलता को उस पर भरोसा बढ़ता जा रहा था। यह भरोसा आर्थिक नहीं, मानसिकता का था। अनिमेष कोई अन्याय नहीं कर सकता उसके मन में यह विश्वास अटल हो गया था। पहलेवाली क्रोधी लड़की मानो जादू-मन्त्र से अब पूरे समर्पण के साथ इसके साथ बैठी रहती। अगर किसी बात या कारण से उसे व्यथा होती तो नज़रों से संकेत दे देती। इस तरह की लड़की को चोट नहीं पहुँचायी जा सकती थी। अनिमेष को लगा कि माधवीलता इसके जीवन से संयुत रहे तो कोई अशुभ शक्ति उसको हानि नहीं पहुँचा सकेगी।

अमरीका ने वियतनाम पर ज़बरदस्त आक्रमण किया था। जब साम्राज्यवाद शक्तिहीन हो जाता है, वह अन्धा हो जाता है। किन्तु उस नृशंस आघात से वियतनाम टूटा नहीं। अमरीकी कोने तक पहुँच गए। इधर संसार के शान्ति प्रिय मनुष्य अमरीका को धिक्कारने लगे। संसार के विभिन्न क्षेत्रों में विक्षोभ प्रकट

हो रहा था। यहाँ तक कि अमरीका में भी दिखाई पड़ा।

कई दिन तक वे अमरीका दूतावास और चौरंगी तथा केन्द्र के सामने विक्षोभ प्रकट करते रहे। अमरीका के राष्ट्रपति की 'एफ़िजी' जलायी। ट्रैफिक बन्द रहा। नेताओं ने वियतनाम के पक्ष में विक्षोभपूर्ण भाषण दिए। अनिमेष आदि स्लोगन बोल रहे थे, 'दुनिया के सर्वहारा एक हों।'

ट्राम-बसें बन्द होने पर भी जनता का दबा हुआ क्रोध निकला है। हाँ, इतने बड़े जुलूस के ख़िलाफ़ खुलकर कुछ कहने की हिम्मत या साहस किसी में नहीं थी। अनिमेष को सुनाई दिया कि एक व्यक्ति दूसरे से दबी आवाज़ में कह रहा था, "स्साला! हमारी हज़ारों समस्याओं के समाधान का तो नाम नहीं लेते, वियतनाम में अमरीका क्या कर रहा है इसे लेकर मगरमच्छ के आँसू बहा रहे हैं।"

विभान को यह बताते ही वह तैश में आ गया। सुरेन बैनर्जी रोड पर धूप में खड़ा होकर बोला, "यह मानसिकता कांग्रेस के कुशासन की फ़सल है। मेरे कमरे में पानी पड़ रहा हो तो अपने घर की आग बुझाने नहीं जाऊँगा।"

अनिमेष ने कहा, "यह ठीक है कि हम प्रतिवाद करते है। वियतनामियों के लिए भी हमें कुछ करना चाहिए।"

विभान बोला, "हमारा समर्थन उन तक पहुँचेगा तो उन्हें बल मिलेगा।"

"यह ठीक है। यानी हम अगर सहायता करें तो उनका उपकार होगा, हमें भी सन्तोष मिलेगा कि हमने कुछ किया।"

"कैसे…?"

"कपड़ों, दवाइयाँ आदि खाने की चीज़ें भेजकर।"

"ठीक है…पर हमारी फ़ॉरेन सर्विस उन्हें पहुँचाएगी या नहीं या सरकार उसकी इजाज़त देगी या नहीं वह तो नहीं मालूम। ठीक कहते हो वियतनामी संग्रामियों की सहायता की जाए।" विभान ने कहा।

संग्रामी शब्द के साथ सहायता की बात अनिमेष को बहुत बुरी लगी। वह बोला, "नहीं…लोगों से भीख नहीं माँगूँगा। एक बड़ा-सा अनुष्ठान करके टिकिट बिक्री द्वारा रुपया इकट्ठा करके दवाइयाँ खरीद सकता हूँ। आप कहकर देखिए।"

अनुमति मिल गयी। यूनिवर्सिटी यूनियन द्वारा वियतनाम-एड-कमेटी बनायी गयी–सुदीप कन्वीनर और अनिमेष सम्पादक। कई दिन तक ज़ोर की आलोचना होती रही। निश्चय हुआ कि महाजाति सदन में अनुष्ठान होगा। सवेरे के लिए किराया कम देना पड़ेगा। जैसे भी हो ख़र्च कम किया जाए। सब एकमत थे कि मामूली गाना-बजाना या नाटक नहीं होगा। अनुष्ठान की सूची ऐसी हो जो जनता को चेतन कर सके। तभी पाल की बात हुई कि रुपया इकट्ठा करना

प्रमुख लक्ष्य है तो जागरण के गान आदि से ज़्यादा बिक्री नहीं होगी। पता चला कि कम्युनिस्ट पार्टी की गणना संघ के साथ जोड़ दी जाए तो जो विख्यात हो गए हैं, वे पार्टी छोड़कर छोटा-सा अनुष्ठान कर रहे हैं वे दक्षिणपंथी कम्युनिस्टों की तरह जाने जाते हैं। भारतीय मार्क्सवादी कम्युनिस्ट पार्टी की कल्चरल फ़ोरम में कोई भी ऐसा कलाकार नहीं है जो जनता को पसंद हो। तो फिर? दो-एक तात्त्विक या अच्छा काम करनेवाले और वक्ता होना एक बात है और सचमुच का कलाकार होना दूसरी बात। निश्चय हुआ कम्युनिज़्म माननेवाले जो किसी पार्टी के न हों, ऐसे कलाकारों को खोजना होगा। सुदीप ने प्रस्ताव पेश किया कि नाटक कराया जाए। कलकत्ता के मशहूर दल 'जनवाणी' के लिए आम जनता में कुतूहल और श्रद्धा बहुत थी। क्योंकि इस दल के मशहूर परिचालक-अभिनेता अब बंगाल के नाट्य जगत् के अन्यतम स्तम्भ थे। चलचित्र के सफल अभिनेता भी थे और नाटकों से भी जुड़े रहे। उनका दल बड़ा सुश्रृंखलित था। वे भारतीय मार्क्सवादी कम्युनिस्ट पार्टी के सदस्य नहीं थे। पर 'जनवाणी' हमेशा से सर्वहारा के लिए नाटक करता रहा था। उसमें हर नाटक को जनता का और प्रमुख अभिनेता और परिचालक सुविमल गुप्त के लिए समर्थन मिला था। सुविमल बाबू के नाटक कम्युनिस्ट पार्टी का ज़बरदस्त समर्थन करते थे। बीच-बीच में पार्टी पथ-नाटक भी करती रही थी। सबसे बड़ी बात यह कि उनका लेटेस्ट नाटक 'वियतनाम लाल सलाम' बड़ा जनप्रिय रहा। प्रस्ताव सर्वसम्मति से स्वीकार हो गया।

दो छात्रों को लेकर अनिमेष सुविमल बाबू से मिलने गया। माधवीलता ने भी जाने के लिए आग्रह किया था। हर एक सुविमल बाबू का फ़ैन था। पर यह बहुतों की नज़र में चुभेगी इसलिए वह नहीं गयी। सुविमल बाबू के घर जाकर अनिमेष चकित रह गया। सुन्दर सजा-सँवरा मकान चारों तरफ़ वैभव का साम्राज्य। संग्रामी मानसिकतावाला कम्युनिस्ट इतने आराम से इस देश में रहता है? कमरे की दीवार पर लेनिन की बहुत बड़ी तस्वीर, पास में रवीन्द्रनाथ की। चुस्त पायजामा और कुरता पहने हाथ में सिगार लिये सुविमल बाबू भारी आवाज़ में बोले, "अरे···बैठो···बैठो। तुम ठीक समय पर आए खुशी हुई। 'तुम' कहने पर बुरा तो नहीं लगा।"

अनिमेष ने पहली बार सुविमल बाबू को देखा था। उसका साथी गद्गद हो रहा था। वह बोला, "नहीं···नहीं आप 'तुम' ही कहिए।"

"वेरी गुड! अपने देश के तरुण कॉमरेड्स को देखकर खुश हुआ। नाओ···टैल मी तुम लोगों की क्या प्रॉब्लम है?" मुँह में सिगार रखे हुए बात कर रहे थे वे।

अनिमेष सामनेवाली चेयर पर बैठकर बोला, "प्रॉब्लम नहीं। हम लोग कुछ

दवाइयाँ वियतनाम भेजना चाहते हैं।''

''बड़ी अच्छी बात है। कंस्ट्रक्टिव काम है।''

''हाँ···इसके लिए रुपयों की ज़रूरत है। हम विश्वविद्यालय से महाजाति सदन में अनुष्ठान करके रुपया इकट्ठा करेंगे। हम चाहते हैं, आप हमारी सहायता करें।'' अनिमेष हँसा।

''वह कैसे···?''

''वियतनाम लाल सलाम में अभिनय द्वारा। आप रहेंगे तो हाउस फुल हो जाएगा।''

''कब···?''

''बारह तारीख को सवेरे हॉल मिल सकता है।''

''तुम्हारा बजेट क्या है?''

''बजेट···?''

''इसके लिए हमारे दल को क्या दोगे?''

''सोचा नहीं है कुछ। ख़र्च जितना कम हो सके उतना हम सहायता के लिए भेज सकेंगे।''

''समझ गया। शायद उस दिन मैं खाली हूँ। वैल···हमारे दल के शो ज़्यादा नहीं हैं। ख़र्च जिस तरह से बढ़ रहा है, सँभालना मुकिश्ल है। पर तुम 'तीन' दे देना।''

''तीन···तीन हज़ार?'' अनिमेष का मुँह खुला रह गया।

''नो बारगेन···।''

अनिमेष मूर्तिवत् रह गया। यह आदमी सर्वहारा का बन्धु है? कम्युनिस्ट पार्टी की तरफ़ से पथ-सभा करते हैं? वियतनामियों के समर्थक हैं?

वह बहुत आहिस्ता से बोला, ''इतने रुपए देकर वहाँ तो कुछ भेजा नहीं जा सकेगा।''

''आइ कांट हैल्प। अगर सबको पता चल जाए कि मैंने कम में शो किया हैं तो मेरे मकान के सामने एक मील लम्बी लाइन कल की शो को लेकर होगी। सब कहेंगे उतने ही रुपयों में कीजिए। फिर किससे छल करूँगा? तुम शायद सोचते होंगे कि मैंने यह क्या कह दिया। राइट···पर मेरे राजनीतिक विचार और प्रोफेशनल एटिकेट एक नहीं हैं। हो भी नहीं सकते। जिस तरह सरकारी नौकर सरकार के खिलाफ़ स्लोगन बोलकर भी सरकारी काम के लिए वेतन लेता है पेट की ख़ातिर। मैं भी दोनों को एक नहीं कर सकता।''

अनिमेष सोच नहीं पा रहा था कि अब क्या कहे। मन-ही-मन बड़ा निराश हुआ। दिमाग़ में कोई बात नहीं आ रही थी। यह किस तरह की कम्युनिज़्म की मानसिकता है?

सुविमल बाबू अचानक हँस पड़े, "ठीक है! तुम एक हज़ार दे सकते हो?...ओनली वन थाउज़ैंड।"

अनिमेष एकदम कह उठा, "ज़रूर...।"

"दैन...टिकट बेचो...बारह तारीख कह रहे हो ना? ग्यारह तारीख की शाम को रुपए पहुँचा देना। आइ विल बी देयर।"

बाहर निकलकर साथी पंचमुखी प्रशंसा करने लगे। अनिमेष को अपनी बात याद करके बुरा लग रहा था। वे सज्जन मज़ाक़ कर रहे थे, उस समय समझ नहीं पाया था इसलिए बेकार की बातें करता रहा। सुविमल बाबू को लेकर सबको बड़ा गर्व है... वे वियतनाम की सहायता के लिए अनुष्ठान में आए बिना भला रह सकते हैं?

एक दिन के टिकट फटाफट बिक गए। समारोह से पहले दिन रुपए भेज दिए गए। महाजाति सदन टइटुम्बर। सवेरे से जनवाणी आ गयी। उन्हें मेकअप करवाना था। तरह-तरह के झमेले सँभालने पड़ रहे थे अनिमेष को। सुविमल बाबू सुदीप से बात कर रहे थे। अनिमेष ने देखा कि उन्होंने अभी तक मेकअप नहीं करवाया था।

अभिनय शुरू होने से पहले सुदीप बोला, "आज के समारोह के बारे में दर्शकों को बताना होगा कि क्यों किया जा रहा है। सुविमल बाबू भी बोलेंगे।"

परदा उठा। इतने लोगों के सामने माइक पर पहली बार अनिमेष बोला। उद्देश्य बताकर दर्शकों और जनवाणी को धन्यवाद दिया। फिर सुदीप आकर बोला कि "सुविमल बाबू से अनुरोध है कि वे कुछ बोलें।" सुविमल बाबू के नाम से पहले बहुत से विशेषण उसने जोड़े। विंग के पास स्तब्ध खड़े अनिमेष ने देखा सुविमल बाबू किसी साथी पर भार देकर किसी तरह माइक के सामने आए। "मैं बहुत बीमार हूँ। डॉक्टर ने मुझे बिस्तर पर लेटने को कहा है, किन्तु वियतनाम के लिए जब छात्र यह समारोह कर रहे हैं तो मैं भला लेटा रह सकता था? नहीं...मैं किसी विशेषण के योग्य नहीं हूँ। बस अभिनय करने की चेष्टा करता हूँ। प्रतिक्रियाशील शक्ति के विरुद्ध हमेशा लड़ता रहूँगा। जनता को समझाऊँगा कि उनकी क्या दशा है। मैं तो केवल सैनिक हूँ। बात करने में मुझे तकलीफ़ हो रही है, पर आए बिना नहीं रह सका। मेरा दल अभिनय करेगा, आप साथ दीजिए। मेरे साथ-साथ आप सब कहिए, 'वियतनाम लाल सलाम'।" हॉल गूँज उठा 'लाल सलाम...लाल सलाम'।

लँगड़ाते-लँगड़ाते स्टेज से निकले अनिमेष के सामने पहुँच गए। सिगार निकालकर बोले, "दियासलाई तो दो।"

जबड़े कसकर अनिमेष बोला, "मेरे पास नहीं है।" एक व्यक्ति भागकर आया और उन्हें दे दी। दियासलाई लेकर सुविमल बाबू अनिमेष को कुछ क्षण

तक एकटक देखते रहे। फिर बड़े कायदे से हँसे, "दियासलाई का बक्स देखा? बारूद लगी तीली को पानी और हवा से बचाने के लिए बक्स की ज़रूरत होती है। क़ीमती क्या है? बक्स या तीली? दोनों ही...ठीक है ना?"

बात पूरी करके बड़ी स्मार्टली हॉल से निकल गए। वहाँ उनकी गाड़ी खड़ी थी। नाटक शुरू हो गया था। अमरीकी मिलिटरी का अत्याचार देखकर दर्शक धिक्कार रहे थे। जनवाणी बढ़िया अभिनय कर रहा था। सुविमल बाबू के बदले जो अभिनय कर रहे थे वे भी सर्वहारा के बारे में उसी तरह मंच से बोल रहे थे।

अनिमेष ने नाटक नहीं देखा। सारा कुछ रंगीन बैलून की तरह लग रहा था। बैलून ऊँचे नहीं किया जा रहा था। उसे मालूम था कि फट सकता है। पर एक सुई चाहिए—अविलम्ब!!

सत्ताईस

दासगाड़ा के उपनिर्वाचन में कांग्रेस का कैंडिडेट बहुत वोटों से जीत गया। कलकत्ता के लोगों ने समाचार पत्र की इस सूचना को बहुत महत्त्व नहीं दिया मानो बड़ी स्वाभाविक बात थी। न जीतता तो ताज़्जुब होता। वोट का परिणाम आने पर अनिमेष आदि ने हिसाब लगाया कि वोटों का सत्तर प्रतिशत बॉक्स में पड़ा था। बाकी तीस प्रतिशत जिन्होंने वोट नहीं दी थी उनका समर्थन मिलता तो क्या होता, बताया नहीं जा सकता था। पता चला कि पहली बार विरोधी पार्टी को जितने वोट मिले थे, अब हज़ार के करीब बढ़ गए थे।

विभान या सुदीप इस बारे में कुछ नहीं कह रहे थे। जो गया था उसके बारे में सोचने का भी कोई लाभ नहीं। पार्टी के नेता आपस में बातचीत करके अगली बार के लिए ग़लती सुधार लेंगे। अनिमेष के पूछने पर विभान ने उत्तर दिया, "पर्यालोचना चल रही है।"

सुविमल बाबू वाली घटना के बाद से अनिमेष को कोई उत्साह नहीं रहा था। उस व्यक्ति की दोमुखी सत्ता की बात जानकर भी पार्टी उसे इतना मूल्यवान समझती है। कॉमरेड का सम्मान देती है! यह क्या बात हुई? वह धीरे-धीरे निष्क्रिय होने लगा। यूनियन आफ़िस अब भी अभ्यासवश जाता है, बात सुनता है, पर करने का उत्साह नहीं होता।

तभी भारत और पाकिस्तान में युद्ध हो गया। शाम होते ही कलकत्ता शहर अन्धकार में डूब जाता। लोग जल्दी घर आ जाते हैं। किसी क्षण पाकिस्तान का बम-विभान कलकत्ता के आकाश से दो-एक बम फेंक सकता है। चीन के साथ

जब झगड़ा हुआ था, वैसे दिशाहारा नहीं थे। लोग जानते थे, पाकिस्तान चाहे जितना गरजे, भारत में दखल करने की हिम्मत नहीं है। अब भारतवासी कांग्रेस सरकार के साथ खड़े हो गए। इसलिए बहुमुखी विरोधी भी चुप हो गए। युद्ध ठीक से जमा नहीं। यह युद्ध बड़ा निश्चित था। परिणाम जाना-बूझा था—इस तरह का बोध पार्टी के नेताओं से लेकर केडर तक को था। आम जनता को भी बड़ा आनन्द आ रहा था। सिनेमा देखने की तरह समाचार-पत्र में युद्ध की ख़बर भी पढ़ लेते क्योंकि उन्हें मालूम था कि पाकिस्तान इन्हें छू भी नहीं सकता। युद्ध के कारण कांग्रेस के प्रति तिक्तता कम हो गयी थी।

हाँ, अन्ततः युद्ध की आँच का असर ज़रूर हुआ। चीज़ों के दाम तेज़ी से बढ़ने लगे। भारतवासियों जैसी सहनशीलता संसार में बहुत कम है। कहीं कोई प्रतिवाद नहीं, मानो युद्ध होने पर दाम बढ़ना स्वाभाविक है। आँखों के सामने एक व्यक्ति दूसरे को ठगता है। इसे बड़ी स्वाभाविकता से सब स्वीकार कर लेते थे। अनिमेष को लगा उन्नीस सौ सैंतालीस के पन्द्रह अगस्त के दिन इस देश के लोगों की रीढ़ की हड्डी निकालकर माउंट बेटन साहेब स्वदेश चले गए।

जब युद्ध समाप्त हुआ बड़ा अफ़सोस हुआ उन्हें। पाकिस्तान ने पूर्व बंग का इस्तेमाल क्यों नहीं किया? बम-विभान ने ढाका से आकर कलकत्ता पर बम क्यों नहीं गिराया। अगर किसी जादू-मन्त्र से पाकिस्तानी सेना पश्चिम बंगाल में घुस जाती तो देशवासियों को जोश की आग में विलासित छोड़नी पड़ती। अपनी सुविधा से तृप्त राजनीतिक दलों के नेताओं को हारने के लिए बाध्य होना पड़ा। जनसाधारण में प्रतिरोध शक्ति के फैलते ही नेताओं कों उठा फेंकने में जरा भी वक़्त न लगता। इस देश में कम्युनिज़्म लाने के लिए सशस्त्र युद्ध ज़रूरी है। जब तक घर में आग न लगे, घर के प्रति प्रेम का अहसास नहीं होता। स्वार्थ से हटकर इस खोल को चूर्ण करने के लिए युद्ध ज़रूरी है, अन्यथा यह निरासक्ति कभी ख़त्म नहीं होगी।

अनिमेष को अब पक्का विश्वास हो गया था कि पश्चिम बंगाल के लोगों की मानसिकता बदलने की क्षमता कम्युनिस्ट पार्टी में नहीं है। सिर्फ़ विरोधी दल को गाली-गलौच करके शायद सामाजिक समर्थन मिल जाए, पर आम जनता द्वारा स्वीकृति प्राप्त करने के लिए योग्यता अर्जित करनी होगी, जो नहीं हो रहा। जो चटपट जोश पैदा करे जनता केवल उसे ही स्वीकार करती है। इस देश की कम्युनिस्ट पार्टी के बड़े-बड़े नेताओं के चाल-चलन और बातचीत का उनके व्यक्तिगत जीवन से कोई तालमेल नहीं है। उन्हें देखकर जनता को कोई प्रेरणा नहीं मिलती तो उनके आदर्शों के प्रति श्रद्धा कैसे हो सकती है? ताज़्जुब की बात यह है कि कम्युनिस्ट पार्टी जैसी सुश्रृंखल संस्था कांग्रेस नहीं है। कम्युनिस्ट केडर निःस्वार्थ भाव से अपने नेताओं का हुकुम मानते हैं। ऐसे एकनिष्ठ कर्म

करनेवालों के होते हुए नेता क्या करना चाहते हैं, समझ में नहीं आता। पार्टी के अवर वर्ग के कर्मचारी भावावेग से काम करते हैं। नेताओं के चरण चिह्नों पर चलकर। उनमें जोश आता है भाषण के समय। किन्तु व्यक्तिगत स्वार्थ खोने के लिए कोई ज़रा भी तैयार नहीं!

स्थूल रूप में अगर देश की राजनीति का यही चेहरा है तो कीचड़ में फँसने से क्या फ़ायदा? विचित्र हताशा से प्रसूत क्लान्ति ने अनिमेष को आच्छन्न कर लिया था। उन्हीं दिनों छात्र यूनियन ने इन्फ़लेशन (द्रव्यमूलक वृद्धि) के प्रतिवाद में देशव्यापी आन्दोलन का निश्चय कर लिया। यह आन्दोलन राजनीतिक दल के साथ मिलकर किया जाएगा। विश्वविद्यालय से मॉन्यूमेंट तक जुलूस जाकर नेताओं के भाषण सुनेगा—यह था आन्दोलन का रूप। अनिमेष दो दिन तक 'कांग्रेस सरकार का पतन हो', 'खाद्य चाहिए! वस्त्र चाहिए', 'जीवित रहने का अधिकार चाहिए', 'दुनिया के भूखे व्यक्ति एक हों—एक हों' स्लोगन के साथ जुलूस में गया था। साथ में माधवीलता भी थी।

जुलूस मॉन्यूमेंट के नीचे पहुँचा तो लोगों का हुजूम समुद्र-सा लग रहा था। बाँसों के खड़ंजे पर लाल कपड़े के मंच पर बैठे नेता उस समुद्र को देख रहे थे। माधवीलता इतने सारे नेताओं को एक साथ देखकर बड़ी उत्तेजित हो रही थी। ये विधानसभा में शोर मचाते रहते थे! अनिमेष को समझ नहीं आया कि गाँधीजी मार्का आन्दोलन से क्या लाभ होगा? देशवासियों को केवल इतना समझाने के लिए अगर इतना बड़ा आयोजन है तो कांग्रेस नेताओं के लिए क्या यह नयी बात है? अगर वे इस तथ्य की उपेक्षा करते हैं तो जुलूस के विक्षोभ से ही उनकी क्या हानि होगी? अनिमेष की दृष्टि में जनता की प्राणशक्ति हास्यकर और दुर्व्यवहार के अलावा और कुछ नहीं है।

एक के बाद एक, दो नेताओं ने एक जैसी भाषा और भंगिमा से भाषण दिया। देश आज विपन्न है। कांग्रेस सरकार के शोषण से वह दिशाहारा हो गया है। इस सरकार को उखाड़ फेंकना होगा आदि···आदि। बात करते समय आवाज़ कँपकँपा कर, कई दौरों के बारे में हाथ नचाकर नाटकीय परिस्थिति तैयार कर दी थी दोनों ने! बात करते हुए बीच-बीच में जोश से आवाज़ रुद्ध हो जाती। उनका भाषण जब ख़त्म हुआ तब बंगाल में जिस तरह वर्गियों ने आख़िर में तालियाँ बजायी थीं, उसका अनुकरण मॉन्यूमेंट के नीचे फैल रहा था। भाषण से थके नेताओं को देखकर लग रहा था जैसे हर घर में अनाज बाँटकर आए हैं।

सबसे आख़िर में जो उठे जनता उनकी ही प्रतीक्षा में गरदन उठाए हुए थी। इसने पहले भी देख चुका था आज भी देखा। संगीत समारोह में छोटे-बड़े सभी कलाकारों ने एक-एक गाना गाया, श्रोताओं में कोई हलचल नहीं थी।

आख़िरी नाम घोषित होते ही और विख्यात कलाकार के मंच पर आकर खड़े होते ही तालियाँ बजने लगीं मानो अब समारोह सार्थक हुआ है। जो बोलने खड़े हुए थे उनकी यही इमेज थी। सबका ख़याल था कि जब वे बोलते हैं तो मुक्ति पेश करते हैं। इससे पहले वाली मीटिंग में उनके सबसे पहले बोलने पर बाक़ी वक्ता असन्तुष्ट हो गए थे, क्योंकि उनकी बात सुनने के लिए किसी ने इन्तज़ार नहीं किया।

जनता को हिलते-डुलते देख अनिमेष ने माधवीलता से कहा, "उन्हें पहचानती हो?"

"हाँ...बड़ी अच्छी पर्सनैलिटी है...ना।"

"अन्ततः यात्रा पर नहीं जाएँगे...कहा जा सकता है।"

माधवीलता बोली, "तुम इस तरह टेढ़ी-टेढ़ी बातें क्यों करते हो...? तुम्हारी पार्टी के ही नेता हैं।"

अनिमेष ने बात नहीं बढ़ायी। माधवीलता को एक बार देखकर भाषण सुनने लगा। बड़ी शान्त भंगिमा...हर शब्द अलग करके बोलते। जोश की बढ़ी-चढ़ी नहीं। जो कह रहे थे क्यों कह रहे थे, उन्हें मालूम था। कांग्रेस सरकार पर आक्रमण करके बात कर रहे थे। अनिमेष को लगा कि वे बढ़िया कथा-शिल्पी हैं। भाषण में ऐसे सजा-सँवारकर काट दे रहे थे कि लोगों को समझ ही नहीं आया। आन्दोलन के बाद जेल जाना और फिर बंगाल-बन्द।

धर्मतला से लौटते हुए अनिमेष ने निश्चय कर लिया कि राजनीति से कुछ दिन के लिए दूर रहेगा। दस हज़ार लोगों को पुलिस ने ईस्ट एस्प्लनेड से वैन में ले जाकर खिदिरपुर उतार दिया था, इससे राजनीतिकों को लाभ क्या हुआ उसे समझ नहीं आया। यह कैसा कारावास हुआ? या कि पूरे देश को एक दिन के लिए अचल करके मोक्ष हो जाएगा? इससे क्या यह लगता है कि देशवासी उनके साथ हैं। जबकि जनता अब भी यही सोचती है कि कम्युनिस्ट-पार्टी को वोट देंगे तो वे देश को रूस या चीन के हाथ में सौंप देगी। इस दौरान पार्टी में ही विरोध शुरू हो गया। कुछ सक्रिय व्यक्ति नेतृत्व के प्रति अनास्था प्रकट करने पर विराग के पात्र हो गए। पार्टी में अन्दर-ही-अन्दर अनिश्चय फैल रहा था। यह बात विभिन्न सूत्रों से निकल रही थी। अनिमेष चलते हुए सोचने लगा कि मन लगाकर पढ़ाई करके एम.ए. की परीक्षा तो देनी ही चाहिए।

मौलाली के मोड़ पर आकर माधवीलता बोली, "बड़ी थकान लग रही है चलों कहीं बैठ जाएँ।"

अनिमेष ने देखा उसका चेहरा काला हो गया था। आँखों के नीचे काले घेरे हैं। सोचने लगा उसका ऐसा चेहरा तो कभी दिखाई नहीं दिया। त्वचा पर

दाने-से उभर आए हैं। आँखों में थकावट है।

उसने पूछा, "क्या हुआ?"

माधवीलता त्यौरी चढ़ाकर मोहक भंगिमा में बोली, "मुझे क्या होगा?"

वह समझ गया कि माधवीलता मुँह से कुछ नहीं कहेगी तो सैकड़ों कोशिशों के बाद भी पता नहीं चलेगा।

माधवीलता हँस दी, "कहाँ-से-कहाँ आ गयी बात। मैंने कहा था कि चलो कहीं बैठा जाए···तुम्हें क्या हुआ···बैठने को मन हो तो कुछ होना ज़रूरी है?"

अनिमेष ने छोटा सा चाय का स्टाल देखकर कहा, "चलो वहाँ बैठते हैं। सिर्फ़ चाय पिएँगे।"

माधवीलता बोली, "वह मैं जानूँ।"

स्टाल मामूली-सा था। उसकी अवस्था अच्छी नहीं थी देखकर ही मालूम हो रहा था। इधर-उधर से आकर जो अड्डा मार रहे थे इनकी तरफ़ बड़ी उत्सुकता से देखा। अनिमेष देखकर भी कुछ नहीं बोला। एक छोकरा आया तो माधवीलता ने दो टोस्ट और चाय के लिए कह दिया। फिर अनिमेष की तरफ़ देखकर बोली, "तुम आजकल सब बात नहीं बताते।"

"क्या बात?"

"विभान आदि के साथ तुम अच्छी तरह नहीं मिलते···क्यों?"

"कैसे पता चला?" अनिमेष को ताज़्जुब था क्योंकि इस बारे में इसने माधवी से कभी बात नहीं की थी।

"ठीक कह रही हूँ ना?"

"थोड़ा बहुत।"

"हटो···तो तुम्हें समझने में मुझसे ग़लती नहीं हुई।"

अनिमेष की नज़रें उससे मिलीं तो उसने मुँह झुका लिया। बात में इतना सुख था कि अनिमेष को भी स्पर्श कर गया। ज़रा चुप रहकर फिर बोला, "असल में मैं उनके दल के काम को स्वीकार नहीं कर पा रहा। ये लोग जिस तरह चल रहे हैं, इस देश में कभी कम्युनिज़्म नहीं आएगा। जान-बूझकर अन्धा रहना अच्छा नहीं लगता।"

माधवीलता बोली, "तुम किसी और दल में जाओगे?"

अनिमेष बोला, "कोई और दल? धत्! वह तो और भी बुरा है। नहीं, किसी दल-वल में नहीं, सोच रहा हूँ, मन लगाकर पढ़ूँगा।"

माधवीलता ने कहा, "मैं तुम्हारी राजनीतिक बात के बारे में कुछ नहीं कहना चाहती···पर एक अनुरोध है, झट से कुछ मत कर डालना। अगर विभान आदि से सम्पर्क रखना नहीं चाहते तब झगड़ा करके नहीं, संघर्ष छोड़कर हट जाओ। एक दिन में करोगे तो पकड़े जाओगे इसलिए कई दिन का समय लो।"

फिर हँसकर बोली, "पर एम.ए. में रिज़ल्ट अच्छा होना चाहिए।"

अनिमेष ने कहा, "तुमसे तो अच्छा नहीं हो सकेगा।"

माधवी टोस्ट पर कालीमिर्च बुरकते हुए बोली, "लगता है, मैं तो परीक्षा दे ही नहीं सकूँगी।"

अनिमेष चौंक पड़ा, "यह क्या···क्यों?"

वह मुँह उठाए बिना बोली, "छोड़ो वह बात। घर चिट्ठी भेजी?"

अनिमेष का जबड़ा कस गया। अभी कुछ देर पहले ही उसे लगा था कि माधवीलता को कुछ हो गया है जिसके लिए उसे चिन्ता हो रही है और उसकी छाप आँखों और चेहरे पर पड़ रही है। इतने दिनों इसने नोटिस नहीं किया इसलिए खुद पर खीझ रहा था। बड़ी गम्भीरता से बोला, "अगर कुछ बताना नहीं चाहतीं तो मुझसे यह सब खाया नहीं जाएगा।"

हँस पड़ी माधवीलता, "ओ मा! क्या बचपना है। गुस्सा करके खाने की चीज़ ख़राब करने की अब उम्र है? बच्चे कहीं के।"

"मज़ाक़ मत करो···अगर नहीं चाहतीं तो तुम्हें लेकर कुछ नहीं कहूँगा। पर इतना जानना ज़रूरी है।" अनिमेष ने कहा।

माधवीलता बोली, "यों ही गुस्सा आ गया।"

अनिमेष ने कहा, "मुझे इतना अपदार्थ समझती हो कि गुस्सा करने की योग्यता भी नहीं है।"

टेबल पर दोनों कुहनियाँ, हाथों पर ठोड़ी रखे माधवीलता अनिमेष की तरफ़ ताकते-ताकते खुद को सँभाल नहीं पायी। छाती के मेघ कब जल बनकर आँखों से गिरने लगे, अगर पहले से जानती!! अनिमेष हतवाक् था। फिर दबी आवाज़ में बोला, "यह चाय का स्टाल है।"

दीवार की तरफ़ मुँह करके माधवी ने दोनों आँखें तुरत पोंछ लीं। शान्त होने में कुछ समय लगा। दोनों ने चुपचाप टोस्ट खाकर चाय का कप पकड़ा। अनिमेष कुछ नहीं बोल रहा था। बीच-बीच में माधवीलता को इतना गम्भीर देखता कि हज़ार कोशिशों के बावजूद अतल तक नहीं पहुँच पा रहा था। बातूनी हल्के टाइप की लड़कियों की आसानी से उपेक्षा की जा सकती है, पर माधवी की नहीं।

चाय पीकर माधवी ने दाम चुका दिए। सड़क पर आकर सियालदह स्टेशन की तरफ़ चलते-चलते बोली, "लगता है, बाबा की वज़ह से एम.ए. का इम्तहान नहीं दे पाऊँगी।"

"मायने?"

"मेरा ब्याह करने के लिए परेशान हैं। मैंने उनसे कहा भी कि यह चिन्ता छोड़ दें। इस तरह की बात मेरे मुँह से सुनने की उन्हें आशा नहीं थी। नतीज़ा

यह हुआ कि अग्निकांड शुरू हो गया। जो मुँह में आता है कह देते हैं। मुझे यहाँ से बाहर भेजने की सोच रहे हैं। जिस पात्र को उन्होंने चुना था शायद मेरे बारे में सुनकर हट गया। नतीज़ा यह हुआ कि और भी दिशाहारा हो गए। उनसे परीक्षा तक रुकने को कहा, पर उनकी भावगति देखकर लगता है, यह करेंगे नहीं।'' माधवीलता सिर उठाए चल रही थी। मानो बात में अपनी हालत का अन्दाज़ा लगा रही हो।

अनिमेष का दिल हाहाकार कर उठा। माधवीलता के लिए कुछ करने को तैयार हो गया। नहीं···किसी तरह उसके एम.ए. की परीक्षा देने की व्यवस्था करनी होगी।

''वे इस तरह क्यों कर रहे हैं?''

''वे मेरी भावगति को अच्छा नहीं समझ रहे इसलिए।'' माधवी हँस पड़ी, ''शायद समझ गए हैं कि मैं मन से अकेली नहीं हूँ।''

''उससे क्या हुआ?''

''किसी भी माता-पिता को लड़की के निर्वाचन पर आस्था नहीं होती। हर समय सोचते हैं कि बेवकूफ़ी कर रही है।''

''तुमने मेरे बारे में उन्हें बताया है?''

''हाँ···।''

''उन्होंने क्या कहा?''

''सुना ही नहीं। सुनो···पिछले रविवार को एक स्कूल में इंटरव्यू देकर आयी हूँ···मेरी सहेली की दीदी वहाँ काम करती हैं, अगर नौकरी मिल जाए तो बच जाऊँगी।''

''तुम नौकरी करोगी···? पढ़ाई नहीं करोगी?''

''वह बाद में देखा जाएगा। प्राइवेट परीक्षा दी जा सकती है। शायद नौकरी के लिए ही देनी पड़े। वह सब अभी नहीं सोचती। इस समय समस्या है, किसी अच्छे होस्टल की। तुम किसी होस्टल के बारे में जानते हो?'' माधवी ने अनिमेष की तरफ़ देखा।

अनिमेष ने सिर 'नहीं' में हिलाया, ''पर मालूम कर सकता हूँ। तुम घर से निकल जाओगी।''

माधवी खड़ी हो गयी। दोनों तरफ़ घर लौटनेवाले लोगों की भीड़, हॉकरों की आवाज़ें। साफ़ आवाज़ में पूछा, ''तुम नहीं चाहते कि घर से निकल आऊँ?''

''अच्छी तरह सोच लिया है?''

''मेरे प्रश्न का उत्तर नहीं दिया।''

अनिमेष ने सोचने में एक क्षण भी नहीं लगाया। बोला, ''वे तुम्हें ज़बरदस्ती कहीं भेजकर ब्याह कर देंगे, यह मैं नहीं मानता। पर इतने पुराने परिवेश और

घरवालों को छोड़कर तुम अकेली होस्टल में रहोगी—इस बारे में तुम्हें कोई दुविधा है या नहीं···जानना चाहता था। खुद सारी बात साफ़ हो तो संसार में कौन क्या सोचेगा। इसमें कुछ आता-जाता नहीं।"

"मेरा सबकुछ साफ़ है, अगर तुम पास रहो। मैंने कोई अन्याय तो किया नहीं है। बाबा अगर नहीं मानते तो दुख होगा। होस्टल में मैं अकेली तो रहूँगी नहीं···तुम जो होंगे। तुम मुझे छोड़कर कभी मत जाना।" माधवी हँस दी। आत्मविश्वास और लज्जा एक साथ मानो आ गयी हो।

अनिमेष बोला, "बड़ा अफ़सोस हो रहा है।"

"क्यों···?"

"खुद को बड़ा अपदार्थ समझ रहा हूँ। तुम जब इतना बड़ा रिस्क ले रही हो, मेरे हाथ में ज़रा भी ज़ोर नहीं है। अब तक बाबा के भेजे हुए रुपयों के सहारे रहा हूँ। तुम्हें मुसीबत से बचाना मेरा फ़र्ज़ है, पर देखो···बात के अलावा मैं कुछ नहीं कर पाता। देखूँ, क्या कर सकता हूँ।" आख़िरी बात ज़रा चिन्ताग्रस्त स्वर में बोला।

माधवी बोली, "एई···तुम क्या चाहते हो···यहाँ खड़े होकर चिल्ला-चिल्लाकर रोऊँ···?"

"मायने?"

"एक बार फिर वे सब बातें करोगे तो ऐसा सीन करूँगी तब समझोगे।"

"किन्तु···।"

"किन्तु-विन्तु कुछ नहीं। मेरे बारे में तुम्हें सोचने की ज़रूरत नहीं। तुम एम.ए. करके···।" बिना सोचे बात शुरू करते ही माधवीलता रुक गयी।

"रुक क्यों गयीं? बांग्ला भाषा में एम.ए. करके नौकरी नहीं मिल जाती। दो-तीन की इच्छा पूरी करने के लिए मैं एम.ए. की परीक्षा दूँगा। नौकरी के लिए तो बी.ए. डिग्री भी काफ़ी होती है। और अगर कहूँ कि राजनीति का काम करना चाहता हूँ तो लोग मुझे हम्बग सोचेंगे। जैसे वह करने की चीज़ नहीं है। जो कभी सीरियसली कम्युनिस्ट पार्टी का काम करते थे, गणना करते थे, उनमें से कई एक को जानता हूँ, कैसी दुरवस्था में दिन काट रहे हैं। सारा जीवन उन्हें नौकरी नहीं मिली। अगर अवस्था न बदली तो इस देश के जो लोग राजनीति करना चाहते हैं वे या तो बिना खाए मरेंगे या चोरी के रुपयों से धनवान बन जाएँगे। दूसरा काम मुझसे नहीं होगा इसलिए मेरे साथ भाग्य जोड़कर शायद जीवन-भर के लिए तुम पूरी तरह अशान्ति को बुला लो।"

माधवी बड़े ध्यान से बात सुन रही थी। अनिमेष की बात पूरी होने पर बोली, "अभी मैं कुछ नहीं कहूँगी। अगर मुझे नौकरी मिल गयी तो इसका जवाब तुम्हें मिल जाएगा। जो करूँगी करके दिखाना चाहती हूँ। पहले से लम्बी-लम्बी

बातें करने का कोई फ़ायदा नहीं। बस···मेरा एक काम कर दो इसी महीने में कोई अच्छा-सा होस्टल ढूँढ़ दो। नौकरी दक्षिणेश्वर की तरफ़ होगी तो नॉर्थ होस्टल हो तो अच्छा है।''

चलते-चलते वे सियालदह स्टेशन में घुस गए। आज माधवीलता इसे बहुत अपनी-सी लग रही थी। यह लड़की केवल इसकी ख़ातिर सब निरापद जीवन की माया छोड़कर बाहर निकल आना चाहती है इसके लिए इससे बड़ा अहंकार क्या होगा। पर यह सोचकर खुद को बड़ा असहाय सोच रहा था। इसके सम्मुख कितना कुछ करने के लिए है, पर कर ही नहीं पा रहा। एक प्रेमी की दृष्टि से वैसे ही राजनीतिक काम करने के हिसाब से कोई फ़र्क़ नहीं है। दो हाथ हैं, पर उनमें एक भी अंगुली नहीं है। स्वयं अपदार्थ के अतिरिक्त और कुछ नहीं है।

ट्रेन में चढ़कर माधवी बोली, ''सुनो···दिमाग़ ख़राब नहीं करना। सबकुछ मुझ पर छोड़ दो।''

''सबकुछ मायने? अपने समेत?''

''मेरा सब तो तुम ही हो।''

ट्रेन जाने के बाद अनिमेष जब स्टेशन से बाहर आ रहा था उसके पाँव बड़े भारी हो रहे थे। बड़ी थकावट लग रही थी। माधवीलता की बात कभी और सुनता तो खुद को सम्राट समझता, दिल में अन्दर तक आश्विन का प्रातः लगता। पर इस समय वह खुश क्यों नहीं हो पा रहा? मानो दोपहर जिसमें गरमाई नहीं है, मरा हुआ-सा दीपक जल रहा हो। सिर पर बादल हों! समय जैसे कट ही नहीं रहा हो—ऐसा लग रहा था।

होस्टल आकर पता चला कि कोई बुलाने आया था। दरबान नाम नहीं बता सका। बोला, ''साहेब ऊपर गए थे।'' साहेब!! अनिमेष को ताज़्जुब हुआ। किन्हीं साहेब को तो वह जानता नहीं। इसके कमरे में ताला लगा था। अनिमेष ने इधर-उधर देखा। कौन आया था, मालूम नहीं···परेशान हो गया। सोचा, माधवीलता के घर से तो कोई नहीं आया था? उसके बाबा? अनिमेष ने होंठ चबाए। अगर वे आए हैं तो उन्हें समझाएगा कि वे लड़की के बारे में गलती कर रहे हैं।

तभी तमाल कमरे से निकला। इसे देखकर बोला, ''कब लौटा?''

''अभी तो।''

''तुम्हारे काका (चाचा) आए थे।''

''काका···?''

कमरे में जाकर तमाल ने एक कार्ड लाकर इसके हाथ में दिया। बहुत देर प्रतीक्षा करते रहे। कह रहे थे कि कल सवेरे तुम ज़रूर जाओ। ग्रांड होटल

में ठहरे हैं।

अनिमेष ने चमकता हुआ कार्ड देखा 'प्रियतोष मिटार, लिखा हुआ—बस।

अट्ठाईस

हाथ में कार्ड लेकर अनिमेष सकते में आ गया। प्रियतोष मिटार इसके छोटे काका हैं यह समझने में तो कोई परेशानी नहीं हुई। पर वे अचानक इस होस्टल में कहाँ से आ गए? वे तो यहाँ रहते नहीं। जाने कब बाहर चले गए थे—शायद मास्को। दादू ने तो यही बताया था···वापस कब आए? कार्ड पर कुछ नहीं लिखा था। कार्ड बड़ा क़ीमती था छूते ही विदेशी है, पता चल रहा था। इच्छा हो रही थी कि खोद-खोदकर तमाल से पूछे। पर तमाल तभी नीचे चला गया। अनिमेष अपने कमरे में आ गया।

'मित्र' को 'मिटार' कहना इसे एक आँख नहीं भा रहा था। बंगाली सरनेम को इस तरह बिगाड़कर ही क्या साहब हुआ जा सकता है। दरबान ने तो 'साहब' ही कहा था। इसके मायने हैं छोटे काका की शक्ल बदल गयी है। और वह मामूली-सा पायजामा-कुरता! ताज़्जुब हो रहा था। वह शक्ल तो उस वक़्त की है जब पुलिस इनका मकान सर्च करने आयी थी। उसके बाद कलकत्ता से जब वे प्लेन में जलपाइगुड़ी आए थे तब तक बिलकुल साहेब हो गए थे। मन्त्री के पीछे-पीछे प्लेन से उतरे थे वे। आँख बन्द करते ही सारा नज़ारा सामने आ गया—ऍश कलर का सूट, लम्बी-पतली टाई, आँखों पर चश्मा, हाथ में बड़ा सा बैग। तब तो छोटे काका इतने दिन में और भी बड़े साहेब हो गए होंगे। आठ-नौ वर्ष हो चुके हैं। इसे ध्यान आया कि पुलिस के आने से पहले जिस रात छोटे काका चुपचाप घर से भाग गए थे। उस रात इसने पहली बार 'मार्क्सवादी' शब्द देखा था। उन दिनों वे कट्टर कम्युनिस्ट थे। उसके बाद जब लौटकर आए तब क्या थे। अनिमेष समझ नहीं पाया था। कांग्रेस से अलग होने के साथ-साथ कम्युनिस्ट नेताओं के साथ दोस्ती करने की कोशिश भी रही। दलाल की तरह कहने पर इसे ज़रा विक्षोभ नहीं हुआ। अब छोटे काका किस भूमिका में हैं? चाहे जिस भूमिका में हों, सरित्शेखर जब ज़बरदस्त आर्थिक कष्ट में थे तब छोटे काका साहेबी कर रहे थे, जिसे क्षमा करना नामुमकिन है। इसने सोच लिया कि ग्रांड होटल नहीं जाएगा। जो मनुष्य अपने स्वार्थ के लिए अवहेलना से बाबा-दीदी को छोड़कर इतने समय तक बाहर रहे उन्हें लेकर इसमें अब कोई दुर्बलता शेष नहीं है।

सवेरे एक दाढ़ी मुंडा पंजाबी अनिमेष के पास आया। उस समय वह किताबें

उलट-पलट रहा था। उसे देखकर ताज़्जुब हुआ। वह नमस्कार करके बोला, "सा'ब गाड़ी लेकर आया।"

बात न समझ अनिमेष ने पूछा, "किसकी गाड़ी?"

"सा'ब भेज दिया ग्रांड होटल से।"

छोटे काका ने इसे ले जाने को गाड़ी भेजी है? अब और ज़्यादा ताज़्जुब की उसमें नर्व नहीं थी। इसकी इतनी ख़ातिर कोई कर सकता है? सामने विनीत भाव से खड़े आदमी को देखकर इसे दूसरी चिन्ता हो गयी। कारण चाहे जो भी हो छोटे काका को इसकी ज़रूरत है। वह चाहे जितना बचना चाहे वे छोड़ेंगे नहीं। इस आदमी को वापस भेजने के बाद अगर वे खुद आ जाएँ तो ख़ामख़्वाह परेशान होगा। उनके मुँह पर पुरानी बातें तो कही नहीं जाएँगी। सम्बन्ध को और कड़वा न करके मन से तटस्थ हो मिल आना ही अच्छा है।

अनिमेष ने पायजामा-कुरता पहना। ग्रांड होटल जाने के लिए जो पोशाक ध्यान आयी वह यह नहीं थी। मनुष्य जिस तरह बोहेमियन भाव दिखाकर उपेक्षा करना चाहता है, इसने भी बिना इस्तिरी किया कुरता पहन लिया। गाड़ी में बैठकर अनिमेष ने देखा लक्ज़री टैक्सी थी। बड़े यत्न से रखी हुई तथा आरामदायक। पूछने पर पता चला कि होटल के बड़े साहेब लोग कलकत्ता में दिन-रात के लिए ऐसी गाड़ी किराए पर लेते हैं। मामूली आदमी की क्षमता के बाहर है इस गाड़ी का किराया देना।

वह कभी ग्रांड होटल नहीं गया था या मौक़ा नहीं मिला था। चौरंगी से निकलते हुए होटल बाहर से बहुत बार उसने देखा था। दरवाज़े पर एक लम्बा-चौड़ा पंजाबी दरबान खड़ा था। उसके पास रोशनी से झलमलाते कालीन बिछे पैसेज में बढ़िया कपड़े पहने लोग आ-जा रहे थे। मध्य वित्त बंगालियों की तरह इसे भी लगता कि अन्दर कुछ रहस्यमय है। आज उसी पैसेज में चलते हुए इसने अकारण ही स्मार्ट होना चाहा। छोटे काका का सूइट नम्बर ड्राइवर ने बता दिया था। कई विदेशी आदमी-औरतें हँसते हुए इसके पास से निकल गए। रिसेप्शन से पता पूछकर अनिमेष ऊपर चढ़ गया।

अनिमेष को मालूम नहीं था कि कलकत्ता शहर के ठीक बीच में ऐसा साहेबी टिपटॉप परिवेश होगा। जुलूस, स्लोगन, अभाव, दैन्यता से हटकर अंग्रेजी पिक्चर की तरह छिमछाम आब-हवा में चलते-चलते अनिमेष ने कमरे के सामने आकर पसीना पोंछा। कमरा नहीं, छोटे काका ने पूरा सूइट लिया है। बहुत पैसा देना पड़ा होगा। और दादू जलपाइगुड़ी में···ध्यान आते ही वह कठोर हो गया। नहीं···आज यह सब नहीं सोचेगा। मिलने आया है, मिलकर चला जाएगा।

बैल बजाते ही दरवाज़ा खुल गया। छोटे काका को पहचान गया। शक्ल बहुत बदल गयी है। ज़रा दुबले पर शरीर छिमछाम। होंठों के ऊपर लम्बी-लम्बी

मूँछें सिर पर बाल कम पर काफ़ी लम्बे। पहचानने में देर लगी क्योंकि मूँछों और बालों का रंग लाल था, शरीर का रंग इतना गोरा कि विदेशी होने का भ्रम होता। उनके शरीर से बढ़िया महक आ रही थी। अनिमेष प्रणाम करे या नहीं समझ नहीं पाया, बोला, "कैसे हैं...?"

चेहरे से अपरिचय की छाप दूर करने की कोशिश कर रहे थे। पर इसकी आवाज़ सुनते ही अनिमेष के कन्धे पर दोनों हाथ रखकर बोल उठे, "अरे ब्बस...यू...अनि! कितना बड़ा हो गया है। एकदम ऍडल्ट! रास्ते में देखता तो पहचान ही न पाता। आ...आ...अन्दर आ।" दोनों हाथों से पकड़कर कमरे में ले आए।

उनके स्पर्श से अनिमेष ज़रा कठोर हो गया। बहुत दिनों से किसी ने इसे इस तरह जकड़कर नहीं पकड़ा था। छोटे काका के शरीर में से सुगन्ध आ रही थी जिसकी उसे आदत नहीं थी।

कमरा बहुत बड़ा था बड़ी सुन्दरता से सजा हुआ। वहाँ सबकुछ मौजूद था, न मिलने पर कोई विरक्त हो सकता था। कमरे में तीन लोग और दिखाई पड़े। उनमें से एक बड़ा पहचाना-परिचित-सा लग रहा था। छोटे काका के उच्छ्वास ने इसे इतना परेशान कर दिया था कि सोचने का समय ही नहीं मिला। वे इसके पास खड़े कह रहे थे, "अरे...अनि! तू तो मुझसे भी लम्बा हो गया है। अभी उस दिन पैदा हुआ था। आह! समय इतनी तेज़ी से गुज़र जाता है कि उसे पकड़कर रखना मुश्किल है। देखूँ...तेरी शक्ल कैसी हो गयी है। हूँ...गुड दाढ़ी क्यों रखी है? सिर्फ़ रखने से नहीं चलेगा उसकी देखभाल भी करनी चाहिए। अब क्या पढ़ रहा है।"

"इस बार एम.ए. का इम्तिहान दूँगा।" सुनते ही प्रियतोष की आँखें ऊपर चढ़ गयीं। "हैं...एम.ए.? नो...दैन यू आर क्वाइट एडल्ट। तुझे देखकर सोचता हूँ, मैं बूढ़ा हो गया हूँ।" वे बच्चों की तरह अनिमेष का हाथ थामे बात कर रहे थे। अपनी इच्छा के विरुद्ध अनिमेष उनके प्रति नरम पड़ने लगा। आचरण अगर आन्तरिक न हो तो मानवीय् सम्बन्धों पर किसी को विश्वास ही न रहे। जो तीन व्यक्ति छोटे काका का इन्तज़ार कर रहे थे वे उनसे बोले, "मुझे माफ़ कीजिएगा ये मेरा भतीजा है। बहुत दिनों बाद उससे मिला हूँ। नैचुरली...।"

वे तीनों एक साथ बोल पड़े, "ठीक है...ठीक है।"

उन्होंने कहा, "आप लोग मुझे दसेक मिनट का समय दीजिए। उसके साथ कुछेक बात कर लूँ। नहीं...नहीं आप उठिए मत...मैं बराबर वाले कमरे में चला जाता हूँ। तब तक आप लोगों के लिए कुछ ड्रिंक्स मँगवाता हूँ।" टेलीफ़ोन से रूम सर्विस को निर्देश देकर वे अनिमेष को लेकर दूसरे कमरे में चले गए। वे बड़े उन्मुक्त लग रहे थे।

यह सोने का कमरा था। ऐसा लोभनीय बिस्तर अनिमेष ने कभी नहीं देखा था। एक तरफ़ गद्देदार छोटा सा सोफ़ा-सेट। अनिमेष उनके साथ उस पर बैठ गया। इसने देखा छोटे काका उसे अपलक देख रहे थे। नज़र मिलते ही बोले, "मैं भी कभी तेरे जैसा था।"

वे बड़ी स्वाभाविकता से कह रहे थे, पर अनिमेष को बुरा लगा। पूछा, "आप कलकत्ता कब आए?"

"कल...तेरे होस्टल भी गया था। कितनी रात में लौटा तू।"

"कल देर हो गयी।"

"नो...नो...इसके लिए मैं चिन्तित नहीं हूँ। देर से लौटने की यही तो उम्र है। इस बार कलकत्ता आकर बस यही मालूम हुआ कि तू बड़ा हो गया। प्रेम करता है?"

सुनते ही अनिमेष लाल हो गया। किसी तरह कहा, "क्या कह रहे हैं?"

छोटे काका को हँसते देखकर उसने बात घुमाकर पूछा, "मेरा पता कहाँ से मिला?"

छोटे काका हाथ नचाकर बोले, "वह भी इत्तिफ़ाक से। बहुत दिन हुए जलपाइगुड़ी से बाबा की चिट्ठी मिली थी। दैट वाज़ द लास्ट वन। उससे पता चला था कि तू कलकत्ता में स्कॉटिश में दाखिल हो गया है। यहाँ आकर ध्यान आते ही स्कॉटिश कॉलेज फोन किया। वे कुछ नहीं बता पाए। फिर सोचा तू कलकत्ता में ज़रूर किसी होस्टल में रहता होगा। कॉलेज से नम्बर लेकर एक-एक करके होस्टलों में रिंग करने लगा। अल्टिमेटली तुझे ढूँढ़ निकाला। मुझे अगर ध्यान आ जाता कि तूने बहुत पहले कॉलेज छोड़ दिया है, तो दिमाग में यह बात न आती और तुझसे मिलना भी न होता।"

"आप मॉस्को में हैं?"

"हाँ...अब वहीं सैट्ल्ड हूँ।" फिर धीरे से पूछने लगे, "बाबा की क्या ख़बर?...कैसे हैं?"

अनिमेष का दिमाग़ गरम हो गया। इस आरामदेह होटल में बैठकर दादू की बात न करके वे सीधे जलपाइगुड़ी जा सकते हैं। अभी वह निश्चय भी नहीं कर पाया था कि क्या जवाब दे कि उन्होंने उसके कन्धे पर हाथ रखा, "जानता हूँ...प्रश्न सुनकर तू डिस्टर्ब हो गया है...है ना?"

अनिमेष ने जल्दी से ख़ुद पर क़ाबू पा लिया, "नहीं-नहीं...क्यों होता...आप पूछ सकते हैं। दादू की तबीयत ठीक नहीं है।" कहकर अनिमेष को तसल्ली हो गयी। यहाँ इस होटल में बैठकर छोटे काका से रूडली बात क्यों करे जबकि दादू की समस्या का कोई समाधान नहीं कर सकता।

"तू सचमुच बुद्धिमान है।"

उठकर टेबल से बोतल से गिलास में पानी उँड़ेलकर उन्होंने पूछा, "तू वोद्का पिएगा?"

"वोद्का...नहीं...नहीं।"

"ठीक है...।" गिलास होंठों से लगाकर वे बिछौने पर जा बैठे, "तुझे मालूम है या नहीं...जलपाइगुड़ी से जाने के बाद मैंने बाबा के साथ नियमित रूप में सम्पर्क रखा था। लास्ट जब वहाँ गया था, वह तुझे मालूम ही होगा। फिर तरह-तरह के झमेलों में व्यस्त रहा। तभी बड़ दा' की चिट्ठी मिली—बाबा चले गए। उस समय मेरा बाहर जाने का प्रोग्राम निश्चित था। उसी दिन दिल्ली जाना था। सोचा जब बाबा ही नहीं हैं तो जलपाइगुड़ी जाकर क्या होगा। बड़ दा' को रुपए चाहिए थे, मैंने भेज दिए। मॉस्को जाकर तेरे बाबा को चिट्ठी लिखी। मँझले दा' मुझसे नाराज़ हैं, पता चला। साथ ही यह भी मालूम हुआ कि बड़ दा' ने मुझे ब्लफ़ किया था। बाबा ठीक-ठाक हैं। तू बात को समझ। फिर बाबा को चिट्ठी भेजी...जवाब नहीं मिला। दिल्ली से एक मित्र द्वारा रुपए भेज दिए थे, उन्होंने रिफ्यूज़ कर दिए। नाउ आइ हैव नथिंग टु से। अगर इसके लिए कोई मुझे दोषी ठहराना चाहे तो ठहरा सकता है। पर मुझे कोई फ़र्क़ नहीं पड़ता। तूने कहा बाबा अच्छे नहीं हैं...क्या हुआ है?"

अनिमेष समझ गया था और छोटे काका को भी मालूम था कि उनकी बात में कोई ज़ोरदार दलील नहीं है। सिर्फ़ ज़िद करके कहते गए। और घूम-फिर कर दादू के बारे में जानने में वह दुर्बलता प्रकट हो रही थी।

इसने कहा, "उम्र हो गयी है, रुपए-पैसे हाथ में नहीं हैं। बड़े कष्ट से चल रहा है।"

खुलकर बोले, "इन डीटेल्स।"

अनिमेष ने उनकी तरफ़ देखा, "आपको अच्छा नहीं लगेगा। अब उस घर के अलावा उनका और कोई सम्बल नहीं है। उसे हथियाने के लिए आत्मीय आते-जाते रहते हैं—दादू ने सबसे कह दिया कि उन्हें लैप्रसी हो गयी है।"

"लैप्रसी...बाबा को कुष्ठ हुआ है।"

"हुआ नहीं...पर 'हो गयी है' कहकर बिडालों की भीड़ से बचा जा सकता है...वे जानते हैं। मैं इस बार गया तो उन्हें पहचान नहीं पाया। शायद ज़्यादा दिन जीएँगे नहीं।"

"बड़ी दी'?"

"सेहत ठीक नहीं है। एक टाइम खाती हैं...सूख गयी हैं।"

छोटे काका ने एक घूँट में गिलास ख़त्म कर दिया। फिर एकदम पूछा, "सुना है, तू राजनीति करता है—एस.एफ.?"

"हाँ...।"

"तुझे सी.पी.एम. के कार्यक्रम में विश्वास है?"

"थोड़ा बहुत।"

"थोड़ा बहुत···व्हाइ?"

"भारतवर्ष में कम्युनिस्ट पार्टी तो सी.पी.एम. ही है। उसका कार्यक्रम मुझे अच्छा नहीं लगता···पर कोई उपाय नहीं।"

छोटे काका ने अनिमेष की तरफ़ कौतुक से देखा। फिर 'हो-हो' करके हँसने लगे। अन्त में बड़े ठहरे हुए स्वर में बोले, "अनि! राजनीति का काम करने के लिए कोई आदर्श या फ़ार्मूला सामने रखकर आगे आना मूर्खता है। कभी यह कभी वह···जो हो सके वही अच्छा पॉलिटिशियन होता है। कल तेरे होस्टल के एक लड़के के साथ बात करते-करते तेरे बारे में पता चला था। तुझमें मुझे अपना अतीत दिखाई पड़ता है। पार्टी जब निषिद्ध हो गयी तो वही एक आदर्श लेकर मैं बच गया था। पर उसे भी अगर पकड़े रहता तो खोजने पर मैं कहीं नहीं मिलता। राजनीति कर···एक मज़बूत सीढ़ी के पास तक पहुँचने के लिए। जैसे ही वह सीढ़ी मिल जाए पीछे मुड़कर मत देखना। तुम लोगों के जो बड़े नेता हैं उनमें से बहुतों के व्यक्तिगत चरित्र को मैं जानता हूँ। वह जानने पर तू सिहर उठेगा। जो बाहर कमरे में बैठे हैं···उन्हें पहचानता है?"

अनिमेष ने 'नहीं' में सिर हिलाया।

"वे आए हैं मेरा मन नरम करने के लिए। मॉस्को के लिए प्रवेश पत्र पाना उनका उद्देश्य है। नहीं···ये सी.पी.आई. नहीं हैं। आज सारा दिन मैं समय-समय पर तेरे नेताओं के साथ मीटिंग करूँगा। जैसे भी हो सके सामनेवाली लाइन में आ जाना, फिर सारी बात मुझ पर छोड़ दे।"

अब अनिमेष से रहा नहीं गया। छोटे काका जो बातें कर रहे थे, हो सकता है सच हों···पर यह किस तरह की विचारधारा है। आँखों के सामने जलपाइगुड़ी के मकान के सामने विक्षोभ का नज़ारा आ गया। छोटे काका अब आगे प्रसंग से बचने के लिए वहाँ जाकर बैठ गए।

इसने सीधे पूछा, "आप के.जी.बी. के एजेंट हैं?"

"एँऽऽ···गुड! अब कि सी.आई. के साथ के.जी.बी. का एजेंट कहना अपटुडेट गाली? अरे मूर्ख···सी.आई.ए. या के.जी.बी. बहुत बुद्धिमान संगठन हैं। वे किसी ऐसे व्यक्ति को काम करने नहीं भेजते जिसे देखकर तू भी समझ जाए। तेरा उद्देश्य क्या है?"

"क्या बात?"

"राजनीति क्यों कर रहा है?"

"इस देश के लोग जिससे शोषित न हों···किसी ब्लफ़ में न फँसें···।"

उसकी बात काटकर छोटे काका ने पूछा, "यह तो सी.पी.एम. भी कहता

है···।''

''कहता है···पर इस संविधान में उसे करना सम्भव नहीं है, यह भी वह जानते हैं।''

''दैन यू आर थिंकिंग सम अदर वे···? वह क्या है?''

''मालूम नहीं।''

''एनी आर्म्ड रिवोल्यूशन?''

''मालूम नहीं।''

''पागलपन मत कर। इस देश के लोगों में लोभ के। कीड़े पल रहे हैं। इसलिए कोई भी काम करना मुमकिन नहीं है। मैं जो कह रहा हूँ वही कर।''

अनिमेष खड़ा हो गया। ''आपने उन्हें दस मिनट प्रतीक्षा करने को कहा था।''

वे हँस दिए, ''ज़रूरत होने पर वे दस घंटे भी प्रतीक्षा करेंगे।''

''तो मैं चलूँ?''

''जाएगा···।''

''हाँ···।''

उन्होंने बैग से एक कार्ड निकालकर हाथ में देते हुए कहा, ''मैं आज रात ही वापस चला जाऊँगा। कभी भी ज़रूरत पड़े तो इस पते पर चिट्ठी भेजना।'' यह दूसरी तरह का कार्ड है। पहलेवाला जैसा नहीं है। अंग्रेज़ी और सम्भवतः रूसी में जिसे अनिमेष समझता नहीं था।

अनिमेष ने कार्ड पॉकेट में रखा और बाहर आ गया। छोटे काका ने फिर आवाज़ दी, ''अनि! एक उपकार करेगा मेरा।''

''कहिए···।''

''तुझे प्रॉमिस करना होगा।''

एक क्षण दुविधा करके अनिमेष ने बात नज़रअन्दाज़ कर दी, ''कहिए।''

''तुझे दो पैकेट दूँगा, दोनों को पहुँचा देगा?''

''किनके हैं?''

उन्होंने सूटकेस से दो सुन्दर पैकेट निकालकर अनिमेष के सामने रखकर कहा, ''ऊपर नाम लिखे हैं।''

ज़्यादा वज़न नहीं था। पैकेट पर दोनों नाम पढ़कर बड़ी मुश्किल से स्वयं को संयत किया। एक पर था, सरित्शेखर मित्र, दूसरे पर छोटे अक्षरों में लिखा था 'तपू'—तपू मायने तपू पिशी। उसने छोटे काका की तरफ़ विह्वल होकर देखा। इतने वर्ष बीत गए, पर छोटे काका को अब भी तपू पिशी की याद है? एक समय वह भी था जब अनिमेष तपू पिशी की अवहेलना करने पर छोटे काका से नाराज़ था। पर एक व्यक्ति चुपचाप किसी दूसरे को इतने वर्षों तक याद

करता रहा है, जानकर सब गड़बड़ हो गया। रूपश्री सिनेमा के सामने बच्चों को लेकर तपू पिशी जिस दिन 'पथेर पांचाली' देखने जा रही थी। उस दिन शायद छोटे काका को उन्होंने आख़िरी बार देखा था। कैसे तटस्थ भाव से तपू पिशी छोटे काका को अनदेखा करके चली गयी थीं। और नीले काग़ज़ पर छोटे काका को उनकी लिखी हुई चिट्ठी—जिसे पुलिस के घर सर्च करने पर चुपके से हटा दी थी जो बाद में छोटे काका के हाथ से ही टुकड़े-टुकड़े हो गयी थी—उसका ध्यान आ रहा था। वे दो लाइन अनिमेष कभी नहीं भुला पाया 'तुम्हारी राजनीति ही अब सबकुछ है···मैं कोई नहीं···जितनी इच्छा हो अब राजनीति करना मैंने अपना अधिकार हटा लिया।'

"तपू के साथ तेरा सम्पर्क है?"

सुनकर अनिमेष ने 'नहीं' में गरदन हिलायी। तपू पिशी क्या अब भी जलपाइगुड़ी गर्ल्स स्कूल में हैं? मालूम नहीं।

"उनके बारे में कुछ नहीं जानता।"

"नहीं··· ।"

"तब फिर।"

"अगर दायित्व दे रहे हैं तो ढूँढ़ निकालूँगा और चिट्ठी दे दूँगा।"

"बस इतना कर दे।"

अचानक अनिमेष को चिन्ता हुई, "अगर तपू पिशी अब न हों?"

छोटे काका अचल हो गए। इतनी देर से जो व्यक्ति प्रचंड प्रताप से तरह-तरह की बातें कर रहा था वह इस समय कैसा निःसहाय लग रहा था। कोमल स्वर में बोले, "अगर वे लेना न चाहें तो तिस्ता में फेंक देना।" काफ़ी देर तक चुप रहकर फिर बोले, "मेरा भाग्य ही ऐसा है। किसी सम्पर्क को मैं सहज स्वाभाविक रूप में नहीं रख पाया, अनि! तुझे भी देखकर मुझे डर लगता है। मैंने जो ग़लती की थी वह तू मत करना।"

अनिमेष ने दोनों पैकेट हाथ में लेकर कहा, "चलता हूँ।"

"आज फिर आएगा···तू?"

"कब···?"

"कह···कहूँ। सारा दिन झमेला लगा रहेगा। ठीक छह बजे एयरपोर्ट आ सकेगा?"

"एयरपोर्ट?"

"उस समय कुछ देर बात हो सकेगी।"

"देखूँगा।"

"तू सिगरेट पीता है···अनि!"

दुविधा किए बिना अनिमेष बोला, "कभी-कभी··· ।"

"दैन वेट···।"

कमरे के कोने में जाकर एक सुदर्शन पैकेट और छोटा-सा सुन्दर लाइटर लाकर उसके हाथ में दे दिया। अनिमेष ने पैकेट देखा–रशियन सिगरेट। विदेशी सिगरेट के बारे में उसे कुछ मालूम नहीं था। मित्रों की ललचाई नज़रें देखी थीं। लाइटर का बटन दबाते ही हलकी नीली फ्लेम निकली। ज़रूर बहुत क़ीमती होगा। छोटे काका ने कहा, "गैस का है। ख़त्म हो जाए तो ख़रीद लेना।"

"मेरे पास इतने पैसे नहीं हैं। आप रख लीजिए···मैं इस्तेमाल नहीं करूँगा।"

"ख़रीदने की ज़रूरत नहीं···गैस ख़त्म हो जाऐ तो किसी और को दे देना।"

बाहर के कमरे में निकलते ही तीनों व्यक्ति खड़े हो गए। उन्हें देखकर साफ़ ज़ाहिर था कि इतनी देर तक बिठाए रखने पर भी वे ज़रा भी असन्तुष्ट नहीं हुए थे। बल्कि इस बीच काफ़ी नश्य हो गया था। उनमें से एक व्यर्थ ही हँसता जा रहा था। बड़ा जाना-पहचाना लग रहा था···पर–।

छोटे काका बोले, "सॉरी···आप लोगों को देर कर दी···बैठिए, बैठिए···। क्या पिएँगे शिवास रीगल? वोद्का बिना मुझसे नहीं होगा।" अनिमेष जा रहा था कि उन्होंने रुकने को कहा, "मेरा भतीजा–अनिमेष मित्र–बड़ा इंटेलिजेंट लड़का है। तीनों ने नमस्कार किया, देखकर अनिमेष ने हाथ का पैकेट लौटाने की कोशिश की। छोटे काका उस समय कह रहे थे, "एम.ए. में पढ़ता है, छात्र फैडरेशन का काम करता है। बड़ा एक्टिव है।"

"अच्छा···!" वही जाना-पहचाना-सा व्यक्ति बोला, "विभान को जानते हो?"

"हाँ···।"

"क्या नाम बताया?"

"अनिमेष मित्र···।"

"ठीक है, मित्र साहेब। ध्यान रहेगा।" वह छोटे काका की तरफ़ देखकर हँसा···

"तब तो उसे···यानी···जान गए होंगे।"

"ऑफकोर्स···।" छोटे काका ने अनिमेष को दरवाज़े तक पहुँचाकर कहा, "जिन्हें तूने अभी देखा है किसी को बताने की ज़रूरत नहीं।"

"क्यों···?" अनिमेष ने दबे स्वर में कहा।

"राजनीति में सफलता प्राप्त करने के लिए सबसे बड़ी चाबी होती है आँखें खुली और मुँह बन्द रखना। इसके साथ जो दिमाग़ इस्तेमाल कर सकता हो उसे कोई ठग (धोखा) नहीं सकता।" छोटे काका हँस दिए।

अनिमेष ने बड़ी ठहरी हुई आवाज़ में पूछा, "और हृदय?"

"उसका व्यवहार निर्बोध करते हैं, इमोशनल मूर्खों का राजनीति में कोई स्थान नहीं है। ओ.के. कोशिश करना एयरपोर्ट आने की···इन केस ऑफ एनी

डेंजर···चिट्ठी लिखना। भारतवर्ष में जो साधन असाध्य हों मॉस्को में बैठकर किया जा सकता है।"

छोटे काका ने दरवाज़ा बन्द कर लिया।

उस दिन दोपहर को अनिमेष यूनियन ऑफ़िस में गया। इधर कुछ समय से वह इस कमरे से बचकर निकल जाता था। विभान, सुदीप और बहुत से व्यक्ति बातें कर रहे थे। उसे देखकर सुदीप बोला, "तुम्हें क्या हुआ है? आजकल कुछ दूसरी तरह के लग रहे हो।"

"मुझे क्या होगा? बहुत व्यस्त था।" अनिमेष हँस पड़ा।

"किस बारे में?" विभान ने पूछा।

"मेरे काका आए थे मॉस्को से। यहाँ पोलिटिकल कॉन्फ्रेंस हैं। उनके साथ रहा।" अनिमेष ने कहा।

विभान ने पूछा, "बताओ तो नाम क्या है?"

"प्रियतोष मित्र।"

"अच्छा···मैं ठीक से नहीं जानता। तुमने भी कभी नहीं बताया।"

"ऐसी क्या बात है जो बताता। देख रहा हूँ, नेता लोग जानते हैं।"

अनिमेष ने देखा वे बड़े पज़ल्ड हो रहे थे। इसने पॉकेट से सिगरेट का पैकेट निकालकर सुदीप के सामने रख दिया, "काका ने दी है आप लोगों के लिए।"

सुदीप ने निर्लिप्त होकर पैकेट उठाया और चीख़ पड़ा, "अरे! रशियन सिगरेट! ए पैकेट फ्राम द लैंड ऑफ़ कम्युनिज़्म।" सब सिर आगे झुकाकर पैकेट देखने लगे। सुदीप ने फट से पैकेट खोलकर एक सिगरेट निकाली और होंठों में दबा ली, "थैंक्यू अनिमेष! मुझे मानो मॉस्को की महक आ रही है।" चारों तरफ़ से और कई हाथ सिगरेट के लिए आगे आ गए।

प्रचंड जलन अनिमेष को एयरपोर्ट ले आयी। तीस-बी बस पकड़कर पहली बार दमदम जाते समय अनिमेष आज सवेरे से घटित सब घटनाओं के बारे में जितना सोचता, जलन उतनी ही बढ़ती जाती। छोटे काका मॉस्को से अचानक क्यों आ गए? उनके कमरे में जो लोग बैठे थे या जिनके साथ मीटिंग कर रहे थे उनके साथ इनका क्या सम्पर्क है? सवेरे इसका दिमाग़ ठीक से काम नहीं कर रहा था इसलिए छोटे काका ही बात करते रहे थे। शायद वे ही ठीक थे। आजकल सुविधावादी-राजनीति के शिकारों के लिए उसी पथ पर चलना लोभनीय होता

है। अनिमेष को लगा कि छोटे काका को कुछ बातें साफ़-साफ़ कह देनी होंगी।

एयरपोर्ट पर आकर अनिमेष की आँखें चौंधिया गयीं। स्टेशन के यात्रियों से यहाँ के लोगों का हाव-भाव अलग तरह का था। कुछ वक़्त बिताने के बाद छोटे काका दिखाई दिए। वे तीनों व्यक्ति अब भी साथ थे।

इसे देखकर छोटे काका आगे बढ़कर आए, ''ऊपर गया।''

''हाँ।''

''मुझे बहुत देर हो गयी। तुझसे जो कहा है वही करना।''

''क्या बात···।''

''ओह! उन दोनों पैकेट की बात कर रहा हूँ।''

''अच्छा··· ।''

''और हाँ···इन लोगों के साथ सम्पर्क रखना···आख़िर में काम आएँगे।'' इशारे से पीछे खड़े लोगों की उन्होंने दिखाया, ''ध्यान रखना, हर स्टैप सामने, आगे की तरफ़ जाने के लिए होता है।'' कहकर वे सूटकेस हाथ में लेकर जा रहे थे कि अनिमेष ने पीछे से पुकारा।

''क्या हुआ?''

''इन लोगों को आपने लालच दिया है?''

सुनते ही छोटे काका का मुँह ताज़्जुब में डूब गया। वे अवाक् होकर अनिमेष को देखते रहे। फिर कई क़दम पीछे आकर पूछा, ''क्या कहा तूने?''

''आपने जो रशियन सिगरेट का पैकेट दिया था इसे लेकर मेरे कॉमरेड मित्र लालायित हो रहे हैं। ये लोग भी शायद कुछ अधिक मिलने की आशा में आपके पीछे भाग रहे हैं। इन्हें बरबाद करके आपको क्या लाभ होगा?'' अनिमेष ने बड़े स्पष्ट शब्दों में पूछा।

''तुझे जवाब नहीं दूँगा। तू कुछ दूसरी तरह का लग रहा है। तू क्या चाहता है?''

''इस करप्शन से देश को बचाना चाहता हूँ। सुनिए! जिन लोगों से आप मिलते रहे हैं अथवा अपनी तरह का सोचते हैं—उनसे हटकर भी कोई है।'' अनिमेष ने दृढ़ विश्वास से कहा।

''गुड! वही भ्रान्त आवेग। अनि! भारतवर्ष के इसी सिस्टम में तेरे वही 'कोई-कोई' व्यक्ति भूखे मर जाएँगे या दलाल हो जाएँगे। हाँ, इसलिए सोच ले···आइ फ़ील पिटी फॉर यू।''

छोटे काका फिर ठहरे नहीं। साथियों से विदा लेकर अन्दर चले गए। अनिमेष प्रतिवाद करना चाहता था, पर सहसा उसे लगा कि उसमें कोई ज़ोर नहीं है। इन लोभी व्यक्तियों के विरुद्ध लड़ाई करने की बात किसके सहारे करे। सामने कोई रास्ता नहीं है। राजनीति से चुपचाप हट जाना भी तो एक तरह

का एस्केपिज़्म है। तो फिर? इस कीचड़ में ही चक्कर लगाना जब निश्चित है वहाँ छोटे काका के मुँह पर जवाब देने का कोई उपाय नहीं है।

एयरपोर्ट से बस स्टैंड बहुत दूर था। वह पैदल जा रहा था। तभी पीछे से गाड़ी की आवाज़ सुनकर उसने पलटकर देखा। गाड़ी उसके पास आकर रुक गयी। वही तीनों लोग थे। छोटे काका को सी-ऑफ करके लौटे थे। एक ने पूछा, ''कलकत्ता जाओगे ना?'' अनिमेष ने गरदन हिलायी।

''चढ़ जाओ।'' बात में बनावटी प्रेम दिखाई दे रहा था। अनिमेष ने एक क्षण सोचा फिर हँसकर कहा, ''नहीं···आप लोग जाइए···यहाँ कुछ काम है मुझे···देर लग जाएगी।''

तीनों स्वाभाविक हो गए। जाने से पहले उन्हीं सज्जन ने कहा, ''तुम्हारे काका के साथ बात हो गयी है। किसी दिन सवेरे मुझसे मिलना···चिन्ता की कोई बात नहीं।''

भागती हुई गाड़ी को पीछे से देखता हुआ अनिमेष दाँत किचकिचाकर बोला, ''स्साला··· ।''

रात को बहुत देर से होस्टल लौटा। डेल्टा डाँगा से पैदल आया था। बड़ी थकान हो गयी थी। आसपास की सब दूकानें बन्द थीं। होस्टल का गेट अधखुला था। सहसा पासवाले लैम्पपोस्ट की छाया में से कोई तेज़ी से उसके पास आया। चौंककर देखा—अवाक् रह गया। सुवास दा' थे। पंखहीन कौए जैसा चेहरा। दबी आवाज़ में बोले, ''अनिमेष।''

''सुवास दा'···आप।''

''अनिमेष! एक रात के लिए मुझे रहने दे सकते हो?''

उसने ज़रा भी दुविधा न कर कहा, ''ज़रूर···आइए।''

उनतीस

दरबान को किसी तरह मैनेज करके वह सुवास को अपने कमरे में ले आया। होस्टल में सब खा चुके थे। रात ज़्यादा हो चुकी थी। दो-एक को छोड़कर सबके कमरों की रोशनी बुझ चुकी थी। अनिमेष खाने के कमरे से अपना खाना लेकर ऊपर आ गया। रोटियाँ ख़त्म हो गयी थीं। झोल में बेस्वाद की महक। सुवास को ज़बरदस्ती राज़ी करके खाना बाँटकर खाया। अनिमेष बोला, ''आप चारपाई पर सो जाइए···मैं नीचे सो रहा हूँ।''

''तुम्हारे तख़्त पर बड़े आराम से दोनों सो सकते हैं···परेशान मत होओ।'' सुवास ने चारमिनार का पैकेट निकालकर कहा, ''अच्छा अनिमेष! तुम कह रहे

हो कि हम दोनों ही ऐसी परिस्थिति में पहले नहीं पड़े थे?···'आप' कहना छोड़ दो···उसमें दूरी बढ़ जाती है।''

चारों तरफ़ ख़ामोशी थी। जब ट्राम नहीं चलतीं तो कलकत्ता विधवा युवती की तरह सिर झुकाए चुप रहता है। आसपास के मकानों की रोशनियाँ बुझ गयी थीं दूर एक चार-तला मकान की खिड़की का काँच चमक रहा था। अनिमेष चेयर पर बैठा उस तरफ़ देख रहा था। इस दौरान उसने सुवास से कुछ नहीं पूछा था। इतनी रात गए अचानक क्या मुसीबत आ पड़ी जानने का कुतूहल था, पर खुद पूछना ख़राब लग रहा था। अचानक सुवास बोला, ''तुम्हें कोई परेशानी तो नहीं हो रही?''

''क्यों?''

''यही···जो अचानक आ बैठा।''

''हटिए···क्यों होगी।''

''तुम्हारे दोस्त, विभान आदि की बात कर रहा हूँ, वे कैफ़ियत चाहेंगे।''

''क्यों···यह मेरा व्यक्तिगत मामला है। इसके अलावा अब मैं कैफ़ियत देने को बाध्य नहीं हूँ।'' कहकर अनिमेष सुवास की तरफ़ देखकर हँसा।

''क्यों···?''

''मुझे अच्छा नहीं लगता अब। असल में पार्टी के कार्यक्रम को अब मैं नहीं मानता। पार्टी को ऊपर से नीचे तक इतने स्वार्थी लोगों ने घेर लिया है कि कुछ नयी बात की आशा नहीं की जा सकती। हर क्षण विवेक के साथ लड़ाई करने की अपेक्षा निष्क्रिय रहना ज़्यादा अच्छा है।''

सुवास ने ऊपर से नीचे तक उसे देखा, फिर बोला, ''बत्ती बुझा दो सो जाओ···रात बहुत हो गयी है।''

बातचीत एकदम बन्द करने से अनिमेष अवाक् रह गया। सुवास को इसकी बात पर विश्वास नहीं है क्या?

कमरे की बत्ती बुझाने पर भी अँधेरे में थोड़ी-सी रोशनी रहती है। अनिमेष उसके बराबर चुप पड़ा था। लगा इसे नींद नहीं आएगी। इतने दिनों से अकेले सोने की ऐसी आदत हो गयी थी कि बराबर में कोई लेटा हो तो परेशानी लगती है। लेटे-लेटे ही वह सुवास के बारे में सोचने लगा। पार्टी के सक्रिय कर्मी की तरह सुवास खाद्य आन्दोलन कर रहा है, एक्शन में हिस्सा ले रहा है। उन दिनों भी सियालदह की गली से गोली लगी अवस्था में लेकर गया था। फिर पार्टी की तरफ़ से वीरभूम के हर ज़िले में बहुत दिनों तक संगठन का काम करता रहा था। उसी ने इसका परिचय विभान से करवाया था। और इसी सुवास को पार्टी से निकाल दिया गया कि वह दल-विरोधी काम करता है। सुवास से मिलने पर विभान आदि इससे नाराज़ थे। पार्टी से निकलकर सुवास अब क्या कर रहा

है। बीच-बीच में कुछ बातें इसके कानों में पड़ती रही हैं। उनका विश्वास करना बड़ा तकलीफ़देह होता। सुवास उसी दल में है अभी? आज रात जिस तरह सुवास ने इसके पास आश्रय लिया है तो स्पष्ट है कि कोई लोग उसको नुकसान पहुँचाना चाहते थे, इसलिए सुवास भाग खड़ा हुआ था। पर क्यों? यह बात मन में बुद-बुद की तरह उठ रही थी, पर एक हाथ की दूरी पर लेटे हुए सुवास से पूछा नहीं जा सकता। जब तक खुद न कहे खोदकर पूछने में संकोच होता है। सुवास सो चुका है यह समझने में इसे देर नहीं लगी। पर अनिमेष को नींद नहीं आ रही थी।

अब पार्टी हज़ारों में बँट गयी है। कांग्रेस की हालत भी अच्छी नहीं है। वर्तमान सरकार की खाद्य-नीति से जनता का एक दल बुरी तरह चिढ़ गया है। जोतदार, जो अब तक कांग्रेस के खूँटे जैसे थे 'लेवी' का शिकार हो गए हैं। वर्तमान मुख्यमन्त्री ने वृहत्तर कलकत्ता में राशन चालू कर दिया है। लेवी के रिकार्ड के अनुसार खाद्य इकट्ठा किया जा रहा है। परिणामतः बंगाल के सारे जोतदार बुरी तरह चिढ़ गए हैं। वामपंथियों ने कई स्थानों पर आन्दोलन शुरू कर दिया है। कृष्णनगर और वर्धमान में दो नवयुवकों की पुलिस की गोली से हत्या से सब बंगालियों के मन में कांग्रेस को लेकर परेशानी हो गयी है। केन्द्र में प्रधानमन्त्री की अकाल मृत्यु से कांग्रेस जिस पसोपेश में पड़ गयी थी—अब तक दूर नहीं हुई है। नेहरू परिवार को अब भी पकड़ा हुआ है। देश की प्रधानमन्त्री अब एक महिला है। मन्त्रीमंडल के वयस्क सदस्य कभी उनसे बहुत स्नेह करते थे अथवा बाध्य होकर करते थे। कांग्रेस का वर्तमान अन्तर्द्वन्द्व जितनी जल्दी जनता को मालूम हो जाए, अच्छा है। उसका एक अंश भी मार्क्सवादी पार्टी के बारे में पता नहीं चलेगा। मेदिनीपुर के जाने-माने कांग्रेसी नेता कांग्रेस से निकाल दिए गए हैं। उनको लेकर जोतदार आगामी चुनाव लड़ने के लिए संगठित हो रहे हैं। नए नामकरण में कांग्रेस की गन्ध छोड़ी नहीं जा सकी। उनका लक्ष्य है कांग्रेस को हटाकर प्रकृत कांग्रेस दल को लाना। उनके साथ विरोधी सुविधावादियों ने हाथ मिला लिया है। इसलिए कोई भी पार्टी केडर स्वप्न में भी नहीं सोचता कि अगले चुनावों में कांग्रेस हार जाएगी। किन्तु लड़ते रहना गणतन्त्र तो लड़ते रहना होगा। किसी भी पार्टी के अस्तित्व को प्रमाणित करने का सबसे अच्छा अवसर चुनावों में प्रतिद्वन्द्विता करना होता है। पार्लियामेंट हॉल सूअरों का तालाब है—सोचते ही अनिमेष हँस पड़ा। पूरा देश सूअरों के उस तालाब में उतरकर कीचड़ में पड़े रहने के लिए उत्सुक है। सुवास दा' इसके बारे में क्या सोचते हैं? वे क्या करना चाहते हैं।

अनिमेष न जाने कब सो गया। जागकर देखा सुवास चेयर पर बैठा है। बाहर अभी धूप नहीं है। सुवास हँसा, "नींद आयी?"

अनिमेष जल्दी से उठ बैठा। देखा, सुवास जाने के लिए तैयार है। चौंककर पूछा, "आप अब क्या रहे हैं?"

"क्या करता हूँ...मायने?"

"राजनीति की बात कर रहा हूँ।"

"राजनीति की बात बड़ी निकृष्ट हो चुकी है। उससे कुछ नहीं होगा।"

"आप खुलकर कुछ नहीं बताना चाहते?"

"तुम अब तक 'आप' नहीं छोड़ सके।"

"ठीक है सुवास दा'। मैं रास्ता तलाश करना चाहता हूँ। इस तरह अच्छा नहीं लगता। पार्टी के साथ मुझसे काम नहीं हो सकेगा। सोचा था पढ़ाई करूँगा। ये बातें दिमाग़ में नहीं रखूँगा किन्तु...।"

सुवास कुछ देर तक सोचता रहा। फिर सिगरेट जलाकर बोला, "जो हालत तुम्हारी है हममें से बहुतों की है। एक वक़्त था जब मैं डैडिकेटेड था कम्युनिस्ट पार्टी के काम में एकमुखी था। किन्तु संसदीय गणतन्त्र की दुहाई देकर इस पार्टी के कर्ता एक तरह के गज-कच्छप कम्युनिज़्म को जन्म दे रहे हैं। एक दिन चाय के स्टॉल पर तुमसे इस बारे में बात की थी। हाँ...मैं कुछ और सोच रहा हूँ...काम शुरू हो गया है। मैं विश्वास करता हूँ कि भारतवर्ष की स्वाधीनता चीन के रास्ते से ही आएगी। मैं उसे लाना चाहता हूँ। पर ये बिना रीढ़ की हड्डीवाले लोग हमारे हाथ में स्वाधीनता नहीं सौंपेंगे। हमें स्वायत्त करनी होगी। मुझे लगता है कि बंदूक की नली मनुष्य की प्रकृत शक्ति का उत्स है। अनिमेष! मैं आग जलाना चाहता हूँ। जिस आग से हमारी नकली त्वचा जलकर राख हो जाए और एक नया भारत अपने पाँवों पर श्रेणीहीन समाज-व्यवस्था लेकर खड़ा हो।"

"अभी यह सम्भव है?"

"इस बारे में माओ त्से तुंग की कही हुई एक सुन्दर उपमा याद आ गयी। एक थाली भात क्या एक ही बार में खा सकते हैं हम? उसे तो धीरे-धीरे ग्रास बनाकर खाना होता है...क्यों?"

अनिमेष अन्दर-ही-अन्दर बड़ा उत्तेजित हो रहा था। उसने सुवास दा' की तरफ़ देखकर कहा, "सुवास दा'! मुझे ज़रा खोलकर बताइए।"

सुवास बोला, "अभी मेरे पास समय नहीं है भई। आठ बजे के अन्दर मुझे एक जगह पहुँचना है। तुम एक काम करो...तुम्हें एक काग़ज़ दे जाता हूँ। पढ़ लो स्थूलतः समझ जाओगे मैं क्या चाहता हूँ। अगर कहीं अस्पष्टता हो तो बात कर सकते हो।"

सुवास ने बैग से कुछ काग़ज़ निकाले उनमें से एक लीफलैट टाइप का काग़ज़ अनिमेष के हाथ में दे दिया।

अनिमेष के उस पर नज़र डालते ही सुवास उठ खड़ा हुआ, "विभान आदि से सम्पर्क तोड़ दिया है?"

"नहीं···ज़बानी कुछ नहीं हुआ है।" अनिमेष ने सिर हिलाया।

सुवास बोला, "मुझे मालूम था, तुम्हें निकल आना होगा। निश्चय करने के बाद उम्मीद है, तुम कोई सम्पर्क नहीं रखोगे। उसे कहने-सुनने से ग़लती बढ़ती है। एक बात और। अब से जो करो सावधान होकर करना। यह काग़ज़ खुला रखने की ज़रूरत नहीं है।"

"आप शाम को आएँगे? यानी यहाँ रहेंगे ना।"

"नहीं भई! मुझे आज ही वर्धमान जाना है।"

अनिमेष ने ज़रा सोचा, "फिर आपसे कब मिलना होगा?"

दरवाज़े पर खड़े होकर सुवास बोला, "तुम मन में निश्चय करो। समय मिलते ही तुमसे सम्पर्क करूँगा।"

सुवास आँधी की तरह नीचे उतर गया। अनिमेष काफ़ी देर तक चुप बैठा रहा। फिर उठकर दरवाज़ा बन्द करके बिछौने पर फैलकर लेट गया। लीफ़लैट में कई पन्ने थे–

'भारतवर्ष की वर्तमान कम्युनिस्ट पार्टी विप्लव द्वारा परिवर्तन न लाने की प्रतिश्रुति विस्मृत करके औपनिवेशिक संसदीय फ्रेम में फिट होकर राज्य सरकार हस्तगत करने पर ध्यान दे रही है। युवा कम्युनिस्टों में इसकी प्रतिक्रिया हो रही है। मैं भारतवर्ष में पिछले विप्लवी पर्व के (तेभागा संग्राम और तेलंगाना के सशस्त्र आन्दोलन) के उत्स रो प्रेरणा लेकर नए तरीके से विप्लव करने के लिए दृढ़ प्रतिज्ञ हूँ। तृतीय विश्व में जनगण का सबसे अधिक शोषित और पीड़ित अंश कृषक समाज था इस अंचल में सामाजिक परिवर्तन के लिए ये कृषक वर्ग सबसे आगे था। हम भी इस नूतन विप्लव में इस अवहेलित वर्ग के साथ खड़े होंगे।

'तीसरे विश्व में विप्लव का केन्द्र ग्राम होगा–इस तत्त्व से एक क़दम और आगे लिनपियाओ भी इस सिद्धान्त पर पहुँचे थे कि यूरोप और अमरीका शहरों की तरह और अफ्रीका, एशिया तथा लैटिन अमरीका इस संसार के ग्रामांचल हैं। ग्राम से लेकर शहर तक को घेरकर गणमुक्ति संग्राम को ज़ोरदार करने के लिए जो आह्वान दिया था, मैं भी पूरे अन्तःकरण से उसका समर्थन करता हूँ।

'हमारे देश का इतिहास ब्रिटिश साम्राज्यवाद और सामन्तवाद के शोषण के विरुद्ध वीर कृषक वर्ग का विरामहीन संग्राम का इतिहास है। भारतवर्ष की जनसंख्या में स्थूलतः पचहत्तर फ़ीसदी कृषक हैं। वे ही सबसे अधिक शोषित हैं। इसलिए सशस्त्र कृषक वर्ग में गुरिल्लाओं को संगठित करके हर ग्राम-अंचल की भित्ति की क्षमता को भंग करना होगा। पिछले दो सौ वर्ष के कृषक आन्दोलन

की प्रेरणा से हम लाभ उठाएँगे। संथाल विद्रोह के नेता सिधू-कानू इस कृषक विद्रोह के पूर्व-स्वर हैं।

'संगठन का काम पूरा होने पर कृषक गुरिल्लाओं का दल सशस्त्र संग्राम छोटी-छोटी झाड़ियों में फैलकर भयंकर जनयुद्ध की रचना कर सकते हैं, गण-फ़ौज संगठित कर सकते हैं जिसके द्वारा ग्रामांचल में चार पहाड़ों के प्रतिक्रियाशील शासक को उच्छेद कर दे। शहरों को घेरकर स्वायत्त कर लें। सारे देश में गणतान्त्रिक, एक नायकत्व क़ायम करके दृढ़ता के साथ सर्वहारा को एक नायकत्व और समाजतन्त्र की तरफ़ आगे ले जाना होगा।

'शहर की मध्यवित्त श्रेणी हमेशा से सुविधावादी रही है। संसार के सब देशों में ऐसा ही है। शहर की इस श्रेणी के लोगों को श्रेणीच्युत, भूमिहीन और गरीब किसानों के साथ खड़े होकर संघर्ष का आह्वान करना होगा।'

अनिमेष ने बाक़ी लीफ़लैट पूरा किया। एक बार नहीं, कई बार शुरू से आख़िर तक अच्छी तरह पढ़ गया। पढ़ते-पढ़ते उसकी शिराओं में मानो नया जोश पैदा हो गया। नए भारतवर्ष की सृष्टि की परिकल्पना शुरू हो गयी। इतने दिन तक विक्षिप्त मानसिकता में उसी कीचड़ में जो चक्कर खा रहा था उससे छिटककर बाहर आ गया था। अनजाने में और कुछ लोग जो इसी तरह की चिन्ता में पड़े थे और परिष्कृत पथ ढूँढ़ लिया था, इतने दिन तक इसे पता ही नहीं था। यह घटिया समाज-व्यवस्था और मेरुदंडहीन-लोभी राष्ट्र व्यवस्था को चूर-चूर करने के लिए संगठित शक्ति की ज़रूरत है। गाँवों के किसानों को संगठित करके ही यह सम्भव होगा। ये स्वार्थी लोग जो दिन-पर-दिन पार्टियों की गद्दियाँ सँभाले बैठे हैं। उन्हें जब तक उखाड़ न फेंका जाएगा तब तक इस देश के लोग स्वाधीन नहीं होंगे। उन्नीस सौ सैंतालीस हमारी आज़ादी का वर्ष नहीं है। जिस मार्ग पर सुवास दा' चल रहे हैं, शायद वही मुक्ति का रास्ता है। कुछ पाने के लिए देना भी पड़ता है। अधिकार हाथ में पकड़ाया नहीं जाता। विदेशी राष्ट्र अगर सिर पर जूता मारे तो उसके विरुद्ध लड़ाई करके मुक्ति पाना आसान है। विरोधी को पहचानना ज़रा भी कठिन नहीं होता। किन्तु यह लड़ाई अपनों के साथ है। शोषकों के विरुद्ध शोषितों का संग्राम।

अनिमेष को याद आया कि चीन का विप्लव और भारतवर्ष की शासन-व्यवस्था में बड़ी समानता है। लीफ़लैट में माओ त्से तुंग के लांग मार्च की बात भी है। पहले भी उस संग्रामी यात्रा की कहानी वह पढ़ चुका था। कुओ-मिनतांग के नेता जब सोच रहे थे कि चीन से कम्युनिज़्म ख़त्म किया जा चुका है, तब उन्नीस सौ चौंतीस के जुलाई-अक्तूबर में नब्बे हज़ार लोगों ने मुक्ति फ़ौज रातोंरात संगठित की थी। पन्द्रह वर्ष बाद उन्नीस सौ उनचास में उन्होंने चीन को आज़ादी दिलवाकर नए इतिहास का सूत्रपात किया था। नब्बे हज़ार

किसान-मजदूरों को माओ त्से तुंग ने संगठित किया था। मार्च होता था रात के समय। मुक्तिवाहिनी ने दो हिस्सों में बँटकर दक्षिण और पश्चिम की तरफ़ चलना शुरू किया था। यात्रा के चौथे दिन उन्होंने अचानक हमला करके च्यांग काई शेक की सेना को पीछे हटाकर रास्ता साफ़ कर लिया था। मुक्ति फ़ौज की प्रधान वाहिनी के साथ युवक, वृद्ध, नारी, शिशु आदि थे। और खच्चरों पर लदी थीं कारख़ानों की मशीनें, अस्त्र-शस्त्र, सांसारिक वस्तुएँ। मुक्तिवाहिनी को बहुत नुक़सान भी हुआ था। उनकी गति धीमी थी इसलिए च्यांग काई शेक बार-बार उन पर आक्रमण करता रहा। उनकी सेना दोनों तरफ़ से हमला करती रही और सिर पर अमरीका से प्राप्त विभान से बम बरसाती रही। किन्तु मुक्तिवाहिनी रुकी नहीं। मनुष्य का देशप्रेम जब उद्‌बुद्ध हो जाता है तो कोई प्रतिरोध उसके सामने सिर नहीं उठा सकता। देश के इस तरफ़ से उस तरफ़ तक जुलुस आगे बढ़ता रहा। भाषणों द्वारा मनुष्य को समझाने या शिक्षित करने की अपेक्षा जनसाधारण को इकट्ठा करना, उद्‌बुद्ध करना ऐसी सार्थक पद्धति कोई सोच भी नहीं सकता था। यह जुलूस हमारी मुक्ति के लिए है, यह अहसास मनुष्य को उत्साहित करता रहा। अन्यथा तातू नदी पर उस दिन ऐसी घटना न होती।

नदी पर सिर्फ़ एक पुल था वह भी लकड़ी का। गण-फ़ौज को उसी से नदी पार जाना था। जुलूस जब नदी के नज़दीक आ गया, च्यांग काई शेक की सेना मशीनगनें लेकर नदी के दूसरी तरफ़ बैठ गए। इधर से च्यांग की दूसरी वाहिनी ने इंदूर कल द्वारा जुलूस को ब्लॉक करने के लिए पीछे से धावा किया। सेचुयान के पर्वतीय अंचल में उस भयंकर नदी के ऊपर से पुराने टाइप के टूटे हुए काठ का झूलन पुल पार करना था—गण-फ़ौज को। दूसरी तरफ़ मशीनगनें तैयार थीं, यह ख़बर भी मिल गयी थी।

पहला दल दृढ़तापूर्वक क़दम जमाकर आगे बढ़ा। पुल के बीच में पहुँचते ही गोलियाँ बरसने लगीं। पलक झपकते मनुष्य निश्चिह्न हो गए। तातू नदी का जल लाल हो गया। दूसरा दल बन्दूक चलाते हुए उसी छोटे से पुल से आगे बढ़ा, पर मशीनगनों ने उन्हें इस बार भी हटा दिया। अब गण-फ़ौज डेस्टपरेट हो उठी। जब मृत्यु अवश्यम्भावी हो तब जीवन-अर्जन के लिए मृत्यु का वरण करना होता है। इस बार छोटा दल नहीं था गण-फ़ौज बारी बाँधकर कूद पड़ी। मशीनगन से लोग मर रहे थे, किन्तु उनका स्थान पीछेवाले लेकर सन्तुष्ट आगे बढ़ते रहे। जहाँ मृत शरीर गिरते मुक्तिसेना कई और क़दम जुलूस को आगे ले जाती। अब च्यांग की सेना ने नए हथियार का प्रयोग किया। उन्होंने थ्रोअर फेंककर लकड़ी के झूलना पुल में आग लगा दी। पुल धूँ-धूँ करके जलने लगा। बीच रास्ते में पहली पंक्ति के मनुष्य जलकर नदी में गिर पड़े। चीन की

मुक्तिवाहिनी पीछे नहीं हटी। लपलपाती आग के सामने खड़े होकर उन्होंने एक अमानुषिक कांड किया। जलते हुए पुल पर से लगातार गोलियों की बौछार में नदी में कूदकर, पहला दल उस पार पहुँच गया। नज़रों के सामने जलते हुए शरीरों को भागकर आते देख च्यांग की सेना हतवाक् थी। मनुष्य के हृदय में जब आवेग का पहाड़ हो जाता है तो आत्माहुति दी जाती है, यह उन्हें मालूम नहीं था। ऐसी अमानुषिक घटना देखकर च्यांग के सैनिक डर गए। अब वे मशीनगन छोड़-छोड़कर भाग खड़े हुए। जो जल गए थे ज़मीन पर गिर पड़े। उधर अर्धदग्ध मुक्ति-सैनिकों ने छोड़ी हुई मशीनगनें क़ब्जे में ले लीं। इस तरफ़ अब कोई बाधा नहीं थी। बची हुई सेना को च्यांग की मशीनगनों की गोली छाती की ओट में निरापद रखकर वे नदी पार करके ले आए।

रास्ते में बहुत सी रुकावटें थी। हिंस्र चीन-विरोधी पार्वत्य उपजाति के गुप्त आक्रमण का भय, विशाल गड्ढों से भरी तृणभूमि को पार करना भी समस्या थी। मुक्ति फ़ौज ने माओ त्से तुंग के नेतृत्व में वे मैदान पार कर लिये। सोलह हज़ार फ़ीट ऊँचे पहाड़ की बर्फ़ हटाकर दो हज़ार लम्बी तृणभूमि को रौंदते हुए जंगली उपजातियों से बन्धुत्व करके बीस अक्तूबर उन्नीस सौ पैंतीस में पाओ अन् पहुँच गए। मुक्त अंचल बस गया। कौंनसि प्रदेश का इयेनान सैंतालीस तक मुक्तिवाहिनी की राजधानी रहा। नब्बे हज़ार को लेकर शुरू की हुई यात्रा में अब तीस हज़ार रह गए थे। किन्तु सफलता हाथ में आ चुकी थी। उसके बाद वह मुक्त अंचल धीरे-धीरे फैलने लगा। वहाँ भी बहुत-सी समस्याएँ ज़मा थीं।

च्यांग काई शेक की शिक्षित सेना मुक्त इलाके को हस्तगत करने के लिए दृढ़-प्रतिज्ञ थी। वे मुक्ति सेना पर आक्रमण करते। पार्टी का जो नेतृत्व कर रहे थे वे पीछे हटना नहीं चाहते थे। आवेग में आकर बोले, "इतने कष्ट से प्राप्त किए हुए इस मुक्त अंचल की एक इंच भी ज़मीन हम क्यों छोड़ें। घर-द्वार, चीज़ें शत्रु को देकर भाग जाएँ? सब इलाकों से प्रतिरोध करेंगे।" उन्होंने माओ त्से तुंग से कहा, "जंगलों, पहाड़ों में मार्क्सवाद का विकास नहीं हो सकेगा।"

माओ त्से तुंग नहीं माने। अगर शत्रु के पास शक्तिशाली आधुनिक अस्त्र हों तो आमने-सामने लड़ाई करना ठीक नहीं। बिना बाधा शत्रु को मुक्त अंचल में घुसने दो। उसके बाद हमारे इलाके के बीचोबीच आकर जब वह विराट सेना छावनी डालेगी तब उस पर आक्रमण करके अराजकता पैदा कर देंगे। फिर सेना पर अलग-अलग आक्रमण करके निश्चिह्न कर देंगे।

परिणाम हाथोहाथ मिल गया। गुरिल्ला युद्ध के कौशलपूर्ण विप्लव ने इन्हें एक छाप और आगे कर दिया। मार्क्सवाद के प्रधान क्षेत्र यूरोप से इतनी दूर एशिया के पहाड़ी जंगलों में मार्क्सवाद-लेनिनवाद के निर्दिष्ट प्रयोग से माओ त्से

तुंग ने एक जाति की सृष्टि की।

लीफ़लैट के अन्त में लिखा था—यह संग्राम हमारा एकमात्र पथ निर्देशक हो।

अनिमेष आँखें मूँदे ज्वलन्त झूलन पुल पर भागते हुए अग्निपुरुषों को देख रहा था। यही एकमात्र पथ है।

तीस

माधवीलता दो दिन तक यूनिवर्सिटी नहीं आयी। बिना कहे अचानक गायब हो जानेवाली लड़की नहीं थी वह। अनिमेष बेचैन हो गया। निमता में उनके घर जाकर पूछने की इच्छा होते हुए भी साहस नहीं हुआ। क्योंकि इस बीच उनके घर में जो गरम हवा चल रही थी, इसका जाना आग में घी डालने की तरह न हो जाए। माधवीलता के साथ इसके सम्पर्क की बात इसके सहपाठी इस बीच जान चुके थे। अनिमेष ने बेशक माधवीलता को लेकर कोई बात नहीं की थी। इसलिए अब क्या करे इस तरह की बात करने के लिए कोई मित्र भी नहीं था। परमहंस होता तो एक तरह हो भी सकता था, पर उसने अब यूनिवर्सिटी में सिर्फ़ नाम रखा है। उसके बाबा रिटायर होने के वक़्त लड़के को अपने बैंक में बैठा गए थे।

कल एक कांड हो गया था। क्लास से वह कॉफ़ी हाउस की तरफ़ जा रहा था। उसी समय सुदीप ने आवाज़ दी, "क्या बात है अनिमेष! तुम्हारा तो पता नहीं कहीं। सोच रहा था कि तुम्हारे होस्टल किसी को भेजकर पता लगाऊँ। क्लास में रोज़ जाते हो?"

"हाँ।" अन्तिम बात का जवाब दिया अनिमेष ने।

"यह क्या? फिर हमसे क्यों नहीं मिलते?"

"आजकल समय नहीं मिलता। परीक्षा आनेवाली है।" कहते ही अनिमेष को लगा कि यह कोई युक्ति तो है नहीं। विभान आदि इस वर्ष परीक्षा देकर रिज़ल्ट की उम्मीद में बैठे हैं। परीक्षा के कारण उन्हें तो कामकाज करने में कोई असुविधा नहीं हुई है।

सुदीप ने सिगार निकाला, "तुम यूनियन के साथ जुड़े रहना नहीं चाहते क्या?"

कुछ देर अनिमेष सोचता रहा। नहीं...अब झूठ बोलने से क्या फ़ायदा। उसने साफ़-साफ़ कह दिया, "नहीं।"

"क्यों...?" सुदीप चौंक पड़ा।

"मेरे मन के साथ आप लोगों की कर्म-पद्धति मेल नहीं खाती। जिस पथ का समर्थन नहीं कर पाता उस पर चलने के लिए मेरा विवेक आड़े रहता है।"

"सोच-समझकर बात कर रहे हो?"

"बिना सोचे कह रहा हूँ, यह धारणा कैसे हो गयी?"

"क्योंकि तुम्हारे बारे में पार्टी के नेताओं में से कोई-कोई इंटरस्टेड है। तुम्हारी किसी से मिलने की बात थी क्या?"

"नहीं तो।" अनिमेष को उन सज्जन का ध्यान आया जो काका के होटल में इसे कृतार्थ करना चाहते थे।

सुदीप हतवाक्-सा लग रहा था। बोला, "अनिमेष! अगले इलैक्शन में तुम कटैस्ट नहीं करोगे? तुम्हें ज़रूर मालूम होगा कि तुम्हें क्या पोर्टफ़ोलियो दिया जाएगा।"

"नहीं⋯सुदीप दा' मुझे छोड़ दीजिए। आप लोगों का पथ मेरे लिए नहीं है।"

सुदीप का चेहरा उतर गया। जैसे अपने कानों पर विश्वास नहीं हो रहा था।

अनिमेष हँसकर बोला, "अच्छा अगर चाहे तो अपना रेज़िग्नेशन लेटर भेज दूँगा। क्योंकि अब भी कमेटी का मेम्बर तो हूँ।"

सुदीप अचानक बोल उठा, "तुम्हारा सुवास सेन से मिलना हुआ है?"

"क्यों⋯बताइए तो?"

"मुझे तो यही लगता है।"

"आप बुद्धिमान हैं।" अनिमेष अब ठहरा नहीं।

सड़क पर आकर मन बड़ा हलका हो गया। यह बात आज नहीं तो कल स्पष्ट तो करनी ही पड़ती। आज सुदीप ने खुद आगे आकर आसान कर दिया। सुदीप अब विभान को जाकर यह बात ज़रूर बताएगा और उसके बाद वामपंथी छात्र फैडरेशन के साथ अनिमेष का कोई सम्बन्ध नहीं है, यह घोषणा करवा देगा। उसे लग रहा था बहुत दिनों तक ज्वर होने पर मानो आज उसका शरीर निरुत्ताप है।

कॉफ़ी हाउस में उनके क्लास के दो-तीन लड़के अड्डा जमाए बैठे थे। अनिमेष भी उनकी टेबल पर जा बैठा। वह ज़रा अन्यमनस्क था, पहले तो समझा नहीं। ध्यान आते ही समझ गया कि उनकी बातचीत ज़रा नपी-तुली हो रही है। अथवा इतनी देर से जो बातें कर रहे थे इसके आने से उसे पलटना चाह रहे थे।

अनिमेष बोला, "मैंने तुम लोगों को किसी परेशानी में डाल दिया क्या?"

प्रशान्त नाम का लड़का हँसकर बोला, "नहीं⋯नहीं बैठो।"

"पर मुझे लग रहा है...आप लोग किसी बारे में बात कर रहे थे।"

"उसे छोड़ो...तुम्हें अच्छा नहीं लगेगा।"

"अच्छा क्यों नहीं लगेगा?"

"हम आम लोग हैं और तुम राजनीतिक कर्मी हो इसलिए।"

"पहली बात जो तुमने कही वह मैं नहीं हूँ? और कोई राजनीतिक कर्मी साधारण मनुष्य न हो तो वह क्रिमिनल है...बोलो।"

एक दुबला-सा लड़का, अनिमेष को उसका नाम नहीं मालूम था, बोला, "सब बातें सबके साथ तो नहीं की जा सकतीं? यह हम लोगों की व्यक्तिगत बात है।"

अनिमेष ज़रा गड़बड़ा गया। हँसने की चेष्टा करते हुए कहा, "सॉरी।"

प्रशान्त बोला, "नहीं...नहीं अनिमेष! तुम्हें बुरा लगने का कोई कारण नहीं है। मैं स्लैंग के बारे में बात कर रहा था। तुम्हारे जैसे सीरियस लड़के के सामने इस तरह की बात करना ठीक नहीं इसलिए वही कह रहा था।"

"स्लैंग...? मायने अश्लील?" अनिमेष ने आँखें फाड़ीं। साथ-ही-साथ सोचा, ये तीनों आपस में जो बातें कर पा रहे थे, सहपाठी होने पर भी इसके सामने कहने में झिझक रहे हैं। यूनियन में होने की वजह से इसने दूरी बढ़ा ली है। अब उनके साथ बात करने की ज़िद हो गयी। बोला, "बड़ा इंटरिस्टग सब्जैक्ट है। मैं नहीं सुन सकता?"

प्रशान्त ने कहा, "कहानी की भाषा में जो अश्लील और गालियाँ प्रयुक्त होती रही हैं, समय के साथ कैसे बदल रही हैं। जैसे एक समय था जब 'साला' शब्द का व्यवहार करके मन का क्रोध मिटाया जाता था। तब बड़ों या लड़कियों के सामने यह कहने का साहस नहीं होता था। इसे इस्तेमाल करने पर मार-पीट तक हो जाती थी। पर अब यह जल की तरह सहज हो गया है। लड़कियाँ भी कह देती हैं। यहाँ के सड़क चलते लड़के भी 'साला' का प्रयोग नहीं करते। इसी तरह के और भी शब्द हैं—भोन्दू, उजबक, बुद्धू ये सब बैकडेटेड हो गए हैं।"

दुबला लड़का बोला, "अब दो अक्षर और चार अक्षरों के शब्द इन्हें रिप्लेस करते हैं। मज़े की बात यह है कि ये लोग उन शब्दों का उच्चारण करते हैं तब उसके अर्थ या अश्लीलता के प्रति कोई सचेत नहीं होता है। जीभ की नोक पर इतनी आसानी से आ जाते हैं कि उन्हें खुद पता नहीं चलता। कभी देखने में आएगा कि कहानी-उपन्यास में भी 'साला' शब्द की तरह इनका भी स्वच्छन्दता से प्रयोग हो रहा है।

इन बातों में अनिमेष को बड़ा आनन्द आ रहा था। यह बात सच है कि आजकल कुछ लड़के पथ-घाट पर पुरुष अंगों का एक शब्द बिगाड़कर साले

के विकल्प की तरह वाक्य में इस्तेमाल करते हैं। इस सम्बन्ध में सचमुच कोई विकार नहीं है। ट्राम-बसों में खुलकर बोला जाता है और हम चुपचाप सुन लेते हैं। कोई शब्द श्लील है या अश्लील हम निश्चित कर लेते हैं। हम ही तो बदल सकते हैं।

अनिमेष बोला, "बात ठीक है। सिर्फ़ बांग्ला भाषा ही क्यों संसार की सब भाषाओं में ऐसा होता है। और तो और लिखने में भी आ जाएगा।"

दुबला लड़का बोला, "शब्द से दुर्गन्ध आती हो तो हम चीख़ उठते हैं। किन्तु कितने ही निरीह शब्द (अश्लील शब्दों के साथ) रहें तो उनकी निरीहता नहीं रहती, बल्कि अश्लील शब्द से भी ज़्यादा तीखे हो जाते हैं···फिर?"

अनिमेष ने कहा, "मैं समझा नहीं।"

वह हँसा, "बेशक यह मेरी खोज़ है। रवीन्द्रनाथ की बहुत-सी कविताओं की लाइनें ऐसी हैं जो लगती बड़ी निरीह हैं, पर ज़रा सोचकर उनमें से दूसरे अर्थ निकलते हैं।"

अनिमेष ने तेवर चढ़ा लिये, "दूसरे अर्थ···मायने? क्या बेकार की बात कर रहे हो?"

लड़के की हँसी रुक नहीं रही थी। हाथ नचाकर बोला, "यह तो सोचने वाले पर निर्भर करता है।"

बात पूरी होने के साथ-साथ अनिमेष भी 'हो-हो' करके हँस पड़ा।

लड़का बहुत सीरियस था, बोला, "फिर तो समझ ही गए होंगे कि जो सुनता है वह किस रूप में ग्रहण करता है, श्लील या अश्लील उस पर निर्भर करता है।"

अनिमेष कुछ कहने को था कि दरवाज़े की तरफ़ देखते ही चुप हो गया। फिर खड़ा हो गया, बोला, "मैं चलता हूँ।"

माधवीलता उस समय दरवाज़े में घुसकर इधर-उधर देख रही थी। अनिमेष को देख। आगे बढ़कर बोली, "तुम्हें कुछ काम है···अभी?"

"नहीं"

"फिर चलो।" वह बड़ी चंचल लग रही थी।

"यहाँ नहीं बैठोगी?" अनिमेष उसको समझ नहीं पाया।

"नहीं···यहाँ बड़ी भीड़ है, बात नहीं हो सकेगी।" उसके हॉल से निकलते ही अनिमेष भी साथ हो लिया। बड़ी परेशान लग रही थी—मुँह पर पसीना, बाल बिखरे हुए। दो दिन तक ग़ैर-हाज़िरी और अब इस चंचलता की वजह जाने बिना अनिमेष को चैन नहीं आ रहा था। वह बड़ी गम्भीर लग रही थी। कपड़े भी और दिनों की तरह साफ़-सुथरे नहीं थे।

कॉलेज स्ट्रीट में चलते-चलते पूछा, "कॉलेज स्क्वायर में बैठोगी?"

ज़रा सोचकर माधवी ने कहा, "नहीं⋯भूख लगी है⋯बसन्त में चलो।" फिर हँसकर चुटकी भरी, "अभी तक तुम्हारी आयु बढ़ी नहीं?"

"मायने⋯।"

"भरी दोपहर की इस गर्मी में कॉलेज स्क्वायर में कौन बैठता है जनाब?" होंठ भिंचे हुए गले से हँसी की आवाज़ आयी।

'बसन्त' के बरामदे में बैठकर माधवी ने दो मुग़लई पराँठों का आर्डर दिया। रखा हुआ पानी का गिलास गट्गट् करके पी गयी। अनिमेष देख रहा था कि पानी उसके गरदन की त्वचा से अन्दर जाता साफ़ दिखाई पड़ रहा था। रूमाल से मुँह पोंछ लेने पर अनिमेष ने पूछा, "अब बताओ क्या हुआ है?"

माधवी ने उसकी आँखों में झाँका। कुछ खोजने की चेष्टा की, अन्ततः मुँह पर दुष्ट-सी हँसी से चमकती हुई आँखें अनिमेष देख रहा था। बिना बात किए, ताकते रहने में बड़ी परेशानी लग रही थी। उसने वातावरण को सहज करने के लिए कहा, "दो दिन तक क्यों नहीं आयीं⋯तबीयत ख़राब थी?"

माधवी ने सिर हिलाया, "नहीं।"

"फिर? घर पर कुछ गड़बड़ हो गयी है।"

"वह तो होती ही रहती है। दो दिन मिले नहीं, मैंने सोचा घर ज़रूर आओगे।"

"ज़रूर आता, अगर मालूम होता कि तुम किसी परेशानी में नहीं पड़ोगी। फिर भी दो-तीन दिन और न आतीं तो क्या करता⋯मालूम है?"

"रहने दो⋯और बहादुरी मत दिखाओ। बस यह जान लो मुझे नौकरी मिल गयी है।" हँसते-हँसते बोली, "अचानक।"

अनिमेष बहुत ख़ुश हुआ। ज़रा ज़ोर से बोल पड़ा, "सच?"

"नहीं।" निःशब्द हँसते हुए माधवी ने स्वीकृति में सिर हिलाया।

अगले ही क्षण अनिमेष उदास हो गया, "परीक्षा नहीं दोगी?"

"क्यों नहीं दूँगी? क्लासें तो लगभग ख़त्म हैं। बाक़ी बीच-बीच में आकर मैनेज कर लूँगी। और पढ़ाई-लिखाई के लिए तुम जो हो।"

"मैं⋯?"

"वाह! पहले तुम्हारे लिए मैं नोट्स तैयार करती थी अब तुम मेरे लिए करना।" कहकर वह हँसने लगी। फिर सिर टेढ़ा करके बोली, "मेरी चिन्ता की ज़रूरत नहीं है जनाब! मैं खुद मैनेज कर लूँगी।"

अनिमेष ने कहा, "तुम्हारा भाग्य बहुत अच्छा है। किसी को नौकरी मिल गयी है, कभी सुनने में नहीं आया।"

"यदि भाग्य की बात कर रहे हो तो मेरी अकेली का नहीं है⋯हमारा है।"

अनिमेष उसे अपलक देखता रहा। मन हो रहा था उसे सरित्शेखर और

हेमलता के पास अभी, इसी वक़्त ले जाए।

"इस तरह मत देखो।"

"किस तरह...?"

"मालूम नहीं...अब भी हमें इन्तज़ार करना होगा...इस तरह देखो तो मेरा सबकुछ गड़बड़ हो जाता है।"

अनिमेष को अचानक दिल में अजीब तरह का दबाव महसूस हुआ। अब तक उसकी जो भावना-चिन्ता थी, वह अकेला ही महसूस करता रहा था। बचपन से अकेले रहते-रहते ऐसा हो जाता है। किन्तु माधवी से दोस्ती होने के बाद निश्चिन्त-सा हो गया था इससे पहले कभी नहीं हुआ था।

पुरुष यदि किसी नारी का प्रेम पूरी तरह न पाए तो उसका जीवित रहना अर्थहीन हो जाता है।

माधवी बोली, "अनि! अब क्या सोच रहे हो?"

वह हँस दिया। उसका कहना कितना मधुर था। माधवी ने आज पहली बार अनि कहकर पुकारा था। यह बात उसे समझने न देकर बोली, "सोच रही हूँ कि इसके बाद तुमसे मिलना कैसे होगा? रोज़ आओगे?"

"आऊँगा क्यों नहीं?"

"इतने विरोध में भी?"

"आऊँगा...तुमसे मिले बिना मुझे अच्छा नहीं लगता।"

"इन दो दिन में देख लिया मैंने।"

माधवीलता क्रोध भी न कर सकी। "ऐसे मत कहो! इन दो दिन नौकरी के लिए जैसे चक्कर लगाती रही हूँ! आ नहीं सकी इसलिए मुझे भी बुरा लग रहा था। सोचा एक बार आकर तुम्हें अच्छी ख़बर तो सुना दूँ। अब दे दी।"

खाकर माधवीलता ने हाथ-घड़ी देखी। फिर बोली, "चलो।"

"कहाँ...?"

"अगर कहूँ नरक में...नहीं जाओगे?"

"फ़िक्र रहेगी...वहाँ बड़ी कड़ाही में गरम तेल दिन-रात खौलता रहता है...उसमें डुबो देंगे।"

"ओह बात करने में तुम्हें हरा नहीं सकती। मैं श्याम बाज़ार जाऊँगी। तुम साथ चलो।" प्लेट से तिनका उठाकर दाँत से काटने लगी।

"क्या काम है?"

"रहने के लिए जगह खोजने।"

"रहने के लिए...?" अनिमेष आश्चर्यचकित रह गया।

"मुझे रहने को जगह नहीं चाहिए? दो लेडीज़ होस्टल्स के बारे में पता चला है। चलो...देखें, वहाँ जगह है या नहीं।" माधवी ने सीरियसली कहा। अब

अनिमेष को सारी बात याद आ गयी। माधवी ने कहा था, नौकरी मिलने के बाद घर छोड़ देगी। वह पक्का फ़ैसला था, उस समय नहीं समझा था। ज़ोश में आकर कुछ कर बैठे तो सारा जीवन इसे अफ़सोस रहेगा। पूछा, "बात इतनी सीरिसय है?"

"मायने…?" माधवी ने तेवर चढ़ा लिये।

"ऐसा क्या हो गया है कि अभी से होस्टल में रहना पड़े?"

"तुम क्या कहना चाहते हो मैं कुछ समझी नहीं।"

"अगर एडजस्ट करके घर में ही रहा जा सके…।"

"अनि! कोई लड़की किन परिस्थितियों में घर छोड़कर होस्टल में जाना चाहेगी, तुम नहीं समझोगे।" फिर दबी आवाज़ में बोली, "तुम्हें डर लग रहा है?"

"डर…किस बात का।"

"कि मेरे घर छोड़ने पर तुम फँस जाओगे…।" माधवी कुछ कहते-कहते अचानक रुक गयी।

जैसे सीसे की बॉल-पिन किसी ने अचानक अनिमेष के दिल में गड़ा दी हो। जल्दी से उसका हाथ पकड़कर बोला, "छी…।"

सहज होने में ज़रा देर लगी। माधवी बोली, "बाबा ने कहा है कि ब्याह के सम्बन्ध में आज़ादी चाहती हूँ तो एक महीने के अन्दर अपना इन्तज़ाम करके घर से चली जाऊँ। यह भी शर्त रखी है कि किसी आत्मीय स्वजन के घर में जाकर नहीं रहूँगी।…बहुत सोचती रही। तुमसे प्रेम करने के बाद किसी दूसरे पुरुष को स्वामी स्वीकार करने को मन नहीं चाहता। अब स्कूल में नौकरी न मिलती तो मालूम नहीं क्या करती! मैं तुमसे कभी कुछ नहीं चाहूँगी अनि! बस यह अनुरोध है कि मुझे कभी भीत मत करना।"

अनिमेष इतनी देर सुनता रहा था। सुनते हुए मन में आ रहा था कि जितनी जल्दी सम्भव हो माधवीलता के योग्य बनना होगा। इस लड़की का सामान्य-सा असम्मान करना भी लज्जास्पद होगा। वह उठकर बोला, "चलो…।"

माधवी सिर झुकाए चल रही थी। कुछ क्षण चुपचाप चलते हुए अचानक मन में आया कि इस लड़की के साथ उस लड़की में कोई समानता नहीं। पहली मुलाकात के दिन यूनिवर्सिटी से जो लड़की इसके साथ सियालदह तक पैदल गयी थी; वह थी झरने की तरह उद्दाम, अधीर। और यह जो अब इसके साथ चल रही है नदी की तरह गम्भीर और गहरी है। पहलीवाली के साथ शब्दों से खेला जा सकता है और इसमें सारी बात निमज्जित करनी होगी।

वह मन-ही-मन बोला, "मेरा विश्वास करो…विश्वास करो।"

कॉलेज स्ट्रीट की भीड़ में साथ-साथ चलते हुए माधवी ने अचानक उसके

हाथ का स्पर्श किया। हो सकता है, इत्तिफ़ाक हो, पर अनिमेष काँप उठा। लगा, मुँह से न कहने पर भी माधवी इसकी बात समझ गयी है।

राजवल्लभ पाड़े के पास एक गर्ल्स होस्टल है···माधवी बस इतना जानती थी। वहाँ पहुँचते-पहुँचते शाम ढल गयी। दो-एक से पूछने पर पता मालूम हुआ। गिरीश एवेन्यू में घुसकर एक गली में होस्टल था। माधवी ने ही बात की। अनिमेष बाहर खड़ा रहा। कुछेक मिनट बाद बाहर आकर हँसी, "बात नहीं बनी।"

"सीट नहीं है।"

"नहीं···कुछ महीने बाद एक सीट खाली हो सकती है।"

"लड़कियों के होस्टल में भी इतनी भीड़?"

"क्या कह रहे हो।" माधवी की त्यौरी चढ़ गयी। "कलकत्ते की लड़कियों के अकेले रहने को भला कितने स्थान हैं···जनाब। हर पाड़े में लड़कों के होस्टल हैं, पर कोई लड़की अकेली रह सकती है यह तुम लोग सोच भी नहीं सकते। अब ज़रा देशबन्धु पार्क जाऊँगी।"

"वहाँ भी न मिली तो।"

"कहीं और ढूँढ़ना होगा।"

"मान लो कलकत्ते में कहीं भी न मिले तो।"

"मैं नहीं मान सकती। मुझे ज़रूरत है, इसलिए ज़रूर मिलेगी।"

देशबन्धु पार्क में भी जगह नहीं मिली। होस्टल की परिचारिका से मालूम हुआ कि एम्हर्स्ट स्ट्रीट में एक और होस्टल है नौकरीपेशा महिलाओं के लिए। इसके अलावा दो मैस भी हैं उत्तरी कलकत्ता में, जो लड़कियाँ चलाती हैं। माधवी थी ज़िद्दी लड़की। उसे आज ही ढूँढ़ना होगा क्योंकि एक दिन की देर हो जाए तो दूसरा कोई ले सकता है। अनिमेष राज़ी नहीं हो रहा था। शाम हो रही थी, निमता लौटने में रात हो जाएगी उसे। इस समय घर में जो टेंशन चल रही थी, ज़्यादा रात में लौटना उचित नहीं था। उसने माधवी को समझाया कि वह खुद आज ही होस्टलों में जाकर पता लगाएगा। माधवी के जाने की कोई ज़रूरत नहीं है। कहीं खाली सीट मिल गयी तो वह व्यवस्था कर देगा। सुनकर माधवी ने बैग से सौ रुपए का नोट निकाला। "तो इसे रख लो···व्यवस्था करने के लिए रुपयों की ज़रूरत तो पड़ेगी ही।"

अनिमेष ने रुपयों पर नज़र डाली। बात सच थी। सौ रुपए का नोट हाथ में लेते हुए उसे संकोच हो रहा था। उचित होता कि वह खुद दे देता। पर इस वक़्त उसके लिए यह करना नामुमकिन था।

माधवी बोली, "ये मेरे जमा किए हुए रुपए हैं। लो।"

रुपए लेकर भी मन से कुहासा दूर नहीं हुआ। रुपए की ज़रूरत है। खुद न कमाओ तो संसार में अच्छी तरह रहना मुश्किल हो जाता है। साथ ही दूसरी

युक्ति मन में आने पर भी अनिमेष को शान्ति नहीं मिली।

वे मोहनलाल स्ट्रीट से पैदल आ रहे थे। अचानक अपना नाम सुनाई पड़ा। किसी महिला की आवाज़ थी। माधवी ने भी सुनी। पलटकर देखा धुँधलके में कोई दिखाई नहीं पड़ा। अनिमेष ने कहा, "किसी ने मुझे पुकारा था···है ना?"

"हाँ···मैंने भी सुना।"

तभी एक छोटी सी लड़की भागती हुई पास की गली से निकली, "आपको बुलाती हैं।"

"कौन?"

"बहू दी।"

अनिमेष ने माधवी की तरफ़ देखा। यह बहू दी कौन हैं वह बोला, "ठीक कह रही हो? किसी और को तो नहीं बुला रहीं।"

बच्ची ने सिर घुमाकर चोटी नचायी। "बिलकुल नहीं। ऊपर से तुम लोगों को देखकर बोलीं उन लम्बे से सज्जन और पीले रंग की साड़ी में लड़की को बुला ला।"

माधवी ने पूछा, "तुम्हारी बहू दी' का नाम क्या है?"

"मालूम नहीं···मैं दूसरे मकान में रहती हूँ।"

अनिमेष ने माधवी से पूछा, "क्या करूँ?"

"जाओ एक बार मिल आओ···मैं खड़ी हूँ।"

"किन्तु तुम्हें देर हो रही है। और फिर कौन है, कौन नहीं अँधेरे में गलती भी कर सकती है। चलो···साथ जाकर ज़रा खड़े होकर वापस आ जाएँगे।"

अनिमेष की बात पर माधवी बेमन से गली में घुस गयी। ज़रा इधर-उधर मुड़कर दो-तला मकान के सामने आकर लड़की बोली, "ऊपर चले जाइए।"

अनिमेष माधवी को लेकर सीढ़ियाँ चढ़कर ऊपर पहुँचते ही चौंक पड़ा मानो भूत देखा हो।

नीला दरवाज़े में खड़ी हँस रही थी।

इकतीस

नीला सब्ज़ रंग की धारियोंवाली साड़ी और काला ब्लाउज़ पहने थी। उसे पहचानना मुश्किल था। इन थोड़े से अरसे में ही उसकी शक्ल पर हवाइयाँ उड़ रही थीं। गाल और जबड़े थोड़ा निकल आए थे। आँखें धँस गयी थीं।

अनिमेष को अवाक् देखकर नीला हँसी। कोई-कोई लड़की ऐसी होती है जिससे सबकुछ छीनकर भी हँसी को नहीं चुरा सकता। नीला की हँसी ठीक

वैसे ही थी अहंकार भरी। बोली, "ऐसे क्या देख रहे हो···आओ।"

"तुम···यहाँ?" अनिमेष इतने में सँभल गया था।

"यहीं रहती हूँ···हमारा घर है···आओ अन्दर आओ।"

अनिमेष ने माधवी की तरफ़ देखा। उसकी नज़रों में कुछ कुतूहल और प्रश्न-सा था। इशारे से तसल्ली देकर उसे साथ आने को कहा। दोनों नीला के पीछे-पीछे बरामदा पार करके कमरे में आ गए। कमरे में आकर नीला ने कहा, "यहीं खिड़की के पास खड़ी थी, अचानक तुम्हें जाते हुए देखा। तुम्हारा नाम लेकर आवाज़ दी। तुम समझे नहीं। क्यों···?"

"किसी ने मुझे आवाज़ दी है, बस इतना समझ सका···पर।" फिर वह हँस पड़ा।

नीला के इस कमरे का होस्टल के कमरों में कोई अन्तर नहीं था। सामान में एक बड़ा-सा तख़्त, चादर बिछी हुई चारपाई थी। एक कोने में अलगनी पर मैले कपड़े झूल रहे थे, एक कोने में स्टोव और खाना पकाने का सामान था। पास वाले कमरे से नीला दो लकड़ी की चेयर घसीटकर ले आयी। आकर बोली, "अभी ठीक से सामान लगा नहीं पायी हूँ···बैठो।"

बाबा से नीला के बारे में इसने सुना था। पर उसका रूप यह होगा सोचा नहीं था। देवव्रत बाबू के यहाँ रहते हुए देख चुका था कि कैसे ऐश में रहती थी। वही नीला अब इस कमरे को अपना कहती है। उस जीवन से इसमें ज़रा भी समता नहीं थी। उसने सोचा, जब तक नीला अपने आप कुछ नहीं बताएगी वह भी कोई कुतूहल प्रकट नहीं करेगा। नीला को हमेशा इसी भंगिमा में देखता आया था।

माधवीलता को बैठने के लिए कहकर अनिमेष ने दूसरी चेयर खींच ली। तुमसे इसका परिचय कर दूँ···"इनका नाम माधवीलता है।"

माधवी ने हँसकर कहा, "मैं आपको पहचानती हूँ।"

नीला ने आँखें फाड़कर कहा, "ओ मा···कैसे?"

"यूनिवर्सिटी में देखा है। आप मुझसे शायद सीनियर थीं।"

"तुम लोग शायद एक ही क्लास में पढ़ते हो?"

"हाँ··· ।"

"फिर एक वर्ष सीनियर तो होऊँगी ही। पर मैंने बहुत दिन पहले वह रास्ता छोड़ दिया है। मुझे पहचान पाने की कोई वज़ह नहीं हो सकती। नहीं··· नहीं···इसलिए कह रही हूँ कि मैं बहुत से लड़कों के साथ घूमती थी इसलिए पहचानना स्वाभाविक है।" फिर हँस दी। फिर अनिमेष से बोली, "तुम्हारी शक्ल काफ़ी बदल गयी है।"

"कैसी हो गयी?"

"मुफ़स्सल की छाप बिलकुल नहीं रही। बहुत अट्रैक्टिव हो गए हो।" कहने का तरीक़ा ऐसा मज़ेदार था कि माधवी भी हँस पड़ी। अनिमेष ने कहा, "तुम बिलकुल नहीं बदलीं।"

"कौन कहता है? इस कमरे में बैठकर भी कहते हो मैं पहले जैसी हूँ।"

अनिमेष को अगर ग़लती न लगी हो तो बात ने शायद उसके अभिमान को स्पर्श किया था। फिर वह बड़ा संकुचित हो गया। इस प्रसंग को छोड़ना नहीं चाहता था। किन्तु प्रश्न करके नीला उन्हें देखे जा रही थी। यह देखकर वह बोला, "तुम्हारे बात करने में कोई परिवर्तन न देख मैं कहना चाहता था और कुछ नहीं।"

नीला ने दाँतों में होंठ मरोड़े। फिर जल्दी से स्वाभाविक होकर बोली, "इस तरफ़ कहाँ आए थे?"

माधवी अनिमेष की तरफ़ देखकर हँसी। अनिमेष ने स्वाभाविक स्वर में कहा, "इनके लिए होस्टल ढूँढ़ने को⋯कहीं जगह नहीं मिली।"

"तुम क्या बाहर रहती हो⋯एई! तब से 'तुम' कह रही हूँ⋯माइंड मत करना⋯तुम भी 'तुम' कह सकती हो।" नीला फिर सहज हो गयी।

"नहीं⋯नहीं ठीक है।" माधवी ने सिर इस तरह हिलाया मानो 'तुम' कहने पर इसने बिलकुल बुरा नहीं माना। हाँ, नीला के पहले प्रश्न का जवाब नहीं दिया। नीला को बात समझने में ज़रा भी दिक्कत नहीं हुई थी यह भी अनिमेष की नज़रों से बचा नहीं था। क्योंकि नीला के होंठों पर हँसी की रेखा को विलीन होते देख लिया था। नीला ने दरवाज़े के पास जाकर छोटी लड़की को आवाज़ देकर बुलाया। कमरे के कोने से छोटी केटली उसके हाथ में पकड़ाकर धीरे से कुछ कहा। लड़की गरदन टेढ़ी करके भाग गयी। उधर देखते हुए नीला बोली, "जानते हो अनिमेष! यह छोटी सी लड़की मुझे बहुत प्यार करती है। वह नहीं होती तो बड़ी परेशानी में पड़ जाती।"

"तुम्हारी क्या लगती है?"

"मेरी⋯कोई नहीं⋯नीचे के किराएदारों की लड़की है।"

माधवी ने पूछा, "आपने हम लोगों के लिए कुछ लाने को भेजा है?"

"क्यों⋯?"

"खाने की मेरी ज़रा भी इच्छा नहीं है।"

"क्यों⋯?"

माधवी ने अनिमेष की तरफ़ देखा। नीला एक ही भंगिमा से पूछ रही थी जिसमें एक तरह की ज़िद थी। माधवी ने दबी आवाज़ में कहा, "लौटने की जल्दी है मुझे।"

"ज़्यादा देर नहीं होगी। सड़क के पार ही चाय की दूकान है।"

नीला ने गहरी साँस ली।

नीला के घर चाय का कोई इन्तज़ाम नहीं दूकान से आती है। अनिमेष कोई कारण नहीं ढूँढ़ पा रहा था। और वह जितना भी सहज रूप में बात करने की कोशिश कर रहा था, ज़ाहिर था कहीं परेशानी भी थी। नीला की वर्तमान अवस्था की वज़ह न जानने के कारण बात ज़्यादा देर तक हो नहीं पा रही थी। हँसकर पूछा, "घर में नहीं बनातीं चाय?"

"सामने दूकान है झमेला करने का क्या फ़ायदा?"

"वे दिखाई नहीं पड़ रहे?"

"बाहर गए हैं...अभी आ जाएँगे। तुम्हारे पास तो समय नहीं है, वरना कहती ज़रा बैठो।" उसके बात पूरी करते ही नीचे से एक सज्जन ऊपर आए। अधेड़ उम्र!

"दीदी मणि, मैं नन्द।"

"नन्द...नन्द कौन?"

"अ...दादा बाबू ने शायद मेरे बारे में बताया नहीं?"

"नहीं तो।"

"मेरा नाम नन्द बक्शी है। दादा बाबू ने मुझसे सबलेट के बारे में बताया था। पता चला किराया भी बहुत अच्छा है। शायद डेढ़ सौ पर तय हो जाएगा। अगर कमरा दिखा दें।" वह बड़े विनीत भाव से बोला।

नीला दरवाज़े के पास खड़े होकर बोली, "कहता है कि किराया देगा?"

"किराया मायने कानून के अनुसार किराया नहीं।...सबलेट।" नन्द हँसा, "बाज़ार में पड़ा हूँ...दीदी मणि! चिन्ता न कीजिए...दादा बाबू ने मुझे बता दिया है। बहुत छोटी सी फ़ैमिली...पति-पत्नी और तीन बच्चे।"

नीला ने कहा, "ठीक है...पर ज़रा घूम आइए...परेशानी तो नहीं होगी?"

"नहीं...नहीं ज़रा भी नहीं। एक घंटे बाद आने पर...?"

"हाँ ऽ ऽ।"

नन्द बक्शी के जाने के बाद नीला पलटकर बोली, "इस तरह जलाते हैं लोग! फालतू कमरा है, पता लगते ही बस्स।"

अनिमेष इस लुका-चोरी को साफ़ समझ रहा था। नीला को आर्थिक सुख नहीं है। अचानक ध्यान आया कि माधवी के लिए भी तो होस्टल खोजते घूम रहे हैं। इससे नीला से कहना कैसा रहेगा! नीला आदि जब कमरा किराए पर दे रहे हैं...तब। फिर सोचा जिसे रहना है उससे पूछे बिना प्रस्ताव करना उचित नहीं होगा।

इस बीच लड़की चाय ले आयी। अनिमेष ने देखा कि होस्टल में बाहर से चाय मँगवाकर जिस तरह बाँटकर पीते हैं, नीला ने भी दो कप और टीन

से बिस्कुट निकाले और प्लेट में डालकर चाय आगे कर दी।

चाय इतनी बेस्वाद थी कि कमरे में बैठे किसी का पीने का मन नहीं हुआ। नीला बड़े आराम से घूँट भरती हुई सहसा बोली, "मुझे नौकरी चाहिए अनिमेष!"

"नौकरी···?" अनिमेष गिरने को हुआ।

"हाँ···उन पर बड़ा प्रेशर पड़ रहा है···अकेला नहीं सँभाल पा रहे। कई स्कूलों में एप्लाई किया, पर काम नहीं बना। लड़कियों के लिए कहीं नौकरी खाली हो तो मुझे बताना···क्यों?" वह तख़्तपोश पर बैठ गयी।

अब अनिमेष चुप नहीं रह सका, पूछा, "मेसो मशाई (मौसाजी) यानी तुम्हारे बाबा यह सब जानते हैं?"

"यह सब मायने···?" नीला के तेवर चढ़ गए।

"कि तुम नौकरी तलाश कर रही हो···बहुत आवश्यक···।"

"नहीं···मैंने नहीं कहा। सच कहूँ तो घर छोड़ने के बाद से बाबा से नहीं मिली हूँ।"

"क्यों नहीं···।"

"तुमने कुछ नहीं सुना?"

देवव्रत बाबू की महीतोष को लिखी चिट्ठी का ध्यान आते ही चाहने पर भी उसने नहीं कहा, बोला, "नहीं···सुना था···मायने बस इतना कि अपनी पसन्द की शादी करके तुम घर से चली आयी हो।"

"सुनने के बाद हमारे घर नहीं गए?"

"नहीं···।"

"क्यों···?"

"परेशान हो गया था।"

"क्यों···?"

"उन्होंने यह बात किस रूप में ली है मालूम नहीं था इसलिए।"

"लड़की घर से निकल जाए तो माँ-बाप किस तरह लेते हैं? ओह अनिमेष! तुम अब भी ग्रामीण रह गए। जाते तो तुम्हारी ख़ूब ख़ातिर होती क्योंकि तुम्हारे साथ मैं नहीं भागी थी। क्यों भई! तुम्हें तो बुरा नहीं लगा।" अन्तिम बात माधवीलता को लक्ष्य की थी। वह ज़रा हँस दी बस।

चाय का कप ज़मीन पर रखकर अनिमेष सीधा बैठ गया, "ऐसी क्या बात हुई कि एकदम घर छोड़कर निकलना पड़ा।"

"प-रे-म।" नीला के होठों पर हँसी खेल गयी। ख़ुद को लेकर इस तरह ठट्ठा केवल नीला ही कर सकती है। उसकी शक्ल की तरफ़ देकर अनिमेष के मन में आया, पर इस समयवाली नीला के मुँह पर शोभा नहीं दे रही थी। इस

थोड़े से अरसे में वह काफ़ी भारी हो गयी है। वह आकर्षण भी नहीं रहा है। जान-बूझकर बीते दिनों को पकड़े रखने की कोशिश में।

अनिमेष हँस पड़ा, "पहले जैसा तुम्हें देखा था उसके साथ अब का रूप मिला नहीं पा रहा।"

नीला फुंफकार उठी, "क्यों नहीं मिला पा रहे?"

"सबकुछ गड़बड़ हो जाता है।"

"वह तुम्हारी अक्षमता है···मेरी नहीं।"

तभी माधवी उठ खड़ी हुई। "तुम लोग बातें करो···मैं जाती हूँ।"

नीला बोली, "ओ मा यह कैसे हो सकता है···तुम्हें छोड़कर अनिमेष यहाँ बैठा बातें करता रहे, यह अच्छा लगता है?"

"तो क्या हुआ?"

"मुझसे नहीं सहा जाएगा।"

"यह क्या कह रही हैं आप।"

"ठीक कह रही हूँ। अच्छा तुमसे तो उसकी काफ़ी जान-पहचान है। तुमने उससे कभी कहीं पहुँचने के लिए कहा हो और वह वक़्त पर पहुँचा न हो···ऐसा कभी हुआ?" प्रश्न करके नीला ने तिरछी नज़रों से अनिमेष की शक्ल देखी।

माधवी हँस दी, "ध्यान नहीं आ रहा।"

"तब देखो।" कहकर नीला ने अनिमेष से पूछा, "तुम्हें ध्यान है?"

"हाँ···उस दिन मेरे पाँव में बहुत···।"

अनिमेष को रोक दिया नीला ने, "कोई कैफ़ियत सुनना नहीं चाहती। कारण कोई भी रहा हो, तुम आ नहीं सके। मैं तुम्हें कठघरे में नहीं खड़ा रही कि तुम सफ़ाई देते रहो। असल में उस दिन मुझे बहुत बड़ा फ़ैसला करना था। अकेले सोच नहीं पा रही थी इसलिए तुमसे आने के लिए कहा था।"

नीला ने उन लोगों को बरामदे तक पहुँचा दिया। अब तक नीला की बातचीत का तरीका उसे अच्छा नहीं लग रहा था। पर एक प्रश्न बार-बार उसे चुभ रहा था। नीला का पति कौन है? इतने मित्रों के साथ घूमती थी, ब्याह किस भाग्यवान के साथ किया? जिससे ब्याह किया है उसकी आर्थिक स्थिति अगर यही है तो ऐसी क्या विशेष योग्यता है उसमें। बड़े सहज-भाव से बोला, "किसी और दिन आकर तुम्हारे मिस्टर से मिलूँगा।"

"जाओ···।" न आवाह्न, न विसर्जन।

नज़रों से ओझल न होने तक नीला बरामदे में खड़ी अनिमेष को देखती रही। रात काफ़ी हो चुकी थी। माधवी तेज़-तेज़ चल रही थी। अनिमेष बराबर-बराबर चलते हुए बोला, "कैसी लगी।"

"क्या?" माधवी कुछ सोच रही थी। सवाल समझने में समय लगा।

"नीला···।"

"अच्छी है···।" माधवी हँसी, "तुम्हारी गहरी मित्र थीं वे?"

"एक तरह कह भी सकती हो···पर न भी रही हो। कलकत्ता आने के बाद अस्पताल से जाकर जिनके घर में रहा था, उन्हीं सज्जन की लड़की है नीला। उन दिनों बड़ी मॉडर्न थी। मेरे लिए उसका साथ निभाना मुश्किल था। मैंने कोशिश भी नहीं की। असल में मैं उसे समझ नहीं पाया। उसने पहले दिन ही कह दिया था कि उसका नाम नीला है और वह बहुतों को बरदाश्त नहीं है। समझीं।" कहकर वह हँस दिया।

"मुँह पर सच कह दिया।"

"हाँ···उसी लड़की ने आर्थिक कष्ट में भी ज़िद में आकर ब्याह कर लिया कैसी परेशानी हो रही है।"

"क्यों? अगर वैभव की अपेक्षा कष्ट में ही उन्हें आनन्द मिलता है तो आपको क्यों चिन्ता है। प्रेम के कारण अगर कोई फ़ैसला करे तो बहुत कुछ छोड़ा जा सकता है। विशेषकर लड़कियाँ···।" माधवी भर्राई हुई आवाज़ में बोली।

अनिमेष यह बात नहीं मानता, "सब कृतित्व लड़कियों का ही क्यों होगा? दुनिया का राजपाट एक बात पर छोड़कर प्रेम को जो पकड़े रहे हैं वे पुरुष थे।" बात करते समय भी लगा माधवी को कि वह अपनी बात नहीं कह रहा क्या? आज होस्टल खोजने का समय आया तो इसके प्रेम के कारण ही। फ़ैसला किया था इसके लिए ही। पर उसे इस क्षण कुछ छोड़कर नहीं आना पड़ा। ऐसी स्थिति में उससे तर्क करना बिलकुल अनुचित है।

पर माधवी ने अनिमेष की बात को कोई अहमियत नहीं दी। श्याम बाज़ार के मोड़ पर पहुँचकर बोली, "तुम कल तक होस्टल के लिए कोशिश कर देना···करोगे ना?"

"हाँ ज़रूर! तुम चिन्ता मत करो। ओ हो। नीला के यहाँ बैठे हुए एक बात का ध्यान आया था। कहता हूँ, कहता हूँ, करके कही नहीं।"

"क्या?" माधवी ने चेहरा उठाया।

"नीला आदि एक कमरा किराए पर देना चाहते हैं तो तुम ले लो तो कैसा रहे। शायद ख़र्च ज़्यादा होता···।" अनिमेष ने उसकी तरफ़ देखा।

"हटो···! वह कहीं हो सकता है? मैं खाऊँगी क्या? स्कूल में जो वेतन देते हैं, सब उड़ जाएगा।" फिर उसका स्वर बदल गया, "वह महिला मुझे किराए पर कमरा नहीं देंगी।"

"क्यों···? मैं कहता तो ज़रूर दे देती।"

"तुम ठीक से समझोगे नहीं।"

"उहूँ···तुम उसे समझी नहीं।"

"तुमने समझ लिया?"

"बहुत कुछ?"

माधवी हँस पड़ी। "बस हो लिया। इतनी देर तक ये लोग बैठे थे, एक बार भी सोचा नहीं! दिखाई नहीं पड़ा क्या? एक समय था जब लड़कियाँ अगर सिन्दूर न भरे हों तो पता नहीं चलता था कि कौन विवाहिता है, कौन नहीं। नीला के सामने बैठे रहने पर भी उसके आसन्न मातृत्व का पता नहीं चला! इसे क्या छिपाया जा सकता है? अथवा लड़कियाँ ही खासतौर पर देख पाती हैं। यह नज़र पुरुषों में नहीं होती।"

अनिमेष बोला, "हाँ, नहीं देख सका···हार मानता हूँ।"

माधवी ने प्रसंग बदल दिया, "जो भी हो मैं तो होस्टल में ही रहना चाहती हूँ दूसरी लड़कियों के साथ। कमरा किराए पर लेने से तरह-तरह की बातें उठेंगी। लड़की अकेली है, जानते ही लोगों का कुतूहल बढ़ेगा। इसके अलावा तुम भी आ धमको मेरे कमरे में यह भी नहीं चाहती।"

अनिमेष को आश्चर्य हुआ, "तुम्हारे पास न आऊँ, तुम नहीं चाहतीं?"

"गलत समझे···मैं होस्टल में रहूँगी तो तुम मिलने तो आ सकते हो। पर किसी कमरे में अकेली स्वाधीनता से रहती हूँ, वहाँ तुम आओ यह नहीं चाहती।" उसने बिना दुविधा के कहा।

"तो तुमको मुझ पर विश्वास नहीं···?" उसे यह बात बड़ी बुरी लगी। मानो माधवी ने अचानक सम्बन्ध बदल दिया हो।

"तुम्हारा नहीं···मुझे खुद पर भरोसा नहीं है।" माधवी ने मुँह झुका लिया। जैसेकि गहरे दबाव से एकदम ऊपर आ गया हो और लगा कि वह दबाव कितना कष्टकर था और उसने माधवी को इसी क्षण नीचे गिरा दिया हो। ऐसी अकपट स्वीकारोक्ति सुनकर अनिमेष का मन हो रहा था कि उसका हाथ पकड़ ले। पर हज़ारों लोगों की भीड़ में यह सम्भव नहीं था।

तभी अठहत्तर-सी बस के रुकते ही माधवी बोली, "मैं जाती हूँ।"

"कल आओगी?"

"देखूँगी···।"

"नहीं···आना।"

माधवी हँसी। फिर बस में चढ़कर हैंडल पकड़े जब तक अनिमेष दिखाई पड़ता रहा भीड़ में खड़ी रही।

एम्हर्स्ट स्ट्रीट पर लड़कियों के होस्टल में जगह मिल गयी। माधवी के जाने के बाद अनिमेष थ्री-बी बस पकड़कर सीधा वहाँ पहुँचा। होस्टल या मेस नहीं लग

रहा था। लाल मकान के सामने ही बगीचा। शौकीन लोगों का मकान लगता था। रात हो गयी थी, पर ऑफ़िस खुला था। टेबल के दूसरी तरफ़ एक वयस्क महिला बैठी थीं। आँखों पर चश्मा, गोल चेहरा, सफ़ेद साड़ी, बड़ी गम्भीर-सी। दरवाज़े में खड़े होकर नमस्कार करते ही उन्होंने मुँह उठाया, "आइए।" आवाज़ में व्यक्तित्व स्पष्ट था।

"मैं होस्टल के सुपर से मिलना चाहता हूँ।"

"बैठिए।"

अनिमेष के चेयर खींचकर बैठते ही वे हँसीं, "बताइए क्या बात है।"

"आप क्या...?" अनिमेष ज़रा हिला।

"हाँ...।"

"होस्टल में कोई सीट खाली हुई है?"

"है...कल खाली हुई है।"

अनिमेष को ऐसी तृप्ति हुई जैसे स्नान किया हो। आज जितने होस्टल देखे थे उनमें सबसे अच्छा था। यहाँ जगह मिल जाए तो सौभाग्य ही कहा जाएगा। उसने महिला की तरफ़ झुककर कहा, "यहाँ सीट लेने के लिए कोई नियम-क़ानून पूरे करने होंगे?"

"नियम-क़ानून?" महिला की आँखों में विस्मय था, "हाँ...बोर्डर महिला हो।"

"वह तो है ही...मैं यह नहीं कह रहा। जानना चाहता हूँ कि वर्किंग गर्ल्स होस्टल है, या स्टूडेंट्स होस्टल है?"

"वैसे छात्राओं का होस्टल ही था, पर अब कोई-कोई नौकरी भी करती हैं।" महिला ने सीधे पूछा, "जिनके लिए जगह खोज रहे हैं, वे आपकी कौन हैं?"

"आत्मीय!" अनिमेष ने जवाब पहले से सोच लिया था।

"आप क्या करते हैं?"

"इस बार एम.ए. की परीक्षा दूँगा। मैं भी होस्टल में रहता हूँ।"

"आत्मीय मायने...आपकी बहन?"

बहन जैसी कहते-कहते अनिमेष सँभल गया। एक ही क्षण में उसने निश्चय कर लिया कि सच बता देगा। वह कुछ अन्याय तो कर नहीं रहा तो साफ़ कहने में क्या बाधा है। उसने कहा, "मेरी एक सहपाठिन को अभी स्कूल में नौकरी मिली है। कारणवश घर से स्कूल जाना सम्भव नहीं है। उनके लिए ही ज़गह खोज रहा हूँ।"

इतनी देर तक महिला जिस भंगिमा से बात कर रही थीं अनिमेष का जवाब सुनते ही भाव बदल गया। चेयर को ज़रा झोंटा देकर कुछ देर अनिमेष की तरफ़ देखती रहीं। फिर पूछा, "फिर आत्मीय क्यों कह रहे हैं?"

धीरे से उनके होंठों पर हँसी खेल गयी। बोलीं, "यहाँ रहेगी तो बाबा-माँ

या ऐसे ही किसी व्यक्ति को गार्जियन होना पड़ेगा। यह नियम है।''

''वह मुमकिन नहीं। बस इतना कह सकता हूँ कि आपके होस्टल में दूसरी लड़कियाँ जैसा आचरण करती हैं। उसमें व्यतिक्रम नहीं होगा।'' यह कहने में अनिमेष को कोई असुविधा, संकोच नहीं हुआ। उसके अवचेतन में हल्का-सा अनुभव था कि बात अगर वयस्क महिला के पसन्द की न हुई तो माधवी को यहाँ जगह नहीं मिलेगी। इसलिए सच कहा था। माधवीलता वयस्का है, अपना भला-बुरा समझती है, उसे किसी के सहारे बिना ये स्वीकार क्यों न करेंगी? ज़रूरत पड़ने पर वह तर्क भी कर सकता है। इस बारे में साफ़ बात करने का समय आ गया है।

''वे एम.ए. में पढ़ रही हैं, फिर भी घर में नहीं रहतीं।''

''हाँ···।''

''अब सम्भव नहीं है?''

''नहीं है, इसलिए तो आयी हैं।''

''उनके घरवाले आपत्ति तो नहीं करेंगे।''

''वयस्क बोर्डर को लेकर झमेला क्यों होगा?''

महिला कुछ देर सोचती रहीं। फिर बायीं तरफ़ की दराज़ से एक फ़ार्म निकालकर अनिमेष की तरफ़ बढ़ाते हुए बोलीं, ''आपने सच बात साफ़-साफ़ कह दी है, इसलिए मुझे कोई आपत्ति नहीं है। आइ लाइक इट। पर किसी तरह का व्यर्थ का झमेला नहीं चाहूँगी···इसका ध्यान रहे।''

अनिमेष रूडली कुछ कहना चाहता था, पर सँभल गया और फ़ॉर्म भरने लगा। उसके पास कलम नहीं थी। यह समझकर महिला ने एक क़लम आगे बढ़ा दिया। नाम, उम्र, क्या पढ़ रही है या और कुछ करती है या नहीं, घर का पता, गार्जियन का नाम बार-बार जानना चाहा था। गार्जियन के नाम पर अनिमेष जो दुविधा में था। महिला बराबर देख रही थीं। हँसकर बोली, ''अपना नाम और पता लिख दीजिए।''

बात मामूली थी, पर अपना नाम लिखने लगा तो दिल में सिहरन अनुभव की। पहली बार माधवीलता के साथ इसका नाम जुड़ रहा था। माधवी कुछ भी अनुचित काम करेगी तो होस्टल के कर्ता इसको सूचित करेंगे। इसे लगा कि वह बहुत बड़ा दायित्व ले रहा है।

फ़ार्म भरकर उसने पूछा, ''अब कितना देना है?''

''एक महीने का चार्जेज़ और कुछ आनुषंगिक।''

पॉकेट में सौ का नोट था। उसे उलटता-पलटता रहा। इससे पूरा नहीं पड़नेवाला है। बोला, ''एक काम कीजिए अभी रसीद मत काटिए। मेरे पास सौ रुपए हैं, इन्हें दे जाता हूँ। कल या परसों बाक़ी भी दे जाऊँगा। अगले महीने

पहली तारीख़ को कोई परेशानी होगी?"

"अच्छा था रुपए साथ लाते। जो भी हो, अभी कुछ नहीं देना है। दो दिन के अन्दर दे जाइए।"

"बहुत-बहुत धन्यवाद।"

महिला कुछ नहीं बोलीं। अनिमेष ने देखा, होंठ दबाए हँस रही हैं।

बाहर आते ही ज़ोर का शोर हुआ। केशव सेन स्ट्रीट से लड़कों का एक दल भागता हुआ आ रहा था। इस तरफ़ के लोग भाग रहे थे। तभी चौराहे पर दबादब बम फटने लगे। चारों तरफ़ लोग आतंकित होकर ओट में जा रहे थे। अनिमेष फुटपाथ पर खड़ा होकर देखने लगा। एक दुबला-पतला लड़का हाथ में दो बम पकड़े बीच रास्ते में खड़ा चीख़ रहा था। किसी को डाँट रहा था। उसके डर से सारा स्थल आधी रात जैसा निर्जन हो गया था।

अनिमेष की इच्छा थी कि उससे पूछे कि ऐसे क्यों कर रहा है। पर तभी लड़का दौड़कर केशव सेन स्ट्रीट में घुस गया। चलते-चलते अनिमेष को ध्यान आया कि यह जगह ठीक नहीं है। अख़बार में पढ़ चुका है कि यहाँ अकसर गड़बड़ होती रहती है। बम गिरते रहते हैं। ऐसी जगह माधवी को रहना है, ज़रा चिन्तित हुआ फिर हँस पड़ा। आज नहीं तो कल सारा बंगाल ऐसा हो जाए...तब?

बत्तीस

पहली तारीख़ को अनिमेष की नींद बहुत जल्दी खुल गयी। तकिए पर मुँह रखे कुछ देर चुपचाप पड़ा रहा कि दिमाग़ में एक चिन्ता आ गयी। आज माधवी घर छोड़कर होस्टल आएगी। सवेरे आठ बजे के अन्दर-अन्दर अनिमेष के बेलघटिया स्टेशन पर उसका इन्तज़ार करने की बात थी। निमता से माधवी रिक्शा लेकर आएगी। फिर ट्रेन से सियालदह उतरकर दोनों होस्टल जाएँगे। पहले दिन अनिमेष साथ जाएगा तो माधवी को आसानी होगी।

अनिमेष निमतावाले मकान पर जाना चाहता था। वह आख़िरी बार उसके बाबा से बात करना चाहता था। वे ज़िद पकड़े बैठे हैं...पर ज़रा ठीक से समझाने पर शायद समझ जाएँ। किन्तु माधवी इसके लिए राज़ी नहीं हुई थी। बोली थी, "मेरे बाबा तुम्हारा अपमान करें मैं खड़े-खड़े देख नहीं सकूँगी। जो कुछ सुनना होगा, मैं सुनूँगी।"

अनिमेष ने ज़रा सोचकर कहा था, "ठीक है...पर एक बात कहूँ...जानता हूँ, सुनकर नाराज़ हो जाओगी...किसी तरह एडजस्ट नहीं किया जा सकता?"

माधवीलता नाराज़ नहीं हुई केवल उसके होंठों पर भाव बदल गया। फिर नीची आवाज़ में बोली, "मैं और टेंशन नहीं सह सकती। हर रोज़ एक ही बात सुनते-सुनते मेरे नर्व्स के सहने की सीमा आ गयी है।" ज़रा चुप रहकर फिर बोली, "तुम इतनी चिन्ता क्यों करते हो। मैं खुद लड़की हूँ। घर से निकलने के बारे में मुझे हज़ारों तरह की चिन्ता थी।"

इसलिए वह घर से अकेली ही आना चाहती थी। अनिमेष उसके घर के आसपास भी न जाए इसलिए बेलघटिया पर इन्तज़ार करने के लिए कहा था। अनिमेष को यह अच्छा नहीं लगा था कि माधवी अपने जीवन की इस झोंक के साथ इसे संयुत करना नहीं चाहती। सोचकर, स्वयं को अयोग्य सोच रहा था। वह अपने दायित्व पर ही करना चाहती है। अनिमेष को यही खल रहा था। वह जल्दी से तैयार हो गया। हातिबागान से बेलघटिया पहुँचने में चालीस मिनट लगेंगे। दिल में बड़ा उत्तेजित था। एक लड़की जीवन के बँधे-बँधाए रास्ते, सुख आदि त्यागकर इसकी ख़ातिर घर छोड़ रही है। सोचकर, खुद को सम्राट सोचने का मन हो रहा था। कपड़े पहनते हुए वह सोच रहा था कि अगर माधवी किसी कारण घर से निकल न पायी तो क्या करेगा। अगर घरवाले ज़बरदस्ती उसे अटकाए रखें! इसने निश्चय कर लिया कि अगर वह दस बजे तक न पहुँची तो वह कोई निषेध नहीं मानेगा। सीधे उसके बाबा के सामने पहुँच जाएगा। यह सोचते हुए अनजाने ही वह बहुत उत्तेजित हो उठा। तभी दरवाज़े पर दस्तक हुई। बाल सँवारते हुए उसने पूछा, "कौन?"

इस वक़्त कोई आ गया तो देर हो जाएगी, अनिमेष बड़ा विरक्त हो रहा था। बाहर से कोई उत्तर नहीं मिला। बाहर जाने के लिए दोनों हाथों से दरवाज़ा ठेलते ही चौंक पड़ा। बड़ी तेज़ धूप थी। उसी धूप में पीछे खड़ी माधवीलता की आँखें चमक रही थीं। दिल में शरत् का आकाश फैल गया। आँखों पर विश्वास नहीं रहा था। किसी तरह बोला, "तुम…?"

वह तब भी हँस रही थी जिसमें आनन्द भी था और संकोच भी। उसकी नज़रें बहुत सी बातें बता रही थीं। पीली साड़ी में चेहरे पर मधुर-सा लावण्य आ गया था। सिटपटाया हुआ, अवाक् अनिमेष के मुँह से बस इतना निकला, "नाराज़ हो गयीं?"

"ताज्जुब! नाराज़ क्यों होऊँगी?"

"तुम यहाँ कैसे आ गयीं?" अनिमेष का विस्मय दूर नहीं हुआ। सवेरे-सवेरे माधवी ऊपर कैसे आ गयी? कोई मिलने आता है तो दरबान पहले ख़बर देता है। अनिमेष ने देखा कि एक सुन्दर लड़की अन्दर आयी है, यह ख़बर हर कमरे में फैलती जा रही थी। दूसरे बोर्डर बाहर जाने के बहाने माधवी को देख लेते। अनिमेष घबरा गया।

माधवी ने पूछा, "कमरे में आने को नहीं कहोगे?"

"मेरे कमरे में?" अनिमेष ने अपने कमरे की तरफ़ देखा। इसका बड़ा मन था कि उसे अन्दर ले जाए, पर अगले ही क्षण चेतन हो गया। ख़बर फैलने में देर नहीं लगेगी। होस्टल के नियम-क़ानून भी तो हैं। कोई लड़की लड़कों के होस्टल में अकेली बैठी बातें कर रही है। यह ख़बर यूनिवर्सिटी में बड़ी मुख रोचक होगी। कुछ कहे बिना दरवाज़े में ताला लगाकर बोला, "चलो बाहर।"

माधवी के माथे पर बल पड़े गए, "मायने?"

"मुझे जाना है...काम है।" उसे कुछ कहने का मौक़ा दिए बिना अनिमेष सीढ़ियों की तरफ़ हो लिया। छत के इस कमरे में आज तक किसी लड़की ने पाँव नहीं रखा था। हर बरामदे में लड़के तौलिए लपेटे खड़े थे। अनिमेष के पीछे नीचे उतरकर माधवी ने पूछा, "तुम्हें कहाँ काम है?"

"बेलघटिया स्टेशन पर।" अनिमेष ने गम्भीरता से कहा।

"मज़ाक़ छोड़ो।" माधवी सहज हो चुकी थी। ऐसा मुँह बना लिया था मानो अनिमेष ने बड़ा अन्याय किया।"

"कुछ अन्याय तो हुआ ही है। इस तरह तुम्हारा झट से ऊपर पहुँच जाना उचित नहीं था। आफ्टर ऑल यह लड़कों का होस्टल है।" गेट पर आकर अनिमेष ने चारों तरफ़ नज़र दौड़ाई दरबान कहीं नहीं था।

सड़क पर आकर माधवी बोली, "वाह मुझे क्या पता था। यहाँ आकर देखा कोई नहीं था। ज़रा अन्दर जाकर तुम्हारा नाम लेकर पूछते ही किसी ने कमरे का नम्बर बता दिया। मैं क्या करती जब पूछने के लिए कोई था ही नहीं।"

"कुछ नहीं...बस...कितने ही मुफ़स्सल लड़कों के दिल में ईर्ष्या जगा दी।"

"मुझे अन्दर बैठने को क्यों नहीं कहा?"

"ख़ुद पर भरोसा नहीं था।"

"अभद्र!" कहकर माधवी ने मुँह फेर लिया।

अनिमेष ने गरदन मोड़कर उसका चेहरा देखा। लाल लग रहा था। मानो बड़ी ज़रूरी बात हो, इस तरह अनिमेष बोला, "अब काम की बात करो। इतनी सवेरे यहाँ कैसे आ धमकीं। ज़रा-सी देर हो जाती तो मैं निकल चुका होता।"

माधवी उस समय भी उन्मुक्त नहीं थी। अनिमेष को घूरकर देखा, बोली, "बताती हूँ...पहले सच-सच बताओ कि तुम्हारे कमरे में चली गयी थी...तुम नाराज़ नहीं हो।"

अनिमेष हँस पड़ा, "अच्छी लड़की हो! कहा ना नाराज़ नहीं हूँ।"

वे हँसते हुए ट्रामवाली सड़क पर आ गए। सवेरे के वक़्त कलकत्ता बड़ा शान्त होता है। दूकानें खुली नहीं थीं—सिगरेट, पान की दूकानें छोड़कर। फुटपाथ पर हातिबागान के बाज़ार में लोग आ-जा रहे थे। धूप मकानों के सिर पर आ

गयी थी। इस समय कलकत्ता बिलकुल अनुत्तेजित दिखाई देता है। माधवी बोली, "चलो-कहीं बैठकर चाय पीते हुए बातें करें। सवेरे से ज़रा आराम नहीं मिला।"

वे चलते हुए हातिबागान आ गए। अच्छे रेस्टोरेंट में अभी धोना-पोंछना चल रहा था। मामूली चाय के स्टालों में अख़बार पढ़नेवालों की भीड़। अनिमेष ने राधा सिनेमा के पास दो-तले पर एक रेस्टोरेंट में जाकर पूछा, "चाय मिलेगी?"

छोकरे जैसे एक आदमी, जिसने अभी तक पोशाक नहीं पहनी थी, बोला, "देर लगेगी।"

"कितनी?"

इन्हें देखकर जाने वह क्या समझा, पूछा, "सिर्फ़ चाय?"

अनिमेष के कुछ कहने से पहले ही माधवी ने पूछा, "टोस्ट मिलेंगे?"

ज़ाहिर था कि सिर्फ़ चाय कहने से वह टाल जाता। बायीं तरफ़ हाथ उठाकर बोला, "बैठिए-दस मिनट।"

रेस्टोरेंट में झाड़ू लग रही थी। चेयर्स टेबलों पर उलटी रखी थीं। उस आदमी ने पीछे से चिल्लाकर कहा, "केबिन में बैठिए।"

अनिमेष केबिन में घुस गया। छोटा-सा केबिन! दीवार से सटी टेबल। दो व्यक्ति बराबर बैठ सकते थे। बैठते ही हातिबागान बाज़ार दिखाई पड़ा। परदा सरकाया हुआ था फिर भी रोशनी कम थी। चेयर पर बैठकर माधवी बोली, "मालूम है, कल रात बिलकुल नींद नहीं आयी।"

अनिमेष ने देखा कि आज माधवी फ़र्क़ लग रही थी। अब कारण समझ में आया। इसने पहले कभी इसे सवेरे के समय नहीं देखा था। अलसाए हुए चेहरे पर बाल पड़े थे। स्नान के बाद लड़कियों के शरीर में जो आकर्षक तेज रहता है, वह सवेरे नहीं होता। इतनी देर तक उसे देखने की प्रसन्नता और उत्तेजना में सारी बात खो गयी। आज उसके घर छोड़कर आने की बात थी। पर वह अब इसके सामने बैठी है। बता रही है कि कल रात वह सो नहीं सकी। जाने कैसा डर-सा लगा। तो माधवी ने किसी कारण इरादा बदल लिया? स्वाभाविक आवाज़ में पूछा, "नींद क्यों नहीं आयी?"

"कभी घर से बाहर नहीं रही। नयी जगह नींद नहीं आयी। तरह-तरह की चिन्ताएँ हो रही थीं, सोचती रही कि सवेरा कब होगा।"

अनिमेष ने चौंककर पूछा, "नयी जगह मायने? तुम क्या कल ही चली आयी थीं?"

"हाँ-" माधवी ने आह भरी।

"क्यों-क्या हुआ था?"

"आना पड़ा। डर लग रहा था कि कल से ही मुझे न रहने दें शायद। पर सुपर से पूछा, वे राजी हो गए। वरना मुसीबत में पड़ जाती।"

"हुआ क्या?"

"घर जाकर माँ से कहा कि तुम चाहो तो होस्टल जा सकती हूँ।"

माँ ने कहा, "अपने बाबा से पूछ लो मैं इसमें नहीं पड़ती। मुझे देखते ही बाबा ने जानना चाहा कि मैं किसी के प्रेम में पड़ गयी हूँ या नहीं। अस्वीकार नहीं किया। फिर जो होना था वही हुआ। कि मैंने उनके मुँह पर कालिख पोत दी है कि दूध-केला खिलाया काल सर्प को। मत बदलने के लिए कहा। नामुमकिन है, सुनकर कहा कि मेरा मुँह भी नहीं देखना चाहते। कि मैं अभी घर से निकल जाऊँ। मुझे भी बहुत क्रोध आ गया था। चीज़ें समेटकर बाहर निकल आयी। उन्होंने यह भी नहीं पूछा कि कहाँ जा रही हो। फिर भी एक काग़ज़ पर पता लिखकर छोड़ आयी। ज़रा भी अच्छा नहीं लग रहा।" माधवी ने मुँह झुका लिया।

अनिमेष को दुख हो रहा था। भर्राई हुई आवाज़ में बोला, "देखो! बाद में पछताने से समय पर ही सुधार लेना ठीक होता है। हज़ार सही वे तुम्हारे माँ-बाबा है।"

माधवी ने दाँतों से होंठ काटे, "यह बात तुमने कई बार कही है। तुम समझोगे नहीं कि एक लड़की घरवालों की इच्छा के विरुद्ध कितनी देर लड़ सकती है? ब्याह के लिए वे बराबर ज़ोर दे रहे थे। उठते-बैठते खोंचे खाती कि हाँ कहो ना, नहीं। आज से दो बरस पहले होता तो हाँ कहने में कोई परेशानी नहीं थी। आराम से मेरा ब्याह हो जाता। बाबा कहते थे बड़ी अच्छी लड़की है। अपने दायित्व से उद्धार मिल गया। पर⋯अब कैसे राजी हो सकती थी। जो लड़कियाँ सोचती हैं कि मन में कोई सतीत्व नहीं होता मैं उनमें से नहीं हूँ। शरीर की अपेक्षा मन मेरे लिए कम क़ीमती नहीं है। जिन नज़रों से तुम्हें देखती हूँ किसी दूसरे को कैसे देख सकती हूँ?" कहते-कहते वह बहुत जोश में आ गयी थी।

अनिमेष ने देखा उसका चेहरा काँप रहा था और आँखों के कोने चमक उठे। माधवी का मुँह उतरा हुआ था। आँखें छलछला रही थीं। अनिमेष के दिल पर पत्थर-सा पड़ा। अनजाने में एक हाथ माधवी के कन्धे पर रखकर बोला, "रोओ मत⋯तुम्हारी आँखों में आँसू अच्छे नहीं लगते। मैं सह नहीं सकता।"

सँभलने में उसे समय लगा। कुछ क्षण आँखों पर आँचल रखा फिर फँसी हुई आवाज़ में बोली, "अच्छा बताओ⋯माँ-बाबा अपनी लड़की पर इतना शक क्यों करते हैं? अपनी ज़िद उस पर लादकर क्या आनन्द मिलता है। मैं क्या बच्चा हूँ? समझने की उम्र नहीं हुई है? तुमसे ब्याह करने के लिए क्या इतनी उतावली हूँ? इतने दिन जिस तरह रहती थी उनके पास और कुछ समय नहीं रह सकती थी? इतनी ज़ोर-ज़बरदस्ती क्यों?"

अनिमेष ने खिड़की से बाहर देखा। आसमान साफ़ था। सान्त्वना देने के अन्दाज़ में बोला, "कुछ दिन बीतने दो⋯देखना उन्हें अपनी ग़लती का अहसास हो जाएगा। फिर ज़िद नहीं करेंगे। जब तुमने कोई अन्याय किया ही नहीं है तो तुम्हें कोई दोष क्यों देगा।"

"नहीं⋯यह ठीक नहीं है। मैं घर से चली आयी हूँ आत्मीयों को जैसे ही पता चलेगा वे बदनामी फैलाएँगे। मेरा इससे कुछ बनता-बिगड़ता नहीं।" माधवी सिर झुकाए हुए कह रही थी। तभी क़दमों की आवाज़ हुई। अनिमेष ने माधवी के कन्धे से हाथ हटा लिया। दोनों हाथों में टोस्ट की प्लेट और दो कप चाय लिये वह लड़का आश्चर्यचकित-सा चला आया। टेबल पर इन्हें रखकर अभ्यस्त हाथों से परदा गिराकर चला गया। अनिमेष का मन हुआ कि परदा हटा दे। तभी माधवी ने कहा, "मुझे कभी कष्ट न देना।"

"यह क्यों कह रही हो?"

"कभी-कभी लगता है, तुम्हें कोई परेशानी है।"

"कैसी⋯।"

"मेरे घर से चले आने को लेकर। सच-सच बताओ⋯मैं तुम पर बोझ बन गयी हूँ।"

"लता⋯।" अनिमेष ने विरोध करना चाहा।

"नहीं अनि! मैं जो भी कर रही हूँ अपने दायित्व पर। अगर तुम्हें लगता है कि फँस रहे हो तो स्वच्छन्दता से हट सकते हो। शायद मुझे बहुत कष्ट होगा, सारा जीवन रोकर काटूँगी, पर तुम्हारे गले का काँटा बनूँ यह मुझसे सहन नहीं होगा।" माधवी का गला अवरुद्ध हो गया।

अनिमेष से रहा नहीं गया। दोनों हाथों से माधवी को जकड़ लिया। शायद तिनके की आड़ में अपने को काबू में रखे थी, अब नहीं हो सका। अनिमेष की छाती पर मुँह रखकर हू-हू करके रो पड़ी। दोनों हाथ अनिमेष की पीठ पर थे। सारा शरीर थर-थर काँप रहा था। अनिमेष का पूरा शरीर अवसन्न था। मन में कोई बन्धन नहीं। दोनों हाथों से माधवी का मुँह ऊपर करके कहा, "तुम्हें छोड़कर मैं जीवित नहीं रह सकूँगा।"

माधवी की आँखों से आँसुओं की धारा बह निकली। होंठ काँपने लगे, "मैं भी नहीं।" अनिमेष ने पहली बार किसी युवती का शरीर छाती पर अनुभव किया था। आँखों के सामने माधवी के नम घुले हुए होंठ इसे चुम्बक की तरह खींच रहे थे। इसने आहिस्ता से मुँह झुकाया। फिर गरम-नरम भीगे हुए अधरों पर चुम्बन अंकित कर दिया। दोनों की आँखें बन्द थीं। सारा विश्व मानो इस केबिन के परदे में समा गया हो। अधरों के स्पर्श से अनिमेष ने माधवी के मन का सारा अन्धकार पोंछ डाला। माधवी ने सारी मूक कथा जान ली।

होश आते ही माधवी ने मुँह हटा लिया। उसके हाथ शिथिल हो रहे थे। जैसे लज्जा के कारण वह हटकर बैठना चाहती थी। मुँह पर मधुर नमकीन स्वाद था। अनिमेष ने आँखें बन्द कर लीं। साथ-साथ उन बन्द आँखों के सामने अचानक वह दोपहर उभर आयी—जलपाइगुड़ी के घर में किशोर अनिमेष सड़क के सामने खड़ा है। बिछौने पर सामने ज्वर तप्त शरीर पड़ा है। आँखें और मुँह लाल हैं, बाल इधर-उधर बिखरे हुए। उनके कहने पर जब अनिमेष ज्वर देखने के लिए झुका था, साँप की तरह जकड़ लिया था रत्ना ने। उस किशोरी के सतेज आक्रमण को रोकने से पहले ही रत्ना के ज्वर तप्त होंठों ने उसका चुम्बन कर लिया था। जाने या अनजाने वह पहला चुम्बन था। पर उसकी स्मृति बहुत दिनों तक अस्वस्ति के रूप में मन में रही। आज इसे लगा कि इतने दिन की विश्री स्मृति धुल-पुछकर साफ़ हो गयी है।

काफ़ी देर तक कोई नहीं बोला। अन्त में अनिमेष ने सामने पड़ी प्लेट उठाकर कहा, "खाओ।"

टोस्ट नहीं छुआ, चाय का कप उठा लिया माधवी ने। धीरे से घूँट भरकर बोली, "अच्छी नहीं लग रही।"

"क्यों···ठंडी हो गयी?" अनिमेष ने हाथ लगाकर देखा कप गरम नहीं था।

माधवी ने देखकर कहा, "नहीं···पी जाएगी···पर खाने को मन नहीं है।"

अनिमेष समझा नहीं, "क्यों···?"

"तुम नहीं समझोगे।"

"वाह! तुम्हीं तो चाय पीना चाहती थीं।"

"पीना चाहती थी।"

अनिमेष उससे नज़रें मिलाना चाहता था, पर उसने मुँह फेर लिया। अनिमेष ने धमकाने के-से स्वर में कहा, "खा लो···सवेरे से कुछ खाया नहीं है···और बेकार की बकबक होती रही। कह रहा हूँ, खा लो।" उसने टोस्ट की प्लेट उसके आगे कर दी।

खाकर माधवी ने कहा, "मैं तुम्हारे भरोसे पर परीक्षा दूँगी।"

"मेरे भरोसे···? मैंने तो पढ़ना शुरू ही नहीं किया है।"

"अब करो।"

"स्कूल में पढ़ाने के साथ परीक्षा के लिए तैयारी—दोनों कर सकोगी?"

"करनी ही पड़ेगी।"

"अच्छा लता! मैं भविष्य में क्या करूँगा बता सकती हो?"

"मायने···?"

"मुझसे किस तरह की नौकरी की आशा है तुम्हें।"

माधवी ने ज़रा सोचा फिर बोली, "उसके बारे में तो मैंने सोचा ही नहीं।

कुछ-न-कुछ तो करोगे ही और जो भी करोगे मैं समर्थन करूँगी।"

"यह क्या बात हुई? बांग्ला में एम.ए. करने से नौकरी तो मिलेगी नहीं। अध्यापन या मास्टरी करने के लिए ब्राइट रिज़ल्ट की मुझे उम्मीद नहीं है। तब क्या होगा···इसलिए कह रहा हूँ।"

"मेरी नौकरी तो है।"

"ताज़्जुब है···।"

"क्यों···मेरे दो हाथ और पाँव तो हैं।"

"मज़ाक़ मत करो। मेरे बारे में तुम ज़रा भी सीरियस नहीं हो।"

"ख़ूब हूँ···पर ज़्यादा सीरियसली नहीं सोचती।"

"एक और बात भी है। मेरे घर के लोग तुम्हें किस रूप में लेंगे···मालूम नहीं। अगर···।"

"वह बात छोड़ो। तुम्हारे दादू और पिशी माँ के बारे में जो सुना है, मुझे पूरा विश्वास है कि वे मुझे प्यार करेंगे।"

अनिमेष को हँसी आ गयी। सोचा, लड़कियाँ सचमुच बड़ी अज़ीब होती हैं। जिनके साथ रक्त का इतना पुराना सम्बन्ध था, उन्हें जो समझ नहीं पायी, उसे भरोसा है कि दो अपरिचित व्यक्ति उसे स्वीकार कर लेंगे। युक्ति नहीं हृदय का आवेग लड़कियों को साहसी बना देता है।

अनिमेष ने बात बदल दी, "मुझे डर है कि मैं शायद तुम्हें सुखी नहीं कर पाऊँगा। उस दिन सुवास दा' से बात करने के बाद से मेरी विचारधारा बिलकुल बदल गयी है। अगर ऐसा वक़्त आ पड़े कि मैं बँधे-बँधाए जीवन में न रहूँ तो तुम क्या करोगी?"

"कुछ नहीं इस समय जो कर रही हूँ, वही करूँगी।" माधवी ने उसका हाथ अपने दोनों हाथों में थामकर कहा, "तुम्हें पहली बार जब देखा था तभी लगा था, तुम साधारण व्यक्ति नहीं हो। घर-संसार में बँधकर रहना तुमसे नहीं होगा। वह करना पड़ा तो अन्याय होगा। जो स्वाभाविक हो तुम वही करो। मैं कभी बाधा बनकर नहीं खड़ी होऊँगी।"

"अच्छा···इतने लड़कों के होते हुए तुमने मुझसे प्रेम क्यों किया?"

"तुम्हें क्या लगता है?"

"मालूम नहीं···।"

"क्यों···तुमने प्रेम क्यों किया?"

अनिमेष ने माधवी की आँखों में झाँका। वे हँस रही थीं। वह मन-ही-मन बोला, "तुमसे प्रेम न करता तो मर जाता।" पर मुँह से कुछ नहीं कहा। क्योंकि माधवीलता के आँखों की हँसी अब अधरों पर खेल रही थी। अनिमेष ज़ोर से हँस पड़ा। उनकी दसों अंगुलियाँ आपस में गुँथी हुई थीं।

तैंतीस

"सबसे पहले यह जानना ज़रूरी है कि हम क्या चाहते हैं। हम जो यहाँ हैं कम्युनिस्ट पार्टी के साथ काम करते रहे हैं। मार्क्सवाद की रीति-नीति और पद्धति से विशेष रूप में परिचित हैं। इस देश की कम्युनिस्ट पार्टी के नेता औपनिवेशिक सांसदीय स्ट्रक्चर में स्वयं को स्वीकृत कराके कई राज्य सरकारों का संगठन कर सकें तो बाँहें उठाकर नाचेंगे। हमें लगता है कि इस पथ पर साधारण मनुष्य कभी स्वतन्त्र नहीं होगा। देशवासियों के सामने वोट का जो प्रलोभन रखा गया है, उसके बारे में हमें पूरी जानकारी है। ग़रीब लोग निर्वाचन से पहले राजनीतिक दलों की चक्करबाज़ी से बार-बार ठगे जाते रहे हैं। पर उसका प्रतिवाद करने का साहस नहीं है। कम्युनिस्ट पार्टी भी इसी राह पर इन्हें चला रही है।" कहकर वक्ता ज़रा रुके।

कमरे में पिनड्रॉप साइलेंस थी। अनिमेष देख रहा था कि श्रोता कुल सात थे। हर एक बड़ी गम्भीरता से सुन रहा था। इस मकान में सिंथी के आने पर वे बहुत सतर्क हो गए थे।

सुवास दा' के साथ हरे कृष्ण शेठ लेन में उतरकर बहुतों का इस मकान में आना हुआ। जो बात कर रहे थे उनका नाम था महादेव सेन। कम्युनिस्ट पार्टी से निकाले गए लोगों में अन्यतम थे। इस कमरे में बाक़ी जो उपस्थित थे उनके साथ कम्युनिस्ट पार्टी का सामान्य-सा सम्बन्ध था। इस दृष्टि से अनिमेष बाहर का व्यक्ति था। विशेष रूप में पसन्द किए जानेवाले लोग वहाँ इकट्ठे हो गए थे। अनिमेष सुवास दा' की सिफ़ारिश पर यहाँ मौजूद था।

अब तक जो कुछ वक्ता ने कहा था सबको उसकी जानकारी थी। अब मैं सीधी-सादी बात करता हूँ। जिस कारण निर्वाचन की व्यवस्था की गयी है, सामाजिक असमता और राजनीतिक दलाली में हमारा विश्वास नहीं रहा। भारतवर्ष के विभिन्न प्रान्तों के कुछ मनुष्यों ने अब नयी भावना को प्रश्रय दिया है। मुझे लगता है, चीन के रास्ते पर चलकर ही भारतवर्ष की मुक्ति सम्भव है। चेयरमैन माओ की बात में आस्था रखकर ही कहता हूँ कि बन्दूक की नली ही शक्ति का उत्स है। बन्दूक द्वारा ही विप्लव सार्थक होगा। हमारा पहला क़दम होगा सारे कृषक वर्ग को संगठित करके हर गाँव के अंचल की क्षमता में दखल करना। पूरे भारतवर्ष में एक साथ विप्लव लाने के लिए हमारी मानसिक और वास्तविक परिस्थिति तैयार नहीं हुई है। छोटे-छोटे अंचलों में क्षमता का दखल है। स्थानीय सरकार की प्रेरणा आसपास के अंचलों में दावानल की तरह फैल जाएगी। बाद में कृषक गुरिल्लाओं का सशस्त्र संग्राम छोटी-छोटी घाटियों में फैलकर पूरे देश में जन-युद्ध का स्रोत बहा देंगे। ऐसी गण-फ़ौज तैयार करनी होगी जो विरोधी

शक्ति का मुक़ाबला करके उनका उच्छेदन कर डाले। जानता हूँ, प्रतिरोध होगा। क्षमता सम्पन्न श्रेणी बिना आपत्ति पद नहीं छोड़ेंगी। इतिहास साक्षी है। इस आपत्ति का रूप सशस्त्र बल प्रयोग है। पुराने कानून गणतन्त्र के सम्मुख रखकर बॉयनेट लेकर विप्लवियों पर टूट पड़ेंगे। एक बात जान लें कि विरोधी शक्ति को बचाने के लिए आज की कम्युनिस्ट पार्टी शामिल हो जाएगी। इतिहास कहता है कि जब कभी कोई कठिन समस्या आयी है भारतवर्ष की पार्टी ने ऐसी सुविधाजनक भूमिका ग्रहण की जहाँ उनकी हस्ती बनी रही। इसके लिए हमें तैयार रहना होगा। हमारा मूल लक्ष्य है, श्रमिक वर्ग के नेतृत्व में श्रमजीवी मनुष्यों द्वारा संगठित गणतन्त्र की स्थापना। अथवा सर्वहारा का एक नायकतन्त्र। यानी इस व्यवस्था में श्रेणी की संख्या कम न हो। बल्कि उनमें वृद्धि होती रहे। श्रमिक श्रेणी ही एकमात्र श्रेणी है जो बाक़ी श्रेणी के मनुष्यों को स्वीकार कर सकती है। हमारा प्रमुख कर्तव्य है ग्रामों द्वारा शहरों को घेरना। इस संगठन को 'ऑल इंडिया को-आर्डिनेशन कमेटी ऑफ कम्युनिस्ट रेवोल्यूशनरीज़' नाम दिया गया है। हम इस बैनर के अन्तर्गत काम करेंगे। उपस्थित श्रोताओं में से अगर किसी को कुछ पूछना है तो खुलकर कह सकते हैं।

सुवास दा' बोले, "पहली बात तो यह हममें से जो विप्लव में भाग लेंगे एक-दूसरे को वे कितना समझ पाए हैं, यह जानना ज़रूरी है। हम जो करने जा रहे हैं उसके परिणाम से वाक़िफ़ हैं ना! मैं उचित-अनुचित की दृष्टि से कह रहा हूँ।"

महादेव बाबू बोले, "वही तो मैं सोच रहा हूँ।" फिर मन-ही-मन हँसे, "सुवास! तुम्हारा दोष नहीं है, बहुत समय से हमारी विचारधारा एक ही दिशा में बह रही है। अब शायद इसे बदलने का समय आ गया है। जो जल में छलाँग लगाते हैं, उन्हें मालूम है कि डूब भी सकते हैं। इस बारे में बहस करने का कोई लाभ नहीं। तुम्हारा तर्क है कि अगर उसे डर लगता है तो छलाँग न लगाए। अगर देश के सब लोग डरते रहेंगे तो कोई काम ही नहीं होगा। तैरना सीखकर पानी में उतरा जा सकता है। फिर सतर्क करने की क्या ज़रूरत है? और आपस में समझना⋯मध्यवित्त की मानसिकता के विचार से कहा। काम करने के लिए लक्ष्य एक हो और ज़रूरत उन्हें एक-दूसरे को समझने के लिए बाध्य करे, यही वांछनीय है।"

सुवास को सख़्त और साफ़ उत्तर मिल गया तो उसने कुछ नहीं कहा। अमिनेष के दिमाग़ में बहुत देर से एक चिन्ता घूम रही थी। महादेव बाबू की बात ख़त्म होते ही उसने पूछा, "केन्द्रीय नेतृत्व किसके हाथ में है?"

"किसी ख़ास व्यक्ति के हाथ में नहीं। तुम्हें लेटेस्ट इश्तहार नहीं मिला?"

महादेव बाबू ने झोले से एक काग़ज़ निकालकर अनिमेष के सामने रख

दिया। अनिमेष ने उस पर नज़र डाली।

मौजूदा हालात में कमेटी ऑफ़ कम्युनिस्ट रेवोल्यूशनरीज़ क्या करना चाहती है। उसकी विशद् रूप में व्याख्या थी। इश्तहार लेकर इसकी सुवास के साथ दो दिन पहले काफ़ी बातें हो चुकी थीं। यही नहीं पिछली रात कॉलेज स्ट्रीट के महादेव बाबू के साथ मुलाक़ात होने के बाद इसने इस बारे में बातें की थीं। मार्क्सवादी कम्युनिस्ट पार्टी द्वारा निष्कासित या खुद छोड़कर चले आनेवाले नेता चीन की देखा-देखी पूरे भारत को अग्निविप्लव की सूचना देना चाहते थे। अभी वह सिर्फ़ चेतन मनुष्यों के मस्तिष्क में आयी है। महादेव बाबू अब भी उसे देख रहे थे···यह देख अनिमेष बोला, "ठीक है।"

"इस बारे में कोई प्रश्न?"

"नहीं···।"

"अच्छा एक ख़बर देता हूँ। इस समय कलकत्ता में और अलग-अलग स्थानों पर हमारे जैसे छोटे-छोटे दलों में बातचीत और विभिन्न प्रोग्राम चालू करने की बात हो रही है। ध्यान रहे, मैं अकेला नहीं हूँ। दीपक जलाने से पहले वर्त्तिकाएँ तैयार करनी होती हैं। वैसे ही हमें विप्लव के लिए खुद को तैयार करना है। कई बातों में हमें सतर्क भी रहना होगा। पहली बात यह कि यह बताना काफ़ी होगा कि सरकार हमें पसन्द नहीं करती। वह इसे राष्ट्रद्रोही काम मानकर हमें जेल भेज सकती है। इससे हमें बचना होगा। हम कोशिश करेंगे कि किसी भी हालत में हम पुलिस के हाथों में न पड़ें। जहाँ तक हो सके वे काग़ज़-पत्र अपने पास न रखें जिसमें हमारी आगामी कर्म-सूची हो। हाँ उस बारे में वे कपट भी कर सकते हैं। चेयरमैन की कोई रचना या रैडबुक हमारे पास हुई तो उनको मौक़ा मिल जाएगा। अगर पकड़ ही लिये जाएँ, तो ध्यान रहे किसी तरह के अत्याचार के सामने होंठ नहीं खोलने हैं। पुलिस प्रलोभन दिखाएगी ही। उस फन्दे में पड़कर साथियों के नाम जो विप्लवियों को फँसा दे उसकी सज़ा मौत होती है। हर कामरेड को यह ध्यान रहे।

दूसरे, हमारे आसपास के लोग जिनमें राजनीतिक चेतना नहीं है, चट से भारी बात न कह दें। वे जोश में आएँगे, ग्रहण न कर सकने पर गड़बड़ फैलाएँगे आख़िर में वही मुसीबत का कारण बन जाएगा।"

अनिमेष ने पूछा, "जनता साथ न रहे तो विप्लव कैसा ?"

"बड़ा अच्छा प्रश्न है। चेयरमैन ने जब पद-यात्रा शुरू की थी हर एक के घर जाकर तो समझाया नहीं था। वे समझ गए थे कि उन्हें यह करना है। इसलिए खुद ही घर से निकल पड़े थे।" महादेव बाबू ने उत्तर दिया।

"ठीक बात है। पर देश में कोई विदेशी शत्रु तो राज नहीं करता, देशी भी एक व्यक्ति नहीं है। जो सरकार में हैं, उन्हें जनता ने ही निर्वाचित किया

है। अब तो इधर राजनीतिक दल मीटिंग बुलाते हैं तो हज़ारों लोग इकट्ठे हो जाते हैं। उन्हें जब साथ लिया जाएगा तो बताना नहीं चाहिए।''

''तुमने रैडबुक पढ़ी है?''

''हाँ···।''

''प्रतिकूल परिस्थितियों में कैसे काम करना होगा उस बारे में तुम्हारी अवश्य धारणा बन चुकी होगी?''

''हाँ···पर मुझे लगता है, थियोरी सब जगह लागू नहीं हो सकती। यहाँ के देशवासी धर्म को लेकर अन्धविश्वासी व्यक्ति पुजारी और राजनीतिक दलों में शामिल होने के लिए धक्का खाने के अभ्यस्त हैं। यह खोल अचानक छोड़कर वे निकल पाएँगे यह सोचना आकाशकुसुम की तरह है। इसलिए जो हम चाहते हैं, उन्हें समझा देना हमारा कर्तव्य नहीं है क्या? विप्लव तो जनता के निमित्त है।'' अनिमेष ने बहुत सोच-समझकर धीरे-धीरे सारी बात कही।

''बात तर्कसंगत है और इसे कोई अस्वीकार नहीं कर सकता। पर जनता को किस तरह विप्लव के लिए सचेत किया जाए इसकी चिन्ता केन्द्रीय नेतृत्व कर रहे हैं। जनसभा द्वारा हम उन्हें बेशक नहीं समझा सकते क्योंकि सरकार इसे होने नहीं देगी। और फिर जनसभा का भाषण लोगों के दिलों में कितना पहुँच पाएगा इस बारे में भी सन्देह है।'' महादेव बाबू सोचते हुए बोले।

अनिमेष के बायीं तरफ़ वाले सज्जन बोले, ''लगता है, एक बात हम नज़रअन्दाज़ कर रहे हैं। शासन व्यवस्था में आमूल परिवर्तन लाने के लिए हम जो भी चेष्टा कर रहे हैं वह किसी व्यक्ति विशेष के लिए नहीं है। हमारा हर क़दम देखकर अगर जनता समझ जाए तो मीटिंग द्वारा उन्हें समझाने की ज़रूरत नहीं है। एक वक़्त आएगा जब वे खुद हमारा साथ देंगे।''

अनिमेष ने पूछा, ''यह कैसे निश्चित होगा?''

वे सज्जन बोले, ''बड़ा आसान है। भारत की जनता अत्याचार से पीड़ित और निःस्व है। संसार में केवल दो जाति हैं। एक धनहीन दूसरा धनवान। इन दोनों में से कौन बन्धु है और कौन शत्रु उसे पहचानने में भूल नहीं करते। आज का मज़दूर-किसान हमें आसानी से समझ सकता है। समस्या होगी मध्यवित्त को लेकर। वही एजिटेट करेंगे। तब आँधी-तूफ़ान जब सचमुच उत्ताल हो जाए तो केले का पेड़ कब तक खड़ा रह सकेगा?''

अनिमेष फिर भी सन्तुष्ट नहीं हुआ। उसे लगा कि केन्द्रीय नेतृत्व इस तरफ़ भी ज़रूर ध्यान रखेगा और जनता को आगाह करने का दायित्व ले लेगा। ट्राम, बसों, सड़कों पर लोगों को देखकर लगता नहीं कि वे विप्लव होने पर साथ देंगे। जब झमेले में कोई पड़ना नहीं चाहता तो निश्चिन्त कैसे हुआ जा सकता है।

महादेव बाबू ने प्रस्ताव पेश किया, "अनिमेष! मालूम नहीं तुम इससे सन्तुष्ट होओगे या नहीं, पर केन्द्रीय नेतृत्व का एक प्रस्ताव है। हर इलाके में जनता के लिए दीवार पर पोस्टर में लिखी बात कह रहे हैं। जो लोग अब तक निश्चय नहीं कर पाए हैं, पोस्टरों को पढ़कर अवश्य सक्रिय हो जाएँगे। इसे इनडाइरिक्टली जनता को जागरूक करने की चेष्टा कह सकते हो।"

बात ऐसे कही गयी थी कि अनिमेष ने चौंककर मुँह उठाया। महादेव बाबू के स्वर में कोई जोश नहीं था। कहकर वे हँस दिए थे।

अनिमेष ने कहा, "मुझे ग़लत मत समझिए···।"

महादेव बाबू हाथ नचाकर बोले, "नहीं···नहीं···नहीं इसके लिए तुम्हें क्षमा नहीं माँगनी होगी। यौवन का धर्म ही जाँच लेना है। तुमने ठीक किया। पर गुरिल्ला सैनिक की दृष्टि से कितने नियमों का पालन किया जाएगा। बहुत कुछ, एकदम मन के अनुकूल न भी हो। तो यह ध्यान रखना होगा कि बृहत्तर स्वार्थ के लिए उसे स्वीकार करना उचित है। नेतृत्व को हर क़दम पर अस्वीकार करने के मायने हैं, विप्लव की हत्या करना। तुम खुद एक दिन इस समस्या का सामना करोगे। तब शायद तुम्हें भी इस कारण बड़ी कठोर व्यवस्था अंगीकार करनी पड़े।"

सुवास दा' अब तक ख़ामोशी से सुन रहे थे। अचानक प्रश्न किया, "विप्लव का नेतृत्व किसके हाथ में है?"

"पानी जब पहाड़ से एक बार नीचे गिरने लगता है वह किस तरफ़ बहेगा क्या पहले से बताया जा सकता है?" महादेव ने कहा।

"पर···ग़रीब भूमिहीन-किसान नेतृत्व न लें तो विप्लव केवल मध्यवित्त तक रह जाएगा···क्यों?"

"बिलकुल! वे नहीं आएँगे यह कैसे पता चले?" पासवाले सज्जन बोले।

"यह तो पते की बात है। ग़रीब किसान जब तक नेतृत्व के लिए आगे नहीं आएँगे, मार्क्सवादी-लेनिनवादी योद्धा उचित अवसर आने के बावजूद निष्क्रिय रहेंगे।"

अनिमेष को इस समय लेनिन की बात याद आ गयी थी। लेनिन किसी मज़दूर या भूमिहीन किसान के परिवार की सन्तान नहीं था। इसने हँसकर कहा, "अब यही देखिए—थियोरी और जीवन में पार्थक्य साफ़ ज़ाहिर है। लेनिन के लिए उचित नहीं था कि रूस के विद्रोह का नेतृत्व लेता।"

पास बैठे सज्जन बहुत खुश हुए। अनिमेष से कहा, "ठीक कहा आपने। साथ ही आपने ज़रा पहले जो भारतवासियों की अन्धता तथा निर्वाचित सरकार के विरुद्ध बात में सन्देह किया था उसके ख़िलाफ़ एक युक्ति है। मार्क्स ने कहा था कि केवल ज़बरदस्त धनतान्त्रिक समाज-व्यवस्था से ही समाजतन्त्र में विप्लव हो सकता है। यह स्थिति रूस के विप्लव से मेल खाती है?"

बातें जमकर हो रही थीं, पर महादेव बाबू शायद इसे बढ़ाना नहीं चाहते थे। बोले, "मुझे लगता है, जब तक कोई थियोरी सामने रखकर काम नहीं किया जाएगा तो हमारा आगे बढ़ना मुश्किल होगा। पर हर समय थियोरी को पकड़े रखने का भी कोई लाभ नहीं। बदले हुए हालात के साथ हमें चलना होगा। इसे लेकर भिन्न मत लेकर चलना उचित नहीं है। अच्छा…अब काम की बात हो जाए। हममें से वॉल पोस्टर कौन तैयार कर सकता है?"

दो लड़कों ने हाथ उठाया।

महादेव बाबू बोले, "बहुत अच्छा हुआ। किसी बाहर वाले को बुलाकर पोस्टर लिखवाना उचित नहीं था। तुम लोग रंग लेकर आज रात से ही लग जाओ। दमदम से चिड़िया मोड़ और उस तरफ़ के सिंथि मोड़ तक सातेक दिनों के अन्दर जितना सम्भव हो कवर कर लो। ध्यान रहे कि ऐसी दीवारें चुननी होंगी जिन पर लोगों की नज़र खुद-ब-खुद पड़ जाए। बहुत लिखना भी ज़रूरी नहीं है। थोड़ा-बहुत जगह कवर करने से चलेगा। समझने में परेशानी है क्या?"

दोनों लड़कों में से एक बोला, "सात दिनों में इतनी जगहें…ज़रा ज़्यादा नहीं हैं? दो के लिए मुमकिन होगा?"

महादेव बाबू बोले, "मैं कोशिश करूँगा। तुम लोगों के साथ रहूँगा।"

सुवास ने कहा, "स्लोगन क्या होगा वह भी बता दीजिए महादेव दा'।"

महादेव बाबू ने एक काग़ज़ निकालकर कहा, "केन्द्रीय कमेटी के फ़ैसले पर चलनेवालों को यह स्लोगन लिखना होगा। 'बुर्जुआ संविधान का पत्तन हो, पार्लियामेंट के सुअरों का रैडबुक-मार्क्सवाद, लेनिनवाद का संकलन, चीन के चेयरमैन हमारे चेयरमैन, बन्दूक की नली शक्ति का उत्स, माओ त्से तुंग–सूर्य की तरह उनकी विचारधारा संसार में सर्वत्र प्रकाश फैलाए, संशोधनवाद का पतन हो, विप्लव दीर्घजीवी हो।' तुम इन्हें कॉपी कर लो।" उन्होंने लड़कों की तरफ़ काग़ज़ बढ़ा दिया। महादेव बाबू ने जो पढ़ा उसे सुनकर दूसरी तरह की आब-हवा तैयार हो गयी।

सुवास दा' बोले, "महादेव दा'! वर्तमान शासन व्यवस्था के बारे में अगर और भी कुछ बातें होतीं, तो क्या अच्छा नहीं था?"

"केन्द्रीय कमेटी चाहती है कि इस समय आम जनता के मन में आलोड़न पैदा कर दें। बाद में वे सब बातें आ जाएँगी?"

अनिमेष के पास बैठे सज्जन बोले, "पुलिस हमें लिखने देगी।"

महादेव दा' बोले, "नहीं लिखने देगी यह स्वाभाविक है। हमें तैयार रहना होगा। दो लिखेंगे दो पहरा देंगे। पहले तो पुलिस की तरफ़ से बाधा होगी, पर बाद में कांग्रेस और सी.पी.एम. भी रुकावट डालेंगे। इसलिए संगठन की शक्ति को और मज़बूत करना होगा।"

सभा ख़त्म होने के बाद एक-एक करके सब बाहर निकल रहे थे। आज रात बारह बजे दमदम स्टेशन के सामने एक लड़का सब चीज़ें देने आएगा। अनिमेष और सुवास दा' उसके साथ होंगे। बाक़ी सब मोड़ पर काम शुरू करेंगे। जिन दो व्यक्तियों को उसके साथ होना था वे वक़्त मालूम करके जा चुके थे। अनिमेष जब निकल रहा था तो सदानन्द बाबू ने उसे बैठने को कहा। सुवास दा' से भी बोले, "तुम भी बैठो सुवास।" कमरा खाली होने के बाद बोले, "सुवास! आज की मीटिंग के बारे में तुम्हारा क्या ख़याल है?"

"काम अच्छा हुआ है?"

"अनिमेष! तुम्हें परेशानी है?"

अनिमेष ने सिर हिलाया, "नहीं···अब मुझे विश्वास हो गया है कि इसी राह पर देश स्वतन्त्र हो सकता है। इस देश में कम्युनिज़्म लाने के लिए विद्रोह ज़रूरी है। यह भी ठीक है कि विदेशी शक्ति या सशस्त्र डिक्टेटरशिप हो तो काम आसान हो सकता था। आसानी से जनता का सहयोग मिल जाता···इसके अलावा कोई रास्ता नहीं है।"

महादेव बाबू बोले, "तुमसे उल्टे सवाल करता हूँ···क्यों नहीं?"

अनिमेष बोला, "देखिए! स्कूल के दिनों में मैं कांग्रेस के साथ जुड़ा हुआ था। देशप्रेम मुझमें भी था। पर कुछ ही अरसे में मेरा मोहभंग हो गया। कांग्रेस व्यवसायी प्रतिष्ठान है, समझाने में देर नहीं लगी थी। उसके बाद ही कम्युनिस्ट पार्टी की तरफ़ मैं आकृष्ट हुआ था। लेनिन-मार्क्स आदि की पुस्तकें पढ़कर मुझे विश्वास हो गया कि सिर्फ़ यही एक रास्ता है। किन्तु इस देश की कम्युनिस्ट पार्टी का रूप जब समझ में आने लगा तो बड़ा दुख हुआ। इनकी कार्यप्रणाली का मार्क्स या लेनिन से कोई तालमेल नहीं है। यह भी जान गया कि संसदीय गणतन्त्र कम्युनिस्ट पार्टी के स्ट्रक्चर और कांग्रेस में ज़्यादा अन्तर नहीं होगा। तब लगता कि कोई विदेशी सत्ता हम पर आक्रमण करती तोड़-फोड़कर सब नष्ट कर देती तो उसके विरुद्ध लड़ने के लिए हमें जो शक्ति मिलती उससे नए भारत का निर्माण होता। फिर मैंने सबकुछ छोड़ दिया। तभी सुवास दा' के माध्यम से इस कर्मभूमि के बारे में पता चला। ऐसा ही मार्ग मैं खोजता रहा था। इसलिए दुविधा क्यों होगी?"

महादेव बाबू बोले, "तुम हर क्षण अपने को उत्सर्ग करने को तैयार हो?"

"बिलकुल।"

"तुम्हारे परिवार में कौन-कौन है?"

सवाल सुनकर अनिमेष ने महादेव बाबू की तरफ़ देखा। परिवार की बात यहाँ क्यों? शायद इसकी नज़रें देखकर महादेव बाबू ने खोलकर बात की, "मैं तुम्हारे अटैचमेंट के बारे में जानना चाहता हूँ।"

"मेरी ठाकुर माँ (दादी) बाबा और पिशि माँ।"

"भाई-बहन नहीं हैं?"

"नहीं··· ।"

"परिवार की इकलौती सन्तान हो? वे तुम पर निर्भर करेंगे।"

"बचपन से देखता रहा हूँ कि दादू, पिशि माँ और माँ-बाबा को एक-दूसरे पर निर्भर रहने का अभ्यास है। अपने दादू की बात कहूँ तो देश के मौजूदा स्ट्रक्चर को तोड़कर अगर विप्लव की लहर आ जाए और मैं उसमें रहूँ तो वे नाराज़ नहीं होंगे।"

"अच्छा···फिर तो कोई समस्या रही ही नहीं।" महादेव बाबू ने अनिमेष का हाथ पकड़कर कहा, "अगर इसी समय तुम्हें बहुत बड़ा दायित्व दे दिया जाए तो लोगे?"

"बताइए··· ।"

"कल तुमसे मिलने के बाद यह बात मेरे मन में आयी। खोज़-ख़बर ली। सुवास ने भी तुम्हारी तरफ़ से कहा था। तुम्हारा घर उत्तर बंगाल में है। चाय बागान के लोगों को तुम ज़रूर थोड़ा-बहुत जानते होंगे। हमारी कर्म-सूची में सबसे पहले क़दम शहर के लोगों को हालात से आगाह करना और गाँव या मुफ़स्सल के किसान-मजदूरों को संगठित करके आगे बढ़ना है। मैं आज ही इसके बारे में बात करूँगा। अगर तुम तैयार रहो तो किसी भी समय तुम्हें वहाँ जाना होगा।"

"मैं तैयार हूँ।"

"मुझे ख़ुशी हुई।"

"फिर···आज रात मिलूँगा।"

अलग-अलग निकलकर चिड़िया मोड़ पर मिलते ही सुवास दा' बोले, "अनिमेष! सब काम सोच-समझकर कर रहे हो ना?"

प्रश्न से अनिमेष ज़रा विरक्त हुआ। पूछनेवाले सुवास दा' थे इसलिए विरक्ति प्रकट न कर बोला, "यह क्यों कह रहे हैं?"

"तुम्हारी एम.ए. की परीक्षा सामने है।"

"तो क्या हुआ।"

"तुरत कलकत्ता से चले गए तो परीक्षा दे पाओगे?"

अनिमेष हँस पड़ा, "सुवास दा'! मैं जो विषय लेकर एम.ए. में पढ़ रहा हूँ···उसकी डिग्री लेने या न लेने से कोई फ़र्क़ नहीं पड़ेगा। इसके अलावा मैं जो कुछ करने जा रहा हूँ अगर कर पाया तो डिग्री का कोई प्रयोजन नहीं होगा। और अगर परीक्षा देने की बात कर रहे हैं तो आकर कभी भी दे सकता हूँ।"

"फिर इतने दिन से एम.ए. की पढ़ाई क्यों करते रहे?"

"कुछ-न-कुछ तो करना ही था। और फिर मैं एम.ए. में पढ़ रहा हूँ इस

कारण बहुत-सों को निश्चिन्त रखता था।"

"तुम्हें किसी के सामने जवाबदेही नहीं करनी है?"

सुनते ही अनिमेष की आँखों के सामने माधवी की शक्ल तैर गयी। जो लड़की इसकी ख़ातिर घर छोड़कर निकल आयी है उससे बात करनी तो ज़रूरी थी। साथ ही मन में यह भी आया कि आज अगर वह पीछे हटता तो शेष जीवन जीवित रहने की कोई वज़ह न रहती। वह जो भी करेगा माधवी उसका समर्थन करेगी। माधवीलता और इसमें कोई फ़र्क़ नहीं है।

अनिमेष ने जवाब दिया, "सुवास दा'! वह मैं दे चुका हूँ।"

"किसे...?"

"स्वयं अपने को।" अनिमेष हँस रहा था।

"सिगरेट है...?"सुवास से पूछा।

अनिमेष ने 'नहीं' में सिर हिलाया। फिर चारों तरफ़ नज़र दौड़ाकर सिगरेट की दूकान देखनी चाही। रात का सन्नाटा था। स्टेशन की तरफ़ जाने पर दो-एक दूकानें खुली मिल जाएँगी, पर इस तल्लाट में एक भी बत्ती नहीं जल रही। काशीपुर क्लब की चारदीवारी पर दो लड़के काम कर रहे थे। इस तरफ़ बहुत जन-बस्ती नहीं थी इसलिए काम में सुविधा रहेगी। कई जगह लिखा था 'बन्दूक की नली शक्ति का उत्स है'। अनिमेष देख रहा था कि लड़के के हाथ से सहज रेखाओं में अक्षर जीवन्त हो उठे थे।

ठीक बारह बजे उनको मिलना था। दमदम स्टेशन के चारों तरफ़ बाज़ार जैसी सरगरमी थी। सुवास दा' वहाँ काम शुरू करने में ज़रा हिचक रहे थे। अभी किसी की नज़रों में पड़ना ठीक नहीं है। इसलिए ज़रा हटकर लिखना शुरू किया था। दोनों लड़कों का हाथ बड़ा सधा हुआ था। दो लेख वे ख़त्म कर चुके थे।

रंगों की डिबिया ज़मीन पर रखकर दोनों लड़कों से किसी ने पूछा, "बीड़ी पियोगे?"

सुवास दा' ने हाथ आगे कर दिया, "फ़ालतू हो तो दे दो।"

पॉकेट से दो बीड़ियाँ निकालकर उनके हाथ पर रखकर लड़के काम पर लौट गए। सुवास ने अपनी बीड़ी अनिमेष के मुँह के सामने आगे को हाथ की ओट में करके जला दी। बीड़ी का कश लगाते ही अनिमेष के गले में कड़वी गन्ध फैल गयी। शरीर में भी कड़वाहट घुल रही थी बाद में ठीक हो गयी। सुवास दा' ने कहा था, "बीड़ी की आदत अच्छी होती है। एक तो पैसे कम ख़र्च होते हैं और सबसे अच्छी बात यह कि कैंसर नहीं होता।"

"बीड़ी पीने से कैंसर नहीं होता?"

"सुना है, सिगरेट के काग़ज़ का धुआँ सबसे नुक़सानदेह होता है। बीड़ी में काग़ज़ नहीं होता। बंगाल के गाँववालों में से कितनों को कैंसर हो गया?"

बीड़ी पीना इस समय अच्छा लग रहा था। अनिमेष ने सोचा, अब से बीड़ी ही पिएगा। अचानक ध्यान आया माधवी के साथ घूमते हुए अगर बीड़ी पीए तो उसकी क्या प्रतिक्रिया होगी। सचमुच, हम लोग कितने ही काम अपनी इच्छा से निश्चित कर लेते हैं। उनमें व्यतिक्रम होने पर बुरा लगता है। सिगरेट पीने की जगह अगर बीड़ी का चलन पढ़े-लिखे लोगों में स्वाभाविक रूप में होता तो प्रतिक्रिया की बात न सोचता।

सामनेवाली सड़क से शायद ही कोई गाड़ी गुजरी हो। रात के सन्नाटे में दीवार पर अक्षर जनम ले रहे थे। बन्दूक की नली शक्ति का उत्स है। लेख में उद्दाम विद्रोह का चेहरा उभर रहा था। बन्दूक शब्द देखकर अनिमेष के सामने एक चित्र उभर आया। क्यूबा के जंगल में जाकर विप्लवी सेना के हाथ की बन्दूक का बाक़ी टोटा भी नष्ट होने पर लाचार हो वह शत्रु पर हमला कर रहा है, उसे लाठी की तरह इस्तेमाल करके। बन्दूक में बारूद का अभाव दिल का बारूद पूरा कर रहा है। छवि आँखों के सामने घूम रही थी। विप्लव में बन्दूक लाज़िमी है। पर इसने तो बन्दूक कभी छुई ही नहीं। हथियारों में दक्षता न हो तो शिक्षित विरोधी का सामना करने की इच्छा मूर्खता के अलावा कुछ नहीं है। देश का सेना-विभाग बहुत दिनों तक यही ट्रेनिंग पाता रहा है। उनके विरुद्ध अनाड़ियों की तरह बन्दूक पकड़ने से कुछेक ही क्षणों में विप्लव का स्वप्न आकाशकुसुम हो जाएगा। तो फिर?

दीपक जलाने से पहले वर्त्तिका बनाना सीखना ज़रूरी है। यह कैसे हो? इस बारे में नेता अवश्य सोच रहे होंगे। अगर हथियारों का इस्तेमाल सीखना ज़रूरी है तो शिक्षक भी होने चाहिए। इस देश में जो राजनीति करते हैं, उनको इस बारे में बिलकुल जानकारी नहीं है। जो भी हो धोती पहनकर राइफल नहीं चलायी जा सकती। इस सम्बन्ध में युद्ध में शिक्षित मनुष्यों की सहायता लेनी पड़ेगी। वह कैसे सम्भव होगा। देश के लोग ये चीज़ें दूर से देखकर जीते हैं।

अब समस्या थी कि शक्ति का उत्स यदि बन्दूक है तो इसे पर्याप्त मात्रा में इकट्ठा करना चाहिए। आधुनिक युद्ध-प्रणाली में वाहिनी में शिक्षितों से युद्ध करना हो तो हथियार चाहिए। देश में इन्हें संग्रह करना असम्भव है। तो फिर? विप्लव की पहली आवश्यकता अगर पूरी नहीं हो सकती—अनिमेष बेचैन हो रहा था। कश न लगाने के कारण बीड़ी बुझ गयी थी। बेदिली से उसे फेंक दिया। सुवास दा' शायद उसका अनमनापन देख रहे थे, पूछा, "क्या हुआ?"

अनिमेष ने उनकी तरफ़ देखा। इसका मुँह काला हो गया था। होंठों पर बीड़ी की आग जुगनू की तरह जल रही थी। इसे देखकर अनिमेष को लगा कि वह बहुत भावुक हो गया है। वरना काम में लगने से सुवास दा' जब चिन्ता नहीं करते तो यह क्यों करता है? कोई काम करने लगता है तो दिमाग़ में हज़ारों

सम्भव भावनाएँ आ जाती हैं।

सुवास दा' इसे देख रहे हैं, देखकर अनिमेष बोला, "सोच रहा था कि इतनी बन्दूकें मिल जाएँगी?" बात को सहज करने के लिए वह हँस पड़ा। मन में जो प्रश्न इतनी देर से चक्कर लगा रहा था, आराम से कह डालने पर शान्ति मिली। सुवास दा' समझ नहीं पाए भौंहें सिकोड़कर पूछा, "मायने?" सुवास के चेहरे की रेखाएँ सीधी हो गयीं। "ज़रूरत पड़ने पर भारतवर्ष का हर व्यक्ति एक-एक बन्दूक में रूपान्तरित हो जाएगा।"

"मैं आपसे सहमत हूँ, पर सरकार से संघर्ष होने पर अस्त्र ज़रूरी है।"

"उसके बारे में चिन्ता मत करो। ज़्यादा ज़रूरत होने पर कोई रुकावट नहीं आ सकती।"

उधर लिखना पूरा हो चुका था। दोनों लड़के सब चीज़ें इकट्ठी करके एक तरफ़ हटकर अपनी शिल्पकला देख रहे थे। सचमुच बड़ी सुन्दर लिखाई थी। अनिमेष भी मन-ही-मन तारीफ़ कर रहा था। अक्षर चमक रहे थे। वे दूसरी जगह लिखने चले गए। शेठ लेन के शुरू में अच्छी जगह चुनकर वे काम में लग गए। कहीं कोई आवाज़ नहीं। 'पार्लियामेंट सुअरों का तालाब' लिखने का आयोजन चल रहा था।

बरामदे में अनिमेष बैठा था। सुवास के उल्टी तरफ़ से सड़क का पानी काटता हुआ आकर खड़ा हुआ ही था कि गली से पाँच इंजनों में लोग दौड़ते हुए उनके सामने जो खड़े हुए। अनिमेष आदि उन लोगों के आने की आशा नहीं कर रहे थे। घबराकर आपस में बात करके दो-तीन दलों में बँटकर इधर-उधर भाग गए। उनके जाते ही कहीं से आवाज़ आयी। कोई चिल्ला रहा था और आवाज़ ऊँची होने लगी। अनिमेष ने दबी आवाज़ में पूछा, "कौन हो सकते हैं ये लोग?"

"समझ नहीं आ रहा। वैगन ब्रेकर या डाकू हो सकते हैं।"

"क्या करेंगे…?"

आवाज़ पास आती जा रही थी। जैसे बहुत से लोग किसी को धमका रहे हों। दोनों लड़कों में से एक ने कहा, "अब हमें यहाँ नहीं रुकना चाहिए।"

सुवास ने सिर हिलाया, "हाँ! जल्दी-जल्दी पाँव बढ़ाओ।"

ड्राइंग की चीज़ें हाथ में लेकर वे चिड़िया मोड़ की तरफ़ तेज़ी से चलने लगे। रेडियो गली के शुरू में पहुँचे ही थे कि सामने की सड़क पर दो हैडलाइट आती हुई दिखाई दीं। अनिमेष को दबी हुई आवाज़ सुनाई दी, "जल्दी से छिप जाओ।"

इसके कुछ समझने से पहले ही एक जीप ज़ोर की आवाज़ करती हुई पास आ खड़ी हुई। दो-तीन व्यक्ति कूदकर नीचे उतरे, चिल्लाए, "हैंड्स अप।"

अनिमेष को दीवार पर लिखनेवाले लड़कों में से सिर्फ़ एक दिखाई पड़ा जो डरा हुआ था। सुवास ने जो कहा था वह हवा में मिल गया था। वैनवाले व्यक्तियों का निर्देश मानने के समय उनके हाथों में चमकता हुआ एक हथियार भी दिखाई पड़ा। एक मोटे से आदमी ने जीप में बैठे-बैठे पूछा, "इतनी रात को यहाँ क्या कर रहे थे?"

दोनों हाथ सिर पर रखकर अनिमेष ने कहा, "बिना ज़रूरत कोई निकलता है?"

वह आदमी बड़ा विरक्त हुआ, "जो पूछा है, उसका जवाब दीजिए।"

"काम था।"

"क्या काम?"

"लेख लिखना।"

"लेख लिखना"। रात के समय सड़क पर घूमते हुए आप पद्य लिखते हैं?"

"आप पद्य के बारे में कुछ जानते हैं?"

"शटअप! मुझे पद्य समझाया जा रहा है? नाम क्या है?"

"अनिमेष मित्र!"

तभी दोनों पुलिसवालों ने उसे ऊपर से नीचे तक देखा। उसका साथी लड़का भी छोड़ा नहीं गया। उसके हाथ से रंग लगे दो ब्रश बरामद करके गर्व के साथ अफ़सर के पास गए। नाम सुनकर अफ़सर ने गरदन मोड़कर बराबरवाले व्यक्ति से कुछ पूछकर सिर हिलाया। फिर दोनों ब्रश देखकर बोला, "किस पार्टी के हो।"

"कोई पार्टी-वार्टी नहीं।"

"पार्टी नहीं है तो ब्रश से क्या लिखा जा रहा था?"

"लिखा नहीं—सोच रहा था, लिखूँ।"

"सोच रहे थे! वह क्या?"

"कलकत्ता को और सुन्दर बनाया जाए। कलकत्ता तिलोत्तमा होगी ही कलकत्ता का दूसरा नाम है 'भालबासा' (प्रेम) यही सब।"

बात पूरी होते ही अफ़सर हो-हो करके हँसने लगा। पुलिस ने भी देखा-देखी दाँत निपोरे। हँसी रोककर अफ़सर बोला, "शायद दिमाग़ ख़राब नहीं है कवि-पवि होगा। कि अख़बार में नाम भी देखा है शायद।"

अनिमेष ने पूछा, "अब अपने हाथ नीचे कर सकता हूँ।"

"हाँ कर लो। कहाँ रहते हो?"

अब तक ज़िद में आकर अनिमेष बोल रहा था। अफ़सर के पता पूछते ही वह शान्त हो गया। पता जानने पर अगर ये लोग इसे वहाँ ले जाना चाहें

तब! नहीं ग़लत पता देना ठीक नहीं।

उसी समय शेठ लेन से तीन-चार आदमी जोश में बाहर आ गए। वे दमदम रोड से आ रहे थे। अफ़सर ने उस तरफ़ देखकर कहा, ''अब ये लोग कौन हैं?''

पुलिस जीप देखकर उनका जोश और बढ़ गया था। 'पुलिस-पुलिस' चिल्लाते हुए उन्हें भागकर आते देख तीन कॉन्स्टेबल अनिमेष के पास से आगे चले गए। वे लोग एक साथ जोश में बोल रहे थे। अफ़सर के धमकाने पर भी वे शान्त नहीं हो रहे थे। अनिमेष समझ गया कि शेठ लेन में कुछ मारात्मक किस्म का हादसा हो गया है। किसी मकान का दरवाज़ा तोड़कर कई लोगों ने डकैती की थी। उन्हें रोकने पर परिवार के एक लड़के का ख़ून हो गया था। जब वे पुलिस को यह बता रहे थे पास खड़े लड़के ने फुसफुसाकर कहा, ''चलिए चलिए···भाग चलें।''

अनिमेष ने इन्हें सतर्क करने के लिए उनकी तरफ़ देखा। अफ़सर से शिकायत करनेवाले लोग दीवार की तरफ़ खड़े रहे। कॉन्स्टेबल आदि दूर खड़े ध्यान से बात सुन रहे थे। इस समय अगर भाग जाए तो पकड़े जाने का मौक़ा कम है। भागने का रास्ता एक ही था—पीछेवाली रेडियो गली। पर वह भी दूर तक सीधे दिखाई पड़ती थी। सड़क पर रोशनी भी ख़ूब थी। उस गली में से भागे तो ये देख लेंगे। भागते समय अगर पाँव साथ न दें तो बस हो लिया पर सुवास दा' कहाँ चले गए? आगे-पीछे छिपने की जगह पर दिखाई नहीं पड़ रहे थे। पासवाले लड़के ने फिर पूछा, ''क्या करेंगे?''

''भाग नहीं सकते।''

''कर सकते हैं।''

इशारा करके लड़के ने दौड़ना शुरू कर दिया। अनिमेष को जगह नज़र नहीं आयी। नर्दमा के बराबर से पिछली तरफ़ एक सँकरा-सा रास्ता मकानों तक जाता था। रेडियो गली से नहीं लड़का उस पतले रास्ते में भाग गया। एक पल में अनिमेष समझ गया कि यहाँ खड़े रहना ख़तरे से ख़ाली नहीं है। साथी के भागने की ज़वाबदेही इसे करनी पड़ेगी। अनजाने ही अनिमेष के क़दम बढ़ने लगे। नर्दमा पार करके जब वह उस सँकरे रास्ते की तरफ़ आया तो पुलिस की नज़र पड़ गयी। हो-हो की आवाज़ उठी। ईंट का एक टुकड़ा अनिमेष को छूता हुआ तेज़ी से दीवार से टकराकर चूर-चूर हो गया। चकित हो अनिमेष ने जैसे ही पलटकर देखा तो सामने से बहुत से लोग उसकी तरफ़ भागते आ रहे थे।

अनिमेष अँधेरी गली में घुस गया। एक तरफ़ नर्दमा और दूसरी तरफ़ कच्चे घेरेवाला एक घर। आने-जाने का रास्ता नहीं था। पाँवों के नीचे ईंट के

टुकड़े, राज्य की सीमा, कहीं रोशनी नहीं थी। साथवाले लड़के का भी कहीं अता-पता नहीं था। सड़क कहाँ जाती है सोचने का मौक़ा नहीं था। वह अन्धाधुन्ध दौड़ने लगा। दो-तीन मोड़ पार करके सतर्क हो गया। सामने कीचड़-ही-कीचड़ थी यानी नर्दमा का पाट यहाँ बहुत चौड़ा हो गया था। आगे जाने का कोई रास्ता नहीं था। पिंजरे में बन्द चूहे की तरह अनिमेष ने पलटकर देखा। अस्पष्ट-सी बातचीत सुनाई पड़ने लगी। कांस्टेबल भी क्या इसी रास्ते पर आ गए थे। सहसा पोस्टरों पर लिखनेवाले लड़के पर क्रोध आने लगा। भागने की क्या ज़रूरत थी। अफ़सर तो अच्छा व्यवहार कर रहा था। इसके अलावा वह शेठ लेन के लोगों को लेकर व्यस्त रहता। लड़का इस रास्ते पर आया तो जाएगा कहाँ? अनिमेष ने नर्दमा पार जाने की कोशिश नहीं की। दूसरी तरफ़ एक तीन-तला मकान के पिछली तरफ़ चीख़-चिल्लाहट से दो-तला बाड़ी में रोशनी हो गयी। पासवाले कच्चे बेड़े के मकानों की तरफ़ देखा। छोटी-सी फाँक नज़र आयी। बिना दुविधा के अनिमेष उस फाँक से आगे बढ़ा। बाँस का कोना लगने से कुरते की आस्तीन खिंची। कोई चिल्ला पड़ा, "कौन?"

कुरता वहीं उतारकर अनिमेष आगे बढ़ा कि बरामदा दिखाई पड़ा। जिस किसी ने पुकारा था उसकी आवाज़ नहीं आ रही थी। पर सभी जाग गए तो। उस तरफ़ के रास्ते से बातचीत सुनाई पड़ी। पुलिस इस बीच नर्दमा के पास ज़रूर पहुँच गयी होगी। अनिमेष को चारों तरफ़ खाली बरामदा नज़र आया। जल्दी से बाहर जानेवाले रास्ते की तरफ़ बढ़ा। पतली गली, दोनों तरफ़ बस्ती-घर। बायीं तरफ़ का रास्ता ज़रूर दमदम रोड पर जाता होगा। उस तरफ़ जाने पर पुलिस की जीप के सामने पड़ जाएगा। कुछेक क़दम पीछे हटा कि खाँसी की आवाज़ आयी। अनिमेष ने देखा एक खुले सहन में कोई बैठा था। वही खाँस रहा था। इसे लगा कि उसने देख लिया है। पर देख लेता तो इसे घूरता। फिर दूसरी तरफ़ मुँह मोड़े क्यों बैठता? अनिमेष को समझ नहीं आ रहा था कि क्या करे। उसने एक कदम बढ़ाया। वह आदमी बोला, "खोका! आ गया?" वह आदमी इतनी रात गए किसी का इन्तज़ार कर रहा है? पर इसे इतने पास देखकर भी ग़लती क्यों कर रहा है? आवाज़ से पता चल रहा था कि उम्र काफ़ी हो चुकी है। "ओ खोका?...आ गया?"

अनजाने ही अनिमेष बोला, "हूँ।"

"कितनी रात हो गयी। इतनी देर करता है...मुझे नींद भी नहीं आती।" बूढ़ा फिर खाँसने लगा। तभी उस तरफ़ से किसी की बातचीत सुनाई दी। पता नहीं पुलिसवाले उस तरफ़ आए या नहीं।

"ओ...खोका...जा कमरे में जा...उस तरफ़ इतना शोर क्यों हो रहा है?"

बूढ़े की आवाज़ में उद्वेग था। यहाँ खड़े रहना भी निरापद नहीं था। वह

इधर-उधर देखने लगा। अब समझ गया कि बूढ़ा देख नहीं सकता। इतनी रात में लड़के के इन्तज़ार में जगा हुआ है। किसी तरह की चिन्ता न कर वह आँगन में आ गया।

दरवाज़ा उड़का हुआ था। बरामदे में खड़े रहने की हिम्मत नहीं थी। पर अन्दर जाने में भी कुंठा हो रही थी। क्योंकि मालूम नहीं कमरे में और कौन है। इसे देखते ही चिल्लाने लगेंगे। मकान के सारे लोग तो अन्धे नहीं होंगे। अन्दर क़दम रखने का मतलब होगा जान-बूझकर पकड़े जाना। पुलिस ने उन लोगों को हत्यारा मान लिया है। और अनिमेष को जूड़ी-सी आ गयी।

वह चुपचाप बूढ़े की तरफ़ बढ़ा। उसे सारी बात बता देना कैसा रहेगा? बेकार पुलिस क्रोध कर रही है, जानने पर अगर उसे दया आ जाए। मुँह खोलने से पहले ही दरवाज़े पर आवाज़ हुई। चकित हो गरदन घुमाकर देखा दरवाज़े में एक दुबला-पतला आदमी खड़ा था। इतना कमज़ोर कि देखने पर विश्वास नहीं हो रहा था। अँधेरे में भी उसकी आँखों से ताज़्जुब ज़ाहिर था। फिर चिल्लाने के लिए मुँह खोला। अनिमेष के दोनों हाथों से उसे जकड़ने पर आवाज़ नहीं निकली।

"मुझे बचाइए···।" अनिमेष दरवाज़े के पास जाकर फुसफुसाया। रक्तहीन शरीर! धँसी हुई आँखें। उम्र का अन्दाज़ा लगाना मुश्किल था। अब बुढ़िया ने इसे तीखी नज़रों से देखा। गले से जितनी आवाज़ निकली शायद बूढ़े को खटका हो गया था। फिर रिकार्ड-सा बजा, "कौन···कौन आया है?···खोका नहीं आया? अऽऽ खोका।"

उस तरफ़ की बस्ती जाग उठी थी। पुलिस सबसे शायद पूछताछ कर रही थी। रात ज़्यादा होने की वज़ह से लोगों में उत्साह कम था। पुलिस बस्ती से निकलकर पतली गली में टॉर्च से देख रही थी। ज़रा आगे आते ही बरामदा भी नज़र आ जाएगा।

"मुझे बचाइए···मैं निर्दोष हूँ।" अनिमेष ने फिर प्रार्थना की।

"कौन कह रहा है?" बूढ़े की आवाज़ में सन्देह था।

"खोका।" कमज़ोर शरीर में से तीखी आवाज़ निकली।

"अऽऽ खोका! सो जा बाबा–रात ख़त्म हो रही है।" अब बेफ़िक्री की आवाज़ थी।

टॉर्च की रोशनी आगे बढ़ रही थी। बुढ़िया दरवाज़े से ज़रा हटकर खड़ी हो गयी थी। मौक़ा मिलते ही वह कमरे के अन्दर आ गया। कमरे में अँधेरा था। कुछ दिखाई नहीं पड़ रहा था क्योंकि बुढ़िया ने दरवाज़ा बन्द कर दिया था और तीखी आवाज़ में पूछा था, "तुम कौन हो?" आवाज़ में ज़िद और ठंडापन था।

"मैं राजनीति में हूँ...माँ।" 'माँ' कहने से पहले अनिमेष मानसिक रूप से तैयार नहीं था। इसलिए कानों को बुरा लगा।

"वोट के आदमी हो?"

"नहीं-नहीं...मैं दूसरी तरह की राजनीति करना चाहता हूँ।"

बाहर से आवाज़ आयी, "एई तू कौन है?"

"मैं निवारण दास...आप कौन?" बूढ़े की आवाज़ थी।

"पुलिस...यहाँ क्यों बैठा है?"

"बाबू नींद नहीं आ रही...देख नहीं पाता नींद भी नहीं आती।"

एक और आवाज़ मानो जानने के लिए उभरी, "साला अन्धा है।"

"किसी को इस तरफ़ आते देखा?"

"मैं तो देख नहीं सकता बाबू।"

"फ़ालतू वक़्त बरबाद किया...चल वापस।"

कुछ ही देर में गली निस्तब्ध हो गयी। अनिमेष काठ की तरह खड़ा था। इतनी उत्तेजना के कारण खड़ा नहीं हुआ जा रहा था। वह घुटनों के बल बैठ गया। तभी बाहर से बूढ़े की आवाज़ आयी, "अ...खोका की माँ! खोका आज कैसे आया...पुलिस क्यों आयी थी?"

"सो जाओ...चिल्लाकर पाड़े को मत जगाओ।"

"हाँ...लगता है, अब नींद आ जाएगी।" बूढ़ा बुड़बुड़ाया।

कमरे के एक कोने में सफ़ेद कपड़ा आगे जाते देखा। अँधेरे में भी कमरे की दरिद्रता का पता चल रहा था। चारों तरफ़ घुटन-सी थी। इसने देखा कमरे में सिर्फ़ यही दोनों नहीं, ज़मीन पर और भी कई साँस ले रहे हैं। अनिमेष ने देखने की कोशिश की। हाँ जिस तरफ़ बुढ़िया जाकर बैठ गयी थी, ज़मीन पर तीन शिशु सो रहे थे।

"तुम चोर, डाकू तो नहीं हो?"

"मुझे देखकर ऐसा लग रहा है?"

"शक्ल से आजकल कुछ पता नहीं चलता।"

"विश्वास कीजिए...मैंने कोई अपराध नहीं किया है। सड़क पर पोस्टर लिख रहा था कि पुलिस आ गयी। हमारे लिखे हुए को वह पसन्द नहीं करती।"

"क्या लिखा...?"

"हम इस देश के नियमों को तोड़ना चाहते हैं। इन नेताओं-मन्त्रियों को हटाकर ऐसी सरकार लाना चाहते हैं, जहाँ अमीर-गरीब में कोई भेद न हो।"

"मालूम नहीं, तुम सच बोल रहे हो या नहीं। पर तुम्हें जो झटपट अन्दर आने दिया जानते हो क्यों?"

"आपकी दया।"

"बिलकुल नहीं। बाहर बैठा बूढ़ा अगर गलत समझकर निश्चिन्त हो जाए तो बाक़ी रात ज़रा सो सकेगा। उचक्कों को इस तरह घर में घुसने देना अन्याय है, पर अन्धे मनुष्य के लिए···।" बुढ़िया की आवाज़ रुँध गयी। रोने की आवाज़ कमरे में गूँजने लगी। अनिमेष काफ़ी देर तक बोल नहीं सका। खुद को सँभालकर बुढ़िया बोली, "सवेरा होने से पहले ही चले जाना···उसके जागने से पहले।"

"अच्छा···।"

फिर ज़रा ख़ामोशी रही। रात ज़्यादा हो जाए तो वह अपने शब्दों की सृष्टि करती है। बीच-बीच में वही सुनाई पड़ रहे थे। अब बड़ी थकान लग रही थी पता नहीं सुवास दा' पकड़े गए कि नहीं। अगर पकड़े गए हों तो शेठ लेन की घटना में फँस जाना विचित्र नहीं। पहली ही रात को कैसा गोलमाल हो गया।

"तुम्हारे माँ-बाबा नहीं हैं?" कमरे के कोने से आवाज़ उभरी।

"क्यों?"

"रात को घर नहीं लौटते···उन्हें चिन्ता नहीं होगी?"

अनिमेष का दिल उदास हो गया। सचमुच···इस कलकत्ता शहर में इसकी चिन्ता करनेवाला कोई नहीं है। यह बात दिमाग़ में आते ही बिजली की तरह एक चेहरा कौंध उठा। जब तक कोई ग़लती नहीं करेगा जीवन-पर्यन्त वह चेहरा इसका समर्थन करता रहेगा।

अनिमेष ने कहा, "चिन्ता तो होगी ही। पर कोई अच्छा काम करना हो तो घर में तो बैठा नहीं जा सकता।"

"शराब पीते हो?"

"नहीं···।"

"ब्याह कर लिया?"

"नहीं।"

उत्तर सुनते ही लम्बी साँस निकली—इतनी दूर बैठे हुए भी अनिमेष अनुभव कर रहा था। बूढ़े का खोका पुकारना इस समय जल की तरह स्पष्ट हो रहा था। बड़ी नरमाई से पूछा, "ये कौन है?"

"मेरे नाती-नातिन।"

"इनके माँ-बाबा।"

"माँ चली गयी, बाप शराबी है; महीने के पन्द्रह दिन घर नहीं आता। हम दोनों इनकी रखवाली करते हैं। नौकरानी के काम में और कितने रुपए मिलेंगे।"

फिर सब चुपचाप। अनिमेष को कोई बात नहीं मिल रही थी। सवेरा कब होगा इसी उम्मीद में बैठे रहने के अलावा कोई चिन्ता नहीं थी।

"लड़ाई करके अच्छे दिन लाना चाहते हो या हमसे वोट लेने आए हो।" बुढ़िया स्वाभाविक स्वर में पूछ रही थी।

"वोट में मेरा विश्वास नहीं।"

"तो फिर?"

"लड़ाई करूँगा।"

"कर सकोगे।"

"करनी पड़ेगी।"

"पता नहीं बाबा···।"

एक निःश्वास कुछ देर सन्नाटा रहा। गली से आवाज़ उभरी। फँसे हुए स्वर में कोई गा रहा था। तभी अँधेरे में ही अनिमेष ने देखा बुढ़िया तड़ाप से खड़ी हो गयी। फिर बूढ़े की आवाज़ आयी, "कौन आया···खोका आ गया? सो जा मेरे बाप।"

बुढ़िया दरवाज़ा खोलकर तीर की तरह बाहर गयी। 'हाऊ माई' रोने की आवाज़ आयी। किसी आदमी की और साथ में बुढ़िया की आवाज़, "आह···चुप कर···पाड़े के लोग उठ जाएँगे···शराब पीकर रोने में शर्म नहीं आती···तू पुरुष नहीं है?"

फिर खुले दरवाज़े से बुढ़िया छड़ी जैसे शरीर को घसीटती हुई कमरे में ले आयी। साफ़-साफ़ न देख सकने पर भी पता चल रहा था कि उसमें खड़े रहने की हिम्मत नहीं है। यही नहीं···बल्कि कमरे में कोई दूसरा भी खड़ा है यह भी जानने की क्षमता नहीं थी।

बुढ़िया ने लड़के को बच्चों के पास लिटा दिया। लेटते ही घर्र-घर्र की आवाज़ आने लगी।

अनिमेष खड़ा था, बुढ़िया सामने आकर बोली, "रात बीतने वाली है अब तुम जाओ।"

तभी बूढ़े की आवाज़ आयी, "ओ खोका की माँ! खोका दो बार कैसे आया···पहले कोई और आया था?"

"कोई नहीं···सोये हुए थे ना।" खीझकर बुढ़िया बोली।

"पर मैंने जो सुना···।"

"ग़लत है।"

अनिमेष निःशब्द बरामदे में आ गया। बुढ़िया भी पीछे-पीछे आ गयी। आकाश साफ़ होता जा रहा था। बरामदे के एक कोने में बूढ़ा गुड़ी-मुड़ी हुआ पड़ा था। बस्तीवाले अब उठने को थे। अनिमेष ने पलटकर कहा, "मैं आपका ऋणी हूँ।"

"बात करने की छिरि देखो। जल्दी से यहाँ से निकल जाओ।" कहकर

जल्दी से कमरे में घुस गयी।

एक क्षण के लिए अनिमेष स्तब्ध खड़ा रहा। फिर भारतवर्ष के एक अकिंचन व्यक्ति को घर में छोड़कर पौ फटते ही बड़ी सड़क पर चल पड़ा।

चौंतीस

काम तेज़ी से होने लगा। पश्चिम बंगाल में ही नहीं भारतवर्ष के विभिन्न भागों में जो लोग अलग-अलग रहकर सोचते थे धीरे-धीरे एक-दूसरे से हाथ मिलाने के लिए बेचैन हो उठे। हर खंड में जो पैदा हो रहा था उसकी सूचना दबी नहीं रह सकी। परन्तु व्यस्तता के बारे में शासक कम्युनिस्ट पार्टी पर सन्देह के कारण, उपयोग में नहीं ला सके। हवा धीरे-धीरे बोझिल हो चली।

अनिमेष को निर्देश मिला था कि किसी भी समय अरेस्ट होने की सम्भावना है उससे बचने और विकल्प की व्यवस्था के लिए तैयार रहे। पुलिस उस पर सन्देह करने लगी है, यह सोचने की कोई वजह नहीं देखी थी। एम.ए. की परीक्षाएँ होनेवाली थीं, पर पढ़ाई-लिखाई बिलकुल नहीं हुई थी। पार्टी के काम में आजकल बीस-बीस घंटे लग जाते। रात को कभी-कभी होस्टल भी नहीं लौट पाता था। इस बारे में किसी को कैफ़ियत नहीं देनी होती थी इसलिए बचा हुआ था। विभिन्न ग्रुप मीटिंग में इसे रहना पड़ता। महादेव बाबू चाहते थे कि अनिमेष उत्तर बंगाल के चाय बागान का दायित्व ले। इस सम्बन्ध में अनिमेष को भी कोई एतराज़ नहीं था। पर अभी तक निश्चय नहीं किया था। सिलीगुड़ी का यूनिट काफ़ी सशक्त हो गया था। स्थूलतः समान विचारधारावाले लोगों के साथ इसका परिचय हो गया था।

सिलीगुड़ी से ज़रा दूर एक स्थल मुख्यालय की तरह चुन लिया गया था। एक तरफ़ भारतवर्ष, दूसरी तरफ़ पाकिस्तान और पास में नेपाल। भौगोलिक दृष्टि से गुरिल्ला सेना के हेडक्वार्टर के लिए बड़ा उपयुक्त स्थान था। दो विदेशी राष्ट्र होने से विशेष सुविधा होगी। इलाका चारों तरफ़ जंगलों से घिरा था और नदी पार करते ही नेपाल। वहाँ के निवासी कृषिजीवी हैं। हिन्दू बंगाली संख्या में बहुत कम। वहाँ के लोगों के आचार-व्यवहार में तेज़ी है। इलाके का नाम है—नक्सलबाड़ी।

नक्सलबाड़ी के फाँसी-स्थल के खड़िबाड़ी अंचल में काम शुरू हो गया। किसानों को हथियार देकर उस इलाके को मुक्त अंचल में बदलने के लिए गोपन काम चल रहा था। चीन की तरह केवल गाँवों में ही मुक्त अंचल का गठन हो रहा था और उसके बाद गाँवों द्वारा शहर को घेरने की कल्पना हो रही थी।

देश की कोई भी जगह अगर लाल अंचल के रूप में चिह्नित हो जाए तो दूसरे अंचल के किसान भी उद्‌बुद्ध हो जाएँगे। उस तरफ़ अँधेरे वारंगल के जंगली इलाके में यही लक्ष्य लेकर विप्लवी सेना संगठित हुई थी। इन कारणों से विशेष अभाव का अनुभव हो रहा था। आसन्न विप्लव का काम शुरू करने के लिए सर्वभारतीय विश्वास-योग्य कोई नेता आगे नहीं आ रहा था। कोई लेनिन या माओ त्से तुंग, होचिह मिन या फ़िडेल कास्त्रो तो दूर की बात थी आँखों के सामने चेग्वेवारा जैसे योद्धा का अभाव आँखों को खटक रहा था। अनिमेष आदि को लगता कि नेता विप्लव तैयार नहीं करता, विप्लप ही नेता को जन्म देता है। इस परिस्थिति में विभिन्न कर्मी विभिन्न पंथों की घोषणा करने लगे। मतवाद की अनेक तरह की व्याख्या से दूसरी श्रेणी के कर्मी रुक गए थे। इस वजह से दल में कई उपदल गठित हो गए। हाँ, यह ज़रूर था कि दल की दृष्टि से कोई भी संगठन पूर्णता तक नहीं पहुँचा था। शाखाएँ दिखाई पड़ने लगीं। सर्वभारतीय नेता का अभाव सभी अनुभव कर रहे थे।

विप्लव किस तरह शुरू हो? विप्लव के दौरान दल का काम किस स्तर का होगा? जिस तरह नक्सलबाड़ी आन्दोलन की भित्ति कृषक हैं, उसी तरह श्रमिकों के साथ यह संयोग किस तरह सम्पन्न किया जाएगा? इस तरह के तात्त्विक प्रश्न बहुतों के मन में पैदा हो रहे थे। पर अनिमेष आदि इनके बारे में ज़्यादा नहीं सोचते थे। जो श्रेणी की दृष्टि से सबल हैं, अगर लाचार हो जाए तो उसे बिना किसी दुर्बलता के उखाड़ फेंकना होगा। समझौता नहीं चलेगा। चुने हुए गुरिल्लाओं को विदेश भेजकर युद्ध-कौशल सिखाकर सेना तैयार करनी होगी। एक युद्ध में विजय प्राप्त करने के लिए इतनी बड़ी सेना तैयार करना बेकार होगा अगर उसमें उपयुक्त रणकौशल न हो। इतिहास में इसके अनेक प्रमाण हैं। राजनीति सटीक हो तो रणकौशल की अक्षमता के कारण विप्लव खंड-खंड हो सकता है। 1917 में रूस या माओ त्से तुंग की चीन के स्वतंत्रता संग्राम में सफलता का मूल कारण रणकौशल की परिकल्पना थी। रणकौशल अगर तात्त्विक पथ पर चले तो विचार करने की ज़रूरत नहीं। सच का सामना होने पर विप्लव की आवश्यकता रूप निर्धारित करती है। नवम्बर 1917 में लेनिन के आह्वान या माओ त्से तुंग 1917-1918 में दल की मूल परिपंथी दृष्टि लेकर मार्क्सवादी का रणकौशल बदलकर हर गाँव का गठन करने के लिए जो पुकार आयी थी उससे यह बात प्रमाणित होती है। अनिमेष आदि ने सोच लिया था युद्धकौशल की तात्त्विकता को लेकर कोई समझौता नहीं करेंगे, यदि विप्लव उससे ठंडा पड़ जाए। इसलिए साथ-साथ काम करने से दूसरे मतवादों से तर्क हो सकता है। जो भी हो, हर एक को यह विश्वास ज़रूर था कि अगर चक्की चलानी हो तो सब हाथों को उसकी मदद करनी होगी। मतवाद कोई भी हो, पर सबका

मूल लक्ष्य भारतवर्ष में विप्लव हो जो राजनीतिक, सामाजिक, आर्थिक स्ट्रक्चर को परिवर्तित कर दे।

कलकत्ता के आसपास छोटे-छोटे दल तैयार हो गए। एक तरफ़ दमदम, सिंथी, वराहनगर, बेलघटिया था तो दूसरी तरफ़ बेलेघाट, यादवपुर, टालिगंज के इलाकों में काम ज़ोर से होने लगा। पश्चिम बंगाल इस समय अस्थिर था। सरकार की लागू लेवी के दबाव में बड़े-बड़े जोतदार कांग्रेस के विरोधी हो गए थे। कांग्रेस के एक वरिष्ठ नेता निकालने जाने से क्षुब्ध होकर कांग्रेसियों को लेकर अपने नाम पर दल संगठित कर लिया था। देश के सारे जोतदारों का समर्थन था। जनता की चीज़ों के दाम आकाश से बातें कर रहे थे। क़ानून कोई था नहीं। अनिमेष आदि जान गए थे कि काम शुरू करने का यही मौक़ा है। आगे बढ़ने पर जनता का सहयोग आसानी से मिलेगा।

बेलघटिया में आज ग्रुप मीटिंग थी। सभा बड़ी सतर्कता से की जा रही थी। अब तक पुलिस का डर था। अब दूसरे राजनीतिक दल भी भय का कारण बन गए थे। एक गोपन षड्यन्त्र चल रहा था। यह इन्हें भी मालूम हो गया था। शायद अभी विश्वासयोग्य नहीं था—पर स्वस्ति नहीं हो रही थी। आज की मीटिंग में अनिमेष आदि ने इलाके को स्वायत करने का फ़ैसला किया—सड़क से शुरू करके पाड़े और अन्त में पूरे इलाके पर अधिकार करना। पुलिस के साथ संघर्ष नहीं करना होगा। पुलिस अगर अत्याचार शुरू कर देगी तो गुरिल्ला नीति से उनका विरोध करना होगा। विभिन्न इलाकों में बम तैयार हो रहे थे। इस समय दमदम में किसी गुप्त डेरे में बम तैयार होने के समय बम फटने से घटना-स्थल पर दो लड़के मारे गए थे। छापा मारकर पुलिस के बम और मसाला ज़ब्त करने पर सरगर्मी और बढ़ गयी थी। कलकत्ता के पाँच गुप्त केन्द्रों में लगातार पाइपगनें तैयार हो रही थीं। पाकिस्तान के युद्ध का कुछ माल ब्लैकमार्केट में चल रहा था। उन्हें ख़रीदने के लिए काफ़ी पैसा चाहिए था। हर इलाके के सम्पन्न परिवारों से चन्दा माँगना पड़ेगा। किसी भी हालत में जनता को तंग न होना पड़े इसलिए अनिमेष ने सतर्क कर दिया था। इलाके पर क़ब्जा करने की कोशिश पर राजनीतिक दल सबसे पहले प्रतिरोध करेगा। इस समय शहर के सब इलाके कम्युनिस्टों ने स्वायत्त कर लिये थे। स्वाधीनता के बाद से ही पाकिस्तान से आए बंगाली, कलकत्ता के इसी इलाके में फैले हुए थे। जब निःस्व होकर उन्होंने सिर उठाकर खड़ा होना चाहा तो कांग्रेस सरकार के प्रति क्षोभ बढ़ चुका था। फलस्वरूप कम्युनिस्ट पार्टी के प्रति इनका समर्थन हो गया था। विधान राय के समय कांग्रेस चुनाव में इस आसन को छोड़कर अपनी विजय का हिसाब लगाते थे। अतः इन इलाके में कम्युनिस्टों का संगठन स्वेच्छा से कर्तृत्व हस्तान्तरित नहीं करेगा। इस क्षेत्र में बल का प्रयोग भी किया जा

सकता है। मीटिंग में एक लड़के ने पूछा, "अनिमेष दा'! बम फेंकना या पाइपगन चलाना अभ्यास पर निर्भर होता है। मुझे सूचना मिली है कि एक्शन शुरू होते ही कुछ लड़के हमारा साथ देना चाहेंगे। ये लड़के अब तक समाज-विरोधी माने जाते रहे थे। किसी ज़माने में ये कांग्रेस द्वारा पाले हुए गुंडे माने जाते थे। पर आपस में गड़बड़ होने के कारण बाहर निकल आए थे। इन्हें लेना ठीक होगा?"

कई दिन पहले अनिमेष की महादेव दा' के साथ बातचीत हुई थी। समाज-विरोधी माने जानेवालों को आन्दोलन में लेने पर जनता को ग़लतफ़हमी हो सकती है। ज़वाब में महादेव बाबू के दल के एक महत्त्वपूर्ण नेता ने बताया था, आन्दोलन शुरू होने पर कौन अच्छा और कौन बुरा है सोचना, निरी मूर्खता होगी। मूल लक्ष्य की ओर बढ़ने के लिए किसी भी हाथ की मदद ली जा सकती है। समाज-विरोधी कहलानेवालों में एक तरह की जंगली शक्ति क्रियाशील रहती है, उसका उचित व्यवहार करने पर कल्पनातीत सफलता मिल सकती है। कि वे एक महत्त्वपूर्ण कार्य में योग दे रहे हैं। यह अहसास उन्हें हो जाए तो उन पर हम गर्व करेंगे।

अनिमेष ने यह बात मीटिंग में समझायी। यद्यपि इस बारे में इसे कुछ दुविधा थी, पर उसे प्रकट नहीं किया। लड़के ने फिर पूछा, "राजनीतिक सचेतनता छोड़कर सिर्फ़ व्यक्तिगत क्रोध या मुनाफ़ा कमाने की नीयत से अगर वे विश्वासघात करें तो हमें भारी नुक़सान हो सकता है।"

अनिमेष हँस पड़ा, "सारे भारतवर्ष के निवासी अगर विप्लव में हिस्सा लें तो हम क्या जाँच करेंगे कि वे राजनीति में सचेतन हैं या नहीं। मार्क्सवाद का ज्ञान न हो तो विप्लव में हिस्सा लेने का कोई अधिकार नहीं है, भला यह शर्त रखी जा सकती है! अगर विश्वासघात की बात उठायी जाए उसकी सम्भावना तो सब क्षेत्रों में हो सकती है। पढ़-लिखे मार्क्सवादी नेताओं ने ठीक समय पर विश्वासघात नहीं की? वह रिस्क तो हमें लेना ही पड़ेगा। मेरी जानकारी के हिसाब से कह सकता हूँ कि अशिक्षित लोग और जिन्हें आँख मूँदकर समाज-विरोधी कहा जाता है इसमें मुखौटा पहने शिक्षितों का चरित्र बहुत शंकास्पद हो सकता है।"

आख़िरी सवाल था, "प्रतिरोध यदि मार्क्सवादी दल की तरफ़ से हो तो मुक़ाबले में बल प्रयोग करना ही होगा तब यह विप्लव की क्षति नहीं करेगा?"

ज़वाब देने में अनिमेष ने ज़रा भी नहीं सोचा। अपनी कलमी अंगुली ऊपर उठाकर बोला, "अगर कोई विषाक्त घाव पकने लगे तो उसे काट फेंकने में ज़रा भी नहीं सोचूँगा। अपनी पकी हुई अंगुली पर मोह करने से बाद में सारा शरीर विषाक्त हो सकता है। प्रतिक्रियाशीलों की अपेक्षा संशोधनवादी हमारे लिए ज़्यादा हानिकर हैं।"

इलाके पर क़ब्ज़ा करने के लिए क्या-क्या करना होगा विस्तार से समझाया गया। हठकारिता बिलकुल नहीं चलेगी। दल का इशारा न मिलने तक कोई ऐसा काम नहीं करेगा जो दूसरों को सन्देह हो।

मीटिंग के बाद बाहर आते ही अनिमेष को माधवी का ध्यान आ गया। यहाँ से उसके बाबा का मकान ज़्यादा दूर नहीं था। पर वह मकान छोड़ने के बाद से माधवी एक बार भी वहाँ नहीं गयी थी। माधवीलता इस बारे में इससे भूलकर भी बात नहीं करती। वह इस सम्बन्ध में बड़ी विरक्त हो गयी है।

अब रोज़ मिलने का मौक़ा नहीं मिलता। उसकी दैनिकचर्या इसे मालूम थी। वक़्त मिलते ही हाज़िर हो जाता। अनिमेष ने लक्ष्य किया था कि इसे देखते ही माधवी का चेहरा चमक उठता। इसकी ख़ातिर संसार में बहुत कुछ किया जा सकता है। इसकी नयी चिन्ताधारा के बारे में वह जानती है। जो लड़की कभी कहती थी कि 'मुझे बड़ा डर लगता है' अब बहुत बदल गयी है। अब इसके काम के बारे में चुपचाप सुनती रहती है।

बेलघटिया से मानिकतला पहुँचने की बात थी। महादेव दा' रामानन्द चटर्जी स्ट्रीट के मकान में रहते हैं। उनकी बहुत ज़रूरत थी। जिनके साथ मीटिंग थी अब तक उनके एक लड़के ने साइकिल पर वी.टी. रोड तक पहुँचा दिया था। चारों तरफ़ चुनावों का ज़ोर था। जनता का ख़याल था कि इस बार भी कांग्रेस जीतेगी। भारत के प्रधानमंत्री को लेकर किसी की अच्छी या बुरी धारणा नहीं थी। नेहरू परिवार पर पूरे देश का अन्धविश्वास था। साइकिल पर आते हुए अनिमेष निर्वाचन-पोस्टर्स देखता रहा। मार्क्सवादी कम्युनिस्ट पार्टी ने प्रचार के समर्थन में लेनिन का कथन उद्धृत किया था। अनिमेष को ताज़्जुब था। जिस पर विश्वास न हो, जीवन में कभी उसका प्रयोग नहीं किया जाएगा। दीवार पर पोस्टर में लिखकर जनता को गुमराह किया जा रहा है चुनाव जीतने के लिए। इसके बराबर लिखी नयी बात किसी को नज़र न आए सम्भव नहीं था। इसने देखा, चुनाववाले पोस्टर के पास चमक रहा था—'पार्लियामेंट सुअरों का तालाब। 'निर्वाचन का बायकाट कीजिए।' जनता ने अब तक मुँह नहीं खोला था—पर हवा में उत्तेजना धीरे-धीरे बढ़ रही थी, यह ज़ाहिर था।

मानिकतला के मोड़ पर उतरकर अनिमेष पैदल चल पड़ा। इसका पुराना पाड़ा था यह। स्कॉटिश में पढ़ने के दौरान यहीं के होस्टल में रहा था। कई वर्ष बिताए थे यहाँ। यह पाड़ा पहले जैसा है बेशक होस्टल में वे लड़के नहीं हैं। सड़क खाली थी। अँधेरा हो चुका था, पर न जाने क्यों सड़क की बत्तियाँ नहीं जली थीं। इसने देखा दरवाज़े के दायीं तरफ़ कॉलबैल का बटन था। उसका व्यवहार करना मना था। मालिक घर पर ही थे। कुछ देर इन्तज़ार के बाद इसने फिर आवाज़ दी। ऊपर की बाल्कनी से किसी ने पूछा, "किसको मिलना है।"

"मैं अनिमेष।"

परिचय देते ही वे सज्जन नरम पड़ गए। कुछ ही क्षण बाद दरवाज़ा खोलकर इसे अन्दर आने का इशारा किया। एक-तला के पिछली तरफ़ वाले कमरे में महादेव दा' बैठे थे। सुवास भी था। पोस्टर लिखनेवाली रात की घटना के बाद से सुवास से भेंट नहीं हुई थी। अनिमेष इस सम्बन्ध में पूछने की सोच ही रहा था कि महादेव ने दबी आवाज़ में पूछा, "अकेले आए हो?"

"अकेले ही...क्यों बताइए?"

"किसी को पीछे आते तो नहीं देखा?"

अनिमेष अनमना था, पर पीछे कोई आता तो ज़रूर पता चल जाता। ज़रा सोचकर बोला, "नज़र नहीं आया।"

"इस गली में एक व्यक्ति है। तुम्हें यहाँ आने के लिए मना करने का कोई उपाय नहीं था। बेलघटिया में आज का कैसा काम रहा?" उन्होंने चिन्ताग्रस्त स्वर में पूछा।

"अच्छा...सारे लड़के बड़े सीरियस थे। हूलिगनों के दल को साथ लें या नहीं पूछे रहे थे।" अनिमेष ने बताया।

"लेना ही पड़ेगा। बेशक रिस्क है, पर इसके अलावा कोई उपाय नहीं। और हूलिगन कौन हैं...जो बम फेंकते हैं, छीना-झपटी करते हैं। वे भी किसी गरीब-वृद्धा के लिए प्राणों की बाज़ी लगाकर लड़ते रहते हैं। इसलिए अब उसके बारे में चिन्ता करना ठीक नहीं।"

महादेव दा' ने बात पूरी करके सुवास दा' की तरफ़ देखा। सुवास दा' ज़रा इधर-उधर हिलकर बोले, "अनिमेष! हमें ख़बर मिली है कि तुम ब्लैक लिस्टेड हो गए हो। सम हाउ पुलिस को तुम्हारे बारे में पता चल गया है। अब होस्टल में तुम्हारा रहना ठीक नहीं है। किसी भी क्षण तुम्हें अरेस्ट कर सकते हैं।"

"आपकी सूचना ठीक है?"

महादेव दा' बोले, "जिस तरह हमारी ख़बर फैल जाती है उनकी भी कुछ-कुछ ख़बरें हमें मिलती हैं। ख़बर उड़ जाती है यह ठीक है। देश को लेकर जो आन्दोलन हो रहा है—सरकार को यह मालूम है। जनता को इस बारे में कुछ नहीं मालूम, यह भी नहीं कहा जा सकता। कांग्रेस सरकार तरह-तरह के झमेलों को लेकर परेशान है इसलिए अनिमेष को सुविधा है। प्रादेशिक कांग्रेस ने एक विख्यात गाँधीवादी नेता को दल से निकाल दिया है। मुख्यमन्त्री की खाद्य नीति से देश के सारे जोतदार कांग्रेस के विरुद्ध हो गए हैं। वे कांग्रेस से निष्कासित गाँधीवादी नेता के चारों तरफ़ इकट्ठे हो गए हैं। उनके नेतृत्व में नया दल संगठित हो गया है, पर पुलिस निष्क्रिय है, यह भीं नहीं कहा जा सकता। अख़बार में पुलिस द्वारा उग्रपंथियों के डेरे का आविष्कार—ये बातें अकसर

प्रकाशित होती रहती हैं। हालत निश्चिन्त रहने की नहीं है।"

अनिमेष हँसा, "आपका सजेशन क्या है?"

सुव्रास दा' बोले, "तुम्हारे रहने की व्यवस्था का विकल्प है?"

"नहीं···दो-एक दोस्त का चेहरा बेशक उभर आता है।"

"उनमें से किसी के पास आज रात रह जाओ। होस्टल मत जाओ।"

"मेरी चीज़ें तो वहीं पड़ी हैं।"

"उनके बारे में बाद में सोचेंगे।"

महादेव दा' बोले, "अनिमेष! तुम्हारा कलकत्ता से चले जाना ज़रूरी है। इसके बारे में पहले से ही सोचता रहा हूँ। यही उपयुक्त समय है। तुम उत्तर बंगाल चले जाओ। वहाँ टेंशन कम होगी। इच्छानुसार काम कर सकोगे और पुलिस के झमेले से भी निश्चिन्त रह सकोगे।"

"सारा इन्तज़ाम हो गया।"

"हाँ··· ।"

"कब जाना होगा?"

"आज नहीं तो कल। सिलीगुड़ी स्टेशन के पाड़े में एक व्यक्ति से मिलना होगा। उसे सारी सूचना दे दी गयी है। ही विल टैल यू एवरीथिंग।"

"आज जाने में एक असुविधा है।" कहते हुए माधवी का चेहरा ध्यान आया। उसे बिना बताए झट से चले जाना बड़ा अन्याय होगा।

"कल चले जाना। इस बीच बाहर मत घूमना। उत्तर बंगाल तुम्हारा परिचित इलाका है। वहाँ काम करने में आसानी रहेगी। और फिर कलकत्ता अब धीरे-धीरे गरम हो रहा है। हमें भी यहाँ से निकलना होगा।"

"हमारा सम्पर्क कैसे होगा।"

"उसका इन्तज़ाम किया जा रहा है। सुवास वीरभूम जा रहा है। अगले महीने बोलपुर में मीटिंग है। जब ख़बर मिले, तब मिलना होगा। अच्छा···अब ज़्यादा रात मत करो।" महादेव ने कमरे से निकलकर कहा, "किसी का इन्तज़ार कर रहे हैं।"

अनिमेष बोला, "सुवास दा' अगर मुझे कल ही जाना है तो होस्टलवाली चीज़ों का क्या होगा? मैं तो आज··· ।"

"कोई पता दो वहाँ पहुँचा दी जाएगी।"

ज़रा सोचकर अनिमेष ने माधवी का पता दे दिया। सुवास दा' बोले, "वह तो गर्ल्स होस्टल है···क्यों?"

"हाँ···" उसने सुवास के चेहरे पर नज़रें गाड़ दीं। वहाँ कोई भावान्तर नहीं था।

रामानन्द चटर्जी स्ट्रीट इस समय सुनसान थी। कहीं ज़ोर से रेडियो बज

रहा था। अनिमेष अपने पुराने होस्टल के सामने से निकल रहा था। सामने, पीछे सन्देहजनक कुछ दिखाई नहीं पड़ा। जाने महादेव दा' की सूचना किसभा सही है! या जल्दी-जल्दी वह उत्तर बंगाल चला जाए इसलिए ये सब बातें? साथ ही सोचा, नहीं ऐसा बचपना महादेव दा' नहीं करेंगे। अनिमेष सोचने लगा, आज की रात कहाँ रहे। परमहंस का ध्यान आ गया। उसके घर चला जाएगा तो वह ना नहीं करेगा। पर होस्टल जाना भी ज़रूरी था। तकिए के नीचे कुछ रुपए हैं, ज़रूरत पड़ेगी। इसने निश्चय किया कि परमहंस को तैयार कर लेगा कि वह होस्टल से रुपए ले आए। तमाल को एक चिट्ठी लिख देगा वह सब इन्तज़ाम कर देगा। होस्टल के सामने पुलिस हो सकती है, किन्तु इसके कमरे के सामने तो किसी का पहरा नहीं होगा। आज होस्टल से निकलते समय मालूम नहीं था कि घटना इतनी तेज़ी से मोड़ ले रही है।

एम्हर्स्ट स्ट्रीट पर आकर अनिमेष दायीं तरफ़ मुड़ा। विवेकानन्द रोड से कॉर्नवालिस स्ट्रीट जाकर ट्राम पकड़कर परमहंस के घर जाएगा। रात हो गयी है। अब तक ट्यूशन ज़रूर ख़त्म हो गयी होगी।

वह बड़ी सावधानी से चल रहा था। अचानक घबराहट शुरू हो गयी। लगा कोई इसके पीछे-पीछे चल रहा है। गरदन मोड़कर देखा सन्देहजनक कोई चेहरा दिखाई नहीं पड़ा। हँस पड़ा अनिमेष। मानसिक प्रतिक्रिया से ऐसी बेकार की चिन्ता आती है। निश्चिन्त होने के लिए वह फुटपाथ पर आ गया। पान की दूकान के सामने जाकर सिगरेट खरीदी। खरीदते ही तुरत घूमकर खड़ा हो गया। तेज़ी से दूसरे फुटपाथ पर एक आदमी को देखकर अनिमेष की नज़रें एक चेहरे पर टिक गयीं। नज़रें मिलते ही उस आदमी ने मुँह फेर लिया। अनिमेष नज़रें नहीं हटा रहा था। लम्बा, दुबला आदमी ज़रा घबरा गया था। समझने में देर नहीं लगी। यों तो अनिमेष को शक हुआ कि महादेव दा' ने जिसके बारे में बताया था वह आदमी यही तो नहीं है। वह अचानक आगे बढ़कर पास की गली में घुस गया। यहाँ होस्टल में रहते समय इस गली से वे लोग शॉर्टकट करते थे कॉलेज पहुँचने के लिए। दोनों तरफ़ लोहे, लकड़ी की दूकानें थीं, गली भी पतली थी। तेज़-तेज़ काफ़ी आगे तक जाकर दायीं तरफ़ मुड़कर अनिमेष ने पलटकर देखा। वह आदमी घबराकर फुटपाथ पार करके गली में पहुँच गया। उसका एक सतर्क हाथ कमर के पास रखा था।

अनिमेष ने पाँव बढ़ाए। अब सन्देह की कोई गुंजाइश नहीं थी। पुलिस इसका पीछा कर रही है। इस आदमी को किसी तरह अवॉयड न कर सका तो परमहंस के घर भी नहीं जा सकेगा। क्या करे सोचते वह विवेकानन्द रोड पर आ पहुँचा। सड़क पार करके स्कॉटिशवाली गली में घुसकर पीछे मुड़ते वह फिर दिखाई पड़ा। कलवारों की गली से निकलकर इधर-उधर देखता रहा। अनिमेष

एक खम्भे के पीछे छिपकर देखने लगा। वह आदमी दोनों तरफ़ देखकर फुटपाथ को जाँचकर सड़क पार कर रहा था। अब यहाँ नहीं खड़ा रहना चाहिए। खम्भा छोड़कर आगे बढ़ने से पहले ही अनिमेष ने देखा कि सड़क के एक तरफ़ खड़ी जीप के नज़दीक जाकर वह आदमी हाथ-पाँव नचाकर बात कर रहा है। वह पुलिस की गाड़ी है। समझने में देर नहीं लगी। चार-पाँच पुलिस के आदमी गाड़ी से कूदकर उतरे। अनिमेष ने इन्तज़ार नहीं किया। फुटपाथ पकड़कर सीधा स्कॉटिश की तरफ़ भागने लगा। तभी हो-हल्ला शुरू हो गया। पुलिस के आदमी भाग रहे थे।

सड़क के मोड़ पर आँखों के सामने लाल मकान दिखाई पड़ने लगा। इसे वह शाम याद आ गयी जब स्कॉटिश होस्टल के अफ्रीकी लड़के के साथ टैक्सी से इन्होंने एक महिला को यहाँ उतारा था। महिला का नाम याद नहीं आ रहा था। हाँ, पैंतीस और चार शून्य–टेलीफ़ोन का नम्बर याद करने में कोई परेशानी नहीं हुई। अनिमेष ने ज़रा भी पसोपेश नहीं किया। चीख़ चिल्लाहट नज़दीक आती जा रही थी। सड़क पर अभी भीड़ जमा हो जाएगी। छिपने की कोई जगह नहीं है। अनिमेष गम्भीरता से खुली जगह पार करके लाल मकान में घुसकर ओट में खड़ा हो गया। पुलिसवाले सामनेवाली सड़क से ज़रा आगे फिर खड़े होकर चारों तरफ़ देखने लगे। तभी पीछे से आश्चर्य से बोल पड़ने पर अनिमेष चौंक उठा।

"किससे मिलना है?"

कैसे ताज़्जुब की बात थी। मुँह खोलते ही जिह्वा पर नाम आ गया। अनिमेष ने पूछा, "शीला सेन हैं।"

"आपका नाम?"

"अनिमेष मित्र।" फिर सोचा शायद वे समझ ही न पाएँ मैं कौन हूँ। इतने वर्षों का अदर्शन। मामूली-सा परिचय। भूल जाने के लिए काफ़ी है। इसलिए यह भी जोड़ दिया "मैं स्कॉटिश कॉलेज के होस्टल में रहता था।"

तीनेक मिनट इन्तज़ार करना पड़ा होगा। इस वक़्त तो एक सेकंड भी एक घंटे की तरह लम्बा लग रहा था। पुलिस अगर नीचे उस बूढ़े के साथ बात करेगी तो यहाँ आ सकती है। पर शीला सेन इतनी देर क्यों कर रही है? अगर वे इसे न पहचानी तो बस हो गया। उस समय सड़क पर यह हाल था कि आगे जाने पर छिपने की जगह नहीं थी। दिमाग़ में शीला सेन की बात भी याद आ गयी।

अधखुले दरवाज़े के सामने खड़ा अनिमेष अधीर हो रहा था कि आवाज़ आयी। उसने अनिमेष को अन्दर आने को कहा। सजी हुई चेयर टेबल देखकर मालूम हो गया कि यह बैठने का कमरा है। एक चेयर पर बैठकर देखा वहाँ

धूल जमी हुई थी। बहुत दिनों से किसी ने साफ़ नहीं किया था। वृद्धा बोली, "दीदी मनि! यहाँ नहीं आ सकेंगी।" फिर उदास स्वर में बोली, "वे बीमार हैं।"

अनिमेष की नज़र बाहरी दरवाज़े पर थी। बाक़ी बात सुनकर हताश हो गया। शीला सेन अगर बीमार हैं तो अन्दर आने की इजाज़त कैसे दे दी? घर में कोई और नहीं है। चारों तरफ़ कैसी ख़ामोशी है। अनिमेष ने कहा, "मैं जाकर उनसे मिल सकता हूँ?"

"यही तो कहा था···मेरे साथ आइए।"

बीच में एक कमरा बेतरतीब। पुराने दिनों का कुछ सामान। कमरा पार करके अनिमेष को अविलम्ब लगा कि कोई कोने में इज़ी चेयर पर लेटा है। किन्तु उनका शरीर इतना क्षीण था कि उनकी उपस्थिति का अहसास होने से पहले ही वह तीसरे कमरे में घुस गया।

ऐसा चमकता हुआ साफ़-सुथरा कमरा अनिमेष ने पहले कभी नहीं देखा था। इस घर के व्यक्तियों के साथ यह कमरा शोभा देता है। वृद्धा सोफ़े पर बैठने का संकेत देकर दूसरे कमरे में चली गयी। कमरे में कोई नहीं था। कोने में करीने से लगा बिस्तर। उसके बराबर स्टैंड पर टेलीफ़ोन। कमरे की दीवारें, छत आदि पर प्लास्टिक पेंट। दीवार के पास लम्बा रंगीन कबर्ड। कमरे की ज़मीन भी रंगीन टाइलों से सजी हुई। इस घर के मालिक के शौक़ीन मिज़ाज का एक पल में पता चल जाता था। वे सोफे पर बैठने को था कि पास का दरवाज़ा खुला। हाउसकोट में जो घुसी थी देखकर, अनिमेष चौंक पड़ा। कुछ ही वर्षों में किसी व्यक्ति की शक्ल इतनी जल्दी बदल सकती है? अनिमेष को बात करने के लिए कुछ नहीं मिल रहा था।

"क्या ख़बर···! इतने दिन बाद याद आयी···ओ मा! बिलकुल युवा हो गए हो।" शीला सेन हँस रही थीं।

अनिमेष बड़ी मुश्किल से आँखें खुली रखे था। किसे देख रहा है? हाउसकोट में जो लम्बे-चौड़े शरीरवाली महिला पैदल चलती हुई चारपाई की तरफ़ बढ़ रही थी, थम्बोटा की मित्र शीला सेन के साथ उसका कोई साम्य नहीं था। सिर पर बँधा काला रूमाल, आँखों पर गॉग्लस। जैसे मांस के बड़े-बड़े लोथड़े चेहरे पर चिपका दिए गए हों। मांस की बीभत्स पिंड की तरह शीला सेन खाट पर बैठ गयीं। बैठकर हँसी, "मुझे देखकर चौंक गए होंगे?" मुँह पर अत्यधिक मांस पर हँसीं की रेखा उसे करुण बना रही थी।

इस छोटी-सी उम्र में अनिमेष ने इनसान के कई तरह के चेहरे देखे हैं। तिस्ता (नदी) की नौका में बैठे या बाढ़ के समय रिलीफ़वाले कोढ़ियों के गाँव में जाकर बहुत से गलित-विकृत मुँह देखता रहा था। उनकी स्मृति इसके दिल में भयंकर छाप लिये शेष नहीं थी। पर इस शक्ल ने उसे इस तरह हिला दिया

कि आँखें बन्द कर सकता तो बड़ा आराम मिलता।

"आपको क्या हुआ है?" अपनी आवाज़ पहचान में नहीं आ रही थी।

"कुछ नहीं...तुम कैसे हो?"

"अच्छा ही हूँ, किन्तु...।"

"अचानक कैसे ध्यान आ गया।"

"इधर से गुज़र रहा था सोचा...।"

"क्या कर रहे हो अब? पढ़ाई ख़त्म हो गयी?"

"नहीं...शायद पूरी नहीं होगी।"

"क्यों...?"

"बहुत-सी बातें हैं। पर आपकी यह हालत...?"

"वह भी बहुत-सी बातें हैं।" कहकर वे हँस पड़ीं।

तभी बाहर के दरवाज़े पर आवाज़ होते ही अनिमेष चौंक पड़ा।

"अब कौन आ गया?" शीला सेन बोलीं।

कुछ ही देर बाद वही औरत दरवाज़े में आयी। कमरे में आकर सीधी शीला सेन के कान में कुछ कहा। भारी-भरकम शरीर सीधा करके बैठते हुए बोलीं, "यह क्या? अब पुलिस क्यों? दरवाज़ा खोला है।"

"नहीं, झिरी में से देखा।" उसकी बात पूरी होने से पहले ही बाहर फिर आवाज़ हुई। कुछ क्षण सोचकर शीला सेन उठ खड़ी हुईं। अनिमेष सिर झुकाए दाँतों से होंठ काट रहा था। उसे देखकर शीला सेन बोलीं, "मुझे ले चल। मैं बात करूँगी।"

"तुम क्यों जाओगी?"

"आह...जो कह रही हूँ कर।" शीला सेन ने उसे धमकाया।

उस औरत ने शीला सेन का हाथ पकड़ा और वे बाहरवाले कमरे की तरफ़ चल पड़ीं। चलने में उन्हें कष्ट हो रहा था। समझने में असुविधा नहीं हो रही थी। उनके कमरे से जाते ही अनिमेष झट से खड़ा हुआ।

यहाँ से तुरत भाग जाना चाहिए। पुलिस ज़रूर फ्लैट सर्च करेगी। इसने सजे-सजाए कमरे पर चारों तरफ़ नज़र दौड़ाई। पता नहीं इस फ्लैट से बाहर जाने का कोई दरवाज़ा है या नहीं। बाथरूम का दरवाज़ा खोलकर अन्दर जाने पर छोटी-सी खिड़की दिखाई पड़ी। खिड़की में सलाखें नहीं थीं, पर यहाँ से नीचे कूदना इसके लिए असम्भव था। पिंजरे में बन्द चूहे की तरह असहाय था। मूर्खों की तरह पकड़े जाने से तो खिड़की से जाने की कोशिश करना अच्छा है। झुककर खिड़की से नीचे तक का अन्दाज़ा लगाया। खिड़की के बहुत नीचे दीवार पर एक पाइप नीचे तक जाता था। उसे पकड़ने की कोशिश की जा सकती है। पहले बाथरूम की चिटकनी अन्दर से बन्द करनी होगी।

दरवाज़ा बन्द करने को था कि अन्दर से आवाज़ आयी। शीला सेन बड़ी तकलीफ़ से बात कर रही थीं। ज़रा इन्तज़ार किया फिर समझ गया कि पुलिस इस कमरे में नहीं आयी है। घर सर्च करते तो शीला सेन को इस तरह छोड़ न देते। तेज़ी से जाकर दरवाज़ा खोला। शीला सेन बिछौने पर बैठी हाँफ रही थीं। उनका मुँह अनिमेष की तरफ़ था।

"तुमने तो डरा ही दिया। आए तो पुलिस को भी साथ लेते आए।" शीला सेन की आवाज़ में मिठास नहीं थी।

"कोई और चारा नहीं था। वे हैं?"

"नहीं, डर की बात नहीं। निश्चिन्त होकर बैठो।"

अनिमेष ने चैन की साँस ली। मालूम नहीं उन्होंने किस तरह पुलिस को टाला। पर उस बीभत्स चेहरेवाली महिला के प्रति वह कृतज्ञ हो गया। सोफे पर बैठकर शीला सेन ने पूछा, "बताओ…क्या हुआ है…पुलिस क्यों पीछा कर रही है तुम्हारा?"

"बहुत लम्बी बात है।"

"वह तो समझ गयी। तुमने चोरी-डकैती की हो यह तो सोच भी नहीं सकती। पर उनकी बातें सुनकर लगा तुम बड़े ख़तरनाक आदमी हो। सुनकर मैं हँसे बिना नहीं रह सकी। नाक दबाने पर जिसका दूध बाहर निकलता हो उसे ख़तरनाक कह रहे थे।" हँसने की चेष्टा में वे और भी बीभत्स लग रही थीं।

"मैं बड़ा हो गया हूँ।"

"अच्छा…सच?"

उनके बोलने के तरीके से अनिमेष को बड़ा आनन्द आया। पहले उनकी सुन्दर शक्ल के साथ ऐसी रसिकतापूर्ण बात बड़ी बढ़िया लगती। पर अब आवाज़ वहीं रहने पर भी चेहरा विश्वासघात कर रहा था। इस समय निश्चय ही शीला सेन को वे बातें याद न होंगी। अनिमेष ने ऐसे प्रिटेंड किया मानो उनकी शक्ल का उसे ध्यान ही नहीं था।

"सच-सच बताओ अब! पुलिस क्यों तलाश कर रही है?"

"बताता हूँ। पर क्या कहकर उन्हें बिदा किया?"

"कहा…मेरे घर में कोई नहीं आया है। मैं बीमार हूँ, बिस्तर में पड़ी रहती हूँ। ख़ामख़्वाह मेरे यहाँ क्यों कोई आएगा? जो अफ़सर आया था, शायद कभी मेरा बड़ा ध्यान रखता था। इसलिए तुम्हारे बारे में सतर्क करके चला गया। हुआ क्या है?"

अनिमेष ने शीला सेन पर से नज़रें हटा लीं। इस महिला को किस तरह सारी बात बतायी जाएँ। वे कुछ समझ पाएँगी या नहीं इसका भी भरोसा नहीं।

पर बिना बताए यहाँ बैठना भी अच्छा नहीं लगता। फिर यह भी सोचा कि अगर साधारण मनुष्य को अपने उद्देश्य न समझा सके तो फिर…?

"मैं इस देश की राजनीतिक, सामाजिक व्यवस्था को स्वीकार नहीं कर पाता। हम अन्दर-ही-अन्दर सारे देश में विप्लव के लिए तैयार हो रहे हैं। आप समझ सकती हैं कि जो इस समय क्षमता-सम्पन्न हैं, वे जिस तरह हमारे शत्रु हैं, हम भी उनके दुश्मन हैं। हमें रोकने के लिए पुलिस हमारा पीछा कर रही है।" बात करते हुए अनिमेष सतर्कता से शीला सेन का चेहरा देख रहा था। पर उनकी प्रतिक्रिया का पता नहीं चला।

"तो अख़बार में तुम लोगों के बारे में ही लिखा है?"

"क्या लिखा है…?"

"मैंने नहीं पढ़ा…पढ़कर सुनाया गया है। जाने क्या बात…हाँ उग्रपंथी…तुम वही हो?"

"उग्रपंथी!" अनिमेष हँस पड़ा, "नहीं…कहना ठीक होगा सटीकपंथी।"

"पर देश को कैसे बदलोगे तुम?"

"इन लोगों के हाथ से अधिकार छीनकर।"

"मज़ाक़ कर रहे हो?"

"क्यों…?"

"इनके पास कितनी पुलिस है, मिलिटरी है। कितनी बन्दूकें। तुम लोग चाहे जितने दल बना लो इनसे टक्कर नहीं ले सकते। असम्भव! इनके विरुद्ध लड़ाई करना और आत्महत्या करना एक ही बात है।"

"किसी भी विप्लव से पहले सब यही सोचते हैं। परन्तु मनुष्य हृदय में यदि आग जलती हो तो बाहर की कोई शक्ति उसे बुझा नहीं सकती। जनता परिवर्तन चाहती है, वह होकर रहेगा।"

कुछ देर चुपचाप बैठी रहीं शीला सेन। फिर दबी आवाज़ में बोलीं, "इसके मायने है तुम अच्छा काम करना चाहते हो। अच्छा…करो।"

"आज आपने मेरा बड़ा उपकार किया है।"

"अनजाने में किया है। उसमें मेरा कोई कृतित्व नहीं है। ओ मा तब से सिर्फ़ बकबक कर रही हूँ पर–।" खाट के बराबर रखी घंटी दबाते ही अन्दर से आवाज़ आयी। वही औरत कमरे में आ खड़ी हुई।

"हाँ रे…तुझे अक्ल नहीं आयी? चाय ले आ।"

अनिमेष बोला, "नहीं…नहीं…कुछ खाऊँगा नहीं। रात बहुत हो गयी है अब चलता हूँ।"

"जाओगे…कहाँ जाओगे?"

"मायने…?"

"आज रात यहाँ से जाना ठीक नहीं। पुलिस सड़क पर सामने नहीं होगी यह कौन कह सकता है।"

"किन्तु।"

"अब किन्तु क्यों? अब होस्टल तो वापस जाना नहीं है। कहाँ रहते हो अब?"

"इतने दिन से होस्टल में ही था। आज रात से अनिश्चित।"

"तुम्हारे घरवाले जानते हैं?"

"मालूम नहीं।"

"तुम लोगों के तो चाय बागान थे।"

"थे नहीं, मेरे बाबा अब भी चाय बागान में काम करते हैं।"

"वे लोग तो कलकत्ता में नहीं हैं?"

"नहीं···।"

"फिर जाने के लिए क्यों छटपटा रहे हो? किसी को कुछ ख़बर देनी हो तो टेलीफ़ोन से दे दो।" खाट के दूसरी तरफ़ इशारा कर दिया शीला सेन ने।

टेलीफ़ोन अब तक निर्जीव था या लकड़ी के बक्स में बन्द होने के कारण अनिमेष को नज़र नहीं आया। अब नज़र आते ही तरह-तरह की बातें दिमाग़ में आने लगीं। कल अगर उत्तर बंगाल जाना ही है तो माधवी के साथ आज ही बात कर लेनी चाहिए। पर इतनी रात में उसके होस्टल जाकर मिलने की कोई सम्भावना नहीं है। शायद ज़रूरी कहने पर टेलीफ़ोन पर बुला दें। वह उठकर खाट का चक्कर लगाकर टेलीफ़ोन के पास जा खड़ा हुआ।

वहाँ रिंग हो रही थी। अनिमेष रिसीवर कान से लगाए शीला सेन की तरफ़ भी देखता था। सफ़ेद पत्थर को तोड़-फोड़कर मानो शक्ल बना दी गयी थी। मुँह, आँख, नाक स्पष्ट नहीं हो रहे हो—ऐसी छवि मन पर पड़ रही थी। अब वह निश्चिन्त था कि वे आँखों से देख नहीं पा रहीं या बहुत ही कम देख पा रही हैं।

"हैलो···।" उस तरफ़ से आवाज़ सुनाई दी। लगा, सुपर की आवाज़ है—ज़रा चिन्तित और विरक्त।

"कौन बोल रहे हैं?"

"मैं···अनिमेष मित्र! आपकी एक बोर्डर माधवीलता से बात करना चाहता हूँ।" अनिमेष ने नाम बताते हुए शीला सेन की तरफ़ देखा। नहीं, उस तरफ़ कोई कुतूहल दिखाई नहीं पड़ रहा।

"माफ़ कीजिए···इतनी रात में किसी को बुलाना सम्भव नहीं है। आप कल सवेरे सात बजे के बाद फ़ोन कीजिए। अच्छा···।" उस महिला का रूखा स्वर बन्द हो गया। वे शायद रिसीवर रखने को थीं कि अनिमेष ने जल्दी से अनुनय

किया, "सुनिए···प्लीज! जानता हूँ, इतनी रात गए टेलीफ़ोन करना उचित नहीं पर बाध्य होकर करना पड़ रहा है। बात बहुत ज़रूरी है। अगर अभी न बताई तो बड़ा नुक़सान हो जाएगा।"

कुछ पल ख़ामोशी रही फिर उस महिला ने पूछा, "अपना नाम फिर बताइए।"

"अनिमेष मित्र।"

"ज़रा होल्ड कीजिए।" उधर रिसीवर टेबल पर रखने की आवाज़ आयी। अनिमेष को दो-एक मिनट इन्तज़ार करना पड़ा। इधर कमरे में कोई आवाज़ नहीं थी। शीला सेन खाट पर उसी तरह बैठी रहीं। उधर से आवाज़ आयी, "देखिए! इतनी रात में मैं टेलीफ़ोन अटैंड नहीं करना चाहती। किन्तु उसके फार्म में आपका नाम है, इसलिए ज़रा होल्ड कीजिए उन्हें सूचना भेजती हूँ।"

चैन की साँस ली इसने। ख़ैर फन्दा तो कटा। पर औरत अज़ीब है। फॉर्म में वेरिफिकेशन करने के बाद बात करने की इजाज़त दी है।

तभी माधवी की आवाज़ सुनाई दी। बेचैनी से बोली, "हैलो।"

"मैं बोल रहा हूँ।" अनिमेष हँसा।

"क्या बात है?" माधवी को और भी ताज़्जुब हुआ।

"बहुत ज़रूरी था इसलिए फ़ोन करना पड़ा। कोई परेशानी तो नहीं हुई?"

"नहीं ठीक है···क्या हुआ?"

"मुझे नॉर्थ बंगाल जाना पड़ रहा है।"

"नॉर्थ बंगाल?"

"सम्भावना की बात कर रहा हूँ।"

"ओ···पर अभी।"

"मेरा कलकत्ते में रहने से ख़तरा है।"

"कहाँ से बोल रहे हो?"

अनिमेष ने शीला सेन की तरफ़ फिर नज़र डाली। प्रतिक्रिया दिखाई नहीं दी। अनिमेष ने जवाब दिया, "किसी के घर से। आज यहीं रहना होगा। बाहर पुलिस चक्कर लगा रही है।"

"कब जाओगे?"

"कल ही···।"

"जाने से पहले मिलना नहीं होगा?"

"पता नहीं···शायद न हो। मेरी चीज़ें तुम्हारे पास कोई पहुँचा देगा। रख लेना।"

"अच्छा···।"

"और सुनो! पुलिस तुमसे मेरे बारे में कुछ पूछताछ करे तो अस्वीकार कर

देना। वे जाएँगे ही यह नहीं कहता···फिर भी अगर जाएँ।''

''उसकी चिन्ता मत करना। पर इतनी जल्दी कैसे हो गया?''

''बस···हो गया···क्यों हो गया, मालूम नहीं।''

''मैं तुम्हारे पास आऊँ?''

''कब?''

''अभी।''

''इतनी रात में···?''

''इतनी रात नहीं हुई है···।''

''नहीं···अब आयीं तो पुलिस को तुम पर शक होगा। और होस्टल में रहना है तुम्हें।''

अचानक शीला सेन की आवाज़ सुनाई दी, ''उससे कल सुबह आने के लिए कह दो। फिर तुम्हारे लिए यहाँ से निकलना आसान हो जाएगा।''

अनिमेष ने चौंककर उनकी तरफ़ देखा। पता नहीं चला कि वे अब तक इसकी बातें सुन रही थीं या नहीं। टेलीफ़ोन पर वह किससे बात कर रहा था, न बताने पर अनुमान कर लिया?

उधर माधवी चुप हो गयी थी। अनिमेष बोला, ''तुम रिस्क ले सको तो जितनी जल्दी हो सके सवेरे-सवेरे आ जाओ।''

माधवीलता राजी हो गयी। अनिमेष ने शीला सेन के घर का पता इस तरह बताया कि रास्ते में किसी से पूछना न पड़े। टेलीफ़ोन रखकर सामने आते ही शीला सेन बोलीं, ''यहाँ आराम से बैठ जाओ।'' खाट के एक किनारे की तरफ़ इशारा कर दिया।

तभी क़दमों की आवाज़ हुई। देखा, एक ट्रे में ऑमलेट और चाय लिये वही औरत आ रही थी। छोटी-सी टेबल पर रखते ही शीला सेन बोलीं, ''खाने को लायी है? क्या दे रही है?''

''ऑमलेट।''

''सिर्फ़ ऑमलेट? थोड़ी सी मिठाई नहीं ला सकी?''

अनिमेष ने प्रतिवाद किया, ''आप इतनी परेशान क्यों हो रही हैं?''

''खा लो···।''

अनिमेष को ज़ोर की भूख लगी थी, इसलिए देर नहीं लगायी।

अनिमेष जब खा चुका तो शीला सेन ने हँसकर पूछा, ''लड़की कौन है?''

''मेरी सहपाठिनी।''

''ऊँ हुँ···।''

''तो···?''

''और ज़्यादा, बहुत ज़्यादा। वरना इतनी रात में वह आना न चाहती।''

अनिमेष कुछ नहीं बोला। चकित हो उनका कुरूप चेहरा देखता रहा। इस तरह शायद लड़कियाँ ही घूर सकती हैं।

शीला सेन फिर बोली, "तुम्हारी सब बातें उसे अच्छी तरह मालूम हैं?"

"बिलकुल।"

"फिर भी प्रेम करती है···?" अनिमेष को लम्बी साँस सुनाई दी। उनके चेहरे पर थोड़ी-सी झुर्रियाँ पड़ गयी थीं। कुछ देर तक दोनों में से कोई नहीं बोला। अन्त में अनिमेष से रहा नहीं गया। बड़ी नरमाई से पूछा, "आपकी यह हालत कैसे हो गयी?"

शीला सेन ने सिर उठाया, "कैसी हालत! बहुत ख़राब लग रही हूँ क्यों? सुना है, मुझे देखकर बहुतों को रात को नींद नहीं आती। तुम्हारे साथ भी ऐसा हो सकता है।"

"आप मेरी बात टाल रही हैं।"

फिर बड़ी थकी नज़र आयीं वे। धीरे से तकिए पर सिर रखकर लेट गयीं। फिर अचेतन-सी होकर बोलीं, "बराबरवाले कमरे में जो आदमी बैठा है तुमने देखा?"

अनिमेष को याद आया। बड़ा दुबला-सा आदमी एक क्षण को देखा था। चेहरा याद नहीं···ध्यान ही नहीं दिया था।

"हाँ···थे एक व्यक्ति···कौन हैं वे?"

"मेरे पति···पतिदेवता।"

"ओ···।"

"मेरे शरीर की यह हालत उनकी ही कीर्ति है।"

"यह क्या?" अनिमेष आतंकित हो उठा।

"चकित क्यों हो? उन्होंने मुझ पर एसिड की एक बोतल उँड़ेल दी थी, हाथ तक नहीं काँपे थे। अब भी आज़ादी से उस कमरे में पड़े दिन काट रहे हैं।"

"पर क्यों?"

"पुरुष जो हैं।"

"क्या कह रही हैं?"

"बुरा न मानना, तुम चाहते हो कि लड़कियाँ तुम लोगों के लिए प्राण देकर भी सबकुछ करें, पर उनसे ज़रा-सी गलती हो जाए तो सहन नहीं होती।"

"सबको एक जैसा मत सोचिए।"

"मैंने तो देखा नहीं···जो मुझे पैसे देते हैं, सिर्फ़ पैसे का रिश्ता जानते हैं, उन्हें भी अधिकार जमाते देखा है···घृणा हो गयी है।"

"फिर मुझे आश्रय क्यों दिया?"

वे चौंक पड़ीं, "तुम? क्या कह रहे हो?"

"मैं भी पुरुष हूँ।"

"हो तो पर, मेरे लिए छोटे भाई। जिस दिन टैक्सी में तुमसे मिली थी तभी न जाने मन कैसा सा कर रहा था। तुम्हें मैं पुरुष कैसे सोच सकती हूँ। जो सोचते हो—जिसे फ़ोन किया, उसकी हालत नहीं देखी।"

"आप जिसके बारे में कह रही हैं...मुझसे प्रेम करती है।"

"इसलिए तो मरण है। लड़कियों के लिए प्रेम से बढ़कर मरण कोई नहीं है भई। सबकुछ चला जा रहा है, जानकर भी अन्धों की तरह पड़ी रहती हैं।"

अनिमेष को यह बात अच्छी नहीं लगी। शरत्चन्द्रवाली ये बातें इस युग में पुरानी पड़ गयी हैं। आजकल की लड़कियाँ बड़ी स्वावलम्बी हो गयी हैं। पर इस बारे में शीला सेन से बहस करना बेकार था उसने प्रसंग बदलकर कहा, "वे नाराज़ क्यों रहते हैं?"

"जल में उतरो कोई नुक़सान नहीं। पर ख़बरदार केश गीले न हो।...अच्छा तुमने पहली बार मुझे देखा था तो बुरा नहीं लगा था?"

"बुरा...नहीं।"

"लज्जा क्यों कर रहे हो, सच बताओ। एक बंगाली लड़की किसी अपरिचित नीग्रो लड़के के साथ टैक्सी में लौटती है, हम लोगों के समाज में कभी हो सकता है? हाँ...अभाव के कारण घर से बाहर गयी थी। उनके ही दोस्त ट्रैवल एजेन्सी में नौकरी दिलवाने के लिए ले गए थे। खुद तो कभी नौकरी की नहीं, बिजनेस था। सबकुछ डूब गया तो मुझे अपने दोस्त के साथ भेज दिया। शक्ल के अलावा मुझमें कोई गुण नहीं था। वह आदमी छोड़ता क्यों? इसी शक्ल के सहारे पैसे मिलते थे। शुरू-शुरू में ज़रा-से स्पर्श, ज़रा-सी हँसी से काम बन जाता। पर हर चीज़ की हद होती है। लालच बड़ी बुरी बला है। एक बार सिर उठाते ही आकाश छूने की साध होती। मेरे इस फन्दे से बचने की बात भला लोग क्यों सुनते? शरीर देना पड़ा। सब जानते-बूझते 'नयका' बने बैठे रहे। रुपए बहने लगे। उन्होंने किसी भी दिन न तो पूछा, न निषेध किया। पर यह सब करते-करते मैं डूब गयी। एक के प्रेम में पड़ गयी। जानते-बूझते उसने मुझे स्वीकार कर लिया। उन दिनों मेरी पागल जैसी हालत हो गयी थी। एक बार प्रेम करने लगी तो किसी अन्य पंक में पड़ने की इच्छा नहीं हुई।"

शीला सेन हँस पड़ीं, "तुम्हारे जात भाई इतने दिन तक कुछ नहीं बोले। जैसे ही देखा कि मेरा मन बदल रहा है उन्होंने शासन शुरू कर दिया। तब मैं निषेध क्यों सुनती? उसकी परिणति तो आँखों से देख रहे हो।"

"यह तो ख़ून करने की चेष्टा है?"

"वही तो···।"

"पुलिस से कुछ नहीं कहतीं।"

"कहना चाहा था, मैंने ही नहीं करने दिया।"

"क्यों?"

"मेरे जीवन में इतनी गन्दगी फैली हुई है कि पुलिस मुझे ख़राब औरत के रूप में प्रचार करती। होश आया, इसी शक्ल के साथ वापस आयी तो केस खड़ा हो गया तब दिमाग ठंडा रखा। कोर्ट में सच बताकर उन्हें जेल भेज सकती थी। फिर मेरा क्या होता? इस हालत में जब सारी उम्र जीवित रहकर काटना है, आश्रय तो चाहिए। अपने हाथों कोई अपना सर्वनाश करता है?"

"इतना बड़ा अन्याय करके भी उन्हें दंड नहीं मिलेगा?"

"कौन कहता है, नहीं मिलेगा? केंचुए की तरह सिकुड़े-सिमटे पड़े रहते हैं हमेशा। अस्पताल में मेरे पाँव पकड़कर प्राणों की भिक्षा चाही थी। इस घर से उनका बाहर जाना निषिद्ध है। जानते हो, मज़ा क्या है, मेरे शरीर का घाव जैसे-जैसे सूखता जाता है, उनका शरीर भय से सूखने लगा। अब इज़ी चेयर और बाथरूम जाने-आने में उनके प्राण निकलते हैं।"

"आपकी दृष्टि-शक्ति···।"

"एक ही नहीं, दूसरी तरफ़ भी इतनी कम है कि देखने की इच्छा नहीं होती। आँखें बन्द रखती हूँ।"

"ऑपरेशन के बारे में नहीं सोचतीं?"

"शिशिर सब जानता है। मुझे कई बार ऑपरेशन टेबल पर जाकर लेटना पड़ा है। जाने क्या प्लास्टिक सर्जरी···। फिर आँखें।"

"शिशिर कौन?"

वे हँस पड़ीं, "तुम अब भी बच्चे हो। रूप नहीं, रहा एक बात है, पर ऐसी बीभत्स चेहरेवाली लड़की के पास जो पुरुष आता है, चिन्ता करता है, वह मेरा कौन हो सकता है? शिशिर के कारण ही तो उन्होंने एसिड फेंका था। मैं बहुत आपत्ति करती हूँ, पर शिशिर सुनता ही नहीं। काट-पीटकर मुझे फिर से सुन्दर बनाना चाहता है। कैसी ज्वाला है···सोचो।"

बात करने की भंगी में ऐसा प्यार था कि अनिमेष ज़ोर से हँस पड़ा।

शीला सेन ने पूछा, "क्या हुआ?"

"ज़रा देर पहले लड़कियों के बारे में कह रही थीं, ना कि प्रेम से बड़ा मरण उनके लिए कोई नहीं होता। देख रहा हूँ कोई-कोई लड़के भी–।"

मांस के लोथड़े-सा विकृत चेहरा! किन्तु शीला सेन की लज्जा अनिमेष की नज़रों से छिपी नहीं रही। वे दबी आवाज़ में बोलीं, "तभी तो मरण में इतना सुख है अनिमेष!"

पैंतीस

अनिमेष ने दक्षिणेश्वर स्टेशन से ट्रेन पकड़ी थी। गाड़ी दो-एक मिनट रुकी थी। अधिकांश कम्पार्टमेंट्स की खिड़कियाँ बन्द थीं। इस लाइन पर जो आते-जाते हैं—इस स्टेशन को लेकर आतंकित रहते हैं। लुटेरे इस लाइन पर डिब्बों में छिपे रहते हैं। ट्रेन चलते ही घड़ी-वड़ी छीन लेते हैं। अनिमेष को कोई दिखाई नहीं पड़ा था। बल्कि डिब्बे का दरवाज़ा खुला न होने से इसे चढ़ने में कष्ट हुआ था। भाग-दौड़कर जो दरवाज़ा सामने आया उसमें ही चढ़ गया। चलती हुई ट्रेन के दरवाज़े में खड़े देखते-देखते माधवीलता दूर होती गयी।

बालि ब्रिज पर ट्रेन के पहुँचते ही 'गुम गुम' की आवाज़ हुई। भारी बैग लेकर पलटकर खड़ा हुआ तो अनिमेष को गलती का अहसास हो गया। यह तीसरे दर्जे का डिब्बा नहीं था। मिलिटरी के लिए सुरक्षित कई बोगियाँ हर ट्रेन में होती हैं। यह उनमें से एक थी। डिब्बा खाली था। पाँचेक मिलिटरीमैन यूनिफार्म में लेटे या बैठे इसे देख रहे थे। मिलिटरीवालों के कम्पार्टमेंट में साधारण लोग नहीं चढ़ते—डर के मारे। ग़ैर-क़ानूनी तो है ही डर की एक और वजह भी होती है। पर ट्रेन पूरी रफ्तार से जा रही थी, वर्धमान से पहले कोई स्टॉप नहीं था। सारी रात शरीर ढँके-ढँके समय काट दिया अन्त में खुद ही पकड़ा गया—पेट में चिनचिनाहट शुरू हो गयी।

कई लोग उसकी तरफ़ देख रहे थे। नज़रों में सतर्कता और कुतूहल। अनिमेष ने हाथ जोड़कर नमस्कार करते हुए कहा "माफ़ करबेन आमि बूझते पारिनि एटा जेनरेल कम्पार्टमेंट नय) माफ़ कीजिए, मैं समझ नहीं पाया कि यह जनरल कम्पार्टमेंट नहीं है।"

उनमें से जिसके कन्धे पर रिबन लगे थे, उठकर बैठ गया, "हिन्दी में बोलिए।"

"मय हिन्दी आच्छा नेइ बोलने सकता···।"

"कोई फिकिर नहीं—ट्राई करो।"

"इये मिलिटरिके कम्पार्टमेंट हय हामन नेहि जानता था। आप लोक मुझे माफि कि दिजिये। नेक्सट स्टेशन में उतर जाऊँगा।"

"लुक बिफोर यू लीप। देखना चाहिए था।"

"आई एम सॉरी।"

"कहाँ जाना है?"

"सिलीगुड़ी।"

"टिकट ले लिया क्या?"

अनिमेष ने पॉकेट से टिकट निकालकर दिखाया।

"व्हाट्स योर प्रोफ़ेशन?"

"स्टूडेंट।"

"तो ठीक है, बैठ जाइए।" उसने हाथ से पासवाली खाली सीट दिखा दी।

अनिमेष को इतनी उम्मीद नहीं थी। बड़ी-बड़ी मूँछोंवाले आदमी को मन-ही-मन धन्यवाद देकर सीट पर बैग रखकर जल्दी से बैठ गया। ट्रेन तेजी से भाग रही थी। अनिमेष देख रहा था कि सबकी नज़रें इस पर टिकी हुई थीं।

"आप क्या पढ़ता है?"

"एम.ए.।"

"शाबाश! बहुत पढ़े-लिखे आदमी हैं आप। मैंने तो कॉलेज की शक्ल भी नहीं देखी। मैं त्रिलोक सिंह···आपका शुभ नाम?"

"अनिमेष मित्र।"

उसने अपने साथियों से अनिमेष का परिचय करा दिया। शेकहैंड के लिए खुरदरे हाथ आगे आए। कई मिलिटरीवालों का रूखापन दूर हो गया। कुछ ही देर में अनिमेष समझ गया कि वे लोग बड़े हँसमुख हैं, बातें करने में उस्ताद! भारतीय समर विभाग में ये लोग निचले पद पर काम करते थे। पर किसी तरह का कॉप्लेक्स नहीं था। 'मैं जवान हूँ देश रक्षा मेरा कर्तव्य है, हर एक में यही बोध था।' इतने दिन तक ये बातें अभ्यास जैसी लगती थीं। कोई कहता तो हँसी आती। पर अब इन मिलिटरीवालों के मुँह से वे बातें अस्वाभाविक नहीं लग रही थीं।

अनिमेष ने त्रिलोक सिंह से पूछा, "आपका देश पंजाब है।"

"नेहि जि हरियाना। गाँव का आदमी है हम।"

"कितने दिन से नौकरी कर रहे हैं?"

"बीस साल हो गए।"

"आपके गाँवों की हालत कैसी है?"

"गाँवों में जैसी होती है···ठीक है। हम तीन भाई हैं। मैं मिलिटरी में हूँ, एक दिल्ली में टैक्सी चलाता है और बड़ा भाई खेती का काम करता है। हमारे गाँव के हर परिवार का एक आदमी इंडियन आर्मी में है।"

"आपने ब्याह किया है?"

डिब्बे में हँसी का रोल उठा। हर एक के दाँत दिखाई पड़ रहे थे। त्रिलोक सिंह के बराबर वाला आदमी बोला, "अरे! शादी की क्या बात करते हो उसकी तो बेटी का भी ब्याह हो गया है। यही तो हमारे लिए समस्या है।"

अनिमेष हतवाक् हो गया। इस आदमी का स्वास्थ्य देखकर उम्र का अन्दाज़ा लगाना मुश्किल था। लड़की भी ब्याही जा चुकी है यह नहीं सोचा था। इसने

पूछा, "समस्या क्यों है?"

वे सब एक बार फिर खिलखिलाकर हँसे। त्रिलोक सिंह तो नहीं हँस रहा था, पर बार-बार 'नहीं' में सिर हिला रहा था।

"समस्या नहीं है! उसकी बेटी की उम्र पन्द्रह और जमाई की सत्ताईस। इधर इनकी जोरू की उम्र सिर्फ़ उनतीस! जमाई चाहता है सास कभी-कभी इसके घर जाकर रहे। वह क्या सम्भव है।"

त्रिलोक सिंह हाथ-पाँव नचाकर बोला, "ये सब बातें सुनना मत। बहुत बुरी बात है। मेरा जमाई ज़मीन का मनुष्य है—इंजीनियर। गाँव में अपना ट्रैक्टर चलाता है। मेरी बीवी को माता का सम्मान देता है।"

"ये किताबों की बातें हैं। मैं दस महीने घर से बाहर रहता हूँ। मेरी बीवी क्या कुछ करती है, जान सकता हूँ। उनतीस वर्ष की सास और सत्ताईस वर्ष का जमाई—कम्बिनेशन बड़ा ख़राब है।"

बात ख़त्म करते-न-करते त्रिलोक सिंह हाथ उठाकर उसकी तरफ़ गुस्से से देखने लगा। सब चिल्लाकर उसे छेड़ रहे थे, सिर्फ़ मज़ाक़ था। त्रिलोक भी जानता था। हँसता हुआ वापस आकर बैठ गया। फिर बोला, "बंगाल का यह क़ानून अच्छा नहीं है।"

"किस बात में?"

"यही कि तीस-चालीस साल तक तुम ब्याह नहीं करते। तीस साल की होने पर भी लड़की अकेली घूमती-फिरती है। बहुत ख़राब। अरे! यौवन तो आता है, पन्द्रह वर्ष की उम्र में। पन्द्रह से तीस वर्ष के अन्दर अगर उसे एंज्वॉय न किया जाए तो उसकी उम्र का क्या लाभ? पका हुआ केला खाने में अच्छा लगता है, पर ज़्यादा पकने पर कहीं स्वाद मिल सकता है?"

"ब्याह कैसे करे? खिलाये क्या?"

"परिश्रम करो! रोज़गार करो।"

"इस देश में परिश्रम करने पर भी अच्छा रोज़गार नहीं किया जा सकता।"

"क्यों?...मैं कर सकता हूँ तो तुम क्यों नहीं कर सकते? यही देखो, मेरा बड़ा भाई खेती-बाड़ी का काम देखता है। उससे जो फ़सल होती है पूरे वर्ष का खाना हो जाता है। मेरे और भाई के रुपयों से बाक़ी ख़र्च पूरा हो जाता है। अरे, बड़ा आदमी बनने की क्या ज़रूरत है। अच्छी तरह दिन कट जाएँ वही अच्छा है।"

"तुम लोगों की कोई समस्या नहीं है?"

"क्या समस्या?"

"जोतदारों पर अत्याचार, पोलिटिकल पार्टी की विश्वासघातकता, आमदनी से ज़्यादा ख़र्च, चारों तरफ़ धन्धाबाज़ लोग—पर लाचारी कुछ कर नहीं सकते—ये

समस्याएँ नहीं हैं?"

त्रिलोक सिंह ने ज़रा सोचा फिर बोला, "यह समस्या तो हर जगह होती है। किन्तु समस्या है, सोचकर, हाथ-पर-हाथ धरे बैठे रहो तो तुम्हारा ही दोष है। बंगाली काम नहीं करते, सिर्फ़ बातें करते हैं। पर मैं सुभाष बोस का नाम जानता हूँ। वे हिन्दुस्तान के शेर थे। हमारे ठाकुर दा' (दादाजी) ने उन्हें देखा था। दुनिया भर में उनको सम्मान कैसे मिला?"

"देखो···। बंगाल के लोग, स्वाधीनता के बाद डबल हो गए हैं। पानी की तरह लोग पाकिस्तान से आ गए हैं। खेती की सारी ज़मीन बड़े लोगों के कब्ज़े में है। चीज़ों के दाम आकाश छू रहे हैं। सारा दिन मेहनत करके किसी आदमी को जो रुपए मिलते हैं उससे अकेले का ही पेट नहीं भरता। यहाँ मुट्ठी-भर लोग आराम से रहते हैं। सरकार उनकी मदद करती है। मनुष्य के सामने जब कोई रास्ता नहीं रहता तभी दिशाहारा होता है। तुम नहीं जानते इसलिए ऐसा कहते हो।"

त्रिलोक सिंह अनिमेष की बात मानना नहीं चाहता था। अनिमेष देख रहा था कि देश की सरकार के विरुद्ध इन लोगों का विरूप मनोभाव नहीं है। इसे ध्यान आया, न जाने कहाँ पढ़ा था कि भारत सरकार विभिन्न प्रदेशों के साथ एक-सा व्यवहार नहीं करती। पश्चिमी पाकिस्तान से जो लोग निकाले जाने पर यहाँ आ गए हैं। इस देश में उनकी बहुत सहायता की गयी है। इस देश में क्षति की पूर्ति, कम कीमत पर ज़मीन पाकर वे निश्चिन्त हो गए हैं। किन्तु पूर्वी बंगाल से आए हुए लोगों के लिए इसका अणुमात्र भी ख़र्च नहीं किया गया। सरकार की चेष्टा से पंजाब-हरियाणा के भूमिहारों की प्रभूत उन्नति हो गयी है, उस प्रान्त के लोग सोच भी नहीं सकते। भारत के समर विभाग में सिख रेजिमेंट है, पर बंगाली रेजिमेंट नहीं है। इसलिए त्रिलोक सिंह इस देश की समस्या नहीं समझ सकता। आश्चर्य! हम एक ही देश के वासी हैं! विप्लव के बारे में निश्चय ही इन्हें छोड़ा नहीं जाएगा।

अनिमेष को सहसा लगा कि त्रिलोक सिंह और उसके साथी राजनीति को छोड़कर बात कर रहे हैं। इस बारे में उनका मनोभाव सतर्क है। भारतीय सामरिक विभाग की नौकरी की प्रमुख शर्त होती है, किसी भी तरह के राजनीतिक क्रियाकलाप के साथ नहीं रहना है। राजनीतिक विषय पर मतामत व्यक्त करना भी अपराध है। इसलिए ये लोग इस विषय को जान-बूझकर छोड़ेंगे ही। अनिमेष अगर इस बारे में ज़्यादा बात करेगा तो शायद अभद्र व्यवहार करने पर उतर आएँ।

वर्धमान स्टेशन पर गाड़ी रुकते ही अनिमेष खड़ा हो गया। बाहर से यात्री ट्रेन में चढ़ने के लिए भाग-दौड़ रहे थे। दो-तीन जन इस डिब्बे के दरवाज़े पर

आकर झाँककर डर के मारे चले गए थे। इस देश में मिलिटरी से अब भी बहुत डर फैला हुआ है। अनिमेष के बैग पर हाथ रखते ही वे 'हाँ-हाँ' कर उठे, "अरे कहाँ जा रहे हो?"

"ये आप लोगों का डिब्बा है, मैं वर्धमान पर उतर जाऊँगा कह चुका हूँ।"

"हाँ, कहा था, पर जाना कहाँ है?"

"सिलीगुड़ी।"

"फिर यहाँ क्यों उतर रहे हो। बैठो! अब तुम हमारे दोस्त हो गए हो। यहीं आराम करो।"

अनिमेष ने चैन की साँस ली। बाहर जैसी भीड़ थी किसी दूसरे डिब्बे में जगह मिलेगी इसमें सन्देह था। इसके अलावा मिलिटरी का यह कम्पार्टमेंट स्वर्ग से भी ज़्यादा निरापद था। पुलिस का कोई सिपाही अगर ट्रेन में हो भी तो उसे ज़रा भी शक नहीं होगा कि कोई उग्रपंथी मिलिटरी के कम्पार्टमेंट में जा रहा है। दोपहर का खाना भी उन्होंने ज़ोर देकर खिलाया था—रोटी और सब्ज़ी। वे लोग उस मामूली भोजन को बड़ी निष्ठापूर्वक खाकर तृप्त हो गए थे। अनिमेष मन से नहीं खा सका था, इस तरह के खाने का वह आदी नहीं था। वास्तव में वे जो इतने कम से सन्तुष्ट हो सकते हैं स्वयं देखे बिना विश्वास करना मुश्किल है। हम लोगों के घरों में इस तरह का खाना परोसा जाता तो सारा परिवार विद्रोह कर उठता। पर ये लोग 'आओ जी, खाना खा लेओ' कहकर ऐसा भाव प्रकट करते मानो ब्याहवाले घर में भोज खाने के लिए पुकार रहे हों।

अनिमेष खिड़की से दोपहर को वर्धमान जिला देखने लगा। गुसकरा, बोलपुर—। अगले महीने बोलपुर आना है। ज़मीन का रंग बदल जाता है। वर्धमान से वीरभूम। अगले महीने माधवीलता यहाँ आएगी। बोलपुर नहीं, वह आएगी वर्धमान स्टेशन पर। आकर इसका इन्तज़ार करेगी। अनिमेष भी बोलपुर नहीं उतरेगा। वर्धमान पहुँचकर उससे मिलेगा।

कल रात अनिमेष को बिलकुल नींद नहीं आयी थी। शीला सेन के बाहरवाले कमरे में इसका बिस्तर बिछाया गया था। रात का खाना भी शीला सेन के साथ खाया था। एक रात उसी बाड़ी में रहा पर उस सज्जन से कोई बात नहीं हुई। ख़ाना ख़त्म होने के बाद सोने जाने के समय बीचवाले कमरे में उन्हें देखा था। इज़ी चेयर पर लेटे थे, हाथ आँखों पर रखे थे। अनिमेष आया है, इतनी देर तक उनकी पत्नी के साथ बात करता रहा है और रात को भी इसी घर में रहेगा—इस सम्बन्ध में उन्होंने सामान्य-सा आग्रह भी नहीं दिखाया। अनिमेष को लगा कि पत्थर का एक पुतला इज़ी चेयर पर रख दिया गया है। पर उसी पुतले

ने शीला सेन के शरीर पर एसिड फेंका है—सोचते ही शरीर उत्तप्त हो जाता। शरीर बेचकर पैसा लाने के लिए भेजा जाता था, किन्तु जहाँ बिना मूल्य के मन दे दिया तो सहन नहीं हुआ। उस आदमी को अगर बेधड़क पीट सकता तो इसे ख़ुशी होती।

अपरिचित बिछौना दिन भर की उत्तेजना और बेचैनी से क्लान्त होने के कारण नींद नहीं आयी। सारी रात करवटें बदलता रहा था। आधी रात को कहीं आवाज़ होती तो चौंक उठता। बचपन के दिनों में छोटे काका की तलाश में रात को पुलिस ने इनके घर पर छापा मारा था। वही दृश्य बार-बार आँखों में तैर जाता।

अनिमेष को मालूम नहीं, रात के पिछले पहर कब सो गया। आँखें खुलीं तो माधवीलता सामने खड़ी थी। माधवीलता? ताज्जुब इतना था कि कुछ देर तो बोल ही नहीं पाया। माधवी हँस पड़ी, "कैसे हो?"

अनिमेष झट से उठ बैठा। दरवाज़ा बन्द था। बिस्तर के पास एक चेयर पर बैठी माधवी उसे देख रही थी। गरदन घुमाकर खिड़की देखी अभी धूप नहीं हुई थी। कलकत्ता की भोर बड़ी सुहावनी होती है वह सुहानापन अभी आकाश पर ही था।

"कब आयीं?"

"दसेक मिनट हुए।"

"बजा क्या है।"

"छह···।"

"दरवाज़ा किसने खोला।"

"वाह तुम एकदम कुम्भकर्ण की तरह सो रहे थे। कई बार खटखटाने पर बहुत ही कमज़ोर-से सज्जन ने दरवाज़ा खोलकर पूछा, किससे मिलना है···तुम्हारा नाम बताते ही तुम्हें दिखाकर वे अन्दर चले गए। तब से यहाँ बैठी हूँ। इसी कमरे में थे, पर सुन नहीं सके···दूसरे आदमी ने दरवाज़ा खोला?"

अनिमेष लज्जित होकर बोला, "रात के पिछले पहर नींद आयी थी—किन्तु इतनी सवेरे यहाँ कैसे आ सकीं?"

"पाँवों से चलकर···घूमते-घूमते चली आयी।"

अनिमेष ने माधवी के मुँह पर भरपूर नज़र डाली। कहीं मालिन्य नहीं, क्लान्ति का चिह्न भी नहीं। उसके पाँव के पास सुन्दर सा बैग पड़ा था। बैग भारी था।

"वह क्या है?" अनिमेष ने इशारा किया।

"तुम्हारी चीज़ें हैं, बैग बेशक मेरा है। ट्रंक लेकर तो चला नहीं जाएगा। उसे मेरे पास रहने दो। गुज़ारे लायक चीज़ें इसमें रख दी हैं।"

"तुम्हारे पास वे लोग गए थे?"

"हाँ"कल रात सब चीज़ें मुझे दे आए थे।"

"मुझे आज ही सिलीगुड़ी जाना होगा।"

"जानती हूँ"यह घर किसका है?"

"मेरी एक परिचित महिला का। शायद तुम्हें कभी बताया नहीं। अब एसिड फेंकने से विकृत हो गयी हैं, पर कभी बड़ी सुन्दर थीं।" किस परिस्थिति में इसे यहाँ आना पड़ा अनिमेष ने माधवी को संक्षेप में बता दिया। कल रात शीला सेन ने इसको जो सहारा दिया था इसकी उम्मीद नहीं थी। माधवीलता गाल पर हाथ रखे सब बातें सुन रही थी। अनिमेष चुप हो गया। बोली, "कल जब तुमने फोन किया मैं सोच भी नहीं सकी कि इतना सब कांड हो गया है। तुम्हारा टेलीफोन रखकर वापस लौट रही थी तभी दरबान आकर चीज़ें दे गया। साथ में एक चिट्ठी थी।"

"चिट्ठी"किसकी चिट्ठी?"

"चिट्ठी भी नहीं"जस्ट ऐन इन्फॉरमेशन! सिलीगुड़ी स्टेशन के पाड़े में जाकर अनन्त भंडार के दूसरी तरफ़ बारीन सरकार के साथ तुम्हें मिलना है—यही।"

"काग़ज़ देखूँ?"

"मैंने जला दिया।"

"क्यों"?"

"वाह! काग़ज़-कलम का वह प्रमाण रहना क्या ठीक है?"

अनिमेष ने उसे नज़र भरकर देखा। ऐसा सुश्री मुँह अब तक इसे दिखाई नहीं पड़ा था। अगर मन होता तो यह लड़की किसी मैडलवाले की पत्नी हो सकती थी, पर...। अनिमेष की साँस भारी लग रही थी। कभी-कभी खुद को अपराधी समझता। प्रेम करनेवाली लड़कियाँ इस तरह वैरागी हो जाती हैं। माधवीलता का मुँह स्पर्श करने की बड़ी इच्छा हो रही थी। हाथ के घेरे में लेकर उस शक्ति का आह्वान करता। उसने खुद पर क़ाबू पाया। प्रसंग बदलकर पूछा, "तुम्हें तो स्कूल जाना होगा।"

"आज नहीं जाऊँगी।"

"क्यों"?"

"पढ़ा नहीं पाऊँगी।"

अनिमेष लड़खड़ा गया। तभी क़दमों की चाप सुनकर चैन आ गया। हाथ-पाँव से रास्ता टटोलती हुई शीला सेन दरवाज़े में आ खड़ी हुईं। अनिमेष खड़ा हो गया, "अरे"आइए, आइए। इतना कष्ट उठाकर आप इतनी दूर क्यों आयीं? मैं आ जाता।"

"क्यों"मैं तो भई सारे घर में घूमती-फिरती हूँ। तुम्हारी दोस्त आयी है,

सुना···।"

शीला सेन का पूरा शरीर ढीले-ढाले (क्लोक) टाइप से ढँका हुआ था। सिर पर काला रूमाल, आँखों पर रंगीन चश्मा। इतनी सवेरे देखकर भी उन्हें सहना मुश्किल था।

अनिमेष बोला, "हाँ···इनका नाम माधवीलता है और ये शीला सेन।"

शीला सेन बोली, "वाह! बड़ा पुराना नाम है—माधवीलता। सुनते ही लगता है कि बड़ी शान्त है। बड़ी सुन्दर है···है ना?"

अनिमेष ने देखा माधवी होंठ भींचकर हँसी रोक रही थी। बोला, "हाँ बड़ी सुन्दर है···सड़क पर चलना मुश्किल हो जाता है।"

माधवी ने प्रतिवाद किया, "जाओ···विश्वास मत कीजिए। मैं तो बिलकुल सुन्दर नहीं हूँ।"

अनिमेष ने कहा, "बैठिए···।"

माधवी ने आगे जाकर हाथ पकड़कर सोफ़े पर बैठा दिया। अनिमेष ने देखा, माधवी बड़े आराम से उनके पास जा बैठी थी। उनके विकृत चेहरे को लेकर उसमें कोई मानसिक प्रतिक्रिया दिखाई नहीं दी।

शीला सेन बोलीं, "तुम बाथरूम जाओगे अनिमेष? कमरे के अन्दर जाकर दायीं तरफ़ बाथरूम मिलेगा।"

अनिमेष को ज़रूरत भी थी। टूथब्रश, टूथपेस्ट नहीं था। ध्यान आया कि माधवीलता इसका बैग ले आयी है। आगे बढ़कर बैग उठाने को हुआ कि माधवी ने पूछा, "क्या खोज रहे हो?"

"ब्रश···पेस्ट।"

शीला सेन बोलीं, "सामने टाइल (खाप) पर रखा है। तुम्हारे लिए नया ब्रश निकालकर बाथरूम में रख दिया है, पेस्ट, तौलिया वहीं मिलेगा। अपनी चीज़ें निकालने की ज़रूरत नहीं।"

अनिमेष बोला, "यह क्या। जब मेरी चीज़ें मिल गयी हैं तो ख़ामख़्वाह नया ब्रश नष्ट करने की क्या ज़रूरत है।"

शीला सेन ने कहा, "वह तो कहोगे ही भाई। जब अपनी चीज़ें मिल गयीं तो मेरी वाली पर मन क्यों आएगा।" इशारा इतना सीधा था कि माधवीलता ने मुँह फेर लिया और अनिमेष का मुँह लाल हो गया। शीला सेन ने ज़रा समय दिया। इस समय उनकी आवाज़ दूसरी तरह की लगी, "कह रहे हो नष्ट क्यों होगा। ब्रश उठाकर रख दूँगी कि कभी तुम यहाँ फिर आओ तो इस्तेमाल कर लो। मेरे भाई की यादगार ही सही।"

इस समय प्रायः अन्धी इस महिला के सामने खड़े होने की हिम्मत अनिमेष में नहीं थी। वह जल्दी से कमरे में चला गया। दायीं तरफ़ का दरवाज़ा बन्द

था। इसने पलटकर बायीं तरफ़ देखा। इज़ी चेयर खाली थी। एक तरफ़ खाट थी। वह भी खाली थी। यानी मिस्टर सेन बाथरूम में अभी घुसे हैं। बड़ा विचित्र आदमी है। केंचुए की तरह रहता है मकान में। कल रात से उसके अस्तित्व का पता ही नहीं चला था। कुछ देर खड़े रहकर अनिमेष वापस आने लगा कि दरवाज़ा खुल गया। लिकलिके दुर्बल शरीर पर लुंगी की तरह पहनी हुई धोती, भीगा हुआ कुरता हाथ में पकड़े सिर झुकाए वे बाहर आए। अनिमेष की तरफ़ ताज़्जुब से देखकर रास्ते से हटकर खड़े हो गए। अनिमेष चुपचाप बाथरूम में चला गया। इसके साथ वे बात न करें खुद तो बात करेगा नहीं। चौबच्चे में पानी देखकर नहाने का मन हुआ। आज सारा दिन नहाने का मौक़ा ही न मिले शायद। पानी ज़रा ठंडा था। कलकत्ता में नवम्बर में सर्दी नहीं होती। नहा-धोकर बाहर निकलते हुए देखा कि पानी निकलनेवाली झाँझरी के पास कुछ पड़ा था। कुतूहल से झुककर देखा सोने की ज़ंजीर थी। जाली लगे रहने के कारण नर्दमा में नहीं गया। हाथ में उठाकर देखा ज़ंजीर के अन्दर लॉकेट। इसमें शक नहीं था कि जंज़ीर सोने की थी। पिछली तरफ़ सुन्दर अक्षरों में लिखा था 'विश्वनाथ सेन'। शीला सेन के पति के हाथों में पड़ गया यह? अनिमेष का मन हुआ कि नर्दमा में फेंक दे। उन सज्जन को कोई हक नहीं कि रोगमुक्त करने के लिए इसके द्वारा देवता पर निर्भर करे। जिस व्यक्ति ने ऐसा अपराध किया है उसे जीवित रहने का कोई अधिकार नहीं है। अन्त में उसे पॉकेट में रखकर वह बाहर आ गया। निकलकर देखा कि केंचुए जैसा वह आदमी अधीर होकर दरवाज़े के बाहर खड़ा है। इसके निकलते ही वह अन्दर भागा। अनिमेष घूमकर खड़ा हो गया। वह आदमी पागलों की तरह बाथरूम में ढूँढ़ रहा था। अन्त में उसने आवाज़ दी, "सुनिए।"

फिर सिकुड़ गया वह। अनिमेष की तरफ़ डरते-डरते देखा। पॉकेट से ज़ंजीर निकालकर उसके मुँह के सामने झुलाने लगा। बुलेट की तरह वह आया और छीनकर चला गया पासवाले दरवाज़े से। लेते हुए कैसा बीभत्स हो गया था उसका चेहरा। अनिमेष को लगा कि वह घायल शंखचूड़ जैसा लग रहा था। ऐसे चेहरेवाला कोई पापकर्म का नाटक कर सकता है। बाथरूम से जब वह निकला था, कैसा निरीह लग रहा था। अनिमेष परेशान-सा कमरे में आया। देखा, शीला सेन के साथ माधवीलता की दोस्ती हो गयी थी।

टेबल पर टीकोज़ी से ढँकी चाय रखी थी। मक्खन लगे टोस्ट पर माधवी ने चीनी बुरक दी थी। शीला सेन ने पूछा, "तुम स्नान ही कर आए?"

"हाँ...पता नहीं फिर मौक़ा मिले या न मिले।"

"ट्रेन कितने बजे है?"

"नौ पैंतीस पर।"

"अभी सवेरे?"

"हाँ।"

माधवी ने चाय का कप आगे बढ़ा दिया। फिर शीला सेन के हाथ पर कप रखकर बोली, "अच्छा है, तुम इसी समय चले जाओ।"

शीला सेन बोलीं, "यह क्या, अभी सात भी नहीं बजे हैं।"

"मुझे लगता है, दक्षिणेश्वर से ट्रेन पकड़ना ठीक होगा। सियालदह स्टेशन निरापद न भी हो।"

यही फ़ैसला हुआ। अभी सवेरा था। यहाँ से चौंतीस नम्बर बस पकड़कर दक्षिणेश्वर चले जाएँगे। वहाँ से अनिमेष ट्रेन में चढ़ जाएगा। हाथ में काफ़ी वक़्त है, जल्दी करने की ज़रूरत नहीं।

इनको विदा देने के समय शीला सेन एक भी बात नहीं कर पायी। सिर्फ़ माधवी का हाथ पकड़कर कुछ देर खड़ी रही। अन्त में फुसफुसाकर बोली, "सावधान रहना। उसकी ख़ातिर तुम्हारा सावधान रहना ज़रूरी है।"

यही बात बोझ बन गयी। वे चुपचाप विवेकानन्द रोड तक पैदल आए। अनिमेष सतर्क था। कोई सन्देहजनक व्यक्ति दिखाई नहीं पड़ा। बड़े रास्ते पर आते ही माधवी ने एक खाली टैक्सी पकड़ ली। अनिमेष ने प्रतिवाद किया, "समय है...बस में जा सकते हैं।"

माधवी ने एक न सुनी। टैक्सी में बैठकर बोली, "तुम जा रहे हो। ज़रा देर तुम्हारे नज़दीक बैठ जाऊँ। बस में हज़ारों लोगों की नज़रें होंगी।"

विवेकानन्द रोड से दक्षिणेश्वर पहुँचने में सिर्फ़ आधा घंटा लगा। इस बीच उन्होंने एक भी बात नहीं की। माधवी उसके पास बैठकर चुपचाप एक हाथ मुट्ठी में पकड़े रही। टैक्सी से उतरने से पहले अनिमेष ने कहा था, "तुम्हें बड़ा कष्ट हो रहा है ना?"

माधवी ने 'नहीं' में सिर हिलाया था।

दक्षिणेश्वर स्टेशन के खाली प्लेटफ़ॉर्म पर इन्तज़ार करना पड़ा। तभी निश्चय किया था कि अगले महीने पौष के मेलेवाले दिन वर्धमान स्टेशन से इसी ट्रेन में अनिमेष वापस आएगा। माधवीलता प्रतीक्षा करे। वहाँ से दोनों साथ बोलपुर जाएँगे।

ट्रेन में चढ़ने से पहले टिकट खरीदकर प्रायः निःसम्बल अनिमेष की पॉकेट में माधवीलता ने ज़बरदस्ती दो सौ रुपए डाल दिए थे। बोली थी, "मैं किसके लिए नौकरी कर रही हूँ...तुम्हें ज़रा भी लज्जा नहीं आती। सुनो! जाकर चिट्ठी भेजना। तुम्हारी चिट्ठी न मिली तो कलकत्ता में रह नहीं पाऊँगी। देखना, वहीं पहुँच जाऊँगी।"

अनिमेष राजाओं की तरह सिलीगुड़ी पहुँच गया। पाँच सैनिकों ने दोस्तों

की तरह इसकी देखभाल की। शाम को सिलीगुड़ी स्टेशन पर पाड़े के अनन्त भंडार के सामने बाड़ी का दरवाज़ा खोले लम्बे बाल, मैला कुरता, एक हाथ ज़रा सा कटा हुआ, एक सज्जन ने इसका स्वागत किया। "आप अनिमेष मित्र! मेरा नाम बारीन सरकार है। अन्दर आइए, आपका इन्तज़ार कर रहा था।"

छत्तीस

अनिमेष को बारीन अच्छा लगा। ज़रा लापरवाह टाइप, काम का नशा दिमाग़ में रहने से समय पर नहीं रहता। विवेकानन्द मार्केट में उसका छोटा सा स्टाल है। स्टाल सिलीगुड़ी में बहुत मशहूर है। वहाँ बैठकर एक हाथ से साइनबोर्ड लिखने से शुरू करके लिट्ल मैगज़ीन का कवर बनाते रहते हैं बारीन घोष। इतना रुपया-पैसा मिलता भी है इसमें शक है क्योंकि उनकी पोशाक बड़ी मैली, दाढ़ी बढ़ी हुई और परिवार में केवल माँ है—कोई क़ीमती सामान भी नहीं है।

इनसे मिलकर पाँच मिनट ही में अनिमेष उन्हें पसन्द करने लगा। बातचीत में कोई रख-रखाव नहीं। ऐसी स्पष्ट आत्मीयता है कि दूर रहने की इच्छा नहीं होती। बारीन की माँ बड़ी शान्त हैं। बोलीं, "खाने में शायद असुविधा होगी। मैं मांस, मछली आदि नहीं पकाती।"

सुनते ही हेमलता की शक्ल मन में उभर आयी। सिर्फ़ पैंतालीस मिनट की दूरी पर हेमलता और सरित्शेखर रहते हैं। हेमलता को भी मांस मछली पकाने राँधने में आपत्ति थी। बारीन के घर में अनिमेष को बड़ा चैन मिला।

दोपहर ढलने पर अनिमेष बारीन के साथ बाहर निकला। पायजामा-कुरता काफ़ी मैला था। कन्धे पर झोला। बारीन रास्ता घाट से उसका परिचय करा रहा था। सिलीगुड़ी जाने-आनेवाले रास्ते पर अनिमेष ठहरा था। आज अच्छी तरह देखा था। जन बहुल शहर। व्यापार में जलपाइगुड़ी से बहुत आगे निकल गया है। कलकत्ता को छोड़कर विभिन्न जातियों के मनुष्य शायद बंगाल में और कहीं नहीं मिलेंगे।

सवेरे मिलने के बाद बारीन ने बहुत सी बातें बतायीं। पर अनिमेष जिस लिए आया था उसका उल्लेख नहीं किया। बारीन की आयु का अनुमान लगाना मुश्किल है। यद्यपि दाढ़ी सफ़ेद हो गयी थी, पर लगता नहीं पचास से ज़्यादा के हो चुके हैं। पर आज अनिमेष को मालूम हुआ कि स्वाधीनता से बहुत पहले बारीन अविभक्त कम्युनिस्ट पार्टी के सदस्य थे। पार्टी जब ग़ैरकानूनी घोषित कर दी गयी तब बहुत दिनों तक भागते फिरे। अनिमेष के मन में एक बार आया कि छोटे काका प्रियतोष के बारे में बारीन से पूछे किन्तु कुछ सोचकर अपने

को संयत कर लिया। प्रियतोष आज जहाँ घूमते हैं उनमें और बारीन में आकाश-पाताल का अन्तर है। जब वह खुद अपने काका को श्रद्धा की दृष्टि से नहीं देखता तो बारीन तो नहीं ही देखेंगे। इसलिए उनकी बात उठाने का क्या लाभ? इन कुछ ही घंटों में बारीन से मिलकर इसे लगा कि ये सज्जन बड़े निरासक्त (उदासीन) टाइप हैं। कोई बात इन्हें प्रभावित नहीं करती। किसी के विरुद्ध इनका अभियोग नहीं है। ऐसे किसी दूसरे उदासीन व्यक्ति से इसका परिचय पहले कभी नहीं हुआ था।

बारीन के स्टाल पर बैठने के लिए कुछेक मूढ़ों के अलावा कुछ नहीं है। स्टाल खुला हुआ था। एक छोटा सा लड़का टीन बिछाए रंग कर रहा था। बारीन को देखकर बोला, "सवेरे से तीन आदमी ढूँढ़ते हुए कई बार आ चुके हैं।"

"कौन?" दूकान में बैग रखकर अनिमेष की तरफ़ एक मूढ़ा सरका दिया।

"नाम नहीं मालूम। शक्ल देखी है।"

"उनका नाम नहीं जानता सिर्फ़ आँखों से देखा है।" बारीन हँसे, "यहाँ जो आते-जाते रहते हैं उनमें से कोई?"

"यहाँ आते एक को देखा है।"

"जिसे गरज़ होगी ज़रूर आएगा। आइए…आराम से बैठें। यह है हमारा व्यवसाय केन्द्र। लोग बेशक 'अड्डा' कहते हैं। निन्दा करनेवाले वे लोग कितनी बातें करते हैं।" बारीन मूढ़े पर बैठकर हँस पड़े। अनिमेष ने घुसते हुए यह इलाका देखा था। चारों तरफ़ बड़ी-बड़ी दूकानें—पायजामे-कुरतों की ज़्यादा। ज़ाहिर था हर एक का व्यवसाय ख़ूब चलता है। इन सबके बीच बारीन की दूकान जँचती नहीं। कुछ साइनबोर्ड और टीन के टुकड़े, रंग करने की चीजें, चारों तरफ़ बिखरी रहती हैं। कुल मिलाकर दो सौ रुपए की सम्पत्ति भी नहीं होगी। अनिमेष को यह सब नोट करते देखकर बारीन बोला, "क्या? मेरी दूकान का चेहरा देख रहे हो? वह भी मेरे जैसी है। बाज़ार में कब अठन्नी हाथ पर रखकर खाती है, पता नहीं चलता। किराया कुल मिलाकर पिच्छत्तर। छोड़ दूँ, तो दस-बारह हज़ार दक्षिणा में मिल जाएँगे। फिर सिलीगुड़ी के लेखकों का अड्डा मारने की जगह नहीं जुटेगी। यहाँ तो भई कॉफी हाउस है नहीं।"

"किराया तो बाक़ी नहीं है?" अनिमेष मज़ाक़ करने का लोभ नहीं रोक सका।

"था…सबने चन्दा करके दे दिया। यह दूकान का कर्मचारी। महीने के बीस रुपया लेते हैं। काम सीखने के आग्रह के कारण टिके हुए हैं। उनमें शिल्पी होने का प्रबल आग्रह है। कानू! दो कप चाय पिलाएगा?" बारीन ने पॉकेट से अठन्नी निकालकर लड़के के सामने रख दी। काम में व्यवधान होने से लड़का ज़रा विरक्त हो गया था। किन्तु ब्रश सँभालकर एक तरफ़ रखकर पैसे उठा लिये।

जाने से पहले बोला, "कल सवेरे साइनबोर्ड डिलीवर न हुआ तो रुपए नहीं देंगे कहा है। ध्यान रहे।"

"कल सवेरे क्यों आज शाम को ही ले जा सकते हैं। तूने सारा कर डाला है।"

बारीन हँसे। अनिमेष ने देखा टीन के टुकड़े पर सिर्फ़ एक ही रंग पतला करके फेर दिया गया था। उस पर अभी कुछ लिखा नहीं गया था। लड़के के जाने के बाद इसने पूछा, "पर आपने अभी तक मुझे कोई बात नहीं बतायी।"

"क्या बात?" बारीन ने ताका।

"मैं किसलिए आया हूँ यह तो आप जानते हैं।"

"हो जाएगा···इतनी जल्दी क्या है?"

"एक दिन नष्ट करने का क्या लाभ?"

"नष्ट होगा यह क्यों सोचते हो? यही जो तुमसे परिचित हो गया, बात कर रहा हूँ, यह भी तो एक तरह का फ़ायदा है। यही जो कवि लोग आ गए हैं, वक़्त मिलते ही मैं उस बारे में बात करूँगा···क्यों?"

शाम को अनिमेष को लगा कि सचमुच बारीन में सहनशक्ति है। जो एक बार आ जाता है, वहाँ से हिलने का नाम नहीं लेता। कोई कविता लिखता है, कोई कहानी, कोई नाटक करता है। संसार के सारे विषयों पर वे बराबर बक-बक करते रहते हैं। किसी भी विषय पर ज़्यादा देर अटके नहीं रहते और इतनी जल्दी प्रसंग बदल लेते हैं कि पहलेवाले विषय पर बात करने का क्या प्रयोजन था वह समझ नहीं आता। अनिमेष ने एक चीज़ का अनुभव किया। अस्टैब्लिशमेंट के ख़िलाफ़ इनका विद्रोह बड़ा प्रचंड है। जो सारे लेखक बड़ी-बड़ी पत्रिकाओं में लिखते हैं वे इस बीच बिक चुके हैं। उनसे कुछ 'नए' की उम्मीद करना ग़लत होगा। बारीन चुपचाप इनकी बातें सुनता रहा था। अचानक बड़ी नरमाई से पूछा, "उन सब पत्रिकाओं के लिए जो नहीं लिखते ऐसे किसी महान् लेखक का नाम आपको मालूम है?"

विभिन्न लोगों के मुँह से दो-तीन नाम निकले। अनिमेष ने इनमें से किसी की रचना अब तक नहीं पढ़ी थी। बारीन कुछ क्षण देखते रहे फिर रुक-रुक कर बोले, "प्रतिवाद का मतलब अन्धा होना नहीं है। बल्कि उदारता ही असली भित्ति है। जो योग्य हैं उन्हें स्वीकार करना ही स्वस्थ दृष्टिकोण है। तुम लोगों ने जिनका नाम लिया उनकी साहित्यिक प्रतिभा समरेश बसु के आसपास तक नहीं पहुँचती। अगर मन में स्वीकार कर लो तो मुँह से भी स्वीकार नहीं करते। खुंडी छुरी से आलू भी नहीं काटा जा सकता। अक्षमता ही मनुष्य को अन्धा कर देती है।"

रात दस बजे के बाद भीड़ कम हुई। अनिमेष इतनी देर से यहाँ था, किन्तु

बारीन ने किसी से भी इसका परिचय नहीं कराया। जो आए थे, इसे देखकर भी कोई मर्म की बात नहीं की। एक ही तरह की बातचीत सुनकर अनिमेष के सिर में दर्द हो गया था। ज़रा ठंडी हवा में खड़े होने के लिए वह बड़ी सड़क पर आ गया था। सिलीगुड़ी में अब काफ़ी ठंड हो गयी होगी।

इतनी रात में सड़क सुनसान थी। दुकानें सब बन्द। दो-एक पान की दूकानों से कभी-कभी रोशनी आ जाती। बारीन की दूकान पर लौटकर देखा कि बारीन साइन बोर्ड पर फ़ाइनल ब्रश फेर रहे थे। इसे देखकर ज़रा मुस्कराए।

"क्यों? सिर में दर्द हो गया···शायद?"

"नहीं···इतनी देर तक एक ही तरह बैठा रहा···ज़रा।"

"देश की युवा शक्ति का चेहरा देखा?"

"युवा शक्ति···?"

"यही···जो नव्य युवक वृन्द यहाँ आए थे उनको देखा?"

"हूँ···।"

"तुम्हें भूख लगी है?"

"भूख···? नहीं तो।"

"तुम्हें 'तुम' कह डाला भाई। तुम भी मुझे 'तुम' कहो।"

"ठीक है···।"

बारीन ने काम करनेवाले लड़के को विदा कर दिया। अब मार्केट में सन्नाटा था। अनिमेष को बड़ी थकान लग रही थी। सारा दिन बिलकुल बेकार काट दिया। बारीन का उद्देश्य क्या है, जान नहीं पाया था। फिर भी उस व्यक्ति के लिए श्रद्धा हो गयी थी। बातचीत, चाल-चलन ने अनिमेष को बहुत आकर्षित किया। किन्तु जिस कारण वह आया है उस सम्बन्ध में इन्होंने एक बार भी बात नहीं की थी···क्यों? दूकान बन्द करके बारीन इसे लेकर बड़े रास्ते पर आ गए।

आकर बोले, "ग्यारह बजने में देर है ना?"

"हाँ···।"

"खाना खा लिया होता।"

"कहाँ···?"

"उस मोड़ पर किनारे एक पंजाबी की दूकान है। बढ़िया तड़का तैयार करता है। चलो, वहीं चलकर खा लें।"

"आप रात को बाहर खाते हैं?"

"आप नहीं तुम। नहीं-नहीं बाहर क्यों खाता। आज खा रहा हूँ। क्योंकि घर लौटने में कितनी देर हो जाए, पता नहीं। तब तक बूढ़ी माँ को जगाए रखना उचित नहीं···क्या कहते हो?"

अनिमेष ने सहमति में सिर हिलाया। इसके मायने है, इसे लेकर बारीन कहीं जाएँगे। तब कुछ काम किया जा सकेगा, सोचकर अनिमेष को अब अच्छा लगा। पंजाबी के होटल में खाना खाकर इसने ज़बरदस्ती क़ीमत चुका दी। बोला, ''पहला दिन मेरे लिए निश्चित रहे।''

बारीन ने कहा, ''देख रहा हूँ बुद्धिमान लड़के हो। थोड़े में ही काम पूरा कर लिया।'' फिर होटल की दीवार पर लगी घड़ी देखकर कहा, ''चलो···अब उठें···ग्यारह बजने में पाँचेक मिनट ही हैं।''

निर्जन सड़क पर आकर चलते हुए बारीन ने पूछा, ''साथ में कुछ गरम कपड़े नहीं लाए?''

''लाया हूँ, पर लेकर बाहर नहीं आया।''

''लाना ठीक होता। सिलीगुड़ी में इस समय रात में बहुत ठंड होती है। और यही एक चीज़ कोई रसिकता नहीं समझती। ख़ैर···शायद मेरे झोले में कुछ मिल जाए।''

उन्होंने अपने झोले से एक स्वेटर और अलवान निकाली। दोनों ही खास अच्छी हालत में नहीं थीं। स्वेटर में कहीं-कहीं छोटे-छोटे छेद दिखाई पड़े। बारीन ने ज़बरदस्ती अलवान उसके शरीर पर डालकर, स्वेटर अपने गले में डाल लिया। पहले ज़रा बेचैनी-सी हुई फिर कुछ ही देर में अनिमेष को लगा कि बारीन ने उस पर उपकार ही किया है।

एयर व्यू होटल के सामने आकर बारीन की शक्ल बदल गयी। हाव-भाव में बड़ी सतर्कता थी। अनिमेष को दूकान की आड़ में खड़े होने को कहा। पुलिस की एक जीप शहर की तरफ़ तेज़ी से गुज़र गयी। तिराहे पर कोई नहीं था। होटल के नीचे बस पान की एक दूकान खुली थी। वहाँ रेडियो पर कोई विदेशी स्टेशन चल रहा था। पाँच मिनट खड़े होकर परेशान बारीन ने पूछा, ''तुम सिगरेट नहीं पीते?''

''पीता हूँ।''

''पी नहीं रहे?''

अनिमेष अन्दर-ही-अन्दर बड़ा उत्तेजित हो रहा था। बारीन ने इसे कुछ नहीं बताया था, किन्तु उसकी भाव-भंगी की उत्तेजना अनिमेष के दिल में संक्रमित हो गयी थी। तभी इस तरह का प्रश्न सुनकर वह अवाक् रह गया। अनिमेष हँसकर बोला, ''पास में नहीं है इसलिए।''

''तो···तुम नशाखोर नहीं हो।''

''ठीक नशा भी नहीं कहा जा सकता।''

''बांड लिखकर किसी को देना उचित नहीं है।''

अनिमेष ने बारीन की तरफ़ देखा। बात श्लेष में क्यों कर रहे हैं बारीन?

तभी एक टैम्पो बड़ी धीरे-धीरे सामने आकर खड़ा हो गया। उसकी एक हैड लाइट बुझी हुई थी दूसरी काने दैत्य की तरह जल रही थी। ड्राइवर टैम्पो से उतरकर बॉनेट खोलकर सिर झुकाए कुछ देख रहा था। बारीन अनिमेष का हाथ पकड़कर जल्दी से सड़क पर आ गए। फिर एक हाथ से दक्षतापूर्वक टैम्पो के पीछे चढ़कर झट लेट गए। अनिमेष पहले तो भौंचक्का रह गया। फिर ड्राइवर के बॉनेट बन्द करने से पहले ही जल्दी से निःशब्द बारीन के पास जाकर लेट गया। लेटने के बाद नीचे एक तिरपाल पड़ा देखा। बहुत ख़राब लग रहा था। बारीन ने दबी आवाज़ में कहा, "सिर पर कितने ही तारे होते हैं, पर हम कभी नहीं देखते···है ना।"

दिल तब भी उत्तेजित था। बारीन की बात सुनकर अनिमेष ने गरदन मोड़कर आँखें फाड़कर देखा—दोनों बराबर लेटे थे। टैम्पो फिर चलने लगा। मामूली-से झटके लग रहे थे। इस समय बारीन इससे तारों की बातें कर रहे हैं? इसने आकाश की तरफ़ देखा। देखकर लगा कि छोटे-बड़े अनगिनत तारों से आकाश चमक रहा था। अनिमेष ने इतने तारे एक साथ पहले कभी नहीं देखे थे। इस तरह ज़मीन पर लेटकर मुँह आकाश की तरफ़ करके कभी जीवन में देखना नहीं हुआ। कुछ देर देखकर लगा कि जैसे आकाश बहुत धीरे-धीरे अनगिनत टार्चें जलाए इसकी तरफ़ उतर रहा है। ऐसा निर्भेध ठंडा आकाश, अनगिनत पिन लगे कुशन की तरह किसी दिन देखा हो, याद नहीं। तारों की तरफ़ देखते हुए अनिमेष के सारे शरीर में सिहरन होने लगी। इसने अनुभव किया कि इसके रोंगटे खड़े हो गए हैं। बचपन में एक रात माधुरी (माँ) ने उससे कहा था कि तारा बनकर आकाश से इस पर नज़र रखेगी। मृत माँ की बात का वह बहुत दिनों तक विश्वास करता रहा था। किसी का दुख या सुख उस उम्र में भी अलोड़ित करता और वह उन तारों की तरफ़ दौड़कर रोने लगता या हँस पड़ता। बड़ा हुआ, समय ने जब सबकुछ खा लिया, तब तारे भी उसके पास से कहीं खो गए। अब इस रात में टैम्पो में पड़े, अनजान जगह जाते हुए आकाश के तारों की तरफ़ देखकर अनिमेष के सामने माधुरी (माँ) अचानक आ गयी। अब तक बहुत कोशिश के बावजूद जिनका चेहरा मन में नहीं उभरता था, जलपाइगुड़ी के श्मशान में दाह-संस्कार के बाद से माँ का जो चेहरा धीरे-धीरे कहीं खो गया था, वही माँ अब इसकी आँखों के सामने थी। अनिमेष ने आँखें बन्द कर लीं। माधुरी हँस रही थीं। देखने में माधुरी ऐसी थी? अनिमेष ध्यान से उन्हें देखता रहा। पूरी दिखाई पड़ने पर उसके दिल की धड़कनें तेज़ हो गयीं। कल्पना में अब तक माधुरी का चेहरा समझ रहा था वह तो माधवीलता का है, समझते ही वह पत्थर की तरह पड़ा रहा।

तभी बारीन ने ऊँची आवाज़ में कहा, "देख रहा हूँ, तुम बड़े रोमांटिक

हो। आकाश के तारों को देखते-देखते कभी किसी को रोते नहीं सुना।"

अनिमेष ने जल्दी से आँसू पोंछ लिये। फिर हँसने की कोशिश करते हुए बोला, "हम कितनी दूर आ गए?"

"सिलीगुड़ी पीछे रह गया है। अब उठकर बैठ सकते हो।"

अनिमेष ने धीरे से सिर उठाया। एक तरफ़ अँधेरा जंगल, दूसरी तरफ़ मैदान धू-धू जल रहा था। यह इन्तज़ाम पहले से कर दिया गया था। इसने बारीन से कहा, "आप बड़ा बढ़िया नाटक करते हैं?"

"फिर आप 'तुम' कहने में बाधा होती है?"

"वयस्कों से चट से 'तुम' कहने में अज़ीब लगता है।"

"कोशिश करो, कोशिश करो। हाँ, क्या कह रहे थे···नाटक? इस तरह थोड़ा-बहुत न किया जाए तो विचित्रता कैसे आए? दसेक मिनट में हम पहुँच जाएँगे।"

"यह कौन-सा इलाका है?"

"ज़रा और आगे जाते ही सूखा हुआ टी स्टेट पड़ेगा।"

मुड़ते ही एक जन-बस्ती के पास आकर गाड़ी के रुकते ही वे उतर पड़े। ड्राइवर से बिलकुल बात नहीं की। कुछेक सेकंड बाद गाड़ी सीधी चली गयी। यहाँ बहुत सरदी थी। बर्फ़ ख़ूब पड़ती है। अलवान लपेटने पर भी अनिमेष काँप रहा था। बारीन दा' जल्दी-जल्दी चल रहे थे आगे। बहुत से लकड़ी के मकान थे। एक ही नज़र में अनिमेष समझ गया कि वह टिम्बर मर्चेंट का इलाका है।

पिछली लाइन में एक मकान के पास जाते ही अँधेरे में से एक आदमी इनके सामने आ खड़ा हुआ, "बारीन दा'।"

"हाँ भाई···।"

"आइए···।"

वह उनको रास्ता बताता हुआ लकड़ी की सीढ़ियाँ चढ़कर दो-तला पर ले आया। दरवाज़ा बन्द था। खुलते ही आँखों पर रोशनी पड़ी। वह आदमी बोला, "बारीन दा' आ गए।"

उसके पीछे अनिमेष भी अन्दर घुसा। बीच में लालटेन जल रही थी। उसके चारों तरफ़ दसेक आदमी बैठे थे। इन्हें देखकर सब कह उठे, "आइए···आइए बारीन बाबू! वे आ गए?"

बारीन ने कहा, "हाँ टैम्पो में लिटाकर ले आया। ये हैं, अनिमेष मित्र, जलपाइगुड़ी के स्वर्गछेंड़ा चाय बागान के लड़के। अब कलकत्ता से भेज दिए गए हैं।"

अनिमेष ने नमस्कार किया, किन्तु इस तरह का सौजन्यबोध हर एक में नहीं था। दो सज्जन, जिन्होंने पहले बात की थी उनमें से एक ने उठकर इसके

दोनों हाथ जकड़ लिये, "आइए···आइए···भाई। मैं इतनी देर से आपका ही इन्तज़ार कर रहा था। सिलीगुड़ी तक पहुँच गए हैं, बेशक यह सूचना पहले मिल गयी थी।" उन्होंने अनिमेष को ले जाकर बीच में बैठा दिया। देखा, कमरे में सब बड़ी सतर्क दृष्टि से इसे देख रहे थे। जो चेहरे दिखाई पड़ रहे थे, उनमें सब बंगालियों के नहीं थे। उम्र में भी अन्तर था। जो पास बैठे थे, बोले, "कलकत्ता से आने में कोई परेशानी तो नहीं हुई। मिलिटरी कम्पार्टमेंट में आए हैं।"

अनिमेष तो हतवाक्। कलकत्ते से वह किस तरह आया है ख़बर यहाँ तक पहुँच गयी। गम्भीरता से बोला, "नहीं···कोई असुविधा नहीं हुई। गलती से उनके कम्पार्टमेंट में घुसने से लाभ ही हुआ।" तभी उसने देखा बारीन अभी तक खड़े थे। इसने पुकारा, 'आप' कहते-कहते सँभल गया, "आओ बारीन दा' खड़े क्यों हो?"

बारीन ने सिर हिलाया, "दुर! वहाँ बैठने की योग्यता है मुझमें? साइनबोर्ड बनाकर पेट भरता हूँ···वही करने दो। यहाँ तक तुम्हें पहुँचाने का दायित्व था, सो कर दिया। अब चलता हूँ। तुम्हारे रहने का यहीं इन्तज़ाम होगा। तुम्हारी चीज़ें ठीक वक़्त पर पहुँच जाएँगी। चलता हूँ भाई! तुम काम करो।" बारीन फिर रुके नहीं। तेज़ी से कमरे से निकल गए। अनिमेष आश्चर्य से उन्हें जाता देखता रहा। यानी बारीन सक्रिय रूप में सहयोग नहीं देते, पर गोपन में उनकी मदद करते हैं। उनके प्रति इसका समर्थन और भी बढ़ गया।

फिर काम की बात होने लगी। बात करते हुए बहुतों के नाम इसे मालूम हो गए। अधिकांश उत्तर बंगाल के विभिन्न ज़िलों के सक्रिय कार्यकर्ता इस बैठक में उपस्थित थे। आन्दोलन का पहला चरण किस तरह संगठित किया जाएगा, कलकत्ता के निर्देश को लेकर विस्तार से बातें हो रही थीं। किसानों को संगठित करना होगा। हर इलाके में और ज़्यादा केडर को लोगों के पास भेजना होगा। वे किसानों को समझाएँगे। जैसे ही हरा संकेत मिलेगा एक्शन शुरू हो जाएगा। उस तरफ़ फाँसी वाली नक्सलबाड़ी में आब-हवा धीरे-धीरे गरम हो चुकी थी। एक अ-बंगाली की बात ने अनिमेष को बहुत प्रभावित किया था। वह कह रहा था, "मेरे लड़के तैयार हैं। किन्तु केवल हमारे इलाके में। बाक़ी इलाके तैयार न हुए तो विरोध टिकेगा नहीं। प्रस्तुति का काम तेज़ी से बढ़ाना चाहिए।"

अनिमेष ने उसका समर्थन करते हुए कहा, "हम सिर्फ़ किसानों की बात कर रहे हैं। ज़मीन पर क़ब्जा उन्हीं के द्वारा हो सकेगा। यह भी भूलना नहीं चाहिए कि उत्तर बंगाल के गरीबों में से साठ प्रतिशत किसान नहीं हैं। इतने सारे चाय बागान छोड़ने से भदेशिया लोगों को भी साथ लेना जरूरी है। सीधे पुलिस या मिलिटरी से हम मुक़ाबला नहीं कर सकेंगे। गुरिल्ला युद्ध ही हमारा एकमात्र रास्ता है। साथ-साथ किसान ही नहीं दूसरे श्रमिकों को भी उत्साहित

करना होगा। आपने इस पहलू पर भी सोचा है।"

सबने स्वीकार किया कि इस बारे में नहीं सोचा है। विभिन्न चाय बागान श्रमिक, कांग्रेसी या आर.एस.पी. यूनियन के साथ जुड़े हुए हैं। वहाँ काम करना मुश्किल होगा। इसके अतिरिक्त ज़मीन पर क़ब्जा करने के बारे में किसानों को तो सहज ही उद्‌बुद्ध किया जा सकता है, किन्तु श्रमिकों को नहीं; जब तक उनको कुछ मिलने की प्रत्याशा न रहे।

अनिमेष जोश में आ गया, "आप लोग इस देश की कम्युनिस्ट पार्टियों की नीति के बारे में बात कर रहे हैं। जनता क्या बच्चा है जो लॉलिपॉप दिखाकर काम करा सकें। वह मालूम होते ही हमारे बारे में उनका कोई आग्रह नहीं रहेगा। देश में विप्लव इस तरह नहीं होगा।"

एक बोला, "किन्तु हमारे नेता का कहना है कि यह कृषि विप्लव है। जोतदारों से ज़बरदस्ती ज़मीन लेनी होगी। इसलिए इस पहलू पर ही ज़ोर दिया जा रहा है।"

"किन्तु विप्लव तो केवल किसान नहीं करेंगे। मजदूर संख्या में ज़्यादा हैं तो उनका भी दल में रहना ज़रूरी है।"

अनिमेष की इस बात का सब अ-बंगालियों ने समर्थन किया। उत्तर बंगाल का प्राकृतिक परिवेश ऐसा है कि गुरिल्ला युद्ध के लिए इससे अच्छा इलाका और नहीं मिल सकता। चाय बागानों का ज़्यादा भाग जंगलों से घिरा है तथा एक से दूसरे के रूप में भी अन्तर है। इस विस्तृत इलाके में मिलिटरी को छिपाए रखना सम्भव है।

लगभग चार बजे तक बातें चलती रहीं। अनिमेष को चाय बागान का दायित्व सौंप दिया गया। इसको कलकत्ता में ही अन्दाज़ा हो गया था कि यही होगा। अ-बंगाली इसकी सहायता करेंगे। बहुत शीघ्र मैदान तैयार करना होगा। जिससे क्लाइमैक्स आने पर कोई जड़ता न रहे। हर एक ने अपने हिस्से का इलाका ले लिया। सिलीगुड़ी के इस तल्लाट से अनिमेष परिचित नहीं था। इसने तिस्ता के दूसरे पार के चाय बागानों के श्रमिकों के संगठन का भार ले लिया।

इस फ़ैसले के बाद अब यहाँ रुके रहना बेकार था। सवेरा होते ही अनिमेष ट्रक से सिलीगुड़ी आ गया। साथ में वे अ-बंगाली थे। अनिमेष को पता चला कि सीमान्त पार करके बहुत से हथियार लाए जा रहे थे। पाकिस्तान के साथ युद्ध के समय जो हथियार चोर रास्ते से आए थे उन्हें इकट्ठा किया जा रहा था। इसके लिए रुपए की ज़रूरत थी। देशवासी बल प्रयोग करते, यहाँ भी वही करना होगा। अगर कुछ दिन यह हो सके तो पुलिस से मुक़ाबला करने में कोई दिक़्क़त नहीं होगी। किसान बेशक तीर कमान लेकर ही बढ़ेंगे। अनिमेष ने

सोचा, यह तो ठीक है, हथियार काफ़ी होंगे, पर जो इस्तेमाल करेंगे उन्हें भी तुरत तैयार करना ज़रूरी है।

सैंतीस

माधवीलता,

तुम्हारा नाम लिखने लगा तो बड़ी विचित्र अनुभूति हुई। शुरू का अक्षर तुममें इस तरह जुड़ा हुआ है शायद इसलिए तुम्हें अच्छा लगे। तुम्हें पहली चिट्ठी लिख रहा हूँ। लिखते हुए लगा कि हर शब्द में तुम्हारा स्पर्श मिल रहा है।

स्वर्गछेंड़ा के चाय बागान से आठ मील दूर एक गाँव से तुम्हें चिट्ठी लिख रहा हूँ। उसे गाँव कहना भी शायद ज़्यादा सम्मान देना होगा। स्वर्गछेंड़ा के इतने पास हूँ, पर अब तक छोटी माँ से मिलना नहीं हुआ है। जानता हूँ, चिट्ठी पढ़ते ही तुम्हारी भौंहें चढ़ जाएँगी। पर विश्वास करो यहाँ आकर साँस लेने की भी फ़ुरसत नहीं मिली है। न मिल सकने पर भी उनसे मिल लिया हूँ। उस दिन गाड़ी से मयनागुड़ी से लौट रहा था। डुडुया नदी पार करके आंशवासा के ऊपर से बायीं तरफ़ चाय बागान के पास निकला क्वार्टरों के सामने से आ रहा था तब देखा छोटी माँ हमारे घर की सीढ़ी पर खड़ी दूर न जाने क्या देख रही थीं। बस पल भर, तभी गाड़ी तेजी से निकल आयी। दूरी इतनी कि चिल्लाने पर भी शायद सुनाई न पड़े।

उत्तर बंगाल आकर पहली बार अपने को गोपन रखना पड़ रहा है। चारों तरफ़ इतने साँप हैं कि काटे जाने में भला कितनी देर है। सतर्क रहने में ही मंगल है।

यहाँ काफ़ी दिन रहा हूँ। अपने बारे में एक गोपन सत्य पता चला। जानती हो···छुटपन में बड़ा रोमांटिक था मैं। बड़ा भावुक। स्वर्गछेंड़ा से बहुत प्रेम था। इसके पेड़, नदी यहाँ तक कि हवा का भी अनुभव करता। ध्यान आता है, पहली बार जब दादू के साथ यह जगह छोड़कर जा रहा था, रूमाल में स्वर्गछेंड़ा की मिट्टी बाँधकर ले गया था। जलपाइगुड़ीवाले घर के आँगन में वह मिट्टी रख दी थी। उसे रोज़ देखता और सोचता कि स्वर्गछेंड़ा में हूँ। स्वर्गछेंड़ावाला कटहल का पेड़, ताल का पेड़, चाय बागान में धू-धू की आवाज़, जिसके लिए पृथ्वी का सारा ऐश्वर्य मिलने पर भी छोड़ने में कष्ट होता। यहाँ आकर देखा कि वे सब वैसे ही हैं जैसा छोड़कर गया था। पर मैं अपना मन, आँखें कहीं खो बैठा हूँ। अब उस भावुकता का ध्यान करके हँसी आती है। समय के साथ, समस्या के साथ, जीवन तेज़ी से बदल जाता है। दृष्टि भी। अपने उस 'स्व' को लेकर सिर्फ़

ममता दिखाई जा सकती है क्योंकि वास्तव में वही अचल है। जिस चाय बागान की गली में दोपहर, शाम चुपचाप पक्षियों का कलरव सुनकर अच्छा लगता था, वह बिलकुल अर्थहीन था। अब वह शून्यता अच्छी नहीं लगती। काम की गति एक बार रक्त में मिश्रित हो जाए, तब नयी दृष्टि आ जाती है, या पुरानी नज़रें अन्धी हो जाती हैं। वरना काम नहीं हो सकता। जानती हो, धीरे-धीरे एक और बात अनुभव करने लगा हूँ। लगता है, मैं बड़ा निर्लिप्त होता जा रहा हूँ। अब कोई चीज़ मुझे प्रभावित नहीं करती। जैसे यही स्वर्गछेंड़ा लो जिसे कभी जननी एवं जन्मभूमि स्वर्ग से भी बड़ी आंशवासा सोचता था अब नहीं। इतनी बार ऊपर से जाता-आता हूँ किन्तु हृदय में कोई धड़कन नहीं होती। चाय बागान की गली को गुरिल्ला युद्ध की दृष्टि से निरापद सोचता हूँ। आंशवासा नदी के किनारे से जो खूँटि भारि का जंगल लाल सूर्य को सिर पर उठाए सारा दिन खड़ा रहता है उसके जैसा गोपन शेल्टर और कोई नहीं है। मीटिंग हो, गोपन गुरिल्ला ट्रेनिंग कहो यह जंगल माँ की तरह आश्रय देगा।

छोटी माँ मेरे बाबा श्रीयुत महीतोष मित्र कुछेक मील दूर ही रहते हैं। दस मिनट में पहुँच सकता हूँ। पुलिस को मेरे अस्तित्व का पता लग सकता है, इस आशंका से इरादा छोड़ने पर भी मिलना होगा—ऐसा खिंचाव महसूस नहीं होता। बात बहुत बुरी लग रही होगी पर यह सच है। छोटी माँ या बाबा उस दृष्टि से मेरे बचपन में दूर के व्यक्ति रहे, पर जलपाइगुड़ी शहर से मेरा वर्तमान डेरे का डेढ़ एक घंटे का रास्ता है। पर दादू और पिसी माँ से मिलने जाने की बात मेरे मन में आती ही नहीं। इन दोनों ने मेरे इस शरीर को तिल-तिल करके बड़ा होने में सहायता की है। ये सब आत्मीय स्वजन, परिचित स्थान या अन्तरंग छवि को लेकर अजीब-सी उदासीनता ने मुझे निर्लिप्त कर दिया है। माधवीलता! यह बात क्या तुम्हें लेकर फिट नहीं बैठती? तुमने मुझसे प्रेम किया है। जानता हूँ, तुममें कितनी है। मेरे लिए तुम सारे पारिवारिक सम्बन्ध एक ही बार में तोड़कर निकल आयी हो। होस्टल में रहती हो। किस आशा में? दुनिया की किसी भी युवती की तरह तुम्हारी इच्छा होना भी वाज़िब है एक सजे-सजाए सुन्दर घर की। मुझे लेकर। पर हर दिन जो आता है, मुझे उस घर से दूर करता जा रहा है। तुमसे प्रेम करता हूँ, पर शान्ति देने की जगह परेशानी में छोड़ आया हूँ। किसी से प्रेम करने पर इस तरह दूर जाया जा सकता है? फिर मैंने प्रेम ही क्यों किया?

यह सब सोचकर लगता है कि स्वार्थी हो गया हूँ। स्व-आर्थे। पराया! जीवन एक विच्छिन्न द्वीप की तरह हो गया है। यह जानकर यहाँ से निकल आने का अभ्यास ही समाप्त हो गया है।

बड़ा अकेलापन लग रहा था इसलिए चिट्ठी लिख रहा हूँ। इतनी बड़ी चिट्ठी

पहले कभी नहीं लिखी थी। मुझे हर समय डर लगा रहता है कि मुझसे प्रेम करने के कारण तुम किसी और विपत्ति में न पड़ जाओ। अगर सचमुच पड़ ही जाओ तो भी मैं कुछ नहीं कर सकूँगा। समय ने हमारी सब अंगुलियाँ काट दी हैं। मैं किसी का हाथ नहीं पकड़ सकता, केवल धोखा देता हूँ।

पता नहीं फिर कब लिख पाऊँगा। अगर ज़िन्दा रहा तो वर्धमान स्टेशन पर पौष मेलेवाले दिन मिलूँगा। अगर निर्दिष्ट दिन न पहुँचूँ तो बोलपुर बिलकुल मत जाना।

जानता हूँ, निरापद रहने के लिए इतना लम्बा पत्र लिखना अन्याय हुआ है। शायद नियम तोड़ दिया है। जान-बूझकर। यह पत्र रखना मत।

तुम्हारा अनिमेष

पुनश्च! तुम्हारे दिए हुए रुपए ख़त्म नहीं हुए हैं।

अनिमेष ने एक ही बैठक में सारी चिट्ठी ख़त्म की। हाथ में दर्द होने लगा था। रात गहरा गयी थी। एक पक्षी का सिर्फ़ टि-उ-प टि-उ-प कानों में बजा। उड़का हुआ दरवाज़ा खोलकर एक कृशकाय युवक अन्दर आकर खुलकर हँसा। लालटेन की रोशनी में उसके चमकते हुए दाँत दिखाई पड़ रहे थे। नाम था सिरिल ओंशओ। शकुना से आते हुए इन अ-बंगाली सज्जन के परिचय से अनिमेष को पता चला था। एक ही लक्ष्य। बड़ा काम का लड़का था। सिरिल बोला, "चलिए…।"

अनिमेष बाहर आ गया। ख़ूब ठंड पड़ रही थी। बारीन की अलवान लौटाई नहीं थी, पर उससे ठंड कम नहीं हो रही थी। नीचे स्वेटर पहने था। इसने देखा आसपास रोशनी नहीं थी। बाहर वाले कमरे में दीवार के सहारे दो साइकिलें खड़ी थीं। कच्ची सड़क पर साइकिल से रास्ता तीनेक मिनट में ही पार हो गया। खूँटि भारि जंगल के बीच से सुन्दर चिकनी सड़क जो नाथूया से आती थी, वहाँ साइकिल बड़ी आसानी से चलायी जा सकती थी। सड़क ज़रा ढालू थी। पहिए लुढ़कते जा रहे थे। इसलिए हवा खाए जा रही थी। शरीर काँप रहा था। अनिमेष दाँतों पर दाँत नहीं रख पा रहा था। रात के समय जंगल में एक तरह की अनजानी-सी आवाज़ होती है। दोनों वही आवाज़ सुनते हुए चुपचाप पैडल घुमा रहे थे। अचानक सिरिल चौंककर ब्रेक लगाकर खड़ा हो गया। अनिमेष ज़रा आगे बढ़ गया था। उसे खड़े देखकर अवाक् हो काफ़ी दूर से वापस आकर साइकिल रोक दी। सिरिल उसके पास आ गया था। तारों की रोशनी में उसका चेहरा काफ़ी उत्तेजित दिखाई पड़ा। दबी आवाज़ में बोला, "सामनेवाले रास्ते से नहीं जा सकेंगे।"

अनिमेष ने भौंहें सिकोड़कर रास्ता देखा। रात की अपनी रोशनी होती है। चाँद न हो तो वही रोशनी बड़ी आकर्षक लगती है। अनिमेष ने देखा रास्ता

पासवाले जंगल की ओट में जाता था, कोई मुसीबत हो समझ नहीं आता था। सिरिल दबी आवाज़ में बोला, "हाथी बाहर आ गया है।"

"हाथी...?"

"हाँ...कुछ दिन पहले भूटान से एक दल इसी जंगल में आया है। यह दल बड़ी मार-काट करता है। लगता है, सामनेवाले मेछुया पुल के मुहाने पर रहते हैं।"

"कैसे जाना?" अनिमेष को सारी बात ब्यौरेवार बतायी गयी। न नज़र आते थे, न कोई आवाज़ थी।

"उस तरफ़ देखिए...।" सिरिल ने अंगुली के इशारे से दिखाया। सड़क के किनारे एक तरफ़ ताज़ा गोबर पड़ा था। उसका परिमाण देखकर ही समझने में दिक्कत नहीं हुई कि हाथी रास्ते से गया है।

"हमारे साथ एक और होता तो उसका सामना करते हैं। फिर और सोचना नहीं पड़ता, बस बच गए।"

"फिर किस तरह जाओगे। कोई और रास्ता है?"

"है...जिस सड़क से हाथी गया है उससे जा सकते हैं। चलिए! इससे पहले सावधानी से जाकर सन्देह दूर कर लें। अनिमेष सिरिल के साथ बहुत धीरे-धीरे साइकिल चलाने लगा। किसी भी क्षण-परिवर्तन के लिए दोनों तैयार हो गए। सड़क के मोड़ पर और भी धीमे हो गए। फिर दोनों एक साथ रुक गए।

सामने मेछुया पुल था। पुल पर छोटे-छोटे काले टीले हिल रहे थे। कुल बीसेक होंगे। अनिमेष को लग रहा था अँधेरे ने जगह-जगह सड़क को ढँक दिया हो। वे निःशब्द सरक आए। ज़रा पीछे हटते ही जंगल में जा घुसे। फ़ॉरेस्ट डिपार्टमेंट ने जीप के आने-जाने के लिए यह कच्ची सड़क बनवाई थी। दोनों तरफ़ के जंगलों में से अनिमेष को दुर्गन्ध आई। सरदी बराबर पड़ रही थी। सिरिल बोला, "कोई और वक़्त होता तो इस सड़क पर जाते डरता। किन्तु हाथी गया है तो दो-एक मील तक कोई जंगली पशु नहीं हो सकते। ज़रा घूमकर जाना पड़ेगा पर और उपाय ही क्या है?"

"जंगली जन्तु! यहाँ अब भी बाघ आते हैं?"

"कभी-कभी आ जाता है। ऐसा कब होता है, कहा नहीं जा सकता।"

लगभग आधे घंटे तक पैडल चलाता हुआ अनिमेष जंगल में से निकल आया। सामने धान के खेत थे। साइकिल नहीं चलाई जा सकती थी। वे उसे हाथ में उठाकर पैदल आए। उसके बाद थी नदी। मेछुया पुल के नीचे पानी बह रहा था यहाँ आकर पाट बहुत चौड़ा हो गया था। उधर देखकर सिरिल बोला, "एक काम कीजिए...आप यहाँ ठहरिए, मैं उन्हें बुला लाता हूँ।" साइकिल ज़मीन

पर टिकाकर वह पैंट मोड़ रहा था।

अनिमेष ने कहा, "जाने में मुझे कोई असुविधा नहीं होगी···चलिए।"

"नहीं···रिस्क लेने से क्या फ़ायदा?"

"रिस्क? आप मुझे बाबू समझते हैं?" अनिमेष ज़रा नाराज़ हो गया।

"नहीं···मैं आपकी बात नहीं कर रहा। अगर दोनों चले गए और आकर देखें कि दोनों साइकिलें ग़ायब हैं। कोई भरोसा नहीं। रात जितनी होती जाती है कोई किसी कारण बाहर आकर देखे कि कोई आदमी नहीं है, सिर्फ़ साइकिलें पड़ी हैं तो क्या हाथ समेटे बैठा रहेगा?"

"फिर इन्हें ले चलना ठीक है।"

"ले जा नहीं सकेंगे। देख नहीं रहे बहाव कितना तेज़ है। मैं जाता हूँ।" सिरिल पानी में उतर गया। ज़ाहिर था कि बहाव बहुत तेज़ था। कई बार धक्का खाकर काफ़ी पीछे तक जाकर वह उस पार पहुँचा। फिर लगभग दौड़ता हुआ ग़ायब हो गया।

अनिमेष को करीब पन्द्रह मिनट तक इन्तज़ार करना पड़ा। ठंड के मारे जमा जा रहा था। हाथ-पाँव हिलाकर शरीर को गरम रखने की बराबर कोशिश कर रहा था। दृश्य की कल्पना करते ही हँसी आ गयी कि सुनसान रात के खाली मैदान में एक व्यक्ति पागलों की तरह अकेला नाच रहा है। किसी को देखते न पाकर उसकी शर्म काफ़ी कम हो गयी।

झुटपुटे अँधेर में वे दिखाई पड़े। दो व्यक्ति बड़ी तेज़ी से आ रहे थे। पानी में उतरकर बहाव के साथ-साथ नदी पार करके इस पार आ गए। साइकिल रखकर अनिमेष ने आगे बढ़कर देखा ठंडे जल में से निकलकर वे बुरी तरह काँप रहे थे। उसी हालत में पैंट ठीक करते हुए सिरिल हँसा, "ज़्यादा देर तो नहीं हुई?"

"नहीं···नहीं ठीक है।"

"इन्हें पहचानते हैं?"

अनिमेष ने देखा उसका साथी मुसकरा रहा था। उम्र काफ़ी थी, पर शरीर मज़बूत था। कुछ देर उसकी शक्ल देखकर अनिमेष ने हाथ बढ़ा दिया, "कैसे हैं?"

"चलता है···मुझे पहचान पा रहे हैं?"

"बिलकुल··· ।"

"किन्तु ख़बर मिलने पर बड़ा ताज़्जुब हुआ था। शक था कि शायद न पहचान सकें। बहुत वर्ष पहले थोड़े से समय के लिए भेंट हुई थी।"

"हाँ···उस दिन आत्मरक्षा के लिए चाय बागान में जाकर छिपा गया था···पर सिरिल ने एक बार भी आपका नाम नहीं लिया।"

"ज़रा सस्पेंस रखा था। देख रहा था कि आपकी स्मरणशक्ति कैसी है?

आप यहाँ हैं, उन्हें तो बिलकुल पता नहीं होगा।"

"नहीं···।"

जूलियन बोला, "चलिए···ठंड में खड़े न रहकर कहीं जाकर बातें करें। आज ख़ूब ठंड पड़ रही है।"

"उधर बैठने की जगह है?"

"है···मेरे साथ आइए।"

वे साइकिल लेकर जूलियन के साथ चल पड़े। जाते-जाते जूलियन बोला, "आप यहाँ आए हुए हैं यह ख़बर मिली थी। किन्तु भरी दोपहर में आपसे मिलने आता तो गोपनीयता न रहती। इसलिए यह व्यवस्था।"

"लगता है, आप ज़रा ज़्यादा ही डर गए हैं।"

"बिलकुल नहीं···मुझ पर अच्छी नज़र रखी गयी है।"

बात करते हुए वे आबाद इलाके में आ गए। जंगल के एक तरफ़ कुछ लोगों के अस्थायी डेरे थे। उनमें से एक दरवाज़े पर जूलियन ने धक्का दिया। कोई जवाब नहीं मिला। कई बार निष्फल चेष्टा की। मिट्टी के घर थे। छूते ही बेड़े का दरवाज़ा खुल गया। जूलियन ने भदेशियन भाषा में पूछा, "बुधुआ है?"

एक महिला की आवाज़ आयी। उनींदी-सी, विरक्त। जूलियन के अपना परिचय देते ही एक ढ़िबरी जल उठी। जूलियन के दुबारा पूछने पर मालूम हुआ कि बुधुआ घर में नहीं है। इन्होंने उन लोगों को अन्दर आने का इशारा किया। अनिमेष साइकिल बाहर ही छोड़ रहा था, सिरिल ने मना कर दिया कि बाहर दिखाई पड़ गयी तो सन्देह हो सकता है। अनिमेष ने अन्दर जाकर देखा, कमरा बिलकुल छोटा भी नहीं था। बाहर खुले आकाश के नीचे रहने की अपेक्षा यहाँ आकर बड़ा आराम मिला। उसने देखा इस घर के बाशिन्दों की अवस्था बड़ा जीर्ण थी। असबाब जैसा कुछ नहीं था। बाँस की खटिया पर एक तेल से चिकना बिछौना था शायद औरत अब तक उस पर सो रही थी। एक काला शिशु अब भी सोया हुआ था। औरत अधेड़ उम्र थी और बायीं आँख के ऊपर बड़ा-सा आबला था। उन लोगों की तरफ़ आँखें फाड़े देख रही थी।

जूलियन ने कहा, "तू सो जा। यहाँ थोड़ी देर बात करके मैं चला जाऊँगा।"

वह औरत गरदन हिलाकर फिर खटिया पर जा पड़ी। वहाँ से एक मैला-सा कपड़ा ज़मीन पर बिछा दिया।

जूलियन ने पूछा, "बुधुआ रोज़ रात को बाहर चला जाता है?"

ख़ामोशी से गरदन हिलाकर वह जैसे ही खटिया पर गयी बच्चा रोने लगा। उसने छाती का आँचल हटाकर गोद में लेकर उसके मुँह में स्तन दे दिया। अनिमेष ने नज़रें हटा लीं। उसे ख़याल आया कि इस सरदी में उनके शरीर

पर कोई गरम कपड़ा नहीं है।

ज़मीन पर बिछे कपड़े पर बैठते ही तीनों को अनुभव हुआ कि ज़मीन से ठंड आ रही थी। जूलियन बोला, "यह परिवार चाय बागान के मज़दूर थे। बुधुआ था बड़ा ज़िद्दी। तीनेक बरस पहले स्ट्राइक के समय मैनेज़र की कोठी पर ढेला फेंकने के अपराध में नौकरी जाती रही।"

अनिमेष ने पूछा, "साबित कैसे हुआ?"

"बहुत आसानी से। काम करके जब गोदाम से निकल रहा था उसकी थैली में चाय के कुछ पॉकेट भर दिए गए थे। बेचारे को पता भी नहीं था। गेट पर पकड़ा गया और चोरी के अपराध में नौकरी चली गयी। असली क्रोध तो यहाँ दूसरी तरह मिटाया जाता है।"

"यूनियन ने कुछ नहीं किया?"

"नहीं···आज मैं इस यूनियन से निकल आया हूँ। हम लोगों की वज़ह से वे बेचारे क्यों झमेले में पड़ें। प्रमाण तो हाथोहाथ मिल गया। छह महीने के अन्दर क्वार्टर खाली करके यहाँ आना पड़ा। व्यवस्था तो देख ही रहे हो। कोई काम नहीं मिल रहा, पर पेट तो नहीं मानता। रोज़ रात के लिए एक उपाय निकाल लिया।"

"गायने?"

"चोरी···जिस दिन पकड़ा जाएगा सब नष्ट हो जाएगा।"

"आप कुछ करते क्यों नही?"

जूलियन ने आँखें फाड़कर अनिमेष की तरफ़ देखा। फिर बोला, "हमारे हाथ-पाँव बहुत छोटे हैं अनिमेष बाबू! और ऐसे बुधुआ तो पूरे देश में फैले पड़े हैं। आप कितनों के लिए कर सकेंगे?"

तभी सिरिल बोला, "जूलियन अब सस्पेंशन में हैं।"

अनिमेष तो हतवाक्! इतनी देर उनके साथ बातें करता रहा, किन्तु उसे विपत्ति की ज़रा भी आँच नहीं मिली। स्वर्गछेंड़ा के श्रमिक नेता जूलियन की शक्ल इसे याद आ गयी। कुलियों के विक्षोभ से बचने के लिए छोटी माँ और बाबा के साथ चाय बागान में उसने आश्रय लिया था। वहाँ से आने के बाद इसी जूलियन से आमना-सामना हुआ है। उस दिन जूलियन ने बड़ा भद्र व्यवहार किया था। मिशनरी स्कूल में पढ़कर भदेशिया के इस युवक के प्रति वह उस दिन आकर्षित हुआ था। उन दिनों सभी इसकी बात मानते थे। और आज कुछ और ही बात सुन रहा है।"

जूलियन बोला, "कलकत्ता की ख़बर बताओ।"

अनिमेष ने धीरे-धीरे प्रस्तावित देशव्यापी आन्दोलन की बात बतायी। अब युद्ध सामने है। सैनिक चाहिए। भारतवर्ष के निवासियों को अपना मेरुदंड फिर

से सशक्त करने के लिए व्यापक चेष्टा करनी होगी। जूलियन ने कहा, "ये बातें मैं जानता हूँ अनिमेष बाबू! यहाँ तुरत संगठन करना चाहिए। आप लोग कब तक इसका सामना करने की बात सोच रहे हैं?"

"अगले महीने बोलपुर से लौटकर बता सकूँगा।"

जूलियन बोला, "यह बात अब छिपी नहीं है। पर मज़े की बात यह है कि जो सुनता है, विश्वास नहीं करता। पुलिस से मुझे कोई डर नहीं। पर सक्रिय रूप से अगर कोई कुछ करना चाहे तो दूसरी पार्टी के लोग रुकावट डालेंगे। मुसीबत बस यहीं है। अगर हम सब मिलकर काम कर पाते तो एक ही दिन में देश के बुर्जुआ कैपिटलिस्ट्स को समुद्र में फेंक दिया जाता। पर वह होगा नहीं।"

अनिमेष बोला, "तुम्हारे साथ मेरा नियमित सम्पर्क बहुत ज़रूरी है। कैसे हो?"

"इसी कमरे में! यहाँ मिलने पर दोनों पक्षों का ही मंगल होगा।"

"हर एक चाय बागान में स्क्वाड तैयार करना होगा। बहुत निडर योग्य कुछ लड़कों को समझाना होगा।"

"यहाँ किस प्रकार का एक्शन करने की सोच रहे हैं?"

"देखिए...किसान जोतदारों से ज़मीन हथिया लेंगे। यह करने में स्वाभाविक है कि जोश में आ जाएँगे। पर मज़दूरों से यह नहीं कह सकता कि वे हमारे चाय बागान पर कब्ज़ा कर लो। फैक्टरी स्वायत्त करके वे सात दिन भी नहीं चला सकेंगे। उन्हें व्यक्तिगत रूप में उत्तेजित करके कुछ नहीं होगा। ऐसा काम करना होगा जिससे जनता चौंक पड़े। हर एक की अन्धविश्वास की दीवार जैसे हिल जाए। काम करना होगा जनता के स्वार्थ-विरोधी मनुष्यों के विपक्ष में। फलतः पुलिस अगर एक्शन लेती है तो हमें जन-साधारण का समर्थन मिलेगा। वे आगे आएँगे, पास खड़े होंगे।"

सिरिल अचानक उत्तेजित होकर बोला, "फिर तो पैनिराम की गद्दी लूटने पर हो जाएगा। स्साला! ख़ून चूसनेवाला! इस बागान में बहुत से लोगों ने उससे उधार लेकर सिर बेच दिया है। सूद देकर महीने का वेतन ख़त्म हो जाता है।"

अनिमेष बोला, "पैनीराम की ठर्रे की दूकान भी थी।"

जूलियन ने कहा, "अब भी है। रुपयों के पहाड़ पर बैठा है। इस चाय बागान के लोगों को ख़रीद रखा है।"

"उसकी गद्दी पर रुपए रहते हैं?"

"रहते हैं...सोमवार को सवेरे उसकी गाड़ी बैंक जाती है।"

"हमें बहुत रुपया चाहिए।"

जूलियन ने कहा, "सिरिल ठीक कहता है। साधारण मनुष्य की धारणा

है, पैनीराम शैतान से ज़्यादा शक्तिशाली है। पुलिस उसकी खरीदी हुई है। उसी पैनीराम को अगर लूट लिया जाए तो लोगों को धक्का लगेगा। साहस मिलेगा।''

अनिमेष बोला, ''पर जन-साधारण को समझाना होगा कि उसका साधारण डाकुओंवाला काम नहीं है। सारा देश इकट्ठा होकर भविष्य में जो विप्लव करेगा वह जनता का प्रतिवाद होगा। एक्शन के समय ये बातें वहाँ लिख देनी होंगी।''

''पर पैनीराम के पास बन्दूक है। वह तो बाधा देगा ही।'' सिरिल बोला।

''अगर वह बाधा देता है तो ज़ोर आज़माना होगा।'' अनिमेष बड़े शान्त स्वर में बोला, ''अगर कोई दूसरा तरीका न रहे तो पैनीराम को उठा फेंकना होगा।''

जूलियन और सिरिल दोनों ने अनिमेष की तरफ़ देखा। जूलियन ने सहमति में सिर हिलाया। फिर बोला, ''ठीक कह रहे हैं···रक्त चूसनेवाले एक को यदि मार डाला जाए तो दूसरे दस लोगों को भी भय होगा। चाय बागान के सारे श्रमिक इस आदमी को मार डालने के लिए दोनों वक़्त सोचते हैं। पर हमारे इन ग़रीब लोगों के दिलों में असहायता के अलावा कुछ नहीं है। वे केवल कल्पना कर सकते हैं। किन्तु कोई उनके न कर सकनेवाले काम को कर दिखाए तो वह उनका अपना व्यक्ति हो जाएगा। आप ठीक कह रहे हैं।''

जूलियन की इस व्याख्या से अनिमेष बहुत ख़ुश हुआ। बोला, ''किन्तु पैनीराम जैसे आदमी का ख़ून हो जाए तो पुलिस भी तैयार हो जाएगी, उसका सामना करने के लिए हमें तैयार रहना होगा।''

जूलियन ने हँसकर दोनों हाथ फैला दिए, ''हमारे चारों तरफ़ इतना जंगल है। पुलिस में इतनी क्षमता नहीं कि वहाँ से खोजकर बाहर निकाल सके। और थाने इतनी दूर-दूर हैं कि पुलिस के आने से पहले ही हमें ख़बर मिल जाएगी। पर असली बात के बारे में क्या सोच रहे हैं?''

''क्या बात···? एक्शन स्क्वाड तैयार करने की?''

जूलियन ने सिर हिलाया, ''नहीं···उसमें हमें ज़्यादा तकलीफ़ नहीं होगी। क्योंकि इस सामाजिक व्यवस्था को लेकर देश में विरक्त लड़कों की कमी नहीं है। और युवावस्था में इस तरह का काम करने के लिए वे हमेशा उत्तेजित रहते हैं। मैं वह नहीं सोच रहा। मैं हथियारों की बात सोच रहा हूँ। ये काम छुरी-कटारी से तो होंगे नहीं। हमें बहुत सारे हथियारों की ज़रूरत होगी।''

अनिमेष बोला, ''इसी बात को लेकर चिन्ता हो रही है। किन्तु हथियार यों ही तो मिलेंगे नहीं। उन्हें खरीदना होगा और इसके लिए रुपयों की ज़रूरत होगी। पैनीराम को मारकर या भय दिखाकर रुपए प्राप्त करने होंगे। एक पैनीराम का ख़ून हो जाए तो देखना दूसरे पैनीराम डर के मारे रुपए दे देंगें''

सिरिल बोला, ''एक और आसान तरीका है।''

"कौन-सा?" जूलियन ने पूछा।

"चाय बागान के सारे कंट्रैक्टर बाबुओं और बड़े व्यवसायियों के पास पिस्तौल, राइफल, बन्दूक हैं। अगर शारीरिक बल प्रयोग से उन्हें छीन लाएँ तो हमारे पास बहुत से हथियार हो जाएँगे।" सिरिल भी उपाय बता रहा था इसलिए ख़ुश होकर हँस दिया।

अनिमेष बोला, "गलत नहीं कहा···शुरू में इसी तरह कर सकते हैं। तब फिर डुयार्स में किस-किसके पास अग्निअस्त्र हैं उसकी एक लिस्ट तैयार करनी होगी। है ना?"

"बड़ा आसान है। सदर के सरकारी ऑफ़िस में उसकी एक लिस्ट है।"

अनिमेष बोला, "तब फिर हम तैयार हो जाएँ। फिर भी बोलपुर से लौटकर काम शुरू करना अच्छा होगा।"

जूलियन बोला, "ठीक है···अब आप क्या करेंगे?"

"अपर डुयार्स जाना होगा। तुम्हारे जान-पहचान का कोई वहाँ है।"

"बिलकुल है···आप कब जाएँगे?"

"मान लो कल ही।"

जूलियन ने कुछ देर सोचकर कहा, "आप में साहस है। इस तरह अकेले घूमेंगे···अगर किसी सही व्यक्ति से सम्पर्क न हुआ तो मुसीबत में पड़ सकते हैं। ठीक है, मैं चलूँगा साथ।"

"तुम जाओगे···? घर के लोग?" अनिमेष विस्मित था।

"जब छोड़ना ही है तो ज़रा पहले से ही। हाँ अभी किसी को बताऊँगा नहीं।" जूलियन के बात पूरी होते ही अनिमेष ने हाथ आगे बढ़ाया। जिस समय वे बड़ी आत्मीयता से हाथ मिला रहे थे, तभी दरवाज़े में धीरे-धीरे झिरी हुई। तीनों के गरदन मोड़ते ही एक चेहरा झाँककर खिसक रहा था। जूलियन ने आवाज़ दी, "बुधुआ···।"

कुछ क्षण चुपचाप फिर एक व्यक्ति काक्रोच की तरह चलकर अन्दर आ गया। अनिमेष ने देखा उसके सिर से ख़ून बह रहा था हाथ में बंडल था। वह चोरी करने गया था।

जूलियन ने पूछा, "सिर कैसे फटा?"

बुधुआ ने मुँह झुका लिया। जूलियन ने उठकर कटे हुए हिस्से की जाँच करके कहा, "ख़ास कुछ नहीं है···विषलैकरनी पत्ते का रस लगा ले और यह धन्धा छोड़ना होगा।"

बड़े निरीह स्वर में वह बोला, "खाऊँगा क्या ?"

जूलियन और अनिमेष ने एक-दूसरे की तरफ़ देखा। सिरिल ने पूछा, "आज किसका सर्वनाश किया है?"

बुधुआ हँस पड़ा, "सर्वनाश कहाँ कर पाया। पैनीराम के घर गया था आज। दो थाल ले आया हूँ।"

नाम सुनते ही अनिमेष वगैरह चौंक पड़े।

वे लोग खुले आकाश के नीचे आ गए। कुछ देर चलकर जूलियन विदा लेने के लिए खड़ा हो गया। अनिमेष बोला, "यह चोरी, सेंध वगैरह वह सह गया है। अब हम लोगों को डाका डालना होगा।"

अड़तीस

काम बड़ी तेज़ी से आगे बढ़ रहा था। इतना होगा अनिमेष ने सोचा तक नहीं था। जो पहले कभी राजनीति से संयुत नहीं थे वे भी दल में आने लगे थे। कुछ लड़के ऐसे होते हैं परिवार से जिन्हें सही दिशा नहीं मिलती, किन्तु उनमें एडवेंचर की ललक होती है। वही इन्हें खींच लाता। पहले अनिमेष इसको लेकर सूक्ष्मता से विचार करता। ऐसे उच्छ्वास को फुलझड़ी-सी सोचकर छोड़ देता। अब लगता कि बहुत बार 'मरा-मरा' कहते-कहते 'राम' शब्द निकलता है। एडवेंचर हो या सामयिक उच्छ्वास हो, यह करते-करते अगर कुछ लड़के सीरियस हो जाएँ वह सबसे बड़ी प्राप्ति होगी। जूलियन के साथ काम करने में सुविधा हो गयी है। बहुत दिनों से यूनियन का काम करते हुए और डुयार्स के चाय बागान से जूलियन काफ़ी परिचित हो चुका है। चाय के साथ जो संयुत है, हफ्ता या मासिक आय से जिनकी गृहस्थी चलती है जूलियन ने उन्हें अलग रखा है। कहता, "ये सब बहुत सुखी नहीं हैं, किन्तु नियमित आमदनी छोड़कर कोई रिस्क नहीं लेगा। बल्कि चाय बागान में जो कई कारणों से अवांछित हैं उनसे सम्पर्क करना ज़रूरी है।"

इस बीच बंगालियों से अनिमेष को एक तरह की विरक्ति हो गयी है मानो वे नेता होने के लिए ही पैदा हुए हों। दल में जो शामिल हो गए हैं वे सिर्फ़ तरह-तरह की युक्तियों द्वारा ज्ञान देना चाहते हैं। काम करने का उद्यम उनमें दिखाई नहीं पड़ता। बल्कि दल में एक उपदल संगठित करने की बहुत तत्परता दिखाई पड़ती है।

अनिमेष का सिलीगुड़ी के साथ नियमित सम्पर्क है। इसे अकसर वहाँ जाना पड़ता है। बड़े-बड़े नेताओं के साथ बातचीत हुई है। इस ओर निर्वाचन आगे आ रहा है। विभिन्न पार्टियाँ प्रचार शुरू करने की योजना बना रही हैं। अनिमेष आदि का दल निर्वाचन का बायकाट करने के लिए दृढ़प्रतिज्ञ है। यह निर्वाचन बुर्जुआ फ़ासिस्टवादियों का केवल नया खेल है अथवा ऐसा मादक द्रव्य

है जिसके द्वारा देशवासियों को पाँच वर्ष के लिए नशे में रखा जा सकता है। पार्टी की तरफ़ से निर्वाचन का विरोध करने का कोई निर्देश अब तक नहीं आया था।

अब जो काम चल रहा है, छिपा हुआ नहीं है। विभिन्न पार्टियाँ हठी, उग्रपंथी आदि कहती हैं, किन्तु वे अभी तक संघर्ष में क्रियाशील नहीं हुए हैं। हवा बेशक अब गरम हो चली है। अनिमेष को आशंका थी कि पुलिस से पहले इन्हें शायद दूसरी पार्टियों से लड़ना पड़े। संगठन जैसे-जैसे ज़ोर पकड़ रहा है दूसरी पार्टियाँ अपने अस्तित्व को विपन्न समझने लगी हैं। साथ ही एक और समस्या से परेशान हैं। जिन लड़कों को दल वे में ले आए हैं उन्हें कोई काम न दिया गया तो कितने दिन वे चुप बैठेंगे। मार्क्सवाद की व्याख्या या गुरिल्ला युद्ध की बातें सुनने का इनमें धैर्य नहीं है। बहुत दिन तक ज़बरदस्ती अटकाया नहीं जा सकता। डुयार्स ही क्यों, पश्चिम बंगाल की पार्टी में ऐसे हूलिगन घुस आए हैं। नेताओं के वक्तव्य, पत्थरों के टुकड़े करते-करते बलिष्ट हो गए हैं। इनको सँभालना कितना मुश्किल है अनिमेष इसे अच्छी तरह समझता है।

सबसे ज़्यादा विचलित करनेवाली स्थिति यह थी कि जगह-जगह छोटे-छोटे दल संगठित करने में इनका समय नष्ट हो रहा है। जनता से अब तक सम्पर्क नहीं हुआ है। देश में विप्लव ज़रूरी है, क्यों ज़रूरी है? यह किस तरह सम्भव होगा? जिन्हें यह समझाना ज़रूरी है अब तक नहीं हो पाया है। इसकी बड़ी वज़ह यह है हित विपरीत हो सकता है। सीधे प्रचार करने में पोलिटिकल पार्टियाँ रुकावट डालेंगी। इसके अलावा सरकार के विरुद्ध कुछ किया जाए इसे भी जनता विश्वास नहीं करेगी। यह सरकार तो इनकी परिचित ही चली आ रही है। लगता नहीं कि उनके खिलाफ़ लड़ने के लिए उनमें मानसिक शक्ति होगी। लोकल कमेटी के वक्तव्य का स्रोत अगर ज़ोरदार हो तो जल रुक नहीं सकता। अभी जल्दी करने की मूर्खता न कर उचित समय की प्रतीक्षा करनी होगी। विप्लव में जनता अपने स्वार्थ के लिए आएगी। शायद ठीक भी हो, पर अनिमेष को किसी तरह चैन नहीं आ रहा था।

जूलियन को पूरा दायित्व सौंपकर अनिमेष ने ट्रेन पकड़ ली। रिज़र्व्ड बर्थ या सीट नहीं मिली इसलिए कॉरिडोर कम्पार्टमेंट में सबकी नज़रों से बचने के लिए चढ़ गया। सिलीगुड़ी से बहुत लोग बोलपुर जाते रहते हैं। जहाँ तक सम्भव था सबसे विच्छिन्न होकर जाना था क्योंकि बोलपुर की मीटिंग बड़ी गुप्त थी। पहले तो बैठने की जगह नहीं मिली। बाद में बक्स पर बाबू की तरह बैठ गया। ट्रेन के हिलने-डुलने से लगा बड़ी थकावट हो गयी है। इन दिनों साँस लेने तक की फुरसत नहीं मिली थी। किन्तु जल्दी काम अच्छा हो गया है, लगा, वैसा हुआ नहीं था। एक तरफ़ बचा हुआ था सचमुच समय नहीं मिला। इसे

सूचना मिल चुकी थी कि महीतोष जान चुके हैं कि वह उत्तर बंगाल में है। परिचित लोगों ने ही ख़बर पहुँचायी होगी। स्वर्गछेंड़ा छोड़कर बाक़ी सब जगह वह खुलेआम घूमता रहा इसलिए इसका दिखाई पड़ना अस्वाभाविक भी नहीं था। यह ख़बर महीतोष को बेचैन कर देगी। वे किसी नतीज़े पर नहीं पहुँच पाएँगे। जिन्होंने ख़बर दी है इसके राजनीतिक क्रिया-कलाप के बारे में बता दिया होगा। अनिमेष को बाबा के लिए दुख हो रहा था। उन्होंने बँधी-बँधायी डगर पर इसके चलने की जो उम्मीद की थी, वह पूरी नहीं हो सकी। उनकी प्रतिक्रिया क्या होगी? अनिमेष यही सोच रहा था। वे शुरू में अवश्य नाराज़ हुए होंगे, फिर निर्लिप्त भाव से छोटी माँ को हुकुम दिया होगा कि इससे कोई सम्पर्क न रखा जाए। या दादू ने जेठा मशाई (ताऊजी) को त्याज्य-पुत्र करार कर दिया है इसी तरह इसके साथ भी सम्पर्क छिन्न कर देंगे। अनिमेष को मालूम है कि उनके सामने जाकर अगर वह सारी बात बता देगा तो महीतोष के लिए और भी दुखजनक होगा। बल्कि दादू को अपने बारे में चिट्ठी में लिख भेजेगा। और सरित्‌शेखर का ध्यान आते ही अनिमेष परेशान नहीं हुआ। अनिमेष जो कुछ छोड़छाड़ सक्रिय राजनीति की अनिश्चित दृष्टि में कूद पड़ा है यह सूचना सरित्‌शेखर को चिन्तित नहीं करेगी। मनुष्य को दीर्घ जीवनयापन के बाद अन्ततः क्या लाभ होता है, उनसे ज़्यादा कोई नहीं जान सकता।

अनिमेष रात की ट्रेन में अकेले जाते हुए केवल एक व्यवित को लेकर परेशान था। माधवी इससे प्रेम करती है और उसकी कीमत चुकाने में पीछे नहीं हटेगी। बल्कि अनिमेष जो राजनीति करता है उसकी छाया में पाँव नहीं रखती। अनिमेष के साथ होने पर भी वह आड़ में खड़ी है। एक व्यक्ति से बिना शर्त प्रेम करके माधवीलता सारा जीवन इसकी प्रतीक्षा कर सकती है। इसके कार्यक्रम के साथ मानसिक रूप में संयोग न रहने पर भी वह इसे विरक्त नहीं करती। उत्तर बंगाल में अनिश्चित उत्तेजना में दिन-रात बिताकर अनिमेष के मन में आ रहा था कि माधवीलता को मुक्ति दे देनी चाहिए। जिस तरह वह इसका इन्तज़ार कर रही है, स्वयं को अकिंचन सोचने लगता है। एक व्यक्ति इसका मुँह देखकर जी रहा है और वह उसके लिए कुछ नहीं कर पाता—सोचकर, शान्ति नहीं मिलती। न जाने माधवी सें कभी ब्याह कर भी पाएगा या नहीं। उसे तकलीफ़ देने से क्या लाभ। इसे मालूम है कि समझाने पर भी उसमें कोई परिवर्तन नहीं आएगा। वह उन लड़कियों में से नहीं है जो प्रेमी को अक्षम जानकर फट से बाबा के पास लौटकर कहीं और ब्याह करके घर बसा ले। मुश्किल तो यही है। फिर भी इसने फ़ैसला कर लिया कि इस बार उससे सीधे कह देगा कि इसका इन्तज़ार न करे। ज़रूरत पड़ने पर कठोर होना पड़ता है। अन्ततः उस नाज़ुक कोमल लड़की को बचाने के लिए रूड तो होना ही पड़ेगा। इसके अलावा

इसकी अपनी मुक्ति नहीं।

रामपुर हाट से निकलते ही ट्रेन में बहुत भीड़ हो गयी। पौष मेले के लिए सब बोलपुर जा रहे थे। अनिमेष पहले कभी बोलपुर नहीं गया था। पौष मेले के बारे में अख़बार में ही पढ़ा था। बोलपुर का स्टेशन देखकर लगा कि यहाँ मीटिंग करने में एक तरह से फ़ायदा ही हुआ है। इतनी भीड़ में पुलिस को सन्देह करने का कारण नहीं रहेगा। मेले में लोगों की भीड़ में वह छिपा रह सकता है। सिलीगुड़ी की सूचना के अनुसार रात को दस बजे बोलपुर से रवाना होगा। उससे पहले गोपालपाड़ा नामक गाँव भी जाना होगा। वहाँ गाँव के भाटीखाना के बराबर से नदी की तरफ़ ज़रा आगे जाकर बायीं तरफ़ चार नम्बर मकान मीटिंग के लिए निश्चित हुआ है। किसी कारणवश स्थान परिवर्तन होने पर बोलपुर को-ऑपरेटिव स्टोर्स के सामने शाम को पाँच बजे पहुँचकर सूचना मिल सकती है। सबको बता दिया गया है कि वे यही कहें कि पौष मेले के लिए बोलपुर जा रहे हैं। इस सम्बन्ध में अनिमेष आश्वस्त है। शान्तिनिकेतन देख पाने का मौक़ा मिलेगा इसलिए दोहरा लाभ होगा। ऊपर से माधवी साथ रहेगी। इसे सब भ्रमण विलासी सोचेंगे। किसी को सन्देह नहीं होगा। फिर सोचने लगा कि माधवी को हथियार की तरह इस्तेमाल कर रहा है। बस और नहीं। माधवी अगर वर्धमान आएगी तो उसे वापस नहीं जाने देगा। बोलपुर की मीटिंग के बाद समय मिलेगा तब माधवी को समझाएगा—अच्छी तरह।

वर्धमान पर ट्रेन के रुकते ही दिल में हलचल होने लगी। सोचा नहीं था कि ऐसी उत्तेजना इसके शरीर और मन पर आक्रमण करेगी। माधवी से मिल सकेगा सिर्फ़ इसलिए अवचेतन मन इतना अधीर हो रहा है? अभी उसी दिन तो कलकत्ता से आया है। फिर? इसने खुद पर क़ाबू पाने की कोशिश की। ट्रेन के प्लेटफ़ॉर्म पर रुकने के बाद भी कुछ देर तक वह बैठा रहा। फिर नीचे उतरकर दोनों तरफ़ देखा। प्लेटफ़ॉर्म के दूसरी तरफ़ बहुत से लोग खड़े थे। शायद सब पौष मेले के यात्री थे। स्पेशल ट्रेन न चलायी जाती तो इतने लोगों के लिए जगह न होती। अनिमेष कुली के साथ आगे बढ़ा। माधवी कहीं दिखाई नहीं पड़ी। ज़रा खोजने के बाद अनिमेष को लगा कि सारा शरीर अवसन्न हुआ जा रहा है। बड़ी थकान लग रही थी। क्या वह आज की तारीख़ के बारे में भूल गयी? विश्वास करने को मन नहीं हुआ। जल्दी-जल्दी प्लेटफ़ार्म पर ढूँढ़कर वह ओवरब्रिज के नीचे आ गया। माधवीलता को कुछ हो गया है? शायद बीमार हो, होस्टल में सो गयी हो। यह भी तो हो सकता है कि उसके बाबा ज़बरदस्ती उसे घर ले गए हों? या कि माधवी को इतने दिन बाद अपनी गलती का अहसास हुआ हो। सोचते ही अनिमेष के दिल में आग-सी जल उठी। कोई अच्छी बात दिमाग़ में नहीं आ रही थी। बस यही मन हुआ कि इस ट्रेन से कलकत्ता चला

जाए। सीधे होस्टल जाकर माधवीलता के बारे में जब तक न जान ले, चैन नहीं मिलेगा।

तभी सूनी आँखों से ऊपर देखते ही हिल उठा। क्या देखा, समझने में भी समय लगा। फिर भोर के प्रकाश में लाखों कमल इसकी आँखों के सामने तिर गए। जैसे दिल की चिता पर किसी ने कोमल हाथ रख दिया हो—पत्थर की तरह खड़े अनिमेष ने वही उज्ज्वल हँसी से युक्त मुँह को अपनी तरफ़ देखते पाया। थोड़ा-सा वक़्त! माधवी ओवरब्रिज की सीढ़ियाँ उतरकर नीचे आ रही थी। इसे लगा कि एक झरना उद्दाम गति से इसकी तरफ़ आ रहा है।

अनिमेष हिला नहीं। माधवी को देखकर जो चैन मिला था, धीरे से अभिमान में बदल रहा था। माधवी सामने आ खड़ी हुई।

"ओ मा! तुम्हारे चेहरे को क्या हुआ? आईना देखा है?"

"इसलिए पहचानी नहीं···।"

"नहीं···कैसे कमज़ोर और काले पड़ गए हो।" माधवी सचमुच सीरियस थी, "खुद पर बड़ा अत्याचार किया लगता है। खाते-पीते नहीं?"

"वहाँ शरत्चन्द्र की कोई नायिका तो थी नहीं जो चौकी बिछाकर खिलाती और खिलाते हुए हवा करती।" अनिमेष ने मुँह फेर लिया।

"बातें बनाना ख़ूब आ गया है। अगर पहले देख पाती तो सचमुच ताज्जुब होता। तुम्हारी सेहत बहुत ख़राब हो गयी है। मैं दिखाई नहीं पड़ी तो तुम कैसे बोका की तरह ताक रहे थे।" वह होंठ दबाकर हँसी।

"देखकर बड़ा आनन्द हो रहा है?"

अनिमेष की आवाज़ में ऐसी काट थी कि माधवी की हँसी गायब हो गयी। उसने अनिमेष का हाथ पकड़ लिया, "एई···मुझसे नाराज़ हो? असल में मेरी ही गलती थी। इतनी भीड़ थी सोचा, यहीं खड़े रहने पर तुम मुझे देख नहीं पाओगे। इससे ओवरब्रिज के ऊपर खड़े होने पर मैं तुम्हें देख लूँगी। तुम्हें देखते ही दिल ऐसे होने लगा···। असल में तुमसे छिपकर तुम्हें देखने में मुझे बड़ा अच्छा लगा! एइ···गुस्सा मत करो प्लीज़।"

अनिमेष ने देखा कि कमल जैसा मुँह इसकी तरफ़ देख रहा है। गम्भीर अनिमेष अनजाने ही हँस पड़ा। नहीं···इस लड़की पर वह कभी क्रोध नहीं कर सकेगा।

स्पेशल ट्रेन छोड़नी पड़ी। भीड़ इतनी थी कि झूलते हुए भी नहीं जा सकते थे। अगली ट्रेन ढाई घंटे बाद थी। इतनी देर चुपचाप बैठे रहने का कोई फ़ायदा नहीं था। वे स्टेशन से बाहर आ गए। अनिमेष तिरछी नज़रों से माधवी को देख रहा था। इससे चाहे जो कहे पर माधवी खुद भी काफ़ी कमज़ोर हो गयी है। फिर भी इस बार वह बहुत जीवन्त लग रही थी। उच्छ्वास ज़रा ज़्यादा था।

इसे देखकर अपनी ख़ुशी रोक नहीं पा रही। दोनों बस स्टैंड तक पैदल आए। रास्ते में इसे पता चला कि माधवी के बाबा एक दिन होस्टल पहुँचे थे। लड़की को तरह-तरह से समझाते रहे। कोई अच्छा पात्र मिल गया है। वे चाहते हैं, माधवी सुखी हो। इस लड़के से ब्याह हो जाए तो सारा जीवन अमरीका में आज़ादी से बिता सकेंगे। लड़का वहीं सैटल्ड है। माधवी ने उनकी बात ध्यान से सुनी, पर बोली कि वह सम्भव नहीं है। वे नाराज़ होकर चले गए। जाने से पहले अनिमेष का नाम भी मालूम हो गया। माधवी ने ही बता दिया है। लड़की ऐसी मारात्मक भूल कर रही है इन्हें विश्वास नहीं हो रहा था। होस्टल जाकर अनिमेष के बारे में पूछताछ करें और कौन जाने, स्वर्गछेंड़ा ही शिकायत की चिट्ठी लिख भेजें।

बताकर माधवी हँस पड़ी, "तुम्हें शायद ख़ामख़्वाह झमेले में डाल दिया है।"

"कैसे···।"

"अब माँ-बाबा के सामने ज़वाबदेही करनी पड़े।"

"वह दायित्व शायद अब नहीं रहा। किन्तु तुमने क्या फ़ैसला किया।"

"मायने···?"

"तुम्हारे बाबा ने ग़लत नहीं कहा।"

"समझी नहीं···।"

"यह पागलपन न करके कहीं और ब्याह करके गृहस्थ होना उचित है। मेरी बात छोड़ो। यही करते-करते, कब क्या हो जाए कोई नहीं बता सकता। मेरे लिए क्यों बैठी रहोगी?"

यह कहने के लिए अनिमेष मानसिक रूप से तैयार था। किन्तु इतनी जल्दी यह सब कहना पड़ेगा यह नहीं सोचा था। जब मौक़ा आ ही गया है—कहते हुए अनिमेष को बड़ा कष्ट हो रहा था। किन्तु माधवी को बचाने के लिए यह तो कहना ही था।

"ठीक है तो मैं यहीं से कलकत्ता लौट जाती हूँ।" माधवीलता की नज़रें बदल गयीं। चेहरा गम्भीर और होंठ सिकुड़ गए।

"यहाँ से वापस जाने की ज़रूरत नहीं। बोलपुर चलो। सच कह रहा हूँ, इस बारे में तुमसे खुलकर बात करना ज़रूरी है। जैसे-जैसे दिन बीत रहे हैं ख़ुद को अपराधी सोचने लगा हूँ।"

आख़िरी बात अनिमेष ने बड़ी आन्तरिकता से कही।

माधवी वहीं खड़ी हो गयी। अनिमेष की तरफ़ टकटकी बाँधकर देखने लगी फिर बड़े विषण्ण स्वर में पूछा, "तुम्हें क्या हो गया है?"

"क्यों···।"

"कैसी पागलों की-सी बातें कर रहे हो।"

"पागल···"

"तुम मुझे ज़रा भी नहीं समझ पाए?"

माधवी का चेहरा देखकर इसे लगा कि इस बारे में अब एक भी बात की तो सड़क पर ही एक दृश्य हो जाएगा। और उस मेघसंकुल मुँह की तरफ़ वह देख नहीं पा रहा था। बोला, "ज़ोर की भूख लगी है। ट्रेन में कुछ खाया नहीं···चलो कुछ खाएँ।"

माधवी सिर झुकाए कुछ देर सोचती रही। फिर बोली, "ऐसी बात फिर कभी मत करना। मैं आलू, बैंगन, मैदा नहीं हूँ।"

इस बात ने मानो माधवी को कठोरता के परदे में ढँक दिया। स्टेशन की वह उज्ज्वल लड़की जैसे तुरत गम्भीरता में डूब गयी। फिर अनिमेष को कुछ कहने की हिम्मत नहीं हुई। बस-स्टैंड पर भी बहुत भीड़ थी। लोग छतों पर बैठे थे। डबल किराए पर टैक्सियाँ दौड़ रही थीं। देखकर माधवी ने कहा, "इधर आओ।"

उत्तर की प्रतीक्षा किए बिना वह आगे बढ़ गयी। अनिमेष उसके पीछे हो लिया। पास में मिठाई की दूकान में जाकर एक खाने का ऑर्डर दे दिया। पुराना मौक़ा होता तो अनिमेष प्रतिवाद करता, अब चुपचाप खा लिया। माधवी ने एक समोसा और चाय के सिवाय कुछ नहीं लिया।

लड़कियों को हमेशा लड़कों को खिलाकर एक तरह का सुख मिलता है। इसे शरत्‌चन्द्र मार्का सुख कहकर अनिमेष मज़ाक़ उड़ाया करता था। किन्तु इस समय यह सब नहीं कह सका। इस समय माधवी की शक्ल देखकर ठंडे स्रोत के स्पर्श का अनुभव कर रहा था। इस लड़की को कैसे समझाए! फिर भी यही सोच रहा था कि माधवी समझ जाए तो उसका उपकार ही होता!

किसी तरह एक प्राइवेट टैक्सी में जगह मिल गयी। ड्राइवर के बराबर चार आदमी बैठे थे। बेचैनी से दम घुटा जा रहा था, पर कोई दूसरा रास्ता नहीं था। टैक्सी में ग्यारह आदमी थे। किराया डबल! माधवी खिड़की की तरफ़ बैठी थी, पर उसका भार अनिमेष पर पड़ रहा था। दूसरे लोगों पर प्रायः अपना भार डालते हुए भी उसे आराम नहीं दे पा रहा था। माधवी के शरीर का स्पर्श उसे बेचैन कर रहा था। माधवी भी परेशान थी। टैक्सी धूल उड़ाती हुई वर्धमान से वीरभूम में घुसी। माधवी ने दबी आवाज़ में कहा, "तुम्हारे दिमाग़ में कोई बुद्धि नहीं है।"

"वह तो जानी-मानी बात है···पर अचानक क्यों याद आ गयी।"

"यदि सीधे बोलपुर जाकर उतरती और तुम इतनी दूर न आते तो इतना झमेला न होता।"

"एक कहावत है सावधानेर भार नेई।"

"इसमें भी तुम्हारी बाड़ाबाड़ि। जैसे पुलिस तुम्हें ही ढूँढ़ती फिर रही है?" माधवी ने झुँझलाकर जवाब दिया। टैक्सी में ख़ूब शोर था। सारे सहयात्री कलकत्ता से आए हुए थे। उनकी बातें सुनते-सुनते अनिमेष को ध्यान आया कि आज रात कहाँ ठहरेंगे इसका तो फ़ैसला नहीं हुआ। माधवी को लेकर सारी रात भाठ (मैदान) में तो खड़ा नहीं हो सकता। इधर जो हालत दिखाई पड़ रही थी किसी होटल में भी शायद ही जगह मिले। यह बात दिमाग़ में आते ही अनिमेष परेशान हो उठा। अकेला रहने पर सबकुछ मैनेज हो सकता है, पर एक महिला के साथ तो सम्भव नहीं। इसके अलावा एक और समस्या का ध्यान नहीं आया। होटल में अगर एक ही कमरा मिला तो माधवी के साथ एक ही कमरे में रहना मुमकिन है? नहीं···व्यक्तिगत संकोच नहीं, खुद पर भरोसा है इसे। किन्तु माधवी इसे कैसे लेगी? ऐसी गम्भीर लड़की इस व्यवस्था को मान सकेगी? यह भी लगा कि उसे यहाँ बुलाना ही ग़लत था। पहले से सोचकर कोई काम न करने पर झमेले में पड़ गया है।

बोलपुर उतरते ही मेले की गहमागहमी नज़र आयी। प्रधानमंत्री शायद भाषण देकर गए हैं। पुलिस की तत्परता इस समय ज़्यादा होगी। माधवी बस-स्टैंड से ज़रा दूर खड़ी चारों तरफ़ नजरें रखे थी। धूप में इतनी तेज़ी नहीं थी अभी। अच्छी तरह स्नान करने की इच्छा हो रही थी।

माधवी बोली, "मेला तो रात को है?"

"हाँ···।"

"इस समय कहीं जाकर ठहरना होगा। चलो, देखते हैं।"

"होटल में जगह मिल जाएगी?"

"यहाँ खड़े होकर तो मिलने से रही।"

अनिमेष ने एक रिक्शावाले को आवाज़ दी। बड़ी तत्परता से उसने पूछा, "कहाँ बाबू? टूरिस्ट लॉज?"

"टूरिस्ट लॉज में जगह मिल जाएगी?"

रिक्शावाले का मुँह खुला रह गया, "आपने जगह बुक नहीं करायी?"

"नहीं···अचानक आ गए भाई।"

"यहाँ तो बाबू मछली घुसाने की भी कहीं जगह नहीं! टूरिस्ट लॉज, होटल, बोर्डिंग सब जगह लोग लाइन में बैठे है। कोई 'चाल' भी नहीं है।"

अनिमेष ने माधवी की तरफ़ देखा। हालत बहुत ख़राब थी। माधवी ज़रा आगे आ गयी, "अच्छा भाई! जब आ ही गए हैं, कहीं तो रहना ही है। तुम यहाँ के आदमी हो किसी जगह के बारे में बताओ ना।"

रिक्शावाले की त्यौरी चढ़ गयी, "ना दीदी! भद्दर लोगों के रहने लायक जगह नहीं है। सारा साल खाली रहता है, किन्तु पौष मेले के समय लालच

बढ़ जाता है।"

अनिमेष ने कहा, "एक ही रात की तो बात है। जैसे भी हो थोड़ी-सी जगह से चल जाएगा। सारा वक़्त तो मेले में ही घूमेंगे। ज़रा देखो ना!"

उसने उनकी तरफ़ देखकर कुछ देर सोचा, फिर बोला, "बैठ जाइए···देखूँ क्या किया जा सकता है।"

बैठने पर आराम मिला। बर्फ़ीली हवा में रिक्शा चल पड़ा। अनिमेष बोला, "देखो, भाग्य में क्या है?"

माधवी हँसकर बोली, "मैं साथ हूँ ना···व्यर्थ नहीं जाएगा।"

बोलपुर पार करके शान्तिनिकेतन के पास से रिक्शावाला श्रीनिकेतनवाली सड़क पर आ गया। दसेक मिनट तक खाली मैदान से गुजरने के बाद दायीं तरफ़ कच्ची सड़क पर आ गया। अनिमेष ने वहाँ सुन्दर-सुन्दर घर देखे। मेले का भीड़-भड़क्का यहाँ नहीं था। केवल टूरिस्ट बड़ी सड़क से श्रीनिकेतन जा रहे थे। रिक्शावाला इन्हें वहीं बैठने को कहकर किसी घर का दरवाज़ा खोलकर अन्दर चला गया। अनिमेष ने देखा मकान का सदर दरवाज़ा बन्द था। पता चल रहा था कि यहाँ कोई नहीं रहता था। ज़रा देर बाद ही दरबान टाइप के आदमी को साथ लेकर रिक्शावाला आ गया। आकर हँसा, "आप लोग तो एक रात ही रुकेंगे?"

अनिमेष ने गरदन हिलायी।

"उतर आइए···सारी बात हो गयी है···यह बाड़ी का माली है। बाड़ी के बाबू बम्बई में रहते हैं। इस बार नहीं आ रहे। आपके लिए एक कमरा खोल देगा···आराम से रह जाइए।"

"कितना देना होगा?" अनिमेष ने पूछा।

"तीस रुपए—इतनी सस्ती, आरामदायक जगह कहीं नहीं मिलेगी बाबू! पर एक बात है खिड़की मत खोलिए।"

"क्यों?" माधवी ने पूछा।

"मायने सब यही जानते हैं कि यहाँ कोई नहीं रहता। खिड़की खोलने पर पासवाली बाड़ी के लोगों को पता चल गया तो मालिक के कान तक जाएगा।···मायने गोपन ही रहना होगा। एक रात, सरदी के दिन, कोई असुविधा नहीं होगी।"

"तुम्हें क्या देना होगा?"

"जो बनता हो···आप लोगों का जो मन हो।"

अनिमेष ने दो रुपए पकड़ाते-पकड़ाते तीन दे दिए। उसे देखकर लगा कि वह ज़्यादा की उम्मीद कर रहा था। अब तक माली कुछ नहीं बोला था। इन्हें चुपचाप देख रहा था। अनिमेष आदि के रिक्शा से उतरते ही घर के अन्दर

लौट गया। रिक्शावाले के जाते ही अनिमेष आदि भी घर में घुसे। सामने बाग था, पर यत्नपूर्वक उसकी देखभाल नहीं हो रही थी शायद। सदर दरवाज़े से नहीं ये लोग दरवाज़े की खिड़की से अन्दर गए थे। घर बहुत बड़ा था। अन्दर छता हुआ चबूतरा। चबूतरे के उस तरफ़ ठाकुर नौकरों आदि के घर और इस तरफ़ अन्दर जाने का दरवाज़ा। माली सीढ़ियों से ऊपर जाकर एक दरवाज़ा खोलकर पहली बार बोला, "इस कमरे में रह जाइए।"

अनिमेष ने देखा कमरा बड़ा सुन्दर था। बहुत बड़ी खाट पड़ी थी। चेयर भी सजी हुई थी। इनके बैठते ही माली बोला, "सुन लिया था···खिड़की नहीं खोलनी है। और मेरे अलावा कोई बुलाये तो जवाब मत दीजिए।"

"ठीक है···पर स्नान कहाँ करूँगा?"

"उस तरफ़ बाथरूम है।" उसने आगे बढ़कर अटैच्ड बाथ दिखा दिया।

"जिनका मकान है वे नहीं आते।" माधवी ने पूछा।

"आते हैं, पर इस बार नहीं आ रहे। अगर उनकी पहचान का कोई आ जाए तो चुपचाप चले जाना होगा।"

"यह क्या?" अनिमेष आतंकित हो गया।

"देखिए···सोचकर देखिए।"

माधवी बोली, "अब सोचना नहीं है···कोई आ गया तो हमें जाना होगा।"

"ठीक बात···आप खाकर आए हैं?"

"नहीं···यहाँ कोई होटल है?"

"है···परन्तु मैं ला देता हूँ।"

"नहीं···नहीं हम जाकर खा आएँगे।"

"यह ठीक नहीं होगा। बार-बार जाने-आने पर लोग देख लेंगे। एक बार जाकर रात को ही लौटिए। रुपए दीजिए।"

माधवी के बैग से दस रुपए निकालकर देते ही वह बोला, "किराया।"

"वह भी अभी देना होगा?" अनिमेष ने पूछा।

"हाँ बाबू! देना तो होगा ही पहले या बाद में।"

वह रुपए लेकर दरवाज़ा उड़काकर चला गया।

हठात् अनिमेष को ध्यान आया कि इस मकान के बन्द कमरे में माधवी और इसके अलावा कोई और नहीं है। संकोच दूर करने के लिए खड़ा होकर वह बोला, "कैसा बन्दी-बन्दी-सा लग रहा है।"

उस समय माधवी हाथ घड़ी उतारकर टेबल पर रख रही थी। इधर मुँह करके बोली, "किसके घर में कौन आ गया। बीच-बीच में शायद कमरे का किराया लेता है।"

"कैसे जाना?" अनिमेष सामने आ गया।

माधवी ने अंगुली से एक लेडीज़ रूमाल दिखाया। मुड़ा-तुड़ा रूमाल टेबल के कोने में पड़ा था। माली की नज़र से कैसे बच गया?

रात को ट्रेन में जागते हुए आए थे। नहाने-खाने को लेकर अनिमेष आलस कर रहा था। पर माधवी के बार-बार कहने पर उसे उठना पड़ा। बाहर हल्की-हल्की धूप थी। अब कमरे में बैठे रहने के कोई मायने नहीं थे। अनिमेष का मन हो रहा था कि कमरे में माधवी के सामने बैठकर बातें करे। अकेले रहने का मौक़ा पहले कभी नहीं मिला था। गृहस्थ-सा लग रहा था। किन्तु माधवीलता बाहर जाने के लिए जो छटपटा रही थी उसका कारण अनिमेष की नज़रों से ओझल नहीं था। बात बड़ी परेशान करनेवाली थी। विशेषकर माधवी जैसी लड़की, जो एक बात पर घर छोड़कर होस्टल आ गयी थी, उसे अकेले कमरे में इसके साथ रहने में जैसे डर लग रहा था। माधवी से तो पूछ नहीं सकता था। अनिमेष को लगा कि चाहे जितनी दिलेर हों सब लड़कियाँ किसी-किसी जगह एक-सी होती हैं। पहले से सोचकर दुर्भावना सह लेंगी, पर मुँह से नहीं कहेंगी।

बड़ी सड़क पर आकर अनिमेष को लगा आज की दोपहर सचमुच बड़ी रोशन है। पौष मेले में शायद सबके घरों में अतिथि आते हैं। मकानों के सामने के लॉन में धूप सेंकने आए हुए लोगों को देखकर पता चल जाता है। शान्तिनिकेतन में इस समय उत्सव की-सी गहमागहमी है। श्रीनिकेतन से जो सड़क सीधी शान्तिनिकेतन के अन्दर जाती है इन दोनों ने वही रास्ता पकड़ा। यहाँ भी काफ़ी भीड़ थी। बराबर चलते हुए माधवी बोली, "बढ़िया।"

"क्या बढ़िया।"

"जगह···।"

"यह कहो ना।"

"क्यों तुमने क्या सोचा?"

"मैं तो बहुत तरह की बातें सोचता रहता हूँ। वे सच तो नहीं निकलतीं।"

"जैसे···?"

"जैसे आज की दोपहर तुम्हारे साथ कमरे में बैठकर बातें करने का सोचा था। किन्तु तुम बाहर निकलने के लिए जिस तरह छटपटाने लगीं जैसे मैं कोई राक्षस-वाक्षस हूँ।" अनिमेष ने बस इतना कहा।

माधवी ने तुरत अनिमेष की तरफ़ देखा। पीली साड़ी, गोरा रंग। उसके चेहरे पर ऐसा लावण्य था कि नज़रें मिलने के बाद अनिमेष नज़र हटा नहीं पाया।

माधवी ने मुँह झुकाकर दबी आवाज़ में कहा, "तुम कुछ नहीं समझते।"

"समझता नहीं···?"

"नहीं···सारी दोपहर हम कमरे में बैठे रहते तो दरबान जो अनुमान कर

रहा था उसे सच मान लेता। हम घूमने आ गए हैं, कमरे में नहीं बैठे रहे, उसे इसका अहसास दिलाना ज़रूरी था।"

"चलो हटो! वह हमारे बारे में इतना सोचता है, तुम्हें कैसे मालूम?"

"हमारे रिक्शा से उतरते ही वह मेरे सिर की तरफ़ देख रहा था। मैं विवाहित नहीं हूँ यह तो कोई भी समझ सकता है।"

"सिन्दूर की बात कर रही हो···हम ईसाई भी हो सकते हैं।"

"बको मत! विवाहित लड़की की शक्ल देखते ही पता चल जाता है।"

अनिमेष ने चौंककर उसकी तरफ़ देखा। वह सिर झुकाए चल रही थी। अनिमेष तर्क कर सकता था। सिर्फ़ दरबान की वज़ह से कमरे से निकलना पड़ा वह नहीं मानना चाहता था। लड़कियाँ कभी-कभी सच छिपाकर बहाना करती हैं। जान-बूझकर तर्क-वितर्क का क्या फ़ायदा?

उन्होंने पूरी दोपहर शान्तिनिकेतन देखने में बितायी। बड़ी भीड़ थी। ज़्यादातर घर बन्द थे। पर भास्कर, माठ-घाट, माताल, हाथी, श्यामली, रवीन्द्रनाथ की स्मृति-संग्रहशाला देखने में समय बीत गया। माधवी ने कहा था। यहाँ रवीन्द्रनाथ थे और उनके इर्द-गिर्द विख्यात व्यक्ति!–सोचते ही सिहरन-सी होती है।

अनिमेष बोला, "मान लो इसी रास्ते से नन्दलाल पैदल जा रहे हैं, और उन्हें देखकर रामकिंकर श्रद्धानत हो जाते हैं···दीनू ठाकुर, दीनबन्धु एंड्रूज, प्रभात मुखर्जी, जगदानन्द राय के साथ ज़रा इधर-उधर जाते ही मिलना हो जाए। और यह छोड़-छाड़कर ऑपरेशन के लिए, कलकत्ता जाने से पहले लड़के-लड़कियाँ सवेरे गुरुदेव के मैदान में खड़े होकर गान सुनाते हैं। रवीन्द्रनाथ की आँखें सजल हैं। उस बोझ के कारण शान्तिनिकेतन कभी शान्त नहीं लगा।"

माधवी बोली, "यहाँ पहली बार आयी हूँ। हमारे लिए कितनी सुन्दर जगह बना दी गयी है। केवल पढ़ाई में रुचि हो तो कितना आत्मिक हो सकता है–यहाँ न आती तो जान न पाती।"

"पर देखो ज़रा, बचपन से सुनता आया था कि यहाँ के लड़के बड़े शर्मीले होते हैं। कहते हैं 'एइ शाय हट जा' पर यहाँ आकर ऐसा कोई भी नज़र नहीं आया।"

"यहाँ आकर मुझे एक लाभ हुआ है।"

"क्या···।"

"तुम···।"

"मायने···।"

"चाहे जितनी विप्लव की बातें करो। देश में सामाजिक, राजनीतिक परिवर्तन चाहो असल में अन्दर से तुम बहुत रोमांटिक हो।"

"कैसे जाना?"

"रवीन्द्रनाथ के बारे में बताते हुए तुम्हारा मुँह, आँखें दूसरी तरह के हो गए थे। ठीक नहीं है क्या?" माधवी की आँखों में शरारत थी।

अनिमेष घूमकर खड़ा हो गया। "जो सचल होता है वही विप्लव का कारण बनता है। जड़ पदार्थ कभी विप्लव नहीं कर सकता। जो स्वभाव से विप्लवी है मन-ही-मन बड़ा रोमांटिक भी होता है। चेग्वारा और माओ त्से तुंग भी तो लकड़ी के बने हुए नहीं थे। पर रोमांटिक व्यक्ति विप्लवी भी हो, यह उम्मीद नहीं की जा सकती। हाँ, विप्लवी को थोड़ा-बहुत रोमांटिक होना ही पड़ता है। रोमांस का मतलब जानती हो ना?" अनिमेष ने शरारत से उसकी तरफ़ देखा।

"सुन्दर के प्रति आकांक्षा और अनजान के लिए जानने की इच्छा।"

"वाह...गुड! ऐसी सुन्दर महिला को जानने की इच्छा है तो मुझे अवश्य रोमांटिक कह सकती हो।"

"मैं ज़रा भी सुन्दर नहीं हूँ। और तुम लोगों के लिए जानने का आग्रह एक बार पूरा होते ही, प्रयोजन नहीं रहता।"

"जिसे जानना चाहता हूँ, वह तो उसकी विशालता पर निर्भर करता है।"

माधवी ने तेवर चढ़ा लिये। फिर हाथ पर रखा शॉल खोलकर लपेट लिया। इस समय हवा बड़ी ठंडी थी। शाम ढल रही थी। सारी दोपहर धूल खाने के कारण बड़ी थकान लग रही थी। आसपास कोई रेस्टोरेंट भी दिखाई नहीं पड़ रहा था कि वहाँ जाकर चाय पी लेते। को-ऑपरेटिव के सामनेवाला मैदान बसों से भरा हुआ था। बंगाल छाप मार्का सारी बसें मेले के यात्रियों को उतारकर यहाँ खड़ी थीं। अनिमेष आदि के को-ऑपरेटिव के सामने आकर खड़े होते ही बत्तियाँ जल गयीं। यह तिराहे का मोड़ था। कोई भी ख़बर हो, इस समय यहाँ मिल सकती है। माधवी ने पूछा, "यहाँ खड़े क्या कर रहे हो? चलो...मैले में चलो।"

"मेला तो सारी रात चलेगा। ज़रा ठहर जाएँ। पाँव दुख रहा है।"

"बाब्बा! ज़रा-सा चलकर पाँव दुखने लगे। चलो फिर...कहीं जाकर बैठते हैं।"

अनिमेष यहाँ से जाने को तैयार नहीं था। पर यह बात माधवी को बता नहीं सकता था। माधवी ने उसका चेहरा देखकर न जाने क्या समझा! मेले में जाने की बात फिर नहीं उठायी। अनिमेष ने देखा कि सड़क पर आदमियों का स्रोत-सा बह रहा था। लोगों की इतनी भीड़, रिक्शा की आवाज़ धीरे-धीरे कैसी विरक्ति पैदा करने लगी थी। बीस-एक मिनट खड़े रहने के बाद अनिमेष जान गया कि सब ठीक-ठाक है। वरना इस बीच कोई-न-कोई आ जाता। जाने गोपालपाड़ा यहाँ से कितनी दूर है। माधवी के सामने पूछताछ नहीं की जा सकती

थी। पर यह बात माधवी से छिपाने में भी संकोच हो रहा था। बोला, "चलो···मेले की तरफ़ चलते हैं।"

भीड़ से बचती हुई माधवी साथ चलती रही। अचानक बोली, "तुम्हारे किसी काम में मैंने बाधा नहीं दी। बता सकते हो कि यहाँ किसी काम से खड़े हो गए थे।"

अनिमेष कुछ कहते-कहते चुप हो गया। इसने देखा, कहने के बाद ज़वाब सुनने का उसमें आग्रह नहीं था। वह चारों तरफ़ बाग़ में बैठे लोगों को देख रही थी। मेलेवाला मैदान जैसे-जैसे पास आता जा रहा था, शोर बढ़ता जा रहा था। माइक बज रहा था। भीड़ का जमघट और अनगिनत दूकानों की रोशनी लोगों को चुम्बक की तरह खींच रही थी। उधर देखकर एक चिन्ता बिजली की तरह उसके दिमाग़ में कौंध गयी। आज रात इन लोगों की जो गोपन मीटिंग होगी उसमें माधवी को ले जाने का तो प्रश्न ही नहीं उठता, किन्तु माधवी तब कहाँ रहेगी। पहले से बताया नहीं जा सकता कि मीटिंग कब तक चलेगी। उसे यह तो मालूम है कि वह गोपन मीटिंग के लिए शान्तिनिकेतन आया है। पर उस सम्बन्ध में इसने कोई बात नहीं की और न उत्सुकता दिखायी है। अनिमेष को लग रहा था कि इतनी रात में अकेली लड़की को छोड़ जाना बड़ा दायित्वहीन है। हाँ, जल्दी से खा-पीकर माधवी को वापस घर पहुँचाकर और दरवाज़ा बन्द रखने को कहकर वह मीटिंग में जा सकता है। अकेले रहने में रिस्क तो है, पर कमरे का दरवाज़ा बन्द रखने से ज़रा निश्चित हुआ जा सकता है।

मेले में घुसकर माधवी चाय की दूकान पर जा खड़ी हुई। प्यास लगी थी। दो कप चाय लेकर पास खड़े पी रहे थे कि अनिमेष को दबी आवाज़ में अपना नाम सुनाई दिया। इतना आकस्मिक था कि हाथ में पकड़ी चाय छलक पड़ी। अनिमेष ने पलटकर देखा, इसके पास एक आदमी खड़ा था। शरीर पर अलवान लिपटी थी। दाढ़ी से भरा मुँह और आँखें दिखाई पड़ रही थीं। बस एक क्षण! अनिमेष पहचान गया। बोला, "कहिए।"

सुवास बोला, "तुम्हारा इस तरह घूमना ठीक नहीं है।"

"क्यों···?"

"बोलपुर स्टेशन पर हमारे दो लड़कों को पुलिस ने पकड़ लिया है। मेले से फटाफट निकल जाओ।" सुवास जैसे मन-ही-मन बोल रहा था। अनिमेष ने माधवी की तरफ़ देखा। चाय पीते हुए वह इनके पास से ज़रा हटकर खड़ी हो गयी थी। नज़रें भी दूसरी तरफ़ थीं। स्पष्ट था कि अनिमेष और सुवास की बातचीत में असुविधा न हो इसलिए ऐसी भंगिमा किए थी।

अनिमेष ने पूछा, "हमारी मीटिंग तो हो रही है ना?"

"हाँ···जो पकड़े गए हैं उन्हें मालूम नहीं था कि मीटिंग कहाँ होनी है।

ठीक समय पर निर्देश मिल जाएगा, कह आया था। यह लड़की कौन है?"

"मेरी आत्मीया।" अनिमेष की ज़बान पर बात अचानक आ गयी।

"भरोसा किया जा सकता है?"

अनिमेष ने गरदन हिला दी।

"तुम दायित्व लेते हो?"

"हाँ···पर बात क्या है?"

सुवास ने अलवान के अन्दर से छोटा सा पैकेट निकालकर अनिमेष के हाथ में देते हुए कहा, "उसे रखने को कह दो···सावधानी से।"

"इसमें क्या है?"

"कुछ है, जो मेरे पास रहने पर मुसीबत हो सकता है। लगता है, मैं बहुत सेफ़ नहीं हूँ। तुम कहाँ ठहरे हो?"

"किसी मकान में।"

"उसे वापस जाने को कह दो। मीटिंग के बाद मैं इसे वापस ले आऊँगा। तुम अब खड़े मत रहो।" बात कहते ही सुवास पलक झपकते भीड़ में मिल गया।

माधवी चाय के दाम चुकाकर अनिमेष के पास आ गयी। अनिमेष ने चाय का कप ज़मीन पर रखकर पैकेट आगे कर दिया। भृकुटि पर ज़रा-सा बल आया फिर उसे पकड़कर अनिमेष की तरफ़ देखा।

अनिमेष ने कहा, "पता नहीं इसमें क्या है, पर छिपाकर रखना होगा। रख सकोगी?"

"नहीं रख सकी तो क्या करोगे? मैं रख लूँगी जानकर ही तो पैकेट ले आए हो।"

"पर मैं तुम्हें फँसाना नहीं चाहता।"

"ठीक है, बात मत बढ़ाओ।" माधवी ने पैकेट कपड़ों में इस तरह छिपा लिया कि अनिमेष हो तसल्ली को गयी। फिर मेले की तरफ़ देखकर बोला, "मेले में घूमना मेरे लिए ठीक नहीं है। तुम क्या करोगी?"

"अकेली नहीं घूम सकती मैं! अकेले घूमना क्या अच्छा लगता है?"

"तो फिर···?"

"तुम्हारी मीटिंग कितने बजे है?"

"देर है···।"

"चलो फिर घर चलें।"

"घर जाकर क्या करोगी?"

"बातें···आमने-सामने बैठकर।" माधवी होंठ दबाकर हँसी।

"मैं जब चला जाऊँगा···अकेली रह सकोगी?"

"ताज़्जुब! कमरे में तो दरवाज़ा, खिड़की है। उसे खोलकर आकाश की तरफ़ देखना बेहतर है। क्यों?"

मेला छोड़कर जाना बुरा लग रहा था। किन्तु पैकेट में क्या है, न जानने के कारण उसे लिए हुए घूमने का रिस्क लेने की इच्छा नहीं थी। खाली रिक्शा जाते देख अनिमेष ने बुला लिया। माधवी प्रतिवाद करते-करते जाने क्या सोचकर चुप रही।

विपरीतमुखी भीड़ को ठेलते हुए वे जा रहे थे। रिक्शा में बैठकर ज़्यादा ठंड लग रही थी। इस ठंड के लिए अनिमेष के गरम कपड़े काफ़ी नहीं थे। उत्तर बंगाल में जो पहने जाते थे यहाँ लाने का ध्यान नहीं था। माधवी के शरीर पर चादर ही थी। लगता है, लड़कियों को सरदी कम लगती है।

रिक्शा बड़ी सड़क पर छोड़कर वे कच्ची सड़क पर चलने लगे। दोनों तरफ़ के मकानों की रोशनी दरवाज़े-खिड़कियाँ बन्द होने के कारण बाहर नहीं आ रही थी। गेट सरकाकर वे बाग में घुसे। उस बड़े मकान में झुटपुटा-सा था। पता नहीं चल रहा था कि वहाँ कोई है भी या नहीं। खिड़कीवाले दरवाज़े से बरामदे में आकर देखा कि एक कमरे में रोशनी थी। आवाज़ सुनकर दरबान झाँका बोला, "ओह···आप! इतनी जल्दी आ गए।"

अनिमेष बोला, "घर से फिर निकलना होगा, इसलिए ज़रा आराम करने आए हैं।"

"खाना-पीना कहाँ होगा?"

अनिमेष को याद आया, रात को तो इसे अकेले जाना होगा। माधवी के लिए तो खाना चाहिए। ज़रा आगे बढ़कर रोशनीवाले कमरे के सामने जाकर खड़ा हो गया। अन्दर चूल्हा जल रहा था। दरबान आटा गूँध रहा था।

"सोचता हूँ, खाकर ही जाऊँ। तुम अपना खाना बना रहे हो। हमारे लिए भी कुछ रोटियाँ और तरकारी बना दो। क़ीमत ले लो।"

"अंडा खाएँगे?"

"अंडे का झोल और रोटी? वाह! बढ़िया।"

"कब दूँ···?"

"रुपए अभी लोगे?"

"रहने दीजिए···खाकर दे दीजिए।"

दरबान इनके पीछे-पीछे कमरे तक आया। दरवाज़ा बन्द था। अनिमेष ने दरवाजा खोला। टेबल पर लालटेन रखी थी। दरबान बोला, "बिजली मत जलाइए बाबू! लोगों को मालूम हो जाएगा।"

"ठीक है···।"

दरवाज़ा उड़काकर जब वह चला गया, अनिमेष बोला, "कैसी चोर-चोर-की

सी फीलिंग हो रही है। इस तरह सिर छिपाए रहना अच्छा नहीं लग रहा।''

''कोई उपाय न हो तो क्या किया जा सकता है! बच्चे-कच्चों को लेकर कितने ही लोग खुले मैदान में खड़े हैं। उनके बारे में नहीं सोचते?'' माधवी चादर उतारकर पैकेट हाथ में लिये सोच रही थी। फिर कुछ सोचकर एक अलमारी के ऊपर रख दिया।

''जो बिना व्यवस्था के आ जाते हैं उन्हें तो भुगतना ही पड़ेगा।'' फिर आगे बढ़कर लालटेन की बत्ती ऊँची करने लगा। देखा, वह काम ही नहीं कर रही। कमरे में भुतही रोशनी भर-भर कर रही थी।

''हम व्यवस्था करके आए थे क्या?'' माधवी बोली।

''हमारे साथ बच्चे नहीं हैं।''

''नहीं···।'' कहकर वह हँस दी।

अनिमेष ने त्यौरी चढ़ा ली···अन्त में हँस पड़ा, ''मज़ाक़ हो रहा है?''

''मज़ाक़ क्यों? तुम्हारे जैसे वृद्ध राशमारी मनुष्य के साथ मज़ाक़ कर सकती हूँ।'' माधवी खाट पर सिमटकर बैठ गयी।

अनिमेष बोला, ''मैं वृद्ध राशमारी हूँ?''

''तो और क्या···यूनिवर्सिटी में पढ़ा हुआ एक लड़का मुँह फुलाए बैठा रहे? जैसे संसार की सारी दुश्चिन्ता उसके सिर पर है।''

''यह पहली बार मुझसे किसी ने कहा है।''

''तुम्हारा दुर्भाग्य।''

''अचानक यह बात मन में क्यों आ गयी?''

''अचानक नहीं···आज तक मुझे लेकर सिनेमा देखने नहीं गए। इस उम्र में लड़के सत्यजित रे, मृणाल सेन को लेकर बातें करते हैं। समरेश बसु के 'विवर' पर बहस करते हैं—तुम नहीं करते। तुम्हारा व्यवहार ज़रा एब्नॉर्मल है ना?''

अनिमेष के दिमाग़ में यह पहले कभी नहीं आया था। इसने माधवी की बात का प्रतिवाद नहीं किया। हँसकर बोला, ''तुम्हें क्या हुआ है?''

''कुछ नहीं···ऐसा नहीं करते, इस पर मुझे बिलकुल आपत्ति नहीं।'' माधवी ने हँसने की कोशिश की।

अनिमेष ने बिछौने पर बैठकर माधवी के सिर पर हाथ रखा, ''मेरे साथ झगड़ा क्यों कर रही हो?''

''झगड़ा···? नहीं तो।''

''फिर इतनी सख़्त बात जो कह दी। सब एक जैसे तो नहीं हो सकते?''

''एक जैसे होने की बात तो मैंने नहीं कही।''

अनिमेष ने अनजाने ही माधवी के सिर पर हाथ रख दिया था। माधवी

बड़ी गम्भीर थी, पर भोलेपन की कितनी ही रेखाएँ भी थीं। बड़ी विचित्र-सी मोहिनी खेल रही थी। अनिमेष उसके बालों में धीरे-धीरे अंगुलियाँ चलाने लगा। माधवी अपना गाल अनिमेष के बाजू पर रख दिया। नरम और गरम दबाव ने अनिमेष को विह्वल कर दिया। अनिमेष ने पलटकर माधवी को देखा। उसके गालों पर आँसू बह रहे थे। विस्मित हो अनिमेष ने पूछा, "तुम रो रही हो?"

सिर हिलाकर उसने 'ना' किया, पर आँसुओं को पोंछने की कोशिश नहीं की। कुछ क्षण अनिमेष चुपचाप बैठा रहा फिर फँसी हुई आवाज़ में कहा, "लता! अभी भी समय है⋯सोचकर देखो।"

माधवी की नज़रें स्थिर हो गयीं। चेहरा ज़रा-सा ऊँचा करके अनिमेष की तरफ़ देखा। अनिमेष बोला, "जो भी कहो⋯मैं तो धीरे-धीरे अनिश्चय की तरफ़ बढ़ रहा हूँ। पता नहीं ब्याह करने का सुयोग कभी आएगा या नहीं। कलकत्ते की एक युवती के लिए पक्का वायदा छोड़कर अनन्त काल तक प्रतीक्षा करना सम्भव नहीं।"

"वह मैं जानूँ?" माधवी की आवाज़ रूखी थी।

"नहीं⋯हमारे इस समाज में कोई लड़की अकेले विप्लव नहीं कर सकती।"

"कहा ना⋯यह मेरी समस्या है। जब मैं तुम्हारे विप्लव के बारे में कोई बात नहीं कर रही तो मुझे भी अपने बारे में सोचने दो।"

"किन्तु⋯?"

"कैसा किन्तु⋯।"

"एक लड़की मेरे लिए इन्तज़ार करे और मुझमें उसे एक फोंटा सुख देने की क्षमता नहीं।"

"सुख के बारे में तुम क्या जानो!"

अनिमेष कुछ कहने को था कि माधवी ने जल्दी से उसके मुँह पर हाथ रख दिया, "बात मत करो⋯संसार में मुझसे ज़्यादा सुखी कोई नहीं है। सुख पकड़कर समुद्र की तरह सारा जीवन तो दुलाया नहीं जा सकता। मोती की तरह एक बिन्दु पर स्थिर हो जाता है। और मेरे लिए उस मुहूर्त से बढ़कर क़ीमती कुछ नहीं।"

दोनों हाथों से माधवी को जकड़ते ही माधवी ने मुँह ऊँचा करके उसे चूम लिया। पल-भर में अनिमेष का बाँध टूट गया। यह लड़की जिसका मुँह हज़ारों कमल से ज़्यादा सुन्दर है, स्वप्न के आलोक से भी उज्ज्वल! जिसके शरीर को सामने पाकर अनिमेष के विवेक का बाँध टूट गया। प्रचंड तूफान में उड़ते हुए पत्ते में जैसे कोई शक्ति नहीं रहती अनिमेष भी डगमगा गया। माधवीलता जैसी लड़की, जो माप-तोलकर बात करती थी, अनावश्यक कुतूहल नहीं दिखाती थी, स्वयं को कष्ट देकर, मुँह खोलकर बताती नहीं, ने अनिमेष को लता की तरह

आन्तरिकता से जकड़ लिया। पहली वर्षा में जैसे मिट्टी सोंधी गन्ध फैलाती है! जैसे पूजा में धूप की सुगन्धि से काश गाछ श्वेत पुष्प में बदल जाते हैं; उसने भी खुद को खोलकर रख दिया। झड़ (तूफ़ान) की तरह उसने सारी कृपणता छोड़कर अनिमेष को आकंठ ग्रहण कर लिया–शरीर में।

तूफ़ान रुक जाए तो चारों तरफ़ कैसा सन्नाटा हो जाता है। प्रकृति के टूटे-फूटे छिटके चेहरे में ऐसा खालीपन आ जाता है जिसे ज़्यादा देर सहा नहीं जा सकता। माधवी तकिए में मुँह गड़ाए लेटी रही। अनिमेष को उसकी तरफ़ देखने का साहस नहीं हो रहा था। उत्तेजना के क्षण में अहसास की कोई सीमा नहीं रहती; उसने इसे आच्छन्न कर लिया था। उठकर बैठने लगा कि माधवी के हाथ ने उसे जकड़ लिया। अनिमेष ने देखा कि उसका चेहरा अब भी दूसरी तरफ़ था, पर इसकी सारी हरकत का उसे पता चल रहा था।

"उठो मत।" माधवी की आवाज़ बदल गयी थी।

अनिमेष चुपचाप उसके बराबर फिर लेट गया। उन्माद के क्षणों में जिसका ध्यान नहीं आया था, अब अनुभव किया। माधवीलता के शरीर की गन्ध, स्पर्श और बराबर रहने के आवेश ने उसे आच्छन्न कर दिया था। इसके बावजूद उसे लग रहा था कि आज जीवन की अन्यतम प्राप्ति के दिन का वह उपयोग नहीं कर पाया। इस तरह जल्दी-जल्दी किसी तरह मानसिक प्रस्तुति के अतिरिक्त यौवन का व्यवहार इसने कभी नहीं चाहा था। किन्तु वास्तव में वही हो गया।

काफ़ी देर बाद अनिमेष ने ही बात की। अपनी आवाज़ खुद को अजनबी लग रही थी, "तुम नाराज़ हो गयीं।"

माधवी अभी तक एक ही भंगिमा में पड़ी थी। तकिए से मुँह नहीं हटाया था। केवल उसका एक हाथ अनिमेष का हाथ कसकर पकड़े हुए था। प्रश्न कानों में पड़ते ही धीरे से हाथ छोड़कर सीधी हो गयी। फिर बड़े शान्त स्वर में बोली, "क्यों?"

क्यों? अनिमेष को धक्का लगा। इस 'क्यों' का उत्तर वह कैसे दे। उत्तर न देने की अपेक्षा प्रश्न करने की लज्जा से चुप रहा।

माधवी इस विषय को रोकना नहीं चाहती थी, "उत्तर क्यों नहीं देते।"

"मैंने इस तरह नहीं चाहा था।" वह बोला।

माधवी के होंठ हिले, "ओ···।"

अनिमेष ने खुलकर कहा, "तुम्हारे योग्य होकर तुम्हें मर्यादा देकर ग्रहण करने की इच्छा के साथ आज की इस घटना को मिला नहीं पा रहा। विश्वास करो, मैंने एक क्षण को भी नहीं सोचा था कि ऐसा कुछ हो सकता है।"

माधवी ने नज़रें अनिमेष के चेहरे पर गाड़कर कहा, "तुम क्या मेरे योग्य नहीं हो? तुमने क्या मुझे अमर्यादित किया है? मेरे अलावा किसी और को स्त्री

(पत्नी) सोच सकते थे?"

"नहीं···कभी नहीं।"

"तो फिर···।"

"क्या···तो फिर?"

"खुद को अपराधी क्यों सोचते हो? तुम्हारे मुँह से इस तरह की बात सुनने में मुझे बुरा लगता है।"

"किन्तु···।" आशंका की बात करते-करते चुप हो गया। माधवी हँस पड़ी, "तुम्हें विव्रत नहीं करूँगी।"

अनिमेष बोला, "तुम्हें समझ नहीं पाता।"

माधवी ने हाथों से अनिमेष को जकड़कर उसकी छाती पर सिर रखकर कहा, "तुम्हें कुछ भी समझने की ज़रूरत नहीं···सिर्फ़ इसी तरह प्रेम करते रहो।"

अनिमेष अब शान्त था। मन में जो काँटा गड़ रहा था, उसकी टीस कम न होने पर भी इस क्षण माधवी के आलिंगन से अनास्वादित शान्ति मिली। नारी-पुरुष के आलिंगन में कामबोध के अलावा एक और तरह का आनन्द होता है, उसको अनुभव करके वह पूर्ण हो गया।

दरवाज़े पर शब्द होते ही माधवी उछलकर बैठ गयी। अनिमेष ने देखा कि उसने जल्दी-जल्दी अपने कपड़े-बाल वगैरह ठीक-ठाक करके दरवाज़ा खोल दिया है। दरबान कमरे में आकर एक मीठी-सी नज़र उन पर डाल खाने का थाल रखकर चला गया। माधवी ने दरवाज़ा उड़काकर कहा, "आओ···खा लें।"

अनिमेष को आलस आ रहा था, "ज़रा देर बाद···।"

"हूँ···तुम्हें देर हो जाएगी। रात काफ़ी हो चुकी है।"

सुनते ही अनिमेष झट से खाट से नीचे उतरा। घड़ी देखी। सच है···वक़्त हो गया है। मालूम नहीं था कि यहाँ से गोपालपाड़ा जाने में कितना समय लगेगा। सुना था, को-ऑपरेटिव ऑफ़िस से बराबर से जो सड़क शान्तिनिकेतन से उलटी तरफ़ गयी है वहाँ से क़रीब एक मील जाना होगा।

अनिमेष ने देखा, माधवी खाने की थाली उसके सामने रखकर चुपचाप खड़ी थी। चकित होकर पूछा, "तुम नहीं खाओगी?"

"अभी मन नहीं हो रहा···बाद में खा लूँगी।"

"ताज़्जुब की बात है···लो, खा लो।"

"नहीं जी···तुम खाओ।"

"बात क्या है?"

"कह तो रही हूँ बाद में खाऊँगी···तुम देर मत करो अब।"

अनिमेष ने बात नहीं बढ़ाई। खाना-पीना ख़त्म करके बोला, "उस आदमी से कह जाता हूँ कि कल सवेरे बरतन ले जाएगा। तभी रुपए भी दे दूँगा···खाकर

तुम सो जाना। मैं जल्दी ही लौट आऊँगा।"

"ठीक है...।" अनिमेष को आगे करके वह दरवाज़े में खड़ी हो गयी।

माधवी को इस तरह अकेले छोड़कर जाने में अनिमेष को बड़ा बुरा लग रहा था। और अभी पहले हुई घटना के बाद तो खुद भी जाने को मन नहीं था। किन्तु खुद को सख़्त कर लिया। दरवाज़ा खोलकर एक बार पलटकर देखते ही माधवी मुँह उठाकर हँसी, "जाओ...तुम्हारे इन्तज़ार में जागती रहूँगी।"

उनतालीस

बहुत देर पहले शाम ढल चुकी थी। अब शान्तिनिकेतन भी सरदी से मुँह छिपाता है। आज मेले में सारी रात उत्सव होगा। पर श्रीनिकेतन की सड़क अब भी सुनसान है। सड़क पर चलते हुए पता भी नहीं लगता कि इस शहर में ऐसा कांड होता है। सड़क पर एक भी आदमी नहीं है। आसपास के मकानों के दरवाज़े-खिड़कियाँ बन्द हैं। अनिमेष को चलते हुए बड़ी थकान लग रही थी।

पॉकेट में जो रुपए हैं उनसे रिक्शा ली जा सकती है। किन्तु सरदी की रात में रिक्शा लेना बड़ी मूर्खता होगी। जल्दी-जल्दी चलने में सरदी कम हो जाती है। पर जल्दी चलने का मन नहीं था। घूम-फिरकर माधवी का चेहरा बार-बार सामने आ जाता। स्फीत अधर, आँखों में हँसी—यह दूसरी ही माधवी थी! इसका सारा जिस्म माधवी के स्पर्श से आच्छन्न था। जीवन में पहली बार किसी स्त्री के शारीरिक रहस्य को जाना है। अब बाहर आकर लगता है कुछ भी नहीं जानता, किन्तु पहले अभियान का रहस्य अब नहीं है।

शान्तिनिकेतनवाली सड़क पर इस सुनसान रात में चलते हुए अनिमेष को लगा कि ज़रा पहले कहीं एक गुत्थी पड़ गयी है। दादू, पिशी माँ, बाबा या छोटी माँ जो सम्बन्ध जोड़ नहीं पाए, रक्त को जो सम्पर्क इसे आकर्षित नहीं कर पाया था, अब इस पर हावी हो गया है। अब वह खुद को अकेला महसूस नहीं करता। माधवी चाहे कहे कि इस बारे में अनिमेष का कोई दायित्व नहीं है, पर वह इसे नहीं मानता। नहीं, कोई अपराधबोध नहीं है। परछाईं को पीछे छोड़कर चलते जाने का मन नहीं होता। परछाईं रहती है पाँवों के नीचे।

को-ऑपरेटिव स्टोर्स के सामने जब अनिमेष पहुँचा, कोहरा हिमवत् हो गया था। इसने अन्दाज़ा लगाया कि गोपालपाड़ा की सड़क बायीं तरफ़ है। फिर भी किसी से पूछ लेना चाहिए। सामने से एक खाली रिक्शा बायीं तरफ़ से आता दिखाई पड़ा। इसे देखकर पूछा, "मेले में जाएँगे बाबू?"

अनिमेष ने गरदन हिलायी, "नहीं...गोपालपाड़ा जानेवाली सड़क यही है?"

रिक्शावाले ने गरदन हिला दी। फिर पैडल मारकर मेले की तरफ़ चला गया। शायद इतनी रात में गोपालपाड़ा नहीं जाना चाहता था। दोनों तरफ़ के मकान सोये हुए थे। उस ख़ूबसूरत सड़क पर चलते हुए अनिमेष सोचने लगा कि अगर इस समय कोई पूछे कि गोपालपाड़ा क्यों जा रहे हो तो ज़वाब देने को कुछ नहीं है। सुवास दा' के कहे अनुसार अगर पुलिस सतर्क हो तो इसी सड़क पर इसे पकड़ लेगी। क्योंकि इसके अलावा कोई आदमी दिखाई नहीं पड़ रहा। पर दूसरी कोई सड़क नज़र नहीं आ रही थी। सीधे चलते हुए बेहिसाब झोंक होती है, रात के वक़्त किसी चलती सड़क से जाना उचित होता। वह सड़क के किनारे चलने लगा। काफ़ी आगे जाकर दोनों तरफ़ मकान कम हो गए थे–खुला मैदान दिखाई पड़ने लगा। चिकनी सड़क ख़त्म हो गयी थी अब पाँवों के नीचे कच्चा रास्ता था। बायीं तरफ़ दूर अँधेरे जंगल की रेखा थी। एक पुल जैसा पार करके अनिमेष ठहर गया। यहाँ दो रास्ते हो गए थे–एक सीधा जा रहा था और दूसरा दायीं तरफ़ नाले के बराबर से मुड़ता हुआ ऊपर चला गया था। चारों तरफ़ सुनसान था। सर्दी ख़ूब थी। अनिमेष को आवाज़ सुनाई दी। कोई गाना गाता हुआ आ रहा था। सुरीली आवाज़ में श्याम संगीत गा रहा था। ओट में कहीं खड़े होने का उपाय न देख चुपचाप खड़ा हो गया। ज़रा देर बाद वह सामने आ गया। इसे देखकर गाना बन्द कर दिया। फिर पूछने लगा, "कोई आदमी लग रहे हो?"

उसे देखकर अनिमेष को तसल्ली हो गयी। ऊपर से नीचे तक उसे अपनी तरफ़ देखकर इसने हँसकर कहा, "गोपालपाड़ा दायीं तरफ़ है?"

"उद्देश्य क्या है?"

अनिमेष समझ गया कि वह नशे में है। पुलिस का आदमी भी हो सकता है। अब कोई उपाय नहीं था। फिर भी बात घुमाकर बोला, "दो सड़क हैं ना···कौन-सी किस तरफ़ जाती है, जानना चाहता हूँ।"

उस आदमी ने सिर हिलाया, "ऊहूँ बाबा। चालाकी से रास्ता जानना चाहता है? सही सड़क न मालूम हो तो मनुष्य मरता है। मेले से···?"

अनिमेष ने गरदन हिलायी।

"ख़बर किसने दी?"

"कैसी ख़बर···?"

"देख रहा हूँ, ज्ञान बहुत है। मुड़ता है, पर टूटता नहीं। अरे बाबा! माँ द्वारा पोषितों को लज्जा करने की ज़रूरत नहीं···चलिए मैं भी जा रहा हूँ।"

"गोपालपाड़ा?"

"फिर वही बात। कितनी रात हो गयी है। ज़्यादा माल न मिले तो शराब की दूकानवाला लड़का दूकान नहीं खोलेगा। दस बजे बन्द करके···आज मेला

अगर···आप नए आदमी हैं। आपको देखकर मन पसीज गया।''

वह फिर चल पड़ा—पीछे-पीछे अनिमेष। फिर भी सन्देह था पूछा, ''आप गोपालपाड़ा जा रहे हैं?''

''और कहाँ जाऊँगा बाबा! मक्का कहो या काशी कहो···यही गोपालपाड़ा··· देसी भात की इतनी बड़ी दूकान वीरभूम में और कितनी होंगी। नहीं न।···मज़ा लो, ठर्रा नहीं मिलेगा। माल (शराब) पीकर आज तक कोई नहीं मरा। न पीने पर मरता है।''

''पीए बिना···?''

''मेरा कोई दोस्त शराब नहीं पीता। माँ, बाबा, काका (चाचा) कोई नहीं। आधे लोग इस बीच मर गए। स्साला मैं···माल खाकर आज़ाद घूमता हूँ।''

''आपका घर वहीं है?'' अनिमेष इस समय तक उसकी नीयत जान गया था। वह दोस्ती करने की कोशिश कर रहा था।

उसने पहले तो कोई जवाब नहीं दिया। गुमसुम जल्दी-जल्दी चलने लगा। परिवर्तन की वज़ह अनिमेष समझ नहीं पाया। ज़्यादा बात करने की ज़रूरत नहीं। गाँव नज़र आते ही साथ छोड़ देगा। काफ़ी देर चुपचाप चलने के बाद वह मन-ही-मन बोला, ''ये साला मुझसे भी बड़ा शराबी है। मेले से गन्ध फैलाता आ रहा है। अब कहता है कि वह मेरी बाड़ी है या नहीं। शराबखाने को जो 'बाड़ी' कहता है उसकी संगत नहीं करनी चाहिए।''

अनिमेष को हँसी आ गयी। चट से पूछा, ''क्यों?''

''बड़ा शराबी छोटे शराबी के सिर पर हाथ फेरता है। मेरे पैसे से माल खाने का मतलब?'' वह और तेज़-तेज़ चलने लगा।

अनिमेष जान-बूझकर दूर हो गया। वह आदमी गिरता-पड़ता दौड़ रहा था। धीरे-धीरे एक गाँव दिखाई पड़ा। अन्धकार के झुटपुटे में मकान थे। गाँव के नज़दीक आकर अनिमेष को ध्यान आया कि वह शराबी तो भाग गया है। आसपास कहीं नहीं था। शराबी नशे में बड़े उदार हो जाते हैं। इस आदमी ने भी केवल खाने के लालच में यह किया था। लाल मिट्टी की कच्ची सड़क! मिट्टी के ही घर थे। गाँव में घुसते ही अनिमेष चौंक पड़ा। बचपन से बंगाल के गाँवों की जो छवि किताबों में देखता आ रहा था, वह अब नज़रों के सामने थी। इस तस्वीर के साथ उत्तर बंगाल के गाँवों का कोई साम्य नहीं। हाँ, इस रात के समय घर के बाहर कोई आदमी नहीं था। मानो किसी परित्यक्त गाँव में वह चल रहा हो। निर्देश के अनुसार बाड़ी के ठीक सामने पहुँचते ही सीटी सुनाई पड़ी। अनिमेष इस गुप्त संकेत का मतलब समझता था। अब वही किया जो ठीक था।

बहुत सवेरे मीटिंग ख़त्म हुई। निर्वाचन आ गया था। इसका बायकॉट करने के लिए समग्र रूप में प्रचार करना होगा। दल के नेताओं को डर था कि कांग्रेस नहीं, सी.पी.एम. द्वारा ही इन्हें उखाड़ फेंकने की कोशिश की जाएगी। यानी अब अपनों से ही संघर्ष होगा। यथासम्भव ज़्यादा केडर बढ़ाना होगा। दो प्रमुख निश्चय हुए। जन-साधारण को हानि पहुँचानेवाले लोग, जैसे जोतदार, सूदखोर वगैरह को ख़त्म करना होगा। साधारणतः उन्हें पुलिस और सरकार का समर्थन प्राप्त है। इनसे जनता को रिहाई मिल जाए तो दल के प्रति समर्थन बढ़ जाएगा। सारा देश इकट्ठा होकर अगर अस्थिरता पैदा कर दे तो स्वाभाविक रूप में शासन-व्यवस्था का पंजर खंडित हो जाएगा और विप्लव से प्रसन्नता मिलेगी।

दूसरे पुराने घिसे-पिटे सेंटिमेंट जो बुर्जुआ मानसिकता की उपज हैं, उनसे जनता को मोह-मुक्त करना होगा। जिसे रैनेसांस कहा जाता था उसी समय और उसके बाद से जिन्हें महान कहा जाता था, और देश में जगह-जगह मूर्तियाँ प्रतिष्ठित की गयी हैं, उनमें से अधिकांश सम्मान के योग्य नहीं थे। बुर्जुआ शक्ति ने देशवासियों को मोहग्रस्त करने के लिए इनकी व्यवस्था की है। इसलिए सांस्कृतिक विरोध की सूचना राजनीतिक विप्लव के साथ शुरू करनी होगी।

बंगालियों का इतिहास ज़्यादा-से-ज़्यादा डेढ़ सौ वर्ष पुराना है। ज़्यादा पुरानी बात नहीं है, प्लासी के युद्ध के समय बंगाल की राजनीतिक पटभूमि में एक भी बंगाली नहीं था। यहाँ तक कि सिपाही युद्ध के समय जब पूरे देश में हलचल थी तब भी किसी बंगाली का नाम सुनाई नहीं दिया था। पहले बंगाली जो हमारे सामने अपने कृतित्व के बल पर सामने आए थे, राममोहन राय थे। इतिहास प्रतापादित्य की बात करता है। किन्तु वे सज्जन लट्ठबाज़ के अलावा कुछ नहीं थे। सन्देह है कि वे बंगाली थे भी या नहीं। कृष्णचन्द्र राय भी केवल बड़े जमींदार थे। यानी डेढ़ सौ वर्ष पहले हमारी पूर्ववर्ती चौथी पीढ़ी के लोग सिर पर गमछा बाँधकर खेती करते थे। हमारा जो कुछ बोलबाला हुआ वह रवीन्द्रनाथ से। यानी बंगालियों का धारावाहिक इतिहास कोई नहीं है। सौ-डेढ़ सौ वर्ष में जो जाति उठी वही उल्लेख करने लायक बस। निरक्षर किसानों का दल मछुआरे या बेईमान ब्राह्मण इतने समय तक डोंगी खेते रहे थे। अंग्रेजों के आने के बाद अ-ब्राह्मणों ने उनकी चाटुकारिता के लिए फटाफट अंग्रेज़ी सीख ली। इस विद्या से नौकरी मिलने में सुविधा हो गयी। ब्राह्मण अपनी कट्टरता के कारण कुछ समय तक अंग्रेजों से दूर रहे फिर देखा कि इतने समय तक जिन्हें धर्म का भय दिखाकर दबाए रखा था वे अंग्रेजी सीखने के कारण अवस्थापन्न होते जा रहे हैं। अन्ततः उन्होंने भी वही लाइन पकड़ ली। फलतः इतने समय तक मरी पड़ी जाति रातोरात नौकर हो गयी। इसी तरह की एक जात से जब देशबन्धु चित्तरंजन या विद्यासागर सामने आए तब भला उनको अस्वीकार किया जा सकता था? शायद कुल डेढ़

सौ वर्ष से हम इनसान हुए हैं। इस समय में शिल्प-संस्कृति में हम बहुतों से होड़ लेने योग्य हो गए हैं। अब प्रश्न यह है कि जिस शिल्प-संस्कृति के बारे में हम जानते हैं, उससे साधारण जनता की कितनी भलाई हो सकती है। अनिमेष इस बारे में सहमत था कि बड़े लोगों द्वारा तैयार की गयी संस्कृति के साथ बंगाल के साधारण मनुष्य का कोई योग नहीं है। अकादमी में जो कृषि विप्लव के नाटक होते हैं उन्हें गाँवों में दिखाया जाए तो सचमुच के किसान कैरिकेचर देखकर हँसी से लोट-पोट हो जाएँ। इसलिए इस व्यवस्था में परिवर्तन ज़रूरी है। इनका मन शायद सबकुछ का समर्थन न करे, किन्तु वृहद् फल-लाभ के लिए सामान्य भूल के बारे में अन्धा रहना अच्छा है।

इतिहास को दूसरी तरह लिखने की ज़रूरत है। अंग्रेज़ों ने हमें इनसान बनाया है, यह सूर्य की तरह सत्य है। उनके आने के बाद हमने जीवन-यापन और यौन से हटकर संसार के बारे में भी सोचना सीखा है। किन्तु उसके बदले गुलामी भी हमारे रक्त में घुस गयी है। प्रिंस द्वारकानाथ ने उनसे होड़ की भी। अंग्रेजों से मालूम करके जौसंट स्टॉक कम्पनी खोली, बैंक स्थापित किए। शराब पी और मेमसाहबों से प्रणय किया। फलतः वे प्रिंस! विद्यासागर या राममोहन— चाहे कितना भी बंगालीपन दिखाएँ उनके चरित्र में अंग्रेजी-शिक्षा मेरुदंड की तरह काम करती रही। परिणामतः अंग्रेजों के जाने के बाद हम बिना माँ-बाप के रह गए। बंगालियों का भारतवर्ष के मानचित्र पर कोई स्थान नहीं रहा। और इस तरफ़ मरुभूमि के राजस्थानी लोग या पारसी, सिन्धी आदि अंग्रेजों के चाकर न होकर मन के अनुकूल व्यवसाय शुरू कर दिया। अंग्रेजों के जाने के बाद देश इसलिए उनके हाथों में चला गया।

रवीन्द्रनाथ अगर इस देश (बंगाल) में पैदा न हुए होते तो हमारी हस्ती विपन्न रहती। यह व्यक्ति अकेले स्वयं के बीज की सृष्टि करके उससे विराट वृक्ष खड़ा कर गया। विवेकानन्द का नाम उनके साथ अवश्य लिया जा सकता है। इन दोनों को छोड़कर बाक़ी सब अन्धकार है। श्रीहट्ट के चैतन्यदेव ने धर्मविश्वास द्वारा बंगालियों को उद्वेलित किया था, उसका व्यावहारिक मूल्य क्या है? नदिया से उड़ीसा चले गए थे व्यक्तिगत उन्माद में। तो फिर? फिर भी उस ईश्वरमुखी मनुष्य को नवजागरण का प्रतीक कहकर हमारे इतिहासज्ञों को अफीम खिलाए जा रहे हैं।

अनिमेष ने सभा के अन्त में कुछ निर्देश मालूम कर लिये। अब कुंठा का समय नहीं था। पड़ोसी राष्ट्र में गुरिल्ला ट्रेनिंग का ज्वार बहुत जल्द आनेवाला है। आवश्यक है कि कुछ अस्त्र ठीक समय पर पहुँच जाएँ। इनके लिए आर्थिक व्यवस्था अनिमेष आदि को करनी होगी।

मीटिंग के बाद सुवास दा' के साथ बात करने के लिए जब खड़ा हुआ

तो उस आदमी पर नज़र पड़ी। इतने बड़े कमरे में इतने लोगों के बीच अब तक इसने ध्यान नहीं दिया था। देखकर हतवाक् रह गया। उस आदमी की अब भी वैसी हालत थी। फिर झट से ख़ुद को सँभालकर वह आदमी बोला, "माल-वाल नहीं खाया है, आप तो जानते हैं।"

"मैं भी यह मालूम करने यहाँ नहीं आया हूँ आप भी देख रहे हैं।"

"अरे बाप! मैं तो ज़नाब आपको देखकर बहुत घबरा गया था। सड़क के मोड़ पर आपको खड़े देखकर सोचा कि यह साला ज़रूर रुकावट बनेगा। इसे कैसे काटा जाए यही मेरा धन्धा था।"

अनिमेष हँस पड़ा, "आप न आते तो यहाँ पहुँचने में दिक्कत होती···पर बहुत चौंका दिया था।"

तभी सुवास इसके पास आकर बोला, "अनिमेष! आज ही वापस जाओगे?"

"मन तो यही है।"

"हाँ···तुम्हारा कलकत्ता न जाना ही अच्छा है। कैसे लौटोगे, कुछ सोचा है?"

"दोपहर की ट्रेन पकड़ूँगा।"

तभी वह आदमी बोल पड़ा, "किस तरफ़ जाएँगे?"

सुवास बोला, "आप भी तो नॉर्थ बंगाल जा रहे हैं आप दोनों साथ जा सकते हैं।"

अनिमेष ने पूछा, "आप नॉर्थ बंगाल में कहाँ जाएँगे?"

"रायगंज···और आप?"

"सिलीगुड़ी।"

"वाह···गुड! किन्तु ट्रेन से न जाना अच्छा है।"

"फिर कैसे जाएँगे?"

"उसकी व्यवस्था कर ली है। एक लॉरी कूचबिहार से बोलपुर आती है। वह आज सवेरे ही लौटेगी। उससे आया था, उससे ही चला जाऊँगा।"

"आपके साथ जाने के लिए जगह मिल जाएगी?"

"सारे भारतवर्ष को साथ लेकर जाना चाहता था। आप तो जनाब! कुल पचास होंगे।"

इस समय ज़बरदस्त कुहासा था। चारों तरफ़ सफ़ेद हो गया था। सिर पर आकाश भी धुआँ-सा था। यहाँ तक कि शुक्र तारा भी दिखाई नहीं दे रहा था। वे छोटे-छोटे दलों में बँटकर फैल गए। सुवास, अनिमेष और सद्यपरिचित आदमी चुपचाप गाँव का बाक़ी रास्ता पार करके छोटी नदी के पास आ गए। वे जिस तरफ़

से गाँव में घुसे थे, वह विपरीत दिशा थी। इस गाँव में सरदी में शायद कुत्ता तक इतनी सवेरे नहीं भौंकता। कोई सड़क पर नहीं चलता। वह आदमी बोला, "मैंने गुमराह नहीं किया। इस तरफ़ की देसी शराब की दूकान बड़ी मशहूर है।"

"आपको कैसे मालूम हुआ?" अनिमेष ने पूछा।

"जान लिया···यह जो नदी है, यह पार करके ज़रा आगे जाकर जो गाँव पड़ता है, उसका नाम है तालतोड़। उसे छोड़कर ज़रा आगे जाकर कोपाइ है।"

उसके पीछे-पीछे नदी पार कर ली उन्होंने। पानी बड़ा ठंडा था। सुवास बोला, "आपको सबकुछ मालूम है तो गाइड की तरह आगे चलिए। हम पीछे आते हैं।"

उसने सिर हिलाया, "क्यों···साथ-साथ क़दम बढ़ाएँगे···चलिए।"

सुवास चिढ़ गया, "छोड़िए जनाब! इतने दिन बाद इससे मिलना हुआ है, दो-एक व्यक्तिगत बातें भी हो सकती हैं···समझते क्यों नहीं।"

वह बोला, "वह तो है···।" कहकर वह ज़रा आगे-आगे चलने लगा। अनिमेष ने बहुत दूर से गाँव देख लिया था। इस तरफ़ केवल मैदान थे और बीच-बीच में झाड़-झंखाड़। सरदी में शायद अँधेरा कम नहीं होता। सुवास अनिमेष से कोई बात नहीं कर रहा था। समझ न पा अनिमेष बोला, "वह पैकेट साथ जाना होगा?"

"नहीं···उसे वापस नहीं करना है।"

"उसमें क्या है?" समझ नहीं पाया था अनिमेष।

"रिवॉल्वर···।" कहकर सुवास ने कन्धे के झोले से एक छोटा-सा हथियार निकालकर अनिमेष को दिखाया, "बिलकुल ऐसा ही।" अनिमेष को एकदम पत्थरवत् बनाकर सामने गोली चला दी। अनिमेष ने चलते-चलते देखा, उसी समय उस आदमी ने इनकी तरफ़ पलटकर देखा और गोली सीधी उसकी छाती में लगी। वह ज़रा शून्य में उछलकर ज़मीन पर जा गिरा। सुवास उसकी तरफ़ दौड़ा। उस आदमी की पॉकेट से एक छोटे से हथियार के सिवाय कुछ और बरामद नहीं हुआ। उस समय भी गोली की आवाज़ उस निर्जन रात में खाली मैदान में मानो आकाश की तरफ़ जा रही थी। अनिमेष को अपनी आँखों पर विश्वास नहीं हो रहा था। उसके धातस्थ ह़ोने से पहले ही सुवास खड़ा होकर बोला, "भाग चलो।"

ठीक से याद नहीं कितना रास्ता किस तरह पार किया था उन्होंने। शान्तिनिकेतन के सामने सुवास रुका। अनिमेष की नज़रों में अब भी वह शरीर ज़मीन पर छटपटा रहा था। इस तरह अचानक हत्या करने का कारण समझ नहीं पा रहा

था। वह आदमी उनके दल का नहीं था तो उस गुप्त मीटिंग में घुसने का मौक़ा कैसे पा गया? तो फिर!

सुवास बोला, "सवेरा होनेवाला है। तुम वापस जाओ।"

अनिमेष ने सीधे पूछा, "उस आदमी ने कोई अन्याय किया था?"

"बताने का समय नहीं है अभी। वह पुलिस का आदमी था। हमारे साथ काम करने का बहाना करके आया था। मुझे मालूम है, वह ट्रेन से आया था और ट्रेन से ही जाएगा। लॉरी की बात केवल बनायी थी। तुम्हें या मुझे आज श्रीधर (कैदखाने) में जाना पड़ता।"

अनिमेष बोला, "मैं सोच भी नहीं सकता···।"

"आँख, कान खुले रखो अनिमेष! जैसे ही पता चले कि कोई रास्ते में रुकावट बन रहा है, उसे तुरत हटा दो। सेंटिमेंट मनुष्य को हमेशा कीमत चुकाने के लिए बाध्य करता है। उस (आदमी) के बारे में आज शाम को ही फ़ैसला कर लिया था। ख़ैर···मैं यहीं से चला जाऊँगा। तुम पुल पार करके दायीं तरफ़ की सड़क पकड़ लेना।"

"किन्तु पैकेट···।"

"कहा तो···वह तुम्हारे लिए है। गोली लोड की हुई है। काग़ज़ में डिमांस्ट्रेशन भी दिया गया है···फिर मिलूँगा।"

फ़ीकी चाँद की रोशनी में सुवास से विपरीत रास्ते पर चल पड़ा। फिर जल्दी-जल्दी श्रीनिकेतन की तरफ़ क़दम बढ़ाए। अब सरदी का अहसास भी नहीं हो रहा था।

सरदी में डूबे घर के पास पहुँचकर अनिमेष ज़रा खड़ा हो गया। बड़ी थकान लगने लगी। नाक से पानी बह रहा था। नाक, मुँह बर्फ़ की तरह ठंडे थे। रात ने मानो सारी एनर्जी निचोड़ ली थी। पूर्व दिशा का आकाश ज़रा लाल था। बगीचा पार करके दरवाज़े की खिड़की के पास आकर देखा वह बन्द था। कई बार धीरे से दस्तक देने पर भी अन्दर से कोई आवाज़ नहीं आयी। मकान जैसे सोया हुआ हो। अनिमेष को अचानक लगा कि अब वह माधवी तक कभी नहीं पहुँच पाएगा। किसी दूसरे के बनाए हुए दुर्ग में उसे छोड़कर निकल गया था, लौटकर दरवाज़ा खुला नहीं मिलेगा। सोचते ही छाती बर्फ़ हो गयी। इसने ज़ोर-ज़ोर से दरवाजा खटखटाना शुरू कर दिया। इस काक भोर में खटखटाने की आवाज़ चारों तरफ़ फैल गयी थी फिर भी कोई प्रतिक्रिया नहीं थी। निराश अनिमेष को अन्दर क़दमों की चाप सुनाई दी। माधवी ने दरवाज़ा खोला। नज़रों में उत्कंठा थी। धीरे से पूछा, "क्या हो गया?"

उत्तर दिए बिना अनिमेष ने दरवाज़ा बन्द करके माधवी के दोनों हाथ पकड़कर अपनी तरफ़ खींच लिया। माधवी बोली, "ओ मा! तुम तो बिलकुल

जम गए हो। आओ—जल्दी से अन्दर चलो।" बरामदे के बराबरवाले सब दरवाज़े बन्द थे। दरबान के जागने का कोई लक्षण दिखाई नहीं पड़ रहा था। बन्द कमरे की गरमाई से बड़ा आराम मिला। सीधे खाट पर बैठकर पूछा, "तुम सोयी नहीं?"

माधवी ने होंठ दबाकर सिर हिलाया, फिर पूछा, "क्या हुआ?"

"कुछ नहीं।" अनिमेष स्वाभाविक होने की कोशिश कर रहा था।

"तुम्हारी तबीयत ख़राब लग रही है···सो जाओ।"

"सोकर अब क्या होगा···ज़रा देर में तो निकलना है।"

"आज ही चले जाओगे?"

"हाँ···।"

"ट्रेन कितने बज़े है?"

"शायद बारह बज़े।"

"अभी तो काफ़ी समय है।"

अनिमेष ने माधवी की तरफ़ नज़र भरकर देखा फिर बोला, "तुम्हें कुछ नहीं कहना?"

"नहीं···तुम ठीक रहो···बस।"

तकिए पर सिर रखकर अनिमेष ने आँखें बन्द कर लीं। माधवी उसके पास बैठकर बोली, "आज तुम कुछ और तरह के लग रहे हो।"

"आँखों के सामने एक आदमी को मरते हुए देखा है।"

"यह क्या···? क्यों?"

"उसने विश्वासघात किया था। लता! मालूम नहीं अब तुमसे मिलना होगा या नहीं···शायद न मिलना ही अच्छा है।"

"क्यों?"

"तुमसे मिलकर बड़ा दुर्बल हो जाता हूँ।"

"मालूम नहीं था।"

"आज वापस आकर दरवाज़ा बन्द देखा तो यही अनुभव किया। मैं दूर भी रहूँ तो लगता है, तुम मेरे लिए हो···पास आने पर डर लगता है कि कहीं खो न दूँ।"

माधवी ने अपना मुँह उसके गाल पर रख दिया। दोनों हाथों से अनिमेष का सिर पकड़कर अपने शरीर की गरमाई से उसकी सरदी ढँक दी, बोली, "मैं हूँ···मैं रहूँगी।"

ठीक दस बजे किराया वगैरह देकर वे बाहर आ गए। रिक्शा नहीं ली। सामान दोनों हाथों में लेकर बड़ी सड़क पर आ गए। बाहर निकलने से पहले माधवी ने पैकेट निकालकर पूछा, "वे सज्जन तो आए नहीं?" अनिमेष ने हाथ बढ़ाकर पैकेट ले लिया, "यह मेरे लिए है···जानती हो क्या है इसमें?"

माधवी ने गरदन हिलायी।

"रिवॉल्वर।" कहकर सावधानी से उसे छिपाकर रख लिया। बड़ी सड़क पर आकर पूछा, "उन लोगों ने मेरी चीज़ें होस्टल से लाकर तुम्हारे पास पहुँचा दी थीं।"

"हाँ··· ।"

"वे ठीक हैं?"

"क्यों?"

"एक चीज़ मैं बिलकुल भूल गया था। दो पैकेट काका ने मुझे दिए थे···दो व्यक्तियों तक पहुँचाने के लिए। ध्यान नहीं आ रहा कि उनका मैंने क्या किया था। सामान में वे दोनों पैकेट तुम्हें मिले?"

"नहीं···तो।"

"ताज़्जुब की बात है···फिर कहाँ गए वे।"

"बहुत ज़रूरी थे।"

"मालूम नहीं, वे पहुँचाने थे मुझे। बड़ा बुरा लग रहा है।"

"फिर मैं ज़रा अच्छी तरह देखती हूँ।"

"देखो ज़रा।"

ज़रा आगे जाने के बाद माधवी बोली, "सुनो! मुझे लगता है, तुम्हारा अकेले ट्रेन से जाना ठीक नहीं है।"

"कुछ नहीं होगा।"

"हो गया तो कुछ नहीं कर सकोगे। आज किसी की हत्या हो गयी है पुलिस को पता चल गया तो हवा गरम हो जाएगी।"

अनिमेष खड़ा हो गया। "ठीक कह रही हो···फिर क्या किया जाए?"

"मैं तुम्हारे साथ चलूँगी।"

"पागल···तुम्हारा स्कूल नहीं है?"

"होने दो।"

"तुम्हारा साथ रहने से क्या लाभ होगा?"

"स्वामी-स्त्री को देखकर पुलिस को सन्देह नहीं होगा।"

अनिमेष ने माधवी की तरफ़ देखा। खाली रिक्शा देखते ही माधवी ने रोक ली। उसमें बैठकर माधवी ने आँचल सिर पर कर लिया। मामूली से कपड़े की ओट थी, किन्तु अनिमेष को लग रहा था संसार के सारे सौन्दर्य में इस क्षण स्नात हो गया है। माधवी ने उसके हाथ पर चुटकी मारी, "एइ···क्या देख रहे हो?"

अनिमेष ने मुँह फेर लिया। बात नहीं की। माधवी कुछ देर उसकी तरफ़ देखती रही फिर आह भरी। अनिमेष के बदन में लोहे की कील-सी गड़ गयी।

बड़ी मुश्किल से ख़ुद पर क़ाबू पाया।

बस-स्टैंड के पास से निकलते हुए अनिमेष ने रिक्शावाले को रुकने के लिए कहा। सामने एक बस खड़ी थी। ऊपर लिखा था साइथिया। रिक्शावाले से वक़्त पूछ लिया। साइथिया पहुँचने में जो समय लगेगा वहाँ उससे ट्रेन पकड़नी ज़्यादा अच्छी रहेगी। साइथिया स्टेशन पर कोई रिस्क भी नहीं है।

माधवी ने पूछा, "क्या हुआ?"

"बस से साइथिया जाऊँगा। तुमने ठीक कहा था, रिस्क लेने का कोई फ़ायदा नहीं।"

"तुम क्या चाहते हो···तुम्हारे साथ न जाऊँ?"

"हाँ···।"

"क्यों···?"

"तुम जानती हो···लता।"

अनिमेष ने बात बढ़ायी नहीं। झट से साइथिया की बस में चढ़कर जगह ढूँढ़ने लगा। एकदम पीछे एक सीट मिल गयी। बैग वहीं रखकर उतरा। देखा माधवी गम्भीर चेहरा लिये खड़ी थी। रिक्शा अभी गया नहीं था। तभी एक प्राइवेट बस स्टैंड पर आ गयी। ऊपर सफ़ेद काग़ज पर 'स्पेशल' लिखा था और उसके नीचे 'शान्तिनिकेतन—कलकत्ता'। कंडक्टर बस के दरवाज़े पर खड़ा चिल्ला रहा था, "वर्धमान-कलकत्ता।"

अनिमेष बोला, "बढ़िया···कैसी अच्छी व्यवस्था हो गयी। तुम्हें ट्रेन से जाने की ज़रूरत नहीं। स्टेशन पर लोग आपाधापी करेंगे। यह बस आ गयी है अब और कुछ नहीं देखना है। चढ़ आओ जल्दी से।" माधवी की चीज़ें लेकर अनिमेष भरती हुई बस में चढ़ गया। लेडीज़ सीट पर सामान रखकर आवाज़ दी। माधवी भारी क़दमों से चढ़ गयी।

अनिमेष बोला, "एकदम सीधी जाएगी। तकलीफ़ नहीं होगी।"

"तकलीफ़···?" माधवी हँस दी।

उधर साइथियावाली बस हॉर्न दे रही थी। बस से उतरते ही माधवी ने पीछे से आवाज़ दी। अनिमेष खिड़की के नीचे खड़ा हो गया। माधवी ने बैग खोलकर लिफ़ाफ़ा निकालकर हाथ से बढ़ा दिया।

"यह क्या है?"

"तुम्हारे लिए लायी हूँ। ज़रूरत पड़ेगी।"

अनिमेष लिफ़ाफ़ा खोलने को था कि उसकी बस ने ज़ोर से हॉर्न दिया। वह दौड़कर बस में चढ़ गया। तब तक बस भर चुकी थी। लोग अब बीच में खड़े होने लगे थे। भीड़ किसी तरह पार करके अपनी सीट पर बैठते ही माधवी की तरफ़ देखा। कलकत्तावाली बस की खिड़की इसकी तरफ़ थी।

माधवी हँसने की कोशिश कर रही थी। "बताया नहीं कब मिलना होगा?"

"लिखूँगा...।" अनिमेष चिल्लाकर बोला।

माधवी ने क्या कहा था उसे सुनाई नहीं पड़ा था। क्योंकि बस चलने लगी थी। पल भर में माधवी का उद्ग्रीव चेहरा सामने से ओझल हो गया। माधवीवाला लिफ़ाफ़ा खोलते ही अनिमेष सकते में आ गया। उसमें सौ-सौ के पाँच नोट थे। साथ में सफ़ेद काग़ज़ पर दो शब्द—अच्छे रहना।

चालीस

पक्का जुआरी भी नहीं सोच सकता था कि कांग्रेस पश्चिम बंगाल के चुनाव में बुरी तरह हार जाएगी। कई बातों में जो प्रतिकूल परिस्थितियाँ पैदा हो गयी थीं, जिस कारण यह हुआ विरोधी दल ने भी आशा नहीं की थी। मुश्किल यह थी कि कांग्रेस के हारने पर कोई अन्य दल अकेला नहीं जीत सका।

आदर्श की जो किताबी बातचीत इतने दिनों से पार्टी सुनती आ रही थी उसे अकस्मात् भुलाकर सम्पूर्ण विरोधी चिन्ताधारा के साथ हाथ मिला लिया था। कांग्रेस से निष्कासित एक नेता द्वारा तैयार की गयी, जोतदारों के समर्थन से पुष्ट मुट्ठी-भर एम.एल.ए. के साथ, मार्क्सपंथियों ने निर्वाचित दल के समक्ष, मैदान में जनसभा बुलाई थी। क्योंकि मन्त्रित्व के मसले को लेकर मार्क्सवादी कम्युनिस्टों पर दूसरे दलों को विश्वास नहीं था। कुछ दिन पहले ही वोट हासिल करने के लिए जो खिलाते-पिलाते रहे थे, वही खींसें निपोरकर हँस रहे थे।

अनिमेष आदि ने देखा कि मन्त्री पद प्राप्त करने के लिए गाँधीवादी नेता को शिखंडी कहकर कम्युनिस्ट पार्टी ने राइटर्स बिल्डिंग में बैठने का स्वप्न पूरा कर लिया। यहाँ तक कि स्वराष्ट्र दफ़्तर प्राप्त करने की सारी कोशिशें व्यर्थ होने पर उप-मुख्यमन्त्री नामक एक नए पद का उपटोकन पाकर सन्तुष्ट होना पड़ा था। पर ज़ाहिरी तौर पर यही कहा गया कि जनता के दबाव में यह सब होता ही है। नेताओं ने गुलाम हुसैन के माध्यम से घोषणा की कि जनता की राय सिर आँखों पर। और युक्त फ्रंट का संगठन हो गया।

पार्टी के विरुद्ध जो विक्षुब्ध इतने समय से दोष लगाते आ रहे थे उसको और भी सच प्रमाणित करने की चेष्टा की गयी। जो इस बीच पार्टी से निकल गए थे उन्हें उम्मीद थी कि एक ऐसे आदर्शहीन दल में रहने की अपेक्षा बहुत से इनका साथ देंगे। पर व्यावहारिक रूप में यह नहीं हुआ। पार्टी के इस आचरण का युक्तिसंगत खुलासा दिया गया। कोई अपराधी समर्थन में उससे बड़ी दलील पेश करना चाहता तो उसे मौक़ा नहीं दिया जाता था। इस दृष्टि से पार्टी के

ज़िरह करने का मौक़ा देने के मायने थे दल-विरोधी काम में लिप्त होना। अनिमेष वगैरह को आशा थी कि निर्वाचन में हारने के बाद मार्क्सवादी संसदीय गणतन्त्र का खोटा रास्ता छोड़ देंगे। वास्तव में इस बारे में कानाफूसी सुनाई पड़ रही थी। राज्य सरकार स्वायत्त करने का मतलब था किसी भी तरह कम्युनिज़्म की प्रतिष्ठा न होने देना। शासन व्यवस्था की सारी क्षमता जब केन्द्रीय सरकार के हाथ में थी तो राज्य सरकार कुछ नहीं कर सकती थी। पर प्रैक्टिकल रूप में देखा गया कि मार्क्सवादी इसी से सन्तुष्ट हो गए थे।

अनिमेष आदि अब समझ गए थे कि जो कुछ करना है, खुद करना होगा। इस देश में थियोरी और प्रैक्टिल में ज़मीन-आसमान का फ़र्क़ है। वे जो ज़मीन पर खड़े होकर काम करते थे केवल उनका हाड़-हाड़ समझा जाता था। तभी शक्ति बढ़ानी शुरू हो गयी। जोश मनुष्य को एकत्रित करता है। अनिमेष आदि पश्चिम बंगाल छोड़कर पूरे देश में फैल गए थे।

यह भी ठीक है कि मार्क्सवादी कम्युनिस्ट पार्टी का एकांश जनता के साथ रहने की कोशिश कर रहा था। उनकी इच्छा थी कि सरकार बनाकर राष्ट्रयन्त्र के प्रतिक्रियाशील चरित्र, अमलदारों का रूप, विचार व्यवस्था और पुलिस के वास्तविक रूप को किसानों के सामने रख दे। चुनाव से पहले उन्होंने किसानों से वायदे किए थे उसका दायित्वबोध है इन पर। पर सरकार का संस्कार करने में दूसरे मजदूरों ने बाधा दी। भूमिहीन किसानों में फालतू ज़मीन बाँटना और वर्गाचार उच्छेद की भी कोशिश की।

18 मार्च 1967 को मार्क्सवादियों ने सिलीगुड़ी महकमे की शाखा के उद्योग से एक कृषक-सभा की। ज़मीन पर मालिकों का एकाधिपत्य का अवसान, कृषक समिति के माध्यम से ज़मीन का सुगम बंटन, जोतदारों को उखाड़ फेंकने के लिए किसानों को सशस्त्र करने के लिए एक कर्मसूची तैयार की गयी। बाद में आन्दोलन जब क्लाइमैक्स पर था, जब युक्त-फ्रंट की पुलिस ने किसानों की बेरहमी से हत्या की, तब सरकार में रहकर भी मार्क्सवादी मामूली-से विरोध के अलावा कुछ नहीं कर पाए थे। युक्त-फ्रंट की मन्त्री-सभा में किसानों पर अत्याचार होने पर भी वे मन्त्री पद पर बने रहे और उसी पद से कृषक आन्दोलन का सक्रिय विरोध करते रहे।

पहला विस्फोट उन्नीस सौ सड़सठ के मार्च-अप्रैल में सिलीगुड़ी महकमे में नक्सलबाड़ी में हुआ। ग़रीब, कमज़ोर किसान घर छोड़कर बेनामी ज़मीन पर क़ब्जा करने के लिए घरों से निकल पड़े। जोतदारों ने बन्दूकें हाथ में लेकर उनका विरोध किया। आदमी जब मरणहाल होता है तो जीवित रहने के सपने देखता है। तब उसे दबाए रखना मुश्किल होता है। किसान ज़मीन पर क़ब्जा करने लगे। पुलिस ने जोतदारों को हिम्मत बँधाई। स्वाधीन भारत की सरज़मीन

पर जिन ग़रीब किसानों ने सिर उठाना चाहा उनका ख़ून कर दिया। उन्होंने पुलिस के हाथों से हथियार छीनने और जोतदारों को निःशस्त्र करने की कोशिश की। बदले में पुलिस ने औरतों और बच्चों की बेरहमी से हत्या की। नक्सलबाड़ी में जो ख़ून-ख़राबा हुआ किसी भी राजनीतिक दल ने खुलकर उसका विरोध नहीं किया। युक्त-फ्रंट के मार्क्सवादी कुछ विरोध प्रकट करके चुप हो गए। कारण कि पूरे देश में यह हवा फैल गयी थी कि मार्क्सवादी बड़े कट्टर हैं। उनका मानसिक रुझान युद्ध की तरफ़ है। शक्ति का प्रयोग करने के अतिरिक्त वे और कुछ नहीं सोच पाते। इसलिए बाक़ी दलों में इनके प्रति एक तरह का डर बैठ गया था। वे इनके ख़िलाफ़ इकट्ठे हो गए। इसलिए मार्क्सवादी अपने अस्तित्व को सुरक्षित रखने के लिए इस जघन्य अत्याचार के विरुद्ध सब्र नहीं कर पाए। जो परिवार आपस में एक-दूसरे पर शक करता है वह कभी टिक नहीं सकता।

आन्दोलन की शुरुआत नक्सलबाड़ी में हुई थी, वह वहीं रुक तो गयी, पर सारे देश में उसकी व्यापक प्रतिक्रिया हुई। आन्दोलन की ख़बर देश-भर में फैल गयी। केरला, आन्ध्रप्रदेश, महाराष्ट्र, बिहार, त्रिपुरा, तमिलनाडु, उत्तर प्रदेश, आसाम वगैरह में भूमिहीनों के लिए ज़मीन का दावा, ज़बरदस्ती, ज़मीन हथियाने की चेष्टा और विस्थापित जमींदारों की भूमि से फ़सल काटने की कोशिश करने लगे। नक्सलबाड़ी में किसानों के शरीर से जो रक्त बहा था मानो सारे किसानों के दिलों में फैल गया।

अनिमेष इतने दिनों से संविधान के काम में व्यस्त था। सिलीगुड़ी से सम्पर्क बना हुआ था। नक्सलबाड़ी आन्दोलन के बाद देश की पुलिस सतर्क हो गयी। उसको और उसके साथियों को ज़्यादातर छिपकर रहना पड़ा। अनिमेष को एक बात हमेशा चिन्तित करती रही थी कि हाल में हुई नक्सलबाड़ी की घटना का मध्यवित्त या श्रमिकों पर बिलकुल प्रभाव नहीं दिखाई दे रहा था। किसानों को ज़मीन मिल रही है तो हमें क्या—वाली भावना दिखाई पड़ रही थी। ये लोग सारे देश में नक्सलबाड़ी के समर्थन में पोस्टर बाँट रहे थे। छोटी-छोटी जन-सभाएँ हो रही थीं। उनको विश्वास हो गया था कि जनता को इस प्रकार वे समझा सकेंगे।

खूँटिभारि जंगल में अनिमेष का सामयिक पड़ाव धीरे-धीरे ख़तरे में पड़ गया। सिरिल अकसर सूचना लाता कि स्वर्गछेंड़ा में पुलिस ज़्यादा सक्रिय होती जा रही है। इस समय सारा देश गरम है। अख़बारों में पुलिस से नक्सलपंथियों के संघर्ष की ख़बरें निकल रही थीं। इस ख़बर से अनिमेष अवाक् रह गया कि नक्सलबाड़ी में पहला विद्रोह करनेवाले 'नक्सलपंथी' कहलाने लगे। आन्ध्रप्रदेश में पुलिस-संघर्ष में कोई मारा जाता तो उसे नक्सल कहा जाता। क्यों? नक्सलबाड़ी

के किसानों को उत्तरसुरी कहलाने में गर्व होता था। उसका कारण था, पर देश भर में विप्लव की आग फैलने लगी हो तो छोटी-सी सीमा में अलग पहचान बनाने की कोशिश क्यों? यह बुर्जुआ मानसिकता की देन थी, किन्तु उन्होंने धीरे से इसे मान लिया था। इस इलाके में निर्देश आया कि जिनके पास अपनी बन्दूकें हों उन्हें छीन लिया जाए। इसकी लिस्ट इस समय अनिमेष के हाथ में थी। पहले एक्शन में आज रात वह निकलेगा। किन्तु दिल में ज़रा भी जोश नहीं था। सिरिल और इसे छोड़कर किसी दूसरे को बताया नहीं गया था। शाम ढल रही थी अनिमेष उस समय अकेला बैठा था। इस समय बड़ा दुखी लग रहा था। ऊपर से हवा में नमी थी। भूटान के पहाड़ों से कई दिन से बादल उड़ते आ रहे थे। पहली बौछार के बाद प्रकृति अब शान्त थी। वर्षा शुरू होगी तो लगातार होती रहेगी। यह समय एक्शन के लिए बड़ा सटीक था।

सन्ध्या के ज़रा देर बाद जूलियन आ गया। साथ में सिरिल था। जूलियन मालबाज़ार-मेटेलि अंचल में काम करता था। आज इसके आने की कोई बात नहीं थी। अनिमेष ने हाथ मिलाकर पूछा, "अचानक...यहाँ?"

"कुछ रुपए चाहिए। कुछ माल वगैरह पाकिस्तान से आ रहा है।"

"क्या है?"

"उससे एक थाना उड़ाया जा सकता है।"

अनिमेष बोला, "अच्छा हुआ। चलिए...देखते हैं, भाग्य में आज क्या है," फिर जूलियन को आज वाली सारी स्कीम खोलकर बता दी। सिरिल चुपचाप सुन रहा था। बात पूरी होने पर बोला, "आज रात ही यहाँ से ग़ायब होना पड़ेगा। मैंने गाड़ी का इन्तज़ाम कर दिया है।"

अनिमेष ने पूछा, "गाड़ी किसकी है?"

"पैनीराम की। उसके गैरेज में तीन जीपें हैं। मालूम कर आया हूँ कि चाबी किसके पास है।"

जूलियन ने पूछा, "काम पूरा करने के बाद कहाँ जाना होगा?"

"सिलीगुड़ी चले जाएँगे।"

"वह बिलकुल नहीं करना है। सिलीगुड़ी इस समय बहुत गरम है। रात के समय जीप देखकर पुलिस नहीं छोड़ेगी।"

"पर किसी बड़े शहर में छिपा रहना बड़ा मुश्किल होगा। सिलीगुड़ी के अलावा दिमाग़ में कुछ और नहीं आ रहा।"

"जीप से सीधे नागराकाटा चले जाइए। वहाँ रात बिताकर सवेरे की ट्रेन से हासिमारा वापस आ जाइए। वहाँ से भूटान के बोर्डर तक कुल पन्द्रह मिनट का रास्ता है।"

पुलिस जीप देखकर सोचेगी कि सिलीगुड़ी की तरफ़ गए होंगे। ये लोग

विपरीत मार्ग पर जा सकते हैं, यह उनके दिमाग़ में नहीं आएगा। अनिमेष नागराकाटा कभी नहीं गया था। हासिमारा गया है और वहाँ से फूंट शिलिंग, बहुत नज़दीक है। नज़दीक ही नदी पर बहुत बड़े बाँध का काम चल रहा था। वहाँ इनके भी कुछ आदमी थे। जगह मिलने में असुविधा नहीं होगी। जूलियन की यह परिकल्पना इसे बहुत पसन्द आयी थी। उस आदमी के दिमाग़ में स्वाभाविक बात भी बढ़िया हो जाती है।

रात बारह बजे तक स्वर्गछेंड़ा बिलकुल सुनसान हो जाता है। कहीं मामूली-सा शब्द तक नहीं होता। टप-टप बारिश हो रही थी। दोनों समिलगुलो के सामने आ गए। सिरिल ने कह दिया था कि मेछुया पुल से बाक़ी सबको लेकर इधर-उधर बाँटकर वहाँ ले आए। अनिमेष को ज़रा भी जोश नहीं था। इसने एक बार पेट में छिपायी हुई पिस्तौल देखी। सुवास दा' की दी हुई यह चीज़ बड़ी अच्छी है। एक दिन बारिश की रात में इसने उसकी जाँच कर ली थी। हाथ नहीं काँपे, किन्तु गोली चलाने की जानकारी के अलावा कोई और सम्बल नहीं था। बल्कि जूलियन के झोले में जो सामान था वह काफ़ी सेफ़ था। एक्टिव करके फेंक दो तो बहुत-सी जगहें उड़ जाएगी।

अनिमेष ने चारों तरफ़ देखा। सामने इनका स्कूल था। अब बेशक नाममात्र का रह गया है। अब वहाँ टूटे-फूटे टीन का कमरा और पूजा का मंडप है। असलम स्कूल मैदान में उस तरफ़ है। यहाँ के मास्टर इन्हें पढ़ाते थे। उसी स्कूल के सामने पन्द्रह अगस्त उन्नीस सौ सैंतालीस को इसने जातीय झंडा फहराया था। कानों में अब भी वन्देमातरम् की गुँजार बाक़ी है। अनिमेष हँसा, बचपन की वे यादें मानो सुदृश्य रंगों में बसी हैं।

अँधेरे में सिरिल निकल आया, "रेडी।"

जूलियन बोला, "तुम आगे निकल जाओ। अवसर देखकर सीटी बजाना। मैं भी आता हूँ।"

कुल आठ लोग थे। अनिमेष हर एक को पहचानता था। इतनी सुविधा अवश्य थी कि इनमें से किसी का नाम पुलिस के खाते में नहीं है। लड़कों का चेहरा और नज़रें देखकर समझ गया कि वे स्वाभाविक नहीं थे। उनके सामने जाकर बोला, "कामरेड्स! आज जो हम करने जा रहे हैं देश की ख़ातिर है। मन में कोई संकोच मत रखिए।"

लड़के कुछ नहीं बोले। अनिमेष जानता था कि सिरिल ने उन्हें सबकुछ समझा दिया था। दो दलों में बँटकर वे सड़क पार चले गए। सिर पर बारिश थी। भाग्य से इस समय बादल नहीं गरज रहे थे क्योंकि बिजली चमकती तो परेशानी में पड़ जाते।

चौराहे पर पहुँचकर उन्होंने पोजीशन ले ली। पैनीराम का मकान दिखाई

पड़ रहा था। अँधेरी रात में एक भी बत्ती नहीं जल रही थी। तभी सीटी बजी। उसकी तीखी आवाज़ स्क्रू की तरह कानों में पड़ते ही अनिमेष चौंककर सीधा खड़ा हो गया। कन्धों पर फन्दा थे। वे सब फलाँग कर दूसरी तरफ़ चले गए। गेट में अन्दर से ताला बन्द था। एक ने छोटी-सी लोहे की छड़ से ताला तोड़ने की कोशिश की ज़ोर की आवाज़ हुई। अन्दर से कुत्ता भौंकने लगा। तभी ताला टूट गया। वे झट से घर की दीवार की तरफ़ सरक गए। कुत्ता और भी ज़ोर से भौंक रहा था। किसी आदमी की आवाज़ सुनाई दी वह कुत्ते को धमका रहा था। गड़बड़ देख उसने बाहर की तरफ़ आग को झुककर आवाज़ दी, "दरबान··· दरबान" उसकी आवाज़ में ज़्यादा घबराहट थी।

गेट के दायीं तरफ़ का दरवाज़ा बन्द था उसके छोटे से कमरे से ज़वाब आया, "जी साहेब।"

"साला सूअर का बच्चा! रात-दिन सोता है। देखो, बाहर कौन है?"

अनिमेष ने देखा कि छोटे कमरे का दरवाज़ा खुल गया। अधेड़ उम्र का एक आदमी बाहर आकर सन्देह से चारों तरफ़ देखने लगा। अनिमेष जहाँ खड़ा था वहाँ एकदम नज़र में पड़ना मुमकिन नहीं था। इसने तुरत सोचा कि उसे आगे बढ़ने देना ठीक नहीं होगा। ऊपर खड़े लोग बरामदे से झुक-झुककर देख रहे थे। कुत्ते भी बराबर भौंक रहे थे। गेट का ताला तोड़ दिया गया था··· दरबान को शायद पता नहीं चला क्योंकि वह दरवाज़ा खुला हुआ नहीं था। वह असतर्क ही इधर-उधर देखने के लिए इस तरफ़ आ गया था। बारिश की बूँदों की वज़ह से शायद लापरवाह था। इसके अतिरिक्त इतनी रात में बिस्तर से उठकर आने से आलस्य के कारण आँखें उनींदी थीं। अनिमेष आदि सतर्क होकर उसे देख रहे थे। उसके नज़दीक पहुँचते ही सिरिल ने उसके सिर पर वार किया। एक शब्द तक नहीं निकला। केले के कटे हुए पेड़ की तरह वह ज़मीन पर गिर पड़ा। उसका शरीर झटपट कार्निस के नीचे घसीट लाए जिससे ऊपर से नज़र न आए। तभी ऊपर से कोई चीख़ा, "दरबान! सब ठीक है?"

उत्तर न मिलने पर वह खीझकर बोला, "अरे ओ हरामी! तू कहाँ है?"

इशारे से सबको चुप रहने को कह अनिमेष झुका-झुका बरामदे से सदर दरवाज़े के पास आ खड़ा हुआ।

कुछ क्षण भौंकने के बाद उस आदमी को शायद शक हुआ। कुत्ते को खींचता हुआ वह अन्दर चला गया। अनिमेष के नज़दीक जाकर जूलियन फुसफुसाया, "उनके रोशनी करने से पहले घुस जाना ठीक होगा।"

अनिमेष ने गरदन हिलायी, "नहीं, वे अन्दाज़ा नहीं लगा पाएँगे। वेट करो।"

अन्दर से बहुत-सी आवाज़ें आ रही थीं। फिर क़दमों की चाप हुई। अनिमेष

वगैरह तैयार हो गए। विरक्त स्वर में बात करते हुए किसी ने दरवाज़ा खोला कि कुत्ता तीर की तरह बाहर निकल आया। बरामदे के अन्तिम छोर तक पहुँचने से पहले ही आर्तनाद करता हुआ वह गिर पड़ा। सिरिल के साथियों में से एक झटपट उसे ख़त्म कर देगा अनिमेष सोच भी नहीं सकता था। जिस आदमी ने दरवाज़ा खोला था इन्हें देखकर स्तब्ध रह गया। वह काँपने लगा। अनिमेष ने उसके सामने आकर पूछा, "पैनीराम कहाँ है?" तीन बार कुछ कहने की कोशिश की अन्त में अंगुली से अन्दर की तरफ़ इशारा कर दिया।

अमिनेष ने समय नष्ट नहीं किया। उस आदमी को साथ लेकर अन्दर गया। बहुत बड़ा मकान था। चारों तरफ़ के कमरों से जो चेहरे कुतूहलवश झाँक रहे थे, वे चौंक गए।

अनिमेष ने चिल्लाकर कहा, "आप सब बाहर आ जाइए, वरना इस आदमी को मार देंगे।" हथियार निकालकर उसके बदन पर तान दिया। आदमी धप् से ज़मीन पर बैठ गया। सारा काम मैज़िक की तरह हो गया। पाँच-छह आदमी-औरतें कमरे के कोने में आ खड़े हुए। सिरिल ने अन्दर कमरे का चक्कर लगा लिया। आकर गरदन हिलायी कि कोई नहीं है।

तभी गोली की आवाज़ हुई। अनिमेष ने देखा कि इनके दल का एक लड़का छिटककर गिर गया। अनिमेष ने एक मोटे आदमी को देखा। वह हाथ में बन्दूक लिये फिर 'टिप' कर रहा था। कुछ समझने से पहले ही ऊपर से विस्फोट हो गया। जूलियन के हाथ शून्य से नीचे आने से पहले दो-तला का अधिकांश लकड़ी का रेलिंग गिर पड़ा। बन्दूकधारी उकड़ूँ बैठकर दर्द से चिल्लाने लगा।

दो को पहरे पर बिठाकर अनिमेष ऊपर गया। सिरिल ने झट से उस आदमी को उठा लिया, "क्यों···पैनीरामजी क्या है?"

बदन से ख़ून बह रहा था। बन्दूक हाथ से गिर पड़ी थी। तब भी कराह रहा था। वह घायल हुआ था, पर मरा नहीं। अनिमेष का दिमाग़ ग़रम हो गया, दाँत किटकिटाकर बोला, "गोली क्यों चलायी।"

"डाकू उ उ" पैनीराम काँपे जा रहा था।

जूलियन बोला, "अब देर करना ठीक नहीं। आवाज़ सुनकर लोग दौड़कर आ सकते हैं···चटपट···जल्दी।"

दोनों बन्दूकें हथियाने में देर नहीं लगी। पैनीराम के सोनेवाले कमरे में सन्दूक में ढँका हुआ रुपयों का ढेर मिला। दोनों बाज़ारू के थैले में भर लिये गए। सिरिल सोने के जेवरों की तरफ़ हाथ बढ़ रहा था कि अनिमेष ने मना किया, "इन्हें लेने पर झमेला बढ़ेगा। तुम गाड़ी की चाबी का बन्दोबस्त करो।"

सिरिल एक छलाँग में नीचे आ गया। अनिमेष ने जल्दी से बरामदे में

जाकर बाहर झाँका। इधर-उधर से लोगों की आवाज़ें आ रही थीं। इस तल्लाट के लोगों की आँखें गोली की आवाज़ से खुल गयी थीं। अब यहाँ ठहरा नहीं जा सकता था।

बरामदे में आते ही जूलियन की आवाज़ सुनायी दी, ''पैनीराम बाबू! आज बदला ले लिया। इतने दिन तक ग़रीबों का जो रक्त चूसते रहे उसका हिसाब पूरा हो गया।'' कहकर उसके इशारा करते ही सिरिल के उस साथी का हाथ उठा जिसने कुत्ते को मारा था। अनिमेष ने देखा कि वह लम्बा-चौड़ा जिस्म लाश हो गया था।

अनिमेष की तरफ़ देखकर जूलियन हँस पड़ा, ''कोई और उपाय नहीं था। साला हमें पहचान गया था। ज़िन्दा रहता तो हमें बड़ी क़ीमत चुकानी पड़ती।''

अनिमेष को अहसास हुआ कि इस केंचुए को आँखों के सामने मरता देखकर भी बुरा नहीं लगा। बल्कि इसकी नर्ब्स ज्यादा शान्त हो गयी। सहसा ध्यान आया कि उनका एक आदमी नीचे ज़मीन पर पड़ा है। नीचे आकर उन्होंने उस लड़के को देखा। समझ गया कि गोली लगते ही उसके प्राण निकल गए थे। छाती ख़ून से लथपथ थी। जूलियन का हुकुम मिलते ही वे लड़के को नीचे उतार ला। कमरे के कोने में खड़े लोगों की तरफ़ देखकर अनिमेष बोला, ''जो कमरे से निकलेगा दस मिनट में उसे पैनीराम बना दूँगा।''

बरामदे में आकर देखा, करीब पन्द्रह लोग गेट के बाहर जमा हो गए थे। दो-एक गेट में घुसने की कोशिश कर रहे थे। उनका क्या किया जाए समझ नहीं आ रहा था। यों तो यहाँ बहुत अँधेरा था। शक्लें साफ़ दिखाई नहीं पड़ रही थीं। पर अनिमेष रिस्क नहीं लेना चाहता था। शून्य की तरफ़ देखकर एक गोली चला दी। जमा हुए लोगों में भाग-दौड़ मच गयी कि कौन पहले भागे निकले।

बराबरवाले गैरेज से जीप निकालकर सिरिल चुपचाप सामने आ गया, ''दो गाड़ियाँ नहीं मिलीं। एक का इंजन ख़राब है।''

लड़के को जल्दी से जीप की पिछली सीट के बीच में लिटाकर वे एक-एक करके जीप में बैठ गए। जगह कम थी, पर किसी ने शिकायत नहीं की।

जीप चलने से पहले ही अनिमेष को ध्यान आ गया। उन्हें एक मिनट रुकने को कहकर एक छलाँग में नीचे उतरा। पॉकेट से काला चॉक निकालकर सफ़ेद दीवार पर जल्दी से लिखा, 'नक्सलबाड़ी लाल सलाम', 'गरीबों के शत्रु पैनीराम! सावधान।'

लिखकर उसके जीप में चढ़ते ही जूलियन ने कहा, ''हाथ की लिखाई का सबूत छोड़ रहे हो।''

अनिमेष गम्भीर स्वर में बोला, ''जब आज से युद्ध शुरू हो गया है तो

पूरे शरीर से ही प्रमाणित कर रहा हूँ।''

गेट से निकलते हुए जूलियन ने खड़े होकर झोले से बम निकालकर पैनीराम के घर पर दे मारा। ज़ोर की आवाज़ से स्वर्गछेंड़ा काँप उठा। वे सड़क पर आ गए। आसपास कोई आदमी दिखाई नहीं पड़ा। जीप नागराकाटा की तरफ़ दौड़ पड़ी। अनिमेष अगली सीट पर किसी तरह एक पाँव लटकाए बैठा था। बराबर में जूलियन। जूलियन के पाँव के पास रुपयों से भरा थैला। पीठ पीछे एक लड़के के हाथ में दो बन्दूकें।

बात कोई नहीं कर रहा था। फिर भी हर एक मृत शरीर के बारे में सोच रहा था। जाने के समय अनिमेष सबकी तरह स्वाभाविक रूप में चल रहा था। अब वह अचल बैठा था। जिस तरह जीप में ज़मीन पर पड़ा मृत शरीर था। पहले एक्शन में ही बड़ी कीमत चुकानी पड़ी थी। इसने वह इक्कीस-बाईस वर्षीय लड़का पहले कभी नहीं देखा था। उसके बारे में जितना सोचता उतना ही दिल काँप उठता। इसके सब साथी भी ख़ामोश थे। दायीं तरफ़ बानारहाट छोड़कर डायना नदी के ऊपर पहुँचते ही अनिमेष ने सिरिल से गाड़ी रोकने को कहा। वह नीचे बहती हुई नदी की तरफ़ देखता रहा। बहुत से स्थलों पर अनाज-चारा जगह-जगह पड़ा था। बीच में पतले फ़ीते की तरह जल की रेखा। पलटकर बोला, ''गाड़ी बैक करके नदी के बैड से नहीं जा सकते?''

''हाँ···उस तरफ़ एक रास्ता है।''

''वही कीजिए।''

सब गाड़ी से नीचे उतर आए। सिरिल ने धीरे से गाड़ी को बैक किया। अनिमेष ने साथियों की तरफ़ देखा। जो इसने सोचा है उन्होंने भी क्या वही सोचा है। वरना जीप को नीचे ले जाने की बात की थी तो किसी ने पूछा क्यों नहीं? आघात सबकी भावना को एक खाते में दर्ज कर देता है।

वे चुपचाप नीचे उतर आए। बड़े-बड़े बोल्डर्स के बराबर सँकरे से पैसेज से सिरिल जीप को नदी के ऊपर ले आया। गाड़ी अच्छी चलाता है वह। उस झुट-पुटे में घूमते हुए ब्रिज के नीचे एक नरम जगह पर आ गए। वहाँ रेत बहुत था। कोई बड़ा पत्थर-वत्थर नहीं था।

सिरिल गाड़ी से उतरकर बोला, ''हम सब एक मत हैं ना?''

सबकी प्रश्नसूचक नज़र देखकर सिरिल ने ज़रा टाल-मटोल की, फिर बोला, ''सोमरा की डैड बॉडी उसकी माँ के पास पहुँचाने की बात···।''

जूलियन बोला, ''असम्भव···ऐसा किया तो सारा दल पकड़ा जाएगा।''

अनिमेष ने सिरिल से पूछा, ''तुम्हारी इच्छा क्या है?''

सिरिल 'हाउ-हाउ' करके रो पड़ा। कुछ क्षण सब चुप खड़े रहे। अनिमेष को लगा कि इनमें से बहुतों का रुदन सिरिल प्रकट कर रहा था। बहुत कोशिश

करके सिरिल ने खुद पर क़ाबू किया। बोला, "मेरे कहने पर सोमरा घर से निकल आया था। मैं उसकी माँ का कभी सामना नहीं कर सकूँगा। तो फिर ठीक है वह यहीं पड़ा रहे।"

रेत नरम थी इसलिए कोई दिक्कत नहीं हुई। सबने मिलकर हाथ चलाए। जीप में छोटी-सी तिरपाल मिल गयी। चारेक फ़ीट गड्ढा खोदने में करीब डेढ़ घंटा लग गया। यहाँ कोई आवाज़ नहीं थी। नदी के दोनों तरफ़ जंगल। बीच-बीच में कोई भारी लारी ब्रिज पर से दौड़ जाती। आसपास कोई जन-बस्ती नहीं थी। ब्रिज़ के नीचे होने से भागती हुई किसी गाड़ी से दिखाई पड़ने की सम्भावना नहीं थी। खोदते-खोदते पानी निकल आया। खुदाई बन्द करके जूलियन ने लड़कों से कुछ मध्यम आकार के बोल्डर्स इकट्ठे करने को कहा। फिर गाड़ी से तिरपाल निकालकर गड्ढे में अच्छी तरह बिछा दी। तिरपाल का एक कोना बाहर रखा।

तीन लड़कों को साथ लेकर सिरिल जीप से सोमरा का बॉडी बड़े यत्न से वहाँ ले आया। उस झुटपुटे अँधेरे में भी लड़के का चेहरा बड़ा स्वाभाविक दिखाई पड़ रहा था मानो नींद में सपना देख रहा था।

अनिमेष को नहीं मालूम था कि इस साँवले लड़के को राजनीति की कोई जानकारी थी भी या नहीं। कितना लिखा-पढ़ा था या सीखा भी था या नहीं वह भी नहीं मालूम था। पर एक नूतन भारतवर्ष तैयार करने का जो स्वप्न ये देख रहे थे, उसमें शरीक हो गया था। अथवा इन सबके बारे में वह कुछ भी नहीं जानता था। अथवा मित्रों की बात पर एडवेंचर का स्वाद लेना चाहता था। अनिमेष को लगा कि आसन्न विप्लव की दीवार तैयार करने में इसने एक ईंट का काम किया था।

जूलियन का दिमाग़ ठीक था। उसने जल्दी से लड़के की पॉकेट देखी। चारमिनार का एक पैकेट, दियासलाई और तीनेक रुपयों के अलावा कुछ नहीं था। छाती पर से क्रॉसवाली चेन उतारकर सिरिल के हाथ में दे दी और होंठों में कुछ देर कुछ बुदबुदाया। फिर माथा और कन्धा दोनों हाथों से छूकर अनिमेष की तरफ़ देखा।

अनिमेष ने साथियों की तरफ़ बढ़कर कहा, "कॉमरेड्स! बड़ी दर्दनाक बात है कि हमारा एक साथी आज पहले ही एक्शन में शहीद हो गया। आसन्न विप्लव की स्थिति में यह मौत यद्यपि हमें निःसंग कर गयी है, किन्तु मुझे विश्वास है कि वह हमारे उद्दाम को अधिक शक्तिशाली बना देगी। सत्य को हमें स्वीकार करना होगा। आइए…हम सब कॉमरेड सोमरा के सामने शपथ लें कि आख़िरी साँस तक हम उसकी आत्मा का अपमान नहीं होने देंगे।"

सब सोमरा के चारों तरफ़ घुटनों के बल बैठ गए। उस निर्जन मध्यरात्रि में नदी पर हवा की साँय-साँय के अलावा कोई शब्द नहीं था। हर एक ने सोमरा

के शरीर का स्पर्श किया। अनिमेष को लगा कि मृतदेह में अभी ताप था। अनिमेष फँसी-फँसी आवाज़ में बोला, "मेरे साथ आप कहिए—जब तक भारतवर्ष की बुर्जुआ शासन व्यवस्था भंग नहीं हो जाएगी हम चैन से नहीं बैठेंगे।"

बड़े गम्भीर विषण्ण, किन्तु दृढ़स्वर में शब्दों की पुनरावृत्ति हुई। फिर बड़े ध्यान से सोमरा की देह गड्ढे में तिरपाल पर लिटाकर उसे ढँक दिया गया। थोड़ा सा रेत डालकर उस पर बोल्डर रख दिए गए। अब हर एक ने बालू डालना शुरू कर दिया। जूलियन दबी आवाज़ में बोला, "कॉमरेड सोमरा जुग-जुग जियो।" सबने आवाज़ लगायी, "युग युग जियो। नक्सलबाड़ी लाल सलाम—लाल सलाम लाल सलाम।"

"कॉमरेड सोमरा लाल सलाम···लाल सलाम···लाल सलाम।"

उस रात को हृदय में गम्भीर कष्ट के बीच भीषण उत्ताप ने जन्म लिया। हर शब्द मानो जलती हुई मशाल की तरह उनके शरीर को उत्तप्त कर गया। उस गर्त का जहाँ नामोनिशान नहीं था चारों तरफ़ फैल गया।

नागराकाटा स्टेशन से करीब एक मील आगे जीप बड़ी सड़क से दायीं तरफ़ जंगल में मोड़ दी गयी। सिरिल जीप को जला देना चाहता था, किन्तु जूलियन ने मना कर दिया कि आग दूर तक लोगों को नज़र आ सकती है। और अब सवेरा भी होने को था। सबको अपने अस्तित्व का ज्ञान कराना कोई बुद्धिमानी नहीं थी। स्वाभाविक अवस्था में दो-एक दिन में शायद जीप पर किसी की नज़र पड़ जाए।

जीप पर से हाथों के निशान पोंछ डाले गए। सिरिल इंजन के तार तोड़-मोड़कर दाँत निकालकर हँसा। फिर थोड़ी देर बाद उसका स्वाभाविक चेहरा देखकर अनिमेष को अच्छा लगा। दोनों बन्दूकें लेकर एक समस्या थी। उन्हें देखकर बहुतों को सन्देह हो सकता था। जूलियन ने रास्ता सुझाया। नागराकाटा में घुसते ही किसी परिचित के ठिकाने पर बन्दूकें रख दी जाएँगी। ज़रूरत पड़ने पर विश्वसनीय व्यक्ति मिलने में कठिनाई नहीं है। रुपए-पैसे बैग में ही रहें।

अनिमेष इतने रुपए साथ ले जाने के पक्ष में नहीं था। पकड़े गए तो सब जाते रहेंगे। उधर जूलियन इतने रुपए किसी के पास रख जाने को राज़ी नहीं था। यह भी नहीं मालूम था कि कितने रुपए हैं। गिनने का वक़्त नहीं था। अन्ततः फ़ैसला हुआ कि जूलियन ही सब रुपए ले जाएगा। अनिमेष को ज़रूरत का पता चल गया था। चीज़ें ख़रीदकर जल्दी से ख़र्च करने में ही मंगल था। जूलियन ने एक और को साथ ले लिया। निश्चय हुआ कि नागराकाटा पर दल तोड़ दिया जाएगा। ठीक दस दिन बाद फूंट शिलिंग में सब मिलेंगे। स्थल भी निश्चित कर लिया गया।

जंगल से निकलकर वे छोटे-छोटे दलों में चल पड़े। नागराकाटा आकर

जूलियन ने अनिमेष की तरफ़ हाथ उठाया। फिर बायीं तरफ़ साथियों को लेकर चल पड़ा। दोनों के हाथों में दोनों बन्दूकें और दो बैग थे। उसमें बड़ा साहस था। जंगल से निकलने से पहले उसने जो प्रस्ताव किया था कि किसी के घर से सम्पर्क करेगा--वह अब मुमकिन न देखकर निश्चय किया कि ज़रूरत की चीज़ें खरीदने के लिए रुपयों की ज़रूरत तो होगी ही। पैनीराम के रुपयों में से हर एक को सौ-सौ रुपए दे दिए जाएँगे। अनिमेष की सहमति नहीं थी। लूटमार हो सकती थी। इसके पास अवश्य कुछ रुपए थे, पर औरों की जेब में शायद कुछ भी न हो। पैनीराम के बैग का रुपया लेने को तैयार नहीं था। जूलियन ने समझाया, "हम तो युद्ध के लिए रुपए ले रहे हैं। अगर रुपए के अभाव में हममें से कोई पकड़ा जाएगा तो विप्लव कौन करेगा? हम विलास के लिए तो रुपए ले नहीं रहे। ज़रूरत के लिए लेना, बन्दूक के लिए गोली लेने की तरह होगा।" उसने कुछ रुपए हर एक को बाँट दिए। बैग में रुपयों का परिमाण देखकर पता चला कि ख़र्च के लिए जितने रुपए वे ले रहे थे मूल का एक अंश भी नहीं था।

सवेरे एक खाली ट्रेन आयी। अनिमेष और सिरिल सबसे विदा लेकर एक खाली कम्पार्टमेंट में चढ़ गए। सिरिल ने टिकट लेना चाहा। अनिमेष ने मना कर दिया। इतने सवेरे काउंटर पर गया तो रेल-कर्मचारी उनके चेहरे देख लेंगे कि दो आदमी चादर लपेटे कोने में हिल रहे हैं। अनिमेष ने निश्चय किया कि किसी और स्टेशन पर टिकट खरीद लेंगे। इन ट्रेनों पर बड़ा चैकर तो कोई आता नहीं।

खिड़की के पास बैठकर अनिगेष को थकान का अनुभव हुआ। पूरी रात किस तरह उत्तेजना में कटी थी उस समय पता नहीं चला था। अब बदन में थकावट लग रही थी। सिरिल ट्रेन में चढ़ते ही एक सीट पर लेट गया था। सोए हुए वह धीमी साँस लेने लगा था। मुँह बच्चे जैसा शान्त था। देखकर कौन कह सकता था कि पिछली रात एक दुःसाहसिक अभियान में इसने हिस्सा लिया था। थकान के बावजूद अनिमेष को नींद नहीं आयी। खिड़की के बाहर धीरे-धीरे सारा विश्व उजला होता जा रहा था। जंगल में नरम केले के पत्ते जैसी धूप फैलने लगी थी। दोनों तरफ़ के पेड़-पौधों और चाय बागान को पीछे छोड़ती हुई ट्रेन हासिमारा की तरफ़ दौड़ रही थी। अनिमेष ने आँखें बन्द कर लीं।

युद्ध शुरू हो गया है। अनिमेष आदि पक्की सलाह करके बंगाल के विभिन्न जगह एवं भारतवर्ष में सब प्रान्तों में जगह छोटे-छोटे दल में बँटकर कुछ करना चाहते थे। इस तरह कितने ही रक्त-पिपासु भेड़ियों को हटाते ही व्यवसायी भी

डरेंगे। और निष्कासित जनता समझ जाएगी कि ये उनके मित्र हैं। और आवश्यकता पड़ने पर सहायता के लिए हाथ बढ़ाएँगे। ये छोटी-छोटी मशालें विराट अग्निकुंड का रूप अख्तियार कर लेंगी। निर्यातित जनता भी बुर्जुआ फासिस्टवादी दुर्ग को बहा देगी। इस समय अगर कम्युनिस्ट पार्टी भी इनका साथ देती तो काम और भी जल्दी बन जाता। अनिमेष ने सिर हिलाया। नहीं, यही ठीक है। जनता इनके चेहरे अच्छी तरह पहचान ले। इनकी शक्ति तब और भी बढ़ जाएगी।

आज इसी क्षण वह अन्दाज़ा लगाने लगा कि स्वर्गछेंड़ा में क्या हो रहा होगा। उस छोटी-सी शान्त जगह के लोग इस घटना के बारे में सोच भी नहीं पाएँगे। पैनीराम की मृत्यु की ख़बर से वे अवश्य ख़ुश होंगे। चाय बागान के सारे ग़रीब श्रमिकों के गले में फन्दा पड़ा था, अब ज़रूर स्वाभाविक रूप में साँस ले रहे होंगे। अनुमान किया जा सकता है कि इस समय पुलिस बानारहाट से भाग कर गयी होगी। लोगों की भीड़ पैनीराम के घर के सामने खड़ी होगी। डकैती की बातें हर एक की ज़बान पर होंगी। पर लोग अख़बार भी तो पढ़ते होंगे। कोई इन्हें पहचान भी ले तो परवाह नहीं। अन्ततः वह ख़बर स्वर्गछेंड़ा के ग़रीब मजदूरों के दिल में भी तो बैठ जाएगी। अगर वे समझ जाएँ कि अनिमेष आदि इनके भाई हैं, तब डर किस बात का।

इकतालीस

हासिमारा में बैठकर कलकत्ता की ख़बर पाना मुश्किल है। किन्तु उस बहाने दल की ख़बर भी आने लगी। सारा देश धीरे-धीरे नक्सलबाड़ी होता जा रहा है। वीरभूम, मेदिनीपुर, चौबीस परगना तो थे ही। ख़ालिस कलकत्ता में भी अब पुलिस के साथ संघर्ष चल रहा था। बेलघटिया, जादवपुर, बेलेघाट के कुछ-कुछ स्थल स्वच्छन्द हो गए थे। रेडियो सुनने पर दिमाग़ ख़राब हो जाता है। इन घटनाओं के विवरण से पता चलता है कि समाज-विरोधियों के साथ पुलिस का संघर्ष हो रहा है। सबसे आनन्दप्रद ख़बर यह है कि आम व्यक्ति भी नक्सलपंथियों का समर्थन करता है। जो लड़के घर छोड़ गए हैं, उनको आश्रय या भोजन देने के लिए बहुत से आगे आ रहे हैं।

आम जनता अब भी विप्लव में सक्रिय योग नहीं दे रही। किन्तु विप्लव इस तरह आगे बढ़ता रहा तो उनके दरवाज़े खुलेंगे ही। ख़बर मिली है कि इस दौरान स्वर्गछेंड़ा में मारात्मक घटनाएँ हुई हैं। पैनीराम की हत्या का बदला लेने के लिए पुलिस उस अंचल में छान-बीन कर रही है। बड़े पैमाने पर गिरफ्तारियाँ

हो रही हैं। किन्तु इनमें से किसी को पुलिस अब तक नहीं पकड़ सकी है। हाँ, खूँटिभारी के जंगल का डेरा पुलिस ने खोज लिया है। और इस समय वह अनिमेष, सिरिल और जूलियन को पशुओं की तरह खोज रही है। स्वर्गछेंड़ा के व्यापारी बहुत भीत हैं, पर आम जनता को जो राह मिली है हाट-बाज़ार में जाते ही पता चल जाता है।

दूसरी घटना यह हुई कि अनिमेष के बारे में पता चला तो पुलिस चाय बागान पहुँची। महीतोष को थाने ले जाया गया। वहाँ क्या बातचीत हुई यह तो अनिमेष को मालूम नहीं हो सका। हाँ, थाने से लौटकर महीतोष लम्बी छुट्टी लेकर छोटी माँ के साथ जलपाइगुड़ी चले गए हैं। सुनकर अनिमेष ज़रा अनमना हो गया था। इतने लम्बे समय तक नज़दीक होने पर भी वह बाबा से नहीं मिल सका। नहीं मिला कि कहीं वे भी फँस न जाएँ। अन्ततः वही हुआ। अनिमेष यहीं था और पैनीराम की हत्या के साथ इसका नाम जुड़ने पर बाबा की क्या प्रतिक्रिया हो सकती थी? बहुत ही सामान्य-सा समय था, उसके बाद अनिमेष ने सारी बात भूल जाने की कोशिश की।

नदी के ऊपर तम्बू लगाकर विराट कर्मयज्ञ हो रहा था। अनिमेष ने यहीं आश्रय ले लिया। इसकी उम्र का जो लड़का कांट्रैक्टर के अधीन काम कर रहा था, उससे दल के माध्यम से कुछ दिन पहले भेंट हो गयी थी। आश्रय माँगने पर उसने ज़रा भी आपत्ति नहीं की। सिर्फ़ इतना कहा, आराम से घूमो-फिरो। नदी के बेड पर पुलिस नहीं आएगी। कह दूँगा, तुम मेरे मौसेर भाई हो। उसने सिरिल को भी काम पर लगा लिया था। सिर पर पत्थर रखकर ले जानेवाले कुलियों पर नज़र रखने का काम था। इसलिए यहाँ आकर सबके सामने सिरिल से बातचीत करना मुमकिन नहीं रहा था। जो कुछ भी ख़बर मिलती वह उस लड़के के माध्यम से। निम्नवित्त परिवार के इस लड़के के दिल में उत्ताप था। नाम था—करुणासिन्धु।

इस बीच अनिमेष सिलीगुड़ी हो आया। करुणासिन्धु ने मना किया था, आपके नाम वारंट है, किसी भी वक़्त चले जाना ठीक नहीं। किन्तु हाथ-पाँव समेटकर नदी पर तम्बू में चूहे की तरह छिपकर बैठना अच्छा नहीं लग रहा था। आगे कार्यक्रम के बारे में बात करना ज़रूरी था। समान विचारधारा के दल इकट्ठे हो गए हैं या नहीं, आन्दोलन का नेतृत्व किसी योग्य हाथों को थमाया गया है या नहीं, अगला कदम क्या होगा, इस बारे में निश्चित धारणा पर पहुँचे हैं या नहीं—ये सब जानने का आग्रह था। किसी ने पैनीराम की हत्या करके उस तल्लाट के कुछ लोगों का आशीर्वाद पाया हो, पर बात वहीं तो ख़त्म नहीं होती। आसपास देखने से समझ नहीं आ सकता कि आम जनता विप्लव के बारे में क्या सोचती है! यह बात भी ठीक है कि एक दिन में यह मुमकिन

भी नहीं है। पर उसका आयोजन करना भी तो आवश्यक है।

आकाश में बादल छाए हुए थे। अनिमेष ने तम्बू में बैठकर चिट्ठी ख़त्म की। दस्तख़त नहीं किए। चिट्ठी पढ़ने पर राजनीति की गन्ध नहीं मिलेगी। हाँ, जिसे चिट्ठी लिखी है वह समझ जाएगी। माधवीलता को चौथी चिट्ठी लिखी है। शान्तिनिकेतन से लौटने के बाद वह एक तरफ़ा चिट्ठी लिखता रहा है। माधवी का उत्तर पाने का कोई रास्ता नहीं। उसे अपना पता-ठिकाना देना भी सम्भव नहीं। लिफ़ाफ़े में कुछ बन्द करने से पहले अनिमेष ने एक बार फिर चिट्ठी पढ़ी। इसमें कोई सम्बोधन नहीं था, सीधे लिखा, "तुम कैसी हो मालूम नहीं। किन्तु मेरी ख़ातिर तुम ठीक ही रहोगी। यह जानता हूँ। कैसा स्वार्थपर-सा लगता है, किन्तु अपने लिए तो ख़ुदगर्ज़ हो ही सकता हूँ।

"कुछ काम शुरू करने के लिए दिल छटपटा रहा है पर कुछ दिन से चुपचाप बैठे रहने के सिवास कोई चारा नहीं। इस यन्त्रणा को तुम नहीं समझ सकोगी। फिर भी मुझे भरोसा है कि जो कुछ करना चाहता हूँ, वह अवश्य होगा। संसार बदलेगा। यह रक्त की अन्तिम बूँद देकर भी करना होगा।

"शान्तिनिकेतन से आने के बाद से तुम्हारा ध्यान ज़्यादा आने लगा है। आँखें बन्द करते ही तुम्हारे चेहरे की हर रेखा देख पाता हूँ। क़ानून या धर्म क्या कहता है यह तो मुझे नहीं मालूम, किन्तु हमेशा कहूँगा कि तुम मेरी पत्नी हो।

"मैंने तुम्हें अपने साथ काम करने के लिए क्यों नहीं कहा? तुम्हें दूर क्यों हटा दिया? कोई भी यह प्रश्न कर सकता है। शायद सच्चे कम्युनिस्ट का यह अपराध है। जो कम्युनिज़्म में विश्वास करता है उसका कर्तव्य है कि दूसरे में वह विश्वास पैदा करे। जब मुझे समझ आया कि तुमने मेरे 'आमि' को ग्रहण कर लिया है, मेरे कामकाज में तुम बाधा नहीं दोगी, मुँह से कुछ नहीं कहोगी, तब तुम पर कुछ भी लादना नहीं चाहा। सुना है, विख्यात गुरुदेव के शिष्य बन्धु-बान्धवों को गुरुभाई बनाने को बेचैन थे। मैंने ऐसा कुछ नहीं चाहा।"

"तुम्हारे सब अच्छे-बुरे के लिए मैं खुद को दायी मानता हूँ, पर इस समय अगर तुम अस्वस्थ हो जाओ तो भी तुम्हारे पास नहीं रह सकूँगा। इस यन्त्रणा को मैं तुम्हें कैसे समझाऊँ।

"मालूम नहीं कब मिलना होगा, कभी होगा भी या नहीं यह भी नहीं जंानता किन्तु हर क्षण मैं तुम्हारा स्पर्श पाता हूँ।"

इनलैंड लैटर पर छोटे-छोटे अक्षरों में माधवीलता का नाम और पता लिखकर तम्बू के बाहर आकर देखा करुणासिन्धु आ रहा था। अभी सवेरा था। चारों तरफ़ हल्की-हल्की धूप फैली थी। नदी के ऊपर सूखे पत्थरों पर बेशक दोनों तरफ़ के पहाड़ों की छाया पड़ रही थी। मुँह उठाते ही स्वर्णिम दोपहर दिखाई दी। सचमुच

बड़ी सुन्दर जगह थी। चौड़े पाटवाली नदी के दोनों तरफ़ पेड़ों के मोड़ पर बड़ा-सा पहाड़ था। नदी का जल अब एक तरफ़ बह रहा था। कुली वगैरह अभी काम पर नहीं आए थे।

करुणासिन्धु पास आकर बोला, "कहना पड़ेगा कि भाग्य अच्छा है।"

"क्यों…?"

"आप सिलीगुड़ी ज़रूर जाएँगे?"

"हाँ… ।"

"फिर तैयार हो जाइए। आधे घंटे के अन्दर हमारी एक जीप जा रही है। सन्ध्या को सिलीगुड़ी से आ जाएगी। मैंने पीछे पड़कर यह दायित्व लिया है। इसलिए आप साथ जा सकते हैं।"

यह सुनकर अनिमेष को बड़ा चैन मिला। ट्रेन या बस से जाने की अपेक्षा प्राइवेट जीप से जाना निरापद है और समय भी कम लगेगा। तम्बू में जाकर करुणासिन्धु बोला, "आपसे एक अनुरोध है।"

"कहिए।"

"दाढ़ी मुँडवा दीजिए।"

अनिमेष चौंककर गाल पर हाथ फेरकर बोला, "यह क्या?"

करुणासिन्धु हँस दिया, "लोग खुद को छिपाने के लिए दाढ़ी रखते हैं। इसलिए दाढ़ी देखते ही बहुत से शक की नज़रों से देखने लगते हैं। और फिर जो आपको पहचानते हैं आपको दाढ़ी में देखने के अभ्यस्त हैं। जब सिलीगुड़ी जा ही रहे हैं तो ज़रा सतर्क रहना अच्छा है।"

अनिमेष टाल रहा था, "जानते हैं, कितने वर्ष पुरानी दाढ़ी है ? मैंने ज़ीवन में कभी गाल पर उस्तरा नहीं लगाया।"

करुणासिन्धु ठट्ठे के स्वर बोला, "हज़ारों वर्ष के जंजाल को जब उखाड़ फेंकने के लिए उतरे हैं तो दाढ़ी पर मोह क्यों कर रहे हैं?"

बात पर अनिमेष की भौंहें चढ़ी देखकर उसने स्वर बदल दिया, बोला, "बुरा मत मानिए, मैं कुछ भी 'मीन' नहीं कर रहा।"

करुणासिन्धु का हज़ामत का सामान इस्तेमाल करने में अनिमेष को बड़ा श्रम करना पड़ा। गाल कई जगह से कट गया। किन्तु मुँह पोंछने के बाद आईने में देखकर खुद को पहचान नहीं पाया। चिकने गालों ने एक सुश्री मुलायम तरुण को ला खड़ा किया। सिनेमा के पोस्टरों में ऐसे चेहरे दिखाई पड़ते थे। करुणासिन्धु कैम्प की खाट पर बैठा अनिमेष का बदला हुआ चेहरा देखता रहा। बोला, "इतने दिन तक दाढ़ी की आड़ में आपने अपनी उम्र छिपाए रखी। अब पकड़े गए।"

अनिमेष हँस पड़ा, बोला कुछ नहीं। उम्र में इससे बड़े बहुत से लोग 'दादा' या और 'आप' कहते रहे थे। वह शायद दाढ़ी के कारण ही था। पर उनकी

ग़लतफ़हमी दूर करने की इसने कोशिश नहीं की थी। जो कहकर किसी को ख़ुशी मिले उसे कहने देना ठीक होता है। करुणासिन्धु की तरफ़ देखकर अनिमेष ने कहा, "चलिए।"

जीप में ये चार जन थे—एक करुणासिन्धु के मालिक का लड़का और दूसरा ड्राइवर। गाड़ी में बैठते ही अनिमेष ने उस लड़के को देखा था। बीसेक वर्ष का—काफ़ी मोटा। करुणासिन्धु ने इसके बारे में पहले से बता दिया था। हासिमारा से निकलते ही लड़का बोला, "बाबा ने आज ही वापस आने को कहा है?"

"हाँ।"

"धत्। इतने दिन बाद सिलीगुड़ी जाकर रात न बिताकर भला लौटा जा सकता है?"

"आप आज वापस नहीं आएँगे?"

"मैं मायने हम सब। बाबा से कह दूँगा—गाड़ी ख़राब हो गयी थी।"

"क्यों···वहाँ कोई काम है?"

"काम···धत्! आप बिलकुल अ-रसिक हैं। इससे पहले कभी सिलीगुड़ी गए हैं?"

अनिमेष को लक्ष्य करके पूछा गया था।

उसने सटीक उत्तर दिया, "नहीं···यानी रहने नहीं गया।"

लड़के ने झुककर बैग से एक बोतल निकाली। भूटान में तैयार की गयी सस्ती रम। फिर करुणासिन्धु से बोला, "आप तो 'माल' खाते नहीं।"

"नहीं सर!" करुणासिन्धु ने जल्दी से गरदन हिलायी।

"आप···?"

"परहेज नहीं है···किन्तु अभी नहीं पियूँगा।" अनिमेष ने बताया।

"क्यों?"

"सवेरे-सवेरे चाय ही अच्छी लगती है।"

लड़का फिर कुछ नहीं बोला। बैग से गिलास और पानी निकाला गया। एक घूँट में ख़त्म करके हँसा, "जनाब! बहुत दिनों बाद आज स्वाधीनता का प्रकाश देखा है। साला बूढ़ा शकुन मुझे शराब छूने तक नहीं देता। पर सत्रह वर्ष की उम्र से मालावृत्त हो गया हूँ। तब से साइट पर अकेला जाता रहा हूँ। एक रात शकुन आ धमका। शराब पीकर मैंने खाली बोतल कुएँ में फेंक दी। शकुन ने झुककर बोतल देख ली। बस···मेरी स्वाधीनता चौपट हो गयी। बहुत दिनों बाद आज फ़िफ्टीन्थ अगस्त हुई है।"

करुणासिन्धु ने कहा, "अगर काम न हुआ?"

"इसीलिए तो आपको साथ ले जा रहा हूँ। मन लगाकर काम कीजिए।"

छोटे से लड़के के मुँह से ऐसी बातें सुनते-सुनते अनिमेष का मिज़ाज बिगड़ने लगा। लड़का तैयार था। गिलास हाथ में था। काफ़ी देर-देर बाद घूँट भरता। अनिमेष बाहर देखता रहा। चाय बागान सब्ज़ गलीचे की तरह दिगन्त में फैले थे। बीच के शेडी ट्री पर पक्षियों का झुंड था। जीप तेज स्पीड से दौड़ रही थी। सड़क खाली थी। नीरसाड़ा से होते हुए वे स्वर्गछेंड़ा के पास आ गए। करुणासिन्धु ने उसकी तरफ़ देखा, वह ज़रा पीछे हटकर बैठ गया। कुछ कहा नहीं जा सकता। किसी की नज़र बहुत तीखी हो तो मुश्किल हो जाएगी।

अचानक लड़का बोला, "ज़नाब! आप क्या करते हैं?"

करुणासिन्धु बोला, "पढ़ते हैं...कलकत्ते में। यहाँ घूमने आए हैं।"

लड़का बोला, "पढ़ने-लिखने से क्या होगा? गैर की गुलामी करते-करते साली जात तो डूब ही गयी। व्यवसाय कीजिए...माल कमाइए। शकुन को देख रहे हैं ना? सुना है, क्लास थ्री तक पढ़ा था।"

अनिमेष ने पूछा, "शकुन कौन?"

"जिसकी गाड़ी में आप बैठे हैं...माई फादर। हर वक़्त गिद्ध की नज़र। चाहे जितनी दूर रहूँ एवॉयड नहीं कर पाता। ठहरिए...ठहरिए...एइ! गाड़ी रोक।" लड़के ने बेचैनी से बाहर देखा।

अनिगेष सिमटकर बैठ गया। वे इस समय स्वर्गछेंड़ा के चौराहे पर आकर रुके थे। पॉकेट से रुपए निकालकर लड़के ने ड्राइवर को दिए, "नायर के होटल में जा...पाँच बोतलें रम की ले आ।"

ड्राइवर उसके बाप की उम्र का था, पर लड़का 'तू' कहकर बात कर रहा था। रुपए लेकर जब वह चला गया, लड़का बोला, "जाइए...झटपट चाय पी आइए। सवेरा होते ही बंगाली मेमनों की तरह चाय-चाय करते हैं...हा-हा-हा।"

अनिमेष का मन हो रहा था कि लड़के के मुँह पर थप्पड़ रसीद कर दे। इसका पूरा बदन अकड़ गया था। पर करुणासिन्धु ने उसका हाथ पकड़ लिया, "नहीं...सिलीगुड़ी पहुँचकर ही पिएँगे।" लड़का आगे बैठा था इन्हें देख नहीं पाया। करुणासिन्धु ने हाथ छोड़ने से पहले उसकी तरफ़ आँख मारी।

चौराहा निर्जन था। कोई-कोई दूकान खुली थी, पर रोज़वाली सवेरे की स्वाभाविक भीड़ नहीं थी। थोड़ी देर बाद ही ड्राइवर खाली हाथ लौट आया, "छोटे सा'ब! नहीं मिली।"

"नहीं मिली...क्यों...?" लड़का खीझ उठा।

"नायर कहता था, पुलिस ने बहुत झमेला किया। यहाँ एक आदमी का ख़ून हो गया उसी के बारे में पुलिस ने झमेला खड़ा किया है। तीन-चार आदमियों को अरेस्ट कर लिया है। नायर को बहुत तंग किया।"

लड़के ने विरक्ति से दोनों कन्धे उचकाए। बोला, "नायर से मेरा नाम

लिया था।"

"हाँ सा'ब।"

तभी अनिमेष ने नायर को देखा। मिस्कीन-सा चेहरा बड़े शरीर पर लिये वह इस तरफ़ आ रहा था। अनिमेष मुँह फेरकर बैठ गया। लड़के की आवाज़ सुनाई दी, "क्यों साहब! मार डालेंगे क्या?"

"अब कुछ न कहिए सर! पुलिस ने हमारे बारह बजा दिए हैं। जानते तो हैं, पैनीराम का ख़ून हो गया है?"

"पैनीराम बाबू?"

"हाँ...कई दिन पहले डाका पड़ा था। मामूली डाका नहीं।" नायर की आवाज़ धीमी थी, "नक्सल! माल उन्होंने लूटा और पुलिस उसका बदला हमसे ले रही है। यहाँ के कई भोले-भाले लड़कों को पकड़कर ले गयी है।"

"नक्सल? वह तो कलकत्ता में है...सुना था। यहाँ कैसे आ गए?"

"अन्दर-ही-अन्दर फैले हुए हैं। दो-एक का नाम भी सुनाई पड़ता है। यहाँ के चाय बागान के एक बाबू का लड़का भी उनमें है। सर! विश्वास करने को जी नहीं चाहता। लड़के को पहचानता हूँ, बड़ा शान्त था।"

"नक्सल-वक्सल नहीं...सब माल कमाने का धन्धा है।"

"नहीं सर! बात मामूली नहीं है...ज़रा सावधान रहिए।"

"सावधान क्यों रहूँ?"

"वे लिख गए हैं कि बड़े-बड़े व्यवसायियों का ख़ून करेंगे।"

"किन्तु इस समय तो आप मेरा ख़ून कर रहे हैं। एक प्वाइंट नहीं मिलेगा।"

"किसी तरह एक मैनेज करके लाया हूँ।"

"जीते रहिए...जीते रहिए।" लड़के की आवाज़ में ख़ुशी झलक रही थी। "इतने दिन बाद तो आज़ादी मिली और इतना रास्ता सूखे गले के साथ काटूँ।"

रुपए वापस करके ड्राइवर जीप चलाने लगा। नज़रों के सामने से स्वर्गछेंड़ा ओझल होने लगा। दायीं तरफ़ चाय बागान के क्वार्टर्स दिखाई पड़े। अनिमेष ने अपने मकान की तरफ़ देखा। दरवाज़ा बन्द था। बरामदे में बिना बालोंवाला कुत्ता पड़ा था। खाली जगह कैसी साँय-साँय कर रही थी।

बोतल खोलते-खोलते लड़का बोला, "अब एक और नाटक शुरू हो गया साहब! 'नक्सल' आते-जाते कितने ही नक्सल देखे हैं। माल जुगाड़ करने का धन्धा! सब साले सी.आई.ए. का कारोबार।"

करुणासिन्धु ने अनिमेष का हाथ पकड़ लिया, बोला, "सी.आई.ए.।"

"अमरीका के गुप्तचर, साहब! यह करके देश में झमेला क्रिएट कर रहे हैं। संसार के सब देशों में इसी तरह करते हैं। कल रात हासिमारा के ओ.

सी. ने शकुन को बताया था।"

"ओ.सी. आया था?"

"हाँ···शकुन से कहने आया था कि किसी उचक्के आदमी को काम पर न लगाए। शकुन को थाने में बन्दूक जमा करने को कहा था।"

"क्यों···?"

"वे लोग बन्दूकें छीनकर देश में विप्लव करते हैं। हरामजादों की पीठ पर बिछूटि पत्ता घिस देना चाहिए।" बात-पर-बात होती रही।

अनिमेष बड़ी मुश्किल से खुद पर क़ाबू किए था। यह दायित्व-ज्ञानहीन बातें सुनकर दिमाग़ ठिकाने रखना मुश्किल था। किन्तु कुछ कहने पर पूरी बात करुणासिन्धु के सिर पड़ेगी। बेचारा खुद को प्रच्छन्न रखकर इनकी मदद कर रहा था—उसे मुसीबत में डालने से क्या फ़ायदा!

जलपाइगुड़ी शहर के बायीं तरफ़ से उन्होंने सिलीगुड़ी की सड़क पकड़ ली। रास्ते में नज़र लिखे हुए स्लोगनों पर पड़ी। लापरवाही से जहाँ भी जगह मिली यहाँ के लड़कों ने लिख दिया था, 'नक्सलबाड़ी लाल सलाम! नक्सलबाड़ी की लाल आग हर दिशा में फैला दो (नक्शालबाड़ी लाल सलाम! नक्शालबाड़िर लाल आगुन दिके-दिके छड़िये दाओ)।'

यानी इधर का संगठन बड़ा सक्रिय हो गया है। यह बड़ी अच्छी बात है। उम्मीद की बात।

सिलीगुड़ी पहुँचकर अनिमेष ने करुणासिन्धु से विदा ली। फ़ैसला हुआ कि शाम को चार बजे स्टेट बस टर्मिनल के सामने वह उनका इन्तज़ार करेगा। सामने की सीट पर लड़का प्रायः आउट हो चुका था। फिर भी होश में था। बोला, "आज शाम को नहीं, कल सवेरे आठ बजे मिलेंगे। आज मैं वापस नहीं जाऊँगा।"

करुणासिन्धु ने पीछे से आँख मारी। लड़के की बात को कोई अहमियत न देने का इशारा किया। यानी आज ही वापस जाएँगे। जीप जाने के बाद वह पैदल चल पड़ा। साथ में सामान कोई था नहीं इसलिए हलका लग रहा था। सिलीगुड़ी के रास्ता-घाट की उसे जानकारी नहीं थी। अन्दाज़े से आगे बढ़ रहा था। दोनों तरफ़ मकानों की दीवारों पर आन्दोलन के तरह-तरह के स्लोगन लिखे थे। पर कोई इन्हें आग्रहपूर्वक पढ़ता होगा—नज़र नहीं आ रहा था। शायद देखते-देखते अभ्यस्त हो चुके थे। आगे बढ़कर दूसरी तरह का पोस्टर नज़र आया। 'हठकारी दूर हटो, सी.आई.ए. दलाल नक्सल निपात जा। देवाले लिखे विप्लव हय ना···हबे ना।' लिखनेवालों ने अपना अस्तित्व छिपाया नहीं था। अनिमेष के जबड़े कस गए। कांग्रेस की तरफ़ से लिखित इन स्लोगनों का अर्थ बेशक समझ आ रहा था। संशोधनवाद के शीर्षक बिन्दु तक न पहुँचा जाए तब तक

विरोध करना सम्भव नहीं था। यानी विरोध शुरू हो रहा है और वह मार्क्सवादियों से मिलकर किया जा रहा है। चमत्कार!

सड़क के किनारे पोस्टबाक्स में माधवीवाली चिट्ठी डालकर वह बारीन दा' के दूकान के पास आकर खड़ा हो गया। मार्केट में झटपट जाने को वह तैयार नहीं था। वहाँ के हालात जाने बिना वह कठिनाई में पड़ सकता है। उसने सड़क पर दोनों तरफ़ देखा। जीवन बड़ा सामान्य था। फिर भी वह कुछ देर तक रुका रहा। कोई परिचित चेहरा दिखाई पड़ जाए तो अच्छा हो। फिर मार्केट में इस तरह घुसा मानो कोई दूकान ढूँढ़ रहा हो। ज़रा आगे बढ़ते ही बारीन दा' की दूकान नज़र आयी। बन्द थी। अच्छी तरह देखकर सन्देह दूर किया और बाहर आ गया। बात क्या है? इस समय बारीन दा' की दूकान तो बन्द होने का प्रश्न नहीं था। कुछ हो गया क्या? पुलिस ने यहाँ तलाशी ली है या नहीं समझ नहीं आ रहा था। जो हो—बारीन दा' के घर जाना ठीक नहीं। उनके अड्डे से ख़बर मालूम करने के लिए जो जाने की बात थी, कौन जाने वहाँ क्या हालत है। इससे पहले जब कभी आया बारीन दा' के माध्यम से ही काम हुआ था।

अनिमेष अन्दर-ही-अन्दर नर्वस होने लगा। क्या करे निश्चय करने से पहले ही लड़का दिखाई पड़ गया। सड़क के दूसरी तरफ़ खड़ा था। अनिमेष ने क़दम बढ़ा दिए मानो प्रकाश हो गया हो। लड़का शायद पहले ही उसे देख चुका था क्योंकि अनिमेष के क़दम बढ़ाते ही वह अलस भाव से चलने लगा। दूरी कम नहीं हो रही थी, पर चलने की व्यस्तता भी प्रकाशित नहीं कर रहा था। समझकर अनिमेष ज़्यादा नर्वस हो गया।

लड़का सिलीगुड़ी स्टेशन के पास पहुँचकर ठहर गया। लैवल क्रॉसिंग बन्द था। दोनों तरफ़ गाड़ियों की क़तारें खड़ी थीं। अनिमेष ने नज़दीक जाकर पूछा, "क्या बात है?"

"बहुत ख़राब···बिजनेस के तो बारह बज जाएँगे···नष्ट हो जाएगा।"

"वह तो समझ गया, पर हुआ क्या है?"

"दादा को उन्होंने लिटा दिया है।"

"खोलकर बताओ।"

बारीन दा' को मार पड़ी है, जानते ही अनिमेष का दिमाग़ गरम हो गया। लड़के को साथ लेकर सकते की हालत में प्लेटफ़ॉर्म पर जा खड़ा हुआ। इस स्थल पर कभी गहमागहमी हुआ करती थी। स्टेशन के हिसाब से अब इसका कोई महत्त्व नहीं रहा था। इसलिए लोगों की नज़र नहीं पड़ती थी।

लड़का बोला, "पार्टी के बाबू लोगों ने दादा को ख़ूब डाँटा-फटकारा था। नक्सलवादियों के साथ दादा सम्पर्क रखते हैं। दादा ने अस्वीकार किया, किन्तु उन्हें यकीन नहीं आया। फिर एक दिन पुलिस आकर ख़ूब जिरह कर गयी।

मैंने सोचा कि दूकान पर अब अड्डा नहीं जमाना चाहिए। उन लड़कों का फिर भी आना बन्द नहीं हुआ। अन्ततः पिछली रात उन्होंने हमला कर दिया। बम गिराया और दादा को दूकान से निकालकर शायद मार ही डालते, पर बच ही गए। कह गए हैं कि अब दूकान न खोली जाए।''

''उन्हें पहचानते हो?''

''हाँ...पार्टी के बाबू लोग।''

''बारीन दा' अब कहाँ हैं?''

''घर पर...सवेरे मुझे भेजा हालचाल मालूम करने को। यहाँ आप दिखाई पड़ गए। समझ नहीं आता अब क्या होगा!''

अनिमेष ने अब समय बरबाद नहीं किया। लड़के को वहीं छोड़कर रिक्शा लेकर सीधे बारीन दा' के घर की तरफ़ रवाना हो गया। बारीन दा' से मिलना ज़रूरी है। वहाँ जाने पर मुसीबत में पड़ जाएगा। यह उसके दिमाग़ में नहीं आया।

एक ही आवाज़ में उत्तर मिला। खिड़की से पूछा, ''कौन!''

''मैं अनिमेष।''

कुछ देर बाद बारीन दा' की माँ ने दरवाज़ा खोला। अपरिचित का-सा भाव था जो शीघ्र ही दूर हो गया, ''उन्होंने लड़के को क्यों मारा?''

''मुझे नहीं मालूम।'' अनिमेष ने सिर झुका लिया।

''मैं जानती हूँ इसे। इसने तो कोई दोष नहीं किया...फिर मारा क्यों?'' वृद्धा की आवाज़ भारी थी। तभी बारीन दा' की आवाज़ सुनाई पड़ी, ''उसे अन्दर आने दो माँ।''

बड़ी बेदिली से वे एक तरफ़ हो गयीं। अनिमेष बारीन दा' के कमरे के सामने आकर चौंक पड़ा। सारे शरीर पर बैंडेज। वे लेटे हुए थे। आँखें, नाक और होंठों के अलावा कुछ नहीं दिखाई पड़ रहा था। इसे देखते ही बोले, ''बहुत दिन बाद रेस्ट कर रहा हूँ भई! इस तरह पड़े रहने से चलता नहीं।''

जिन्होंने बारीन दा' को मारा था उन्हें अनिमेष जानता-पहचानता नहीं था, पर इस समय खुद को दोषी समझ रहा था। आगे बढ़ते ही बारीन दा' ने बिस्तर के किनारे की तरफ़ इशारा किया, ''बैठो भई।''

अनिमेष समझ गया कि उन्हें हिलने-डुलने में तकलीफ़ होती है। उसने पूछा, ''क्या हुआ था?''

''अंग्रेज़ कहते हैं ना...यह सब खेल का हिस्सा है...वही। पानी में उतरो पर सिर न भीगे...भला कितने दिन चल सकता था...तुम्हें कैसे ख़बर मिली। इस समय तुम्हारे हासिमारा में होने की बात थी।''

अनिमेष को ताज़्जुब हुआ, ''हासिमारा के बारे में आपको मालूम है?''

"हाँ···।"

अनिमेष के माथे पर बल पड़े गए। प्रसंग बदलकर पूछा, "आपकी दूकान पर जाकर देखा···बन्द थी। निकला तो आपका एसिस्टेंट दिखाई पड़ गया।"

"तुम दूकान का चक्कर लगा आए?" बारीन दा' अचानक जोश में आ गए।

"हाँ···क्यों?"

"बड़ा अन्याय किया तुमने···यहाँ आना ठीक नहीं था।"

"मैं समझा नहीं।"

"आह···जो होना था वह तो हो ही गया। मेरी दूकान पर उनकी नज़र है। इस गली के मोड़ पर भी वे मौजूद हैं। यहाँ से जब जाओगे—सतर्क रहना।" बारीन दा' हताश हो गए थे।

"खोलकर नहीं बताएँगे?"

"अनिमेष! इस बारे में कम चिन्ता करना ज़्यादा अच्छा है। फिर भी जानना ही चाहते हो तो बताता हूँ। कुछ दिन हुए सी.पी.एम. का नक्सलपंथियों से संघर्ष हो गया। वे ठहरे सी.आई.ए. के एजेंट। विदेशो रुपयों का गोलमाल करना चाहते हैं यह ख़बर फैल गयी थी। अब पाड़े पर क़ब्ज़ा करके बमबाज़ी शुरू हो रही है। यहाँ तक कि नक्सलपंथी कहाँ एक्शन करेंगे, वह भी पहले से पुलिस तक ख़बर पहुँच जाती है। तुम्हें तो मालूम है अनिमेष! मेरी दूकान में आजकल के गल्प लेखक अड्डा जमाते हैं। वे किसी राजनीतिक दल से जुड़े हुए नहीं हैं। तुम लोगों के साथ मेरे सम्पर्क की बात बाहरवाला कोई नहीं जानता। किन्तु उसे लेकर भी वे मुझे डाँट-फटकार गए हैं। अगले रोज़ पुलिस आ गयी। मालूम नहीं, उन्हें कैसे ख़बर मिल गयी। पर दल से ही ख़बर बाहर निकलती है। वे समझते हैं कि आम जनता के सामने उनका क्या रूप था वह तुम्हारे कांड से बाघ में बदल गया है। अपनी हस्ती को सुरक्षित रखने के लिए वे पीछे पड़ गए हैं।"

बारीन दा' ने गहरा निःश्वास लिया। दम बहाल करने के लिए ज़रा ठहरे। अनिमेष उन्हें ख़ामोशी से देख रहा था। अब पूछा, "उन्होंने ही आपको मारा था?"

"नहीं।" बारीन ने सिर हिलाया।

"फिर···किसने मारा?"

"तुम लोगों ने।"

अनिमेष सीधा बैठ गया। मान्यूमेंट से गिर पड़ता तो भी ऐसा धक्का न लगता। बारीन दा' बोले, "वही अंग्रेजोंवाली कहानी—यह सब खेल के रूप हैं। इस रूप में ही स्वीकार कर लिया है। तुम्हें क्या मालूम आन्दोलन अब विमुखी

हो गया है। दोनों दल आसपास क्रियाशील हैं। कोई दूसरे को सह नहीं पाता। जिनके हाथ में मेन लाइन है, उनका कहना है कि अभियान को ख़त्म करके हम सारी समस्याओं का समाधान करेंगे। भारत के हर गाँव में 'समाप्त अभियान' के द्वारा गुरिल्ला युद्ध किया जाएगा। इस 'समाप्त अभियान' के प्रश्न पर जो हमारा विरोध करेंगे पार्टी में नहीं रहने देंगे। इतना सब करके मैं जनता के पास से हट गया हूँ। जनता अब हमसे डरती है। किसी कांस्टेबल की हत्या करके भला कितना विप्लव किया जा सकता है? पुलिस का कर्तव्य नक्सल हत्या में मदद कर रहा है वह उनको क्यों नहीं पकड़ती? कलकत्ता के जिन इलाकों में संघर्ष चल रहा वह ग़रीब, मध्यवित्त का इलाका है। पार्क स्ट्रीट, बड़बाज़ार के इलाके में एक्शन क्यों नहीं होता? मैंने ये प्रश्न उठाए थे।"

"फिर?"

"सी.पी.एम. की तरफ़ से फटकार मिली, पुलिस ने जिरह की। साथ ही यह भी मालूम हुआ कि मैं ब्लैकलिस्टेड हो रहा हूँ। तुम्हारे साथियों ने शक किया कि मैं गोपन में उनसे हाथ मिला रहा हूँ। सिर्फ़ शक की वज़ह से वे मुझे मार बैठे। आजकल कोई भी जाँचना नहीं चाहता।"

स्तब्ध अनिमेष सुनता रहा। "शुरू से ही पार्टी अगर खंडित हो जाती है तो काम कैसे होगा। पार्टी का मूल उद्देश्य है, व्यापक गण-आन्दोलन की सृष्टि करना, गाँव के कृषक-वर्ग को मुक्त करना, साथ ही शहर में हड़ताल द्वारा शासन-तन्त्र को कमज़ोर करना और विच्छिन्न गुरिल्ला स्क्वाड की संख्या में वृद्धि करके उसे गणमुक्ति फ़ौज में परिणत करना। किन्तु विभेद शुरू में हो गया यह सब होगा कैसे?"

बारीन दा' बोले, "अनिमेष! अब पार्टी में तेजी से बाढ़ का पानी घुस रहा है। गुंडागिरी करने का अवसर भला कितने लोग छोड़ते हैं। झड़ाई-पोंछाई का समय अब नहीं है। मुझे बड़ा डर लगता है।"

"आपको मारने का फ़ैसला कौन-सी पार्टी ने किया था?"

"मुझे ध्यान नहीं। असल में दो-चार लोग जो फ़ैसला करते हैं वही ठीक माना जाता है। दल के फिर से दो भाग हो जाएँ तो दो तरह के फ़ैसले होंगे। कलकत्ता के विद्यासागर या सुरेन बनर्जी की मूर्तियाँ तोड़कर क्या लाभ होगा? अनिमेष! मुझे लगता, कोई या कुछ लोग बड़ी चालाकी से हमारे आन्दोलन की हत्या करने के लिए ये काम कर रहे हैं। हम उनके हाथों में खिलौने बनते जा रहे हैं।"

"कौन लोग?"

"मुझे नहीं मालूम।"

"आपको मारा-पीटा उसका न्याय नहीं होगा?"

"छोड़ो···आज सवेरे महादेव बाबू ने ख़बर भेजी थी। मैंने उनसे भी कह दिया है कि इसे लेकर कोई झमेला न खड़ा किया जाए।"

"महादेव दा' यहाँ आए थे?"

"हाँ···ओ हो तुम्हें तो मालूम नहीं। वे सज्जन बड़ी मुसीबत में हैं। उन्हें एक शैल्टर की सख़्त ज़रूरत है। मैं खड़ा रह पाता··· ।"

"कहाँ हैं वे?"

ठिकाना मालूम करके अनिमेष खड़ा हो गया। "बारीन दा' मैं बड़ी चिन्ता के साथ वापस जा रहा हूँ कि उन्होंने आप पर हाथ क्यों उठाया। इस तरह खंडन शुरू हो गया···पर क्यों?"

"नेतृत्व को लेकर···बंगाली किसी को बहुत दिनों तक बर्दाश्त नहीं कर पाते।"

गली के सिरे पर आकर अनिमेष ने दोनों तरफ़ देखा। दो लड़के निरीह-से इसकी तरफ़ आ रहे थे। अनिमेष को विपद् की गन्ध आयी। इस तरह के चेहरे बहुत कुछ बता देते हैं। उसका एक हाथ कुरते की जेब में रिवाल्वर का स्पर्श कर रहा था।

"कहाँ आए थे?" एक ने पूछा।

"बारीन दा' से मिलने।"

"नाम क्या है?"

"क्यों?"

"झमेला खड़ा मत कीजिए नाम बताइए?"

"नाम की क्या ज़रूरत है···ले चल।" दूसरा असहिष्णु स्वर में बोला।

अनिमेष ने जबड़े कस लिये। "काट डालो···फ़ायदा नहीं।"

"जा बे फूट।" बात पूरी करने से पहले ही लड़के के हाथ में छुरी चमक उठी। अनिमेष ने अब दुविधा नहीं की। हटकर रिवॉल्वर निकालकर चिल्लाया, "हिला तो ख़त्म कर दूँगा···छुरी फेंक दे।"

दोनों लड़के रिवॉल्वर देखकर इतने घबरा गए कि उनका मुँह खुला रह गया। छुरी ठक् से ज़मीन पर गिर गयी। अनिमेष को खिड़की का पट बन्द होने की आवाज़ सुनाई दी। आसपास के घरों के लोग स्नेल की तरह अपने खोल में सिमट गए। अनिमेष ने समय नष्ट नहीं किया। जल्दी से सड़क पार करके रिक्शा पकड़कर उसमें बैठ गया। इसके हाथ में रिवॉल्वर देखकर रिक्शावाला ज़ोर-ज़ोर से पैड़ल मारने लगा। अनिमेष ने पलटकर देखा दोनों लड़के अब भी वहीं खड़े थे। शायद समझ नहीं पा रहे थे कि क्या करें। अनिमेष ने रिवॉल्वर छिपा लिया। पर तब तक काफ़ी लोगों को पता चल गया था। जानने दो···अब लुका-चोरी से क्या होगा। दो-एक मील इधर-उधर घूमकर अनिमेष ने रिक्शा छोड़

दिया। पॉकेट से पैसे निकालकर किराया देने लगा कि अवाक् रह गया। रिक्शावाला सिर हिलाता हुआ खाली रिक्शा भगाकर चला गया। उसने किराए के पैसे क्यों नहीं लिये। स्नेह तो करता नहीं था। रिवॉल्वर देखकर शायद डर गया। अनिमेष को बुरा लगा अब यहाँ खड़े रहने का कोई फ़ायदा नहीं था। आगे जाकर पंजाबी की दूकान से कुछ खा-पी लिया।

भरी दोपहर थी। अनिमेष पते के मुताबिक महादेव दा' के घर जा पहुँचा? दाढ़ी से भरा हुआ चेहरा! बड़े बीमार लग रहे थे! इसे देखकर बोले, "तुम्हारे साथ किसी तरह सम्पर्क नहीं कर पाया। जो तुम्हारे बारे में जानते हैं, वे अब हमारे दुश्मन हैं।"

"मायने···?"

"मैं अब विरोधी पक्ष में हूँ अनिमेष! ख़ैर···तुम कैसे हो?"

"गुज़र हो रही है।"

"तुम किस दल में हो···ख़त्मपंथी या विरोधी?"

"फ़ैसला नहीं किया।"

"रहने के लिए कोई ठिकाना चाहिए···ऐसी किसी जगह के बारे में जानते हो?"

अनिमेष ने ज़रा भी दुविधा नहीं की। स्वीकृति में सिर हिला दिया।

"तुम पर भरोसा कर सकता हूँ।"

"निश्चय ही।"

महादेव दा' ने चैन की साँस ली। आँखें मूँदकर बोले, "पिछले हफ़्ते बरानगर की पुलिस ने सुवास की हत्या कर दी।"

बयालीस

महादेव दा' के साथ रिक्शा में जाते हुए अनिमेष ने आँखें मूँद रखी थीं। बन्द पलकों में सुवास का चेहरा था। गोरे उद्दाम सुवास दा'। कलकत्ता में पहली बार आते ही जो आहत अवस्था में इसे सड़क से उठाकर ले गए थे। अस्पताल में बिस्तर पर पड़े हुए इसने जिन्हे पहली बार जाना-पहचाना था। वे सुवास दा' अब नहीं हैं। अनिमेष को बड़ा खाली-खाली-सा लग रहा था। अपने जीवन की बड़ी-से-बड़ी झोंकें सुवास दा' का हाथ पकड़कर पार की हैं। जिनकी आँखों में विप्लव का सपना था जो दूसरे मनुष्यों की आँखों में स्वप्न सँजोना जानता था, विप्लव शुरू होने से पहले ही वह चला गया। सच बड़ा निर्मम होता है। दुर्मुष की तरह इनसान को विश्वास के लिए बाध्य करता है। अनिमेष का दिल अन्दर

तक जल रहा था। उसके पेट पर अब भी सुवास दा' का हथियार बँधा था। अपनी आत्मरक्षा या आक्रमण के लिए सुवास दा' का स्नेह अब तक प्रमाणित नहीं हुआ था कि वह इसके योग्य था भी या नहीं।

सिलीगुड़ी आकर एक के बाद एक बुरी ख़बरें मिल रही थीं। बारीन दा' का मार खाना, पार्टी का विभाजन और सुवास दा' की मृत्यु। बात करने को मन नहीं कर रहा था। जिस उद्देश्य से यहाँ आया था, वह भी सम्भव नहीं लग रहा था। अब मन हो रहा था कि जितनी जल्दी यहाँ से चला जाए मंगल है। करुणासिन्धु ने ठीक ही कहा था कि सिलीगुड़ी सचमुच बड़ा गरम हो गया है। पर अब इसके साथ महादेव दा' हैं। उन जैसे डैडिकेटेड नेता को, जैसे भी हो बचाना होगा। और कोई बात दिमाग़ में नहीं आ रही थी। करुणासिन्धु अगर राज़ी हो जाए। इस तरह खुलेआम रिक्शा में आना-जाना बड़ा रिस्की है। पर इसके अलावा कोई उपाय भी नहीं है।

ठीक जगह पर पहुँचकर अनिमेष खुश हो गया। करुणासिन्धु की जीप खड़ी थी। नज़दीक ही सिगरेट की दूकान में रेज़गारी देकर करुणासिन्धु आ गया, "आपके लिए बड़ी फिक्र हो रही थी···।" अचानक एक अपरिचित व्यक्ति को देखकर चुप हो गया।

रिक्शा से उतरकर अनिमेष करुणासिन्धु के नज़दीक आकर दबी आवाज़ में बोला, "आपकी सहायता चाहिए···इन्हें कुछ दिन के लिए शैल्टर देना होगा।"

"हमारे वहाँ तो कोई जगह है नहीं।"

"पर कोई व्यवस्था तो करनी ही होगी।"

"ताज़्ज़ुब की बात है आप अकेले हैं इसलिए कोई कुछ नहीं सोचता, पर कोई दूसरा आ गया—बड़ा अन्यायपूर्ण अनुरोध हो रहा है ना।"

"समझ रहा हूँ···पर कोई दूसरा उपाय नहीं है। ये पकड़े गए तो हमारे लिए बड़े शर्म की बात होगी।"

"कौन हैं ये?"

"महादेव दा'।"

"महादेव बाबू?" करुणासिन्धु का चेहरा बदल गया। दबी आवाज़ में अनिमेष से दो-चार बातें करके सिर हिलाकर जीप की तरफ़ बढ़ा। अनिमेष को अब तसल्ली हो गयी। रिक्शावाले का किराया देकर बोला, "उतर आइए महादेव दा'! इसी जीप में जाना होगा।"

"मैं कहाँ जा रहा हूँ?"

"हासिमारा के पास एक रिवर बैड में। यह लड़का वहीं काम करता है।"

महादेव दा' को जीप की तरफ़ ले जाते हुए अनिमेष को करुणासिन्धु के छोटे मालिक की बात ध्यान आयी। महादेव दा' को देखकर अगर वह बिगड़

उठे! करुणासिन्धु उसे कैसे मैनेज करेगा?

जीप में झाँककर अनिमेष चकित रह गया। पिछली सीट पर पाँव समेटे छोटे मालिक चित्त सो रहे थे। करुणासिन्धु बोला, "जल्दी से चढ़ जाइए।"

करुणासिन्धु की तरफ़ अनिमेष ने इशारा किया। करुणासिन्धु बोला, "पूरा आउट हो गया है। कल सवेरे से पहले डिस्टर्ब नहीं करेगा। हाँ, अगर आउट न होता तो आज शाम को न जाता···चढ़ जाइए।"

इनके पिछली सीट पर बैठते ही जीप चल पड़ी। लड़के के मुँह से दुर्गन्ध निकल रही थी। अनिमेष को मतली होने लगी। महादेव दा' आँखें बन्द किए कोने में बैठे थे। चश्मा बाएँ हाथ में पकड़ा हुआ। बाहर सिलीगुड़ी शहर सरकता जा रहा था। अनिमेष ने लड़के की तरफ़ देखा, मृतदेह की तरह अचल। इसे किसी जंगल में बीच सड़क पर उतार दें तो कैसा रहे। ड्राइवर न होता तो वही किया जाता। ड्राइवर ने महादेव को देख लिया था। कौन जाने क्या सोचा होगा।

काफ़ी दूर तक चुपचाप जाने के बाद महादेव दा' बोले, "बारीन की ख़बर सुनी?"

अनिमेष ने सिर हिलाया। फिर महादेव दा' की तरफ़ देखा।

महादेव दा' आँखें बन्द किए हुए ही बोले, "मुट्ठियाँ तो खुल गयी हैं अंगुलियाँ अपनी इच्छानुसार काम करेंगी। शत्रु पक्ष को अब बड़ी सुविधा है।"

"ऐसा क्यों हो रहा है?"

"मत-विभेद! हम विप्लव करें या खेलें···हर एक का अपना-अपना मत है। हम चाहते हैं हर एक हमारी बात ही माने।"

"तो···क्या हम हार जाएँगे?"

महादेव दा' ने आँखें खोलीं, "किसने कहा हार जाएँगे? नो···नेवर। जो लोग आज ग़लती कर रहे हैं उन्हें छोड़कर हम आगे बढ़ेंगे।"

"एकमत होने का कोई रास्ता नहीं है?"

"है···अगर प्रयोजन एक हो। किसी एक कांस्टेबल का गला काटकर या कोई मूर्ति तोड़कर तो इस देश में विप्लव आ नहीं सकता। इससे तो पैनिक फैल जाएगा। यह करके इस बीच जन-साधारण के मन में हमें लेकर भय पैदा हो गया है। उन्हें छोड़कर विप्लव कैसे होगा यह चिन्ता नहीं करते। पहाड़ से निकला हुआ झरना वापस नहीं जा सकता। इसलिए हमें आगे बढ़ना होगा। मुश्किल यह है कि समुद्र का रास्ता भी अब धूमिल पड़ता जा रहा है।" उन्होंने हँसने की कोशिश की।

"सारा देश इकट्ठा करके सेंट्रल कमेटी का संगठन नहीं किया गया?"

"नहीं···।"

"फिर···?" अनिमेष की आवाज़ काँप रही थी।

"इन्तज़ार करो। इसके अलावा कोई उपाय नहीं है।"

जैसे युद्ध शुरू करने के पहले पता चला हो कि किसी भी राइफ़ल में गोली नहीं है। अनिमेष ने दाँत भींच लिये। नहीं···यह नहीं हो सकता। हज़ारों लड़के भविष्य की चिन्ता किए बिना घरों से निकल पड़े हैं। वे किसी भी हालत में रुकना नहीं चाहते। जो थियोरी को लेकर दिमाग़ ख़राब करते हैं, वे विरोध द्वारा इतनी आग नहीं बुझा सकेंगे। रास्ते में अनिमेष को महादेव दा' से और भी बहुत-सी ख़बरें मिलीं। कलकत्ता, वीरभूम और मेदिनीपुर की पुलिस अब नक्सल हत्या के लिए कल्पनातीत व्यवस्था कर रही है। लड़कों को पकड़कर कुत्ते-बिल्लियों की तरह खुलकर मार रही है। दल के सब लोग अंडरग्राउंड हो गए हैं। आम लोग पहले लड़कों को पनाह देते थे, भोजन देते थे। अब संत्रस्त हैं। एक-एक इलाके को घेरकर पुलिस छान-बीन करके सन्देहजनक लड़कों को पकड़कर ले जा रही है। पुलिस की सहायता पुनर्निर्वाचित मार्क्सवाद में दीक्षित एक वामपंथी दल को मिल रही है। उनके नेता खुलकर मैदान में घोषणा करते हैं कि इच्छा हो तो वे एक दिन में नक्सल आन्दोलन को ठंडा कर सकते हैं। आन्दोलन तोड़ने की कोशिश बाह्य रूप में दिखाई पड़ती है किन्तु दल के अन्दर इसे धुएँ की तरह उड़ाने की कल्पनातीत चेष्टा जारी है। महादेव दा' यह नहीं बता पाए कि किसी विदेशी सत्ता या राजनीतिक दल की इसमें भूमिका है या नहीं···पर सन्देह तो है ही। आज कलकत्ता शहर में बड़े ग़ज़ब की बात फैल गयी कि नक्सल आन्देलन किसी विदेशी सत्ता की परिकल्पित चेष्टा है। इस तरह का आन्दोलन संसार के बहुत से देशों में समय-समय पर होता रहा है। इससे चाहे और कुछ न भी हो, उस देश की सरकार इतनी परेशान हो जाती है कि इस कारण उस सत्ता (शक्ति) को लाभ हो सकता है। किन्तु अनिमेष ही नहीं महादेव दा' भी इस बारे में कुछ नहीं जानते।

महादेव दा' के चुप होते ही अनिमेष ने देखा जीप स्वर्गछेंड़ा से निकल गयी थी। इस बीच करुणासिन्धु ने कोई बात नहीं की। चुपचाप सामने देखता रहा था। इधर छोटा मालिक ख़ामोश पड़ा था। करुणासिन्धु नक्सल आन्दोलन का समर्थक था। उसकी मानसिकता के बारे में अनिमेष जानता था। सक्रिय रूप में करुणासिन्धु आन्दोलन में उतरा नहीं था। उसने मदद की है इसलिए अनिमेष उसे विपत्ति में नहीं डालना चाहता। महादेव दा' की बात से पता चला कि पुलिस उन्हें पकड़ लेगी तो हत्या कर देगी। यह बात करुणासिन्धु ने भी सुनी। अगर किसी कारण उसका इरादा बदल जाए! कोई ऑल्टरनेटिव ढूँढ़ना होगा। फूंट शिलिंग में इनके इकट्ठे होने का वक़्त का आ गया था।

दोनों तरफ़ जंगल! झिंझी लगातार आवाज़ कर रहे थे। शाम हो गयी थी। किन्तु संसार से अभी प्रकाश मिटा नहीं था। अनिमेष बराबर सामने देख रहा

था। ड्राइवर और करुणासिन्धु के सिरों के बीच से सामनेवाले शीशे से सँकरा रास्ता देख रहा था। दसेक मिनट में वे लोग अपनी मंज़िल पर पहुँच जाएँगे। अनिमेष की नज़र अचानक बहुत दूर सड़क के ठीक बीच में एक हिलते हुए बिन्दु पर पड़ी। पता चल गया कि कोई आदमी था। वह चुपचाप खड़ा था जीप देखते ही दोनों हाथ ऊपर करके हिलाने लगा। यानी वह इन्हें रुकने को कह रहा था। ड्राइवर दबी आवाज़ में बोला, "लगता है, सामने हाथी निकल आया है।"

करुणासिन्धु बोला, "हाथी?"

अनिमेष ने उसे तुरत पहचान लिया। इसने चिल्लाकर गाड़ी रोकने को कहा। ड्राइवर के अवाक् हो गाड़ी रोकते ही, अनिमेष कूदकर सिरिल की तरफ़ दौड़ा। सिरिल बड़ा उत्तेजित था। उसका काला चेहरा फ़ीका पड़ गया था। पहले तो वह अनिमेष को पहचान नहीं पाया। फिर यह देखकर कि उसने शेव कर लिया है उसका हाथ पकड़ लिया। अनिमेष ने पूछा, "क्या हुआ? यहाँ क्यों हो?"

"झटपट उतर जाइए...उधर मत जाइए।"

"क्यों...क्या हुआ?"

"आप लोगों के जाने के बाद से पुलिस ने हर कैम्प में सर्च शुरू कर दी है। उन्हें हम लोगों के बारे में पता चल गया है। मैं कुछ भी सामान नहीं ला सका।"

सिरिल लम्बी-लम्बी साँसें ले रहा था।

अनिमेष के तेवर चढ़ गए। ये लोग रिवर बैड के कैम्प में हैं यह पुलिस को कैसे पता चला। जाते समय छोटे मालिक ने बताया था कि दारोगा कैम्प में आया। क्या इसी उद्देश्य से? अब कैम्प में वापस नहीं जा सकते। पर महादेव दा' जो साथ हैं! जैसे भी हो उन्हें बचाना होगा। सिरिल के कन्धे पर हाथ रखकर बोला, "शाबाश कामरेड! तुम यहाँ न आते तो विपद् में पड़ जाता।" सिरिल का काला चेहरा सफ़ेद मोती की तरह चमक उठा।

अनिमेष ज़रा चिन्तित स्वर में बोला, "मुश्किल यह है कि महादेव दा' हमारे साथ हैं। उनको बचाना ज़रूरी है। कहाँ जाएँ।"

"महादेव दा' कौन?"

"पहली लाइन के हमारे नेता। कलकत्ता से आए हैं। हाथ में आते ही पुलिस उनकी हत्या कर देगी।" कहकर अनिमेष घूमकर खड़ा हो गया। जीप ज़रा फ़ासले पर थी। करुणासिन्धु गाड़ी से उतरकर बॉनेट के सहारे खड़ा उन्हें देखता रहा। अनिमेष ने उसे बुलाया। करुणासिन्धु गम्भीर मुँह के साथ पास आ गया। अनिमेष बोला, "आप लोगों के कैम्प में पुलिस हम लोगों के लिए बैठी है। इस हालत में महादेव दा' को लेकर मैं वहाँ नहीं जाना चाहता।"

"क्या करेंगे?"

"हमें हासिमारा पहुँचा दें।"

करुणासिन्धु ने सिर हिलाया, "अब यह सम्भव नहीं है।"

"क्यों...?"

"आप लोगों की ख़ातिर अब मैं रिस्क नहीं लेना चाहता। बहुत कर चुका।"

"आपने जो किया उसके लिए कृतज्ञ हूँ। किन्तु इस स्थिति में अगर यहीं छोड़ देंगे तो उस कृतज्ञता का कोई मूल्य नहीं रहेगा।" अनिमेष बड़ी नरमाई से बोला।

"देखिए...इस बीच मेरा जो सर्वनाश होना था, वह हो गया। आप मेरे साथ थे...शायद इसकी बहुत-सी कैफ़ियत देनी पड़े। अब और रिस्क नहीं लेना चाहता।"

करुणासिन्धु के पलटते ही अनिमेष ने पूछा, "हासिमारा तक जाने में आपको क्या आपत्ति है?"

"ड्राइवर पुलिस को सारी घटना बता देगा।"

अनिमेष निवेदन-सा करते हुए बोला, "एक बार फिर सोच देखिए।"

"नहीं...सोचने के लिए कुछ नहीं है। बस...बहुत हो गया।"

"आप आन्दोलन के विपक्ष में जा रहे हैं।" अनिमेष की आवाज़ सख़्त हो गयी।

"आन्दोलन?...वह तो खंड-खंड हो गया। अब इस हठकारिता के साथ मैं जुड़ना नहीं चाहता।"

करुणासिन्धु वापस जा रहा था। अनिमेष ने अपना मन स्थिर कर लिया। सिरिल की तरफ़ देखते ही उसने सिर हिलाया। जैसेकि सिरिल ने उसके मन की बात जान ली हो। यथासम्भव निरासक्त मुँह लेकर जीप की तरफ़ आ गया। अन्दर महादेव दा' अन्दाज़ा लगाकर उद्विग्न नज़रों से देख रहे थे। ड्राइवर उन्हें देखता रहा। जीप के बाहर खड़े होकर करुणासिन्धु बोला, "आप उतर आइए। अब समय नष्ट करना नहीं चाहता।"

आश्चर्य से महादेव दा ने पूछा, "क्या हुआ?"

तभी अनिमेष आदि करुणासिन्धु के पीछे आ गया। उसके कुछ समझने से पहले ही सिरिल झपट पड़ा। सामने करुणासिन्धु के गले को हाथ से मरोड़कर पीछे हटाने की कोशिश करते ही उसने पलटकर ठोकर मारनी चाही। सिरिल ने और भी तेज़ी दिखाई। उसने दोनों हाथ गूँथकर बड़े ज़ोर से करुणासिन्धु के सिर पर मारे। ऐसा कमज़ोर लड़का इतनी ज़ोर से आघात कर सकता है अनिमेष सोच भी नहीं सकता था। देखा करुणासिन्धु का शरीर लुढ़कता हुआ ज़मीन पर

औंधा गिर पड़ा। अनिमेष ने देखा सिरिल का काला चेहरा फिर मोती की मानिन्द चमक रहा था।

देखकर ड्राइवर हचकचा गया था। करुणासिन्धु के गिरते ही उसने इंजन स्टार्ट कर दिया। उधर अनिमेष ने उसके शरीर पर रिवॉल्वर रखकर कहा, "जो कहूँगा···नहीं सुनोगे तो तुम्हें मरना होगा।"

रिवॉल्वर देखते ही वह काँपने लगा। किसी तरह गरदन हिलाकर बताना चाहा कि वह इनकी बात मानेगा। अनिमेष ने महादेव दा' के हाथ में रिवॉल्वर देकर कहा, "इस पर नज़र रखिए···मैं उसका इन्तज़ाम करता हूँ।" दोनों करुणासिन्धु के शरीर को पकड़कर सड़क से ले आए। दोनों तरफ़ घना जंगल था। वहाँ बड़ा अँधेरा था। लोगों की नज़रें बचाकर करुणासिन्धु को लिटा दिया। जीप के पास आते ही एक और व्यक्ति का ध्यान आ गया। इस स्थिति में कोई झूठ-झमेला बढ़ाना उचित नहीं है।

मालूम नहीं छोटे मालिक का नशा दूर हो गया कि नहीं। पर उसकी आँखें अब भी बन्द थीं। मुँह से अस्पष्ट शब्द निकल रहे थे। उसे नीचे उतारते ही दूर से गाड़ी का हॉर्न सुनाई पड़ा। अनिमेष ने कहा, "कोई भी बात नहीं करेगा। गाड़ी रुकने पर कहना कि इंजन में ख़राबी आ गयी है। ख़बर देने गया है एक आदमी।"

छोटे मालिक को उठाकर वे झटपट जंगल में घुस गए। तभी गों-गों शुरू हो गयी। छोटे मालिक ने पूछा, "कौन···कौन ले जा रहा है मुझे?" यानी उसको होश आ गया था। ज़मीन पर लिटाते ही उसने उठकर बैठना चाहा। अनिमेष ने अब रिस्क नहीं लिया। छोटे मालिक के पेट पर ज़ोर से ठोकर लगाई। 'कक्' की आवाज़ के साथ शरीर अचल हो गया। तभी गाड़ी हेडलाइट की रोशनी से सड़क पर प्रकाश डालती हुई हुश से चली गयी। जीप उन्होंने ज़रूर देखी होगी, पर गाड़ी रोकने की कोशिश नहीं की थी। अनिमेष ने सिरिल से एक बार करुणासिन्धु की हालत देखने को कहा। कुछ मिनट बाद सिरिल ने आकर कहा कि सब ठीक है।

वे सड़क पर आ गए। चारों तरफ़ सन्नाटा था। यहाँ तक कि झिंझी तक नहीं बोल रहे थे। सिरिल दबी आवाज़ में बोला, "ड्राइवर को लिटा दीजिए।"

"गाड़ी कौन चलाएगा?"

"मैं चला सकता हूँ।"

"ओह···हाँ।" अनिमेष को खुद पर गुस्सा आया। इस उत्तेजना के समय अपना दिमाग़ ठिकाने नहीं रख सका। आगे बढ़कर महादेव दा' से रिवाल्वर लेकर ड्राइवर से कहा, "उतरकर खड़े हो जाओ।"

दोनों हाथ जोड़कर ड्राइवर गिड़गिड़ाया, "मुझे कुछ नहीं मालूम बाबू!···मुझे

छोड़ दीजिए।"

"तुम्हें कुछ जानने की ज़रूरत भी नहीं···उतर आओ।"

अनिमेष के आदेश पर वह 'हाउ-हाउ' करके रोने लगा। अब समय बरबाद नहीं किया जा सकता था। सिरिल ने खींचकर उसे गाड़ी से उतार दिया। डर के मारे उसमें कोई ज़ोर बाक़ी नहीं रहा था। सिरिल उसे ठेलते हुए जंगल की तरफ़ चल पड़ा। अनिमेष समझ गया कि इसके जाने की ज़रूरत नहीं। ड्राइवर की व्यवस्था अकेला सिरिल कर लेगा।

अब तक महादेव दा' चुपचाप देख रहे थे। अब पूछा, "लड़का कौन है?"

"उसका नाम सिरिल है। बड़ा एक्टिव है।"

"सो तो देख ही रहा हूँ। उसको लेकर हमारा गर्व करना ठीक है।"

ज़रा देर बाद सिरिल हाथ पोंछते हुए निकल आया। अँधेरे में भी अनिमेष उसकी भाव-भंगिमा देखकर समझ गया था कि उसकी शक्ल बिलकुल बदल गयी है। निरीह-सा भाव ग़ायब हो गया था। आते ही जीप में कूद पड़ा। अनिमेष आदि ने अपनी-अपनी जगह बैठकर, यू टर्न करके जीप हासिमारा की तरफ़ दौड़ा दी।

जीप में तीन व्यक्ति थे किन्तु कोई भी बात नहीं कर रहा था। अनिमेष समझ नहीं पा रहा था कि कहाँ जाए। आज रात शैल्टर की ज़रूरत थी। सवेरा होते ही कोई व्यवस्था की जाएगी। इसके अतिरिक्त ज़ोर की भूख लगी थी। कहीं बैठकर भोजन करना ज़रूरी था। किन्तु इस तरफ़ गाड़ियाँ ज़्यादा नहीं चलतीं। शायद कोई चट्टी भी न हो। कुछ खाकर हासिमारा जाना होगा। अगर पुलिस को इनकी गन्ध भी मिल गयी तो हासिमारा में खाने के मायने हैं सीधे जेलखाने में जाना।

अनिमेष ने मानो खुद से पूछा, "कहाँ जाएँ?"

महोदय दा' बोले। इस तरफ़ तुम्हारी जान-पहचान का कोई नहीं है ?"

अनिमेष ने गरदन हिला दी। फिर सोचा जलपाइगुड़ी चले जाएँ तो कैसा रहेगा। वहाँ किसी भी परिचित के घर कुछ दिन तक ठहरा जा सकता है। अपने घर का एक बार ख़याल भी आया, पर वह अब महीतोष का सामना नहीं करना चाहता था। सिरिल को बताते ही उसने गरदन हिलाई, "इतनी दूर जाने लायक शायद पेट्रोल नहीं है। मुश्किल में पड़ जाएँगे।"

"तो फिर?"

"फुंट शिलिंग चलिए।"

हासिमारा आ गया। इतनी रात में दूकानें नहीं खुली थीं। तिराहे से बायीं तरफ़ का मोड़ लिया। फुंट शिलिंग में होटल हैं। वह भूटान में है। इसलिए भारतीय पुलिस का कोई अधिकार नहीं है। अनिमेष को चैन-सा आ गया। इस

देश की पुलिस अगर उस देश की सरकार से अनुरोध करके पकड़ना भी चाहे तो काफ़ी समय मिल जाएगा।

आगे-पीछे कोई गाड़ी नहीं थी। मानो उन लोगों की जीप अकेली अँधेरा पार कर रही हो। पर अचानक जीप बड़े बेकायदे से हिली। सड़क के किनारे जीप को किसी तरह खड़ी करके सिरिल कूदकर उतरा पड़ा। फिर घूमकर विषण्ण स्वर में बताया, "तेल नहीं है।"

अनिमेष ने दाँत भींच लिये। इतनी-सी दूर आकर ही तेल ख़त्म हो गया तो वह जलपाइगुड़ी कैसे जाता! वे जीप से उतर पड़े। गहरे अन्धकार में भी आकाश का रंग परिष्कृत रहता है। मनुष्य अपनी रोशनी से अभ्यस्त हो जाए तो एक-दूसरे का मुँह पहचाना जा सकता है।

अनिमेष ने सिरिल से पूछा, "इस तरफ़ कोई पम्प नहीं है?"

"मालूम नहीं।"

महादेव दा' बोले, "हो भी तो वहाँ जाना सेफ नहीं है। फुंट शिलिंग यहाँ से कितनी दूर होगा?"

सही अन्दाज़ा किसी को नहीं था। जितना अन्दाज़ा किया जा सकता था यहाँ से पैदल चलने के अलावा कोई उपाय नहीं था।

महादेव दा' बोले, "जीप का क्या होगा? इसे यही रहने दिया तो पुलिस हमारा अता-पता जान लेगी।"

सुनते ही अनिमेष अचल हो गया। करुणासिन्धु के होश में आने में देर नहीं। फिर वह पुलिस की शह पाने के लिए भागदौड़ शुरू कर देगा। रात में ही पुलिस निकल आए तो इनका पता चलाने में देर नहीं होगी। यह बात दिमाग़ में आते ही दूर हेडलाइट दिखाई दी। अब वे जीप के पास खड़े नहीं रहे। दौड़कर सड़क के किनारे पेड़ के पीछे हो लिये। दोनों तरफ़ रोशनी फैलाती हुई गाड़ी आ रही थी। बड़ी स्पीड से आकर अचानक रुक गयी। फिर हेडलाइट जलाकर बैक करके जीप के पास आ गयी।

ये सड़क से दूर नहीं थे। साफ़ सुनाई पड़ा, "जीप इस तरह क्यों पड़ी है?"

"शायद ख़राब हो गयी है।"

"किन्तु यहाँ क्यों ख़राब होगी। नम्बर मेरा जाना-पहचाना है। उतरकर ज़रा देखो तो क्या बात है?"

"ख़राब हो गयी है सर! वरना लोग होते।"

"हटो...जो कहता हूँ करो। यह कांट्रेक्टर बाबू की जीप है।"

शायद बड़ी बेदिली से एक आदमी उतरा। अनिमेष अचल खड़ा रहा। गाड़ी पुलिस की थी। समझ नहीं आ रहा था कि इतनी रात में इस सड़क पर पुलिस

की गाड़ी क्यों आयी है। अनिच्छुक व्यक्ति जीप में झाँककर बोला, "सर! कोई नहीं है।"

"वह तो जानता हूँ...चाबी है?"

"हाँ सर!" कहकर वह ड्राइविंग सीट पर जा बैठा। फिर इंजन में गों-गों होने लगी। इंजन बन्द करके बोला, "तेल नहीं है सर! इसलिए यहाँ छोड़ गए हैं...गाड़ी आलराइट।"

"तेल नहीं है? जो आए थे उन्हें नहीं मालूम था कि तेल नहीं है?"

"शायद...।"

"जाते हुए तो जीप दिखाई नहीं पड़ी थी।"

"ठीक है सर! पर इस बारे में चिन्ता करने की क्या ज़रूरत है।" वह आदमी जीप से उतरकर अपनी गाड़ी की तरफ़ बढ़ा। अफ़सर ने उसे वापस लौटा दिया, "चाबी ले आओ। तेल लाने के लिए कोई चाबी वहीं छोड़ जाए कभी सुना नहीं...समथिंग फ़िशी। चलो ज़रा खोजें।" गाड़ी से चाबी लेकर वे वापस आए। गाड़ी हासिमारा की तरफ़ दौड़ पड़ी।

फिर सब चुपचाप! अँधेरा और भी गहरा हो गया। वे सड़क के पास खड़े हो गए।

अनिमेष बोला, "एकाध घंटा और मिल सकता है। इस बीच यह इलाका हमें छोड़ देना होगा।"

सिरिल बोला, "सड़क पर तो चला नहीं जा सकता।"

महादेव बोले, "किन्तु वे आसानी से जान लेंगे कि हम फुंट शिलिंग गए हैं। जिन्हें जंगल में छोड़ दिया है उनका स्टेटमेंट मिल गया तो फिर बात ही क्या है। फुंट शिलिंग एवॉयड करना बेहतर होगा।"

अनिमेष ज़रा उत्तेजित होकर बोला, "फुंट शिलिंग एवॉयड करें और उधर हासिमारा भी न जा सकें...तब?"

महादेव हँस पड़े, "उत्तेजित मत होओ। सोचकर देखो, इस हालत में हासिमारा हमारे लिए निरापद है। वे सोच भी नहीं सकेंगे कि उनकी नाक के नीचे से हम चले गए।"

अचानक 'गों-गों' की आवाज़ सुनाई दी। पाँव के नीचे से ज़मीन खिसक गयी। सिरिल हाथ से सड़क छूकर बोला, "फुंट शिलिंग से एक गाड़ी आ रही है।"

महादेव बोले, "साधारण गाड़ी होगी तो लिफ्ट नहीं ले सकते।"

सिरिल हँस पड़ा, "ऐसे सुनसान रास्ते में रोकेगा ही नहीं।"

अनिमेष बोला, "उसे रोकना होगा। ज़रूरत पड़ी तो ज़बरदस्ती उसमें बैठना होगा।"

महादेव बोले, "कैसे करोगे? वह तो बड़ी स्पीड से आ रही है। हाथ दिखाने पर रुकेगी?"

सिरिल ने सिर हिलाया। फिर अनिमेष से बोला, "लगता है, लॉरी है। उसे रोक नहीं सकेंगे। रात के समय अपरिचित लोगों से डरते हैं···इससे ज्यादा अच्छा है पैदल चल पड़ें।"

उस समय गाड़ी की हेडलाइट डायन की आँख की तरह अँधेरे में जल रही थी। शोर मचाती हुई आ गयी। वे लोग जीप के पीछे खड़े होकर गाड़ी को जाते हुए देखते रहे। माल ले जानेवाली गाड़ी थी। वह किस तरफ़ जा रही थी पता नहीं चला। सीधी सड़क बहुत पहले छोड़ चुके थे वे। इस तरफ़ जंगल इतना गहरा नहीं था, किन्तु डुयार्स के वन में आज़ादी से नहीं चला जा सकता। अनिमेष थकान के कारण डगमगाकर चल रहा था। सिरिल आगे जा रहा था, महादेव बीच में और अनिमेष उनके पीछे। इसे बड़ी कमज़ोरी लग रही थी पर मुँह से कुछ नहीं कहा। वे जानते थे कि महादेव के लिए इस दुर्गम रास्ते पर चलना असम्भव था। चप्पल और धोती पहनकर जंगल में चला नहीं जा सकता था। क़दम-क़दम पर ठोकर लगती। एक बार तो महादेव गिर ही पड़े। ज़मीन पर उकड़ूँ बैठकर ज़ोर-जोर से साँस ले रहे थे। अनिमेष ने झुककर पूछा, "क्या हुआ?" महादेव ने ज़वाब नहीं दिया। अनिमेष ने उनका शरीर छुआ बड़ा गरम था। उन्हें ज्वर था।

इसने फिर पूछा, "आप चल सकेंगे?"

महोदय ने सिर हिलया, "नहीं।"

"तो फिर?"

"तुम लोग आगे चलो, मैं सवेरे तक यहीं आराम करूँगा।"

"यह कैसे हो सकता है। इस जंगल में क्या विपत्ति आन पड़े मालूम नहीं। हम आप लोगों को छोड़कर नहीं जा सकते।"

सिरिल ने महादेव की बगलों में हाथ देकर सीधा खड़ा कर दिया, बोला, "मेरी पीठ पर चढ़ जाइए।"

महादेव चौंक पड़े, "नहीं···यह नहीं हो सकता।"

"क्यों नहीं हो सकता। आपकी उम्र भी काफ़ी हो गयी है और वज़न भी कम है···मुझे माल ढोने का अभ्यास है।" कहकर महादेव के आपत्ति करने पर भी सिरिल ने उन्हें पीठ पर चढ़ा लिया। अनिमेष ताज़्जुब से देखता रहा। यह काला-सा अशिक्षित छोकरा हर घड़ी इसे शिक्षा दे रहा है। उसकी पीठ पर चढ़कर भी महादेव आपत्ति करते रहे। सिरिल ने कहा, "चलिए···आप लोग आगे बढ़िए।"

अनिमेष ने पूछा, "पर हम लोग जाएँ कहाँ?"

सिरिल हँस पड़ा, "मालूम नहीं।"

सारा जंगल छान मारा। बीच-बीच में बेशक आराम कर लेते। अनिमेष को लग रहा था कि इसके शरीर में ज़रा भी दम नहीं है। दिमाग़ चकरा रहा था, भूख और मेहनत से ढुलमुल हुआ जा रहा था। इधर का आसमान साफ़ हो गया था। अँधेरा दूर होते ही कुछ देर धुन्ध बढ़ गयी थी। इस समय भी। अनिमेष गिरता-पड़ता बढ़ रहा था। पलटकर सिरिल को देखने की न इच्छा थी, न साहस। कमज़ोर-सा लड़का एक बड़े आकार-प्रकार के आदमी को ढोए ला रहा था। एक बार भी कष्ट प्रकट नहीं किया था। चलते-चलते अनिमेष की आँखों के सामने सबकुछ उलट-पलट रहा था। दर्द कमर से लेकर पाँव तक हो रहा था। इसने आँखें बन्द कर लीं। "सामने क्या है वह?" पीछे से सिरिल की आवाज़ सुनाई दी, "बस···आ गए।" अनिमेष ने बड़ी कोशिश करके देखा। छोटा-सा एक-तला मकान था। ये लोग जहाँ खड़े थे जंगल ख़त्म हो रहा था। वह मकान नहीं स्टेशन था। ये लोग समझ गए। क्योंकि इस तरफ़ रेलवे लाइन आती है। दो-तीन लोग सवेरे के इस समय चादर में सिकुड़े हुए प्लेटफ़ॉर्म पर बैठे थे। रेलवे का कोई आदमी दिखाई नहीं पड़ रहा था।

सिरिल के महादेव को ज़मीन पर खड़ा करते ही अनिमेष ने देखा, उसका चेहरा सफ़ेद पड़ गया था। महादेव काफ़ी स्वस्थ दिखाई पड़ रहे थे, पर लड़का सीधा खड़ा नहीं हो पा रहा था। इतनी देर तक पीठ पर बोझ लिये चलता रहा था; उसे उतारकर खुद को सँभाल नहीं पा रहा था। अनिमेष ने उसके कन्धे पर हाथ रखकर पूछा, "क्या हुआ?"

"कुछ नहीं···।"

उसे ज़बरदस्ती ज़मीन पर बैठाकर अनिमेष भी बैठ गया। यहाँ किसी की नज़र पड़ने की सम्भावना नहीं थी। जब तक जगह का अता-पता नहीं लग जाता, यहाँ रुकना ज़रूरी है।

महादेव बोले, "कोई ट्रेन आ जाए तो चढ़ जाएँ। वह किस तरफ़ जाएगी, मालूम करने की ज़रूरत नहीं है। यह इलाका तुरत छोड़ देना ज़रूरी है।"

"लगता है, बायीं तरफ़ सिलीगुड़ी है और दायीं तरफ़ आसाम जानेवाली सड़क।"

"आसाम! यहाँ से अलीपुर हाट पहुँचने में कितना समय लगेगा?"

"दो-एक घंटे।"

"गुड! चलो वहीं चलते हैं। वहाँ तुषार सेन रहता है। स्कूल में टीचर है। वहाँ बड़ा अच्छा शैल्टर रहेगा।"

"तीनों जा सकते हैं?"

"हाँ···उसके घर में बूढ़ी माँ के अलावा कोई नहीं है।"

ठीक उसी समय एक जीप ने तेज़ी से आकर ब्रेक लगाया—ठीक स्टेशन के सामने।"

तीन-चार पुलिस के आदमी कूदकर स्टेशन में घुस गए। चीख़ने-चिल्लाने के बाद रेलवे के आदमी बाहर आ गए। अफ़सर ने कुछ देर उनके साथ बातचीत की फिर चारों तरफ़ घूमकर देखता रहा। अनिमेष आदि ख़ामोशी से उन्हें घूरते रहे। समझने में देर नहीं लगी कि वे इन सबकी तलाश में हैं। अन्त में पुलिस की गाड़ी वापस चली गयी। उससे पहले दो कांस्टेबल यहाँ छोड़ गए। एक के हाथ में राइफ़ल और दूसरे के पास लाठी। कुछेक मिनट वे बड़ी मुस्तैदी से पायचारी करते रहे फिर बराबर बैठकर बातें करने लगे।

महादेव बोले, "रिस्क तो लेना ही पड़ेगा। इन लोगों के सामने ही ट्रेन में चढ़ना होगा। लगता है, मैनेज हो जाएगा।"

पता नहीं सिरिल क्या समझा धीरे-धीरे खड़ा होकर नीचे जाने लगा। अनिमेष ने दबी आवाज़ में आवाज़ दी, पर तब तक सिरिल चला गया था। वह इस तरह स्टेशन की तरफ़ चल पड़ा मानो उत्तेजना से कोई वास्ता ही न हो। अनिमेष आदि उसे देखते रहे। सिरिल ने कांस्टेबलों के पास जाकर कुछ पूछा। उन्होंने कोई उत्तर नहीं दिया। सिरिल मूर्खों की तरह उनके पास खड़ा रहा। ज़रा देर बाद ही स्टेशन पर गहमागहमी शुरू हो गयी। तीन-चार यात्री बायीं तरफ़ बेचैनी से देख रहे थे। तभी ट्रेन की सीटी सुनाई दी। महादेव दबी आवाज़ में बोले, "चलो···आगे बढ़ें।"

दोनों पाँवों में मानो लोहे का वज़न हो अनिमेष इस तरह नीचे उतरा। महादेव ने पूछा, "चलने में तकलीफ़ हो रही है?"

अनिमेष ने गरदन हिलाई। तभी दोनों हवलदारों की नज़र इनकी तरफ़ पड़ी। शायद इनकी शक्लों का विवरण पहले से मिल चुका था क्योंकि देखते ही वे सीधे खड़े हो गए। आपस में कुछ बात करके एक राइफल उठाकर चीख़ा, "हॉल्ट।"

अनिमेष आदि सीधे खड़े हो गए। एक राइफल ताने और दूसरा हाथ में लाठी लिये इनकी तरफ़ आया। इस तरह आ रहे थे कि ये लोग कहीं आँख से ओझल न हो जाएँ। उसने दूर खड़े होकर पूछा, "कहाँ से आता है?"

अनिमेष उस समय राइफ़लवाले को देख रहा था। उसके पीछे सिरिल बिल्ली की तरह आ रहा था। राइफलवाले की एकाग्र नज़र इस तरफ़ थी। पलक झपकते सिरिल उन पर टूट पड़ा। अचानक हमले से वह आदमी गिर पड़ा। राइफल ज़मीन पर लुढ़कने लगी। इधर अनिमेष ने पॉकेट से रिवॉल्वर निकालकर राइफ़लवाले को ढेर कर दिया। तब तक ट्रेन प्लेटफ़ॉर्म पर खड़ी हो चुकी थी।

यात्री बेशक कम थे, पर यह घटना सबकी नज़रों के सामने पड़ी। फिर भी कोई आगे नहीं बढ़ा। अनिमेष महादेव दा' को गाड़ी में चढ़ने के लिए कहकर सिरिल की मदद के लिए आगे बढ़ा कि दूसरे हवलदार ने भागना शुरू कर दिया। अनिमेष जब सिरिल के पास पहुँचा—सिरिल ज़मीन पर पड़ा था और पुलिसवाला दोनों पाँव से उसे दबाए था। उसका हाथ सिरिल की गरदन पर सँड़ासी की तरह रखा था। अनिमेष तो पागल ही हो गया। इसने ज़ोर से रिवॉल्वर के हत्थे से पुलिस के सिर पर चोट की। वह गिर पड़ा, सिर से ख़ून का फव्वारा बहने लगा।

"सिरिल!" अनिमेष ने धीरे-से पुकारा। वह चित पड़ा था। आँखें फटी हुईं, मुँह से फेन निकल रहा था। अनिमेष हाथों से उसे झकझोरने लगा। लम्बी साँस लेकर वह काला शरीर स्थिर हो गया। केवल एक क्षण को अनिमेष के मुँह से चीख़ निकल पड़ी। सिरिल नहीं रहा। वह आख़िरी दम तक इन्हें बचाने के लिए लड़ता रहा। सारी रात आराम नहीं किया। तभी ज़ोर की आवाज़ सुनाई पड़ी। ट्रेन चल पड़ी थी। महादेव की आवाज़ आयी, "अनिमेष आ जाओ।"

अनिमेष खड़ा हो गया। ट्रेन साँप की तरह आगे आ रही थी। हर डिब्बे से चेहरे इनकी तरफ़ देख रहे थे। रिवॉल्वर लेकर वह ट्रेन की तरफ़ भागा। सामने महादेव का हाथ था...वह भी सरकने लगा। इसने अगले डिब्बे का हैंडिल पकड़ने के लिए छलाँग लगायी कि घुटने में चीसें होने लगीं। अपना शरीर एक पल के लिए अपना नहीं रहा। ट्रेन का धक्का खाकर अनिमेष नीचे लुढ़क गया। बेहोश होने से पहले ट्रेन के पहियों को भागते देखा। फिर सब अन्धकार!

रेलवे लाइन उस पर छोटे-छोटे पेड़ जिन पर आकाश औंधा टिका था। आँखों के सामने एक स्थिर चित्र-सा था। अनिमेष ने आँखें मूँद लीं। फिर सिर से पाँव तक तीव्र यन्त्रणा का अनुभव किया। अनजाने ही हाथ आगे बढ़ा कि अनिमेष ने गरमाई का स्पर्श करके आँखें खोल दीं। अंगुलियों से ख़ून बह रहा था। केवल एक क्षण। वह जल्दी से सीधा बैठ गया। तकलीफ़ चाहे कितनी ही ज़्यादा हो, अनिमेष ने चारों तरफ़ देखा, फिर स्थिर हो गया। दस-बारह देहाती घेरे में खड़े इसे देख रहे थे। इसके उठकर बैठते ही किसी-किसी के मुँह से अस्फुट शब्द हुआ कि यह आदमी बच गया। किसी ने चिल्लाकर दूसरे को बुलाया।

किसी तरह खड़े होते ही घेरा फैल गया। अनिमेष समझ गया कि चोट बीभत्स किस्म की है क्योंकि लोगों की आँखों में गहरा आश्चर्य था। इसका दिमाग चिन्ता से भर गया। भाग जाना होगा, यहाँ से अभी चले जाना ज़रूरी है। आसपास किसी रेलगाड़ी का नामोनिशान नहीं था। यहाँ तक कि पुलिस भी नहीं थी। इसकी आँखों पर लाल-सा परदा उभरा। इसने आँखें रगड़ीं। उस तरफ़ ज़मीन

पर सिरिल का शरीर अकड़ा पड़ा था, पुलिस के शव के पास।

अनिमेष के एक क़दम आगे बढ़ाते ही लोग चिन्तित हो गए। किस तरफ़ जाकर निश्चिन्त होगा, मालूम नहीं। पर अब वक़्त बरबाद करना बेवकूफ़ी है। इसने क़दम बढ़ाए। चलने में तकलीफ़ हो रही थी। आँखें बार-बार धुँधला रही थीं। कन्धे से सिर मानो अलग हुआ जा रहा था। अनिमेष जंगल की तरफ़ चल पड़ा। इस बीच लोगों का घेरा टूट गया था। इसे आगे बढ़ते देख लोग कुतूहलवश इसके पीछे चलने लगे। पलटकर अनिमेष ने उत्तेजित होकर कहा, "कोई मत आओ···ख़बरदार···मेरे पास बम है सबको मार डालूँगा।"

उसकी चीख़ सुनकर पहले तो लोग रुक गए, पर जैसे ही अनिमेष चलने लगा वे भी आगे बढ़ने लगे। साथ में पेंसिल तराशने वाली छुरी तक नहीं थी। अनिमेष ने दौड़ने की कोशिश की। उसका नतीजा विपरीत हुआ। लोग चीख़ पड़े, "भागता है···डाकू भागता है।" अचानक एक पत्थर पीठ पर गिरा। सिर की यन्त्रणा मानो सारे शरीर में फैल गयी। अनिमेष ने पलटकर देखा। लोग इसकी तरफ़ भागते आ रहे थे। हर एक के हाथ में पत्थर था। अगर न देखता तो उन्होंने फेंक दिए होते। इसके देखते ही हाथ नीचे हो गए, पर 'पकड़ो-पकड़ो' की चीत्कार कम नहीं हुई।

अनिमेष ने दोनों हाथ जोड़कर कहा, "सुनिए···आप ग़लती मत कीजिए मैं डाकू नहीं हूँ आप जैसा इनसान हूँ। अपनी ख़ातिर मैंने कभी ख़ून नहीं किया···विश्वास कीजिए।"

"पकड़ो-पकड़ो मार डाला सिपाही को" पीछे से आवाज़ आते ही सामनेवाले लोग फिर चेतन हो गए। अनिमेष समझ गया कि इन्हें तुरत रोकना होगा। वह फिर चीख़ा, "सुनिए···मैं डाकू नहीं हूँ। मैं इस देश के लिए काम कर रहा हूँ। मैं आप लोगों की अवस्था पलटना चाहता हूँ। हम सारे देश में लड़ रहे हैं। आपने नक्सलबाड़ी का नाम ज़रूर सुना होगा।"

"न-क-स-ल।" लोगों के मुँह से साफ़-साफ़ लफ़्ज निकला। तभी भागते हुए पुलिस के आदमी को दौड़कर आते देखा। वह भी कह रहा था, "पकड़ो···पकड़ो।"

अनिमेष हताश हो गया। लोगों के हाथ से दूर हटने की आख़िरी कोशिश की। नज़र अन्धी हो गयी थी। ख़ून चेहरे पर सूख गया था। भागते हुए अनिमेष पर छोटे-छोटे पत्थर पड़ रहे थे। सिर के पीछे झनझनाहट होते ही अनिमेष बैठ गया। अब बहुत से हाथ एक साथ उनके शरीर पर आ गिरे। आखिर अनिमेष ने एक बार फिर बोलने कोशिश की। लोगों के हाथ निर्मम थे।

अनिमेष को लगा सारा बदन आग से जल रहा है। आँखें बन्द। कोशिश करने भी उन्हें खोल नहीं पा रहा था। सहसा समझ गया कि किसी चलन्त चीज़

पर लेटा है। कमज़ोर-सी चिन्ता शक्ति सिर में घुमड़ रही थी जो उसे जीवित रखे थी। इंजन की आवाज़ें कानों में पड़ी। दो-एक बार हॉर्न। वह भागती हुई गाड़ी में लेटा है। गाड़ी किसकी है। इसे कहाँ ले जा रही है ऐसी कोई बात दिमाग़ में नहीं आयी। आच्छन्न अवस्था में काफ़ी समय बीतने के बाद कन्धे पर नरम-से स्पर्श का अनुभव किया। गाड़ी के हिलने-डुलने से कुछ चीज़ इसके बदन को छू रही थी। पेट पर पड़ा हुआ हाथ उठाने की कोशिश की। कन्धे का हिस्सा मानो टूटा जा रहा हो। दोनों हाथ ऊपर उठकर गिर गए। कलाई में शक्ति नहीं थी। दोनों कलाइयाँ सख़्ती से बँधी थीं। यानी वह अब बन्दी था। एक बार फिर आँखें खोलने की कोशिश की। सबकुछ सफ़ेद-सा झूलता नज़र आ रहा था। अन्धा हो गया है क्या? अनिमेष ने सोचने की कोशिश की—आँखों पर चोट लगी है या नहीं। सोच नहीं पा रहा था। कुछ भी ध्यान नहीं आ रहा।

मुँह फेर लिया। एक चेतना थी कि सिर के बायीं तरफ़ का हिस्सा फट गया है। इसने दायीं तरफ़ करवट लेने की कोशिश की। जिस वस्तु का स्पर्श था—आदमी था वह। पर वह आदमी जिस तरह हिलने के साथ-साथ इसके शरीर से सट जाता था समझ गया कि उसमें अपनी कोई शक्ति नहीं है। अनिमेष ने दबी आवाज़ में पूछने की कोशिश की 'कौन?' कोई उत्तर नहीं मिला। लगातार गाड़ी के इंजन की आवाज़ के अलावा कुछ सुनाई नहीं पड़ रहा था। पास पड़े आदमी ने भी जवाब नहीं दिया। सिर में धुँधले अन्धकार के मानो दो टुकड़े हो गए थे। यानी पासवाले आदमी को भी इसकी तरह कैद करके ले जाया जा रहा है। कौन हो सकता है? सोच साफ़ होते ही वह अचल हो गया। कहीं सिरिल तो नहीं है और कोई तो साथ था नहीं। महादेव दा' तो उस ट्रेन में चले गए हैं। अगर सिरिल है तो···। ज़बरदस्ती आँखें बन्द कीं। फिर अचानक खोलते ही एक धुँधली-सी आकृति सामने आ गयी। सिरिल ही था। सिरिल के मृत शरीर के पास वह लेटा है। आह···सिरिल। वह उच्छल लड़का। आँखें मूँदते ही कोई और आवाज़ पहली बार कानों में पड़ी। किसी की यन्त्रणा की आवाज़। बीच-बीच में कराह रहा है। कौन हो सकता है? ज़रूर पुलिसवाला। उसे भी गाड़ी में ले जा रहे हैं। अनिमेष ने आँखें मूँद लीं।

मालूम नहीं गाड़ी कब रुक गयी। कानों में साफ़ आवाज़ उभरी, 'डेड?' किसी के गाड़ी में चढ़ने की आवाज़ आयी। कानों में आवाज़ आते ही अनिमेष स्थिर हो गया। किसी ने बड़ी ज़ोर से ठोकर मारी इसकी पीठ पर। अनिमेष कोशिश करके अचल पड़ा रहा। आदमी कह रहा था, "लगता है, मर गया।"

"अच्छी तरह देखो।" बाहर से हुकुम दिया गया।

"हिल नहीं रहा। पर ख़ून अब भी बह रहा है।"

"मृत शरीर से रक्त नहीं निकलता। यानी ज़िन्दा है।" एक हाथ गले और छाती पर गया फिर चिल्लाया, "मरा नहीं है सर! बेहोश हो गया है।"

"हरमोहन की क्या हालत है?"

"गों-गों कर रहा है।"

"उसे उतार लाओ।"

"किसे सर!"

"नकसल को···ख़त्म करके ले जाएँगे।"

"गोली मारेंगे सर।"

"हाँ···यहाँ आसपास कोई नहीं है।"

"ज़रूरत क्या है सर। जलपाइगुड़ी पहुँचने से पहले ही पासवाले बॉडी की तरह अचल हो जाएगा। यह केस टिकेगा नहीं।"

"नकसलों को तू जानता नहीं।"

"तब फिर गाड़ी में ही गोली मार दें सर! गाड़ी से उतारकर उठाना होगा ना।"

"ठीक है···इस तरह गोली मारना कि गाड़ी में दाग़ न पड़े। समझ गया!"

"मैं करूँ सर!"

"अब मैं या तुम की क्या बात है? जल्दी कर। करना ज़रूरी है। यही असली बात है। इन साले नकसलों को वंश सहित ख़त्म करना ज़रूरी है।"

क़दमों की आवाज़ पीछे जाकर वापस लौट आयी। वापस आना बहुत स्वच्छन्द नहीं लग रहा था। अब वे लोग गोली मारेंगे—अनिमेष सिर्फ़ इतना सोच सका। शरीर में गोली लगते ही वह मर जाएगा। हाथ हिलाने की क्षमता तक नहीं थी। गोली का इन्तज़ार करते हुए अनजाने ही अनिमेष डरना भूल गया। इसी क्षण, पूरी अवचेतनता में माधवीलता का मुँह सामने आ गया। माधवी की स्नेहाविल हँसी बन्द पलकों में अनुभव करते-करते कानों को फाड़नेवाला शब्द झपट पड़ा। पेट में फिर तकलीफ़ होने लगी। नज़रों के सामने से माधवीलता का चेहरा हटते ही इसके होश ख़त्म होते-होते एक सूत्र अटक गया। सिपाही बोला, "हो गया सर।"

"मर गया?"

"एकदम पेट के अन्दर।"

"ख़ून निकला?"

"गलगल करके।"

"पोंछ दे।"

"पोंछ दूँ···किसी चीज़ से।"

"इसीलिए तो कहा था बाहर निकालकर काम तमाम कर। ख़ून के धब्बे

लेकर तो लौटा नहीं जा सकता।"

"जाते हुए भी तो ख़ून बह सकता है।"

"हो सकता है···ख़ूब बहे तो हम क्या करें। ठीक तो है।"

"तो फिर उतारूँ सर!"

"हाँ उतारो।"

दोनों शरीरों को उन्होंने पास-पास रख दिया। तभी प्रायः आर्तनाद-सा कर उठा, "सर! अभी भरा नहीं है।"

"मरा नहीं···? कह जो रहा था···मर गया।"

"तब यही सोचा था!"

"सोचा था···इस तरह सोचकर एडमिनिस्ट्रेशन चलता है?"

"ज़्यादा देर नहीं रहेगा सर! बस हो ही गया समझो।"

"अब किया तो कुछ नहीं जा सकता! पब्लिक देख रही है···यह अस्पताल है। अरे भाई! आप लोग यहाँ क्या देख रहे हैं? जाइए, जाइए···अपना काम कीजिए। डैड बॉडी नहीं देखा कभी? जाइए···आइए डॉक्टर!"

"दोनों डैड केस हैं?"

"ऑल मोस्ट।"

"ऑल मोस्ट मायने? देख रहा हूँ यह अभी मरा नहीं है! सीरियस केस है···बहुत से वूड्स हो गए हैं···एइ! इसे जल्दी उठाओ।"

अफ़सर की आवाज़ सुनाई दी, "झमेला क्यों बढ़ा रहे हैं? मर्ग (मॉर्चुरी) में जाते-जाते हालत ख़राब हो जाएगी। अब जमाई की तरह आदर करने से क्या लाभ?"

अनिमेष को अहसास हुआ कि वह दोलने में झूल रहा है। या पालकी पर चढ़कर कहीं जा रहा है। शारीरिक यन्त्रणा की अनुभूति न जाने कब जाती रही थी। अनन्त शून्य में वह मानो अकेला बह रहा हो। इसके साथ कोई भी कुछ नहीं करेगा। किसी में करने की इच्छा नहीं है। आह! कैसा आराम है।

अस्पताल में बिस्तर पर पड़ा अनिमेष दरवाज़े की तरफ़ देख रहा था। मालूम नहीं कितने दिन से यहाँ है। जितना अनुमान लगा सका है, दो महीने का हिसाब नहीं मिल रहा। होश आने के बाद शारीरिक कष्ट ने उसे पागल-सा कर दिया था। अब हालत स्थिर है। हर समय असन्नता रहती है। आज सवेरे पहली बार ज़मीन पर पाँव रखा था। कुछ ही सेकंड में शरीर डोलने लगा। खालीपन-सा लग रहा था।

सिर पर बाल नहीं थे। मालूम नहीं कितनी बार मूँडे गए। बैडेज खोलकर

अब हवा लगायी जा रही है। हाथ फेरने से पता चल रहा था कि बहुत बड़ा ऑपरेशन हुआ है। पेट काटने का दाग अब सूख गया है। किन्तु शरीर में ज़रा-सा भी ज़ोर नहीं है। जो नर्स या डॉक्टर इसे देखने आते हैं वे एक भी फ़ालतू बात नहीं करते। मशीनी अन्दाज़ से काम कर जाते हैं। कोशिश करके भी अनिमेष जान नहीं पाया है कि इसका क्या हाल है! दरवाज़े की तरफ़ देखते ही पहरेदार दिखाई पड़ता है।

पहली बार जब पाँव में गोली लगी थी बहुत दिनों तक अस्पताल में रहना पड़ा था। कलकत्ता के उस अस्पताल में रहने का वक़्त बार-बार ध्यान आता। अब...कब दिन आया, कब चला गया कोई फ़र्क़ नहीं पड़ता। एक स्थिति से दूसरी स्थिति के बारे में सोचने की क्षमता ही खो बैठा है। बोध (चेतना) अगर खुंडी हो जाए तो तकलीफ़ का अनुभव भी नहीं होता। जैसे सवेरे से एक नोट पढ़ने के बाद से समझ नहीं पा रहा था कि उसे लेकर क्या करे। हाँ, कमरा साफ़ करने के बाद जो आदमी इसे लाया था, वापस ले गया था। क्या लिखा था अनिमेष को याद नहीं आ रहा था। आज दोपहर को इसे श्मशान ले जाएँगे। ले जाते समय वह चुपचाप रहे। वहाँ पुलिस भी ज़्यादा नहीं होगी। जिसने चिट्ठी लिखी थी, बताया था कि इसे उड़ा ले जाएँगे कि वह सजग रहे।

दरवाज़े की तरफ़ देखता हुआ अनिमेष सवेरे से यही सोच रहा था, पर कूल-किनारा नहीं मिल रहा था। इसे श्मशान क्यों ले जा रहे हैं अथवा वे इसे क्यों छीनकर ले जाना चाहते हैं? जो छीनकर ले जाएँगे, इसे रखेंगे कहाँ? मुश्किल यह थी कि ये सब बातें नोट पढ़ने के बाद से दिमाग़ में फुलझड़ी की तरह उठते ही बुझ जातीं। ज़्यादा देर तक सोचने पर कान-सिर गरम हो उठते। शरीर काँपने लगता।

"अब कैसे हो जी?"

एक प्रौढ़-सा स्वर जूतों की आवाज़ करता हुआ इसके पास आ खड़ा हुआ। अनिमेष ने उसका यूनिफ़ार्म देखा। मोटे-सोटे आदमी की कमर में रिवॉल्वर झूल रहा था। अनिमेष ने मुँह फेर लिया। वह आदमी हीं-हीं करके हँस पड़ा, "नाओ...मुक्ति। डॉक्टर ने तुम्हें छोड़ दिया है। अब ससुराल चलो...उठो।"

विरोध न करके अनिमेष ने उठकर बैठने की कोशिश की। बदन काँप रहा था। वह आदमी बोला, "अब भी काहिल लग रहे हो। अरे बाबा! बेकार तकलीफ़ उठा रहे हो। मेरे साथ हाथ मिला लो। देखना, ऊँची-नीची सड़क पर घूमने लगोगे। क्यों? हाथ मिलाओगे?"

अनिमेष ने उसकी तरफ़ देखा। वह क्या कहना चाहता था पकड़ नहीं पाया अनिमेष। वह आदमी इसके चेहरे पर झुककर बोला, "महादेव कहाँ है?" महादेव! अनिमेष के माथे पर बल पड़ गए। महादेव कौन है? फिर सहसा महादेव

से पता चल रहा था कि कोई दूसरा दल घटना-स्थल पर जा रहा था। अनिमेष के बराबर बैठे दोनों सिपाही दरवाज़ा खोलकर उतरकर खड़े हो गए थे। तभी अफ़सर इनके पास आया, "गड्ढे में मुँह क्यों छिपाए बैठे थे? फायर नहीं कर सके?"

"कैसे करता? गाड़ी रुकी ही नहीं।"

"रुकी नहीं...इस तरह एडमिनिस्ट्रेशन चलाया जाता है? अरे भई 'हीरो' उतर आओ। अब तुम्हारी खाल से तबला बनाऊँगा। मित्रों द्वारा हम पर बम मारा गया। भाग जाने का मतलब? उतरो।" अफ़सर चिल्लाकर बोला।

अनिमेष बस इतना समझा कि इस पर आँधी आ गयी है। पर वह यथाशक्ति खुद को निर्लिप्त रखने की चेष्टा कर रहा था। वैन से उतरते ही सिर ऐसे चकराने लगा कि सन्तुलन नहीं रख सका। लुढ़कते हुए केवल आकाश दिखाई पड़ा। अनिमेष गीली ज़मीन पर पड़ा था। होश आने पर समझ गया कि हाथ-पाँव बँधे हैं। कमरे से फिर भी रोशनी आ रही थी। पहले तो ज़रा देर पहले हुई घटना का ध्यान नहीं आया, बल्कि पेट में चिनचिन हो रही थी। ज़ोर की भूख लगी थी। अब समझ गया कि शाम है क्योंकि रोशनी कम होती जा रही थी। लोहे का दरवाज़ा खोलकर अफ़सर कमरे में आया, "नींद खुल गयी?"

किसी तरह बैठकर अनिमेष बोला, "खाने को दीजिए।"

"खाना...ओह गुड! तुम्हें खाना चाहिए...तो भूख लगी है। क्या खाओगे...यहाँ जो कुछ मिलता है, मँगवा देता हूँ। महादेव कहाँ है?" अफ़सर टाँगे फैलाकर उसके सामने खड़ा हो गया।

"एक ही प्रश्न बार-बार क्यों कर रहे हैं?"

अफ़सर का हाथ चाबुक की तरह उस पर गिरा, "अरे बहनचोद! बताता है या नहीं...बोल।"

सिर से लेकर गरदन तक ज़ोर की यन्त्रणा फैल गयी। अनिमेष ने दाँत भींचकर खुद को सँभाला। उसका मुँह और हाथ ऊपर बँधे थे। अफ़सर गरजा, "आज सबको पकड़ लूँगा। पुलिस को मारने का बदला। विप्लव कर रहे हैं। पेशाब कर दूँगा विप्लव के मुँह पर। मुँह खोल...कह रहा हूँ मुँह खोल।"

अचानक अनिमेष का शरीर अस्थिर हो गया। घृणा से पेट, छाती सर्वांगा इसका सिर अब भी अफ़सर की मुट्ठियों में था। उसी हालत में इसने नफ़रत के साथ ज़ोर से थूक दिया। शरीर पर थूक लगते ही पहले तो अफ़सर हतवाक् हो अनिमेष का हाथ छोड़ दिया। फिर अनिमेष पर शकुन की तरह झपट पड़ा।

तैंतालीस

आज आपसे एक सज्जन मिलने आ रहे हैं। एक अफ़सर मधुर स्वर में बोला। कलकत्ता की पुलिसवाला सफ़ेद यूनिफ़ार्म में था। स्थान था लाल बाज़ार।

ज़रा देर पहले वे इसे अख़बार पकड़ा गए थे। मुखपृष्ठ पर बड़े-बड़े अक्षरों में ख़बर छपी थी कि एक विख्यात नक्सल नेता की गिरफ्तारी। बड़ी मुश्किल से इसे पकड़ा गया है। वे बहुत बीमार हैं। पुलिस को उम्मीद है कि नक्सलबाड़ी का आन्दोलन इनकी गिरफ्तारी के बाद समाप्त हो जाएगा। ख़बर की सच्चाई के बारे में अनिमेष ने कोई चिन्ता नहीं की। किसी विषय को लेकर सोच-विचार की क्षमता वह अस्पताल में ही खो बैठा था। मुश्किल यह थी पुलिस यह बात समझ नहीं रही थी। इसे कलकत्ता लाने के बाद से महादेव का पता ठिकाना मालूम करने के लिए वे मनमानी कर रहे थे। अपनी तरफ़ से लड़ने की क्षमता अनिमेष में अब बाक़ी नहीं रही थी। सीधे खड़े होने में भी इसे कष्ट होता।

अफ़सर की बात सुनकर ज़रा ताज़्जुब हुआ। इससे कोई मिलने आएगा यह ख़बर इन लोगों ने ख़ूब बढ़ा-चढ़ाकर दी थी। कौन आ रहा है। इसे कलकत्ता लाया गया है। यह बात किसी को बता नहीं पाया था। बता देता तो पुलिस इसे तंग करती। माधवी का बार-बार ध्यान आता, किन्तु बड़ी मुश्किल से अपने पर क़ाबू पाया था।

"कौन आ रहा है?" अनिमेष ने सिर उठाया।

"आपकी पत्नी।"

"मेरी पत्नी?"

"हाँ ताज़्जुब क्यों है? आप विवाहित नहीं हैं?"

स्वीकृति में सिर हिलाया इसने। माधवी आ रही है। माधवी के बारे में ये जान गए हैं? दिल में एक प्रकार की छटपटाहट होने लगी। वह कैसी है अब? कितने ही दिनों से उसकी ख़बर नहीं मिली है। अथवा ख़बर का कोई सूत्र पाकर वह स्वयं मिलने आ रही है। हिश्—अगर किसी तरह से उसे मना किया जा सकता।

"सुनिए! आपसे अनुरोध कर रहा हूँ, अब खामोश मत रहिए। महादेव बाबू की जो भी ख़बर आप जानते हैं बता दीजिए। आपकी पत्नी इस समय अस्वस्थ हैं। निश्चय ही आप यह नहीं चाहेंगे कि मैं उस पर दबाव डालूँ।" अफ़सर नरमाई से बोला।

"अस्वस्थ?"

"ताज़्जुब···आपको नहीं मालूम?"

अनिमेष ने गरदन हिलायी।

अनिमेष के हृत्पिंड पर मानो बर्फ़ की तीक्ष्ण छुरी रख दी गयी हो। यह आदमी क्या कह रहा है? सच है? या कि हज़ारों झूठ की तरह यह भी धोखा है? माधवीलता माँ होनेवाली है? अनिमेष ने आँखें मूँद लीं। शान्तिनिकेतनवाली वह रात अब अजस्र मुँहवाले ऑक्टोपस की तरह इसे जकड़े हुए थी। वह रात क्या माधवीलता को–। अनिमेष कुछ भी सोच नहीं पा रहा। उस रात की घटना के बाद एक क्षण को भी चिन्ता दिमाग़ में नहीं आयी। सोचा तक नहीं था कि माधवी एक क्षण की उत्तेजना में माँ हो सकती है।

यह अफ़सर माधवीलता को इसकी पत्नी समझ रहा है। किन्तु यह तो इन दोनों का आपसी मामला है। सम्पूर्ण आन्तरिकता की भित्ति पर बनाया हुआ। क़ानून या समाज इसे नहीं मानेगा। इसके अलावा वह माधवीलता के करीब नहीं था। कभी जा भी पाएगा या नहीं कोई निश्चय न था, न है। फिर माधवी ने उस घटना को मान कैसे लिया। बड़ी आसानी से वह मुक्त हो सकती थी। क्यों नहीं किया?

अफ़सर कमरे से चला गया था। अनिमेष इस समय अकेला था। निर्जन में खुद को ख़ूनी आसामी समझ रहा था। अपनी दुर्बलता का बोझ माधवी के कन्धे पर लादकर निश्चिन्त भाव से इतना समय गुज़ार दिया। अब तक चिन्ता एकमुखी थी। अब दूसरी बात सोचने लगा था। माधवी कलकत्ता में लड़कियों के होस्टल में रहने लगी थी। सबको मालूम है कि इसकी शादी नहीं हुई है। शान्तिनिकेतन के बाद जब उसके शरीर में मातृत्व के चिह्न दिखाई पड़ने लगे होंगे तब क्या किया? होस्टल में तो रहने नहीं दिया होगा। अब वह कहाँ होगी? कुँवारी लड़की माँ बनने जा रही है! उसके बाबा तो कभी भी स्वीकार नहीं करेंगे। अनिमेष छटपटाने लगा।

अफ़सर लौट आया, "चलिए।"

अनिमेष उठा। उठते हुए सारा बदन काँपने लगा। कमर की हड्डियों में तकलीफ़ हो रही थी। चलने पर सिर में टन-टन होने लगी। बायीं तरफ़ हिलता लँगड़ा-लँगड़ाकर अनिमेष चल रहा था। इसे काफ़ी रास्ता चलना पड़ा। इसके बराबर चलते हुए भी अफ़सर ने एक बार भी मदद की बात नहीं की। अनिमेष जब ज़रा दम लेने को रुका तब कोमल स्वर में कहा गया, "महादेव बाबू का पता बता दो तो सब झमेला ख़त्म हो जाएगा। इतना कष्ट भी नहीं करना पड़ेगा।" अनिमेष ने जवाब नहीं दिया। आसपास पुलिस के आदमी थे। इधर देख ही नहीं रहे थे। ऐसी घटनाएँ रोज़-रोज़ देखकर अभ्यस्त हो चुके थे।

अनिमेष दो-तला पर नहीं चढ़ सका। एक सिपाही उसे लगभग उठाकर ऊपर ले गया। दो कमरे पार करके एक बन्द दरवाज़े के सामने अफ़सर ठहर गया। हँसकर बोला, "आपकी पत्नी अन्दर हैं···आइए।"

अनिमेष के दिल की धड़कनें तेज़ हो गयीं। वह अफ़सर के पीछे-पीछे कमरे में घुसा। साधारण-सी रोशनी थी कमरे में। क्योंकि कोई खिड़की दिखाई नहीं पड़ी। सामने एक चेयर। अनिमेष के हत्था पकड़कर खड़ा होते ही माधवी ने देख लिया। कमरे के कोने में अकेली बैठी थी वह। दूसरी कोई चेयर नहीं थी। इतने बड़े कमरे में दोनों तरफ़ दो चेयर! जो नज़र आयीं।

अनिमेष को देखते ही माधवीलता उठ खड़ी हुई थी। उसके मुँह से अचानक दबा हुआ आर्तनाद हुआ। अनिमेष ने उसे देखा। एक हाथ मुँह पर! फटी-फटी आँखें। हाँ शरीर में परिवर्तन दिखाई पड़ रहा है। विशेषकर कमर के नीचे का हिस्सा आसानी से नज़र आ रहा था। किसी तरह वह इतना ही कह सका, "लता···।"

कान में शब्द पड़ते ही माधवी को मानो होश आ गया। बिजली की तरह वह उसके नज़दीक आ गयी, "अनिमेष! कैसा चेहरा हो गया है तुम्हारा?"

अनिमेष ने हँसने की कोशिश की।

"तुम अच्छे हो अनि?"

पीछे खड़े व्यक्ति का ध्यान आ गया। ज़मीन पर कार्पेट बिछा था। चलने-फिरने से आवाज़ नहीं होती थी। अनिमेष ने मुड़कर देखा। चारेक लोग इसके पीछे आकर खड़े हो गए थे। वे यूनिफ़ार्म में नहीं थे। पर चेहरा देखते ही पता चल रहा था कि पुलिस है। अफ़सर आगे आया, "बहुत दिनों बाद आप लोगों का मिलना हुआ है···है ना? अनिमेष बाबू अगर आपके बारे में हमें बता देते तो बहुत पहले मुलाकात की व्यवस्था कर देता। बड़ी मुश्किल से आपके बारे में पता चला माधवीलता देवी! देर हो गयी इसके लिए अफ़सोस करने का कोई फ़ायदा नहीं है। बैटर लेट दैन नैवर। इस हालत में अनिमेष बाबू ने आपको कैसे छोड़ दिया···समझ नहीं पा रहा।"

माधवी की आवाज़ बदल गयी, "आपको तो मालूम था कि इन्हें यहाँ रखा गया है। जान-बूझकर फिर यह क्यों कह रहे हैं?"

"ठीक बात है। हमने पकड़े रखा है कुछ महीने। इससे पहले वे आपकी सीमाओं में स्वेच्छा से नहीं आए। मैंने सोचा था कि वे आपको स्त्री के रूप में क्लेम नहीं करेंगे। बेशक ग़लती हुई···उन्होंने क्लेम कर लिया···आप भाग्यवती हैं।" अफ़सर हँस पड़ा।

"मायने···?"

"माधवीलता देवी! आपके स्कूल और उससे पहले जिस होस्टल में आप रहती थीं, पता लगाने पर मालूम हुआ कि आप 'मित्र' हो गयी हैं, इसका कोई नोटिफिकेशन नहीं था। आप लोगों का विवाह कब हुआ यह किसी को भी नहीं मालूम। किन्तु आपके शरीर से ज़ाहिर है कि आप माँ बननेवाली हैं, अगर यह

वैध नहीं है तो···।"

अनिमेष ने दबी आवाज़ में कहा, "क्यों बेकार की बात करते हैं। माधवी मेरी पत्नी है···पहले बता चुका हूँ।"

"गुड! यही कहना चाहता था मैं। मुँह से कहना काफ़ी है। किसी के व्यक्तिगत मामले में मैं नाक घुसेड़ना नहीं चाहता। आपसे यह कहलवाने का उद्देश्य यह था कि आप दायित्व-ज्ञानहीन नहीं हैं। आपकी बात मानकर कहता हूँ—आपको अपनी पत्नी के पास इस समय होना चाहिए। आप मेरे साथ को-ऑपरेट करें।"

"कैसे···?"

"आपको मालूम है कि महादेव नाम का आदमी नोटोरियस है। उसका पता आपको मालूम है। जानता हूँ कि अब वह वहाँ न भी हो फिर भी उसका कोई क्लू मिल जाएगा। यह मेरा प्रस्ताव है! अगर उसका पता बता दें। तो आपको अभी छोड़ दिया जाएगा और यह बात किसी को मालूम नहीं होगी। आपके किसी फैलो कामरेड को भी पता नहीं चलेगा। इस समय आपका इनके साथ रहना उचित होगा।"

अनिमेष गरदन हिलाकर बोला, "आप बेकार कोशिश कर रहे हैं।"

"तो आप को-ऑपरेट नहीं करेंगे?"

"जो इच्छा हो सोचिए।"

अफ़सर ने विरक्ति से कन्धे झटके। फिर छोटे-छोटे क़दम लेता हुआ माधवी के सामने जा खड़ा हुआ, "आप ज़रा समझाइए उन्हें?"

माधवी ने कहा, "वे जो ठीक समझते हैं, वही करेंगे।"

साथ ही अफ़सर ऊँची आवाज़ में बोल पड़ा, "तो आपको अरेस्ट करता हूँ।"

अनिमेष चीख़ पड़ा, "क्यों?"

"आपका साथ देने के लिए···देशद्रोही होने के कारण।"

"देशद्रोही···?"

"या कि विप्लवी? थू! साधारण लोग आपका नाम सुनकर डरते हैं। डाकुओं का एक ऑर्गनाइज़्ड दल हैं आप। भारतवर्ष के गणतन्त्र को विपन्न करना चाहते हैं। अनिमेष बाबू! दिस इज़ लास्ट टाइम आपके स्वप्नों का आन्दोलन ख़त्म हो गया। जिनसे सम्भव हो रहा है विदेश भाग रहे हैं। ज़्यादातर पकड़े गए हैं···नेता लोग जेल में हैं···अब आप लोगों की कोई हस्ती नहीं है। इसलिए कहता हूँ ख़ामख़्वाह ज़िद मत कीजिए···महादेव बाबू का पता बता दीजिए।"

अनिमेष ने माधवीलता की तरफ़ देखा। कितनी कमज़ोर हो गयी है। गरदन की हड्डियाँ निकल आयी हैं। गालों की हड्डियाँ ऊँची शरीर का रंग फ़ीका। बड़ी

इच्छा हो रही थी कि दोनों हाथों स माधवी को जकड़कर छाती से लगा ले। माधवी के उसकी तरफ़ देखते ही दोनों आँखों से मानो अपनी इच्छा प्रकट करने लगा। इसने किसी तरह पूछा, "अब कहाँ हो?"

"देखिए···कैसा बढ़िया दायित्वज्ञान है। आप कहाँ हैं आपके स्वामी को इसकी ख़बर नहीं···अवश्य अगर वे आपके स्वामी ही हों? क्या हुआ चुप क्यों हैं?"

अनिमेष का दिमाग़ जल उठा, "एई···आपको जो कहना है मुझसे कहिए।"

"शटअप! चिल्लाइए मत···आप चुप क्यों हैं?"

"कुछ कहने में मुझे नफ़रत हो रही है।"

अनिमेष ने देखा अफ़सर का दायाँ हाथ चाबुक की तरह लहराकर माधवी के गाल पर पड़ा। उसने माधवी को थप्पड़ मारा था। अपने शरीर का तो ध्यान ही नहीं रहा अनिमेष को। भयंकर क्रोध से अफ़सर पर टूट पड़ा। कुछ समझने से पहले ही इसने खुद को शून्य में तैरते देखा। साथ ही कमर पर ज़ोर की चोट अनुभव की। तकलीफ़ इतनी मारात्मक थी कि चीख़कर ज़मीन पर गिर पड़ा। उसे खींचकर उठाया गया। घसीटते हुए चेयर पर बैठाकर कई बैल्टों से इस तरह जकड़ दिया कि वह बिलकुल हिल-डुल न सके। कमर के नीचे के हिस्से का अस्तित्व तक का इसे पता नहीं चल रहा था। इस बीच सिर के भीतर का हिस्सा चैत के आकाश की तरह हो गया था। अब ज़रा सोचने की क्षमता आयी तो इसने माधवी की तरफ़ देखा। वह ठीक देख रहा है क्या? अपनी आँखों पर विश्वास करना मुश्किल था। इसने ज़ोर से आँखें मूँदी और ठीक होने की कोशिश की। माधवी का सिर झुका हुआ था। दोनों हाथ ऊँचे करके लोहे के बलों के साथ बँधे हुए थे। दोनों बालियाँ ऊपर कड़ियों में गिरह लगाकर रस्सी के साथ नीचे आते थे। दोनों हाथ ऊपर खिंचे रहने के कारण साड़ी का आँचल खिसक गया था। सन्तान का आवास स्थल (पेट) अब कुत्सित दिखाई देता था। माधवी की चिबुक सख़्त थी। दाँत भींच रखे थे।

"यह सूअरों का दल! सावधान···कह रहा हूँ उसे छोड़ दो।" अनिमेष की चिल्लाहट सुनकर अफ़सर दाँत निपोड़कर हँसा।

माधवी के सामने अफ़सर के अलावा एक और व्यक्ति खड़ा था। कमज़ोर, लम्बा। मुँह देखकर विश्वास हो जाता है कि हँसते-हँसते वह दोनों हाथों से दो शिशुओं का गला दबा सकता है। वह कह रहा था, "माँ जननी मेरा नहीं···पेट के बच्चे का···अब दिगम्बरी हो जाओ···दर्शन कर लूँ।"

अनिमेष पागलों की तरह चीख़ पड़ा। कमर के नीचे कोई फीलिंग नहीं थी। दोनों हाथ बँधे हुए पीछे खड़ा व्यक्ति चेयर पकड़े हुए···वह हिल-डुल नहीं पाता था।

माधवी ने धीरे से मुँह उठाया, "आप लोग क्या चाहते हैं?"

अफ़सर जरा हिला उसकी आवाज़ में अजीब-सी नरमाई थी, "मामूली···उनसे कहिए पता बता दें। यह सब झमेला भला किसे अच्छा लगता है···बताइए।"

"मुझ पर किस अधिकार से अत्याचार कर रहे हैं?"

"जिस अधिकार से वह किसी आदमी का ख़ून करता है, पुलिस का गला काटता है। जिस अधिकार से ब्याह किए बिना आपके शरीर में एक सन्तान दे दी···।"

अनिमेष की तरफ़ देखकर माधवी सीधी खड़ी हो गयी, "सुनो···मैं मर भी जाऊँ तो तुम इन्हें कुछ मत बताना। मेरी वज़ह से तुम हारना नहीं···।"

लम्बे व्यक्ति के हो-हो करके हँसते ही अफ़सर ने आँख दबाकर इशारा किया। उसने हाथ बढ़ाकर माधवीलता का गिरा हुआ आँचल समेट लिया। फिर म्यूज़िकल चेयर की तरह हिलता-डुलता चक्कर लगाने लगा। माधवी की साड़ी खुलने लगी। वह छड़ा (कविता) उड़ाने लगा, 'द्रौपदी का वस्त्र हरण चलछे···चलबे।' अनिमेष से अब देखा नहीं गया। पीछे से दोनों हाथों से उसका मुँह पकड़ लिया गया, "सामने देखो।"

लाचार हो अनिमेष ने देखा। एक बार फिर ज़ोर आजमाई बेकार हो गयी। नहीं···वह हार गया। अपने को अपदार्थ, निर्जीव, कायर समझने लगा। अब माधवी के शरीर पर साड़ी नहीं रही थी। दाँत भींचे सिर पीछे किए खड़ी थी। अनिमेष का चेहरा उस आदमी के हाथ में था। आँखें बन्द करते ही दिमाग़ में आग की जलन अनुभव की। अस्फुट चीत्कार करते ही वह आदमी उसके सामने चुरुट नचाने लगा। अनिमेष का दिमाग़ जल रहा था। वह आदमी बोला, "आँखें बन्द करके नहीं चलेगा। देखना होगा···सबकुछ देखना होगा।"

तभी वही लम्बा-दुबला आदमी चुरुट लेकर माधवीलता के पास चला गया। अब अफ़सर अनिमेष की तरफ़ देखकर बोला, "क्यों जनाब! बताएँगे या देखेंगे?"

अनिमेष ने जवाब नहीं दिया। वह समझ गया कि इससे कुछ मालूम न होने पर वे माधवीलता पर अत्याचार करेंगे। अब तक जो हुआ वह सहना किसी भी लड़की के लिए तकलीफ़देह था। सिर्फ़ इसकी वज़ह से उसे यह जघन्य अपमान सहना पड़ रहा है। एक गर्भवती महिला के लिए यह अत्याचार मारात्मक क्षति पहुँचा सकता था। ये तो जान-बूझकर कर रहे हैं। पर माधवी मुँह ही नहीं खोल रही। अनिमेष अब क्या करे! आँखों के सामने यह अत्याचार देखा नहीं जा रहा था। मालूम नहीं महादेव दा' अब अलीपुर हाट में हैं भी या नहीं। अगर बता दे तो उनको कोई नुक़सान न भी पहुँचे। हाँ, माधवी बच जाएगी। यह बात एक पल को दिमाग़ में आते ही इसने होंठ खोले। अफ़सर इसे श्चेन की तरह देख रहा था। अचानक माधवी का आर्तनाद कानों में आया। वह लम्बा आदमी माधवी की कमर पर चुरुट दबाए खड़ा था। आर्तनाद यन्त्रणा का था

पर माधवी के स्वर ने अनिमेष को विचलित कर दिया। "तुम कुछ मत बोलो जी···मेरे लिए छोटे मत होना···आह···आ।"

अनिमेष ने मुँह बन्द करने से पहले ज़मीन पर थूक दिया। पीछे खड़े आदमी ने अश्लील-सी गाली देकर उसके सिर पर ज़ोर का वार किया। "सामने देखो, आँखें बन्द करोगे तो मुश्किल में पड़ जाओगे।"

अब अफ़सर इसकी तरफ़ बढ़ा, "थूक रहे हो? अभी तक विष के दाँत नहीं टूटे। आख़िरी बार कहता हूँ···बताओ! आप समझते क्यों नहीं आपका कोई चान्स नहीं है। आन्दोलन-फान्दोलन दीवारों से शुरू करके वहीं रुक गया है। जनता आपको नहीं चाहती। सब जान गए हैं कि यह सी.आई.ए. रुपए कमाने का धन्धा है। आपको आराम से मार सकता हूँ···किसी के सामने जवाबदेही नहीं करनी पड़ेगी। नाउ डिसाइड।"

अनिमेष कुछ नहीं बोला। बोलने की शक्ति ही नहीं रही थी। आँखें खुली रखने को बाध्य जरूर था, पर नज़रें प्रायः सफ़ेद थीं। बीच-बीच में माधवी का शरीर यीशु ख्रीस्ट का रूप ले रहा था···फिर गड्डमड्ड हो जाता।

अफ़सर की आवाज़ सुनाई दी, "देखिए···ये सज्जन आपसे प्रेम नहीं करते। आपको सन्तान देकर स्वच्छन्दता से हवा हो गए थे। मामूली-सी बात बताने पर मैं आपको छोड़ सकता हूँ, यह बात जानकर भी मुँह बन्द किए हैं। इसके मायने हैं कि आप पर अत्याचार भी हो तो उनका कुछ बनता-बिगड़ता नहीं। उनका असली चेहरा पहचान लीजिए। आपको विश्वास नहीं हो रहा? ठीक है···मैं ऊपर की रस्सी खींच देता हूँ। तब आपका शरीर ज़मीन से ऊपर उठ जाएगा। यह शरीर के लिए बड़ा डेंजरस हो सकता है। क्या कहती हैं? अबॉर्शन भी हो सकता है। इन दैट केस इट्स बैटर फॉर अस। अगर वे आपकी सन्तान के बाबा हैं तो उसका जन्म स्वाधीन भारतवर्ष के लिए विपज्जनक हो सकता है।"

माधवी ने कोई बात नहीं की। वह बात अनिमेष के दिमाग़ में छिन्न-भिन्न होकर गयी, वह चीख़ पड़ा। आख़िर में सब बन्धन तोड़कर माधवीलता के पास पहुँचने के लिए बेताब हो गया। किन्तु एक पाँव भी नहीं उठा सका। पीछे खड़े आदमी के असहिष्णु हाथ ने इसे ज्ञानशून्य कर दिया। गिरने से पहले अफ़सर का तिरस्कार सुनाई पड़ा, "आह···इस समय इसे मारने को किसने कहा था। बेहोश हो गया तो आज कोई काम नहीं होगा।"

जेलखाने में अनिमेष से मिलने की अनुमति नहीं मिली माधवीलता को। वह आयी थी यह भी अनिमेष को नहीं बताया गया था। पश्चिम बंगाल का जेलखाना इस समय नक्सल लड़कों से भर गया था। सबके ख़िलाफ़ एक ही तरह का

अभियोग नहीं था और सबके साथ एक-सा व्यवहार भी नहीं किया जाता था। इसलिए बाहर की ख़बरें अन्दर आतीं कई रास्तों से। अनिमेष को मालूम हुआ कि माधवी तीन-चार दिन आकर लौट गयी थी। कोई आत्मीय बन्धु निर्दिष्ट दिन मिलने आते थे। कैदियों को ख़ास कमरे में ले जाया जाता। साक्षात्कार की विशेष व्यवस्था रहती। आमने-सामने नहीं। जेल में जाली की आड़ रखी जाती। पुलिस सामने बैठी रहती। फिर भी ख़ास-ख़ास कैदियों को इज़ाजत नहीं मिलती थी। अनिमेष इनमें से एक था।

धीरे-धीरे अनिमेष एक तरह की मानसिक यन्त्रणा का शिकार हो गया। किसी से बात करना अच्छा नहीं लगता था। माधवीलता आयी थी, ख़बर मिलने पर एक तरह की उत्तेजना हुई थी। उससे मिलने की बड़ी इच्छा थी। पर अगले ही लम्हे अपने बारे में सोचकर खुद को समेट लिया था। बहुत हो गया! अब लड़की पर बोझ नहीं डालना चाहता वह। माधवी मिलने आयी थी मायने पुलिस ने उसे छोड़ दिया है। दिल में जानी-पहचानी इच्छा तीव्र हो गयी। माधवी की सन्तान स्वस्थ रूप में हो गयी क्या? उसे लेकर वह कहाँ रहती है? कैसी है? साथ ही एक अपराधबोध इसे आच्छन्न कर देता। इसे कोई अधिकार नहीं यह सब जानने का। इस जीवन में जब वह कभी उसे आश्रय नहीं दे सकता तो फिर—। अनिमेष छोटे से सेल में लेटकर दिन काटता है। उसका साथी सुन्दर-सुन्दर निर्वाचन करता। लड़का प्रेजिडेंसी में पढ़ता था। सुन्दर शक्ल। पर बात नहीं कर सकता। सोच नहीं पाता। खाना खिलाना पड़ता है। पुलिस ने उसके शरीर से सबकुछ छीन लिया है। इस कमरे की दीवारें, छत और दरवाज़े की तरह उसका अस्तित्व है। बल्कि अच्छा ही है। इस तरह के काठ के मनुष्य से विरक्त नहीं होता वह। सप्ताह में एक दिन उसकी माँ आती हैं। तब इसे बाहर ले जाया जाता है माँ से मिलने के लिए। वे लड़के को खिलाती हैं और रोती हैं। लड़के को कुछ पता नहीं चलता—लकड़ी की गुड़िया में जैसे बोध शक्ति नहीं होती।

अनिमेष के बारे में जेल में सब जानते हैं। वास्तव में उनकी सेल इस जेल के बन्दियों के आग्रह का विषय बन गयी है। पुलिस के अत्याचार के परिणाम के हिसाब से इस सेल के दो बन्दियों के प्रति बहुतों की ममता है। इस संसार में रहकर भी हमेशा के लिए उसका अस्तित्व विलीन हो गया और दूसरे में सिर उठाने की क्षमता नहीं है। कमर के नीचे से लेकर शरीर का हिस्सा काम नहीं करता। चेहरा दाढ़ी से भरा हुआ। सिर के बाल नुचे हुए। दोनों हाथों का सहारा लेकर लँगड़ाते-लँगड़ाते चलता है। धीरे-धीरे दोनों पाँव पतले हो गए हैं। जेलखाने का डॉक्टर है, पर इलाज में तत्परता नहीं है। अनिमेष समझ गया है कि अब वह कभी सिर उठाकर खड़ा नहीं हो सकेगा। सिर में एक तरह

की यन्त्रणा बीच-बीच में तीव्र हो उठती है। उस ऑपरेशन के बाद से यह धीरे-धीरे बढ़ रही है। उस समय सोचने-विचारने की शक्ति गड़बड़ हो जाती है। इस तरह जीवित रहने का कोई लाभ नहीं। आत्महत्या की बात सोचता तो अपने को कापुरुष सोचता है। दोनों हाथ पर भार देकर मेढक की तरह ज़मीन पर कूद-कूदकर चलने पर हर घड़ी इसे अवसाद घेरे रहता है। आधे शरीर को घसीटने के श्रम से हाँफ उठता है। इससे तो अपने साथी लड़के की हालत में होता तो बहुत अच्छा होता। पूरी तरह बोध-शक्तिहीन होने पर संसार का कोई कष्ट मन को तकलीफ़ न पहुँचाता।

जेलखाने में अनिमेष को ख़बर मिली कि महादेव दा' मारे गए। उत्तर बंगाल से कलकत्ता आकर बेलेघाट के गोपन ठिकाने पर आश्रय लिया था उन्होंने। पर यह ख़बर मालूम हो गयी। आधी रात को पुलिस ने उन्हें कैद कर लिया। ख़बर यह थी कि वैन में ही उनकी हत्या कर दी गयी। फिर यह भी सुनने में आया कि गड्ढे में उन्हें उतारकर चले गए थे वे। हतबुद्धि हो जब वे आगे बढ़े तो पीछे से गोली चलाकर इन्हें मार डाला गया। बहुत देर में ख़बर मिली थी। अनिमेष समझ गया कि महादेव की मृत्यु के बाद ही पुलिस ने इस पर से हाथ समेट लिया था।

अब भी पुलिस बनाम 'नक्सलों' का संघर्ष चल रहा है। डेबरा, गोली बल्लभपुर या बरानगर सिंथि का नाम सुनने में आता है। सब बिगड़ी हुई घटना है। ज़ाहिर था कि भारतवर्ष में यह आन्दोलन पूरी तरह व्यर्थ हो गया है। जो गलकाटा आन्दोलन में विश्वास करते थे उनकी पुलिस ने हत्या कर दी या नहीं भी की हो। जो इसमें विश्वास नहीं करते उन्हें जेलों में डाल दिया गया। इस तरह की घटनाओं के बावजूद देश की आम जनता के जीवन में कोई परिवर्तन नहीं आया है। हर सप्ताह हिन्दी फ़िल्म रिलीज़ होती हैं और लोग देखने के लिए लाइन में खड़े होते हैं।

अनिमेष समझ गया है कि बड़ी भयंकर भूल हो गयी। खुद को तैयार किए बिना, देशवासियों को साथ लिये बिना बस दिल में जोश और विदेशी स्लोगन के सहारे उन्होंने सचमुच बड़ी हठकारिता की है। वह अब भी सोचता है कि इस देश की कम्युनिस्ट पार्टी से कोई आशा नहीं की जा सकती। उनका राजनीतिक स्ट्रक्चर पार्टी का केवल लेबल है। जो इस दल में नहीं हैं वह अच्छी तरह काम करता है। जो विपरीत पथ चुन लेते हैं वे जिस तरह आगे बढ़ते हैं वे भी गोरखधन्धे में ख़त्म हुए हैं। हर प्रदेश के निवासी की मानसिकता, जीवनयात्रा और दृष्टि भिन्न है। इनमें से हर एक को एक सूत्र में बाँधना आकाशकुसुम की कल्पना है। यह तथ्य नया नहीं है, पहले भी मालूम था। किन्तु उत्तेजना (जोश) मनुष्य को अन्धा कर देती है। तब लगता था कि प्रयोजन का

रही थी। पर इस महत्त्वपूर्ण घड़ी में अनिमेष हिस्सा नहीं ले पा रहा था यह कष्ट इसे पागल किए दे रहा। वह दरवाज़े पर बार-बार झपटता। अपने शरीर की हालत का इस समय ध्यान नहीं रहा था। इसे छोड़ भी दिया जाए तो गेट तक पहुँचने में एक घंटा लग जाएगा—यह अहसास भी नहीं था।

अचानक गोली की आवाज़ आयी। फिर कई राउंड और बहुत नज़दीक से। कई आर्त चीत्कारें सुनाई दीं। अचानक बाहर भागदौड़ की आवाज़ें बन्द हो गयीं। जो निकल नहीं पाए वे वापस सेल में आने के लिए मानो होड़ करने लगे। फिर सब चुप्पी छा गयी। कहीं कोई आवाज़ नहीं। जो पुलिसवाले तालाब में कूद पड़े थे वे अब ज़मीन पर आ गए थे। यूनिफ़ार्म पूरी भीग गयी थी। पर इस बीच उनके चेहरे का भाव बदल चुका था। प्रचंड क्रोध से वे ऑफ़िस की तरफ़ भागे। मिनटों में सामने के लॉन में पुलिस-ही-पुलिस छा गयी।

दरवाज़े के सहारे खड़ा अनिमेष शिथिल होकर गिर पड़ा। नहीं···यह विप्लव नहीं था। कुछ लड़के उन्मत्त हो जेल तोड़कर भागना चाहते थे। पर कहाँ? इस जेल से बाहर जो भारतवर्ष है क्या इस जेल की अपेक्षा निरापद है? वहाँ इन्हें कोई हमेशा के लिए आश्रय देगा? सारा देश जहाँ ठंडा (अकर्मण्य) पड़ा है वहाँ कुछ लकड़ी के कोयलों की आग का क्या मूल्य है!

हर सेल में चीख़-चिल्लाहट हो रही थी। पुलिस दल बाँधकर हर सेल में घुसकर बदला ले रही थी। बन्दियों की यन्त्रणा से जेल की दीवारें काँप रही थीं। सामने बरामदे में बूटों की आवाज़ हुई। तीन आदमी दरवाज़े के सामने आ खड़े हुए। एक बोला, ''नहीं···ये लोग बाहर नहीं निकले। इसके अतिरिक्त एक फ़िजिकली हैंडीकैप्ड है, दूसरा पागल।''

दूसने ने थूका, ''सो व्हाट? सबका ख़ून एक-सा है? आज किसी को स्पेयर नहीं करूँगा।''

दरवाज़ा खुलने की आवाज़ हुई। दरवाज़ा खुलते ही अनिमेष का साथी मुँह बाए हुए था। उकड़ूँ बैठे अनिमेष ने देखा उस पर निर्मम भाव से ज़ोर की लाठी पड़ी। बाक़ी दोनों इसकी तरफ़ आ रहे थे।

चवालीस

उस दिन जो छिपकर भाग सके थे···थोड़ी देर के लिए आज़ादी का आनन्द उठाया था। आनन्द शब्द का प्रयोग करने में अनिमेष को दुविधा हो रही थी। हर समय पुलिस की छाया पीछे घूमती रहती। हर क्षण दुश्चिन्ता में कटता। साधारण मनुष्य मुँह पर दरवाज़ा बन्द कर देते—ऐसी हालत में जेल के बाहर खुले आकाश में

भला आनन्द उठाया जा सकता है? जो पकड़े गए और जेल में वापस आ गए उनकी हालत का सहज ही अन्दाज़ा लगाया जा सकता था। पर जो जेल में ही पड़े रहे पुलिस उन पर भी अपना क्रोध निकाल रही थी।

लड़का अनिमेष के बराबर बहुत देर तक पड़ा रहा। उसकी पीठ के नीचे का हिस्सा लहूलुहान था। एक मोटा रूलर उसमें घुसेड़कर वे उसे सज़ा दे गए थे। लड़का यन्त्रणा से तड़प उठा था। कटे हुए छौने की तरह छटपटा रहा था। मामूली बाधा देने की मानसिकता तक नहीं थी उसमें। यहाँ तक कि इतना बड़ा आघात–जिसका इसे बाद में पता चला–अनिमेष के दिमाग़ में नहीं आया। पेड़ भी शायद इससे ज़्यादा अनुभूतिशील होता है।

अनिमेष को पंगु जानकर उन्होंने शायद ऐसा बीभत्स आक्रमण नहीं किया था। पर निर्ममता से पीट डाला था। सिर की चोट की सूजन ने आँखें ढँक दी थीं। एक दाँत थूक के साथ बाहर निकल आया था। उनके जाने के बाद अनिमेष देर तक ख़ामोश पड़ा रहा। फिर चेहरे का रक्त पोंछकर लड़के की तरफ़ देखा। औंधा पड़ा हुआ यानी अर्द्धनग्न शरीर काँप रहा था। दोनों हाथों का सहारा लेकर अनिमेष ने लड़के के पास जाकर उसके बदन पर हाथ रखा, "एइ...एइ...सुन रहे हो।"

जिस दिन ये लोग इस सेल में आए थे। उसी दिन अनिमेष जान गया था कि उस लड़के से बात करने का कोई फ़ायदा नहीं। किसी की नज़रें ऐसी भावहीन हो सकती हैं, पहले नहीं जानता था। इस सेल में पाख़ाना करने पर अनिमेष दरवाज़े के पास बैठकर चिल्लाकर पहरेदार को बताता है। आज उसकी चोट देखकर वह बुलाए बिना नहीं रह सका। लड़के की कँपकँपाहट कम नहीं हो रही थी। अनिमेष उसका पायजामा इधर-उधर से उँड़ूसकर भद्र बनाकर चुपचाप बैठा रहा।

क्या हुआ? शायद लँगड़ा ही नहीं, शरीर से होशोहवास भी जाते रहे हैं। कायर की तरह जी रहा है–जीवन की परिणति क्या यही है? अगर ऐसा होता है कि विप्लव को क्लाइमैक्स तक पहुँचाने में इन्होंने सीढ़ी का जो काम किया था, बाद की जेनरेशन जिस पर फटाफट चढ़ सकती तब ख़ुद को इतना व्यर्थ न समझते। पुलिस की हत्या की चेष्टा के इल्ज़ाम में कानूनी कार्रवाई शुरू हो गयी थी। पर इसे कोई सूचना नहीं थी। इस बीच किसी ने आकर पूछा था कि किसी वकील की ज़रूरत है या नहीं। अनिमेष ने साफ़ मना कर दिया था। अपनी बात इसके सिवाय कोई भी वकील अच्छी तरह बयान नहीं कर सकेगा। शुरू में इसे उत्तेजना-सी हुई। कठघरे में खड़े इससे अगर जज पूछेंगे वह ज्वालामयी वक्तृता देगा। इस विचार व्यवस्था के बारे में वह स्पष्ट रूप में इल्ज़ाम धरेगा। किन्तु जैसे दिन बीत रहे हैं अपने जोश को वह बचपना सोचने लगा है। मान

लो कि सरकारी वकील से ज़िरह करके इसे मुक्ति मिल जाती है! वह जाएगा कहाँ? शेष जीवन किस तरह काटेगा? उससे तो यही अच्छा है कि वह पलटकर ज़वाब न दे। अगर उम्र कैद हो जाए तो इसके लिए वही मंगलदायक होगा। इस तरह विषाद सहते-सहते वह निस्तेज़ होता गया। शारीरिक अक्षमता के साथ एक तरह की मानसिक कायरता ने भी इसे आच्छन्न कर डाला। बीच-बीच में दिमाग़ में दूसरी चिन्ताएँ भी आने लगीं। पुलिस इसका केस कोर्ट में उठा ही नहीं रही। जिस तरह इसके साथी लड़के को डाल रखा है इसे भी शायद उसी रूप में देखने लगे हैं। खुद को इस तरह फटे हुए काग़ज़ की तरह देखना जब बरदाश्त से बाहर हो जाता तो मरने की इच्छा होती। इस कमरे में बैठकर आत्महत्या का भी कोई मौक़ा नहीं मिलेगा। गले में रस्सा या विष खाने का भी कोई उपाय नहीं है। आत्महत्या का सोचकर जो चेहरा आँखों के सामने उभरता, मुश्किल से मन से हटता। वह मुँह भारी करके मानो कहता, ''छी!...तुम तो ऐसे दुर्बल नहीं हो अनिमेष।''

जेल में बैठा अनिमेष 'हो-हो' करके हँस पड़ता। फिर हँसी लुप्त हो जाती। आवाज़ बन्द हो जाती। दुर्बल किसे कहते हैं? जो लड़ नहीं सकता, जिसका सबकुछ छीन लेने के बाद भी विरोध की क्षमता नहीं होती...वह दुर्बल नहीं है क्या? जो लुढ़कता हुआ रेंगता है उसमें बल कहाँ है? आत्महत्या करने तक की शक्ति नहीं!! ये बातें मन में आते ही वह छटपटा उठता। सोचता, शनैः-शनैः पागल हो जाए। बल्कि बोधशून्य हो जाना ज़्यादा अच्छा है। फिर संसार को लेकर कोई इल्ज़ाम भी नहीं रहेगा। किन्तु जब यह सम्भव ही नहीं तो अनिमेष क्या कर बैठता मालूम नहीं, पर अगर यह लड़का इस तरह आहत न होता तो!

लड़का धीरे-धीरे इस पर निर्भर करने लगा। उससे बात करके अनिमेष का समय बीत जाता। बड़े मज़े का खेल था। अनिमेष बात शुरू करता, लड़का चुपचाप इसकी तरफ़ आँखें फाड़े देखता। जब तक अनिमेष मुँह बन्द न करता वह नज़रें न हटाता। वक़्त काटने की समस्या नहीं रही थी अब। अपने बारे में वे सब बातें बताता जो कर नहीं पाया था। कभी-कभी विरक्ति होती तो एक प्रकार की उष्णता का अनुभव करता। एक रक्त-मांस का व्यक्ति इसकी बातें सुन रहा है। लड़के की कोई प्रतिक्रिया न होती तो भी मनुष्य तो था ना। एक दिन बात करते-करते अनिमेष हँस पड़ा। मानो यह लड़का भारतवर्ष के प्रतिनिधि के रूप में सामने बैठा हो। वह जो भी कहे जिसके बारे में भी कहे, इसका कुछ बनता-बिगड़ता नहीं था।

लड़का बैठा रहता तो समय का हिसाब रखना मुश्किल होता। अनिमेष भूल ही जाता कि कितने वर्ष बीत गए हैं। इस बीच जेल के अधिकारी ने आकर पूछा था, ''आज़ाद होकर आप कहाँ जाएँगे?''

"आज़ाद हो रहा हूँ क्या?"

"कहना मुश्किल है...पर जो जोड़-तोड़ चल रही है, हो सकता है, मिल जाए।"

अनिमेष ने उसकी तरफ़ देखा। पोशाक इंसान का चेहरा बदल देती है। इधर कुछ वर्षों से यह आदमी इससे बुरा व्यवहार नहीं करता। वह फिर बोला, "कोई आपसे मिलना चाहे तो मिल सकते हैं। मन हो तो चिट्ठी भेज सकते हैं।"

"क्या होगा मिलकर?"

"वह अलग बात है। पर आपकी जो हालत है जेल से बाहर आप किसी मुसीबत में न पड़ जाएँ इस कारण सम्पर्क करना ज़रूरी है।"

"मैं किसी पर बोझ नहीं बनना चाहता।"

"प्रतिबन्दियों के लिए एक आश्रम है। वहाँ तरह-तरह का हस्तशिल्प सिखाया जाता है जिससे जीवन में अपने पाँव पर खड़े हो सकें। वहाँ जाएँगे।"

अनिमेष हँस पड़ा, "वाह...बढ़िया...मेरे लिए पूछिए ना।"

इस बीच सरकार बदल गयी थी। अनिमेष को पता चला कि देश अब शान्त है। कोई शोक या अफ़सोस नहीं है। गली-कूचों में जो कभी सपने देखा करते थे वे लुट-पिट चुके हैं या उनकी हस्ती में अब कोई बल नहीं रहा है। पश्चिम बंगाल के लोगों ने काफ़ी वोटों से वामपंथी दल को निर्वाचित कर लिया है। निर्वाचन और गणतन्त्र पर देशवासियों ने अपनी आस्था प्रकट कर दी है। अनिमेष आदि के विप्लव का स्वप्न और प्रचार के बारे में अब कोई नहीं सोचता। जेल में बैठे जो गोपन में अब भी आशान्वित हैं, वे निराश हो चुके हैं।

किन्तु इस ख़बर की अनिमेष पर कोई प्रतिक्रिया नहीं हुई। नए मन्त्रिमंडल का दायित्व लेनेवालों में से एक नाम देखकर वह चौंक पड़ा था। फिर ज़ोर से हँस पड़ा। सुदीप को मन्त्रिमंडल में अच्छा पद मिल गया है विभान को नहीं! यूनिवर्सिटी के छात्र फैडरेशन के जनरल सेक्रेटरी से कई कदम आगे जाकर चुरुट मुँह में दबाए सुदीप पश्चिम बंगाल का मन्त्री हो गया है। अनिमेष को ध्यान आया कि सुदीप में एक परिकल्पित भावना सदा क्रियाशील रहती थी। किस तरह ज़्यादा लाभ होगा अथवा किस घटना का ज़्यादा प्रचार होना चाहिए इस सम्बन्ध में वह विभान की अपेक्षा अधिक सजग रहा।

अब जेल में उत्सव का वातावरण पैदा हो गया था। नयी सरकार राजनीतिक स्तर पर नक्सलबन्दियों से मुक़ाबला करेगी। बाहर बन्दीमुक्ति आन्दोलन चल रहा था। सरकार ने फ़ैसला किया था कि कुछ नक्सलपंथियों को आज़ाद कर

देंगे। उनका विश्वास था कि इतने अरसे जेल में रहकर नक्सलपंथियों को काफ़ी शिक्षा मिल गयी है। अथवा उनका मेरुदंड तोड़कर काम ख़त्म होने के बाद अब जेल में रखने की कोई ज़रूरत नहीं है। किस तरह कब छोड़ा जाएगा इसे लेकर बातचीत चल रही है। जो केस अदालत में हैं उन्हें सरकार उठा लेगी। सरकार की इस उदारता की तरह-तरह से प्रतिक्रिया होने पर भी बन्दी स्वभावतः खुश ही हुए।

इधर जेल-अधिकारी अनिमेष के पास आए थे। वे सज्जन अनिमेष को क्यों पसन्द करते हैं यह इसे समझ नहीं आता था। वे आकर बोले, "बस! हो चुका...आप लोगों का जेलवास-पर्व समाप्त।"

अनिमेष ने हँसकर कहा, "यह क्या बात हुई। पकड़ा ही क्यों और छोड़ क्यों रहे हैं।"

वे सज्जन बोले, "इतना सब जानना क्यों चाहते हैं? जो हो चुका उसे स्वीकार कर लेना अच्छा है। मैं आपको दो सूचनाएँ देने आया था। एक भद्र महिला आपके बारे में जानने के लिए अकसर आती हैं। आप किसी से मिलना नहीं चाहते जानकर भी वे विरत नहीं हुई हैं। कल आकर जानना चाहा था कि आपको कब छोड़ा जाएगा।"

"आपने क्या कहा?" अनिमेष ने विरक्ति से पूछा।

"हमारे पास कोई निश्चित सूचना नहीं आयी है। उनसे अगले सप्ताह आने को कहा है।" फिर ज़रा हँसकर पूछा, "अगर अन्यथा न सोचें तो पूछ सकता हूँ वे आपकी कौन हैं?"

अनिमेष ने सिर हिलाया, "छोड़िए यह बात! दूसरी ख़बर क्या है? कोई और आया था ख़बर लेने?"

"नहीं नहीं...और कोई नहीं आया। मैं एक व्यक्ति का आन्तरिक धन्यवाद और आशीर्वाद आप तक पहुँचा रहा हूँ।"

"किसकी बात कर रहे हैं?"

"दीपक की माँ की।"

"दीपक?" अनिमेष ने अवाक् हो दायीं तरफ़ देखा। इस लड़के का नाम दीपक है यह तो मालूम नहीं था। दीपक की माँ अब भी हर हफ़्ते आती हैं। तब उसे बाहर ले जाते हैं। महिला उसे खिलाते हुए रोती रहती हैं। वे किस कारण इसे धन्यवाद दे रही हैं? यह बोध, बुद्धिहीन लड़का किसी नाम का अधिकारी भी है इसका तो अनिमेष को पता ही नहीं था।

जेल अधिकारी बोले, "मैंने बताया था उन्हें आपके बारे में। आप एक ही सेल में रहते हैं और आप उससे बात करते हैं, जबकि उसकी कोई प्रतिक्रिया नहीं होती। आप जब बात करते हैं उसकी दृष्टि ज़रा स्वच्छन्द हो जाती है।

सुनकर महिला ने आपके बारे में जानना चाहा था। सुनकर वे आपसे बात करने को बहुत उत्सुक हो गयीं। उन्हें जब ज्ञात हुआ कि आप किसी से मिलना नहीं चाहते तब आपको यह सब बताने के लिए मुझसे कहा था।"

अनिमेष हँस दिया। और करता भी क्या? इसके शरीर की जो हालत थी उससे ज़ाहिर था कि वह कभी सीधा खड़ा नहीं हो सकेगा। इस स्थिति में वह लड़के के किसी काम नहीं आ सकेगा। अपने प्रयोजनवश बात करता है। अकेले मुँह बन्द करके रहता तो इतने दिन में पागल हो जाता।

किन्तु अगले ही दिन ऐसा आश्चर्य उनका इन्तज़ार करेगा इसकी कल्पना भी नहीं कर सका था। दो सिपाही सवेरे-सवेरे दोनों को सेल से निकालकर बाहर ले आए। अनिमेष को गोद में उठाकर ले जा रहे थे। दोनों पाँव नीचे लटक रहे थे। साथ वाला लड़का जिसका नाम दीपक था, उदास-उदास चल रहा था।

ऑफ़िस में बैठाकर उन्हें सूचना दी गयी। सरकार ने दयावश इनके विरुद्ध सब तरह के अभियोग खारिज़ कर दिए हैं। साथ ही उम्मीद करती है कि भारतवर्ष के रिस्पानसिबल नागरिक की तरह वे बाकी जीवन व्यतीत करेंगे।

'मुक्ति!' सुनकर अनिमेष ज़रा भी उत्तेजित नहीं हुआ। मुक्ति को लेकर क्या होगा? मन-ही-मन इतने दिन से उस घड़ी का सोचकर डर रहा था। अब क्या करेगा? अनिमेष ने आँखें मूँद लीं। इस तरह इसने कभी मुक्ति नहीं चाही। इस ख़बर से दीपक पर भी कोई प्रतिक्रिया दिखाई नहीं दी। उसके लिए हज़ारों शब्दों की तरह 'मुक्ति' शब्द का भी कोई अलग महत्त्व नहीं था। वह अनिमेष के सहारे सूनी नज़रों से खड़ा रहा। हाँ अब उसमें थोड़ा परिवर्तन दिखाई पड़ने लगा। तीसरा कोई आ जाता तो दीपक को उसकी हस्ती का अहसास होने लगा था, उस समय वह अनिमेष की बगल से हटना नहीं चाहता था। यह बात उसके परिवारवालों को बताना ज़रूरी था। दीपक की चेतना लौट आयी है—यह डाक्टर के काम आ सकती है।

उनकी मुक्ति के कागज़-पत्र जब आइन-सम्मत किए जा रहे थे तब वे सज्जन फिर आ गए। पूछा, "आप कहाँ जाएँगे...कुछ फ़ैसला किया है?"

"नहीं...?"

"पर कहीं तो जाना होगा।"

"देखूँगा...यहाँ से निकलने के बाद सोचूँगा।"

"समझ गया...किन्तु आप स्वस्थ मनुष्य की तरह निकलकर तो सोच नहीं सकते। मैंने उस आश्रम के बारे में भी पता किया था।"

"कौन-सा आश्रम?"

"प्रतिबन्दियों वाला। बताया था ना आपको।"

"ओह...हाँ...वहाँ जा सकता हूँ।"

"हाँ···जाओगे, पर इस महीने इन्तज़ार करना होगा।"

"इस महीने?"

"हाँ···महीना ख़त्म होने में सिर्फ़ आठ दिन बाकी हैं। इन आठ दिन अगर आप दीपक की माँ के साथ रहें तो उन्हें बड़ी ख़ुशी होगी।"

"दीपक के साथ?" अनिमेष को ता़ज़्ज़ुब हुआ। दीपक के साथ रहने की बात कैसे उठी—जहाँ सामान्य-सा परिचय भी नहीं था। इसने गरदन हिलायी, "नहीं···यह नहीं हो सकता।"

वे कन्धे झटककर बोले, "ठीक है, जो ठीक समझें वही कीजिए। आश्रम का पता दे रहा हूँ।"

किन्तु दीपक की माँ से बच नहीं पाया अनिमेष! वे प्रौढ़ महिला हैं, जिनके चेहरे और बातचीत में स्नेहमयी जननी का-सा भाव है···उनके मुँह पर कोई कटु बात नहीं कही जा सकती। दीपक की माँ ऐसी ही महिला थीं। वे अनिमेष का हाथ पकड़कर बोलीं, "बाबा···मुझे मालूम है, तुम बड़े अभिमानी हो। किन्तु मेरी तरफ़ देखो। जो लड़का घर से निकल आया था जिसे लेकर मैं आज घर जा रही हूँ वह एक तो नहीं है। मेरा इस संसार में कोई नहीं है। मैं किसके सहारे रहूँगी।" अनिमेष ने उत्तर नहीं दिया। उन्होंने अनिमेष का हाथ नहीं छोड़ा। बोलीं, "मैं सब सुन चुकी हूँ। तुम न होते तो मेरा लड़का मर जाता।"

"नहीं, यह सच नहीं है। आपको बढ़ा-चढ़ाकर बताया गया है।"

उन्होंने सिर हिलाया, "संसार में सबकी आँखों में धूल झोंक सकते हो, पर माँ की आँखों में नहीं झोंक पाओगे। इतने दिन से मैं उसे देख रही हूँ। मुझे एक दिन भी नहीं पहचाना उसने।" कहकर वे रो पड़ीं। सँभलने में कुछ समय लगा फिर दूसरे ही स्वर में बोलीं, "किन्तु तुम्हारे बराबर कैसे सटकर खड़ा है···देखो।"

अनिमेष हँसकर बोला, "यह तो साथ रहने के अभ्यास के कारण हुआ है।"

वे बोलीं, "जो भी हो···वह तो पत्थर की तरह हो गया था।"

अनिमेष ने कहा, "दीपक ठीक हो जाएगा।" कहकर दिल खाली-खाली-सा लगने लगा। दीपक की माँ ने बिलकुल कान नहीं धरे। बोलीं, "तुम्हारे माँ-बाबा कहाँ रहते हैं?"

अनिमेष ने परेशान नज़रों से देखा, "यह मत पूछिए। इस समय किसी आत्मीय स्वजन पर बोझ बनना नहीं चाहता मैं और फिर···।"

"ठीक है।" वे उसे रोकते हुए बोलीं, "तुम्हारे बारे में कुछ नहीं जानना चाहती। तुम दीपक के साथ चलो। मैं समझूँगी दो लड़कों को लेकर घर लौटी हूँ। तुम दोनों को मिलाकर मेरा एक लड़का हुआ।"

अनिमेष को सोचने का टाइम नहीं मिला। दीपक की माँ में तत्परता क्रियाशील थी—इसलिए अनिमेष आपत्ति नहीं कर पाया। किसी परिचित के घर जाकर उनके रहम पर निर्भर करने की अपेक्षा यह अधिक श्रेय लग रहा था। वह ख़ुद नहीं जा रहा। वे आग्रह करके ले जा रही हैं। अपने लड़के के साथ वैसी ही ममता से जब तक इसे देखेंगी तब तक परेशानी का कोई कारण नहीं होगा। और ये आठ-दस दिन बीतने पर वह आश्रम चला जाएगा। उतने दिन तक सिर पर छत तो होनी चाहिए ना।

सारा इन्तजाम भद्र महिला ने ही किया। दो सिपाही पकड़कर उसे बाहर ले आए। वहाँ एक गाड़ी खड़ी थी। बड़ी पुराने टाइप की गाड़ी। ड्राइवर का चेहरा भी गाड़ी की उम्र से मेल खाता था। अनिमेष के साथ-साथ दीपक भी आ गया। दीपक की माँ एक हाथ से अनिमेष को और दूसरे से दीपक को पकड़े हुए थीं। गाड़ी में बैठाकर वे लोग चले गए। दीपक की माँ ने दीपक को चढ़ने के लिए कहा तो वह चुपचाप खड़ा रहा। वे फिर बोलीं, "चढ़ खोका! गाड़ी नहीं पहचानता?" लगा नहीं कि दीपक ने बात सुनी हो। तीन-चार बार बुलाना जब व्यर्थ हो गया तो बोलीं, "क्या करूँ बाबा! बताओ।"

अनिमेष सीट का टेक लगाकर बैठ पाया। अब झुककर हाथ बढ़ाकर दीपक से बोला, "एइ⋯गाड़ी में चढ़ आओ।" दो बार बुलाने के बाद दीपक की नज़रें उस तरफ़ उठीं। सख़्त हाथों से अनिमेष ने लड़के को गाड़ी में खींच लिया। फिर दुबारा कहने की ज़रूरत नहीं पड़ी। उसकी माँ बहुत ख़ुश हुई। अनिमेष के पास कोई सामान तो था नहीं। जेल से निकतले समय उसी भद्र महिला की तरह वह भद्र होकर निकला था। सीट पर बैठकर ख़ुद को बेशक कुबड़ा महसूस कर रहा था। इसकी तुलना में दीपक सीधा खड़ा था। जेल की सीमाओं से निकलकर बड़ी सड़क पर आते ही अनिमेष ने पक्षियों की चहचहाट सुनी। सड़क निर्जन थी। लगता नहीं था कलकत्ता है। इसे ही भाग्य कहते हैं क्या? अनिमेष अपने बारे में सोच रहा था। इतने दिन बाद जेल से निकलकर जिनके साथ जा रहा था उनके पास जाने का सवाल ही नहीं था। पर जाना पड़ रहा था। जा रहा है, ज़रा भागता हुआ जिससे दूसरों को सहारा मिले। विवेक या आँखों की शर्म का सुयोग नहीं लेना चाहता। इसकी अपेक्षा रास्ते की बातचीत वहीं छोड़ जाने की तरह इस भद्र महिला के घर में कुछ दिन आँखें मूँदकर काटना ज़्यादा अच्छा होगा। रेसकोर्स के बराबर से गाड़ी सीधी रवीन्द्र सदन के सामने आ गयी। दूर से रंगीन मकान की तरफ़ देखकर अनिमेष ने लम्बी साँस ली। कलकत्ता वैसा का वैसा ही रह गया। किसी बड़े शिल्पी का अनुष्ठान अवश्य होगा। वरना इतने सवेरे इतनी लम्बी लाइन होती भला!

लैंस डाउन रोड पर जिस मकान में वह अन्दर गया वह दीपक आदि का

घर था। देखा न होता तो विश्वास करना मुश्किल था। गेट पार करके बहुत बड़ा लॉन, बगीचा और उसके पास एक सफ़ेद दो-तला मकान। पथरीली सड़क से घूमकर गाड़ी के दरवाज़े पर आकर रुकते ही दो-तीन नौकर-नौकरानियाँ भागते हुए आए। दीपक की माँ गाड़ी से उतरीं। अनिमेष ने देखा कि इस बीच उनकी भाव-भंगिमा में मर्यादाबोध शामिल हो गया था। वे गम्भीर आवाज़ में बोलीं, "एक इज़ी चेयर ले आ पहले।" सुनकर नौकर मुँह बाए खड़े हो गए। उन्होंने डाँटा! इज़ी चेयर आते ही उन्होंने परम आवाज़ में कहा, "अनिमेष तुम उतरो पहले। वे तुम्हें पकड़ेंगे।" नौकर-चाकर अब तक सारा मामला समझ चुके थे। उन्होंने जल्दी से अनिमेष को उतारकर इज़ी चेयर पर बैठा दिया। मुश्किल हुई दीपक को लेकर। वह अब भी सीधा बैठा था। सैकड़ों बार बुलाने पर भी कोई जवाब नहीं मिला। अनिमेष के तीन-चार बार बुलाने पर भी उसने देखा नहीं। अब उसकी माँ ने झुककर उसका हाथ पकड़ा, "उतर आ खोका! अपने घर आ गया है तू!...आ बाबा!" दीपक की कोई प्रतिक्रिया नहीं हुई। कुछ सोचकर उसकी माँ ने नौकर से कहा, "उसे जबरदस्ती उतारो गाड़ी से।"

लकड़ी के पुतले की तरह दीपक उनके हाथ के सहारे उतारा। उतरकर ज़रा सहज दिखाई पड़ा क्योंकि अनिमेष की ईज़ी चेयर से सटकर खड़ा हो गया था। ईज़ी चेयर लेकर जब नौकर चलने लगे वह भी साथ हो लिया। दीपक की माँ ने कहा, "देखा अनिमेष! वह तुम्हारी बात कैसे मानता है।"

अनिमेष को भी इसका अहसास हुआ। भद्र महिला हर क्षण इसे अटकाए रखने की कोशिश कर रही हैं। अनिमेष यह नहीं चाहता, पर इस समय कहने का मौक़ा नहीं था।

बड़ा सुन्दर सजा-सँवरा मकान। दो-तला पर आकर जिस कमरे में इज़ी चेयर रखी गयी, दो सुन्दर खाटें, चेयर और दीवार पर कालीघाट के पट के दो चित्र टँगे थे। नौकर-नौकरानियाँ काम करके चले गए तब दीपक की माँ ने दीपक को ज़बरदस्ती चेयर पर बैठा दिया। बोलीं, "अनिमेष तुम ज़रा रैस्ट कर लो फिर हाथ-मुँह धोना।"

अनिमेष ने कहा, "आप परेशान क्यों हो रही हैं?"

"क्यों...परेशान न होऊँ। इतने अरसे बाद लड़का आया है और मैं परेशान भी न होऊँ।" कहकर उन्होंने सुबकी ली। अन्ततः रुदन रोक नहीं पायीं। अनिमेष कुछ कर नहीं सकता था। उसने दीपक की तरफ़ देखा। माँ के रुदन की दीपक की आँखों में कोई छाया नहीं पड़ी। वह स्थिर दृष्टि से सामने देखता रहा। तभी दरवाज़े पर धप-धप हुई। अनिमेष ने पलटकर देखा बहुत बूढ़ी-सी महिला धीरे-धीरे कमरे में आयीं। आगे बढ़कर दीपक के बदन पर हाथ रखकर बोलीं, "रोती क्यों हो बहू-माँ। लड़का वापस आ गया है अब रोने की क्या बात

है। आह! खोका कैसा कमज़ोर हो गया है जी।"

दीपक की माँ ने बड़ी मुश्किल से खुद को सँभाला, "नहीं, नहीं माँ! रो नहीं रही। रोऊँगी क्यों? मेरा एक लड़का गया था दो वापस आए हैं। इसे देखिए—इसका नाम अनिमेष है...जो खोका की देखभाल करता था।"

वृद्ध महिला अब थके-थके पाँवों से अनिमेष के पास आयीं, "तुम्हारे बारे में सुना है बाबा! भगवान तुम्हारा मंगल करें।"

अनिमेष हँस पड़ा, बोला, "जो मंगल करना था उन्होंने कर दिया।"

वृद्धा ने सिर हिलाया, "यह मत कहो बाबा...जब तक साँस तब तक आस। मुझे देखो...जब स्वामी को खोया तो लड़के को पकड़ लिया। जब लड़के को खोया तो नाती को पकड़ लिया। अब नाती को—।" बात पूरी न करके बोलीं, "मैंने अब तक उम्मीद नहीं छोड़ी है। बहू-माँ कहती खोका अब कभी स्वाभाविक नहीं होगा। फिर कल आकर कहने लगी कि वह सिर्फ़ तुम्हारे पुकारने पर जवाब देता है। तो फिर...?"

दीपक की माँ आगे बढ़ीं, "अनिमेष! ये दीपक की ठाकुर माँ (दादी) हैं।"

अनिमेष गरदन हिलाकर बोला, "मैं समझ गया था। आपको प्रणाम करूँ यह क्षमता मुझमें नहीं है। आजकल कमर नहीं झुका पाता।"

"रहने दो बाबा! काफ़ी हो गया। बहू-माँ! इनके खाने का इन्तज़ाम करो।"

अनिमेष ने देखा कि दीपक की माँ का व्यक्तित्व इन वृद्धा के समक्ष कैसा कोमल हो जाता था। सिर हिलाकर वे कमरे से निकल गयीं तो वृद्धा एक चेयर लेकर इसके सामने आ बैठीं। "खोका क्या सचमुच तुम्हारे बुलाने पर जवाब देता है?"

"ठीक जवाब नहीं...बीच-बीच में देखता है बस।"

"बड़ा ब्राइट लड़का था। देखो, क्या हो गया। प्रेजिडेंसी में पढ़ता था। हायर सैकेंडरी में पोजीशन ली थी। उसका बाबा भी बड़ा अच्छा लड़का था। पर जाने क्या हो गया। घर लौटने में अनियम करता। उसकी माँ डाँटती-डपटती...मैं रोकती। कहती, खोका कभी अन्याय नहीं कर सकता। फिर एक दिन वह वापस नहीं आया। कैसी दुश्चिन्ता झेली हमने। अस्पताल से ख़बर मँगवायी, आत्मीय स्वजन के घर पुछवाया। घर पोड़ा (घर फूँकने) गयी मैं—किसी तरह मन न मानता। फिर एक बार उसकी चिट्ठी आयी, 'देश को स्वाधीन करना चाहता हूँ...तुम लोग मेरी चिन्ता मत करना।' कुछ नहीं समझी। देश तो स्वाधीन है...उसे और ज़्यादा स्वाधीन करेगा क्या! तभी पुलिस आ पहुँची घर। सारी तलाशी की। काग़ज़-पत्र मिले। जाते समय बता गए कि वह नक्सल हो गया है। अक़बार में तब यह ख़बरें छप गयीं। मेरी छाती हिम हो गयी। नक्सल के मायने जानती थी जो पुलिस का गला काटते थे, विद्यासागर की मूर्ति तोड़ते थे। हमारा खोका

यह सब करता है? एक दिन रात को खोका का फोन आया। बोला, 'शत्रुओं ने घेर लिया है। भागने का रास्ता नहीं है।' अपनी माँ से कहा, 'बरामदे में फूलों वाली टब में बम छिपाया हुआ है। उसे लेकर उसकी माँ अगर आधे घंटे के अन्दर न पहुँची तो ये लोग मर जाएँगे।' हम दोनों ने मिलकर टब तोड़कर देखा, सचमुच सुन्दरता से पैक किए कितने ही बक्स निकले। उसकी माँ बोली, वह जाएगी। मैंने कहा, 'नहीं, मैं जाऊँगी।' पर किसी का जाना नहीं हुआ। घर से निकलने से पहले ही पुलिस आ गयी। हमारे टेलीफ़ोन की लाइन में जो क्रासबाट (दूसरे की बात सुनने के लिए) पड़ी थी किसी को मालूम नहीं थी। वे आकर बम ले गए। उस कारण दो-तीन दिन तक बहू-माँ को थाने जाना पड़ा। पुलिस ने उस रात खोका का उद्धार कर दिया। देख ही रहे हो कैसे किया।" वृद्धा ज़ोर-ज़ोर से साँस लेने लगी। फिर अनिमेष का हाथ अचानक पकड़कर फँसी-फँसी आवाज़ में पूछा, "सच बताओ बाबा! तुम अपनी क्षमता के बारे में नहीं जानते थे?"

अनिमेष ने उनकी तरफ़ देखा। दोनों विवर्ण मणि (आँखें) इस पर टिकी हुई थीं। चेहरे पर अनगिनत झुर्रियाँ। समय की रेखाएँ स्पष्ट थीं।

इसने साफ़ आवाज़ में कहा, "मुझे इस बात का विश्वास है कि इस तरह मनुष्य का जीवित रहना ठीक नहीं। राजा नहीं, विदेशी शासक नहीं" उनका स्थान ले लिया है कुछ मामूली लोगों ने जिनकी इच्छा-अनिच्छा पर भारतवासी दिन काटते हैं। मैंने एक रास्ता खोजना चाहा था जो इस परिस्थिति से मुक्ति दिलाने में हमारी सहायता करे।"

वृद्धा ने असहिष्णु स्वर में पूछा, "किसके कहने पर तुम इस तरह सोचे-विचारे बिना कूद पड़े?"

अनिमेष बोला, "विश्वास।"

"किन्तु यही तो उसकी परिणति हुई। खोका को देखो किसी दिन वह मुँह से कुछ बोल पाएगा इसमें सन्देह है और तुम किसी दिन स्वाभाविक रूप में चल-फिर सकोगे? तो फिर! इस तरह के विश्वास की कितनी कीमत दी।" वृद्धा ने नाती का हाथ पकड़ लिया।

यह प्रश्न जेल में बैठे अनिमेष ने हज़ारों बार खुद से किया था। हठकारिता से कभी सुन्दर सृष्टि नहीं होती। आज समय का शिकार होकर मनुष्य के सामने खड़े होकर प्रश्न का उत्तर देने में इसने ज़रा भी दुविधा नहीं की, "अगर विश्वास पक्का हो तो बहुत से असाध्य साधन सम्पन्न किए जा सकते हैं। मैं नहीं कर सका, पर काम ख़त्म नहीं हुआ। हो सकता है, कुछ समय के लिए रुक गया है। मैं जो करना चाहता था उसकी ग़लती पकड़ी गयी है। हमसे पहले किसी ने नहीं किया था, अतः अन्धकार में रास्ता टटोलते रहे। किन्तु हमारे बाद जो

भी इस विश्वास के साथ काम शुरू करेंगे हमारी ग़लतियों से जानकारी मिलेगी। इसलिए वे अवश्य सफल होंगे।"

"किन्तु आग में हाथ देकर तो तुमने हाथ जला लिये।"

"ठीक है···उससे मनुष्य ने सीखा कि आग का व्यवहार कैसे करना चाहिए। इतना लाभ तो हुआ ही है।"

वृद्धा हिलती-डुलती बोलीं, "मैं तो इतना सब समझती नहीं। खोका में समझने की शक्ति नहीं रही, पर तुम्हें अफ़सोस नहीं होता?"

"होता है···भूल की थी, इसके लिए अफ़सोस है।"

अनिमेष के बात ख़त्म करते की क़दमों की चाप सुनाई दी। एक लड़की हाथ में ट्रे लिये कमरे में घुसी पीछे दीपक की माँ। टेबल पर ट्रे रख दी गयी। अनिमेष ने देखा बड़े काँच की बाटी में पानी और उसके बराबर छोटा-सा तौलिया रखा था। दीपक की माँ ने कहा, "अनिमेष! हाथ-मुँह धो लो।"

जेल में रहकर जो अभ्यास हो गया था अब इस तरह मुँह-हाथ धोने को राजसिक व्यापार कहा जा सकता था। ज़रा संकोच के साथ अनिमेष ने हाथ-मुँह धोकर तौलिए से मुँह पोंछ लिया। लड़की चीज़ें लेकर चली गयी। उधर दीपक की माँ ने एक भीगे हुए तौलिए से दीपक का मुँह और हाथ बड़े यत्न से पोंछ डाले। दीपक पत्थर की मूर्ति की तरह सीधा बैठा रहा। उसकी नज़रें अनिमेष पर टिकी थीं। अनिमेष के मन में सहसा एक नया भाव आया। दीपक अभिनय तो नहीं कर रहा। जान-बूझकर अनजान बने रहने का नाटक तो नहीं कर रहा। यह बात मन में आते ही उसका सारा शरीर सिहर उठा। फिर कुछ सोचे बिना ज़रा झुककर दीपक से पूछा, "कुछ कहोगे?"

प्रक्रिया इतनी आकस्मिक थी कि दीपक की ठाकुर माँ चौंक पड़ीं और दीपक की माँ के हाथ रुक गए। सब दीपक का मुँह देखने लगे, पर वहाँ कोई प्रतिक्रिया नहीं हुई। दीपक ने नज़रें नहीं हटायीं। अनिमेष को लगा कि उसके सिर्फ़ होंठ काँपे थे। अनिमेष ने धीरे से खुद को इज़ी चेयर पर निढाल छोड़ दिया।

दीपक की ठाकुर माँ ने पूछा, "उससे हठात् क्यों पूछा?"

अनिमेष बोला, "मुझे लगा कि वह सबकुछ समझ सकता है। पर नहीं···मेरे मन की भूल थी वह।"

दीपक की माँ बोलीं, "हमारे पारिवारिक डॉक्टर अभी आएँगे। उनसे बात करके इलाज शुरू करूँगी। तुम्हारे बारे में भी बता दिया है। तुम्हें भी देखेंगे वे।"

"क्या फ़ायदा होगा?"

"इतने हताश क्यों होते हो? कहा नहीं जा सकता। ऑपरेशन करके शायद

तुम्हें नॉर्मल कर दें।"

"नहीं···मुझे मालूम है वह कभी नहीं होगा।" कहते-कहते अनिमेष दायें हाथ से अपना पाँव ठीक करने लगा। पाँव बेकायदा पड़ा था। इसलिए तकलीफ़ हो रही थी। तलपेट (कमर) के नीचे का हिस्सा इसकी इच्छानुसार नहीं चल पाता। बैठते हुए अगर वह ठीक पोजीशन में न हो तो बहुत तकलीफ़ होने लगती है। इज़ी चेयर पर बैठे-बैठे दोनों पाँव ठीक पोजीशन में लाने के लिए इसे बड़ा कष्ट हुआ। अनिमेष नहीं चाहता था कि यह बात जानकर दीपक की माँ इसकी सहायता को आएँ।

तभी वह लड़की खाने की प्लेट लेकर वापस आ गयी—टोस्ट, दो सन्देश तथा अंडे का सेद्ध (भुरता) अनिमेष के सामने तिपाई पर प्लेट रखकर उसने दीपक का खाना आगे कर दिया। फिर दीपक की माँ को नीची आवाज़ में कुछ बताया। सुनकर उन्होंने आश्चर्य से दीपक को देखा। फिर लड़की से कहा, "तू जा मैं आती हूँ।"

अनिमेष ने खाने की चीज़ों की तरफ़ देखा। बहुत वर्षों बाद किसी ने इसे भद्रता से खाने को कुछ दिया था। दीपक की ठाकुर माँ ने उस समय टोस्ट लेकर दीपक के मुँह के सामने कर दिया। मुँह नहीं खोला उसने। तब से लगातार अनिमेष की तरफ़ देख रहा था। ख़ुशामद, पीठ पर हाथ फेरना सब व्यर्थ हो रहा था। मुँह खोलने की बात मानो दिमाग़ में ही नहीं आ रही थी। किन्तु दीपक की माँ पहले भी तो जेल में उसे खिलाकर आती थीं। अनिमेष को लगा कि ठाकुर माँ की जगह अगर उसकी माँ खिलातीं तो दीपक आराम से खा लेता। कहने को था, पर चुप कर गया कि वृद्धा को इससे चोट पहुँचेगी इसमें शक नहीं था।

दीपक की माँ खड़ी होकर बोलीं, "हाथ समेटे क्यों बैठे हो···खाओ।" सुनकर अनिमेष ने प्लेट से एक टोस्ट उठाकर दीपक की आँखों में झाँका। फिर मुँह के पास रखकर खोलते ही दीपक ने उसी तरह मुँह खोल दिया। उसकी ठाकुर माँ ने मौक़ा देख खाना उसके मुँह में डाल दिया। दीपक अनिमेष की तरह उसे चबाकर खाने लगा।

दीपक की माँ बोलीं, "खोका! तुम बहुत लाचार हो गए हो देख रही हूँ।"

ठाकुर माँ बोलीं, "हाँ···कैसा ताज़्जुब है। देखो···कैसी अच्छी तरह खा रहा है खोका।"

दीपक की माँ सिर हिलाकर लड़की के साथ कमरे से बाहर चली गयीं। और ठाकुर माँ तरह-तरह की प्यारी-प्यारी बातें करके नाती को खिलाती रहीं। अनिमेष का अस्तित्व इस क्षण उन्हें याद नहीं रहा। अनिमेष को भी भूख लगी थी। प्लेट से खाकर उसने पूरा गिलास पानी पिया। तभी दीपक की माँ वापस

आ गयीं। अनिमेष से बोलीं, "तुमसे कोई मिलने आया है।"

"मुझसे...?" अनिमेष ने ताज़्जुब से देखा।

दीपक की माँ से सिर हिलाया।

दीपक के मुँह में बाक़ी खाना डालकर ठाकुर माँ ने पूछा, "वह यहाँ है लोगों को कैसे मालूम हुआ?"

"जेलखाने जाने पर पता चल जाता है।" दीपक की माँ ने बताया।

अनिमेष ने सीधे बैठने की कोशिश की, "नाम पूछा था आपने?"

"हाँ...माधवीलता।"

ठाकुर माँ बोलीं। "लड़की को जानते हो तुम?"

अनिमेष निस्पन्द था। माधवी इसके पास आयी है। दिल में रिमझिम-सी शुरू हो गयी। चट से खड़ा होते ही किसी तरह दोनों हाथों से हिलना-डुलना सँभाला तभी अजीब से अवसाद ने अनिमेष को आच्छन्न कर लिया। जिस कारण इतने वर्ष माधवीलता से यह मिला नहीं, अपना पंगु शरीर लेकर माधवीलता का बोझ बढ़ाना नहीं चाहा, ठीक उसी कारण अब वह विचलित हो गया। आज वह आज़ाद हुआ है माधवी को कैसे मालूम हुआ। इसे ध्यान नहीं आया कि जेलखाने से कोई भी इसका वर्तमान ठिकाना मालूम कर सकता है। दीपक की माँ तो सबको बताकर इसे यहाँ लायी हैं। माधवी अब बाहर बैठी इसका इन्तज़ार कर रही है। इनके बीच अब जेलखानेवाली लोहे की सलाखें नहीं हैं। पर अनिमेष को संकोच हो रहा था।

ठाकुर माँ के दुबारा पूछते ही अनिमेष चौंका। उसने स्वीकृति में गरदन हिलाई। दीपक की माँ बोली, "लड़की को यहाँ आने को कह दूँ?"

अनिमेष ने नीची आवाज़ में कहा, "मेरी तरफ़ से तो—।"

"नहीं-नहीं...ठीक है। तुम बैठे रहो। उससे यहाँ आने को कहती हूँ। तुम्हारी आत्मीय है...या बन्धु?"

"आत्मीय।" अनिमेष ने तुरत जवाब दिया।

"तुम्हें ले जाने आयी है?" ठाकुर-माँ की आवाज़ बदली हुई थी। उसमें सतर्क सन्देह था।

"मालूम नहीं।"

"जेल से छूटते ही सब आकर इकट्ठे हो रहे हैं। इतने दिन तक जब तकलीफ़ झेलता रहा वे लोग मिलने आए?" ठाकुर माँ फुँफकार उठीं।

दीपक की माँ ने कहा, "जेल में सुना था कि वह किसी से मिलता नहीं। लड़की तो जेल से ख़बर पाकर यहाँ आयी है।"

ठाकुर माँ ने दीपक को कसकर पकड़ लिया, "जो भी आए कह दो वह यहीं रहेगा। वह पास न रहेगा तो हमारा खोका कभी ठीक नहीं होगा। कहे देती

हूँ अनिमेष को हम जाने नहीं देंगे।"

दीपक की माँ ज़रा रुककर कमरे से चली गयीं। अनिमेष ने देखा कि दीपक ही नहीं, उसकी ठाकुर-माँ भी इसके चेहरे से नज़रें नहीं हटा रही थीं। वह फिर इज़ी चेयर पर पसर गया। माधवी से क्या कहेगा? इधर कई वर्षों से उसकी ख़बर नहीं मिली है। क्या उसी होस्टल में रहती है? यह बात तो पक्की है कि वह घर नहीं लौटी है अथवा किसी और को जीवनसंगी नहीं बनाया होगा। अगर अब भी उसी होस्टल में रहती है तो इसके वहाँ जाने का प्रश्न ही नहीं उठता। एक तरह की गोपन लज्जा ने अनिमेष को आच्छन्न कर लिया। बहुत दिनों से मिला नहीं है। उसकी शक्ल कैसी हो गयी होगी? साथ ही एक अपराधबोध उसे बींधने लगा। एक लड़की ने इसकी ख़ातिर सबकुछ छोड़ दिया। बदले में अपने लँगड़ेपन के अलावा कुछ नहीं दे सकता। इसने दोनों हाथों से मुँह ढँक लिया।

क़दमों की आवाज़ हुई। दीपक की माँ की आवाज़ सुनाई दी, "आइए।"

अनिमेष ने कोशिश करके मुँह उठाया। दरवाज़े पर माधवीलता खड़ी थी। नज़रें इस पर टिकी हुई निचला होंठ दाँतों में दबाए हुए। सारा शरीर काँप रहा था। अनिमेष की नज़रों से छिपा नहीं रहा। अनिमेष ने माधवी को ताज्जुब से देखा। किसे देख रहा है? जैसे पहाड़ से टूटे पत्थरों के टुकड़े नदी के पानी का घिस्सा खाकर चिकने हो जाते हैं अथवा समुद्र के उद्दाम तूफ़ान का मुकाबला करते हुए जहाज़ ख़ाली हो जाता है वैसा ही चेहरा लिये माधवी दरवाज़े में खड़ी थी। अल्प वयसी कमसिनता की जगह उसके सर्वांग में रूखी हवा थी। इन कुछेक वर्षों में मानो बहुत से वर्ष उस पर लाद दिए गए हैं। आँखों के चारों तरफ़ घेरे, हाथ पतले, बदन पर आठ पोर की साड़ी—दीनता का चिह्न लिये थी। कन्धे पर कपड़े के थैले के अलावा उनके कोई गहना नहीं था। इतनी दूर होने पर भी वह माधवीलता की छाती का निःश्वास अनुभव कर रहा था। देखा, माधवी ने जल्दी से अपने को सँभाल लिया था। अनिमेष प्राणपण से अपनी आँखें सूखी रखने की चेष्टा कर रहा था।

माधवी धीरे-धीरे इसके सामने आ खड़ी हुई, "कब छोड़ा?"

"सवेरे।" अनिमेष को अपनी आवाज़ अनजानी लगी।

"आज की बात तो थी नहीं। अचानक मन हुआ, जाने पर पता चला—"

"हाँ अचानक हो गया।"

अनिमेष देख रहा था कि उसकी नज़रें इसके पाँव की तरफ़ थीं। इसने नज़रें हटाकर दूसरा प्रसंग छेड़ दिया, "ये लोग मुझे ले आए...ख़ूब प्रेम से देखभाल कर रहे हैं?"

ठाकुर माँ बोलीं, "मेरा यह नाती अनिमेष के साथ एक ही सेल में था।

पुलिस ने उसका सबकुछ छीन लिया। बात नहीं कर सकता, कोई अनुभूति नहीं है। केवल अनिमेष के प्रति खिंचाव है।"

माधवी ने गरदन मोड़कर दीपक को देखा। वह उस समय भी अनिमेष को देख रहा था। दीपक की माँ ने कहा, "तुम खड़ी क्यों हो...बैठो।"

माधवी ज़रा परेशान-सी अनिमेष के पास चेयर खींचकर बैठ गयी। अनिमेष तिर्यक दृष्टि से देख रहा था कि माधवी वही कमाकर खानेवाली लड़कियों जैसी है जिनके पास मामूली प्रसाधन भी नहीं होते।

ठाकुर माँ बोलीं, "तुम इससे जेल में मिलने जाती थीं?"

"ख़बर लेने जाती थी।"

"मिलती नहीं थीं?"

"मिलना नहीं होता था।"

"क्यों बहू-माँ को तो खोका से मिलने दिया जाता था। तुम्हें क्यों नहीं मिलने देते थे?"

सुनकर माधवी ज़रा दुविधा सहित बोली, "शायद हर एक के लिए अलग तरह का नियम होता है।"

अनिमेष बराबर माधवी को ही देखे जा रहा था। उसकी गरदन की हड्डियाँ निकल आयी हैं, चेहरे पर फ़ीकापन। बड़ी अभिज्ञ और वयस्क लग रही थी। माधवी ने अब तक इसके शरीर के बारे में कुछ नहीं पूछा था। बीच-बीच में इसके पाँव की तरफ़ देख लेती, पर ज़बान से कुछ नहीं कहती। इतने में लड़की चाय ले आयी। दीपक की माँ ने कप माधवीलता की तरफ़ बढ़ाया। उसने सिर हिलाया, "नहीं, मैं नहीं पियूँगी।"

"क्यों?"

"सवेरे एक कप पीती हूँ। ज़्यादा पीने पर शरीर ख़राब होता है।"

"ओऽऽ।"

अनिमेष को ज़रा ताज़्जुब हुआ। यह माधवीलता कह रही है? एक वक़्त था जब रेस्टोरेंट में बैठकर ये लोग हर आधे घंटे में चाय लेते। इस दौरान कैसे वयस्कों की तरह बात कर रही है।

चाय पीते हुए दीपक की माँ ने कहा, "बुरा मत मानना 'तुम' कहकर बात कर रही हूँ।"

माधवी ज़रा सख़्त हो गयी फिर बोली, "बोलिए।"

"अनिमेष को ले जाने के लिए आयी हो?"

"हाँ।"

"पर अनिमेष तो प्रतिबन्दियों के आश्रम में जाना चाहता था। सच कहूँ तो उसे यहाँ सात दिन ठहरने को ज़बरदस्ती राज़ी किया है।"

माधवी ने होंठ दाँतों में दबा लिया। बोली कुछ नहीं।

"तुम्हारे पास जाने की बात तो उसने कही ही नहीं।"

माधवी ने साफ़-साफ़ कहा, "यह हम लोगों का आपस का मसला है।"

"ओऽऽ।" दीपक की माँ जैसे अवाक् रह गयीं, "मैं बेशक, तुम्हारा क्या सम्पर्क है, नहीं जानती।"

माधवी ने चकित होकर अनिमेष की तरफ़ देखा। देखकर हँस पड़ी। फिर दीपक की माँ से कहा, "मैं इन्हें ले जाने के लिए ही आयी हूँ।"

दीपक की ठाकुर माँ गरम होकर बोलीं, "भई! मैं तो माथा मुंड कुछ भी समझ नहीं पा रही। वह यहाँ रहेगा तो खोका की हालत सुधर जाएगी। जैसे खोका का इलाज़ करवाऊँगी वैसी ही सेवा अनिमेष की भी करूँगी। शिष्टाचार न निभाकर कहती हूँ, उसका यहाँ रहना हमारे लिए लाभदायक होगा। तुम उसकी क्या लगती हो साफ़-साफ़ बता नहीं पातीं। फिर उसे तुम्हारे साथ कैसे जाने दूँ?"

माधवीलता ने अनिमेष की तरफ़ फिर देखा। फिर स्वाभाविक रूप में पूछा, "तुम मेरे साथ नहीं जाओगे?"

अनिमेष इस प्रश्न का क्या उत्तर दे। इस लड़की को कभी सुख का स्वप्न नहीं दिखा पाया। जीवन के शेष दिनों में और दुख का बोझ लादना नहीं चाहता। पर माधवी की तरफ़ देखकर उसका प्रतिरोध चूर-चूर हो गया।

दीपक की माँ की तरफ़ देखकर इसने हँसने की कोशिश की। "आप चिन्ता न करें···दीपक का अच्छी तरह इलाज़ होने पर वह ज़रूर ठीक हो जाएगा।"

"तो तुम जाना चाहते हो···?"

"हाँ···।"

दोनों वयस्क महिलाओं के चेहरे तमतमा उठे। अब अनिमेष ने माधवी की तरफ़ देखकर पूछा, "हम कहाँ जाएँगे?"

"अपने बासे पर। बेलगछिया।"

"तुम्हें ज़रूर मालूम होगा कि मैं चल-फिर नहीं सकता। जीवन में कभी चल नहीं पाऊँगा।"

"जानती हूँ···जानकर ही आयी हूँ।"

"तुमने अकेले बासा क्यों लिया? कब से लिया है?"

"लेना पड़ा।"

माधवी के बात करने के तरीके से अनिमेष समझ गया कि अब कुछ पूछना ठीक नहीं। अन्ततः किसी पराए व्यक्ति के सामने वह खुलकर बात नहीं करना चाहती।

अनिमेष ने फिर दीपक की माँ से कहा, "आप बुरा मत मानिए।"

"नहीं···बुरा क्यों मानूँगी? बस इतना जानने की इच्छा है कि तुम्हारा सम्बन्ध क्या है?"

अनिमेष माधवी की तरफ़ देखकर हँसा।

दीपक की माँ ज़रा हिचकीं फिर पूछा, "तुम लोगों का ब्याह हो गया?"

प्रश्न इतना आकस्मिक था कि अनिमेष के जवाब देने से पहले ही माधवी हँसकर बोली, "हाँ···।"

"ओ मा···ऐसा है।" दीपक की ठाकुर माँ चौंक उठीं, "तुम तो इतने वर्षों से जेल में थे। ब्याह कब किया?"

"जेल जाने से पहले हमारा ब्याह हो गया था।" जवाब माधवी ने ही दिया। फिर उठ खड़ी हुई।

"मेरी तो कुछ समझ में नहीं आ रहा बहू-माँ। अगर ये पति-पत्नी हैं तो अनिमेष जेल से निकलकर अपने घर क्यों नहीं जा रहा था? आश्रम में क्यों जाना चाहता था। तुम्हारी समझ में कुछ आया?" दीपक की ठाकुर माँ अब भी असहिष्णु थीं।

दीपक की माँ हँसकर बोलीं, "मान-अभिमान की बात! ज़्यादा पूछना हमारे लिए उचित नहीं। तुम उसे किसी अच्छे डॉक्टर को दिखाना।"

माधवी ने गरदन हिलायी। उसकी भंगिमा देखकर ज़ाहिर था कि यहाँ से जितनी जल्दी जा सके, उतना ही अच्छा होगा।

.........ठाकुर माँ ने पूछा, "तुम्हारे घर में और कौन-कौन हैं?"

"क्यों···?"

"इस तरह के आदमी के इलाज़ का ख़र्च तो कम नहीं होगा···इसलिए कह रही हूँ।"

"मैं यथाशक्ति ज़रूर करूँगी।"

"नौकरी करती हो···?"

"हाँ स्कूल में पढ़ाती हूँ। आप लोगों का बहुत-बहुत धन्यवाद। आप उन्हें यहाँ यत्नपूर्वक लायीं। मैं टैक्सी बुला लाती हूँ।" माधवी ने बाहर जाने के लिए कदम बढ़ाया। साथ ही दीपक की माँ बोलीं, "अरे! टैक्सी क्यों बुलानी है? मेरी गाड़ी अनिमेष को पहुँचा आएगी। तुम बैठो मैं ड्राइवर को ख़बर भिजवाती हूँ।"

"क्या ज़रूरत है। इतना तो मुझे करने दीजिए।" माधवी ने सख़्त स्वर में कहा।

दीपक की माँ ने उसकी तरफ़ देखा। उन्होंने न जाने उसके चेहरे पर क्या देखा, ज़रा नरम होकर बोलीं, "अच्छा···गाड़ी नहीं ले जाना चाहतीं तो मत ले जाओ। मैं किसी को टैक्सी बुलाने भेजती हूँ। इस पाड़े में तुरत-फुरत टैक्सी मिलनी मुश्किल है। तब तो तुम्हें कोई एतराज़ नहीं होगा ना।"

माधवी ने गरदन हिलायी। दीपक की माँ के जाने के बाद वह फिर अनिमेष के सामने जा बैठी। "तुम्हारे साथ कोई सामान तो नहीं है ना?"

"मैं तो बिलकुल ख़ाली हाथ गया था जेल। निकलते समय वे हाथ भरकर क्यों देते।"

माधवी बोली, "तुम्हारे होस्टल से जो सूटकेस मिला था, मेरे पास है। मालूम नहीं, कपड़े छोड़े होंगे या नहीं।"

ज़रा देर बाद दीपक की माँ ने आकर बताया कि टैक्सी आ गयी है। बोलीं, "अपना पता दे जाओ कभी ज़रूरत पड़े तो⋯।"

माधवी ने काग़ज़ पर पता लिखकर टेबल पर रख दिया। काग़ज़ और डॉटपैन उसके थैले में था ही। अनिमेष ने ठाकुर माँ की तरफ़ देखा। उनके चेहरे पर नाराज़गी की छाप ज़ाहिर थी। दीपक अब भी उसी तरह ताक रहा था। दीपक की माँ कुछ लोगों को लेकर आ गयी थीं जो अनिमेष को गाड़ी में बैठाने के लिए आए थे। उन्होंने अनिमेष को इज़ी चेयर से दूसरी साधारण चेयर पर बैठाया। फिर चेयर लेकर चल पड़े। अनिमेष बोला, "ठहरो भई! ज़रा दीपक के पास ले चलो मुझे।"

वे लोग अनिमेष को चेयर समेत दीपक के सामने ले आए। अनिमेष बोला, "जाता हूँ भई!" कहकर दायाँ हाथ दीपक के कन्धे पर रखा। अचानक अजीब-सी घटना हुई। दीपक के दोनों हाथ सचल हो गए, उसने अनिमेष का हाथ जकड़ लिया। उसकी आँखें फटी हुई थीं। मुँह से कराहट निकल रही थी। अनिमेष को लगा कि इसका अपना हाथ टूट जाएगा। दीपक की मुट्ठियों में इतनी शक्ति है, वह सोच भी नहीं सकता था। इसने प्राणपण से अपने को छुड़ाने की कोशिश की, पर दीपक मुट्ठी खोल ही नहीं रहा था। उसकी माँ भागकर आयीं। आदमी चेयर ज़मीन पर न रखते तो वह ज़रूर गिर पड़ता। सबने मिलकर बहुत कोशिश की तब दीपक का हाथ अलग हुआ। उसकी माँ और ठाकुर माँ उसे पकड़े रहीं। कराहना अब भी बन्द नहीं हुआ था। अनिमेष के हाथ में अब भी जलन हो रही थी। उसने एक बार फिर दीपक की तरफ़ देखा। बेचारे के होंठों के किनारों से लाल थूक बह रहा था! लड़का बीभत्स लग रहा था।

तब ठाकुर माँ उत्तेजित होकर बोलीं, "डॉक्टर बाबू को बुलवाओ। उसके होश शायद लौट आए हैं⋯ओ बहू-माँ⋯जाओ।"

ज़रा देर बाद ही लड़का शान्त हो गया। उसकी माँ ने उसे दीवान पर लिटा दिया। उसने आँखें बन्द कर लीं। ज़ाहिर था कि दीपक बहुत थक गया था। इतने वर्ष तक एक कमरे में साथ रहने के बावजूद उसे ऐसा व्यवहार करते नहीं देखा था अनिमेष ने। वह विह्वल हो गया था।

माधवी ने दबी आवाज़ में कहा, "अब चलो।"

आदमी चेयर उठाकर बाहर आ गए। दीपक की माँ और ठाकुर माँ कमरे में ही रहीं।

बड़े कष्ट से अनिमेष को टैक्सी में बैठाया गया। दोनों हाथों के भार पर अनिमेष खिड़की के पास बैठ गया। माधवी ने टैक्सी में बैठकर पूछा, "तुम परेशान तो नहीं हो?"

दीपक के व्यवहार को लेकर अनिमेष अब भी अन्यमनस्क था। बोला, "क्यों?"

माधवीलता को ग़लती का अहसास हुआ। उसके माथे पर बल पड़ गए। फिर दूसरे ही स्वर में पूछा, "तुम्हें ज़बरदस्ती जो ले जा रही हूँ?"

अनिमेष हँस पड़ा। फिर गरदन हिलाकर बोला, "नहीं।"

माधवी ने टैक्सी ड्राइवर की तरफ़ देखकर गहरा साँस लिया, "बेलगछिया चलिए।"

पैंतालीस

खिड़की से कलकत्ता ठीक-ठाक नज़र आ रहा था। ज़रा भी नहीं बदला था। ट्रामें चल रही थीं जैसे इनके आन्दोलन शुरू करने से पहले चलती थीं। लोग उसी तरह अलसाए हुए या व्यस्तता से चल-फिर रहे थे। मेट्रो सिनेमा के सामने टिकट के लिए लम्बी लाइन लगी थी। फुटपाथ पर विदेशी चीज़ें खरीदनेवालों की भीड़ चल रही थी। अर्थात् कलकत्ता ठीक कलकत्ता में ही है। इतना बड़ा आन्दोलन हो गया, इतने लड़के मर गए अथवा मर-मरकर जी रहे हैं, पर कलकत्ता का कुछ बना-बिगड़ा नहीं। अनिमेष का दिल धड़कने लगा। टैक्सी की खिड़की से कलकत्ता को देखते-देखते अनमने भाव से अपने पंगु पाँव पर हाथ रख दिया।

दल के लोगों में से कौन कहाँ हैं इसे नहीं मालूम। जो बाहर हैं, वे क्या सोचते हैं, सोचते भी हैं या नहीं, वह भी नहीं मालूम। कलकत्ते के इस रूप को देखकर वे बातें ध्यान नहीं आतीं। और जब इसके अपने शरीर की यह हालत है तो कोई सम्पर्क करेगा यह भी नहीं लगता। इसका क्या प्रयोजन रह गया है। 'प्रयोजन' शब्द ध्यान आते ही वह चकित हो उठा। माधवीलता इसके बराबर बैठी है। दोनों के बीच यद्यपि काफ़ी दूरी है, पर माधवी इसे किस प्रयोजन से अपने घर ले जा रही है? अनिमेष का साँस घुटने लगा। अन्तिम बार जब इससे मिला था, लाल बाज़ार की पुलिस के सामने। याद आया माधवी गर्भवती थी। फिर क्या हुआ? उसके बच्चा हुआ क्या? इस कलकत्ता शहर में कोई कुँवारी लड़की किसके सहारे और साहस के साथ सन्तानवती होकर उसे मनुष्य बनाने

के लिए किसी का इन्तज़ार कर सकती है? अज़ीब दीनमन्यता के अहसास ने अनिमेष को घेर लिया। इसके मन में आया कि माधवी ने सब क्षेत्रों में इसे हरा दिया है। बोलपुर की क्षणिक उत्तेजना इसे बीच-बीच में बींधती। अपनी दृष्टि से यह यन्त्रणा बीच-बीच में दबाती वह निढाल हो जाता। पर माधवी को वही याद लेकर जीना पड़ रहा है। इसे अकेले संघर्ष करना पड़ता है समाज से। सिर उठाकर खड़ा होना पड़ता है और प्रतीक्षा करनी पड़ती है कि अनिमेष कब मुक्त होगा। पर अनिमेष अब सब परिचितों से किनारा करना चाहता है। उधर माधवीलता को दूसरी ही चिन्ता है। वह अनिमेष को ग्रहण करने के लिए बाध्य है। अनिमेष स्वस्थ है या पंगु इससे माधवी को कोई सरोकार नहीं है। यही माधवी की जीत है। अनिमेष का मन अचानक आलोड़ित हो उठा। माधवी अकेली आयी है···उसकी सन्तान···? सोचकर एक बार फिर अनिमेष लज्जित हो उठा। वह तो सोच भी नहीं सकता—हमारी सन्तान। केवल अभ्यास न होने के कारण। वह लड़का है या लड़की। अनिमेष को यह भी नहीं मालूम। फिर भी उसे देखने का आग्रह प्रबल हो गया।

इसने माधवी की तरफ़ सीधे देखा। अन्यमनस्क है या नहीं समझ नहीं आया। वह खिड़की से बाहर देख रही थी। टैक्सी अब हैरिसन रोड के सिरे पर खड़ी थी। गाड़ियाँ लाइन लगाए अचल खड़ी थीं। माधवी के चेहरे पर इस समय कई गहरी रेखाएँ थीं। सिर के बाल कम हो गए हैं। साड़ी आठपोर की। ऐसी अनगिनत लड़कियाँ रास्ता-घाट पर दिखाई पड़ती हैं। उन्हें क्लान्ति की छाया घेरे रखती है। माधवी अचानक सीधी होकर बैठ गयी। खिड़की से मुँह निकाल देखने की कोशिश की। फिर विरक्ति का निःश्वास लेकर बोली, "देखो! फिर जुलूस निकल रहा है।"

अनिमेष ने भी तभी देखा। कांग्रेस का झंडा लिये काफ़ी सड़क घेरे एक जुलूस दूसरी तरफ़ से आ रहा था। वे ऊँची आवाज़ में जनता से तरह-तरह के वायदे कर रहे हैं। तरीका जाना-पहचाना था। प्रत्येक राजनीतिक दल एक ही पद्धति से अपना विक्षोभ प्रकट करता था। उनका जुलूस एस्प्लनेड ईस्ट पर ख़त्म होगा। उसके बाद जुलूस के लोग फुचका खाएँगे या सिनेमा देखेंगे। अनिमेष को एक क़िस्म की नफ़रत हुई। मानो ईश्वर के सामने गिरकर कहना हुआ, दया करो बाबा···और फिर आचमन करके मेला देखने चल पड़े। जो ले जाते हैं वे जानते हैं और जो जाते हैं वे भी जानते हैं कि जाना होगा और जिनके पास जाते हैं उन्हें भी मालूम होता है कि वे आएगे। ऐसी फ़िजूल बातों से मन में नफ़रत होती है।

हज़ारों लोग ट्राम, बस, टैक्सी में पसीना सुखाते हुए साँस रोके बैठे रहते हैं कि यह महत् पद-यात्रा कब ख़त्म होगी और वे अपने ठिकाने पर पहुँचेंगे।

अनिमेष ने माधवीलता की तरफ़ जैसे ही देखा, ड्राइवर के आईने पर नज़र पड़ी। माधवी की नज़र उस पर निबद्ध थी, नज़रें मिलते ही उसने मुँह नीचे कर लिया।

कुछ क्षण ख़ामोश रहकर अनिमेष बोला, "मुझे तुम्हारे बारे में कुछ नहीं मालूम।"

"क्या बात···?"

"तुम कैसी रहीं?"

"रही···अब तक।"

"मैंने तुम्हारी चिट्ठी का ज़वाब नहीं दिया, तुमसे मिला नहीं, क्यों नहीं मिला इस बारे में कुछ सोचा था?"

"तुमने इसे उचित समझा इसलिए ऐसा किया। मैं क्या कहती।"

"फिर भी तुम मुझे लेने आ गयीं?"

"वह तो देख ही रहे हो।"

"पर क्यों?"

"तुम नहीं समझोगे।"

काफ़ी दुविधा के बाद अनिमेष ने बात उठायी। माधवी का मुँह खिड़की की तरफ़ था। टैक्सी अभी भी खड़ी थी। अनिमेष की जिह्वा भारी हो रही थी, अन्त में कह उठा, "तुम अकेली हो?"

"अकेली?" चौंक पड़ी माधवी, "नहीं अकेली क्यों होती? मैं और मेरा लड़का रहते हैं।" कहकर माधवी ने अनिमेष को नज़र भरकर देखा।

अनिमेष को लगा कि किसी ने इसके हृदय को लोहे के बॉल से छेद दिया हो। तभी गाड़ी धीरे-धीरे चलने लगी। पलकें भारी होने लगीं, अनिमेष प्राणपण से चेष्टा कर रहा था कि आँसू न बह निकलें।

कुछ क्षण बाद वह बोला, "वह कितना बड़ा है अब?"

माधवी हँस दी, "तुम्हें हिसाब नहीं मालूम?" फिर गम्भीर स्वर में बोली, "स्कूल में पढ़ता है।"

"कहाँ···।"

"हमारे पाड़े में। बड़े स्कूल में पढ़ाने की सामर्थ्य नहीं है मुझमें।"

"अब भी पुराने स्कूल में ही पढ़ाती हो?"

"नहीं···नया स्कूल तलाश करना पड़ा।"

"कोई असुविधा नहीं हुई?"

"किसकी···?"

अनिमेष चाहता था माधवी से सब बातें खोलकर बताने को कहे। पर एक प्रकार की शून्यता ने इसे इस तरह ढँक लिया था कि सहज रूप में बात नहीं कर पा रहा था। यह बात समझने में माधवी को देर नहीं लगी। उसने

बड़े शान्त स्वर में कहा, "इस देश में कोई कुँवारी लड़की गर्भवती हो जाए तो किन-किन समस्याओं का सामना करना पड़ता है तुम्हें नहीं मालूम? मैं चाहे ख़ुद को कुँवारी न भी सोचूँ—लोग इसे क्यों मानेंगे?"

शेषपर्यन्त अनिमेष बोला, "मुझे सारी बात खोलकर बताओ।"

"क्या बताऊँ...मेरे पास कहने को कुछ नहीं है।"

"किन्तु...।"

"अनिमेष! मैंने जो भी किया बड़ा मामूली था। अपने मुँह से कहना अच्छा नहीं लगता। तुम तो बहुत कुछ सोचते थे—देश की बात, बहुत से मनुष्यों की बात। मेरी जैसी साधारण लड़की के कष्ट की बात तुम नहीं सोच सकते?"

अनिमेष ने लम्बा साँस खींचा, "तुमने 'आमार छेले' (मेरा लड़का) क्यों कहा? मेरा परिचय...।"

माधवी हँस पड़ी, "तुम अब भी बच्चे हो...मुँह से चाहे जो कहो।"

"मायने...?"

"कोई भी सन्तान पहले माँ की होती है। इसके अतिरिक्त तुम्हें कुछ मालूम भी नहीं। ख़बर भी नहीं रखी...तोमार छेले (तुम्हारा लड़का) किस साहस से कहूँ।"

"पर मैं तो उसका...मायने मैं।"

"कह नहीं पाते कि मैं उसका बाबा...।"

"हाँ वही...तुम्हारी दृष्टि से जितना सहज है मेरे लिए नहीं है। तुमने उसे जन्म दिया है प्रतिदिन मनुष्य बना रही हो। तुम्हारे सारे कामकाज में वह मिश्रित है।"

"सच है। शान्तिनिकेतन की वह रात मैंने आकंठ स्वीकार की है। फिर तिल-तिल करके वह आनन्द मेरे शरीर में बड़ा होने लगा। अनेक आघात, अनेक अपमान सहकर भी उस आनन्द को सुरक्षित रख सकी हूँ। तुम्हारे मन में शायद वे सब बातें नहीं आयीं। तुम्हारे लिए वह एक मुहूर्त-भर था अथवा एक रात रही हो। इससे ज़्यादा कैसे सोचते? जैसे मान लो जाते हुए कोई किसी से एक बात कह गया। जो कहा था तरह-तरह के कामों की भीड़ में भूल ही गया कि क्या कहा था। पर जिससे कहा था वह हमेशा के लिए उसे जकड़े रहा। वह पकड़े रखना बड़ी शक्ति देता है।"

यह माधवीलता दूसरी तरह की थी। गहरे गड्ढे के अतल में खड़ी चोटी की तरफ़ देखते रहने की तरह। अनिमेष उसकी बात सुनता रहा। वह कुछ बोल नहीं सका। धीरे-धीरे एक प्रकार की हताशा ने उसे आच्छन्न कर लिया। सोचने लगा कि माधवीलता के बराबर की योग्यता लेकर वह कभी भी लड़के के सामने खड़ा नहीं हो सकेगा। यह पंगु शरीर लेकर उसका कोई उपकार भी नहीं कर सकेगा।

यही सब सोचकर अनिमेष काँप उठा। इसका अपना लड़का संसार में आ गया है। सरित्‌शेखर, महीतोष और अनिमेष का रक्त उसकी शिराओं में बह रहा है। माधवी उसे बड़े यत्न से बचाकर रखे है। अपनी सन्तान को देखने के ज़बरदस्त आग्रह ने अनिमेष को उत्तेजित कर दिया। आज अगर माधवीलता उसका परिचय न दे क्या वह पहचान पाएगा उसे? उसके चेहरे-मोहरे, चलने-फिरने की भंगिमा में अनिमेष है क्या? अनिमेष ने माधवी की तरफ़ देखा। भागती हुई टैक्सी की सीट के सहारे माधवी आँखें बन्द किए बैठी थी। किन्तु पलकें भीगी हुई थीं। किसी भी क्षण आँसू गालों पर बह निकलेंगे। टैक्सी की सीट पर सामान्य दूरी का अतिक्रम करने लगा तो अपनी अक्षमता के प्रति एक बार फिर चेतन हो गया। दोनों हाथों का सहारा लेकर शरीर खींचकर माधवी के समीप जाकर अपना आवेग प्रकट नहीं किया जा सकता। खुद को बड़ा दृष्टिकटु लगेगा।

श्याम बाज़ार छोड़कर टैक्सी आर.जी.कर हास्पिटल के बराबर से सीधी बेलगाछिया आ गयी। माधवी ने ड्राइवर से दायीं तरफ़ मुड़ने के लिए कहा। अनिमेष इस तरफ़ कभी नहीं आया था। इसने पूछा, "यह तरफ़ कैसे पहचानी।"

"मेरे स्कूल की एक टीचर यहाँ रहती हैं।"

"तुम उनके साथ रहती हो।"

"नहीं···वे आगे की तरफ़ रहती हैं, मैं अन्दर की तरफ़।"

देखते-देखते बस्ती जैसा एक इलाका आ गया। सड़क बड़ी सँकरी। नर्दमा का पानी ऊपर आ गया था, एक तरफ़ का हिस्सा पानी में था। अधनंगे लड़के-लड़कियाँ सड़क पर खेल रहे थे। उनसे बचते-बचाते टैक्सी को आगे बढ़ने में असुविधा हो रही थी। एक चाय की दूकान के सामने माधवी ने टैक्सी खड़ी करने को कहा। इस गली में शायद टैक्सी कम ही जाती हैं तभी छोटे-छोटे बहुत से लड़के-लड़कियाँ गाड़ी के आगे-पीछे इकट्ठे हो गए थे। ड्राइवर के बराबर चिल्लाने के बावजूद वे हट नहीं रहे थे। किराया देकर माधवी ने दरवाज़ा खोला। असहाय-सी इधर-उधर देखने लगी कि चाय की दूकान से कई लड़के आ गए। अनिमेष ने उनकी शक्लें देखीं। टिपिकल मस्तानोंवाला चेहरा जैसा सब पाड़ों में होता है। काली पैंट पर चैकवाली शर्ट, मोटी बैल्ट, हाथ में कड़ा, मांगाचेरा ठंडा मुँह। माधवी के सामने आकर पूछा, "क्या हुआ दीदी?"

माधवी बोली, "बड़ी मुसीबत में पड़ गयी हूँ भाई! तुम्हारे दादा को ले आयी हूँ। वे चल नहीं सकते···।"

"हाँ-हाँ···सब मालूम है। पुलिस का अत्याचार ना! आप बिलकुल चिन्ता न कीजिए। हम दादा को उठाकर ले जाएँगे।"

हई-हई करके लड़कों ने बच्चों को गाड़ी के सामने से हटा दिया। फिर

एक तरफ़ का दरवाज़ा खोलकर दो लड़कों ने बड़ी सतर्कता से अनिमेष को गाड़ी से बाहर निकाला। मनुष्य के कन्धे पर उठने की जानकारी अनिमेष को पहली बार हो रही थी। अनिमेष ने व्याकुल होकर सिर झुका लिया। तब तक चारों तरफ़ ख़बर फैल गयी थी। बस्ती के कच्चे-बच्चे, लड़कियाँ बाहर निकलकर देखने लगे। माधवी के पीछे-पीछे अनिमेष को उठाए हुए लड़के आगे बढ़े। जाते-जाते अनिमेष के कान में नक्सल शब्द बार-बार आ रहा था। ये सब उसे बड़े विस्मय से देख रहे थे। चलते-चलते माधवी को भी बहुत से सवालों का ज़वाब देना पड़ रहा था। 'कब छोड़ा दीदी', 'बिलकुल नहीं चल सकते', 'आह पुलिस पुलिस है या जानवर' यही सब। अनिमेष समझ गया कि माधवीलता यहाँ काफ़ी परिचित है और इसके बारे में बस्ती के लोग भी कुछ जानते हैं।

बड़ी गली से सँकरी गली में आ गयी माधवी। दोनों तरफ़ छोटे-छोटे कमरों की लाइन। उसके बाद दीवार। सदर दरवाज़े के बाद चौकोर उठान। उठान के चारों ओर कमरे। एक बन्द दरवाज़े का ताला खोलकर माधवी के इशारा करते ही अनिमेष को लेकर वे अन्दर घुसे और तख़्तपोश पर बैठा दिया। सामने के आँगन में सारी बस्ती मानो उमड़ पड़ी। मुँह अन्दर करके सब अनिमेष को देखना चाह रहे थे। माधवी ने दो तकिए अनिमेष के पीछे लाकर रख दिए थे जिससे वह आराम से बैठ सके। मस्ताना लड़कों ने मानो बहुत बड़ा काम किया है इस भंगिमा से बोला, "कोई ज़रूरत हो तो बताइए⋯हम हर समय मौजूद हैं।"

माधवीलता ने मुँह से कुछ नहीं कहा, गरदन हिलाकर हँस दी।

एक लड़के ने अनिमेष से पूछा, "दादा! आप किसमें स्पेशलिस्ट हैं? हथौड़ी के या पाइप के?"

अनिमेष हँस पड़ा, "दोनों में से एक का भी नहीं। इनमें से किसी के बारे में भी नहीं जानता।"

"यह कैसे मान सकता हूँ। सुना है, आपने बहुत-सी पुलिस की लाश बना दी थी। वह भला ऐसे हो सकता है? ठीक है⋯बाद में सबकुछ मालूम करूँगा आपसे। अब चलता हूँ।"

लड़कों ने एक उपकार और किया। जाने से पहले बाहर की भीड़ हटाकर मकान खाली कर गए। केवल बराबरवाले तीन कमरों के बहू-बच्चे कुछ क्षण कुतूहल मिटाने के लिए ताक-झाँक करते रहे। उसके बाद कमरे में शान्ति हो गयी। दरवाज़े से लौटकर माधवी बोली, "यहाँ एक-दूसरे को इसी तरह जानते-पहचानते हैं। न चाहने पर भी इस तरह का अत्याचार सहना पड़ता है।"

अनिमेष समझ गया कि माधवीलता इस परिवेश को बरदाश्त करवाना चाहती है। यहाँ आने के बाद से ही अनिमेष की नज़रें तलाश कर रही थीं। किन्तु कोई दिखाई नहीं पड़ रहा था। इस कमरे में माधवी छोड़कर नहीं गयी

होगी। उसके ताला खोलने से ही पता चल गया।

बड़ा मामूली-सा कमरा। ज़मीन सीमेंट की···दीवारें भी। छत टीन की। अभी से गरम होने लगा था। इस कमरे के किराए का अन्दाज़ा लगाना मुश्किल था। तख़्तपोश पर पतला-सा तोषक, रंगीन चादर से ढँका हुआ, सस्ती-सी अलगनी पर कुछ साड़ियाँ और बच्चों वाली कमीज़, पैंट लटकी हुई। दूसरी तरफ़ तख्तपोश के सिरहाने के पास कैरोसीन, लकड़ी की मेज़ पर कुछ किताब-कापियाँ चिट्ठी के अलावा और कोई सामान नहीं था। कमरे के एक कोने में हाँड़ी, कड़ाही, कलई किए हुए थाल, चाय का कप, तश्तरी, केतली और स्टोव देखकर पता चल रहा था कि खाना-वाना माधवी यहीं बनाती है। माधवी ने कहा, "हमें खाना खाने में ज़रा देर हो जाएगी। अब तक तेल नहीं मिला है।"

"तेल···?"

"कैरोसीन! मुझे तो स्टोव का ही भरोसा है। मोड़ की दूकान पर कह रखा है। तेल न मिला तो होटल से मँगवाना पड़ेगा।"

"फिर तो बड़ी मुश्किल होगी।"

"सब मुश्किलों के साथ ही तो मुझे रहना पड़ता है। अब आदत हो गयी है।"

"स्कूल के लिए कब निकलती हो?"

"सवेरे···खाना पकाकर दोनों खाकर निकल जाते हैं।"

"दोनों···?"

"वह स्कूल जाता है। छुट्टी के बाद दो घंटे वह स्कूल में बैठा रहे इसलिए यह इन्तज़ाम किया है। उस बीच मैं चली आती हूँ। वह बेशक रुकना नहीं चाहता, पर किया क्या जाए?"

"तुम अकेली रहती हो···यहाँ कोई पूछता नहीं?"

"नहीं···जिस तरह समाज के ऊँचे तबके के लोग किसी के व्यक्तिगत व्यापार को लेकर दिमाग़ ख़राब नहीं करते ठीक इसी तरह यहाँ नीचे तले के लोग बातें नहीं बनाते। जितनी कुछ गड़बड़ है मध्यवित्त समाज में। मैं यहाँ अच्छी तरह हूँ।"

"लड़के को कोई परेशानी नहीं होती?"

"होती है। रात-दिन गालियाँ सुनता रहता है। सीखी भी हैं। जहाँ तक हो सकता है, सँभाला हुआ है। कितने दिन कर सकूँगी मालूम नहीं।"

"समझ गया।"

"क्या समझ गए।"

"मेरी कोई भूमिका नहीं है।"

"वह तुम्हारी इच्छा। अगर तुम यहाँ न रहना चाहो तो तुम्हें अटकाए रखने

की मुझमें क्या साध्य है। तुम्हें ज़बरदस्ती यहाँ ले आयी कि लड़का तुम्हें एक बार देख ले। अगर तुम कहो कि पितृत्व का दायित्व नहीं लोगे तो भला मैं ज़बरदस्ती कर सकती हूँ? चाय पीयोगे?''

''नहीं···।''

''जितना तेल है दो कप चाय तो बन जाती।''

''अच्छा नहीं लग रहा।''

माधवी आगे बढ़कर अनिमेष के सामने बैठ गयी। फिर भावप्रवण अन्दाज़ में बोली, ''अनिमेष! हमारा कानूनी या सामाजिक रीति से ब्याह नहीं हुआ है। तुम इसे मानते हो या नहीं मुझे नहीं मालूम। अब फिर से ब्याह तो कर नहीं सकूँगी। तुम सोच देखो···मैं ज़बरदस्ती नहीं करूँगी।''

''क्या सोचने को कहती हो?'' अनिमेष हँस पड़ा।

''हँसी की बात नहीं···मुझे पत्नी सोचते हो क्या?''

''यह प्रश्न क्यों? तुम्हारा इस रूप में परिचय नहीं कराया क्या?''

''फिर मेरा इन्तज़ार न करके उनके साथ क्यों चले गए? तुम्हें मालूम नहीं था कि मैं तुम्हारी प्रतीक्षा कर रही हूँ।''

अनिमेष ने पहली बार माधवी को थरथर काँपते देखा। इसने माधवी के कन्धे पर हाथ रखा। माधवी खानेवाली जगह आकर बड़ी चेष्टा करके ख़ुद को सँभाला। अनिमेष बोला, ''तुम्हें कभी कुछ नहीं दे पाया। केवल दोनों हाथों से भर-भर समेटता रहा हूँ। यह जो मेरे लिए इतना लज्जाजनक···।''

माधवी ने मुँह उठाया। वही चेहरा जो सैकड़ों कमलों से भी उज्ज्वल था, बोली, ''तुम कुछ नहीं समझते। मैंने तो तुमसे कभी किसी दिन कुछ नहीं चाहा। अगर तुम्हारे लिए कुछ कर पाऊँ तो लगता है कि अपने लिए करती हूँ—इससे मुझे वंचित क्यों करते हो?''

अनिमेष ने माधवी को दोनों हाथों से जकड़ लिया। शायद इस मुहूर्त का माधवी को बहुत दिनों से इन्तज़ार था। शिशु की तरह उसने मुँह अनिमेष की छाती पर रख दिया। बहुत देर तक वे कुछ नहीं बोले। अनिमेष भाव-विह्वल होकर बोला, ''लता! मुझे क्षमा कर दो।''

माधवी सीधी होकर बैठ गयी। फिर अनिमेष की आँखों में अपनी भीगी हुई आँखें डालकर बोली, ''छीः···इस तरह मुझे छोटा (हीन) मत करो।''

फिर सजग होकर बोली, ''देख रहे हो कांड···दरवाज़ा खुला पड़ा है यह ध्यान ही नहीं रहा। तुम बैठो मैं खाने की व्यवस्था करती हूँ।''

''मुझे भूख नहीं।'' अनिमेष ने कहा।

माधवी हँसकर बोली, ''मुझे है और वह जो अभी भूख लिये आ रहा है···तुम बैठो मैं अभी आती हूँ।''

अनिमेष ने पूछा, "वह कहाँ है?"

"स्कूल···आज हाफ़ छुट्टी है। आते हुए लेती आऊँगी उसे। तब तक तुम ज़रा आराम कर लो।"

"ठीक है···।"

"अच्छा···तुम क्रच लेकर चल सकते हो या नहीं?"

"नहीं।"

"तो एक व्हील चेयर खरीदनी होगी।"

"उसमें तो बहुत ख़र्च होगा। तुम्हें यह सब सोचने की ज़रूरत नहीं है। मेरा तो जैसे गुज़ारा हो रहा था, होता रहेगा। सिर्फ़ यह सोचता हूँ कि इस तरह अकेले बैठे-बैठे क्या करूँगा।"

"अकेले क्यों, मैं हूँ···हम हैं। तुम अब तक उसे स्वीकार नहीं कर पाते?"

"नहीं, यह बात नहीं···यह तुम नहीं समझ सकोगी।"

माधवीलता धीरे-धीरे खाट के इस तरफ़ आ गयी। अनिमेष के बालों में अंगुली फेरते हुए माँग निकालते-निकालते बोली, "शायद मैं बहुत कुछ नहीं समझती···पर इतना ज़रूर समझती हूँ कि मुझे जो करना होगा आख़िरी रक्त-बिन्दु तक करूँगी। जिसे जानना है वह जाने मैं किसी को बतानेवाली नहीं हूँ।"

"बात का क्या ज़वाब हुआ।"

"सोच देखो···ज़वाब मिल जाएगा। नहीं···अब देर करने से नहीं चलेगा। मैं ज़रा घूम आऊँ···क्यों?"

"लता···! तुम जिस तरह परिश्रम कर रही हो···।"

"इस परिश्रम में भी आनन्द है। कह रही हूँ···उस आनन्द को तुम नहीं समझ पाओगे।"

दरवाज़ा उड़काकर माधवी बैग और टीन लेकर चली गयी। अनिमेष तकिया ज़रा सरकाकर चित होकर लेट गया। आह कितना आराम है। कुछ देर आँखें मूँदे पड़ा रहा। बस्ती में तरह-तरह की चीख़-चिल्लाहट हो रही थी। इस कमरे में आने के बाद से ही पता चल गया था कि यहाँ एक क्षण को भी कोई चुपचाप नहीं रहता। माधवी को लेकर अवश्य पहले बहुत कष्ट हुआ था। आसपास के लोग—यह कमरा कोई भी उसकी रुचि से मेल नहीं खाता। पर कैसे अच्छी तरह एडजस्ट कर लिया है। स्वर्गछेंड़ा य. जलपाइगुड़ी में रहते हुए अनिमेष ने स्वप्न में भी नहीं सोचा था कि इसकी पत्नी और लड़का बस्ती के परिवेश में दिन काटेंगे।

नींद नहीं आ रही थी। दसेक मिनट बाद अनिमेष दोनों हाथों का सहारा लेकर बैठ गया। दो सफ़ेद बाल यत्नपूर्वक सामने की तरफ़ फेंक दिए। जैसे-जैसे दिन बीत रहे थे वे लिकलिके हुए जा रहे थे। चुटकी भरने पर कष्ट होता था

किन्तु अपनी इच्छानुसार उन्हें मोड़ा नहीं जा सकता था। कातर दृष्टि से कुछ देर अपने दोनों पाँव देखता रहा। फिर अचानक सचेतन होते ही कमरे में चारों तरफ़ नज़र दौड़ाई। खाट के पास ज़मीन पर एक बैडपैन रखा था। माधवी ने पहले से ही लाकर रख दिया है। अनिमेष ने होंठ भींचे।

टेबल पर कोई तसवीर नहीं थी। बस कुछ किताबें और चिट्ठी। अनिमेष ने एक लिफ़ाफ़ा खोला। लिफ़ाफ़े पर नाम लिखा था माधवीलता मित्र। अनिमेष कुछ देर तक नाम पर निगाहें जमाए रहा। देखते-देखते एक लड़की का चेहरा आँखों के सामने उभरा। जो लड़की संसार में किसी की केयर नहीं करती, पर उद्धत बिलकुल नहीं है—जो अकारण किसी बाधा के सामने सिर नहीं झुकाती, किन्तु ज़रा भी दाम्भिक नहीं है, वह लड़की सुख का परिमंडल फैलाकर प्रेम के लिए अकेली संघर्ष करती रही···कभी अफ़सोस नहीं किया। शान्तिनिकेतन की उस रातवाली घटना से अनिमेष के मन में कुछ ग्लानि होने पर भी, उस ग्लानि का स्पर्श नहीं किया उसने। बड़े यत्न से उस रात को अक्षय कर दिया उसने। इस कलकत्ते में एक अकेली कमसिन छोटी आयु की लड़की उस रात की फसल को दस महीने तक शरीर में लिये तरह-तरह की प्रतिकूल परिस्थितियों से संघर्ष करती रही। कानून का कोई अधिकार या प्रत्याशा मन में नहीं रखी। यह ऐसी लड़ाई थी जो खुद को परिशुद्ध करती है। किसी तरह का व्याकरण न मान इस तरह लड़ते जाना शायद राजनीति में सम्भव नहीं। लड़की के क्षेत्र में विप्लव क्यों नहीं कहा जा सकता। माधवीलता ने किसी से सफलता की भीख नहीं माँगी, सफलता उसने प्राप्त कर ली। वह प्राप्त कर सकी क्योंकि अपने नाम के साथ 'मित्र' लिख सकी। अनिमेष उसके पास रहे या न रहे, उसकी मानसिकता बदलेगी नहीं।

अलगनी पर छोटी-छोटी कमीज़-पैंट झूल रही थीं। नीचे रबर की सस्ती-सी हवाई चप्पल। देखकर अनिमेष को ध्यान आया कि माधवी से उसका नाम तो पूछा ही नहीं। क्या नाम रखा है उसने? इसने टेबल पर एक बार फिर खोजा। नहीं···बच्चे की कोई किताब नहीं थी। जो है सब माधवी की। लड़के की किताब कहाँ रखी हैं? कमरे में और कहीं रखने की जगह नहीं है। अकेले बैठना अनिमेष के लिए लाभदायक हुआ। बिखरी हुई भावनाएँ इकट्ठी हो गयीं। वह ज़रा स्वस्थ हो गया। आत्महत्या नहीं कर सकता। संसार में इसे जीवित रहना होगा। बहुत दिन पहले एक रूसी कहानी पढ़ी थी। रेगिस्तान में पहाड़ पर वर्ष में एक बार भी वर्षा होती हो इसमें सन्देह है। वहाँ पत्थर की ज़मीन है। हरियाली का कहीं नामोनिशान नहीं। हवा सारा दिन गर्म रहती। केवल रात के अन्तिम प्रहर में ज़रा ठंडक हो जाती। सैकड़ों मील तक पानी का नामोनिशान नहीं था। परिन्दों की बात तो दूर, हायना भी इस पहाड़ की त्रिसीमा में नहीं घुसते थे। इस जगह

अचानक एक बीज पत्थरों के बीच उड़कर आ गया। पत्थर की ओट के कारण हवा के दबाव से भी वह उड़ा नहीं। न जाने कहाँ से आ गया था, शायद कोई राहगीर फेंक गया हो या आँधी-तूफ़ान उड़ाकर लाए थे। बीज में सवेरे की ठंडी हवा लगने से उसमें जान पड़ने लगी। उसके तले में मिट्टी नहीं थी, धूल थी। देखने में आया कि भोर की हवा से वह साँस और आहार लेकर धीरे-धीरे बढ़ने लगा। दिन भर की गरम हवा और धूप चाहे कितना ही नष्ट करना चाहती, पर भोर की ठंडी हवा को पकड़े रहता। कुछ दिन यह लड़ाई चलती रही। बीज से छोटा-सा पौधा बना। पत्थरों की आड़ में वह बड़ा होने लगा। सूर्य और गरम हवा ने निश्चित किया कि बड़े होने पर इसे पत्थर की आड़ से बाहर आना पड़ेगा तब वे इसे जला डालेंगे। पौधे ने जैसे ही मुँह उठाया देखने में आया कि उसमें न पत्ते हैं, न डालें—वह तो सूर्य के मुख को देखनेवाला फूल है (सूर्यमुखी)! छोटा-सा सुन्दर! सूर्य का स्पर्श पाकर और भी सुन्दर हो गया था। इस ऊसर मरुभूमि में एक दिन इसने मधुमक्खी को पुकारकर बुला लिया।

अनिमेष सोचने लगा कि इसे भी इसी तरह संघर्ष करना होगा। इस कमरे में बैठे-बैठे वह चुपचाप लड़ाई लड़ सकता है। इसके लिए इसे मन-ही-मन तैयार होना पड़ेगा अब टूटना नहीं है। जीवन छोटा है। शेष दिन सुन्दरता से ख़र्च करने होंगे। बचपन से ही—अब उस समय के बारे में जो कुछ जानता है—कभी कोई निश्चय नहीं कर सका था। अच्छे और बुरे, दोनों के बारे में वह उस दिन से सोचने लगा। यह बात माधवी में बिलकुल नहीं है। अगर वह किसी की मदद बिना अकेली लड़ाई कर सकती है तो यह क्यों नहीं कर सकता? पंगु तो पहाड़ भी पार कर लेता है। धीरे-धीरे अपनी ग़लतियों के बारे में सोचना ज़रूरी है। आज की इस पराजय से जो अनुभव हुआ है इसे काम में लाना चाहिए। इस देश में ब्रिटिश के विरुद्ध कभी सर्वात्मक युद्ध नहीं हुआ। स्वाधीनता के बाद यह पहली कोशिश थी। कुछ ग़लत कदम उठाने पर भी, कदम बढ़ाए तो गए ही हैं ना। इसके बाद जो आगे बढ़ेंगे, वह ग़लती नहीं करेंगे।

जेल से निकलकर दल के किसी भी व्यक्ति से मिलने के बारे में नहीं सोचा था। खुद भी किसी से सम्पर्क नहीं किया। वह ठीक से यह भी नहीं जानता कि दल के लड़के अब भी सक्रिय हैं या नहीं। गोपन में सब जला-फूँक डालने के बारे में कोई सोचता है या नहीं। पर जो भी सोच-विचार करें उनको पहले ज़मीन पर पाँव जमाने होंगे।

अनिमेष तन्द्राच्छन्न था। दरवाज़े पर खड़का होते ही आँखें खोलीं। माधवी आ गयी थी। हाथ में कैरोसिन का टीन, कन्धे पर बैग और मुँह पीछे मोड़े हुए। बड़े सहज रूप में पुकारा, "उस तरफ़ मत जा कमरे में आ।"

उसने दरवाज़ा ज़ोर से खोला। बाहर चिलचिलाती धूप। अनिमेष ने दोनों

हाथों पर भार डालकर किसी तरह खुद को सीधा किया। फिर उत्सुकता से बाहर देखा।

माधवी दरवाज़े से हटी नहीं थी। उसकी नज़रें अनिमेष पर स्थिर थीं। काफ़ी देर बाद वह उसे देख पाया। देखकर चौंक पड़ा।

अनिमेष की छाती में सैकड़ों हिरोशिमा डोल रहे थे। चारों तरफ़ आग में भस्म हो गया फिर अचानक अन्धकार! फिर धीरे-धीरे धुआँ हटने लगा। स्वर्गछेंड़ा के चाय बागान की छाती शान्त करके बहता हुआ आंग्रोमाशा नदी में उलटा होकर शिशु या बालक सामने आकर खड़ा हो गया था। आश्चर्य से लाल चिंड़ी मछलियों को क्रीड़ा करते देखा। वही आँखें, वही मुँह यहाँ तक कि देखने की भंगिमा भी वैसी ही। अनिमेष को लगा कि अनेक वर्ष पहले वाला समय, अब दोनों आँखों से देख रहा हो।

वही बालक पूछ रहा है, 'कैसे हो अनिमेष?'

और यह अधेड़ उम्र का व्यक्ति जवाब दे रहा है, 'ठीक नहीं हूँ⋯बिलकुल ठीक नहीं हूँ।'

'तुम्हारे इस हालत में होने की बात तो नहीं थी।'

'मैं जब तू था तब नहीं थी। तुम्हें देखकर मुझे कष्ट हो रहा है।⋯मैं जब तुम था तब सचमुच अच्छा था।'

'मेरा शरीर तुम्हारी तरह हो गया—।'

'नहीं⋯कभी नहीं।'

फिर माधवी की आवाज़ सुनते ही सब ग़ायब हो गया। दरवाज़े के फ्रेम के चित्र की तरह अब माधवीलता और वह। माधवीलता बोली, "ऐसे क्या देख रहे हो? सो गए थे?"

अनिमेष ने सिर हिलाया। फिर हँसने की कोशिश की, "आओ।"

जिसे बुलाया गया था वह माँ के शरीर से सटकर खड़ा अपनी बड़ी-बड़ी आँखें फाड़े इधर देख रहा है। पाँव में मैले सफ़ेद मोजे-जूते, पैंट-शर्ट पर दीनता की छाप। पीठ पर किताबों से भरा स्कूल-बैग।

माधवी बोली, "जाओ⋯बुला रहे हैं।"

दुविधा दूर होने में समय लगा। फिर माधवी की आड़ से निकलकर छोटे-छोटे क़दम रखता हुआ खाट की तरफ़ बढ़ा। आकर ज़रा दूर खड़ा हो गया। अनिमेष देख रहा था कि उसकी नज़रें इसके पाँव की तरफ़ थीं। आँखें सिकुड़ी जा रही थी, होंठों के कानों पर माँज।

सहज-स्वाभाविक होने की कोशिश के साथ अनिमेष ने पूछा, "बताओ मैं कौन हूँ?"

उसने नज़रें उठायीं, फिर पाँव पर नज़र टिका दी, "तुम चल नहीं सकते?"

अनिमेष ने उसकी नज़र से भाँप लिया कि माधवीलता ने इससे कुछ नहीं छिपाया है। उसकी आवाज़ भारी हो गयी, "नहीं···।"

"पुलिस ने कर दिया?"

"हाँ···।"

"क्यों?"

छाती के तूफ़ान को किसी तरह शान्त कर रहा था अनिमेष। दोनों हाथ फैलाकर बोला, "इतनी दूर खड़े रहकर क्या बात की जाती है? मैं तो तुम्हारे पास नहीं आ सकता···तुम आ जाओ मेरे पास।"

माधवीलता उसे लेकर आगे बढ़ी। लड़के को आगे बढ़ा दिया दोनों हाथों के आलिंगन में। अब अनिमेष के दोनों हाथों में नरम चिकनी मिट्टी थी, इच्छानुसार जिससे मूर्ति गढ़ी जा सकती है।

❑❑❑